中華古籍保護計劃

ZHONG HUA GU JI BAO HU JI HUA CHENG GUO

·成果·

（明）施耐庵　撰　（清）金聖歎　批

# 貫華堂本水滸傳

第一册

國家圖書館出版社

**圖書在版編目(CIP)數據**

貫華堂本水滸傳:全二十册 / (明)施耐庵撰;(清)金聖歎批.--北京:國家圖書館出版社,2017.10

(國學基本典籍叢刊)

ISBN 978-7-5013-6269-1

Ⅰ.①貫… Ⅱ.施… ②金… Ⅲ.①章回小説—中國—明代 Ⅳ.①I242.4

中國版本圖書館CIP數據核字(2017)第241573號

書　　名　貫華堂本水滸傳(全二十册)
著　　者　(明)施耐庵　撰　(清)金聖歎　批
責任編輯　南江濤
封面設計　徐新狀

出　　版　國家圖書館出版社(100034　北京市西城區文津街7號)
(原書目文獻出版社　北京圖書館出版社)
發　　行　010-66114536　66126153　66151313　66175620
66121706(傳真)　66126156(門市部)
E-mail　nlcpress@nlc.cn(郵購)
Website　www.nlcpress.com→投稿中心
經　　銷　新華書店
印　　裝　河北三河弘翰印務有限公司
版　　次　2017年10月第1版　2017年10月第1次印刷

開　　本　880×1230(毫米)　1/32
印　　張　135

書　　號　ISBN 978-7-5013-6269-1
定　　價　398.00圓

# 《國學基本典籍叢刊》編委會

# 《國學基本典籍叢刊》前言

國家圖書館出版社（原書目文獻出版社 北京圖書館出版社）成立三十多年來，出版了大量的中國傳統文化典籍。由於這些典籍的出版往往採用叢書的方式或綫裝形式，供公共圖書館和大學圖書館典藏使用，普通讀者因價格較高、部頭較大，不易購買使用。爲弘揚優秀傳統文化，滿足廣大普通讀者的需求，現將經、史、子、集各部的常用典籍，選擇善本，分輯陸續出版單行本。每書之前均加簡要説明，必要者加編目録和索引，總名《國學基本典籍叢刊》。歡迎讀者提出寶貴意見和建議，以使這項工作逐步完善。

國家圖書館出版社

二〇一六年四月

# 序言

明崇禎十四年(一六四一),也就是明亡前三年,蘇州貫華堂刊刻出版了金聖歎修訂評點的《水滸傳》,題名《第五才子書水滸傳》,七十五卷七十回。它當然不是《水滸傳》的早期版本,但它卻是此後三百年流傳最廣、影響最大的版本。

最早著録《水滸傳》的,是明嘉靖十九年(一五四〇)序刊的《百川書志》。該書卷六『野史』記:『《忠義水滸傳》一百卷。錢塘施耐庵的本,羅貫中編次。』施耐庵、羅貫中何許人,皆語焉不詳。明初賈仲明《録鬼簿續編》記有羅貫中其人,説他是太原人,號湖海散人,元末明初人,『與人寡合。樂府、隱語,極爲清新』。如果《録鬼簿續編》所記的羅貫中與編次《水滸傳》的羅貫中是一個人,那麽《水滸傳》當成書在元末明初。然而那個時代同名同姓的現象並不罕見,要將兩個『羅貫中』劃上等號,還需要舉出有力的證據。《第五才子書水滸傳》取消了羅貫中『編次』的資格,金聖歎在正文前三篇序文中皆稱作者是施耐庵,並僞造了一篇施耐庵的《序》,又在正文前的《宋史目》一文中明確指舊本《水滸傳》梁山一百零八人排座次之後受招安征方臘的部分爲羅貫中所續的『惡札』，《第五才子書水滸傳》將這一部分刪去，由是羅貫中也就與七十回本《水滸傳》脱離了干係。貫華堂刊本影響極大，此後一般讀者衹知道《水滸傳》的作者是施耐庵了。

《水滸傳》一百回描寫宋江等人如何以不同的方式被逼上梁山，如何以梁山爲據點除暴鋤奸與官軍對抗，如何受招安、征遼打方臘，最後遭到奸佞陷害而落得悲劇下場的波瀾壯闊的歷程。百回本名《忠義水滸傳》，所以冠以『忠義』二字，就在於小説描寫的宋江以及他領導的梁山武裝集團衹反貪官不反皇帝。宋江本不想造反，被逼上梁山後，提出的綱領是『替天行道』『忠義雙全』，一直壓制李逵等人去奪趙家皇帝的念頭。宋江一心指望朝廷招安，爲朝廷立功建業，招安之後的征遼和打方臘，踐行了他的政治綱領。中國歷朝歷代都有農民起義，從陳勝吳廣到太平天國洪秀全，没有不想當皇帝的。《忠義水滸傳》的宋江，聚衆造反卻不想當皇帝，放在農民起義的歷史中算得上是一個另類。民衆揭竿而起對抗朝廷，封建禮法一概視爲犯上造反，乃十惡不赦之彌天大罪。造反之人，不論緣由如何，也一概被視爲强盜、賊寇，一般文人是深惡痛絶的。《水滸傳》竟爲宋江一百零八人樹碑立傳，其根本原因就在他們秉持的赤膽忠心。

但是百回本所强調的『忠義』，並不被所有人認同。在封建主流意識看來，宋江一百零八人亡命江湖，儘管各有苦衷，出身和經歷也各不相同，但他們目無法紀，殺人越貨，聚嘯山林，與朝廷刀兵相見，就是强盜，實屬大逆不道，絶不能施以半點同情。尤其到了明朝崇禎年間，李自成、張獻忠的農民起義戰火已有燎原之勢，朱家王朝處於風雨飄搖之中，朝廷更視《水滸傳》爲『賊書』，是貽害人心的倡亂之作。生活在這個年代的金聖歎（一六〇八—一六六一），一方面不能接受《水滸傳》『忠義』之説，另一方面又激賞《水滸傳》的敘事藝術，於是對百回本《忠義水滸傳》進行了修訂和點評。

金聖歎對農民起義是持敵視態度的，他認爲『殺人者死，造反者族』，是天經地義的法則。《忠義水滸傳》怎麼可以赦宋江而使討方臘以自贖，並號稱『忠義』？基於這個立場，他將百回本第七十一回『梁山泊英雄排座次』以後的招安、征遼、討方臘部分盡悉删去，添上盧俊義驚噩夢作爲結尾，暗示梁山一百零八人均不得好下場。同時又對百回本正文進行了修改，主要集中在對宋江的描寫，百回本凡渲染宋江忠孝的文字，不是被抹掉，便是被淡化，總之是要突顯宋江是個狡詐的賊寇，没有半點『忠義』可言。

金聖歎不肯承認是他對《水滸》動了手腳，他在《第五才子書水滸傳》『序三』説，這是貫華堂所藏古本，他不過加以評點而已。貫華堂是蘇州韓氏的室名，還刻過金聖歎評點的《貫華堂第六才子書西廂記》，入清之後刻過金聖歎輯評的《唐才子詩甲集》。

《第五才子書水滸傳》七十五卷七十回，七十回正文前的五卷，卷一包含三篇序言，序三末署時『崇禎十四年二月十五日』。卷二包含《宋史綱》和《宋史目》，此卷版心題『宋史斷』。卷三爲

《讀第五才子書法》。卷四爲施耐庵《序》，有注云：『貫華堂所藏古本水滸傳前自有序一篇，今録之。』卷五爲『楔子』，這其實是百回本的第一回『張天師祈禳瘟疫，洪太尉誤走妖魔』。正文每卷一回，七十回，加上『楔子』，實際上保留了百回本的前七十一回。

金聖歎極力想改變《水滸傳》『忠義』的思想傾向，在正文敘事和評點文字中突出宋江賊寇之心，『使人見之，真有犬彘不食之根』。雖說如此，這些修改和評點並没有改變《水滸傳》的根本品質。《第五才子書水滸傳》七十回是百回本全書的最精彩，也是全書情節最主要的部分，它描敘了魯智深、林沖、晁蓋、武松等等被逼上梁山的傳奇經歷，真實地揭示出官逼民反的事實，而這也是《水滸傳》的精華所在。砍掉其後的招安、征遼、打方臘，未能根本損害《水滸傳》的面貌和精神。就人物描寫而言，《水滸傳》塑造的江湖好漢人數衆多，金聖歎『獨惡宋江』，在描寫宋江的文字上改動較多，而對其他人物則高擡貴手，保留了原有的風貌。所以，貫華堂七十回本的人物情節和主題思想與百回本並没有本質的不同。

金聖歎是一位文學大家，經他修訂和評點的七十回本，與當時流行的《水滸傳》各種版本比較起來，具有明顯的可讀性優勢。當時流行的版本，除百回本外，有插增了『平田虎、王慶』的文簡事繁的閩本，如一百一十回本、一百一十五回本、一百二十四回本等等；還有楊定見刊印的百回本加上閩本『平田虎、王慶』所形成的一百二十回『全傳』本。所有這些本子，敘事文字均存在這樣或那樣的問題，金聖歎對全書文字作了通盤的修訂和潤飾，使之流暢通達。他的評點，雖説是從八股時文評點脱胎而來，但透射出文學家的手眼，有不少藝術慧心之論和人生經驗之談，不失爲難得一見的文學導讀。正因爲如此，此書一出，《水滸傳》其他各種版本便被擠壓出局，它成爲三百年一枝獨秀的本子。

《第五才子書水滸傳》版行之後，翻刻者蜂起，原刻本反而被淹没，時至今日已極爲罕見。國家圖書館出版社《國學基本典籍叢刊》影印清華大學所藏貫華堂崇禎十四年刊本，係江陰劉氏舊藏，卷一鈐有『江陰劉氏』『劉半農藏書』印，是難得一見的珍本。據我所知，同樣的本子僅有日本長澤規矩也先生藏有一部（現藏日本東京大學東洋文化研究所）。如此珍本，今影印出版，大有益於廣大讀者。

石昌渝

二〇一七年國慶間

# 總目録

## 第一册



## 第二册

## 第三册



## 第四册

## 第五册



## 第六册



## 第七册

## 第八册



## 第九册

## 第一〇册



## 第一一册



## 第一二册

## 第一三册



## 第一四册

## 第一五册



## 第一六册



## 第一七册

## 第一八册



## 第一九册

## 第二〇册

# 第一册目録

據清華大學圖書館藏明崇禎十四年（一六四一）貫華堂刻本影印原書版框高二十點一厘米寬十四點一厘米

# 第五才子書施耐菴水滸傳卷之一

聖歎外書

## 序一

原夫書契之作昔者聖人所以同民心而出治道也其端肇於結繩而其盛誒而爲六經其秉簡載筆者則皆在聖人之位而又有其德者也在聖人之位則有其權有聖人之德則知其故有其權而知其故則得作而作亦

不得不作而作也是故易者導之使爲善也
禮者坊之不爲惡也書者縱以盡天運之變
詩者衡以會人情之通也故易之爲書行也
禮之爲書止也書之爲書可畏詩之爲書可
樂也故曰易圓而禮方書久而詩大又曰易
不賞而民勸禮不怒而民避書爲廟外之几
筵詩爲未朝之明堂也若有易而可以無書
也者則不復爲書也有易有書而可以無詩

也者則不復爲詩也有易有書有詩而可以
無禮也者則不復爲禮也有聖人之德則知
其故知其故則知易與書與詩與禮各有其
一故而不可以或廢也有聖人之德而又在
聖人之位則有其權有其權而後作易之後
又欲作書又欲作詩又欲作禮咸得奮筆而
遂爲之而人不得而議其罪也無聖人之位
則無其權無其權而不免有作此仲尼是也

仲尼無聖人之位而有聖人之德有聖人之
德則知其故知其故而不能已於作此春秋
是也顧仲尼必曰知我者其惟春秋乎罪我
者其惟春秋乎斯其故何哉知我惟春秋者
春秋一書以天自處學易以事繫日學書羅
列與國學詩揚善禁惡學禮皆所謂有其德
而知其故知其故而不能已於作不能已於
作而遂兼四經之長以合為一書則是未嘗

作也夫未嘗作者仲尼之志也罪我惟春秋者古者非天子不考文自仲尼以庶人作春秋而後世巧言之徒無不紛紛以作紛紛以作既久龐言無所不有君讀之而旁皇於上民讀之而惑亂於下勢必至於拉雜燔燒禍連六經夫仲尼非不知者而終不已於作是則仲尼所爲引罪自悲者也或問曰然則仲尼眞有罪乎答曰仲尼無罪也仲尼心知其

故而又自以庶人不敢輒有所作於是因史
成經不別立文而但於首大書春王正月若
曰其舊則諸侯之書也其新則天子之書也
取諸侯之書手治而成天子之書者仲尼不
予諸侯以作書之權也仲尼不肯以作書之
權予諸侯其又烏肯以作書之權予庶人哉
是故作書聖人之事也非聖人而作書其人
可誅其書可燒也作書聖人而天子之事也

非天子而作書其人可誅其書可燒也何也

非聖人而作書其書破道非天子而作書其

書破治破道與治是橫議也橫議則烏得不

燒橫議之人則烏得不誅故秦人燒書之舉

非直始皇之志亦仲尼之志乃仲尼不燒而

始皇燒者仲尼不但無作書之權是亦無燒

書之權者也若始皇燒書而并燒聖經則是

雖有其權而實無其德實無其德則不知其

故不知其故斯盡燒矣故并燒聖經者始皇之罪也燒書始皇之功也無何漢興又大求遺書當時在廷諸臣以獻書進者多有於是四方功名之士無人不言有書一時得書之多反更多於未燒之日今夫自古至今人則知燒書之爲禍至烈又豈知求書之爲禍之尤烈哉燒書而天下無書天下無書聖人之書所以存也求書而天下有書天下有書聖

人之書所以亡也燒書是禁天下之人作書也求書是縱天下之人作書也至於縱天下之人作書矣其又何所不至之與有明聖人之教者其書有之叛聖人之教者其書亦有之申天子之令者其書有之犯天子之令者其書亦有之夫誠以三代之治治之則彼明聖人之教與申天子之令者猶在所不詩何則惡其破道與治黔首不得安也如之何而

至於叛聖人之教犯天子之令而亦公然自
爲其書也原其繇來實惟上有好者下必尤
甚父子兄弟聚族撰著經營既久才思溢矣
夫應詔固須美言自娛何所不可刻畫魑魅
詆訕聖賢筆墨既酣胡可忍也是故亂民必
誅而游俠立傳市儈辱人而貨殖名篇意在
窮奇極變皇惜刳心嘔血所謂上薄蒼天下
徹黃泉不盡不快不快不止也如是者當其

初時猶尚私之於下彼此傳觀而已惟畏其
上之禁之者也殆其既久而上亦稍稍見之
稍稍見之而不免喜之不惟不之禁也夫叛
教犯令之書至於上不復禁而反喜之而天
下之人豈其復有忌憚乎哉其作者驚相告
也其讀者驚相告也驚告之後轉相祖述而
無有一人不作無有一人不讀也於是而聖
人之遺經一二篇而已諸家之書壞牛折軸

不能截連閣複室不能度也天子之教詔土苴之而已諸家之書非縹緗不爲其題非金玉不爲其籤也積漸至於今日禍且不可復言民不知偷讀諸家之書則無無不偷也民不知淫讀諸家之書則無無不淫也民不知詐讀諸家之書則無無不詐也民不知亂讀諸家之書則無不亂也夫吾向所謂非聖人而作書其書破道非天子而作書其書破治者不過

憂其附會經義示民以雜測量治術示民以明示民以雜民則難信示民以明民則難治故遂斷之破道與治是爲横議其人可誅其書可燒耳非眞有所大詭於聖經極害於王治也而然且如此若夫今日之書則豈復蒼帝造字之時之所得料亦豈復始皇燔燒之時之所得料哉是眞一誅不足以蔽其辜一燒不足以滅其跡者而禍首罪魁則漢人詔

求遺書實開之釁故曰燒書之禍烈求書之禍尤烈也燒書之禍禍在并燒聖經聖經燒而民不興於善是始皇之罪萬世不得而原之也求書之禍禍在并行私書私書行而民之於惡乃至無所不有此漢人之罪亦萬世不得而原之也然燒聖經而聖經終大顯於後世是則始皇之罪猶可追也若行私書而私書遂至災害蔓延不可復救則是漢人之

罪終不活也嗚呼君子之至於斯也聽之則不可禁之則不能其又將以何法治之與哉曰吾聞之聖人之作書也以德古人之作書也以才知聖人之作書以德則知六經皆聖人之糟粕讀者貴乎神而明之而不得櫛比字句以爲從事於經學也知古人之作書以才則知諸家皆鼓舞其菁華覽者急須搴裳去之而不得捃拾齒牙以爲譚言之微中也

於聖人之書而能神而明之者吾知其而今
而後始不敢於易之下作易傳書之下作書
傳詩之下作詩傳禮之下作禮傳春秋之下
作春秋傳也何也誠愧其德之不合而懼章
句之未安皆當大拂於聖人之心也於諸家
之書而誠能搴裳去之者吾知其而今而後
始不肯於莊之後作廣莊騷之後作續騷史
之後作後史詩之後作擬詩稗官之後作新

稗官也何也誠恥其才之不逮而徒唾沫之相襲是真不免於古人之奴也夫揚湯而不得冷則不如且莫進薪避影而影愈多則不如教之勿趨也惡人作書而示之以聖人之德與夫古人之才者蓋爲游於聖門者難爲言觀於才子之林者難爲文是亦止薪勿趨之道也然聖人之德實非夫人之能事非夫人之能事則非于小子今日之所敢及也彼

古人之才或猶夫人之能事猶夫人之能事

則庶幾予小子不揣之所得及也夫古人之

才也者世不相延人不相及莊周有莊周之

才屈平有屈平之才馬遷有馬遷之才杜甫

有杜甫之才降而至於施耐菴有施耐菴之

才董解元有董解元之才才之爲言材也凌

雲蔽日之姿其初本於破荄分莢於破荄分

莢之時具有凌雲蔽日之勢於凌雲蔽日之

堉不出破核分莢之勢此所謂材之說也又才之爲言裁也有全錦在手無全錦在目無全衣在目有全衣在心見其領知其袖見其襟知其帔也夫領則非袖而襟則非帔然左右相就前後相合離然各異而宛然共成者此所謂裁之說也今天下之人徒知有才者始能構思而不知古人用才乃繞乎構思以後徒知有才者始能立局而不知古人用才

乃繞乎立局以後徒知有才者始能琢句而不知古人用才乃繞乎琢句以後徒知有才者始能安字而不知古人用才乃繞乎安字以後此苟且與慎重之辯也言有才始能構思立局琢句而安字者此其人外未嘗矜式於珠玉內未嘗經營於慘淡隤然放筆自以爲是而不知彼之所爲才實非古人之所爲才正是無法於手而又無恥於心之事也言

其才繞乎構思以前構思以後乃至繞乎布
局琢句安字以前以後者此其人筆有左右
墨有正反用左筆不安換右筆用右筆不安
換左筆用正墨不現換反墨用反墨不現換
正墨心之所至手亦至焉心之所不至手亦
至焉心之所不至手亦不至焉心之所至手
亦至焉者文章之聖境也心之所不至手亦
至焉者文章之神境也心之所不至手亦不

至焉者文章之化境也夫文章至於心手皆
不至則是其紙上無字無句無局無思者也
而獨能令千萬世下人之讀吾文者其心頭
眼底乃窅窅有思乃搖搖有局乃鏗鏗有句
而燁燁有字則是其提筆臨紙之時才以繞
其前才以繞其後而非徒然卒然之事也故
依世人之所謂才則是文成於易者才子也
依古人之所謂才則必文成於難者才子也

依文成於易之說則是迅疾揮掃神氣揚揚者才子也依文成於難之說則必心絕氣盡面猶死人者才子也故若莊周屈平馬遷杜甫以及施耐菴董解元之書是皆所謂心絕氣盡面猶死人然後其才前後繚繞得成一書者也莊周屈平馬遷杜甫其妙如彼不復具論若夫施耐菴之書而亦必至於心盡氣絕面猶死人而後其才前後繚繞始得成書

夫而後知古人作書眞非苟且也者而世之
人猶尙不肯審已量力廢然歇筆然則其人
眞不足誅其書眞不足燒也夫身爲庶人無
力以禁天下之人作書而忽取牧豬奴手中
之一編條分而節解之而反能令未作之書
不敢復作已作之書一旦盡廢是則聖歎廓
清天下之功爲更奇於秦人之火故於其首
篇叙述古今經書興廢之大畧如此雖不敢

自謂斯文之功臣亦庶幾封關之丸泥也

序二

觀物者審名論人者辨志施耐菴傳宋江而題其書曰水滸惡之至迸之至不與同中國也而後世不知何等好亂之徒乃謬加以忠義之目嗚呼忠義而在水滸乎哉忠者事上之盛節也義者使下之大經也忠以事其上義以使其下斯宰相之材也忠者與人之大

道也義者處巳之善物也忠以與乎人義以
處乎巳則聖賢之徒也若夫耐菴所云水滸
也者王土之濱則有水又在水外則曰滸遠
之也遠之也者天下之凶物天下之所共擊
也天下之惡物天下之所共棄也若使忠義
而在水滸忠義爲天下之凶物惡物乎哉且
水滸有忠義國家無忠義耶夫君則猶是君
也臣則猶是臣也夫何至於國而無忠義此

雖惡其臣之辭而已難乎爲吾之君解也父則猶是父也子則猶是子也夫何至於家而無忠義此雖惡其子之辭而已難乎爲吾之父解也故夫以忠義予水滸者斯人必有懟其君父之心不可以不察也且亦不思宋江等一百八人則何爲而至於水滸者乎其幼皆豺狼虎豹之姿也其壯皆殺人奪貨之行也其後皆敲朴劓刖之餘也其卒皆揭竿斬

木之賊也有王者作此而誅之則千人亦快
萬人亦快者也如之何而終亦倖免於宋朝
之斧鑕彼一百八人而得倖免於宋朝者惡
知不將有若干百千萬人思得復試於後世
者乎耐菴有憂之於是奮筆作傳題曰水滸
意若以爲之一百八人即得逃於及身之誅
僇而必不得逃於身後之放逐者君子之志
也而又安以忠義予之是則將爲戒者而反

將爲勸耶豺狼虎豹而有祥麐威鳳之目殺人奪貨而有伯夷顏淵之譽劓刖之餘而有上流淸節之榮揭竿斬木而有忠順不失之稱旣已名實牴牾是非乖錯至於如此之極然則幾乎其不胥天下後世之人而惟宋江等一百八人以爲高山景行其心嚮往者哉

是故緜耐菴之水滸言之則如史氏之有檮杌是也備書其外之權詐備書其內之凶惡

所以誅前人既死之心者所以防後人未然之心也豨今日之忠義水滸言之則直與宋江之賺入夥吳用之說撞籌無以異也無惡不歸朝廷無美不歸綠林已爲盜者讀之而自豪未爲盜者讀之而爲盜也嗚呼名者物之表也志者人之表也名之不辨吾以疑其書也志之不端吾以疑其人也削忠義而仍水滸者所以存耐菴之書其事小所以存耐

菴之志其事大雖在稗官有當世之憂焉後
世之恭慎君子苟能明吾之志庶幾不易吾
言矣哉

序三

施耐菴水滸正傳七十卷又楔子一卷原序
一篇亦作一卷共七十二卷今與汝釋弓序
曰吾年十歲方入鄉塾隨例讀大學中庸論
語孟子等書意惛如也每與同塾兒竊作是

語不知習此將何爲者又窺見大人徹夜吟誦其意樂甚殊不知其何所得樂又不知盡天下書當有幾許其中皆何所言不雷同耶如是之事總未能明於心明年十一歲身體時時有小病病作輒得告假出塾吾既不好弄大人又禁不許弄仍以書爲消息而已吾最初得見者是妙法蓮華經次之則見屈子離騷次之則見太史公史記次之則見俗本

水滸傳是皆十一歲病中之創獲也離騷若多生字好之而不甚解記其一句兩句吟唱而已法華經史記解處爲多然而膽未堅剛終亦不能嘗讀其無晨無夜不在懷抱者吾於水滸傳可謂無間然矣吾每見今世之父兄類不許其子弟讀一切書亦未嘗引之見於一切大人先生此皆大錯夫兒子十歲神智生矣不縱其讀一切書且有他好又不使

之列於大人先生之間是驅之與婢僕爲伍也汝昔五歲時吾即容汝出坐一隅今年始十歲便以此書相授者非過有所寵愛或者教汝之道當如是也吾猶自記十一歲讀水滸後便有於書無所不窺之勢吾實何曾得見一書心知其然則有之耳然就今思之誠不謬矣天下之文章無有出水滸右者天下之格物君子無有出施耐菴先生右者學者

誠能澄懷格物發皇文章豈不一代文物之
林然但能善讀水滸而已爲其人綽綽有餘
也水滸所敘敘一百八人人有其性情人有
其氣質人有其形狀人有其聲口夫以一手
而畫數面則將有兄弟之形一口而吹數聲
斯不免再映也施耐菴以一心所運而一百
八人各自入妙者無他十年格物而一朝物
格斯以一筆而寫百千萬人固不以爲難也

格物亦有法汝　應知之格物之法以忠恕
爲門何謂忠天下因緣生法故忠不必學而
至於忠天下自然無法不忠火亦忠眼亦忠
故吾之見忠鐘忠耳忠故聞無不忠吾既忠
則人亦忠盜賊亦忠犬鼠亦忠盜賊犬鼠無
不忠者所謂恕也夫然後物格夫然後能盡
人之性而可以贊化育參天地今世之人吾
知之是先不知因緣生法不知因緣生法則

不知忠不知忠烏知恕哉是人生二子而不能自解也謂其妻曰舀猶舀也日猶目也鼻猶鼻尸猶尸而大兒非小兒小兒非大兒者何故而不自知實與其妻親造作之也夫不知子問之妻夫妻因緣是生其子天下之忠無有過於夫妻之事者天下之忠無有過於其子之面者審知其理而覩天下人之面察天下夫妻之事彼萬面不同豈不甚宜哉忠

恕量萬物之斗斛也因緣生法裁世界之刀尺也施耐菴左手握如是斗斛右手持如是刀尺而僅乃叙一百八人之性情氣質形狀聲口者是猶小試其端也若其文章字有字法句有句法章有章法部有部法又何異哉

吾既喜讀水滸十二歲便得貫華堂所藏古本吾日夜手鈔謬自評釋歷四五六七八月而其事方竣卽今此本是巳如此者非吾有

讀水滸之法若水滸固自爲讀一切書之法矣吾舊聞有人言莊生之文放浪史記之文雄奇始亦以之爲然至是忽啞然其笑古今之人以瞽語瞽眞可謂一無所知徒令小兒腸痛耳夫莊生之文何嘗放浪史記之文何嘗雄奇彼殆不知莊生之所云而徒見其忽言化魚忽言解牛尋之不得其端則以爲放浪徒見史記所記皆劉項爭鬬之事其他又

不出於殺人報仇捐金重義爲多則以爲雄奇也若誠以吾讀水滸之法讀之正可謂莊生之文精嚴史記之文亦精嚴不寧惟是而已蓋天下之書誠欲藏之名山傳之後人即無有不精嚴者何謂之精嚴字有字法句有句法章有章法部有部法是也夫以莊生之文雜之史記不似史記以史記之文雜之莊生不似莊生者莊生意思欲言聖人之道史

記攄其怨憤而已其志不同不相爲謀有固然者毋足怪也若復置其中之所論而直取其文心則惟莊生能作史記惟子長能作莊子吾惡乎知之吾讀水滸而知之矣夫文章小道必有可觀吾黨斐然尚須裁奪古來至聖大賢無不以其筆墨爲身光耀只如論語一書豈非仲尼之微言潔淨之篇節然而善論道者論道善論文者論文吾嘗觀其製作

又何其甚妙也學而一章三唱不亦歎觚之

篇有四觚字餘者一不兩哉而已質勝文則

野文勝質則史其文交互而成知之者不如

好之者好之者不如樂之者其法傳接而出

山水動靜樂壽譬禁樹之對生子路問聞斯

行如晨鼓之頻發其他不可悉數約畧皆佳

構也彼莊子史記各以其書獨步萬年萬年

之人莫不歎其何處得來若自吾觀之彼亦

豈能有其多才者乎皆不過以此數章引而伸之觸類而長之者也水滸所敘敘一百八人其人不出綠林其事不出劫殺失教喪心誠不可訓然而吾獨欲略其形跡伸其神理者葢此書七十回數十萬言可謂多矣而舉其神理正如論語之一節兩節瀏然以清湛然以明軒然以輕濯然以新彼豈非莊子史記之流哉不然何以有此如必欲苛其形跡

則夫十五國風淫汚居半春秋所書弑奪十九不聞惡神奸而棄禹鼎憎檮杌而誅倚相此理至明亦易曉矣嗟乎人生十歲耳目漸吐如日在東光明發揮如此書吾即欲禁汝不見亦豈可得今如不可相禁而反出其舊所批釋脫然授之於手也夫固以爲水滸之文精嚴讀之即得讀一切書之法也汝眞能善得此法而明年經業旣畢便以之遍讀天

下之書其易果如破竹也者夫而後歎施耐菴水滸傳眞爲文章之總持不然而猶如嘗見之汎覽者而已是不惟負施耐菴亦殊負吾汝試思之吾如之何其不鬱鬱乎哉

皇帝崇禎十四年二月十五日

# 第五才子書施耐菴水滸傳卷之二

聖歎外書

宋史綱

淮南盗宋江掠京東諸郡知海州張叔夜擊降之

史臣斷曰赦罪者天子之大恩定罪者君子之大法宋江掠京東諸郡其罪應死此書降而不書誅則是當時已赦之也葢盗之初非生而爲盗也父兄失教於前饑寒驅迫於後

而其才與其力又不堪以鬱鬱讓人於是無端入草一嘯羣聚始而奪貨既而稱兵皆有之也然其實誰致之失教誰致之饑寒誰致之有才與力而不得自見萬方有罪罪在朕躬成湯所云不其然乎孰非賞之亦不竊者而上既陷之上又刑之仁人在位而罔民可爲卽豈稱代天牧民之意哉故夫降之而不誅爲天子之大恩處盜之善法也若在君子

則又必不可不大正其罪而書之曰盜者君
子非不知盜之初非生而爲盜與夫旣赦以
後之樂與更始亦不復爲盜也君子以爲天
子之職在養萬民養萬民者愛民之命雖蜎
飛蝡動動關上帝生物之心君子之職在教
萬民教萬民者愛民之心惟一朝一夕必歷
履霜爲冰之懼故盜之後誠能不爲盜者天
子力能出之湯火而置之衽席所謂九重之

上大開遷善之門也乃盜之後未必遂無盜者君子先能圖其神奸而鎮以禹鼎所謂三尺之筆眞有雷霆之怒也蓋一朝而赦者天子之恩百世不貶者君子之法宋江雖降而必書曰盜此春秋謹嚴之志所以昭往戒防未然正人心輔王化也後世之人不察於此而裒然於其外史冠之以忠義之名而又從而節節稱歎之嗚呼彼何人斯毋乃有亂逆

之心矣夫
張叔夜之擊宋江而降之也宋史大書之曰
知海州者何予之也何予乎張叔夜予其眞
能知海州者也何也蓋君子食君之食受君
之命分君之地牧君之民則曰知某州知之
爲言司其事也老者未安爾知其安少者未
育爾知其育饑者未食爾知樹畜寒者未衣
爾知蠶桑勞者未息爾知息之病者未愈爾

知愈之愚者未教爾知教之賢者未舉爾知舉之夫如是然後謂之不廢厥職三年報政而其君勞之錫之以燕享贈之以歌詩處之以不次延之以黃閣蓋知州眞爲天子股肱心膂之臣非苟且而已也自官箴旣墜而肉食者多民廢田業官亦不知民學游手官亦不知民多饑餓官亦不知民漸行劫官亦不知如是卽不免至於盜賊蠭起也而問其城

郭官又不知問其兵甲官又不知問其糧草
官又不知問其馬匹官又不知嗟乎既已一
無所知而又欺其君曰吾知某州夫爾知某
州何事者哉宋史於張叔夜擊降宋江而獨
大書知海州者重予之也
史臣之爲此言也是猶寛厚言之者也若夫
官知某州則實何事不知者乎關節則知通
也權要則知跪也催科則知加耗也對簿則

知罰贖也民戶殷富則知波連以逮之也吏胥狡獪則知心膂以托之也其所不知者誠「一無所知乃其所知者且無一而不知也嗟乎嗟乎一無所知僅不可以爲官若無一不知不且儼然爲盜乎哉誠安得張叔夜其人以擊宋江之餘力而遍擊之也

宋史目

宋江起爲盜以三十六人橫行河朔轉掠十郡官

軍莫敢嬰其鋒知亳州侯蒙上書言江才必有大過人者不若赦之使討方臘以自贖帝命蒙知東平府未赴而卒又命張叔夜知海州江將至海州叔夜使間者覘所向江徑趨海濱劫鉅舟十餘載鹵獲叔夜募死士得千人設伏近城而出輕兵距海誘之戰先匿壯卒海旁伺兵合舉火焚其舟賊聞之皆無鬬志伏兵乘之擒其副賊江乃降

史臣斷曰觀此而知天下之事無不可爲而

特無爲事之人夫當宋江以三十六人起於河朔轉掠十郡而十郡官軍莫之敢嬰也此時豈復有人謂其饑獸可縛野火可撲者哉一旦以朝廷之靈而有張叔夜者至夫張叔夜則猶之十郡之長官耳非食君父之食獨多非蒙國家之知遇獨厚也者且宋江則亦非獨雄於十郡而獨怯於海州者也然而前則恣其劫殺無敢如何後則一朝成擒如風

迅埽者此無他十郡之長官各有其妻子各
有貲重重各有其祿位各有其性命而轉顧
既多大計不决賊騾乘之措手、莫及也張叔
夜不過無妻子可戀無貲重可憂無祿位可
求無性命可惜所謂爲與不爲維臣之責濟
與不濟皆君之靈不過如是而彼朱江三十
六人者已悉縶其臂而投麾下嗚呼史書叔
夜募死士得千人夫豈知叔夜固爲第一死

士乎哉傳曰見危致命又曰臨事而懼好謀
而成又曰我戰則克又曰可以寄百里之命
張叔夜有焉豈不矯矯社稷之臣也乎

侯蒙欲赦宋江使討方臘一語而八失焉以
皇皇大宋不能奈何一賊而計出於赦之使
牘夫美其辭則曰赦曰牘其實正是溫語求
息失朝廷之尊一也殺人者死造反者族法
也劫掠至於十郡肆毒實惟不小而輕與議

敎壞國家之法二也方臘所到殘破不問皇
師震怒而仰望掃除於綠林之三十六人顯
當時之無人三也誘一賊攻一賊以與兩鬬
一傷烏知賊中無人不窺此意而大笑乎勢
將反教之合而令猖狂愈甚四也武功者天
下豪傑之士捐其頭顱肢體而後得之今忽
以爲盜賊出身之地使壯夫削色五也傳言
四郊多壘大夫之辱今更無人出手犯難爲

君解憂而徒欲以詔書爲弭亂之具有負養士百年之恩六也有罪者可赦無罪者生心從此無治天下之術七也若謂其才有過人者則何不用之未爲盜之先而顧爲之旣爲盜之後當時宰相爲誰顚倒一至於是八也

嗚呼君子一言以爲智一言以爲不智如侯蒙其人者亦幸而遂死耳脫眞得知東平惡知其不大敗公事爲世僇笑者哉何羅貫中

不達循祖其說而有續水滸傳之惡札也

第五才子書施耐菴水滸傳卷之三

聖歎外書

讀第五才子書法

大凡讀書○先要曉得作書之人○是何心胸○如史記○須是太史公一肚皮宿怨發揮出來○所以他於游俠貨殖○傳特地着精神○乃至其餘諸記傳中○凡遇揮金殺人之事○他便嘖嘖賞歎不置○一部史記○只是緩急人所時有六箇

○字是他一生著書旨意○水滸傳○却不然○施耐
菴本無一肚皮宿怨要發揮出來只是飽煖
無事○又值心閒○不免伸紙弄筆○尋箇題目○寫
出自家許多錦心繡口○故其是非皆不謬於
聖人○後來人不知○却於水滸上加忠義字○遂
并比於史公發憤著書一例○正是使不得○
水滸傳有大段正經處○只是把宋江深惡痛
絕○使人見之○真有犬彘不食之恨○從來人却

是不曉得○

水滸傳獨惡宋江○亦是殲厥渠魁之意○其餘

便饒恕了○

或問施耐菴尋題目寫出自家錦心繡口○題

目儘○有何苦定要寫此一事○答曰○只是貪他

三十六箇人○便有三十六樣出身○三十六樣

面孔○三十六樣性格○中間便結撰得來○

題目是作書第一件事○只要題目好○便書也

作得好○或問題目如西遊三國如何○答曰這箇都不好○三國人物事體說話太多了○筆下拖不動○踅不轉○分明如官府傳話奴才○只是把小人聲口替得這句出來○其實何曾自敢添減一字○西遊又太無脚地了○只是逐段捏捏撮撮○譬如大年夜放煙火○一陣一陣過○中間全沒貫串○便使人讀之處處可住○

水滸傳方法○都從史記出來○卻有許多勝似
史記處○若史記妙處○水滸已是件件有○
凡人讀一部書○須要把眼光放得長○如水滸
傳七十回○只用一目俱下○便知其二千餘紙○
只是一篇文字○中間許多事體○便是文字起
承轉合之法○若是拖長看去○卻都不見○
水滸傳不是輕易下筆○只看宋江出名直在
第十七回○便知他胸中已算過百十來遍○若

使輕易下筆○必要第一回就寫宋江○文字便一直帳○無擒放○某嘗道水滸勝似史記○人都不肯信○殊不知某却不是亂說○其實史記是以文運事○水滸是因文生事○以文運事○是先有事生成如此如此○却要算計出一篇文字來○雖是史公高才○也畢竟是喫苦事○因文生事即不然○只是順着筆性去○削高補低都繇我○

作水滸傳者○真是識力過人○某看他一部書○要寫一百單八箇强盜○却爲頭推出一箇孝子來做門面○一也○三十六員天罡○七十二座地煞○却倒是三座地煞先做强盜○顯見逆天而行○二也○盜魁是宋江了○却偏不許他便出頭○另又幻一晁蓋蓋住在上○三也○天罡地煞○都置第二○不使出現○四也○臨了收到天下太平四字作結○五也○

三箇石碣字是一部水滸傳大段落○

水滸傳不說鬼神怪異之事是他氣力過人處○西遊記每到弄不來時便是南海觀音救了○

水滸傳並無之乎者也等字○一樣人便還他一樣說話○真是絕奇本事○

水滸傳一箇人出來○分明便是一篇列傳○至於中間事蹟○又逐段逐段自成文字○亦有兩

三卷成一篇者亦有五六句成一篇者

別一部書看過一遍即休獨有水滸傳只是

看不厭無非爲他把一百八箇人性格都寫

出來

水滸傳寫一百八箇人性格眞是一百八樣

若別一部書任他寫一千箇人也只是一樣

便只寫得兩箇人也只是一樣

水滸傳章有章法句有句法字有字法人家

子弟稍識字○便當教令反覆細看○看得水滸傳出時○他書便如破竹○

江州城劫法場一篇○奇絕了○後面卻又有大名府劫法場一篇○一發奇絕○潘金蓮偷漢一篇○奇絕了○後面卻又有潘巧雲偷漢一篇○一發奇絕○景陽岡打虎一篇○奇絕了○後面卻又有沂水縣殺虎一篇○一發奇絕○真正其才如海○

劫法擄偷漢打虎都是極難題目直是沒有

下筆處他偏不怕定要寫出兩篇

宣和遺事具載三十六人姓名可見三十六

人是實有只是七十回中許多事蹟須知都

是作書人憑空造謊出來如今却因讀此七

十回反把三十六箇人物都認得了任憑提

起一箇都似舊時熟識文字有氣力如此

一百八人中定考武松上上時遷宋江是一

流人。定考下下。

魯達自然是上上人物。寫得心地厚實。體格闊大。論麤鹵處。他也有些麤鹵。論精細處。他亦甚是精細。然不知何故看來便有不及武松處。想魯達已是人中絕頂。若武松直是天神。有大段及不得處。

水滸傳只是寫人麤鹵處。便有許多寫法。如魯達麤鹵是性急。史進麤鹵是少年任氣。李

逵麤鹵是蠻○武松麤鹵是豪傑不受羈靮○阮小七麤鹵是悲憤無說處○焦挺麤鹵是氣質不好○

李逵是上上人物○寫得真是一片天眞爛熳到底○看他意思○便是山泊中一百七人○無一箇入得他眼○孟子富貴不能淫○貧賤不能移○威武不能屈○正是他好批語○

看來作文全要胸中先有緣故○若有緣故時○

便隨手所觸。都成妙筆。若無緣故時。直是無動手處。便作得來。也是嚼蠟。只如寫李逵。豈不段段都是妙絕文字。却不知正爲段段都在宋江事後。故便妙不可言。蓋作者只是痛恨宋江奸詐。故處處緊接出一段李逵朴誠來。做個形擊。其意思自在顯宋江之惡。却不料反成李逵之妙也。此譬如刺鎗。本要殺人。反使出一身家數。

近世不知何人不曉此意○卻節出李逵事來○另作一冊題曰壽張文集○可謂咬人屎撅不是好狗○

寫李逵色色絕倒○眞是化工肖物之筆○他都不必具論○只如逵還有兄李逵便定然排行第二也○他卻偏要一生自叫李大○直等急切中移名換姓時○反稱作李二○謂之乖覺○試想他肚裏是何等沒分曉○

任是真正大豪傑好漢子○也還有時將銀子買得他心肯○獨有李逵便銀子○也買他不得○須要等他自肯○真又是一樣人○

林冲自然是上上人物○寫得只是太狠○看他算得到○熬得住○把得牢○做得徹○都使人怕○這般人在世上○定做得事業來○然琢削元氣也不少○

吳用定然是上上人物○他奸猾便與宋江一

般○只是比宋江○却心地端正○宋江是純用術數去籠絡人○吳用便明明白白驅策羣力○有軍師之體○吳用與宋江差處○只是吳用却肯明白說自家是智多星○宋江定要說自家志誠質朴○宋江只道自家籠罩吳用○吳用却又實實籠罩宋江○兩箇人○心裏各各自知○外面又各各只做不知○寫得眞是好看煞人○

花榮自然是上上人物，寫得恁地文秀。○阮小七是上上人物，寫得另是一樣氣色。一百八人中，眞要算做第一箇快人，心快口快，使人對之，齷齪都銷盡。○楊志、關勝是上上人物。楊志寫來是舊家子弟，關勝寫來全是雲長變相。○秦明、索超是上中人物。○史進只算上中人物，為他後半寫得不好。○

呼延灼却是出力寫得來的然只是上中人物盧俊義柴進只是上中人物盧俊義傳也算極力將英雄員外寫出來了然終不免帶些二呆氣譬如畫駱駝雖是龐然大物却到底看來覺道不俊柴進無他長只有好客一節朱仝與雷横是朱仝寫得好然兩人都是上中人物

楊雄與石秀○是石秀寫得好○然石秀便是中上人物○楊雄竟是中下人物○

公孫勝便是中上人物○備員而已○

李應只是中上人物○然也是體面上定得來○寫處全不見得○

阮小二阮小五張横張順○都是中上人物○燕青是中上人物○劉唐是中上人物○徐寧董平是中上人物○

戴宗是中下人物○除却神行○一件不足取○

吾最恨人家子弟○凡遇讀書○都不理會文字○只記得若干事跡○便算讀過一部書了○雖國策史記○都作事跡搬過去○何況水滸傳○

水滸傳有許多文法○非他書所曾有○畧點幾則於後○

有倒挿法○謂將後邊要緊字○驀地先挿放前邊○如五臺山下鐵匠間壁父子客店○又大相

國寺嶽廟閙壁菜園○又武大娘子要同王乾娘去看虎○又李逵去買棗糕○收得湯隆等是也○

有夾叙法○謂急切裏兩箇人一齊說話○須不是一箇說完了○又一箇說○必要一筆夾寫出○來如瓦官寺崔道成說師兄息怒○聽小僧說○魯智深說你說你說等是也○

有草蛇灰線法○如景陽岡勤叙許多哨棒字○

紫石街連寫若干簾子字等是也○驟看之○有
如無物○及至細尋○其中便有一條線索○拽之
通體俱動○
有大落墨法○如吳用說三阮○楊志北京鬭武○
王婆說風情○武松打虎○還道村捉宋江○二打
祝家莊等是也○
有綿針泥刺法○如花榮要宋江開枷○宋江不
肯○又晁蓋番番要下山○宋江番番勸住○至最

後一次便不勸是也○筆墨外便有利刃直戳進來○

有背面鋪粉法○如要襯宋江奸詐○不覺寫作李逵眞率○要襯石秀尖利○不覺寫作楊雄糊塗是也○

有弄引法○謂有一段大文字不好突然便起○且先作一段小文字在前引之○如索超前先寫周謹○十分光前○先說五事等是也○莊子云

始於青萍之末○盛於土囊之口○禮云○魯人有
事於泰山○必先有事於配林○
有獺尾法○謂一段大文字後○不好寂然便住○
更作餘波演漾之○如梁中書東郭演武歸去
後○知縣時文彬升堂○武松打虎下岡來○遇着
兩個獵戶○血濺鴛鴦樓後○寫城壕邊月色等
是也○
有正犯法○如武松打虎後○又寫李逵殺虎○又

寫二解爭虎潘金蓮偷漢後又寫潘巧雲偷
漢江州城劫法場後又寫大名府劫法場何
濤捕盜後又寫黃安捕盜林冲起解後又寫
盧俊義起解朱仝雷橫放晁蓋後又寫朱仝
雷橫放宋江等正是要故意把題目犯了却
有本事出落得無一點一畫相借以爲快樂
是也真是渾身都是方法
有畧犯法如林冲買刀與楊志賣刀唐牛兒

與鄆哥○鄭屠肉舖○與蔣門神快活林○死官寺試禪杖○與蜈蚣嶺試戒刀等是也○有極不省法○如要寫宋江犯罪○却先寫招文袋金子○却又先寫閻婆惜和張三有事○却又先寫宋江討閻婆惜○却又先寫宋江捨棺材等○凡有若干文字○都非正文是也○

有極省法○如武松迎入陽穀縣○恰遇武大也○搬來○正好撞着○又如宋江琵琶亭喫魚湯後○

連日破腹等是也○

有欲合故縱法○如白龍廟前李俊二張二童

二穆等救船已到○却寫李逵重要殺入城去○

還道村玄女廟中○趙能趙得都已出去○却有

樹根絆跌士兵叫，○賊等令人到臨了○又加倍

喫嚇是也○

有橫雲斷山法○如兩打祝家莊後○忽插出解

珍解寶爭虎越獄事○又正打大名城時○忽插

出截江鬼油裏鰍謀財傾命事等是也○只為
文字太長了○便恐累墜故從半腰間暫時閃
○出以間隔之○
有鸞膠續絃法○如燕青往梁山泊報信路遇
楊雄石秀○彼此須互不相識○且繇梁山泊到
大名府○彼此既同取小徑○又豈有止一小徑
之理○看他便順手借如意子打鵲求卦○先鬬
出巧來○然後用一拳打倒石秀○逗出姓名來

等是也都是刻苦算得出來

舊時水滸傳子弟讀了便曉得許多閑事此本雖是點閱得粗略子弟讀了便曉得許多文法不惟曉得水滸傳中有許多文法他便將國策史記等書中間但有若干文法也都看得出來舊時子弟讀國策史記等書都只看了閑事煞是好笑

水滸傳到底只是小說子弟極要看及至看

了時。却憑空使他胸中添了若干文法。

人家子弟。只是胸中有了這些文法。他便國策史記等書。都肯不釋手看。水滸傳有功於子弟不少。

舊時水滸傳。販夫皂隸都看。此本雖不曾增減一字。却是與小人沒分之書。必要眞正有錦繡心腸者。方解說道好。

# 第五才子書施耐菴水滸傳卷之四

聖歎外書

貫華堂所藏古本水滸傳前自有序一篇今録之

人生三十而未娶不應更娶四十而未仕不應更仕五十不應爲家六十不應出游何以言之用違其時事易盡也朝日初出蒼蒼涼涼澡頭面裹巾幘進盤飧嚼楊木諸事甫畢起問可中中已久矣

中前如此中後可知一日如此三萬六千日何有以此思憂竟何所得樂矣每怪人言某甲於今若干歲夫若干者積而有之之謂今其歲積在何許可取而數之否可見巳往之吾悉巳變滅不寧如是吾書至此句此句以前巳疾變滅是以可痛也

快意之事莫若友快友之快莫若談其誰曰不然然亦何曾多得有時風寒有時泥雨有時卧病有時不值如是等時真住牢獄矣舍下薄田不多多

種秫米身不能飲吾友來需飲也舍下門臨大河嘉樹有蔭爲吾友行立蹲坐處也舍下執炊爨理盤槅者僅老婢四人其餘凡畜童子大小十有餘人便於馳走迎送傳接簡帖也舍下童婢稍閒便課其縛帚織席縛帚所以埽地織席供吾友坐也吾友畢來當得十有六人然而畢來之日爲少非甚風雨而盡不來之日亦少大率日以六七人來爲嘗矣吾友來亦不便飲酒欲飲則飲欲止先止

各隨其心不以酒爲樂以談爲樂也吾友談不及
朝廷非但安分亦以路遥傳聞爲多傳聞之言無
實無實卽唐喪唾津矣亦不及人過失者天下之
人本無過失不應吾誣諉之也所發之言不求驚
人人亦不驚未嘗不欲人解而人卒亦不能解者
事在性情之際世人多忙未曾嘗聞也吾友旣皆
繡淡通闊之士其所發明四方可遇然而每日言
畢卽休無人記録有時亦思集成一書用贈後人

而至今闕如者名心既盡其心多懶一微言求樂著書心苦二身死之後無能讀人三今年所作明年必悔四也是水滸傳七十一卷則吾友散後燈下戲墨為多風雨甚無人來之時半之然而經營於心久而成習不必伸紙執筆然後發揮蓋薄莫籬落之下五更臥被之中垂首撚帶睇目觀物之際皆有所遇矣或若問言既已未嘗集為一書云何獨有此傳則豈非此傳成之無名不成無損一

心閒試弄舒卷自恣二無賢無愚無不能讀三文章得失小不足悔四也嗚呼哀哉吾生有涯吾嗚乎知後人之讀吾書者謂何但取今日以示吾友吾友讀之而樂斯亦足耳且未知吾之後身讀之謂何亦未知吾之後身得讀此書者乎吾又安所用其眷念哉東都施耐庵序

第五才子書施耐庵水滸傳卷之四

第五才子書施耐菴水滸傳卷之五

聖歎外書

試看書林隱處，幾多俊逸儒流，虛名薄利不關愁，
裁冰及剪雪，談笑看吳鈎。評議前王并後帝，分真
偽占據中州，七雄擾擾亂春秋，興亡如脆柳，身世
類虛舟。見成名無數，圖名無數，更有那逃名無數。
霎時新月下長川，滄海變桑田古路，訝求魚緣木，
擬窮猿擇木，又恐是傷弓曲木。不如且覆掌中杯，

再聽取新聲曲度

楔子

張天師祈禳瘟疫

洪太尉誤走妖魔

哀哉乎○此書旣成○而命之曰水滸也○是一百
八人者○爲有其人乎○爲無其人乎○誠有其人
也○即○何○心○而○至○於○水○滸○也○爲無其人也○則○是○
爲○此○書○者○之○胸○中○吾○不○知○其○有○何○等○冤○苦○而○

必設言一百八人而又遠托之於水涯吾聞

率土之濱莫非王臣普天之下莫非王土也

一百八人而無其人猶巳耳一百八人而有

其人彼豈真欲以宛子城蓼兒洼者為非復

趙宋之所覆載乎哉吾讀孟子至伯夷避紂

居北海之濱太公避紂居東海之濱二語未

嘗不歎紂雖不善不可避也海濱雖遠猶紂

地也二老倡衆去故就新雖以聖人非盛節

也彼孟子者自言願學孔子實未離於戰國游士之習故猶有此言未能滿於後人之心若孔子其必不出於此今一百八人而有其人殆不止於伯夷太公居海避紂之志矣大義滅絕其何以訓若一百八人而無其人也則是爲此書者之設言也爲此書者吾則不知其胸中有何等寃苦而爲如此設言然以賢如孟子猶未免於大醇小疵之譏其何責

於稗官後之君子亦讀其書哀其心可也

古人著書每每若干年布想若干年儲材又復若干年經營點竄而後得脫於稿裒然成爲一書也今人不會看書往往將書容易混帳過去於是古人書中所有得意處不得意處轉筆處難轉筆處趁水生波處翻空出奇處不得不補處不得不省處順添在後處倒插在前處無數方法無數筋節悉付之於茫

然不知而僅僅粗記前後事跡是否成敗以助其酒前茶後雄譚快笑之旗鼓嗚呼史記稱五帝之文尚不雅馴而爲薦紳之所難言奈何乎今忽取綠林豪猾之事而爲士君子之所雅言乎吾特悲讀者之精神不生將作者之意思盡沒不知心苦實負良工故不辭不敏而有此批也

此一回古本題曰楔子楔子者以物出物之

謂也以瘟疫爲楔楔出祈禳以祈禳爲楔楔
出天師以天師爲楔楔出洪信以洪信爲楔
楔出遊山以遊山爲楔楔出開碣以開碣爲
楔楔出三十六天罡七十二地煞此所謂正
楔也中間又以康節希夷二先生楔出劫運
定數以武德皇帝包拯狄青楔出星辰名字
以山中一虎一蛇楔出陳達楊春以洪信驕
情傲色楔出高俅蔡京以道童猥獕難認直

楔出第七十回皇甫相馬作結尾此所謂奇楔也

紛紛五代亂離間，一旦雲開復見天。草木百年新雨露，車書萬里舊江山。尋嘗巷陌陳羅綺，幾處樓臺奏管絃。天下太平無事日，鶯花無限日高眠。（好詩）

（一部大書詩起詩結天下太平起天下太平結）話說這八句詩乃是故宋神宗天子朝中一箇名儒，姓邵諱堯夫，道號康節先生所作（一箇算數先生）。為歎五代殘唐天下干戈不息那時朝屬梁暮屬晉正謂是朱李石劉郭梁唐晉漢周都來十五帝播亂五十秋（十五五十顛倒二數　大衍河圖中宮便妙）後來感得天道循環向甲馬營中生下太祖武德皇帝來（大書武德皇帝見此　一朝不用掉文袋子）這朝聖人出世紅光滿天（聖人出世紅光滿天　妖魔出世黑氣一道）異香經宿不散乃是上界霹靂大仙下降（爲天罡地煞　先作映襯）英雄勇猛智量寬洪自古帝王都不及這朝天子一條桿棒等身齊打四百座軍州都姓趙（絕妙好辭可見全部　鎗棒悉從一王之制）

矣。那天子掃淸寰宇蕩靜中原國號大宋建都汴
梁九朝八帝班頭四百年開基帝主因此上邵堯
夫先生讚道一旦雲開復見天正如教百姓再見
天日之面一般那時西嶽華山有箇陳摶處士一又
箇算數先生○兩位先生胸中算定有六六三十六員重之七十二座矣
是箇道高有德之人能辨風雲氣色一日騎驢下山向那華陰
道中正行之間聽得路上客人傳說藏下一大部評話如
今東京柴世宗讓位與趙簡點登基那陳摶先生

聽得心中歡喜以手加額在驢背上大笑攧下驢

來人問其故那先生道天下從此定矣正乃上合

天心下合地理中合人和自庚申年間受禪開基

即位在位一十七年天下太平傳位與御弟太宗

立乎元。揖乎宋。傳位御弟。傳疑也。太宗皇帝在位二十二年傳位

與真宗皇帝真宗又傳位與仁宗這仁宗皇帝乃

○○○○○

是上界赤脚大仙又爲天罡地煞先作映襯。降生之時晝夜啼

哭不止朝廷出給黃榜召人醫治感動天庭差遣

太白金星下界一忽然轉出一座星辰。爲一百單八座星辰作引。化作一老叟前來揭了黃榜自言能止太子啼哭看榜官員引至殿下朝見真宗天子聖旨教進內苑看視太子那老叟直至宮中抱着太子耳邊低低說了八箇字太子便不啼哭奇事奇文。那老叟不言姓名只見化陣清風而去耳邊道八箇甚字道是文有文曲武有武曲一忽然從一座星辰。又轉出兩座星辰。爲一百單八座作引。妙妙。○八箇字。只是四箇字。奇情奇文。端的是玉帝差遣紫微宮中兩座星辰

○○○○○○○○
下來輔佐這朝天子星辰以座論·奇事·星辰可以下來·奇事·星辰被玉帝差遣
○○○○○○○○
下來·奇事·玉帝差遣星辰下來輔佐天子·奇事·文曲星乃是南衙開封府
○○○○○○○○○○○○○○○○
主龍圖閣大學士包拯武曲星乃是征西夏國大
○○○○
元帥狄青申呂嶽降·傳說列星·變用得好·這兩箇賢臣出來輔佐
這朝皇帝在位四十二年改了九箇年號自天聖
元年癸亥登基至天聖九年那時天下太平五穀
○○○○○
豐登萬民樂業路不拾遺戶不夜閉這九年謂之
○○
一登一登二登三登·有據無據·撰成妙語·自明道元年至皇祐三年

這九年亦是豐富謂之二登自皇祐四年至嘉祐二年這九年田禾大熟謂之三登一連三九二十七年號爲三登之世九年一登。又九年二登。又九年三登。一連三九二十七年。號爲三登之世。筆意都從康節希夷兩先生生來。那時百姓受了些快樂誰道樂極悲生嘉祐三年春間天下瘟疫盛行自江南直至兩京無一處人民不染此症天下各州各府雪片也似申奏將來且說東京城裏城外軍民死亡大半開封府主包待制親將惠民和濟局

方自出俸資合藥救治萬民那里醫治得自是正事不可
不先補出瘟疫越盛文武百官商議都向待漏院中聚
會伺候早朝奏聞天子是日嘉祐三年三月三日
合成九數陽極於九數之窮也易窮則變變出一部水滸傳來五更三點天子駕
坐紫宸殿受百官朝賀已畢當有殿頭官喝道有
事出班早奏無事捲簾退朝只見班部叢中宰相
趙哲參政文彥博出班奏道目今京師瘟疫盛行
傷損軍民甚多伏望陛下釋罪寬恩省刑薄稅自是

正論不可不先補出祈禳天災救濟萬民天子聽奏急敕翰林院隨即草詔一面降赦天下罪囚應有民間稅賦悉皆赦免一面命在京宮觀寺院修設好事禳災不料其年瘟疫轉盛仁宗天子聞知龍體不安復會百官計議向那班部中有一大臣越班啓奏天子看時乃是參知政事范仲淹拜罷起居奏道今天災盛行軍民塗炭日夕不能聊生以臣愚意要禳此災可宜嗣漢天師星夜臨朝就京禁院修

設三千六百分羅天大醮奏聞上帝可以禳保民
間瘟疫不必真出希文只是臨文相借耳○先是藥局文是修省第三段方轉出祈禳來
仁宗天子准奏急令翰林學士草詔一道天子御
筆親書詔并降御香一炷香欽差內外提點殿前
太尉洪信為天使前往江西信州龍虎山宣請嗣
漢天師張真人星夜來朝祈禳瘟疫就金殿上焚
起御香香親將丹詔付與洪太尉詔即便登程前
去洪信領了聖敕辭別天子背了詔書詔盛了御

香帶了數十人、上了鋪馬、一行部從、離了東京、取路逕投信州貴溪縣來、不止一日、來到江西信州、大小官員出郭迎接、隨即差人報知龍虎山上清宮住持道衆、準備接詔、（是日官員接詔、報知道衆、）次日衆位官同送太尉、到於龍虎山下、只見上清宮許多道衆、鳴鐘擊皷、香花燈燭、幢幡寶蓋、一派仙樂、都下山來迎接丹詔、（次日官員送太尉、道衆接詔。）直至上清宮前下馬、當下上至住持真人、下及道童侍從、前迎後

引接至三清殿上請將詔書居中供養着上下前後詔書

据中錦心繡口隨筆成妙洪太尉便問監宮真人道天師今在

何處住持真人向前禀道好教太尉得知這代祖

師號曰虛靖天師性好清高倦於迎送自向龍虎

山頂結一茅庵修真養性因此不住本宮太尉道

目今天子宣詔如何得見真人答道容禀詔敕權

供在殿上貧道等亦不敢開讀且請太尉到方丈

獻茶再煩計議當時將丹詔供養在三清殿上詔

與衆官都到方丈太尉居中坐下執事人等獻茶就進齋供水陸俱備齋罷太尉再問眞人道既然天師在山頂庵中何不着人請將下來相見開宣丹詔眞人稟道這代祖師雖在山頂其實道行非常能駕霧興雲踪跡不定貧道等時常亦難得見怎生教人請得下來太尉道似此如何得見目今京師瘟疫盛行今上天子特遣下官齎捧御書丹詔親捧龍香來請天師要做三千六百分羅天大

醮以禳天災救濟萬民似此怎生奈何真人稟道○○○○○○○○○○○○○天子要救萬民只除是太尉辦一點志誠心此語不獨指祈禳瘟疫也。夫天子則豈有不要救萬民者。天子要救萬民。則豈有不倚托太尉者。太尉若無誠心。則豈能救得萬民者。太尉救不得萬民。則豈能仰答天子者。語雖不多。而其指甚遠。其斯以為真人也乎。齋戒沐浴更換布衣休帶從人自背詔書焚燒御香步行上山禮拜叩請天師方許得見如若○○○○○○○○○○○○○心不志誠空走一遭亦難得見太尉聽說道俺從京師食素到此如何心不志誠既然恁地依着你說明日絕早上山當曉各自權歇次日五更時分衆道士起來備下香湯請太尉起來沐浴換了一身新鮮布衣脚下穿上麻鞋草履喫了素齋取過丹詔用黃羅包袱背在脊梁上詔。手裏提着銀手爐降降地燒着御香香。許多道衆人等送到後山指與路徑眞人又禀道太尉要救萬民休生退悔之心只顧志誠上去總是敎太尉以爲天子救萬民之要訣非爲今日請天師叮嚀遍。太尉別了衆人口誦天尊寶號縱步上山來獨自一箇行了一回盤坡轉徑攬葛攀藤約莫走過了數箇山頭三二里多路看看脚酸腿軟正走不動口裏不說肚裏躊躇心中想道我是朝廷貴官（醜語○朝廷貴官四字毆却無數英雄入水泊此語却是此老說起）在京師時重裀而臥列鼎而食尚兀自倦息（妙語絕倒○重裀列鼎尚自倦息何不以調元贊化而將息之）何曾穿草鞋走這般山路知他天師在那里却教下官受這般苦又行不到三五十步掇着肩氣喘只見山凹裏起一陣風（寫得出色）風過處

向那松樹背後奔雷也似吼一聲寫得出撲地跳出一隻弔睛白額錦毛大蟲來先寫風，次寫吼，次寫大蟲，只是一筆，便有多少段落。○初開簿第一條好漢。洪太尉喫了一驚，叫聲阿呀，千載欺君賣國人敗場最後語。撲地望後便倒。那大蟲望着洪太尉，左盤右旋，咆哮了一回，托地望後山坡下跳了去。洪太尉倒在樹根底下，諕得三十六箇牙齒捉對兒廝打，奇句。那心頭一似十五箇弔桶，七上八落的響，奇句。渾身却如重風麻木，奇句。兩腿一似鬭敗公雞奇句。○四句。一句一樣。皆奇絕之文。口裏連聲叫苦、大蟲去了、一盞茶時、方纔爬將起來、再收拾地上香爐、還把龍香燒着、香。○何不寫詔。詔在背上。定當如故也。再上山來、務要尋見天師、又行過三五十步、口裏歎了數口氣、怨道皇帝○○○四字連讀始妙。重裀列鼎。尚自倦怠者。其胸中口中。每每有此四字也。○○○○○御限差俺來、這里敎我受這場驚恐、說猶未了、只覺得那里又○○○○○○一陣風寫得出色。吹得毒氣直冲將來、太尉定睛看時、○○○○○○○○○○○○○○○○山邊竹藤裏簌簌地響寫得出色。搶出一條弔桶大小雪花也似蛇來（亦先寫風，次寫響，次寫蛇。○開簿第二條好漢。）太尉見了又喫一驚，撇了手爐（香。○前無此有。）叫一聲：「我今番死也！」往後便倒在盤陀石邊。但見那條大蛇逕搶到盤陀石邊，朝着洪太尉盤做一堆，兩隻眼迸出金光，張開巨口，吐出舌頭，噴那毒氣在洪太尉臉上。驚得太尉三魂蕩蕩，七魄悠悠。那蛇看了洪太尉一回，望山下一溜，却早不見了。太尉方纔爬得起來，說道：「慚愧！驚殺下官！」看身上時，寒粟子比餶飿兒

○大小（此非前詳後畧，正是從四句外增出一句耳。）口裏罵那道士厮耐

無禮，戲弄下官，教俺受這般驚恐，若山上尋不見

天師，下去和他別有話說。再拿了銀提爐（香），整頓

身上，詔敕（詔○前不及詔，此并及詔，都妙。）并衣服巾幘，却待再要

上山去，正欲移步（法變。不然，上去到幾時了。）只聽得松樹背後

隱隱地笛聲吹響，漸漸近來。太尉定睛看時，只見

一箇道童，倒騎着一頭黃牛，橫吹着一管鐵笛，笑

吟吟地正過山來。（一蛇一虎後忽接入此段，筆墨變幻不可言。）洪太尉

見了便喚那箇道童你從那里來認得我麼〔好貨〕道童不係只顧吹笛〔寫得妙極〕太尉連問數聲道童呵呵大笑拿着鐵笛指着洪太尉〔寫得妙極〕說道你來此間莫非要見天師麼太尉大驚便道你是牧童如何得知〔只合答云你是太尉如何得見〕道童笑道我早間在草庵中伏侍天師聽得天師說道今上天子差箇洪太尉齎擎丹詔御香到來山中宣我往東京做三千六百分羅天大醮祈禳天下瘟疫我如今乘鶴駕雲

去也這早晚想是去了不在庵中你休上去山內毒蟲猛獸極多恐傷害了你性命太尉再問道你不要說謊道童笑了一聲也不回應又吹着鐵笛轉過山坡去了（寫得妙極）太尉尋思道這小的如何盡知此事想是天師分付他一定是了（此四字寫盡從來太尉自以爲是）欲待再上山去方纔驚諕得苦爭些兒送了性命不如下山去罷太尉拿着提爐（香）再尋舊路奔下山來衆道士接着請至方丈坐下真人便問

太尉道會見天師麽太尉說道我是朝中貴官如何教俺走得山路喫了這般辛苦爭些兒送了性命爲頭上至半山裏跳出一隻弔睛白額大蟲驚得下官魂魄都沒了又行不過一箇山嘴竹藤裏搶出一條雪花大蛇來盤做一堆攔住去路若不是俺福分大如何得性命囘京好貨盡是你這道衆戲弄下官真人覆道貧道等怎敢輕慢大臣這是祖師試探太尉之心本山雖有蛇虎並不傷人一部

水滸傳一百八人總贊。太尉又道我正走不動、方欲再上山
坡、只見松樹傍邊轉出一箇道童、騎着一頭黃牛、
吹着管鐵笛、正過山來、我便問他那里來、識得俺
麼、他道已都知了、說天師分付早晨乘鶴駕雲往
東京去了、下官因此回來、真人道太尉可惜錯過
○○○○○○○○○○○○這箇牧童正是天師、只說其一、不說其二。太尉道他既是天
師如何這等猥獕、此一句直兜至第七十回皇甫端相馬之後、見一部所刻一百
八人、皆朝廷貴官、嫌其猥獕、而失之於牝牡驪黃之外者也。○何獨不言既是天師、如何這等猙獰

耶。眞人答道。這代天師非同小可。雖然年幼。其實道行非常。他是額外之人。一百八員所謂額外之人也。四方顯化。極是靈驗。世人皆稱爲道通祖師。洪太尉道。我直如此有眼不識眞師。當面錯過。眞人道。太尉且請放心。既然祖師法旨道是去了。比及太尉回京之日。這場醮事祖師已都完了。太尉見說。方纔放心。眞人一面教安排筵宴。管待太尉。請將丹詔收藏於御書匣內。留在上清宮中。詔書畢。龍香就三淸

殿上燒了龍香畢。當日方丈內大排齋供設宴飲酌

至晚席罷止宿到曉次日早膳已後真人道衆并

提點執事人等請太尉遊山○○○○天下本無事游山游出來。太尉大

喜許多人從跟隨着步行出方丈前面兩箇道童

引路行至宮前宮後看翫許多景致三清殿上富

貴不可盡言左廊下九天殿紫微殿北極殿右廊

下太乙殿三官殿驅邪殿以九天紫微北極太乙三官等殿引出驅邪一

殿以驅邪一殿引出伏魔一殿。諸宮看遍行到右廊後一所去處

洪太尉看時另外一所殿宇一遭都是搗椒紅泥
牆正面兩扇朱紅槅子門上使着肐膊大鎖鎖着
交叉上面貼着十數道封皮封皮上又是重重疊
疊使着朱印簷前一面硃紅漆金字牌額上書四
箇金字寫道伏魔之殿寫得怕人○筆墨淋漓之至太尉指着
問道此殿是甚麽去處真人答道此乃是前代老
祖天師鎖鎮伏魔之殿太尉又問道如何上面重
重疊疊貼着許多封皮真人答道此是老祖大唐

洞玄國師封鎖魔王在此但是經傳一代天師親手便添一道封皮〔奇想奇文〕使其子子孫孫不得妄開走了魔君非嘗利害今經八九代祖師誓不敢開鎖用銅汁灌鑄誰知裏面的事小道自來住持本宮三十餘年也只聽聞〔妙〕洪太尉聽了心中驚怪〔先驚〕想道我且試看魔王一看便對真人說道你且開門來我看魔王甚麽模樣真人禀道太尉此殿決不敢開先祖天師叮嚀告戒今後諸人不許擅

開一稟○○○太尉笑道笑笑胡說你等要妄生恠事煽惑良
民故意安排這等去處假稱鎖鎮魔王顯耀你們
道術我讀一鑑之書好東西好文法何曾見鎖魔之法神
鬼之道處隔幽冥我不信有魔王在內快快與我
打開我看魔王如何眞人三回五次稟說此殿開
不得恐惹利害有傷於人又稟○○○太尉大怒次怒指着道
衆說道你等不開與我看回到朝廷先奏你們衆
道士阻當宣詔違別聖旨不令我見天師的罪犯

(看他隨口攧出人罪案來，前後太尉一轍也。)後奏你等私設此殿，假稱鎖鎮魔王，煽惑軍民百姓，把你都追了度牒，刺配遠惡軍州受苦。(後來許多刺配軍州，只照前官律斷。)眞人等懼怕太尉權勢，(眞人猶怕太尉權勢，況其他哉。)只得喚幾箇火工道人來，先把封皮揭了，將鐵鎚打開大鎖。衆人把門推開，一齊都到殿內，黑洞洞不見一物。太尉教從人取十數箇火把點着，將來打一照時，四邊並無一物，只中央一箇石碣，約高五六尺，下面石龜趺坐，大

半陷在泥裏、一部大書七十回、以石碣起、以石碣
那石碣上時、前面都是龍章鳳篆天書符籙人皆（碣此奇絕○碣字俗本訛作碑字）
不識（與第七十回一樣作章法）、照那背後時却有四箇眞字大
書、鑿着遇洪而開（奇事奇文）、洪太尉看了這四箇字大
喜（大文喜）、便對眞人說道你等阻當我却怎地數百
年前已註定我姓字在此遇洪而開、分明是教我
開看、却何妨、我想這箇魔王都只在石碣底下汝
等從人與我多喚幾箇火工人等將鋤頭鐵鍬來

掘開真人慌忙稟道太尉不可掘動恐有利害傷犯於人不當穩便（又稟）太尉大怒（次又怒）喝道你等道衆省得甚麽碣上分明鑿着遇我教開你如何阻當快與我與人來開真人又三回五次稟道恐有不好太尉那里肯聽（詳書真人一稟再稟又稟又稟者以深明天罡地煞出世之易也）○○○○○○○○○○○○○○○○不容只得聚集衆人先把石碣放倒一齊併力掘那石龜半日方纔掘得起又掘下去只有三四○○○○○○○○○○○○○○尺深見一片大青石板可方丈圍（石碣之下石龜石龜之下石板）

寫得鄭重之至洪太尉吽再掘起來。真人又苦禀道不可掘動。掘到石板又復苦禀寫得鄭重之至太尉那里肯聽。衆人只得把石板一齊扛起看時，石板底下却是一箇萬丈深淺地穴。只見穴內刮刺刺一聲響亮，那響非同小可。響亮過處，只見一道黑氣從穴裏滾將起來，掀塌了半箇殿角。那道黑氣直冲到半天裏，空中散作百十道金光，望四面八方去了。駭人之筆。他日有稱我者，有稱俺者，有稱小可者，有稱酒家者，有稱我老爺者，皆是此句化開。衆人喫了一驚發聲喊撇下鋤頭鐵鍬盡從殿內奔將出來推倒攧翻無數驚得洪太尉目睜口呆罔知所措面色如土奔到廊下只見眞人向前叫苦不迭太尉問道走了的却是甚麽妖魔眞人道太尉不知此殿中當初是老祖天師洞玄眞人傳下法符囑付道此殿內鎮鎖着三十六員天罡星七十二座地煞星共是一百單八箇魔君在裏面上立石碣鑿着龍章鳳篆姓名鎮住在此

楔者以物出物之謂此篇因請天師誤開

石碣。所謂楔也。俗本不知。誤入正書。失之遠矣。若還放他出世必惱下方生靈如今太尉放他走了怎生是好當時洪太尉聽罷渾身冷汗捉顫不住急急收拾行李引了從人下山回京真人并道衆送官已罷自回宮內修整殿宇豎立石碣不在話下了。再說洪太尉在途中分付從人教把走妖魔一節休說與外人知道恐天子知而見責書出太尉於路無話星夜回至京師進得汴梁城聞人所說只聞人說足矣不必備敘醮事也天師在東京禁院做了七晝夜好事普施符籙禳救災病瘟疫盡消軍民安泰天師辭朝乘鶴駕雲自回龍虎山去了　省　洪太尉次日早朝見了天子奏說天師乘鶴駕雲先到京師臣等驛站而來纔得到此仁宗准奏賞賜洪信復還舊職瘟疫亦楔也。醮事亦楔也。天師亦楔也。太尉亦楔也。既已楔出三十六員天罡七十二座地煞矣。便隨手收拾。不復更用也。亦不○

在話下後來仁宗天子在位共四十二年晏駕無

○○○○○○○○○○○○○○○○

有太子傳位濮安懿王允讓之子太宗皇帝的孫

爲前傳位御弟太宗句吐氣此傳外別傳之法也立帝號曰英宗在位四年傳位與太子神宗神宗在位一十八年傳位與太子哲宗那時天下太平一部大書數萬言却以天下太平四字起天下太平四字止妙絕四方無事且住若真箇太平無事今日開書演義又說着些甚麼忽然掉筆一轉出一部大書來看官不要心慌此只是箇楔子下文便有

王教頭私走延安府　九紋龍大鬧史家村

史大郎夜走華陰縣　魯提轄拳打鎮關西

○趙員外重修文殊院　○魯智深大鬧五臺山○

○小霸王醉入銷金帳　○花和尚大鬧桃花村○

○九紋龍剪徑赤松林　○魯智深火燒瓦官寺○

○花和尚倒拔垂楊柳　○豹子頭誤入白虎堂○

○林教頭刺配滄州道　○花和尚大鬧野豬林○

○柴進門招天下客　○林冲棒打洪教頭○

○林教頭風雪山神廟　○陸虞候火燒草料塲○

○朱貴水亭施號箭　○林冲雪夜上梁山○

梁山泊林冲落草 ○汴京城楊志賣刀 ○

急先鋒東郭爭功 ○青面獸北京鬬武 ○

赤髮鬼醉臥靈官殿 ○晁天王認義東溪村 ○

吳學究說三阮撞籌 ○公孫勝應七星聚義 ○

楊志押送金銀擔 ○吳用智取生辰綱

花和尚單打二龍山 ○青面獸雙奪寶珠寺 ○

美髯公智穩插翅虎 ○宋公明私放晁天王 ○

林冲水寨大併火 ○晁蓋梁山小奪泊 ○

梁山泊義士尊晁蓋　鄆城縣月夜走劉唐

虔婆醉打唐牛兒　宋江怒殺閻婆惜

閻婆大鬧鄆城縣　朱仝義釋宋公明

横海郡柴進留賓　景陽岡武松打虎

王婆貪賄說風情　鄆哥不忿鬧茶肆

王婆計啜西門慶　淫婦藥鴆武大郎

偷骨殖何九送喪　供人頭武二設祭

母藥叉孟州道賣人肉　武都頭十字坡遇張青

武松威鎮安平寨　施恩義奪快活林
施恩重霸孟州道　武松醉打蔣門神
施恩三入死囚牢　武松大鬧飛雲浦
張都監血濺鴛鴦樓　武行者夜走蜈蚣嶺
武行者醉打孔亮　錦毛虎義釋宋江
宋江夜看小鰲山　花榮大鬧清風寨
鎮三山大鬧青州道　霹靂火夜走瓦礫塲
石將軍村店寄書　小李廣梁山射鴈

梁山泊吳用舉戴宗 揭陽嶺宋江逢李俊

沒遮攔追趕及時雨 船火兒大鬧潯陽江

及時雨會神行太保 黑旋風鬬浪裏白條

潯陽樓宋江吟反詩 梁山泊戴宗傳假信

梁山泊好漢劫法塲 白龍廟英雄小聚義

宋江智取無為軍 張順活捉黃文炳

還道村受三卷天書 宋公明遇九天玄女

假李逵剪徑劫單身 黑旋風沂嶺殺四虎

○錦豹子小逕逢戴宗 ○病關索長街遇石秀

○楊雄醉罵潘巧雲 ○石秀智殺裴如海

○病關索大鬧翠屏山 ○拚命三火燒祝家莊

○撲天鵰雙修生死書 ○宋公明一打祝家莊

○一丈青單捉王矮虎 ○宋公明兩打祝家莊

○解珍解寶雙越獄 ○孫立孫新大劫牢

○吳學究雙掌連環計 ○宋公明三打祝家莊

○插翅虎枷打白秀英 ○美髯公誤失小衙內

李逵打死殷天錫 ○ 柴進失陷高唐州 ○

戴宗雙取公孫勝 ○ 李逵獨劈羅真人

入雲龍鬭法破高廉 ○ 黑旋風下井救柴進 ○

高太尉大興三路兵 ○ 呼延灼擺布連環馬 ○

吳用使時遷偷甲 ○ 湯隆賺徐寧上山 ○

徐寧教使鈎鐮鎗 ○ 宋江大破連環馬 ○

三山聚義打青州 ○ 衆虎同心歸水泊 ○

吳用賺金鈴弔挂 ○ 宋江鬧西嶽華山 ○

公孫勝芒碭山降魔 ○ 晁天王曾頭市中箭 ○

吳用智賺玉麒麟 ○ 張順夜鬧金沙渡 ○

放冷箭燕青救主 ○ 劫法塲石秀跳樓 ○

宋江兵打北京城 ○ 關勝議取梁山泊 ○

呼延灼月夜賺關勝 ○ 宋公明雪天擒索超 ○

托塔天王夢中顯聖 ○ 浪裏白條水上報冤 ○

時遷火燒翠雲樓 ○ 吳用智取大名府 ○

宋江賞馬步三軍 ○ 關勝降水火二將 ○

宋公明夜打曾頭市　盧俊義活捉史文恭

東平府誤陷九紋龍　宋公明義釋雙鎗將

沒羽箭飛石打英雄　宋公明棄糧擒壯士

忠義堂石碣受天文　梁山泊英雄驚惡夢

一部七十回正書，一百四十句題目。有分教：宛子城中藏虎豹，蓼兒洼內聚蛟龍。畢竟如何，緣故且聽初回分解。

# 第五才子書施耐菴水滸傳卷之六

聖歎外書

## 第一回

王教頭私走延安府
九紋龍大鬧史家村

一部大書七十回將寫一百八人也乃開書未寫一百八人而先寫高俅者蓋不寫高俅便寫一百八人則是亂自下生也不寫一百

八人先寫高俅則是亂自上作也亂自下生
不可訓也作者之所必避也亂自上作不可
長也作者之所深懼也一部大書七十回而
開書先寫高俅有以也
高俅來而王進去矣王進者何人也不墜父
業善養母志葢孝子也吾又聞古有求忠臣
必於孝子之門之語然則王進亦忠臣也孝
子忠臣則國家之祥麟威鳳員璧方珪者也

橫求之四海而不一得之豎求之百年而不
一得之不一得之而忽然有之則當尊之榮
之長跽事之必欲罵之打之至於殺之因逼
去之是何爲也王進去而一百八人來矣
則是高俅來而一百八人來矣王進去後更
有史進史者史也寓言稗史亦史也夫古者
史以記事今稗史所記何事殆記一百八人
之事也記一百八人之事而亦居然謂之史

也何居從來庶人之議皆史也庶人則何敢議也庶人不敢議也庶人不敢議而又議何也天下有道然後庶人不議也今則庶人議矣何用知其天下無道曰王進去而高俅來矣

史之爲言史也固也進之爲言何也曰彼固自許雖稗史然已進於史也史進之爲言進於史固也王進之爲言何也曰必如此人庶

幾聖人在上可教而進之於王道也必如王
進然後可教而進之於王道然則彼一百八
人也者固王道之所必誅也
一百八人則誠王道所必誅矣何用見王進
之庶幾爲聖人之民曰不墜父業善養母志
猶其可見者也更有其不可見者如點名不
到不見其首也一去延安不見其尾也無首
無尾者其猶神龍歟誠使彼一百八人者盡

出於此吾以知其免耳而終不之及也一百八人終不之及夫而後知王進之難能也

不見其首者示人亂世不應出頭也不見其尾者示人亂世决無收塲也

一部書七十回一百八人以天罡第一星宋江爲主而先做強盜者乃是地煞第一星朱武雖作者筆力縱横之妙然亦以見其逆天而行也

次出跳澗虎陳達白花蛇楊春葢櫽括一部書七十回一百八人爲虎爲蛇皆非好相識也何用知其爲是櫽括一部書七十回一百八人曰楔子所以楔出一部而天師化現恰有一虎一蛇故知陳達楊春是一百八人之總號也

話說故宋哲宗皇帝在時其時去仁宗天子已遠只是順手從楔子寫來。却將從來國步升降。天運循環。一筆提盡。使讀者便有上失其道。民散久矣之痡也。東京開封府汴梁宣武軍、便有一箇浮浪破落戶子弟。開書第一樣脚色。作書者蓋深著破國亡家結怨連禍之皆繇是輩始也。○言子弟則有爲之父兄者矣。失教之罪。誰實任之姓高排行第二自小不成家業只好刺鎗使棒最是踢得好脚氣毬京師人口順不叫高二却都叫他做高毬後來發跡便將氣毬那字去了毛傍添作立人便改作姓高名俅毛傍者何物也。而居然自以爲立人。人亦從而立人之。蓋當時諸公袞袞者。皆是也。○奇絕之文。這人吹彈歌舞刺鎗使棒相撲頑耍亦胡亂學詩書詞賦若論仁義禮智信行忠良却是不會（甚矣。詩書詞賦之易。而仁義禮智信行忠良之難也。觀於高俅。不其然乎。）只在東京城裏城外搊閒。因搊了一箇生鐵王員外兒子使錢（生鐵之子。未有不使錢者。可笑可歎。）每日三瓦兩舍風花雪月。被他父親開封府裏告了一紙文狀。府尹把高俅斷了二十春杖。迭配出界發放。東京城裏人民不許容他在家宿食（極寫高俅狼狽。以深惡之也。○不容他在家。却容他在朝。天實爲之。謂之何哉。）高俅無計奈何。只得來淮西臨淮州投逩一箇開賭坊的閒漢柳大郎名喚柳世權他平生專好惜客養閒人招納四方干隔澇漢子（奇句）高俅投托得柳太郎家一住三年（一路以年計以月計以日計肯史公章法○一住三年）後來哲宗天子因拜南郊感得風調雨順放寬恩大赦天下那高俅在臨淮州因得了赦宥罪犯思量要回東京這柳世權卻和東京城裏金梁橋下開生藥舖的董將仕是親戚寫了一封書札收拾些人事盤纏賫發高俅回東京投奔董將仕家過活

當時高俅辭了柳大郎背上包裹離了臨淮州迤邐回到東京逕來金梁橋下董生藥家下了這封書董將仕一見高俅看了柳世權來書（如畫）自肚裏尋思道這高俅我家如何安着得他○○○○○○（看他處處安着不得與府尹所斷如出一口）若是箇志誠老實的人可以容他在家出入也教孩兒們學些好他却是箇挈閑的破落户沒信行的人亦且當初有過犯來被斷配的人舊性必不肯改若留住在家中倒惹得孩兒們不

學好了待不收留他又撇不過柳大郎面皮當時只得權且歡天喜地相留在家宿歇每日酒食管待（曲折之筆）○○○○住了十數日（住了十數日）董將仕思量出一箇路數將出一套衣服（細甚妙甚不然送配回來人如何可見小蘇學士去）寫了一封書簡對高俅說道小人家下螢火之光照人不亮恐後悞了足下我轉薦足下與小蘇學士○○○○處（○蘇學士也而又曰小彼何人斯也）久後也得箇出身足下意內如何高俅大喜謝了董將仕董將仕使箇人將着

書簡引領高俅逕到學士府內門吏轉報小蘇學士出來見了高俅看了來書知道高俅原是幇閑浮浪的人心下想道我這里如何安着得他又與將仕如出一口見天下不容也不如做箇人情薦他去駙馬王晉卿府裏做箇親隨人都喚他做小王都太尉王太尉也而亦曰小彼何人斯也他便喜歡這樣的人當時回了董將仕書札留高俅在府裏住了一夜住一夜次日寫了一封書呈使箇幹人送高俅去那小王都太尉處這

太尉乃是哲宗皇帝妹夫神宗皇帝的駙馬他喜愛風流人物正用這樣的人一見小蘇學士差人持書送這高俅來拜見了便喜隨即寫回書收留高俅在府內做箇親隨自此高俅遭際在王都尉府中出入如同家人一般忽作一結結住下又自另起文字頓挫有法古道日遠日疎日親日近忽一日省而筆勢突兀可喜○○小王都太尉慶誕生辰分付府中安排筵宴專請小舅端王○○小蘇學士小王太尉小舅端王嗟乎既已羣小相聚矣高俅即欲不得志亦豈可得哉

這端王乃是神宗天子第十一子哲宗皇帝御弟見掌東駕排號九大王是箇聰明俊俏人物這浮浪子弟門風幫閒之事無一般不曉無一般不會更無一般不愛（誠乃巍巍聖德）卽如琴棋書畫無所不通（一樣省文筆法）踢毬打彈品竹調絲吹彈歌舞自不必說（又一樣省文筆法）當日王都尉府中準備筵宴水陸俱備請端王居中坐定太尉對席相陪酒進數杯食供兩套那端王起身淨手偶來書院裏少歇猛見書

案上一對兒羊脂玉碾成的鎮紙獅子極是做得好細巧玲瓏（憑空忽然生出）端王拿起獅子不落手看了一回道好王都尉見端王心愛便說道再有一箇玉龍筆架也是這箇匠人一手做的（忽然生出獅子又忽然陪出筆架獅子實筆架虛極文章之致也）却不在手頭明日取來一併相送端王大喜道深謝厚意想那筆架必是更妙（不讚獅子却讚筆架而已讚獅子之極矣筆法妙不可言）王都尉道明日取出來送至宮中便見端王又謝了兩箇依舊入席飲

宴至暮盡醉方散了端王相別回宮去了次日小
王都太尉取出玉龍筆架和兩箇鎮紙玉獅子着
一箇小金盒子盛了又陪一色用黃羅包袱包了又陪一色
寫了一封書呈却使高俅送去一路都是中薦此行却是突然令讀
者出於意外高俅領了王都尉鈞旨將着兩般玉玩器
懷中揣了書呈逕投端王宮中來把門官吏轉報
與院公沒多時院公出來問你是那箇府裏來的
人高俅施禮罷答道小人是王駙馬府中特送玉

玩器來進大王院公道殿下在庭心裏和小黃門踢氣毬（賢士大夫軍國重事）你自過去高俅道相煩引進院公引到庭門高俅看時見端王頭戴軟紗唐巾身穿紫繡龍袍腰繫文武雙穗絛把繡龍袍前襟拽扎起揣在縧兒邊（橫嵌一句在縧下靴上寫出踢毬身分奇妙之極）足穿一雙嵌金線飛鳳靴三五箇小黃門相伴着蹴氣毬（活畫出來）高俅不敢過去衝撞立在從人背後伺候也是高俅合當發跡時運到來那箇氣毬騰地起

來端王接箇不着向人叢裏直滾到高俅身邊奇想

奇文淋漓跳躍那高俅見氣毬來也是一時的膽量使箇鴛鴦拐踢還端王奇想奇文端王見了大喜便問道你是甚人高俅向前跪下道小的是王都尉親隨姓名不作一句出受東人使令齎送兩般玉玩器來進獻大王有書呈在此拜上端王端王聽罷笑道姐夫直如此掛心高俅取出書呈進上端王開盒子看了玩器都遞與堂侯官收了去那端王且不理玉玩器下

落却先問高俅道你這來會踢氣毬你喚做甚麽（玩器亦楔子也。既已楔出氣毬，便畧而不論矣。）高俅叉手跪覆道小的叫做高俅（始出姓名。）胡亂踢得幾腳端王道好你便下塲來踢一回要（進身之易如此。昔天爲之也。）高俅拜道小的是何等樣人敢與恩王下腳端王道這是齊雲社名爲天下圓（奇句。）但踢何傷高俅再拜道怎敢三回五次告辭端王定要他踢高俅只得叩頭謝罪解膝下塲纔踢幾腳端王喝采（先引一筆，下乃極寫之。）高俅只得把平生本事都使出來奉承端王那身分模樣那身分是一段這氣毬是一段令下一段便似鰾膠粘住矣上一段却忽然從半句虛歇住蓋不忍言之也這氣毬一似鰾膠粘在身上的端王大喜那里肯放高俅回府去就留在宮中過了一夜過了一夜次日排箇筵會專請王都尉宮中赴宴却說王都尉當日晚不見高俅回來正疑思間囘非王都尉之所料也只見次日門子報道九大王差人來傳令旨請太尉到宮中赴宴王都尉出來見了幹人看了令旨隨即

上馬來到九大王府前下馬入宮來見了端王端王大喜稱謝兩般玉玩器（只畧帶）入席飲宴間端王（○○○特致其辭）說道這高俅踢得兩脚好氣毬孤欲索此人做親隨如何王都尉答道殿下既用此人就留在宮中伏侍殿下端王歡喜執杯相謝二人又閒話一回至晚席散王都尉自回駙馬府去不在話下了（○都尉亦楔子也既已楔出端王便亦畧而不論也）且說端王自從索得高俅做伴之後留在宮中宿食高俅自此遭際端

王每日跟着寸步不離忽又作一結結住。下又另起文字頓挫有法。未及兩箇月未及兩箇月。哲宗皇帝晏駕無有太子文武百官商議册立端王爲天子立帝號曰徽宗便是玉清教主微妙道君皇帝大書玉清一號。以弔動天罡地煞也。登基之後一向無事忽一日與高俅道一向無事者。無所事於天下也。忽一日與高俅道者。天下從此有事也。作者於道君皇帝。每多微辭焉。如此類是也。朕欲要擡舉你但有邊功方可陞遷先教樞密院與你入名只是做隨駕遷轉的人後來沒半年之間直擡擧高俅做到殿帥府太尉職事（沒半年間）高俅得做太尉選揀吉日良辰去殿帥府裏到任所有一應合屬公吏衙將都軍監軍馬步人等盡來參拜各呈手本開報花名高殿帥一一點過於內只欠一名八十萬禁軍教頭王進（閒書第一篇人物却似神龍無首寫得妙絕）半月之前已有病狀在官患病未痊不曾入衙門管事高殿帥大怒喝道胡說既有手本呈來却不是那廝抗拒官府搪塞下官此人即係推病在家快

與我拿來隨即差人到王進家來捉拿王進且說這王進却無妻子只有一箇老母（二語是一部大書門面家風讀考須要處處着眼）年已六旬之上牌頭與教頭王進說道如今高殿帥新來上任點你不着軍正司禀說染患在家見有病患狀在官高殿帥焦躁那里肯信定要拿你只道是教頭詐病在家教頭只得去走一遭若還不去定連累小人了王進聽罷只得捱着病來進得殿帥府前參見太尉拜了四拜躬身

唱箇喏起來立在一邊高俅道你那廝便是都軍
○○○○○○
教頭王昇的兒子輕輕生出王昇以爲衅怨之繇。讀之但見其出筆之突兀。不知
其用筆之輕妙也。○○○○○○○○○○王進稟道小人便是高俅喝道這廝你
爺是街市上使花棒賣藥的可駭你省得甚麼武藝○○○○○○○○○○○○○○○○○○
前官沒眼參你做箇教頭如何敢小覷我不伏俺
○○○○○○○○○○○○○○○○○○
點視你托誰的勢要推病在家安閒快樂句句罵王進。句
○○○○○○○○○○○○○○○○○
句映高俅。妙絕。王進告道小人怎敢其實患病未痊高太
尉罵道賊配軍你既害病如何來得小人偏有口給。王進

又告道太尉呼喚安敢不來高殿帥大怒喝令左右拿下加力與我打這廝衆多牙將都是和王進好的只得與軍正司同告道今日是太尉上任好日頭權免此人這一次（得此一筆便令王進爲無瑕之璧不似後文衆人身犯刑法）高太尉喝道你這賊配軍且看衆將之面饒恕你今日明日却和你理會王進謝罪罷起來擡頭看了認得是高俅出得衙門歎口氣道俺的性命今番難保了俺道是甚麼高殿帥却原來正是

東京掔間的圓社高二（看他文字極盡起抑跌頓之妙）比先時曾學使棒被我父親一棒打翻三四箇月將息不起有此之讐（不惟註明兼令高俅本事出醜又見宋時軍功可笑）他今日發跡得做殿帥府太尉正待要報讐我不想正屬他管自古道不怕官只怕管俺如何與他爭得怎生奈何是好回到家中悶悶不已對娘說知此事母子二人抱頭而哭（寫王進全是孺子之色不作英雄身分一子母二人）娘道我兒三十六着走爲上着只恐没處走（爲一百八人腦後下）

針。王進道母親說得是兒子尋思也是這般計較只有延安府老种經畧相公鎮守邊庭他手下軍官多有曾到京師的愛兒子使鎗棒何不逃去投奔他們那里是用人去處足可安身立命（普天下想來只此一處讀之令我想令我哭）當下子母二人（二子母二人）商議定了其母又道我兒和你要私走只恐門前兩箇牌軍是殿帥府撥來伏侍你的他若得知須走不脫王進道不妨母親放心兒子自有道理措置他當下日晚未昏王進先叫張牌入來張牌分付道你先喫了些晚飯我使你一處去幹事張牌道教頭使小人那里去王進道我因前日病患許下酸棗門外嶽廟裏香願明日早要去燒炷頭香你可今晚先去分付廟祝教他來日早些開廟門等我來燒炷頭香就要三牲獻劉李王你就廟裏歇了等我張牌答應先喫了晚飯叫了安置望廟中去了一箇去了。○○○○○○○○當夜子母二人二人。收拾了行李衣服細軟銀

兩做一擔兒打挾了（擔）又裝兩箇料袋袱駝拴在
馬上的（馬）等到五更天色未明（五更天色未明）王進叫起
李牌（李牌）分付道你與我將這些銀兩去嶽廟裏和
張牌買箇三牲煮熟在那里等候我買些紙燭隨
後便來李牌將銀子望廟中去了（又一箇去了）王進自
去備了馬（馬）牽出後槽將料袋袱駝搭上把索子
拴縛牢了牽在後門外扶娘上了馬（孝子如畫）家中麤
重都棄了（炤前細軟二字）鎖上前後門挑了擔兒（擔）跟在

馬後孝子如畫趁五更天色未明乘勢出了西華門不出
酸棗門取路望延安府來也去了且說兩箇牌軍買了
福物煮熟在廟等到巳牌巳牌也不見來李牌心焦
走回到家中尋時一箇來見鎖了門兩頭無路尋了
半日半日並無有人看看待晚晚嶽廟裏張牌疑忌
一直逩回家來又一箇來又和李牌尋了一黃昏看看
黑了黃昏兩箇見他當夜不歸一夜又不見了他老娘
次日兩箇牌軍又去他親戚之家訪問次日兩箇去亦

無尋處兩箇恐怕連累只得去殿帥府首告王教
頭棄家在逃子母不知去向兩箇來高太尉見告太
怒道賊配軍在逃看那廝待走那里去隨即押下
文書行開諸州各府捉拿逃軍王進二人首告免
其罪責此自是王進傳耳與彼二人亦復何涉只如是省去好不在話下且
說王教頭母子二人四子母二人自離了東京免不得
饑餐渴飲夜住曉行在路一月有餘省忽一日天
色將晚王進挑着擔兒跟在娘的馬後口裏與母

親說道天可憐見慚愧了我子母兩箇五子母二人。脫了這天羅地網之厄此去延安府不遠了高太尉便要差人拿我也拿不着了子母二人歡喜一段爲錯過宿頭作地步。却突然一幅孝子慈母行樂圖也。○六子母二人。在路上不覺錯過了宿頭走了這一晚不遇着一處村坊那里去投宿是好正沒理會處只見遠遠地林子裏閃出一道燈光來遮遲生出事情來。王進看了道好了遮莫去那里陪箇小心借宿一宵明日早行當時轉入林

子裏來看時却是一所大莊院一週遭都是土牆
牆外却有二三百株大柳樹（先寫柳樹）當時王教頭來
到莊前敲門多時只見一箇莊客出來王進放下
擔兒（放擔○敲門多時猶未放擔寫趕路情景如畫）與他施禮莊客道來
俺莊上有甚事王進答道實不相瞞小人母子二
人（七子母二人）貪行了些路程錯過了宿店來到這里
前不巴村後不巴店欲投貴莊借宿一宵明日早
行依例拜納房金萬望週全方便莊客道既是如

此且等一等待我去問莊主太公肯時但歇不妨
王進又道大哥方便莊客入去多時出來說道莊
主太公教你兩箇入來王進請娘下了馬王進挑
着擔兒就牽了馬（孝子如畫）隨莊客到裏面打麥場上
（先寫打麥場）歇下擔兒把馬拴在柳樹上（一路曲曲寫擔寫馬妙絕）
子母二人（入子母二人）直到草堂上來見太公那太公
年近六旬之上鬚髮皆白頭戴遮塵煖帽身穿直
縫寬衫腰繫皁絲縧足穿熟皮靴王進見了便拜

太公連忙道客人休拜你們是行路的人辛苦風
霜且坐一坐王進母子二人九母子二人○○○○叙禮罷都坐
定太公問道你們是那里來的如何昏晚到此王
進答道小人姓張第一箇姓張人原是京師人今來消折
了本錢無可營用要去延安府投遊親眷不想今
日路上貪行了程途錯過了宿店欲投貴莊假宿
一宵來日早行房金依例拜納太公道不妨如今
世上人那箇頂着房屋走哩你母子二位十母子二人

敢未打火叫莊客安排飯來沒多時就廳上放開
條桌子莊客托出一桶盤四樣菜蔬一盤牛肉鋪
放桌上先燙酒來篩下只如此妙太公道村落中無甚
相待休得見怪王進起身謝道小人子母十一子母二人
無故相擾此恩難報太公道休這般說且請喫酒
一面勸了五七杯酒搬出飯來只如此妙二人喫了收
拾碗碟太公起身引王進子母到客房裏安歇王
進告道小人母親騎的頭口相煩寄養草料望乞

應付一併拜酬（一路寫馬至此將馬忽作一收）太公道這箇不妨我家也有頭口騾馬教莊客牽出後槽一發喂養（後文水窮雲起全仗此語作線）王進謝了挑那擔兒到客房裏來（一路寫擔至此將擔亦忽作一收）莊客點上燈火一面提湯來洗了脚太公自回裏面去了王進子母二人（十二子母二人）謝了莊客掩上房門收拾歇息（寫得精細之至）次日睡到天曉不見起來莊主太公來到客房前過聽得王進老母在房中聲喚（欲便接史進而嫌其突也又作遷延以少遲之眞乃文生

（情。情生文。極筆墨搖曳之妙也。）太公問道：客官失曉，好起了。王進聽得，慌忙出房來見太公，施禮說道：小人起多時了。夜來多多攪擾，甚是不當。（偏與聽得聲嗔不接，妙。）太公問道：誰人如此聲喚？王進道：實不相瞞太公說，老母鞍馬勞倦，昨夜心疼病發。太公道：既然如此，客人休要煩惱，教你老母且在老夫莊上住幾日。我有箇醫心疼的方，叫莊客去縣裏撮藥來，與你老母親喫，教他放心慢慢地將息。（莊主何曾有心疼方。只因如此。便好遷延）

(轉出史進來耳)王進謝了話休絮繁自此王進子母二人

十三子母二人在太公莊上服藥住了五七日覺道母親

病患痊了王進收拾要行(行文至此路絕矣無轉處矣)當日因

來後槽看馬只見空地上一箇後生脫膊着刺着

一身青龍銀盤也似一箇面皮約有十八九歲拿

條棒在那里使(何意一轉有此炫爛之文令人耳目駭動也)王進看了

半晌不覺失口道這棒也使得好了(高眼慈心有此失口)只

是有破綻贏不得眞好漢那後生聽得大怒喝道

你是甚麽人敢來笑話我的本事俺經了七八箇有名的師父我不信倒不如你你敢和我扠一扠○麽說猶未了太公到來喝那後生不得無禮那後生道叵耐這厮笑話我的棒法太公道客人莫不會使鎗棒王進道頗曉得些敢問長上這後生是宅上何人太公道是老漢的兒子王進道既然是宅內小官人若愛學時小人點撥他端正如何全是（高眼慈心亦復儒者氣象）太公道恁地時十分好便教那後生

来拜師父那後生那里肯拜此處寫史進負氣正令後文納頭便拜出色。心中越怒道阿爹休聽這厮胡説若喫他贏得我這條棒時我便拜他爲師王進道小官人若是不當村時較量一棒耍子那後生就空地當中把一條棒使得風車兒似轉向王進道你來你來怕你不算好漢寫史進負氣可笑。王進只是笑不肯動手寫王進全是儒者氣象。妙妙。太公道客官既是肯教小頑時使一棒何妨王進笑道恐衝撞了令郎時須不好看太公道這箇不妨若是打折了手脚也是他自作自受王進道恕無禮去鎗架上（四字妙。蓋王進此來。不曾帶棒。打麥塲上。又無第二棒也。）拿了一條棒在手裏來到空地上使箇旗鼓（名家自有家數。妙絕。）那後生看了一看拿條棒滾將入來逕奔王進（寫史進負氣。好笑。）王進托地拖了棒便走（不是尋常家數。）那後生輪着棒又趕入來（史進好笑。）王進回身把棒望空地裏劈將下來（不是尋常家數。）那後生見棒劈來用棒來隔（史進好笑。）王進却不打下來將棒一掣却望後生懷裏直擲將來只一繳（不是尋常家數。妙絕。只一棒法寫得便如生龍活虎。此豈書生筆墨之所及耶）那後生的棒丟在一邊撲地望後倒了（史進好笑。寫史進便活寫出不經事後生來）王進連忙撇了棒向前扶住（又妙。全是儒者氣象）道休怪休怪那後生爬將起來便去傍邊掇條凳子納王進坐便拜道我枉自經了許多師家原來不值半分師父沒奈何只得請教（妙絕史進。快絕史進。令人有生子當如九紋龍之歎也。沒奈何只得五字史進負氣語）王進道我母子二人（十四　母子二人）連日在此攪擾宅上

無恩可報當以効力太公大喜教那後生穿了衣
裳（與脫衣照）一同來後堂坐下叫莊客殺一箇羊安排
子酒食菓品之類（與前不同）就請王進的母親一同赴
席四箇人坐定一面把盞太公起身勸了一杯酒
（與前不同）說道師父如此高強必是箇教頭小兒有眼
不識泰山王進笑道奸不廝欺俏不廝瞞小人不
姓張俺是東京八十萬禁軍教頭王進的便是這
鎗棒終日搏弄為因新任一箇高太尉原被先父

打翻、令做殿帥府太尉、懷挾舊讐、要奈何王進、小人不合屬他所管、和他爭不得、只得子母二人〇〇〇十五子母二人。逃上延安府去、投托老种經略相公處勾當、不想來到這里、得遇長上父子二位、如此看待、又蒙救了老母病患、連日管顧、甚是不當、既然令郎肯學時、小人一力奉教、只是令郎學的都是花棒〇〇想即高太尉之所學也、只好看、上陣無用、小人從新點撥他、、、、純是慈心高娠。太公見說了、便道、我兒可知輸了、快來再〇〇〇拜師父那後生又拜了王進前寫負氣不肯拜此寫拜了再又拜可見史進之於王進全不是今世投拜門生也太公道教頭在上老漢祖居在這華陰縣界前面便是少華山行文至此又路絕矣又無轉處矣忽然先伏一奇峯在此這村便喚做史家村村中總有三四百家都姓史可稱史林老漢的兒子從小不負農業只愛刺鎗使棒母親說他不得一氣死了將母而去此其所以為王進也嘔死其母此其所以為史進也兩兩寫來對照入妙老漢只得隨他性子不知使了多少錢財投師父教他又請高手匠

人與他刺了這身花繡肩膊胸膛總有九條龍滿

縣人口順都叫他做九紋龍史進一部書一百單八人。而爲頭先

敘史進。作者蓋自許其書。進於史矣。九紋龍之號。亦作者自讚其書也。教頭今日旣

到這裏一發成全了他亦好老漢自當重重酬謝

王進大喜道太公放心旣然如此說時小人一發

教了令郎方去自當日爲始喫了酒食留住王教

頭母子二人十六子母二人。在莊上史進每日求王教頭

點撥十八般武藝一一從頭指教史太公自去華

陰縣中，承當里正不在話下。不覺荏苒光陰，早過半年之上。史進十八般武藝，矛鎚弓弩銃鞭簡劍鏈撾斧鉞并戈戟牌棒與鎗杈，一一學得精熟。多得王進盡心指教，點撥得件件都有奧妙。王進見他學得精熟了，自思在此雖好，只是不了。一日想起來，相辭要上延安府去。史進那里肯放。得少不說

○○○○

道：師父只在此間過了，小弟奉養你母子二人。七十

母子二人，以終天年，多少是好。王進道：賢弟多蒙你好

心在此十分之好只恐高太尉追捕到來負累了你不當穩便以此兩難我一心要去延安府投着在老种經畧處勾當那里是鎮守邊庭用人之際足可安身立命史進并太公苦留不住只得安排一箇筵席送行托出一盤兩箇段子一百兩花銀謝師次日王進收拾了擔兒（擔）備了馬（馬）子母二人（十八母子二人）相辭史太公史進請娘乘了馬（孝子如畫）望延安府路途進發史進叫莊客挑了擔兒（悌弟如畫）又

親送十里之程心中難捨史進當時拜別了師父灑淚分手和莊客自回王教頭依舊自挑了擔兒跟着馬子母二人十九子母二人自取關西路里去了安身立命去也話中不說王進去投軍役開書第一籌人物從此此神龍無尾寫得絕妙只說史進回到莊上每日只是打熬氣力亦且壯年又沒老小半夜三更起來演習武藝白日裏只在莊後射弓走馬數語寫史進精神之極遂與春夏讀書秋冬射獵一樣手勝不到半載之間史進父親太公染病患證數

日不起史進使人遠近請醫士看治不能痊可嗚呼哀哉太公殁了（完太公令文字省手）史進一面備棺槨盛殮請僧修設好事追齋理七薦拔太公又請道士建立齋醮超度生天整做了十數壇好事功果道場選了吉日良時出喪安葬滿村中三四百史家莊戶都來送喪掛孝埋殯在村西山上祖墳內了史進家自此無人管業史進又不肯務農只要尋人使家生較量鎗棒自史太公死後又早過了三

四箇月日時。當六月中旬，（好筆法。）炎天正熱，那一日，史進無可消遣，捉箇交床坐在打麥塲邊柳陰樹下乘涼。（史進亦有坐定之所。）對面松林透過風來，史進喝采道：「好涼風！」（要寫人在松林裏張望，却先寫風在松林裏透過，筆法妙不可言。）正乘涼哩，只見一箇人探頭探腦在那里張望。（來得異。若追起少華山作書，亦有何難。）史進喝道：「作怪！誰在那里張俺莊上？」史進跳起身來，轉過樹背後打一看時，認得是獵戶摽兔李吉。（筆勢忽振忽落。）史進喝道：「李吉，張我莊內做

一座奇峰忽然失落，然後却向李吉口中重復跌起峰頭，行文如在山陰道中也

甚麽莫不是來相腳頭李吉向前聲喏道大郎小

人要尋莊上矮丘乙郎喫碗酒隨手撈出一矮丘乙郎不知者謂是閒文却不知其便已預將王四只見李吉之於史進莊上人無一不熟也○喫碗酒將王四點妙

因見大郎在此乘凉不敢過來衝撞史進道我且

問你往常時你只是擔些野味來我莊上賣我又

不曾虧了你如何一向不將來賣與我敢是欺負

我没錢如此過入少華山李吉答道小人怎敢一向没有

野味以此不敢來過入少華山曲曲折折史進道胡說偌大

一箇少華山恁地廣闊，不信没有箇獐兒兔兒。以獐兒兔兒，引出虎兒蛇兒，曲折之筆。李吉道：大郎原來不知，陡然轉入。如今山上添了一夥強人，扎下一箇山寨，聚集着五七百箇小嘍囉，有百十匹好馬。此六字，直與最後照夜玉獅子馬，作章法。爲頭那箇大王，喚做神機軍師朱武；第二箇喚做跳澗虎陳達；第三箇喚做白花蛇楊春。一百單八人，先出三地煞，文心縱橫蒼莽之甚。這三箇爲頭打家劫舍，華陰縣裏禁他不得，出三千貫賞錢，召人拿他，誰敢上去惹

○他非未三人也正挑史進也因此上小人們不敢上山打捕野味那討來賣史進道我也聽得說有強人若無此句便有○聽裏夢裏之請也不想那厮們如此大弄必然要惱人李吉你今後有野味時尋些來仍結歸野味使文字有篇段李吉唱箇喏自去了完李吉史進歸到廳前尋思這厮們大弄必要來薅惱村坊既然如此便叫莊客揀兩頭肥水牛來殺了莊內自有造下的好酒先燒了一陌順溜紙便叫莊客去請這當村裏三四百史

家莊戶都到家中草堂上序齒坐下教莊客一面
把盞勸酒（一路寫史進英雄寫史進爽快寫史進灑爽寫史進殷實筆筆精神之極）史
進對眾人說道我聽得少華山上有三個強人聚
集着五七百小嘍囉打家刼舍這廝們既然大弄
必然早晚要來俺村中囉唣我今特請你眾人來
商議倘若那廝們來時各家准備我莊上打起梆
子你眾人可各執鎗棒前來救應你各家有事亦
是如此遞相救護共保村坊如若強人自來都是

我來理會（讀之令人壯氣，眞好史進也。）衆人道我等村農只靠大郎做主梆子響時誰敢不來當晚衆人謝酒各自分散回家准備器械（詳）自此史進修整門戶墻垣安排莊院設立幾處梆子拴束衣甲整頓刀馬隄防賊寇不在話下且說少華山寨中三箇頭領坐定商議爲頭的神機軍師朱武那人原是定遠人氏（出身處甚好）能使兩口雙刀雖無十分本事却精通陣法廣有謀畧第二箇好漢姓陳名達原是鄴城人氏使一條出白點鋼鎗第三箇好漢姓楊名春蒲州解良縣人氏使一口大捍刀當日朱武却與陳達楊春說道如今我聽知華陰縣裏出三千貫賞錢召人捉我們誠恐來時要與他厮殺只是山寨錢糧欠少如何不去劫擄些來以供山寨之用聚積些糧食在寨裏防備官軍來時好和他打熬（看他曲曲折折而來）跳澗虎陳達道說得是如今便去華陰縣裏先問他借糧看他如何白花蛇楊春道不○

要華陰縣去只去蒲城縣萬無一失奇曲之想又有奇曲之筆以副之陳達道蒲城縣人戶稀少錢糧不多不如只打華陰縣那里人民豐富錢糧廣有楊春道哥哥不知若去打華陰縣時須從史家村過那箇九紋龍史進是箇大蟲不可去撩撥他他如何肯放我們過去上文從史進説到少華山便有李吉一篇奇曲文字此文從少華山説到史進便有楊春一篇奇曲文字真如雙龍夭矯矣陳達道兄弟好懦弱一箇村坊過去不得怎地敢抵敵官軍楊春道哥哥不可

第六番方遞入正傳行文步驟千古未有



小覷了他那人端的了得朱武道我也曾聞他十分英雄說這人眞有本事兄弟休去罷陳達叫將起來說道你兩箇閉了鳥嘴長別人志氣滅自已威風他只是一箇人須不三頭六臂我不信喝叫小嘍囉快備我的馬來如今便去先打史家莊後○○○○○○○○○○○○○○取華陰縣上文劫華陰縣是賓打史家莊是主賓者所以引乎主也此既得主仍不棄賓文章周敘之甚朱武楊春再三諫勸陳達那里肯聽隨即披掛上馬點了一百四五十小嘍囉鳴鑼擂鼓下

山望史家村去了且說史進正在莊內整製衣刀馬好。只見莊客報知此事史進聽得就莊上敲起梆子來那莊前莊後莊東莊西三四百史家莊戶聽得梆子響都拖鎗拽棒聚起三四百人一齊都到史家莊上好。看了史進頭戴一字巾身披朱紅甲上穿青錦襖下着抹綠靴腰繫皮搭膊前後鐵掩心一張弓一壺箭手裏拿一把三尖兩刃四竅八環刀從三四百人眼中看出。妙妙。莊客牽過那匹火炭赤馬史進上了馬綽了刀前面擺着三四十壯健的莊客後面列着八九十村蠢的鄉夫各史家莊戶都跟在後頭一齊吶喊直到村北路口（好。）那少華山陳達引了人馬飛奔到山坡下便將小嘍囉擺開史進看時見陳達頭戴乾紅凹面巾身披裹金生鐵甲上穿一領紅衲襖脚穿一對吊墩靴腰繫七尺攢線搭膊坐騎一匹高頭白馬手中横着丈八點鋼矛（亦從史進眼中看出）小嘍囉兩勢下吶喊二員將就馬上相見陳達在馬上看着史進欠身施禮史進喝道汝等殺人放火打家刼舍犯着迷天大罪都是該死的人你也須有耳朶好大膽直來太歲頭上動土陳達在馬上答道俺山寨裏欠少些糧食欲往華陰縣借糧經縣貴莊假一條路並不敢動一根草可放我們過去回來自當拜謝史進道胡說俺家見當里正（閒話亦不落空）正要來拿你這夥賊今日倒來經縣我村中過却不拿你倒放你過去本縣

知道須連累於我陳達道四海之內皆兄弟也相煩借一條路史進道甚麼閒話我便肯時有一箇不肯你問得他肯便去好話陳達道好漢教我問誰史進道你問得我手裏這口刀肯便放你去好話絕倒陳達大怒道趕人不要趕上你得要逞精神史進也怒輪手中刀驟坐下馬來戰陳達陳達也拍馬挺鎗來迎史進兩箇交馬鬭了多時史進賣箇破綻讓陳達把鎗望心窩裏搠來史進却把腰一閃

陳達和鎗攧入懷裏來（便學王進家數）史進輕輕舒猿臂（字法）款紐狼腰（字法）只一挾（字法）把陳達輕輕摘離了嵌花鞍（字法）款款揪住了線胳膊（字法）只一丟丟落地（字法）那匹戰馬撥風也似去了（如畫）史進叫莊客將陳達綁縛了衆人把小嘍囉一趕都走了（史進叫綁陳達衆人趕走嘍囉大將意在大將小卒意在小卒寫得甚妙）史進回到莊上將陳達綁在庭心內柱上等待一發拿了那兩箇賊首一併解官請賞（此句極似發恨卻不知正是遷延一部都用此法）且把酒來賞了

衆人教且權散衆人喝采不枉了史大郎如此豪
傑（又寫衆人喝采。文字精神之極。）休説衆人歡喜飲酒却説朱武
楊春兩箇正在寨裏猜疑捉摸不定且教小嘍囉
再去探聽消息只見回去的人（出嘍羅。）牽着空馬（字字
不空。）奔到山前只叫道苦也陳家哥哥不聽二位哥
哥所説送了性命朱武問其縁故小嘍囉備説交
鋒一節怎當史進英雄朱武道我的言語不聽果
有此禍楊春道我們盡數都去與他死併如何（寫陳

達便有陳達。寫楊春又有楊春。朱武道亦是不可他尚自輸了你如何併得他過我有一條苦計若救他不得我和你都休寫朱武又有朱武。楊春問道如何苦計朱武附耳低言說道只除恁地楊春道好計我和你便去事不宜遲再說史進正在莊上忿怒未消只四字。何等精神。何等氣色。只見莊客飛報道山寨裏朱武楊春自來了史進道這廝合休我教他兩箇一發解官快牽馬過來一面打起梆子衆人早都到來史進上了馬寫得如火似錦。正待出莊門，只見朱武、楊春步行已到莊前。兩箇雙雙跪下，擎着四眼淚。神機軍師，亦復名下無虛。不止是苦計，亦實有義氣也。史進下馬來，史進上馬，史進下馬，一上一下，史進如虎也。喝道：「你兩箇跪下，如何說？」朱武哭道：「小人等三箇累被官司逼迫，不得已上山落草。一邊說解官請賞，一邊說被官逼迫。令人浩歎。當初發願道：『不求同日生，只願同日死。』雖不及關、張、劉備的義氣，其心則同。今日小弟陳達不聽好言，誤犯虎威，已被英雄擒捉在貴莊，無計懇求今來一逕就死其言令人感泣。眞乃神機軍師。望英雄將我三人一發解官請賞誓不皺眉我等就英雄手內請死並無怨心解官則死於官也。又曰英雄手內請死。其視史進如戲也。眞乃神機軍師。史進聽了尋思道他們直恁義氣我若拿他去解官請賞時反教天下好漢們恥笑我不英雄自古道大蟲不喫伏肉出於何典史進便道你兩箇且跟我進來直是下榻留賢。豈是開門揖盜。快哉史進也。朱武楊春並無懼怯隨了史進直到後廳前跪下又教史進綁縛此反嫌其

詐。朱武之所以爲地煞也哉。史進三回五次叫起來、他兩箇那、
里肯起來。此反嫌其詐。惺惺惜惺惺、好漢識好漢。橫插二語。
奇筆妙筆。史進道、你們既然如此義氣深重、我若送了
你們、不是好漢。我放陳達還你、如何。朱武道、休得
連累了英雄、不當穩便。寧可把我們去解官請賞。
此反嫌其詐。史進道、如何使得。你肯喫我酒食麼。不惟引入
後廳又要酌酒相待。此時三四百史家村人在外廳打麥場上、大郎視之眞如蚊蚋耳。○寫史進麄糙可愛。
朱武道、一死尚然不懼、何況酒肉乎。當時史

進大喜解放陳達就後廳上座置酒設席管待三人（忽爲俘虜忽爲上客快哉史進千載無此筵席）朱武楊春陳達拜謝大恩酒至數杯少添春色酒罷三人謝了史進回山去了史進送出莊門（史進妙人令人想殺○真是成禮而别笑世上鞠躬之僞也）自回莊上却說朱武等三人歸到寨中坐下朱武道我們非這條苦計怎得性命在此雖然救了一人却也難得史大郎爲義氣上放了我們過幾日備些禮物送去謝他救命之恩話休絮繁過了

○○○十數日（以下是一節）朱武等三人收拾得三十兩蒜條金使兩箇小嘍囉乘月黑夜送去史家莊上當夜敲門莊客報知史進火急披衣來到莊前問小嘍囉有甚話說小嘍囉道三箇頭領再三拜覆特使進獻些薄禮酬謝大郎不殺之恩不要推却望乞笑留取出金子遞與史進初時推却次後尋思道旣然好意送來受之爲當叫莊客置酒管待小較喫了半夜酒把些零碎銀兩賞了小較回山又過

○○○○半月有餘（以下又是一節）朱武等三人在寨中商議擄掠得好大珠子又使小嘍囉連夜送來莊上史進受了不在話下又過了半月（以下又是一節）史進尋思道（弄出也）也難得這三箇敬重我我也備些禮物回奉他

次日叫莊客尋箇裁縫自去縣裏買了三疋紅錦裁成三領錦襖子又揀肥羊煮了三箇將大盒子盛了委兩箇莊客去送史進莊上有箇爲頭的莊客王四此人頗能答應官府口舌利便（爲欲寫他巧言誤事）

却先寫他答應官府。是倒插過來之筆。○大郎誤矣。安見口舌利便。頗能答應之人。而能託事有成者乎。君子鑒於此。而知能文之士。不足用也。滿莊人都叫他做賽伯當。史進教他同一箇得力莊客挑了盒擔直送到山下小嘍囉問了備細引到山寨裏見了朱武等三箇頭領大喜受了錦襖子并肥羊酒禮把十兩銀子賞了莊客每人喫了十數碗酒先以山寨送禮。引出史進送禮。先以送禮喫酒。引出下書喫酒。筆下節節次次妙甚。下山同歸莊内見了史進說道山上頭領多多上覆史進自此常常與朱武等三人往來不時間只是王四去山寨裏送物事不止一日(史進總結一句。)寨裏頭領也頻頻地使人送金銀來與史進(山寨亦總結一句。○已上文敘三段。總結二段。皆爲下王四失事作引。非正文也○)荏苒光陰時遇八月中秋到來史進要和三人說話約至十五夜來莊上賞月取酒先使莊客王四齎一封請書直去少華山上請朱武陳達楊春來莊上赴席王四馳書逕到山寨裏見了三位頭領下了來書朱武看了大喜三箇應允隨即寫封回書賞了王四五兩銀子喫了十來碗酒有前文入喫酒便令此處喫酒不突然也王四下得山來正撞着時常送物事來的小嘍囉一把抱住那里肯放又拖去山路邊村酒店裏喫了十數碗酒寫王四酒醉不作一番便倒又轉出時常送物事小嘍囉來筆墨連環兜鎖妙不可言王四相別了回莊一面走着被山風一吹妙酒却湧上來踉踉蹌蹌一步一攧走不得十里之路見座林子逩到裏面望着那綠茸茸莎草地上撲地倒了原來摽兎李吉正

在那山坡下張兔兒王四之醉也便借送物事小嘍囉回書之失也便借撂兔
李吉筆墨迴環兜鎖妙不可言若俗筆另添出無數人便令文字散亂無致也認得是史
家莊上王四趕入林子裏來扶他那里扶得動初是
好意相扶只見王四髈膊裏突出銀子來李吉尋思次是
見銀起意道這廝醉了那里討得許多何不拿他些也
是天罡星合當聚會自是生出機會來李吉解那
髈膊望地下只一抖那封回書和銀子都抖出來
活是無心拾得李吉拿起頗識幾字將書拆開看時見上

面寫着少華山朱武陳達楊春中間多有兼文帶武的言語却不識得只認得三箇名字只認三箇名字足矣李吉道我做獵戶幾時能彀發跡算命道不必全書也我今年有大財却在這里三是誤信算命○寫李吉出首亦復曲曲而來華陰縣裏見出三千貫賞錢捕捉他三箇賊人叵耐史進那廝前日我去他莊上尋矮丘乙郎他道我來相腳頭躧盤你原來倒和賊人來往廻環兜鎖絕世文情銀子并書都拿去了望華陰縣裏來出首却說

莊客王四一覺直睡到二更方醒覺來看見月光微微炤在身上喫了一驚跳將起來卻見四邊都是松樹嘗讀坡公赤壁賦人影在地仰見明月二語歎其妙絕蓋先見影後見月便宛然晚步光景也此忽然脫化此法寫作王四醒來先見月光後見松樹便宛然五更酒醒光景真乃善於用古矣便去腰裏摸時搭膊和書都不見了四下里尋時只見空搭膊在莎草地上王四只管叫苦尋思道銀子不打緊這封回書卻怎生好正不知被甚人拿去了眉頭一縱計上心來前特讚王四養百當正爲此眉

頭一縱耳，自道若回去莊上說脫了回書大郎必然焦躁，定是趕我出去，不如只說不曾有回書，那里查照？計較定了，飛也似取路歸來莊上，却好五更天氣。史進見王四回來，問道：「你緣何方纔歸來？」王四道：「托主人福廕，寨中三箇頭領都不肯放，留住王四吃了半夜酒，因此回來遲了。」史進又問：「曾有回書麼？」王四道：「三箇頭領要寫回書，却是小人道：『三位頭領既然準來赴席，何必回書？小人又有杯酒

○○○○○○○○○○○○○○○○○○○○○○○○○○○○○○○○○○○○○

路上恐有些失支脫節不是要處上文特讚賡能答應正爲是也

史進聽了大喜說道不枉了諸人叫做賽伯當真

箇了得王四應道小人怎敢差遲路上不曾住腳

一直奔回莊上於路只見松樹林裏一隻死狗史進道既然如此

教人去縣裏買些果品案酒伺候不覺中秋節至

是日晴明得好史進當日分付家中莊客宰了一

腔大羊殺了百十箇雞鵝準備下酒食筵宴看看

天色晚來少華山上朱武陳達楊春三箇頭領分

付小嘍囉看守寨柵只帶三五箇做伴將了朴刀各跨口腰刀不騎鞍馬步行下山便令門外無馬以爲下文抵賴地逕來到史家莊上史進接着各叙禮罷請入後園莊內已安排下筵宴史進請三位頭領上坐史進對席相陪便叫莊客把前後莊門拴了要開門留後不等句一面飲酒莊內莊客輪流把盞一邊割羊勸酒酒至數杯却早東邊推起那輪明月史進和三箇頭領叙說舊話新言只聽得牆外一聲喊起火把

亂明史進大驚跳起身來道三位賢友且坐待我去看喝叫莊客不要開門掇條梯子上牆打一看時（寫得好）只見是華陰縣縣尉在馬上引着兩箇都頭帶着三四百土兵圍住莊院史進和三箇頭領只管叫苦外面火把光中照見鋼叉朴刀五股叉留客住攩得似麻林一般兩箇都頭口裏叫道不要走了強賊（如火）不是這夥人來捉史進并三箇頭領怎地教史進先殺了一兩箇人結識了十數箇

好漢直教蘆花深處屯兵士荷葉陰中治戰船畢竟史進與三箇頭領怎地脫身且聽下回分解

（明）施耐庵 撰 （清）金聖歎 批

# 貫華堂本水滸傳

第一一册

國家圖書館出版社

# 第一册目録

第五才子書施耐菴水滸傳卷之四十一

聖歎外書

第三十六回

沒遮攔追趕及時雨

船火兒夜鬧潯陽江

此書寫一百七人都有一百七人行徑心地然曾未有如宋江之權詐不定者也其結識

天下好漢也初無青天之曠蕩明月之皎潔

第五才子書　夜闖潯陽江

春雨之太和夏霆之徑直惟一銀子而已矣以銀子爲之張本而於是自言孝父母斯不畏天下之人不信其孝父母也自言敬天地斯不畏天下之人不信其敬天地也自言尊朝廷斯不畏天下之人不信其尊朝廷也自言惜朋友斯不畏天下之人不信其惜朋友也嗚呼天下之人而至於惟銀子是愛而不覺出其根底盡爲宋江所窺因而并其性格

亦遂盡爲宋江之所提起放倒陰變陽易是
固天下之人之醜事然宋江以區區猾吏而
徒以銀子一物買遍天下而遂欲自稱於世
爲孝義黑三以陰圖他日晁蓋之一席此其
醜事又曷可耐乎作者深惡世間每有如是
之人於是旁借宋江特爲立傳而處處寫其
單以銀子結人蓋是誅心之筆也
天下之人莫不自親於宋江然而親之至者

花榮其尤著也然則花榮迎之宋江宜無不
來花榮留之宋江宜無不留花榮要開枷宋
江宜無不開耳乃宋江者方且上援朝廷下
申父訓一時遂若百花榮曾不得勸宋江暫
開一枷也者而於是山泊諸人遂眞信爲宋
江之枷必至江州牢城方始開放矣作者惡
之故特於揭陽嶺上書曰先開了枷於別李
立時書曰再帶上枷於穆家門房裏書曰這

里又無外人一發除了行枷又書曰宋江道
說得是當時去了行枷於逃走時書曰宋江
自提了枷於張橫口中書曰却又項上不帶
行枷於穆弘叫船時書曰衆人都在江邊安
排行枷於江州上岸時書曰宋江方纔帶上
行枷於蔡九知府口中書曰你爲何枷上沒
了封皮於點視廳前書曰除了行枷凡九處
特書行枷悉與前文花榮要開一段遙望擊

應嗟乎以親如花榮而尚不得宋江之真心然則如宋江之人又可與之一朝居乎哉

此篇節節生奇層層追險節節生奇奇不盡不止層層追險險不絕必追真令讀者到此心路都休目光盡滅有死之心無生之望也

如投宿店不得是第一追尋着村莊却正是宽家家裏是第二追攧壁逃走乃是大江截住是第三追沿江奔去又值横港是第四追

甫下船追者亦已到是第五追所上人又認得梢公是第六追艎板下摸出刀來是最後一追第七追也一篇真是脫一虎機踏一虎機令人一頭讀一頭嚇不惟讀亦讀不及雖嚇亦嚇不及也

此篇於宋江恪遵父訓不住山泊後忽然閒中寫出一句不滿其父語一句悔不住在山泊語皆作者用筆極冷寓意極嚴處處處不

得漏過○

話說當下宋江不合將五兩銀子、齎發了那箇教師、只見這揭陽鎮上、眾人叢中鑽過這條大漢、睜着眼喝道、這廝那裏學得這些鳥鎗棒、來俺這揭陽鎮上逞強、我已分付了眾人、休睬他、你這廝如何賣弄有錢○○○○（四字寫宋江確）把銀子賞他、滅俺揭陽鎮上的威風、宋江應道、我自賞他銀兩、却干你甚事、那大漢揪住宋江喝道、你這賊配軍、敢回我話、宋江道做甚麼不敢回你話那大漢提起雙拳劈臉打來宋江躲箇過那大漢又趕入一步來宋江却待要和他放對寫宋江要放對。下却不必宋江放對。筆路話活。只見那箇使鎗棒的教頭從人背後趕將來一隻手揪住那大漢頭巾一隻手提住腰胯望那大漢肋骨上只一兠跟蹌一交顛翻在地偏寫顛得不甚費力。與那揭陽鎮上威風句擊應。大漢却待掙扎起來又被這教頭只一脚踢翻了○偏翻兩次。與揭陽鎮上威風句擊應。兩箇公人勸住教頭那大漢從地下爬將起來七箇字寫得羞極爲下文地看了宋江和教頭說道使得使不得教你兩箇不要慌一直望南去了縱一宋江且請問教頭高姓何處人氏教頭答道小人祖貫河南洛陽人氏姓薛名永祖父是老种經略相公帳前軍官爲因惡了同僚不得陞用子孫靠使鎗棒賣藥度日江湖上但呼小人病大蟲薛永不敢拜問恩官高姓大名宋江道小可姓宋名江祖貫鄆城縣人氏薛永道莫非山東及時雨

宋公明麽宋江道小可便是薛永聽罷便拜宋江

連忙扶住道少叙三杯如何薛永道好正要拜識

尊顏却為無門得遇兄長慌忙收拾起鎗棒和藥

囊同宋江便往鄰近酒肆內去吃酒只見酒家說

道酒肉自有只是不敢賣與你們喫分付酒家不賣凡四叙却

城段北段徐變公攄章學法圖策宋江問道緣何不賣與我們喫

酒家道却纔和你們廝打的大漢已使人分付了

第一段作兩節說若是賣與你們吃時把我這店子都打

得粉碎我這裏却是不敢惡他這人是此間揭陽鎮上一霸誰敢不聽他說宋江道既然恁地我們去休那厮必然要來尋鬧薛永道小人也去店裏算了房錢還他一兩日間也來江州相會兄長先行宋江又取一二十兩銀子與了薛永一路寫宋江好處只是使銀撒漫更無他長是作者筆法嚴冷處辭别了自去宋江只得自和兩箇公人也離了酒店又自去一處喫酒那店家說道小郎巳自都分付了我們如何敢賣與你

們喫（第二段作一節說、將下句倒作上句。）卻你枉走甘自費力不濟事宋江和兩箇公人都做聲不得連連走了幾家都是一般話說（第三段省。）三箇來到市稍盡頭見了幾家打火小客店正待要去投宿卻被他那里不肯相容宋江問時都道他已着小郎連連分付去了不許安着你們三箇（第四段換一句。）當下宋江見不是話頭三箇便拽開脚步望大路上走看看見一輪紅日低墜天色昏暗宋江和兩箇公人心裏越慌三箇商量道沒來繇看使鎗棒惡了這廝如今閃得前不巴村後不着店却是投那里去宿是好只見遠遠地小路上望見隔林深處射出燈光來（此一折謂是一救反是一跌真乃匪夷所思先說是小路上便與江岸相引）宋江見了道兀那里燈光明處必有人家遮莫怎地陪箇小心借宿一夜明日早行公人看了道這燈光處又不在正路上（再插一句不是正路務與江岸相引）宋江道沒奈何雖然不在正路上明日多行三二里却打甚麼不緊三箇

人當時落路來、行不到二里多路、林子背後、閃出
一座大莊院來、宋江和兩箇公人、來到莊院前敲
門、莊客聽得、出來開門道、你是甚人、黃昏夜半、來
敲門打戶、宋江陪着小心答道、小人是箇犯罪配
送江州的人、今日錯過了宿頭、無處安歇、欲求貴
莊借宿一宵、來早依例拜納房金、莊客道、既是恁
地、你且在這里少待、等我入去報知莊主太公、可
容即歇、莊客入去通報了、復翻身出來說道、太公

相請宋江和兩箇公人到裏面草堂上參見了莊主太公太公分付教莊客領去門房裏安歇就與他們些晚飯喫（只一筆便打發到房門。極其徑淨省力。以便於那漢歸來也。）莊客聽了引去門首草房下點起一碗燈教三箇歇定了取三分飯食羹湯菜蔬教他三箇喫了莊客收了碗碟自入裏面去兩箇公人道押司這里又無外人一發除了行枷（這里又無外人七字。追入宋江心裏。真是如鏡之筆。）快活睡一夜明日早行宋江道說得是當時去了

行枷閒中無端，出此一筆，與前山泊對看，所以深
明宋江之權詐也。○寫宋江答公人，偏不答
別句，偏答出此三箇字，便顯出前文國家法度之
語之詐。○此書寫宋江權詐，俱於前後對照處露
出，若散讀之，
皆恒事耳。
和兩箇公人去房外淨手，看見星光
滿天。
妙筆。○此四字先從閒中一點。○既
不甚亮，○又不甚暗，在此夜事情恰好。
又見打
麥場邊屋後是一條村僻小路。
閒中先看出妙，不
然後文如何忽然
生得
出來。
宋江看在眼裏。三箇淨了手入進房裏關上
門去睡。宋江和兩箇公人說道：「也難得這箇莊主
太公留俺們歇這一夜。」正說間，聽得裏面有人
九字。

與第二節九字作章法。點火把來打麥場上一到處炤看陡然矗出奇峰。却只先作一影。妙筆妙筆。宋江在門縫裏張時見是太公引着三箇莊客把火一到處炤看宋江對公人道這太公和我父親一般件件定要自來炤管這早晚也不肯去睡瑣瑣地親自點看閒中無端忽然插出宋江不滿父親語。暗與人前奸詐相射。熱攢冷刺。妙不可言。正說間只聽得外面有人九字。與上文作章法。中間只換一外字。叫開莊門奇文。莊客連忙來開了門放入五七箇人來爲頭的手裏拿着朴刀

單見刀。背後的都拿着稻叉棍棒單見叉棒。火把光下宋
江張看時那箇提朴刀的正是在揭陽鎮上要打
我們的那漢再看方看出來。險絕之想。奇絕之筆。宋江又聽得那
太公問道小郎你那里去來和甚人厮打日晚了
搶鎗拽棒那大漢道阿爹不知哥哥在家裏麼忽然
增出一箇哥哥。太公道你哥哥喫得醉了去睡在後面亭
子上那漢道我自去叫他起來我和他趕人太公
道你又和誰合口叫起哥哥來時他却不肯干休

寫得增出之人倒又利害妙筆你且對我說這緣故那漢道阿爹你不知今日鎮上一箇使鎗棒賣藥的漢子叵耐那廝不先來見我弟兄兩箇便去鎮上撒科賣藥教使鎗棒被我都分付了鎮上的人分文不要與他賞錢補敘出前文所無不知那里走一箇囚徒來那廝做好漢出尖把五兩銀子賞他滅俺揭陽鎮上威風我正要打那廝却恨那賣藥的腦揪翻我打了一頓又踢了我一脚至今腰裏還疼我已教人四

下裏分付了酒店客店不許着這廝們喫酒安歇（補敘前文所無）先教那廝三箇今夜沒存身處隨後喫我叫了賭房裏一夥人趕將去客店裏拿得那賣藥的來儘氣力打了一頓如今把來弔在都頭家裏（補敘前文所無）明日送去江邊綑做一塊拋在江裏（兔是一箇）出那口鳥氣（餛飩）却只趕這兩箇公人押的囚徒不着前面又沒客店竟不知投那里去宿了（又是遠不千里）我如今叫起哥哥來分投趕去捉拿這（近只目前絕倒之筆）

第五才子書之 夜鬧潯陽江

厮、太公道、我兒休恁地短命、相他自有銀子賞那賣藥的、却干你甚事、你去打他、像甚麼可知道着他打了、也不曾傷重、快依我口便罷、休教哥哥得知你喫人打了、他肯干罷、又是去害人性命（偏將未出現者倒說得利害令文情險絕）、你依我說、且去房裏睡了、半夜三更莫去敲門打戶、激惱村坊、你也積些陰德、那漢不顧太公說、拿着朴刀、逕入莊內去了（文情險怪之極）（如逢奇鬼）太公隨後也趕入去、宋江聽罷、對公人說道、是片不巧的事怎生是好却又撞在他家投宿我們只宜走了好倘或這廝得知必然哭他害了性命便是太公不說莊客如何敢瞞此處既有大公宋江便可不走然不走則安得下回奇文耶特寫出一箇必走之故妙絶兩箇公人都道說得是事不宜遲及早快走宋江道我們休從門前出去撥開屋後一堵壁子出去罷淨手時看得遂令此際得便雁筆既妙卽叙事省力不可不如此法也兩箇公人挑了包裹宋江自提了行枷國家法度奈何如此○自花榮鬨枷宋江不肯後接手便將枷來寫出數番通融深

第二嚇

第三嚇

表宋江之詳也。便從房裏穵開屋後一堵壁子、三箇人便趂星光之下妙筆。望林木深處小路上只顧走、正是慌不擇路走了一箇更次一更作提。五更作結。妙筆。望見前面滿目蘆花一派大江滔滔滾滾正來到潯陽江邊出一虎機。踏一虎機。令讀者喫嚇不暇。第一遍。只聽得背後喊叫火把亂明吹風胡哨趕將來第二遍。宋江只叫得苦、道上蒼救一救則箇、三人躲在蘆葦叢中、望後面時那火把漸近第三遍。既作險筆。便令險殺。三人心裏越慌、脚高步

第四嚇

低在蘆葦裏撞前面一看不到天盡頭早到地盡處一帶大江攔截不重此半句只重下半句耳此半句已在上側邊又是一條濶港再加一句見更不可走第四遍真是險殺宋江仰天歎道早知如此的苦從直住在梁山泊也罷在宋江是急時真話在作者是閒中冷筆誰想直斷送在這里宋江正在危急之際只見蘆葦叢中悄悄地忽然搖出一隻船來謂是一救又是一跌匪夷所思奇至於此宋江見了便叫梢公且把船來救我們三箇俺與你幾兩銀子雖是急時相求亦寫賣弄銀子

那梢公在船上問道你三箇是甚麼人却走在道里來宋江道背後有強人打刼我們一昧地撞在這里你快把船來渡我們我多與你些銀兩一路寫宋江只是以銀子出色是此回一篇之眼不得不與標出那梢公早把船放得攏來三箇連忙跳上船去一箇公人便把包裹丟下艙裏輕輕四字又引出下文來一箇公人便將水火棍撐開了船寫忙亂如畫那梢公一頭搭上櫓一面聽着包裹落艙有些好響聲心中暗喜前跌猶輕後跌至重奇文險筆使讀者嚇

(嚇畫。)不把櫓一搖、那隻小船早蕩在江心裏去、岸上那夥趕來的人、早趕到灘頭、(可駭。)有十數箇火把、爲頭兩箇大漢、各挺着一條朴刀、隨從有二十餘人、各執鎗棒、口裏叫道、你那梢公快搖船攏來、(可駭。)宋江和兩箇公人做一塊兒伏在船艙裏說道、梢公、却是不要攏船、我們自多謝你些銀子、(只是賣弄銀子那)梢公點頭、只不應、岸上的人把船望上水咿咿啞啞的搖將去、(試問看官將謂是救將謂是賊真是摸測不出)那岸上這夥人大喝道、你那梢公不搖攏船來教你都死可駭那梢公冷笑幾聲也不應此是第一段、下又忽然變出問姓來、一發可駭之極岸上那夥人又叫道你是那箇梢公問那箇梢公直恁大膽不搖攏來、那梢公冷笑應道老爺叫做張梢公是張梢公你不要咬我鳥、岸上火把叢中那箇長漢再書一筆說道元來是張大哥你見我弟兄兩箇麼乃是一路一發可駭那梢公應道我又不瞎做甚麼不見你果是一路一發可駭那長漢道你既見我時且搖攏來和你說

話（嚇殺嚇殺。）那梢公道、有話明朝來說、趁船的要去得
緊。（極慌忙中、忽作趣語。令人又嚇又笑。○此是第二段。又下文換出梢公本意。使讀者一發嚇殺。）
那長漢道、我弟兄兩箇正要提這趁船的三箇人、
（駭筆。）那梢公道、趁船的三箇都是我家親眷、衣食父
母、（奇談駭筆。）請他歸去喫碗板刀麪了來。（奇談駭筆。）那長漢
道、你且摇擺來、和你商量。（駭筆。）那梢公道、我的衣飯
倒摇擺來把與你、倒樂意。（第三段。寫梢公決不肯擺來。其文愈駭也。）那
長漢道、張大哥、（再叫一句。寫出相求之極。）不是這般說、我弟兄

只要捉這囚徒（此句分明說不要你衣飯單要你囚徒）你且攏來那梢公一頭搖櫓（冉畫一筆）一面說道我自好幾日接得這箇主顧却是不搖攏來倒喫你接了去（决不搖攏來喫雖然讀者真駭絕也）你兩箇只得休怪改日相見宋江呆了不聽得話裏藏鬮（妙）在船艙裏悄悄的和兩箇公人說也難得這箇梢公救了我們三箇性命（妙又）與他分說（妙）不要忘了他恩德却不是幸得這隻船來渡了我們却說那梢公搖開船去離得江岸

遠了。三箇人在艙裏望岸上時火把也自去蘆葦中明亮（如畫之筆。不便說去了。爲下文留步也。將謂又離一虎機。不知正踏一虎機。奇文怪筆。疊而起。）宋江道慚愧正是好人相逢惡人遠離（梢公聞之。能無失笑。）且得脫了這場災難（如那場何。）只見那梢公搖着櫓口裏唱起湖州歌來唱道老爺生長在江邊不愛交游只愛錢（七字妙絕。太上不愛錢只愛交游。其次愛錢以爲交游之地。又次愛交游以爲錢之地也。夫不愛錢只愛交游。是非宋江之所及也。若云愛交游以爲錢地。則亦非宋江之所出也。今日宋江。則正所謂以錢爲交游地者耳。乃梢公忽云。只愛錢不愛交游。然

第□□□□ 夜鬧潯陽江

則宋江一路撒漫使銀。悉作唐捐矣乎。只此一句。便令宋江神絕心死。收不須又用板刀麪也。○俗本

說。昨夜華光來趂我、臨行奪下一金磚。駭語人、宋江和兩箇公人聽了這首歌都酥軟了。宋江又想道、他是唱耍。丑作一縱三箇正在艙裏議論未了。只見那梢公放下櫓。駭絕說道你這箇撮鳥兩箇公人平日最會詐害做私商的人。今日却撞在老爺手裏。你三箇却是要喫板刀麪。奇語却是要喫餛飩。奇語宋江道家長休要取笑。怎地喚做板刀麪。怎地是餛飩

那梢公睜着眼（駭絕）道老爺和你要甚鳥若還要喫板刀麪時（奇語。若要喫三字奇絕可笑）俺有一把潑風也似快刀在這艎板底下我不消三刀五刀我只一刀一箇都剁你三箇人下水去你若要喫餛飩時（奇語）你三箇快脫了衣裳都赤條條地跳下江裏自死宋江聽罷扯定兩箇公人說道却是苦也正是福無雙至禍不單行那梢公喝道（駭絕）你三箇好好商量快回我話宋江答道梢公不知我們也是沒奈何犯下了罪迭配江州的人你如何可憐見饒了我三箇那梢公喝道你說甚麼閒話（臨死討饒謂之閒話可發一笑）饒你三箇我半箇也不饒你（饒半箇又作何用）老爺喚作有名的狗臉張爺爺來也不認得爹去也不認得娘（出色駭語出色奇語）你便都閉了鳥嘴快下水裏去宋江又求告道我們都把包裹內金銀財帛衣服等項盡數與你只饒了我三人性命那梢公便去艎板底下摸出那把明晃晃板刀來大喝（駭絕○險筆至此眞令讀

者有死之心無生之氣道你三箇要怎地宋江仰天嘆道爲因我不敬天地不孝父母犯下罪責連累了你兩箇臨死猶爲此言仰面了所謂久假而不歸惡知其非有也那兩箇公人也扯着宋江道押司罷罷我們三箇一處死休那梢公又喝道你三箇好好快脫了衣裳此又一喝似催速跳然其實借脫衣裳三字騰那出下文救兵來須知良工心苦處及跳下江去跳便跳不跳時老爺便剝下水裏去宋江和那兩箇公人抱做一塊望着江裏四字住得妙只是上半句但未及有下半句耳寫出一時迅速

之極。只見江面上咿咿啞啞櫓聲響奇文層疊而出。梢公回頭看時俗本作宋江回頭看。一隻快船飛也似從上水頭急溜下來古本急溜二字。便寫出船到之速。俗本改作搖將二字。謬以千里。船上有三箇人一條大漢誰。手裏橫着托叉立在船頭上梢頭兩箇後生誰。誰。搖着兩把快櫓星光之下妙筆四字之妙。正是苦不甚明又不極暗。早到面前那船頭上橫叉的大漢便喝道前面是甚麽梢公敢在當港行事船裏貨物見者有分仍作賊人語。不便露出救兵行徑來。妙絕。這船梢公回

頭看了、慌忙應道、原來却是李大哥急急。我只

道、是誰來、大哥又去做買賣、只是不曾帶挈兄弟

此句。正緊對其兄者有分一句也。活畫出狗臉張爺爺來。活畫出不愛交游只愛錢面目來。大

漢道、張家兄弟、你在這里又弄這一手、船裏甚麼

行貨、有些油水麼、梢公答道、教你得知、好笑、我這

幾日沒道路、又賭輸了、沒一文、正在沙灘上悶坐

岸上一夥人、趕着三頭行貨、來我船裏、却是兩箇

烏公人解一箇黑矮囚徒揭陽嶺上。問而後說。潯陽江中。不問自說。只黑

〔矮二字。用筆不同如此。〕正不知是那里人、他說道送配江州來的、却又項上不帶行枷〔處處寫出宋江不帶行枷。與山泊歎花榮一段擊應。〕趕來的岸上一夥人、却是鎮上穆家哥兒兩箇〔梢公姓張。來船姓李。岸上兩箇姓穆。姓則都知之、名則都不知也。〕定要討他、我見有些油水、喫我不還他、船上那大漢道、咄〔一字。如聞其聲。〕莫不是我哥哥宋公明〔半日如逢無數奇鬼。讀至此句。忽然眼前一亮。〕宋江聽得聲音廝熟、便艙裏叫道、船上好漢是誰、救宋江則箇、那大漢失驚道、真箇是我哥哥〔上文險極。此句

快極。不險則不快。險極則快極也。早不做出來、宋江鑽出船上來

看時星光明亮此十一字妙不可說。非云星光明亮。恰見來船那漢。乃是極寫宋江半日心驚膽碎。不復知天地何色。直至此。忽然得救。夫而後依然又見星光也。恭喫嚇一回。始知之矣。

那船頭上立的大漢正是混江龍李俊背後船梢上兩箇搖櫓的一箇是出洞蛟童威一箇是翻江蜃童猛這李俊聽得是宋公明便跳過船來口裏叫苦道哥哥驚恐若是小弟來得遲了些箇悞了仁兄性命今日天使李俊在家坐立不安棹船

出來江裏趕些私鹽、不想又遇着哥哥在此受難、那梢公呆了半晌做聲不得與上銜臉三句映襯、方纔問道李大哥這黑漢便是山東及時雨宋公明麼、李俊道、可知是哩、那梢公便拜道、我那爺你何不早通箇大名、省得着我做出歹事來、爭些兒傷了仁兄、却又只愛交游、不要錢也。宋江問李俊道、這箇好漢是誰、請問高姓半日有叫張大哥、有叫張兄弟、他又自叫張爺爺、張字之多、非一遍矣、此處宋江忽然又問高姓、活畫出前文嚇極。李俊道、哥哥不知、這箇好漢却是小弟結義的兄弟姓張、○○將姓張名橫四字、分作兩段、所以深寫宋江嚇極、不聞張大哥張爺爺張兄弟多遍張字也、俗本訛是小孤山下人氏單名橫字、綽號船火兒專在此潯陽江做這件穩善的道路、言之可傷。○以極險惡事、而謂之穩善、豈非以世間道路、更險惡於板刀麪耶、宋江和兩箇公人都笑起來、當時兩隻船並着搖蕩灘邊來、纜了船艙裏扶宋江並兩箇公人上岸、李俊又與張橫說道、兄弟、我嘗和你說、可見李俊天下義士只除非山東及時雨鄆城宋押司、今日你可仔細認着張橫敲開火石點起燈來照着宋江撲翻身又在沙灘上拜星光中來，不好又是星光中去，則必敲火點燈，照着同行矣。乃作者文心，只一點燈亦不肯輕率便寫，又必隨手生出李俊使張橫仔細認宋江來，寫得一箇點燈，何等筆墨淋漓，真正才子之筆。道望哥哥恕兄弟罪過張橫拜罷問道義士哥哥為何事配來此間李俊把宋江犯罪的事說了今來迭配江州張橫聽了說道好教哥哥得知小弟一母所生的親弟兄兩箇長的便是小弟我有箇兄弟却又了得渾身雪練也似一身白肉

没得四五十里水面水底下伏得七日七夜水裏
行一似一根白條更兼一身好武藝因此人起他
一箇異名喚做浪裏白條張順當初我弟兄兩箇
只在揚子江邊做一件依本分的道路宋江道願
聞則箇張橫道我弟兄兩箇但賭輸了時我便先
駕一隻船渡在江邊淨處做私渡有那一等客人
貪省貫百錢的又要快便來下我船等船裏都坐
滿了却教兄弟張順也扮做單身客人背着一箇

大包也來趁船我把船摇到半江裏歇了櫓拋了釘插一把板刀却討船錢本合五百足錢一箇人我便定要他三貫却先問兄弟討起教他假意不肯還我我便把他來起手一手揪住他頭一手提定腰胯撲通地擲下江裏排頭兒定要三貫一箇箇都驚得呆了把出來不迭都斂得足了却送他到僻淨處上岸我那兄弟自從水底下走過對岸等沒了人却與兄弟分錢去賭一篇大文中忽然插入一篇小文奇

筆那時我兩箇只靠這道路過日宋江道可知江邊多有主顧來尋你私渡李俊等都笑起來張横又道如今我弟兄兩箇都改了業妙語○陞官亦然。出了一箇衙門進了一箇衙門旁人只謂其改了業殊不知只賣舊時行貨也。我便只在這潯陽江裏做些私商兄弟張順他却如今自在江州做賣魚牙子如今哥哥去時小弟寄一封書去只是不識字寫不得書李俊道我們去村裏央箇門館先生來寫留下童威童猛看船三箇人跟了李俊、張橫提了燈（千妖百怪之後。見此三字。如異國忽歸。）投村裏來走不過半里路、看見火把還在岸上明亮（可見江心一事。其間甚疾。）張橫說道、他弟兄兩箇還未歸去、李俊道、你說兀誰、弟兄兩箇、張橫道、便是鎮上那穆家哥兒兩箇、李俊道、一發叫他兩箇來拜了哥哥、（更爲奇筆。）宋江連忙說道、使不得、他兩箇趕着要捉我、李俊道、仁兄放心、他弟兄不知是哥哥、他亦是我們一路人、李俊用手一招、胡哨了一聲、只見火把人伴都飛遮將來於前火把飛遮是一是二皆空中結撰成此奇筆看見李俊張橫、都恭奉着宋江做一處說話那弟兄二人大驚道、二位大哥如何與這三人廝熟李俊大笑道你道他是兀誰李俊妙人那二人道便是不認得只見他在鎮上出銀兩賞那使鎗棒的減俺鎮上威風正待要捉他李俊道他便是我日常和你們說的山東及時雨鄆城宋押司公明哥哥你兩箇還不快拜可見李俊那弟兄兩箇撇了朴刀撲翻身便拜又可見穆家兄弟道聞名久矣不期今日方得相會却纔甚是冒瀆犯傷了哥哥望乞憐憫恕罪宋江扶起二位道壯士願求大名李俊便道這弟兄兩箇富戶是此間人姓穆名弘綽號沒遮攔兄弟穆春喚做小遮攔是揭陽鎮上一霸我這里有三霸哥哥不知一發說與哥哥知道（忽然結束其筆如椽）揭陽嶺上嶺下便是小弟和李立一霸（此一句結束揭陽嶺一篇絕奇文字）揭陽鎮上是他弟兄兩箇一霸（此一句結束揭陽鎮一篇絕奇文字）潯陽江邊做

私商的却是張橫張順兩個一霸此一句結束潯陽江一篇經奇文字以此謂之三霸又總結一句宋江答道我們如何省得既然都是自家弟兄情分望乞放還了薛永此是宋江好處穆弘笑道便是使鎗棒的那廝哥哥放心隨即便教兄弟穆春去取來還哥哥我們且請仁兄到敝莊伏禮請罪李俊說道最好最好便到你莊上去穆弘叫莊客着兩個去看了船隻就請童威童猛一同都到莊上去相會是一面又着人去莊

上報知、置辦酒食、殺羊宰猪、整理筵宴、一行衆人等了、童威童猛一同取路投莊上來、却好五更天○○○○○氣（五更作結妙筆○可知嚇了一夜）○都到莊裏、請出穆太公來相見了、就草堂上分賓主坐下、宋江與穆太公對坐○○說話未久、天色明朗、穆春已取到病大蟲薛永進來、一處相會了、穆弘安排筵席、管待宋江等衆位飲宴、至晚都留在莊上歇宿、次日宋江要行、穆弘那里肯放、把衆人都留莊上、陪侍宋江去鎮上開

翫觀看揭陽市村景致又住了三月宋江怕違了
限次（寫宋江偏在人前便要着假）堅意要行穆弘并衆人苦留
不住當日做箇送路筵席次日早起來宋江作別
穆太公并衆位好漢臨行分付薛永且在穆弘處
住幾時却來江州再得相會（寫宋江權術）穆弘道哥哥
但請放心我這裏自看顧他取出一盤金銀送與
宋江又齎發兩箇公人些銀兩臨動身張橫在穆
弘莊上央人修了一封家書央宋江付與張順當

時宋江收放包裹內了（又成後文一引）一行人都送到潯陽江邊（與蘆葦中映）穆弘叫隻船來（與梢公映）取過先頭行李下船眾人都在江邊安排行枷（處處寫宋江行枷不在頸上筆法嚴冷）取酒食上船餞行當下眾人灑淚而別李俊張橫穆弘穆春薛永童威童猛一行人各自回家不在話下只說宋江自和兩箇公人下船投江州來這梢公非比前番（忽插一部作趣）拽起一帆風蓬早送到江州上岸宋江方纔帶上行枷（寫宋江行枷筆筆嚴冷）兩

箇公人取出文書、挑了行李、直至江州府前來、正
值府尹坐廳。原來那江州知府姓蔡、雙名得章、是
當朝蔡太師蔡京的第九箇兒子、因此江州人叫
他做蔡九知府。那人為官貪濫、作事驕奢、（爲後作案）為
這江州是箇錢糧浩大的去處、抑且人廣物盈、因
此太師特地教他來做箇知府。當時兩箇公人當
廳下了公文、押宋江投廳下。蔡九知府看見宋江
一表非俗、便問道你為何枷上沒了本州的封皮

加意寫出宋江覗行枷如兒戲、與前欺花榮對看。筆法嚴冷之極。兩箇公人告道、於路上春雨淋漓、却被水濕壞了、知府道、快寫箇帖來、便送下城外牢城營裏去、本府自差公人押解下去、這兩箇公人就送宋江到牢城營內交割、當時江州府公人齎了文帖、監押宋江并同公人出州衙前來酒店裏買酒喫、宋江取三兩來銀子○○○○○寫宋江單是銀子出色。與了江州府公人、當討了收管、將宋江押送單身房裏聽候、那公人先去對管營差撥處替宋江說了方便交割討了收管自回江州府去了這兩箇公人也交還了宋江包裹行李千酬萬謝相辭了入城來兩箇自說道我們雖是喫了驚恐却賺得許多銀兩（又用兩箇公人開口開監一向隱括上文三覇一句）（點綴宋江本色）自到州衙府裏伺候討了回文兩箇取路往濟州去了話裏只說宋江又自央浼人情差撥到單身房裏送了十兩銀子與他（銀子出色）管營處又自加倍送十兩并人事（銀子出色）營裏管事的人并使

喚的軍健人等都送些銀兩與他們買茶喫（銀子出色）因此無一箇不歡喜宋江（寫宋江只如此。嚴冷之筆。）少刻引到點視廳前除了行枷（寫宋江行枷至此始畢。）參見管營爲得了賄賂在廳上說道這箇新配到犯人宋江聽着先朝太祖武德皇帝聖旨事例但凡新入流配的人須先打一百殺威棒左右與我捉去背起來宋江告道小人於路感冒風寒時症至今未曾痊可管營道這漢端的像有病的不見他面黃肌瘦有些病症且與他權寄下這頓棒此人既是縣吏出身着他本營抄事房做箇抄事就時立了文案便教發去抄事宋江謝了去單身房取了行李到抄事房安頓了衆囚徒見宋江有面目都買酒來慶賀次日宋江置備酒食與衆人回禮句一不時間又請差撥牌頭遞杯句二管營處常常送禮物與他句三宋江身邊有的是金銀財帛單把來結識他們寫宋○○○○○○○○○○○○○○○○
江出色。只是金銀財帛。更不見有他長處處處皆下特筆。住了半月之間滿營裏沒一箇不歡喜他自古道世情看冷煖人面逐高低贊歎宋江能得人心。乃只用此二語。其意可知。宋江一日與差撥在抄事房喫酒那差撥說與宋江道賢兄我前日和你說的那箇節級常例人情如何多日不使人送去與他今已一旬之上了他明日下來時須不好看宋江道這箇不妨那人要錢不與他若是差撥哥哥但要時只顧問宋江取不妨那節級要時一文也沒等他下來宋江自有話說看他全是權詐。差撥道

押司那人好生利害更兼手脚了得倘或有些言
語高低喫了他些羞辱却道我不與你通知宋江
道兄長繇他但請放心小可自有措置敢是送些
與他也不見得他有箇不敢要我的也不見得語語
寫出宋江權詐正恁的說未了只見牌頭來報道節級下
在這里了正在廳上大發作罵道新到配軍如何
不送嘗例錢來與我差撥道我說是麽那人自來
連我們都怪宋江笑道差撥哥哥休罪不及陪侍

改日再得作杯小可且去和他說話差撥也起身道我們不要見他省宋江別了差撥離了抄事房自來點視聽上見這節級不是宋江來和這人厮見有分教江州城裏翻爲虎窟狼窩十字街頭變作屍山血海直教撞破天羅歸水滸掀開地網上梁山畢竟宋江來與這箇節級怎麽相見且聽下回分解

第五才子書施耐菴水滸傳卷之四十一

第五才子書施耐菴水滸傳卷之四十二

聖歎外書

第三十七回

及時雨會神行太保

黑旋風鬬浪裏白條

寫宋江以銀子爲交游後忽然接寫一鐵牛李大哥妙哉用筆眞令宋江有珠玉在前之愧勝似罵勝似打勝似殺也看他要銀子賭

便向店家借要魚請人便向漁戶討一若天地間之物任憑天地間之人公同用之不惟不信世有慳吝之人亦并不信世有慷慨之人不惟與之銀子不以爲恩又并不與銀子不以爲怨夫如是而宋江之權術獨遇斯人而窮矣宋江與之銀子彼亦不過謂是店家漁戶之流適値其有之時也店家不與銀子漁戶不與鮮魚彼亦不過謂即宋江之流適

值其無之時也夫宋江之以銀子與人也夫固欲人之感之也宋江之不敢不以銀子與人也夫固畏人之怨之也今彼亦何感彼亦何怨無宋江可騙則自有店家可借無店家可借則自有賭房可搶無賭房可搶則自有江州城裏城外執塗之人無不可討使必恃有結識好漢之宋江而後李逵方得銀子使用然則宋江未配江州之前彼將不喫酒不

喫肉小張乙賭房中亦復不去賭錢耶通篇

寫李逵浩浩落落處全是激射宋江絕世妙筆

處處將戴宗反襯宋江遂令宋江愈慷慨愈出醜皆屬作者匠心之筆

寫李逵麄直不難莫難於寫麄直人處處使乖說謊也彼天下使乖說謊之徒卻處處假作麄直如宋江其人者能不對此而羞死乎

哉○

話說當時宋江別了差撥出抄事房來到點視廳上看時見那節級掇條凳子坐在廳前【如畫。○掇條凳子。便算官長。可發一笑。】高聲喝道那箇是新配到囚徒牌頭指着宋江道這箇便是那節級便罵道你這黑矮殺才倚仗誰的勢要不送當例錢來與我宋江道人情人情在人情願【妙解解願。】你如何逼取人財好小哉兩邊看的人聽了倒捏兩把汗那人大怒喝罵賊配軍安敢如此無禮顛倒說我小哉那兇馱的與我背起來且打這廝一百訊棍兩邊營裏眾人都是和宋江好的見說要打他一鬨都走了只剩得那節級和宋江（上文已成必打之勢卻只寫作眾人走了從騰那出下文來筆墨曲折之甚）那人見眾人都散了肚裏越怒拿起訊棒便逩來打宋江宋江說道節級你要打我我得何罪（好）那人大喝道你這賊配軍是我手裏行貨輕咳嗽便是罪過（奇語可駭）宋江道你便尋我過失也不

到得該死 好 那人怒道你說不該死我要結果你也不難只似打殺一箇蒼蠅宋江冷笑道我因不送得常例錢便該死時結識梁山泊吳學究的却該怎地 好 那人聽了這話慌忙丢了手中訊棍便問道你說甚麽 好 宋江道我自說那結識軍師吳學究的 好 你問我怎地 好 那人慌了手脚拖住宋江問道你正是誰 好 那里得這話來 好 宋江笑道小可便是山東鄆城縣宋江那人聽了大驚連忙

作揖、、寫戴宗拜。獨與他人異。有情有文之筆。說道原來兄長正是及、
時雨宋公明、宋江道何足掛齒、那人便道兄長此、
間不是說話處、未敢下拜、戴宗口中自註一句。好。同往城裏
敘懷、請兄長便行、宋江道好、節級少待、容宋江鎖
了房門便來、宋江慌忙到房裏取了吳用的書、細。
自帶了銀兩、又帶銀子。出來鎖上房門、分付牌頭看管、
○○○○
便和那人離了牢城營裏、（遊）入江州城裏來、去一
箇臨街酒肆中樓上坐下、那人問道、兄長何處見

莫學究來宋江懷中取出書來遞與那人那人拆開封皮從頭讀了藏在袖內起身望着宋江便拜只一拜寫得節次如畫宋江慌忙答禮道適間言語衝撞休怪休怪那人道小弟只聽得說有個姓宋的五字爲上文補漏便令後人更無訾議處發下牢城營裏來往常時但是發來的配軍常例送銀五兩今番已經十數日不見送來今日是個閒暇日頭因此下來取討不想却是仁兄與上姓宋句合作一語恰纔在營內甚是言語冒瀆

了哥哥萬望恕罪宋江道差撥亦曾嘗對小可說起大名宋江有心要拜識尊顏却不知足下住處又無因入城特地只等尊兄下來要與足下相會一面以此耽悞日久不是爲這五兩銀子不捨得送來（寫宋江自表。亦不出銀子。真是醜殺。）只想尊兄必是自來故意延挨今日幸得相見以慰平生之願說話的那人是誰便是吳學究所薦的江州兩院押牢節級戴院長戴宗（筆法。）那時故宋時金陵一路節級都稱呼家長湖南一路節級都稱呼做院長。正敘事中偏有此閒筆。
原來這戴院長有一等驚人的道術，但出路時齎
書飛報緊急軍情事，把兩箇甲馬拴在兩隻腿上，
作起神行法來，一日能行五百里；把四箇甲馬拴
在腿上，便一日能行八百里。因此人都稱做神行
太保戴宗。當下戴院長與宋公明說罷了來情去
意，戴宗宋江俱各大喜。兩箇坐在閣子裏，叫那賣
酒的過來，安排酒菓肴饌菜蔬來，就酒樓上兩箇

由此去入李逵傳

飲酒、宋江訴說一路上遇見許多好漢、衆人相會的事務、戴宗也傾心吐膽、把和這吳學究相交來往的事、告訴了一遍、兩箇正說到心腹相愛之處、纔飲得兩三杯酒、只聽樓下喧鬧起來、過賣連忙走入閣子來、對戴宗說道、這箇人只除非是院長說得他下、（未來先畫。另是一樣妙筆。）沒奈何、煩院長去解拆則箇、戴宗問道、在樓下作鬧的是誰、過賣道、便是時常同院長走的那箇喚做鐵牛李大哥、（李大哥來。何遲也。眞令讀者盼殺也想殺也在底下尋主人家借錢○○二字妙絕宋江處處以銀子爲要務李逵卻初入書便是借錢作者特特識將兩人寫在一處平間形擊真假筆筆妙絕宗笑道又是這廝在下面無禮我只道是甚麽人、兄長少坐我去叫了這廝上來戴宗便起身下去、不多時引着一箇黑凜凜大漢○○○○畫李逵只五字上已畫得出相樓來宋江看見喫了一驚黑凜凜三字不惟畫出李逵形狀兼畫出李逵顧盼李逵性格李逵心地來下便緊接宋江喫驚句蓋深表李逵旁若無人不曉阿諛不可以威刼不可以名服不可以利動不可以智取宋江喫一驚真喫一驚也便問道院長這

大哥是誰戴宗道這箇是小弟身邊牢裏一箇小
牢子姓李名逵祖貫是沂州沂水縣百丈村人氏
本身一箇異名喚做黑旋風李逵他鄉中都叫他
做李鐵牛因為打死了人逃走出來雖遇赦宥流
落在此江州不曾還鄉為他酒性不好多人懼他
能使兩把板斧及會拳棍見今在此牢裏勾當李
逵看着宋江問戴宗道哥哥這黑漢子是誰○○○○○黑漢子則呼之為黑漢子耳豈以其衣冠濟楚也而阿諛之寫李逵如畫戴宗對宋江笑道

押司你看這廝恁麽麄鹵全不識些體面李逵道我問大哥怎地是麄鹵（連麄鹵不知是何語妙絕讀至此始知魯達自說麄鹵尚是後天之民未及李大哥也）戴宗道兄弟你便請問這位官人是誰便好（賭用蘇東坡教壞司馬君實僕事）你倒却說這黑漢子是誰這不是麄鹵却是甚麽我且與你說知這位仁兄便是聞當你要去投奔他的義士哥哥（從戴宗口中表出李逵生平）李逵道莫不是山東及時雨黑宋江（看戴宗只提出義士二字李逵便說出其地來說出其號來說出其狀來說出其名來極寫李逵念

誦宋江。如人持咒也。戴宗喝道咄你這廝敢如此犯上直言叫喚全不識些高低兀自不快下拜等幾時李逵道若眞箇是宋公明我便下拜妙語。若是閒人我却拜甚鳥妙語。○看他下語眞有鐵牛之意。○拜鳥二字未經人說。爲之絕倒。節級哥哥不要賺我拜了你却笑我偏寫李逵作乖覺語。而其呆愈顯。眞正妙筆。宋江便道我正是山東黑宋江便寫出宋江喜之至。敬之至。李逵拍手叫道我那爺稱呼不類。表表獨奇。你何不早說些箇却反責之。妙絕妙絕。也敎鐵牛歡喜寫得逵若不是世間性格。讀之淚落。○鐵牛歡喜四字。又是奇文。撲翻身軀便拜寫拜亦復不同。翻身軀字。寫他拜得死心搭地。便字。寫他拜的更無商量。宋江連忙答禮說道壯士大哥請坐。戴宗道兄弟你便來我身邊坐了喫酒。李逵道不耐煩小盞喫換箇大碗來篩若在他面前說不得此語。即拜之何爲。若旣已拜之。即何妨開口便說此語。寫李逵妙絕。更無第一句。只此是第一句。宋江便問道却纔大哥爲何在樓下發怒。李逵道我有一錠大銀解了十兩小銀使用了第一句討大碗。第二句便說謊。寫得奇絕妙絕。却問這主人家那借十兩銀子寫宋江。則以銀子爲其生平。寫李逵。則以銀子視同兒戲。筆墨激射。令人不堪。去贖那大銀出來便還他。自要些使用。李逵亦復有使用銀子處。爲之絕倒。叵耐這鳥主人不肯借與我。上文宋江猜戴宗必爲五兩銀故自家下來。此文李逵猜士人不借十兩銀故徑來告借。寫兩箇人。一箇純以小人待君子。一箇純以君子待小人。其厚其薄。天地懸隔。筆墨激射。令人不堪。却待要和那廝放對打得他家粉碎。却被大哥叫了我上來。宋江道只用十兩銀子去取再要利錢麽。李逵道利錢已有在這里了。寫他說謊。偏極嫵媚。只要十兩本錢去討。宋江聽罷。便去身邊取出

寫戴宗文另是一色人

一箇十兩銀子把與李逵以十兩銀買一鐵牛說宋江一生得意之筆
道、大哥你將去贖來用度、戴宗要阻當時宋江已
把出來了、李逵接得銀子、便道、卻是好也、兩位哥
哥只在這里等我、一等贖了銀子、便來送還、就和
宋哥哥去城外喫碗酒、宋江道、且坐一坐、喫幾碗
了去、李逵道、我去了便來、推開簾子、下樓去了我讀
至此處、不覺掩卷而歎、嗟乎、世安得有此人哉、下
之、則驟然與我十兩銀子、上之、則斯人固我間嘗
無日不念誦、無日不願見之人也、乃今實然而來、
實然而去、不惟今日之恩惠、不能留之少坐、即平

日之愛慕。亦不必贅以盤桓。要拜便拜。要去便去。要喫酒便喫酒。要說謊便說謊。嗟乎。世豈眞有此人哉。戴宗道、兄長休借這銀與他便好、却纔小弟正欲要阻兄長、已把在他手裏了、宋江道、却是爲何、戴宗道、這廝雖是耿直、只是貪酒好賭、他却幾時有一錠大銀、解了兄長喫他賺漏了這箇銀、去他慌忙出門、必是去賭、若還羸得時、便有得送來還哥哥、醜語。若是輸了時、那討這十兩銀來還兄長、醜語。寫戴宗只與宋江一樣。戴宗面上須不好看、宋江笑道、尊兄

何必見外、些須銀子何足掛齒繇他去賭輸了罷
寫宋江好處只如此、我看這人倒是箇忠直漢子、戴宗道這
厮本事自有只是心麄膽大不好在江州牢裏但
喫醉了時却不奈何他人只要打一般強的牢子
駁李逵殆所以自駁也、我也被他連累得苦專一路見不平
好打強漢以此江州滿城人都怕他又在戴宗口中補寫生平、
宋江道俺們再飲兩杯却去城外忽生一箇閒翫一遭、
戴宗道小弟也正忘了和兄長去看江景則箇宋

江道、小可也要看江州的景致、如此最好、且不說兩箇再飲酒、只說李逵得了這箇銀子、尋思道、難得宋江哥哥、又不曾和我深交、便借我十兩銀子、果然仗義踈財、名不虛傳、如今來到這裏、却恨我這幾日賭輸了、沒一文做好漢請他、沒一文便做不得好漢。此宋江一路來、所以獨做成好漢也。語語皆與宋江激射。如今得他這十兩銀子、且將去賭一賭、儻或贏得幾貫錢來請他、一請也好看、要好看。是李逵白璧一瑕。分別觀之。當時李逵慌忙跑出城

○外箇一、小張乙賭房裏來、便去場上將這十兩銀子○○○○○○

撇在地下○○○○畫。叫道、把頭錢過來、我慱、那小張乙得

知李逵從來賭直、便道、大哥且歇、這一慱、下來便

是你慱、畫下語皆與李逵不稱、故妙。○客人已坐店中、只要贏得便去、做好漢請他矣、却偏說出歌一慱來。妙絕。

李逵道、我要先賭這一慱、小張乙道、你

便傷、猜也好、畫。○語語與李逵不稱、妙絕。李逵道、我不傷、猜只

要慱這一慱、五兩銀子做一注、又欲贏得快、又欲贏得多、絕倒、有

那一般賭的却待要慱、被李逵搶手奪過頭錢來、

便叫道我慱兀誰小張乙道便慱我五兩銀子李逵叫聲快脫膊地慱一箇叉（絕倒）小張乙便拿了銀子過來李逵叫道我的銀子是十兩小張乙道你再慱我五兩快便還了你這錠銀子李逵又拿起頭錢叫聲快脫膊的又慱箇叉（絕倒不如此不成奇文）小張乙笑道我教你休搶頭錢且歇一慱不聽我口如今一連慱上兩箇叉（畵賭塲信口寫來活現）李逵道我這銀子是別人的（鐵牛作此軟語越可憐越無理越好笑越嫵媚）小張乙道遮

莫是誰的也不濟事了你既輸了却說甚麼李逵道沒奈何三字越可憐越無理越好笑越嫵媚且借我一借妙絕語宋江處處以銀為正經李逵處處以銀為戲事筆墨激射極其不堪明日便送來還你看他又說謊正妙極也小張乙道說甚麼閑話自古賭錢場上無父子你明明地輸了如何倒來革爭李逵把布衫拽起在前面先作盛放銀子之地絕倒口裏喝道你們還我也不還小張乙道李大哥你閒常最賭得直口碑鬖鬖今日如何恁麼沒出豁李逵也不答應他不答應又

寫得妙直寫出他外雖發極內實心服來便就地下擄了銀子又搶了別人賭的十來兩銀了索性都摟在布衫兜裏妙絕之事

奇絕之文睜起雙眼就道老爺閒嘗賭直今日權且不直一遍二語遂若出自聖人口中蓋上句守經下句達權也小張乙急待向前奪時被李逵一指一交十二三箇賭博的一齊上銀子是命眞有此事要奪那銀子被李逵指東打西指南打北李逵把這夥人打得沒地躲處便出到門前把門的問道大郎那里去被李逵提在一邊提字妙一

手挽銀可知。一脚踢開了門一手挽銀。一手提人。便一脚踢門矣。活畫出此時李大哥來。便走何等爽利看他到底不答應一句。那夥人隨後趕將出來都只在門前叫道畫。李大哥你恁地沒道理都搶了我們衆人的銀子去只在門前叫喊沒一箇敢近前來討此二句。便又寫出平日來也。李逵正走之時聽得背後一人趕上來扳住肩臂奇文。喝道你這厮如何却搶擄別人財物李逵口裏應道干你鳥事罵盡天下。○嘗想世人評論古今。真是干你鳥事。回過臉來看時却是戴宗背後立着宋江（先罵後回筆筆入妙）李逵見了惶恐滿面（天眞爛熳不是世人害羞身分）便道哥哥休怪鐵牛閒常只是賭直（又不說謊）今日不想輸了哥哥銀子又沒得些錢來相請哥哥喉急了時下做出這些不直來（寫他自辯處恰與上文解銀取贖語相違得却一邊失却一邊天眞爛熳妙不可說）宋江聽了大笑道賢弟但要銀子使用只顧來問我討（寫宋江只如此）今日既是明明地輸與他了快把來還他李逵只得從布衫兜裏取出來都遞在宋江手裏（又寫他使乖。澀倒。）宋江

便叫過小張乙前來都付與他○○○○宋江只如此小張乙接
過來說道二位官人在上小人只拿了自巳的這
十兩原銀雖是李大哥兩博輸與小人如今小人
情願不要他的省得記了寃讐畫宋江道你只顧
將去不要記懷小張乙那里肯宋江便道他不曾
打傷了你們麽小張乙道討頭的拾錢的和那把
門的都被他打倒在裏面宋江道既是恁的就與○○
○○○○○○他衆人做將息錢宋江只如此兄弟自不敢來了我自

着他去、小張乙收了銀子、拜謝了、回去、宋江道、我們和李大哥喫三杯去、戴宗道、前面靠江有那琵琶亭酒館、是唐朝白樂天古跡、我們去亭上酌三杯、就觀江景、則箇、宋江道、可於城中買些肴饌之物將去、（插一句早爲魚湯作引。）戴宗道、不用、如今那亭上有人在裏面賣酒、宋江道、恁地時、却好、當時三人便望琵琶亭上來、到得亭子上看時、一邊靠着潯陽江、一邊是店主人家房屋、琵琶亭上有十數副座頭戴宗便揀一副乾淨座頭讓宋江坐了頭位戴宗坐在對席肩下便是李逵三箇坐定便叫酒保鋪下菜蔬菓品海鮮按酒之類李逵不愛。○偏寫得與李逵不稱。酒保取過兩樽玉壺春酒此是江州有名的上色好酒寫酒皆用出色名目。非為與宋江戴宗映襯。全為與李逵不稱也。開了泥頭李逵便道三箇人中第一開口。酒把大碗來篩不耐煩小盞價○○○○○○○○○○○喫賭房搶銀一事。竟若太虛雲點。更不一字周旋。妙絕之筆。○不得做主。又來做客。在世人便有無數殷勤周致之語。今偏寫得樸至慷慨。政不辯其誰主誰客。妙哉。至於此乎。○李逵傳妙處都在無字句處。要細玩。戴宗喝道兄弟好村你不要做聲只顧喫酒便了宋江分付酒保道我兩箇面前放兩隻盞子這位大哥面前放箇大碗酒保應了下去取隻碗來放在李逵面前一面篩酒一面鋪下肴饌李逵笑道一笑字。有小兒得餅之樂。眞箇好箇宋哥哥人說不差了看他極蠢人胸中。又要三迴四轉將友生來玩味。眞是奇筆。便知做兄弟的性格李逵只說出八箇字。而千載已無合式中選之人矣。何可勝歎。結拜得這位哥哥也不枉了竟罵戴宗矣。絕倒。酒保斟酒連篩了五七遍宋江因見了這兩人心中歡喜結上文。下另出第三箇人也。喫了幾杯忽然心裏想要魚辣湯喫憑空落下魚字。無影無痕。便問戴宗道這里有好鮮魚麼戴宗笑道兄長你不見滿江都是漁船便插入漁船。明快之筆。此間正是魚米之鄉如何沒有鮮魚宋江道得些辣魚湯醒酒最好戴宗便喚酒保教造三分加辣點紅白魚湯來偏寫得與李逵不稱。頃刻造了湯來宋江看見道美食不如美器雖是箇酒肆之中端的好整齊器皿偏寫得與李逵不柵拿起筋來相勸戴宗李逵喫、自也喫了些魚、呷幾口湯汁。李逵並不使筋、便把手去碗裏撈起魚來、和骨頭都嚼喫了。何等嫵媚。其疾如風。宋江一頭忍笑、不住呷了兩口汁、此呷汁與上呷汁連、中間插出李逵撈魚嚼喫、如風捲雲、故宋江呷汁未畢也。便放下筋不喫了。文情漸漸引而出。戴宗道、兄長、一定這魚醃了、不中仁兄喫。宋江道、便是不才酒後、只愛口鮮魚湯喫。漸引下。這箇魚真是不甚好。戴宗應道、便是小弟也喫不得、是醃的不中喫。李逵

嚼了白碗裏魚便道兩位哥哥都不喫我替你們

喫了（忽用替你們三字。寫他何等出力。非寫今喫魚出力。正寫他用出力只如喫魚也。）

便伸手去宋江碗裏撈將過來喫了又去戴宗碗

裏也撈過來喫了（無黨無偏。平平蕩蕩。使宰天下。如此魚矣。）滴滴點點

淋一桌子汁水（觀此。便深歎曲禮為煩。）宋江見李逵把三碗

魚湯和骨頭都嚼喫了便叫酒保來分付道我這

大哥想是肚饑你可去大塊肉切二斤來與他喫

（好宋江。人說不差了。真是知他肚裏。）少刻一發算錢還你酒保道小

人這里只賣羊肉却沒牛肉四字絕倒。忽從酒保口中。畫出李逵不似喫羊肉人。妙筆。憑空生出要肥羊儘有李逵聽了便把魚汁擗臉潑將去淋那酒保一身潑酒保有何妙處。妙在因此一潑。便寫出李逵不喫汁來。偏與宋江思湯想水。不足一樣。絕倒絕倒戴宗喝道你又做甚麼四字問得妙。真是令人應接不暇。李逵應道叵耐這廝無禮欺負我只喫牛肉喫牛肉何足賴。不賴搶銀。却賴喫牛肉。妙絕。不賣羊肉與我喫酒保道小人問一聲也不多話宋江道你去只顧切來我自還錢宋江只如此。酒保忍氣吞聲去切了二斤羊肉做一盤、將來放桌子上、李逵見了也、不更問（買與我喫。則我喫矣。問囫圇不差。不問更不差也。）大把價搉來只顧喫撚指間把這二斤羊肉都喫了（何其嫵媚）宋江看了道壯哉真好漢也（宋江掉文）李逵道這宋大哥便知我的鳥意喫肉不強似喫魚（無端插出宋江掉文一句。卻緊接出李逵誤認來。奇筆妙筆。鬼神於文矣。○宋江自贊李逵壯哉。李逵卻認是說羊肉壯哉。宋江自贊李逵真好漢。李逵卻認是說羊肉真好喫。寫戴宗叫酒保來問。通文人與不通文人相對。如畫。）道卻纔魚湯家生甚是整齊魚卻醃了不中喫別有甚好鮮魚將另造些辣湯來與我這位官人醒酒酒保答道不敢瞞院長說這魚端的是昨夜的今日的活魚還在船內等魚牙主人不來〔漸引未而下〕○曾敢賣動因此未有好鮮魚李逵跳起來道我自去討兩尾活魚來與哥哥喫○○○○○○○○○○〔此句須分上下兩半句讀正是各有其妙〕〔蓋我自去討四字只是向店主借銀手段而與哥哥喫四字已是做好漢請宋江胸襟也〕戴宗道你休去只央酒保去回幾尾來便了李逵道船上打魚的不敢不與我直得甚麼戴宗攔當不住

李逵一直去了。又去了。並不以溫存軟款，百衣千日相慕。而發猶如宋江。已爲之一傾。然則爲人在世其應學李大哥也。戴宗對宋江說道：「兄長休怪小弟引這等人來相會，全沒些箇體面，羞殺人！」寫戴宗醜。宋江道：「他生性是憑的，如何教他改得？我倒敬他真實不假。」寫宋江見李逵便令權詐都盡是作者特特合傳之旨。兩箇自在琵琶亭上笑語說話取樂。却說李逵走到江邊看時，見那漁船一字排着，約有八九十隻，都纜繫在綠楊樹下。看他一路寫綠楊樹。船上漁人，有斜枕着船梢睡的畫。○不止一人。有在船頭上結網的畫。○又不止一人。也有在水裏洗浴的畫。○又不止一人。此時正是五月半天氣好筆。一輪紅日將及沉西不見主人來開艙賣魚李逵走到船邊喝一聲道你們船上活魚把兩尾來與我只如取諸宮中者然。那漁人應道我們等不見漁牙主人來不敢開艙你看那行販都在岸上坐地妙。○却從漁人口中又補畫中一樣。○又不止一人。○先寫下無數人便令下文看厮打熱鬧如畫。李逵道等甚麼烏主人先把兩尾魚來與我真是天不能蓋地不

能載王化不能服語可駭可笑那漁人又答道紙也未曾燒如何
敢開艙那里先拿魚與你李逵見他衆人不肯拿
魚便跳上一隻船去漁人那里攔當得住李逵不
省得船上的事只顧便把竹笆篾來拔奇文漁人在
岸上只叫得罷了奇文李逵伸手去艎板底下一絞
摸時那里有一箇魚在裏面奇文原來那大江裏漁
船船尾開半截大孔放江水出入養着活魚却把
竹笆篾攔住以此船艙裏活水往來養放活魚因

此江州有好鮮魚這李逵不省得倒先把竹笆篾提起了將那一艙活魚都走了（自註一遍）李逵又跳過那邊船上去拔那竹篾（奇文）那七八十漁人都逩上船把竹篙來打李逵（奇文。七八十竹篙打李逵奇文絕倒）李逵大怒焦躁起來便脫下布衫（看他一路寫布衫）裏面單繫着一條棊子布手巾兒（好看）見那亂竹篙打來兩隻手一架早搶了五六條在手裏一似扭葱般都扭斷了（奇文）漁人看見盡喫一驚却都去解了纜把船撐開去了（奇文好看）李逵忿怒赤條條地拿了截折竹篙上岸來趕打行販（無理之極○奇文）都亂紛紛地挑了擔走（奇文好看）正熱鬧裏只見一箇人從小路裏走出來衆人看見叫道主人來了這黑大漢在此搶魚都趕散了漁船那人道甚麽黑大漢敢如此無禮衆人把手指道那厮兀自在岸邊尋人厮打那人搶將過去喝道你這厮喫了豹子心大蟲膽也不敢來攪亂老爺的道路李逵看那人生得六尺五六身

此一段李逵主那人賓

材三十二三年紀三柳掩口黑髯頭上裹頂青紗萬字巾掩映着穿心紅一點鬆兒上穿一領白布衫腰繫一條絹搭膊下面青白裊脚多耳麻鞋手裏提條行秤（李逵眼中看出）那人正來賣魚見了李逵在那里橫七豎八打人（奇妙）便把秤遞與行販接了（細）趕上前來大喝道你這廝要打誰李逵不回話輪過竹篙却望那人便打（無理之極奇文）那人搶入去早奪了竹篙李逵便一把揪住那人頭髮（奇文）那人便

逵他下三面要跌李逵怎敵得李逵水牛般氣力直推將開去不能彀攏身（奇文）那人便望肋下擢得幾拳李逵那里着在意裏（奇文）那人又飛起脚來踢被李逵直把頭按將下去提起鐵鎚般大小拳頭去那人脊梁上擂鼓也似打（奇文。一總無異之極）那人怎生掙扎李逵正打哩一個人在背後劈腰抱住一個人便來拏住手喝道使不得使不得李逵回頭看時却是宋江戴宗李逵便放了手那人畧得脫身、一、道、烟、走、了、忽然半路一頓戴宗埋寃李逵道、我教你休來討魚、又在這里和人厮打、儻或一拳打死了人、你不去償命坐牢、李逵應道、你怕我連累你、我自打死了一個、我自去承當、宋江便道、兄弟休要論口、拿了布衫布衫且去喫酒、李逵向那柳樹根頭綠楊樹拾起布衫、搭在胳膊上、布衫跟了宋江戴宗便走、行不得十數步、只聽得前忽然用半路一頓至此重復涌全而起文格奇絶背後有人叫罵道、黑殺才、今番要和你見個輸

此一段
那人主
李逵賓

巃李逵回轉頭來看時便是那人脫得赤條條地
匾扎起一條水棍兒露出一身雪練也似白肉頭
上除了巾幘顯出那箇穿心一點紅俏鬏兒來奇文
在江邊獨自一箇妙把竹篙妙撑着一隻漁船妙
趕將來口裏大罵道千刀萬剮的黑殺才老爺怕
你的不算好漢實句走的不是好男子主句妙絕語讀之欲笑
李逵聽了大怒吼了一聲如畫撇了布衫布衫搶轉身
來那人便把船略攏來輳在岸邊妙一手把竹篙

點定了船妙口裏大罵着妙李逵也罵道好漢便
上岸來不使合妙筆那人把竹篙去李逵腿上便攧妙妙
讀之欲笑撩撥得李逵火起托地跳在船上妙說時遲
那時快那人只要誘得李逵上船便把竹篙望岸
邊一點妙雙脚一蹬妙那隻漁船箭也似投江心
裏去了妙李逵雖然也識得水反襯一句李逵識水為後文不死地
苦不甚高當時慌了手脚那人更不叫罵撇了竹
篙叫聲你來今番和你定要見箇輸贏便把李逵

肐膊拿住口裏說道且不和你厮打先教你喫些
水兩隻脚把船只一掟船底朝天英雄落水（絕妙好辭）
兩箇好漢撲通地都翻筋斗撞下江裏去宋江戴
宗急趕至岸邊那隻船已翻在江裏兩箇只在岸
上叫苦（畫二人）江岸邊早擁上三五百人在柳陰底
下看（畫三五百人）都道這黑大漢今番却着道兒便掙
扎得性命也喫了一肚皮水宋江戴宗在岸邊看
時只見江面開處那人把李逵提將起來又淹將

○○下去（文奇）兩箇正在江心裏面清波碧浪中間一箇顯渾身黑肉一箇露遍體霜膚（絕妙好辭○青波碧浪黑肉白膚斐然成章聳筆耀紙）兩箇打做一團絞做一塊江岸上那三五百人沒一箇不喝采（每見人看大發喝采看杖責喝采看厮打喝采嗟乎人之無良一至於此願後之讀至此者其一念之也）當時宋江戴宗看見李逵被那人在水裏揪扯浸得眼白又提起來又納下去老大喫虧（鐵牛遂作水牛奇文絕倒）便叫戴宗央人去救戴宗問衆人道這白大漢是誰（漸引而下）有認得的說

道這箇好漢便是本處賣魚主人喚做張順宋江
聽得猛省道漸引而下莫不是綽號浪裏白條的張順
衆人道正是正是宋江對戴宗說道我有他哥哥
張横的家書在營裏戴宗聽了便向岸邊高聲叫
道張二哥叫得妙不要動手有你令兄張横家書在
此這黑大漢是俺們兄弟你且饒了他上岸來說
話張順在江心裏見是戴宗叫他却也時常認得
○○○○○
便放了李逵不肯便罷筆有餘勁赴到岸邊爬上岸來看着

戴宗唱箇喏道、院長休怪小人無禮、戴宗道、足下可看我面、且去救了我這兄弟上來、却教你相會、一箇人便似相贖者、然真是妙筆、張順再跳下水裏赴將開去、李逵正在江裏探頭探腦假掙扎赴水、偏寫他假處、偏是天真爛慢、令人絕倒、張順早赴到分際、帶住了李逵一隻手、自把兩條腿踏着水浪、如行平地、那水浸不過他肚皮、淹着臍下、擺了一隻手、直托李逵上岸來、江邊的人箇箇喝采、再畫三五百人一句、表其市未散、宋江看得呆了半晌、張順李逵都到岸上、李逵喘做一團、口裏只吐白水。三碗辣魚、二斤羊肉、一齊都出、爲之絕倒。戴宗道、且都請你們到琵琶亭上說話、張順討了布衫穿着、李逵也穿了布衫。前只一領布衫、此忽變出兩領布衫、妙。四箇人再到琵琶亭上來、戴宗便對張順道、二哥、你認得我麼。先問自家起。做箇波搽。張順道、小人自識得院長、只是無緣不曾拜會、戴宗指着李逵問張順道、足下日嘗曾認得他麼。又問李逵、再做一波搽。今日倒衝撞了你、張順道、小人

如何不認得李大哥只是不曾交手李逵道你也

渰得我彀了〔妙〕張順道你也打得我好了〔妙〕戴宗

道你兩箇今番却做箇至交的弟兄常言道不打

不成相識李逵道你路上休撞着我〔妙〕張順道我

只在水裏等你便了〔妙〕四人都笑起來大家唱箇

無禮喏戴宗指着宋江對張順道二哥你曾認得

這位兄長麽〔用兩波襟後忽然放去作李張鬬口語然後再提出第三開來筆法奇妙〕

張順看了道小人却不認得這里亦不曾見李逵

張順道既然哥哥要好鮮魚喫兄弟去取幾尾來宋江道最好李逵道我和你去討○○○○宋江與銀不以爲恩張順水浸不以爲怨天真爛熳蕩蕩平平戴宗喝道又來了你還喫得水不快活張順笑將起來綰了李逵手說道我今番和你去討魚看別人怎地情分語言都絕妙又真切張順也兩箇下琵琶亭來到得江邊張順略喑一聲只見江上魚船都撐攏來到岸邊畫張順問道那箇船裏有金色鯉魚只見這箇應道我船上來那箇應道我船

裏有一霎時却轉攏十數尾金色鯉魚來張順選了四尾大的折柳條穿了（樹）綠楊先教李逵將來亭上整理（竟是一家）張順自點了行販分付了小牙子去把秤賣魚（細○收拾三一五百人好筆）張順却自來琵琶亭上陪侍宋江宋江謝道何須許多但賜一尾便穀了張順答道些小微物何足掛齒兄長食不了時將回行館做下飯兩箇序齒坐了李逵道自家年長坐了第三位（妙絕○禮豈爲我輩設耶然而先王之禮莫大於此矣）張順坐第

四位再叫酒保討兩樽玉壺春上色酒來并些海鮮按酒菓品之類張順分付酒保把一尾魚做辣湯用酒蒸一尾叫酒保切鱠四人飲酒中間各敘胸中之事正說得入耳只見一箇女娘年方二八穿一身紗衣五月來到跟前深深的道了四箇萬福頓開喉音便唱李逵正待要賣弄胸中許多豪傑的事務却被他唱起來一攪三箇且都聽唱打斷了他的話頭不表李逵不近女色正識三人不覺露其本色也李逵怒從

心起跳起身來把兩箇指頭去那女娘額上一點饒他三箇指頭已算惜玉憐香矣。那女娘大叫一聲驀然倒地衆人近前看時只見那女娘桃腮似土檀口無言那酒店主人一發向前攔住四人要去經官告理正是憐香惜玉無情緒煑鶴焚琴惹是非畢竟宋江等四人在酒店裏怎地脫身且聽下回分解

第五才　耐菴水滸傳卷之四十二

第五才子書施耐菴水滸傳卷之四十三

聖歎外書

第三十八回

潯陽樓宋江吟反詩

梁山泊戴宗傳假信

此回止黃通判讀反詩一段錯落扶疎之極○

其餘止看其敘事明淨徑捷耳○

潯陽樓飲酒後忽寫宋江腹瀉是作者慘淡

經營之筆蓋不因此事便要仍復入城尋彼三人則筆墨殊費不復入城尋彼三人即又嫌新交冷落也此正與林冲氣悶連日不上街來同法

寫宋江問三箇人住處凡三樣答法可謂盡盡筆墨之巧至行入正庫飲酒吟詩便純用月明星稀烏鵲南飛筆氣讀之令人慷慨

篇首女娘暈倒一段只是喫魚後借作收科

更無別樣熖應

話說當下李逵把指頭捺倒了那女娘酒店主人攔住說道四位官人如何是好主人心慌便叫酒保過賣都向前來救他就地下把水噴噀看看甦醒扶將起來看時額角上抹脫了一片油皮因此那女子暈昏倒了救得醒來千好萬好他的爹娘聽得說是黑旋風（一句便省無數）先自驚得呆了半晌那里敢說一言看那女子已自說得話了娘母取個

手帕自與他包、頭收拾了釵鐶、宋江問道、你姓甚麼、那里人家、那老婦人道、不瞞官人說、老身夫妻兩口兒、姓宋、原是京師人、只有這箇女兒、小字玉蓮、他爹自教得他幾箇曲兒、胡亂叫他來這琵琶亭上賣唱養口、為他性急○○○反映李逵性急不看頭勢、不管官人說話、只顧便唱、今日這哥哥失手傷了女兒些箇、終不成經官動詞、連累官人、宋江見他說得本分、便道、你着甚人跟我到營裏、我與你二十○○○○

兩銀子宋江只如此將息女兒日後嫁箇良人免在這
里賣唱那夫妻兩口兒便拜謝道怎敢指望許多
宋江道我說一句是一句並不曾說謊反映李逵說謊你
便叫你老兒自跟我去討與他那夫妻二人拜謝
道深感官人救濟戴宗埋冤李逵道你這廝要便
與人合口又教哥哥壞了許多銀子非寫戴宗小哉相正借以
反襯宋江耳李逵道只指頭畧擦得一擦他自倒了不
曾見這般鳥女子恁地嬌嫩你便在我臉上打一

百拳也不妨絕倒之語可謂刻畫鐵牛唐突王蓮矣宋江等衆人都笑起來張順便叫酒保去說這席酒錢我自還他寫李逵無錢作主反來大腹作客後忽生出宋張爭還酒錢一段前後熠射令人不堪酒保聽得道不妨不妨只顧去宋江那里肯醜便道兄弟我勸二位來喫酒倒要你還錢醜張順苦死要還醜說道難得哥哥會兩仁兄在山東時小弟哥兒兩個也兀自要來投奔哥哥今日天幸得識尊顏權表薄意非足爲禮戴宗勸道醜宋兄長既然

是張二哥相敬之心只得曲允宋江道既然兄弟還了改日却另置杯復禮（醜）張順大喜就將了兩尾鯉魚和戴宗李逵帶了這箇宋老兒都送宋江離了琵琶亭來到營裏五箇人都進抄事房裏坐下宋江先取兩錠小銀二十兩與了宋老兒（寫宋江只如此）那老兒拜謝了去不在話下天色已晚張順送了魚宋江取出張橫書付與張順相别去了宋江又取出五十兩一錠大銀與李逵（宋江只如此）道兄弟

你將去使用。戴宗也自作別。和李逵趕入城去了。神妙之筆。更不寫李逵謝。亦不寫李逵別。只說宋江把一尾魚送與管營。寫宋江只如此。留一尾自喫。宋江因見魚鮮、貪愛爽口、多喫了些。至夜四更、肚裏絞腸刮肚價疼。天明時、一連瀉了二十來遭。昏暈倒了。睡在房中。昨日之敘。爲見三人也。既見三人了。明日若又敘。便覺行文攔疊。不敘。又殊覺冷淡也。只改作腹瀉睡倒。其法與林冲連日氣悶不上街來正同。宋江爲人最好、營裏衆人都來煑粥燒湯、看覷伏侍他。次日張順因見宋江愛魚喫、又將得好金色大鯉魚兩尾送來餘波就謝宋江寄書之義却見宋江破腹瀉倒在牀衆囚徒都在房裏看視張順見了要請醫人調治宋江道自貪口腹喫了些鮮魚壞了肚腹你只與我贖一貼止瀉六和湯來喫便好了叫張順把這兩尾魚一尾送與王管營一尾送與趙差撥寫宋江只如此張順送了魚就贖了一貼六和湯藥來與宋江了自回去不在話下營內自有衆人煎藥伏侍次日戴宗備了酒

肉李逵也跟了逕來抄事房看望宋江只見宋江暴病纔可㖏不得酒肉兩箇自在房面前喫了直至日晚相別去了寫三人不復敘。只各自來。各自去。妙絕。亦不在話下只說宋江自在營中將息了五七日覺得身體沒事病症已痊思量要入城中去尋戴宗又過了一日不見他一箇來先寫一句作引。次日早膳罷辰牌前後揣了些銀子又帶銀子。鎖上房門離了營裏信步出街來逕走入城去州衙前左邊尋問戴院長家有

人說道妙筆。他又無老小只在城隍廟間壁觀音菴
裏歇是箇太保。宋江聽了直尋訪到那里巳自鎖了門
出去了妙想妙筆。若尋着便又續前日之游矣。有何妙哉。却又來尋問黑
旋風李逵時多人說道妙筆。偏是他多人說。他是箇沒頭
神妙。又無家室妙。只在牢裏安身妙。沒地里的巡
簡東邊歇兩日西邊歪幾時妙。正不知他那里是
住處妙。宋江又尋問賣魚牙子張順時亦有人說
道妙筆。他自在城外村裏住便自賣魚時也只在城

外江邊只除非討賒錢入城來三段其文各變宋江聽罷只得出城來五字一頓妙絕遂若此日已畢不復有事者直要問到那里獨自一箇悶悶不已信步再出城外來看見那一派江景非常觀之不足以非常之人負非常之才抱非常之志對非常之景每句露出圭角來寫得淋漓之極正行到一座酒樓前過仰面看時傍邊豎着一根望竿懸掛着一箇青布酒旆子上寫道潯陽江正庫奇語雕簷外一面牌額上有蘇東坡大書潯陽樓三字宋江看了便道我在鄆

城縣時只聽得說江州好座潯陽樓原來却在這里我雖獨自一箇在此不可錯過何不且上樓去自已看試一遭宋江來到樓前看時只見門邊朱紅華表柱上兩面白粉牌各有五箇大字寫道世間無比酒天下有名樓將寫宋江吟反詩却先寫出此十箇字來替他挑動詩興却又將世間無比天下有名八箇字挑動宋江雄才異志真是絕妙之筆宋江便上樓來去靠江占一座閣子裏坐了凭闌舉目喝采不已酒保上樓來問道官人還是要待客只是

自消遣、宋江道、要待兩位客人、未見來、你且先取一樽好酒、菓品肉食、只顧賣來、魚便不要、（餘波）酒保聽了、便下樓去、少時一托盤把上樓來、一樽藍橋風月美酒、擺下菜蔬、時新菓品、按酒、列幾般肥羊、嫩雞、釀鵞、精肉、盡使朱紅盤楪、宋江看了、心中暗喜、自誇道、這般整齊肴饌、濟楚器皿、端的是好箇江州、我雖是犯罪遠流到此、却也看了些眞山眞水、我那里雖有幾座名山古跡、却無此等景致、獨

自一杯兩盞倚闌暢飲不覺沉醉猛然驀上
心來思想道
奇文醉宋露兀由真寫宋江心榧江嚴平極生伶很之悄筆却
我生在山東長在鄆城學吏出身結識了多少江湖
好漢雖留得一箇虛名目今三旬之上名又不成
功又不就倒被文了雙頰配來在這裏我家鄉中
老父和兄弟如何得相見不覺酒湧上來潸然淚
下臨風觸目感恨傷懷忽然做了一首西江月詞
寫於裏山宋江言笑兀發
調便喚酒保索借筆硯來起身觀翫

見曰粉壁上多有先人題詠書宋江尋思道何不就書於此倘若他日身榮（公欲以何科目出身寫宋江內蓄異心筆墨如鏡）再來經過重覩一番以記歲月想今日之苦（寒士真有此興寫來欲哭）乘着酒興磨得墨濃蘸得筆飽去那白粉壁上便寫道自幼曾攻經史長成亦有權謀（表出權術為宋江全傳提綱）恰如猛虎卧荒丘潛伏爪牙忍受不幸刺文雙頰那堪配在江州他年若得報冤讐血染潯陽江口（寫宋江心事令人不可解既不知其冤讐為誰又不知其何故乃在潯陽

江上宋江寫罷、自看了大喜大笑、一面又飲了數

也。杯酒（突兀淋漓之極）不覺歡喜、自狂蕩起來、手舞足蹈、又

拿起筆來、去那西江月後再寫下四句詩（突兀淋漓之極）

道是心在山東身在吳、飄蓬江海謾嗟吁、他時若

遂凌雲志、敢笑黃巢不丈夫（其言咄咄、使人欲驚）宋江寫罷

詩又去後面大書五字道鄆城宋江作（突兀淋漓之極）寫

罷擲筆在桌上、又自歌了一回、再飲滿數杯酒（突兀

淋漓之極）不覺沉醉、力不勝酒、便喚酒保計算了、取些

銀子算還多的都賞了酒保○○○○○○○寫宋江醉中亦如拂此真是久假成性

袖下樓來踉踉蹌蹌取路回營裏來開了房門便倒在牀上一覺直睡到五更酒醒時全然不記得昨日在潯陽江樓上題詩一節宋江權術人何至有漏特補一筆其妙當日害酒自在房裏睡臥不在話下且說這江州對岸另有箇城子喚做無爲軍却是箇野去處城中有箇在閒通判姓黃雙名文炳這人雖讀經書却是阿諛諂佞之徒心地匾窄只要嫉賢妬能

勝如已者害之不如已者弄之專在鄉里害人爲後

伏案聞知這蔡九知府是當朝蔡太師兒子每每來浸潤他時嘗過江來請訪知府指望他引薦出職再欲做官也是宋江命運合當受苦撞了這箇對頭當日這黃文炳在私家閒坐無可消遣帶了兩箇僕人買了些時新禮物自家一隻快船渡過江來逕去府裏探望蔡九知府恰很撞着府裏公宴不敢進去卻再回船正好那隻船僕人已纜在潯

陽樓下來得便滑黃文炳因見天氣暄熱且去樓上閒翫一回信步入酒庫裏來看了一遭轉到酒樓上凭欄消遣觀見壁上題詠甚多也有做得好的一陪句亦有歪談亂道的再陪一句黃文炳看了冷笑大驚句亦先作一陪正看到宋江題西江月詞并所吟四句詩大驚道這箇不是反詩誰寫在此後面卻書道鄆城宋江作五箇大字黃文炳再讀道一自幼曾攻經史長成亦有權謀冷笑道冷笑妙這人自負不淺確

又讀道二恰如猛虎卧荒丘潛伏爪牙忍受側着
頭道側着頭妙那廝也是箇不依本分的人確又讀三
不幸刺文雙頰那堪配在江州又笑道又笑妙也不
是箇高尚其志的人看來只是箇配軍確又讀道
四他年若得報冤讐血染潯陽江口搖頭道搖頭妙
這廝報讐兀誰我亦疑之却要在此間生事我亦疑之量你
是箇配軍做得甚用是又殊不然又讀詩道五心在山
東身在吳飄蓬江海謾嗟吁一點頭道點頭妙這兩

○○○○○吟反詩

句兀自可怨（是）又讀道（六）、他時若遂凌雲志、敢笑

○○○○○○○○○○○○○○○○

黄巢不丈夫、伸着舌擂着頭道（伸着舌擂着頭妙）、這厮無

○○○○○○○○○○○○○○○○○

禮他却要賽過黄巢不謀反待怎地（確）、再讀了鄆

○○○○○○○○○○○○○○○○○

城宋江作七、想道（想妙）、我也多曾聞這箇名字那人

○○○○○○

多管是箇小吏（確）、○一段逐句讀逐句評、有便喚（峽雲亂捲、江樹對生之勢）

酒保來問道、作這兩篇詩詞端的是何人題下在

此酒保道、夜來一箇人獨自喫了一瓶酒寫在這

里、黄文炳道、約莫甚麼樣人、酒保道、面頰上有兩

行金印多管是牢城營裏人好。○有此句。後便有脚。生得黑
矮肥胖黃文炳道是了就借筆硯取幅紙來抄了
藏在身邊分付酒保休要刮去了細。黃文炳下樓
自去船中歇了一夜次日飯後僕人挑了盒仗一
逕又到府前正值知府退堂在衙內使人入去報
復多樣時蔡九知府遣人出來邀請在後堂蔡九
知府却出來與黃文炳叙罷寒溫已畢送了禮物
分賓坐下黃文炳稟說道文炳夜來渡江到府拜

望聞知公宴，不敢擅入，今日重復拜見恩相。」蔡九知府道：「通判乃是心腹之交，逕入來同坐何妨。」下官有失迎逕。」左右執事人獻茶，茶罷，黃文炳道：「相公在上，不敢拜問，不知近日尊府太師恩相曾使人來否？」（心上正經語，却又宛然接入新聞，妙甚。）知府道：「前日纔有書來。」黃文炳道：「不敢動問，京師近日有何新聞？」（報新聞反先問新聞，口角如畫。）知府道：「家尊寫來書上分付道：近日太史院司天監奏道，夜觀天象，罡星照臨吳楚，敢有作耗之人、隨即體察勦除、更兼街市小兒謠言四句道、耗國因家木、刀兵點水工、縱橫三十六、播亂在山東、因此囑付下官、緊守地方、黃文炳尋思了半晌、笑道、恩相、事非偶然也、黃文炳袖中取出所抄之詩、呈與知府、道、不想却在此處、蔡九知府看了道、這是個反詩、通判那里得來、黃文炳道、小生夜來不敢進府、回至江邊、無可消遣、却去潯陽樓上避熱閑翫、觀看閑人吟咏、只見白粉壁上新題下這篇知府道卻是何等樣人寫下（寫公子官知書）黃文炳回道相公上面明題着姓名道是鄆城宋江作知府道這宋江卻是甚麼人（數日前曾問枷上無封皮數日後已夢夢）（不知公子官活書）黃文炳道他分明寫着不幸刺文雙頰那堪配在江州眼見得只是箇配軍牢城營犯罪的囚徒知府道量這箇配軍做得甚麼黃文炳道公相不可小覷了他恰纔相公所言尊府恩相家書說小兒謠言正應在本人身上知府道何以見

得黃文炳道、耗國因家木、耗散國家錢糧的人、必
是家頭着箇木字、明明是箇宋字、第二句刀兵點
水工、興起刀兵之人、水邊着箇工字、明是箇江字、
這箇人姓宋名江、又作下反詩、明是天數、萬民有
福。知府又問道、何爲縱横三十六、播亂在山東、黃
文炳答道、或是六六之年、或是六六之數、不明白 正妙、
播亂在山東、今鄆城縣正是山東地方、這四句謡
言已都應了。知府又道、不知此間有這箇人麽、公子

官活黄文炳回道小生夜來問那酒保時說道這畫人只是前日寫下了去這箇不難只取牢城營文册一查便見有無知府道通判高見極明公子官活畫便喚從人叫庫子取過牢城營裏文册簿來看當時從人於庫內取至文册蔡九知府親自簡看見後面果有五月間新配到囚徒一名鄆城縣宋江黄文炳看了道止是應謠言的人非同小可如是遲緩誠恐走透了消息可急差人捕獲下在牢裏

却再商議知府道言之極當（公子官活畫）隨即陞廳叫喚兩院押牢節級過來廳下戴宗聲諾知府道你與我帶了做公的人快下牢城營裏捉拏潯陽樓吟反詩的犯人鄆城縣宋江來不可時刻違慢戴宗聽罷喫了一驚心裏只叫得苦隨即出府來點了衆節級牢子都叫各去家裏取了各人器械來我下處間壁城隍廟裏取齊戴宗分付了衆人各自歸家去戴宗却自作起神行法先來到牢城

營裏遲入抄事房推開門看時宋江正在房裏見是戴宗入來慌忙迎接便道我前日入城來那裏不尋遍因賢弟不在獨自無聊自去潯陽樓上飲了一瓶酒這兩日迷迷不好正在這里害酒（補兩日又不見三人也）戴宗道哥哥你前日卻寫下甚言語在樓上宋江道醉後狂言誰箇記得戴宗道卻纔知府喚我當廳發落叫多帶從人拿捉潯陽樓上題反詩的犯人鄆城縣宋江正身赴官兄弟喫了一驚

先去穩住衆做公的在城隍廟等候如今我特來
先報你知哥哥却是怎地好如何解救宋江聽罷
○○○○○搔頭不知痒處偏寫宋江用不着權詐妙絕只叫得苦我今番
必是死也戴宗道我教仁兄一着解手未知如何
如今小弟不敢擔閣回去便和人來捉你你可披
亂了頭髮把尿屎潑在地上就倒在裏面詐作風
魔我和衆人來時你便口裏胡言亂語只做失心
風我便好自去替你回復知府絕倒○宋江權詐偏至於此令人絕

劊。宋江道、感謝賢弟指教、萬望維持則個、戴宗慌
忙別了宋江、回到城裏、逕來城隍廟與了衆做公
的、一直奔入牢城營裏來、假意喝問那個是新
配來的宋江、牌頭引衆人到抄事房裏只見宋江
披散頭髮、倒在屎尿坑裏滚、見了戴宗和做公的
人來、便說道、你們是甚麼鳥人、戴宗假意大喝一
聲、捉拿這厮、宋江白着眼、却亂打將來、口裏亂道
我是玉皇大帝的女婿、丈人教我領十萬天兵來

殺你江州人閻羅大王做先鋒五道將軍做个後
與我一顆金印重八百餘斤殺你這般鳥人衆做
公的道原來是箇失心風的漢子我們拿他去何
用戴宗道說得是好我們且去回話要拿時再來
衆人跟了戴宗回到州衙裏蔡九知府在廳上專
等回話戴宗和衆做公的在廳下回復知府道原
來這宋江是箇失心風的人屎尿穢污全不顧口
裏胡言亂語渾身臭糞不可當因此不敢拿來蔡

九知府正待要問緣故時黃文炳早在屏風背後
轉將出來對知府道休信這話本人作的詩詞寫
的筆跡不是有風症的人其中有詐（黃文炳能）好歹只
顧拿來便走不動扛也扛將來（黃文炳能）蔡九知府道
通判說得是（公子官活畫）便發落戴宗你們不揀怎地
只與我拿得來戴宗領了鈞旨只叫得苦二再將
帶了衆人下牢城營裏來對宋江道仁兄事不諧
矣兄長只得去走一遭便把一箇大竹籬扛了宋

江直擡到江州府裏當廳歇下知府道拿過這厮
來衆做公的把宋江押於堦下宋江那里肯跪睜
着眼見了蔡九知府道你是甚麽鳥人敢來問我
我是玉皇大帝的女壻丈人教我引十萬天兵來
殺你江州人閻羅大王做先鋒五道將軍做合後
有一顆金印重八百餘斤你也快躲了不時我教
你們都死蔡九知府看了没做理會處公子官黄活畫
文炳又對知府道且喚本營差撥并牌頭來問這

人來時有風近日却纔風黃文炳能。若是來時風便是真症候若是近日纔風必是詐風知府道言之極當公子官活畫。便差人喚到管營差撥問他兩箇時那里敢隱瞞只得直說道這人來時不見有風病敢只是近日舉發此症知府聽了大怒喚過牢子獄卒把宋江捆翻一連打上五十下打得宋江一佛出世二佛涅槃皮開肉綻鮮血淋漓戴宗看了只叫得苦三又沒做道理救他處宋江初時也胡言

亂語、次後喫拷打不過、只得招道自不合一時酒
後、誤寫反詩、別無主意、蔡九知府明取了招狀、將
一面二十五斤死囚枷枷了、推放大牢裏收禁、宋
江喫打得兩腿走不動、當廳釘了、直押赴死囚牢
裏來、却得戴宗一力維持、分付了衆小牢子、都教
好覷此人、戴宗自安排飯食、供給宋江、不在話下、
再說蔡九知府退廳、邀請黃文炳到後堂、稱謝道、
若非通判高明遠見、下官險些兒被這廝瞞過了、

黃文炳又道相公在上此事也不宜遲只好急急修一封書便差人星夜上京師報與尊府恩相知道顯得相公幹了這件國家大事（只說顯得相公便已顯得自家）（小人機智明提如此）就一發稟道若要活的便着一輛陷車解上京如不要活的恐防路途走失就於本處斬首號令以除大害（爲下作引）便是今上得知必喜（只說相公便顯自己）蔡九知府道通判所言有理（公子官活畫）下官即日也要使人回家書上就薦通判之功使家尊面

奏天子早早陞授富貴城池去享榮華通篇歸結黃文炳拜謝道小生終身皆依托門下是文中旁語却是文炳正題自當銜環背鞍之報黃文炳就攛掇蔡九知府寫了家書印上圖書八字詳細爲下作引黃文炳問道公相差那箇心腹人去知府道本州自有箇兩院節級喚做戴宗會使神行法一日能行八百里路程只來早便差此人逕往京師只消旬日可以往回黃文炳道若得如此之快最好最好蔡九知府就後堂

置酒管待了黄文炳次日相辭知府自回無爲軍去了且説蔡九知府安排兩箇信籠打點了金珠寶貝翫好之物上面都貼了封皮次日早辰喚過戴宗到後堂囑付道我有這般禮物一封家書要送上東京太師府裏去慶賀我父親六月十五日生辰（奇文大筆。忽若怪石飛落。○宋江爲事之根。今日忽又撞着。）日期將近只有你能幹去得你休辭辛苦可與我星夜去走一遭討了回書便轉來我自重重地賞你你的程途都在我心上、我已料着你神行的日期、專等你回報、切不可沿途耽閣、有悞事情、戴宗聽了、不敢不依、只得領了家書信籠、便拜辭了知府、挑回下處安頓了、卻來牢裏對宋江說道、哥哥放心、知府差我上京師去、只旬日之間便回、就太師府裏使些見識、解救哥哥的事、寫戴宗不知書裏事、妙、每日飯食、我自分付在李逵身上、委着他安排送來、不教有缺、仁兄且寬心守奈幾日、宋江道、望煩賢弟救宋江一

 吟反詩

命則箇戴宗叫過李逵當面分付道你哥哥是李逵對

只此三字已足 謀題了反詩在這里喫官司未知如何

我如今又喫差往東京去早晚便回哥哥飯食朝

暮全靠着你看覷他則箇李逵應道吟了反詩打

甚麼鳥緊萬千謀反的倒做了大官 絕妙快人語 你

自放心東京去牢裏誰敢奈何他好便好不好我

使老大斧頭砍他娘 作亦引為下 戴宗臨行又囑付道

兄弟小心不要貪酒失候了哥哥飯食休得出去

醉了餓着哥哥李逵道哥哥你自放心去若是

這等疑忌時兄弟從今日就斷了酒看他斷頭瀝血可敬可畏

待你回來却開未曾斷先算開寫來絕倒看他未曾斷先算開却又肯斷一發難

得也早晚只在牢裏服侍宋江哥哥有何不可戴宗

聽了大喜道兄弟若得如此發心堅意守看哥哥

更好當日作別自去了李逵真箇不喫酒早晚只

在牢裏服侍宋江寸步不離寫得至性人可敬可愛寫李逵口中並

不說忠說孝而忽然發心服侍宋江便如此寸步

不離激射宋江日日談忠說孝不曾伏侍太公一

刻也。不說李逵自看覷宋江。且說戴宗回到下處，換了腿絣護膝，八荅麻鞋，穿上杏黃衫，整了搭膊，腰裏插了宣牌，換了巾幘，便袋裏藏了書信盤纏，挑上兩箇信籠，出到城外，身邊取出四箇甲馬，去兩隻腿上每隻各拴兩箇，口裏念起神行法呪語來。頃刻離了江州，戴宗打扮至此方出。一日行到晚，投客店安歇，解下甲馬，取數陌金紙燒送了。奇語。過了一宿，次日早起來，喫了酒食，離了客店，又拴上四箇甲馬，

挑起信籠、放開脚步便行、端的是耳邊風雨之聲、
脚不點地。路上略喫些素飯素酒點心、又走。看看
日暮、戴宗早歇了、又投客店宿歇一夜、次日起箇
五更、趕早涼行、拴上甲馬、挑上信籠、又走。約行過
了三二百里、已是巳牌時分、不見一箇乾淨酒店。
此時正是六月初旬天氣、蒸得汗雨淋漓、滿身蒸
濕、又怕中了暑氣。正饑渴之際、早望見前面樹林
側首、一座傍水臨湖酒肆。（可知）戴宗撚指間走到跟

前看時乾乾淨淨有二十副座頭盡是紅油桌凳一帶都是檻牕戴宗挑着信籠入到裏面揀一副穩便座頭歇下信籠解下腰裏搭膊脫下杏黃衫噴口水晾在牕欄上夏景戴宗坐下只見箇酒保來問道上下打幾角酒要甚麼肉食下酒或猪羊牛肉戴宗道酒便不要多與我做口飯來喫酒保又道我這裏賣酒賣飯又有饅頭粉湯戴宗道我却不喫葷腥有甚素湯下飯酒保道加料麻辣爊荳

腐如何、戴宗道最好最好、酒保去不多時、燒一碗
豆腐、放兩碟菜蔬、連篩三大碗酒來、戴宗正饑又
渴、一上把酒和豆腐都喫了、却待討飯喫、只見天
旋地轉、頭暈眼花、就凳邊便倒、酒保叫道倒了、只
見店裏走出一箇人來、便是梁山泊旱地忽律朱
貴、說道、且把信籠將入去、先搜那廝身邊有甚東
西、便有兩箇火家去他身上搜、看只見便袋裏搜
出一箇紙包、包着一封書、取過來遞與朱頭領、朱

貴拆開却是一封家書見封皮上面寫道平安家信百拜奉上父親大人膝下男蔡德章謹封朱貴便拆開從頭看去見上面寫道見今拿得應謠言題反詩山東宋江監收在牢一節聽候施行朱貴看罷驚得呆了半晌做聲不得火家正把戴宗扛起來背入殺人作房裏去開剝只見凳頭邊溜下搭膊上掛着硃紅綠漆宣牌朱貴拿起來看時上面雕着銀字道是江州兩院押牢節級戴宗看出戴宗

又是一樣寫法。朱貴看了道且不要動手我嘗聽得軍師說這江州有箇神行太保戴宗是他至愛相識莫非正是此人如何倒送書去害宋江好。這一段書却又天幸撞在我手裏叫火家且與我把解藥救醒他來問箇虛實緣繇當時火家把水調了解藥扶起來灌將下去須臾之間只見戴宗舒眉展眼便爬起來却見朱貴拆開家書在手裏看好。戴宗便喝道你是甚人好大膽却把蒙汗藥麻翻了我如今又把太師府書信擅開拆毀了封皮却該甚罪朱貴笑道這封鳥書打甚麽不緊休說拆開了太師府書札俺這里兀自要和大宋皇帝做個對頭的戴宗聽了大驚便問道好漢你却是誰願求大名朱貴答道俺是梁山泊好漢旱地忽律朱貴戴宗道既是梁山泊頭領時定然認得吳學究先生朱貴道吳學究是俺大寨裏軍師執掌兵權足下如何認得他戴宗道他和小可至愛相識朱貴

道兄長莫非是軍師嘗說的江州神行太保戴院
長麽戴宗道小可便是朱貴又問道前者宋公明
斷配江州經過山寨吳軍師曾寄一封書與足下
如今卻緣何倒去害宋三郎性命戴宗道宋公明
和我又是至愛兄弟他如今爲吟了反詩救他不
得我如今正要往京師尋門路救他如何肯害他
性命朱貴道你不信請看蔡九知府的來書戴宗
看了自喫一驚卻把吳學究初寄的書與宋公明

相會的話、并宋江在潯陽樓醉後誤題反詩一事、備細說了一遍、朱貴道、既然如此、請院長親到山寨裏與衆頭領商議良策、可救宋公明性命、朱貴慌忙叫備分例酒食、管待了戴宗、便向水亭上覷着對港放了一枝號箭、響箭到處、早有小嘍囉搖過船來、朱貴便同戴宗帶了信籠、細下船、到金沙灘上岸、引至大寨、吳用見報、連忙下關迎接、見了戴宗、叙禮道、間別久矣、今日甚風吹得到此、且請

到大寨裏來與衆頭領相見了朱貴說起戴宗來
的緣故如今宋公明見監在彼晁蓋聽得慌忙請
戴院長坐地備問宋三郎喫官司爲甚麼事起戴
宗却把宋江吟反詩的事一一說了晁蓋聽罷大
驚便要起請衆頭領點了人馬下山去打江州救
取宋三郎上山吳用諫道哥哥不可造次江州離
此間路遠軍馬去時誠恐因而惹禍打草驚蛇倒
送宋公明性命此一件事不可力敵只可智取吳

用不才畧施小計只在戴院長身上定要救宋三
郎性命（奇事）晁蓋道願聞軍師妙計吳學究道如今
蔡九知府却差院長送書上東京去討太師回報
只這封書上將計就計寫一封假回書（可稱吳學究二先生真絕也）
教院長回去書上只說教把犯人宋江切不
可施行便須密切差的當人員解赴東京問了詳
細定行處決示衆斷絕童謠（真好計策真好回書）等他解來
此間經過我這里自差人下山奪了（讀者與讀下文文若清風）

山前故事矣。此計如何。晁盖道。倘若不從這里過。將却不誤了大事。詳得好。公孫勝便道。這箇何難。我們自着人去遠近探聽。遮莫從那里過。務要等着。好友奪了。是。只怕不能彀他解來。此句又爲下作一引。晁盖道。好却是好。只是没人會寫蔡京筆跡。奇文。吳學究道。吳用已思量心裏了。如今天下盛行四家字體。是蘇東坡。黃魯直。米元章。不意三公落名水滸傳中。亦是奇事。蔡京四家字體。蘇黃米蔡。宋朝四絕。四絕。小生曾和濟州城裏一箇秀才做相識、那人姓蕭名讓、因他會寫諸家字體、人都喚他做聖手書生、又會使鎗弄棒舞劒輪刀、吳用知他寫得蔡京筆跡、不若央及戴院長就到他家、賺道泰安州嶽廟裏要寫道碑文、先送五十兩銀子在此、作安家之資、便要他來、隨後卻使人賺了他老小上山、就教本人入夥、如何鼂蓋道書有他寫、便好了、也須要使箇圖書印記、(奇文)吳學究又道、小生再有箇相識、亦思量在肚裏了、這

人也是中原一絕一絕見在濟州城裏居住本身如

金雙名大堅開得好石碑文剔得好圖書玉石印

記亦會鎗棒厮打因爲他雕得好玉石人都稱他

做玉臂匠也把五十兩銀去就賺他來鐫碑文到

半路上却也如此行便了這兩箇人山寨裏亦有

用他處補一句妙晁蓋道妙哉當日且安排筵席管待

戴宗就晚歇了次日早飯罷煩請戴院長打扮做

太保模樣將了一二百兩銀子不限兩箇五十兩好拴上甲

馬便下山把船渡過金沙灘上岸拽開脚步逩到濟州來没兩箇時辰早到城裏尋問聖手書生蕭讓住處有人指道只在州衙東首文廟前居住住得是戴宗逕到門首咳嗽一聲問道蕭先生有麼只見一箇秀才從裏面出來見了戴宗却不認得便問道太保何處有甚見教戴宗施禮罷說道小可是泰安州嶽廟裏打供太保今為本廟重修五嶽樓本州上戶要刻道碑文特地教小可齎白銀五

十兩作安家之資請秀才便那尊步同到廟裏作
文則箇選定了日期不可遲滯蕭讓道小生只會
作文及書丹別無甚用如要立碑還用刻字匠作
順手串下好。戴宗道小可再有五十兩白銀就要請玉
臂匠金大堅刻石揀定了好日萬望指引串下好。尋
了同行蕭讓得了五十兩銀子便和戴宗同來尋
請金大堅正行過文廟只見蕭讓把手指道前面
那箇來的便是玉臂匠金大堅順手串出。便當下不相犯。好。

蕭讓喚住金大堅、教與戴宗相見、具說（前用戴宗說。此換蕭讓說。都好。）泰安州嶽廟裏重修五嶽樓、衆上戶要立道碑文碣石之事、這太保特地各齎五十兩銀子來請我和你兩箇去、金大堅見了銀子、心中歡喜、兩箇邀請戴宗、就酒肆中市沽三杯、置些蔬食管待了、戴宗就付與金大堅五十兩銀子、作安家之資、又說道、陰陽人已揀定了日期、請二位今日便煩動身、蕭讓道、天氣暄熱、今日便動身也行不多路、前面趕不上宿頭只是來日起個五更挨門出去金大堅道正是如此說兩個都約定了來早起身各自歸家收拾動用蕭讓留戴宗在家宿歇次日五更金大堅持了包裹行頭來和蕭讓戴宗三人同行離了濟州城裏行不過十里多路戴宗道二位先生慢來不敢催逼小可先去報知衆上戶來接二位攛開步數爭先去了這兩個背着些包裹自慢慢而行看看走到未牌時候約莫也走過了

七八十里路只見前面一聲胡哨響山城坡下跳出一夥好漢約有四五十人當頭一箇好漢正是那清風山王矮虎看他用相迎之人只是肩上肩下一輩都好大喝一聲道你兩箇是甚麽人那里去孩兒們拿這廝取心來喫酒蕭讓告道小人兩箇是上泰安州刻石鐫文的又沒一分財賦止有幾件衣服王矮虎喝道俺不要你財賦衣服只要你兩箇聰明人的心肝做下酒蕭讓和金大堅焦躁倚仗各人胸中本

事、便挺桿棒逕奔王矮虎、王矮虎也挺朴刀來鬬、三人各使手中器械、約戰了五七合、王矮虎轉身便走、兩箇却待去趕、聽得山上鑼聲又響、左邊走出雲裏金剛宋萬、右邊走出摸着天杜遷、背後却是白面郎君鄭天壽、（自是一輩）各帶三十餘人、一發上把蕭讓金大堅橫拖倒拽、捉投林子裏來、四籌好漢道、你兩箇放心、我們奉着晁天王的將令、特來請你二位上山入夥、蕭讓道、山寨裏要我們何用、我兩箇手無縛雞之力只好喫飯杜遷道吳軍師一來與你相識二乃知你兩箇武藝本事特使戴宗來宅上相請蕭讓金大堅都面面厮覷做聲不得當時都到旱地忽律朱貴酒店裏相待了分例酒食連夜喚船便送上山來到得大寨晁蓋吳用并頭領衆人都相見了一面安排筵席相待且說修蔡京回書一事因請二位上山入夥共聚大義兩箇聽了都扯住吳學究道我們在此趨侍不

妨只恨各家都有老小在彼（自是閒文然亦政須了却）明日官司知道必然壞了吳用道二位賢弟不必憂心天明時便有分曉（奇）當夜只顧喫酒歇了次日天明只見小嘍囉報道都到了吳學究道請二位賢弟親自去接寶眷（奇）蕭讓金大堅聽得半信半不信兩箇下至半山只見數乘轎子擡着兩家老小上山來兩箇驚得呆了問其備細老小說道你昨日出門之後只見這一行人將着轎子來說家長只

在城外客店裏中了暑風、快叫取老小來看救、出得城時、不容我們下轎、直擡到這里、兩家都一般說、蕭讓聽了、與金大堅兩箇閉口無言、只得死心塌地再回山寨入夥、安頓了兩家老小。吳學究却請出來與蕭讓商議寫蔡京字體回書去救宋公明、金大堅便道、從來雕得蔡京的諸樣圖書名諱字號、當時兩箇動手完成疾忙排了回書疾備酬筵席快送戴宗起程疾分付了備細書意疾戴

宗辭了衆頭領下山來時小嘍囉忙把船隻
金沙灘疾送至朱貴酒店裏連忙取四箇甲馬拴
在腿上作別朱貴拽開脚步登程去了疾數語寫得手忙脚亂爲失事作地妙絕且說吳用送了戴宗過渡自同衆頭
領再回大寨筵席正飲酒間只見吳學究叫聲苦
不知高低奇妙不可言衆頭領問道軍師何故叫苦吳
用便道你衆人不知是我這封書倒送了戴宗和
宋公明性命也奇妙不可言衆頭領大驚連忙問道軍

師書上却是怎地差錯吳學究道是我一時只顧
其前不顧其後書中有箇老大脫卯蕭讓便道小
生寫得字體和蔡太師字體一般語句又不曾差
了（一襯妙絕）請問軍師不知那一處脫卯金大堅又道
小生雕的圖書亦無纖毫差錯（又一襯妙絕）怎地見得
有脫卯處吳學究疊兩箇指頭說出這箇差錯脫
卯處有分教衆好漢大鬧江州城鼎沸白龍廟直
教弓弩叢中逃性命刀鎗林裏救英雄畢竟軍師

吳學究說出怎生脫卯來且聽下回分解

(明)施耐庵 撰 (清)金聖歎 批

# 貫華堂本水滸傳

第一三册

國家圖書館出版社

# 第一三册目録

第五才子書施耐菴水滸傳卷之四十七

聖歎外書

## 第四十二回

假李逵剪逕刼單人
黑旋風沂嶺殺四虎

粵自仲尼殁而微言絕而忠恕一貫之義其不講於天下也既已久矣夫中心之謂忠也如心之謂恕也見其父而知愛之謂孝見其

君而知愛之謂敬夫孝敬繇於中心油油然不自知其達於外也如惡惡臭如好好色不思而得不勉而中此之謂自慊聖人自慊愚人亦自慊君子爲善自慊小人爲不善亦自慊爲不善亦自慊者厭然揜之而終亦肺肝如見然則天下之意未有不誠者也善亦誠於中形於外不善亦誠於中形於外不思善不思惡若惡惡臭好好色之微亦無不誠於

中形於外蓋天下無有一人無有一事無有
一刻不誠於中形於外也者故曰自誠明謂
之性性之爲言故也故之爲言自然也自然
之爲言天命也天命聖人則無一人而非聖
人也天命至誠則無善無不善而非至誠也
性相近也習相遠也善不善其習也善不善
無不誠於中形於外其性也唯上智與下愚
不移者雖聖人亦有下愚之德雖愚人亦有

上智之德若惡惡臭好好色不惟愚人不及覺雖聖人亦不及覺是下愚之德也若惡惡臭好好色乃至爲善爲不善無不誠於中形於外聖人無所增愚人無所減是上智之德也何必不喜何必不怒何必不哀何必不樂喜怒哀樂不必聖人能有之也匹婦能之赤子能之乃至禽蟲能之是則所謂道也道也者不可須臾離也道即所謂獨也不可須臾

○○○○○○離卽所謂愼也何謂獨誠於中形於外喜卽

○○○盈天地之間止一喜怒卽盈天地之間止一

○怒哀樂卽盈天地之間止一哀止一樂更無

○○○○○○○○○○旁念得而副貳之也何謂愼修道之敎是也

○○○○○○○○○○○○○○○○○○○○敎之爲言自明而誠者也有不善未嘗不知

○○○○○○○○○○○○○○○○○○○○知之未嘗復行則庶幾矣不敢揜其不善而

○○○○○○○○○○○○○○○○○○○○著其善也何也惡其無益也知不善未嘗復

○○○○○○○○○○○○○○○○○○○○行然則其擇乎中庸得一善而拳拳服膺必

弗失之矣是非君子惡於不善之如彼也又非君子好善之如此也夫好善惡不善則是君子遵道而行半塗而必廢者耳非所以學而至於聖人之法也若夫君子欲誠其意之終必繇於擇善而固執之者亦以爲善之後也若失爲不善之後也若得若得則不免於厭然之揜矣若失則庶幾其無祇於悔矣聖人知當其欲揜而側之使不揜也難不若引

而置之無悔之地而使之馴至乎心廣體胖也易故必津津以擇善教後世者所謂慎獨之始事而非大學止至善之善也擇乎中庸得一善固執之而弗失能如是矣然後謂之慎獨慎獨而知從本是獨不惟有小人之揜即非獨苟有君子之慎亦即非獨於是始而擇既而慎終而并慎亦不復慎當是時喜怒哀樂不思而得不勉而中如惡惡臭如好好

色從容中道聖人也如是謂之止於至善不曰至於至善而曰止於至善者至善在近不在遠若欲至於至善則是人之爲道而遠人不可以爲道也故曰賢智過之爲其欲至至善故過之也若愚不肖之不及則爲其不知擇善愼獨故不及耳然其同歸不能明行大道豈有異哉若夫止於至善也者維皇降衷於民無不至善無不至善則應止矣不惟小

人爲不善之非止也彼君子之爲善亦非止

也不惟爲善爲不善之非止也彼君子之猶

未免於愼獨之愼猶未止也人誠明乎此則

能知止矣知止也者不惟能知至善之當止

也又能知不止之從無不止也夫誠知不止

之從無不止而明於明德更無惑矣而后有

定知致則意誠也而后能靜意誠則心正也

而後能安心正則身修也而后能慮身修則

家齊國治天下平也而后能得家齊國治天下平則盡明德之量所謂德之爲言得也夫始乎明終乎明德而正心修身齊家治國平天下無不全舉如此故曰明明則誠矣惟天下至誠爲能贊天地之化育也嗚呼是則孔子昔者之所謂忠之義也蓋忠之爲言中心之謂也喜怒哀樂之未發謂之中發而爲喜怒哀樂之中節謂之心率我之喜怒哀樂自然

誠於中形於外謂之忠知家國天下之人率其喜怒哀樂無不自然誠於中形於外謂之恕知喜怒哀樂無我無人無不自然誠於中形於外謂之格物能無我無人無不任其自然喜怒哀樂而天地以位萬物以育謂之天下平曾子得之忠謂之一恕謂之貫子思得之忠謂之中恕謂之庸故曰無黨無偏王道平平無偏無黨王道蕩蕩嗚呼此固昔者孔

子志在春秋行在孝經之精義後之學者誠得聞此內以之治其性情即可以爲聖人外以之治其民物即可以輔王者嗟惜乎三千年來不復更講愚又欲講之而懼或乖於遯世不悔之教故反因讀稗史之次而偶及之當世不乏大賢亞聖之材想能垂許於斯言也

能忠未有不恕者不恕未有能忠者看宋江

不許李逵取娘便斷其必不孝順太公此不恕未有能忠之驗看李逵一心念母便斷其不殺養娘之人此能忠未有不恕之驗也

此書處處以宋江李逵相形對寫意在顯暴宋江之惡固無論矣獨柰何輕以忠恕二字下許李逵殊不知忠恕天性八十翁翁道不得週歲哇哇却行得以忠恕二字下許李逵正深表忠恕之易能非歎李逵之難能也

宋江取爺村中遇神，李逵取娘村中遇鬼，此一聯絕倒。

宋江黑心人取爺便遇玄女，李逵赤心人取娘便遇白兎，此一聯又絕倒。

宋江遇玄女是奸雄搗鬼，李逵遇白兎是純孝格天，此一聯又絕倒。

宋江遇神受三卷天書，李逵遇鬼見兩把板斧，此一聯又絕倒。

宋江天書定是自家帶去李逵板斧不是自家帶來此一聯又絕倒

宋江到底無眞李逵忽然有假此一聯又絕倒

宋江取爺喫仙棗李逵取娘喫鬼肉此一聯又絕倒

宋江爺不忍見活强盜李逵娘不及見死大蟲此一聯又絕倒

○宋江爺不願見子爲盜李逵娘不得見子爲官此一聯又絕倒

○宋江取爺還時帶三卷假書李逵取娘還時帶兩箇眞虎此一聯又絕倒

宋江爺生不如死李逵娘死賢於生此一聯又絕倒

宋江兄弟也做強盜李逵阿哥亦是孝子此一聯又絕倒

二十二回寫武松打虎一篇眞所謂極盡難繼之事也忽然於李逵取娘文中又寫出一夜連殺四虎一篇句句出奇字字換色若要李逵學武松一毫李逵不能若要武松學李逵一毫武松亦不敢各自典奇作怪出妙入神筆墨之能於斯竭矣

話說李逵道、哥哥、你且說那三件事、宋江道、你要去沂州沂水縣搬取母親、第一件徑回、不可喫酒爲曹太公家醉翻作先反襯第二件因你性急、誰肯和你同去爲朱貴弟兄先作反襯、你只自悄悄地取了娘便來、第三件、你使的那兩把板斧休要帶去爲假李逵先作反襯、路上小心在意、早去早回、李逵道這三件事有甚麼依不得、哥哥放心、我只今日便行、我也不住了宋江之取爺也、衆人餞之、公孫之取娘也、衆人又餞之、奈何乎取爺取娘、而受人餞別乎哉、不提起則連日飲酒、提起、則立刻便行、情之至、義之盡也、當下李逵拽扎得爽俐、只跨一口腰刀、提條朴刀、帶了一錠大銀爲李逵一段地、三五箇小銀子爲李鬼一段地喫了幾杯酒俗謂之封酒。唱箇大喏了衆人八字妙絕。摹神之筆。蓋其待衆人如此。則其待娘可知。我亦不知宋江之事父何如。但觀其生平。全以權詐待人。而斷其必忤逆太公之甚者也。便下山來過金沙灘去了晁蓋宋江與衆頭領送行已罷回到大寨裏聚義廳上坐定宋江放心不下對衆人說道李逵這箇兄弟此去必然有失不知衆兄弟們誰是他鄉中人可與他那里探聽箇消息杜遷便道只有朱貴原是沂州沂水縣人與他是鄉里宋江聽罷說道我却忘了前日在白龍廟聚會時李逵已自認得朱貴是同鄉人（好穿插）宋江便着人去請朱貴小嘍囉飛奔下山來直至店裏請得朱貴到來宋江道今有李逵兄弟前往家鄉搬取老母因他酒性不好爲此不肯差人與他同去誠恐路上有失今知賢弟是他鄉中人你可去他那里探聽走一遭朱貴答道小弟是沂州沂水縣人見在一箇兄弟喚做朱富（順便帶出兄弟）在本縣西門外開着箇酒

店這李逵他是本縣百丈村董店東住有箇哥哥喚做李達朱貴有弟李逵有兄隨筆攧簸而成○來有孝子而非悌弟者也寫李逵歸家戶戶哥哥因還憶宋江怒罵宋清蕊眞假之不能終掩有如此也專與人家做長工這李逵自小凶頑因打死了人逃走在江湖上一向不曾回歸如今着小弟去那里探聽也不妨只怕店裏無人看管小弟也多時不曾還鄉亦就要回家探望兄弟一遭宋江道這箇看店不必你憂心我自教侯健石勇替你暫管幾時朱貴領了

這言語相辭了衆頭領下山來便走到店裏收拾包裹交割鋪面與石勇侯健自逕沂州去了這里宋江與晁蓋在寨中每日筵席飲酒快樂與吳學究看習天書〔宋江與吳用看天書誰則知之然則宋江自言與吳用看天書耳可發一笑也因是而思昔者巢父掛瓢許繇洗耳千口相傳只成美譚然亦誰知之而誰言之若言有人見之則有人見之之處巢許不應爲此若言無人見之然則巢許自掛之自洗之又自言之矣世間此類至多胡可勝笑〕不在話下且說李逵獨自一箇離了梁山泊取路來到沂水縣界於路李逵端的不喫酒

（徒以有老母在。）因此不惹事、無有話說、行至沂水縣西門外見一簇人圍着榜看、李逵也立在人叢中聽得讀榜上道、第一名正賊宋江係鄆城縣人、（只得上半句。）第二名從賊戴宗係江州兩院押獄（亦只得上半句）第三名從賊李逵係沂州沂水縣人（也只得上半句。○只一榜文分上下兩半截寫。出妙筆。）李逵在背後聽了、正待指手畫脚沒做柰何處、只見一箇人搶向前來攔腰抱住、叫道張大哥（○○此段極似魯達至鴈門縣時。然而各不相妨者。為魯達只是無心忽遇金老而已。今此文却有二意。一是寫朱貴之來。必在李逵未有事前。便擺脫去從來救應套子。一是李逵天性爽直。不解假名假姓。須得此處朱貴教他一遍。後文便生出張大膽三字來也。你在這里做甚麼、李逵扭過身看時、認得是旱地忽律朱貴、李逵問道、你如何也來在這里、朱貴道、你且跟我來、說話、兩箇一同來西門外近村一箇酒店內、直入到後面一間靜房中坐了、是。朱貴指着李逵道、你好大膽、前張大哥句。便發李逵假姓。此好大膽句。便作李逵假名。絕倒。那榜上明明寫着賞一萬貫錢捉宋江、補前下半句。五千貫捉戴宗補前下半句三千貫捉李逵補前下半句你却如何立在那里看榜倘或被眼疾手快的拿了送官如之奈何宋公明哥哥只怕你惹事不肯教人和你同來又怕你到這里做出怪來續後特使我趕來探聽你的消息我遲下山來一日又先到你一日恰好李逵看榜恰好朱貴搶來一何巧合至此幾於印板筆法矣反說一句遲來先到不覺隨手成趣眞妙筆也。你如何今日纔到這里李逵道便是哥哥分付教我不要喫酒以此路上走得慢了此等都是隨手成趣你如何認得這箇酒店裏你是這里人家在那里住朱貴道這箇酒店便是我兄弟朱富家裏我原是此間人因在江湖上做客消折了本錢就於梁山泊落草今次方回便叫兄弟朱富來與李逵相見了朱富置酒管待李逵李逵道哥哥分付教我不要喫酒今日我已到鄉里了便喫兩碗兒打甚麼鳥緊愛哥哥則愛愛酒則愛筆筆眞李逵筆筆不是假宋江也朱貴不敢阻當他鎮他喫當夜直喫到四更時分安排些飯食李

逵喫了趂五更曉星殘月霞光明朗便投村裏去朱貴分付道休從小路去只從大朴樹轉灣投東大路一直往百丈村去便是董店東寫得宛然是同鄉人聲音快取了母親和你早同山寨去李逵道我自從小路去却不從大路走誰耐煩宛然同鄉人聲音朱貴道小路走多大蟲輕輕一案又有乘勢奪包裹的剪逕賊人又輕輕一案○輕輕下此二筆下忽轉出兩段奇文正不知文生情情生文矣李逵應道我却怕甚鳥戴上氈笠兒提了朴刀跨了腰刀別

天色微明第一段

了朱貴朱富便出門投百丈村來約行了十數里天色漸漸微明去那露草之中趕出一隻白兎兒來望前路去了（傳言大孝合天。則甘露降。至孝合地。則芝草生。明孝合月則鳳凰集。純孝合日。則白兎馴。閒中忽生出一白兎。明是純孝所感。蓋深許李逵之至也。◎宋江取爺時無此可知）李逵趕了一直笑道那畜生倒引了我一程路（活寫孝感。）正走之間只見前面有五十來株大樹叢雜時值新秋葉兒正紅（凡寫景處。須合下事觀之。便成一幅圖畫。）李逵來到樹林邊廂只見轉過一條大漢喝道是會的留下買路錢，免得奪了包裹。李逵看那人時，戴一頂紅絹抓髻兒頭巾，穿一領麤布衲襖，手裏拿着兩把板斧。令人忽思江州時打扮。把黑墨搽在臉上。一夫妻二人，一箇搽墨，一箇搽扮，寫得好笑。李逵見了，大喝一聲：先嚇李逵。「是你這厮是甚麼鳥人？此句處處有，然都問着別人，獨此處忽然問着自己，幾於以李逵問李逵，以鳥人問鳥人也。極奇極幻之文，有癡猴覷鏡之妙。敢在這里剪徑！」那漢道：「若問我名字，嚇碎你心膽！老爺叫做黑旋風！」若問黑絕倒。旋風名字，嚇碎黑旋風心膽，一好笑也。別人說你別人是自己，自己聞自己是別人，二好笑也。

留下買路錢、并包裹、便饒了你性命、容你過去、李逵大笑道不得不大笑。没你娘鳥興寫宋江處處將父親二字。高擡至頂。寫李逵。只把娘字當做罵人。妙絕。你這廝是甚麼人再問一句。真是如夢如幻。如鏡如影。〇吾友斲山先生嘗言。人影是無日光處。而人誤謂有影。法帖是無墨搨處。而人誤謂有字。四大空虛空是無四大處。而人誤謂有人。如此妙語。真是未經人道。附識如此。〇假李逵是無李逵處。而人必呼之為假李逵。雖李逵當時。亦不能無我。又是誰之疑也。那里來的也、學老爺名目、在這里胡行、李逵挺起手中朴刀來、逩那漢、那漢那里抵當得住、却待要走、早被李逵腿股上一朴刀攧翻在地、一脚踏住胸脯、喝道、認得老爺麽。妙絕。○若不認得、只問自己。○幾於不識廬山眞面目、只緣身在此山中矣。那漢在地下叫道、爺爺饒你孩兒性命。爺爺孩兒等字、都與本文踢跳成趣。李逵道、我正是江湖上的好漢黑旋風李逵、便是你這廝辱没老爺名字、那漢道、孩兒雖然姓李、孩兒姓李、不知爺又姓張。絕倒。不是眞的黑旋風、分疏絕倒。向眞黑旋風説、我不是眞黑旋風、一何可笑。爲是爺爺江湖上有名目、提起爺爺大名、鬼也害怕、鬼也害怕。惟鬼能知鬼也。因此孩兒盗學爺爺名目、胡亂在此剪徑、但有孤單客人經過、聽得說了黑旋風三箇字、便撇了行李逃奔了去、以此得這些利息、實不敢害人、小人自己的賤名叫做李鬼、只在這前村住、宋江取爺、村中遇神、李逵取娘、村中遇鬼、遙對奇絕、

李逵道、回耐這廝無禮、却在這里奪人的包裹行李、壞我的名目、學我使兩把板斧、李逵愛名目、兼愛其板斧、是以君子愛品節、兼愛其羔鴈也、〇每見無知小兒、動筆便擬高岑王孟諸家詩體、可謂學使板斧矣、且教他先喫我一斧、劈手奪過一把斧來、便砍李

鬼慌忙叫道爺爺殺我一箇便是殺我兩箇奇絕之文。○李逵一箇。忽然走出兩箇。殺李鬼一箇。忽然又殺兩箇。筆筆不從人間來。李逵聽得住了手問道怎的殺你一箇便是殺你兩箇李鬼道孩兒本不敢剪徑家中因有箇九十歲的老母無人養贍因此孩兒單題爺爺大名唬嚇人奪些單身的包裹養贍老母絕妙奇文。○強盜之假者偏會假說出許多孝順來。此篇全是描寫李逵之眞。以反襯宋江之假。此又順借李鬼之假。以正襯宋江之假也。其實並不曾敢害了一箇人如今爺爺殺了孩兒家中老母必是餓殺我觀此言疑非假李逵竟是真宋江矣李逵雖是箇殺人不斬眼的魔君聽得說了這話自肚裏尋思道我特地歸家來取娘却倒殺了一箇養娘的人天地也不容我看他一片孝子不匱永錫爾類心腸正與宋江不許取娘一段對看罷罷我饒了你這厮性命放將起來李鬼手提着斧納頭便拜好笑李逵道只我便是真黑旋風你從今已後休要壞了俺的名目李鬼道孩兒今番得了性命自回家改業再不敢倚着爺爺名目在這

里剪徑李逵道你有孝順之心我與你十兩銀子做本錢便去改業從來真正孝子。定能愛重孝子宋江不許李逵取娘便是宋江一生供狀。寫得真假畫然李逵便取出一錠銀子把與李鬼拜謝去了李逵自笑道這廝却撞在我手裏既然他是箇孝順的人必去改業我若殺了他天地必不容我再說一遍。與上文宋江對看。孝子之心。只是一片忠恕。寫得妙絕。兩句天地不容。罵殺宋江矣。我也自去休拿了朴刀一步步投山僻小路而來走到巳牌時分看看肚裏又饑又渴四下里都是山徑小路。不見有一箇酒店飯店。正走之間。只見遠遠地山凹裏露出兩間草屋。李逵見了。逕到那人家裏來。只見後面走出一箇婦人來。髽髻鬢邊挿一簇野花。搽一臉胭脂鉛粉。（夫婦二人。黑白之極。讀之一笑。）李逵放下朴刀道。嫂子。我是過路客人。肚中饑餓。尋不着酒食店。我與你幾錢銀子。央你回些酒飯喫。那婦人見了李逵這般模樣。（妙絕趣絕。眞是看不慣。却不知卽是日日看慣之人也。做了他半世老婆。却從不曾認得。絕倒。）不敢說沒。只得答道酒便沒買處飯便做些與客人喫了去李逵道也罷只多做些箇正肚中饑出鳥來那婦人道做一升米不少麽李逵道做三升米飯來喫那婦人向厨中燒起火來便去溪邊淘了米將來做飯李逵却轉過屋後山邊來淨手只見一箇漢子攧手攧脚從山後歸來（奇文。○上文若便了結，亦何以知李鬼之必非養娘之人哉。定然曲折到此矣。）李逵轉過屋後聽時那婦人正要上山討柴開後門見了便問道大哥那里閃胸了腿那漢子應道、大嫂我險些兒和你不廝見了、你道我晦鳥氣麼、指望出去等箇單身的過、整整的等了半箇月、不曾發市、甫能今日抹着一箇、你道是誰絕倒。○原來他正是我。原來我不是他。我亦不道是他。你可知道是我。○遠便千里。近只目前。妙絕。○猜不着時。便猜盡天下人。亦猜不着。猜得着時。便只消猜一箇。恰發猜着也。原來正是恁真黑旋風、却恨撞着那驢鳥、我如何敵得他過、倒喫他一朴刀、倒字妙絕。人之驕妻姦也。毋用此言矣。攧翻在地、定要殺我、我喫我假意叫道、捎帶宋江。你殺我一箇、却害了我兩箇他便問我緣故我便假道家中有箇九十歲的老娘無人養贍定是餓死那驢鳥真箇信我饒了我性命又與我一箇銀子做本錢教我改了業養娘我恐怕他省悟了趕將來且離了那林子裏僻淨處睡了一回從山後走回家來（文筆周緻）那婦人道休要高聲却纔一箇黑大漢來家中教我做飯莫不正是他如今在門前坐地你去張一張看若是他時你去尋些麻藥來放在菜內教那厮喫

了、麻翻在地、我和你却對付了他、謀得他些金銀、搬往縣裏住去、做些買賣、却不强似在這裏剪徑、李逵已聽得了、便道、𬋩耐這廝、我倒與了他一箇銀子、又饒了性命、他倒又要害我、這箇正是天地不容（妙絕。○凡三言之。○孝順之道。必須則天明。事地察。可見天地只容孝子也。）一轉趕到後門邊、這李鬼恰待出門、被李逵劈髯揪住、那婦人慌忙自望前門走了（放走婦人。文格奇變。）李逵捉住李鬼、按翻在地、身邊掣出腰刀、早割下頭來、拿着刀却逕前門尋那婦人時正不知走那里去了便不了。再入屋內來去房中搜看只見有兩箇竹籠盛些舊衣裳底下搜得些碎銀兩并幾件釵環李逵都拿了又去李鬼身邊搜了那錠小銀子細都打縛在包裹裏却去鍋裏看時三升米飯早熟了好。只没菜蔬下飯李逵盛飯來喫了一回看着自笑道好痴漢放着好肉在面前却不會喫可云喫鬼肉亦可云自喫自筆筆經倒人。拔出腰刀便去李鬼腿上割下兩塊肉來把些水洗淨了竈裏抓些炭火來便燒、一面燒、一面喫、喫得飽了、把李鬼的屍首拖放屋下、放了把火、提了朴刀、自投山路裏去了、比及趕到董店東時、日已平西、逕奔到家中、推開門入進裏面、只聽得娘在牀上問道、是誰入來、李逵看時、見娘雙眼都盲了、坐在牀上念佛。（眼盲便令下文深山討水情景都有、且被虎喫後更不疑到偶然走開也。○念佛娘養出喫人兒子、可笑一。半世念佛、臨終却被虎喫、可笑二。只二字活畫出村裏老嫗來。）李逵道、娘、鐵牛來家了、娘道、我兒你

刀却逩前門尋那婦人時正不知走那里去了（便不）

了再入屋内來去房中搜看只見有兩箇竹籠盛

些舊衣裳底下搜得些碎銀兩并幾件釵環李逵

都拿了又去李鬼身邊搜了那錠小銀子（細）都打

縛在包裹裏却去鍋裏看時三升米飯早熟了（妙。）

只没菜蔬下飯李逵盛飯來喫了一回看着自笑

○○○○○○○○○

道好痴漢放着好肉在面前却不會喫（可云喫鬼肉亦可云

自喫自筆。筆經倒人。）拔出腰刀便去李鬼腿上割下兩塊肉

日巳西第三段

卷四十七 頁二十一

唐人寫世說新書格

把火提了朴刀自投山路裏去了北及趕到董店東時日巳平西逕奔到家中推開門入進裏面只聽得娘在牀上問道是誰入來李逵看時見娘雙眼都盲了坐在牀上念佛眼盲便令下文深山討水情景都有且被虎喫後更不疑到偶然走開也念佛娘養出喫人兒子可笑一半世念佛臨終却被虎喫可笑二只二字活畫出村裏老嫗來李逵道娘鐵牛來家了娘道我兒你

夫了許多時這幾年正在那里安身你的大哥只是在人家做長工止博得些飯食喫養娘全不濟事我時嘗思量你眼泪流乾因此瞎了雙目又與眼瞎作一注妙甚你一向正是如何李逵尋思道我若說在梁山泊落草娘定不肯去我只假說便了宋江對人假說李逵對娘假說對人假說是真強盜對娘假說是真孝子蓋對人假說是做人方法對娘假說是爲子方法也李逵應道鐵牛如今做了官文官乎武官乎前云做箇將軍然則是武官矣古之君子有捧檄色喜者蓋養志之法當如是也上路特來取娘

娘道恁地却好也只是你怎生和我去得李逵道○○○○○○鐵牛背娘到前路（殊失官體絕妙之文）却覓一輛車兒載去娘道你等大哥來却商議李逵道等做甚麼我自和你去便了恰待要行只見李逵提了一罐子飯○○○○○○○○○來（○又一孝子○吾聞以子養不聞以盜養此宋江公孫之別也又聞以飯養不聞以官養此李家弟兄之別也）○○○○○○○○入得門李逵見了便拜道哥哥多年不見（真正孝子定是佛弟子寫得藹然一片）李逵罵道你這厮歸來做甚又○○○來負累人娘便道鐵牛如今做了官（只如共一）特地家

來取我李逵道娘呀休信他放屁當初他打殺了人教我披枷帶鎖受了萬千的苦如今又聽得他和梁山泊賊人通同刼了法場鬧了江州見在梁山泊做了强盜然則做了官無疑矣○笑林有其父名良臣者其子不敢斥言之也讀孟子曰今之所謂爺爺古之所謂民賊也即是此等罵法前日江州行移公文到來着落原籍追捕正身却要捉我到官比捕又得財主替我官司分理補得周緻說他兄弟已自十來年不知去向亦不曾回家莫不是同名同姓的

人冒供鄉貫閒筆也。偏有本事與本文激射。遂令人忽思李鬼不殺。亦幾乎被人排[illegible]賺三千貫也。又替我上下使錢因此不喫官司杖限追要見今出榜賞三千錢捉他你這廝不死却走家來胡說亂道李逵道哥哥不要焦躁一發和你同上山去快活多少是好李逵大怒本待要打李逵却又敵他不過把飯罐撇在地下一直去了李逵道他這一去必報人來捉我却是脫不得身不如及早走罷我大哥從來不曾見這大銀我且留下一錠五十兩的大銀子放在牀上（管子之感鮑子也曰鮑叔不以我爲貪知我貧也千古眞知己便似兄弟今李逵之贈其兄也曰我大哥從來不曾見這大銀我且留下一錠在此千古眞兄弟便似知己寫得恩深義重之極）大哥歸來見了必然不趕來李逵便解下腰包取一錠大銀放在牀上叫道娘我自背你去休娘道你背我那里去李逵道你休問我只顧去快活便了（其言眞是鐵牛眞是孝子宋江說不出）我自背你去不妨李逵當下背了娘提了朴刀出門望小路裏便走（爲下作引）却說李逵來財主

家報了領着十來箇莊客飛也似趕到家裏看時不見了老娘只見牀上留下一錠大銀子不見家母，乃見家兒，一笑。李逵見了這錠大銀心中忖道鐵牛留下銀子背娘去那里藏了必是梁山泊有人和他來我若趕去倒喫他壞了性命想他背娘必去山寨裏快活一是見了銀子，便有解說；一是隨筆收捲上文，便更入下文也。衆人不見了李逵都沒做理會處李逵却對衆莊客說道這鐵牛背娘去不知往那條路去了這里小路甚雜怎

天晚第四段

125

地去趕他衆莊客見李逵沒理會處俄延了半晌也各自回去了省妙不在話下這里只說李逵怕李達領人趕來背着娘只望亂山深處僻靜小路而走便借上文穿入下文好手看看天色晚了李逵背到嶺下娘雙眼不明不知早晚李逵却自認得這條嶺喚做沂嶺過那邊去方纔有人家娘兒兩箇趁着星明月朗一步步捱上嶺來娘在背上說道我兒那里討口水來我喫也好李逵道老娘且待過嶺去借

了人家安歇了做些飯喫娘道我日中喫了些乾飯口渴得當不得李逵道我喉嚨裏也烟發火出（此句不是不肯尋水，正是肯尋水之根也。）你且等我背你到嶺上尋水與你喫娘道我見端的渴殺我也救我一救李逵道我也困倦得要不得（此句是把娘歇放之根。）李逵看看捱得到嶺上松樹邊一塊大青石上把娘放下插了朴刀在側邊（寫得有色認好。）分付娘道耐心坐一坐我去尋水來你喫李逵聽得溪澗裏水響聞聲尋將去盤過了兩三處山脚〔聞聲可知其遠。可知其久。寫來妙絕。〕尋去來到溪邊，捧起水來自喫了幾口〔了前烟發火出句。〕尋思道〔又是好一回。〕怎生能彀得這水去把與娘喫，立起身來，東觀西望〔又是好一回。〕遠遠地山頂上見一座廟，李逵道好了，攀藤攬葛〔又是好一回。〕上到庵前推開門看時，却是箇泗州大聖祠堂，面前只有箇石香爐，李逵用手去掇，原來却是和座子鑿成的〔絕倒。〕李逵拔了一回，那里拔得動〔又是好一回。〕一時性起來，連那座子掇出前面石階上一磕，把那香爐磕將下來。又是好一回。○絕倒。拿了，再到溪邊，又是好一回。將這香爐水裏浸了，拔起亂草洗得乾淨，又是好一回。挽了半香爐水，雙手擎來，可知重哩。再尋舊路，夾七夾八走上嶺來。又是好一回。到得松樹邊石頭上，松樹石頭在，不見娘上。不見了娘，只見朴刀插在那里，朴刀在，不見娘下。李逵叫娘喫水，三字宛然純孝之聲。無賢無愚，聞之下淚。杳無蹤跡，叫了幾聲不應，李逵心慌。四字奇文。李逵一生只此一次。○於此不用其慌，惡乎用其慌。○宋江之慌爲己，李逵之慌爲娘，慌亦有不同也。

丢了香爐、定住眼、四下里看時、並不見娘、走不到三十餘步、只見草地上一團血跡、李逵見了、一身肉發抖、看宋江許多抖字、看李逵許多抖字、妙絕。○俗本失。趂着那血跡、尋將去、尋到一處大洞口、血跡引到洞口。只見兩箇小虎兒在那里舐一條人腿、鐵牛喫鬼腿、小虎喫娘腿。亦復映射成趣。李逵把不住抖、抖妙道、我從梁山泊歸來、特爲老娘來取他千辛萬苦背到這里、倒把來與你喫了、把來與你四字。絕倒。○分明把娘與虎喫了、而不能不服李逵之孝。分明接太公在山寨快樂、而不能不罵宋江之陷父於不義也那鳥大蟲拖着這條人腿不是我娘的是誰的心頭火起便不抖赤黃鬚豎起來不抖又妙將手中朴刀挺起來搠那兩箇小虎這小大蟲被搠得慌也張牙舞爪鑽向前來被李逵手起先搠死了一箇好那一箇望洞裏便鑽了入去李逵趕到洞裏也搠死了小虎引入洞裏李逵却鑽入那大蟲洞內入虎穴意在得虎子也既殺虎子又入虎穴豈不怪哉○前有武松打虎此又有李逵殺虎看他一樣題目寫出兩樣文字曾無一筆相近豈非異才○寫武松打虎純是精細寫李逵殺虎純是大膽

如虎未歸洞鑽入洞內虎在洞外趕出洞來都是武松不肯做之事伏在裏面張外面時絕倒只見那母大蟲張牙舞爪望窩裏來李逵道正是你這業畜喫了我娘放下朴刀跨邊掣出腰刀那母大蟲到洞口先把尾去窩裏一剪不知耐菴從何知之奇絕妙絕武松文中一撲一掀一剪此亦一剪卻偏不同便把後半截身軀坐將入去耐菴從何知之誠乃格物君子奇絕妙絕李逵在窩裏看得仔細把刀朝母大蟲尾底下盡平生氣力捨命一戳武松有許多方法李逵只是蠻戳絕倒正中那母大蟲糞門

李逵使得力重，和那刀靶也直送入肚裏去了。（加一句。寫得異樣出色。眞正才子之筆。）那母大蟲吼了一聲，就洞口帶着刀，跳過澗邊去了。李逵却拿了朴刀，就洞裏趕將出來。（鑽入洞，是何等大膽。趕出洞，又是何等大膽。直是更無一毫算計，純乎不是武松也。）那老虎負疼，直搶下山石岩下去了。（不知何處去了。後却明白。）李逵恰待要趕，只見就樹邊捲起一陣狂風，吹得敗葉樹木如雨一般打將下來。（寫得出色。）自古道：雲生從龍，風生從虎。那一陣風起處，星月光輝之下，大

吼了一聲忽地跳出一隻弔睛白額虎來妙絕之文那

大蟲望李逵勢猛一撲亦寫一撲。武松文中一撲一掀一剪。都躲過是寫大智量人讓一步法。今寫李逵不然。虎更耐不得。李逵也更耐不得。劈面相遭。大家便出全力死搏。更無一毫算計。純乎不是武松。妙絕。那李逵不慌不忙趁着那大蟲的勢力手起一刀正中那大蟲頷下武松有許多方法。李逵又只如此。那大蟲不曾再掀再剪特寫一句。表一者護與武松文異。那疼痛二者傷着他那氣管那大蟲退不彀五七步只聽得響一聲如倒半壁山登時間死在岩下

次日早晨第五段

那李逵一時間殺了子母四虎、還又到虎窩邊將着刀復看了一遍只恐還有大蟲（是何等大膽、武松不肯）已無有蹤跡、李逵也困乏了、（只此句與寫武松時同、俗筆偏不肯有此句、則何也）走向泗州大聖廟裏睡到天明（是何等大膽、武松不肯）次日早晨李逵却來收拾親娘的兩腿及剩的骨殖把布衫包裹了（歛之以禮眞正孝子）直到泗州大聖廟後掘土坑葬了（葬之以禮眞正孝子）李逵大哭了一場（寫得生盡其愛養盡其勞、葬盡其誠、哭盡其哀、眞正仁人孝子、不與宋江權詐一樣）肚裏又饑又渴不見收拾包裹，拿了朴刀，尋路慢慢的走過嶺來。只見五七箇獵戶（撞見獵戶，亦與武松兩樣。）都在那里收窩弓弩箭，見了李逵一身血污，行將下嶺來，衆獵戶喫了一驚，問道：「你這客人莫非是山神土地，如何敢獨自過嶺來？」李逵見問，自肚裏尋思道：「如今沂水縣出榜賞三千貫錢捉我，我如何敢說實話，只謊說罷。」（偏寫李逵謊說，偏愈見其真誠；偏寫宋江信義，偏愈見其權詐。）答道：「我是客人，昨夜和娘過嶺來，因我娘要水喫，我去嶺下取水，被那大蟲把我娘拖去喫了我直尋到虎窩裏先殺了兩箇小虎後殺了兩箇大虎泗州大聖廟裏睡到天明方纔下來衆獵戶齊叫道不信你一箇人如何殺得四箇虎便是李存孝和子路也只打得一箇這兩箇小虎且不打緊那兩箇大虎非同小可我們爲這兩箇畜生不知都喫了幾頓棍棒這條沂嶺自從有了這窩虎在上面整三五箇月沒人敢行我們不信敢是你哄我李逵道我又不

天大明朗第六段

○○○○是此間人看他會謊說妙絕沒來繇哄你做甚麼你們不信我和你上嶺去尋着與你就帶些人去扛了下來衆獵戶道若端的有時我們自重重的謝你却是好也衆獵戶打起胡哨來一霎時聚起三五十人都拿了撓鈎鎗棒跟着李逵必聚起衆人必拿着家生必跟在後頭皆寫獵戶怕極以反襯李逵大膽再上嶺來此時天大明朗都到那山頂上遠遠望見窩邊果然殺死兩箇小虎一箇在窩內一箇在外面一隻母大蟲死在山巖邊

一隻雄虎死在泗州大聖廟前、衆獵戶見了、殺死四箇大蟲、盡皆歡喜、便把索子抓縛起來、衆人扛擡下嶺、就邀李逵同去請賞、一面先使人報知里正上戶、都來迎接着、擡到一箇大戶人家、喚做曹太公莊上、那人曾充縣吏、家中暴有幾貫浮財、專一在鄉放刁把纜、初世爲人、便要結幾箇不三不四的人、恐唬鄰里、極要談忠說孝、只是口是心非、句句打着宋江當時曹太公親自接來、相見了、邀請李逵到草堂上坐定動問那殺虎的緣繇李逵却把夜來同娘到嶺上要水喫因此殺死大蟲的話說了一遍衆人都呆了曹太公動問壯士高姓名諱李逵答道我姓張無名只與做張大膽非朱貴教之不能看他與日改殺只是姓李便知今日張大膽三字先有藁本也曹太公道眞乃是大膽壯士不恁地膽大如何殺得四箇大蟲一壁廂叫安排酒食管待不在話下且說當村裏得知沂嶺殺了四箇大蟲擡在曹太公家講動了村坊道

店閧得前村後村山僻人家大男幼女成羣拽隊都來看虎（引出）入見曹太公相待着打虎的壯士在廳上喫酒數中却有李鬼的老婆（文情如環無端隨筆盤舞而出○無昨日其夫被殺次日其妻看虎之禮只圖文字迴環耳）逃在前村爹娘家裏隨着衆人也來看虎却認得李逵的模樣（思李鬼不得見見李逵如見李鬼焉）慌忙來家對爹娘說道這箇殺虎的黑大漢便是殺我老公燒了我屋的他叫做梁山泊黑旋風（李鬼平日只提黑旋風三字故其妻亦熟聞之至於李逵二字必留下里耳口

中出。俗本諸訛之極。○寫李鬼妻，只重在殺李鬼燒房屋。黑旋風，乃指其名耳。實不知有出榜賞錢之事。爹娘聽得，連忙來報知里正。里正聽了道：他既是黑旋風時，正是嶺後百丈村打死了人的李逵始出李逵。○鬼妻只重昨日事，里正只重舊時事，都像。逃走在江州，又做出事來，行移到本縣原籍追捉。如今官司出三千貫賞錢拿他，他却走在這里。暗地使人去請得曹太公到來商議。曹太公推道更衣，急急的到里正家裏。正說這箇殺虎的壯士，便是嶺後百丈村裏的黑旋風李逵見今官司着落拿他曹太公道你們要打聽得仔細倘不是時倒惹得不好若眞箇是時却不妨要拿他時也容易只怕不是他時却難里正道見有李鬼的老婆認得他曾來李鬼家做飯喫殺了李鬼曹太公道既是如此我們且只顧置酒請他却問他今番殺了大蟲還是要去縣裏請功還是要村裏討賞若還他不肯去縣裏請功時便是黑旋風了着人輪換把盞灌得醉了縛在

這里却去報知本縣差都頭來取去萬無一失衆人道說得是里正與衆人商量定了曹太公回家來欵住李逵一面且置酒來相待便道適間拋撒請勿見怪且請壯士解下腰間腰刀放過朴刀寬鬆坐一坐（寫老奸巨猾活現）李逵道好好我的腰刀已擲在雌虎肚裏了只有刀鞘在這里（觸手成趣閒心妙筆）若開剝時可討來還我曹太公道壯士放心我這里有的是好刀相送一把與壯士懸帶李逵解了腰間

刀鞘、并纏袋包裹、都遞與莊客收貯、便把朴刀倚過一邊。曹太公叫取大盤肉、大壺酒來、衆多大戶并里正、獵戶人等、輪番把盞、大碗大鍾、只顧勸李逵。曹太公又請問道、不知壯士要將這虎解官請功、只是在這里討些齎發。李逵道、我是過往客人、忙些箇。偶然殺了這窩猛虎、不須去縣裏請功、只此有些齎發便罷。若無、我也去了。曹太公道、如何敢輕慢了壯士。少刻村中斂取盤纏相送、我這里自解虎到縣裏去李逵道布衫先借一領與我換了上蓋曹太公道有有當時便取一領細青布衲襖○黑大漢穿青布衲襖好看好笑就與李逵換了身上的血污衣裳只見門前鼓響笛鳴都將酒來與李逵把盞作慶一杯冷一杯熱李逵不知是計只顧開懷暢飲全不計宋江分付的言語不兩箇時辰把李逵灌得酩酊大醉立脚不住衆人扶到後堂空屋下放翻在一條板凳上就取兩條繩子連板凳綁住了

便叫里正帶人飛也似去縣裏報知就引李鬼老婆去做原告補了一紙狀子好此時閧動了沂水縣裏知縣聽得大驚連忙陞廳問道黑旋風拿住在那里這是謀叛的人不可走了原告人并獵戶答應道見縛在本鄉曹大戶家爲是無人近得他誠恐有失路上走了不敢解來知縣隨卽叫喚本縣都頭李雲上廳來分付道沂嶺下曹大戶莊上拿住黑旋風李逵你可多帶人去密地解來休要

鬨動村坊被他走了（反引二朱）李都頭領了台旨下廳
來點起三十箇老郎土兵各帶了器械便奔沂嶺
村中來這沂水縣是箇小去處如何掩飾得過此
時街市上講動了（正引二朱）說道拿着了鬧江州的黑
旋風如今差李都頭去拿來朱貴在東莊門外朱
富家聽得了這箇消息慌忙來後面對兄弟朱富
說道這黑廝又做出來了如何解救宋公明特爲
他誠恐有失差我來打聽消息如今他喫拿了我

若不救得他時怎的回寨去見哥哥似此怎生是好朱富道大哥且不要慌這李都頭一身好本事有三五十人近他不得我和你只兩箇同心合意如何敢近傍他只可智取不可力敵李雲日嘗時最是愛我嘗嘗教我使些器械我却有箇道理對他只是在這里安不得身了今晚煮三二十斤肉將十數瓶酒把肉大塊切了却將些蒙汗藥拌在裏面我兩箇五更帶數箇火家挑着去半路裏僻

靜處等候他解來時只做與他把酒賀喜將衆人都麻翻了却放李逵如何朱貴道此計大妙事不宜遲可以整頓及早便去朱富道只是李雲不會喫酒便麻翻了終久醒得快（非寫難於用計相救正爲留得李雲更有後文耳）還有件事倘或日後得知須在此安身不得朱貴道兄弟你在這里賣酒也不濟事不如帶領老小跟我上山一發入了夥論秤分金銀換套穿衣服却不快活今夜便叫兩箇火家覓了一輛車

兒先送妻子和細軟行李起身約在十里牌等候都去上山我如今包裹內帶得一包蒙汗藥在這里（好。不然。何處急辨。）李雲不會喫酒時肉裏多糝些逼着他多喫些也麻倒了救得李逵同上山去有何不可朱富道哥哥說得是便叫人去覓下了一輛車兒打拴了三五箇包箱捎在車兒上家中麄物都棄了叫渾家和兒女上了車子分付兩箇火家跟着車子只顧先去且說朱貴朱富當夜煑熟了肉切做大塊將藥來拌了連酒裝做兩擔帶了二三十箇空碗又有若干菜蔬也把藥來拌了恐有不喫肉的也教他着手因上文有李雲不喫酒便摻放肉內一句便又生出或有不喫肉再拌菜蔬內一句以陪之總之不肯以金針示人也兩擔酒肉兩箇火家各挑一擔弟兄兩箇自提了些菓盒之類四更前後直接將來僻靜山路口坐等到天明遠遠地只聽得敲着鑼響朱貴接到路口且說那三十來箇土兵自村裏喫了半夜酒四更前後把李逵背

剪綁了解將來後面李都頭坐在馬上看看來到面前朱富便向前攔住叫道師父且喜小弟將來接力桶內舀一壺酒來斟一大鍾上勸李雲朱貴托着肉來火家捧過菓盒李雲見了慌忙下馬跳向前來說道賢弟何勞如此遠接朱富道聊表徒弟孝順之心李雲接過酒來到口不喫（不喫）朱富跪下道小弟已知師父不飲酒今日這箇喜酒也飲半盞兒李雲推却不過畧呷了兩口（畧呷）朱富便道

師父不飲酒須請些二肉李雲道夜間已飽喫不得了（不惟不喫酒并不喫肉文情入妙）朱富道師父行了許多路肚裏也饑了雖不中喫胡亂請些二也免小弟之羞揀兩塊好的遞將過來李雲見他如此慇懃只得勉意喫了兩塊（只喫兩塊○一總爲留得李雲朱富之地不爲難救李逵整擺也）朱富把酒來勸上戶里正并獵戶人等都勸了三鍾朱貴便叫士兵莊客衆人都來喫酒這夥男女那里顧箇冷句熱句好喫句不好喫句酒肉到口只顧

喫正如這風捲殘雲落花流水一齊上來搶着喫了李逵光着眼看了朱貴兄弟兩箇巳知用計故意道你們也請我喫些朱貴喝道你是歹人有酒肉與你喫這般殺才快閉了口李雲看着士兵喝教快走只見一箇箇都面面厮覷走動不得口顫脚麻都跌倒了李雲急叫中了計了恰待向前不覺自家也頭重脚輕暈倒了軟做一堆睡在地下當時朱貴朱富各奪了一條朴刀（奪刀好）喝聲孩兒

已下獨寫朱富

們伙走兩箇挺起朴刀來趕這夥不曾喫酒肉的莊客并那看的人走得快的走了走得遲的就搠死在地李逵大叫一聲把那綁縛的麻繩都掙斷了便奪過一條朴刀來殺李雲朱富慌忙攔住叫道不要無禮他是我的師父為人最好你只顧先走（好朱富）李逵應道不殺得曹太公老驢如何出得這口氣李逵趕上手起一朴刀先搠死曹太公（殺得好）并李鬼的老婆（殺得好）續後里正也殺了（殺得性好）

起來把獵戶排頭兒一個個搠將去殺得好那三十來個土兵都被搠死了殺得好這看的人和衆莊客只恨爹娘少生兩隻脚都往深野路逃命去了不殺好李逵還只顧尋人要殺朱貴喝道不干看的人事休只管傷人慌忙攔住李逵方纔住了手就土兵身上剝了兩件衣服穿上好三個人提着朴刀便要從小路裏走朱富道不好却是我送了師父性命朱富好他醒時如何見得知縣必然趕來你兩

箇先行我等他一等（好朱富）我想他日前教我的恩義（好朱富）且是為人忠直（好朱富）等他趕來就請他一發上山入夥也是我的恩義（好朱富）免得教回縣去喫苦（好朱富）朱貴道兄弟你也見得是我便先去跟了車子行（調遣得好）留李逵在路傍幫你等他（調遣得好看他三箇人也調遣定了行事。笑今日行兵之無紀也。）若是他不趕來時你們兩箇休執迷等他（反補一句。文心周緻。）朱富道這是自然了

當下朱貴前行去了只說朱富和李逵坐在路傍

邊等候果然不到一個時辰只見李雲挺着一條朴刀飛也似趕來大叫道強賊休走李逵見他來得兇跳起身挺着朴刀來鬭李雲恐傷朱富（四字寫出李逵生平一片之心）正是有分教梁山泊內添雙虎聚義廳前添四人畢竟黑旋風鬭青眼虎二人勝敗如何且聽下回分解

第五才子書施耐菴水滸傳之四十四

第五才子書施耐菴水滸傳卷之四十八

聖歎外書

第四十三回

錦豹子小徑逢戴宗

病關索長街遇石秀

以上宋江既入山寨一切線頭都結矣不得已生出戴宗尋取公孫別開機扣便轉出楊雄石秀一篇錦繡文章乃至直帶出三打祝

家無數奇觀而此一回則正其過接長養之際也貪游名山者須耐仄路貪食熊蹯者須耐慢火貪看月華者須耐深夜貪見美人者須耐梳頭如此一回固願讀者之耐之也

看他一路無數小文字都復有一丘一壑之妙不似他書一望平原而已

一部收尾此篇獨居第一

話說當時李逵挺着朴刀來鬭李雲兩箇就官路

旁邊鬭了五七合不分勝敗朱富便把朴刀去中間隔開叫道且不要鬭都聽我說二人都住了手朱富道師父聽說小弟多蒙錯愛指教鎗棒非不感恩只是我哥哥朱貴見在梁山泊做了頭領今奉及時雨宋公明將令着他來炤管李大哥不爭被你拿了解官教我哥哥如何回去見得宋公明因此做下這場手段却纔李大哥乘勢要壞師父却是小弟不肯容他下手只殺了這些土兵我們

本待去得遠了、猜道師父他去不得、必來趕我、小弟又想師父日常恩念、特地在此相等、師父你是箇精細的人、有甚不省得、如今殺害了許多人性命、又走了黑旋風、你怎生回去見得知縣、你若回去時、定喫官司、又無人來相救、不如今日和我們一同上山、投奔宋公明、入了夥、未知尊意若何、李雲尋思了半晌、便道、賢弟只怕他那里不肯收留我、朱富笑道、師父你如何不知山東及時雨大名、

專一招賢納士結識天下好漢李雲聽了歎口氣
道悶得我有家難奔有國難投只喜得我並無妻
小省不怕喫官司拿了只得隨你們去休李逵便
笑道我的哥你何不早說麄直是其天性便和李雲剪拂
了這李雲旣無老小亦無家當省當下三人合作
一處來趕車子半路上朱貴接見了大喜四籌好
漢跟了車仗便行於路無話看看相近梁山泊路
上又迎着馬麟鄭天壽好○昭烈勅後主曰勿以善小而不爲勿以惡小而

爲之吾謂行文亦然如李朱四人看看到山又增出馬麟鄭天壽來探聽此所謂小善必爲李雲者小家當定要寫還二句必不肯漏此所謂小惡必避也都相見了說道晁宋二頭領又差我兩箇下山來探聽你消息好今旣見了我兩箇先去回報當下二人先上山來報知次日四籌好漢帶了朱富家眷都至梁山泊大寨聚義廳來朱貴向前先引李雲拜見晁宋二頭領相見衆好漢說道此人是沂水縣都頭姓李名雲綽號青眼虎○○○上文虎字猶爾餘影焉次後朱貴引朱富參拜

衆位說道這是舍弟朱富綽號笑面虎妙都相見

了李逵拜了宋江獨拜宋江給還了兩把板斧細訴說

假李逵剪徑一事衆人大笑這箇該笑○先寫衆人都笑襯下宋江獨

笑妙筆又訴說殺虎一事爲取娘至沂嶺被虎喫了

說罷流下淚來寫出至人至性宋江大笑大書宋江大笑者可知衆人不

笑也夫娘何人也虎喫何事也娘被虎喫其子流

淚何情也聞斯言也不必賢者而後哀之行道之

人莫不哀之矣江獨何心不惟不能哀之且復笑

之不惟笑之而已且大笑之耶天下之人莫非子

也天下莫非人子則莫不各有其娘也江而獨非

人子則已江而猶爲人子則豈有聞人之娘已被

虎喫。而為人之子乃復大笑。江誰欺。欺太公乎。作者替於前幅大書宋江不許取娘。於後幅大書宋江聞虎喫娘大笑。所以深明孝義忠談孝之人。其胸中全無心肝。為稗史之傳机也。○○○○○○○○○○○○○○○○○○○○○○○○

道被你殺了四箇猛虎今日山寨裏御添得兩箇活虎不悲

別人無娘。但誇自家添虎。正宜作慶。○○○○不弔孝子。但慶蟲盜。皆深惡宋江筆法。

眾多好漢大喜便教殺羊宰馬做筵席慶賀兩箇新到頭領晁蓋便叫去左邊白勝上首坐定吳用道

此三字。是上來一篇大結束處。非結束李雲朱富而已。直結束劫法場以來也。○○○

近來山寨十分興旺感得四方豪傑望風而來皆是晁宋二兄

之德亦衆弟兄之福也然雖如此還令朱貴仍復掌管山東酒店替回石勇侯健（朱貴在東）朱富老小另撥一所房舍住居目今山寨事業大了非同舊日可再設三處酒館專一探聽吉凶事情往來義士上山如若朝廷調遣官兵捕盜可以報知如何進兵好做準備西山地面廣闊可令童威童猛弟兄帶領十數箇火伴那里開店（二童在西）令李立帶十數箇火家去山南邊那里開店（李立在南）令石勇也帶十

來箇伴當去北山那里開店石勇在北仍復都要設立水亭號箭接應船隻但有緩急軍情飛捷報來已上第一令山前設置三座大關專令杜遷總行守把但有一應委差不許調遣十字妙絕讀之一歎早晚不得擅離六字妙絕讀之一歎第二令又令陶宗旺把總監工掘港汊修水路開河道整理宛子城垣修築山前大路妙絕讀之一歎第三令他原是莊戶出身修理久慣令蔣敬掌管庫藏倉廒支出納入積萬累千書算帳目第四令令

蕭讓設置寨中寨外山上山下三關把隘許多行
移關防文約大小頭領號數妙。第五令。煩令金大堅
刊造雕刻一應兵符印信牌面等項第六令。令侯健
管造衣袍鎧甲五方旗號等件第七令。令李雲監造
梁山泊一應房舍廳堂第八令。令馬麟監管修造大
小戰船第九令。令宋萬白勝去金沙灘下寨令王矮
虎鄭天壽去鴨嘴灘下寨兩段第十令。令穆春朱富管
收山寨錢糧第十一令。呂方郭盛於聚義廳兩邊耳房

安歌絕妙親兵。第十二令。○令宋清專管筵宴寫得宋清惟酒食是議。讀之絕倒。○無數經濟。發出一段極大文字。却以一戲語終之。妙絕。○此篇調遣衆人。所以結束宋江上山許大文字也。以無數說話描寫大宋機械變詐。幾幾食少事煩。却只以一句話描寫小宋百無一能。只圖口腹。如此結構。真是錦心繡手。都分撥已定。筵席了三日。不在話下。梁山泊自此無事。每日只是操練人馬。教演武藝。水寨裏頭領都教習駕船。赴水。船上厮殺。亦不在話下。一大結後再作一小結。忽一日宋江與晁蓋吳學究并衆人閒話道。我等弟兄衆位今日共聚大義、只有公孫一清不見回還、我想他回薊州探母參師、期約百日便回、今經日久、不知信息、莫非昧信不來、可煩戴宗兄弟與我去走一遭、探聽他虛實下落、如何不來、戴宗願往、宋江大喜、說道、只有賢弟去得快、旬日便知信息、當日戴宗別了眾人、次早打扮做承局、離了梁山泊、取路望薊州來、把四箇甲馬拴在腿上、作起神行法來、於路只喫些素茶素食、在路行了三日、來到沂水縣界、只聞人說道（隨手點綴）前日走了黑旋風傷了好些人連累了都頭李雲不知去向（不甚分明正妙。宛然是閒人說閒話）至今無獲處戴宗聽了冷笑當日正行之次只見遠遠地轉過一箇人來手裏提着一根渾鐵筆管鎗（匆匆行文只見人鎗而已下文回看如詳其狀）那人看見戴宗走得快便立住了脚叫一聲神行太保（穿梭得奇）戴宗聽得回過臉來定睛看時見山坡下小徑邊立着一箇大漢生得頭圓耳大鼻直口方眉秀目踈腰細膀闊（像條好漢）戴宗連忙回轉身來問道壯士素不曾拜識如何呼喚賤名那漢慌忙答道足下果是神行太保撤了鎗便拜倒在地（穿接甚好）戴宗連忙扶住答禮問道足下高姓大名那漢道小弟姓楊名林祖貫彰德府人氏多在綠林叢中安身江湖上都叫小弟做錦豹子楊林數月之前路上酒肆裏遇見公孫勝先生同在店中喫酒相會（便寫得不冷落）備說梁山泊晁宋二公招賢納士如此義氣寫下一封書教小弟自來

投大寨入夥只是不敢輕易擅進公孫先生又說李家道口舊有朱貴開酒店在彼招引上山入夥的人山寨中亦有一箇招賢飛報頭領（好官名）喚做神行太保戴院長日行八百里路今見兄長行步非常因此喚一聲看（適知奔接之奇也）不想果是仁兄正是天幸無心得遇戴宗道小可特爲公孫勝先生回薊州去杳無音信今奉晁宋二公將令差遣來薊州探聽消息尋取公孫勝還寨不期却遇足下

楊林道、小弟雖是彰德府人、這薊州管下地方州郡都走遍了、倘若不棄、就隨侍兄長同去走一遭、戴宗道、若得足下作伴、實是萬幸、尋得公孫先生見了、一同回梁山泊未遲、楊林見說了大喜、就邀住戴宗、結拜爲兄、戴宗收了甲馬、兩箇緩緩而行、到晚就投村店歇了、楊林置酒請戴宗、戴宗道、我使神行法、不敢食葷、兩箇只買些素饌相待、過了一夜、次日早起、打火喫了早飯、收拾動身、楊林便

問道兄長使神行法走路小弟如何走得上只怕
同行不得戴宗笑道我的神行法也帶得人同走
我把兩箇甲馬拴在你腿上作起法來也和我一
般走得快奇事要行便行要住便住不然你如何趕
得我走楊林道只恐小弟是凡胎濁骨比不得兄
長神體戴宗道不妨我這法諸人都帶得耐菴寫至此句
登巳想到李逵矣作用了時和我一般行只是我自喫素
並無妨礙後日獨難李逵故妙當時取兩箇甲馬替楊林縛

在腿上戴宗也只縛了兩箇作用了神行法吹口氣在上面兩箇輕地走了去要緊要慢都隨着戴宗行（後日獨難李逵故妙）兩箇於路閒說些江湖上的事雖只見緩緩而行正不知走了多少路（神行二字已是奇想更有此奇筆描寫之）兩箇行到巳牌時分前面來到一箇去處四圍都是高山中間一條驛路楊林却自認得（引）便對戴宗說道哥哥此間地名喚做飲馬川前面兀那高山裏嘗嘗有大夥在內近日不知如何因

爲山勢秀麗，水遶峰環，以此喚做飲馬川。兩箇正來到山邊過，只聽得忽地一聲鑼響，戰鼓亂鳴，走出一二百小嘍囉，攔住去路。當先捧着兩籌好漢，各挺一條朴刀，大喝道：「行人須住脚！」五字恰好喝神行人，故妙。「你兩箇是甚麼鳥人？那里去的？會事的快把買路錢來，饒你兩箇性命！」楊林笑道：「哥哥，你看我結果那呆鳥。」二字罵盡千載。○見好人而不識，聞好諦而不信，讀好文字而不解，皆呆鳥也。撚着筆管鎗，搶將入去。那兩箇好漢見他來得兇，走

近前來看了上首的那箇便叫道且不要動手兀

的不是楊林哥哥麽楊林住了却纔認得上首那

箇大漢大一箇提着軍器向前剪拂了便喚下首這

箇長漢長一箇都來施禮罷楊林請過戴宗說道兄

長且來和這兩箇弟兄相見戴宗問道這兩箇壯

士是誰如何認得賢弟楊林便道這箇認得小弟

的好漢他原是蓋天軍襄陽府人氏姓鄧名飛爲

他雙睛紅赤江湖上人都喚他做火眼狻猊能使

一條鐵鏈、人皆近他不得、多曾合夥、一别五年、不曾見面、誰想今日却在這里相遇着、鄧飛便問道、楊林哥哥這位兄長是誰、必不是等閒人也、楊林道我這仁兄（各說其所知、與下文相對）、是梁山泊好漢中神行太保戴宗的便是、鄧飛聽了道、莫不是江州的戴院長能行八百里路程的、戴宗答道、小可便是、那兩箇頭領慌忙剪拂道、平日只聽得說大名、不想今日在此拜識尊顔、戴宗忙問道、這位好漢高姓大名、鄧飛道我這兄弟、我這仁兄、我這兄弟、以間筆作對、令文字不懈散、姓孟、名康、祖貫是真定州人氏、善造大小船隻、原因押送花石綱、要造大船、嗔怪這提調官催併責罰他、把本官一時殺了、棄家逃走、在江湖上綠林中安身、已得年久、因他長大白淨、人都見他一身好肉體、起他一箇綽號、叫他做玉幡竿、孟康、戴宗見說大喜、四籌好漢說話間、楊林問道、二位兄弟在此聚義、幾時了、鄧飛道、不瞞兄長說、也有一年多了只半載前在這直西地面上遇着一箇哥哥姓裴名宣先生一人。次生出二人。却因二人。又生出一人。真是行文省力法。○不是耐菴要圖省力。其實收羅一百八人。亦大難事。祖貫是京兆府人氏原是本府六案孔目出身極好刀筆爲人忠直聰明分毫不肯苟且本處人都稱他鐵面孔目亦會拈鎗一使棒二舞劒三輪刀四智勇足備爲因朝廷除將一員貪濫知府到來把他尋事刺配沙門島從我這里經過被我們殺了防送公人救了他在此安身聚集得三二百人這裴宣極使得好雙劍上鎗棒劍刀四事此又抽出一件獨贊之有神色讓他年長見在山寨中爲主頻請二位義士同往小寨相會片時便叫小嘍囉牽過馬來戴宗楊林卸下甲馬細騎上馬望山寨來行不多時早到寨前下了馬裴宣已有人報知連忙出寨降階而接戴宗楊林看裴宣時果然好表人物生得面白肥胖四平八穩心中暗喜當下裴宣邀請二位義士到聚義廳上俱各講禮罷相

請戴宗正面坐了次是楊林裴宣鄧飛孟通五籌好漢賓主相待坐定筵宴當日大吹大擂飲酒戴宗在筵上說起晁宋二人如何招賢納士仗義踈財一如何聚好漢如何同心協力二如何八百里梁山泊如何廣濶三如何中間宛子城如何雄壯四如何四下里如何都是茫茫烟水五如何如何許多軍馬不愁官兵來捉六如何只管把言語說他三箇寫得錯錯落落裴宣回道小弟也有這箇山寨有一也也有三百來

匹馬二也有。財賦也有十餘輛車子糧食草料不算三也有。也有三五百孩兒們四也有。儻若仁兄不棄微賤將引薦於大寨入夥也有微力可效五也有。未知尊意若何寫得錯錯落落。戴宗大喜道晁宋二公待人接物並無異心更得諸公相助如錦上添花若果有此心可便收拾下行李待小可和楊林去薊州見了公孫勝先生同來那時一同扮做官軍星夜前往衆人大喜酒至半酣移至後山斷金亭上看那飲馬川景致喫酒一百八人實難收羅故借戴宗尋公孫作線便順手串出四五人也然又恐寫得冷落便露出秦泊之跡故特特寫作加意之筆唱采道山沓水匝真乃隱秀八字畫盡飲馬川抵無數名人游記你等二位如何來得到此鄧飛道原是幾箇不成林小廝們罵世在這里屯扎後被我兩箇來奪了這箇去處衆皆大笑五籌好漢喫得大醉裴宣起身舞劍助酒看他特寫移席特寫評贊山水特寫罵世語特寫舞劍皆極力要寫作加意之筆戴宗稱讚不已至晚便罷到寨內安歇次日戴宗定要和楊林下

山三位好漢苦留不住相送到山下作別自回寨裏收拾行裝整理動身不在話下且說戴宗和楊林離了飲馬川山寨在路曉行夜住早來到薊州城外投箇客店安歇了楊林便道哥哥我想公孫勝先生是箇學道人必在山間林下不住城裏（妙論使吾浩歎○今之學道之人皆不在山間林下今之山間林下却葬無數死人哀哉）戴宗道說得是當時二人先去城外一到處詢問公孫勝先生下落消息並無一箇人曉得他（先生奸）住了一

日次早起來又去遠遠村坊街市訪問人時亦無一箇認得（先生好）兩箇又回店中歇了第三日戴宗道敢怕城中有人認得他（不然若使有人認得斯不足以稱先生矣）當日和楊林却入薊州城裏來尋他兩箇尋問老成人時都道不認得敢不是城中人只怕是外縣名山大刹居住（先生好）楊林正行到一箇大街只見遠遠地一派鼓樂迎將一箇人來（過接）戴宗楊林立在街上看時前面兩箇小牢子一箇馱着許多禮物

花紅一箇捧着若干段子采繒之物後面青羅傘下罩着一箇押獄劊子那人生得好表人物露出藍靛般一身花繡兩眉八鬢鳳眼朝天淡黃面皮細細有幾根髭髯那人祖貫是河南人氏姓楊名雄因跟一箇叔伯哥哥來薊州做知府一向流落在此續後一箇新任知府却認得他因此就參他做兩院押獄兼充市曹行刑劊子因爲他一身好武藝面貌微黃以此人都稱他做病關索楊雄當

時楊雄在中間走着背後一箇小牢子擎着鬼頭靶法刀原來纔去市心裏決刑了回來衆相識與他掛紅賀喜送回家去正從戴宗楊林面前迎將過來一簇人在路口攔住了把盞只見側首小路裏又撞出七八箇軍漢來爲頭的一箇呌做踢殺羊張保（楊志被牛所苦楊雄爲羊所困皆非必然之事只是借勺水與洪波耳）這漢是薊州守禦城池的軍帶着這幾箇都是城裏城外時常討閒錢使的破落戸漢子官司累次奈何

他不改爲見楊雄原是外鄉人來薊州却有人懼
怕他因此不怯氣當日正見他賞賜得許多叚疋
帶了這幾箇沒頭神喫得半醉却好趕來要惹他
又見衆人攔住他在路口把盞那張保撥開衆人
鑽過面前叫道節級拜揖楊雄道大哥來喫酒張
保道我不要喫酒我特來問你借百十貫錢使用
楊雄道雖是我認得大哥不曾錢財相交如何問
我借錢張保道你今日詐得百姓許多財物如何

不借我些、楊雄應道、這都是別人與我做好看的、怎麼是許得百姓的、你來放刁、我與你軍衛有司、各無統屬、張保不應、便叫衆人向前一鬨、先把花紅段子都搶了去、楊雄叫道、這廝們無禮、却待向前打那搶物事的人、被張保劈胸帶住、背後又是兩箇來拖住了手、那幾箇都動起手來、小牢子們各自迴避了、楊雄被張保并兩箇軍漢逼住了、施展不得、只得忍氣、解拆不開、正鬧中間、只見一條大漢挑着一擔柴來一路行文如龍初成鱗甲隱隱而起看見衆人逼住楊雄動撣不得那大漢看了路見不平便放下柴擔分開衆人前來勸道你們因甚打這節級那張保睜起眼來喝道你這打脊餓不死凍不殺的乞丐敢來多管那大漢大怒性發起來將張保劈頭只一提一交攧翻在地那幾箇破落戶見了却待要來動手早被那大漢一拳一箇都打的東倒西歪楊雄方纔脫得身把出本事來施展一對

拳頭攛梭相似那幾箇破落戶都打翻在地（數語救正）（楊雄。○非一張保便困楊雄。亦只是借以引出石秀耳。須知行文之苦。）張保見不是頭爬將起來一直走了（了。○沒毛牛之必至於死者。不死不弄出楊志也。踢殺羊之一直逃去者。只此已足顯楊雄也。行文都無浪筆。須知）楊雄忿怒大踏步趕將去張保跟着搶包袱的走（活畵小人。）楊雄在後面追着趕轉一條巷內去了（將楊雄遣開去。便令戴宗先結石秀。有地。筆法甚好。○一箇巷內）那大漢兀自不歇手在路口尋人廝打戴宗楊林看了暗暗地喝采道端的是好漢真正路見不平拔刀相助便向前邀住勸道好漢看我二人薄面且罷休了兩箇把他扶勸到一箇巷內（又一箇巷內）楊林替他挑了柴擔（好）戴宗挽住那漢子（〇寫得親熱）邀入酒店裏來楊林放下柴擔（好）同到閤兒裏面那大漢叉手道感蒙二位大哥解救了小人之禍戴宗道我弟兄兩箇也是外鄉人因見壯士使義之心只恐一時拳手太重悞傷人命特地做這箇出場請壯士酌三杯到此相會結義則箇

那大漢道、多得二位仁兄解拆小人這場、却又蒙賜酒相待、實是不當、楊林便道、四海之內、皆是兄弟、怎如此說、且請坐、戴宗相讓、那漢那里肯僭上、戴宗楊林一帶坐了、那漢坐在對席、叫過酒保、楊林身邊取出一兩銀子來、把與酒保道、不必來問、但有下飯、只顧買來與我們喫了、一發總算、酒保接了銀子去、一面鋪下菜蔬菓品按酒之類、三人飲過數杯、戴宗問道、壯士高姓大名、貴鄉何處、那漢答道、小人姓石、名秀、祖貫是金陵建康府人氏、自小學得些鎗棒在身、一生執意（是石秀。是另又一樣人物。）路見不平、便要去相助、人都呼小弟作拚命三郎、因隨叔父來外鄉販羊馬賣、不想叔父半途亡故、消折了本錢、還鄉不得、流落在此薊州賣柴度日、既蒙拜識、當以實告、戴宗道、小可兩箇因來此間幹事、得遇壯士、如此豪傑、流落在此賣柴、怎能彀發跡、不若挺身（挺身二字妙絕、做事業要挺身出去。了生死亦要挺身出去、挺身真世出世間之要訣也江湖上去做箇下半世快樂也好石秀道小人只會使些鎗棒別無甚本事如何能勾發達快活戴宗道這般時節認不得真一者朝廷閉塞二乃奸臣不明朝廷用閉塞字妙言非朝廷不愛人材只是奸臣閉塞之也奸臣用不明字更妙言奸臣閉塞朝廷亦非有大過惡只蔽不明故也不明二字何等輕細却斷得奸臣盡情斷得奸臣心服真是絕妙之筆俗本乃誤作朝廷不明奸臣閉塞復成何語耶只二字轉換其優劣相去如此古本俗本之相去胡可盡說亦作小天下善讀書人聚兩本細細對讀便知其異耳可一箇薄識因一口氣去投奔了梁山泊宋公明

入夥。如今論秤分金銀。換套穿衣服。只等朝廷招安了。早晚都做箇官人。只是好看語。蓋有權術人。開口便防人一着。如宋江之於武松。皆此類也。學究不知世事。便因此語續出半部。真要笑殺。石秀歎口氣道。小人便要去也無門路可進。戴宗道。壯士若肯去時。小可當以相薦。石秀道。小人不敢拜問二位官人貴姓。戴宗道。小可姓戴名宗。兄弟姓楊名林。石秀道。江湖上聽得說箇江州神行太保。莫非正是足下。戴宗道。小可便是。叫楊林身邊包袱內取一錠十兩銀子送與石秀做本錢 看他寫戴宗全學宋江。絕倒。○又學宋江說好話。又學宋江使銀子。寫得戴宗便活是第二宋江。 石秀不敢受再三謙讓方纔收了纔知道他是梁山泊神行太保正欲要訴說些心腹之話投托入夥 移雲接月之筆。○人但知接下之疾。豈復料此文。乃直兜至翠屏山後耶。 只聽得外面有人尋問入來三個看時却是楊雄帶領着二十餘人都是做公的趕入酒店裏來戴宗楊林見人多喫了一驚乘鬧閧裏兩個慌忙走了 卻去戴楊。変入楊石。移雲接月。出筆最巧。○子弟少時讀書最要如古人出筆。有無數方法。有正筆。有反筆。有過筆。有沓筆。有轉筆。有偷筆。上五法易解。所謂偷筆。則如此文是也。蓋一路都是戴宗作正文。至此。忽趁勢偷去戴宗。竟入楊雄石秀正傳。所謂移雲接月。用力不多而得便至大。抵此則作史記非難事也。石秀起身迎住道、節級那里去來。楊雄便道、大哥何處不尋你。却在、這里飲酒。便放出戴宗一會。那延好筆。我一時被那廝封住了、手施展不得。多蒙足下氣力救了我這塲便宜。一時間只顧趕了那廝去奪他包袱。却撤了足下。這夥兄弟聽得我廝打。都來相助。依還奪得搶去的花紅段疋回來，補來只尋足下不見，卻纔有人說道，兩箇客人勸他去酒店裏喫酒，因此纔知得特地尋將來。石秀道：卻纔是兩箇外鄉客人，寫出石秀有心人。邀在這里酌三杯，說些閒話，只二語寫出石秀有心人。不知節級呼喚。楊雄大喜，便問道：足下高姓大名？貴鄉何處？因何在此？石秀答道：小人姓石名秀，祖貫是金陵建康府人氏。平生執性，路見不平，便要去捨命相護，以此都喚小人做拚命三郎。因隨叔父來此地販賣羊馬不期叔父半途亡故消折了本錢流落在此薊州賣柴度日再述一遍不換一字楊雄又問却纔和足下一處飲酒的客人何處去了閑殺石秀道他兩箇見節級帶人進來只道相鬧以此去了楊雄道恁地便喚酒保取兩甕酒來大碗叫衆人一家三碗喫了先去明日却得來相會楊雄領衆人來只爲卸去戴宗之地耳戴宗既已卸去便并卸去衆人行文亦有役兔死走狗烹之法也衆人都喫了酒自各散了楊雄便道石家三郎你休見外想你

此間必無親眷恩深義重。反在此句。我今日就結義你做箇弟兄如何、石秀見說大喜、便說道不敢動問節級貴庚、楊雄道我今年二十九歲、石秀道小弟今年二十八歲、就請節級坐受小弟拜為哥哥、石秀拜了四拜、楊雄大喜、便叫酒保安排飲饌酒菓來、我和兄弟今日喫箇盡醉方休、正飲酒之間、只見楊雄的丈人潘公先露出一潘字來。先露出一丈人來。帶領了五七箇人、前借二十餘人。所以走戴宗也。却恐痕跡太直露。又生此五七箇人濟之。此書每每如此。

尋到酒店裏來楊雄見了起身道泰山來做甚麼潘公道我聽得你和人廝打特地尋將來楊雄道多謝這箇兄弟救護了我打得張保那廝見影也害怕我如今就認義了石家兄弟做我兄弟潘公叫好好且叫這幾箇弟兄喫碗酒了去楊雄便叫酒保討酒來每人三碗喫了去（明明陪前一段可知）便叫潘公中間坐了楊雄對席上首石秀下首三人坐下酒保自來斟酒潘公見了石秀這等英雄長大心

第五才子書　卷四十八

中甚喜、便說道、我女壻得你做箇兄弟相幫、也不枉了、公門中出入、誰敢欺負他、叔叔原曾做甚買賣道路、石秀道、先父原是操刀屠戶、潘公道、叔叔曾省得殺牲口的勾當麼、石秀笑道、自小喫屠家飯、如何不省得宰殺牲口、潘公道、老漢原是屠戶出身、只因年老做不得了、止有這箇女壻、他又自一身入官府差遣、因此撇下這行衣飯、三人酒至半酣、計算酒錢、石秀將這擔柴也都准折了○○○○○○○○○柴下落。嬤。

務要寫得與武松初見金蓮一樣

三人取路回來楊雄入得門便叫大嫂快來與這
叔叔相見這字妙。是箇認義叔叔。○與武大引武二回時對看便知其妙。只見布
簾裏面應道大哥你有甚叔叔是箇認義叔叔。爲得妙。楊雄
道你且休問先出來相見所謂一言難盡。布簾起處走出
那箇婦人來原來那婦人是七月七日生的因此
小字喚做巧雲先嫁了一箇吏員是薊州人喚做
王押司兩年前身故了不妨便嫁楊雄。却爲過年作地耳。方纔晚
嫁得楊雄未及一年夫妻石秀見那婦人出來慌

忙向前施禮道嫂嫂請坐石秀便拜那婦人道奴家年輕（字法新妙）如何敢受禮楊雄道這箇是我今日新認義的兄弟你是嫂嫂可受半禮當下石秀推金山倒玉柱拜了四拜（與武松一樣人與武松一樣事與武松一樣文章不換一字妙絕）那婦人還了兩禮請入來裏面坐地收拾一間空房教叔叔安歇（活是潘金蓮讀之失笑）話休絮煩次日楊雄自出去應當官府分付家中道安排石秀衣服巾幘客店內有些行李包裹都教去取來楊

雄家裏安放了、却説戴宗楊林自酒店裏看見那夥做公的人來尋訪石秀鬧鬨裏兩箇自走了回到城外客店中歇了、次日又去尋問公孫勝兩日絕無人認得先生到底好、又不知他下落住處兩箇商量了、且回去、當日收拾了行李便起身離了薊州自投飲馬川來、和裴宣鄧飛孟康一行人馬扮作官軍、星夜望梁山泊來、戴宗要見他功勞糾合得許多人馬上山、山上自做慶賀筵席、不在話下卸去戴宗亦是狗烹弓藏之法再說有楊雄的丈人潘公自和石秀商量要開屠宰作坊潘公道我家後門頭是一條斷路小巷先伏斷頭小巷上文楊雄提張保入一條巷內戴宗邀石秀入一條巷內便引出後門一條斷頭小巷來有一間空房在後面那里井水又便可做作坊點染成一座作坊就教叔叔做房在裏面又好炤管幾乎不得炤管絕倒石秀見了也喜端的便益潘公再尋了箇舊時識熟副手只央叔叔掌管帳目石秀應承了叫了副手便把大青大綠妝點起肉案

子水盆砧頭打磨了許多刀杖整頓了肉案打併了作坊猪圈趕上十數箇肥猪選箇吉日開張肉鋪衆隣舍親戚都來掛紅賀喜（又費掛紅賀喜）喫了一兩日酒楊雄一家得石秀開了店都歡喜自此無話一向潘公石秀自做買賣不覺光陰迅速又早過了兩箇月有餘時値秋殘冬到石秀裏裏外外身上都換了新衣穿着（先下一句新衣穿着然後下文都出波瀾來疑其腕中有鬼也）石秀一日早起五更出外縣買猪三日了方回

家來、只見鋪店不開、却到家裏看時、肉店砧頭也都收過了、刀仗家火亦藏過了。（絕世奇文。令人再猜不着。）石秀是箇精細的人、看在肚裏、便省得了。（石秀錯用心也。却偏說他精細。便令讀者走入八陣圖中。更尋不出。）自心中忖道、嘗言人無千日好、花無百日紅。（好）哥哥自出外去當官、不管家事、必然嫂嫂見我做了這些衣裳、一定背後有說話、又見我兩日不回、必有人搬口弄舌、想是疑心、不做買賣、我休等他言語出來、我自先辭了回鄉去、休自古道那得長遠心的人（此回本石秀鐵肝心也乃轉入後文却又真應此言則又文章家之隨手風雲腕中神鬼也）石秀已把豬趕在圈裏（一句一事）却去房中換了脚手（一事）收拾了包裹行李（一事）細細寫了一本清帳（一事）從後面入來（此句亦爲後日作伏不止叙今日）潘公已安排下些素酒食（素酒食妙石秀心中又旋慢之也鄰子竊鐵自古而然）自請石秀坐定喫酒潘公道叔叔遠出勞心自趕豬來辛苦石秀道丈人禮當且收過了這本明白帳目若上面有半點私心天地誅滅（收過店面）

石秀喫一驚。交清帳目。潘公喫一驚。收過店面。石秀再猜不出。交清帳目。潘公再猜不出。全是鬼神撥運之文。潘公道叔叔何故出此言並不曾有箇甚事、石秀道小人離鄉五七年了今欲要回家去走一遭特地交還帳目今晚辭了哥哥明早便行潘公聽了大笑起來道叔叔差矣你且住聽老漢說○○○○○○○○○○○○○○○十七十

回住法各妙。而以此卷爲第一。那老子言無數句話不一時有分教報仇壯士提三尺破戒沙門喪九泉畢竟潘公說出甚言語來且聽下回分解○○○○○○○○○○

卷之四十八

# 第五才子書施耐菴水滸傳卷之四十九

聖歎外書

## 第四十四回

楊雄醉罵潘巧雲
石秀智殺裴如海

佛滅度後諸惡比丘於佛事中廣行非法破壞象教起大疑謗殄滅佛法不盡不止我欲說之久不得便今因讀此而寄辯之惡世比

丘行非法時每欲假托如來象教或云講經或云造像或云懺摩或云受戒外作種種無量莊嚴其中包藏無量淫惡是初不知如是佛事如來在時悉有儀則如講經者如來大師於人天中作師子吼三轉法輪得道爲證非第二人力之所及如來既滅有諸大士承佛遺囑流通尊經則必審擇希世法器住於深山閉門講說講已思惟思已坐禪坐已行

道行已覆說於二六時不暇剪爪初不聽許
在於闤闠椎鐘布告招集男女擔肩聯臂作
諸戲笑令菩提塲雜穢充滿造像法者如來
非欲以已形像流布人間是皆廣用異妙方
便表宣法相令衆歡喜四王天者表於四諦
右伽藍神左應真者表於俗諦及以真諦十
六尊者表十六句迦葉阿難表行與說三世
佛者表世間尊如是等像莫不有表初不聽

許廣造一切淫祀鬼神羅列堂殿引諸女人
燒香求福惑亂僧徒污染梵行懺摩法者超
出世間有力大人了知本性純白無垢非以
後心懺於前心從本寂靜不造罪故譬如以
水而洗於水當知畢竟無有是處然爲微細
餘習未除是用翹勤質對尊像求哀自責誓
願清淨尅期一報永盡無遺初不聽許廣開
壇塲巧音歌唱族姓子女履舄交錯僧尼雜

○分笑語不釋○於慚愧法○無慚無愧○受戒法者○
如來制戒○分性與遮○性戒廣淵○是爲一切○法
身大士○所游戲處○遮戒謹嚴○則爲七衆○同所
受持○若或有人○持於遮戒○通達性戒○是名全
道○芬陀利華○若不通於○性戒妙義○但著袈裟○
細視徐行○直不得名○持遮戒也○授戒之法○釋
迦世尊○爲大和尚○彌勒菩薩○作教授師○文殊
尸利○作羯磨師○初不聽許○盲師瞎衆○自相歎

譽網羅士女作巳眷屬交通閨房僧俗相接密坐低語招世毀謗至如近世佛教濫觴更有一切慶佛誕生開佛光明燒船化庫求乞法名如是種種怪異之事競共興作惑亂世間妖比丘尼穿門入室邀諸淫女寡女處女連袂接屨招摇梵刹廣起無量不淨諸行尤爲非法惱亂如來夫釋迦者二月八日沸星出時降生皇宮二月八日沸星出時成菩提

道二月八日沸星出時轉大法輪二月八日
沸星出時入於涅槃其餘一切諸大菩薩無
不各各先一日生後一日滅何嘗某甲於某
日生某甲某日如世俗事若爲如來開光明
者如來已於無量刼來開大光明五眼四智
種種具足何曾有人反以光明施與如來若
謂如來教人營福燒化船庫寄來生者如來
法中訶責三業貪爲第一最故現世國城妻

子。猶教之言。汝應棄捨。何得反興妖妄之論。謂來世福。今世可求。若謂如來聽諸女人求法名者。如來在時。尚禁女人不得來於僧伽藍中。何嘗廣求在家女人圍繞於巳。至如經中末利夫人。韋提夫人。舍脂夫人。德鬘夫人。秉大誓願。來從佛學。亦皆仍其舊時名字。何曾爲其別立異名。世間當知。如是種種怪異之事。皆是惡僧爲錢財故。巧立名色。既得錢

財必營房室營房室已次營衣服廣於一身

作諸莊嚴作莊嚴已悉求淫慾求淫慾爾何

所不至破壞佛法破壞世法破壞嘗住破壞

檀越如是惡僧出現世時如來象教應時必

滅是以世尊於垂涅槃勅諸國王大臣長者

一切世間菩薩大人欲護我法必先驅逐如

是惡僧可以刀劍而斫刺之彼若避走疾以

弓箭而射殺之在在處處搜捕掃除毋令惡

種尚有遺齒是則名爲眞正護法是則名爲愛戀如來是則名爲最勝供養是則名爲衆生眼目若復有人顧瞻禍福猶豫不忍是人卽爲世間大愚可憐憫者一切如來爲之悲哭譬如壯士展臂之間巳墮地獄不可救拔嗚呼傷哉安得先佛重出於世一爲廓清令我衆生知是福田爲非福田不以此言爲河漢也

西門慶一篇已極盡淫穢之致矣不謂忽然又有裴如海一篇其淫其穢又復極盡其致讀之眞似初春食河魨不復信有深秋蟹螯之樂及至持螯引白然後又疑梅聖俞不數魚蝦之語徒虛語也

王婆十分砑光以整見奇石秀十分瞧科以散入妙悉是絕世文字

話說石秀回來見收過店面便要辭別出門潘公

說道、叔叔且住、老漢已知叔叔的意了、叔叔兩夜不曾回家、今日回來、見收拾過了家火什物、叔叔一定心裏只道是不開店了、因此要去、休說恁地好買賣、便不開店時、也養叔叔在家、不瞞叔叔說、我這小女先嫁得本府一箇王押司、不幸沒了、今得二週年、做些功果與他、因此歇了這兩日買賣、明日請下報恩寺僧人來做功德、就要央叔叔管待、則箇老漢年紀高大、熬不得夜、因此一發和叔叔說知石秀道既然丈丈恁地說時小人再納定性過幾時潘公道叔叔今後並不要疑心只顧隨分且過老龜聲口當時喫了幾杯酒并些素食過不提明早果見道人挑將經擔到來鋪設壇場擺放佛像供器鼓鈸鐘磬香花燈燭廚下一面安排齋食楊雄倒在外邊回家來分付石秀道賢弟我今夜却限當牢不得前來凡事楊節級家裏却與王押司做週年真是老大不堪之事只用二字檃括過去讀之一笑央你支持則箇石秀道哥

哥放心自去自然兄弟替你料理楊雄去了石秀自在門前熖管此時甫得清清天亮只見一箇年紀小的和尚揭起簾子入來深深地與石秀打箇問訊石秀答禮道師父少坐隨背後一箇道人挑兩箇盒子入來石秀便叫丈丈有箇師父在這里潘公聽得從裏面出來那和尚便道乾爺如何一向不到敝寺老子道便是開了這些店面却沒工夫出來那和尚便道押司週年無甚罕物相送些

少掛麵幾包京棗老子道阿也甚麼道理教師父
壞鈔教叔叔收過了石秀自搬入去叫點茶出來
門前請和尚喫只見那婦人從樓上下來不敢十
分穿重孝只是淡粧輕抹（寫出回頭人一笑）便問叔叔誰
送物事來石秀道一箇和尚叫丈丈做乾爺的送
來（不快之極）那婦人便笑道是師兄海闍黎裴如海（寫出
熟極）一箇老實的和尚（又熟他性格誰疑其不老實耶絕倒）他是裴
家絨線鋪裏小官人（又熟他族姓）出家在報恩寺中（又熟）

〔他掛搭。〕因他師父是家裏門徒，結拜我父做乾爺，〔又熟他門徒。〕長奴兩歲，因此上叫他做師兄。〔又熟他年紀。〕他法名叫做海公。〔又熟他法名。〕叔叔晚間你只聽他請佛念經，有這般好聲音。〔又熟他聲音。又與卿何涉。〕石秀道：「原來恁地。」〔不快之極。〕自肚裏已瞧科一分了。〔一分了。○潘金蓮之於西門慶也，王婆以十分窺光成就之。潘巧雲之於裴如海也，石秀以十分瞧科看破之。眞乃各極其妙。〕那婦人便下樓來見和尚，石秀却背叉着手〔活畫出不快之極。〕隨後跟出來，布簾裏張看。〔隨後跟出來，妙。一寫石秀精細，一寫淫婦不防。〕只

見那婦人出到外面、那和尚便起身向前來。○○○三字畫賊

禿、合掌深深的打箇問訊、那婦人便道、甚麼道理教師兄壞鈔、和尚道、賢妹些少微物、不足掛齒、那婦人道、師兄何故這般說、出家人的物事、怎的消受得、和尚道、敝寺新造水陸堂了、要來請賢妹隨喜、一箇要他去。只恐節級見怪、那婦人道、看來拙夫四字活畫。○一是活畫回頭新來人、一是活畫偷漢子婦人也。也不恁地計較我、娘死時亦曾許下血盆願心、早晚也要來寺裏一箇

也要來。相煩還了和尚道這是自家的事如何恁地說但是分付如海的事小僧便去辦來那婦人道師兄多與我娘念幾卷經便好只見裏面婭嬛捧茶出來那婦人拿起一盞茶來把袖子去茶鍾口邊抹一抹雙手遞與和尚極寫親熱不堪。那和尚連手接茶連手妙。輕重可知。兩隻眼涎瞪瞪的只顧睃那婦人的眼這婦人一雙眼也笑迷迷的只管睃這和尚的眼寫得四眼極其不堪。自古色膽如天卻不防石秀在布簾裏一眼張見一雙眼。張見四隻眼。文情妙絕。俗本盡去。早瞧科了二分二分了。道莫信直中直須防仁不仁我幾番見那婆娘嘗嘗的只顧對我說些風話又於極忙中補文中之所無。我只以親嫂嫂一般相待原來這婆娘倒不是箇良人莫教撞在石秀手裏敢替楊雄做箇出場也不見得石秀一想一發有三分瞧科了三分了。便揭起布簾撞將出來疾甚妙絕。那賊禿連忙放茶疾甚妙絕。一連忙。便道大郎請坐這淫婦便插口道這箇叔叔便是

第五才子書　智殺裴如海　貫華堂

拚夫新認義的兄弟那賊秃虛心冷氣連忙問道（忙二連）大郎貴鄉何處高姓大名石秀道我麼（句）姓石（句）名秀（句）金陵人氏（句）（十箇字作四句咄咄駭人）爲要閒管替人出力又叫做拚命三郎（咄咄駭人）我是箇麤鹵漢子倘有冲撞和尚休怪（咄咄駭人要好故問却似惹着爆炭妙絕）賊秃連忙道（三連忙）不敢不敢小僧去接衆僧來赴道場連忙出門去了（疾甚妙絕四連忙）那淫婦道師兄早來些箇那賊秃連忙走更不荅應（五連忙寫賊秃正要迎奸賣俏[illegible]）

然看見石秀氣色便連忙放茶連忙動問連忙不敢連忙出門連忙走更不應真活現一箇賊禿也

淫婦送了賊禿出門自入裏面去了石秀却在門前低了頭只顧尋思其實心中已瞧科四分了四分多時又着此二字顯出賊禿先來之早方見行者走來點燭燒香少刻這賊禿引領衆僧都來赴道場潘公央石秀接着相待茶湯已罷打動鼓鈸歌詠讚揚一篇淫蕩之文中間偏夾寫許多佛事正復妙絕只見這賊禿同一箇一般年紀小的和尚做闍黎搖動鈴杵發牒請佛獻齋讚供

諸天護法監壇主盟追薦亡夫王押司早生天界夾寫許多佛事。只見那淫婦只見二字，總是那淫婦那賊禿。那一堂和尚之眼之所看石秀眼中事。喬素梳粧來到法壇上手捉香爐拈香禮佛極寫石秀眼裏不堪。那賊禿越逞精神搖着鈴杵唱動眞言極寫石秀眼裏不堪。那一堂和尚見他兩箇並肩摩倚這等模樣也都七顛八倒極寫石秀眼裏不堪。盡皆已畢請衆和尚裏面喫齋夾寫佛事。那賊禿讓在衆僧背後賊禿賊甚轉過頭來看着這淫婦笑笑。那淫婦也掩着口笑

笑。前以四眼字寫出不堪。此以二笑字寫出不堪。兩箇處處眉來眼去以
目送情石秀都瞧科了足有五分來不快意五分了。
衆僧都坐了喫齋先飲了幾杯素酒搬出齋來都
下了䞋錢夾寫佛事。潘公致了不安先入去睡了一箇瞌眼
人去了。少刻衆僧齋罷都起身行食去了轉過一遭
再入道場夾寫佛事。石秀不快此時眞到六分了六分了。只
推肚疼自去睡在板壁後了妙。又一箇瞌眼人去了。那淫婦
一點情動那里顧得防備人看見便自去支持衆

僧又打了一回鼓鈸動事把些茶食菓品煎點那賊禿着衆僧用心看經請天王拜懺設浴召亡參禮三寶（處處夾寫許多佛事）追薦到三更時分衆僧困倦（許多癡眼人都倦了）那賊禿越逞精神高聲念誦那淫婦在布簾下久立慾火熾盛不覺情動便教婭嬛請海師兄說話那賊禿一頭念誦一頭趨到淫婦面前（賊禿）（賊甚）這淫婦揣住賊禿袖子（淫婦淫極）說道師兄明日來取功德錢時就對爹爹說血盆願心一事不要忘

了反觸之。賊禿道做哥的記得只說二字妙。兩人一時商量出來。使板壁後人絕倒。要還願也還了好賊禿又道你家這箇叔叔好生利害賊禿賊甚。淫婦把頭一搖道這箇係他則甚麼不是親骨肉淫婦淫極。乾兒妹是親骨肉也。賊禿道恁地小僧卻纔放心一頭說一頭就袖子裏捏那淫婦的手淫婦假意把布簾來隔那賊禿笑了一聲石秀眼中。極其不堪。自出去判斛送亡到底夾寫佛事。不想石秀卻在板壁後假睡正瞧得着已看到七分了七分了。當夜五更道場滿散送佛化紙已了（夾寫佛事到底）衆僧作謝回去那淫婦自上樓去睡了石秀却自尋思了氣道哥哥恁的豪傑却恨撞了這箇淫婦忍了一肚皮鳥氣自去作坊裏睡了次日楊雄回家俱各不提飯後楊雄又出去了只見那賊禿又換了一套整整齊齊的僧衣逕到潘公家來那淫婦聽得是和尚來了慌忙下樓出來接着邀入裏面坐地便叫點茶來淫婦謝道夜來多教師兄勞神功德錢

未曾拜納賊禿道不足挂齒小僧夜來所說血盆懺願心這一事特稟知賢妹要還時小僧寺裏見在念經只要寫疏一通就是淫婦便道好好忙叫婭嬛請父親出來商量潘公便出來謝道老漢打熬不得夜來甚是有失陪侍不想石叔叔又肚疼倒了無人管待却是休怪休怪賊禿道乾爺正當自在淫婦便道我要替娘還了血盆懺舊願師兄說道明日寺中做好事就附答還了先教師兄去

寺裏念經、我和你明日飯罷、去寺裏、只要證明懺疏也是了、當一頭事、潘公道、也好、明日只怕買賣緊、櫃上無人、淫婦道、放着石叔叔在家照管、却怕怎的、潘公道、我兒出口爲願、明日只得要去、淫婦就取些銀子做功果錢、與賊禿去、有勞師兄、莫責輕微、明日准來上剎討素麪喫、賊禿道、謹候拈香、收了銀子、便起身謝道、多承布施、小僧將去分俵衆僧、來日專等賢妹來證盟、那婦人直送和尚到

門外去了石秀自在作坊裏安歇起來宰猪趕趁

是日楊雄至晚方回婦人待他喫了晚飯洗了脚

手却教潘公對楊雄說道（虛心）我的阿婆臨死時孩

兒許下血盆經懺願心在這報恩寺中我明日和

孩兒去那里證盟了便回說與你知道楊雄道大

嫂你便自說與我何妨（一路都寫楊雄直性只是有麄無細全是襯出石秀）

那婦人道我對你說又怕你嗔怪因此不敢與你

說當晚無話各自歇了次日五更楊雄起來（接連寫五）

卷四十九

箇起來如溪雲亂起讀之應接不暇自去畫卯承應官府石秀起來自理會做買賣只見淫婦起來梳頭句裹脚句洗頸項句薰衣裳句迎兒起來尋香盒句催早飯句潘公起來買紙燭句討轎子句古本有如此妙文俗本都失石秀自一早晨顧買賣也不來管他極其不快飯罷把迎兒也打扮了好笑巳牌時候潘公換了一身衣裳好笑來對石秀道相煩叔叔照管門前老漢和拙女同去還些願心便回石秀笑道小人自當照管丈丈

但焰管嫂嫂多燒些好香（絕倒）早早來石秀自瞧科八分了（八分了）且說潘公和迎兒跟着轎子（送親）一逕望報恩寺裏來這賊禿已先在山門下伺候看見轎子到來喜不自勝向前迎接潘公道甚是有勞和尚那淫婦下轎來謝道多多有勞師兄賊禿道不敢不敢小僧已和衆僧都在水陸堂上從五更起來誦經到如今未曾住歇只等賢妹來證盟却是多有功德把這婦人和老子引到水陸堂上（一引）

巳自先安排下香花燈燭之類、有十數箇僧人在、彼看經、那淫婦都道了萬福、參禮了三寶、賊禿引到地藏菩薩面前引二、證盟懺悔、通罷疏頭、便化了紙、請衆僧自去喫齋、着徒弟陪侍、那賊禿却請乾爺和賢妹去小僧房裏拜茶、一引把這淫婦引到僧房裏深處引三、預先都準備下了、叫聲師哥拏茶來、只見兩箇侍者捧出茶來、白雪錠器盞内、硃紅托子、（雪白錠器盞內、絶細好茶也、却於半句中間、夾出硃紅托子四字、筆法之妙、俗子何知、）

絕細好茶喫罷放下盞子請賢妹裏面坐一坐又引到一箇小小閣兒裏四引琴光黑漆春臺挂幾幅名人書畫小桌兒上焚一爐妙香佛滅度後末惡世中有惡比丘

破壞佛法皆復私營房室造作種種非律器皿彈琴燒香藏蓄翰墨如是惡人出現之時能令佛法應時速滅何以故非律儀故消信施故不坐禪故不觀心故多淫慾故背和合故起貪諍故增生死故若復是時有大菩薩誓願護法出興於世身爲國王及作大臣長者居士善男信女見此惡人行非法時即當白佛鳴鼓椎鐘罷令其人還俗策使其諸非法房室器皿即當毀壞毋令遺留能如是者則爲佛法之所永賴則爲如來之所付託則爲一切諸佛歡喜則爲後世衆生增長信心若復有

人惑於禍福聽信妖言爲彼惡人更生庇護是人即當墮大地獄妻不貞良出大藏附識於此潘公和女兒一臺坐了賊禿對席迎兒立在側邊那淫婦道師兄端的是好箇出家人去處淸幽靜樂賊禿道妹子休笑話怎生比得貴宅上潘公道生受了師兄一日我們回去那賊禿那里肯便道難得乾爺在此又不是外人今日齋食已是賢妹做施主如何不喫筋麪了去師哥快搬來說言未了却早托兩盤進來都是日常裏藏下的希奇果子

果樣菜蔬并諸般素饌之物排一春臺淫婦便道師兄何必治酒反來打攪賊禿笑道不成禮數微表薄情而已師哥將酒來斟在杯中賊禿道乾爺多時不來試嘗這酒老兒飲罷道好酒端的味重

好賊禿道前日一箇施主家傳得此法做了三五石米明日送幾瓶來與令壻喫老兒道甚麼道理賊禿又勸道無物相酬賢妹娘子○○○賢妹下忽添娘子字好胡亂告飲一杯兩箇小師哥兒輪番篩酒迎兒也喫

勸了幾杯（好）那淫婦道酒佳（有心）喫不去了賊禿道難得娘子（竟稱娘子矣好）到此再告飲一杯潘公叫轎夫入來各人與他一杯酒喫賊禿道乾爺不必記挂小僧都分付了已着道人邀在外面自有坐處喫酒麪（好）乾爺放心且請開懷多飲幾杯（好）原來這賊禿爲這箇婦人特地對付下這等有力氣的好酒潘公喫央不過多喫了兩杯當不住醉了[illegible]和尚道且扶乾爺去牀上睡一睡和尚叫兩箇師哥只

一扶把這老兒攙在一個冷淨房裏去睡了這里
和尚自勸道娘子開懷再飲一杯那淫婦一者有
心二乃酒入情懷便覺有些朦朦朧朧上來口裏
嘈道師兄你只顧央我喫酒做甚麼活畫賊禿低低
告道只是敬愛娘子活畫淫婦便道我酒是罷了活畫
○其言未畢顛更詳之賊禿道請娘子去小僧房裏看佛牙
活畫罪過○淫婦便道我正要看佛牙了來活畫○却又說還血
盆願心這賊禿把那淫婦一引引到一處樓上五却引

是那賊禿的臥房鋪設得十分整齊淫婦看了先自五分歡喜今之妖僧所以必營臥房也。便道你端的好箇臥房乾乾淨淨賊禿笑道只是少一箇娘子賊禿賊甚。看他逐漸入港。那淫婦也笑道你便討一箇不得淫婦淫極。看他針針相接。校校相逐。賊禿道那里得這般施主淫婦道你且教我看佛牙則箇賊禿道你叫迎兒下去了我便取出來賊禿賊甚。淫婦便道迎兒你且下去看老爺醒也未淫婦淫甚。迎兒自下得樓來去看潘公賊禿把

樓門關上淫婦笑道師兄你關我在這里怎的（便是）

（不知怎的 卿試猜之）這賊禿淫心蕩漾向前摟住那淫婦說

道我把娘子十分愛慕我爲你下了兩年心路今

日難得娘子到此這箇機會作成小僧則箇淫婦

道我的老公不是好惹的你却要騙我倘若他得

知却不饒你賊禿跪下道只是娘子可憐見小僧

則箇那淫婦張着手說道賊禿家倒會纏人我老

大耳刮子打你（淫甚）賊禿嘻嘻的笑着說道任從娘

子打只怕娘子閃了手（賊甚）那淫婦淫心飛動便摟起賊禿道我終不成當眞打你（淫甚）賊禿便抱住這淫婦向牀前卸衣解帶了其心願（佛牙遂入血盆一時心願都畢）好半日（只三字寫得極其不堪今之人家必欲縱其妻女登山入廟者亦未思其好半日之不堪也）兩箇雲雨方罷那賊禿摟住這淫婦說道你既有心於我我身死而無怨只是今日雖然虧你作成了我只得一宵時的恩愛快活不能終夜歡娛久後必然害殺小僧那淫婦便道你且不要

慌我已尋思一條計了我家的人一箇月倒有二十來日當牢上宿我自買了迎兒教他每日在後門裏伺候若是夜晚他一不在家時便掇一箇香桌兒出來燒夜香爲號你便入來不妨只怕五更睡着了不知省覺却那里尋得一箇報曉的頭陀買他來後門頭大敲木魚高聲叫佛便好出去若買得這等一箇時一者得他外面策望二乃不叫你失了曉賊禿聽了這話大喜道妙哉你只顧如

此行我這裏自有箇頭陀胡道人我自分付他來策望便了淫婦道我不敢留戀長久恐這廝們疑忌我快回去是得你只不要悞約那淫婦連忙再整雲鬟重勻粉面開了樓門便下樓來教迎兒叫起潘公慌忙便出僧房來轎夫喫了酒麵已在寺門前伺候那賊禿直送那淫婦到山門外那淫婦作別了上轎自和潘公迎兒歸家不在話下却說這賊禿自來尋報曉頭陀本房原有箇胡道今在

寺後退居裏小庵中過活諸人都叫他做胡頭陀每日只是起五更來敲木魚報曉勸人念佛天明時收掠齋飯賊禿喚他來房中安排三杯好酒相待了他又取些銀子送與胡道胡道起身說道弟子無功怎敢受祿日嘗又承師父的恩惠賊禿道我自看你是箇志誠的人我早晚出些錢貼買道度牒剃你爲僧這些銀子權且將去買些衣服穿着原來這賊禿日嘗時只是教師哥不時送些午

齋與胡道待節下又帶挈他去誦經得些齋襯錢補一層便襯起心感胡道感恩不淺尋思道他今日又與我銀兩必有用我處何必等他開口胡道便道師父但有使令小道處即當向前賊禿道胡道你既如此好心說時我不瞞你所有潘公的女兒要和我○○○來往不說我要和却說要和我口角如活約定後門首但有香桌兒在外時便是教我來我却難去那里莛若得你先去看探有無我纔可去又要煩你五更起來叫人

念佛時可就來那里後門頭看沒人便把木魚大
敲報曉高聲叫佛我便好出來胡道便道這箇 句
答頓一頓 口角如活 有何難哉當時應允了其日先來潘公
後門首討齋飯 先來一次 針線之極 只見迎兒出來說道你
這道人如何不來前門討齋飯却在後門裏來那
胡道便念起佛來裏面這淫婦聽得了便出來後
門問道你這道人莫不是五更報曉的頭陀胡道
應道小道便是五更報曉的頭陀教人省睡 妙 曉

聞宜燒些些香（妙）佛天歡喜（妙）那淫婦聽了大喜便叫迎兒去樓上取一串銅錢來布施他（名曰布施）這頭陀張得迎兒轉背便對淫婦說道小道便是海師父心腹之人特地使我先來探路淫婦道我已知道了今夜晚間你可來看如有香桌兒在外你可便報與他則箇胡道把頭來點着迎兒取將銅錢來與胡道去了那淫婦來到樓上却把心腹之事對迎兒說奴才但得些些小便宜如何不隨順了（省筆）

却說楊雄此日正該當牢，未到晚先來取了鋪蓋去監裏上宿。這一日倒是迎兒巴不到晚，早去安排了香桌兒，黃昏時掇在後門外。（寫小兒女不知人事情性如活。）那婦人却閃在傍邊伺候。（寫婦才獻勤，如活。○俗本誤。）初更左側，一箇人戴頂頭巾，閃將入來。迎兒喫一嚇，（奇絕妙絕之文。○迎兒喫一嚇妙絕。俗本皆失，可笑。）道：「誰？」（只一箇字，寫出喫嚇來。令小兒女情性如活。）那人也不答應。（如活）這淫婦在側邊伸手便扯去他頭巾，露出光頂來，輕輕地罵一聲：「賊禿倒好見識！」

兩箇厮摟厮抱着上樓去奇絕妙絕之文。俗本皆誤。○淫婦倒奸見識。了迎兒自來𢾾過了香桌兒關上了後門也自去睡了他兩箇當夜如膠似漆如糖似蜜如酥似髓如魚似水極寫不堪，却極其雅馴也。快活淫戲了五七遍只三字寫得極其不堪。正好睡哩只聽得咯咯地木魚響奇絕妙絕高聲念佛賊禿和淫婦一齊驚覺一齊二字奇妙，如活。俗本盡誤。那賊禿披衣起來道我去也今晚再相會淫婦道今後但有香桌兒在後門外你便不可負約如無香桌兒在後門你便切不可來賊禿下牀淫婦替他戴上頭巾（淫極妙絕之文俗本誤）迎兒開了後門毅（只一字妙絕如活）去了自此爲始但是楊雄出去當牢上宿那賊禿便來家中只有這箇老兒未晚先自要睡迎兒這箇丫頭已自做一牀了（極寫不堪）只要瞞着石秀一箇那淫婦淫發起來那里管顧這賊禿又知了婦人的滋味便似攝了魂魄的一般這賊禿只待頭陀報了便離寺來那淫婦專得迎兒做脚放他出

人因此快活往來戲耍將近一月有餘又省又錯落且說石秀每日收拾了店時自在坊裏歇宿常有這件事挂心每日委決不下却又不曾見這賊禿往來先反跌一句妙每日五更睡覺不時跳將起來料度這鬬笋合縫又緊又密只聽得報曉頭陀直來巷裏敲木魚高聲叫佛石秀是箇乖覺的人早瞧了九分九分了冷地裏思量道這條巷是條死巷如何有這頭陀連日來這里敲木魚叫佛事有可疑寫石秀又作三番第

一番聽得第二番張見第三番方是殺今第一番當是十一月中旬之日五更時分石秀正睡不着只聽得木魚敲響頭陀直敲入巷裏來到後門口高聲叫道普度衆生救苦救難諸佛菩薩奇妙無比石秀聽得叫的蹺蹊便跳將起來去門縫裏張時第二番張見只見一箇人戴頂頭巾從黑影裏閃將出來和頭陀去了隨後便是迎見關門妙筆石秀聽到十分十分了○此十分聽科之文作者乃特特點十分研光相對俗本悉行改失何也○設不遇古本豈不惜哉恨道哥哥如此

豪傑那討了這箇淫婦倒被這婆娘瞞過了做成這等勾當巴得天明把豬出去門前挂了賣箇早市（偏有此閒細之筆）飯罷討了一遭賒錢（徧有此閒細之筆）日中前後（看他寫出天明飯罷日中前後次序閒婉之甚）邏到州衙前來尋楊雄那好行至州橋邊正迎見楊雄楊雄便問道兄弟那里去來石秀道因討賒錢就來尋哥哥楊雄道我嘗爲官事忙併不曾和兄弟快活喫三杯且來這里坐一坐楊雄把這石秀引到州橋下一箇

酒樓上揀一處僻淨閣兒裏兩箇坐下叫酒保取瓶好酒來安排盤饌海鮮案酒二人飲過三杯楊雄見石秀只低了頭尋思（是石秀）楊雄是箇性急的人便問道（是楊雄）兄弟你心中有些不樂莫不家裏有甚言語傷觸你處石秀道家中也無有甚話兄弟感承哥哥把做親骨肉一般看待有句話敢說麼（是石秀）楊雄道兄弟何故今日見外有的話但說不妨（是楊雄）石秀道哥哥每日出來只顧承當官府

却不知背後之事這箇嫂嫂不是良人兄弟已看在眼裏多遍了且未敢說今日見得仔細忍不住來尋哥哥直言休怪楊雄道我自無背後眼你且說是誰石秀道前者家裏做道場請那箇賊禿海闍黎來嫂嫂便和他眉來眼去兄弟都看見第三日又去寺裏還血盆懺願心兩箇都帶酒歸來我近日只聽得一箇頭陀直來巷內敲木魚叫佛那廝敲得作怪今日五更被我起來張時看見果然

是這賊禿戴頂頭巾從家裏出去似這等淫婦要他何用（四字問得妙）楊雄聽了大怒道這賤人怎敢如此石秀道哥哥且息怒今晚都不要提（是石秀）只和每日一般明月只推做上宿三更後却再來敲門那厮必然從後門先走兄弟一把拏來從哥哥發落楊雄道兄弟見得是石秀又分付道哥哥今晚且不可胡發說話（是石秀）楊雄道我明日約你便是兩箇再飲了幾杯算還了酒錢一同下樓來出得

酒肆各散了只見四五箇虞候叫楊雄道（偏生出別樣事）頭旋妙那里不尋節級知府相公在花園裏坐地教尋節級來和我們使棒快走快走楊雄便分付石秀道本官喚我只得去應答兄弟你先回家去石秀當下自歸家裏來收拾了店面自去作坊裏歇息且說楊雄被知府喚去到後花園中使了幾回棒知府看了大喜叫取酒來一連賞了十大賞鍾楊雄喫了都各散了衆人又請楊雄去喫酒至晚

喫得大醉扶將歸來那淫婦見丈夫醉了謝了衆人却自和迎兒攙上樓梯去明晃晃地點着燈盞楊雄坐在牀上迎兒去脫鞵鞋先作一陪淫婦與他除頭巾解巾幘奇絕妙絕之文楊雄見他來除巾幘一時驀上心來奇絕妙絕之文。因除巾幘忽然提着賊禿戴巾也。俗本悉改失。自古道醉是醒時言指着那淫婦罵道你這賤人句這賊妮子句好歹我要結果了你句。無頭無腦。寫得活是醉人。那淫婦喫了一驚不敢回話且伏侍楊雄睡了楊雄一頭上牀睡一頭口裏恨恨的罵道你這賤人一你這你這淫婦二你這你這你這大蟲口裏倒涎三你這四你這你這你這我手裏不到得輕輕地放了你五你這六你這支離佶倔寫得活是醉人那淫婦那裏敢喘氣直待楊雄睡着看看到五更楊雄酒醒了討水喫那淫婦起來舀碗水遞與楊雄喫了桌上殘燈尚明是酒醒時景物楊雄喫了水便問道大嫂你夜來不曾脫衣裳睡活是酒醒人那淫婦道你喫得爛醉了只怕你要吐那里

敢脫衣裳只在脚後倒了一夜楊雄道我不曾說甚麼言語活是酒醒人。淫婦道你往常酒性好但喫醉了便睡我夜來只有些兒放不下楊雄又問道石秀兄弟這幾日不曾和他快活喫得三杯絕妙酒醒遮頭叅脚語。你家里也自安排些請他那淫婦便不應自坐在踏牀上眼淚汪汪口裏歎氣寫淫婦幾變可畏。楊雄又說道大嫂我夜來醉了又不曾惱你做甚麼了煩惱那淫婦掩着淚眼只不應如活。楊雄連問了幾聲。那淫婦掩着臉假哭（如活。）楊雄就踏牀上扯起他在牀上、務要問道爲何煩惱、那淫婦一頭哭一面口裏說道（如活。）我爹娘當初、把我嫁王押司、只指望一竹竿打到底（聲口如活。○看他說出自家貞節。）誰想半路相拋今日只爲你十分豪傑、却嫁得箇好漢、誰想你不與我做主（聲口如活。○看他如此說入去、便令楊雄不覺入其玄中。婦人可畏、都如此。）楊雄道、又作怪、誰敢欺負你、我不做主、那淫婦道、我本待不說（如活。又恩愛軟順之極。）却又怕你着他道兒欲

待說來（如活）又怕你忍氣楊雄聽了便道你且說怎
麼地來那淫婦道我說與你你不要氣苦（看他恩愛之至）
（安得不入玄中）自從你認義了這箇石秀家來初時也好
（頓一句）向後看看放出刺來（奇語）見你不歸時時常看
了我說道哥哥今日又不來嫂嫂自睡也好冷落
（卻便宛然）我只不倸他（貞節）不是一日了（妙妙）這箇且休說
（又頓一句聲聲如活）昨日早晨我在廚房洗頸項這廝從後
走出來看見沒人從背後伸隻手來摸我胸前道

嫂嫂你有孕也無卻又宛然被我打脫了手貞節本待要聲張起來何等貞節又怕隣舍得知笑話裝你的幌子何等恩愛巴得你歸來卻又濫泥也似醉了又不敢說寫得恩愛歎順之極安得不入玄中我恨不得喫了他你兀自來問石秀兄弟怎的聲聲如活楊雄聽了心中火起便罵道是楊雄畫虎畫皮難畫骨知人知面不知心這厮倒來我面前又說海闍黎許多事說得個沒巴鼻眼見得那厮慌了便先來說破使個見識和盤托出是個楊雄

口裏恨恨地道他又不是我親兄弟趕了出去便罷（是楊雄。）楊雄到天明下樓來對潘公說道宰了的牲口䭾了罷（絕倒。○活寫出性急人。）從今日便休要做買賣一霎時把櫃子和肉案都拆了石秀天明正將了肉出來門前開店只見肉案并櫃子都拆翻了（又要做過年耶。）石秀是箇乖覺的人如何不省得笑道是了（四字寫出精細乖覺）因楊雄醉後出言走透了消息倒喫這婆娘使箇見識攛掇定反說我無禮他教丈夫收了肉店我若便和他分辯教楊雄出醜我且退一步了却別作計較（石秀可畏我惡其人）石秀便去作坊裏收拾了包裹（第二番也）楊雄怕他羞耻也自去了（決撒得好笑）石秀提了包裹跨了解腕尖刀（妙筆便不單是去）來辭潘公道小人在宅上打攪了許多時今日哥哥既是收了鋪面小人告回帳目已自明明白白並無分文來去如有毫釐昧心天誅地滅（石秀可畏我惡其人）潘公被女壻分付了也不敢留他繇他自去了這石秀

却只在近巷內、尋箇客店安歇、賃了一間房住下、石秀却自尋思道、楊雄與我結義、我若不明白得此事、枉送了他的性命、他雖一時聽信了這婦人說、心中怪我、我也分別不得、務要與他明白了此一事、我如今且去探聽他幾時當牢上宿、起箇四更、便見分曉、在店裏住了兩日、却去楊雄門前探聽、當晚只見小牢子取了鋪蓋出去、石秀道、今晚必然當牢、我且做些工夫看便了、當晚回店裏睡到四更起來跨了這口防身解腕尖刀悄悄地開了店門徑踅到楊雄後門頭巷內伏在黑影裏張時却好交五更時候只見那箇頭陀挾着木魚來巷口探頭探腦石秀一閃閃在頭陀背後駭疾一隻手扯住頭陀一隻手把刀去頸子上閣着駭疾低聲喝道低聲喝妙你不要掙扎若高做聲便殺了你妙妙你只好好實說海和尚叫你來怎地那頭陀道好漢你饒我便說石秀道你快說我不殺你頭陀

道海闍黎和潘公女兒有染每夜來往教我只看後門頭有香桌兒爲號喚他入鈸（奇文）五更裏却教我來敲木魚叫佛喚他出鈸（奇文）石秀道他如今在那里（精細之至）頭陀道他還在他家裏睡着我如今敲得木魚響他便出來石秀道你且借你衣服木魚與我（奇極）頭陀手裏先奪了木魚頭陀把衣服正脫下來被石秀將刀就頭上一勒（駭疾。一勒妙真。巳有成竹於胸中。）殺倒在地頭陀已死了石秀却穿上直裰護膝（妙）

一邊插了尖刀（妙）把木魚直敲入巷裏來（奇極之文）那賊禿在牀上卻好聽得木魚咯咯地響連忙起來披衣下樓迎兒先來開門賊禿隨後從後門裏閃將出來石秀兀自把木魚敲響那和尚悄悄喝道只顧敲做甚麼（絕倒）石秀也不應他讓他走到巷口一交放翻（駭疾）按住喝道不要高做聲高做聲便殺了你（妙妙）只等我剝了衣服便罷（奇極）那賊禿知道石秀那里敢掙扎做聲被石秀都剝了衣裳赤條條

不着一絲（妙絕奇極之文）悄悄去屈膝邊拔出刀來三四

刀搠死了（三四刀文妙。石秀可畏之極。）却把刀來放在頭陀身

邊（彼人是極忙處畀。香他何等閒逸勝衮。）將了兩箇衣服捲做一捆

包了（精細之極。石秀可畏。）再回客店裏輕輕地（妙）開了門進

去悄悄地（妙）關上了自去睡不在話下却說本處

城中一箇賣糕粥的王公其日五更挑着擔糕粥

點着箇燈籠一箇小猴子跟着出來趕早市正來

到死屍邊過却被絆一交把那老子一擔糕粥傾

躨在地下只見小猴子叫道苦也一箇和尚醉倒在這里絕倒老子摸得起來摸了兩手腥血叫聲苦不知高低幾家隣舍聽得都開了門出來把火炤時只見遍地都是血粥奇文兩箇屍首攧在地上眾隣舍一把拖住老子要去官司陳告正是禍從天降災向地生畢竟王公怎地脫身且聽下回分解

第五才子書施耐菴水滸傳卷之四十九

(明)施耐庵 撰 (清)金聖歎 批

# 貫華堂本水滸傳

第一二册

國家圖書館出版社

# 第二册目録

# 第五才子書施耐菴水滸傳卷之四十四

聖歎外書

## 第三十九回

梁山泊好漢刦法場
白龍廟英雄小聚義

寫急事不得多用筆葢多用筆則其事緩矣獨此書不然寫急事不肯少用筆葢少用筆則其急亦遂解矣如宋江戴宗謀遴之人決

不待時雖得黃孔目捱延五日然至第六日巳成木窮雲盡之際此時只須云只等午時三刻便要開刀一句便過耳乃此偏寫出早辰先着地方打埽法場飯後點土兵刀仗劊子巳牌時分獄官禀請監斬孔目呈犯繇牌判斬字又細細將貼犯繇牌之蘆席亦都描畫出來此一段是牢外衆人打扮諸事作第一段次又寫摳扎宋江戴宗各將膠水刷頭

髩各綰作叢髻角兒又各插朶紅綾紙花青
面大聖案前各有長休飯乘别酒然後六七
十箇獄卒一齊推擁出來此一段是牢裏打
扮宋戴兩人作第二段犬又寫押到十字路
口用鎗棒團團圍住又細説一箇面南背北
一箇面北背南納坐在地只等監斬官來此
一段是宋戴已到法塲只等監斬官作第三段
犬又寫衆人看出人爲未見監斬官來便去

細看兩箇紀錄牌先看宋江云犯人一名某人如何如何律斬次看戴宗云犯人某人如何如何律斬逡巡間不覺知府已到勒住馬只等午時三刻此一段是監斬已到只等時辰作第四段使讀者乃自陡然見有第六日三字便喫驚起此後讀一句嚇一句讀一字嚇一字直至兩三葉後只是一箇驚嚇吾嘗言讀書之樂第一莫樂於替人擔憂然若此

篇者亦殊恐得樂太過也

此篇妙處在來日便要處决迅雷不及掩耳此時即有人報知山泊亦已縮地無法又况更無有人得知他二人與山泊有情分也今却在前回中寫吳用預先算出漏誤連忙撥計衆人下山至於路數日則恰好是事發遲二日黃孔目捱五日三處各不相照而時至事起適然凑合真是脫盡印板小説套子

也

寫戴宗事發後李逵張順二人沓然更不一見不惟不見而已又反寫兩番衆人叫苦以倒踢之眞令讀者一路不勝悶悶及讀至虎形黑大漢一句不覺毛骨都抖至於張順之來則又做夢亦夢不到之奇文也

話說當時晁蓋并衆人聽了請問軍師道這封書如何有脫卯處吳用說道早間戴院長將去的回

書是我一時不仔細見不到處纔使的那箇圖書不是玉筯篆文翰林蔡京四字篆體字文前畧此詳正妙只是這箇圖書便是教戴宗喫官司奇談金大堅便道小弟每每見蔡太師書緘并他的文章都是這様圖書今次雕得無纖毫差錯如何有破綻吳學究道你衆位不知如今江州蔡九知府是蔡太師兒子如何父寫書與兒子却使箇諱字圖書說得明快之極因此差了是我見不到處此人到江州必被盤詰問

出實情却是利害晁蓋道快使人去趕喚他回來別寫如何吳學究道如何趕得上他作起神行法來這早晚巳走過五百里了好只是事不宜遲我們只得怎地可救他兩箇晁蓋道怎生去救用何良策吳學究便向前與晁蓋耳邊說道這般這般如此如此主將便可暗傳下號令與衆人知道只是如此如此動身休要悞了日期衆多好漢得了將令各各拴束行頭連夜下山望江州來不在話下且

說戴宗扣着日期回到江州當廳下了回書蔡九知府見了戴宗如期回來好生歡喜先取酒來賞了三鍾親自接了回書便道你曾見我太師麼戴宗稟道小人只住得一夜便回了不曾得見恩相知府拆開封皮看見前面說信籠內許多物件都收了中間說〇〇〇妖人宋江今上自要他看可令牢固陷車盛載密切差的當人員連夜解上京師沿途休教走失書尾說黃文炳早晚奏過

子必然自有除授蔡九知府看了喜不自勝叫取一錠二十五兩花銀賞了戴宗一面分付教造陷車商量差人解發起身戴宗謝了自回下處買了些酒肉來牢裏看覷宋江不在話下且說蔡九知府催併合成陷車過得一二日正要起程只見門子來報道無爲軍黃通判特來相探緊接蔡九知府叫請至後堂相見又送些禮物時新酒果知府謝道累承厚意何以克當黃文炳道村野微物何足

掛齒知府道恭喜早晚必有榮除之慶黃文炳道公相何以知之知府道昨日下書人已回妖人宋江教解京師通判只在早晚奏過今上陞擢高任家尊回書備說此事黃文炳道既是恁地深感恩相主薦那箇人下書真乃神行人也知府道通判如不信時就教觀看家書顯得下官不謬黃文炳道小生只恐家書不敢擅看如若相托求借一觀知府便道通判乃心腹之交看有何妨便令從人

取過家書遞與黃文炳看黃文炳接書在手從頭至尾讀了一遍捲過來看了封皮只見圖書新鮮黃文炳搖着頭道這封書不是真的（賊）知府道通判錯矣此是家尊親手筆跡真正字體如何不是真的黃文炳道公相容覆往常家書來時曾有這箇圖書麽（賊）知府道往常來的家書却不曾有這箇圖書只是隨手寫的今番一定是圖書匣在手邊便印了這箇圖書在封皮上（反用一解妙）黃文炳

道相公休怪小生多言這封書被人賺過了相公
方今天下盛行蘇黃米蔡四家字體誰不習學得
○○○○○○○○○○○
書輕點過。只是這箇圖書是令尊恩相做翰林學士時
○○○○○○○○○○○○○○○○○
使出來賊。法帖文字上多有人曾見賊。如今陞轉
○○○○○○○○○○○○○○○
太師丞相如何肯把翰林圖書使出來賊。○此一段。比前吳
○○○○○○○○○○○○○○○
用所說。又另增出。更兼亦是父寄書與子須不當用諱字
○○○○○○○○○○○○○○○○○○○
圖書令尊太師恩相是箇識窮天下高明遠見的
○○○○○○○
人安肯造次錯用賊。○此一段。與吳用所說同。相公不信小生

之言、可細細盤問下書人、曾見府裏誰來、若說不對、便是假書、休怪小生多說、因蒙錯愛、至厚方敢僭言、蔡九知府聽了、說道這事不難、此人自來不曾到東京、補一句一盤問便顯虛實、知府留住黃文炳在屏風背後坐地、隨即陞廳、叫喚戴宗、有委用的事、當下做公的領了鈞旨、四散去尋、且說戴宗自回到江州、先去牢裏見了宋江、附耳低言、將前事說了、宋江心中暗喜、次日又有人請去酌杯、戴宗正在酒肆中喫酒、只見做公的四下來尋、當時把戴宗喚到廳上、蔡九知府問道、前日有勞你走了一遭、真箇辦事、未曾重重賞你、戴宗答道、小人是承奉恩相差使的人、如何敢怠慢、知府道、我正連日事忙、未曾問得你箇仔細、你前日與我去京師、那座門入去、戴宗道、小人到東京時、那日天色晚了、不知喚做甚麼門（東京帝都、人山人海、如何日晚、門都不知、寫得好笑。）知府又道、我家府裏門前誰接着你、留你在那里歇，戴宗道：「小人到府前尋見一箇門子，尋見二字好笑，寫得如市之門可張雀網。接了書入去。少刻，少刻又好笑，寫得潭潭之府，跬步即盡。門子出來，又好笑，寫得相府中鬼亦更無別箇。交收了信籠，着小人自去尋客店裏歇了。寫得相府中門房亦無一間，好笑。次日早五更去府門前伺候時，寫得太師府前，如雞聲茅店，人跡板橋相似，好笑。只見那門子回書出來。只是這箇門子，如貧士着頭相似，好笑。小人怕悞了日期，那里敢再問備細，戴宗固不問，門子如翻也不問，好笑。慌忙一逕來了。」知府再問道：「你見我府裏那箇門子，却是多少年紀或是黑瘦也白淨肥胖長大也是矮小有鬚的也是無鬚的戴宗道小人到府裏時天色黑了好笑次早回時又是五更時候天色昏暗好笑趙黑交進去趙黑交出來寫得太師府前如做鬼市好笑不十分看得仔細只覺不恁麼長中等身材中等二字好笑長亦有之短亦不遠敢是有些髭鬚反與知府商量髭鬚髭鬚好笑之極知府大怒喝一聲拿下廳去傷邊走過十數箇獄卒牢子將戴宗拖翻在當面戴宗告道小人無罪知府喝道你這厮該

死我府裏老門子王公已死了數年如今只是箇小王看門如何却道他年紀大有髭鬚況兼門子小王不能彀入府堂裏去但有各處來的書信緘帖必須經繇府堂裏張幹辦方纔去見李都管然後遞知裏面纔收禮物便要回書也須得伺候三日我這兩籠東西如何沒箇心腹的人出來問你箇嘗便備細就胡亂收了我昨日一時間倉卒被你這廝瞞過了你如今只好好招說這封書那里

來戴宗道小人一時心慌要趕程途因此不曾
看得分曉蔡九知府喝道胡說這賊骨頭不打如
何肯招左右與我加力打這廝獄卒牢子情知不
好覷不得面皮把戴宗綑翻打得皮開肉綻鮮血
迸流戴宗捱不過拷打只得招道端的這封書是
假的知府道你這廝怎地得這封假書來戴宗告
道小人路經梁山泊過走出那一夥強人來把小
人劫了綁縛上山要割腹剖心辯去小人身上搜

出書信看了把信籠都奪了却餓了小人情知回鄉不得只要山中乞死他那里却寫這封書與小人回來脫身辯一時怕見罪責小人瞞了恩相知府道是便是了中間還有些胡說眼見得你和梁山泊賊人通同造意謀了我信籠物件却如何說這話再打那厮戴宗繇他拷訊只不肯招和梁山泊通情蔡九知府再把戴宗拷訊了一回語言前後相同說道不必問了取具大枷枷了下在牢裏

却退聽來稱謝黃文炳道若非通判高見下官險些兒誤了大事黃文炳又道眼見得這人也結連梁山泊通同造意謀叛爲黨若不被除必爲後患知府道便把這兩箇問成了招狀立了文案押去市曹斬首然後寫表申朝黃文炳道相公高見極明似此一者朝廷見喜知道相公幹這件大功二者免得梁山泊草寇來刼牢知府道通判高見甚遠下官自當動文書親自保舉通判當日管待了

黃文炳送出府門自回無爲軍去了次日蔡九知府陞廳便喚當案孔目來分付道快教疊了文案把這宋江戴宗的供狀招款粘連了一面寫下犯繇牌教來日押赴市曹斬首施行自古謀逆之人決不待時斬了宋江戴宗免致後患（作此疾語令人喫驚）當案却是黃孔目本人與戴宗頗好却無緣便救他只替他叫得苦（先寫一句孔目無便救他只叫得苦反呼山泊諸公妙甚）當日禀道明日是箇國家忌日（妙空中結撰有此奇文此正爲梁山泊來）

不及作地耳。然在俗筆。定向知府邊延捱下去。後更不能先作駭疾語。文又另生出奇情救之也。

日又是七月十五日中元之節妙。生出許多枝節。皆不可行刑大後日亦是國家景命妙。看他亦是二字。勉強之極。直至五日後方可施行一日是國忌。一日是中元。一日是景命。然則止是三日後耳。却云五日後。妙。原來黃孔目也別無良策只圖與戴宗少延殘喘亦是平日之心又反呼山泊諸公。妙。蔡九知府聽罷依准黃孔目之言直待第六日此五字中。暗伏無數事在內辰早辰。先差人去十字路口打掃了法場偏是急煞人事。偏要故意細細寫出。以驚嚇讀者。蓋讀者驚嚇。斯作者快活也。○讀者曰不然。我亦以驚嚇爲快活。不驚嚇處。亦便不快活也。飯後飯後。點起土兵和刀仗劊子急殺人事約有五百餘人。都在大牢門前伺候。間中先敘土兵之多。爲後出色巳牌時候巳牌時候。獄官稟了知府。親自來做監斬官急殺人事黃孔目只得把犯繇牌呈堂。當廳判了兩箇斬字。便將片蘆席貼起來。急殺人事。○急殺人事。偏又寫得細。江州府衆多節級牢子。雖然和戴宗宋江過得好。却沒做道理救得他。衆人只替他兩箇叫苦。再插一句衆人無力相救只叫得苦。反呼山泊諸公。妙甚。○李逵兩日不知在何處。○張順兩日一發不知在何處。急切中令人悶悶。當時打扮已了，就大牢裏把宋江戴宗兩箇匾扎起，一發急殺人。又將膠水刷了頭髮，綰箇鵞梨角兒，偏要細寫。惡極。各插上一朶紅綾子紙花，偏要細寫。惡極。驅至青面聖者神案前，偏要細寫。各與了一碗長休飯、永別酒。偏要細寫。喫罷，辭了神案，漏轉身來，搭上利子。越急殺人。六七十箇獄卒五百土兵。又加六七十獄卒。寫得鬧亂之極。爲後作地。早把宋江在前，戴宗在後，推擁出牢門前來。越急殺人。宋江和戴宗兩箇面面厮覷各做聲不得宋江只把脚来跌戴宗低了頭只歎氣江州府看的人真乃壓肩疊背何止一二千人五百餘土兵六七十獄卒又加二千看的人寫得鬧動之極為後作地○李逵何在張順何在急切中都不見了令人悶絕押到市曹十字路口團團鎗棒圍住越急殺人把宋江面南背北將戴宗面北背南偏細兩箇納坐下只等午時三刻監斬官到來開刀十八字句真正急殺人那衆人仰面看那犯繇牌上寫道江州府犯人一名宋江故吟反詩

妄造妖言結連梁山泊強寇通同造反律斬犯人一名戴宗與宋江暗遞私書勾結梁山泊強寇通同謀叛律斬監斬官江州府知府蔡某已到法場上只等午時到矣。却不便接午時三刻四字。却反生出衆人看犯繇牌一段。如得惡夢。偏不便醒。多捱一刻。即多捱一刻。吾嘗言寫急事。須用緩筆。正此法也。○○○○○○那知府勒住馬只等報來上言只等午時三刻。監斬官到。卽便開刀。此又云監斬官已到。只等午時三刻。文情愈迫愈急。眞是地脉盡絕。天路不通。令人更無生情入想之處。○○○○○○只見法場東邊一夥弄蛇的丐者奇文。○法場必在十字路口。故有東邊西邊南邊北邊之文也。強要挨入法場裏看衆土兵趕打不退正相鬧間只見法場西邊一夥使鎗棒賣藥的（奇文）也強挨將入來土兵喝道你那夥人好不曉事這是那里強挨入來要看那夥使鎗棒的說道你倒鳥村我們衢州撞府那里不曾去到處看出人便是京師天子殺人也放人看你這小去處砍得兩箇人鬧動了世界我們便挨入來看一看打甚麽鳥緊（東邊畧。西邊詳。各異。）正和土兵鬧將起來監斬官喝道且趕退去休放過來鬧猶未了只見法場南邊一夥挑擔的脚夫奇文又要挨將入來土兵喝道這里出人你挑那里去那夥人說道我們挑東西送與知府相公去的你們如何敢阻當我土兵道便是相公衙裏人也只得去别處過一過那夥人就歇了擔子都掣了匾擔立在人叢裏看第二段鬧第三段不鬧文各異只見法場北邊一夥客商推兩輛車子過來定要挨入法場上來土兵喝道你那夥人那里去客人應道我們要趕路

肯可放我等過去土兵道這里出人如何肯放你你要趕路程從別路過去那夥客人笑道你倒說的好俺們便是京師來的人不認得你這里鳥路只是從這大路走土兵那里肯放那夥客人齊齊地挨定了不動亦與上異四下裏炒鬧不住再總束一句極其精神這蔡九知府也禁治不得又見這夥客人都盤在車子上立定了看沒多時法場中間人分開處一箇報報道一聲午時三刻寫得急殺不可當監斬官便

道斬訖報來急殺不可當。兩勢下刀棒劊子便去開枷急殺不可當。行刑之人執定法刀在手急殺不可當。說時遲說時遲那時快六字因此書中奇語也。乃此處又作兩半用。更奇絕。那夥客人在車子上聽得斬字數內一箇客人便向懷中取出一面小鑼兒立在車子上噹噹地敲得兩三聲四下裏一齊動手那時快却見十字路口茶坊樓上一箇虎形黑大漢脫得赤條條的兩隻手握兩把板斧大吼一聲却似半天起箇霹靂從半空中跳將下來五十一字成一句。不得讀斷。○自拿翻戴宗後。便不復更見大哥。何意此時從天而降。讀之。令人身毛都竪。○要想他更無商量處。直是一副血性自做出來。可笑可愛。手起斧落早砍翻了兩箇行刑的劊子要着。○每言大哥麁鹵。大哥輒不肯服。只如此處兩斧。大哥真是不麁鹵也。便望監斬官馬前砍將來更要着。妙絕。衆土兵急待把鎗去搠時那里攔當得住衆人且簇擁蔡九知府逃命去了只見東邊那夥弄蛇的丐者寫如此匆忙事。偏板板下東西南北四字。却又偏板板用兩遍。而又能不見其板板。偏見其匆忙。見其筆力過人處。身邊都掣出尖刀看着土兵便殺西邊那夥使鎗棒的（妙）大發喊聲只顧亂殺將來一派殺倒土兵獄卒（此前增獄卒字使有變換）南邊那夥挑擔的脚夫（妙）輪起匾擔橫七豎八都打翻了土兵和那看的人（此前又增看的人）北邊那夥客人（妙）都跳下車來推過車子攔住了人（寫得妙）兩箇客商鑽將入來一箇背了宋江（要着）一箇背了戴宗（要着）其餘的人也有取出弓箭來射的也有取出石子來打的也有取出標鎗來標的（寫出紛紛雜雜真使其事如畫）原來扮客商的

這夥便是晁蓋、花榮、黃信、呂方、郭盛，（此五箇人真像客商。）那夥扮使鎗棒的便是燕順、劉唐、杜遷、宋萬，（此四箇人真像使鎗棒的。）扮挑擔的便是朱貴、王矮虎、鄭天壽、石勇，（此四箇人真像脚夫。）那夥扮丐者的便是阮小二、阮小五、阮小七、白勝。（此四箇人真像丐者。）這一行梁山泊共是十七箇頭領到來，帶領小嘍囉一百餘人，四下裏殺將起來。只見那人叢裏那箇黑大漢，輪兩把板斧，一昧地砍將來，晁蓋等却不認得。（寫黑大漢忽然欲明，忽然欲滅，筆勢奇絕。此處忽滅只見他第一箇出力殺人最多敘功[illegible]中奇語。猛省起來戴宗曾說一箇黑旋風李逵和宋三郎最好是箇莽撞之人此處忽明。閒中補出戴宗在山泊說琵琶亭飲酒事。如畫晁蓋便叫道前面那好漢莫不是黑旋風那漢那里肯應火雜雜地掄着大斧只顧砍人此處又忽滅妙絕。晁蓋便叫背宋江戴宗的兩箇小嘍囉只顧跟着那黑大漢走晁蓋極是。只因極是。變出極不是來奇想奇筆。出人意外。當下去十字街口不問軍官百姓殺得屍橫遍地血流成渠推倒攧翻的不計其數衆頭領撇了車輛擔仗（細）一行人盡跟了黑大漢（妙絕）直殺出城來背後花榮黃信呂方郭盛四張弓箭飛蝗般望後射來那江州軍民百姓誰敢近前這黑大漢直殺到江邊來身上血濺滿身兀自在江邊殺人晁蓋便挺朴刀（四字寫得義形於色）叫道不干百姓事休只管傷人（好晁蓋）那漢那里來聽叫喚一斧一箇排頭兒砍將去（又好黑大漢真乃各成其事）約莫離城沿江上也走了五七里

路前面望見盡是淘淘一派大江却無了旱路偏要逼到險絕處使讀者受嚇不少晁蓋看見只叫得苦那黑大漢方纔叫道方纔二字有僧繇點睛之妙忽然將他跳樓以後氣忿不開口直寫出來并將他跳樓以前氣忿不開口亦直寫出來不要慌且把哥哥背來廟裏衆人都到來看時合二語活寫出黑大漢在前衆人在後妙筆靠江一所大廟兩扇門緊緊地閉着黑大漢兩斧砍開快事便搶入來晁蓋簇人看時兩邊都是老檜蒼松林木遮映前面牌額上四箇金書大字寫道白龍神廟

小嘍囉把宋江戴宗背到廟裏歇下宋江方纔敢開眼宋江戴宗開眼不作一齊好筆法見了晁蓋等衆人哭道哥哥莫不是夢中相會晁蓋便勸道恩兄不肯在山致有今日之苦這箇出力殺人的黑大漢是誰黑大漢上加出力殺人四字可作李大哥生時官名死後謚號妙絕妙絕寫晁蓋勸問李逵非表晁蓋關心正表李逵駭目也宋江道這箇便是叫做黑旋風李逵此處忽明他幾番就要大半裏放了我補得妙絕却是我怕走不脫不肯依他晁蓋道却是難得這箇人出力

最多（四字評盡一生）又不怕刀斧箭矢（六字畫盡平生）花榮便叫且將衣服與俺二位兄長穿了（問李逵是鼂蓋定是大將討衣服是花榮定是儒將）正相聚間只見李逵提着雙斧從廊下走出來（奇）宋江便叫住道兄弟那里去李逵應道尋那廟祝一發殺了叵耐那廝見神見鬼日日把鳥廟門關上我指望拿他來祭門却尋那廝不見（餘波一笑）宋江道你且來先和我哥哥頭領相見李逵聽了丢了雙斧望着鼂蓋跪了一跪（要知此跪非跪鼂蓋正爲宋江）

嚴命不敢不跪耳。○跪了一跪四字。不是寫他肯跪。正是寫他不肯拜也。與前文撲翻身軀便拜六字反對。妙絕。說道。大哥休怪鐵牛麤鹵。殺得快活。便認麤鹵。絕倒。與衆人都相見了。却認得朱貴是同鄉人。兩箇大家歡喜。遥作斫水殺虎之引。花榮便道。哥哥你教衆人只顧跟着李大哥走。如今來到這里。前面又是大江攔截住。斷頭路了。却又沒一隻船接應。倘或城中官軍趕殺出來。却怎生迎敵。將何接濟。李逵便道。不要慌。○上云不要慌。是背入廟裏。此又云不要慌。不審有何良策。陡然看到下句。不覺絕倒。我與你們再殺入城去（奇語）和那箇烏蔡九知府一發都砍了快活戴宗此時方纔甦醒（然後戴宗甦醒）便叫道兄弟使不得莽性城裏有五七千軍馬（下文城中追兵遥望如何能定其數先向無意中就戴宗口中點出一句其法非人所知）若殺入去必然有失陷小七便道遠望隔江那里有數隻船在岸邊我兄弟三箇赴水過去奪那幾隻船過來載衆人如何（若無下文張李穆童船來則并不寫隔江有船矣爲有下文張李穆童船來故先以隔江有船作引也）晁蓋道此計是最上着當時阮家三弟兄

都脫剝了衣服各人揷把尖刀便鑽入水裏去約莫趕開得半里之際妙筆。不是等船。又不是奪船。只見江面上溜頭流下三隻棹船吹風胡哨飛也似搖將來偏寫得兩燿。妙。衆人看時見那船上各有十數箇人都手裏拿着軍器兩燿得妙。衆人却慌將起來妙。宋江聽得說了道我命裏這般合苦也奔出廟前看時張順不認得。宋江又在廟內。敘事至此。幾成兩錯着。此卻出箇口來。眞有撚筆如花之樂。只見頭那隻船上坐着一條大漢倒提一把明晃晃五股叉只倒提二字。明明寫出不是追兵。妙極。頭上挽箇穿心紅一點鬏兒下面拽起條白絹水裩口裏吹着胡哨可知。宋江看時不是別人。正是張順。宋江連忙便招手叫道。兄弟救我。張順等見是宋江。大叫道。好了。寫出心中無數又苦又急。飛也似搖到岸邊。三阮看見。退赴過來。奪船一段。乃引文。蓋惟恐張順來得突然。故先作一波折。今既迎入。便隨筆放下。一行眾人都上岸來。得廟前。宋江看見。宋江看出。餘人不認。都好。張順自引十數箇壯漢。此一段。乃獨寫張順。故在當先船上。又獨坐一隻也。在那隻船頭上（張順獨作第一隊）張橫引着穆弘穆春薛永帶十數箇莊客在一隻船上（揭陽鎮一覇潯陽江一覇作第二隊）第三隻船上（倒一句便覺文字變換）李俊引着李立童威童猛也帶上數箇賣鹽火家（揭陽嶺一覇作第三隊忽然將上文無數長書收在一處布想立格無不大奇）都各執鎗棒上岸來張順見了宋江喜從天降哭拜道（喜從天降四字下却接哭拜二字直寫出豪傑朋友神理來俗筆如何能有一字真正大喜未有不哭者俗子安得知之才子則知之耳）自從哥哥喫官司兄弟坐立不安又無路可救（補出數日中又苦又急）近

口又聽得拿了戴院長、李大哥，又不見面，（補出尋李逵不着，又若又急。不惟補出張順尋李逵，兼補出李逵自去行事，無一人與他商量。妙絕。）我只得去尋了我哥哥，（補出潯陽江心兄弟二人，又若又急。）引到穆太公莊上，（補出揭陽鎮上穆弘、薛三人，又若又急。）叫了許多相識。（補出揭陽嶺上四人，又若又急。）今日我們正要殺入江州，要劫牢撥哥哥，（正文是劫法場，旁文又說劫牢，寫一時人事，咄咄之極。）不想仁兄已有好漢們救出來，到這里。不敢拜問這夥豪傑，莫非是梁山泊義士晁天王麼？（是不曾相認語。）宋江指着上首立的（四字

（寫出山泊體統、）道這箇便是晁蓋哥哥、你等衆位、都來廟裏叙禮則箇、張順等九人、晁蓋等十七人、宋江戴宗李逵、共是二十九人、都入白龍廟聚會、這箇喚做白龍廟小聚會。（忽然一束、其筆如椽、此一段、爲一部書之腰。）○當下二十九籌好漢、各各講禮已罷、只見小嘍囉慌慌忙忙入廟來、報道江州城裏鳴鑼擂鼓、整頓軍馬出城來追趕、遠遠望見旗旛蔽日、刀劒如麻、前面都是帶甲馬軍、後面盡是擎鎗兵將、大刀闊斧、殺奔白龍廟路上來李逵聽了大叫一聲殺將去只三字壯多少軍威笑鐃歌之纇弱也提了雙斧便出廟門晁蓋叫道一不做二不休衆好漢相助着晁某直殺盡江州軍馬方纔回梁山泊去衆英雄齊聲應道願依尊命一百四五十人一齊納喊殺逩江州岸上來有分敎血染波紅屍如山積直敎跳浪蒼龍噴毒火巴山猛虎吼天風畢竟晁蓋等衆好漢怎地脫身且聽下回分解

第五才子書施耐菴水滸傳卷之四十五

聖歎外書

第四十回

宋江智取無爲軍

張順活捉黄文炳

前回寫吳用㓨江州皆呼衆人默默授計直至法塲上方突然走出四色人來此回寫宋江打無爲軍却將秘計一一說出更不隱伏

一句半句凡以特特與之相異也然文章家又有省則加倍省增即加倍增之法既已寫宋江明明定計便又寫衆人箇箇起行不寫則只須一句寫則必須兩番此又特特與俗筆相異不可不知也

打無為軍一一事宜已都在定計時明白開列入後正叙處只將許多只見字點逗人數而已譬諸善奕者滿盤大勢都已打就入後

只將一子兩子處處刼殺便令全局隨手變動文章至此真妙手也

寫宋江口口恪遵父訓寧死不肯落草却前乎此則收拾花榮秦明黃信呂方郭盛燕順王矮虎鄭天壽石勇等八箇人拉而歸之山泊後乎此則又收拾戴宗李逵張横張順李俊李立穆弘穆春童威童猛薛永侯健歐鵬蔣敬馬麟陶宗旺等十六箇人拉而歸之山

泊兩邊皆用大書便顯出中間奸詐此史家綮而不斷之式也

一路寫宋江使權詐處必緊接李逵麄言直叫此又是畫家所謂反襯法讀者但見李逵麄直便知宋江權詐則庶幾得之矣

寫宋江上梁山後毅然更張舊法別出自巳新裁暗壓衆人明欺晁蓋甚是咄咄逼人不意筆墨之事其力可以至此

話説江州城外白龍廟中嘗論一篇大文全要尾上結束得好固也獨今此文忽然反在頭上結束一遍看他將白龍廟中四字兜頭提出下却分出梁山泊好漢某人某人等潯陽江好漢某人某人等城裏好漢某人一人通共計有若干好漢讀之政不知其爲是結前文爲是起後文但見其有切玉如泥之力可見文無定格隨手可造也梁山泊好漢先欽山泊劫了法塲救得宋江戴宗正是晁蓋花榮黃信呂方郭盛劉唐燕順杜遷宋萬朱貴王矮虎鄭天壽石勇阮小二阮小五阮小七白勝共是一十七人看他許多大將領帶着八九十箇悍勇壯健小嘍囉看他

許多手下人。○一結。潯陽江上來接應的好漢次敘江上。張順、張橫、李俊、李立、穆弘、穆春、童威、童猛、薛永、九籌好漢看他又是許多大將。也帶四十餘人看他亦有許多手下人。都是江面上做私商的火家、撐駕三隻大船、前來接應、一○總撮裏○末敘城裏。黑旋風李逵看他單是一箇人。○上文結敘山泊江上兩枝人馬。可稱雄師。此單是李逵一箇。亦不可不稱雄師。筆墨之妙。史遷未及引眾人山泊江上如許人馬。城裏李逵。只是一箇。可云多寡不敵之至矣。却忽然寫出引眾人三字。便令山泊一十七人。及江上九人。無不悉爲李逵所統。是至少者反至多。寫奇變之極也。殺至潯陽江邊、兩路救應通共有一百四五十人都在白龍廟裏聚義如此結束。豈是恒人之筆。只聽得小嘍囉報道江州城裏軍兵擂鼓搖旗鳴鑼發喊追趕到來那黑旋風李逵聽得大吼了一聲提兩把板斧先出廟門先出衆。妙。好漢吶聲喊都挺手中軍器齊出廟來迎敵齊出。妙。劉唐朱貴先把宋江戴宗護送上船調劉朱。好。李俊同張順三阮整頓船隻調李張三阮。好。就江邊看時見城裏出來的官軍約有五七千馬軍須知五七千。不是從衆人眼中約出。

（是從戴宗口中約出）當先都是頂盔衣甲全副弓箭手裏都使長鎗（彼軍當先）背後步軍簇擁（彼軍背後寫得彼軍精神之極）搖旗吶喊殺遶前來這里李逵當先輪着板斧赤條條地飛遶砍將入去（此軍當先）背後便是花榮黃信呂方郭盛四將擁護（此軍背後寫得此軍亦出色之極）花榮見前面的軍馬都扎住了鎗只怕李逵着傷偷手取弓箭出來搭上箭拽滿弓望着為頭領的一箇馬軍颼地一箭只見番筋斗射下馬去那一夥馬軍喫了

一齊各自奔命活畫。撥轉馬頭便走倒把步軍先衝倒了一半活畫。是以師中重紀律也。這里衆多好漢們一齊衝突將去殺得那官軍屍橫野爛血染江紅直殺到江州城下城上策應官軍早把擂木砲石打將下來官軍慌忙入城關上城門好幾日不敢出來爲打無爲州地。衆多好漢拖轉黑旋風拖字妙。非旗可令。非金可收。畫出鐵牛情性。回到白龍廟前下船晁蓋整點衆人完備都叫分頭下船開江便走四字如脫兎。却值順風拽起風帆三隻大船載了許多人馬頭領、却投穆太公莊上來、一帆順風早到岸邊埠頭、一行衆人都上岸來、穆弘邀請衆好漢到莊內堂上、穆太公出來迎接宋江等衆人都相見了、太公道衆頭領連夜勞神、且請客房中安歇、將息貴體、各人且去房裏暫歇、將養整理衣服器械、當日穆弘叫莊客宰了一頭黃牛、殺了十數箇猪羊雞鵝魚鴨珍肴異饌、排下筵席、管待衆頭領、飲酒中間、説起許多情節、晁蓋道若非是二哥眾位把船相救我等皆被屠于縲絏穆太公道你等如何却打從那條路上來是逝李逵道（江州人語）我自只揀人多處殺將去他們自要跟我來我又不曾叫他（大哥口中純是天籟）眾人聽了都大笑宋江起身與眾人道小人宋江若無眾好漢相救時和戴院長皆死于非命今日之恩深于滄海如何報荅得眾位只恨黃文炳那厮搜根剔齒（聰明人為人幹事往往不遭人怨定被天怒只為犯此四字耳）幾番唆毒要害我們

這冤讐如何不報怎地啓請衆位好漢再做箇天大人情去打了無爲軍殺得黃文炳那廝也與宋江消了這口無窮之根那時回去如何晁蓋道我們衆人偷營刼寨只可使一遍如何再行得非寫晁蓋心懶亦非寫其老成蓋止爲纔鬧江州便打無爲筆墨無節使同戲事故特向主軍口中商量一句作文章頓也似此奸賊已有隄備不若且回山寨去聚起大隊人馬一發和學究公孫二先生并林冲秦明都來報讐也未爲晚宋江道若是回山去了

再不能彀得來、一者山遥路遠、二乃江州必然申開明文各處謹守、不要癡想、只是趁這箇機會、便好下手、不要等他做了准備、花榮道哥哥見得是、雖然如此、只是無人識得路徑、不知他地理如何、先得箇人去那里城中、探聽虛實、也要看無爲軍出沒的路徑、去處、就要認黃文炳那賊的住處了、然後方好下手、薛永便起身說薛永上山無功。故特用之。道小弟多在江湖上行、此處無爲軍最熟、我去探聽一遭如何、宋江道若得賢弟去走一遭、最好、薛永當日別了衆人、自去了、只說宋江自和衆頭領在穆弘莊上、商議要打無爲軍一事、整頓軍器、鎗刀安排弓弩箭矢、打點大小船隻等項、隄備已了、只見薛永去了兩日、帶將一箇人回到莊上來、拜見宋江、宋江便問道兄弟、這位壯士是誰、薛永答道、這人姓侯、名健、祖居洪都人氏、做得第一手裁縫、端的是飛針走線、更兼慣習鎗棒、曾拜薛永

爲師人見他黑瘦輕捷因此喚他做通臂猿見在
這無爲軍城裏黄文炳家做生活小弟因見了就
請在此宋江大喜便教同坐商議那人也是一座
地煞星之數自然義氣相投宋江便問江州消息
一無爲軍路徑如何二薛永說道○○○○薛永說江州消息侯健說無爲州路徑行文清整之甚如今蔡九知府計點官軍百姓被殺
死有五百餘人帶傷中箭者不計其數見今差人
星夜申奏朝廷去了城門日中後便關出入的好

生盤問得緊原來哥哥被害一事倒不干蔡九知府事都是黃文炳那廝（前回事情却於此處薛永口中醒出妙甚）三回五次點撥知府教害二位如今見劫了法場城中甚慌曉夜隄備小弟又去無爲軍打聽正撞見這箇兄弟出來喫飯因是得知備細（薛永只說江州無爲州便交卸了去）宋江道侯兄何以知之侯健道（侯健說無爲州路經）小人自幼只愛習學鎗棒多得薛師父指教因此不敢忘恩近日黃通判特取小人來他家做衣服因出

來遇見師父提起仁兒大名說起此一節事來小人要結識仁兒特來報知備細這黃文炳有箇嫡親哥哥喚做黃文燁止爲後要賺他開門便預先添出一箇大官人來然又不必殺大官人故反加倍寫他好善以形容文炳之惡其實乃是閒文無別意也與這文炳是一母所生二子這黃文燁平生只是行善事修橋補路塑佛齋僧扶危濟困救拔貧苦那無爲軍城中都叫他黃面佛○○○好○俗本作黃佛子這黃文炳雖是罷閒通判心裏只要害人慣行歹事無爲軍都叫他

做黃蜂刺好。他兄弟兩箇分開做兩院住只在一條巷內出入靠北門裏便是他家黃文炳貼着城住黃文燁近着大街此數語是特特生出黃文燁來本意。小人在他那里做生活却聽得黃通判回家來說這件事蔡九知府已被瞞過了却是我點撥他教知府先斬了然後奏去黃文燁聽得說時只在背後罵說道又做這等短命促掐的事於你無干何故定要害他倘或有天理之時報應只在目前却不是反招其禍這兩日聽得劫了法場好生喫驚昨夜去江州探望蔡九知府與他計較尚兀自未回來先不反爲見黃文炳作註妙筆○註在前而不知讀至而猶然疑之甚矣人之不會讀書也宋江道黃文炳隔着他哥哥家多少路侯健道原是一家分開如今只隔着中間一箇菜園是生出黃文燁本意宋江道黃文炳家多少人口有幾房頭侯健道男子婦人通有四五十口報讐至殺其四五十口可稱大快然殺之而後數之不若數之而後殺之之尤快也筆法之妙如此宋江道天教我報讐特地送這

箇人來雖是如此全靠衆弟兄維持衆人齊聲應
道當以死向前正要驅除這等贓濫奸惡之人（宋江以私慾殺黃文炳家四五十口不可訓矣特標此句以蓋之也）與哥哥報讐雪恨
宋江又道只恨黃文炳那賊一箇却與無爲軍百
姓無干（是）他兄旣然仁德亦不可害他休教天下
人罵我不仁衆弟兄去時不可分毫侵害百姓今
去那里我有一計只望衆人扶助扶助衆頭領齊
聲道專聽哥哥指教宋江道有煩穆太公（調遣諸將第一）

先是太公。趣甚。○徃嘗諸將聽計。皆用秘密。此獨彰明昭著。一一都寫出來者。爲避劫江州時吳用調遣一篇也。一對付八九十箇叉袋。又要百十束蘆柴。用着五隻大船。兩隻小船。央及張順、李俊駕兩隻小船。一一寫出。五隻大船上用着張橫、三阮、童威和識水的人護船。一一寫出。此計方可。穆弘道。此間蘆葦油柴布袋都有。我莊上的人都會使水駕船。便請哥哥行事。宋江道。却用侯家兄弟引着薛永并白勝先去無爲軍城中藏了。來日三更二點爲期。只聽門外放起帶鈴鵓鴿，便教白勝上城策應，先挿一條白絹號帶，近黃文炳家，便是上城去處。（一一寫出。）再又教石勇杜遷扮做丐者，去城門邊左近埋伏，只看火爲號，便要下手殺把門軍士。（一一寫出。）李俊張順只在江面上往來巡綽，等候策應。（完李俊張順句。一一寫出。）宋江分撥已定，薛永白勝侯健先自去了，（先一隊作埋伏。上一番明寫調遣，此一番又明寫發軍。務要與劫江州時不同也。）隨後再是石勇杜遷扮做丐者，身邊各藏了短刀暗器也去了。（一隊作策應這里自一面扛擡沙土布袋和蘆葦油柴上船裝載衆好漢至期各各拴束了身上都准備了器械船艙裏埋伏軍漢衆頭領分撥下船晁蓋宋江花榮在童威船上此是中軍第一隊燕順王矮虎鄭天壽在張橫船上第二隊戴宗劉唐黃信在阮小二船上第三隊呂方郭盛李立在阮小五船上第四隊穆弘穆春李逵在阮小七船上第五隊只留下朱貴宋萬在穆太公莊看理江州城裏消息另一隊作防守先使童猛

棹一隻打漁快船前去探路。另一隊作探聽。不過二三十人，寫得如許有進有退，有攻有守，有伏有應，有伸有縮，妙甚。小嘍嘍幷軍健都伏在艙裏，大家莊客水手撐駕船隻，當夜密地望無爲軍來。此時正是七月盡天氣，夜凉風靜，月白江清，水影山光，上下一碧。如許殺人放火事，偏用絕妙好辭寫得景物清爽，行文家當有諸葛君真名士之譽也。約莫初更前後，大小船隻都到無爲江岸邊，揀那有蘆葦深處，好。何物文人，其胸中無所不妙。一字兒纜定了船隻。只見那童猛看他歷歷落落，寫出無數只見，[illegible]如鬧棋子落枰之聲回船來報道城裏並無些動靜好宋江便叫手下衆人把這沙土布袋和蘆葦乾柴都搬上岸望城邊來聽那更鼓時正打二更宋江叫小嘍囉各各拖了沙土布袋并蘆柴就城邊堆垜了衆好漢各挺手中軍器只留張橫三阮兩童守船接應不惟精於行文亦復精於行兵若在俗筆竟一鬨都上岸矣其餘頭領都趲城邊來望城上時約離北門有半里之路宋江便叫放起帶鈴鵓鴿只見城上只見一條竹竿縛

着白號帶風飄起來宋江見了便叫軍士就這城邊堆起沙土布袋分付軍漢一面挑擔蘆葦油柴上城只見白勝（只見三）已在那里接應等候把手指與衆軍漢道只那條巷便是黃文炳住處（妙）宋江問白勝道薛永侯健在那里（妙調遣曲折前文已詳此處連用數箇只見不過更將前計再一點醒之耳若又逐一板板應出便覺了無靈變之氣只就一問一答顯得衆人無不效命筆法妙絕）白勝道他兩箇潛入黃文炳家裏去了只等哥哥到來宋江又問道你曾見石勇杜遷

○麽妙。白勝道他兩箇在城門邊左近伺候宋江聽罷引了衆好漢下城來逕到黃文炳門前只見侯健○只四。見閃在房簷下宋江喚來附耳低言道你去將菜園門開了放他軍士把蘆葦油柴堆放裏面可教薛永尋把火來點着却去敲黃文炳門道間壁大官人家失火有箱籠什物搬來寄頓大官人失火曾與二官人何涉。然大官人失火而搬運箱籠前來寄頓。此言直鑽入二官人耳朵心坎也。○上文增出大官人。只爲此一句耳。敲得門開我自有擺布宋江教衆好漢分幾箇把住兩頭（精於用兵）侯健先去開了菜園門軍漢把蘆柴搬來堆在裏面侯健就討了火種遞與薛永將來點着侯健便閃出來却去敲門叫道間壁大官人家失火有箱籠搬來寄頓快開門則箇裏面聽得便起來看時望見隔壁火起連忙開門出來晁蓋宋江等吶聲喊殺將入去衆好漢亦各動手見一箇殺一箇見兩箇殺一雙把黃文炳一門內外大小四五十口盡皆殺了不留一人（獻勤）

樣。

人看只不見了文炳一箇（文情奇絕偏要作此一閃。前已註明人自不覺也。）眾好漢把他從前酷害良民積儹下許多家私金銀（家私金銀上加出酷害良民積儹下七字與天下看樣。）收拾俱盡大哨一聲眾多好漢都扛了箱籠家財卻奔城上來且說石勇杜遷見火起各掣出尖刀便殺把門的軍人卻見前街鄰舍拿了水桶梯子都奔來救火（好）石勇杜遷大喝道你那百姓休得向前我們是梁山泊好漢數千在此來殺黃文炳一門良賤與宋江戴宗報讎不干你百姓事你們快回家躲避了休得出來閒管事衆隣舍有不信的立住了脚看寫得好。真有是事。○○○○○○只見黑旋風李逵只見五。輪起兩把板斧着地捲將來衆隣舍方纔吶聲喊擡了梯子水桶一鬨都走了寫得好。這邊後巷也有幾箇守門軍漢帶了些人拕了麻搭火鈎都奔來救火寫得好。多寫救火者。正是張皇火勢也。○早被花榮張起弓當頭一箭射翻了一箇好。是矣。大喝道要死的便來救火那夥軍漢一齊都退去了（寫得好）只見薛永（只見六）拿着火把便就黃文炳家裏前後點着亂亂雜雜火起當時李逵砍斷鐵鎖大開城門一半人從城上出去一半人從城門下出去（必盡從門下出去便是死筆此獨寫出紛紛雜雜得勝便走之狀就盡也盡不來○前宋江用石杜奪門正是要衆人都從門下出去也到此忽然寫出一半人不依宋江將令一時忙亂如畫）只見三阮張童（七只見）都來接應合做一處扛擡財物上船無爲軍已知江州被梁山泊好漢刼了法場殺死無數的人如何敢出來追趕只

得回避了（寫得好）這宋江一行衆好漢只恨拿不着
黃文炳（結上引下）都上了船搖開了自投穆弘莊上來
不在話下却說江州城裏望見無爲軍火起蒸天
價紅（此一句上邊都紅○上文止寫衆人各逞功勞不曾寫到火勢此處方顯出大火來滿）
城中都講動只得報知本府這黃文炳正在府裏
議事（直接侯健語）聽得報說了慌忙來禀知府道敝鄉
失火（敝鄉二字妙寫得從寬輒緊）急欲回家看覷蔡九知府聽
得忙叫開城門差一隻官船相送（文炳之被捉知府害之矣）黃

文炳謝了知府，隨即出來，帶了從人，慌速下船擺開。江面望無爲軍來，看見火勢猛烈，映得江面上都紅。此一句下邊多紅。艄公說道：「這火只是北門裏火。」此敝鄉漸繫。黃文炳見說了，心裏越慌。看看搖到江心裏，只見一隻小船從江面上搖過去了。妙。寫得神出鬼沒。只見八少時，又是一隻小船搖將過來。搖過去，搖過來。妙不可言。卻不徑過，望着官船直撞將來。此句上暗藏兩隻小船。商量可知。從人喝道：「甚麼船，敢如此直撞來？」只見那小船上一條大漢跳起來九只見手裏拿着撓鈎（妙。又可救火，又可搭人。）

口裏應道去江州報失火的船（只道手裏拿一鈎，不道口裏又舒一）

（鈎也。）黃文炳便鑽出來問道那裏失火那大漢道北

門黃通判家（第一句是敝鄉，第二句是北門，第三句便直逼出黃通判家四字來，妙妙。）

被梁山泊好漢殺了一家人口劫了家私如今正

燒着哩黃文炳失口叫聲苦不知高低（寫得癡。）那漢

聽了一撓鈎搭住了船便跳過來（寫得癡。）黃文炳是

箇乖覺的人早瞧了一分便逩船梢後走望江邊

踴身便跳（寫得疾）只見當面又一隻船（只見十 寫得疾）水底下早鑽過一箇人把黃文炳劈腰抱住攔頭揪起扯上船來（寫得疾）船上那箇大漢早來接應（寫得疾）便把麻索綁了水底下活捉了黃文炳的便是浪裏白條張順船上把撓鈎的便是混江龍李俊兩箇好漢立在船上那搖官船的稍公只顧下拜（餘波）李俊說道我不殺你們只顧捉黃文炳這廝你們自回去說與蔡九知府那賊驢知道俺梁山泊好

漢們權寄下他那顆驢頭早晚便要來取、斬首犯赦從犯都好艄公戰抖抖的道、小人去說、李俊張順拿了黃文炳過自巳的小船上、放那官船去了、兩箇好漢棹了兩隻快船、逕奔穆弘莊上、早搖到岸邊望見一行頭領、都在岸上等候、搬運箱籠上岸、見說拿得黃文炳、宋江不勝之喜、衆好漢一齊心中太喜、說正要此人見面可謂久慕適副高才李俊張順早把黃文炳帶上岸、衆人看了、監押着離了江岸、到穆太公

莊上來朱貴宋萬擡着衆人（看他一筆不亂）入到莊裏草
廳上坐下宋江把黃文炳剝了濕衣服綁在柳樹
上請衆頭領團團坐定宋江叫取一壺酒來與衆
人把盞上自晁蓋下至白勝共是三十位好漢都
把遍了宋江大罵黃文炳你這廝我與你往日無
冤近日無讐你如何只要害我三回五次教唆蔡
九知府殺我兩箇你旣讀聖賢之書如何要做這
等毒害的事我又不與你有殺父之讐你如何定

要謀我你哥哥黃文燁與你這厮一母所生他怎恁般修善久聞你那城中都稱他做黃面佛我昨夜分毫不曾侵犯他你這厮在鄉中只是害人交結權勢浸潤官長欺壓良善我知道無爲軍人民都叫你做黃蜂刺我今日且替你拔了這箇刺妙說黃文炳告道小人已知過失只求早死晁蓋喝解頤道你那賊驢怕你不死你這厮早知今日悔不當初宋江便問道那箇兄弟替我下手只見黑旋風

〇〇李逵（只見十一。〇須得此人動手。）跳起身來說道我與哥哥動手割這廝我看他肥胖了倒好燒喫晁蓋道說得是教取把尖刀來就討盆炭火來細細地割這廝燒來下酒與我賢弟消這怨氣李逵拿起尖刀看着黃文炳笑道（該笑）你這廝在蔡九知府後堂且會說黃道黑撥置害人無中生有攛掇他（字字令文炳心服。覺）〇〇（上文宋江之言。煩而無當。〇〇）今日你要快死（快死二字奇絕。）老爺卻要你慢死（慢死二字又奇絕。）便把尖刀先從腿上割起揀好的人肉又有好歹辣揮奇絕之語就當面炭火上炙來下酒割一塊炙一塊無片時割了黃文炳李逵方纔把刀割開胸膛取出心肝把來與衆頭領做醒酒湯衆多好漢看割了黃文炳都來草堂上與宋江賀喜只見宋江先跪在地下看他寫宋江甫得性命便用權術真是筆情如鏡衆頭領慌忙都跪下齊道哥哥有甚事但說不妨兄弟們敢不聽宋江便道小可不才自小學吏初世爲人便要結識天下好漢謙得奇絕奈緣力薄才疎不能

接待以遂平生之願自從刺配江州多感晁頭領并衆豪傑苦苦相留宋江因守父親嚴訓不曾肯住正是天賜機會於路直至潯陽江上又遭際許多豪傑不想小可不才一時間酒後狂言險累了戴院長性命感謝衆位豪傑不避凶險來虎穴龍潭力救殘生又蒙協助報了冤讐如此犯下大罪○○○○○○○鬧了兩座州城必然申奏去了今日不繇宋江不○○○○○○○○○○○○○○○○○○○上梁山泊投托哥哥去未知衆位意下若何如是

相從者只令收拾便行只此語亦不必詭說偏寫宋江詭皆表其權術也如不願去的一聽尊命假作一頓下便疾收妙甚只恐事發反遭宋江口口不肯上山却前在清風收拾許多人去今在江州又要收拾許多人去兩番都廝大書蓋深表其以權術爲生平也反遭下辭尚未畢說言未絕李逵先跳起來便叫道都去都去但有不去的喫我一鳥斧砍做兩截便罷寫宋江權術處偏寫李逵爽直相形之一箇詭說一齊斧砍誰是誰非人必能辨先跳起來四字妙便見衆人尚詭也宋江道你這般麤鹵說話全在各弟兄們心肯意肯方可同去事發一句已說在前

〔便仍以必肯意肯聽之衆人。極似 不相强者。然寫宋江權術不可當。〕衆人議論道。如今殺死了許多官軍人馬。鬧了兩處州郡。他如何不申奏朝廷。必然起軍馬來擒獲。今若不隨哥哥去同死同生。却投那里去。宋江大喜。謝了衆人。當日先叫朱貴和宋萬前回山寨裏去報知。次後分作五起進程。頭一起便是晁蓋〔舊〕宋江〔新〕花榮〔舊〕戴宗〔新〕李逵〔新。○第一起舊新相間。〕第二起便是劉唐〔舊〕杜遷〔舊〕石勇〔舊〕薛永〔新〕侯健〔新。○第二起舊在前。新在後。〕第三起便是李俊。新李立。新呂方。舊郭勝。舊童威。新童猛。新○第三起兩頭新中間舊。○○○第四起便是黄信。舊張順。新張横。新。阮家三弟兄。舊○第四起兩頭舊中間新。○○○第五起便是穆弘。新。穆春。新燕順。舊王矮虎。舊鄭天壽。舊白勝。舊○第五起新在前舊在後。五起二十八箇頭領。總結一句有氣力有神采。帶了一干人等將這所得黄文炳家財各各分開裝載上車子穆弘帶了穆太公并家小人等將應有家財金寶裝載車上莊客數內有不願去的都齎發

他些銀兩、自投別主去傭工、有願去的、一同便往
前四起陸續去了、已自行動、穆弘收拾莊內已了、
放起十數個火把、燒了莊院、撇下了田地、自
投梁山泊來、且不說五起人馬登程、節次進發、只
隔二十里而行、先說第一起晁蓋宋江華榮戴宗
李逵五騎馬、帶著車仗人伴、在路行了三日、前面
來到一個去處、地名喚做黃山門、宋江在馬上與
晁蓋說道、這座山生得形勢怪惡、莫不有大夥在

內可着人催儹後面人馬上來一同過去說猶未了只見前面山嘴上鑼鳴鼓響漸與對影山相犯矣看他極力擺脫宋江道我說麼且不要走動等後面人馬到來好和他厮殺花榮便拈弓搭箭在手晁蓋戴宗各執朴刀李逵拿着雙斧擁護着宋江閒中又寫四人擁護獨表宋江無能只是一生權術便得為頭為腦妙筆人看不出一齊趲馬向前只見山坡邊閃出三五百箇小嘍囉當先簇擁出四籌好漢各挺軍器在手高聲喝道你等大鬧了江州刼

掠了無爲軍殺害了許多官軍百姓待回梁山泊
去我四箇等你多時會事的只留下宋江都饒了
你們性命何繇知之。寫得可駭。宋江聽得便挺身出去跪在
地下說道小可宋江處處寫宋江權術過人。好在挺身出跪。又妙在竟實說
出小可宋江四字。被人陷害寃屈無伸今得四方豪傑救
了性命小可不知在何處觸犯了四位英雄萬望
高擡貴手饒恕殘生不剛不柔。又悲又響。辭令至此。無人不哭。那四籌
好漢見了宋江跪在前面都慌忙滾鞍下馬撇了

軍器飛遊前來拜倒在地下（又奇）說道俺弟兄四箇只聞山東及時雨宋公明大名想殺也不能箇見面俺聽知哥哥在江州爲事喫官司我弟兄商議定了正要來刼牢（有晁蓋等十五籌好漢刼法塲。便有李逵獨自一箇刼法塲以陪之。有張順等十六籌相識好漢要刼牢。便有歐鵬等四籌不相識好漢要刼牢。文心文格。無不詭變之極。）只是不得箇實信（刼法塲若单靠李逵。幾誤大事。刼牢若单靠歐鵬等。亦幾誤大事。令人事過思之。尚有餘畏未定。）前日使小嘍囉直到江州來打聽回來說道巳有多少好漢鬧了江州刼了法塲救出往揭陽鎮去了後又燒了無為軍刼掠黃通判家料想哥哥必從這里來節次使人路中來探望猶恐未眞故反作此一番詰問（得此一段遂令前話有繇）衝撞哥哥萬勿見罪今日幸見仁兄小寨裏畧備薄酒麄食權當接風請衆好漢同到敝寨盤桓片時宋江大喜扶起四位好漢逐一請問大名為頭的那人姓歐名鵬祖貫是黃州人氏守把大江軍戶因惡了本官逃走在江湖上綠林中熬出（奇語又徧）

諱、這箇名字喚做摩雲金翅第二箇好漢姓蔣名敬、祖貫是湖南潭州人氏原是落科舉子出身科舉不第棄文就武頗有謀畧精通書筭積萬累千纖毫不差亦能刺鎗使棒布陣排兵因此人都喚他做神筭子第三箇好漢姓馬名麟祖貫是南京建康人氏原是小番子閑漢出身吹得雙鐵笛使得好大滾刀百十人近他不得因此人都喚他做鐵笛仙第四箇好漢姓陶名宗旺祖貫是光州人氏莊家田戶出身能使一把鐵鍬有的是氣力亦能使鎗輪刀因此人都喚做九尾龜怎見得四箇好漢英雄這四籌好漢接住宋江小嘍囉早捧過菓盒一大壺酒兩大盤肉托來把盞先遞晁蓋宋江次遞花榮戴宗李逵與衆人都相見了一面遞酒沒兩箇時辰第二起頭領又到了看他寫後四起不一齊來一箇箇盡都相見把盞已遍邀請衆位上山兩起十位頭領先來到黃門山寨內那四籌好漢便叫

椎牛宰馬管待却教小嘍囉陸續下山接請後面那三起十八位頭領上山來筵宴未及半日三起好漢已都來到了（敘得省手）盡在聚義廳上筵席相會宋江飲酒中間在席上閒話道今次宋江投遜了哥哥晁天王（看他緊頂晁天王則晁天王一席他日便更無餘人能奪之者寫宋江權術如鏡）上梁山泊去一同聚義未知四位好漢肯棄了此處同往梁山泊大寨相聚否（處處寫籠收羅人馬上山可知）（前番大哭之詐）四個好漢齊答道若蒙二位義士不棄貧

賤情願執鞭墜鐙宋江晁蓋大喜便說道既是四位肯從大義便請收拾起程衆多頭領俱各歡喜在山寨住了一日過了一夜次日宋江晁蓋仍舊做頭一起（眞是用筆詳到）下山進發先去次後依例而行只隔着二十里遠近四籌好漢收拾起財帛金銀等項帶領了小嘍囉三五百人便燒毀了寨柵隨作第六起登程（第六十絕是新更無舊忽然增出一起意外奇筆）宋江又合得這四箇好漢心中甚喜於路在馬上對晁蓋

說道晁蓋直性人但憑宋江調撥看他第一起只是自巳與晁蓋兩箇其餘三人悉是梯巳心腹更不着一餘人在旁於路便好多將言語兜縮他寫宋江權術眞有出神入化之筆小弟來江湖上走了這幾遭雖是受了些驚恐却也結識得這許多好漢看他自家先敘功一句可謂咄咄逼人筆墨之事摹畫至此奇哉今日同哥哥上山去這回只得死心塌地與哥哥同死同生看他一段說話先敘功高次表心赤功高則衆人不得而爭之心赤則晁蓋不得而疑之矣一路上說着閑話此是宋江喫緊權詐語却說是閑話妙絕愚嘗思世人一生鹿鹿皆閑話也宋江謀晁蓋交椅今復安在哉後人笑前人後人又笑後人笑

自笑閑話自閑話。世間之事。胡可勝嘆。不覺早來到朱貴酒店裏了、且說四箇守山寨的頭領、吳用、公孫勝、林冲、秦明、和兩箇新來的蕭讓、金大堅、已得朱貴、宋萬先回報知、每日差小頭目、棹船出來酒店裏、迎接、一起起都到金沙灘上岸、擂鼓吹笛、衆好漢們都乘馬轎、迎上寨來、到得關下、軍師吳學究等六人、把了接風酒、都到聚義廳上、焚起一爐好香、晁蓋便請○○○○○○○○○○○○○○○○宋江爲山寨之主坐第一把交椅晁蓋已入玄中。一路閒說之力如此。宋江那里肯。又妙。便道哥哥差矣。感蒙衆位不避刀斧救拔宋江性命。哥哥原是山寨之主。如何却讓不才。若要堅執如此相讓。宋江情願就死。晁蓋道賢弟如何這般說。當初若不是賢弟擔那血海般干係救得我等七人性命上山。如何有今日之衆。你正該山寨之恩主。你不坐誰坐。宋江道。仁兄論年齒兄長也大十歲。看他句句權許之極。○讓晁蓋還只是論齒。然則餘人可矣。儼然以功自居。眞乃咄咄相逼。宋江若坐了。豈不自羞。再三推晁蓋坐了第一位、宋江坐了第二位、吳學究坐了第三位、公孫勝坐了第四位、宋江道看他毅然開口。用無晁蓋。唯唯逼人。休分功勞高下只一句。便將晁蓋從前號令。一齊推倒。別出自己新裁。使山泊無舊無新。無不仰其鼻息。梟雄之才如此。耐菴不過舐筆蘸墨耳。何其梟雄遂至如此。才了胸中。洶不可測也。梁山泊一行舊頭領、去左邊主位上坐欲形其少也。賊。賊。新到頭領去右邊客位上坐欲誇其多也。賊。賊。待日後出力多寡那時另行定奪盡入宋江手矣。大才調人。做大事業。只是一着兩着。譬如高手奕棋。只在一着兩着也。但得之筆墨之間。更爲奇事耳。衆人齊道此言極當左邊一帶林冲、劉唐、阮小二、阮小五、阮小七、杜遷、宋萬、朱貴、白勝（只九人）右邊一帶論年甲次序互相推讓（增此八字便顯得右邊濟濟）花榮、秦明、黃信、戴宗、李逵、李俊、穆弘、張橫、張順、燕順、呂方、郭盛、蕭讓、王矮虎、薛永、金大堅、穆春、李立、歐鵬、蔣敬、童威、童猛、馬麟、石勇、侯健、鄭天壽、陶宗旺（共二十七人〇中間此蕭讓金大堅非宋江相識然要拖過花榮秦明黃信燕順呂方郭盛王矮虎鄭天壽八人列在右邊定不得不并及之矣〇〇〇〇〇〇〇宋江此時真顧盼自豪矣哉）共是四十位頭領坐

[結]一大吹大擂且喫慶喜筵席宋江說起江州夢

九知府捏造謠言一事說與衆頭領叵耐黃文炳

那廝事又不干他已却在知府面前將那京師童

謠解說道耗國因家木耗散國家錢糧的人必是

家頭着箇木字不是箇宋字刀兵點水工興動刀

兵之人必是三點水着箇工字不是箇江字這箇

正應宋江身上那後兩句道縱橫三十六播亂在

山東合主宋江造反在山東[妙絕之筆。○要知此一番不是酒席上閒]

述樂情而已。須知宋江只把現成公案。向衆重宣一遍。便抵無數篝火狐鳴魚腹書帛之事。無處不
爲宋江權術過人。以此拿了小可不期戴院長又傳了假
書以此黃文炳那厮攛掇知府只要先斬後奏若
非衆好漢救了焉得到此李逵跳將起來道好哥
哥正應着天上的言語每每寫宋江用詐處。便被李逵跳破。如上文自述童
謠一遍。本是以篝讖宋籠衆人。然却口中不要說出。自得衆人心中暗動。偏忽然用李逵一句。直呌
出來。兩兩相形。文情奇絕。○天上言語四字。從何而來。奇絕妙絕。雖然喫了他些
若黃文炳那賊也喫我割得快活正應天上言語下。忽然說入自

已快活事。夾七夾八。活畫鐵牛。放着我們許多軍馬便造反地，晁蓋哥哥便做大宋皇帝，宋江哥哥便做小宋皇帝。見當時國號大宋。便譔認宋皇帝三字。再折不關一妙也。宋江姓宋。忽說是宋皇帝。晁蓋不姓宋。亦說是宋皇帝。二妙也。皇帝更有大小兩箇。三妙也。○要知晁蓋大皇帝。全是宋江面上增出來者。妙絕。○吳先生做箇丞相，何處學來。公孫道士便做箇國師，何處學來。我們都做箇將軍。鐵牛思做將軍。眞乃未能免俗。然吾不知其藏之胸中。已幾時。直至今日。始得決吐之也。○除兩哥哥做皇帝外。其餘本做將軍。亦止爲吳用公孫二人。看來不似做將軍者。故遂生出丞相國師來也。○鐵牛居然欲爲周公。眞是夢想不到。

殺去東京奪了鳥位在那里快活却不好不强似這箇鳥水泊裏位是鳥位水泊是鳥水泊說得典畫戴宗慌忙喝道鐵牛你這厮胡說你今日既到這里不可使你那在江州性兒須要聽兩位頭領哥哥的言語號令亦不許你胡言亂語多嘴多舌再如此多言插口先割了你這顆頭來爲令以警後人李逵道阿呀若割了我這顆頭幾時再長得一箇出來我只喫酒便了此不是呆語又寫李大哥鑿貌辨色明哲保身也衆多好漢都笑

宋江又題起拒敵官軍一事說道那時小可初聞這箇消息好不驚恐不期今日輪到宋江身上將前文直縮結到今日。吳用道兄長當初若依了弟兄之言只住山上快活不到江州不省了多少事這都是天數註定如此宋江道黃安那厮如今在那里已隔數卷。至此忽問。可見此書一筆不漏。晁蓋道那厮住不殼兩三箇月便病死了將今日直縮到前文。宋江嗟歎不已當日飲酒各各盡歡晁蓋先叫安頓穆太公一家老小完。叫取過

黄文炳的家財賞勞了衆多出力的小嘍羅（完。）取
出原將來的信籠交還戴院長收用（完。）戴宗那里
肯要定教收放在庫內公支使用（又表戴宗。○此等是戴宗與宋江做人一樣處。）
晁蓋叫衆多小嘍羅叅拜了新頭領李俊
等（完）都叅見了連日山寨裏殺牛宰馬作慶賀筵
席不在話下再說晁蓋教山前山後各撥定房屋
居住山寨裏再起造房舍修理城垣至第三日酒
席上宋江起身對衆頭領說道宋江還有一件大

事正要稟衆弟兄小可今欲下山走一遭乞假數日○何也未知衆位肯否鼂葢便問道賢弟今欲要往何處幹甚麽大事宋江不慌不忙說出這箇去處有分教鎗刀林裏再逃一遍殘生山嶺邉傍傳授千年勲業正是只因玄女書三卷留得清風史數篇畢竟宋公明要往何處去走一遭且聽下回分解

活捉黃文炳

1190

第五才子書施耐菴水滸卷之四十六

聖歎外書

第四十一回

還道村受三卷天書

宋公明遇九天玄女

嘗觀古學劍之家。其師必取弟子先置之斷崖絶壁之上。迫之疾馳經月而後授以竹枝。追刺猿猱。無不中者。夫而後歸之室中。敎以

劍術三月技成稱天下妙也聖歎歎曰嗟乎
行文亦猶是矣夫天下險能生妙非天下妙
能生險也險故妙險絕故妙絕不險不能妙
不險絕不能妙絕也游山亦猶是矣不梯而
上不縋而下未見其能窮山川之窈窕洞壑
之隱秘也梯而上縋而下而吾之所至乃在
飛鳥徘徊蛇虎躑躅之處而吾之力絕而吾
之氣盡而吾之神色索然猶如死人而吾之

耳目乃一變換而吾之胸襟乃一蕩滌而吾之識畧乃得高者愈高深者愈深奮而爲文筆亦得愈極高深之變也行文亦猶是矣不閣筆不捲紙不停墨未見其有窮奇盡變出妙入神之文也筆欲下而仍閣紙欲舒而仍捲墨欲磨而仍停而吾之才盡而吾之髯斷而吾之目矐而吾之腹痛而鬼神來助而風雲忽通而後奇則真奇變則真變妙則真妙

神則眞神也吾以此法遍閱世間之文未見其有合者今讀還道村一篇而獨賞其險妙絕倫嗟乎支公畜馬愛其神駿其言似謂自馬以外都更無有神駿也者今吾亦雖謂自水滸以外都更無有文章亦豈誣哉

前半篇兩趟來捉宋江躲過俗筆只一句可了今看他寫得一起一落又一起又一落再一起再一落遂令宋江自在廚中讀者本在

書外却不知何故一時便若打併一片心魂共受若干驚嚇者燈昏窓響壁動鬼出筆墨之事能令依正一齊震動眞奇絕也

上文神厨來捉一段可謂風雨如磐蟲鬼駭逼矣忽然一轉却作花明草媚團香削玉之文如此筆墨眞乃有妙必臻無奇不出矣

第一段神厨搜捉文妙於駭緊第二段夢受天書文妙於整麗第三段群雄策應便更變

駭緊爲疎奇化整麗爲錯落三段文字凡作三樣筆法不似他人小兒舞鮑老只有一副面具也

此書每寫宋江一片奸詐後便緊接李逵一片眞誠以激射之前巳處處論之詳矣最奇妙者又莫奇妙於寫宋江取爺後便寫李逵取娘也夫爺與娘所謂一本之親者也譬之天矣無日不戴之無日不忘之無日不忘之

無日不藏之非有義可盡亦并非有恩可感
非有理可講亦并非有情可說也孰塗之人
而告之曰我孝孝口說而已乎孰塗之人而
告之曰我念我父然則爾之念爾父也殆亦
暫矣我聞諸我先師曰夫孝推而放之四海
而準推而放之四海而準者以孝我父者孝
我君謂之忠以孝我父者孝我兄謂之悌以
孝我父者孝我友謂之敬以孝我父者孝我

妻謂之良以孝我父者孝我子謂之慈以孝我父者孝我百姓謂之有道仁人也推而至於代一樹殺一獸不以其順謂之不孝故知孝者百順之德也萬福之原也故知孝之爲言順也順之爲言時也時春則生時秋則殺時喜則笑時怒則罵生殺笑罵皆謂之孝故知行孝非可以口說爲也我父我母非供我口說之人也自世之大逆極惡之人多從自

言其孝於是出其狡獪陰陽之才先施之於其父其母而後亦遂推而加之四海馴至殃流天下禍害相攻大道既失不可復治嗚呼此口說之孝所以爲强盜之孝而作者特借宋江以活畫之益言强盜之爲强盜徒以惡心向於他人若夫口口說孝之人乃以惡心向其父母是加於强盜一等者也我觀逵行者必爇香而祝曰好人相逢惡人遠避蓋畏

强盜之至也今父母孕子亦當爇香祝曰心孝相逢尸孝遠避蓋爲父母者之畏尸曰說孝之子眞有過於强盜也者儀說孝之人聞吾之言今定不信迨於他日不免有子夫然後知曩者其父其母之遭我之毒乃至若斯之極也嗚呼作者之傳宋江其識惡垂戒之心豈不痛哉故於篇終緊接李逵取娘之文以見麁鹵凶惡如李鐵牛其人亦復不忘源

〇本然則孝之爲德下及禽蟲無不具足宋江可以不必屢自矜許且見麁鹵凶惡如李鐵牛其人乃其取娘陡然一念實反過於宋江取爺百千萬倍然則孝之爲德惟不說者其內獨至宋江不爲人罵死不爲雷震死亦當自己羞死也矣

〇李逵取娘文前又先借公孫勝取娘作一引者一是寫李逵見人取爺不便想到娘直至

見人取娘方解想到娘是寫李逵天眞爛熳也一是寫宋江作意取爺不足以感動李逵公孫勝偶然看娘却蚤巳感動李逵是寫宋江權詐無用也易彖辭曰中孚信及豚魚言豚魚無知最爲易信中孚無爲而天下化之解者乃作豚魚難信葢久矣權術之行於天下而大道之不復講也

自家取爺偏要說死而無怨偏一日亦不可

待他人取娘便怕他有疏失便要他再過幾時傳曰夫子之道忠恕而已矣觀其不恕知其不忠何意稗官有此論道之樂

話說當下宋江在筵上對衆好漢道小可宋江自蒙救護上山到此連日飲宴甚是快樂不知老父在家正是何如即日江州申奏京師必然行移濟州着落鄆城縣追捉家屬比捕正犯恐老父存亡不保宋江想念欲往家中搬取老父上山以絕掛

念、不知衆弟兄還肯容否、晁蓋道、賢弟這件是人倫中大事、不成我和你受用快樂、倒教家中老父喫苦、如何不依賢弟、只是衆兄弟們連日辛苦、寨中人馬未定、再停兩日、點起山寨人馬、一逕去取了來、（下文宋江本欲一人自去、却先於晁蓋口中、作一寬筆、然後轉出獨自去來、行文何等委婉。○又此處先表過衆兄弟不去、便令玄女廟側大樹背後、出其不意、所謂欲起後文、先於前文作地矣。）宋江道、仁兄再過幾日不妨、只恐江州行文到濟州、追捉家屬、以此事不宜遲、今也不須點多人去只宋江潛地自去和兄弟宋清搬取老父連夜上山來那時鄉中神不知鬼不覺若還多帶了人伴去必然驚嚇鄉里反招不便晁蓋道賢弟路中倘有疎失無人可救宋江道若為父親死而無怨〇〇〇〇〇〇〇（看他方得性命又早說死而無怨讀之失笑）當日苦留不住宋江堅執要行便取箇氊笠帶了提條短棒腰帶利刃便下山去眾頭領送過金沙灘自回且說宋江過了渡到朱貴酒店裏上岸出大路投鄆城縣來路上少

不得饑餐渴飲夜住曉行無事卽省一日遶宋家村晚了到不得且投客店歇了次日趲行到宋家村時却早且在林子裏伏了等待到晚却投莊上來敲後門看他歸家蹤跡寫得招搖之甚莊裏聽得只見宋清出來開門見了哥哥喫那一驚慌忙道哥哥你回家來怎地畫宋江道我特來家取父親和你宋清道哥哥你在江州做了的事如今這里都知道了本縣差下這兩箇趙都頭每日來勾取管定了我們不得

轉動只等江州文書到來便要捉我們父子二人
下在牢裏監禁聽候拿你日裏夜間一二百土兵
巡綽你不宜遲快去梁山泊請下衆頭領來救父
親并兄弟宋江聽了驚得一身冷汗不敢進門轉
身便走逩梁山泊路上來是夜月色朦朧路不分
明宋江只顧揀僻淨小路去處走約莫也走了一
箇更次（寫得妙）只聽得背後有人發喊起來宋江回
頭聽時只隔一二里路看見一簇火把照亮只聽

得叫道宋江休走宋江一頭走一面肚裏尋思不聽晁蓋之言果有今日之禍皇天可憐垂救宋江則箇遠遠望見一箇去處只顧走少間風掃薄雲現出那輪明月宋江方纔認得仔細叫聲苦不知高低看了那箇去處有名喚做還道村寫得妙○月暗月明。翻入奇境。原來團團都是高山峻嶺山下一遭澗水中間單單只一條路入來這村左來右去走只是這條路更沒第二條路宋江認得這箇村口欲待回身却被背後趕來的人已把住了路口火把熠燿如同白日宋江只得奔入村裏來尋路躲避抹過一座林子早看見一所古廟雙手只得推開廟門開處先留一筆乘着月光入進廟裏來尋箇躲避處前殿後殿相了一囘安不得身心裏越慌一進來便入神廚此小兒捉迷藏耳先頓一句安不得身直等趙能到了方乘急鑽入神廚寫一時匆匆情景可謂活畫只聽得外面有人道都管只走在這廟裏眞是急殺宋江聽時是趙能聲音趙能聲音前未配江州時識之急沒躲處見這

殿上一所神廚。神廚如何躲得過。故必寫到趙能到了。急沒躲處。然後看到神廚。寫慌迫中情事。分寸都出。宋江揭起帳幔望裏面探身便鑽入神廚裏安了短棒做一堆兒伏在廚內身體把不住簌簌地抖一。看他數抖字。只聽得外面拿着火把熖將入來急殺。宋江在神廚裏一頭抖二。一頭偷眼看時趙能趙得引着四五十人拿着火把各到處熖看看熖上殿來急殺不可言。宋江抖道三。我今番走了死路望神明庇佑則箇神明庇佑神明庇佑活寫出情急人口中念誦無倫無次來。一箇箇都走過了沒人看着神廚裏如此奇峰忽然一跌。看他一路忽然跌起。忽然跌落。凡有數番。宋江抖定道四可憐天只見趙得將火把來神廚裏一熖方得上句一跌。下句忽然轟起。令人劈面一嚇。○趙得一熖。陡然接入。令宋江一句話。只說得三箇字。真是奇筆。宋江抖得幾乎死去五趙得一隻手將朴刀捍挑起神帳上下把火只一熖偏是急殺句。偏要仔細寫。妙絕。火烟冲將起來冲下一片黑塵來正落在趙得眼裏眯了眼便將火把丟在地下一脚踏滅了走出殿門

外來○忽然又跌落。對土兵們道、這廝不在廟裏、別又無
路却走向那里去了、衆土兵道、多應這廝走入村
中樹林裏去了、這里不怕他走脫、這箇村喚做還
道村、只有這條路出入、裏面雖有高山林木、却無
路上得去、都頭只把住村口、頻提把住村口四字。使讀者心頭有兩層着急
他便會揷翅飛上天去、也走不脫了、待天明村
裏去細細搜捉、趙能趙得道、也是、引了土兵下殿
○○去了趙跌落時。再與着實一跌。奇筆妙筆。宋江抖定道、却不是神

明庇佑若還得了性命必當重修廟宇再塑意是再塑金身四字却不及說完只聽得有幾箇土兵在廟門前呼道都頭在這里了陡然又矗起奇筆妙筆趙能趙得和衆人又搶入來宋江簌簌地又把不住抖七趙能到廟前問道在那里土兵道都頭你來看廟門上兩箇塵手跡何等奇妙真乃天外飛來却是當面拾得一定是却纔推開廟門閃在裏面去了趙能道說得是再仔細搜一搜看這夥人再入廟裏來搜時急殺宋江這一番抖真是

幾乎休了。八那夥人去殿前殿後搜遍，只不曾翻過磚來。寫得好笑。眾人又搜了一回，火把看看焰上殿來。急殺。上殿來，下殿去，又上殿來，文筆奇恣至於如此。趙能道：多是只在神廚裏，却纔兄弟看不仔細，我自焰一焰看。急殺。前趙得焰，乃突然一焰；此趙能焰，却先說了要焰，然後來焰，為神廚中人急殺也。一箇士兵拿着火把，趙能便揭起帳幔，五七箇人伸頭來看。前趙得只是一箇人、匆匆一看而已，此却五七箇人仔細來看，便一發急殺不可當。不看萬事俱休，纔看一看，故作驚人語。只見神廚裏捲起一陣惡風將那火把都吹滅了黑騰騰罩了廟宇對面不見趙能道却又作怪平地裏捲起這陣惡風來想是神明在裏面定嗔怪我們只管來炤因此起這陣惡風顯應我們且去罷（又跌落）只守住村口待天明再來尋趙得道只是神廚裏不曾看得仔細再把鎗去搠一搠趙能道也是（欲落未落忽然又起奇恣至此真是驚才絕筆）兩箇却待向前只聽得殿後又捲起一陣怪風吹得飛砂走石滾將下來搖得那殿宇岌岌地

動罩下一陣黑雲布合了上下冷氣侵人毛髮豎起趙能情知不好叫了趙得道兄弟快走神明不樂眾人一鬨都搶下殿來望廟門外跑走（方跌落）有幾箇顛翻了的也有閃胸腿的爬得起來逃命走出廟門只聽得廟裏有人叫饒恕我們（餘波奇絕出於意外）趙能再入來看時兩三箇土兵跌倒在龍墀裏被樹根鉤住了衣服死也掙不脫手裏丟了朴刀扯着衣裳叫饒（絕倒○如此死急事偏有本事寫得一起一落突兀盡致臨了猶作峰巒）

拳曲之形。眞是才子。宋江在神廚裏聽了又抖又笑九。趙能把土兵衣服解脫了領出廟門去有幾箇在前面的土兵在前面的四字。令人絕倒。卽暗翻孟子五十步笑百步法。說道我說這神道最靈也。我說二字絕倒。不知在何處說活寫出小人說風凉話來。你們只管在裏面纏障引得小鬼發作起來小鬼發作。奇語。我們只去守住了村口等他須不喫他飛了去趙能趙得道說得是只消村口四下裏守定衆人都望村口去了。無數奇峰。一齊盡跌。只說宋江在神廚裏口稱慚愧道雖不被這廝們拿了、卻怎能彀出村口去、正在廚內尋思百般無計、只聽得後面廊下有人出來、上文無數奇峯、一齊盡跌、忽然此處又另轉出一峯、令人猜測不出、宋江又抖道、又是苦也、早是不鑽出去、只見兩箇青衣童子逕到廚邊、舉口道、小童奉娘娘法旨、請星主說話、宋江那里敢做聲答應、一請、外面童子又道、娘娘有請、星主可行、宋江也不敢答應、二請、外面童子又道、宋星主休得遲疑、娘娘久等、三請、宋江聽得鶯聲燕語、

第二段上文如怒龍入雲鱗爪忽沒忽現又如怪鬼奪路形狀忽近忽遠一轉却別作天清地朗柳霏花拂之文令讀者驚喜

不是男子之音、便從神椅底下鑽將出來、看時却是兩箇青衣女童侍立在牀邊、宋江喫了一驚、却是兩箇泥神（分明聽得三番相請却借兩箇泥神忽作一跌寫鬼神便有鬼神氣真是奇絕之筆）只聽得外面又說道宋星主娘娘有請（寫得便活是鬼神閃閃屍屍之極）宋江分開帳幔鑽將出來、只見是兩箇青衣螺髻女童（有上一番閃爍便令此處亦不敢信其真假）齊齊躬身各打箇稽首、宋江問道二位仙童自何而來、青衣道奉娘娘法旨、有請星主赴宮、宋江道仙童差

搖惑不定

矣、我自姓宋、名江、不是甚麼星主、青衣道、如何差了、請星主便行、娘娘久等、宋江道、甚麼娘娘、亦不曾拜識、如何敢去、青衣道、星主到彼、便知、不必詢問、宋江道、娘娘在何處、青衣道、只在後面宮中、青衣前引便行、宋江隨後跟下殿來、轉過後殿、側首一座子牆角門、青衣道、宋星主從此間進來、宋江跟入角門來、看時、星月滿天、香風拂拂、四下裏都是茂林脩竹、宋江尋思道、原來這廟後又有這箇去處早知如此却不來這里躲避不受那許多驚恐一路都作疑鬼疑神以信不信之筆宋江行時覺道香塢兩行夾種着大松樹都是合抱不交的中間平坦一條龜背大街宋江看了暗暗尋思道我到不想古廟後有這般好路徑都不實寫跟着青衣行不過一里來路聽得潺潺的澗水響看前面時一座青石橋兩邊都是朱欄杆要識夢回時記取來時路岸上栽種奇花異草蒼松茂竹翠柳夭桃橋下翻銀滾雪般的水流從石

洞裏去過得橋基看時兩行奇樹中間一座大朱紅櫺星門宋江入得櫺星門看時擡頭見一所宮殿宋江尋思道我生居鄆城縣不曾聽得說有這箇去處心中驚恐不敢動脚都不實寫青衣催促請星主行一引引入門内有箇龍墀兩廊下盡是朱紅亭柱都掛着繡簾正中一所大殿殿上燈燭熒煌青衣從龍墀内一步步引到月臺上聽得殿上堦前又有幾箇青衣道娘娘有請星主進來宋江到

大殿上不覺肌膚戰慄毛髮倒豎下面都是龍鳳磚階青衣入簾內奏道請至宋星主在階前宋江到簾前御階之下躬身再拜俯伏在地口稱臣乃下濁庶民不識聖上伏望天慈俯賜憐憫御簾內傳旨教請星主坐宋江那里敢擡頭（委婉）教四箇青衣扶上錦墩坐宋江只得勉強坐下殿上喝聲捲簾數箇青衣早把珠簾捲起搭在金鈎上娘娘問道星主別來無恙宋江起身再拜道臣乃庶民不

敢面覷聖容娘娘道星主既然至此不必多禮宋江恰纔敢擡頭舒眼委婉看見殿上金碧交輝點着龍燈鳳燭兩邊都是青衣女童持笏捧圭執旌擎扇侍從正中七寶九龍床上坐着那箇娘娘身穿金縷絳綃之衣手秉白玉圭璋之器天然妙目正大仙容嘗歎神女感甄等賦筆墨淫穢殊愧大雅似此絕妙好辭令人敬愛交至○天然句妙在妙目字仙容句妙在正大字豈惟稗史未有亦是諸書所無口中說道請星主到此命童子獻酒兩下青衣女童執着蓮花寶

扼捧酒過來斟在杯内一箇爲首的女童執杯遞
酒來勸宋江宋江起身不敢推辭接過杯朝娘娘
跪飲了一杯宋江覺道這酒馨香馥郁如醍醐灌
頂甘露灑心又是一箇青衣捧過一盤仙棗上勸
宋江宋江戰戰兢兢怕失了體面伸着指頭取了
一枚就而食之懷核在手青衣又斟過一杯酒來
勸宋江宋江又一飲而盡娘娘法旨教再勸一杯
青衣再斟一杯酒過來勸宋江宋江又飲了仙女

托過仙棗又食了兩枚共飲過三杯仙酒三枚仙棗宋江便覺有些微醺又怕酒後醉失體面再拜道臣不勝酒量望乞娘娘免賜殿上法旨道既是星主不能飲酒可止教取那三卷天書賜與星主青衣去屛風背後青盤中托出黃羅袱子包着三卷天書度與宋江宋江看時可長五寸闊三寸不敢開看再拜祗受藏於袖中娘娘法旨道宋星主傳汝三卷天書汝可替天行道爲主全忠仗義爲

臣輔國安民，去邪歸正，勿忘勿泄。只因此等語，遂爲後人續貂之地。殊不知此等，悉是宋江權術，不是一部提綱也。宋江再拜，謹受娘娘法旨。道玉帝因爲星主魔心未斷，道行未完，暫罰下方，不久重登紫府。切不可分毫懈怠，若是他日罪下酆都，吾亦不能救汝。此三卷之書，可以善觀熟視，只可與天機星同觀，其他皆不可見。寫宋江用權詐，獨不敢稱吳用，其筆如鏡。功成之後，便可焚之，勿留在世。從來相傳異書，悉以此語爲出身之地，思之每致失笑。所囑之言，汝當記取。目今天凡相隔難以久留汝當速回便令童子急送星主回去他日瓊樓金闕再當重會宋江便謝了娘娘跟隨青衣女童下得殿庭來出得欞星門送至石橋邊（依稀記得來時石路寫得妙絕）青衣道恰纔星主受驚不是娘娘護祐已被擒拿天明時自然脫離了此難星主看石橋下水裏二龍相戲宋江凭欄看時果見二龍戲水二青衣望下一推宋江大叫一聲却撞在神厨內覺來乃是南柯一夢（入夢時不說是夢至出後始說此法）

諸書遍用而不知出於此宋江爬將起來看時月影正午料是三更時分好宋江把袖子裏摸時手內棗核三箇袖裏帕子包着天書將出來看時果是三卷天書又只覺口裏酒香宋江想道這一夢真乃奇異似夢非夢若把做夢來妙○前文何等匆遽此文何等舒緩疾雷激電之後偏接一番烟霏雲捲之態極盡筆墨之致如何有這天書在袖子裏口中又酒香棗核在手裏說與我的言語都記得不曾忘了一句不把做夢來妙○兩番活是初醒未醒意思我自分明

在神廚裏一交攧將入來有甚難見處想是此間神聖最靈顯化如此只是不知是何神明又作一頓筆筆飛舞揭起帳幔看時九龍椅上坐着一位妙面娘娘正和方纔一般妙筆入化令人不能尋其筆跡入夢時青衣女童是眞是假出夢時妙面娘娘是假是眞只古廟中三箇泥神分作頭尾兩波寫得活靈生現令俗子何處着筆也宋江尋思道這娘娘呼我做星主想我前生非等閒人也這三卷天書必然有用分付我的天言天何言哉況於書也不曾忘了青衣女童道天明時自然脫離

此村之厄如今天色漸明我却出去借勢便出便探手去厨裏摸了短棒細把衣服拂拭了細一步步走下殿來從左廊下轉出廟前仰面看時舊牌額上刻着四箇金字道玄女之廟牌額金字有來時看者有去時看者皆寫畫一時情事不是浪補一筆宋江以手加額稱謝道慚愧原來是九天玄女娘娘傳受與我三卷天書又救了我的性命如若能彀再見天日之面必當來此重修廟宇再建殿庭伏望聖慈俯垂護祐稱謝已畢只

習望着村口悄悄出來離廟未遠只聽得前面遠遠地喊聲連天又閃一影○二趟去後侍女一閃此處又一閃筆情飄忽至此讀之猜測不出宋江尋思道又不濟了住了脚且未可出去上忽自云我却出去此忽又自云未可出去筆筆作鬼神恍惚之勢○一句未可出去我若到他面前定喫他拿了不如且在這里路傍樹背後躲一躲却纔閃得入樹背後去只見數箇士兵只見先是士兵急急走得儅做一堆奇絕之筆把刀鎗挂着一步步攧將入來挂着妙活畫出來戶裏聲聲都只叫道廟

聖救命則箇。（神聖救命四字，忽然櫽括前來兩段大文，倒𢰅反剔之法，於斯極矣。）宋江在樹背後看了，尋思道：「却又作怪！他們把着村口，（緊提此句，眞令讀者搖頭不定。）等我出來拿我，却又怎地搶入來？」再看時，趙能也搶入來，（只見次是趙能。）口裏叫道：「神聖神聖救命！」（土兵叫神聖救命，趙能又叫神聖救命，今讀者疑是玄女顯化，定有鬼兵在後也。此皆作者特特為此鬼怪之筆，俗本乃作我們都是死也，一何可笑。）宋江道：「那廝如何恁地慌？」却見背後一條大漢追將入來，那箇大漢上半截不着一絲，露出鬼怪般肉，手裏拿着兩把夾鋼板斧奇絕。○此來定不一人。然衝鋒陷敵。當先敢死。必是大哥。寫得情性俱有。口裏喝道含鳥休走遠觀不覩近看分明正是黑旋風李逵看他句句作鬼神恍惚之筆。○是泥塑侍女。又是夢中娘娘。又是泥塑娘娘。上文無數鬼神恍惚之事。忽然就黑旋風。上。反襯一筆。眞乃出神入化之文也。宋江想道莫非是夢裏麼句句與上文搖曳出鬼神恍惚之色來。不敢走出去又一句不敢出去。那趙能正走到廟前被松樹根只一絆一交攧在地下只松根絆跌。亦復寫得前後掩映。李逵趕上就勢一腳踏住脊背手起大斧却待要砍背後又是兩籌好漢趕上來把氊笠兒掀在脊梁上各拿一條朴刀（看他寫得如連珠砲相似令人目光搖動）上首的是歐鵬下首的是陶宗旺李逵見他兩箇趕來恐怕爭功壞了義氣就手把趙能一斧砍做兩半連胸脯都砍開了跳將起來把土兵趕殺四散走了宋江兀自不敢便走出來（又一句不敢出來）背後只見又趕上三籌好漢也殺將來（寫衆人來真寫得好活畫出四星五落趕殺之狀來）前面赤髮鬼劉唐第二石將軍石勇第三催命判官李立這

六籌好漢說道這廝們都殺散了只尋不見哥哥却怎生是好石勇叫道兀那松樹背後一箇人立在那里宋江方纔敢挺身出來方寫宋江出來前凡用三跌也說道感謝衆兄弟們又來救我性命將何以報大恩六籌好漢見了宋江大喜道哥哥有了四字妙可見意不在殺人又可見已尋了一番展也快去報與晁頭領得知石勇李立分頭去了只四字便檃括各處趕殺而晁蓋等七人李俊等八人之許多辛苦趙得之被殺悉在其中矣宋江問劉唐道你們如何得知來這里救

我劉唐答道哥哥前脚下得山來晁頭領與吳軍師放心不下此句單寫晁蓋不寫吳用須知便叫戴院長隨即下來探聽哥哥下落補晁頭領又自已放心不下寫晁蓋好放心不下四字作兩番寫來使人感泣再着我等衆人前來接應補只恐哥哥有些疎失半路裏撞見戴宗道兩箇賊驢追趕捕捉哥哥補晁頭領大怒分付戴宗去山寨只教留下吳軍師公孫勝阮家三兄弟呂方郭盛朱貴白勝看守寨柵其餘兄弟都教來此間

尋覓哥哥補聽得人說道趕宋江入還道村去了補村口守把的這廝們盡數殺了不留一箇補只有這幾箇遶進村裏來隨即李大哥追來我等都趕入來不想哥哥在這里說猶未了石勇引將淋漓錯落之至鼂蓋花榮秦明黃信薛永蔣敬馬麟到來李立引將李俊穆弘張橫張順穆春侯健蕭讓金大堅一行衆多好漢都相見了宋江作謝衆位頭領鼂蓋道我叫賢弟不須親自下山不聽愚兄之言

險些兒又做出來，宋江道，小可兄弟只為父親這一事懸腸掛肚，坐卧不安，不孫宋江不來，取晁蓋道，好教賢弟歡喜，令尊并令弟家眷，我先叫戴宗引杜遷宋萬王矮虎鄭天壽童威童猛送去，已到山寨中了（省多少筆墨。）宋江聽得大喜，拜謝晁蓋道，得仁兄如此施恩，宋江死亦無怨，（方得性命，又說死亦無怨，將誰欺，欺天乎。）一時眾頭領各各上馬，離了還道村口，宋江在馬上以手加額，望空頂禮，稱謝神明庇祐之力，容日專常拜還心願一行人馬逕回梁山泊來吳學究領了守山頭領直到金沙灘都來迎接前到得大寨聚義廳上衆好漢都相見了宋江急問道老父何在一片權詐○孝順不在口說孝順亦不在人前凡屬口說及在人前者皆強盜非孝順也晁蓋便叫請宋太公出來不多時鐵扇子宋清策着一乘山轎擡着宋太公到來衆人扶策下轎上廳來宋江見了喜從天降笑逐顏開再拜道老父驚恐宋江做了不孝之子負累了父親喫驚受

怕宋太公道㕸耐趙能那厮弟兄兩箇每日撥人來守定了我們只待江州公文到來便要提取我父子二人解送官司聽得你在莊後敲門此時巳有八九箇士兵在前面草廳上續後不見了不知怎地趕出去了（補○宛然口吻遂宛然事情）到三更時候又有二百餘人把莊門開了將我搭扶上轎擡了教你兄弟四郎收拾了箱籠放火燒了莊院那時不繇我問箇緣繇逕來到這里（補）宋江道今日父子團

圓相見皆賴衆兄弟之力也叫兄弟宋清拜謝了衆頭領晁蓋衆人都來叅拜宋太公已畢一面殺牛宰馬且做慶喜筵席作賀宋公明父子團圓當日盡醉方散次日又排筵席賀喜大小頭領盡皆歡喜第三日晁蓋又梯己備箇筵席（寫得有情有致）慶賀宋江父子完聚忽然感動公孫勝一箇念頭思憶老母在薊州（寫宋江取父一片假後便欲寫李逵取母一片真以形激之却恐文情太覺唐突故又先借公孫勝作一過接看他下文只用數語畧遮便緊入李逵别構奇觀意可見也○）

今日借作李逵過接後日又借作楊林等衆人枝節可謂一用兩便矣離家日久了
未知如何衆人飲酒之時只見公孫勝起身對衆頭領說道感蒙衆位豪傑相待貧道許多時恩同骨肉只是小道自從跟着晁頭領到山逐日宴樂一向不曾還鄉看視老母亦恐我眞人本師懸望欲待回鄉省視一遭暫別衆頭領三五箇月再回來相見以滿小道之願免致老母掛念懸望晁蓋道向日已聞先生所言令堂在北方無人侍奉如曾

說者妙。今旣如此說時難以阻當、只是不忍分别、雖然要行、且待來日相送、公孫勝謝了、當日盡醉方散、各自歸房安歇、次日早就關下排了筵席與公孫勝餞行、且說公孫勝依舊做雲遊道人打扮了、腰裹腰包肚包、背上雌雄寶劍、肩胛上掛着棕笠、手中拿把鼈殼扇、便下山來、衆頭領接住、就關下筵席、各各把盞送别、餞行已遍、晁蓋道、一清先生此去難留、却不可失信、本是不容先生去、只是老尊堂在上不敢阻當百日之外專望鶴駕降臨切不可爽約公孫勝道重蒙列位頭領看待許久小道豈敢失信回家參過本師眞人安頓了老母便回山寨宋江道先生何不將帶幾箇人去一發就搬取老尊堂上山早晚也得侍奉全爲引出李逵並非爲一清作計當想其用筆之妙公孫勝道老母平生只愛清幽喫不得驚諕因此不敢取來家中自有田產山莊老母自能料理上宋江語本爲李逵作引故一清只如此撇開○一清之母只愛清幽一清能養其

志。如何公明之父。惟恐其子落草。而終亦至於受盡驚嚇也。寫宋江許多孝行後。偏寫出許多反襯之筆。以深志宋江之惡逆也。小道只去省視一遭便來再得聚義宋江道既然如此專聽尊命只望早早降臨為幸晁蓋取出一盤黃白之資相送公孫勝道不消許多但只彀盤纏足矣晁蓋定教收了一半打拴在腰包裹打箇稽首別了衆人過金沙灘便行望薊州去了衆頭領席散却待上山只見黑旋風李逵就闕下放聲大哭起來奇人奇事奇文。亦是妙人妙事妙文。宋江逵忙問道、兄弟你如何煩惱、李逵哭道、干鳥氣麽、這箇也去取爺、那箇也去望娘、偏鐵牛是土掘坑裏鑽出來的。何等天眞爛熳、活寫出純孝之人來。偏作諧語、便顯宋江說忠說孝之假。晁蓋便問道、你如今待要怎地、李逵道、我只有一箇老娘在家裏、我的哥哥又在別人家做長工、如何養得我娘快樂、我要去取他來這里快樂幾時也好、晁蓋道、兄弟說得是、寫晁蓋以襯出宋江。我差幾箇人同你去取了上來、也是十分好事、宋江便道、使不得詩云。孝子不匱。永錫爾類也。今宋江於己則一日不可更遲。於他人則毅然說使不得。天下有如是之仁人孝子者乎。寫得可恨可畏。李家兄弟生性不好。同鄉夫必然有失。若是教人和他去。亦是不好。況且他性如裂火。到路上必有衝撞。他又在江州殺了許多人。那箇不認得他是黑旋風。這幾時官司如何不行移文書到那里了。必然原籍追捕。你又形貌兒惡。倘有疎失。路程遙遠。如何得知。你且過幾時打聽得平靜了。去取未遲。看他與前自己取爺時。更不相同。皆特特寫權詐人照顧不及處以表宋江之假也李逵焦躁叫道哥哥你也是箇不平心的人確確忠恕之道強盜惡乎知之哉你的爺便要取上山來快活我的娘由他在村裏受苦兀的不是氣破了鐵牛的肚子你的爺我的娘說得鑿鑿有理使宋江無辨宋江道兄弟你不要焦躁既是要去取娘只依我三件事便放你去李逵道你且說那三件事宋江點兩箇指頭說出這三件事來有分敎李逵施爲撼地搖天手來鬭巴山跳澗蟲畢竟宋江對李逵說出那

餘又上德下句分解

(明)施耐庵 撰 (清)金聖歎 批

# 貫華堂本水滸傳

第一五册

國家圖書館出版社

# 第一五册目録

第五才子書施耐菴水滸傳卷之五十四

聖歎外書

第四十九回

吳學究雙掌連環計

宋公明三打祝家莊

三打祝家〇〇〇〇〇〇〇變出三樣奇格知其才大如海而〇

我之所尤爲歎賞者如〇〇〇〇〇〇〇寫爲欒廷玉竟無下落〇

嗚呼豈不〇怪哉夫開莊〇門放〇弔橋三〇祝一欒

一齊出馬明明在紙我得而讀之也如之何
三祝有殺之人廷玉無死之地從此一別杳
然無迹而僅據宋江一聲歎惜遂必斷之爲
死也吾聞昔者英雄知可爲則爲之知不可
爲則瞥然颺去譬如鷹隼擊物不中而高飛
遠引深自滅跡者如是等輩往往而有即又
惡知廷玉之不出此如是則廷玉當亦未死
然吾觀扈成得脫終成大將名在中興不可

滅沒彼豈眞出廷玉上哉而顯著若此彼廷玉非終貧賤者而獨不爲更出一筆然則其死是役信無疑也所可異者獨爲當日宋江之軍林冲李俊阮二在東花榮張横張順在西穆弘楊雄李逵在南而廷玉當先出馬乃獨衝走正北夫不取有將之三面而獨取無將之一面存此一句之疑誠不能無未死之議然吾獨謂三鼓一砲之際四馬勢如嘯虎

使此時廷玉早有所見力猶可以疾按三祝全軍不動其如之何而僅以身遁計出至下乎此又其必死之明驗也曰然則獨走正北無將之一面者何也曰正北非無將之面也宋江軍馬四面齊起而不書正北當是爲廷玉諱也葢爲書之則必詳之詳之而廷玉刀不缺鎗不折鼓不衰箭不竭即廷玉不至於死廷玉而終亦至於必死則其刀缺鎗折鼓

衰箭竭之狀有不可言者矣春秋爲賢者諱故缺之而不書也曰其并不書正北領軍頭領之名何也曰爲殺廷玉則惡之也嗚呼一欒廷玉死而用筆之難至於如此誰謂稗史易作稗史易讀乎耶

史進尋王教頭到底尋不見吾讀之胸前彌月不快又見張青店中麻殺一頭陀竟不知何人吾又胸前彌月不快至此忽然又失一

欒廷玉下落吾胸前又將不快爾月也豈不知耐菴專故作此鶻突之筆以使人氣悶然我今日若使看破寓言更不氣悶便是辜負耐菴故不忍出此也

第二連環計何其輕便簡淨之極三打祝家一篇累墜文字後不可無此捷如風明如玉之筆以揮灑之

話說當時軍師吳用啓煩戴宗道賢弟可與我回

山寨去取鐵面孔目裴宣聖手書生蕭讓通臂猿侯健玉臂匠金大堅（玄之又玄幾乎玄殺）再教此四人帶了如此行頭連夜下山來我自有用他處戴宗去了只見寨外軍士來報西村扈家莊上扈成牽牛擔酒特來求見宋江叫請入來扈成來到中軍帳前再拜懇告道小妹一時麤鹵年幼不省人事誤犯威顏今者被擒望乞將軍寬恕奈緣小妹原許祝家莊上前者不合奮一時之勇陷於縲絏如蒙將

軍饒放、但用之物、當依命拜奉、宋江道、且請坐說話、祝家莊那廝、好生無禮、平白欺負俺山寨、因此行兵報讐、須與你扈家無寃、只是令妹引人捉了我王矮虎、因此還禮、拿了令妹、你把王矮虎放回還我、我便把令妹還你、扈成答道、不期已被祝家莊拿了這箇好漢去、吳學究便道、我這王矮虎今在何處、扈成道、如今拘鎖在祝家莊上、小人怎敢去取、宋江道、你不去取得王矮虎來還我、如何能彀得你令妹回去吳學究道兄長休如此說〇〇〇〇〇〇（忽然接來）一按按住。送令祝家兩臂亦斷。妙絕。只依小生一言今後早晚祝家莊上但有些響亮你的莊上切不可令人來救護倘或祝家莊上有人投奔你處你可就縛在彼若是捉下得人時那時送還令妹到貴莊只是如今不在本寨前日已使人送在山寨奉養在宋太公處你且放心回去我這里自有箇道理扈成道今番斷然不敢去救應他若是他莊上果有人來投我時定縛來奉獻將軍麾下（西臂巳斷寫得決絕）宋江道你若是如此便强似送我金帛扈成拜謝了去孫立便把旗號上改換作登州兵馬提轄孫立領了一行人馬都來到祝家莊後門前（好）莊上墻裏望見是登州旗號報入莊裏去欒廷玉聽得是登州孫提轄到來相望說與祝氏三傑道這孫提轄是我弟兄自幼與他同師學藝今日不知如何到此帶了二十餘人馬開了莊門放下弔橋（開莊門放弔橋○此回勤

寫莊門弔橋以爲一篇節目出來迎接孫立一行人都下了馬衆人講禮已罷欒廷玉問道賢弟在登州守把如何到此孫立答道總兵府行下文書對調我來此間鄆州守把城池隄防梁山泊强寇便道經過聞知仁兄在此祝家莊特來相探本待從前門來因見村口莊前俱屯下許多軍馬是遠來不知頭路語不好衝突特地尋覓村里從小路問到莊後入來拜望仁兄欒廷玉道便是這幾時連日與梁山泊强寇厮

殺巳拿得他幾箇頭領在莊裏了只要捉了宋江賊首一併解官天幸今得賢弟來此間鎮守正如錦上添花旱苗得雨孫立笑道小弟不才且看相助捉拿這厮們成全兄長之功欒廷玉大喜當下都引一行人進莊裏來再拽起了弔橋關上了莊門（拽弔橋。關莊門。）孫立一行人安頓車仗人馬更換衣裳都在前廳來相見祝朝奉與祝龍祝虎祝彪三傑都相見了一家兒都在廳前相接欒廷玉引孫立

等上到廳上相見講禮已罷便對祝朝奉說道我
這箇賢弟孫立綽號病尉遲任登州兵馬提轄今
奉總兵府對調他來鎮守此間鄆州祝朝奉道老
夫亦是治下孫立道卑小之職何足道哉早晚也
要望朝奉提携指教祝氏三傑相請衆位尊坐孫
立動問道連日相殺征陣勞神祝龍答道也未見
勝敗衆位尊兄鞍馬勞神不易孫立便叫顧大嫂
引了樂大娘子叔伯姆兩箇去後堂拜見宅眷

喚過孫新解珍解寶參見了說道這三箇是我兄弟（好）指着樂和便道這位是此間鄆州差來取的公吏（好）指着鄒淵鄒閏道這兩箇是登州送來的軍官（好）祝朝奉併三子雖是聰明却見他又有老小（一）并許多行李車仗人馬（二）又是欒廷玉教師的兄弟（三）那里有疑心只顧殺牛宰馬做筵席管待衆人飲酒過了一兩日到第三日（提動）莊兵報道宋江又調軍馬殺奔莊上來了祝彪道（第一日只寫祝彪出）

莊。我自去上馬拿此賊、便出莊門放下弔橋、出莊門。放弔橋。引一百餘騎馬軍殺將出來、早迎見一彪軍馬、約有五百來人、當先擁出那箇頭領、彎弓插箭拍馬輪鎗、乃是小李廣花榮、祝彪見了、躍馬挺鎗向前來鬬花榮、也縱馬來戰祝彪、兩箇在獨龍岡前、約鬬了十數合、不分勝敗、花榮賣箇破綻、撥回馬○○便走、賣箇破綻。撥馬便走。當卽此月將令。原只要如此。俗本自增引他趕來四字。失之千里。祝彪正待要縱馬追去、背後有認得的說道、將軍休要去趕、恐防暗器、此人深好弓箭、祝彪聽罷、便勒轉馬來不趕、領回人馬投莊上來、拽起弔橋投莊上拽弔橋看花榮時、已引軍馬回去了可知將令、祝彪直到廳前下馬、進後堂來飲酒、孫立動問道、小將軍今日拿得甚賊、祝彪道、這廝們夥裏有箇甚麼小李廣花榮、鎗法好生了得、鬭了五十餘合、那廝走了、我却待要趕去追他、軍人們道、那廝好弓箭、因此各自收兵回來、孫立道、來日看小弟不才、拿他幾箇當日筵席上叫樂和唱曲閒中點筆衆人皆喜至晚席散又歇了一夜到第四日午牌提動忽有莊兵報道宋江軍馬又來在莊前了堂下祝龍祝虎祝彪三子都披掛了出到莊前門外第二日寫三祝出莊○出莊門遠遠地聽得鳴鑼擂鼓吶喊搖旗對面早擺下陣勢這裏祝朝奉坐在莊門上左邊欒廷玉右邊孫提轄祝家三傑并孫立帶來的許多人伴都擺在門邊早見宋江陣上豹子頭林沖高聲叫罵祝龍焦

躁（先祝龍）喝叫放下弔橋（放弔橋）綽鎗上馬引一二百人馬大喊一聲直遶林沖陣上莊門下擂起鼓來兩邊各把弓弩射住陣脚林沖挺起丈八蛇矛和祝龍交戰連鬭到三十餘合不分勝敗兩邊鳴鑼各回了馬（可知將令）祝虎大怒（次祝虎）提刀上馬跑到陣前高聲大叫宋江決戰說言未了宋江陣上早有一將出馬乃是沒遮攔穆弘來戰祝虎兩箇鬭了三十餘合又沒勝敗（可知將令）祝彪見了大怒（三祝彪）便

綽鎗飛身上馬，引二百餘騎，逩到陣前。宋江隊裏病關索楊雄，一騎馬，一條鎗，飛搶出來戰祝彪。孫立看見兩隊兒在陣前廝殺，心中忍耐不住，故意作此疑筆。便喚孫新取我的鞭鎗來，就將我的衣甲頭盔袍襖把來披掛了，牽過自巳馬來。這騎馬號烏騅馬，是尉遲○此句乃補寫第四十八回淡黃面皮一段文。備上鞍子，扣了三條肚帶，腕上懸了虎眼鋼鞭，綽鎗上馬。祝家莊上一聲鑼響，孫立出馬在陣前。可知將令。宋江陣上林冲穆弘楊雄都勸住馬立於陣前（可知將令）孫立早跑馬出來說道看小可捉這廝們孫立把馬兜住喝問道你那賊兵陣上有好廝殺的出來與我決戰宋江陣內鸞鈴響處一騎馬跑將出來衆人看時乃是拚命三郎石秀來戰孫立兩馬相交雙鎗並舉兩箇鬬到五十合孫立賣箇破綻讓石秀一鎗搠入來虛閃一箇過把石秀輕輕的從馬上捉過來直挾到莊前撇下喝道把來縛了（只如戲事）祝家三子

把宋江軍馬一攪都趕散了一趕便散可知將令三子收軍回到門樓下見了孫立衆皆拱手欽伏孫立便問道共是捉得幾箇賊人祝朝奉道起初先捉得一箇時遷次後拿得一箇細作楊林又捉得一箇黃信扈家莊一丈青捉得一箇王矮虎陣上拿得兩箇秦明鄧飛今番將軍又捉得這箇石秀這廝正是燒了我店屋的共是七箇了孫立道一箇也不要壞他妙只如戲事快做七輛囚車裝了與些酒飯將

養身體休教餓損了他不好看（只如戲事。讀之失笑。）他日拿了宋江一併解上東京去教天下傳名說這箇祝家莊三傑（真會說。只如戲事。）祝朝奉謝道多幸得提轄相助想是這梁山泊當滅了邀請孫立到後堂筵宴石秀自把囚車裝了看官聽說石秀的武藝不低似孫立要賺祝家莊人故意教孫立捉了使他莊上人一發信他（自註一遍。）孫立又暗暗地使鄒淵鄒閏房裏把門戶都看了出入的路數楊林鄧飛見了鄒淵鄒閏心中暗喜樂和張看得沒人便透箇消息與衆人知了顧大嫂與樂大娘子在裏面又看了房戶出入的門徑（將寫第五日却先詳此數筆甚妙）至第五日（提動）孫立等衆人都在莊上閒行當日辰牌時候早飯已後只見莊兵報道今日宋江分兵做四路（此處說分兵四路下却只寫三路奇矣又正少欒廷玉一路更奇之奇也葢其用筆之妙都非世人所知矣）來打本莊孫立道分十路待怎地你手下人且不要慌早作准備便了先安排些撓鉤

套索須要活捉拿死的也不算（妙。只如戲筆。○已捉者。惟恐餓壞。未捉者。又恐失手。處處丁寧詳至。）莊上人都披掛了祝朝奉親自率引着一班兒上門樓來看時見正東上一彪人馬當先一箇頭領乃是豹子頭林冲背後便是李俊阮小二（正東上先叙頭領。）約有五百以上人馬（次叙人馬。）正西上又有五百來人馬（正西上先叙人馬。）當先一箇頭領乃是小李廣花榮隨背後是張橫張順（次叙頭領。）正南門樓上望時也有五百來人馬當先三箇頭領乃是沒遮攔穆弘病關索楊雄黑旋風李逵（正南上頭領。總敘。三段換。）三四面都是兵馬戰鼓齊鳴喊聲大舉欒廷玉聽了道今日這廝們廝殺不可輕敵我引了一隊人馬出後門（一箇出去了。）殺這正西北上的人馬（此一何便結果欒廷玉矣。不惟不知其如何殺死。亦并不知人馬爲誰也。）祝龍道我出前門殺這正東上的人馬（兩箇出去了。）祝虎道我也出後門殺那西南上的人馬（三箇出去了。）祝彪道我自出前門捉宋江是要緊的賊首（四箇都出去了。）祝朝奉大喜都賞了酒偏寫細事各人上馬盡帶了三百餘騎遶出莊門其餘的都守莊院門樓前吶喊此時二字妙又用一法提動鄒淵鄒閏已藏了大斧只守在監門左側鄒淵鄒閏在監側解珍解寶藏了暗器不離後門解珍解寶在後門孫新樂和已守定前門左右孫新樂和在前門和顧大嫂先撥軍兵保護樂大娘子妙却自拿了兩把雙刀在堂前楚只聽風聲便乃下手顧大嫂在堂前已上一段寫人人磨擦事事齊備且說祝家莊上擂了三通戰鼓放了一箇砲把前

後門都開（前後莊門都開了）放下吊橋（放下吊橋了）一齊殺將
出來（都殺出去了）四路軍兵出了門四下里分投去廝
殺、臨後（二字妙又用一法提動）孫立帶了十數箇軍兵立在
吊橋上（妙絕如火如錦）門裏孫新便把原帶來的旗號插
起在門樓上（妙絕如火如錦暗用拔幟立幟事）樂和便提着鎗直
唱將入來（妙絕如火如錦）鄒淵鄒閏聽得樂和唱便忽哨
了幾聲輪動大斧早把守監門的莊兵砍翻了數
十箇便開了陷車放出七隻大蟲來各各架上拔

了鎗（妙絕。如火如錦。）一聲喊起，顧大嫂掣出兩把刀，（妙絕。如火如錦。）直𨒫入房裏，把應有婦人，一刀一箇，盡都殺了。（祝家一門畢。）祝朝奉見頭勢不好了，却待要投井時，早被石秀一刀剁翻，割了首級。（祝朝奉畢。）那十數箇好漢，分投來殺莊兵。後門頭解珍、解寶便去馬草堆裏放起把火，黑燄冲天而起。（妙絕。如火如錦。已上一段，寫莊內伏兵拉雜四起。）四路人馬見莊上火起，併力向前。祝虎見莊裏火起，先𨒫回來。（祝虎從前門回來。）孫立守在弔橋上，（妙絕。）大喝一聲、你那廝那里去、攔住弔橋是以通篇勤寫弔橋也。祝虎省口、便撥轉馬頭、再遶宋江陣上來、這里呂方郭盛兩戟齊舉、早把祝虎和人連馬搠翻在地、衆軍亂上剁做肉泥祝虎畢。前軍四散奔走、孫立孫新迎接宋公明入莊百忙中先定主將。眞正奇筆。眞正大筆。東路祝龍鬭林冲不住、飛馬望莊後而來祝龍望後門回來。到得弔橋邊是以勤寫弔橋也。見後門頭解珍解寶妙絕。把莊客的屍首一箇箇攛將下來火燄裏、祝龍急回馬望北而走、猛然撞着黑旋風踴身便到、輪動雙斧早砍翻馬腳、祝龍措手不及、倒撞下來、被李逵只一斧把頭劈翻在地。祝龍畢。祝虎見莊兵走來報知不敢回直望扈家莊投奔祝虎又變一法。寫得情勢都活。却被扈成叫莊客捉了、綁縛下、正解將來見宋江、恰好遇着李逵只一斧砍翻祝彪頭來祝彪畢。〇已上一段。寫祝家兄弟一齊殄滅。莊客都四散走了、李逵再輪起雙斧便看着扈成砍來、扈成見局面不好、投馬落荒而走、棄家逃命、投延安府去了後來中興內也做了箇軍官武將（百忙中有此閒筆）且說李逵正殺得手順直搶入扈家莊裏把扈太公一門老幼盡數殺了不留一箇（快人快事）（快筆）叫小嘍囉牽了有的馬匹把莊裏一應有的財賦捎搭有四五十䭾將莊院門一把火燒了（快人快事）（快筆）却回來獻納再說宋江已在祝家莊上正廳坐下衆頭領都來獻功生擒得四五百人奪得好馬五百餘匹活捉牛羊不計其數（紀功也）宋江見了大

喜道只可惜殺了欒廷玉那箇好漢正嗟歎間前並不見有一筆寫到欒廷玉相持以及被殺之事至此忽然嗟歎其殺了可惜文法疏奇之甚者學史公筆也○讀此回至不曾見欒廷玉如何死與前文史進尋王進不見張青店中頭陀不知何人三事俱極悶悶乃作者固欲人悶悶以為娛樂也聞人報道黑旋風燒了扈家莊砍得頭來獻納宋江便道前日扈成已來投降誰教他殺了此人如何燒了他莊院只見黑旋風一身血汚腰裏插着兩把板斧直到宋江面前唱箇大喏極畫黑旋風說道祝龍是兄弟殺了祝彪也

是兄弟砍了扈成那廝走了扈太公一家都殺得乾乾淨淨兄弟特來請功宋江喝道祝龍曾有人見你殺了別的怎地是你殺了黑旋風道我砍得手順望扈家莊趕去正撞見一丈青的哥哥解那祝彪出來被我一斧砍了只可惜走了扈成那廝（宋江說只可惜殺了欒廷玉那漢李逵偏道只可惜走了扈成那廝二語天然成對妙絕）他家莊上被我殺得一箇也沒了宋江喝道你這廝誰叫你去來你也須知扈成前日牽牛擔酒前來投

降了、如何不聽得我的言語、擅自去殺他一家、故違了我的將令、李逵道、你便忘記了、我須不忘記、那廝前日教那個鳥婆娘趕着哥哥要殺、你今却又做人情、你又不曾和他妹子成親、便又思量阿舅丈人（忽然將上文一丈青公案再一勾。染便令下文異樣出色。妙心妙筆。）宋江喝道、你這鐵牛休得胡說、我如何肯要這婦人、我自有個處置、你這黑廝拿得活的有幾個、李逵答道、誰鳥耐煩、見着活的便砍了（非爲黑旋風快心滿意。正爲一丈青死心）

塌地也。用筆之巧如此。宋江道：你這厮違了我的軍令，本合斬首，且把殺祝龍、祝彪的功勞折過了。下次違令，定行不饒。黑旋風笑道：雖然沒了功勞，也喫我殺得快活。所謂人生行樂耳，須富貴何時。○三打祝家，通篇以密見奇，中間又夾敘李逵，正復以疎入妙，一文之中，疎密並行，真是奇事。只見軍師吳學究引着一行人馬，都到莊上來，與宋江把盞賀喜。宋江與吳用商議，要把這祝家莊村坊洗蕩了。石秀稟說起這鍾離老人指路之力，也有此等善心良民在內，亦

已上吳學究一半連環

不可屈壞了好人前文極寫石秀狠毒至此忽然作石秀勸宋江語作者正深表宋江之狠毒更過於石秀也宋江聽罷叫石秀去尋那老人來石秀去不多時引着那箇鍾離老人來到莊上拜見宋江吳學究宋江取一包金帛賞與老人永爲鄉民不是你這箇老人面上有恩把你這箇村坊盡數洗蕩了不留一家因爲你一家爲善以此饒了你這一境村坊人民那鍾離老人只是下拜宋江又道極寫宋江奸猾轉變我連日在此攪擾你們百姓今

日打破了祝家莊與你村中除害所有各家賜糧米一石以表人心（忽然相忘。便放出狠毒。直要先蕩村坊。忽然提着。便裝出仁心。又賜糧米一石。接連二事。絕不相蒙。頃刻之間。做人兩截。寫宋江內小人而外君子。真是筆筆如鏡。）就着鍾離老人爲頭給散（老人畢。）一面把祝家莊多餘糧米盡數裝載上車金銀財賦犒賞三軍衆將其餘牛羊騾馬等物將去山中支用打破祝家莊得糧五十萬石（敘足出軍本題。）宋江大喜大小頭領將軍馬收拾起身又得若干新到頭領孫立孫新解珍

篇初先按下李應、而篇後先收完、局成李應不

解寶、鄒淵、鄒閏、樂和、顧大嫂、并救出七箇好漢、孫立等將自巳馬也捎帶了、自巳的財賦、同老小樂大娘子跟隨了大隊軍馬上山、當有村坊鄉民扶老挈幼、香花燈燭、於路拜謝、宋江等衆將、一齊上馬、將軍兵分作三隊、擺開、連夜便回山寨、話分兩頭、且說撲天鵰李應、恰纔將息得箭瘡平復、閉門在莊上不出、暗地使人常常去探聽祝家莊消息、巳知被宋江打破了、驚喜相半、只見莊客入來報

受宋江羊酒而終歸山泊庵成獻宋江以羊酒而反佐中興皆作者立篇命格之大略

說有本州知府帶領三五十部漢到莊（突如其來。倏閒）祝家莊事情李應慌忙叫杜興開了莊門放下弔橋迎接入莊李應把條白絹搭膊絡着手（爲避罪計。）出來迎逐邀請進莊裏前廳知府下了馬來到廳上居中坐了側首坐着孔目（奇。）下面一箇押番（奇。）幾箇虞候（奇）堦下盡是許多節級牢子（奇。）李應拜罷立在廳前知府問道祝家莊被殺一事如何李應答道小人因被祝彪射了一箭有傷左臂一向閉門、不敢出去、不知其實、知府道、胡說、祝家莊見有狀子告你結連梁山泊強寇、引誘他軍馬、打破了莊、前日又受他鞍馬羊酒綵段金銀、你如何賴得過、李應告道、小人是知法度的人、如何敢受他的東西、知府道、難信你說、且提去府裏、你自與他對理明白、妙。喝教獄卒牢子、提了、帶他州裏去、與祝家分辯、兩下押番虞候、把李應縛了、衆人簇擁知府上了馬、知府又問道、那箇是杜主管杜興、又宊如其來。杜興道、小人便是。知府道、狀上也有你名、一同帶去（妙）。也與他鎖了、一行人都出莊門、當時拿了李應杜興、離了李家莊、脚不停地解來（奇絕妙絕）。行不過三十餘里、只見林子邊撞出宋江、林冲、花榮、楊雄、石秀、一班人馬、攔住去路（奇絕妙絕）。林冲大喝道、梁山泊好漢合夥在此（奇絕妙絕）。那知府人等不敢抵敵、撇了李應杜興、逃命去了（奇絕妙絕）。宋江喝叫趕上（奇絕妙絕）。衆人趕了一程、回來說道、我們若趕上時、也把這箇烏知府殺了但已不知去向（奇絕妙絕）便與李應杜興解了縛索開了鎖便牽兩匹馬過來與他兩箇騎了（奇絕妙絕）宋江便道且請大官人上梁山泊躲幾時如何（奇絕妙絕○真是不勞而定却又毫無痕跡）李應道却是使不得知府是你們殺了不干我事宋江笑道官司裏怎肯與你如此分辯我們去了必然要負累了你既然大官人不肯落草且在山寨消停幾日打聽得沒事了時再下山來不遲當下不繇李應杜

與不行大隊軍馬中間如何回得來筆下戛戛有聲一行三軍人馬迤邐回到梁山泊了寨裏頭領晁蓋等衆人擂鼓吹笛下山來迎接把了接風酒都上到大寨裏聚義廳上扇圈也似坐下請上李應與衆頭領都相見了兩箇講禮已罷李應稟宋江道小可兩箇已送將軍到大寨了既與衆頭領亦都相見了在此趨侍不妨只不知家中老小如何可教小人下山則箇吳學究笑道大官人差矣寶眷已

都取到山寨了、貴莊一把火已都燒做白地、大官人却回那里去、李應不信、早見車仗人馬隊隊上山來（奇絕妙絕）、李應看時、却見是自家的莊客并老小人等、李應連忙來問時、妻子說道、你被知府捉了來、隨後又有兩箇巡簡引着四箇都頭帶領三百來土兵到來抄扎家私（又補出一番奇事奇絕妙絕）把我們好好地教上車子、將家裏一應箱籠牛羊馬匹驢騾等項、都拿了去、又把莊院放起火來都燒了（又向妻子

已上吳學究二掌連環計

口中決絕一句李應聽罷、只叫得苦、晁蓋宋江都下廳伏罪道、我等兄弟們、端的久聞大官人好處、因此行出這條計來、萬望大官人情恕、李應見了如此言語、只得隨順了、宋江道、且請宅眷後廳耳房中安歇、李應又見廳前廳後、這許多頭領、亦有家眷老小在彼、便與妻子道、只得依允他、過宋江等當時請至廳前、敘說閒話、衆皆大喜、宋江便取笑道、大官人、你看我叫過兩箇巡簡幷那知府過來相見奇妙那扮知府的是蕭讓奇妙扮巡簡的兩箇是戴宗楊林奇妙扮孔目的是裴宣奇妙扮虞候的是金大堅侯健奇妙又叫喚那四箇都頭却是李俊張順馬麟白勝奇妙李應都看了目睜口呆言語不得宋江喝叫小頭目快殺牛宰馬與大官人陪話慶賀新上山的十二位頭領乃是李應孫立孫新解珍解寶鄒淵鄒閏杜興樂和時遷女頭領扈三娘顧大嫂同樂大娘子李應宅眷另做一席在後堂飲酒大

小三軍自有犒賞正廳上大吹大擂衆多好漢飲酒至晚方散新到頭領俱各撥房安頓次日又作席面會請衆頭領作主張宋江喚王矮虎來說道我當初在清風山時許下你一頭親事文情如漾布下尺當頭挂落懸懸挂在心中不曾完得此願今日我父親有箇女兒招你爲壻明是一丈青矣却又作此一悶眞是靈心利筆處處引人入勝宋江自去請出宋太公來引着一丈青扈三娘到筵前宋江親自與他陪話說道我這兄弟王英

雖有武藝不及賢妹是我當初曾許下他一頭親
事一向未曾成得今日賢妹你認義我父親了衆
頭領都是媒人今朝是箇良辰吉日賢妹與王英
結爲夫婦一丈青見宋江義氣深重推却不得兩
口兒（三字驟合爲之一笑）只得拜謝了晁蓋等衆人皆喜都
稱頌宋公明眞乃有德有義之士當日盡皆筵宴
飲酒慶賀正飲宴間只見山下有人來報道朱貴
頭領酒店裏有箇鄆城縣人在那里（誰耶）要來見頭

領晁蓋宋江聽得報了大喜道既是這恩人上山來入夥足遂平生之願正是恩讎不辯非豪傑黑白分明是丈夫畢竟來的是鄆城縣甚麽人且聽下回分解

卷五十四

第五才子書施耐菴水滸傳卷之五十五

聖歎外書

第五十回

插翅虎枷打白秀英

美髯公誤失小衙內

此篇爲朱雷二人合傳前半忽作香致之調○後半别成跳脫之筆眞是才子腕下無所不有

寫雷橫孝母不須繁辭只落落數筆便活畫出一箇孝子寫朱仝不肯做強盜亦不須繁辭只落落數筆便直提出一副清白肚腸笑宋江傳中越說得真切越哭得悲痛越顯其忤逆不肖越要尊朝廷守父教矜名節愛身體越見其以做強盜爲性命也人云寧犯武人刀莫犯文人筆信哉

景之奇幻者鏡中看鏡情之奇幻者夢中圓

夢文之奇幻者評話中說評話如豫章城雙
漸趕蘇卿眞對妙景焚妙香運妙心伸妙腕
蘸妙墨落妙紙成此妙裁也雖然不可無一
不可有二江瑤柱連食當復口臭何今之弄
筆小兒學之至十百卒未休也
豫章城雙漸趕蘇卿妙絕處正在只標題目
便使後人讀之如水中花影簾裏美人意中
蚤已分明眼底正自分明不出若使當時眞

盡說出亦復何味耶

雷橫母曰老身年紀六旬之上眼睜睜地只看着這箇孩兒此一語字字自說母之愛兒却字字說出兒之事母何也夫人老至六十之際大都百無一能惟知仰食其子子與之食則得食子不與之食則不得食者也子與之衣服錢物則可以至人之前子不與之衣服錢物則不敢以至人之前者也其眼睜睜

地只看孩兒政如初生小兒眼睜睜地只看母乳豈曰求報亦其勢則然矣乃天下之老人吾每見其垂首向壁不來眼睜睜地看其孩兒者無他眼睜睜看一日而不應是其心悲可知也明日又眼睜睜看一日而又不應是其心疑可知也又明日又眼睜睜看一日而終又不應是其心夫而後永自決絕誓於此生不復來看何者爲其無益也今雷横獨

今其母眼睜睜地無日不看然則其日之承伺顏色奉接意思爲何如哉陳情表曰臣無祖母無以至今日祖母無臣無以終餘年雷横之母亦曰若是這箇孩兒有些好歹老身性命也便休了悲哉仁孝之聲讀之如聞夜猿矣

話說宋江主張一丈青與王英配爲夫婦衆人都稱讚宋公明仁德當日又設席慶賀正飲宴間只

前不接後不續忽然一現如院本之楔子

見朱貴酒店裏使人上山來報道、林子前大路上一夥客人經過、小嘍囉出去攔截、數內一箇稱是鄆城縣都頭雷橫、朱頭領邀請住了、見在店裏飲分例酒食、先使小較報知、晁蓋宋江聽了大喜、隨即同軍師吳用三箇下山迎接、異數朱貴早把船送至金沙灘上岸、宋江見了慌忙下拜、寫宋江獨拜何以處晁蓋哉、咄咄之色、我不欲讀、道久別尊顏、常切思想、今日緣何經過賤處、雷橫連忙答禮道、小弟蒙本縣差遣往東昌府公幹回來、經過路口、小嘍囉攔討買路錢、小弟提起賤名、因此朱兄堅意留住、宋江道、天與之幸、請到大寨、教衆頭領都相見了、置酒管待、一連住了五日、每日與宋江閒話、晁蓋動問朱仝消息晁蓋直性人、至今未見雷横好處、故又獨問朱仝、寫得性情都有。然其實是借此一筆、爲下作引也。雷横答道、朱仝見今參做本縣當牢節級先放在此。筆法取、好。新任知縣好生歡喜、宋江宛曲把話來說雷横上山入夥、雷横推辭老母年高不能相從、待小弟送母終年之後却來相投（徒以有老母在。○正寫雷橫大孝。反顯宋江不端。妙筆。）雷橫當下拜辭了下山宋江等再三苦留不住衆頭領各以金帛相贈宋江晁蓋自不必說雷橫得了一大包金銀下山（亦先放此一筆以見下文构闌中不是無錢使）（俗子不知遂爲雷橫食指跳動也。）衆頭領都送至路口辭別把船渡過大路自回鄆城縣去了（山泊每添一番人馬必換一番調遣此忽將雷橫上山插放未及調遣之前有雲斷月出之妙。）不在話下且說晁蓋宋江回至大寨聚義廳上起請軍師吳學究定議山

此一段又是一篇大排調文字

寨職事，吳用已與宋公明商議已定（何至晁蓋不及與聞，筆筆寫宋江咄咄之色，令我更不欲讀。）次日會合衆頭領聽號令。先撥外面守店頭領。宋江道：（上無晁蓋，下無吳用，公然竟是宋江獨說。只三字寫盡咄咄之色。）「孫新、顧大嫂原是開酒店之家，着令夫婦二人替回童威、童猛，別用。（西山新店。新人舊職。）再令時遷去幫助石勇，（北山新店。新人添。）樂和去幫助朱貴，（東山舊店。新人添。）鄭天壽（舊於鴨嘴灘下寨。）去幫助李立。（南山新店。舊人舊職。）東南西北四座店內賣酒賣肉，每店內設兩箇頭領，招接四方入夥好漢（酒店爲一山眼目，故番番調遣，必先申之。）一丈青王矮虎後山下寨監督馬匹（王矮虎舊於鴨嘴灘下寨。○新職。）金沙灘小寨童威童猛弟兄兩箇守把（二童舊於西山新店。○舊人舊職。）鴨嘴灘小寨鄒淵鄒閏叔侄兩箇守把（新人舊職。）山前大路黃信燕順部領馬軍下寨守護（舊人新職。）解珍解寶守把山前第一關（山前三座大關，舊令杜遷總行守把，今分。○新人新職。）杜遷宋萬守把宛子城第二關（宋萬舊於金沙灘下寨。○舊人舊職。）劉唐穆弘守把大寨口第三關（舊人新職。）阮家三

第五才子書……誤失小衙內

雄守把山南水寨舊人舊職孟康仍前監造戰船新人舊職

未打祝家時替管李應杜興蔣敬總管山寨錢糧金帛蔣敬

舊人舊職李應杜興新添陶宗旺薛永監築梁山泊內城垣鴈

臺陶宗旺舊人舊職薛永舊人新添侯健專管監造衣袍鎧甲旌

旗戰襖舊人舊職朱富宋清提調筵宴朱富舊收錢糧舊人舊職

穆春李雲監造屋宇寨柵李雲舊人舊職穆春舊管錢糧蕭讓金

大堅掌管一應賓客書信公文舊分今合裴宣專管軍

政司賞功罰罪新人新職其餘呂方郭盛孫立歐鵬馬

麟鄧飛楊林白勝分調大寨八面安歇呂方郭盛舊任忠義耳房。馬麟舊管戰船。白勝金沙灘下寨。晁蓋宋江吳用居于山頂寨內中軍。花榮秦明居于山左寨內左軍。舊人新職。林冲戴宗居于山右寨內右軍。舊人新職。李俊李逵居于山前前軍。舊人新職。張橫張順居于山後後軍。舊人新職。楊雄石秀守護聚義廳兩側呂方郭盛新人舊職。替一班頭領分撥已定每日輪流一位頭領做筵席慶賀山寨體統甚是齊整每每一番大發放後。便有一篇大結束。巨筆如椽。肉眼不識。再說雷

前來無數雄奇實駭之論忽於其卷別[illegible]

横離了梁山泊背了包裹提了朴刀取路回到鄆城縣到家參見老母（一篇提綱）更換些衣服賫了回文逕投縣裏來拜見了知縣回了話銷繳公文批帖且自歸家暫歇依舊每日縣中書畫卯酉聽候差使因一日行到縣衙東首只聽得背後有人叫道都頭幾時回來雷横回過臉來看時却是本縣一箇擎閒的李小二（引子）雷横答道我却纔前日來家李小二道都頭出去了許多時不知此處近日有

抑揚之調如游太華，忽登虎丘也。

箇東京新來打踅的行院，〔字法〕色藝雙絕，叫做白秀英。那妮子來參都頭，〔又借此句顯出雷橫已是縣裏出色人物。〕却值公差出外不在。如今見在构欄裏說唱諸般品調，每日有那一般打散，〔字法〕或是戲舞，〔一般技藝〕或是吹彈，〔又一般技藝〕或是歌唱，〔又一般技藝。眞說得耳熱腳癢〕賺得那人山人海價看。〔稱述一句〕都頭如何不去睃一睃？〔從吏一句〕端的是好箇粉頭。〔又自家贊賞一句。聲聲口口，眞令雷橫耳熱腳癢。〕雷橫聽了，又遇心閒，〔四字不但寫雷橫肯去之故，亦已先伏後文無錢之故矣。〕便和那李小二逕到构欄裏來看只見門首挂着許多金字帳額旗桿吊着等身靠背入到裏面便去青龍頭上（字法）第一位坐了（坐得不尷尬便生出事來）看戲臺上却做笑樂院本（字法）那李小二人叢裏撇了雷橫自出外面趕碗頭腦去了（李小二既已引入便隨手放去妙○字法）院本下來只見一箇老兒（章法）裹着磕腦兒頭巾穿着一領茶褐羅衫繫一條皂縧拿把扇子上來開科（字法○龜形如畫）道老漢是東京人氏白玉喬的便是如今年邁只憑女

兒秀英歌舞吹彈普天下伏侍看官句法。七字其實妙語鑼聲響處那白秀英早上戲臺章法。參拜四方一。好看。拈起鑼棒如撒豆般點動二。好看。拍下一聲界方三。好看。念出四句七言詩道新鳥啾啾舊鳥歸老羊羸瘦小羊肥定場詩。只是尋常歎世語耳。却偏直貫入雷橫雙耳。真是絕妙之筆。第一句言子望母。第二句言母念子。天下豈有無母之人哉。讀之能不淚下也。人生衣食真難事四句竝不聯貫。而實聯貫入妙者。彼固以四句聯貫一篇。不在求四句之聯貫也。第三句七字。說盡世界。又一樣淚下。不及鴛鴦處處飛一二句刺入雷橫耳。第三句刺入合棚衆人耳到第四句忽然轉到自家身上顯出與知縣相好只四句詩便將一回情事羅撮出來才子妙筆亦一無兩○俗本失此一段可謂食蝤蛑乃棄其螯矣○此書每每横插詩歌如五臺亭裏瓦官寺前黄泥岡上鴛鴦樓下皆妙不可言雷横聽了喝聲采要知雷横喝采是動心前二句不是感傷後二句也三字中並無一孝子字而已活寫出孝子來那白秀英道今日秀英招牌上明寫着這場話本是一段風流蘊藉的格範喚做豫章城雙漸趕蘇卿我未見其書只是題目已文妙無雙矣說了開話又唱唱了又說詳處極詳省處極省合棚價衆人喝采不絕那白秀英唱到務頭

章法字法這白玉喬按喝字法道雖無買馬博金藝要動聰明鑑事人看官喝采是過去了我兒且下來聲聲如畫這一回便是襯交鼓兒的院本字法。笑樂院本既畢。又先許是交鼓院本。便令合棚衆人。不得不爲纏頭。如耐菴自己每回住處。必用驚疑之筆。即其法也。白秀英拿起盤子指着道財門上起利地上住吉地上過旺地上行全副构欄語。句法字法都妙。手到面前休教空過四字不過口頭便語。乃入下那偏是空過。故妙不可言。白玉喬道我兒且走一遭看官都待賞你聲聲如畫。白秀英托着盤子先到雷橫面前青龍頭上第一座。絕倒。雷橫便去身邊袋裏摸時，不想竝無一文。絕倒。○只竝無一文四字。費耐菴無數心血。蓋直於山泊下來時。便寫一句得了一大包金銀。以表雷橫不同貧乏人之竝無一文。又於遇李小二時。再寫一句文偛心悶。以表雷橫亦不謂自已身邊竝無一文。如此便令上文青龍一座。既不夢夢。下文又羞又惱。都有因緣也。若俗手亦復解寫竝無一文四字。何曾少缺一點一畫。而彼此相較。遂如金泥。才與不才。豈計道里。雷橫道、今日忘了不曾帶得些出來、明日一發賞你、白秀英笑道一笑。不堪。頭醋不釅二醋薄乃至以合棚之罪歸之。不堪之甚。頭醋二醋字法。官人坐當其位四字尤其不堪。可

出箇標首（字法）雷橫通紅了面皮道我一時不曾帶
得出來非是我捨不得白秀英道官人既是來聽
唱如何不記得帶錢出來（辨折得不堪之甚）雷橫道我賞
你三五兩銀子也不打緊却恨今日忘記帶來白
秀英道官人今日眼見一文也無提甚三五兩銀
子（不堪之甚惡毒之甚）正是教俺望梅止渴畫餅充饑（恰好妙對）
聲聲院本（句法）白玉喬叫道（章法）我見你自沒眼不看城
裏人村裏人（罵女兒却是罵雷橫妙妙）只顧問他討甚麼且過

去自問曉事的恩官贊別人。却又是罵雷橫。妙妙。告箇標首雷橫道我怎地不是曉事的白玉喬道你若省得這子弟門庭時字法狗頭上生角不堪之甚。惡毒之甚。句法。衆人齊和起來旁襯一句。尤極不堪。章法。雷橫大怒便罵道這忤奴字法怎敢辱我白玉喬道便罵你這三家村使牛的字法打甚麽緊有認得的喝道使不得這箇是本縣雷都頭此一襯。却定不可少。白玉喬道只怕是驢筋頭雷驢都筋頭字。隨口相混成句。惡毒不可言。雷橫那里忍耐得住從坐椅上直跳下戲臺來揪住白玉喬一拳一脚便打得唇綻齒落衆人見打得兇都來解拆又勸雷橫自回去了构欄裏人一鬨盡散原來這白秀英却和那新任知縣舊在東京兩箇來往今日特地在鄆城縣開构欄（鴛鴦處處飛斯言驗矣）那花娘（字法○李賀詩有花面丫頭四字殊妙）見父親被雷橫打了又帶重傷叫一乘轎子逕到知縣衙內訴告雷橫毆打父親攪散构欄意在欺騙奴家（好貨）知縣聽了大怒道（好貨）快寫狀來這

箇喚做枕邊靈法。句便教白玉喬寫了狀子、驗了傷痕、指定證見、本處縣裏有人都和雷橫好的、替他去知縣處打關節、怎當那婆娘守定在衙內、撒嬌撒癡、不繇知縣不行。一路都寫花娘有死之道。立等知縣差人把雷橫捉拿到官、當廳責打、取了招狀、將具枷來枷了、押出去號令示衆。第一段責枷。○逐段詳寫。以表雷橫一枷一楷、非陡然性起。其辭來者漸也。那婆娘要逞好手、寫花娘有死之道。又去知縣行說了、定要把雷橫號令在构欄門首、第二日那婆娘再去做場知縣却教把雷横號令在构欄門首○第二段號令這一班禁子人等都是和雷横一般的公人如何肯綁扒他這婆娘尋思一會旣是出名奈何了他只是一怪寫花娘有死之道走出构欄門去茶坊裏坐下叫禁子過去發話道你們都和他有首尾却放他自在知縣相公教你們綁扒他你到做人情少刻我對知縣說了看道奈何得你們也不禁子道娘子不必發怒我們自去綁扒他便了白

此篇將雷橫枷狀全分作兩段文字第一段寫雷橫孝母是眞孝不比宋江孝父是假孝

秀英道恁地時我自將錢賞你禁子們只得來對雷橫說道兒長沒奈何且胡亂枷一枷把雷橫枷扒在街上（第三段枷扒。）人鬧裏却好雷橫的母親正來送飯（新鳥啾啾老羊羸瘦之言又驗矣。）看見兒子喫他枷扒在那里便哭起來罵那禁子們道你衆人也和我兒一般在衙門裏出入的人（襯出美髯來。）錢財直這般好使誰保得嘗沒事禁子答道我那老娘聽我說我們都也要容情怎禁被原告人監定在這里要枷我們也沒做道理處、不時便要去和知縣說苦害我們、因此上做不得面皮、那婆婆道幾曾見原告人自監着被告號令的道理、禁子們又低低道老娘他和知縣來往得好、一句話便送了我們、因此兩難、那婆婆一面自去解索（一頭罵一頭先解絣扶妙筆便放活雷橫手脚生出下文情事來也）一頭口裏罵道、這箇賊賤人直恁的倚勢、我且解了這索子看他如今怎的、白秀英却在茶房裏聽得、走將過來、便道你那老婢子却纔道甚麼、那婆婆那里有好氣、便指着罵道、你這千人騎萬人壓、亂人入的賤母狗、做甚麼倒罵我、白秀英聽得、柳眉倒竪、星眼圓睜、大罵道老咬蟲乞貧婆賤人怎敢罵我（第四段大罵）婆婆道我罵你待怎的、你須不是鄆城縣知縣、白秀英大怒、搶向前只一掌把那婆婆打箇踉蹌、那婆婆却待掙扎、白秀英再趕入去、老大耳光子只顧打（第五段毒打凡用五段文字跌出一枷梢來）這雷橫已是鬱憤在心、又見母親喫打一時怒從心發（與前喝采句應○俗本此處增雷橫大孝的人句）扯起枷來望着白秀英腦蓋上只一枷梢打箇正着劈開了腦蓋撲地倒了眾人看時腦漿迸流眼珠突出動撣不得情知死了眾人見打死了白秀英就押帶了雷橫一發來縣裏首告見知縣備訴前事知縣隨即差人押雷橫下來會集相官拘喚里正隣佑人等對屍簡驗已了都押回縣來雷橫一面都招承了並無難意（徒以有老母在）他娘自保領回家聽候把雷

橫枷了下在牢裏當牢節級却是美髯公朱仝忽然轉出髯公見發下雷橫來也沒做奈何處只得安排些酒食管待教小牢子打掃一間淨房安頓了雷橫少間他娘來牢裏送飯哭着哀告朱仝道老身年紀六旬之上眼睜睜地只看着這箇孩兒絕世妙文絕世奇文讀之乃覺陳情表不及其沉痛天下豈有無母之人哉讀之其能不淚下也望煩節級哥哥看日常間弟兄面上可憐見我這箇孩兒看覷看覷朱仝道老娘自請放心歸去今後飯食

不必來送不是朱仝包辦亦圖收住老娘也設無此句送飯何日是了小人自管待他倘有方便處可以救之雷橫娘道哥哥救得孩兒却是重生父母若孩兒有些好歹老身性命也便休了絕世妙文絕世奇文陳情表不及沉痛朱仝道小人專記在心美髯生平一片之心老娘不必掛念那婆婆拜謝去了朱仝尋思了一日沒做道理救他處極寫其難以表朱仝又自央人去知縣處打關節上下替他使用人情那知縣雖然愛朱仝只是恨這雷橫打死了他表

子白秀英也容不得他說了又怎奈白玉喬那廝催併疊成文案要知縣斷教雷橫償命因在牢裏六十日限滿斷結解上濟州主案押司抱了文卷先行却教朱仝解送雷橫（曲曲折折生出事情來）朱仝引了十數箇小牢子監押雷橫離了鄆城縣約行了十數里地見箇酒店朱仝道（合三句是箇專記在心者）我等衆人就此喫兩碗酒去衆人都到店裏喫酒朱仝獨自帶過雷橫只做水火來後面僻淨處開了枷放了

雷橫（敘得直截爽快。）分付道、賢弟自回、快去家裏取了老母（可謂子與了言孝矣。寫得妙絕。）星夜去別處逃難、這里我自替你吃官司（胥眞絕倫超羣。寫來令人感激。）雷橫道、小弟走了自不妨、必須要連累了哥哥、朱仝道、兄弟你不知、知縣怪你打死了他表子、把這文案都做死了、解到州裏、必是要你償命、我放了你、我須不該死罪、況兼我又無父母掛念（惟孝子能知孝子。筆筆妙絕。此語雷橫能得之於朱仝。而宋江不能得之於一時萬世者。則眞假之別也。）家私儘可賠償你、顧前程

雷橫傳畢



萬里快去雷橫拜謝了便從後門小路奔回家裏收拾了細軟包裹引了老母（雷橫傳畢）星夜自投梁山泊入夥去了（徒以有老母作）不在話下却說朱仝拿這空枷撇在草裏（細）却出來對衆小牢子說道喫雷橫走了却是怎地好衆人道我們快趕去他家裏捉朱仝故意延遲了半晌料着雷橫去得遠了却引衆人來縣裏出首朱仝告道小人自不小心路上被雷橫走了在逃無獲情願甘罪無辭（雷橫爲母朱仝爲友）

寫得一樣慷慨。○雷横招承，並無難色，徒以有老母在；朱仝情願甘罪無辭，徒以吾友有老母在也。兩句合來，不過十數字，而其勢遂欲與史公遊俠諸傳分席爭雄，洵奇事也。

知縣本愛朱仝，有心將就出脫他，被白玉喬要赴上司陳告朱仝故意脫放雷横，知縣只得把朱仝所犯情罪申將濟州去。朱仝家中自着人去上州裏使錢透了，却解朱仝到濟州來。當廳審錄明白，斷了二十脊杖，刺配滄州牢城。朱仝只得帶上行枷，兩箇防送公人領了文案，押送朱仝上路。家間自有人送衣服盤纏、先齋發了兩箇公人、當下離了鄆城縣、逕望滄州橫海郡來、於路無話、到得滄州入進城中投州衙裏來、正值知府陞廳、兩箇公人押朱仝在廳堦下、呈上公文、知府看了見朱仝一表非俗、貌如重棗、美髯過腹、知府先有八分歡喜、便教這箇犯人休發下牢城營裏、只留在本府聽候使喚、當下除了行枷、便與了回文、兩箇公人相辭了自回、只說朱仝自在府中、每日只在廳前伺候呼嗔那滄州府裏押番虞候門子承局節級牢子都送了些人情又見朱仝和氣因此上都歡喜他忽一日本官知府正在廳上坐堂朱仝在堦侍立知府喚朱仝上廳問道你緣何放了雷橫自遭配在這里（句句寫出愛惜）朱仝禀道小人怎敢故放了雷橫只是一時間不小心被他走了知府道你也不必得此重罪（句句寫出愛惜）朱仝道被原告人執定要小人如此招做故放以此問得重了知府道雷橫爲何打

死了那娼妓朱仝却把雷橫上項的事備細說了一遍知府道你敢見他孝道爲義氣上放了他句句朱仝道小人怎敢欺公罔上正問之間只寫出愛惜之至見屏風背後轉出一箇小衙內來方年四歲生得端嚴美貌乃是知府親子知府愛惜如金似玉甫寫完母子恩愛又接出父子恩愛來奇文妙筆是聯是斷○母無不愛之子而老婦愛子尤劇父亦無不愛之子而幼子可愛尤甚雷橫老娘知府衙內似斷却連似連仍斷作者命意之妙當於筆墨之尋那小衙內見了朱仝逕走過來便要他抱要抱

（是第一段。看他文情漸漸生出來。）朱仝只得抱起小衙內在懷裏，那小衙內雙手扯住朱仝長髯說道：「我只要這鬍子抱。」（不要別人抱。只要朱仝抱。是第二段。）知府道：「孩兒快放了手，（寫知府愛惜朱仝固也。此卻寫到知府愛惜朱仝美髯。夫雲長製囊珍護。茂先不復御被。靈運臨刑。猶施維摩。此皆自有髯。自惜之。而此知府乃獨至於惜人之髯。真寫出名士風流也。）休要囉唣。」小衙內又道：「我只要這鬍子抱，和我去要。」（抱了要要是第三段。）朱仝稟道：「小人抱衙內去府前閒走，要一回了來。」知府道：「孩兒既是要你抱，你和他去要一回了來○知府教抱去耍是第四段看他文情漸漸生來朱仝抱了小衙內出府衙前來買些細糖菓子與他喫轉了一遭再抱入府裏來知府看見問衙內道孩兒那里去來小衙內道這鬍子和我街上看耍又買糖和菓子請我喫知府說道你那里得錢買物事與孩兒喫句句寫出愛惜朱仝稟道微表小人孝順之心何足挂齒知府教取酒來與朱仝喫府裏侍婢捧着銀瓶菓盒篩酒連與朱仝喫了三大賞鍾此一句不重賞酒單重侍婢蓋此處逗出

侍婢。俄令後文傳送衙內。早晚無禁。皆細心安頓之筆也。知府道早晚孩兒要你要時你可自行去抱他要去知府教可自抱是第五段。看他文情漸漸生出來。朱仝道恩相台旨怎敢有違自此為始每日來和小衙內上街閒耍朱仝囊篋又有只要本官見喜小衙內面上儘自倍賞用省筆敘抱要已慣。是第六段。時過半月之後便是七月十五日盂蘭盆大齋之日於閒筆點染處。忽然又將雷橫大孝一提。蓋盂蘭盆為報母佛事也。年例各處點放河燈修設好事當日天晚堂裏侍婢奶子叫道前銀

（痴呆會一行。專為此句耳。）朱都頭，小衙內今夜要去看河燈，夫人分付：你可抱他去看一看。朱仝道：小人抱去。那小衙內穿一領綠紗衫兒，頭上角兒拴兩條珠子頭鬚，從裏面走出來。（寫來可愛，便活有小兒在紙上也。）朱仝托在肩頭上，轉出府衙門前來，望地藏寺裏去看點放河燈。那時纔交初更時分，朱仝肩背着小衙內，遶寺看了一遭，却來水陸堂放生池邊看放河燈。那小衙內爬在欄干上，看了笑耍。只見背後有人拽

此段另是一樣筆法

朱仝袖子道哥哥借一步說話朱仝回頭看時却是雷横喫了一驚（筆勢亦另跳脫而出讀之喫驚）便道小衙内且下來坐在這里我去買糖來與你喫切不要走動小衙内道你快來我要去橋上看河燈朱仝道我便來也轉身却與雷横說話朱仝道賢弟因何到此雷横扯朱仝到淨處拜道自從哥哥救了性命和老母無處歸着只得上梁山泊投奔了宋公明入夥小弟說哥哥恩德宋公明亦甚思想哥哥舊

日放他的恩念是天王和衆頭領、皆感激不淺、因此特地教吳軍師同兄弟前來相探、朱仝道、吳先生見在何處、背後轉過吳學究道、吳用在此、言罷便拜、筆筆跳脫而出、令人喫驚、朱仝慌忙答禮道、多時不見、先生一向安樂、吳學究道、山寨裏衆頭領多多致意今番教吳用和雷都頭特來相請足下上山同聚大義、不答寒暄、直說來意、筆勢跳脫、令人喫驚、到此多日了、不敢相見、今夜伺候得着、請仁兄便那尊步同赴山寨以滿

段朱仝不肯落草是真正不肯點污身體不比宋江假道學

晁宋二公之意（更不商量筆勢跳脫之甚）朱仝聽罷半晌答應

不得便道先生差矣（看他半晌答應不得下卻失卩喝出先生差矣四字妙絕）

這話休題恐被外人聽了不好雷橫兄弟他自（他自

我自明畫之極心直卩快乃有此語宋江一生亦說不出）犯了該死的罪我因

義氣放了他他出頭不得上山入夥（真正說得做强盜是末等

事卩齒明畫之極不是宋江假惺惺語）我自為他配在這里天可憐

見一年半載掙扎還鄉復為良民我卻如何肯做

這等的事（明畫之極不是宋江語）你二位便可請回休在此

鬧惹口面不好（他自我自兩段下，便急接請回句。寫出美髯一片冰心，決決絕絕也。）雷橫道：哥哥在此，無非只是在人之下，伏侍他人，非大丈夫男子漢的勾當。不是小弟糾合上山，端的晁宋二公仰望哥哥久矣，休得遲延有悞。朱仝道：兄弟（上一段與吳用說，此一段與雷橫說，各妙。）你是甚麼言語（寫得駭笑之極，一似蜂蠆入懷者，妙絕。）你不想（何）我為你母老家寒上（說出母老家寒四字，真正仁人孝子，遂覺豪傑肝膽都是亂民。）放了你去，今日你到來陷我為不義（斬釘截鐵，天地鑒之，不是宋江假惺惺語。）吳學究道：既然都頭不肯去時、我們自告退相辭了去休（突然而來。）（瞥然便去。筆筆跳脫。）朱仝道、說我賤名上覆衆位頭領（只如此。更無半語周旋。妙絕。）一同到橋邊、朱仝回來不見了小衙內、（筆筆跳脫。令人喫驚。）叫起苦來、兩頭沒路去尋、雷橫扯住朱仝道、哥哥休尋（筆筆跳脫。）多管是我帶來的兩箇伴當、聽得哥哥不肯去、因此倒抱了小衙內去了、我們一同去尋、朱仝道、兄弟、不是要處、若這箇小衙內有些好歹、知府相公的性命也便休了（上文雷橫娘云。若這箇孩兒有些好歹老身的性命也便休了此忽云若這箇小衙內有些好歹知府相公的性命也便休了閒中作一關鎖兩傳遂成一篇雷橫道哥哥且跟我來朱仝幫住雷橫吳用三箇離了地藏寺徑出城外筆筆跳脫朱仝心慌便問道你的伴當抱小衙內在那里雷橫道哥哥且走到我下處包還你小衙內朱仝道遲了時恐知府相公見怪吳用道我那帶來的兩箇伴當是箇沒分曉的一定直抱到我們的下處去了朱仝道你那伴當姓甚名誰雷橫答道我也不

認得只聽聞叫做黑旋風筆筆跳脫。令人喫驚。朱仝失驚道、莫不是江州殺人的李逵麼、吳用道便是此人、朱仝跌腳叫苦、慌忙便趕離城約走到二十里只見李逵在前面叫道我在這里筆筆作奇鬼攫人之勢。跳脫之極。朱仝搶近前來、問道小衙內放在那里、李逵唱箇喏道拜揖寫一箇慌忙。一箇作要。令我失笑。節級哥哥、小衙內有在這里只論有無。絕倒。、朱仝道你好好的抱出來還我、李逵指着頭上道小衙內頭鬚兒却在我頭上筆筆不猶人。跳腕之極。○問衙內却答頭鬚，忙者忙極，頑者頑極，令我失笑不已。朱仝看了，慌問：「小衙內正在何處？」李逵道：「被我拿些麻藥抹在口裏，直拕出城來，如今睡在林子裏，你自請去看。」朱仝乘着月色明朗，逕搶入林子裏尋時，只見小衙內倒在地上。朱仝便把手去扶時，只見頭劈做兩半箇，已死在那里。讀至此句，失聲一歎者，癡也。此自耐菴奇文耳，豈眞有此事哉。當時朱仝心下大怒，逩出林子來，早不見了三箇人。○筆筆作奇鬼之狀。四下里望時，只見黑旋風遠遠地拍

着雙斧叫道來來來（筆筆作奇鬼之狀俗本此處多一句）朱仝性
起奮不顧身搜扎起布衫大踏步趕將來李逵回
身便走（筆筆作奇鬼之狀）背後朱仝趕來這李逵却是穿
山度嶺慣走的人朱仝如何趕得上先自喘做一
塊李逵却在前面又叫來來來（筆筆作奇鬼弄人之狀跳脫不可言）
（俗本此處又增二句）朱仝恨不得一口氣吞了他只是趕
他不上趕來趕去天色漸明李逵在前面急趕急
走慢趕慢行不趕不走（三句寫得墨氣淋漓却是極省之筆）看看趕

入一箇大莊院裏去了。竟是奇鬼身分。○讀書須要留心。如此篇。但能留心記得美髯所配州名。則此座大莊院。便不喫他一驚也。朱仝看了道那厮既有下落我和他干休不得朱仝直趕入莊院內廳前去見裏面兩邊都插着許多軍器朱仝道想必也是箇官宦之家不止。立住了腳高聲叫道莊裏有人麼只見屏風背後轉出一箇人來鬼沒神出。讀之又驚又喜。筆墨之事。遂乃至此。那人是誰頓一句。正是小旋風柴進跳脫而出。○此篇另用一樣筆法。讀之有野樹花爭發。春塘水亂流之勢。於全書中。為變調也。問道兀的是誰、朱仝見那人趨走如龍，神儀焰日。八字妙文，畫出王孫。別處後用不得。慌忙施禮答道：「小人是鄆城縣當牢節級朱仝，犯罪刺配到此。昨晚因和知府的小衙內出來看放河燈，被黑旋風不說出李逵三字，對下讀之。殺了小衙內，見今走在貴莊，望煩添力捉拿送官。」柴進道：「既是美髯公，且請坐。」朱仝道：「小人不敢拜問官人高姓？」柴進答道：「小可小旋風便是。」亦不說姓柴名進。不見黑旋風，却見小旋風，無端自成關鎖。朱仝道：「久聞柴大官人。」連忙下拜道、上下句連。此五字。乃夾叙也。不期今日得識尊顔、柴進說道、美髯公亦久聞名、且請後堂說話、朱仝隨着柴進直到裏面、朱仝道、黑旋風那廝妙。如何却敢遝入貴莊躱避、柴進道、容覆小可小旋風妙。○文情只如小鳥鬬口。一接一妙。專愛結識江湖上好漢、爲是家間祖上有陳橋讓位之功、先朝曾勑賜丹書鐵券、但有做下不是的人、停藏在家、無人敢搜、近間有箇愛友、和足下亦是舊交、目今見在梁山泊做頭領、名喚及時雨宋公明寫一封密書令吳學究雷橫黑旋風俱在敝莊安歇禮請足下上山同聚大義因見足下推阻不從故意教李逵殺害了小衙內先絕了足下歸路（竟說明奇絕此回都不用婉語）只得上山坐把交椅吳先生（句）雷兄（句）如何不出來陪話（此篇真另是一樣機杼筆筆不猶人）只見吳用雷橫從側首閣子裏出來（寫得真有鬼神出沒之狀）望着朱仝便拜（便拜妙）說道兄長望乞恕罪皆是宋公明哥哥將令分付如此若到山寨自有分曉

朱仝道、是則是你們弟兄好情意、只是忒毒些箇、柴進、一力相勸、朱仝道、我去則去、只教我見黑旋風面罷柴進道李大哥你快出來陪話李逵也從側首出來奇妙之極。唱箇大喏却不拜。只唱喏。又妙。朱仝見了心頭一把無明業火、高三千丈、按納不下、起身搶近前來、要和李逵性命相搏、柴進雷橫吳用三箇苦死勸住、朱仝道、若要我上山時、依得我一件事我便去奇吳用道、休說一件事、遮莫幾十件、也都依你願聞那一件事不爭朱仝說出這件事來有分教大鬧高唐州惹動梁山泊直教招賢國戚遭刑法好客皇親喪土坑畢竟朱仝說出甚麽事來且聽下回分解

# 第五才子書施耐菴水滸傳卷之五十六

聖歎外書

## 第五十一回

李逵打死殷天錫
柴進失陷高唐州

此是柴進失陷本傳也然篇首朱仝欲殺李逵一段讀者悉誤認爲前回之尾而不知此已與前了不相涉只是偶借熱鐺趂作煎餅

順風吹花用力至便者也吾嘗言讀書者切勿爲作書者所瞞如此一段文字瞞過世人不爲不久今日忍俊不禁就此一處道破當於處處思過半矣不得以其稗官也而忽之也

柴皇城妻寫作繼室者所以深明柴大官人之不得不親往也以借大家私之人而旣已無兒無女乃其妻又是繼室以此而遣人亡

家破之日其分崩決裂可勝道哉繼室則年尚少年尚少而智畧不足以禦強侮一也繼室則來未久來未久而恩威不足以壓衆心二也繼室則其志未定志未定而外有繼嗣未立內有帷箔可憂三也四也然則柴大官人即使蚤知禍患而欲斂足不往亦不可得也

嗟乎吾觀高廉倚仗哥哥高俅勢要在地方

無所不爲殷直閣又倚仗姐夫高廉勢要在地方無所不爲而不禁愀然出涕也曰豈不甚哉夫高俅勢要則豈獨一高廉倚仗之而已乎如高廉者僅其一也若高俅之勢要其倚仗之以無所不爲者方且百高廉正未已也乃是百高廉又當莫不各有殷直閣其人而每一高廉豈僅僅於一殷直閣而已乎如殷直閣者又其一也若高廉之勢要其倚仗

之以無所不爲者又將百殿直閣正未巳也夫一高俅乃有百高廉而一一高廉各有百殿直閣然則少亦不下千殿直閣矣是千殿直閣也者每一人又各自養其狐羣狗黨二三百人然則普天之下其又復有寧宇乎哉嗚呼如是者其初高俅不知也既而高俅必當知之夫知之而能痛與戢之亦可以不至於高俅也知之而反若縱之甚者此高俅之

所以爲高俅也

此書極寫宋江權詐可謂處處敲骨而剔髓矣其尤妙絕者如此篇鐵牛不肯爲髯陪話處寫宋江登時捏撮一片好話逐句斷續逐句轉變風雲在口鬼蜮生心不亦怪乎夫以才如耐菴卽何難爲江擬作一段聯貫通暢之語而必故爲如是云云者凡所以深著宋江之窮凶極惡乃至敢於欺純是赤子之李

逵爲稗史之檮杌也

寫宋江入夥後每有大事下山宋江必勸晁蓋哥哥山寨之主不可輕動如祝家莊高唐州莫不皆然此作者特表宋江之凶惡能以權術軟禁晁蓋而後乃得惟其所欲爲也何也蓋晁蓋去則功歸晁蓋晁蓋不去則功歸宋江一也晁蓋去則宋江爲副衆人悉聽晁蓋之令晁蓋不去則宋江爲帥衆人悉聽宋

江之令二也夫出則其位至尊入則其功至高位尊而功高咄咄乎取第一座有餘矣此宋江之所以必軟禁晁蓋而作者深著其窮凶極惡爲稗史之檮杌也

刼寨乃兵家一試之事也用兵而至於必刼寨甚至一刼不中而又再刼此皆小兒女投擲之戲耳而今耐菴偏若不得不出於此者蓋爲欲破高廉斯不得不遠取公孫遠取公

孫斯不得不按住高廉意在楊林之一箭斯不得不用學究之料坳也

此篇本叙柴進失陷然至柴進既陷而又必盛張高廉之神師者非爲難於搭救柴進正以便於收轉公孫所謂墨酣筆疾其文便連珠而下梯接而上正不知虧公孫救柴進虧柴進歸公孫也讀書者切勿爲作書者所瞞此又其一矣

玄女而眞有天書者宜無不可破之神師也玄女之天書而不能破神師者耐菴亦可不及天書者也今偏要向此等處提出天書而天書又曾不足以奈何高廉然則宋江之所謂玄女可知而天書可知矣前曰終日看習天書此又曰用心記了咒語豈有終日看習而今始記咒語者明乎前之看習是詐而今之記咒又詐也前曰可與天機星同觀此忽

看他過接法

曰軍師放心我自有法豈有終日兩人看習而今吳用盡忘者明乎前之未嘗同觀而今之并非獨記也著宋江之惡至於如此真出篝火狐鳴下倍徙矣

話說當下朱仝對衆人說道若要我上山時你只殺了黑旋風與我出了這口氣我便罷 奇談駭事。文章妙處全在脫卸。脫卸之法。千變萬化。而總以使人讀之。如神鬼搬運。全無踪迹。爲絕技也。只如上回已賺得朱仝。則其文已畢。入此回。正是朱附柴進之正傳。今看他不更別起事端。而便留李逵做一關

（捩。却又更借朱仝怨氣。順手帶下。遂令讀者深歎美髯之忠。而竟不知耐菴之巧。真乃文壇中拔趙幟立赤幟之材也。○每見讀此文者。誤認尚是前回餘文。小說之不能讀。而欲讀天下奇書。其誰欺。欺小衙內乎。）李逵聽了大怒道教你咬我鳥晁宋二位哥哥將令干我屁事（將令與屁。令作一句。李大哥妙人。有此妙語。）朱仝怒發又要和李逵廝併三箇又勸住了朱仝道若有黑旋風時我死也不上山去（奇談駭事。○總之是耐菴立意要脫卸到下文。非美髯立意要死併李逵也。）柴進道恁地也却容易我自有箇道理只留下李大哥在我這里便了（看他文章過接）

奇絕處、如星移電掣、瞥然便去、不令他人留目、你們三箇自上山去、以滿晁宋二公之意、朱仝道、如今做下這件事了、知府必然行移文書去鄆城縣追捉、拿我家小、如之奈何、吳學究道、足下放心、此時多敢宋公明已都取寶眷在山上了、朱仝方纔有些放心、柴進置酒相待、就當日送行、三箇臨曉辭了柴大官人便行、柴進叫莊客備三騎馬送出關外、臨別時、吳用又分付李逵道、你且小心、只在大官人莊上住幾時、切。

不可胡亂惹事累人每於事前先逗一綫如游絲惹花將迎復脫妙不可言待半年三箇月等他性定却來取你還山此一句極似承上文喫緊語然却是假筆多管也來請柴大官人入夥此一句極似無來歷實然語然却是正筆○只此二筆要分正反須知文之難作與文之難讀也三箇自上馬去了不說柴進和李逵回莊且只說朱仝隨吳用雷橫來梁山泊入夥行了一程出離滄州地界莊客自騎了馬回去細三箇取路投梁山泊來於路無話早到朱貴酒店裏先使人上山寨報知

晁蓋宋江引了大小頭目、打鼓吹笛、直到金沙灘迎接、一行人都相見了、各人乘馬回到山上大寨前下了馬、都到聚義廳上、叙說舊話、朱仝道、小弟今蒙呼喚到山、滄州知府必然行移文書去鄆城縣捉我老小、如之柰何、宋江大笑道、我教長兄放心、尊嫂并令郎已取到這里多日了、朱仝便問道、見在何處、宋江道、奉養在家父太公歇處、兄長請自已去問慰、便了、朱仝大喜、宋江着人引朱仝直

不但結朱仝并結雷横謂之兩頭一結法



到宋太公歇所見了一家老小并一應細軟行李、妻子說道近日有人齎書來說你已在山寨入夥了因此收拾星夜到此朱仝出來拜謝了衆人宋江便請朱仝雷横山頂下寨陡然將朱雷一結。令兩龍齊來入穴。看他何等筆力。○閒中忽大書宋江便請四字。見宋江之無晁蓋也。又大書山頂下寨四字。見宋江之多樹援也。一筆一劄。遂擬春秋。豈意稗官有此奇事。一面且做筵席連日慶賀新頭領不在話下、畢。

却說滄州知府至晚不見朱仝抱小衙內回來、差人四散去尋了半夜、次日有人見殺死在林子裏報與知府知道府尹聽了大驚親自到林子裏看了痛哭不已備辦棺木燒化炎日霹靂便行開公文諸處緝捕捉拿朱仝正身鄆城縣已自申報朱仝妻子挈家在逃不知去向行開各州縣出給賞錢捕獲筆墨周緻又補鄆城縣事不在話下畢只說李逵在柴進莊上住了一箇來月閒殺鐵牛○○○忽一日輕輕三字生出後同無數大文字見一箇人齎一封書火急奔莊上來柴大官人卻好迎着接書看了大

驚道既是如此我只得去走一遭李逵便問道須知急插入真是妙筆不得但讚描畫李逵如活而已大官人有甚緊事柴進道我有箇叔叔柴皇城見在高唐州居住今被本州知府高廉的老婆兄弟殷天錫那廝來要占花園嘔了一口氣臥病在床早晚性命不保必有遺囑的言語分付特來與我想叔叔無兒無女註出必須親往之故必須親身去走一遭李逵道既是大官人去時我也跟大官人去走一遭如何以事論之講是旁文以文論之

卻是正事。須看耐菴妙筆。莫只看李逵妙人也。柴進道、大哥肯去時就同走一遭、柴進即便收拾行李、選了十數匹好馬、帶了幾箇莊客、次日五更起來、柴進李逵并從人都上了馬、離了莊院、望高唐州來、不一日、來到高唐州、入城直至柴皇城宅前下馬、留李逵和從人在外面廳房內、柴進自逕入卧房裏來看視叔叔、坐在榻前放聲慟哭、皇城的繼室、既已無兒無女矣。乃其妻又是繼室。○○○○○○○○○○○○○○○○○○○○○皆所以深明柴進之必親往也。出來勸柴進道、大官人鞍馬風塵不易初到此間且休煩惱（家破人亡之時只有婦人哭男子勸之理豈有男子哭婦人反勸之理哉分明寫出皇城家中又無痛癢又無緩急此繼室之所以爲繼室而柴進之不得不親往也○只繼室二字直從意匠慘淡處經營出來作文豈是易事而讀文又烏得不難也）柴進施禮罷便問事情繼室答道此間新任知府高廉兼管本州兵馬（便伏交戰諸文設無此一語下直取而殺之可也）是東京高太尉的叔伯兄弟倚仗他哥哥勢要在這里無所不爲（一部書並不止寫高俅一筆而高俅之惡貫於斯盈矣無所不爲者一辭不足以盡之之謂也）帶將一箇妻舅殷天錫來人盡稱他

做殷直閣那厮年紀却小又倚仗他姐夫的勢要又在這里無所不爲高俅無所不爲猶可限也高俅之伯叔兄弟無所不爲胡可限也高俅之伯叔兄弟無所不爲不可限也高俅之伯叔兄弟又有親戚又復無所不爲胡可限也高俅之伯叔兄弟又有親戚又復無所不爲不可限也高俅伯叔兄弟之親戚又當各有其狐狗奔走之徒又當各各無所不爲胡可限也嗟乎天下者朝廷之天下也百姓者朝廷之赤子也今也縱不可限之虎狼張不可限之饞吻奪不可限之几肉填不可限之谿壑而欲民之不畔國之不亡胡可得也有那等獻勤的賣科對他說我家宅後有箇花園水亭蓋造得好前書高俅之伯叔兄弟奪人妻女此書高俅伯叔兄弟之

妻舅奪人田宅。葢高俅之黨愈多。而高俅之勢愈赫矣。前書高俅因伯叔兄弟奪人妻女。而欲誣誅林冲。此書高俅因伯叔兄弟之妻舅奪人田宅。而至禍連甲兵。葢高俅之勢愈赫。而高俅之惡愈盈矣。

那厮帶將許多奸詐不及的三二十人逕入家裏來宅子後看了寫得赫赫。便要發遣我們出去他要來住寫得赫赫。皇城對他說道我家是金枝玉葉有先朝丹書鐵劵在門諸人不許欺侮你如何敢奪占我的住宅趕我老小那里去那厮不容所言定要我們出屋皇城去扯他反被這厮推搶毆打因此受這口氣、一卧不起、飲食不喫、服藥無効、眼見得上天遠入地近、今日得大官人來家做箇主張、便有些山高水低、也更不憂。柴進答道、尊嬸放心、只顧請好醫士調治叔叔、但有門戶、小侄自使人回滄州家裏去取丹書鐵券來、和他理會、（先頓一句在此者、非表丹書鐵券之即來、正表丹書鐵券之未來也。）便告到官府、今上御前、（此四字是疊一句法。本言便告到官府也不怕他、却於官府二字下、疊出今上御前四字、以表丹書鐵券之老大足恃、而不謂後文之殊不然也。）也不怕他、繼室道、皇城幹事、全不濟事，還是大官人理論是得。柴進看視了叔叔一回，却出來和李逵并帶來人從說知備細。李逵聽了，跳將起來說道：「這廝好無道理！（忽然提出道理二字，令奸臣一嚇。）我有大斧在這里，教他喫我幾斧，却再商量。」柴進道：「李大哥，你且息怒。沒來繇和他麄鹵做甚麼？他雖是倚勢欺人，我家放着有護持聖旨，這里（指高廉也。）和他理論不得，須是京師也有大似他的（指道君也。必道君皇帝，方大似他。然則他之為他，其大何如哉。○只知這里之有高廉，而不知大似他的身邊之有高俅何哉放着明明的條例和他打官司李逵道條例條例若還依得天下不亂了快論確論我只是○○○○○○○○○○前打後商量五字是李大哥生平亦是一大篇題目不得作一句閒話讀也那廝若還去告狀和那鳥官一發都砍了亦是下文一大篇題目不是卬頭順便快語而已柴進笑道可知朱仝要和你廝併見面不得本為要留李逵生出事來故上文寫作朱仝怒發耳今偏倒擱此筆以自掩其筆墨之跡耐菴每每如此這里是禁城之內如何比得你山寨裏橫行李逵道禁城便怎地江州無為軍偏我不曾

殺人妙人妙語全是嫵媚毫無麁鹵今我讀之解頤柴進道等我看了頭勢用着大哥時那時相央無事只在房裏請坐又於柴進口中特作撥歷之語以見下文突如其來非柴進之所料也正說之間裏面侍妾慌忙來請大官人看視皇城柴進入到裏面臥榻前只見皇城閤着兩眼淚對柴進說道賢姪志氣軒昂不辱祖宗我今日被殷天錫毆死你可看骨肉之面親齎書往京師攔駕告狀與我報讎九泉之下也感賢姪親意保重保重再不多囑言

罷便放了命柴進痛哭了一場繼室恐怕昏暈（不惟不哭反勸人勿哭極寫繼室二字）勸住柴進道大官人煩惱有日（只四字寫盡新死人家相勸人語）且請商量後事柴進道誓書在我家裏不曾帶得來星夜教人去取須用將往東京告狀叔叔尊靈且安排棺槨盛殮成了孝服却再商量柴進教依官制備辦內棺外槨依禮鋪設靈位一門穿了重孝大小舉哀李逵在外面聽得堂裏哭泣自已磨拳擦掌價氣（妙人寫得如畫）問從人都

○○○不肯說一發可惱。宅裏請僧修設好事功果至第三日只見這殷天錫騎着一匹擸行的馬擸行妙。將引閒漢三二十人手執彈弓川弩吹筒氣毬拈竿樂器城外遊翫了一遭帶五七分酒佯醉假顛逕來到柴皇城宅前勒住馬叫裏面管家的人出來說話描寫如畫。正與高衙內一樣脚色。柴進聽得說掛着一身孝服慌忙出來答應那殷天錫在馬上問道你是他家甚麼人柴進答道小可是柴皇城親侄柴進殷天錫道、我前日分付道教他家搬出屋去、如何不依我、言語、柴進道、便是叔叔臥病、不敢移動、夜來已自身故、待斷七了搬出去、殷天錫道、放屁、我只限你三日便要出屋、三日外不搬、先把你這廝枷號起、先喫我一百訊棍、柴進道、直閣休恁相欺、我家也是龍子龍孫、放着先朝丹書鐵券、誰敢不敬、殷天錫喝道、你將出來、我看、好、柴進道、見在滄州家裏、已使人去取來、殷天錫大怒道、這廝正是胡說、便有誓書鐵券我也不怕（又好。）左右與我打這廝衆人却待動手原來黑旋風李逵在門縫裏張看（全是嫵媚毫無麁鹵。妙人。）聽得喝打柴進便搶開房門大吼一聲直搶到馬邊早把殷天錫揪下馬來一拳打翻（何等快便何等條直。擱駕告狀。何爲也哉。）那二三十人却待搶他（寫得好。）被李逵手起早打倒五六箇一鬨都走了却再拿殷天錫提起來拳頭脚尖一發上柴進那裏勸得住看那殷天錫時早已打死在地（只是一頓打。却作兩截寫。○快活）柴進只叫得苦便教李逵且去後堂商議柴進道眼見得便有人到這里你安身不得了官司我自支吾你快走回梁山泊去李逵道我便走了須連累你至性人語○純是一團道理在胸中方說得出此八箇字來怪不得他罵人無道理也○必如此人方能與人同生同死○他人只是閒時好聽語耳柴進道我自有誓書鐵劵護身你便去是事不宜遲李逵取了雙斧帶了盤纏出後門自投梁山泊去了不多時只見一二百餘人各執刀杖鎗棒圍住柴皇城家柴進見來捉

人便出來說道我同你們府裏分訴去衆人先縛了柴進便入家裏搜捉行兇黑大漢不見只把柴進綁到州衙內當廳跪下知府高廉聽得打死了他的舅子殷天錫正在廳上咬牙切齒忿恨只待拿人來早把柴進驅翻在廳前堦下高廉喝道你怎敢打死了我殷天錫柴進告道小人是柴世宗嫡派子孫家門有先朝太祖誓書鐵券見在滄州居住爲是叔叔柴皇城病重特來看視不幸身故

見今停喪在家殷直閣將帶三二十人到家定要趕逐出屋不容柴進分說喝令衆人毆打被莊客李大救護一時行兇打死高廉喝道李大見在那里柴進道心慌逃走了高廉道他是箇莊客不得你的言語如何敢打死人你又故縱他逃走了却來瞞昧官府你這厮不打如何肯招牢子下手加力與我打這厮柴進叫道莊客李大救主悞打死人非干我事放着先朝太祖誓書如何便下刑法

打我高廉道誓書有在那里好柴進道已使人回
滄州去取來了高廉大怒喝道這廝正是抗拒官
府左右腕頭加力好生痛打衆人下手把柴進打
得皮開肉綻鮮血迸流只得招做使令莊客李大
打死殷天錫取那二十五斤死囚枷釘了發下牢
裏監收殷天錫屍首簡驗了自把棺木殯葬不在
話下這殷夫人要與兄弟報讐教丈夫高廉抄扎
了柴皇城家私監禁下人口封占了房屋園院柴

此是餘文不入朱仝傳亦不作李逵傳

進自在牢中受苦却說李逵連夜回梁山泊到得寨裏來見衆頭領朱仝一見李逵怒從心起掣條朴刀逕奔李逵〔須知此只是周旋前文蓋既已一時借作波折使不得不與之收拾完繳所謂情生文文又生情了不得已也〕黑旋風拔出雙斧便鬭朱仝〔胸中自有一場大禍且未及說而見人要厮殺便且與之厮殺妙人之妙如此〕晁蓋宋江并衆頭領一齊向前勸住宋江與朱仝陪話道前者殺了小衙內不干李逵之事却是軍師吳學究因請兄長不肯上山一時定的計策今日既到山

寨便休記心只顧同心協助共與大義休教外人恥笑便叫李逵兄弟與美髯陪話李逵睜着怪眼叫將起來有時要他死亦肯有時要他陪話亦不肯真是第一妙人說道他直恁般做得起我也多曾在山寨出氣力自是李逵心口如一語他又不曾有半點之功却怎地倒教我陪話宋江道兄弟却是你殺了小衙內此語與下語不連雖是軍師嚴令此語與下語又不連論齒序他也是你哥哥此語與下語又不連且看我面與他伏箇禮看他句句不連我却白拜你便

了○灣灣曲曲一句一換直換到此句不得不令李逵心肯寫盡宋江權術當面轉變而出○耐菴何難爲宋江作一片理直氣暢語足使李逵心服而必故爲如此稀曲斷續之辭此蓋所以深明宋江之權術乃至忍於欺天性一直之李逵而又敢於李逵面前明明變換以欺之所謂深惡痛絕之筆也李逵喫宋江央及不過便道我不是怕你爲是哥哥逼我沒奈何了與你陪話一逼字沒奈何了四字寫李逵服宋江畢竟不是心服妙筆李逵喫宋江逼住了只得撇了雙斧拜了朱仝兩拜朱仝方纔消了這口氣畢山寨裏晁頭領且教安排筵席與他兩箇和解補寫晁蓋正是反別

宋江。李逵說起（方纔說起，雖文勢不得不然，亦活寫李逵天趣。）柴大官人因去高唐州看親叔叔柴皇城病症，却被本州高知府妻舅殷天錫要奪屋宇花園，毆罵柴進，喫我打死了殷天錫那厮。宋江聽罷失驚道：你自走了，須連累柴大官人喫官司。吳學究道：兄長休驚，等戴宗回山便有分曉。（未審虛實，輕動大軍，既不可；差人往探，稽延時日，又不可。忽然斜插一句，有意無意，便似恰好湊着者，巧心妙筆，獨我能知之耳。）李逵問道：戴宗哥哥那里去了？吳用道：我怕你在柴大官人莊上惹事不好特地教他來與你同山他到那里不見你時必去高唐州尋你[反作一註註開去以自掩其筆墨之跡妙絕○每每有一段事前文不能及因向後文補敘出者此自是補敘之一例今此文乃是前文實實本無而一時不得不生出此一法以自敘其兩難之筆謂之隨手撮出例並非補敘之一例也]說言未絕只見小嘍來報戴院長回來了[○看他何等迅疾○看此句妙悟上文之能]宋江便去迎接到了堂上坐下便問柴大官人一事戴宗答道去到柴大官人莊上已知同李逵投高唐州去了逕奔那里去打聽只見滿城人

傳說殿天錫因爭柴皇城莊屋、被一箇黑大漢打死了、見今負累了柴大官人、陷於縲絏、下在牢裏、柴皇城一家人口家私、盡都抄扎了、柴大官人性命早晚不保、晁蓋道、這箇黑厮又做出來了、但到處便惹口面、李逵道、柴皇城被他打傷、嘔氣死了、又來占他房屋、又喝教打柴大官人、便是活佛也忍不得、妙人妙語。正以不可解爲奇。並不知活佛又是甚東西也。晁蓋道、柴大官人、自來與山寨有恩、今日他有危難、如何不下山去救他我親自去走一遭宋江道哥哥是山寨之主如何可便輕動寫宋江自到山寨便軟禁晁蓋不許轉動而又每以奸語遮飾之權詐可畏如畫小可和柴大官人舊來有恩情愿替哥哥下山吳學究道高唐州城池雖小人物稠穰軍廣糧多不可輕敵煩請林冲第一員便點林冲陡然提出五嶽樓下故事花榮秦明李俊呂方郭盛孫立歐鵬楊林鄧飛馬麟白勝十二箇頭領部引馬步軍兵五千作前隊先鋒中軍主帥宋公明吳用并朱仝雷橫戴

宗、李逵、張横、張順、楊雄、石秀、十箇頭領、部引馬步軍兵三千策應、共該二十二位頭領、辭了晁蓋等衆人、離了山寨、望高唐州進發、梁山泊前軍到得高唐州地界、早有軍卒報知高廉、高廉聽了、冷笑道、你這夥草賊在梁山泊窩藏、我兀自要來勦捕、你今日你倒來就縛、此是天教我成功、左右快傳下號令、整點軍馬、出城迎敵、着那衆百姓上城守護、這高知府上馬管軍、下馬管民、一聲號令下去、

看他趁勢過接

那帳前都統、監軍、統領、統制、提轄軍職一應官員，各各部領軍馬，就教塲裏點視已罷，諸將便擺布出城迎敵。高廉手下有三百梯已軍士，號爲飛天神兵。

○○輕輕添出四字，便就柴進傳中收出公孫勝來，可謂文心梯接而上，不得認眞謂當時眞有其人也。

一箇箇都是山東、河北、江西、湖南、兩淮、兩浙選來的精壯好漢。知府高廉親自引了，披甲背劍，上馬出到城外，把部下軍官週廻排成陣勢，

便奇

却將三百神兵列在中軍，搖旗吶喊，擂鼓鳴金，只等

敵軍來到。卻說林冲花榮秦明（總出三人。）引領五千人馬到來。兩軍相迎。旗鼓相望。各把強弓硬弩射住陣脚。兩軍中吹動畫角。發起擂鼓。花榮秦明（別出二人。）（○上總出三人。此又別出二人。便單單讓出林冲一箇頭來。爲五嶽樓下。白虎堂前。山神廟裏。無數大書。一齊吐氣也。○作書須學此等筆法。）帶同十箇頭領都到陣前。把馬勒住。頭領林冲橫丈八蛇矛。躍馬出陣。（自嶽樓下忍此一口氣。節堂前再忍一口氣。草場外再忍一口氣。乃至水泊裏再忍一口氣。直到此一處。方方一齊發作。快文快事也。亦快事也。）厲聲高叫。姓高的賊。快快出來。（姓高的賊。所向）

甚廣。俗本訛。高廉把馬一縱，引着三十餘箇軍官都出到門旗下，勒住馬，指着林冲罵道：你這廝不知死的叛賊，怎敢直犯俺的城池！林冲喝道：你這箇害民強盜，罵高廉只此一句。下自稱罵高俅。妙絕。我早晚殺到京師，把你那廝欺君賊臣高俅碎屍萬段，方是願足。對高廉罵高俅。各人心中自有怨毒。妙絕。柴進傳中忽爲林冲傳作結。眞所謂借他人酒杯，澆自巳壘塊矣。○此等意思，又確是林武師。宋江不爾，武松不爾，魯達不爾，李逵不爾，石秀近之矣，而猶不爾。高廉大怒，回頭問道：誰人出馬先捉此賊去？軍官隊裏轉出一箇統制官姓于名直拍馬掄刀竟出陣前林冲見了逕奔于直兩箇戰不到五合于直被林冲心窩裏一蛇矛刺着翻筋斗攧下馬去（小喜作折）高廉見了大驚再有誰人出馬報讐軍官隊裏又轉出一箇統制官姓温雙名文寶使一條長鎗騎一匹黃驃馬鑾鈴響珂珮鳴早出到陣前四隻馬蹄蕩起征塵直奔林冲秦明見了大叫哥哥稍歇看我立斬此賊林冲勒住馬收了點鋼矛讓秦明

戰温文寶兩箇約鬬十合之上秦明放箇門戶讓他鎗搠進來手起棍落把温文寶側去半箇天靈蓋死於馬下那馬跑囘本陣去了小喜作折兩陣軍相對齊吶聲喊高廉見連折二將便去背上掣出那口太阿寶劒來口中念念有詞喝聲道疾念念有詞喝聲道疾入字耐菴與之於前諸小說家用之於後至今日已成爛熟舊語乃讀之便似活畫出一位法官字字有身分有威勢有聲響有後角始信前人描畫之工也只見高廉隊中捲起一道黑氣那道氣散至半空裏飛沙走石撼地

擂天、刮起怪風、逕掃過對陣來、林冲秦明花榮等衆將對面不能相顧、驚得那坐下馬亂攛咆哮、衆人回身便走、高廉把劍一揮、指點那三百神兵從陣裏殺將出來、背後官軍協助、一掩過來、趕得林冲等軍馬星落雲散、七斷八續、呼兄喚弟、覓子尋爺、五千軍兵折了一千餘人、直退回五十里下寨、先將兩番小喜作一波折、然後轉出一番大敗來、看他處處不作直筆。高廉見人馬退去、也收了本部軍兵入高唐州城裏安下、却說宋江中軍人馬到來林冲等接着具說前事宋江吳用聽了大驚與軍師道是何神術如此利害吳學究道想是妖法若能回風返火便可破敵宋江聽罷打開天書看時第三卷上有回風返火破陣之法（忽然又作一折）宋江大喜用心記了呪語并秘訣整點人馬五更造飯喫了搖旗擂鼓殺進城下來有人報入城中高廉再點了得勝人馬并三百神兵開放城門布下弔橋出來擺成陣勢宋江帶劒縱

馬出陣前望見高廉軍中一簇皁旗如畫吳學究道那陣內皁旗便是使神師計的軍兵但恐又使此法如何迎敵宋江道軍師放心我自有破陣之法諸軍衆將勿得驚疑只顧向前殺去高廉分付大小將較不要與他強敵挑鬬但見牌響一齊併力擒獲宋江我自有重賞兩軍喊聲起處高廉馬鞍轎上掛着那面聚獸銅牌上有龍章鳳篆先揷在前手裏拿着寶劍出到陣前宋江指着高廉罵道昨夜

我不曾到兄弟們誤折一陣今日我必要把你誅

盡殺絕高廉喝道你這夥反賊快早早下馬受縛

省得我腥手汚脚言罷把劍一揮口中念念有詞

○○○○○○

喝聲道疾黑氣起處早捲起怪風來宋江不等那

○○○○○○○○○○○○○○○○○○○

風到口中也念念有詞左手揑訣右手把劍一指

○○○○○○○○○○○○○○○○○○○

喝聲道疾那陣風不望宋江陣裏來倒望高廉神

○○○○○

兵隊裏去了小喜作折宋江却待招呼人馬殺將過去

○○○○○○○○○○○○○

高廉見回了風急取銅牌把劍敲動向那神兵隊

裏捲一陣黃沙就中軍走出一羣怪獸毒蟲直衝過來（又是一番大敗，却於其前亦先作一波折。）宋江陣裏衆多人馬驚呆了宋江撇了劍撥回馬先走（可知天書非玄女所授。）衆頭領簇捧着盡都逃命大小軍校你我不能相顧奪路而走高廉在後面把劍一揮神兵在前官軍在後一齊掩殺將來宋江人馬大敗虧輸高廉趕殺二十餘里鳴金收軍城中去了宋江來到土坡下收住人馬扎下寨柵雖是損折了些軍卒却喜衆

此一段是爲後回作地洪

頭領都有特特註明。屯住軍馬，便與軍師吳用商議道：「今番打高唐州，連折了兩陣，無計可破神兵，如之奈何？」吳學究道：「若是這厮會使神師計，他必然今夜要來劫寨。須知此非學究妙算，正是耐菴妙筆。○詳見下批。可先用計隄備。此處只可屯扎些少軍馬，我等去舊寨內駐扎。」宋江傳令，只留下楊林、白勝看寨。楊林白勝，於衆中爲下材，然却不可使之無所樹立。故每於此等事，便調遣之。耐菴眞有宰相之才。其餘人馬退去舊寨內將息。且說楊林、白勝引人離寨半里草坡內埋伏。等到一更時分。只見風雷大作。楊林白勝同三百餘人在草裏看時。只見高廉步走。引領三百神兵吹風唿哨殺入寨裏來。見是空寨。回身便走。楊林白勝吶聲喊。高廉只怕中了計。四散便走。三百神兵各自逃竄。楊林白勝亂放弩箭。只顧射去。一箭正中高廉左肩。妙絕。〇上文吳用只合云。那廝會使神師計。必須請將公孫勝來方可。卻忽然又算兩軍併殺方急。若必須請將公孫勝來。則又將如何按住高廉一面耶。左思右想。陡然算到不如射他一箭。然日裏方奪路逃命之際。情勢必所不及。故又左思右想算出預備劫寨一番此皆良工心苦獨我能知之也○後文又劫寨者蓋言高廉慣要劫寨以遮掩此文筆墨之跡切勿爲古人所瞞則稱善讀書人矣衆軍四散冒雨趕殺高廉引領了神兵去得遠了楊林白勝人少不敢深入只要一箭足矣不用深入也少刻雨過雲收復見一天星斗月光之下草坡前搠翻剐倒拿得神兵二十餘人如畫解赴宋公明寨內具說雷雨風雲之事宋江吳用見說大驚道此間只隔得五里遠近却又無雨無風衆人議道正是妖法只在本處離地只有

三四十丈雲雨氣咊是左近水泊中攝將來的便寫得一似眞有此事。楊林說高廉也自披髮仗劍殺入寨中身上中了我一弩箭回城中去了爲是人少不敢去追宋江分賞楊林白勝把拏來的中傷神兵斬了分撥衆頭領下了七八箇小寨圍繞大寨隄備再來劫寨豈有再來劫寨之理。正是耐菴自掩之筆也。後文偏又當眞再來劫寨。則耐菴弄奇犯險。每以此等筆法爲能事也。一面使人回山寨取軍馬協助於高廉中箭後。傳出二令。一備再劫。一取救兵。皆故意避開取公孫勝一句。以自掩其筆墨之跡。妙絕。且說高廉自中了箭回到城中養病令軍士守護城池曉夜隄備且休與他厮殺待我箭養平復起來捉宋江未遲劫寨一段文字。乃正為此句耳。須知之。却說宋江見折了人馬心中憂悶和軍師吳用商量道只這箇高廉尚且破不得儻或別添他處軍馬併力來助如之奈何吳學究道我想要破高廉妖法只除非依我如此如此若不去請這箇人來柴大官人性命也是難救高唐州城子永不能得正是要

除起霧興雲法須請通天徹地人畢竟吳學究說
○○○○這箇人是誰且聽下回分解

第五才子書施耐菴水滸傳卷之五十七

聖歎外書

## 第五十二回

戴宗二取公孫勝

李逵獨劈羅真人

此篇純以科諢成文是傳中另又一樣筆墨然在讀者則必須畧其科諢而觀其意思何則蓋科諢文章之惡道也此傳之間一爲之

者非其未能免俗而聊復爾爾亦其意思真
有甚異於人者也何也蓋傳中旣有公孫自
不得不又有高廉夫特生高廉以襯出公孫
也乃今不向此時盛顯其法術不且虛此一
番周折乎哉然而盛顯法術固甚難矣不張
皇高廉斯無以張皇公孫也顧張皇高廉以
張皇公孫而斯兩人者爭奇鬬異至於牛蛇
神鬼且將無所不有斯則與彼西遊諸書又

何以異此耐菴先生所義不爲也吾聞文章之家固有所謂避實取虚之法矣今兹畧於破高廉而詳於取公孫意者其用此法與然業已畧於高廉而詳於公孫則何不併畧公孫而特詳於公孫之師蓋所謂避實取虚之法至是乃爲極盡其變而李大哥特以妙人見借助成局段者也是故凡李大哥插科打諢皆所以襯出眞人襯出眞人正所以襯出

公孫也若不知作者意思如此而徒李大哥科諢之是求此眞東坡所謂士俗不可醫吾末如之何也

此篇又處處用對鎖作章法乃至一字不換皆惟恐讀者墮落科諢一道去故也

此篇如拍卓濺麵一段不省說甚一段皆作者嘔心失血而得不得草草讀過

話說當下吳學究對宋公明說道要破此法只除

非快教人去薊州尋取公孫勝來便可破得高廉宋江道前番戴宗去了幾時全然打聽不着却那里去尋吳用道只說薊州句有管下多少縣治句鎮市句鄉村句他須不曾尋得到我想公孫勝他是箇學道的人必然在箇名山大川洞天真境居住○爲學道人一鍼○吾聞其語矣未見其人也今番教戴宗可去遠薊州管下山川去處尋覔一遭不愁不見他宋江聽罷隨即叫請戴院長商議可往薊州尋取公孫勝

戴宗道、小可願往、只是得一箇做伴的去方好、非院長怕途中寂寞。正耐菴怕文章寂寞也。吳用道、你作起神行法來、誰人趕得你上、戴宗道、若是同伴的人、我也把甲馬拴在他腿上、教他也便走得快了、李逵便道、院長真說得快。大哥又接得快。◎肉飛眉動之文。我與戴院長做、伴走一遭、戴宗道、你若要跟我去、須要一路上喫素惡。○前並不以此難楊林。今忽偏以此難鐵牛。故惡。◎虧得題目惡。方生出妙文來。都聽我的言語、李逵道、這箇有甚難處、今日不曾難。真是不難。後日難起來。真是不易。鐵牛真、是心直口直。我都依你便了。宋江吳用分付道：路上小心在意，休要惹事。若得見了，早早回來。李逵道：我打死了殷天錫，却教柴大官人喫官司，我如何不要救他？（情理俱到，刳心剔膽之言。聖賢菩薩，只存得此一片心耳。）今番並不許惹事了。（不曰並不敢，而曰並不許，自家分付自家，鐵牛可愛如此。）二人各藏了暗器，拴縛了包裹，拜辭宋江，并衆人，離了高唐州，取路投薊州來。走得二三十里，李逵立住脚道：大哥，買碗酒喫了走也好。（却早來了，妙人。）戴宗道：你要跟我作神行法，須要只喫素酒。李逵笑道：（看他點一笑字。妙人。）便喫些肉也打甚麼緊。（只作先探一句。）戴宗道：你又來了。今日已晚，且向前尋箇客店宿了，明日早行。兩箇又走了三十餘里，天色昏黑，尋着一箇客店歇了，燒起火來做飯，沽一角酒來喫。李逵搬一碗素飯，（一碗）并一碗菜湯，（一碗）來房裏與戴宗喫。（妙絕之筆。並不曾寫李逵如何。而讀者早已爲之失笑矣。）戴宗道：你如何不喫飯？李逵應道：我且未要喫飯哩。（看他說謊。鐵牛苦心。）戴宗尋思：這廝必然瞞着我背地裏喫葷戴宗自把菜飯喫了悄悄地來後面張時見李逵討兩角酒一盤牛肉立着在那里亂喫（兩角酒一盤牛肉自不必說妙處乃在亂喫字與立着字活寫出鐵牛饞腸饞吻又心慌智亂也）戴宗道我說甚麼且不要道破他明日小小地要他耍便了（惡）戴宗先去房裏睡了李逵喫了一回酒肉恐怕戴宗問他也輕輕的來房裏睡了（輕輕妙李逵亦有輕輕之日眞是奇事俗本作躡躡可笑）到五更時分戴宗起來叫李逵打火做些素飯喫了各分行李在背上

算還了房宿錢離了客店行不到二里多路戴宗說道我們昨日不曾使神行法今日須要趕程途你先把包裹拴得牢了我與你作法行八百里便住戴宗取四箇甲馬去李逵兩隻腿上縛了分付道你前面酒食店裏等我戴宗念念有詞吹口氣在李逵腿上李逵拽開腳步渾如駕雲的一般飛也似去了戴宗笑道且着他忍一日餓戴宗也自拴上甲馬隨後趕來李逵不省得這法只道和

他走路一般好耍（是以來也。）那當得耳朵邊有如風雨之聲，兩邊房屋樹木一似連排價倒了的，腳底下如雲催霧趲。（神行法奇事。偏有此奇筆描寫之。）李逵怕將起來，（李逵亦有怕將起來之日。奇事。）幾遍待要住腳，兩條腿那里收拾得住，卻似有人在下面推的相似，腳不點地，只管走去了。看見酒肉飯店，連排飛也似過去，又不能彀入去買喫。（惡惡極。）李逵只得叫：「爺爺，（看他口中叫喚。無倫無次。）且住一住！」看看走到紅日平西，（好筆力。）肚裏又饑又渴，越不能彀住脚、驚得一身臭汗、氣喘做一團、戴宗從背後趕來、叫道李大怎的不買些點心喫了去。惡極李逵應道、哥哥（再叫哥哥、哀切之至、如聞其聲）救我一救、餓殺鐵牛了、戴宗懷裏摸出幾箇炊餅來自喫（惡極）李逵叫道、我不能彀住脚買喫、你與我箇充饑、戴宗道、兄弟、你也住了與你喫（惡極）李逵伸着手只隔一丈來遠近只掇不着（惡極）李逵叫道、好哥哥（哥哥上又加好字、哀切之至、如聞其聲）且住一住、戴宗道、便是今日有些蹺蹊、我的兩條腿、也不能彀住、李逵道、阿也（稚子聲口）。我這鳥腳不濟我半分，只管自家在下邊奔了去（腳則我之腳也。今日不濟我。又曰只管自家。便若我自我腳、自腳各不相及也者。如此妙語。自非李大哥誰能道之）。不要討我性發，把大斧砍了下來（以大斧唬嚇自家之腳。妙語非李大哥不能道）。戴宗道、只除是恁的般方好（惡極）。不然直走到明年正月初一日也不能住（惡極）。李逵道好哥哥（又叫好哥哥。哀切之至）。休使道兒耍我、砍了腿下來，把甚麼走回去（寫李大哥偏用又愁又猾之筆。令人絕倒）。戴宗道、你敢是昨夜不依我今日連我也奔不得住、你自奔去、李逵叫道、爺爺爺爺、哥哥二字忽換作爺爺越哀越切情事如畫你饒我住一住、戴宗道、我的這法不許喫葷、第一戒的是牛肉若還喫了一塊牛肉直要奔一世方纔得住惡極走一世方纔得住、亦是妙語、質言之、正是走殺二字耳、脫猶未死、則何以為一世哉、李逵道、却是苦也、我昨夜不合瞞着哥哥其實偷買五七斤牛肉喫了正是怎麼好、的的妙人、○就此處寫出夜來牛肉多少、妙筆、戴宗道、怪得今日連我的這腿也收不住、你這鐵牛害殺我也（惡極）李逵聽罷叫起撞天屈來（妙人）戴宗笑道你從今已後只依得我一件事我便罷得這法李逵道老爹（看他口中無倫無次哀切如畫）你快說來看我依你（看我依你妙語非李大哥不能道）戴宗道你如今敢再瞞我喫葷麽李逵道今後但喫時舌頭上生碗來大疔瘡（奇語此語至今日已成爛熟惡賤之句然在此處讀之宛然新出於口何也）我見哥哥會喫素（喫素又有會不會妙語非李大哥不能道）鐵牛却其實煩難（煩難）（妙却不道有甚難處）因此上瞞着哥哥試一試今後並不敢

了（○奧華又有試一試、又有並不敢、何句句妙絕）戴宗道、既是恁地、饒你這一遍、趕上一步、把衣袖去李逵腿上只一拂、喝聲住、李逵應聲立定、戴宗道、我先去、你且慢慢的來（不便收繳、再作一波）李逵正待擡脚、那里移得動、拽也拽不起、一似生鐵鑄就了的（惡極）李逵大叫道、又是苦也、哥哥便再救我一救（其辭宛轉哀切、的的畫出妙人）戴宗轉回頭來笑道、你方纔罰呪真麼（惡極）李逵道、你是我親爺（其辭愈哀、其聲愈切○蘇哥哥改作好哥哥、蘇好哥哥改作好爺爺、蘇好爺爺改作老爹、蘇老爹改作親爺可謂無倫無次無所不叫矣卻如何敢違了你的言語戴宗道你今番真箇依我便把手縮了李逵喝聲起兩箇輕輕地走了去李逵道哥哥可憐見鐵牛半歇了罷○宛轉哀切的的妙人○九字中全不訴適來之苦而苦情一時訴盡妙筆見箇客店兩箇入來投宿戴宗李逵入到房裏去腿上卸下甲馬取出幾陌紙錢燒送了問李逵道今番卻如何李逵把着腳歎氣道這兩條腿方纔是我的了的的畫出妙人○有不信此腳之意戴宗便叫李逵安排些素酒素

飯喫了燒湯洗了脚上床歇息睡到五更起來洗漱罷喫了飯還了房錢兩箇又上路行不到三里多路戴宗取出甲馬道兄弟今日與你只縛兩箇教你慢行些李逵道親爺（昨入店時已叫哥哥此處忽然重叫親爺活畫出談虎色變來）我不要縛了（不要縛誠是然何計與神行者相追逐哉）戴宗道你既依我言語我和你幹大事如何肯弄你你若不依我教你一似夜來只釘住在這里直等我去薊州尋見了公孫勝回來放你李逵慌忙叫道你

縛你縛（誠乃早知如此悔不當初矣）戴宗與李逵當日各只縛兩箇甲馬作起神行法扶着李逵同走原來戴宗的法要行便行要住便住李逵從此那里敢違他言語於路上只是買些素酒素飯喫了便行話休絮繁兩箇用神行法不旬日迤邐來薊州城外客店裏歇了次日兩箇入城來戴宗扮做主人李逵扮做僕者遶城中尋了一日並無一箇認得公孫勝的兩箇自回店裏歇了次日（次一日）又去城中

小街狹巷、尋了一日、絕無消耗、李逵心焦、罵道這箇乞丐道人却鳥躲在那里（無親無踈、無上無下、但不合意、便大罵之。三代直道而行、我僅見李大哥耳。）我若見時、腦揪將去見哥哥、戴宗聽道你又來了便不記得喫苦（妙語。）李逵陪笑道不敢不敢我自這般說一聲見耍（的的寫出妙人、與後對鎖作章法。）戴宗又埋怨了一回、李逵不敢回話（妙人。）兩箇又來店裏歇了、次日早起（又一日。）却去城外近村鎮市尋覓戴宗、但見老人（先逗出老人二字、然後轉過麪店老人來、行文亦有步步蓮花之法。便施禮拜問公孫勝先生家在那里居住，並無一人認得。戴宗也問過數十處，前已空過兩日，到第三日，讀者已料更空不過，却偏要再分上半日作一空也。當日晌午時分，當日晌午。兩箇走得肚饑，路傍邊見一箇素麵店，兩箇直入來買些點心喫。只見裏面都坐滿，沒一箇空處。戴宗、李逵立在當路。看他如此做出機會來，曲筆妙筆，非人所能也。過賣問道：「客官要喫麵時，和這老人合坐一坐。」只是輕輕地落出二箇，絕不見斧劈之迹。戴宗見箇老丈獨自一箇占着一副大座頭。

便與他施禮唱箇喏兩箇對面坐了李逵坐在戴宗肩下分付過賣造四箇壯麵來戴宗道我喫一箇你喫三箇不少麼李逵道不濟事一發做六箇來我都包辦本欲便寫着卓濺汁鬬出機會然又恐突然便拍不惟無此麁糙李逵亦無此麁糙文章也今先寫肚饑作第一段過賣見了也笑等了半日不見把麵來寫等久作第二段李逵却見都搬入裏面去了寫都搬進去作第三段其實不堪不得不拍心中已有五分焦躁只見過賣却搬一箇熱麵放在合坐老人面前寫單搬一箇作

第四段。○一發不堪。不得不掐。那老人也不謙讓拿起麪來便喫寫老人便喫。作第五段。○一發不堪。不得不掐。只李逵一掐。看他曲曲寫來。誓不肯作直筆。那分麪卻熱老兒低着頭伏桌兒喫上五段。爲掐桌作外。此一段。爲濺汁作註。看他筆法安頓之妙。李逵性急叫一聲過賣罵道卻教老爺等了這半日把那桌子只一掐先有上五段。便令此句不突。濺那老人一臉熱汁先有前一註。便令此句不突。○看他如此鬭出機會來。曲筆妙筆。非人所能也。那分麪都潑翻了老兒焦躁便來揪住李逵喝道你是何道理打翻我麪李逵捻起拳頭要打老兒，戴宗慌忙喝住，與他陪話道：「丈丈休和他一般見識。小可陪丈丈一分麪。」那老人道：「客官不知，老漢路遠，早要喫了麪回去聽講。」反從老人口中陡然出筍，不用戴宗開言訪問，妙絕。遲將悞了程途。戴宗問道：「丈丈何處人氏？卻聽誰人講甚麽？」老兒答道：「老漢是本處薊州管下九宮縣好縣名、二仙山下人氏。好山名。如七寶村、桃花莊、獅子橋、對影山等，皆與本文關合作致，不是無端指斥。因來這城中買些好香回去，聽山上羅真人講說長生不死之法。」

戴宗尋思莫不公孫勝也在那裏便問老人道丈丈貴莊曾有箇公孫勝麼老人道客官問別人定不知多有人不認得他老漢和他是鄰舍他只有箇老母在堂着這箇先生一向雲遊在外着此時喚做公孫一清着如今出姓都只叫他清道人不叫做公孫勝此是俗名無人認得爲前一遭及昨二日尋不着註戴宗道破正是踏破鐵鞋無覓處得來全不費工夫又拜問丈丈九宮縣二仙山離此間多少路清

道人在家麼老人道二仙山只離本縣四十五里便是清道人他是羅真人上首徒弟他本師如何放他離左右戴宗聽了大喜連忙催趲麪來喫和那老人一同喫了若此處又必分俵戴宗喫一箇李逵喫五箇豈不是呆鳥算還麵錢同出店肆問了路途戴宗道丈丈先行不令先行少間如何銷繳凡作文須切記此法小可買些香紙也便來也老人作別去了戴宗李逵回到客店裏取了行李包裹再拴上甲馬離了客店兩箇取路投九宮縣二

仙山來戴宗使起神行法四十五里片時到了二人來到縣前問二仙山時有人指道離縣投東只有五里便是兩箇又離了縣治投東而行果然行不到五里早來到二仙山下見箇樵夫戴宗與他施禮說道借問此間淸道人家在何處居住樵夫指道只過這箇山嘴門外有條小石橋的便是山居如畫○先問居次問人文章極小處都有節次兩箇抹過山嘴來見有十數間草房一週圍矮墻墻外一座小小石橋山居如畫

兩箇來到橋邊見一箇村姑提一籃新果子出來山居如畫○詩云野鳬眠岸有閒意老樹着花無醜枝一樵夫一村姑一石橋一果籃寫來真令人想殺山居也戴宗施禮問道娘子從清道人家出來清道人在家麼村姑荅道在屋後煉丹山居如畫○高唐州厮殺忙殺人二仙山煉丹閒殺人乃忙者不知忙到何時方了閒者又不知閒到何時方了令我一歎也戴宗心中暗喜分付李逵道你且去樹多處躲一躲待我自入去見了他却來叫你戴宗自入到裏面看時一帶三間草房門上懸掛一箇蘆簾山居如畫

戴宗咳嗽了一聲只見一箇白髮婆婆從裏面出來戴宗當下施禮道告禀老娘小可欲求清道人相見一面婆婆問道官人高姓戴宗道小可姓戴名宗從山東到此婆婆道孩兒出外雲遊不曾還家戴宗道小可是舊時相識要說一句緊要的話○○○○○○○無緊要。尚回不在家。安有有緊要。反望其出來耶。戴宗徒知緊要之緊要。而不知世上之所謂緊要。乃山中之所謂扯淡。眞可笑。亦可哀也。求見一面婆婆道不在家裏有甚話說留下在此不妨待回家自來相見戴宗道小可再來就辭了婆婆却來門外對李逵道今番須用着你是以院長必須得一箇做伴同來也方纔他娘說道不在家裏如今你可去請他他若說不在時你便打將起來好却不得傷犯他老母又好我來喝住你便罷又好○未放火先算收火者得李逵不得不爾也李逵先去包裏取出雙斧插在兩胯下數日悶人一時鬆顙寫得活畫入得門裏大叫一聲着箇出來四字絕倒深山學道人家曾未嘗聞此聲真非李大哥道不出也○明知學道之家定無餘人而云着箇出來者蓋言且出來也得娘出來也得也四字中已畫出

火雜雜拔斧之勢矣。○讀之。覺紙上有聲甚厲。婆婆慌忙迎着問道是誰

見了李逵睜着雙眼先有八分怕他問道哥哥有

甚話說李逵道我乃梁山泊黑旋風我當笑世間出將入相之人。其名震天震地。而以告於住山學道之士。方且瞠目不省何物。如黑旋風到處驚人。今日便欲以之驚此老姸。可醜也。奉着哥哥將令教我來請公孫勝你叫

他出來佛眼相看若還不肯出來放一把鳥火把

你家當都燒做白地又大叫一聲早早出來妙人妙絕

婆婆道好漢莫要恁地我這里不是公孫勝家自

喚做清道人李逵道你只叫他出來我自認得他鳥臉妙人妙絕婆婆道出外雲遊未歸李逵拔出大斧先砍翻一堵壁妙人妙絕婆婆向前攔住李逵道你不叫你見了出來我只殺了你拿起斧來便砍妙人妙絕把那婆婆驚倒在地只見公孫勝從裏面奔將出來叫道不得無禮一箇只見只見戴宗便來喝道鐵牛如何嚇倒老母又一箇只見○看他用兩只見便知都從李逵眼中寫出筆法之妙如此戴宗連忙扶起李逵撇了大斧便喝箇喏道阿

哥休怪不恁地你不肯出來（妙人妙絕）公孫勝先扶娘人去了（寫公孫勝好若寫宋江便要跪問其母不已埋怨李逵不已矣）却出來拜請戴宗李逵邀進一間淨室坐下（寫公孫勝好）問道虧二位尋得到此戴宗道自從哥哥下山之後小可先來薊州尋了一遍並無打聽處只糾合得一夥弟兄上山今次宋公明哥哥因去高唐州救柴大官人致被知府高廉兩三陣用妖法贏了無計奈何只得教小可和李逵逕來尋請足下遶遍薊州

並無尋處、偶因素㚟店中、得箇此間老丈、指引到此、却見村姑、說足下在家燒煉丹藥、老母只是推却、因此使李逵激出哥哥來、這箇太莽了些、望乞恕罪、來公明哥哥在高唐州界上、度日如年、請哥哥便可行程、以見始終成全大義之美、公孫勝道、貧道只開口二字已不肯去矣。幼年飄蕩江湖、多與好漢們相聚、自從梁山泊分別回鄉、非是昧心、一者母親年老、無人奉侍眞孝。二乃本師羅眞人留在座前眞悌。恐怕山寨有人尋來、故意改名清道人、隱居在此、戴宗道、今者宋公明正在危急之際、哥哥慈悲、只得去走一遭、公孫勝道、干礙老母無人養贍、本師羅真人如何肯放、其實去不得了、戴宗再拜懇告、公孫勝扶起戴宗、說道、再容商議、公孫勝留戴宗李逵在淨室裏坐定、安排些素酒素食相待、三箇喫了、一回戴宗又苦苦哀告道、若是哥哥不肯去時、宋公明必被高廉捉了、山寨大義、從此休矣、公孫勝道且容我去禀問本師真人若肯容許便一同去戴宗道只今便去啓問本師公孫勝道且寛心住一宵明日早去（亦先逗出一宵二字）戴宗道公明在彼一日如度一年煩請哥哥便問一遭公孫勝便起身引了戴宗李逵離了家裏取路上二仙山來此時已是秋殘冬初時分日短夜長容易得晚來到半山裏卻早紅輪西墜（不惟寫景亦已覷定夜半矣）松陰裏面一條小路（山居如畫）直到羅真人觀前見有硃紅牌額上

寫着紫虛觀三箇金字（真乃如畫）三人來到觀前着衣亭上整頓衣服從廊下入來逕投殿後松鶴軒裏去兩箇童子（童子）看見公孫勝領人入來報知羅真人傳法旨教請三人入來當下公孫勝引着戴宗李逵到松鶴軒內正值真人朝真纔罷坐在雲床上公孫勝向前行禮起居躬身侍立戴宗當下見了慌忙下拜（自見宋公明後以爲天下之人物至此而止矣又豈知深山窮谷之遠又有如是之人物乎寫戴宗慌忙下拜蓋戴宗於是乎恍然自失矣）李逵只管光着

○○眼看有戴宗不可無李逵寫得各極其妙羅真人問公孫勝道此二位何來公孫勝道便是昔日弟子曾告我師山東義友是也今爲高唐州知府高廉顯逞異術有兄宋江特令二弟來此呼喚弟子未敢擅便故來禀問我師羅真人道一淸旣脫火坑學煉長生何得再慕此境戴宗再拜道容乞暫請公孫先生下山破了高廉便送還山羅真人道二位不知此非出家人閒管之事汝等自下山去商議不因此一跌安得生出下

文絕奇文字來。看官須感激真人。莫使錯怪真人也。公孫勝只得引了二人、離了松鶴軒、連晚下山來。連晚妙。爲下文蛛絲馬跡。李逵問道、那老仙先生說甚麼。妙筆妙筆。設無此一曲。則竟當將發作耳。又安肯待到半夜耶。才子作文。真乃心到手到。非他人之所知也。老仙先生四字。是鐵牛胸中忽然杜撰出來之文。字字出人意外。又字字在人眼前。妙絕妙絕。令我絕倒。戴宗道、你偏不聽得。李逵道、便是不省得這般鳥做聲。妙人妙絕。令我絕倒。戴宗道、便是他的師父說道、教他休去。李逵聽了、叫起來道、教我兩箇走了許多路程、我又喫了若干苦知其受創之深。尋見了却放出這箇屁來莫要引老爺性發一隻手捻碎你這道冠兒一隻提住腰胯把那老賊道倒直撞下山去於事。則先有此語。而後有半夜之事。於文。則先有半夜之事。而後有此語。蓋是先襯之法也。又與前腦揪相對作章法。戴宗聽着道你又要釘住了脚李逵陪笑道不敢不敢我自這般說一聲兒耍與前對鎖作章法。三箇再到公孫勝家裏當夜安排些晚飯戴宗和公孫勝喫了李逵却只呆想不喫偷喫牛肉。便喫五七斤。同喫素麪。便喫五六箇。幹事不成。便只呆想不喫。李大哥誠乃無處不是。○○俗本訛。公孫勝道、且權宿一宵、明日再去懇告本師。涉筆成趣。若肯時便去、戴宗只得叫了安置、收拾行李和李逵來淨室裏睡、這李逵那里睡得着。胸中既有連累柴大官人一事。耳中又有必提公明哥哥一句。真是如何睡得着。寫李逵忠孝過人。令人感泣。捱到五更左側、輕輕地爬將起來、李逵又有輕輕之日。妙人妙絕。聽那戴宗時正齁齁的睡熟、妙。自已尋思道、一尋思。○李逵又有尋思之日。李逵又有尋思兩遍之日。都是妙人奇事。却不是干鳥氣、麼你原是山寨裏人、却來問甚麼鳥師父、快論確論我本待一斧砍了出口鳥氣不爭殺了他却又請那箇去救俺哥哥（妙。是李逵尋思語。）又尋思道設使明朝那廝又不肯却不悞了哥哥的大事（極快極確。）我只是忍不得了（妙妙。只是忍不得。一似李逵又有忍得之日。妙人奇事。）莫若殺了那箇老賊道教他沒問處只得和我去（快論確論。）李逵當時摸了兩把板斧輕輕地開了房門（為了弟兄便有無數輕輕。如聞其語。未見其人也。）乘着星月明朗一步步摸上山來到得紫虛觀前却是兩扇大門關了傍邊籬墻苦不甚高李逵騰地跳將過去開了大門一步步摸入裏面來直至松鶴軒前只聽隔窓有人念誦什麼經號之聲不省得這般鳥做聲。妙絕。○俗本作玉樞寶經。誰知之。誰記之乎。甚矣古本之不可不讀也。李逵爬上來搠破紙窓張時李逵又有搠破窓張別人之目。妙人奇事。見羅真人獨自一箇坐在日間這件東西上雲床也。乃自戴宗眼中寫之。則曰雲床。自李逵眼中寫之。則曰東西。妙絕。○俗本訛。面前桌兒上烟煨煨地香也。却從李逵眼中寫成四字。用筆之妙。幾於出入神化矣。○俗本又訛。真乃可恨。兩枝爛燭點得通亮李逵道這賊道却不是當死、一趕趕過門邊來、把手只一推、撲的兩扇亮槅齊開、李逵搶將入去、提起斧頭便望羅真人腦門上只一劈、早斫倒在雲床上、（奇文。）李逵看時流出白血來、（奇文。一箇看時。）一笑道眼見得這賊道是童男子身、顛養得元陽真氣、不曾走泄、正沒半點的紅、（奇文。○因此文、忽然想到李大哥亦定是童男子身、不爾、教他何處破身也。○一笑。）李逵再仔細看時、連那道冠兒劈做兩半、一顆頭直砍到項下、（兩箇看時。○再看一遍。以見不曾眼錯。昔特特與明早作照耀也。）李逵道這箇人只可驅除了他（與後真人語對鎖作章法）先不煩惱公孫勝不去便轉身出了松鶴軒從側首廊下遶將出來只見一箇青衣童子攔住李逵（奇文不欲便住故再跳起一波）喝道你殺了我本師待走那里去李逵道你這箇小賊道也喫我一斧手起斧落把頭早砍下臺基邊去（偏不殺一箇妙筆）李逵笑道如今只好撒開逕取路出了觀門飛也似奔下山來到得公孫勝家裏悶入來閉上了門淨空裏聽戴宗時（妙）兀自未

覺李逵依前輕輕地睡了。李逵要他只管輕輕，真是奇事。直到天明，公孫勝起來安排早飯相待兩箇喫了，戴宗道：「再請先生同引我二人上山懇告真人。」李逵聽了咬着唇冷笑。冷笑如讀。又好笑，又怕神行法。咬唇二字，活畫出妙人。三箇依原舊路再上山來，入到紫虛觀裏松鶴軒中，見兩箇童子。妙。依然公孫勝問道：「真人何在？」童子答道：「真人坐在雲床上養性。」李逵聽說，喫了一驚，把舌頭伸將出來，半日縮不入去。妙人妙絕。此句至今耳亦成爛熟套語。乃今在此處讀之。依舊妙不可言。何也。三箇揭起簾子入來看時，三箇看時。見羅真人坐在雲床上中間，奇文。李逵暗暗想道：昨夜我敢是錯殺了。妙人妙想。我敢是錯殺。你敢是錯認。對鎖作章法。羅真人便道：汝等三人又來何幹？戴宗道：特來哀告我師慈悲，救取衆人免難。羅真人道：這黑大漢是誰？此一問，真乃陡然相逼。下文却變出趣事。文情轉變，令人不測。戴宗答道：是小可義弟，姓李名逵。真人笑道：本待不教公孫勝去，看他的面上，教他去走一遭。真人無假。只是頑耳。戴宗拜謝，對

○○○○李逵說了（五字妙。緊接上文不省鳥做聲句也。俗本失之，其過不小。）李逵尋思○○○○那厮知道我要殺他，却又鳥說（偏奸猾。妙人。）只見羅真人道：我教你三人片時便到高唐州，如何○○○○三箇謝了。戴宗尋思（李逵尋思，戴宗尋思，總寫真人小小狡獪，便令二人無不顛倒。）這羅真人又強似我的神行法（涉筆成趣）。真人喚道童取三箇手帕來。戴宗道：上告我師，却是怎生教我們便能勾到高唐州？羅真人便起身道：都跟我來。三箇人隨出觀門外石巖上來，先取一箇紅手帕鋪在石上道一清可登公孫勝雙脚踏在上面羅真人把袖一拂喝聲道起那手帕化作一片紅雲載了公孫勝冉冉騰空便起離山約有二十餘丈（便爲擒高）羅真人喝聲住那片紅雲不動却鋪下一箇青手帕敎戴宗踏上喝聲起那手帕却化作一片青雲載了戴宗起在半空裏去了那兩片青紅二雲如蘆蓆大起在天上轉李逵看得呆了（寫得如畫。○愛）

（廉時作影。）

（神行則愛。愛騰雲則愛。妙人妙絕。）羅真人却把一箇白手帕鋪在石上喚李逵踏上李逵笑道你不是要若跌下來好箇大疙瘩（偏奸猾妙人只一跌字亦必先逗）羅真人道你見二人麽李逵立在手帕上羅真人喝一聲起那手帕化作一片白雲飛將起去李逵叫道阿也（稚子之聲）我的不穩放我下來（偏奸猾妙人）羅真人把右手一招那青紅二雲平平墜將下來戴宗拜謝侍立在右手公孫勝侍立在左手李逵在上面叫道我也要撒尿撒尿你不着我下來我劈頭便撒下來也（妙人妙論）

○反以劈頭號嚇人。絕倒。羅真人問道、我等自是出家人、不曾惱犯了你、你因何夜來越牆而過、入來把斧劈我、若是我無道德、已被殺了、又殺了我一箇道童、李逵道、不是我、你敢錯認了。與上文對鎖作章法。羅真人笑道、雖然只是砍了我兩箇葫蘆、直到此處方註出。其心不善、且教你喫些磨難、把手一招、喝聲去、一陣惡風、把李逵吹入雲端裏、只見兩箇黃巾力士押着李逵、耳朶邊有如風雨之聲、下頭房屋樹木一似連排曳去的腳底下如雲催霧趲，正不知去了多少遠。

諕得魂不着體，手腳搖戰（與前神行法對，鎖作章法）。忽聽得刮刮剌剌地響一聲，卻從薊州府廳屋上骨碌碌滾將下來（奇文），當日正值府尹馬士弘坐衙（偏撰一名，如真有之者）。廳前立着許多公吏人等，看見半天裏落下一箇黑大漢來（奇文。○半天二字，是誰畧定，亦是千衆古奇文，而人人不覺見者，附記於此），皆喫驚。馬知府見了，叫道：「且拿這廝過來。」當下十幾箇牢子獄卒，把李逵驅至當面。馬府尹喝道：「你這廝是那里妖人特來請法師破妖人却反被法師弄做妖人筆顛墨倒妙不可言如何從半天裏弔將下來李逵喫跌得頭破額裂半晌說不出話來絕倒馬知府道必然是箇妖人教去取些法物來奇文牢子節級將李逵綑翻驅下廳前草地里一箇虞候掇一盆狗血沒頭一淋又一箇提一桶尿糞來望李逵頭上直澆到脚底下李逵口裏耳朶裏都是狗血尿屎親做一遍妖人便學得許多破妖人之法明日回去即以此知府之法還破彼知府之妖可也未見公孫勝作法破高廉先見馬

（知府作法，破李逵筆；顛墨例，妙不可言。）李逵叫道，我不是妖人，我是跟羅真人的伴當，（偏奸猾。妙人。）原來薊州人都知道羅真人是箇現世的活神仙，從此便不肯下手傷他，再驅李逵到廳前，早有吏人稟道，這薊州羅真人是天下有名的得道活神仙，若是他的從者，不可加刑，馬府尹笑道，我讀千卷之書，每聞今古之事，未見神仙有如此徒弟，（醜語。○汝讀千卷之書，每聞古今之事，曾見神仙如何徒弟。）即係妖人，牢子與我加力打那厮，衆人只得拿翻李逵打得一佛出世二佛涅槃（奇語）馬知府喝道你那廝快招了妖人便不打你李逵只得招做妖人李二（換來換去只是李大李二絕倒）取一面大枷釘了押下大牢裏去李逵來到死囚獄裏說道我是直日神將如何枷了我好歹教你這薊州一城人都死（偏奸）（猾妙人）那押牢節級禁子都知羅真人道德清高誰不欽服都來問李逵你端的是甚麼人李逵道我是羅真人親隨直日神將因一時有失惡了真人

把我撇在此間、教我受些苦難。三兩日必來取我、你們若不把些酒肉來將息我時、我教你們眾人全家都死。偏奸猾妙人。那節級牢子見了他說、倒都怕他、只得買酒買肉請他喫。戴宗不得而禁之也。絕倒之文。李逵見他們害怕、越說起風話來。牢裏眾人越怕了、又將熱水來與他洗浴了、換些乾淨衣裳。細。李逵道、若還缺了我酒肉、我便飛了去、教你們受苦。連日作神行法、真人令鐵牛瘦了一半。深感真人送我樂土。牢裏禁子只得倒陪告他、李逵陷在薊州牢裏不題。且說羅真人把上項的事、一一說與戴宗。戴宗只是苦苦哀告、求救李逵。羅真人留住戴宗在觀裏宿歇、動問山寨裏事務。戴宗訴說晁天王、宋公明仗義疎財、專只替天行道、誓不損害忠臣烈士、孝子賢孫、義夫節婦、許多好處。羅真人聽罷、默然。（四字寫出真人。俗本作聽罷甚喜、真俗本耳。）一住五日、戴宗每日磕頭禮拜、求告真人、乞救李逵。羅真人道：「這等人只可驅除了罷。」（與前對鎖作章法。俗本悉無、真是可恨。休帶回去戴宗告道真人不知這李逵雖是愚蠢不省禮法也有些小好處第一鯁直分毫不肯苟取於人第二不會阿諂於人雖死其忠不改第三並無淫慾邪心貪財背義敢勇當先明明分出第一第二第三。而其文拉雜無辯。一見戴宗心忙口亂。一見李逵讚歎不盡也。因此宋公明甚是愛他不爭沒了這箇人回去教小可難見兄長宋公明之面羅真人笑道貧道已知這人是上界天殺星之數於真人口中輕輕先逗出兩座星辰名字為第七十回通氣。為是下土衆生作業太重故罰他下來殺戮吾亦安肯逆天壞了此人甚矣定業可畏而押官之勸戒不小也只是磨他一會我叫取來還你戴宗拜謝羅真人叫一聲力士安在就鶴軒前起一陣風風過處一尊黃巾力士出現躬身禀覆我師有何法旨此回純是此等文字蓋筆墨亦有氣類也羅真人道先差你押去薊州的那人罪業已滿你還去薊州牢裏取他回來速去速回力士聲喏去了約有半箇時辰從虛空裏把李逵撇將下來

戴宗連忙扶住李逵問道兄弟這兩日在那里李逵看了羅眞人只管磕頭拜說親爺爺鐵牛不敢了也（忽然移過親爺爺三字來妙人妙不可言）羅眞人道你從今已後可以戒性竭力扶持宋公明休生歹心李逵再拜道你是我的親爺却如何敢違了你的言語（與前對鎖作章法）戴宗道你正去那里走了這幾日（戴宗只道是走妙絕○半日只寫李逵可謂冷殺戴宗矣故加又強似其神行法你去那里走幾日之句皆楚筆相顧之法也）李逵道自那日一陣風直刮我去薊州府裏從

廳屋脊上直滾下來、被他府裏衆人拿住、那箇鳥知府道我是妖人、捉翻我綑了、却教牢子獄卒把狗血和尿屎、淋我一頭一身、打得我兩腿肉爛、把我枷了、下在大牢裏去、衆人問我是何神將、從天上落下來、只喫我說道、羅真人的親隨直日神將、因有些過失、罰受此苦、過三二日、必來取我、雖是喫了一頓棍棒、却也詐得些酒肉噇、那厮們懼怕真人、却與我洗浴、換了一身衣裳、方纔正在亭心裏許酒肉喫，真有此間樂不思蜀之意。只見半空裏跳下這箇黃巾力士，把枷鎖開了，喝我閉眼，一似睡夢中直扶到這里。公孫勝道：「師父似這般的黃巾力士，有一千餘員，都是本師真人的伴當。」李逵聽了叫道：「活佛，自好哥哥、老爺、親爺以至活佛，不倫不文，信口而出，妙人妙絕。稱道士是佛，絕倒。你何不早說，免教我做了這般不是。」只顧下拜。反責他人。妙人妙絕。戴宗也再拜懇告道：「小可端的來得多日了，高唐州軍馬甚急，望乞師父慈悲，放公孫先生同弟子去救哥哥宋公明、破了高廉、便送還山、羅真人道、我本不教他去、今為汝大義為重、權教他去走一遭、我有片言、汝當記取、公孫勝向前跪聽真人指教、正是滿還濟世安邦願、來作乘鸞跨鳳人、畢竟羅真人對公孫勝說出甚話來、且聽下回分解、

第五才子書

劈貞人

三

貫華堂

(明)施耐庵 撰 (清)金聖歎 批

# 貫華堂本水滸傳

第一四册

國家圖書館出版社

（明）施耐庵 撰 （清）金聖歎 批

# 貫華堂本水滸傳

第一四冊

國家圖書館出版社

# 第一四册目録

# 第一四冊目錄

# 第五才子書施耐菴水滸傳卷之五十

聖歎外書

## 第四十五回

病關索大鬧翠屏山

拚命三火燒祝家店

前有武松殺奸夫淫婦一篇此又有石秀殺奸夫淫婦一篇若是者班乎曰不同也夫金蓮之淫乃敢至於殺武大此其惡貫盈矣不

破胸取心實不足以蔽厥辜也若巧雲淫誠有之未必至於殺楊雄也坐巧雲以他日必殺楊雄之罪此自石秀之言而未必遂服巧雲之心也且武松之於金蓮也武大已死則武松不得不問此實武松萬不得已而出於此若武大固在武松不得而殺金蓮者法也今石秀之於巧雲既去則亦已矣以姓石之人而殺姓楊之人之妻此何法也總之武松

之殺二人全是爲兄報仇而已曾不與爲若石秀之殺四人不過爲己明冤而已並與楊雄無與也觀巧雲所以污石秀者亦舉前日金蓮所以污武松者乃武松以叔嫂之嫌疑而落落然受之曾不置辯而天下後世亦無不共明其如冰如玉也者若石秀則務必辯之背後辯之又必當面辯之迎兒辯之又必巧雲辯之務令楊雄深有以信其如冰如玉

而後已嗚呼豈真天下之大另又有此一種巉刻狠毒之惡物歟吾獨怪耐菴以一手擲一筆而既寫一武松又寫一石秀嗚呼又何奇也

話說當下衆鄰舍結住王公、直到薊州府裏首告、知府却纔陞廳、一行人跪下告道、這老子挑着一擔糕粥潑翻在地下看時、却有兩箇死屍在粥裏、先說潑粥、又說死屍、妙絶、在粥裏妙、一箇是和尚、一箇是頭陀、俱

各身上無一絲頭。此身邊有刀一把。老子告道。老

漢每日賣糕糜營生。只是五更出來趕趁。今朝

起得早了些。箇和這鐵頭猴子。只顧走。不看下面。

一交絆翻碗碟。都打碎了。相公可憐。○○○○○○○○○○重許跌碎碗碟。輕帶兩箇

死屍。妙得經紀老子情性。知此。則聽訟直易易也。只見血淥淥的兩箇死

屍又喫一驚。○○○○只訴自己喫驚。不管兩人被殺。妙妙。叫起隣舍來。倒被

扯住到官。倒被妙。活是不知高低老子。望相公明鏡辯察。知府

隨即取了供詞。行下公文。委當方里甲帶了仵作

卷五十

公人押了鄰舍王公一干人等下來簡驗屍首明白回報衆人登場看箇巳了回州稟復知府被殺死僧人係是報恩寺闍黎裴如海傍邊頭陀係是寺後胡道和尚不穿一絲身上三四道搠傷致命方死胡道身邊見有兇刀一把只見頂上有勒死傷痕一道係是胡道掣刀搠死和尚懼罪自行勒死○益歎石秀胸中精細做事出人知府叫拘本寺僧鞫問緣故俱各不知情縣知府也沒箇決斷當案孔目稟道眼

見得這和尚裸形赤體必是和那頭陀幹甚不公不法的事互相殺死不干王公之事鄰舍都教召保聽候屍首着仰本寺住持即備棺木盛殮放在別處立箇互相殺死的文書便了薊府道也說得是隨即發落了一干人等不在話下前頭巷裏又是一條巷那些好事的子弟做成一隻曲兒唱道堪笑報恩和尚撞着前生冤障將善男瞞了妙信女勾來妙要他喜捨肉身妙妙慈悲歡暢妙怎極樂觀音

方纔接引 妙 蚤血盆地獄塑來出相 妙眞是絕妙好辭 想色空空色色空色色空他全不記多心經上 妙 到如今徒弟度生回 妙絕倒 連長老涅槃街巷 妙絕倒 若容得頭陀頭陀容得和合多僧 妙多僧者上下各一也 同房共住 妙妙 未到得無嘗勾帳 妙 只道目連救母上西天從不見這賊禿爲娘身喪 妙絕 後頭巷裏 又是條巷也

有幾箇好事的子弟聽得前頭巷裏唱着却不伏氣便也做隻臨江仙唱出來賽他道淫戒破時招

殺報（妙）因緣不爽分毫（妙）本來面目忒蹊蹺（妙）一絲真不掛（妙妙）立地放屠刀（眞正絕妙好辭）大和尚今朝圓寂了（絕倒）小和尚昨夜狂騷（絕倒）頭陀刎頸見相交（妙）爲爭同穴死（妙同穴絕倒）誓願不相饒（妙）兩隻曲條條

巷（又是條條巷）都唱動了那婦人聽得目瞪口獃却不敢說只是肚裏暗暗地叫苦楊雄在薊州府裏有人告道殺死和尚頭陀心裏早知了些箇尋思此一事准是石秀做出來的我前日一時間錯怪了

他我今日閒些且去尋他問他個真實正走過州橋前來只聽得背後有人叫道哥哥那里去楊雄回過頭來見是石秀（撞着略換）便道兄弟我正沒尋你處石秀道哥哥且來我下處和你說話把楊雄引到客店裏小房內說道哥哥兄弟不說謊麼（石秀可畏）（筆筆寫出咄咄相逼之勢）楊雄道兄弟你休怪我是我一時愚蠢酒後失言反被那婆娘猜破了說兄弟許多不是我今特來尋賢弟負荊請罪石秀道哥哥兄弟

雖是箇不才小人却是頂天立地的好漢如何肯做別樣之事（此語前武松亦曾說。却覺其濶大。今在石秀文中。便見其尖刻真乃各極其妙）怕哥哥日後中了奸計因此來尋哥哥有表記教哥哥看（此句直貫下盡剝在此。皆石秀語。中間却夾寫一句將出衣裳越顯石秀咄咄可畏）將出和尚頭陀的衣裳盡剝在此（將出衣裳了。又說此四字寫得如活）楊雄看了心頭火起便道兄弟休怪我今夜碎割了這賊人出這口惡氣（是楊雄）石秀笑道你又來了（石秀又狠毒。又精細。筆筆寫出。）你既是公門中勾當的人如何不知法度作又不曾拿得他眞姦如何殺得人倘或是小弟胡說時却不錯殺了人（石秀轉說轉復可畏）楊雄道似此怎生罷休得（罷休二字絕倒忽然說到得罪忽然說到罷休是楊雄也）石秀道哥哥只依着兄弟的言語教你做箇好男子楊雄道賢弟你怎地教我做箇好男子石秀道此間東門外有一座翠屏山好生僻靜哥哥到明日只說道我多時不曾燒香我今來和大嫂同去把那婦人賺將出來就帶了迎兒同到山上（精細）

小弟先在那里等候着。當頭對面把這是非都對得明白了。哥哥那時寫與一紙休書。棄了這婦人。多恐楊雄不肯。且先說是休棄。到得是非對畢。䠶地遽過刀來。石秀節節精細。節節狠毒。我畏其人。却不是上着。楊雄道。兄弟何必說得。你身上清潔。我已知了。都是那婦人謊說。楊雄似不肯。石秀道。不然。我也要哥哥知道他往來真實的事。寫石秀可畏之極。楊雄道。既然兄弟如此高見。必然不差。是楊雄。我明日准定和那賤人來。你却休要悞了。石秀道。小鬼不來時所害俱是虛謬（句句生發字字出解轉說轉復可畏）楊雄當下別了石秀離了客店且去府裏辦事至晚回家並不提起亦不說甚只和每日一般（前夜何不便爾文情趣合成趣）次日天明起來對那婦人說道我昨夜夢見神人怪我說有舊願不曾還得（也是還願絕倒）向日許下東門外嶽廟裏那炷香願未曾還得今日我閒些要去還了須和你同去那婦人道你便自去還了罷要我去何用（同是還願一肯去一不肯去寫來絕倒）楊雄道這願

心、却是當初說親時許下的必須要和你同去、那婦人道、既是恁地、我們早喫些素飯燒湯洗浴了去、楊雄道、我去買香紙、顧轎子、你便洗浴了梳頭揷帶了等我、就叫迎兒也去走一遭、楊雄又來客店裏相約石秀、飯罷便來、兄弟休悞、石秀道、哥哥你若擡得來時、只教在半山裏下了轎、你三箇步行上來、我自在上面一箇僻處等你、不要帶閒人上來、石秀色色精細、可畏之甚、楊雄約了石秀、買了紙燭歸來喫了早飯。那婦人不知有此事。只顧打扮的齊齊整整。迎兒也揷帶了。轎夫扛轎子早在門前伺候。楊雄道。泰山看家。我和大嫂燒香了便回。潘公道。多燒香、早去、早回。宛然前日石秀告潘公語。廻合成趣。那婦人上了轎子。迎兒跟着。楊雄也隨在後面。出得東門來。楊雄低低分付轎夫道。與我擡上翠屏山去。我自多還你些轎錢。不到兩箇時辰。早來到翠屏山上。原來這座翠屏山在薊州東門外二十里。都是人家的亂墳上面一望盡是青草白楊並無菴舍寺院當下楊雄把那婦人擡到半山叫轎夫歇下轎子拔去葱管搭起轎簾（微細必悉）叫那婦人出轎來婦人問道却怎地來這山裏楊雄道你只顧且上去轎夫只在這裏等候不要來少刻一發打發你酒錢轎夫道這箇不妨小人自只在此間伺候便了楊雄引着那婦人并迎兒三箇人上了四五層山坡只見石秀坐在上面那婦人道香紙如何不將來

婦人來上轎。楊雄以買香紙誑之。及其既上轎。楊雄便只空身[illegible]香燭紙馬也。楊雄道：我自先使人將去了。把婦人一引引到一處古墓裏。前日一引二引三引四引五引，今日只一引十引，遂合成趣。石秀便把包裹、腰刀、桿棒都放在樹根前來，精細之極。道：嫂嫂拜揖。那婦人連忙應道：叔叔怎地也在這裏？只四字，亦復咄咄可畏。一頭說，一面肚裏吃了一驚。活畫。石秀道：在此專等多時。咄咄可畏。楊雄道：你前日對我說道叔叔多遍把言語調戲你，又將手摸着你胸前，問你有孕也

未今日這里無人，你兩箇對得明白。那婦人道：「哎

呀，過了的事，只顧說甚麼。」（妙絕。絕倒。）石秀睜着眼道：「嫂

嫂，你怎麼說？」（活畫石秀。只四字妙絕。）那婦人道：「叔叔，你沒事

自把鬍兒提做甚麼。」（妙絕。絕倒。合前後二語，想婦人此時千難萬難。妙筆能

體出也。）石秀道：「嫂嫂，嘻。」（只一字妙絕。上只四字，此只一字。石秀一片精細滿

面很毒，都活畫出來。俗本妄改許多閒話，失之萬里。）便打開包裹，取出海闍

黎並頭陀的衣服來，撒放地下道：「你認得不？」（咄咄畏人。）

那婦人看了，飛紅了臉，無言可對。石秀颼地掣出

腰刀（石秀狠毒之極筆筆寫出）便與楊雄說道此事只問銀兒

（看他寫翠屏山全是石秀調遣楊雄）楊雄便揪過那丫頭（是楊雄）跪在

面前喝道你這小賤人快招好寶說如何在和尚

房裏入姦（一如何）如何約會把香桌兒為號（二如何）如

何教頭陀來敲木魚（三如何問）（中三用如何）實對我說饒你

這條性命但瞞了一句先把你剁做肉泥迎兒叫

道官人不干我事不要殺我我說與你如何僧房

中喫酒（一如何）如何上樓看佛牙（二如何）如何趕他下

樓下看潘公酒醒三如何第三日如何頭陀來後門化齋飯四如何如何教我取銅錢布施與他五如何如何娘子和他約定但是官人當牢上宿要我撥香桌兒放出後門外便是墻號頭陀來看了掛去報知和尚六如何如何海闍黎扮做俗人帶頂頭巾入來娘子扯去了露出光頭來七如何如何五更聽敲木魚響要我開後門放他出去八如何如何娘子許我一副釧鐲一套衣裳所許前畧此補我只得隨順了九如

齊如倆徃來已不止數十遭後來便喫殺了十如何

嫂嫂與我幾件首飾教我對官人說石叔叔把

言語調戲一節這箇我眼裏不曾見因此不敢說

畔如何補前所無又說得妙只此是實並無虛謬迎兒說罷

石秀便道哥哥得知麼石秀可畏語語咄咄來逼這般言語須

不是兄弟教他如此說語語咄咄來逼請哥哥卻問嫂嫂

備細緣繇看他又調遣楊雄揪過那婦人來是楊雄喝道

賊賤人丫頭已都招了你便一些兒休賴再把實

情對我說了饒你這賤人一條性命那婦人說道
我的不是了你看我舊日夫妻之面饒恕了我這
一遍石秀道哥哥含糊不得石秀狠毒可恨我惡其人○寫得石秀鬬
接之間驟來不可當須要問嫂嫂一箇從頭備細原說楊雄
喝道賤人你快說那婦人只得把和尚二年前如
何起意一如何如何來結拜我父做乾爺二如何做好
事如何先來下禮三如何我遞茶與他如何傾只管
看我笑四如何如何石叔叔出來連忙去了五如何如

○何我出去拈香只管推近身來（六如何）半夜如何到

布簾滴捏我的手便叙我還了願（七如何）如何厮

我是娘子騙我看佛牙（八如何）○如○如何求我圖箇長便

（九如何）如何教我反閒你便撚得石叔叔出去（十如何）

○如何定要我把迎兒也與他說不時我便不來了

（十一如何○迎兒說一遍巧雲又說一遍却有一句何同迎兒所說皆是事巧雲所說皆是情也）

一都說了石秀道你却怎地對哥哥倒說我來調

戲你（上第十句已明明招出石秀務要特地再那攛出來洗刷淸白咄咄相逼可畏可恨）

婦人道前日他醉了罵我我見他罵得蹺蹊我只猜是叔叔看見破綻說與他也是前兩三夜他先教道我如此說（補文中之所無）這早晨便把來支吾實是叔叔並不曾恁地石秀道今日三面說得明白了任從哥哥心下如何措置（石秀轉說轉更可畏通篇結束到此一何寫）（石秀只爲明白自已並非若武松之於金蓮令人可恨）楊雄道兄弟你與我拔了這賊人的頭面剝了衣裳然後我自伏侍他（楊雄好笑）石秀便把那婦人頭面首飾衣服都剝了（便把）

（二字。寫石秀可畏可恨。）○○○○○○○○楊雄割兩條裙帶把婦人綁在樹上石秀徑把迎兒的首飾也去了（便把妙。徑把又妙。都寫石秀可畏可恨。）○○○○遞過刀來（寫石秀却在人情之外。天地間。固另有此一等狠毒人。）○○○○○○○○○○說道哥哥這個小賤人留他做甚麼一發斬草除根（何至於此）（可恨可恨。）楊雄應道果然（好笑。）兄弟把刀來我自動手迎兒見頭勢不好却待要叫楊雄手起一刀揮作兩段那婦人在樹上叫道叔叔勸一勸（活畫絕倒。）○○○○○石秀道嫂嫂不是我○○○（石秀很毒。句句都畫出來。不是件勸的事。又是件幇的事耶。）○楊雄向前把刀先穵出舌頭一刀便割了且教那婦人叫不得楊雄卻指着罵道你這賊賤人我一時誤聽不明險些被你瞞過了二者壞了我兄弟情分二來久後必然被你害了性命我想你這婆娘心肝五臟怎地生着我且看一看一刀從心窩裏直割到小肚子上取出心肝五臟掛在松樹上楊雄又將這婦人七事件分開了卻將釵釧首飾都拴在包裹裏了好楊雄道兄弟你且來和你商

量一箇長便如今一箇奸夫少說了一箇一箇淫婦亦少說一箇。都巳殺了只是我和你投那里去安身石秀道兄弟自有箇所在請哥哥便行寫石秀精細出人。楊雄道却是那里去石秀道哥哥殺了人兄弟又殺人不去投梁山泊入夥却投那里去楊雄道且住我和你又不曾認得他那里一箇人如何便肯收錄我們石秀道哥哥差矣如今天下江湖上皆聞山東及時雨宋公明招賢納士結識天下好漢誰不

13

知道放着我和你一身好武藝愁甚不收留楊雄道凡事先難後易免得後患我却不合是公人只恐他疑心不肯安着我們石秀笑道他不是押司出身石秀寫得色色出人我教哥哥一發放心前者哥哥認義兄弟那一日先在酒店裏和我喫酒的那兩箇人一箇是梁山泊神行太保戴宗一箇是錦豹子楊林他與兄弟十兩一錠銀子尚兀自在包裹忽然適合因此可去投托他楊雄道既有這條門路我去

收拾了些盤纏便走石秀道哥哥你也這般搭纏倘或入城事發拏住如何脫身放着包裹裏見有若干釵釧首飾兄弟又有些銀兩再有人同去也彀用了（逗一句引下文妙筆）何須又去取討惹起是非來如何解救這事少時便發不可遲滯我們只好望山後走石秀便背上包裹拏了桿棒楊雄插了腰刀在身邊提了朴刀却待要離古墓只見松樹後走出一箇人來叫道清平世界蕩蕩乾坤把人割了

却去投澭梁山泊入夥我聽得多時了奇文楊雄石
秀看時那人納頭便拜奇文楊雄却認得這人姓時
名遷祖貫是高唐州人氏流落在此只一地里做
些飛簷走壁跳籬騙馬的勾當曾在薊州府裏喫
官司却是楊雄救了人都叫他做鼓上蚤當時楊
雄便問時遷你如何在這里時遷道節級哥哥聽
稟小人近日沒甚道路在這山裏掘些古墳覓兩
分東西因見哥哥在此行事不敢出來衝撞却聽

說去投梁山泊入夥小人如今在此只做得些偷雞盜狗的勾當幾時是了跟隨得二位哥哥上山去却不好未知尊意肯帶挈小人麽石秀道既是好漢中人物他那里如今招納壯士那爭你一箇若如此說時我們一同去時遷道小人却認得小路去好當下引了楊雄石秀三箇人自取小路下後山投梁山泊去了却說這兩箇轎夫在半山裏等到紅日平西不見三箇下來分付了又不敢上

去挨不過了。如活。不免信步尋上山來只見一羣老鴉成團打塊在古墓上。奇文。兩箇轎夫上去看將原來却是老鴉奪那肚腸喫以此聒噪。奇文。轎夫看了喫着一驚慌忙回家報與潘公一同去薊州府裏首告知府隨即差委一員縣尉帶了仵作行人來翠屏山簡驗屍首已了回覆知府稟道簡得一口婦人潘巧雲割在松樹邊使女迎兒殺死在古墓下墳邊遺下一堆婦人與和尚頭陀衣服寫石秀胸中經濟如許。知府聽了、想起前日海和尚頭陀的事、備細詢問潘公、那老子把這僧房酒醉一節、和這石秀出去的緣繇、細說了一遍、知府道、眼見得這婦人與和尚通姦、那女使頭陀做腳、想石秀那廝路見不平、殺死頭陀和尚、楊雄這廝今日殺了婦人女使、無疑、定是如此、只拏得楊雄石秀、便知端的、當即行移文書、捕獲楊雄石秀、其餘轎夫人等、各放囘聽候、潘公自去買棺木、將屍首殯葬、不在話下

再說楊雄石秀時遷離了薊州地面在路夜宿曉
行不則一日行到鄆州地面過得香林洼早望見
一座高山不覺天色漸漸晚了看見前面一所靠
溪客店三箇人行到門首店小二却待關門只見
這三箇人撞將入來小二問道客人來路遠以此
晚了時遷道我們今日走了一百里以上路程因
此到得晚了小二哥放他三箇入來安歇問道客
人不曾打火麼時遷道我們自理會小二道今日

沒了碗盞上有兩隻鍋乾淨客人自用不妨時遷問道店裏有酒肉賣麼小二道今日早起有些肉都被近村人家買了去只剩得一甕酒在這裏並無下飯時遷道也罷先借五升米來做飯却理會小二哥取出米來與時遷就淘了做起一鍋飯來石秀自在房中安頓行李敘得清出楊雄取出一隻釵兒把與店小二敘得清出先回他這甕酒來喫明日一發算帳小二哥收了釵兒便去裏面掇出那甕酒

來開了將一碟見熟菜放在桌子上時遷先提一桶湯來叫楊雄石秀洗了脚手寫時遷漸引入事來一面篩酒來就來請小二哥一處坐地喫酒非必要小二同飲只爲要問起祝家備細也放下四隻大碗斟下酒來喫石秀看見店中簷下插着十數把好朴刀奇問小二哥道你家店裏怎的有這軍器小二哥應道都是主人家留在這里石秀道你家主人是甚麽樣人小二道客人你是江湖上走的人如何不知我這里的名

字前面那座高山便喚做獨龍山山前有一座凛巍巍岡子便喚做獨龍岡上面便是主人家住宅這里方圓三十里却喚做祝家莊莊主太公祝朝奉有三箇兒子稱爲祝氏三傑莊前莊後有五七百人家都是佃戶各家分下兩把朴刀與他這里喚作祝家店常有數十箇家人來店裏上宿以此分下朴刀在這里石秀道他分軍器在店裏何用小二道此間離梁山泊不遠只恐他那里賊人來

借糧因此准備下石秀道與你些銀兩回與我一把朴刀用如何[生波]小二哥道這箇却使不得器械上都編着字號我小人喫不得主人家的棍棒我這主人法度不輕石秀笑道我自取笑你你却便慌且只顧喫酒小二道小人喫不得了先去歇了客人自便寬飲幾杯小二哥去了楊雄石秀又自喫了一回酒只見時遷道哥哥要肉喫麼楊雄道店小二說沒了肉賣你又那里得來時遷嘻嘻的

笑着去竈上提出一隻老大公雞來都是生發後文·無甚出色·楊雄問道那里得這雞來時遷道小弟却纔去後面淨手見這隻雞在籠裏尋思沒甚喫酒被我悄悄把去溪邊殺了提桶湯去後面就那里撏得乾淨煮得熟了把來與二位哥哥喫楊雄道你這廝還是這等賊手賊脚石秀笑道還不改本行三箇笑了一回把這雞來手斯開喫了一面盛飯來喫只見那店小二畧睡一睡放心不下爬將起來前

後去焰管只見廚桌上有些雞毛和雞骨頭却去竈上看時半鍋肥汁小二慌忙去後面籠裏看時不見了雞連忙出來問道客人你們好不達道理如何偷了我店裏報曉的雞喫時遷道見鬼了耶耶（如聞其聲）我自路上買得這隻雞來喫何曾見你的雞小二道我店裏的雞却那里去了時遷道敢被野猫拖了黃猩子喫了鷂鷹撲去了我却怎地得知（好如聞其聲）小二道我的雞纔在籠裏不是你偷了

是誰石秀道不要爭直幾錢陪了你便罷店小二道我的是報曉雞店內少他不得你便陪我十兩銀子也不濟只要還我雞石秀大怒道你詐哄誰老爺不陪你便怎地店小二笑道客人你們休要在這里討野火喫只我店裏不比別處客店拏你到莊上便做梁山泊賊寇解了去看他要生出事頭無可生處卻此曲折寫來石秀聽了大罵道便是梁山泊好漢你怎麼拿了我去請賞楊雄也怒道好意還你些錢不

陪你怎地拿我去小二叫一聲有賊只見店裏赤
條條地走出三五箇大漢來逕奔楊雄石秀來被
石秀手起一拳一箇都打翻了小二哥正待要叫
被時遷一拳打腫了臉做聲不得這幾箇大漢都
從後門走了楊雄道兄弟這厮們一定去報人來
我們快喫了飯走了罷三箇當下喫飽了把包裹
分開腰了穿上麻鞋跨了腰刀各人去鎗架子上
揀了一條好朴刀好石秀道左右只是左右不可

此處忽然寫楊雄

放過了他便去竈前尋了把草竈裏點箇火望裏面四下焠着（畢竟寫出是石秀）看那草房被風一煽刮刮雜雜火起來那火頃刻間天也似般大三箇拽開脚步望大路便走三箇人行了兩箇更次只見前面後面火把不計其數約有一二百人發着喊趕將來石秀道且不要慌我們且揀小路走（石秀只是乖）楊雄道且住一箇來殺一箇兩箇來殺一雙待天色明朗却走（此處却寫出楊雄）說猶未了四下裏合攏來

楊雄當先石秀在後時遷在中偏寫楊雄三箇挺着朴刀來戰莊客那夥人初時不知輪着鎗棒趕來楊雄手起朴刀早戳翻了五七箇前面的便走後面的急待要退石秀趕入去又戳翻了六七人四下里莊客見說殺傷了十數人都是要性命的思量不是頭都退了去三箇得一步趕一步正走之間喊聲又起枯草裏舒出兩把撓鈎正把時遷一撓鈎搭住拖入草窩去了若一時遷掩去便令下文住手不得生出三打祝家

莊也石秀急轉身來救時遲背後又舒出兩把撓鈎來却得楊雄眼快便把朴刀一撥撥開莖草裏便戳發聲喊都走了不可不救不可定救只如此好兩箇見捉了時遷怕深入重地亦無心戀戰顧不得時遷了且四下里尋路走罷見遠遠地火把亂明小路上又無叢林樹木照得有路便走畫出一直望東邊去了衆莊客四下里提不着自救了帶傷的人去將時遷背剪綁了押送祝家莊來且說楊雄石秀走到天

明望見一座村落酒店石秀道哥哥前頭酒肆裏買碗酒飯喫了去就問路程兩箇便入村店裏來倚了朴刀坐下叫酒保取些酒來就做些飯喫酒保一面鋪下菜蔬盪將酒來方欲待喫只見外面一箇大漢走入來生得濶臉方腮眼鮮耳大貌醜形麤穿一領茶褐紬衫戴一頂萬字頭巾繫一條白絹搭膊下面穿一雙油膀靴叫道大官人教你們挑擔來莊上納店主人連忙應道裝了擔少刻

便送到莊上、那人分付了、便轉身、又說道、快挑來、却待出門、正從楊雄石秀面前過、楊雄却認得他、便叫一聲小郎、你如何在這里、不看我一看、那人回轉頭來、看了一看、却也認得、便叫道、恩人如何來到這里、望着楊雄便拜、不是楊雄撞見了這箇人、有分教、三莊盟誓成虛謬、眾虎咆哮起禍殃、畢竟楊雄石秀遇見的那人是誰、且聽下回分解○○

第五才子書施耐菴水滸傳卷之五十

第五才子書施耐菴水滸傳卷之五十一

聖歎外書

第四十六回

撲天鵰兩修生死書

宋公明一打祝家莊

○人亦有言不遇盤根錯節不足以見利器夫○不遇難題亦不足以見奇筆也此回要寫宋○江打祝家莊夫打祝家莊亦尋常戰鬬之事

耳烏足以展耐菴之經緯故未製文先製題
於祝家莊之東先立一李家莊於祝家莊之
西又立一扈家莊三莊相連勢如翼虎打東
則中帥西救打西則中帥東救打中則東西
合救夫如是而題之難御遂如六馬亂馳非
一轡所鞚伏箭亂發非一牌所隔野火亂起
非一手所撲矣耐菴而後廻錦心舒繡手弄
柔翰點妙墨蚤於楊雄石秀未至山泊之日

先按下東李此之謂縶其右臂入下回十六虎將浴血苦戰生擒西扈此之謂截其左脇東西定而殲厥三祝曾不如縛一雞之易者是皆耐菴相題有眼捽題有法搗題有力故得至是人徒就篇尾論長數短謂亦猶夫能事殊未向篇首一籌量其落筆之萬難也

看他寫李祝之戰只是相當非不欲作快筆徒恐因而兩家不得住手便礙宋江一打筆

勢故行文有時占得一筆是多一筆亦有時畱得一筆是多一筆也

石秀探路一段描出全副一箇精細人讀之益想耐菴七竅中眞乃無奇不備

話說當時楊雄扶起那人來叫與石秀相見石秀便問道這位兄長是誰楊雄道這箇兄弟姓杜名興祖貫是中山府人氏因爲面顏生得麄莽以此人都叫他做鬼臉兒上年間做買賣來到薊州因

一口氣上打死了同夥的客人喫官司監在薊州府裏楊雄見他說起拳棒都省得一力維持救了他不想今日在此相會杜興便問道恩人爲何公事來到這里楊雄附耳低言道我在薊州殺了人命欲要投梁山泊去入夥昨晚在祝家店投宿因同一箇來的火伴時遷偷了他店裏報曉雞喫一時與店小二鬧將起來性起把他店屋都燒了我三箇連夜逃走不隄防背後趕來我弟兄兩箇搠

翻了他幾箇不想亂草中間舒出兩把撓鈎把時遷搭了去我兩箇亂撞到此正要問路不想遇見賢弟杜興道恩人不要慌我教放時遷還你楊雄道賢弟少坐同飲一杯三人坐下當下飲酒杜興便道小弟自從離了薊州多得恩人的恩惠來到這里感承此間一箇大官人見愛收錄小弟在家中做箇主管每日撥萬論千盡托付與杜興身上甚是信任以此不想回鄉去楊雄道此間大官人

是誰杜興道此間獨龍岡前面有三座山岡列着三箇村坊中間是祝家莊西邊是扈家莊東邊是李家莊這三處莊上三村裏算來總有一二萬軍馬人家惟有祝家莊最豪傑爲頭家長喚做祝朝奉有三箇兒子名爲祝氏三傑長子祝龍次子祝虎三子祝彪又有一箇教師喚做鐵棒欒廷玉此人有萬夫不當之勇（可惜此人）莊上自有一二千了得的莊客西邊那箇扈家莊莊主扈太公有箇兒子

喚做飛天虎扈成也十分了得惟有一箇女兒最英雄名喚一丈青扈三娘使兩口日月雙刀馬上如法了得這里東村莊上却是杜興的主人姓李名應、不說出綽號偏與下楊雄作問甚好能使一條渾鐵點鋼鎗背藏飛刀五口百步取人神出鬼沒這三村結下生死誓願同心共意但有吉凶遞相救應惟恐梁山泊好漢過來借糧因此三村准備下抵敵他如今小弟引二位到莊上見了李大官人求書去搭救

時還楊雄又問道你那李大官人莫不是江湖上
喚撲天鵰的李應杜興道正是他石秀道江湖上
只聽得說獨龍岡有箇撲天鵰李應是好漢却原
來在這里好多聞他眞箇了得是好男子我們去
走一遭楊雄便喚酒保討算酒錢杜興那里肯要
他還便自招了酒錢三箇離了村店便引楊雄石
秀來到李家莊上楊雄看時眞箇好大莊院外面
週廻一遭濶港粉墻傍岸有數百株合抱不交的

大柳樹門外一座弔橋接着莊門入得門來到廳前兩邊有二十餘座鎗架明晃晃的都插滿軍器杜興道兩位哥哥在此少等待小弟入去報知請大官人出來相見杜興入去不多時只見李應從裏面出來杜興引楊雄石秀上廳拜見李應連忙答禮便教上廳請坐楊雄石秀再三謙讓方纔坐了李應便叫取酒來且相待楊雄石秀兩箇再拜道望乞大官人致書與祝家莊來救時遷性命生

死不敢有忘李應教請門館先生來商議修了一
封書緘看他先用代筆書便令無曆折處生出曆折填寫名諱使箇圖
書印記又細便差一箇副主管齎了先差副主管亦於無曆折處生
曆折也備一匹快馬星火去祝家莊取這箇人來那
副主管領了東人書札上馬去了楊雄石秀拜謝
罷一謝寫出許多謝令下文便於變蓋成怒李應道二位壯士放心
小人書去便當放來寫他兩番托意亦令下文便於變蓋成怒也楊雄
石秀又謝了又謝李應道且請去後堂少敘三杯等

待○看他說得便極。兩箇隨進裏面就具早膳相待飯罷一喫了茶二李應問些鎗法見楊雄石秀說得有理心中甚喜三巳牌時分四。○疊寫四句。見去得甚久。那箇副主管回來李應喚到後堂問道去取的這人在那里看他說得如此便極。主管答道小人親見朝奉下了書倒有放還之心後來走出祝氏三傑反焦躁起來書也不回人也不放定要解上州去李應失驚道他和我三家村裏結生死之交書到便當依允如何恁抛起來必是你說得不好以致如此（總寫李應非意所料且便）下文變成怒也蓋杜主管你須自去走一遭（副主管換正主管。○上先寫書。又寫主管。此却先寫主管。又寫書。筆法變換）親見祝朝奉說箇仔細緣繇杜興道小人願去只求東人親筆書緘（代筆書柬換親筆書柬。）到那里方纔肯放李應道說得是急取一幅花箋紙來李應親自寫了書札封皮面上使一箇諱字圖書（又細）把與杜興接了後槽牽過一匹快馬備上鞍轡拏了鞭子便出莊門上馬加鞭逩祝家莊去了李應道二位放心我這封親筆書去少刻定當放還〔又寫托意〕楊雄石秀深謝了〔深謝總令下文李應不堪〕𨁝在後堂飲酒等待〔只是便極〕看看天色待晚〔前寫去久用四句此寫去久只用一句法都變換〕不見杜興回來李應心中疑惑再教人去接只見莊客報道杜主管回來了李應問道幾箇人回來〔看他只是非意所料妙極〕莊客道只是主管獨自一箇跑將回來李應搖着頭道卻又作怪往常這厮不是這等兜搭今日緣何恁地走出廳

楊雄石秀都跟出來只見杜興下了馬入得莊門○○○○○○○○○○○○○○○○○見他模樣氣得紫漲了面皮咨牙露嘴半晌說不得話○○前店中初遇時却不寫忽於此處畫出一箇鬼臉來妙筆○○○○○李應道你且言備細緣故怎麼地來杜興氣定了方纔道畫出小人齎了東人書札到他那里第三重門下却好遇見祝龍祝虎祝彪弟兄三箇坐在那里小人聲了三○○○箇喏○○杜興盡禮○○○○祝彪喝道一路雖兼寫三祝而獨顯祝彪○出聲喏未開口兜頭便喝極寫祝彪無禮○○○○你又來則甚小人躬身稟道盡禮東人有

書在此拜上祝彪那厮變了臉罵道（極寫祝彪無禮。）你那主人恁地不曉人事早晌使箇潑男女來這里下書要討那箇梁山泊賊人時遷如今我正要解上州裏去又來怎地小人說道這箇時遷不是梁山泊夥內人數他自是薊州來的客人要投見敝莊東人不想誤燒了官人店屋明日東人自當依舊蓋還（極善辭令。不是說得不好。）萬望俯看薄面高擡貴手寬恕寬恕祝家三箇都叫道（雖獨寫祝彪，亦有時寫三祝，便錯落之極。）

還不還小人又道官人請看東人親筆書札在此祝彪那廝接過書去也不拆開來看就手扯得粉碎（極其無禮）喝叫把小人直叉出莊門（極其無禮）祝彪祝虎發話道（又罵祝龍單兼祝虎錯落之極）休要惹老爺們性發把你那（言把你那李應捉來也解去也却不妳唐突主人名字忽然就把你那三個字下收住下又另自盡一句禮然後重說出來妙筆出神入化）小人本不敢盡言實被那三箇畜生無禮（盡一句禮然後重說）說把你那李（重說却因氣極又說不出只說得一李字筆筆出神入妙）李應捉來也做梁山泊強寇解

了去疊一李字便活畫出氣極後說不出話來時又喝叫莊客原拿了小人先說直又出又說原拿了無禮之極真不可耐矣被小人飛馬走了於路上氣死小人叵耐那厮枉與他許多年結生死之交今日全無些仁義又找兩句激出李應李應聽罷心頭那把無明業火高舉三千丈按捺不下大呼莊客快備我那馬來楊雄石秀諫道大官人息怒休爲小人們壞了貴處義氣李應那里肯聽便去房中披上一副黃金鎖子甲前後獸面掩心穿一領

大紅袍背胯邊插着飛刀五把拿了點鋼鎗戴上鳳翅盔出到莊前點起三百悍勇莊客畫出李應杜興也披一副甲持把鎗上馬畫出杜興帶領二十餘騎馬軍楊雄石秀也抓扎起挺着朴刀跟着李應的馬畫出楊雄石秀○畫李應是箇大官人畫杜興是箇主管畫楊雄石秀是箇客人各各不同。逕奔祝家莊來日漸銜山時分早到獨龍岡前便將人馬排開原來祝家莊又蓋得好占着這座獨龍山岡四下一遭闊港那莊正造在岡上有三層城墻都是頑石壘砌的約高二丈前後兩座莊門兩條吊橋墻裏四邊都蓋窩舖四下里遍插着鎗刀軍器門樓上排着戰鼓銅鑼李應勒馬在莊前大叫祝家三子怎敢毀謗老爺只見莊門開處擁出五六十騎馬來當先一騎似火炭赤的馬上坐着祝朝奉第三子祝彪李應指着大罵道你這廝口邊妳腥未退頭上胎髮猶存你爺與我結生死之交誓願同心共意保護村坊你家但有事情要取

人時早來早放要取物件無有不奉我今一箇平人二次修書來討你如何扯了我的書札恥辱我名是何道理祝彪道俺家雖和你結生死之交誓願同心協意共捉梁山泊反賊掃清山寨你如何却結連反賊意在謀叛李應喝道你說他是梁山泊甚人你這廝却冤平人做賊當得何罪祝彪道賊人時還巳自招了你休要在這里胡說亂道遮掩不過你去便去不去時連你捉了也做賊人解

○○○○○○○○○○○

○送、（寫祝彪無禮之極。）李應大怒、拍坐下馬、挺手中鎗便遊祝彪、祝彪縱馬去戰李應、兩箇就獨龍岡前一來一往、一上一下、鬬了十七八合、祝彪戰李應不過、撥回馬便走、（極寫祝彪能。）李應縱馬趕將去、祝彪把鎗横擔在馬上、左手拈弓、右手取箭、搭上箭、拽滿弓覷得較親、背翻身一箭、（極寫祝彪能。）李應急躲時、臂上早着、李應翻筋斗墜下馬來、祝彪便勒轉馬來搶○人、（極寫祝彪能。）楊雄石秀見了、大喝一聲、撚兩把朴刀直奔祝彪馬前殺將來。祝彪抵當不住，急勒回馬便走。極寫祝彪能。寫祝彪不止是梟勇，直是靈利之極。早被楊雄一朴刀戳在馬後股上。此是特寫楊雄。那馬負疼，壁直立起來，險些兒把祝彪掀在馬下。寫祝李皆輸羸相當。正好。却得隨從馬上的人都搭上箭射將來。只須如此收煞得正好。楊雄石秀見了，自思又無衣甲遮身，只得退回不趕。只須如此收煞得正好。杜興早自把李應救起，上馬先去了。等楊雄石秀退回，然後救李應，幾不成語矣。楊雄石秀自殺奔祝彪，杜興自救李應，極忙亂事，寫得極清出，極兜搭。

事寫得極輕捷妙筆。楊雄石秀跟了衆莊客也走了。也走了上加跟了衆莊客五字。便藏下後文無數奇情。祝家莊人馬趕了二三里路。見天色晚來。也自回去了。只須如此。杜興扶着李應。回到莊前。下了馬。同入後堂坐定。宅眷都出來看視。是箇大官人。拔了箭矢。伏侍卸了衣甲。是箇大官人。便把金瘡藥敷了瘡口。連夜在後堂商議。楊雄石秀與杜興說道。既是大官人被那廝無禮。又中了箭。將還亦不能彀出來。都是我等連累大官人了。我弟兄兩箇只得上梁山泊去懇告晁宋二公并衆頭領來與大官人報讐就救時遷因辭謝了李應李應道非是我不用心實出無奈兩位壯士只得休怪叫杜興取些金銀相贈楊雄石秀那里肯受李應道江湖之上二位不必推却兩箇方纔收受拜辭了李應杜興送出村口指與大路極似閒筆却都爲後文藏下奇情杜興作别了自囘李家莊不在話下○○○且說楊雄石秀取路投梁山泊來早望見遠遠一處新造的

○○酒店映出○一是新設三座。向一座亦不出現。是猶無設也。一是姓石人來。而不用姓石人接。是爲無文也。那酒旗兒直挑出來。兩箇入到店裏買些酒喫。就問路程。這酒店却是梁山泊新添設做眼的酒店。正是石勇掌管。兩石相接文隨手起。兩箇一面喫酒。一頭動問酒保上梁山泊路程。石勇見他兩箇非常。便來答應道。你兩位客人從那里來。要問上山去怎地。楊雄道。我們從薊州來。石勇猛可想起道。莫非足下是石秀麽。楊雄道。我乃是楊雄。問得繡錯若定。

向石秀問石秀，即是呆筆死墨，更有何妙。這箇兄弟是石秀大哥如何得知石秀名石勇慌忙道小子不認得前者戴宗哥哥到薊州回來多曾稱說兄長緣還戴宗。聞名久矣今得上山且喜且喜三箇叙禮罷楊雄石秀把上件事都對石勇說了石勇隨即叫酒保置辦分例酒來相待須知此是第一番分例酒。推開後面水亭上窗子拽起弓放了一枝響箭只見對港蘆葦叢中早有小嘍囉搖過船來須知此又另一水亭，另一對港，另一張弓，另一枝箭，另一嘍囉，另一摔船也石勇便邀二位上船直送到鴨嘴灘上岸石勇已自先使人上山去報知早見戴宗楊林下山來迎接迴翔盤舞俱各叙禮罷一同上至大寨裏衆頭領知道有好漢上山都來聚會大寨坐下戴宗楊林引楊雄石秀上廳參見晁蓋宋江并衆頭領相見已罷晁蓋細問兩箇蹤跡楊雄石秀把本身武藝投托入夥先說了衆人大喜讓位而坐楊雄漸漸說到有箇來投托大寨同入夥的時遷不合偷

了祝家店裏報曉雞一時爭鬧起來石秀放火燒了他店屋時遷被捉李應二次修書去討怎當祝家三子堅執不放誓要捉山寨裏好漢且又千般辱罵叵耐那厮十分無禮不說萬事皆休纔然說罷晁蓋大怒喝叫孩兒們將這兩箇與我斬訖報來（此等波瀾非爲鋪張山寨忠義乃所以翻跌出宋江問罪之師也脫無此一番而便輕舉妄動三打祝家恐類兒戲故不得已而生此也）宋江慌忙道哥哥息怒兩箇壯士不遠千里來此協助如何却要斬他晁蓋道

俺梁山泊好漢自從䝉併王倫之後便以忠義爲主全施恩德於民一箇箇兄弟下山去不曾折了銳氣新舊上山的弟兄們各各都有豪傑的光彩是恭語讀之想出其生平○○○其穎揄雜喫至多這厮兩箇把梁山泊好漢的名目去因此連累我等受辱今日先斬了這兩箇將這厮首級去那里號令我親領軍馬去洗蕩了那箇村坊不要輸了銳氣孩兒們快斬了報○又饒一句來風稜四起宋江勸住道不然哥哥不聽這兩位

賢弟却纔所說那個鼓上皁時遷他原是此等人以致惹起祝家那廝來豈是這二位賢弟要玷辱山寨我也每每聽得有人說祝家莊那廝要和俺山寨敵對了自補一句妙筆哥哥權且息怒即目山寨人馬數多錢糧缺少非是我等要去尋他那廝倒來吹毛求疵因而正好乘勢去拿那廝若打得此莊倒有三五年糧食非是我們生事害他其實那廝無禮再三申說此句妙只是哥哥山寨之主豈可輕動自此

以下凡寫梁山興師建功宋江悉不許晁蓋下山。小可不才親領一支軍馬啓請幾位賢弟們下山去打祝家莊若不洗蕩得那箇村坊誓不還山一是山寨不折了銳氣好。二乃免此小輩被他恥辱好好。三則得許多糧食以供山寨之用好好。四者就請李應上山入夥好好。吳學究道公明哥哥之言最好豈可山寨自斬手足之人戴宗便道寧乃斬了小弟不可絕了賢路迴翔盤舞。衆頭領力勸晁蓋方纔免了二人楊雄石秀也自謝罪宋江撫諭道（晁蓋宋江各寫得好眞乃恩威並著矣）賢弟休生異心此是山寨號令不得不如此便是宋江儻有過失（妙論）也須斬首不敢容情如今新近又立了鐵面孔目裴宣做軍政司賞功罰罪已有定例（就上文新立規制中忽抽出一石勇忽抽出一裴宣便表得衆多豪傑各各用命非尸位素餐而已此等插帶眞是才子）賢弟只得恕罪恕罪楊雄石秀拜罷謝罪已了晁蓋叫去坐在楊林之下山寨裏都喚小嘍囉來參賀新頭領已畢一面殺牛宰馬且做慶喜

筵席撥定兩所房屋教楊雄石秀安歇每人撥十箇小嘍囉伏侍當晚席散次日再備筵席會衆商量議事宋江教喚鐵面孔目裴宣計較下山人數（好）啓請諸位頭領同宋江去打祝家莊定要洗蕩了那箇村坊商量已定除晁蓋頭領鎮守山寨不動外（一寨之尊。寫得好。）留下吳學究劉唐并阮家三弟兄呂方郭盛護持大寨（根本重地。寫得好。）原撥定守灘守關守店有職事人員俱各不動（各有專司舊令不許調遣。寫得好。一叔）又新到頭領孟康管造船隻頂替馬麟監督戰船補署新到頭領寫得好○將打祝家莊却先寫許多不打祝家莊者如此文字雖在史記不可多得寫下告示將下山打祝家莊頭領分作兩起頭一撥宋江花榮李俊穆弘李逵楊雄石秀黃信歐鵬楊林帶領二千小嘍囉三百馬軍披掛已了下山前進前軍寫得好第二撥便是林冲秦明戴宗張横張順馬麟鄧飛王矮虎白勝也帶領三千小嘍囉三百馬軍隨後接應後軍寫得好再着金沙灘鴨嘴灘二

處小寨只教宋萬鄭天壽守把就行接應糧草軍行糧接寫得好已上數段豈真寫山泊號令哉亦所謂寓言十九意在諷諫也晁蓋送路已了自回山寨且說宋江并衆頭領逕奔祝家莊來於路無話早來到獨龍山前尚有一里多路前軍下了寨柵宋江在中軍帳裏坐下此一句止爲前軍射定寨脚後軍猶未到便和花榮商議道我聽得說祝家莊裏路徑甚雜未可進兵且先使兩箇入去探聽路途曲折知得順逆路程却纔進去與他敵對李逵便道

看他並不審已量方便挿一句絕倒哥哥兄弟閙了多時不曾殺得一人我便先去走一遭宋江道兄弟你去不得若是破陣衝敵用着你先去這是做細作的勾當用你不着李逵笑道量這箇鳥莊何須哥哥費力只兄弟自帶了三二百箇孩兒們殺將去把這箇鳥莊上人都砍了何須要人先去打聽宋江喝道你這廝休胡說且一壁廂去叫你便來李逵走開去了自說道打死幾箇蒼蠅也何須大驚小怪宋江

便與石秀來說道兄弟曾到彼處可和楊林走一遭〔舊頭領都已出色故令新到者立功此行文生熟停勻之法○要知宋江點將都是耐菴點將則爲善讀書人矣〕石秀便道如今哥哥許多人馬到這里他莊上如何不隄備我們扮作甚麼人入去好楊林便道我自打扮了解魘的法師去身邊藏了短刀手裏擎着法環於路搖將入去你只聽我法環響不要離了我前後石秀道我在薊州原曾賣柴我只是挑一擔柴進去賣便了身邊藏了暗器有

些緩急區擔也用得着楊林道好好我和你計較了今夜打點五更起來便行到得明日石秀挑着柴擔先入去行不到二十來里只見路徑曲折多雜四下里灣環相似樹木叢密難認路頭石秀便歇下柴擔不走是石秀此等處一山泊人都不及也聽得背後法環響得漸近石秀看時却見楊林頭帶一箇破笠子身穿一領舊法衣手裏擎着法環於路搖將進來楊林却從石秀眼中看出實叙石秀虛帶楊林妙筆石秀見沒人叫住楊

林說道此處路徑灣雜不知那里是我前日跟隨李應來時的路（文情翔舞）天色已晚他們衆人爛熟奔走正看不仔細（又自破解一句）楊林道不要管他路徑曲直只顧揀大路走便了（錯也）石秀又挑了柴只顧望大路先走見前面一村人家數處酒店肉店石秀挑着柴便望酒店門前歇了只見各店內都把刀鎗插在門前每人身上穿一領黃背心寫箇大祝字往來的人亦各如此（祝家號令亦從石秀眼中看出）石秀見了

便看着一箇年老的人唱箇喏是石秀拜揖道丈人請問此間是何風俗爲甚都把刀鎗插在當門問得好又精細那老人道你是那里來的客人原來不知只可快走石秀道小人是山東販棗子的客人消折了本錢回鄉不得因此擔柴來這里賣不知此間鄉俗地里老人道只可快走別處躲避這里早晚要大廝殺也石秀道此間這等好村坊去處怎地了大廝殺問得好老人道客人你敢眞箇不知我說

與你、俺這里喚做祝家村、岡上便是祝朝奉衙裏、如今惡了梁山泊好漢、見今引領軍馬在村口、要來廝殺、卻怕我這村裏路雜、未敢入來、見今駐劄在外面、如今祝家莊上、行號令下來、每戶人家、要我們精壯後生準備着、但有令傳來、便要去策應、石秀道、丈人村中總有多少人家（問得精細）老人道、只我這祝家村、也有一二萬人家、東西還有兩村人、接應、東村喚做撲天鵰李應李大官人、西村喚扈太公莊有箇女兒喚做扈三娘綽號一丈青十分了得石秀道似此如何却怕梁山泊做甚麼那老人道便是我們初來時不知路的也要喫捉了石秀道丈人怎地初來要喫捉了問得緊老人道我這村裏的路有舊人說道好箇祝家莊盡是盤陀路容易入得來只是出不去石秀聽罷便哭起來撲翻身便拜是石秀機警之極向那老人道小人是箇江湖上折了本錢歸鄉不得的人妙絕是石秀方說得出能令老人下淚也

倘或賣了柴出去撞見廝殺走不脫卻不是苦爺爺怎地可憐見小人情願把這擔柴相送爺爺只指與小人出去的路罷妙絕是石秀方說得出那老人道我如何白要你的柴我就買你的是老人情性你且入來請你喫些酒飯是老人情性○寫老人情性固也然亦是行文精細入妙處蓋宋江大軍既已歷境則祝家巡綽之人定應絡繹於路豈可一老翁一賣柴者叨叨說路耶故此兩句正妙在你且入來四字也石秀拜謝了挑着柴跟那老人入到屋裏那老人篩下兩碗白酒盛一碗糕糜叫石秀

喫了石秀再再拜謝道爺爺指教出去的路徑是石秀只記本題寫得機警那老人道你便從村裏走去只看有白楊樹便可轉灣只須一語令讀者亦復一快不問路道濶狹但有白楊樹的轉灣便是活路上一句已明此又再申不問濶狹四字活是老人聲口沒那樹時都是死路但有便是活路則如無定是死路矣却偏要再申一句如有別的樹木轉灣也不是活路既說白楊則別樹定非矣却偏要再申一句語只須一句處便要說十數句眞活畫老人若還走差了左來右去只走不出去更兼死路裏地

下埋藏着竹簽鐵蒺藜若是走差了踏着飛簽准定喫捉了待走那里去活是老人說得恁細石秀拜謝了便問爺爺高姓是石秀那老人道這村裏姓祝的最多惟有我覆姓鍾離土居在此石秀道酒飯小人都喫彀了改日當厚報正說之間只聽得外面鬧炒石秀聽得道拿了一箇細作寫得一波初平一波疾起真是妙筆石秀喫了一驚跟那老人是石秀不看不得自看又不得跟那老人真寫得妙出來看時只見七八十箇軍人背綁着一箇人過

來石秀看時却是楊林剝得赤條條的索子綁着石秀看了只暗暗地叫苦悄悄假問老人道這箇拿了的是甚麼人爲甚事綁了他此本不必打聽只爲要寫石秀進擒自己又順便帶出楊林被捉事耳那老人道你不見說他是宋江那里來的細作石秀又問道怎地喫他拿了那老人道說這廝也好大膽獨自一箇來做細作打扮做箇解魘法師閃入村裏來却又不認這路只揀大路走了左來右去只走了死路又不曉的白

楊樹轉灣抹角的消息人見他走得差了來路蹺蹊報與莊上官人們來捉他這廝方纔又掣出刀來手起傷了四五箇人〔補出楊林被捉時事〕當不住這里人多一發上因此喫拿了有人認得他從來是賊叫做錦豹子楊林〔楊林不必被捉也必寫楊林被捉者一以顯石秀之獨能一以激宋江之進兵也〕說言未了只聽得前面喝道說是莊上三官人巡綽過來〔寫得一波又平一波又起真是妙筆〕石秀在壁縫裏張時看見前面擺着二十對纓鎗後面四五箇人

騎着馬都彎弓插箭，又有三五對青白哨馬，中間擁着一箇年少壯士，坐在一匹雪白馬上，全副披掛，跨了弓箭，手執一條銀鎗。石秀自認得他，特地問老人道：「過去相公是誰？」又從石秀眼中極寫祝彪。○得此一段，遂令石秀入村神采煥發之極。○呼將軍是相公，活是賣柴人口氣。那老人道：「這箇人正是祝朝奉第三子，喚做祝彪，定着西村扈家莊一丈青為妻。弟兄三箇，只有他第一了得。」石秀拜謝道：「老爺爺指點尋路出去。」忽然截住，急提本題，石秀機警，寫來如活。

那老人道今日晚了前面儻或廝殺枉送了你性命石秀道爺爺可救一命則箇那老人道你且在我家歇一夜事莫急於進兵尤莫急於進兵之有探路也豈有機警如石秀而肯於得路之後再住一夜者只因作者一心要鋪張祝家號令嚴整一心又要寫得宋江輕入重地作一險勢便暫畱石秀一筆若惟恐為楊林之續者此皆文人慘淡經營之處不可不知也明日打聽得沒事便可出去石秀拜謝了坐在他家只聽得門前四五替報馬報將來排門分付道你那百姓今夜與看紅燈為號即花榮所射者也。齊心併力捉拿梁山泊賊人解官請賞叫過去了本是後文秘訣却先明放此處。真正才子之筆。○設使不畱石秀如何得聽出來。石秀問道這箇人是誰那老人道這箇官人是本處捕盜巡簡今夜約會要捉宋江石秀見說心中自忖了一回討箇火把叫了安置自去屋後草窩裏睡了便不更說閒話寫石秀機警出人處。筆筆妙絕。却說宋江軍馬在村口屯駐不見楊林石秀出來同報隨後又使歐鵬去到村口出來回報道聽得那里講動說道捉了一箇細作小弟見路徑又雜難認不敢深入重地宋江聽罷忿怒道如何等得回報了進兵又喫拿了一箇細作必然陷了兩箇兄弟我們今夜只顧進兵殺將入去也要救他兩箇兄弟宋江不肯輕入重地則安得文章出奇然宋江不爲救兩兄弟即又安肯輕入重地也筆墨相引而出每每如此未知你衆頭領意下如何只見李逵便道我先殺入去看是如何看他先因要去被喝至此忽又要去一似並不記得曾被喝者眞寫得好宋江聽得隨即便傳將令教軍士都披掛了李逵楊雄前一隊做先鋒使

李俊等引軍做合後穆弘居左黃信居右李應花榮歐鵬等中軍頭領搖旗吶喊擂鼓鳴鑼大刀闊斧殺奔祝家莊來比及殺到獨龍岡上是黃昏時分宋江催趲前軍打莊先鋒李逵脫得赤條條的奇人奇情奇景亦復奇文揮兩把夾鋼板斧火拉拉地殺向前來到得莊前看時已把弔橋高高地拽起了莊門裏不見一點火極寫祝彪能李逵便要下水過去奇人奇情亦復奇文○不許他探路真乃彆破肚皮何意得做先鋒又被闊港截住忽然想出下水過去真是

一片天真爛熳。令我讀之又嚇又笑也。楊雄扯住道、使不得、關閉莊門、必有計策、待哥哥來、別有商議、李逵那里忍得住、拍着雙斧、隔岸大罵、戰陣之事。偏寫出天真爛熳來。妙絕。道、那鳥祝太公老賊、你出來、黑旋風爺爺在這里、莊上只是不應、極寫祝家能。宋江中軍人馬到來、楊雄接着、報說莊上並不見人馬、亦無動靜、宋江勒馬看時、莊上不見刀鎗軍馬、心中疑忌、猛省道、我的不是了、天書上明明戒說、臨敵休急暴、此五字。何必天書始能言之。有意無意。逗此一句。正表宋江天書之詐也。是我一時見不到只要救兩箇兄弟以此連夜進兵不期深入重地直到了他莊前不見敵軍他必有計策快教三軍且退李逵叫道哥哥軍馬到這里了休要退兵我與你先殺過去你們都跟我來說猶未了莊上早知只聽得祝家莊裏一箇號砲直飛起半天裏去極寫祝彪能。那獨龍岡上千百把火把一齊點着那門樓上弩箭如雨點般射將來宋江急取舊路回軍只見後軍頭領李俊人馬先發起喊來說道來的舊路都阻塞了必有埋伏（寫得紙上岌岌震動）宋江教軍兵四下里尋路走李逵揮起雙斧往來尋人廝殺不見一箇敵軍（極忙中寫李逵三番氣悶事第一番要做探路宋江不許第二番得做先鋒撊港截住第三番尋人廝殺不見一箇思之絕倒）只見獨龍岡上山頂又放一箇砲來（極寫祝彪能）響聲未絕四下里喊聲震地驚得宋公明目睜口呆罔知所措你便有文韜武畧怎逃出地網天羅正是安排縛虎擒龍計要捉驚天動地人

畢竟宋公明并衆將軍怎地脫身且聽下回分解

卷五十一

二十九

第五才子書施耐菴水滸傳卷之五十二

聖歎外書

第四十七回

一丈青單捉王矮虎

宋公明兩打祝家莊

吾幼見陳思鏡背八字順逆伸縮皆成二句歎以爲妙稍長讀蘇氏織錦廻文而後知天下又有如是化工肖物之才也幼見希夷方

圓二圖參伍錯綜悉有定象以爲大奇稍長聞諸葛八陣圖法而後知天下又有如是縱橫神變之道也今觀耐菴二打祝家一篇亦猶是矣以墨爲兵以筆爲馬以紙爲疆場以心爲將令我試讀其文眞乃墨無停兵筆無住馬紙幾穿於蹂躪心已絕於磨旗者也歐鵬救矮虎三娘便戰歐鵬鄧飛助歐鵬奔三娘祝龍便助三娘取宋江馬麟爲宋江迎祝

龍○鄧飛便棄歐鵬保宋江○宋江呼秦明替馬麟○秦明便舞狼牙取祝龍○馬麟得秦明便奪矮虎○三娘却撇歐鵬戰馬麟○廷玉助祝龍取秦明○歐鵬便撇三娘接廷玉○鄧飛捨宋江救歐鵬○廷玉却撇鄧飛誘秦明○鄧飛救秦明趕廷玉○馬麟便撇三娘保宋江○此是第一陣○此軍落荒正走○忽然添出穆弘楊雄石秀花榮三路人馬○彼軍亦添出小郎君○祝彪雖李俊

張橫張順下水不得而戴宗白勝亦在對岸助喊此是第二陣第一陣踅於我以四將戰彼三將而我四將中前後轉換必用一將保護宋江則亦以三將戰三將而迭躍揮霍寫來便有千萬軍馬之勢第二陣踅於借秦明過第一撥中卻借第三撥花榮穆弘作第二撥前來策救真寫出一時臨敵應變不必死守宋江成令而末又補出戴宗白勝隔港吶

喊以見不漏一人也然又有奇之尤奇者於鳴金收軍之後忽然變出三娘獨趕宋江而手足無措之際却跳出一李逵吾不怪其至此又作奇峰正怪其前文如何藏過乃一之爲甚而豈意跳出李逵之後尚藏過一林冲葢此第三陣尤爲絕筆矣

如此一篇血戰文字却以王矮虎做光起頭遂使讀者胸中只謂兒戲之事而一變便作

轟雷激電之狀直是驚嚇絕人

矮虎三娘本夫妻二人而未入此回則夫在此妻在彼既過此回即妻在此夫在彼一篇以捉其夫去始以捉其妻來終皆屬耐菴才子戲筆

話說當下宋江在馬上看時四下里都有埋伏軍馬且教小嘍囉只往大路殺將去只聽得三軍屯塞住了衆人都叫起苦來宋江問道怎麼叫苦衆

軍都道前面都是盤陀路走了一遭又轉到這里宋江道教軍馬望火把亮處有房屋人家取路出去又走不多時只見前軍又發起喊來叫道甫能望火把亮處取路又有苦竹簽鐵蒺藜遍地撒滿鹿角都塞了路口宋江道莫非天喪我也正在慌急之際只聽得左軍中間穆弘隊裏鬧動（寫來令人又喚一嚇筆法淋漓突兀之極）報來說道石秀來了（只一石秀來寫得淋漓突兀至）

宋江看時見石秀撚着口刀逩到馬前道哥哥

休慌兄弟已知路了暗傳下將令敎三軍只看有白楊樹便轉灣走去不要管他路闊路狹宋江催趲人馬只看有白楊樹便轉約走過五六里路只見前面人馬越添得多了筆筆寫來淋漓駭絕宋江疑忌便喚石秀問道兄弟怎麼前面賊兵衆廣石秀道他有燭燈爲號花榮在馬上看見忽然記得將軍神箭筆筆生龍活虎把手指與宋江道哥哥你看見那樹影裏這碗燭燈麼只看我等投東他便把那燭燈望東扯若是

我們投西他便把那燭燈望西扯只那些兒想來便是號令如此寫出祝虎英靈眞有不煩一刀不費一矢之略宋江道怎地奈何得他那碗燈花榮道有何難哉便拈弓搭箭縱馬向前望着影中只一箭不端不正恰好把那碗紅燈射將下來若寫祝家趕殺便是俗筆若寫山寨血戰亦是俗筆看他寫祝家只是一碗燈寫宋江只是一枝箭戰陣之事寫來全是仙筆亦大奇也四下里埋伏軍兵不見了那碗紅燈便都自亂攛起來妙宋江叫石秀引路且殺出村口去只聽得前山喊聲連

天一帶火把縱橫撩亂宋江敎前軍扎住寫來令人又喫一嚇。筆筆淋漓突兀之極。且使石秀領路去探不多時回來報道是山寨中第二撥軍馬到了石秀來作一嚇。第二撥到。又作一嚇。其用筆之奇至此。接應殺散伏兵宋江聽罷進兵夾攻奪路遶出村口祝家莊人馬四散去了會合着林冲秦明等衆人軍馬同在村口駐劄却好天明去高阜處下了寨柵整點人馬數內不見了鎮三山黃信宋江大驚詢問緣故有昨夜跟去的軍人見的來說道黃頭領聽着哥哥將令前去探路不隄防蘆葦叢中舒出兩把撓鉤拖翻馬脚被五七箇人活捉去了救護不得宋江聽罷大怒要殺隨行軍漢如何不早報來林冲花榮勸住宋江衆人納悶道莊又不曾打得倒折了兩箇兄弟似此怎生奈何楊雄道○○○石秀既有探路之功便讓楊雄說出李應此間有三箇村坊結併所有東村李大官人前日已被祝彪那厮射了一箭見今在莊上養病哥哥何不去與他討議

宋江道、我正忘了也。他便知本處地理虛實。分付教取一對段匹羊酒、選一騎好馬幷鞍轡、親自上門去求見。林冲、秦明、權守柵寨。宋江帶同花榮、楊雄、石秀、〔一箇護身 兩箇介紹〕上了馬、隨行三百馬軍、取路投李家莊來。到得莊前、早見門樓緊閉、弔橋高拽起了。墻裏擺着許多莊兵人馬。門樓上早擂起鼓來。宋江在馬上叫道、俺是梁山泊義士宋江、特來謁見大官人、別無他意、休要隄備。莊門上杜興看見、

有楊雄石秀在彼好慌忙開了莊門放隻小船過
來與宋江聲喏宋江慌忙下馬來答禮楊雄石秀
近前稟道好這位兄弟便是引小弟兩箇投李大
官人的喚做鬼臉兒杜興宋江道原來是杜主管
相煩足下對李大官人說俺梁山泊宋江久聞大
官人大名無緣不曾拜會今因祝家莊要和俺們
做對頭經過此間特獻綵段名馬羊酒薄禮只求
一見別無他意杜興領了言語再渡過莊來直到

廳前李應帶傷披被坐在牀上杜興把宋江要求見的言語說了李應道他是梁山泊造反的人我如何與他廝見無私有意你可回他話道只說我臥病在牀動止不得難以相見改日卻得拜會所賜禮物不敢祇受杜興再渡過來見宋江稟道俺東人再三拜上頭領本欲親身迎迓奈緣中傷患軀在牀不能相見容日專當拜會適蒙所賜厚禮並不敢受宋江道我知你東人的意了我因打祝

家莊失利欲求相見則箇他恐祝家莊見怪不肯出來相見杜興道非是如此委實患病（只一句截住）小人雖是中山人氏到此多年了頗知此間虛實事情（何必見李應見杜興猶見李應矣用筆何等淨便之極）中間是祝家莊東是俺李家莊西是扈家莊這三村莊上誓願結生死之交有事互相救應今番惡了俺東人自不去救應（只一句便放倒一邊皆耐菴匠心所運也）只恐西村扈家莊上要來相助他莊上別的不打緊只有一箇女將喚做

一丈青扈三娘使兩口日月刀好生了得（詳。又即引動下文。）却是祝家莊第三子祝彪定爲妻室早晚要娶若是將軍要打祝家莊時不須隄備東邊只要緊防西路（特特折筆寫到李家。只爲要提出此句也。得此一筆。下文便好注意只寫西邊。此所謂耐菴匠心之筆也。）祝家莊上前後有兩座莊門（詳。）一座在獨龍岡前一座在獨龍岡後若打前門却不濟事須是兩面夾攻方可得破（詳。）前門打緊路雜難認一遭都是盤陀路徑闊狹不等但有白楊樹便可轉灣方是活路如無此樹便是死路（詳此雖石秀已知然在杜興口中不得不寫一過）石秀道他如今都把白楊樹木斫伐去了將何爲記（前並不見此事忽然口中問出虛實互用筆法妙絕）杜興道雖然斫伐了樹如何起得根盡也須有樹根在彼（作書不過弄筆之事也乃寫來便若眞有其事而親臨其地者眞正才子誰其匹之）只宜白日進兵去攻打黑夜不可進去（詳）宋江聽罷謝了杜興一行人馬却回寨裏來（足矣此行可謂不虛）林冲等接着都到大寨裏坐下宋江把李應不肯相見并杜

與說的話、對衆頭領說了、李逵便挿口道、好意送禮與他、那廝不肯出來迎接哥哥、我自引三百人去打開鳥莊、腦揪這廝出來拜見哥哥、宋江道、兄弟、你不省的、他是富貴良民、懼怕官府、如何造次肯與我們相見、李逵笑道、那廝想是箇小孩子怕見衆人、一齊都笑起來、宋江道、雖然如此說了、兩箇兄弟陷了、不知性命存亡、你衆兄弟可竭力向前跟我再去攻打祝家莊、衆人都起身說道、哥哥將令誰敢不聽不知教誰前去黑旋風李逵說道定是大哥。瞎中亦猜得着你們怕小孩子我便前去宋江道你做先鋒不利今番用你不着此篇每以閒筆寫李逵氣悶令讀者絕倒李逵低了頭忍氣宋江便點馬麟鄧飛歐鵬王矮虎四箇跟我親自做先鋒去第二點戴宗秦明楊雄石秀李俊張橫張順白勝准備下水路用人第三點林冲花榮穆弘李逵分作兩路策應衆軍標撥已定都飽食了披挂上馬且說宋江親自要去做先鋒攻打頭陣前面打着一面大紅帥字旗一面紅旗引出兩面白旗引着四箇頭領一百五十騎馬軍一千步軍殺奔祝家莊來直到獨龍岡前宋江勒馬看那祝家莊上颭起兩面白旗旗上明明繡着十四箇字道塡平水泊擒晁蓋踏破梁山捉宋江極寫祝虎可人當下宋江在馬上心中大怒設誓道我若打不得祝家莊永不回梁山泊衆頭領看了一齊都怒起來宋江聽得後面人馬都到了留下第二撥頭

領攻打前門寫得明畫宋江自引了前部人馬轉過獨龍岡後面來看祝家莊時後面都是銅墻鐵壁把得嚴整正看之時只見直西一彪軍馬吶着喊從後殺來三莊相聯殊難布筆先以一段撥下李應次作一番先寫扈家是皆耐菴匠心運成非易構之筆也宋江留下馬麟鄧飛把住祝家莊後門寫得明畫自帶了歐鵬王矮虎分一半人馬前來迎接山坡下來軍約有二三十騎馬軍當中簇擁着一員女將正是扈家莊女將一丈青扈三娘一騎青鬃

馬上（加一青字。便覺青極。）輪兩口日月雙刀引着三五百莊客前來祝家莊策應宋江道剛說扈家莊有這箇女將好生了得想來正是此人誰敢與他迎敵說猶未了只見這王矮虎是箇好色之徒（親迎則得妻。不親迎則不得妻。必親迎乎。）聽得說是箇女將指望一合便捉得過來當時喊了一聲驟馬向前挺手中鎗便出迎敵兩軍納喊扈三娘拍馬舞刀來戰王矮虎一箇雙刀的熟閑一箇單鎗的出衆（忽作戲論。）兩箇鬬敵十數合之上宋江在馬上看時見王矮虎鎗法架隔不住原來王矮虎初見一丈青恨不得便捉過來誰想鬭過十合之上看看的手顫脚麻鎗法便都亂了不是兩箇性命相撲時王矮虎却要做光起來（絕倒）那一丈青是箇乖覺的人心中道這厮無理便將兩把雙刀直上直下砍將入來這王矮虎如何敵得過撥回馬却待要走被一丈青縱馬趕上把右手刀挂了輕舒粉臂將王矮虎提脫離鞍衆

莊客齊上橫拖倒拽活捉去了歐鵬見捉了王英疾接出歐鵬便挺鎗來救一丈青縱馬跨刀接着歐鵬兩箇便鬭原來歐鵬祖是軍班子弟出身使得好一條鐵鎗如此忙又有閒筆寫歐鵬武藝宋江看了暗暗的喝采怎的歐鵬鎗法精熟也敵不得那女將半點便宜鄧飛在遠遠處忽插出鄧飛看見捉了王矮虎歐鵬又戰那女將不下跑着馬舞起一條鐵鏈大發喊趕將來鄧飛本欲助歐鵬戰三娘却因祝龍來取宋江使疾退轉保護此發喊[illegible]來乃在半道寫

馬麟

（得迅疾駿人）祝家莊上已看多時誠恐一丈青有失慌忙放下弔橋開了莊門祝龍（彼軍添出祝龍）親自引了三百餘人驟馬提鎗來捉宋江（不說助三娘卻說捉宋江迅疾駿人）馬麟看見（疾接出馬麟）一騎馬使起雙刀來迎住祝龍廝殺（亦不說救宋江卻說戰祝龍馬麟迎住祝龍而鄧飛疾回保護筆筆迅疾駿人）鄧飛恐宋江有失（疾掣轉鄧飛）不離左右看他兩邊廝殺喊聲迭起宋江見馬麟鬬祝龍不過（馬麟祝龍一對）歐鵬鬬一丈青不下（歐鵬三娘一對）正慌哩只見一彪軍馬從刺斜

里殺將來宋江看時大喜却是霹靂火秦明忽轉出秦明。聽得莊後廝殺前來救應宋江大叫秦統制你可替馬麟秦明是箇急性的人更兼祝家莊捉了他徒弟黃信正沒好氣如此忙。又有閒筆寫秦明心事。拍馬飛起狼牙棍便來直取祝龍祝龍也挺鎗來敵秦明馬麟引了人却奪王矮虎那一丈青看見了馬麟來奪人便撇了歐鵬却來接住馬麟廝殺兩箇都會使雙刀馬上相迎着正如風飄玉屑雪撒瓊花宋江看得眼也花了〔秦明直取祝龍，彼已督下馬麟，乃馬麟偏不歸正，却去救奪矮虎，三娘見來奪人，便反撒了歐鵬，來戰馬麟，一番接應，忽變出四口刀來，迅疾駭人，不獨宋江眼花也。〕這邊秦明和祝龍鬭到十合之上，祝龍如何敵得秦明過。莊門裏面那教師欒廷玉〔此處單添出欒廷玉。〕帶了鐵鎚上馬挺鎗殺將出來。歐鵬便來迎住欒廷玉廝殺。〔三娘方撒歐鵬，歐鵬恰迎廷玉，迅疾駭人。〕欒廷玉也不來交馬，帶住鎗時，刺斜里便走。歐鵬趕將去，被欒廷玉一飛鎚正打着，〔寫廷玉亦極迅疾。〕翻觔斗顛下馬去。鄧飛大

叫孩兒們救人疾接入鄧飛。舞着鐵鏈逕奔欒廷玉宋
江急喚小嘍囉救得歐鵬上馬鄧飛捨宋江。奔廷玉。宋江使得救歐
鵬。迅疾駭人之極。那祝龍當敵秦明不住拍馬便走欒廷
玉也撇了鄧飛却來戰秦明鄧飛捨宋江。奔廷玉。廷玉却撇鄧飛。戰秦
明。筆筆迅疾駭人。不曾有毫髮少停。兩箇鬬了一二十合不分勝敗
欒廷玉賣箇破綻落荒即走秦明舞棍逕趕將去
欒廷玉便望荒草之中跑馬入去秦明不知是計
也追入去原來祝家莊那等去處都有人埋伏見

秦明馬到，拽起絆馬索來，連人和馬都絆翻了，發聲喊，捉住了秦明。〔寫秦明被捉。亦極迅疾。〕○鄧飛見秦明墜馬，〔疾趕上鄧飛。〕慌忙來救時，見絆馬索起，卻待回身，兩下裏叫聲着，撓鈎似亂蔴一般搭來，就馬上活捉了去。〔寫鄧飛被捉。又極迅疾。○看廷玉撇了鄧飛。卻戰秦明。及捉得秦明。便并捉得鄧飛。筆筆跳擲而去。非五指之所得搦定也。〕宋江看見，只叫得苦，止救得歐鵬上馬。馬麟撇了一丈青，急遣來保護宋江。〔疾掣回馬麟。○已上一番血戰。驟讀之。疑謂此以四人戰彼三人。及細讀之。而始知此四人者。段段除出一人。保護

穆弘

楊雄石秀

花榮

宋江實止三人出戰也。眞正才子，眞正奇文。望南而走。背後欒廷玉、祝龍、一丈青分投趕將來。看看沒路，正待受縛，只見正南上一箇好漢飛馬而來，疾。背後隨從約有五百人馬。宋江看時，乃是沒遮攔穆弘。忽飛出東南穆弘。東南上也有三二百餘人，兩箇好漢飛遶前來，疾。一箇是病關索楊雄，一箇是拚命三郎石秀。又飛出楊雄石秀。東北上又一箇好漢高聲大叫：「留下人着！」疾。宋江看時，乃是小李廣花榮。又飛出花榮。行文固有水窮雲起之法，不圖此處亦到。

李俊張橫張順戴宗白勝

極寫雲起極變也使我讀之頭目岑岑矣三路人馬一齊都到宋江心下大喜一發併力來戰欒廷玉祝龍莊上望見恐怕兩箇喫虧且教祝虎守把住莊門如此忙又有閒筆頓此一句小郎君祝彪騎一匹劣馬使一條長鎗自引五百餘人馬從莊後殺將出來被軍又添出祝彪一齊混戰莊前李俊張橫張順又回顧到李俊張橫張順下水過來被莊上亂箭射來不能下手戴宗白勝又補出戴宗白勝只在對岸納喊只補寫二段亦復天搖地震宋江見天色晚了急叫

馬麟先保護歐鵬出村口去（如此忙用筆偏如此閒折）宋江又教小嘍囉篩鑼聚攏衆好漢且戰且走宋江自拍馬到處尋了看只恐弟兄們迷了路（上來如此一篇奇文眞是天崩地塌山搖海嘯非復目光所炤心魂所知矣讀至此句方圖少得休息不意下文一轉忽然興精作怪重出奇情才子之筆千載無兩）正行之間只見一丈青飛馬趕來（迅疾駭人）宋江措手不及便拍馬望東而走（迅疾駭人）背後一丈青緊追着八箇馬蹄翻盞撒鈸相似（迅疾駭人）趕投深村處來一丈青正趕上宋江待要下手

李逵

林冲

迅疾駭人只聽得山坡上有人大叫道那鳥婆娘趕我哥哥那里去宋江看時却是黑旋風李逵無數好漢莫不各出死力血戰至深乃至戴宗白勝亦復收拾已畢却於不意中獨漏一李逵至此忽然跳出奇情奇文不知其先搆局後下筆先下筆後變局也掄兩把板斧引着七八十箇小嘍囉大踏步趕將來連日悶悶此得一吐一丈青便勸轉馬望這樹林邊去宋江也勸住馬看時只見樹林邊轉出十數騎馬軍來當先簇擁着一箇壯士正是豹子頭林冲收拾衆人已畢忽然漏一李逵已屬意外之事不謂還有一林

冲也才子奇情我直無以測之矣在馬上大喝道兀那婆娘走那里去一丈青飛刀縱馬直遶林冲林冲挺丈八蛇矛迎敵兩箇鬬不到十合林冲賣箇破綻放一丈青兩口刀砍入來林冲把蛇矛逼箇住兩口刀逼斜了趕攏去輕舒猿臂款扭狠腰把一丈青只一拽活挾過馬來頭上活捉矮虎過去尾上活捉三娘過來是役也只是夫妻二人交易而退爲之失笑宋江看見喝聲采不知高低林冲叫軍士綁了驟馬向前道不曾傷犯哥哥麼宋江道不

曾傷着便叫李逵快走村中接應衆好漢且教來
○○○○
村口商議天色已晚不可戀戰黑旋風領本部人
馬去了林冲保護宋江押着一丈青在馬上取路
出村口來當晚衆頭領不得便宜急急都趕出村
口來祝家莊人馬也收回莊上去了滿村中殺死
的人不計其數祝龍教把捉到的人都將來陷車
囚了一發拿了宋江捉解上東京去請功扈家莊
已把王矮虎解送到祝家莊去了且說宋江收回

大隊人馬到村口下了寨柵先教將一丈青過來先教妙喚二十箇老成的小嘍囉老成妙着四箇頭目騎四匹快馬快馬妙把一丈青拴了雙手也騎一匹馬連夜與我送上梁山泊去連夜妙交與我父親宋太公收管交太公妙使來回話便回話妙待我回山寨自有發落待我妙。字字都成妙語衆頭領都只道宋江自要這箇女子盡皆小心送去妙絶倒。一篇天搖地震文字之後忽作此風致煞尾奇筆妙筆。總出嘗人意外。先把一輛車兒教歐鵬上山去將息細匝一行人都領了將令連夜去了宋江其夜在帳中納悶一夜不睡坐而待旦次日只見探事人報來說軍師吳學究引將三阮頭領并呂方郭盛帶五百人馬到來宋江聽了出寨迎接了軍師吳用到中軍帳裏坐下吳學究帶將酒食來與宋江把○○○○○○○○○盞賀喜（何喜可賀下文又未及詳遂令讀者無不疑為一丈青也）一面犒賞三軍衆將吳用道山寨裏晁頭領多聽得哥哥先次進兵不利特地使將吳用并五箇頭領來助戰不

知近日勝敗如何宋江道一言難盡鬪耐祝家那厮他莊門上立兩面白旗寫道塡平水泊擒晁蓋踏破梁山捉宋江這厮無禮先一遭進兵攻打因爲失其地利折了楊林黃信夜來進兵又被一丈青捉了王矮虎欒廷玉鎚打傷了歐鵬絆馬索拖翻捉了秦明鄧飛如此失利若不得林教頭恰活捉得一丈青時折盡鋭氣今來似此如之奈何若是宋江打不得祝家莊破救不出這幾箇兄弟來

情願自死於此地也無面目回去見得晁蓋哥哥吳學究笑道這箇祝家莊也是合當天敗恰好有這箇機會吳用想來事在旦夕可破宋江聽罷十分驚喜連忙問道這祝家莊如何旦夕可破機會自何而來吳學究笑着不慌不忙疊兩箇指頭說出這箇機會來正是空中伸出拿雲手救出天羅地網人畢竟軍師吳用說出甚麼機會來且聽下回分解

兩打硯家雅

第五才子書施耐菴水滸傳卷之五十三

聖歎外書

第四十八回

解珍解寶雙越獄
孫立孫新大刼牢

千軍萬馬後忽然颺去別作湍悍娟致之文令讀者目不服易

樂和說你有箇哥哥觧珍却說我有箇姐姐

樂和所說哥哥乃是娘面上來解珍所說姐妞却自爺面上起樂和說起哥哥樂和却是他的妻舅解珍說起姐姐解珍又是他兒弟的妻舅無端撮弄出一派親戚却又甜筆淨墨絕無囫圇彭亨之狀昨讀史記霍光與去病兒弟一段歎其妙筆今日又讀此文也

頼字出左傳頼人姓毛出大藏然此族今已蔓延天下矣如之何

話說當時吳學究對宋公明說道今日有箇機會却是石勇面上來投入夥的人又與欒廷玉那廝最好亦是楊林鄧飛的一至愛相識他知道哥哥打祝家莊不利特獻這條計策來入夥以爲進身之禮隨後便至五日之内可行此計却是好麽宋江聽了大喜道妙哉方纔笑逐顏開原來這段話正和宋公明初打祝家莊時一同事發（如此風急火急之文忽然一閣閣起却去另叙一事見其才大如海也○欲賦天台山却指東海霞眞是奇情恣筆）乃是

山東海邊有箇州郡喚做登州登州城外有一座山山上多有豺狼虎豹出來傷人因此登州知府拘集獵戶當廳委了杖限文書捉捕登州山上大蟲又仰山前山後里正之家也要捕虎文狀限外不行解官痛責枷號不恕且說登州山下有一家獵戶弟兄兩箇哥哥喚做解珍兄弟喚做解寶弟兄兩箇都使渾鐵點鋼叉有一身驚人的武藝當州裏的獵戶們都讓他第一那解珍一箇綽號喚

做兩頭蛇，這解寶綽號叫做雙尾蝎。二人父母俱亡，不曾婚娶。只八箇字，寫得二解單兄雙弟，更無一絲半綫，入後忽然因親及親，牽出許多繩索來，又是一樣方法。那哥哥七尺以上身材，紫棠色面皮，腰細膀闊。寫出好漢。這兄弟更是利害，也有七尺以上身材，面圓身黑，兩隻腿上刺着兩箇飛天夜叉，有時性起，恨不得拔樹搖山，騰天倒地。寫出好漢。那弟兄兩箇當官受了甘限文書，回到家中，整頓窩弓藥箭，弩子鏜叉，穿了豹皮褲，虎皮套體，拏了鐵叉，詳悉寫之以見二解得虎之難而毛之賴之爲不仁也○今世之前人心竭力盡而後人就口便吞者亦豈少哉兩箇遥遶登州山上下了窩弓去樹上等了一日不濟事了得虎之難如此收拾窩弓下去次日又帶了乾糧再上山伺候看看天晚弟兄兩箇再把窩弓下了爬上樹去直等到五更又沒動靜得虎之難如此兩箇移了窩弓却來西山邊下了坐到天明又等不着得虎之難如此兩箇心焦說道限三日內要納大蟲遲時須用受責却是怎地好兩箇到第三

伏至四更時分不覺身體困倦兩箇背廝靠着且睡一路皆極寫得虎之苦未曾合眼忽聽得窩弓發響兩箇跳將起來拿了鋼叉四下里看時只見一箇大蟲中了藥箭在那地上滚寫大蟲入圍亦不是一筆妙兩箇撚着鋼叉向前來那大蟲見了人來帶着箭便走第一句是滚第二句是走第三句方是入圍裏去妙兩箇追將向前去不到半山里時藥力透來那大蟲當不住吼了一聲骨渌渌滚將下山去了上得虎不作一筆此失虎亦不作一筆可見文無大小皆無浪筆

解寶道好了我認得這山是毛太公（姓便不佳今日此族最盛）莊後園裏我和你下去他家取討大蟲當時弟兄兩箇提了鋼叉（細）逕下山來投毛太公莊上敲門此時方纔天明兩箇敲開莊門入去莊客報與太公知道多時（事不佳矣）毛太公出來解珍解寶放下鋼叉（細）聲了喏說道伯伯多時不見今日特來拜擾毛太公道賢姪如何來得這等早有甚話說解珍道無事不敢驚動伯伯睡寢如今小姪因為官

司委了甘限文書要捕獲大蟲一連等了三日今早五更射得一箇不想從後山滚下在伯伯園裏望煩借一路取大蟲則箇毛太公道不妨（二字是戶頭便語。而小人之奸猾者。尤說之最熟。）既是落在我園里二位且少坐敢是肚饑了喫些早飯去取（可見早飯不可亂喫。）叫莊客且去安排早膳來相待當時勸二位喫了酒飯（又多時。）解珍解寶起身謝道感承伯伯厚意望煩引去取大蟲還小姪毛太公道既是在我莊後却怕怎地且坐喫茶（喫飯後又喫茶，皆極其那延。）却去取未遲。解珍解寶不敢相違，只得又坐下。莊客拿茶來，教二位喫了。（又多時。）毛太公道：「如今和賢姪去取大蟲。」解珍解寶道：「深謝伯伯。」毛太公引了二人入到莊後，方叫莊客把鑰匙來開門（入到莊後方叫，妙。便活寫出老奸矣。）百般開不開。（又多時。）毛太公道：「這園多時不曾有人來開，敢是鎖鏽銹了（活寫老奸。合應云不是。）只因此開不得，去取鐵鎚來打開了罷。」莊客身邊取出鐵鎚（鑰匙便到了方討，鐵鎚便身邊取出。）

皆極力寫出老奸敗筆。打開了鎖，眾人都入園裏去看時，遍山邊去看尋不見。毛太公道：賢姪，你兩箇莫不錯看了？認不仔細，敢不曾落在我園裏。看他一路漸漸賴來。解珍道：怎地得我兩箇錯看了？是這里生長的人，如何不認得？毛太公道：你自尋便了，有時自擡去。上猶作通長商量語。此漸作白眼冷看語矣。毛口毛舌，真是寫來如畫。解寶道：哥哥，你且來看。如畫。這里一帶草滾得平平地都倒了，一證。又有血路在上頭。二證。看此二句，便知二解不是無端來賴毛家，且令下文苦要還

手解爭虎一聲一口是一篇絕妙小文字

虎。便更無商量也。如何說不在這里、必是伯伯家莊客擡過了、先指莊客。後斥太公。討虎亦不作一筆。毛太公道、你休這等說、我家莊上的人、如何得知有大蟲在園裏、便又擡得過、你也須看見方纔當面敲開鎖來、看他說得極乾淨。便如活畫。和你兩箇一同入園裏來尋你如何這般說話、解珍道、伯伯、你須還我這箇大蟲去解官、上猶云莊客擡過。此竟云你須還我。其辭漸迫。毛太公道、你這兩箇好無道理、我好意請你喫酒飯、酒飯便作話本。老好可畏可醜。每每如此。你顛倒賴我大蟲，解寶道：有甚麼賴處？你家也見當里正，官府中也委了甘限文書，却沒本事去捉，倒來就我見成，眞是毒極。你倒將去請功，教我兄弟兩箇喫限棒。眞是毒極。毛太公道：你喫限棒，干我甚事！老奸可畏。上猶賴，至此竟不復賴矣。解珍解寶睁起眼來，便道：你敢教我搜一搜麼？毛太公道：我家比你家，寫老奸相凌之語，如畫。各有內外。你看這兩箇叫化頭，不知教誰看。活畫老奸聲口。何句句明欺之。倒來無禮！解寶搶近廳前，尋不見，心中火起，便在廳前打將起來解珍也就廳前攀折欄杆打將入去毛太公叫道解珍解寶白晝搶劫看他只叫出八箇字。而喝其名字。喝其罪狀。字無虛發。活畫老奴。那兩箇打碎了廳前椅桌見莊上都有準備兩箇便拔步出門指着莊上罵道你賴我大蟲和你官司裏去理會那兩箇正罵之間只見兩三匹馬投莊上來引着一夥伴當解珍認得是毛太公兒子毛仲義雖姓毛。幸名義。疑尚可訴也。其又孰知雖錫嘉名。實承惡教。父子不義。同惡相濟也哉。甚矣名之不足以定人。而仁義忠信。徒欺我也。[illegible]名之佳者莫如霍去病辛棄疾晁无咎張無垢皆以改過自勉其他以好字立名者我見其人矣接着說道你家莊上莊客仍舊托辭莊客寫二解未嘗無禮捉過了我大蟲你爹不討還我顛倒要打我弟兄兩箇毛仲義道這厮村人不省事我父親必是被他們瞞過了你兩箇不要發怒隨我到家裏宛然畱喫早飯鐵鎚打鎖教法討還你便了解珍解寶謝了毛仲義叫開莊門教他兩箇進去待得解珍解寶入得門來疾便叫關上莊門疾喝一聲下手疾兩廊下走出二三十箇

莊客并恰纔馬後帶來的都是做公的疾那兄弟兩箇措手不及衆人一發上把解珍解寶綁了疾有是父有是子毛仲義道我家昨夜自射得一箇大蟲看他說如何來白賴我的乘勢搶擄我家財打碎家中什物當得何罪解上本州也與本州除了一害原來毛仲義五更時先把大蟲解上州里去了却帶了若干做公的來捉解珍解寶不想他這兩箇不識局面正中了他的計策註一通此又一文法也分說不得

毛太公教把他兩箇使的鋼叉一做一包贓物二贓物上寫一做字。令人失笑。扛擡了許多打碎的家火什物三將解珍解寶剝得赤條條地背剪綁了解上州里來本州有箇六案孔目姓王名正又是一箇好名字。却是毛太公的女壻村中既有毛男。州裏又有毛女。毛頭毛腦既多。而毛手毛腳。遂不可當矣。○此篇寫得因親及親。如此句。亦是先襯一筆也。已自先去知府面前稟說了纔把解珍解寶押到廳前不繇分說綑翻便打定要他兩箇招做混賴大蟲各執鋼叉因而搶擄財物、解珍解寶喫拷不過、只得依他招了、知府教取兩面二十五斤的重枷來枷了、釘下大牢裏去、毛太公毛仲義自回莊上商議道、這兩箇男女却放他不得、不若一發結果了他、免致後患、當時子父二人自來州里、分付孔目王正、與我一發斬草除根了此一案、我這里自行與知府透打關節、却說解珍解寶押到死囚牢裏、引至亭心上來亭心一見見這箇節級、爲頭的那人姓包名吉、又是一箇好名字人○極貪鄙人却名義極奸邪人却名正極兇惡人却名吉可嘆可笑已自得了毛太公銀兩并聽信王孔目之言教對付他兩箇性命便來亭心裏坐下亭心小牢子對他兩箇說道快過來跪在亭子前看他特地將亭子寫一番包節級喝道你兩箇便是甚麽兩頭蛇雙尾蝎是你麽解珍道雖然別人叫小人們這等混名實不曾陷害良善其語隱然相刺亦真有兩頭蛇雙尾蝎之能包節級喝道你這兩箇畜生今番我手里教你兩頭蛇做一頭蛇雙尾蝎做單尾

解樂認親一聲一口是一篇絕[illegible]文

蝎且與我押入大牢裏去那一箇小牢子把他兩箇帶在牢裏來見沒人那小節級便道你兩箇認得我麽我是你哥哥的妻舅（遥遥賢親憑空而墜）解珍道我只親弟兄兩箇別無那箇哥哥（故作一折文瀾橫溢一哥哥不肯認下却彎環枝蔓牽出無數親戚又是一樣文情）那小牢子道你兩箇須是孫提轄的兄弟（且罝妻舅而辨哥哥聲聲如話）解珍道孫提轄是我姑舅哥哥（第一句認哥哥）我却不曾與你相會（第二句不認哥哥認舅）足下莫非是樂和舅（第三句又忽然想出聲聲如話）那小

節級道正是我姓樂名和祖貫茅州人氏先祖挈家到此將姐姐嫁與孫提轄為妻我自在此州里勾當做小牢子人見我唱得好都叫我做鐵叫子樂和姐夫見我好武藝也教我學了幾路鎗法在身原來這樂和是一箇聰明伶俐的人諸般樂品學着便會作事道頭知尾說起鎗棒武藝如糖似蜜價愛好樂和為見解珍解寶是箇好漢有心要救他只是單絲不線孤掌難鳴只報得他一箇信只報

一箇信句與下只央寄箇信句，關中穿應甚好。樂和說道：「好教你兩箇得知，如今包節級得受了毛太公錢財，必然要害你兩箇性命，你兩箇卻是怎生好？」解珍道：「你不說起孫提轄則休，你既說起他來，只央你寄一箇信。」眞是行到水窮，坐看雲起，而所起之雲，又止膚寸，不圖後文冉冉而興，騰龍降雨，作此奇觀也。樂和道：「你卻教我寄信與誰？」解珍道：「我有箇姐姐，樂和說你有箇哥哥，解珍卻云我有箇姐姐，東穿西透，絕世文情。是我爺面上的，樂和所說哥哥，娘面上來，解珍所說姐姐，爺面上出，東穿西透，絕世文情。卻與孫提轄兄弟

親上敘親極繁曲處偏清出如畫史公列傳多有之須留眼細讀始盡其妙無以小文消忽之起

爲妻。樂和算來。是孫提轄妻舅。二解算來。又是孫提轄兄弟妻舅。東穿西透。絕世文情。○上文先云父母雙亡。不謂文母面上却尋出如此一派親眷。真正絕世奇文。見在東門外十里牌住、他是我姑娘的女兒、叫做母大蟲顧大嫂、開張酒店、家裏又殺牛開賭、我那姐姐有三二十人近他不得、姐夫孫新這等本事也輸與他。此本贊姐姐語。却連姐夫都贊出來。妙筆。只有那箇姐姐和我弟兄兩箇最好、孫新孫立的姑娘却是我母親。以此他兩箇又是我姑舅哥哥。○又似戲語。樂和妙人。定曾失笑。上云孫提轄。是我姑舅哥哥

卷五十三

哥。此又云顧大嫂。是我爺面上姐姐。誠恐讀者疑姑舅。亦是爺面上親。便令妙文塞斷。故特特又自註一句。央煩得你暗暗地寄箇信與他把我的事說知姐姐必然自來救我樂和聽罷分付說賢親你兩箇且寬心着先去藏些燒餅肉食來牢裏開了門把與解珍解寶喫了推了事故鎖了牢門教別箇小節級看守了門一逕奔到東門外望十里牌來早望見一箇酒店門前懸掛着牛羊等肉後面屋下一簇人在那里賭博如畫樂和見酒店裏一箇婦人坐在櫃上，心知便是顧大嫂，走向前唱個喏道：「此間姓孫麽？」顧大嫂慌忙答道：「便是。足下却要沽酒，却要買肉？如要賭錢，後面請坐。」（接連三句，遂令樂和之來真乃甚風吹到。）樂和道：「小人便是孫提轄妻弟樂和的便是。」顧大嫂笑道：「原來却是樂和舅，可知尊顏和姆姆一般模樣。（此句妙，不惟為樂大娘子作引，亦寫出樂和人物標致也。）且請裏面拜茶。」樂和跟進裏面客位裏坐下。顧大嫂便動問道：「聞知得舅舅在州裏勾當，家下窮忙少閒，不曾相會（是親戚中語）今日甚風吹得到此樂和答道小人無事也不敢來相惱今日廳上偶然發下兩箇罪人進來雖不曾相會（是親戚中語）多聞他的大名一箇是兩頭蛇解珍一箇是雙尾蝎解寶顧大嫂道這兩箇是我的兄弟不知因甚罪犯下在牢裏樂和道他兩箇因射得一箇大蟲被本鄉一箇財主毛太公賴了又把他兩箇強紐做賊搶擄家財解入州裏來他又上上下下都使了錢物早晚間要

教包節級牢裏做翻他兩箇結果了性命小人路見不平獨力難救只想一者占親二乃義氣為重特地與他通箇消息他說道只除是姐姐便救得他若不早早用心着力難以救拔顧大嫂聽罷一片聲叫起苦來一篇寫顧大嫂全用不着窮兇淑女四字便叫火家快去尋得二哥家來說話這幾箇火家去不多時尋得孫新歸來與樂和相見原來這孫新祖是瓊州人氏軍官子孫因調來登州駐扎弟兄就此為家

孫新生得身長力壯全學得他哥哥的本事使得幾路好鞭鎗因此多人把他弟兄兩箇比尉遲恭叫他做小尉遲（連哥說來）顧大嫂把上件事對孫新說了孫新道既然如此教舅舅先回去他兩箇已下在牢裏全望舅舅看覷則箇我夫妻商量箇長便道理却邀來相投樂和道但有用着小人處儘可出力向前顧大嫂置酒相待已了將出一包碎銀付與樂和道煩舅舅將去牢裏散與衆人并小牢

子們好生週全他兩箇弟兄。樂和謝了收了銀兩。自回牢裏來替他使用。不在話下。且說顧大嫂和孫新商議道。你有甚麽道理救我兩箇兄弟。孫新道。毛太公那厮有錢有勢。他防你兩箇兄弟出來。須不肯干休。定要做番了他兩箇。似此必然死在他手。若不去刼牢。別樣也救他不得。顧大嫂道。我○○○○○○和你今夜便去。〔我和你妳。今夜便去。妙。真乃目無難事。○亦可謂之爲毋旋風意思。實與李逵無二。〕孫新笑道。你好麄鹵。我和你也要筭箇長便却了牢也要箇去向若不得我那哥哥樂和本說哥哥和這兩解珍忽說姐姐樂和尋着姐姐孫新仍挽到哥哥筆筆盤旋處處跌打妙絕妙絕箇人時又於許多親戚外添出兩箇人行不得這件事顧大嫂道這兩箇是誰孫新道便是那叔姪兩箇最好賭的鄒淵鄒閏十五字一句便如兩人在紙背踴跳而出如今見在登雲山臺峪裏聚衆打刼他和我最好若得他兩箇相幫此事便成顧大嫂道登雲山離這里不遠你可連夜去請他叔姪兩箇來商議孫新道我如今便去

你可收拾了酒食餚饌我去定請得來顧大嫂分付火家宰了一口猪鋪下數盤菓品按酒排下卓子天色黄昏時候只見孫新引了兩籌好漢歸來那箇爲頭的姓鄒名淵原是萊州人氏自小最好賭錢閒漢出身爲人忠良慷慨更兼一身好武藝性氣高強不肯容人江湖上喚他綽號出林龍寫出好漢第二箇好漢名喚鄒閏是他姪兒年紀與叔叔彷彿二人爭差不多身材長大天生一等異相腦

後一箇肉瘤往嘗但和人爭鬧性起來一頭撞去忽然一日一頭撞折了澗邊一株松樹看的人都驚呆了因此都喚他做獨角龍寫出好漢當時顧大嫂見了請入後面屋下坐地却把上件事告訴與他次後商量劫牢一節鄒淵道我那里雖有八九十人只有二十來箇心腹的明日幹了這件事便是這里安身不得了我却有箇去處我也有心要去多時只不知你夫婦二人肯去麽顧大嫂道遮莫

甚麼去處都隨你去只要救了我兩箇兄弟（寫顧大嫂）何等肝腸鄒淵道如今梁山泊十分興旺宋公明大肯招賢納士他手下見有我的三箇相識在彼一箇是錦豹子楊林（已被祝家捉去）一箇是火眼狻猊鄧飛（亦已被祝家捉去）一箇是石將軍石勇（此在山泊邊開店先一映出）都在那里入夥了多時我們救了你兩箇兄弟都一發上梁山泊投逩入夥去如何顧大嫂道最好有一箇不去的我便亂鎗戳死他（寫顧大嫂活是黑旋風）鄒閏道

還有一件我們倆或得了人誠恐登州有些軍馬追來如之柰何孫新道我的親哥哥見做本州兵馬提轄如今登州只有他一箇了得〔得此一語後便省手〕幾番草寇臨城都是他殺散了到處聞名〔不惟表出孫立本事亦遂爲對調張本也〕我明日自去請他來要他依允便了鄒淵道只怕他不肯落草孫新說道我自有良法當夜喫了半夜酒歇到天明留下兩箇好漢在家裏却使一箇大家帶領了一兩箇人推一輛車子快

去城中營裏請我哥哥孫提轄并嫂嫂樂大娘子說道家中大嫂害病沉重便煩來家看覷大嫂又分付火家道只說我病重臨危有幾句緊要的話須是便來只有一番相見囑付（大蟲口中。又能作此情語。奇妙無此。○我年雖幼。而眷屬凋傷。獨爲至多。驟讀此言。不覺淚下。）火家推車兒去了孫新專在門前伺候等接哥哥飯罷時分遠遠望見車兒來了（遠望如畫。）載着樂大娘子（近觀如畫。）背後孫提轄騎着馬十數箇軍漢跟着（遠望是車。車上是樂大娘子。樂大娘子背後是孫提轄。孫提轄背後是軍漢。寫得一行如畫。○非畫來人。畫望來人者也。望十里牌來。孫新入去報與顧大嫂得知說。哥嫂來了。顧大嫂分付道。只依我如此行。孫新出來接見哥嫂。且請嫂嫂下了車兒。同到房裏看視弟媳婦病症。孫提轄下了馬。入門來。端的好條大漢。淡黃面皮。是病落腮鬍鬚。是尉遲。八尺以上身材。是尉遲。姓孫名立。綽號病尉遲。射得硬弓。騎得劣馬。使一管長鎗。腕上懸一條虎眼竹節鋼鞭。是尉遲。海邊人見了望風便跌、寫出好漢。當下病尉遲孫立下馬來、進得門、便問道、兄弟嬸子害甚麼病、孫新答道、他害的症候甚是蹺蹊、請哥哥到裏面說話、孫立便入來、孫新分付火家、着這夥跟馬的軍士去對門店裏喫酒、精細。便教火家牽過馬、請孫立入到裏面來、坐下、良久孫新道、請哥哥嫂嫂去房裏看病、孫立同樂大娘子入進房裏、見沒有病人、孫立問道、嬸子病在那里、房內只見外面走入顧大嫂來、鄒淵鄒閏跟在背後爲得奇絕。孫立道、嬸子、你正是害甚麼病、顧大嫂道、伯伯拜了萬福一句。亦與尋常婦人不同。我害些救兄弟的病四百四病中。未聞有此症。筆勢踢跳之極。孫立道、却又作怪、救甚麼兄弟、顧大嫂道、伯伯、你不要推聾粧啞巳未開。便責之。活是黑旋風意思。你在城中、豈不知道他兩箇不出姓名。妙絕。是我兄弟、偏不是你的兄弟上文兩番叙親。至此一句忽合。絕世文情。孫立道、我並不知因繇是那兩箇兄弟緊上不出姓名句。顧大嫂道、伯伯在上、今日事急絕妙。大嫂字字讀之快。只得直言拜禀、

這解珍解寶、被登雲山下毛太公與同王孔目設
計陷害、早晚要謀他兩箇性命、我如今和這兩箇
好漢、商量巳定、要去城中刼牢、救出他兩箇兄弟、
都投梁山泊入夥去、恐怕明日事發、先負累伯伯、
因此我只推患病、請伯伯嬸嬸到此、說箇長便、若
是伯伯不肯去時、我們自去上梁山泊去了、如今
天下有甚分曉、走了的到沒事、見在的便喫官司、
嘗言道、近火先燋、伯伯便替我們喫官司坐牢、那

時又沒人送飯來救你伯伯尊意若何孫立道我却是登州的軍官怎地敢做這等事顧大嫂道旣是伯伯不肯我今日便和伯伯併箇你死我活絶妙大嫂佩服共言可以愈瘧顧大嫂身邊便掣出兩把刀來如太鄒淵鄒閏各拔出短刀在手如太孫立叫道嬸子且住爲伯伯叫禮連嬸嬸究來休要急速待我從長計較慢慢地商量樂大娘子驚得半晌做聲不得問筆能到顧大嫂又道旣是伯伯不肯去時即便先送姆姆前行我們

自去下手孫立道雖要如此行時也待我歸家去收拾包裹行李看箇虛實方可行事顧大嫂道伯伯你的樂阿舅透風與我們了（又牽出他內親一時妙口妙手）一就去刼牢一就去取行李不遲孫立歎了一口氣說道你衆人既是如此行了我怎地推卻得終不成日後倒要替你們喫官司罷罷罷罷都做一處商議了行先叫鄒淵去登雲山寨裏收拾起財物馬匹（馬匹重）帶了那二十箇心腹的人來店裏取齊鄒

淵去了，又使孫新入城裏來，問樂和討信，就約會了，暗通消息解珍解寶。得知次日登雲山寨裏鄒淵收拾金銀已了，自和那起人到來相助。孫新家裏也有七八箇知心腹的火家，并孫立帶來的十數箇軍漢，共有四十餘人。孫新宰了兩箇豬，一腔羊，衆人盡喫了一飽。顧大嫂貼肉藏了尖刀，扮做箇送飯的婦人先去。絶妙大嫂。只先去二字，活是黑旋風意思。孫新跟着孫立，弟跟兄。鄒淵領了鄒閏，二叔領侄。○兩句只十二字，又用一顛一倒。

（筆端乃妙之極）各帶了火家分作兩路入去（森索清出）却說登州府牢裏包節級得了毛太公錢物只要陷害解珍解寶的性命當日樂和拿着水火棍正立在牢門裏獅子口邊只聽得搖鈴子響樂和道甚麼人顧大嫂應道送飯的婦人樂和已自瞧科了便來開門放顧大嫂入來再關了門將過廊下去包節級正在亭心裏（亭心再見）看見便喝道這婦人是甚麼人敢進牢裏來送飯自古獄不通風樂和道這是

解珍解寶的姐姐自來送飯包節級喝道休要教他入去你們自與他送進去便了（又作一勒）樂和討了飯却來開了牢門（開了牢門）把與他兩箇解珍解寶問道舅舅夜來所言的事如何（補出夜來暗約）樂和道你姐姐入來了只等前後相應樂和便把匣牀與他兩箇開了（開了匣牀）只聽的小牢子入來報道孫提轄敲門要走入來包節級道他自是營官來我牢裏有何事幹休要開門（又作一勒）顧大嫂一踅踅下亭心邊

去疾甚。亭心。外面又叫道孫提轄焦躁了打門包節級忿怒便下亭心來亭心。顧大嫂大叫一聲我的兄弟在那里其勢極兇。其聲極痛。令我嚇。又令我酸。身邊便掣出兩把明晃晃尖刀來包節級見不是頭望亭心外便走亭心。解珍解寶提起枷從牢眼裏鑽將出來疾甚。正迎着包節級包節級措手不及被解寶一枷梢打去把腦蓋擗得粉碎包吉完。當時顧大嫂手起早戳翻了三五箇小牢子一齊發喊從牢裏打將出來孫立孫新兩箇把住牢門見四箇從牢裏出來一發望州衙前便走想見其夜來定計。寫得疾甚。鄒淵鄒閏早從州衙裏提出王孔目頭來王正完。又疾甚。只勤叙一邊。一邊只一句便足。一行人大喊步行者在前孫提轄騎着馬彎着弓搭着箭壓在後面寫得如火如錦街上人家都關上門不敢出來又襯一句。州裏做公的人認得是孫提轄誰敢向前攔當又襯一句。衆人簇擁着孫立奢遮出城門去一直望十里牌來扶攙樂大娘子上了車兒扶攙二字。人知

寫出閨房之秀。不知正反襯女中大蟲也。顧大嫂上了馬，挈着便行。妯娌

絕倒。解珍解寶對衆人道：叵耐毛太公老賊寃家，如何不報了去。是。○論事不報不快。論文不報不完。孫立道：說得是。便令兄弟孫新與舅舅樂和先護持車兒前行着，是我們隨後趕來。孫新、樂和簇擁着車兒先行去了。孫立引着解珍、解寶、鄒淵、鄒閏并火家伴當，一逕奔毛太公莊上來。正值毛仲義與太公在莊上慶壽飲酒，慶壽妙絕。隨手成趣。却不隄備。一夥好漢吶聲喊殺

將入去就把毛太公毛仲義并一門老小盡皆殺
了不留一箇（毛太公毛仲義先可謂殺得精光）去卧房裏搜簡得
十數包金銀財寶後院裏牽得七八匹好馬（馬匹重）
把四匹捎帶馱載解珍解寶揀幾件好的衣服穿
了（換去凶服甚細）將莊院一把火齊放起燒了各人上馬
帶了一行人趕不到三十里路早趕上車仗人馬
一處上路行程於路莊戶人家又奪得三五匹好
馬（馬匹重）一行星夜逩上梁山泊去不一二日來到

石勇酒店裏那鄒淵與他相見了問起楊林鄧飛二人石勇說起宋公明去打祝家莊二人都跟去兩次失利聽得報來說楊林鄧飛俱被陷在那里不知如何備聞祝家莊三子豪傑又有教師鐵棒欒廷玉相助（千丈游絲忽然飄到）因此二次打不破那莊孫立聽罷大笑道我等衆人來投大寨入夥正沒半分功勞獻此一條計去打破祝家莊為進身之報如何石勇大喜道願聞良策孫立道欒廷玉和我

是一箇師父教的武藝我學的鎗刀他也知道他學的武藝我也盡知我們今日只做登州對調來鄆州守把經過來此相望他必然出來迎接我們進身入去裏應外合必成大事此計如何正與石勇說計未了只見小校報道吳學究下山來前往祝家莊救應去關節都緊簇石勇聽得便叫小校快去報知軍師請來這里相見說猶未了已有軍馬來到店前乃是呂方郭盛幷阮氏三雄隨後軍師吳

用帶領五百人馬到來石勇接入店內引着這一
行人都相見了備說投託入夥獻計一節吳用聽
了大喜說道既然衆位好漢肯作成山寨且休上
山便煩疾往祝家莊行此一事成全這段功勞如
何孫立等衆人皆喜一齊都依允了吳用道小生
如今人馬先去衆位好漢隨後一發便來吳學究
商議已了先來宋江寨中見宋公明眉頭不展面
帶憂容吳用置酒與宋江解悶備說起石勇楊林

鄧飛三箇的一起相識。是登州兵馬提轄病尉遲孫立。和這祝家莊教師欒廷玉。是一箇師父教的。今來共有八人。投托大寨入夥。特獻這條計策以爲進身之報。今已計較定了。裏應外合。如此行事。隨後便來。參見兄長。宋江聽說罷。大喜。把愁悶都撇在九霄雲外。忙叫寨內置酒。安排筵席。等來相待。卻說孫立教自己的伴當人等。跟着車仗人馬。投一處歇下。只帶了解珍。解寶。鄒淵。鄒閏。孫新。顧大嫂樂和共是八人來叅宋江都講禮已畢宋江置酒設席管待不在話下吳學究暗傳號令與衆人教第三日如此此行第五日如此行分付已了孫立等衆人領了計策一行人自來和車仗人馬投祝家莊進身行事再說吳學究道啟動戴院長到山寨裏走一遭快與我取將這四箇頭領來〔又奇跨節生枝又一佳法〕我自有用他處不是教戴宗連夜來取這四箇人來有分教水泊重添新羽翼山莊無復

舊衣冠畢竟英雄學究取那四個人來且聽下回分解

第五才子書施耐庵水滸傳卷之五十三

(明)施耐庵 撰 (清)金聖歎 批

# 貫華堂本水滸傳

第一七册

國家圖書館出版社

# 第一七册目録

第五才子書施耐菴水滸傳卷之六十二

聖歎外書

第五十七回

三山聚義打靑州

衆虎同心歸水泊

打靑州用秦明花榮爲第一撥眞乃處處不

作浪筆

村學先生團泥作𦵏灰爲眼讀水滸傳見

宋江口中有許多好語便遽然以忠義兩字過許老賊甚或弁其書端定爲題目此決不得不與之辯辯曰宋江有過人之才是即誠然若言其有忠義之心心心圖報朝廷此實萬萬不然之事也何也夫宋江淮南之強盜也人欲圖報朝廷而無進身之策至不得已而姑出於強盜此一大不可也曰有逼之者也夫有逼之則私放晁蓋亦誰逼之身爲押

司馘法縱賊此二大不可也爲農則農爲吏則吏農言不出於畔吏言不出於庭分也身奄鄣城而名滿天下遠近相煽包納荒穢此三大不可也私連大賊以受金明殺平人以臧已幸從小懲便當大戒乃濤陽題詩反思報仇不知誰是其仇至欲血染江水此四大不可也語云求忠臣必於孝子之門江以一朝小忿貽大僇於老父夫不有於父何有於

他誠所謂是可忍孰不可忍此五大不可也燕順鄭天壽王英則羅而致之梁山呂方郭盛則羅而致之梁山此猶可恕也甚乃至於花榮亦羅而致之梁山黃信秦明亦羅而致之梁山是胡可恕也落草之事雖未遂營窟之心實巳久此六大不可也白龍之刼猶出羣力無爲之燒豈非獨斷白龍之刼猶曰救死無爲之燒豈非肆毒此七大不可也打州

掠縣只如戲事刼獄開庫乃為固然殺官長則無不坐以汚濫之名買百姓則便借其府藏之物此八大不可也官兵則拒殺官兵王師則拒殺王師横行河朔其鋒莫犯遂使上無寧食天子下無生還將軍此九大不可也初以水泊避罪後忽忠義名堂設印信賞罰之專司製龍虎熊羆之旗號甚乃至於黄鉞白旄朱旛皁蓋違禁之物無一不有此十大

不可也夫宋江之罪擢髮無窮論其大者則有十條而村學先生猶鰓鰓以忠義目之一若惟恐不得當者斯其心何心也

原村學先生之心則豈非以宋江每得名將必親爲之釋縛擎盞流淚縱橫痛陳忠君報國之志極訴寢食招安之誠言言刳胸臆聲聲瀝熱血哉乃吾所以斷宋江之爲強盜而萬萬必無忠義之心者亦正於此何也夫招

安則強盜之變計也其初父兄失教喜學拳
勇其既恃其拳勇不事生産其既生産之絶
不免困劇其既困劇不甘試爲刼奪其既刼
奪既便遂成嘯聚其既嘯聚漸夥必受討捕
其既至於必受討捕而強盜因而自思進有
自贖之榮退有免死之樂則誠莫如招安之
策爲至便也若夫保障方面爲王于城如秦
明呼延等世受國恩寵綏未絶如花榮徐寧

等奇材異能莫不畢効如凌振索超董平張清等雖在偏裨大用有日如彭玘韓滔宣贊郝思文龔旺丁得孫等是皆食宋之祿爲宋之官感宋之德分宋之憂已無不展之才已無不吐之氣已無不竭之忠已無不報之恩者也乃吾不知宋江何心必欲悉擒而致之於山泊悉擒而致之而或不可致則必曲爲之說曰其暫避此以需招安嗟乎强盜則須

招安將軍胡爲亦須招安身在水泊則須招安而歸順朝廷身在朝廷胡爲亦須招安而反入水泊以此語問宋江而宋江無以應也故知一心報國日望招安之言皆宋江所以誘人入水泊諺云餌芳可釣言美可招也宋江以是言誘人入水泊而人無不信之而甘心入於水泊傳曰久假而不歸惡知其非有也彼村學先生不知烏之黑白猶鰓鰓以忠

義目之惟恐不得其當斯其心何心也

自第七回寫魯達後遙遙直隔四十九回而復寫魯達乃吾讀其文不惟聲情魯達也蓋其神理悉魯達也尤可怪者四十九回之前寫魯達以酒爲命乃四十九回之後寫魯達涓滴不飲然而聲情神理無有非魯達者夫而後知今日之魯達涓滴不飲與昔日之魯達以酒爲命正是一副事也

話說武松引孔亮拜告魯智深楊志求救哥哥孔明并叔叔孔賓魯智深便要聚集三山人馬前去攻打楊志道（請宋公明偏出自楊志魯達二人脫去武松此行文避熟之法也）若要打青州須用大隊軍馬方可得濟俺知梁山泊宋公明大名江湖上都喚他做及時雨宋江更兼呼延灼是他那里讐人俺們弟兄和孔家弟兄的人馬都併做一處（孔家人馬楊志說併做一處下又交付魯達都卸出武松以避俗筆之熟）酒家這里再等桃花山人馬齊備一面且去

攻打青州孔亮兄弟你却親身星夜去梁山泊請下宋公明來併力攻城此爲上計亦且宋三郎與你至厚你們弟兄心下如何魯智深道請宋江若單出自楊志口便是漏失武松今出楊志口又出魯達口便知不是漏失武松也行文之妙如此正是如此我只見今日也有人說宋三郎好明日也有人說宋三郎好可惜酒家不曾相會衆人說他的名字聒得洒家耳朶也聾了想必其人是箇眞男子以致天下聞名一段寫得筆墨淋漓是蘇舜欽下酒物也前番和花

知寨在清風山時，洒家有心要去和他厮會。及至洒家去時，又聽得說道去了，以此無緣不得相見。補敘出一段，便令奪珠寺後、救桃花前，作者自無兩番筆墨，魯達並非老大隔斷。罷了。二字是計決抖擻之辭，俗本連上作一句讀，可笑。孔亮兄弟，你要救你哥哥時，快親自去那里告請他來，洒家等先在這里和那撮鳥們厮殺。謂之預補法。孔亮交付小嘍囉與了魯智深，本是楊志說，併作一處，此却交付魯達，筆筆周匝。只帶一箇伴當，扮做客商，星夜投梁山泊來。且說魯智深、楊志、武松三人去山寨裏喚將施恩曹正再帶一二百人下山來相助桃花山李忠周通得了消息便帶本山人馬盡數起點只留三五十箇小嘍囉看守寨柵其餘都帶下山來青州城下聚集一同攻打城池不在話下却說孔亮自離了青州迤邐來到梁山泊邊催命判官李立酒店裏買酒喫問路李立見他兩箇來得面生便請坐地問道客人從那里來孔亮道從青州來李立問道客人要去梁山泊尋

誰、孔亮答道、有箇相識在山上、特來尋他、李立道、山上寨中、都是大王住處、你如何去得、孔亮道、便是要尋宋大王、李立道、既是來尋宋頭領、我這里有分例、便叫火家、快去安排分例酒來相待、孔亮道、素不相識、如何見款、李立道、客官不知、但是來尋山寨頭領、必然是社火中人、故舊交友、豈敢有失祇應、便當去報、孔亮道、小人便是白虎山前莊戶孔亮的便是、李立道、曾聽得宋公明哥哥說大名來、今日且喜上山、二人飲罷分例酒、隨即開廳、就水亭上放了一枝響箭、見對港蘆葦深處、早有小嘍囉棹過船來、到水亭下、李立便請孔亮下了船、一同搖到金沙灘上岸、却上關來、孔亮看見三關雄壯、鎗刀劒戟如林、心下想道、聽得說梁山泊興旺、不想做下這等大事業、（將白虎之隘隨只已一筆反掇出來。）有小嘍囉先去報知宋江、慌忙下來迎接、孔亮見了、連忙下拜、宋江問道、賢弟緣何到此、（武藝低微。所以到此。）

孔亮拜罷、放聲大哭。宋江道：「賢弟心中有何危厄不決之難，但請盡說不妨，便當不避水火，一力與汝相助。賢弟且請起來。」孔亮道：「自從師父離別之後，老父亡化。哥哥孔明與本鄉上戶爭些閒氣，起來殺了他一家老小。官司來捕捉得緊，因此反上白虎山，聚得五七百人，打家劫舍。青州城裏却有叔父孔賓，被慕容知府捉了，重枷釘在獄中。因此我弟兄兩箇去打城子，指望救取叔叔孔賓。誰想去到城下，正撞了那箇使雙鞭的呼延灼哥哥，與他交鋒，致被他捉了，解送青州，下在牢裏，存亡未保。小弟又被他追殺一陣，次日正撞着武松，他便引我去拜見同伴的，一箇是花和尚魯智深，一箇是青面獸楊志，他二人一見如故，便商議救兄一事。〇〇他道：他道者，武松道也。上文本是楊志魯達道也，此却正云武松道者，洵知上文脫去武松，只是行文避熟，其實楊志魯達即武松也。我請魯楊二頭領并桃花山李忠、周通聚集三山人馬，攻打青州，你可連夜快去梁山泊內告你師父宋公明來救你叔兄兩箇以此今日一逕到此宋江道此是易爲之事你且放心宋江便引孔亮叅見晁蓋吳用公孫勝并衆頭領備說呼延灼走奪青州投遶慕容知府今來捉了孔明以此孔亮來到懇告求救晁蓋道既然他兩處好漢尚兀自仗義行仁今者三郎和他至愛交友如何不去三郎賢弟你連次下山多遍今番權且守寨愚兄替你走一遭宋江道哥哥是

山寨之主不可輕動這箇是兄弟的事既是他遠來相投小可若自不去恐他弟兄們心下不安小可情願請幾位弟兄同走一遭（又書晁蓋要去宋江不肯與後對看）說言未了廳上廳下一齊都道願效犬馬之勞跟隨同去（須知此句正爲三山歸泊作大呼大應蓋今日若干人一齊都下去便引後日若干人一齊都上來也不善讀書人只謂是宋江面上耳眼光之大小真可以彼此計）宋江大喜當日設筵管待孔亮飲筵中間宋江喚鐵面孔目裴宣定撥下山人數分作五軍起行前軍便差

花榮秦明燕順王矮虎（第一撥便是花榮秦明而以燕順王矮虎副之爲青州故也）開路作先鋒第二隊便差穆弘楊雄解珍解寶（第二撥）中軍便是主將宋江吳用呂方郭盛（中軍居中）第四隊便是朱仝柴進李俊張橫（第三撥又是一樣章法）後軍便差孫立楊林歐鵬凌振催軍作合後（第四撥以次前軍中軍後軍字與第二隊第四隊字間隔成文甚妙）梁山泊點起五軍共計二十箇頭領馬步軍兵二千人馬其餘頭領自與晁蓋守把寨柵當下宋江別了晁蓋自同孔亮下

山前進所過州縣秋毫無犯凡此書每書所過州縣四字者，皆特著宋江之惡，見其過都歷國，公然橫行，而又以秋毫無犯四字，爲之省文也。俗本不知，乃又於二句上另加於路無事四字，彼又豈知所過州縣之即於路，秋毫無犯之即無事哉。世人不識字，至於如此。巳到青州，孔亮先到魯智深等軍中報知衆好漢安排迎接。宋江中軍到了，武松引魯智深、楊志、李忠、周通、施恩、曹正都來相見了。上文獨脫去武松，此文獨提出武松，筆筆妙筆。宋江讓魯智深坐地，魯智深道二句連讀，始知其妙。活寫出宋江謙恭，魯達卻付之不知也。權詐人到大人面前，一寸一尺都行不去，可笑可醜。久聞阿哥大名無緣不曾拜會今日且喜認得阿哥（活是魯達語。入字哭笑都有。）宋江答道不才何足道哉江湖上義士甚稱吾師清德（宋江醜語。）今日得識慈顏（醜語。）平生甚幸楊志起身再拜道（寫楊志便有舊家子弟體便有官體一發襯出魯達直遂闊大來。）楊志舊日經過梁山泊多蒙山寨重義相留爲是酒家愚迷不曾肯住今日幸得義士壯觀山寨此是天下第一好事（楊志語。又是一樣。入字中讚罵都有。）宋江答道制使威名播於江湖只恨宋江相見太晚魯智深便令左右置酒管待一一都相見了次日宋江問青州一節近日勝敗如何楊志道自從孔亮去了前後也交鋒三五次各無輸贏只謂是鋪不如是看如今青州只憑呼延灼一箇若是拿得此人覷此城子如湯潑雪吳學究笑道此人不可力敵可用智擒入字極寫呼延下文以兩鳴文字懸之章法嚴整宋江道用何智可獲此人吳學究道只除如此如此宋江大喜道此計大妙當日分撥了人馬次早起軍前到青州城下四

面盡着軍馬圍住擂鼓摇旗吶喊搦戰城裏慕容知府見報慌忙教請呼延灼商議今次羣賊又去報知梁山泊宋江到來似此如之奈何呼延灼道恩相放心羣賊到來先失地利這廝們只好在水泊裏張狂今却擅離巢穴（說得好便與前文不犯）一箇來捉一箇那廝們如何施展得請恩相上城看呼延灼斷殺呼延灼連忙披掛衣甲上馬叫開城門放下弔橋領了一千人馬近城擺開宋江陣中一將出○○○

馬那人手捲狼牙棍厲聲高罵知府濫官害民賊徒把我全家誅戮今日正好報讎雪恨慕容知府認得秦明寃有頭債有主寃有蹤墨有線不是孟浪罷兵○高声林冲奮威青州秦明怒發是一樣文字便罵道你這廝是朝廷命官國家不曾負你緣何便敢造反若拿住你時碎屍萬段呼將軍可先下手拏這賊呼延灼聽了舞起雙鞭縱馬直取秦明秦明也出馬舞動狼牙大棍來迎呼延灼二將交馬正是對手直鬬到四五十合不分勝敗

慕容知府見鬭得多時，恐怕呼延灼有失，慌忙鳴金收軍入城。如此救出秦明，深文曲筆，人所不曉。秦明也不追趕，退回本陣。宋江教衆頭領軍較且退十五里下寨。却說呼延灼回到城中，下馬來見慕容知府，說道：「小將正要拏那秦明，恩相如何收軍？」知府道：「我見你鬭了許多合，但恐勞困，因此收軍暫歇。秦明那廝原是我這里統制，與花榮一同背反，這廝亦不可輕敵。」呼延灼道：「恩相放心，小將必要擒此背義之賊適間和他鬬時棍法已自亂了來日教恩相看我立斬此賊（此一段應前不可力敵一句下一段應前只可智擒一句）知府道既是將軍如此英雄來日若臨敵之時可殺開條路送三箇人出去一箇教他去東京求救兩箇教他去隣近府州會合起兵相助勦捕（詳於三山之請宋江而不詳於青州之請救援此所謂徐六擔板只見一邊也既寫三山之請宋江又另自寫青州之請救援此所謂一箇李白兩箇李黑也又不擔板又不李黑橫穿斜插情勢俱備如此段真耐菴貫花之才也）呼延灼道恩相高見極明當日知府寫了求救

此一段應只可智擒

文書選了三箇軍官都發放了當不必明日真有是事乃隔夜却詳寫如此譬如花影橫窗有時真有無時並無妙絕只說呼延灼回到歇處卸了衣甲暫歇天色未明文書未及發官軍未及送寫得奇笑只聽得軍校來報道城北門外土坡上有三騎私自在那里看城中間一箇穿紅袍騎白馬的兩邊兩箇只認得右邊的是小李廣花榮左邊那箇道粧打扮寫三騎或明或暗如畫如話呼延灼道那箇穿紅的眼見是宋江了道粧的必是軍師吳用你們且休驚動了

他便點一百馬軍跟我捉這三箇呼延灼連忙披掛上馬提了雙鞭帶領一百餘騎馬軍悄悄地開了北門放下弔橋引軍趕上坡來只見三箇正自呆了臉看城（奇事）呼延灼拍馬上坡三箇勒轉馬頭慢慢走去（奇事）呼延灼奮力趕到前面幾株枯樹邊廂只見三箇齊齊的勒住馬（奇事）呼延灼方纔趕到枯樹邊只聽得吶聲喊（奇事）呼延灼正踏着陷坑人馬都跌將下坑去了（寫得妙絕。輕輕而來，實出兩意外。令讀者亦復一驚也。）

邊走出五六十箇撓鈎手先把呼延灼鈎將起來綁縛了去後面牽着那匹馬○○○帶馬其餘馬軍趕來花榮射倒當頭五七箇後面的勒轉馬一鬨都走了宋江回到寨裏那左右羣刀手却把呼延灼推將過來宋江見了連忙起身喝叫快解了繩索親自扶呼延灼上帳坐定宋江拜見呼延灼道何故如此宋江道小可宋江怎敢背負朝廷蓋爲官吏汚濫威逼得緊悞犯大罪因此權借水泊裏隨時避

難只得朝廷赦罪招安不想起動將軍致勞神力

實慕將軍虎威今者悞有冒犯切乞恕罪處處以此數語

說人入夥正是宋江羅許鐵索而村監反因呼延此文續出半部文哀然加以忠義之名何也呼延

灼道被擒之人萬死尚輕義士何故重禮陪話宋

江道量宋江怎敢壞得將軍性命皇天可表寸心

只是懇告哀求呼延灼道兄長尊意莫非教呼延

灼往東京告請招安到山赦罪忽然借呼延口為秦宮鑄鏡等地將

宋江一幅妙筆宋江處處以招安說人人入夥人無有答之者於是天下後世遂眞以宋江為日望招

安也。此處忽然用呼延反問一句，立令宋江更遮不得，皮裏陽秋，其妙如此。宋江道：「將軍如何去得？寫宋江只用一句截住，權詐如見，然亦心事如見矣，妙筆。高太尉那廝是箇心地匾窄之徒，忘人大恩，記人小過。將軍折了許多軍馬錢糧，他如何不見你罪責？寫宋江巧言如簧，必主於說入夥而後止，皆是皮裏陽秋之筆，不重於罵高俅也。如今韓滔、彭玘、凌振已多在敝山入夥，倘蒙將軍不棄山寨微賤，宋江情願讓位與將軍。數語是宋江正經題目。情願讓位，醜語難堪。等朝廷見用，受了招安，那時盡忠報國，未爲晚矣。

仍作好言。寫宋江權詐可笑。呼延灼沉吟了半晌，一者是宋江禮數甚恭，罵殺宋江。二者見宋江語言有理，罵殺宋江。歎了一口氣，跪下在地道：「非是呼延灼不忠於國，實感兄長義氣過人，不容呼延灼不依，願隨鞭鐙，決無還理。」宋江大喜，請呼延灼和衆頭領相見了，叫問李忠、周通討這匹踢雪烏騅馬還將軍騎坐。馬字至此姤結。衆人再商議救孔明之計。吳用道：「只除非教呼延將軍賺開城門，垂手可得。更兼絕了這呼延將軍念頭好宋江聽了來與呼延灼陪話道非是宋江貪刼城池實因孔明叔姪陷在縲絏之中非將軍賺開城門必不可得呼延灼答道小弟既蒙兄長收錄理當效力當晚點起秦明花榮（仍點秦明花榮為首）好孫立燕順呂方郭盛解珍解寶歐鵬王英十箇頭領都扮作軍士衣服模樣跟了呼延灼共是十一騎軍馬來到城邊直至濠塹上大呼城上開門我逃得性命回來城上人聽得是呼延灼聲音慌

忙報與慕容知府此時知府爲折了呼延灼正納悶間聽得報說呼延灼逃得回來心中歡喜連忙上馬奔到城上望見呼延灼有十數騎馬跟着又不見面顏只認得呼延灼聲音知府問道將軍如何走得回來呼延灼道我被那廝的陷坑捉了我到寨裏却有原跟我的頭目暗地盜這匹馬與我騎就跟我來了馬尚有餘音知府只聽得呼延灼說了便叫軍士開了城門放下弔橋十箇頭領跟到城

門裏迎着知府早被秦明一棍把慕容知府打下馬來結瓦礫場一案若寫孔亮打殺便如嚼蠟解珍解寶便放起火來歐鵬王矮虎奔上城把軍士殺散宋江大隊人馬見城上火起一齊擁將入來宋江急急傳令休教殘害百姓且收倉庫錢糧宋江權術如此就大牢裏救出孔明并他叔叔孔賓一家老小便教救滅了火細筆把慕容知府一家老幼盡皆斬首抄扎家私分俵衆軍一知府而家私乃至可俵衆軍則亦不可不抄扎也天明計點在城百

姓被火燒之家給散糧米救濟把府庫金帛倉廒米糧裝載五六百車又得了二百餘匹好馬就青州府裏做箇慶喜筵席請三山頭領同歸大寨（如椽之筆讀之令人壯脈）李忠周通使人回桃花山盡數收拾人馬錢糧下山放火燒毀寨柵（畢）魯智深也使施恩曹正回二龍山與張青孫二娘（補出二人）收拾人馬錢糧也燒了寶珠寺寨柵（畢）數日之間三山人馬都皆完備宋江領了大隊人馬班師回山先叫花榮

秦明、呼延灼、朱仝、四將開路、所過州縣、分毫不擾、鄉村百姓、扶老挈幼、燒香羅拜迎接、數日之間、已到梁山泊邊、衆多水軍頭領、具舟迎接、晁蓋引領山寨馬步頭領、都在金沙灘迎接、直至大寨、向聚義廳上、列位坐定、大排筵席、慶賀新到山寨頭領、呼延灼、魯智深、楊志、武松、施恩、曹正、張青、孫二娘、李忠、周通、孔明、孔亮、共十二位新上山頭領、坐間、林冲說起相謝魯智深相救一事

一段如觀羣龍戲海、彼穿此接、

○○○○○○○○○○○○

東牽西掣極文章之致也○無數大段落不得不作此大綰結妙極魯智深動問道○洒家自與教頭別後無日不念阿嫂近來有信息否奇語絕倒令人聞之又感又笑○俗本改林冲自火併王倫之後使人回家搬取老小已知拙婦被高太尉逆子所逼隨即自縊而死妻父亦爲憂疑染病而亡楊志舉起舊日王倫手內山前相會之事亦是絕倒事衆人皆道此皆註定非偶然也晁蓋說起黃泥岡劫取生辰綱一事又是絕倒事○凡舉三段事却事事絕倒不止泛泛敘舊而已衆皆大

笑次日輪流做筵席不在話下且說宋江見山寨又添了許多人馬如何不喜便叫湯隆做鐵匠總管提督打造諸般軍器并鐵葉連環等甲侯健管做旌旗袍服總管添造三才九曜四斗五方二十八宿等旗飛龍飛虎飛熊飛豹旗黃鉞白旄朱纓皁蓋山邊四面築起墩臺重造西路南路二處酒店招接往來上山好漢一就探聽飛報軍情山西路酒店今令張青孫二娘夫婦二人原是酒家前

去看守山南路酒店仍令孫新顧大嫂夫婦看守山東路酒店依舊朱貴樂和山北路酒店還是李立時遷三關上添造寨柵分調頭領看守部領已定各各遵依又是一番大發放。中間只作閒敘。寫出黄鉞白旄朱纓皁蓋等字。探聽飛報軍情等句。皆深著宋江無君之罪也。不在話下忽一日花和尚魯智深來對宋公明說道智深有箇相識是李忠兄弟徒弟喚做九紋龍史進又陡然迴合出一人。與上文連類而動。見在華州華陰縣少華山上和那一箇神機軍師朱武又有一箇跳澗虎陳達一箇白花蛇楊春又廻合出三人四箇在那里聚義酒家嘗嘗思念他自從尾官寺與他别了無一日不在心上念阿嫂則念念少年則念寫魯達筆筆淋漓聲聲慷慨今酒家要去那里探望他一遭就取他四箇同來入夥未知尊意如何宋江道我也曾聞得史進大名若得吾師去請他來最好然雖如此不可獨自行可煩武松兄弟相伴走一遭他是行者一般出家人正好同行寫景武松應道我和師兄

去當日便收拾腰包行李魯智深只做禪和子打扮武松粧做隨侍行者兩箇相辭了衆頭領下山過了金沙灘曉行夜住不止一日來到華州華陰縣界逕投少華山來且說宋江自魯智深武松去後一時容他下山常自放心不下便喚神行太保戴宗隨後跟來探聽消息布筆都好再說魯智深兩箇來到少華山下伏路小嘍囉出來攔住問道你兩箇出家人那里來武松便答道這山上有史大官

人麼。亦倒脫去魯達。即上文避熟之法。小嘍囉說道。既是要尋史大王的。且在這里少等。我上山報知頭領。便下來迎接。武松道。你只說魯智深到來相探。既避俗筆之熟。又免俗筆之淡。小嘍囉去不多時。只見神機軍師朱武并跳澗虎陳達。白花蛇楊春。三箇下山來接魯智深武松。却不見有史進。出奇。若非此句。便一捲而去。有何生發。魯智深便問道。史大官人在那里。却如何不見他。朱武近前上覆道。吾師不是延安府魯提轄麼。魯智深道。洒家便是這行者便是景陽岡打虎都頭武松三箇慌忙剪拂道聞名久矣聽知二位在二龍山扎寨今日緣何到此魯智深道俺們如今不在二龍山了投托梁山泊宋公明大寨入夥今者特來尋史大官人朱武道既是二位到此且請到山寨中容小可備細告訴魯智深道有話便說史家兄弟又不見誰鳥耐煩到你山上去不惟爽直兼寫貞烈貞烈是讚奇女子等今讚魯達卻用此二字真奇事也忠臣不事二君烈女不更二夫好友不交二人觀於魯達可

以興矣武松道師兄是箇急性的人有話便說甚好朱武道小人等三箇在此山寨自從史大官人上山之後好生興旺近日史大官人下山因撞見一箇畫匠原是北京大名府人氏姓王名義因許下西嶽華山金天聖帝廟內粧畫影壁〇〇〇〇〇〇〇〇〇〇〇〇〇〇〇〇一篇以西嶽聖帝爲文字收放前去還願因爲帶將一箇女兒名喚玉嬌枝同行却被本州賀太守原是蔡太師門人那廝爲官貪濫非理害民先出其罪一日因來廟裏行香不想正

見了玉嬌枝有些顏色累次着人來說要娶他爲妾王義不從太守將他女兒強奪了去却把王義刺配遠惡軍州路經這里過正撞見史太官人告說這件事史太官人把王義救在山上將兩箇防送公人殺了直去府裏要刺賀太守被人知覺倒喫拿了見監在牢裏又要聚起軍馬掃蕩山寨我等正在這里無計可施魯智深聽了道這撮鳥敢如此無禮倒恁麼利害洒家便去結果了那廝爽直

是大師天性朱武道。且請二位到寨裏商議。魯智深立意不肯。武松一手挽住禪杖。一手指着道。哥哥不見日色已到樹梢盡頭。畫出活武松。畫盡也畫不出。魯智深看一看。吼了一聲。憤着氣只得都到山寨裏坐下。畫出活魯達。畫盡也畫不出。朱武便叫王義出來拜見。再訴太守貪酷害民。強占良家女子。三人一面殺牛宰馬。管待魯智深武松。魯智深道。史家兄弟不在這里。酒是一滴不喫。要便睡一夜。明日却去州裏打死那厮罷。

句句使人灑出熱淚。字字使人增長義氣。非魯達定說不出此語。非此語定寫不出魯達。妙絕妙絕。武松道哥哥不得造次我和你星夜回梁山泊去報知宋公明領大隊人馬來打華州方可救得史大官人寫爽直便眞正爽直。寫精細又眞正精細。一副筆墨。叙出兩副豪傑。又能各極其致。魯智深叫道妙絕。等俺們去山寨裏叫得人來史家兄弟性命不知那里去了句句字字和血和淚寫出來武松道便打殺了太守也怎地救得史大官人武松却決不肯放哥哥去寫魯達不顧事之不濟。寫武松必求事之必濟。活提出兩箇人。朱武又勸道師兄且息怒武都頭實論得是魯智深焦躁起來便道都是你這般性慢直娘賊罵得奇絕罵人而人不怨友道不匱永錫爾類故也送了俺史家兄弟二語罵盡千古只今性命在他人手裏還要飲酒細商和血和淚之墨帶哭帶罵之筆讀之紙上岌岌震動妙絕之文。俗本皆改去何也。衆人那里勸得他吽一杯半盞鷰項纔邊鐵匠間壁正與此處對看。當晚和衣歇宿明早起箇四更提了禪杖帶了戒刀不知那里去了使我敬使我駭使我哭使我思寫得便與劍俠諸傳相似武松道不聽人說此去必然有失朱武隨即差兩箇精細小嘍囉前去打聽消息却說魯智深奔到華州城裏路傍借問州衙在那里人指道只過州橋投東便是魯智深却好來到浮橋上只見人都道和尚且躲一躲太守相公過來（反作趣妙筆）魯智深道俺正要尋他却正好撞在洒家手裏那廝多敢是當死賀太守頭踏一對對擺將過來看見太守那乘轎子却是煖轎轎窻兩邊各有十箇虞候簇擁着人人手執鞭鎗鐵

鍊守護兩下忽作一迎忽又作一閃妙筆○只一擬轎家丁便活襯出史進前日行刺來魯智深看了尋思道不好打那撮鳥若打不着倒喫他笑賀太守却在轎𥦗眼裏看見了魯智深欲進不進過了渭橋到府中下了轎便叫兩箇虞候分付道你與我去請橋上那箇胖大和尚到府裏赴齋虞候領了言語來到橋上對魯智深說道太守相公請你赴齋魯智深想道這廝合當死在酒家手裏俺却纔正要打他只怕打不着讓他過

去了俺要尋他他却來請洒家魯智深便隨了虞候逕到府裏太守已自分付下了一見魯智深進到廳前太守叫放了禪杖去了戒刀請後堂赴齋魯智深初時不肯衆人說道你是出家人好不曉事府堂深處如何許你帶刀杖入去魯智深想道只俺兩箇拳頭也打碎了那厮腦袋（妙解）廊下放了禪杖戒刀跟虞候入來賀太守正在後堂坐定把手一招喝聲捉下這禿賊兩邊壁衣內走出三四

十箇做公的來橫拖倒拽捉了魯智深你便是那吒太子怎逃地網天羅火首金剛難脫龍潭虎窟正是飛蛾投火身傾喪怒鼈吞鉤命必傷畢竟魯智深被賀太守拏下性命如何且聽下回分解

# 第五才子書施耐菴水滸傳卷之六十三

聖歎外書

## 第五十八回

吳用賺金鈴弔掛
宋江鬧西嶽華山

俗本寫魯智深救史進一段鄙惡至不可讀每私怪耐菴胡爲亦有如是敗筆及得古本始服原文之妙如此吾因歎文章生於吾一

日之心而求傳於世人百年之手夫一日之
心世人未必知而百年之手吾又不得奪當
斯之際文章又不能言毆竄一惟所命如傛
本水滸者眞可爲之流涕嗚咽者也

渭河攔截一段先寫朱仝李應執鎗立宋江
後宋江立吳用後吳用立船頭作一總提然
後分開兩幅一幅寫吳用與客帳司問答一
轉轉出宋江宋江一轉轉出朱仝朱仝一轉

轉出岸上花榮秦明徐寧呼延灼是一樣聲勢一幅寫宋江與太尉問答一轉轉出吳用吳用一轉轉出李應李應一轉轉出河裏李俊張順楊春是一樣聲勢然後又以第三幅宋江吳用一齊發作以總結之章法又齊整又變化眞非草草之筆

極寫華州太守被繪者所以補寫史進魯達兩番行剌不成之故也然讀之殊無補寫之

跡而自令人想見其時其事蓋以不補爲補又補寫之一法也

史進芒碭一役亦暗用阮籍時無英雄故事可謂深表大郎之至矣若夫蠻牌之敗只是文章变卸之法不得以此爲大郎惜也

話説賀太守把魯智深賺到後堂内喝聲拏下、衆多做公的把魯智深簇擁到聽階下、賀太守正要開言勘問、只見魯智深大怒道（太守不及勘問魯達反先怒發文字）

據古本水滸第五十八回如此不知俗本何故另改作一段俺俺欲死文字烏馬成馬令人可恨

都有身分。俗本悉改。令人氣盡。你這害民貪色的直娘賊八個字。罵盡千古。你敢便拏倒酒家俺死亦與史進兄弟一處死倒不煩惱一直奔來。只要定史進兄弟四字。讀之令人心痛。又令人快活。只是酒家死了宋公明阿哥須不與你干休俺如今說與你天下無解不得的冤仇此語反出其口。思之失笑。你只把史進兄弟還了酒家亦大難事。奇絕妙絕。玉嬌枝也還了酒家等酒家自帶去交還王義還史進已大難事。又要還嬌枝。又是還與和尚去還王義。奇絕妙絕。你却連夜也把華州太守交還朝廷還還嬌枝已奇絕妙絕。又要還太守。一發奇絕妙絕。○量說到還嬌枝還太守句。回思還史進。眞易事耳。你這等賊頭鼠眼專一歡喜婦人也做不得民之父母千載讀之。無不汗顏。○此句爲還太守作註也。若依得此三事便是佛眼相看若道半箇不的不要懊悔不迭如今你且先交俺去看看史家兄弟却囘俺話不知是墨。不知是淚。不知是血。寫得使人心痛。使人快活。賀太守聽了氣得做聲不得與上正要開言。作一句讀。只道得箇歹心疑是箇行刺的賊原來果然是史進一路古本如此情文曲折。俗本眞是無理可笑。那廝你看那厮（寫太守氣唎不成語。真是活畫出來。）且監下這厮慢慢處置這禿驢原來果然是史進一路（活畫出氣急敗壞。語言重沓。又活畫出自神其智。心口相語。妙絕。）也不拷打取面大枷來釘了押下死囚牢裏去一面申聞都省乞請明降禪杖戒刀封入府堂裏去了此時鬧動了華州一府小嘍囉得了這箇消息飛報上山來武松大驚道我兩箇來華州幹事折了一箇怎地回去見衆頭領正沒理會處只見山下小嘍囉報道有箇梁山泊差來的頭領喚做神行太保戴宗見在山下便快武松慌忙下來迎接上山和朱武等三人都相見了訴說魯智深不聽勸諫失陷一事戴宗聽了大驚道我不可久停了就便回梁山泊報與哥哥知道早遣兵將前來救取武松道小弟在這里專等萬望兄長早去急來戴宗喫了些素食作起神行法再回梁山泊來三日之間已到山寨見了晁宋二頭領便說魯智深因救史進要刺賀太守被陷一事晁蓋

聽罷，大驚道：「既然兩箇兄弟有難，如何不救？我今不可擔閣，便親去走一遭。」宋江道：「哥哥山寨之主，未可輕動，原只兄弟代哥哥去。」又書宋江不肯。當日點起人馬，作三隊而行。前軍點五員先鋒：林冲、楊志、先撥林冲楊志妙。花榮、秦明、呼延灼，呼延新到，例應立功，故亦在第一撥。引領一千甲馬，二千步軍，先行逢山開路，遇水疊橋。中軍領兵主將宋公明，軍師吳用，朱仝、徐寧、解珍、解寶，共是六箇頭領，馬步軍兵二千。後軍主掌糧草李應楊雄石秀李俊張順共是五箇頭領押後馬步軍兵二千共計七千人馬離了梁山泊直取華州來在路趲行不止一日早過了半路先使戴宗去報少華山上朱武等三人安排下猪羊牛馬醞造下好酒等候再說宋江軍馬三隊都到少華山

、○○○○○○○○○○○

下武松引了朱武陳達楊春三人亦用武松引見筆法下山拜請宋江吳用并衆頭領都到山寨裏坐下宋江備問城中之事朱武道兩箇頭領已被賀太守監

在牢裏只等朝廷明降發落宋江與吳用說道恁地定計去救取便好朱武道華州城郭廣濶濠溝深遠急切難打只除非得裏應外合方可取得吳學究道明日且去城邊看那城池如何却再商量宋江飲酒到晚巴不得天明要去看城吳用諫道城中監着兩隻大蟲在牢裏如何不做隄備白日不可去看今夜月色必然明朗申牌前後下山一更時分可到那里窺望當日捱到午後宋江吳用

花榮秦明朱仝共是五騎馬下山迤邐前行初更時分已到華州城外在山坡高處立馬望華州城裏時正是二月中旬天氣月華如畫天上無一片雲彩（偏向刀鎗劍戟林中寫得花明月媚妙筆妙筆）看見華州週圍有數座城門城高地壯塹濠深濶看了半晌遠遠地也便望見那西嶽華山（是王義畫壁太尉降香之處不得不映帶出來）宋江等看見城池厚壯形勢堅牢無計可施吳用道且回寨裏去再作商議五騎馬連夜回到少華山上

宋江眉頭不展面帶憂容吳學究道且差十數箇精細小嘍囉下山去遠近探聽消息兩日內忽有一人上山來報道如今朝廷差箇殿司太尉將領御賜金鈴弔掛來西嶽降香從黃河入渭河而來其事風馬牛不及令人不如所謂吳用聽了便道哥哥休憂計在這里了便叫李俊張順你兩箇與我如此如此而行李俊道只是無人識得地境得一箇引領路道最好白花蛇楊春便道小弟相幫同去如何宋江

大喜三箇下山去了次日吳學究請宋江李應朱仝呼延灼花榮秦明徐寧共七箇人悄悄止帶五百餘人下山到渭河渡口李俊張順楊春巳奪下十餘隻大船在彼吳用便叫花榮秦明徐寧呼延灼四箇伏在岸上第一撥宋江吳用朱仝李應下在船裏中軍李俊張順楊春分船都去灘頭藏了第二撥衆人等候了一夜次日天明聽得遠遠地鑼鳴鼓響三隻官船下來船上插着一面黃旗上寫欽奉

第一段吳用說

聖旨西嶽降香太尉宿朱仝李應各執長鎗立在宋江背後吳用立在船頭從船尾順寫至船頭讀之如畫。正寫之則應作吳用立宋江前朱仝李應立宋江後也。要知只四箇人便鎖定一篇章法。蓋吳用領第一段宋江領第二段朱仝領岸上諸人李應領水軍諸人也。細讀之便知其間關之妙耳。◯俗本畧缺。太尉船到當港截住四字筆力。船裏走出紫衫銀帶虞候二十餘人喝道你等甚麼船隻敢當港攔截住大臣宋江執着骨朵躬身聲喏此第一段宋江不開言悉是吳用說妙筆。吳學究立在船頭上說道梁山泊義士宋江謹叅祗候（分明以吳用抵對客帳司以宋江抵對太尉賓主正副筆筆畫然。）船上客帳司出來答道此是朝廷太尉奉聖旨去西嶽降香汝等是梁山泊亂寇何故攔截宋江躬身不起船頭上吳用道俺們義士只要求見太尉尊顏有告覆的事（宋江只不開言。叚叚用吳用說。妙筆。）客帳司道你等是何等人敢造次要見太尉兩邊虞候喝道低聲宋江却躬身不起船頭上吳用道暫請太尉到岸上自有商量的事（叚叚用吳用說。宋江只不開口。妙筆。）客帳司道休胡說太

尉是朝廷命臣如何與你商量宋江立起身來筆勢悚駭。道太尉不肯相見只怕孩兒們驚了太尉一路要用

到此忽換宋江。妙筆。朱仝把鎗上小號旗只一招動宋江背後一箇傳令。○寫得又嚴整。又錯縱。真正妙筆。岸上花榮秦明徐寧呼延灼引出馬軍一齊搭上弓箭都到河口擺列在岸上

奇文駭事。得未曾有。那船上艄公都驚得鑽入艙裏去了如畫。

○此一段。用吳用與客帳司問答。忽與宋江傳令作尾。真正一篇奇絕章法。客帳司人慌了只得入去稟覆宿太尉只得出到船頭上坐

第二段宋江說

定宋江又躬身唱喏道：宋江等不敢造次。已下第二段。吳用不開言，悉是宋江說。妙筆。宿太尉道：義士何故如此邀截船隻？宋江道：某等怎敢邀截太尉？只欲求請太尉上岸，別有禀覆。盡是宋江自說。妙筆。宿太尉道：我今持奉聖旨，自去西嶽降香，與義士有何商議？朝廷大臣，如何輕易登岸？船頭上吳用道：太尉不肯時，只怕下面伴當亦不相容。一路宋江，到此忽換吳用。妙筆。李應把號帶鎗一招，宋江背後又一箇傳令。李俊、張順、楊春一齊撐出船來。奇文駭事得未曾有宿太尉看見大驚此一段寫宋江與太尉問答忽換吳用傳令作尾又一篇真工奇絕章法李俊張順明晃晃掣出尖刀在手早跳過船來奇文駭事手起先把兩箇虞候攧下水裏去奇文駭事宋江連忙喝道休得胡做驚了貴人李俊張順撲通也跳下水去奇文駭事早把兩箇虞候又送上船來奇文駭事自已兩箇也便托地又跳上船來奇文駭事一段寫李俊張順跳擲忽霍讀之目眩唬得宿太尉魂不着體宋江吳用一齊喝道孩兒們且退去休得驚着貴人俺

第三段宋江吳用齊說

自慢慢地請太尉登岸已下第三段。宋江吳用一齊說。妙筆。宿太尉道義士有甚事就此說不妨宋江吳用道這里不是說話處謹請太尉到山寨告稟並無損害之心若懷此念西嶽神靈誅滅宋江吳用一齊說。妙筆。到此時候不容太尉不上岸宿太尉只得離船上了岸衆人在樹裏牽出一匹馬來扶策太尉上了馬不得已隨衆同行宋江吳用先叫花榮秦明陪奉太尉上山宋江吳用也上了馬看他於宋江吳用各寫二幅後。又將宋江吳用。合寫一幅真正一篇絕奇章法分付教把船上一應人等并御香祭物金鈴弔掛齊齊收拾上山只留下李俊張順帶領一百餘人看船此處只說看船後又忽借作伏兵截殺真乃筆無定墨紙非一文一行衆頭領都到山上宋江吳用下馬入寨把宿太尉扶在聚義廳上當中坐定兩邊衆頭領拔刀侍立奇文駭事真寫得好宋江獨自下了四拜跪在面前告覆道宋江原是鄆城縣小吏爲彼官司所逼不得已嘯聚山林權借梁山水泊避難專等朝廷招

安與國家出力今有兩箇兄弟無事被賀太守生事陷害下在牢裏欲借太尉御香儀從并金鈴弔掛去賺華州事畢并還於太尉身上並無侵犯乞太尉鈞鑒宿太尉道不爭你將了御香等物去明日事露須連累下官宋江道太尉回京都推在宋江身上便了（宋江之惡如此閒處寫出）宿太尉看了那一班人模樣怎生推托得只得應允了宋江執盞擎杯設筵拜謝就把太尉帶來的人穿的衣服都借穿了

於小嘍囉數內選揀一箇俊俏的剃了髭鬚穿了太尉的衣服扮做宿元景（妙）宋江吳用扮做客帳司（妙）解珍解寶楊雄石秀扮做虞候（妙）小嘍囉都是紫衫銀帶執着旌節旗旛儀仗法物擎擡了御香祭禮金鈴弔掛花榮徐寧朱仝李應扮做四箇衙兵（妙）朱武陳達楊春欵住太尉并跟隨一應人等置酒管待（是主人事）却教秦明呼延灼引一隊人馬林冲楊志引一隊人馬分作兩路取城（妙）教武松

預先去西嶽門下伺候只聽號起行事嶽門。此處只寫一箇，後忽添換一箇，皆所謂筆無定墨，紙非一文也。話休絮繁且說一行人等離了山寨逕到河口下船而行不去報與華州太守一逕逩西嶽廟來戴宗先去報知雲臺觀觀主并廟裏職事人等直至船邊迎接上岸香花燈燭幢旛寶蓋擺列在前先請御香上了香亭廟裏人夫扛擡了導引金鈴弔掛前行觀主拜見了太尉吳學究道太尉一路染病不快且把煖轎來只煖轎二字亦復影襯作趣。左右人等扶策太尉上轎、迎到嶽廟裏官廳內歇下、客帳司吳學究對觀主道這是特奉聖旨齎捧御香金鈴弔掛來與聖帝供養緣何本州官員輕慢不來迎接、觀主答道已使人去報了、敢是便到、說猶未了本州先使一員推官帶領做公的五七十人、極寫太守役獪將着酒菓來見太尉原來那小嘍囉雖然模樣相似却語言發放不得。絕倒。雖復發放不得。然亦曲蓋鼓吹。身爲王公矣。因此只教粧做染病把靠褥團定在牀上坐、推官一眼看那來的旌節門旗牙仗等物極寫太守伎倆都是內府製造出的、如何不信。客帳司匆匆入去禀覆了兩遭寫得好卻引推官入去遠遠地堦下參拜了見那太尉只把手揩並不聽得說甚麼絕倒客帳司直走下來埋怨推官道、太尉是天子前近幸大臣、不辭千里之遙、特奉聖旨到此降香、不想於路染病未痊、本州眾官如何不來遠接、推官答道、前路官司雖有文書到州、不見近

報因此有失迎迓不期太尉先到廟裏本是太守

○○○○○○○○○○○○○○

便來奈緣少華山賊人糾合梁山泊強盜要打城

○

池客帳司應喝低聲每日在彼隄防以此不敢擅離特差

小官先來貢獻酒禮太守隨後便來參見客帳司

○○○○○○○○○

道太尉涓滴不飲只叫太守快來商議行禮是要緊題

日推官隨即教取酒來與客帳司親隨人把盞了

○○○○○○○○○○○○○○○○○○○

客帳司又入去稟一遭請了鑰匙出來引着推官

○○○○○○○○○○○○○○○○○○○

去開了鎖就香帛袋中取出那御賜金鈴弔掛來

把條竹竿叉起叫推官仔細自看（寫得好）果然好一對金鈴弔掛乃是東京內府高手匠人做成的渾是七寶珍珠嵌造中間點着碗紅紗燈籠乃是聖帝殿上正中掛的不是內府降來民間如何做得（讚語入拍）客帳司叫推官看了再收入櫃匣內鎖了又將出中書省許多公文付與推官（寫得好）便叫太守快來商議揀日祭祀（是要緊題目）推官和衆多做公的都見了許多物件文憑便辭了客帳司逕回到華

州府裏來報賀太守、却説宋江喑喑地喝采道這厮雖然奸猾、也騙得他眼花心亂了、此時武松已在廟門下了（筆力矯健。實稱武二。）吳學究又使石秀藏了尖刀也來廟門下相幫武松行事、却又換戴宗扮做虞候（此等事。又復當面轉換。寫當時衆人。覻華州如無物也。）雲臺觀主進獻素齋、一面教執事人等安排鋪陳嶽廟、宋江閒步看那西嶽廟時、果然是蓋造得好殿宇、非凡眞乃人間天上（百忙中。又補畫出嶽廟來。眞是筆有餘武。）宋江看了一回至官廳前門上報道賀太守來也宋江便叫花榮徐寧朱仝李應四箇衙兵各執着器械分列在兩邊解珍解寶楊雄戴宗各戴暗器侍立在左右却說賀太守將領三百餘人（極寫太守狡獪）來到廟前下馬簇擁入來（極寫太守狡獪）客帳司吳學究宋江見賀太守帶着三百餘人都是帶刀公吏人等入來客帳司喝道朝廷貴人在此閑雜人不許近前衆人立住了脚（寫得好）賀太守獨自進前來拜見太尉客帳司

道太尉教請太守入來廝見賀太守入到官廳前望着小嘍囉便拜（絕倒）客帳司道太守你知罪麼太守道賀某不知太尉到來伏乞恕罪客帳司道太尉奉勅到此西嶽降香如何不來遠接太守荅道不曾有近報到州有失迎迓吳學究喝聲拏下（疾）解珍解寶弟兄兩箇颼地掣出短刀一脚把賀太守踢翻便割了頭（疾快活）宋江喝道兄弟們動手早把那跟來的人三百餘箇驚得呆了正走不動花

榮等一齊向前把那一干人算子般都倒在地下可謂大算盤無帳不結矣有一半搶出廟門下武松石秀舞刀殺將入來小嘍囉四下趕殺三百餘人不剩一箇回去疾快活續後到廟來的都被張順李俊殺了須加此句是文外之文筆勢飄忽如此宋江急叫收了御香弔掛下船都趕到華州時早見城中兩路火起一齊殺將入來先去牢中救了史進魯智深就打開庫藏取了財帛裝載上車魯智深逕奔後堂取了戒刀禪杖

玉嬌枝早已投井而死（此二句俗本失古本有）衆人離了華州上船回到少華山上都來拜見宿太尉納還了御香金鈴弔掛旌節門旗儀仗等物拜謝了太尉恩相宋江教取一盤金銀相送太尉隨從人等不分高低都與了金銀（大書金銀可謂許伯哭世矣）就山寨裏做了箇送路筵席謝承太尉衆頭領直送下山到河口交割了一應什物船隻一些不少還了原來的人等宋江謝別了宿太尉回到少華山上便與四

籌好漢商議收拾山寨錢糧放火燒了寨柵再結一處一行人等軍馬糧草都望梁山泊來王義自賚發盤纏投奔別處不題且說宿太尉下船來到華州城中已知被梁山泊賊人殺死軍兵人馬刼了府庫錢糧城中殺死軍較一百餘人馬匹盡皆擄去西嶽廟中又殺了許多人性命便叫本州推官推官便動文書申達中書省起奏都做宋江先在途中刼了御香弔掛因此賺知府到廟殺害性命宿太

尉到廟裏焚了御香把這金鈴弔掛分付與了雲臺觀主星夜急急回京師奏知此事不在話下再說宋江救了史進魯智深帶了少華山四箇好漢仍舊作三隊分俵人馬回梁山泊來所過州縣秋毫無犯（八字只算於路無話四字作省文耳）先使戴宗前來上山報知晁蓋并衆頭領下山迎接宋江等一同到山寨裏聚義廳上都相見已罷一面做慶喜筵席次日史進朱武陳達楊春各以巳財做筵宴拜謝晁

宋二公酒席間晁蓋說道我有一事爲是公明賢弟連日不在山寨只得權時鬧起昨日又是四位兄弟新到不好便說出來三日前有朱貴上山報說徐州沛縣芒碭山中新有一夥强人聚集着三千人馬爲頭一箇先生姓樊名瑞綽號混世魔王能呼風喚雨用兵如神手下兩箇副將一箇姓項名充綽號八臂那吒能使一面團牌牌上挿飛刀二十四把百步取人無有不中手中使一條鐵標

鎗又有一箇姓李名袞綽號飛天大聖也使一面團牌牌上插標鎗二十四根亦能百步取人無有不中手中使一口寶劍這三箇結為兄弟占住芒碭山打家刼舍三箇商量了要來吞併俺梁山泊大寨我聽得說不踩不怒宋江聽了大怒道這賊怎敢如此無禮小弟便再下山走一遭只見九紋龍史進便起身道小弟等四箇初到大寨無半米之功情願引本部人馬前去收捕這夥強人久令應熟

圖行文之法也。宋江大喜、當下史進、點起本部人馬、與同朱武陳達楊春、都披掛了、來辭宋江、下山把船渡過金沙灘上路、迤邐芒碭山來、三日之內、早望見那座山、史進嘆口氣、問朱武道、這里正不知何處是昔日漢高祖斬蛇起義之處。寫史進。絕妙之文。朱武等三人也大家嘆口氣。寫朱武三人。不一時、來到山下、早有伏路小嘍囉、上山報知、且說史進把少華山帶來的人馬、一字擺開、自己全身披掛、騎一匹火炭赤馬當先出陣手中橫着三尖兩刃刀背後三箇頭領便是朱武陳達楊春四箇好漢勒馬陣前好看望不多時只見芒碭山上飛下一彪人馬來當先兩箇好漢爲頭那箇便是徐州沛縣人姓項名充果然使一面團牌背插飛刀二十四把右手仗條標鎗後面打着一面認軍旗上書八臂那吒四箇大字另是一樣氣色讀之正復可畏次後那箇便是邳縣人姓李名袞果然也使一面團牌背插二十四把標鎗左

手把牌右手仗劍後面打着一面認軍旗上書飛天大聖四箇大字（另是一樣氣色讀之眞復可畏）當下兩箇步行下山見了對陣史進朱武陳達楊春四騎馬在陣前並不打話小嘍囉篩起鑼來兩箇好漢舞動團牌一齊上直滾入陣來（人固另是一樣氣色文亦另是一樣聲勢）史進等攔當不住後軍先走（寫得好笑）史進前軍抵敵（寫得好笑）朱武等中軍吶喊（寫得好笑要知此三句正望下篇公孫入陣先作反襯也）退三四十里史進險些兒中了飛刀（寫飛刀又寫史進）楊

春轉身得遲被一飛刀戳馬着傷棄了馬逃命而走（寫飛刀）史進點軍折了一半和朱武等商議欲要差人回梁山泊求救正憂疑之間只見軍士來報北邊大路上塵頭起處約有二千軍馬到來史進等上馬望時却是梁山泊旗號當先馬上兩員上將一箇是小李廣花榮一箇是金鎗手徐寧（第一撥先寫兵次寫將）史進接着備說項充李袞蠻牌滾動軍馬遮攔不住花榮道宋公明哥哥見兄長來了放心

不下，好生懊悔，特差我兩箇到來幫助史進等。大喜，合兵一處下寨。次日天曉，正欲起兵對敵，軍士又報北邊大路上又有軍馬到來。花榮、徐寧、史進一齊上馬望時，卻是宋公明親自和軍師吳學究、公孫勝、柴進、朱仝、呼延灼、穆弘、孫立、黃信、呂方、郭盛帶領三千人馬來到。第二撥。先寫將，次寫兵，只小小兩節，亦必變換作章法。○每次援兵，皆從山上明寫調撥，此處忽變為突如其來之文，不先提出，亦是行文避熟也。史進備說項充、李袞飛刀標鎗滾牌難近，折了人馬一事宋江大驚吳用道且把軍馬扎下寨柵别作商議宋江性急便要起兵勦捕直到山下此時天色已晚望見芒碭山上都是青色燈籠實寫項充李袞虛寫樊瑞妙筆非人所及公孫勝看了便道此寨中青色燈籠便是會行妖法之人在內我等且把軍馬退去來日貧道獻一箇陣法要捉此二人宋江大喜傳令教軍馬且退二十里扎住營寨次日清晨公孫勝獻出這箇陣法有分教魔王拱手上梁山神將傾心

歸水泊、畢竟公孫勝獻出甚麼陣法來且聽下回分解、

第五才子書施耐菴水滸傳卷之六十四

聖歎外書

第五十九回

公孫勝芒碭山降魔

晁天王曾頭市中箭

讀水滸俗本至此處爲之索然意盡及見古本始喟然而嘆嗚呼妙哉文至此乎夫晁蓋欲打祝家莊則宋江勸哥哥山寨之主不可

輕動也晁蓋欲打高唐州則宋江又勸哥哥山寨之主不可輕動也晁蓋欲打青州則又勸哥哥山寨之主不可輕動欲打華州則又勸哥哥山寨之主不可輕動也何獨至於打曾頭市而宋江默未嘗發一言宋江默未嘗發一言而晁蓋亦遂死於是役今我即不能知其事之如何然而君子觀其書法推其情狀引許世子不嘗藥之經以斷斯獄蓋宋江

弑晁蓋之一箭爲決不可宥也此非謂史文

恭之箭乃真出於宋江之手也亦非謂宋江

明知曾頭市之五虎能死晁蓋而坐不救援

也夫今日之晁蓋之死即誠非宋江所料然

而宋江之以晁蓋之死爲利則固非一日之

心矣吾於何知之於晁蓋之每欲下山宋江

必勸知之夫宋江之必不許晁蓋下山者不

欲令晁蓋能有山寨也又不欲令衆人尚有

晁蓋也夫不欲令晁蓋能有山寨則是山寨誠得一旦而無晁蓋是宋江之所大快也又不欲令衆人尚有晁蓋則夫晁蓋雖未死於史文恭之箭而已死於廳上廳下衆人之心非一日也如是而晁蓋今日之死於史文恭是特晁蓋之餘矣若夫晁蓋之死固已甚久甚久也如是而晁蓋至而若驚晁蓋死而若驚其惟史文恭之與曾氏五虎有之若夫宋

江之心固晁蓋去而夷然晁蓋死而夷然也故於打祝家則勸打高唐則勸打青州則勸打華州則勸則可知其打曾頭市之必勸也然而作者於前之勸則如不勝書於後之勸則直削之者書之以著其惡削之以定其罪也嗚呼以稗官而幾欲上與陽秋分席誰不奇絕然不得古本吾亦何繇得知作者之筆法如是哉

通篇皆用深文曲筆以深明宋江之弑晁蓋如風吹旗折吳用獨諫一也戴宗私探匿其回報二也五將死救餘各自顧三也主軍星殞衆人不還四也守定啼哭不商療治五也晁蓋遺誓先云莫怪六也驟攝大位佈令詳明七也拘牽喪制不即報仇八也大怨未修逢僧閒話九也置死天王急生麒麟十也

第二回寫少華山第四回寫桃花山第十六

回寫二龍山第三十一回寫白虎山至上篇而一齊挽結真可謂奇絕之筆然而吾獨異同何謂同同同於前若布棋後若棋劫也及讀此篇而忽然添出混世魔王一段曾未嘗有突如其來得此一處四實皆活夫而後知文章真有相救之法也

話說公孫勝對宋江吳用獻出那箇陣圖問曰何不出自吳用答曰上金鈴弔掛既已全出吳用此處側應獨出公孫不得吳用太熱公孫太冷也道是

漢末三分諸葛孔明擺石爲陣之法四面八方分八八六十四隊中間大將居之其像四頭八尾左旋右轉按天地風雲之機龍虎鳥蛇之狀待他下山衝入陣來兩軍齊開有如伺候等他一入陣只看七星號帶起處把陣變爲長蛇之勢貧道作起道法教這三人在陣中前後無路左右無門却於坎地上掘一陷坑直逼此三人到於那里兩邊埋伏下撓鈎手准備捉將宋江聽了大喜便傳將令

叫大小將校依令而行再用八員猛將守陣那八員呼延灼朱仝花榮徐寧穆弘孫立史進黃信卻叫柴進呂方郭盛權攝中軍宋江吳用公孫勝帶領陳達磨旗叫朱武指引五箇軍士在近山高坡上看對陣報事是日巳牌時分衆軍遥山擺開陣勢搖旗擂鼓搦戰只見芒碭山上有三二十面鑼聲震地價響三箇頭領一齊來到山下便將三千餘人擺開左右兩邊項充李袞中間擁出那箇混

世魔王樊瑞騎一匹黑馬立於陣前那樊瑞雖會使此妖法卻不識陣勢（須知此語正是反顯公孫非樊瑞也）看了宋江軍馬四面八方團團密密心中暗喜道你若擺陣中我計了分付項充李袞若見風起你兩箇便引五百滾刀手殺入陣去項充李袞得令各執定蠻牌挺着標鎗飛劍只等樊瑞作用只見樊瑞立在馬上左手挽定流星銅鎚右手仗着混世魔王寶劍口中念念有詞喝聲道疾卻早狂風四起

飛沙走石天昏地暗日色無光項充李袞吶聲喊帶了五百滾刀手殺將過去宋江軍馬見殺將過來便分開做兩下（寫得八陣圖出真是妙筆）項充李袞一攪入陣兩下裏強弓硬弩射住來人只帶得四五十人入來其餘的都回本陣去了（寫得八陣圖出）宋江望見項充李袞已入陣裏便叫陳達把七星號旗只一招那座陣勢紛紛滾滾變作長蛇之陣（寫得八陣圖出）項充李袞正在陣裏東趕西走左盤右轉尋路不見高

坡上朱武把小旗在那里指引他兩箇投東，朱武便望東指，好。寫得若是投西，便望西指，好。寫得原來公孫勝在高處看了，已先拔出那松文古定劍來，口中念動咒語，喝聲道：「疾！」便借着那風盡隨着項充、李袞腳跟邊亂捲。便借那風四字，讀之絕倒。古有諸葛借風，不如公孫借風之更奇也。如此寫公孫道法，真乃脫盡牛鬼蛇神，別成幽豁小洞矣。兩箇在陣中只見天昏地暗，日色無光，即前八字絕倒。四邊並不見一箇軍馬，一望都是黑氣，此句寫此軍。後面跟的都不見了。

此句寫彼軍。項充李袞心慌起來，只要奪路出陣，百般地沒尋歸路處，寫出入陣圖來。正走之間，忽然雷震一聲，兩箇在陣叫苦不迭，一齊躂了雙脚，翻筋斗攧下陷馬坑裏去。妙絕。○凡前文寫得極難，皆倒襯後文甚易也。莊子曰：每至於族，見其難爲。然後奏刀砉然，如土委地。蓋行文之樂，正莫樂於此也。豈其揚公孫、抑史進哉。兩邊撓鉤手早把兩箇搭將起來，便把麻繩綁縛了，解上山坡請功。宋江把鞭梢一指，三軍一齊掩殺過去。樊瑞引人馬奔走上山，三千人馬折其大半。宋江收軍、衆頭領都在帳前坐下、軍健早解項充李袞、到於麾下、宋江見了、忙叫解了繩索親自把盞說道、二位壯士其實休怪、臨敵之際、不如此不得。小可宋江、久聞三位壯士大名、欲來禮請上山同聚大義、蓋因不得其便、因此錯過、倘若不棄、同歸山寨、不勝萬幸、兩箇聽了、拜伏在地道、久聞及時雨大名、只是小弟等無緣、不曾拜識、原來兄長果有大義、我等兩箇不識好人、要與天地相拗○○○○○奇崛之句寫來活是使繼牌人聲口今日既被擒獲萬死尚輕反以禮待若蒙不殺誓當効死報答大恩樊瑞那人無我兩箇如何行得義士頭領若肯放我們一箇回去好就說樊瑞來投拜不知頭領尊意如何宋江便道壯士不必留一人在此爲當便請二位同回貴寨宋江來日專候佳音寫宋江權術過人處眞是非嘗之才兩箇拜謝道眞乃大丈夫若是樊瑞不從投降我等擒來奉獻頭領麾下便活是使繼牌人聲口宋江聽說大喜請入中軍

待了酒食（看他盡放回去。又有盡放回去之法。寫得權術非常。○一也。）換了兩套新衣（二也。）取兩匹好馬（三也。）呼小嘍囉拿了鈴牌（四也。）親送二人下坡回寨（五也。○便過諸葛七縱一等也。○因明用入陣便又暗用借風七縱一事以陪之。耐菴文心之巧如此。）兩箇於路在馬上感恩不盡。來到芒碭山下。小嘍囉見了大驚。接上山寨。樊瑞問兩箇來意如何。項充李袞道。我等逆天之人。合該萬死。（句句活是使蠻牌人聲口。）樊瑞道。兄弟如何說這話。兩箇便把宋江如此義氣說了一遍。樊瑞道。既然宋公明如此大義我等不可逆天是一家之言來早都下山投拜兩箇道我們也爲如此而來不用項充李袞相說寫出樊瑞自家主意好當夜把寨內收拾已了次日天曉三箇一齊下山直到宋江寨前拜伏在地宋江扶起三人請入帳中坐定三箇見了宋江沒半點相疑之意彼此傾心吐膽訴說平生之事極表三人三人拜請衆頭領都到芒碭山寨中殺牛宰馬管待宋公明等衆多頭領一面賞勞三軍飲宴已罷樊瑞就

拜公孫勝爲師宋江立主教公孫勝傳授五雷天心正法與樊瑞樊瑞大喜（綿結妙絕只在篇中文出篇外才子之才如此）數日之間牽牛拽馬捲了山寨錢糧馱了行李收聚人馬燒毀了寨柵（又結一處前三處實此一處虛有三處實止不可無一處虛也）跟宋江等班師回梁山泊於路無話宋江同衆好漢軍馬已到梁山泊邊却欲過渡只見蘆葦岸邊大路上一箇大漢望着宋江便拜（奇文妙接）宋江慌忙下馬扶住問道足下姓甚名誰何處人氏那

漢答道小人姓段雙名景住人見小弟赤髮黃鬚都呼小人爲金毛犬祖貫是涿州人氏平生只靠去北邊地面盜馬今春去到鎗竿嶺北邊盜得一匹好馬雪練也似價白渾身並無一根雜毛頭至尾長一丈蹄至脊高八尺那馬一日能行千里北方有名喚做照夜玉獅子馬乃是大金王子騎坐的○文情孫前踢雪騅生來。馬名炤後玉麒麟立出。前映後帶。絕世奇文。放在鎗竿嶺下被小人盜得來江湖上只聞及時雨大名無路可見欲將此馬前來進獻與頭領權表我進身之意不期來到凌州西南上曾頭市過被那曾家五虎奪了去小人稱說是梁山泊宋公明的不想那廝多有汚穢的言語小人不敢盡說且復收口作一頓跌文有步驟逃走得脫特來告知宋江看這人時雖是黃髮卷鬚却也表非俗心中暗喜便道既然如此且同到山寨裏商議帶了段景住一同都下船到金沙灘上岸晁天王并衆頭領接到聚義廳上宋江

敎樊瑞項充李衮和衆頭領相見段景住一同都叅拜了打起聒廳鼓來且做慶賀筵席宋江見山寨連添了許多人馬四方豪傑望風而來因此叫李雲陶宗旺監工添造房屋并四邊寨柵又作一小發放段景住又說起那匹馬的好處宋江叫神行太保戴宗去曾頭市探聽那馬的下落戴宗去了四五日囘來對衆頭領說道這箇曾頭市上共有三千餘家內有一家喚做曾家府這老子原是大金國

人名為曾長者生下五箇孩兒號為曾家五虎大的兒子喚做曾塗第二箇喚做曾密第三箇喚做曾索第四箇喚做曾魁第五箇喚做曾昇又有一箇教師史文恭一箇副教師蘇定去那曾頭市上聚集着五七千人馬扎下寨柵造下五十餘輛陷車發願要與我們勢不兩立定要捉盡俺山寨中頭領做箇對頭那匹千里玉獅子馬見今與教師史文恭騎坐更有一般堪恨那廝之處杜撰幾句

言語教市上小兒們都唱道搖動鐵鐶鈴神鬼盡皆驚鐵車并鐵鎖上下有尖釘掃蕩梁山清水泊勦除晁蓋上東京生擒及時雨活捉智多星曾家生五虎天下盡聞名沒一箇不唱真是令人忍耐不得曾頭市寫得又有一樣出色處真乃風雲海嶽之才○要知因偷馬引出曾家五虎亦與上文因偷雞引出祝氏三雄特特相犯以顯筆力晁蓋聽罷心中大怒道這畜生怎敢如此無禮我須親自走一遭不捉得這畜生誓不回山我只點五千人馬請啓二十箇

頭領相助下山，其餘都和宋公明，保守山寨。當日晁蓋便點林冲，特點林冲第一。章法奇絕人。呼延灼、徐寧、穆弘、張橫、楊雄、石秀、孫立、黃信、燕順、鄧飛、歐鵬、楊林、劉唐、阮小二、阮小五、阮小七、白勝、杜遷、宋萬，點至後半，忽然是[illegible]初小奪泊人。[illegible]法奇絕人。共是二十箇頭領，部領三軍人馬下山。宋江與吳用、公孫勝衆頭領就山下金沙灘餞行。上文若干篇，每動大軍，便書晁蓋要行，宋江力勸；獨此行宋江不勸，而晁蓋亦遂以死。深文曲筆，讀之不寒而栗。○俗本妄添處，古本悉無，故知古本之可寶也。飲酒之間，忽起一陣狂風正把晁蓋新製的認軍旗半腰吹折衆人見了盡皆失色大書衆人失色以見宋江不失色也不然者何不書宋江等衆人五字耶吳學究諫道又大書吳用諫以見宋江不諫深文曲筆遂與陽秋無異哥哥方纔出軍風吹折認旗於軍不利不若停待幾時却去和那廝理會晁蓋道天地風雲何足爲怪趁此春暖之時不去拿他直待養成那廝氣勢却去進兵那時遲了你且休阻我遮莫怎地要去走一遭吳用一箇那里彆拗得住句句深著宋江之罪深文曲筆

晁蓋引兵渡水去了宋江回到山寨密叫戴宗下山去探聽消息此語後無下落非耐菴漏失正故爲此深文曲筆以明曾市之敗非宋江所不料而絕不聞有救援之意以深著其罪也○嘿讀之極似寫宋江好細讀之始知正是寫宋江罪文章之妙都在無字句處安望世人讀而知之且說晁蓋領着五千人馬二十箇頭領來到曾頭市相近對面下了寨柵次日先引衆頭領上馬去看曾頭市衆多好漢立馬正看之間只見柳林中飛出一彪人馬來約有七八百人當先一箇好漢便是曾家第四子曾

魁高聲喝道你等是梁山泊反國草寇我正要來拿你解官請賞原來天賜其便還不下馬受縛更待何時晁蓋大怒回頭一看早有一將出馬去戰曾魁那人是梁山初結義的好漢豹子頭林冲於特此處大書林冲本色以爲一篇眼目兩箇交馬鬬了二十餘合曾魁料道鬬林冲不過掣鎗回馬便往柳林中走林冲勒住馬不趕此篇於戰處只畧寫意只重在晁宋之間耳晁蓋領轉軍馬回寨商議打曾頭市之策林冲道來日直去市

口搦戰就看虛實如何再作商議次日平明引領五千人馬向曾頭市口平川曠野之地列成陣勢擂鼓吶喊曾頭市上砲聲響處大隊人馬出來一字兒擺着七箇好漢中間便是都教師史文恭上首副教師蘇定下首便是曾家長子曾塗左邊曾密曾魁右邊曾昇曾索都是全身披掛教師史文恭彎弓插箭炤後箭坐下那匹便是千里玉獅子馬炤前馬手裏使一枝方天畫戟三通鼓罷只見曾家

陣裏推出數輛陷車放在陣前（曾頭市寫得又有一樣出色。）曾塗指着對陣馬道、反國草賊、見俺陷車麽、我曾家府裏殺你死的、不算好漢、我一箇箇直要捉你活的、裝載陷車裏、解上東京、方顯是五虎手段、你們趁早納降、還有商議、晁蓋聽了大怒、挺鎗出馬直逩曾塗、衆將一發掩殺過去、兩軍混戰、曾家軍馬一步步退入村裏林冲呼延灼東西趕殺却見路途不好急退回來收兵（本日戰處只略寫、却取次日失事、先一勾染出來、用）

筆妙甚當日兩邊各折了些人馬晁蓋回到寨中心中甚憂一句引衆將勸道哥哥且寬心休得愁悶有傷貴體往常宋公明哥哥出軍亦曾失利好歹得勝回寨今日混戰各折了些軍馬又不曾輸了與他何須憂悶晁蓋只是鬱鬱不樂又一句引一連三日擱戰曾頭市上並不曾見一箇第四日忽有兩箇僧人直到晁蓋寨裏投拜寫得突兀軍人引到中軍帳前兩箇僧人跪下告道小僧是曾頭市上東邊法

華寺裏監寺僧人今被曾家五虎不時嘗來本寺作踐囉唣索要金銀財帛無所不至小僧盡知他的備細出沒去處只今特來拜請頭領入去劫寨剿除了他時當坊有幸晁蓋見說大喜便請兩箇僧人坐了置酒相待獨有林冲諫道一路詳寫林冲獨諫以惡宋江之居然不來深文曲筆都要細看哥哥休得聽信其中莫非有詐晁蓋道他兩箇出家人怎肯妄語輕輕便說出三箇原故明足拒諫之人每每如此○一我梁山泊久行仁義之道所過之

處並不擾民。他兩箇與我何仇，却來擾賺。二況兼曾家未必贏得我們大軍，何故相疑。三兄弟休生疑心，悞了大事。今晚我自去走一遭。林冲苦諫○○○○○○○○○○○○○○○○○○○哥哥必要去時，林冲分一半人馬去刼寨，哥哥只○○○○○○○○○○在外面接應。極寫林冲。總是反刺宋江。妙極。晁蓋道：我不自去，誰○○○○○○○肯向前。前寫宋江下山。一時廳上廳下。一齊願去。何至今晁蓋作如許語。深文曲筆。處處有刺。你却留一半軍馬在外接應。林冲道：哥哥帶誰人去？晁蓋道：點十箇頭領，分二千五百人馬入去，十箇頭領是劉唐呼延灼阮小二歐鵬阮小五燕順阮小七杜遷白勝宋萬（寫十將亦復闘列成文章法奇絕人）當晚造飯喫了馬摘鈴軍銜枚夜色將黑便悄悄地跟了兩箇僧人直奔法華寺來晁蓋看時却是一座古寺晁蓋下馬入到寺內見沒僧衆問那兩箇僧人道怎地這箇大寺院沒一箇和尚僧人道便是曾家畜生薅惱不得已各自歸俗去了只有長老并幾箇侍者自在塔院裏居住頭領暫且屯住了

人馬等更深些小僧直引到那厮寨裏晁蓋道他的寨在那裏和尚道他有四箇寨柵只是北寨裏便是曾家弟兄屯軍之處若只打得那箇寨子時這三箇寨便罷了晁蓋道那箇時分可去和尚道如今只是二更天氣且待三更時分便無準備晁蓋聽曾頭市上時整整齊齊打更鼓響又聽了半箇更次絕不聞更點之聲（只畧寫。）僧人道這厮想是都睡了如今可去僧人當先引路晁蓋帶同諸將上馬領兵離了法華寺跟着便走行不到五里多路黑影處不見了兩箇僧人（來得突兀去得突兀）前軍不敢行動看四邊時又且路遥甚雜都不見有人家軍士却慌起來報與晁蓋知道呼延灼便叫急回舊路走不到百十步只見四下里金鼓齊鳴喊聲震地一望都是火把晁蓋衆將引軍奪路而走纔轉得兩箇灣撞見一彪軍馬當頭亂箭射將來撲的一箭正中晁蓋臉上（亦只畧寫）倒撞下馬來却得三阮

劉唐白勝五箇頭領死併將去救得晁蓋上馬殺出村中來。十箇人入去，却偏是五箇初聚義人死救出來，生死患難之際，令人酸淚迸下。○單寫初聚義五人死救晁蓋，便顯出滿山人無不心在宋江，而視晁蓋如無也。深文曲筆，妙不可言。村口林冲等引軍接應，剛纔敵得箇住，兩軍混戰，直殺到天明，各自歸寨。林冲回來點軍將，燕順、歐鵬、宋萬、杜遷只逃得自家性命。只逃自家性命者，蓋言不及顧晁蓋也。妙絕。帶去二千五百人馬，止剩得一千二三百人，廝得跟着呼延灼，都回到帳中。一千二三百人廝呼延者，蓋言晁蓋不虧呼延也。妙筆。衆頭領且來看晁蓋時、那枝箭正射在面頰上、急拔得箭出、血暈倒了、看那箭時、上有史文恭字。寫得精神。林冲叫取金鎗藥敷貼上、原來却是一枝藥箭、晁蓋中了箭毒、已自言語不得、林冲叫扶上車子、極寫林冲生死交情，以深惡宋江。又令火併一篇有起有結。章法奇絕人。便差劉唐三阮杜遷宋萬先送回山寨。差六人。章法奇絕人。讀之。令人忽然想到初火併時。不勝風景不殊之痛。古本之妙如此。而俗本盡訛。故知古本可寶也。其餘十四箇頭領在寨中商議、今番晁天王哥哥下山來不想遭這一塲正應了風折認旗之兆我等極該收兵一齊回去但是必須等公明哥哥將令下來方可回軍（但知生宋江不顧死晁蓋深文曲筆直寫出宋江平日使衆人視晁蓋如無也）豈可半塗撇了曾頭市自去（書不撇曾市以見撇晁蓋也妙絕）當晚二更時分天色微明十四箇頭領都在寨中嗟咨不安進退無措（得此語便令其罪悉歸宋江妙絕）忽聽得伏路小較慌急來報前面四五路軍馬殺來火把不計其數林冲聽了一齊上馬三面山字火

把齊明熖見如同白日四下里吶喊到寨前林冲領了衆頭領不去抵敵拔寨都起回馬便走（上文等宋江將令只是借此一筆以著宋江之惡耳其文既見便可脫換而去若必真等將令又是死板文字也）曾家軍馬背後捲殺將來兩軍且戰且走走過了五六十里方纔得脫計點人兵又折了五七百人大敗虧輸急取舊路望梁山泊回來衆頭領回到水滸寨上山都來看視晁頭領時已自水米不能入口飲食不進渾身虛腫宋江守定在床前啼

哭俗士讀之，便謂宋江好，不知正極寫宋江之詐也。○哭亦何罪，但通長讀之，殊復不堪耳。我生生世世不願見此等人。衆頭領都守在帳前看視宋江獨哭，難乎其爲下也。衆人不哭，難乎其爲上也。獨哭，宋江今日之惡也；不哭，宋江平日之惡也。當日夜至三更，晁蓋身體沉重，轉頭看着宋江囑付道：賢弟莫怪我說，若那箇捉得射死我的，便教他做梁山泊主。一路寫宋江之於晁蓋一位，可謂虎視眈眈。至是晁蓋將死，却忽然生出一難，筆力險怪不可言。○莫怪我說，妙絕。言罷便瞑目而死。衆頭領都聽了晁蓋遺囑筆法。宋江見晁蓋已死字法。○已死者，惟日望之之辭。放聲大哭如喪考妣獨寫宋江哭俗士以爲好○特寫宋江如喪考妣四字以表其哭之不倫妙絕衆頭領扶策宋江出去主事吳用公孫勝勸道哥哥且省煩惱生死人之分定何故痛傷且請理會大事宋江哭罷便教把香湯沐浴了屍首裝殮衣服巾幘停在聚義廳上衆頭領都來舉哀祭祀一面合造內棺外槨選了吉時盛放在正廳上建起靈幃中間設箇神主上寫道梁山泊主天王晁公神主山寨中頭領自宋公明以下都帶重孝

小頭目并衆小嘍囉亦帶孝頭巾林冲却把那枝誓箭就供養在靈前筆法。○山寨定鼎之功。實惟武師始終以之。章法奇絕人。○衆人聽遺囑。林冲供誓箭。皆特寫晁蓋死後宋江又不如意。便生出許多文情來。寨內揚起長旛請附近寺院僧衆上山做功德追薦晁天王雖必有之事。然亦前映法華僧人。後引大圓和尚。宋江每日領衆舉哀無心管理山寨事務林冲與吳用公孫勝并衆頭領商議立宋公明爲梁山泊主諸人拱聽號令首書林冲。筆法。次日清晨香花燈燭林冲爲首筆法。與衆等請出宋公明在聚義廳上坐定林冲開話道林冲一段是義哥哥聽稟國一日不可無君家一日不可無主晁頭領是歸天去了山寨中事業豈可無主四海之內皆聞哥哥大名來日吉日良辰請哥哥爲山寨之主諸人拱聽號令再提此句以顯下文宋江之有號令也宋江道晁天王臨死時囑付如有人捉得史文恭者便立爲梁山泊主此話衆頭領皆知一癡誓箭在彼一癡○妙絕之文讀之令人不願爲惡受如此苦○權詐人一生受苦如宋江其驗也眞率人世界越濶如李

達其驗也。豈可忘了又不曾報得讐雪得恨如何便居得此位吳學究道吳用一段是智。晁天王雖是如此說今日又未曾捉得那人山寨中豈可一日無主若哥哥不坐時其餘便都是哥哥手下之人誰人敢當此位雖心之言。況兼衆人多是哥哥心腹亦無人敢有他言又一句雖心之言。哥哥便可權臨此位坐一坐善處之言。待日後別有計較又一句善處之言。宋江道軍師言之極當今日小可權當此位心事畢見。待日後報讐雪恨已了拿住史文恭的不拘何人須當此位黑旋風李逵在側邊叫道哥哥休說做梁山泊主便做箇大宋皇帝你也肯每每宋江一番權詐後便緊接李大哥一番直遂以形擊之妙不可言○有服每虎有占如刀逵之所以如虎也包藏禍心外施仁義江之所以如鬼也宋江大怒道不得不怒這黑廝又來胡說再若如此亂言先割了你這廝舌頭李逵道我又不教哥哥不做說請哥哥做皇帝倒要割了我舌頭越彈壓越說出來妙人妙文○不做字妙俗本訛吳學究道這廝不識時務的人○語語妙絕識時務

務者爲俊傑。又豈知不識時務者爲聖賢耶。眾人不到得和他一般見識。語語妙絕。且請息怒。主張大事。宋江焚香已罷。林冲吳用攙到主位。居中正面坐了第一把椅子。又書林冲吳用攙。畫盡宋江權詐。○越權許。越見醜不可當。○居中正面四字。醜不可當。○論來尊宋江。正與尊晁蓋一樣耳。何至又有不同。嗟乎。人自不讀其文耳。無如此許多字句。便可以知晁蓋。有如此許多字句。便可以知宋江。夫文字。人之圖像也。觀其圖像。知其妍惡。豈有疑哉。上首軍師吳用。下首公孫勝。左一帶林冲爲頭。右一帶呼延灼。居長。眾人參拜了。兩邊坐下。宋江便說道便字字法。

言不須擬議也。小可今日權居此位，全賴衆兄弟扶助，同心合意，共爲股肱，一同替天行道。看他開口第一句，便貫住衆心。如今山寨人馬數多，非比往日，可請衆兄弟分妙絶。做六寨駐扎。此皆臨時猝辦之言。聚義廳今改爲忠義堂。此堂臨時猝辦之言。前後左右立四箇旱寨，後山兩箇小寨，前山三座關隘，山下一箇水寨，兩灘兩箇小寨。今日各請弟兄分投去管。先作一總，次復分說，有章法。忠義堂上，是我權居尊位，第二位軍師吳學究，第三位法師公孫勝第四位花榮第五位秦明第六位呂方第七位郭盛第一章○○○左軍寨內第一位林冲第二位劉唐第三位史進第四位楊雄第五位石秀第六位杜遷第七位宋萬第二章○○○右軍寨內第一位呼延灼第二位朱仝第三位戴宗第四位穆弘第五位李逵第六位歐鵬第七位穆春第三章○○○前軍寨內第一位李應第二位徐寧第三位魯智深第四位武松第五位楊志第六位馬麟第七位施恩第四章○○○後軍寨

內第一位柴進第二位孫立第三位黃信第四位韓滔第五位彭玘第六位鄧飛第七位薛永章。第五

○○○○水軍寨內第一位李俊第二位阮小二第三位阮小五第四位阮小七第五位張横第六位張順第七位童威第八位童猛章。第六

六寨計四十二員頭領忽作一結有章法。○○○○○○山前第一關令雷横樊瑞守把第二關令解珍解寶守把第三關令項充李袞守把第七

章。○○○○○金沙灘小寨令燕順鄭天壽孔明孔亮四箇守

把鴨嘴灘小寨令李忠周通鄒淵鄒潤四箇守把山後兩箇小寨左一箇旱寨令王矮虎一丈青曹正右一箇旱寨令朱武陳達楊春六人守把第八章忠義堂內左一帶房中掌文卷蕭讓掌賞罰裴宣掌印信金大堅掌算錢糧蔣敬第九章右一帶房中管砲凌振管造船孟康管造衣甲侯健管築城垣陶宗旺第十章忠義堂後兩廂房中管事人員監造房屋李雲鐵匠總管湯隆監造酒醋朱富監備筵

宴宋清掌管什物杜興白勝第十一章山下四路作眼酒店原撥定朱貴樂和時遷李立孫新顧大嫂張青孫二娘第十二章管北地收買馬匹楊林石勇段景住第十三章如此十三章豈是臨時拚辦之言前書謙讓後書分撥以深表宋江之權詐也分撥已定各自遵守毋得違犯梁山泊水滸寨內大小頭領自從宋公明爲寨主盡皆一心拱聽約束此亦反表前此之有二心也二心也者一心晁蓋一心宋江也作者惡宋江之至矣明日宋江聚衆商議本要與晁天王報讐興兵去打曾

頭市却思庶民居喪尚且不可輕動我們豈可不待百日之後然後舉兵衆頭領依宋江之言守在山寨（烈士必將以此爲孝不如此正大書宋江之緩於報仇也○俗本亦小訛今依古本訂正）每日修設好事只做功果追薦晁蓋一日請到一僧法名大圓乃是北京大名府在城龍華寺法主只爲遊方來到濟寧經過梁山泊就請在寨內做道場因喫齋閒話間宋江問起北京風土人物（極寫宋江緩於報仇）那大圓和尚說道頭領如何不聞河北玉

麒麟之名宋江聽了猛然省起說道你看我們未老却恁地忘事（筆墨飛舞）北京城裏是有箇盧大員外雙名俊義綽號玉麒麟是河北三絕祖居北京人氏一身好武藝棍棒天下無對梁山泊寨中若得此人時小可心上還有甚麼煩惱不釋（不悲失晁蓋但惻得麒麟雖復文字轉捷亦是深文曲筆）吳用笑道哥哥何故自喪志氣若要此人上山有何難哉宋江答道他是北京大名府第一等長者如何能彀得他來落草吳學究

道吳用也在心多時了不想一向忘却小生畧施小計便教本人上山宋江便道人稱足下爲智多星端的名不虛傳敢問軍師用甚計策賺得本人上山吳用不慌不忙說出這段計來有分教盧俊義撇却錦簇珠圍來試龍潭虎穴正是只爲一人歸水滸致令百姓受兵戈畢竟吳學究怎地賺盧俊義上山且聽下回分解

第五才子書施耐菴水滸傳卷之六十四

第五才子書施耐菴水滸傳卷之六十五

聖歎外書

## 第六十回

吳用智賺玉麒麟
張順夜鬧金沙渡

吳用賣卦用李逵同去是偶借李逵之醜而不必盡李逵之材也偶借其醜則不得不爲之描畫一二不必盡其材則得省即省盖不

過以旁筆相及而未嘗以正筆專寫也是故入城以後是正筆也正筆則方寫盧員外不暇矣奚暇再寫李逵若未入城以前是旁筆也旁筆即不惜為之描畫一二者一則以存鐵牛本色一又以作明日喧動之地也中間寫小兒自鬨李逵員外自驚天口世人小大相去之際令我浩然發嘆嗚呼同讀聖人之書而或以之弋富貴或以之崇德業同

游聖人之門而或以之矜名譽或以之致精微者比比矣於小兒何怪之有

盧員外本傳中忽然插出李固燕青兩篇小傳李傳極叙恩數燕傳極叙風流乃卒之受恩者不惟不報又反噬焉風流者篤其忠貞之死靡忒而後知古人所歎狼子野心養之成害實惟恩不易施而以貌取人失之子羽實惟人不可忽也稗官有戒有勸於斯篇爲

極矣

夫李固之所以爲李固燕青之所以爲燕青娘子之所以爲娘子悉在後篇此殊未及也乃讀者之心頭眼底已蚤有以猜測之三人之性情行徑者蓋其叙事雖甚微而其用筆乃甚著叙事微故其首尾未可得而指也用筆著故其好惡蚤可得而辨也春秋於定哀之間蓋屢用此法也

寫盧員外別吳用後作書空咄咄之狀此正白絹旗熟麻索之一片雄心渾身絕藝無可出脫而忽然受筭命先生之所感觸因擬一試之於梁山而又自以鴻鵠之志未可謀之燕雀不得已望空咄咄以自決其心也寫英雄員外正應作如此筆墨方有氣勢俗本乃改作誤聽吳用寸心如割等語一何醜惡至此

前寫吳用既有卦歌四句後寫員外便有絹旗四句以配之已是奇絕之事不謂讀至最後却另自有配此卦歌四句者又且不止於一首而已也論章法則如演連珠論一一四句各各入妙則眞不滅於旗亭畫壁賭記絕何矣俗本處處改作唐突之語一何醜惡至此

寫許多誘兵忽然而出忽然而入番番不同

人人善詐奇矣然尤奇者如李逵魯智深武松劉唐穆弘李應入去後忽然一斷便接入車伕人夫讀者至此孰不以爲已作收煞而殊不知乃正在半幅也徐徐又是朱仝雷橫引出宋江吳用公孫勝一行六七十人眞所謂愈出愈奇越轉越妙此時忽然接入花榮神箭又作一斷讀者於是始自驚歎以爲夫而後方作收煞耳而殊不知猶在半幅徐徐

又是秦明林冲呼延灼徐寧四將夾攻夫而後引入卦歌影中嗚呼章法之奇乃令讀者欲迷安得陣法之奇不令員外中計也

話說這龍華寺和尚說出三絕玉麒麟盧俊義名字與宋江吳用道小生憑三寸不爛之舌直往北京說盧俊義上山如探囊取物手到拈來只是少一箇奇形怪狀的伴當和我同去（奇語猜不出）說猶未了只見黑旋風李逵高聲叫道軍師哥哥小弟與

你走一遭看他出席自薦。便知李逵之奇形怪狀。不惟他人所驚。亦其自家所驚也。○我嘗思天下美人。無有不自以為美者。天下醜人亦無有不自以為醜者。如之何文有不自以為醜之人也。宋江喝道兄弟你且住着若是上風放火下風殺人打家劫舍衝州撞府合用着你這是做細作的勾當你這性子怎去得李逵道別遭二字句。你道我生得醜絕倒語。如有隱恨者。嫌我二字句。不要我去絕倒語。如有隱恨者。○不說下半截。妙不可言。既以醜自薦。又以醜自諱也。宋江道不是嫌你如今大名府做公的極多倘或被人看破枉送了你的性命李逵叫道不妨我不去也料無別人中得軍師的意只用不妨二字荅宋江下卻另爲自負之言以鳴得意妙不可言。以奇形怪狀獨出一時奇絕妙絕吳用道你若依得我三件事便帶你去若依不得只在寨中坐地既欲用之又故難之便令吳用權術李逵性情一齊出見李逵道莫說三件便是三十件也依你吳用道第一件你的酒性如烈火自今日去便斷了酒回來你卻開第二件於路上做道童打扮隨着我我但叫你不要違拗第三件最難你從明日爲始並不要説話只做啞子一般依得這三件便帶你去李逵道不喫酒做道童都依得閉着這箇嘴不説話却是㾮殺我吳用道你若開口便惹出事來李逵道也容易我只口裏啣着一文銅錢便了〇閒中忽作調侃世人語令我一歎衆頭領都笑那里勸得住當日忠義堂上做筵席送路至晩各自去歇息次日清早吳用收拾了一包行李教李逵打扮做道童挑擔下山宋江與衆頭領都在金沙灘送行再三

分付吳用小心在意休教李逵有失吳用李逵別了衆人下山宋江等囘寨且說吳用李逵二人往北京去行了四五日路程每日天晚投店安歇平明打火上路於路上吳用被李逵嘔得苦（省○此行本欲以李逵之醜唔動員外若必詳寫一路惹事本末豈惟顧奴失郎亦當累紙不盡耳只用一二段約畧點綴一意逕趨正傳手法高妙非稗史所能）行了幾日趕到北京城外店肆裏歇下當晚李逵去厨下做飯一拳打得店小二吐血小二哥來房裏告訴吳用道你家啞道

童忒狠小人燒火進了些就打得小人吐血吳用慌忙與他陪話把十數貫錢與他將息自埋怨李逵不在話下豈有李逵而不惹事者。然一惹事而枝節煩惹。文幾不可了矣。只如此預先安放。有意無意。正自工良心苦。過了一夜次日天明起來安排些飯食喫了吳用喚李逵入房中分付道你這廝苦死要來一路上歐死我也今日入城不是耍處你休送了我的性命李逵道我難道不省得○○○○○的的妙人。的的妙語。的的妙筆。吳用道我再和你打箇暗號若是我把把頭來搖時你便不可動揮李逵應承了【只一李逵惹事。】【既已穿插於前。文復安放於後。工良心苦。始有兩此文。○如此。方得一片筆墨入盧員外正傳去。】箇就店裏打扮入城吳用戴一頂烏縐紗抹眉頭巾穿一領皁沿邊白絹道服繫一條雜綵呂公絛着一雙方頭青布履手裏拿一副滲金熟銅鈴杵李逵戧幾根蓬鬆黃髮綰兩枚渾骨丫髻穿一領麤布短褐袍勒一條雜色短鬚條穿一雙蹬山透土靴擔一條過頭木拐棒挑着箇紙招兒上寫着講命談天卦金一兩兩人如畫兩箇打扮了鎖上房門離了店肆望北京城南門來此時天下各處盜賊生發各州府縣俱有軍馬守把此處北京是河北第一箇去處更兼又是梁中書統領大軍鎮守如何不擺得整齊且說吳用李逵兩箇搖搖擺擺却好來到城門下守門的約有四五十軍士簇捧着一箇把門的官人在那里坐定吳用向前施禮軍士問道秀才那里來吳用答道小生姓張名用這

箇道童、姓李、江湖上賣卦營生、今來大郡與人講命、身邊取出假文引、教軍士看了、衆人道、這箇道童的鳥眼、恰像賊一般看人、寫初到城門、人便驚怪、便襯出一到街市、無不喧閙、所以得動盧員外也、吳用要奇形怪狀伴當同去、本旨如此、不是閒書、李逵讀之須知、李逵聽得、正待要發作、吳用慌忙把頭來搖、李逵便低了頭、絕倒、李逵發作、是此傳開文、只平平放倒、不用十分描寫、妙、吳用向前與把門軍士陪話道、小生一言難盡、這箇道童、又聾又啞、只有一分蠻氣力、却是家生的孩兒、沒奈何帶他出來這厮不省人事望乞恕罪辭了便行李逵跟在背後脚高步低又添出四字不止兩眼像賊而已凡此皆爲得動盧員外作地不是閒書李逵也望市心裏來喫用手中搖着鈴杵口裏念着口號道甘羅發早子牙遲彭祖顏回壽不齊范丹貧窮石崇富八字生來各有時此乃時也運也命也檃括子平全書知生知死知貴知賤若要問前程先賜銀一兩既以醜僕動其耳又以高價動其心說罷又搖鈴杵北京城內小兒約有五六十箇跟着看了

笑却好轉到盧員外解庫門首星卜賤伎何至得動盧員外故知得奇形怪狀件當氣力不少一頭搖頭一頭唱着去了復又回來小兒們鬨動越多了寫得使若紙上活有吳用活有李逵活有羣小兒妙筆不惟活有而已直寫得紙上吳用是一樣氣色李逵是一樣氣色羣小兒是一樣氣色妙在何處妙在一頭搖頭四字盧員外正在解庫廳前坐地看着那一班主管收解只聽得街上喧鬨喚當直的問道如何街上熱鬧當直的報覆員外端的好笑街上一箇別處來的算命先生在街上賣卦要銀一兩算

一命誰人捨得四字正挑着員外。妙筆。一段先叙先生。後頭一箇跟的道童且是生得滲賴走又走得沒樣範小的們跟定了笑滲賴句。應前賊眼。樣範句。應前脚高步低。一段次叙伴當。盧俊義道既出大言必有廣學小兒自笑道童醜貌。員外自賞先生大言。人之相去。誠有如此。當直的與我請他來當直的慌忙去叫道先生員外有請吳用道是那箇員外請我請則請耳。問甚員外。只圖不像山泊好漢。豈知反不像算命先生。世間固有着意而反失之者。如此正自不少也。當直的道盧員外相請吳用便與道童跟着轉來揭起簾子入到廳前、教李逵只在鵞項椅上坐定等候。（用李逵畢。）吳用轉過前來、向盧員外施禮、盧俊義欠身答着、問道、先生貴鄉何處、尊姓高名、吳用答道、小生姓張、名用、別號天口、（既說假姓矣。却又將眞姓拆作隱語。而能恰與算命先生宛合。眞正妙才妙筆。）祖貫山東人氏、能算皇極先天神數、知人生死貴賤、卦金白銀一兩、方纔排算、盧俊義請入後堂小閤兒裏、分賓坐定、茶湯已罷、叫當直的取過白銀一兩、奉作命金、煩先生看賤造則箇、吴用道、請貴庚月日下算。盧俊義道、先生君子問災不問福、不必道在下豪富。七字。閉殺天下算命人諂口。只求推算目下行藏。在下今年三十二歲、甲子年乙丑月丙寅日丁卯時。此年無此月。此日無此時。必得八字會合、方有此人。是必無此人也。吴用取出一把鐵算子來、搭了一回、拿起算子一拍、大叫一聲怪哉。動女子小人、則用軟語。動豪傑丈夫、必用險語。夫性各有所近、故不嫌於突如其來也。盧俊義失驚問道、賤造主何吉凶。吴用道、員外必當見怪、豈可直言。再用一激。妙絕。動豪傑員外、須作此語。若對紈袴員外。則止應云。若不見憐。當以直言矣。盧俊義道。正要先生與迷人指路。但說不妨。吳用道。員外這命目下不出百日之內。必有血光之災。家私不能保守。死於刀劍之下。盧俊義笑道。先生差矣。盧某生於北京。長在豪富。祖宗無犯法之男。親族無再婚之女。更兼俊義作事謹慎。非理不為。非財不取。如何能有血光之災。吳用改容變色。急取原銀付還。起身便走。○○又用一激。妙絕。○待豪傑員外。必須如此。若待紈袴員外。則止應轉口云。幸喜某星相救矣嗟歎而言天下原來都要阿諛諂佞罷罷分明指與平川路都把忠言當惡言小生告退語語激動豪傑員外郤語語活似算命聲口妙筆盧俊義道先生息怒盧某偶然戲言願得終聽指教吳用道從來直言原不易信盧俊義道盧某專聽願勿隱匿吳用道員外貴造一切都行好運獨今年時犯歲君正交惡限恰在百日之內要見身首異處此乃生來分定不可逃也先關斷一句妙盧俊義道可以迴避否吳用再把鐵算

子搭了一回沉吟自語道只除非去東南方巽地上一千里之外可以免此大難東南避難一句若今日越說得確便後日越來必來若今日越說得不甚確便後日越來得無疑惑此皆行兵知彼說法鑒機之秘訣也然亦還有驚恐卻不得傷大體東南避難一句亦不甚勸妙絕蓋不甚勸斯深於勸矣盧俊義道若是免得此難當以厚報吳用道貴造有四句卦歌小生說與員外員外寫於壁上要能親筆惡極妙極日後應驗方知小生妙處黃昏渡河始信其妙盧俊義叫取筆硯來便去白粉壁上平頭自寫

吳用口歌四句道蘆花灘上有扁舟俊傑黃昏獨自遊義到盡頭原是命反躬逃難必無憂（俗本訛四句）（忽然在前忽然在後忽然在壁上忽然在河東又是一樣章法）當時盧俊義寫罷吳用收拾起算子作揖便行（寫得捷如脫兔妙筆）盧俊義留道先生少坐過午了去吳用答道多蒙員外厚意小生恐誤賣卦改日有處拜會（不必先說不必不說妙筆）抽身便起盧俊義送到門首李逵拿了拐棒走出門外吳學究別了盧俊義引了李逵逕出城來回到店

中算還房宿飯錢收拾行李包裹李逵挑出卦牌
出離店肆對李逵說道大事了也我們星夜趕回
山寨安排迎接盧員外去他早晚便來也數語寫吳用真有名士風流且不說吳用李逵還寨却說盧俊義自送
吳用出門之後每日傍晚便立在廳前獨自箇看
着天忽忽不樂亦有時自言自語正不知甚麼意
思寫盧員外暗用書空咄咄事妙絕不然而真為吳用所賺亦何以為盧員外也這一日
却耐不得便叫當直的去喚衆主管商議事務筆勢

突兀·便活襯出盧員外來·俗本皆誤·少刻都到那一箇爲頭管家私的主管姓李名固這李固原是東京人因來北京投奔相識不着凍倒在盧員外門前盧員外救了他性命其恩如此養在家中其恩如此因見他勤謹寫得算得教他管顧家間事務其恩如此五年之内直擡舉他做了都管其恩如此一應裏外家私都在他身上手下管着四五十箇行財管幹其恩如此一家内外都稱他做李都管其恩如此·○盧員外傳中忽然又入一篇小傳筆力奇絕當日大小

管事之人都隨李固來堂前聲喏盧員外看了一遭便道怎生不見我那一箇人說猶未了階前走過一人六尺以上身材二十四五年紀三牙掩口髭鬚十分腰細膀闊帶一頂木瓜心攢頂頭巾穿一領銀絲紗團領白衫繫一條蜘蛛斑紅線壓腰着一雙土黃皮油膀夾靴腦後一對挨獸金環鬢畔斜簪四季花朵這人是北京土居人氏自小父母雙亡盧員外家中養得他大為見他一身雪練

也似白肉盧員外呼一箇高手匠人與他刺了這一身遍體花繡却似玉亭柱上鋪着軟翠若賽錦體繇你是誰都輸與他妙人不止一身好花繡更兼吹得彈得唱得舞得拆白道字頂真續麻無有不能無有不會妙人亦是說得諸路鄉談省得諸行百藝的市語妙人更且一身本事無人比得拿着一張川弩只用三枝短箭郊外落生並不放空箭到物落○四字作一篇絕妙射賦讀政使他人千追萬逐不能到晚間入城少殺也

有百十箇蟲蟻若賽錦標社那里利物管取都是他的人。妙亦且此人百伶百俐道頭知尾。妙本身姓燕排行第一官名單諱箇青字北京城裏人口順都叫他做浪子燕青原來他却是盧員外一箇心腹之人（盧員外傳中忽然又入一段小傳筆力奇絶。）也上廳聲喏了做兩行立住李固立在左邊燕青立在右邊盧俊義開言道我夜來算了一命道我有百日血光之災只除非出去東南上一千里之外躲避因想東南方有箇去處是泰安州那里有東嶽泰山天齊仁聖帝金殿管天下人民生死災厄連日書空咄咄實不曾作此想而忽自云然者鴻鵠之志固不可與燕雀道也我一者去那里燒炷香消災滅罪不是盧員外語二者躲過這塲災悔亦不是盧員外語三者做些買賣一發不是盧員外語覷看外方景致亦不是盧員外語○連舉數言悉非心語寫得盧員外智深勇沉真好人物李固你與我覓十輛太平車子裝十輛山東貨物你就收拾行李跟我去走一遭燕青小乙看管家裏庫房鑰匙只今日

便與李固交割我三日之内便要起身李固道主人誤矣嘗言道賣卜賣卦轉回說話奇語如古諺休聽那算命的胡言亂語只在家中怕做甚麼盧俊義道我命中註定了你休逆我若有災來悔却晚矣燕青道主人在上須聽小乙愚言這一條路去山東泰安州正打從梁山泊邊過○○○○○○一語便已道着非道着吳用奇計正道着員外雄心也○不枉員外呼之爲我那人近年泊内是宋江一夥強人在那里打家劫舍官兵捕盜近他不得主人要

去燒香等太平了去休信夜來那箇算命的胡講倒敢是梁山泊歹人假裝做陰陽人來煽惑主人只是有意無意之語•却宛然千伶百俐聲口•又令行文波致横生•妙筆•小乙可惜夜來不在家裏若在家時三言兩語盤倒那先生倒敢有場好笑絶世妙人•絶世妙語•若真有之•真乃絶世妙事•今卽無之•亦是絶世妙文•盧俊義道你們不要胡說誰人敢來賺我梁山泊那夥賊男女打甚麼緊我看他如同草芥兀自要去特地捉他把日前學成武藝顯揚於天下也算

箇男子大丈夫說猶未了。○○○不得不說。却又不欲盡說。忽作一頓。妙筆。屏風背後走出娘子賈氏來也勸道丈夫我聽你說多時了自古道出外一里不如屋裏休聽那算命的胡說撇下海闊一箇家業躭驚受怕夫虎穴龍潭裏做買賣你且只在家裏收拾別室清心寡慾高居靜坐自然無事。觀其所以留丈夫者。而知意不在于留丈夫也。讀之令人掩口。却又大雅不露。妙筆。盧俊義道你婦人家省得甚麼。却不知省得一件。我既主意定了你都不得多言多語燕青又

道小人靠主人福廕學得些箇棒法在身不是小
乙說嘴𢲷着主人去走一遭路上便有些箇草寇
出來小人也敢發落得三五十箇開去𨀁下李都
管看家小人伏侍主人走一遭寫一箇願去。空中映發。盧俊
義道便是我買賣上不省得要帶李固去他須省
得便替我大半氣力因此留你在家看守自有別
人管帳只教你做箇椿主李固便道小人近日有
些脚氣的症候十分走不得多路寫一箇不願去。空中映發。○讀

〔者初至此處竟不知其妙在何處故妙絕也〕盧俊義聽了大怒道養兵千日用在一朝我要你跟去走一遭你便有許多推故若是那一箇再阻我的教他知我拳頭的滋味李固嚇得只看娘子〔如畫〕娘子便漾漾地走進去〔如畫〕燕青亦更不再說〔如畫三句寫三箇人便活畫出三箇人神理來妙筆妙筆〕衆人散了李固只得忍氣吞聲自去安排行李討了十輛太平車子喚了十箇脚夫四五十拽車頭口把行李裝上車子行貨拴縛完備盧俊義自

去結束第三日燒了神福給散了家中大男小女一箇箇都分付了當晚先叫李固引兩箇當直的盡收拾了出城李固去了娘子看了車仗流淚而○看他寫娘子流淚乃在今日不在明日妙入筆○極猥褻事寫得極大雅真正妙筆也次日五更盧俊義起來沐浴罷更換一身新衣服喫了早膳取出器械到後堂裏辭別了祖先香火出門景色一部所無臨時出門上路分付娘子好生看家多使三箇月少只四五十日便回賈氏道丈夫路上小心

頻寄書信回來說罷燕青流淚拜別寫娘子昨日流淚今日不流淚也卻恐不甚明顯又特地緊接燕青流淚以形擊之妙筆妙筆盧俊義分付道小乙在家凡事向前不可出去三兩舍打開燕青道主人如此出行小乙怎敢怠慢只一二語情義交至今我讀之淚下盧俊義提了棍棒出到城外李固接着盧俊義道你可引兩箇伴當先去但有乾淨客店先做下飯等候車仗脚夫到來便喫省得耽閣了路程李固也提條捍棒先和兩箇伴當去了盧俊義和

數箇當直的隨後押着車仗行但見途中山明水秀路闊坡平心中歡喜道我若是在家那里見這般景致（此第三句之半也點逗輕妙之甚）行了四十餘里李固接着主人喫點心中飯罷李固又先去了再行四五十里到客店裏李固接着車仗人馬宿食盧俊義來到店房內倚了棍棒掛了氈笠兒解下腰刀換了鞋襪宿食皆不必說（第一日雖無事亦必詳寫此水滸傳例也）次日清早起來打火做飯衆人喫了收拾車輛頭口上

路又行（第二日•獨寫出店上路之時•以引起下文小二報信也•）自此在路夜宿曉行已經數日（省•○先詳後略•故不見其空缺•今之稗官•眞老大空缺耳•）來到一箇客店裏宿食天明要行只見店小二哥對盧俊義說道好教官人得知離小人店不得二十里路正打梁山泊邊口子前過去山上宋公明大王雖然不害來往客人官人須是悄悄過去休得大驚小怪（聳然而出•○每每驚天驚地之事•其來必輕輕冉冉•）盧俊義聽了道原來如此便叫當直的（奇絕•）取下衣箱打開鎖去

裏面提出一箇包〔奇絕〕包内取出四面白絹旗〔奇絕〕問小二哥討了四根竹竿〔奇絕〕每一根縛起一面旗來每面栲栳大小七箇字〔奇絕〕寫道慷慨北京盧俊義金裝玉匣來深地太平車子不空回收取此山奇貨去〔此回前用卦歌此用白粉旗後用三阮唱歌作章法絕妙好詩俗本之訛眞乃可恨〕〔奇貨字用得妙〕又李固當直的脚夫店小二看了一齊叫起苦來〔不曰李固等而必備寫衆人活畫出一齊叫苦情狀來〕店小二問道官人莫不和山上宋大王是親麼〔嚇極說出趣話來〕盧俊

義道、我自是北京財主、卻和這賊們有甚麼親、我特地要來捉宋江這廝、小二哥道、官人低聲些、不要連累小人、不是耍處、你便有一萬人馬、也近他不得、盧俊義道、放屁、你這廝們、都合那賊人做一路、店小二掩耳不迭○○○○（四字、卻寫出梁山聲勢）衆車腳夫都癡呆了、李固和當直的、跪在地下告道、主人可憐見衆人、留了這條性命、回鄉去、強似做羅天大醮、盧俊義喝道、你省得甚麼、這等燕雀、安敢和鴻鵠廝併（用古不合是精子用古之法者也）我思量平生學得一身本事不曾逢着買主今日幸然逢此機會不就這里發賣更待何時我那車子上叉袋裏不是貨物却是准備下一袋熟麻索（可知連日咄咄不是爲趨吉避凶之計爲盧員外精神過人）倘或這賊們當死合亡撞在我手裏一朴刀一箇砍翻你們衆人與我便縛把車子裏貨物撤了不打緊且收拾車子裝賊來（可知此行不爲買賣而眞乃爲得精神過人）把這賊首解上京師請功受賞方表我平生之志

若你們一箇不肯去的只就這里把你們先殺了只此一句寫盧員外與山泊衆人一鼻孔出氣前面擺四輛車子上挿了四把絹旗後面六輛車子隨後了行那李固和衆人哭哭啼啼只得依他盧俊義取出朴刀裝在捍棒上三箇丫兒扣牢了要出色寫其人因出色寫其刀妙筆趕着車子迤梁山泊路上來衆人見了崎嶇山路行一步怕一步盧俊義只顧趕着要行從清早起來行到巳牌時分遠遠地望見一座大林有千百株合抱

自李逵已下逐箇有逐箇出來

不交的大樹，却好行到林子邊，只聽得一聲胡哨響，嚇得李固和兩箇當直的沒躲處。盧俊義教把車仗押在一邊，車夫衆人都躲在車子底下叫苦。勤勤描寫衆人，皆染葉襯花之法。盧俊義喝道：「我若撇翻你們與我便縛。」說猶未了，只見林子邊走出四五百小嘍囉來，來得閃閃忽忽。聽得後面鑼聲響處，又有四五百小嘍囉截住後路，一發閃閃忽忽。林子裏一聲砲響，托地跳出一籌好漢，手拈雙斧，讀之，覺紙上亂如麻，襍如火，閃閃忽忽，眞正妙絕。

法逐箇有逐箇去法寫得縱橫變亂之極〇一路俱作趣語又是一番妙筆也



厲聲高叫盧員外認得啞道童麽趣極〇偏是啞道童偏厲聲高叫妙絕盧俊義猛省喝道我時常有心要來拿你這夥強盜今日特地到此快教那宋江下山投拜倘或執迷我片時間教你人人皆死箇箇不留李逵大笑道員外你今日被俺軍師算定了命趣極快來坐把交椅盧俊義大怒搦着手中朴刀來鬬李逵李逵輪起雙斧來迎兩箇鬬不到三合李逵托地跳出圈子外來轉過身望林子裏便走妙〇一路都以三合

便走為章法。盧俊義挺着朴刀、隨後趕去、李逵在林木藂中東閃西躲、妙。引得盧俊義性發、破一步搶入林來、李逵飛逩亂松林中去了。一箇去了。盧俊義趕過林子這邊、一箇人也不見了。閃閃忽忽之極。却待回身、只聽得松林傍邊轉出一夥人來、一箇人高聲大叫、員外不要走、難得到此、認認洒家去。趣極。盧俊義看時、却是一箇胖大和尚、又一樣出來法。身穿皂直裰、倒提鐵禪杖、盧俊義喝道、你是那里來的和尚、魯智深大笑道洒家便是花和尚魯智深今奉軍師將令着俺來迎接員外避難（趣極）盧俊義焦躁大罵禿驢敢如此無禮挺着朴刀直取魯智深魯智深輪起鐵禪杖來迎兩箇鬭不到三合魯智深撥開朴刀回身便走（又一箇去了）盧俊義趕將去正趕之間嘍囉裏走出行者武松（又一樣出來法）輪兩口戒刀直奔將來叫道員外只隨我去不到得有血光之分（句句趣極）盧俊義不趕智深逕取武松又不到三合武松拔步

便走去了。又一箇盧俊義哈哈大笑道、我不趕你、你這厮們何足道哉、說猶未了、只見山坡下一箇人在那里叫道、盧員外你不要誇口、豈不聞人怕落蕩鐵怕落爐、軍師定下計策、猶如落地、定了八字、你待走那里去。句句趣極。盧俊義喝道、你這厮是誰、那人笑道、小可只是赤髮鬼劉唐。又一樣出來法。盧俊義罵道、草賊休走、挺手中朴刀、直取劉唐、方纔鬭得三合、此處不說便走。文法一變也。刺斜里一箇人大叫道、員外沒遮攔穆弘在此。又一樣出來法。當時劉唐穆弘兩箇兩條朴刀雙鬬盧俊義正鬬之間不到三合亦不說便走。文法一變。只聽得背後腳步響又一樣出來法。盧俊義喝聲着劉唐穆弘跳退數步盧俊義急轉身看背後那人時却是撲天鵰李應一箇人。有一樣出法。而李應此處尤爲奇筆。三箇頭領丁字腳圍定盧俊義全然不慌越鬬越健正好步鬬只聽得山頂上一聲鑼響三箇頭領各自賣箇破綻一齊拔步去了又三箇去了。此又是一樣去法。文亦一變。盧俊

義此時也自一身臭汗不去趕他却出林子外來
尋車仗人伴時十輛車子人伴頭口都不見了盧
俊義便向高阜處四下里打一望只見遠遠地山
坡下一夥小嘍囉把車仗頭口趕在前面將李固
一干人連連串串縛在後面鳴鑼擂鼓解投松樹
那邊去上文無數誘兵逐遞而出至此處忽然收到人夫車仗讀者只謂已作結煞矣却不
知還有一半在後一遞一遞正要出來章法變動之極非小篇所得倣也盧俊義望見
心頭火熾鼻裏煙生提着朴刀直趕將去約莫離

山坡不遠、只見兩籌好漢喝一聲道、那里去、一箇是美髯公朱仝、一箇是插翅虎雷橫、先是一箇一箇、次是接連三箇、此是一齊兩箇、後是六七十箇、後又是並肩四箇、末是散散四五箇、章法變動之極。又一樣出來法。盧俊義見了、高聲罵道、你這彩草賊、好好把車仗人馬還我、朱仝手撚長髯大笑道、妙。盧員外、你還恁地不曉事、我嘗聽得俺軍師說、一盤星辰只有飛來、沒有飛去、句句趣極。事已如此、不如坐把交椅、盧俊義聽了大怒、挺起朴刀、直逩二人、朱仝雷橫各將兵器相迎。鬭不到三合。兩箇回身便走。（又兩箇去。）盧俊義尋思道。須是趕翻一箇。却纔討得車仗。捨着性命。趕轉山坡。兩箇好漢都不見了。只聽得山頂上擊鼓吹笛。（妙絕之筆。）仰面看時。風刮起那面杏黃旗來。上面繡着替天行道四字。（妙絕之筆。）轉過來打一望。望見紅羅銷金傘下。蓋着宋江。（妙絕之筆。）左有吳用。右有公孫勝。一行部從六七十人。（又一樣出來法。此一段另增出無數色澤。眞正妙絕之筆。）一齊聲喏道。員外且喜無恙。

句句趣極。盧俊義見了越怒指名叫罵山上吳用勸道員外且請息怒宋公明久慕威名特令吳某親詣門墻迎員外上山一同替天行道請休見外盧俊義大罵無端草賊怎敢賺我宋江背後轉過小李廣花榮拈弓取箭看着盧俊義喝道盧員外休要逞能先教你看花榮神箭說猶未了颼地一箭正射落盧俊義頭上氊笠兒的紅纓㘞了一驚回身便走便走字。上都在此。此忽在後。筆端變動。眞乃才子。○讀至此處。文只謂結煞矣。却不知還有一半在後章法奇絕妙絕山上鼓聲震地只見霹靂火秦明豹子頭林冲引一彪軍馬搖旗吶喊從東山邊殺出來又見雙鞭將呼延灼金鎗手徐寧四將又一樣出來法也領一彪軍馬搖旗吶喊從山西邊殺出來嚇得盧俊義走頭没路看看天又晚腳又疼肚又饑正是慌不擇路望山僻小逕只顧走上文數段悉是誘兵走此二段悉是員外走筆力轉變非人所知約莫黃昏時分平烟如水蠻霧沉山月少星多不分藂莽四句絕妙好辭看看走到一處

不是天盡頭須是地盡處擡頭一望但見滿目蘆花浩浩大水妙絶盧俊義立住脚仰天長嘆道是我不聽人言今日果有此禍正煩惱間只見蘆葦裏面一箇漁人搖着一隻小船出來那漁人倚定小船叫道客官好大膽這是梁山泊出没的去處半夜三更怎地來到這里又一樣出來法又寫得吉凶不定妙甚盧俊義道便是我迷蹤失路尋不着宿頭你救我則箇漁人道此間大寬轉有一箇市井却用走三十餘

里向開路程更兼路雜最是難認若是水路去時只有三五里遠近（使其必從）你捨得十貫錢與我我便把船載你過去盧俊義道你若渡得我過去尋得市井客店我多與你些銀兩那漁人搖船傍岸扶盧俊義下船把鐵篙撐開約行三五里水面只聽得前面蘆葦叢中櫓聲響一隻小船飛也似來船上有兩箇人（又一樣出來法）前面一箇赤條條地拏着一條水篙後面那箇搖着櫓（此段先寫篙次寫櫓）前面的人横

定篙口裏唱着山歌道：英雄不會讀詩書，英雄不讀書。千古快論。彼劉項原來之詩，真是儒生酸餡耳。〇不日不會讀，而日不會讀，便有睥睨不屑之意。項羽本紀起首數行，此只以七字盡之。異哉。只合梁山泊裏居。只合二字妙絕。一著安分守己之甚者，而讀之乃覺嘻笑怒罵，色色俱有。才子之筆，真奇事也。〇既以讀書人居廊廟，則不讀書人定合居山泊矣。千古通病，可勝歎息。準備窩弓收猛虎，安排香餌釣鰲魚。盧俊義聽得，喫了一驚，不敢做聲。又聽得左邊蘆葦叢中，也是兩個人搖一隻小船出來。又一箇出來。後面的搖着櫓，有咿啞之聲；前面橫定篙此段先寫櫓。次寫篙。口裏也唱山歌道雖然我是潑皮身殺賊原來不殺人分疏奇快。讀之一則以喜。一則以懼。喜者喜其實未嘗殺一人。懼者懼其直將殺盡世間也。亦暗用藥師療鶴事。手拍胸前青豹子眼睃船裏玉麒麟如此妙絕之語。俗本悉行改竄。真乃可恨。極險之情。極趣之筆。讀之便欲滿引一斗。一盧俊義聽了只叫得苦只見當中一隻小船飛也似搖將來又一箇出來。船頭上立着一箇人倒提鐵鑽木篙此段單寫篙。省卻櫓。三段凡三樣。口裏亦唱着山歌道蘆花灘上有扁舟俊傑黃昏獨自遊義到盡頭原是命反躬逃難必無憂日後驗矣。先生妙哉。○卦歌恰是太歲唱出。奇絕之事。奇絕之文。○三面皆唱卦歌。是何卦歌之多也。歌罷三隻船一齊唱喏。中間是阮小二。左邊是阮小五。右邊是阮小七。水軍通姓名。或不自通。或自通。或通而長。或通而短。亦段段各變。那三隻小船一齊撞將來。盧俊義心內自想。又不識水性。連聲便叫漁人快與我攏船近岸。那漁人哈哈大笑。對盧俊義說道。上是青天。下是綠水。我生在潯陽江。來上梁山泊。三更不改名。四更不改姓。綽號混江龍李俊的便是（通姓名。却作誓辭。奇妙不可言。讀至此段。又欲滿引一斗。）員外若還不肯降，枉送了你性命。盧俊義大驚，喝一聲：「不是你，便是我！」拏着朴刀望李俊心窩裏搠將來。李俊見朴刀搠將來，拏定掉牌，一箇背拋筋斗，撲通的翻下水去了。（又是一樣去法。愈變而愈妙也。）那隻船滴溜溜在水面上轉，朴刀又搠將下水去了。（寫得妙絕。先是刀下去。次是人下去。只落水一句。不肯草草着筆。）只見船尾一箇人從水底下鑽出來，叫一聲：「我是浪裏白條張順！」（又一箇出來。李俊通姓名。有許多語張順通姓名只一語可謂長短各極其致○讀至此又欲滿引一斗把手挾住船梢脚踏水浪把船只一側船底朝天英雄落水八字奇文正是鋪排打鳳撈龍計坑陷驚天動地人畢竟盧俊義性命如何且聽下回分解

(明)施耐庵 撰 (清)金聖歎 批

# 貫華堂本水滸傳

第一六册

國家圖書館出版社

# 第一六册目録

# 第五才子書施耐菴水滸傳卷之五十八

聖歎外書

## 第五十三回

入雲龍鬭法破高廉

黑旋風下井救柴進

請得公孫勝後三人一同趕回可也乃戴宗忽然先去者所以爲李逵買棗糕地也李逵特買棗糕者所以爲結識湯隆地也李逵結

識湯隆者所以爲打造鉤鐮鎗地也夫打造鉤鐮鎗以破連環馬也連環馬之來固爲高廉報仇也高廉之死則死於公孫勝也今公孫勝則猶未去也公孫勝未去是高廉未死也高廉未死則高俅亦不必遣呼延也高俅不遣呼延則亦無有所謂連環馬也無有所謂連環馬則亦不須所謂鉤鐮鎗也無有連環馬不須鉤鐮鎗則亦不必湯隆也乃今李

達巳預結識也爲結識故巳預買糕也爲買糕故戴宗亦巳預去也夫文心之曲至於如此洵鬼神之所不得測也

寫公孫神功道法只是一筆兩筆不肯出力鋪張是此書特特過人一籌處

寫公孫破高廉若使一陣便了則不顯公孫然欲再持一日又太張高廉趂前篇劫寨一勢寫作又來劫寨因而便埽蕩之不輕不重

深得其宜矣

前劫寨是乘勝而來後劫寨是因敗而至前後兩番劫寨以此爲其分別然作者其實以後劫寨自掩前劫寨之筆痕墨迹如上卷論之詳矣

此回獨大書林冲戰功者正是高家清水公案非浪筆漫書也太史公曰怨毒之於人甚矣哉不其然乎

李逵朴至人雖極力寫之亦須寫不出乃此書但要寫李逵朴至便倒寫其奸猾寫得李逵愈奸猾便愈朴至眞奇事也

古詩云井水知天風蓋言水在井中未必知天風也今兩旋風都入高唐枯井之底殆寫言當時宋江擾亂之惡至於無處不至也

卷末描畫御賜踢雪烏騅只三四句却用兩那馬句讀之遂抵一篇妙絕馬賦

話說當下羅眞人道弟子你往日學的法術却與高廉一般吾今特授與汝五雷天心正法依此而行可救宋江保國安民替天行道你的老母我自使人早晚看覷勿得憂念獨此母不入山泊汝本爲一部書之所無上應天閒星數畧逗以此暫容汝去一遭切須尊持從前學道之心休被人欲搖動悞了自巳脚跟下大事其言使人讀之生懼不枉是一代眞人只此數句便是五雷天心正法何處更有別法公孫勝跪授了訣法便和戴宗李逵拜辭了羅眞

人別了衆道伴下山歸到家中收拾了寶劍二口并鐵冠道衣等物了當拜辭老母離山上路行過了三四十里路程戴宗道小可先去報知哥哥又好顯事急。又顯神足。先生和李逵大路上來却得再來相接公孫勝道正好賢弟先往報知吾亦趲行來也戴宗分付李逵道於路小心伏侍先生但有些差池教你受苦李逵答道他和羅真人一般的法術我如何敢輕慢了他餘波作笑。戴宗拴上甲馬作起神行法來覓先去了却說公孫勝和李逵兩箇離了二仙山九宮縣取大路而行到晚尋店安歇李逵懼怕羅真人法術十分小心伏侍公孫勝那里敢使性兩箇行了三日來到一箇去處地名喚做武岡鎮只見街市人煙輳集公孫勝道這兩日於路走得困倦買碗素酒素麵喫了行李逵道也好○也好者僅好而有所未盡之辭也却見驛道傍邊一箇小酒店兩箇入來店裏坐下公孫勝坐了上首李逵解了腰包单寫

買棗糕忽然生出一段奇文來

李逵解包便顯待先生如此其敬也下首坐了叫過賣一面打酒就安排些素饌來喫公孫勝道你這里有甚素點心賣過賣道我店裏只賣酒肉沒有素點心市口人家有棗糕賣李逵道我去買些來逵遲生出事來便去包內取了銅錢逕投市鎮上來買了一包棗糕欲待回來只聽得路傍側首有人喝采道好氣力奇文駭筆○李大哥耳邊忽然有此三字雖欲不生出事來不可得也李逵看時一夥人圍定一箇大漢把鐵瓜鎚在那里使衆人看了喝

采。他李逵看那大漢時，先看大漢。看得出色。七尺以上身材，面皮有麻，鼻子上一條大路。就李逵眼中寫出大漢形狀來。李逵看那鐵鎚時，次看鐵鎚。看得出色。約有三十來斤。就李逵眼中寫出鐵鎚斤兩來。那漢使得發了，一瓜鎚正打在壓街石上，把那石頭打做粉碎，眾人喝采。此一行正爲上文好氣力三字作註，非李逵眼見此事也。李逵忍不住，便把棗糕揣在懷裏，便來拿那鐵鎚。妙人。此一拿全從好氣力三字中生出。須知此一拿全是心服大漢氣力眞好，非是要顯自己氣力，又好來比落大漢也。下文只因那漢喝道甚麼鳥人，便不免翻出惱來，亦喝道甚麼鳥好。其實此時一片都是心服。看他看一看大漢。又看一看鐵鎚。一時眼前心上真有十二分愛惜也。○此一拿。正是端詳鐵鎚。不是輕覷那大漢。寫李大哥不肯一筆輕薄。是此書手法。

漢喝道、你是甚麼鳥人敢來拿我的鎚、眼光聲口。恰是李逵一流人物。李逵道、你使得甚麼鳥好教衆人喝采看了到汚眼你看老爺使一回教衆人看、妙人。○胸中實實愛惜。只因他出口輕薄。便亦接口輕薄之。真乃一片天趣。那漢道、我借與你你若使不動時且喫我一頓額子拳了去、眼光聲口。恰是李逵一流人物。李逵接過瓜鎚、如弄彈丸一般、使了一回、輕輕放下面又不紅心頭不跳口內不喘那漢看了倒身便拜說道願求哥哥大名寫大漢意思恰是李逵一流人物李逵道你家在那里住一邊問名一邊却問住處非表李逵精細不肯人前漏泄葢圖便於收捲不肯延捱筆墨也那漢道只在前面便是引了李逵到一箇所在見一把鎖鎖着門便早寫出無妻小無家當來皆圖便於收捲不肯延捱筆墨耳那漢把鑰匙開了門請李逵到裏面坐地李逵看他屋裏都是鐵砧鐵鎚火爐鉗鑿家伙尋思道這人必是箇打鐵匠人山寨裏正用

得着何不叫他也去入夥公孫到方纔破高廉高廉死方纔驚太尉太尉怒方纔遣呼延呼延至方纔賺徐寧徐寧來方纔用湯隆一路文情本乃如此生去今却忽然先將湯隆倒插前面不惟教鈎鐮之文未起并用鈎鐮之故亦未起乃至并公孫先生亦尚坐在酒店中間而鐵匠却已預先整備其穿插之妙真不望世人知之矣李逵又道漢子你通箇姓名教我知道那漢道小人姓湯名隆父親原是延安府知寨官因爲打鐵上遭際老种經畧相公帳前敘用近年父親在任亡過小人貪賭所好畧同閒中點染流落在江湖上因此權在此間打鐵度日

入骨好使鎗棒（字法奇。）為是自家渾身有麻點人都叫小人做金錢豹子（前請公孫，遇一豹子；此請公孫，又遇一豹子。何豹子之多也。）敢問哥哥高姓大名李逵道我便是梁山泊好漢黑旋風李逵湯隆聽了再拜道多聞哥哥威名誰想今日偶然得遇李逵道你在這里幾時得發跡不如跟我上梁山泊入夥教你也做箇頭領湯隆道若得哥哥不棄肯帶携兄弟時願隨鞭鐙就拜李逵為兄李逵認湯隆為弟（一片恩愛，與他人結拜不同。）湯隆道我又無家人伴當同哥哥去市鎮上喫三杯淡酒表結拜之意今晚歇一夜明日早行故作一折李逵道我有箇師父在前面酒店裏等我買棗糕去喫了便行擔閣不得只可如今便行湯隆道如何這般要緊故作一折○上午街頭弄鏈下午隨人落草實是出奇之事不得不作一折李逵道你不知宋公明哥哥見今在高唐州界首厮殺只等我這師父到來救應湯隆道這箇師父是誰李逵道你且休問快收拾了去來得迅疾結得迅疾真正

絕奇文字。湯隆急急拴了包裹盤纏銀兩，戴上氈笠兒，跨了口腰刀，提條朴刀，棄了家中破房舊屋麄重家火，跟了李逵，直到酒店裏來見公孫勝。公孫勝埋怨道：你如何去了許多時？再來遲些，我依前回去了。呼延未到，先備湯隆，可謂亦太早計矣。忽然反襯出一句公孫回去來。夫得一未便用之，湯隆，却失一急欲用之公孫。奇情幻筆，非人所知也。李逵不敢做聲回話，引過湯隆拜了公孫勝，備說結義一事。活寫出新得兄弟，分外快活來。公孫勝見說他是打鐵出身，心中也喜。李逵取出棗糕、叫過賣將去整理、三箇一同飲了幾杯酒、喫了棗糕、筭還了酒錢、李逵湯隆各背上包裹單寫李逵湯隆背包、便顯待先生如此其敬也。與公孫勝離了武岡鎮、迤邐望高唐州來、三箇於路三停中走了兩停多路、那日早却好迎着戴宗來接、是待公孫先生禮。公孫勝見了大喜、連忙問道、近日相戰如何、戴宗道、高廉那厮○○○○○○近日箭瘡平復、陡然接出、擒縱在手。每日引兵來搦戰、哥哥堅守不敢出敵、只等先生到來、公孫勝道、這箇容易李逵引着湯隆拜見戴宗說了備細（活寫出新得兄弟快活來。）四人一處迤逗高唐州來離寨五里遠早有呂方郭盛引一百餘騎軍馬迎接着（是待公孫先生禮。）四人都上了馬一同到寨宋江吳用等出寨迎接（是待公孫先生禮。）各施禮罷擺了接風酒敘問間濶之情請入中軍帳內衆頭領亦來作慶李逵引過湯隆來參見宋江吳用并衆頭領等（活寫出新得兄弟。分外快活來。○看他如此偬偬之際。只知得意自家新有兄弟。全是一派天趣。○然其實描寫李逵得意處。却都是遮掩其倒插之法）

耳。讀者毋爲作者所瞞也。講禮已罷。寨中且做慶賀筵席。上文與公孫作慶已過。此正是慶李逵之得湯隆也。次日中軍帳上宋江吳用公孫勝商議破高廉一事。公孫勝道。主將傳令且着拔寨都起。看敵軍如何。小弟自有區處。當日宋江傳令各寨。一齊引軍起身。直抵高唐州城壕下寨。已定。次早五更造飯。軍人都披掛衣甲。宋公明吳學究公孫勝三騎馬直到軍前。搖旗擂鼓。吶喊篩鑼。殺到城下來。再說知府高廉在城中箭瘡已痊

雁翅般是一樣軍容紛東擺是一樣軍容十隊破之環遶一樣



隔夜小軍來報知宋江軍馬又到早辰都披掛了衣甲便開了城門放下弔橋將引三百神兵并大小將較出城迎敵兩軍漸近旗鼓相望各擺開陣勢兩陣裏花腔鼉鼓擂雜彩繡旗搖宋江陣門開處分出十騎馬來雁翅般擺開在兩邊（絕妙軍容）左手下五將花榮秦明朱仝歐鵬呂方右手下五將是林冲孫立鄧飛馬麟郭盛中間三箇總軍主將三騎馬出到陣前（絕妙軍容）看對陣金鼓齊鳴門旗開處

[illegible]客看他只是灑筆布墨便有無數陣圖擺出不似三國志處處戰到若干合一刀斬於馬下而已

也有二三十箇軍官簇擁着高唐州知府高廉出在陣前立馬門旗之下厲聲喝駡道你那水洼草賊既有心要來厮殺定要見箇輸贏走的不是好漢宋江問一聲誰人出馬立斬此賊小李廣花榮挺鎗躍馬直至垓心高廉見了喝問道誰與我直取此賊去那統制官隊裏轉出一員上將喚做薛元輝使兩口雙刀騎一匹劣馬飛出垓心來戰花榮兩箇在陣前鬬了數合花榮撥回馬望本陣便

走、薛元輝縱馬舞刀、儘力來趕、花榮略帶住了馬、拈弓取箭、紐轉身軀、只一箭、把薛元輝頭重腳輕、射下馬去、兩軍齊吶聲喊、高廉在馬上見了大怒、急去馬鞍鞽前、取下那面聚獸銅牌、把劍去擊、那里敲得三下、只見神兵隊裏、捲起一陣黃砂來、罩得天昏地暗、日色無光、喊聲起處、豺狼虎豹怪獸毒蟲、就這黃沙內捲將出來、衆軍恰待都起、公孫勝在馬上早掣出那一把松文古定劍來、○○○○○○松文好色澤古定好名目指着敵軍口中念念有詞喝聲道疾只見一道金光射去那夥怪獸毒蟲都就黃沙中亂紛紛墜於陣前衆軍人看時却都是白紙剪的虎豹走獸黃沙盡皆蕩散不起此等處看他只畧敘不肯極力鋪張皆特避俗筆也宋江看了鞭梢一指大小三軍一齊掩殺過去但見人亡馬倒旗鼓交橫高廉急把神兵退走入城宋江軍馬趕到城下城上急拽起弔橋閉上城門擂木砲石如雨般打將下來宋江叫且鳴金收聚

軍馬下寨、整點人數、各獲大勝、回帳稱謝公孫先生神功道德、隨即賞勞三軍、次日分兵四面圍城、儘力攻打、公孫勝對宋江吳用道、昨夜雖是殺敗敵軍大半、眼見得那三百神兵、退入城中去了、今日攻擊得緊、那廝夜間必來偷營劫寨、（前劫寨、所以爲一箭鵰也、此又劫寨、所以免明日之再戰也、然兩文對立、亦便借作章法矣。）今晚可收軍一處、至夜深、分去四面埋伏、這里虛札寨柵、教衆將只聽霹靂響、看寨中火起、一齊進兵、傳令已了、當日攻城至未牌時分都收四面軍兵還寨却在營中大吹大擂飲酒（謀定之軍每每如此）看看天色漸晚衆頭領暗暗分撥開去四面埋伏已定却說宋江呉用公孫勝花榮秦明呂方郭盛上土坡等候是夜高廉果然點起三百神兵背上各帶鐵葫蘆於內藏着硫黃焰硝烟火藥料各人俱執鈎刀鐵掃箒口內都銜蘆哨（劫寨神兵結束前畧此註）二更前後大開城門放下弔橋高廉當先驅領神兵前進背後却帶三

十餘騎迸殺前來離寨漸近高廉在馬上作起妖法却早黑氣冲天狂風大作飛砂走石播土揚塵三百神兵各取火種去那葫蘆口上點着一聲蘆哨齊響黑氣中間火光罩身大刀濶斧滚入寨裏來高埠處公孫勝仗劒作法就空寨中平地上刮剌剌起箇霹靂三百神兵急待退步只見那空寨中火起光焰亂飛上下通紅無路可出四面伏兵齊起圍定寨柵黑處偏見（只是畧敘不肯極力鋪張）三百神兵

不曾走得一箇都被殺在陣裏（先了神兵）高廉急引了三十餘騎逃走回城背後一枝軍馬追趕將來乃是豹子頭林冲看看趕上急叫得放下弔橋高廉只帶得八九騎入城其餘盡被林冲和人連馬生擒活捉了去（獨寫林冲者直爲五嶽樓下白虎堂前山神廟裏吐氣也）高廉進到城中盡點百姓上城守護（吾聞設兵將以保障城池以奠安百姓也未聞兵亡將折而反驅百姓以守其城池也千古通弊爲之浩嘆）高廉軍馬神兵被宋江林冲殺箇盡絕（大書宋江以明主軍大書林冲以志快活筆法妙絕）

次日宋江又引軍馬四面圍城甚急高廉尋思我數年學得術法不想今日被他破了似此如之奈何只得使人去隣近州府求救急急修書二封教去東昌寇州二處離此不遠這兩箇知府都是我哥哥擡舉的人醜。教星夜起兵來接應差了兩箇帳前統制官齎擎書信放開西門殺將出來投西奪路去了衆將卻待去追趕吳用傳令且放他出去可以將計就計宋江問道軍師如何作用吳學兖道城中兵微將寡所以他去求救我這里可使兩枝人馬詐作救應軍兵於路混戰高廉必然開門助戰乘勢一面取城把高廉引入小路必然擒獲宋江聽了大喜令戴宗回梁山泊另取兩枝軍馬分作兩路而來且說高廉每夜在城中空濶處堆積柴草竟天價放火爲號城上只望救兵到來過了數日守城軍兵望見宋江陣中不戰自亂好急忙報知高廉聽了連忙披掛上城瞻望只見兩

路人馬、戰塵蔽日、喊殺連天、衝迸前來、四面圍城、軍、馬、四、散、迸、走、好。高廉知是兩路救軍到了、盡點在城軍馬、大開城門、分頭掩殺出去、且說高廉撞到宋江陣前、看見宋江引着花榮秦明三騎馬望小路而走妙。寫得如錦如火。高廉引了人馬、急去追趕、忽聽得山坡後連珠砲響、心中疑惑、便收轉人馬回來、兩邊鑼響、左手下小溫侯一箇古人。右手下賽仁貴又一箇古人。各引五百人馬、衝將出來、高廉急奪路走時部下軍馬折其大半奔走脫得垓心時望見城上已都是梁山泊旗號（妙寫得如錦如火）舉眼再看無一處是救應軍馬只得引着些敗卒殘兵投山僻小路而走行不到十里之外山背後撞出一彪人馬當先擁出病尉遲（又一箇古人）攔住去路厲聲高叫我等你多時好好下馬受縛高廉引軍便回背後早有一彪人馬截住去路當先馬上却是美髯公（又一箇古人。看他四面截住，便撮出四箇古人，眞乃以文爲戲，讀之令人歎絶。極小一篇文字亦必作一章法。眞是不得不歎絶也。兩頭夾攻將來，四面截了去路，高廉只得棄了馬欠了馬。却走上山，那四下里部軍一齊趕上山去。高廉慌忙口中念念有詞，喝聲道「起！」駕一片黑雲，冉冉騰空，直上山頂。高廉妖術不便住。至此又生出一段。只見山坡邊轉出公孫勝來，見了，便把劍在馬上望空作用，口中也念念有詞，喝聲道「疾！」將劍望上一指，只見高廉從雲中倒撞下來。只是畧敘。不省極力鋪張。側首搶過插翅虎雷橫，一朴刀把高廉揮做兩段雷橫提了首級都下山來前獨詳寫林冲者，所以使沉寃一快也。此必大書雷橫者，所以使新來立功也。耐菴筆下調遣衆人，不肯草草如此。先使人去飛報主帥宋江，已知殺了高廉，收軍進高唐州城內。先傳下將令，休得傷害百姓，一面出榜安民，秋毫無犯。○如此言，所謂仁義之師也。今强盜而忽用仁義之師，是强盜之權術也。强盜之權術，而又書之者，所以深歎當時之官軍，反不能然也。彼三家村學究，不知作史筆法，而遂因此等語，過許强盜眞有仁義，不亦怪哉。○看他寫宋江此來，本是救柴進，却反將救柴進作第二句，將假仁義陡然翻作第一句，以表江之權術，眞有大過人者，為諸盜之魁也。且去大牢中救出柴

不見柴進第一跌

大官人來那時當牢節級押獄禁子已都走了止有三五十箇罪囚盡數開了枷鎖釋放數中只不見柴大官人一箇【千曲百折得破高唐無不以爲救出柴進易如探囊也忽然又作一跌真正出自意外】宋江心中憂悶尋到一處監房內却監着柴皇城一家老小又一座牢內監着滄州提捉到柴進一家老小同監在彼【補前所無】爲是連日厮殺未曾取問發落【自註一句】只是沒尋柴大官人處【再一跌○前一跌是初入之時此一跌是捷遽之後寫得妙絶】吳學究教喚集高唐

州押獄禁子跟問時數內有一箇稟道小人是管牢節級藺仁前日蒙知府高廉所委專一牢固監守柴進不得有失補一又分付道但有凶吉你可便下手補二三日之前知府高廉要取柴進出來施刑小人爲見本人是箇好男子不忍下手只推道本人病至八分不必下手補三後又催併得緊小人回稱柴進巳死補四因是連日厮殺知府不問小人却恐他差人下來看視必見罪責昨日引柴進去後

面枯井邊開了枷鎖推放裏面躲避如今不知存亡（真正奇文出自意外）宋江聽了慌忙着藺仁引入直到後牢枯井邊望時見裏面黑洞洞地不知多少深淺（寫枯井）上面叫時那得人應（寫枯井）把索子放下去探時約有八九丈深（寫枯井○先寫枯井便襯出李逵捨身下探之忠勇妙筆）宋江道柴大官人眼見得都是沒了宋江垂淚吳學究道主帥且休煩惱誰人敢下去探看一遭便見有無說猶未了轉過黑旋風李逵來大叫道等我

下去。○○妙人。○一半忠勇。一半好奇。一半忠勇。爲蓮累你喫官司句作結。一半好奇。爲神行法。青紅雲作結。○○宋江道、正好、當初也是你送了他今日正宜報本。据斤播兩。是宋江語。令人聞之可惱可畏。我若作李逵。便不復下去。李逵笑道、我下去不怕、你們莫要割斷了繩索。自神行法喫虧後。處處小心可囑。又處處好奇欲試。寫出妙人。妙絕。○與上大疙瘩句一樣句法。吳學究道、你卻也忒奸猾。罵得妙。妙於極不確。卻妙於極確。令人忽然失笑。且取一箇大篾籮、把索子絡了、接長索頭、扎起一箇架子、把索掛在上面、李逵脫得赤條條的、手拿兩把板斧、

摸着骸骨第二跌

那里見動第三

坐在籮裏却放下井裏去索上縛兩箇銅鈴漸漸放到底下李逵却從籮裏爬將出來去井底下摸時摸着一堆却是骸骨故作嚇人語妙筆妙筆李逵道爺娘甚鳥東西在這里此句寫出井底之黑畫井底真是井底又去這邊摸時底下濕漉漉的沒下脚處此句寫井底濕畫井底真是井底李逵把雙斧拔放籮裏兩手去摸底下四邊却寬此句寫井底空洞畫井底真是井底一摸摸着一箇人做一堆兒墩在水坑裏李逵叫一聲柴大官人那里見動又故作嚇

下去。妙人。一半忠勇，一半奸奇。一半忠勇，爲連累你喫官司句作結；一半奸奇，爲神行法青紅雲作結。宋江道：正好。當初也是你送了他，今日正宜報本。播斤播兩是宋江語，令人聞之可惱可畏。我若作李逵，便不復下去。李逵笑道：我下去不怕，你們莫要割斷了繩索。自神行法喫虧後，處處小心可囑。文處處奸奇，欲試寫出妙人妙絕。與上大疙瘩句一樣句法。吳學究道：你卻也忒奸猾。罵得妙。妙於極不確，卻妙於極確。令人忽然失笑。且取一箇大篾籮，把索子絡了，接長索頭，扎起一箇架子，把索掛在上面。李逵脫得赤條條的，手拿兩把板斧

李逵下井

坐在籮裏却放下井裏去索上縛兩箇銅鈴漸漸放到底下李逵却從籮裏爬將出來去井底下摸時摸着一堆却是骸骨 妙筆妙筆 故作嚇人語 李逵道爺娘

摸着骸骨第二跌

[illegible]此句寫出井底之黑

那里見動第三跌

卷五十八 十九葉

畫井底眞是井底。一摸摸着一箇人做一堆兒蹲在水坑裏李逵叫一聲柴大官人那里見動 又故作嚇

真一李逵第四跌

人語妙筆妙筆○入籃不見柴進是第一跌下井摸着骸骨是第二跌摸着叫喚不應是第三跌此書之妙莫妙於逵步作跌而俗子偏學其科諢以爲奇也把手去摸時只覺口內微微聲喚李逵道謝天地三箇字直與柴皇城家出後門時兩句說話正是一副道理憑地時還有救性隨即爬在籮裏搖動銅鈴衆人扯將上來却只李逵一箇妙人妙絕絕倒我也備細說了下面的事宋江道你可再下去先把柴大官人放在籮裏先發上來却再放籮下來取你李逵道哥哥不知我去薊州着了兩道兒今番休撞

第三遍眞是奸猾。○兩番寫李逵奸猾，忽翻出下文發喊大叫來。妙文隨手而成，正不知有意得之，無意得之也。宋江笑道：我如何肯弄你？你快下去。李逵只得再坐籮裏又下井去。偏是他下井，偏是他下去，兩遍字字可爲失笑。○寫李逵奸奇，故肯下去；又奸猾，故不肯下去。妙人妙絕處，全在只得二字。到得底下，李逵爬將出籮去，卻把柴大官人抱在籮裏，搖動索上銅鈴。上面聽得，早扯起來。到上面，衆人大喜。先喜尋着。及見柴進頭破額裂，兩腿皮肉打爛，眼目畧開又閉，衆人甚是悽慘。次悲受苦。寫得有節次。叫請醫士調治。李逵却在井底下發喊大叫。不惟自己要緊，亦急要看柴大官人也。宋江聽得，急叫把籮放將下去，取他上來。李逵到得上面，發作道：「你們也不是好人！妙人妙絶。便不把籮放下來救我！」宋江道：「我們只顧看柴大官人，因此忘了你，休怪。」宋江就令衆人把柴進扛扶上車睡了。先把兩家老小并奪轉許多家財，共有二十餘輛車子，叫李逵、雷橫先護送上梁山泊去。護送用雷橫、李逵，一是新到效勞，一是完連累一案。却把高廉一家老小良賊三四十口處斬於市（李逵下井快活）賞謝了藺仁再把府庫財帛倉廒糧米并高廉所有家私盡數裝載上山大小將校離了高唐州得勝回梁山泊所過州縣秋毫無犯（特筆之以愧當時官軍也）在路已經數日回到大寨柴進扶病起來稱謝晁宋二公并衆頭領晁蓋教請柴大官人就山頂宋公明歇處另建一所房子與柴進并家眷安歇（每一人上山必特書宋江牢籠作自己心腹今此獨書出自晁蓋豈晁蓋至此已悟耶）晁蓋宋江等衆皆大喜自高唐州

回來又添得柴進湯隆兩箇頭領且作慶賀筵席不在話下再說東昌寇州兩處順風斜渡文一過接之法巳卯高唐州殺了高廉失陷了城池只得寫表差人申奏朝廷又有高唐州逃難官員都到京師說知真實高太尉聽了知道殺死他兄弟高廉○○○○○○○○特書高俅黷皇師報私怨以深惡之也次日五更在待漏院中專等景陽鐘響百官各具公服直臨丹墀伺候朝見當日五更三點道君皇帝陞殿淨鞭三下響文武兩班齊天子

駕坐殿頭官喝道有事出班啓奏無事捲簾退朝高太尉出班奏道今有濟州梁山泊賊首晁蓋宋江累造大惡打劫城池搶擄倉廒聚集兇徒惡黨見在濟州殺害官軍鬧了江州無爲軍今又將高唐州官民殺戮一空倉廒庫藏盡被擄去此是心腹大患若不早行誅勦他日養成賊勢難以制伏伏乞聖斷天子聞奏大驚隨即降下聖旨就委高太尉選將調兵前去勦捕務要掃清水泊殺絕種

類高太尉又奏道量此草寇不必興舉大兵臣保一人可去收復天子道卿若舉用必無差錯郎令起行飛捷報功加官賜賞高遷任用高太尉奏道此人乃開國之初河東名將呼延贊嫡派子孫單名喚箇灼字使兩條銅鞭有萬夫不當之勇見受汝寧郡都統制手下多有精兵勇將臣舉保此人可以征勦梁山泊可授兵馬指揮使領馬步精銳軍士尅日掃清山寨班師還朝天子准奏降下聖

奉旨調將

旨着樞密院即便差人齎勅前往汝寧州星夜宣取奉旨調將是第一段○一路特詳呼延出軍重大以明是役之驚天動地非復前文小小捕盜之比當日朝罷高太尉就於帥府着樞密院撥一員軍官齎擎聖旨前去宣取當日起行限時定日要呼延灼赴京聽命却說呼延灼在汝寧州統軍司坐衙聽得門人報道有聖旨特來宣取將軍赴京有委用的事呼延灼與本州官員出郭迎接到統軍司開讀已罷設筵管待使臣火急收拾了頭盔

衣甲鞍馬器械，帶引三四十從人，一同使命離了汝寧州，星夜赴京。於路無話，早到京師城內殿司府前下馬，來見高太尉。未見天子，先見太尉，可歎可笑。當日高俅正在殿帥府坐衙，門吏報道：「汝寧州宣到呼延灼見在門外。」高太尉大喜，叫喚進來參見。高太尉問慰已畢，與了賞賜。次日早朝，引見道君皇帝。天子看見呼延灼一表非俗，喜動天顏，就賜踢雪烏騅一匹。下文將有連環馬一篇奇文，便先向此處生出踢雪烏騅一匹，裝作頭彩，絕妙章法也。

天子賜 時

那馬（句）渾身墨錠似黑四蹄雪練價白因此名為踢雪烏騅（先畫其毛片。一段。）那馬（句。二那馬句。神彩奕奕。）日行千里（次歎其德性。一段。）奉聖旨賜與呼延灼騎坐（兩那馬下。又擺一道聖旨。）隨高太尉再（文勢淋漓突兀。）呼延灼謝恩已罷（天子賜馬是第二段。）到殿帥府（既見天子。又到太尉。可歎可笑。）商議起軍勦捕梁山泊一事呼延灼道稟明恩相小人覷探梁山泊兵麄將廣馬劣鎗長（絕妙好辭。遂為山泊作贊。）不可輕敵小覷乞保二將為先鋒同提軍馬到彼必獲大功高太尉聽罷大喜問道將軍所保誰人可爲前部先鋒不爭呼延灼舉保此二將有分教宛子城重添良將梁山泊大破官軍且教功名未上凌煙閣姓字先標聚義廳畢竟呼延灼對高太尉保出誰來且聽下回分解

李逵下井

第五才子書施耐菴水滸傳卷之五十九

聖歎外書

# 第五十四回

## 高太尉大興三路兵　呼延灼擺布連環馬

此回凡三段文字第一段寫宋江紡車軍第二段寫呼延連環軍皆極精神極變動之文至第三段寫計擒凌振卻只如見戲也所以

然者葢作者當提筆未下之時其胸中原只有連環馬軍一段奇思却因不肯突然便推出來故特就連環二字上顛倒生出紡車二字先於文前別作一文使讀者眼光盤旋跳脫卓策不定了然後忽然一變變出排山倒海異樣陣勢來今試看其紡車輕連環重以輕引重一也紡車逐隊連環一排以逐隊引一排二也紡車人各自戰連環一齊跑發以

各自引一齊三也紡車忽離忽合連環鐵環連鎖以離合引連鎖四也紡車前軍戰罷轉作後軍連環無前無後直衝過來以前轉作後引無前無後五也紡車有進有退連環只進無退以有進有退引只進無退六也紡車寫人連環寫馬以人引馬七也蓋如此一段花團錦簇文字却只爲連環一陣做得引子然後入第二段正寫本題畢却又不肯宴然

一收便住又特就馬上生出砲來做一拖尾然又惟恐兩大番後又極力寫砲便令文字累墜不舉所以只將閒筆餘墨寫得有如兒戲相似也嗚呼只爲中間一段變成前後三段可謂極盡中間一段之致乃前後二段只爲中間一段而每段又各各極盡其致世人即欲起而爭彼才子之名吾知有所斷斷不能也

前後二段又各各極盡其致者如前一段寫紡車軍每一隊欲去時必先有後隊接住一接一卸譬如鵞翎也討菴却又忽然算到第五隊欲去時必須接出押後十將此處一露痕跡便令紡車二字老大敗闕故特特於第五隊方接戰時便寫宋江十將預先已到以免斷續之咎固矣然却又算到何故一篇章法獨於第五隊中忽然變換此處仍露痕跡

畢竟鼯鼠技窮於是特特又於第四隊方接戰時便寫第五隊預先早到以為之襯真若心哉良工也又如前一段寫紡車軍五隊一隊勝如一隊固矣又須看他寫到第四隊忽然陣上飛出三口刀既而一變變作兩口刀兩條鞭既而又一變變作三條鞭越變越奇越奇越駭越駭越樂洵文章之盛觀矣

後一段則如晁蓋傳令且請宋江上山宋江堅意不肯讀之只謂意在滅此朝食耳却不知正爲夌振放砲作襯此眞絕奇筆法非俗士之所能也

又如要寫砲須另有寫砲法蓋寫砲之法在遠不在近今看他於凌振來時只是稱歎名色設立砲架而砲之威勢則必於宋江棄寨上關後砰然聞之眞絕奇筆法非俗士之所

能也○
寫接連三箇砲後又特自註云兩箇打在水
裏一箇打在小寨上者寫兩箇以表水泊之
闊寫一箇以表砲勢之猛也
至於此篇之前之後別有奇情妙筆則如將
寫連環馬便先寫一匹御賜烏騅以爭動之
將寫徐寧甲因先寫若干鬬領甲仗以爭動
之若干馬則以一匹爲爭動一副甲則以若

保舉將材

干甲弔動洶非尋常之機杼也

話說高太尉問呼延灼道將軍所保何人可爲先鋒呼延灼稟道小人舉保陳州團練使姓韓名滔原是東京人氏曾應過武舉出身使一條棗木槊人呼爲百勝將軍此人可爲正先鋒又有一人乃是潁州團練使姓彭名玘亦是東京人氏乃累代將門之子使一口三尖兩刃刀武藝出衆人呼爲天目將軍此人可爲副先鋒高太尉聽了大喜道

太尉看操

樞院議兵

若是韓彭二將爲先鋒何愁狂寇不滅當日高太尉就殿帥府押了兩道牒文着樞密院差人星夜往陳潁二州調取韓滔彭玘火速赴京保舉將材。是第三段。不旬日間二將已到京師逕來殿帥府參見了太尉幷呼延灼次日高太尉帶領衆人都往御教場中操演武藝看軍了當太尉看操。是第四段。却來殿帥府會同樞密院官計議軍機重事高太尉問道你等三路總有多少人馬在此呼延灼答道三路軍馬計有五千連步軍數及一萬高太尉道你三人親自回州揀選精銳馬軍三千步軍五千約會起程收剿梁山泊呼延灼稟道此三路馬步軍兵都是訓練精熟之士人強馬壯不必殿帥憂慮樞院議兵是第五段○○○○○○但恐衣甲未全以賜雪烏騅弔動連環馬以關領衣甲弔動徐寧甲真妙絕之文○以一匹馬弔動許多馬以許多甲弔動一副甲真奇絕之文也○或有俗士不信此許者聖歎因顧閱特寫呼延之軍衣甲未全之故何故也只怕悮了日期取罪不便乞恩相寬限高太尉道既是如此說時你三人可就

關領甲仗

京師甲仗庫內不拘數目任意選揀衣甲盔刀關領前去務要軍馬整齊好與對敵出師之日我自差官來點視呼延灼領了鈞旨帶人往甲仗庫關支呼延灼選訖鐵甲三千副熟皮馬甲五千副銅鐵頭盔三千頂長鎗二千根滾刀一千把弓箭不計其數火砲鐵砲五百餘架都裝載上車臨辭之日高太尉又撥與戰馬三千匹三箇將軍各賞了金銀段匹三軍盡關了糧賞關領甲仗是第六段呼延灼和

三路合軍

太尉犒軍

韓滔彭玘都與了必勝軍狀辭別了高太尉幷樞密院等官三人上馬都投汝寧州來於路無話到得本州呼延灼便遣韓滔彭玘各往陳潁二州起軍前來汝寧會合不數半月之上三路兵馬都已完足呼延灼便把京師關到衣甲盔刀旗鎗鞍馬幷打造連環鐵鎧軍器等物分俵三軍已了伺候出軍（三路合軍是第七段）高太尉差到殿帥府兩員軍官前來點視犒賞三軍已罷呼延灼擺布三路兵馬出

城、太尉犒軍。是第八段。前軍開路韓滔、中軍主將呼延灼、後軍催督彭玘、馬步三軍人等、浩浩蕩蕩殺奔梁山泊來。浩浩蕩蕩四字。寫軍容絕妙好辭。抵過無數車如流水馬如龍、落日炤大旗、馬鳴風蕭蕭語。却說梁山泊遠探報馬、逕到大寨報知此事。聚義廳上當中晁蓋、宋江、上首軍師吳用、下首法師公孫勝、幷衆頭領、各與柴進賀喜、終日筵宴。聽知報道汝寧州雙鞭呼延灼引着軍馬到來征進、衆皆商議迎敵之策。吳用便道、我聞此人乃開國功

此下凡兩段文字此一段詳梁山略呼延後一段詳呼延略梁山

臣河東名將呼延贊之後武藝精熟使兩條銅鞭卒不可近必用能征敢戰之將先以力敵後用智擒說言未了黑旋風李逵便道我與你去捉這廝不是描寫鐵牛正是提清題目言此番大文尚從打死殷天錫根上起宋江道你怎去得我自有調度可請霹靂火秦明打頭陣豹子頭林冲打第二陣小李廣花榮打第三陣一丈青扈三娘打第四陣病尉遲孫立打第五陣將前面五陣一隊隊戰罷如紡車般轉作後軍調撥出奇真是以兵

第一番詳山泊答呼延作引文



爲戲亦是以文爲戲我親自帶引十箇弟兄引大隊人馬押後左軍五將朱仝雷橫穆弘黃信呂方右軍五將楊雄石秀歐鵬馬麟郭盛好水路中可請李俊張橫張順阮家三弟兄駕船接應好却教李逵與楊林引步軍分作兩路埋伏救應好宋江調撥已定前軍秦明第一撥早引人馬下山向平山曠野之處列成陣勢此時雖是冬天却喜和暖偏是百忙時偏有本事作此閒筆等候了一日早望見官軍到來先鋒隊裏百

勝將韓滔領兵扎下寨柵當晚不戰次日天曉兩軍對陣三通畫鼓出到陣前馬上橫着狼牙棍望對陣門旗開處先鋒將韓滔橫搠勒馬大罵秦明道天兵到此不思早早投降還敢抗拒不是討死我直把你水泊填平梁山踏碎生擒活捉你這夥反賊解京碎屍萬段秦明本是性急的人聽了也不打話就性格上作省筆便拍馬舞起狼牙棍直取韓滔韓滔挺槊躍馬來戰秦明兩箇鬬到二十餘合韓

滔力怯只待要走背後中軍主將呼延灼已到見韓滔戰秦明不下便從中軍舞起雙鞭縱坐下那匹御賜踢雪烏騅咆哮嘶喊來到陣前此一合中。呼延忽來。○此段文字。本以山泊爲主。以呼延爲賓。今看他詳寫山泊諸將紡車般膍撥。又插寫呼延將軍擲獅來去。以一筆兼寫兩家健將。遂令兩篇章法。一齊俱成。妙絕。秦明見了欲待來戰呼延灼第二撥豹子頭林冲已到接第二撥。便叫秦統制少歇看我戰三百合却理會林冲挺起蛇矛奔呼延灼秦明自把軍馬從左邊踅向山坡後去第一撥紡車般轉去矣。這里呼延灼自戰林冲、兩箇正是對手、鎗來鞭去花一團、鞭去鎗來錦一簇。絕妙好辭。不過兩句九箇字。而便令人眼光霍霍不定。兩箇鬬到五十合之上、不分勝敗。第三撥小李廣花榮軍到。接第三撥。陣門下大叫道、林將軍少歇、看我擒捉這厮。林冲撥轉馬便走。呼延灼因見林冲武藝高強、也回本陣。此一合後。呼延忽去。林冲自把本部軍馬一轉、轉過山坡後去。第二撥紡車般轉去矣。讓花榮挺鎗出馬。呼延灼後軍也到、天目將彭玘橫着那三尖兩刃四竅八環刀騍着五明千里黃花馬（絕妙好辭。三兩四八五千。六箇字用在一處。遂成異樣花色。）出陣大罵花榮道反國逆賊何足為道與吾併箇輸贏花榮大怒也不答話便與彭玘交馬兩箇戰二十餘合呼延灼看見彭玘力怯縱馬舞鞭直奔花榮（此一合中。呼延忽又來。）鬪不到三合第四撥一丈青扈三娘人馬已到（接第四撥。）大叫花將軍少歇看我捉這廝花榮也引軍望右邊踅轉由坡下去了（第二撥紡車般轉去矣。）彭玘

來戰一丈青未定第五撥病尉遲孫立軍馬早到
便入第五撥法變勒馬於陣前擺着看這扈三娘去戰彭
玘○此處忽然蹭出第五撥入馬看戰便令精彩加倍耀艷真文章之盛觀也兩箇正在
征塵影裏殺氣陰中一箇使大桿刀是一樣刀一箇使
雙刀○○又是一樣刀○雖兩將一樣使刀然實是兩樣刀也忽然兩樣刀引出一樣鞭來真文章之盛觀也兩箇鬬到二十餘合一丈青把雙刀分開回
馬便走彭玘要逞功勞縱馬趕來一丈青便把雙
刀掛在馬鞍鞽上袍底下取出紅綿套索上有二

十四箇金鈎等彭玘馬來得近紐過身軀把套索望空一撒看得親切彭玘措手不及早拖下馬來孫立喝教衆軍一發向前把彭玘捉了呼延灼看見大怒忿力向前來救看他忽又來一丈青便拍馬來迎敵呼延灼恨不得一口水吞了那一丈青兩箇鬪到十合之上急切贏不得一丈青呼延灼心中想道這箇潑婦人在我手裏鬪了許多合倒恁地○○○○○○○○○○丁得心忙意急賣箇破綻放他入來却把雙鞭只

一盔蓋將下來好呼延灼眞驚死人那雙刀却在懷裏又好一丈青眞驚死人提起右手銅鞭望一丈青頂門上打下來好呼延灼眞驚死人却被一丈青眼明手快早起刀只一隔右手那口刀望上直飛起來又好一丈青眞驚死人却好那一鞭打將下來正在刀口上錚地一聲響火光迸散好呼延灼又好一丈青眞驚死人一丈青回馬望本陣便走呼延灼縱馬趕來病尉遲孫立見了接第五撥便挺鎗縱馬向前迎住厮殺背後宋江却好引十對良將都

到列成陣勢（五撥人馬既畢，紡車幾乎停住矣。陡然接出押後大隊來，真文章之盛觀也。）一丈青自引了人馬也投山坡下去了。（第四撥紡車般矣。）轉去宋江見活捉得天目將彭玘，心中甚喜，且來陣前看孫立與呼延灼交戰。（又是一番看戰，真乃十倍精彩，文章聲勢一段勝似一段，使人歎絕。）孫立也把鎗帶住手腕上，綽起那條竹節鋼鞭來迎呼延灼。兩箇都使鋼鞭，却更一般打扮。（上文三口刀，中間忽然變出兩口刀兩條鞭，至此又忽然變出三條鞭，真文章之盛觀也。）病尉遲孫立是交角鐵幞頭（交角），大紅羅抹額（大紅

羅。一白花點翠皂羅袍百花點翠。烏油戧金甲烏油戧金。騎一
匹烏騅馬烏騅。使一條竹節虎眼鞭竹節虎眼。賽過尉遲
恭借一古人畫出孫立。這呼延灼卻是冲天角鐵幞頭冲天角。
銷金黃羅抹額銷金黃羅。七星打釘皂羅袍七星打釘。烏油
對嵌鐙甲烏油對嵌。騎一匹御賜踢雪烏騅踢雪烏騅。使兩
條水磨八稜鋼鞭水磨八稜。左手的重十二斤右手的
重十三斤加倍添寫兩句。眞樣精彩。真似呼延贊亦借一古人畫出呼延。
兩箇在陣前左盤右旋鬬到三十餘合不分勝敗

官軍陣裏韓滔見說折了彭玘便去後軍隊裏盡起軍馬一發向前厮殺宋江只怕衝將過來便把鞭稍一指十箇頭領引了大小軍士掩殺過去背後四路軍兵分作兩路夾攻攏來[所謂轉作呼延後軍也]灼見了急收轉本部軍馬各敵箇住爲何不能全勝[忽問一句筆力奇絕]却被呼延灼陣裏都是連環馬軍[至此方表出連環馬]馬帶馬甲人披鐵鐙馬帶甲只露得四蹄懸地人披鐙只露着一對眼睛[此回都作絕妙好辭]宋江陣

上雖有甲馬只是紅纓面具銅鈴雉尾而已好這里射將箭去那里甲都護住了好那三千馬軍各有弓箭對面射來好因此不敢近前借答作敘筆力奇絕宋江急叫鳴金收軍呼延灼也退二十餘里下寨已上第一陣詳山泊略官軍宋江收軍退到山西下寨屯住軍馬且叫左右羣刀手簇擁彭玘過來宋江望見便起身喝退軍士親解其縛扶入帳中分賓而坐宋江便拜彭玘連忙答拜道小子被擒之人理合就死

何故將軍賓禮相待宋江道某等衆人無處容身暫占水泊權時避難今者朝廷差遣將軍前來收捕本合延頸就縛但恐不能存命因此負罪交鋒惧犯虎威敢乞恕罪（此等悉是宋江權詐之辭而與李究借作續貂之本。）彭玘答道素知將軍仗義行仁扶危濟困不想果然如此義氣倘蒙存留微命當以捐軀報効宋江當日就將天目將彭玘使人送上大寨教與晁天王相見留在寨裏這里自一面犒賞三軍幷衆頭領計議軍情。再說呼延灼收軍下寨，自和韓滔商議如何取勝梁山水泊。韓滔道：「今日這厮們見俺催軍近前，他便慌忙掩擊過來。明日盡數驅馬軍向前，必獲大勝。」呼延灼道：「我已如此安排下了，只要和你商量相通。」要如此一語，非計議明日，正註解今日也。不然，何不便驅過來。隨即傳下將令，教三千匹馬軍做一排擺着，好。每三十匹一連，却把鐵環連鎖。好。但遇敵軍，遠用箭射，近則使鎗直衝入去。好。三千連環馬軍分作一百

第二番詳呼延略山泊爲正文

隊鎖定好五千步軍在後策應好明日休得挑戰好我和你押後掠陣好但若交鋒分作三面衝將過去好計策商量已定次日天曉出戰却說宋江次日把軍馬分作五隊在前後軍十將簇擁兩路伏兵分於左右秦明當先搦呼延灼出馬交戰只見對陣但只吶喊並不交鋒比昨日忽然換出一樣陣勢便令筆墨都變眞文章之盛觀也爲頭五軍都一字兒擺在陣前中是秦明左是林冲一丈青右是花榮孫立在後隨即宋

江引十將也。到重重疊疊擺着人馬。（仍依昨日所撥。而紡車換作一字。便令筆墨盡變。）看對陣時。約有一千步軍。只是擂鼓發喊。並無一人出馬交鋒。（寫並無一人。却寫得異樣精彩。）宋江看了心中疑惑。暗傳號令。教後軍且退。（賴此句。便令宋江一軍。不至覆沒。用筆之妙如此。）却縱馬直到花榮隊裏窺望。猛聽對陣裏連珠砲響。（異樣精彩。）一千步軍。忽然分作兩下。（異樣精彩。）放出三面連環馬軍。直衝將來。（異樣精彩。）兩邊把弓箭亂射。（異樣精彩。）中間盡是長鎗。（異樣精彩。）宋江看了大驚。

急令衆軍把弓箭施放那里抵敵得住每一隊三十匹馬一齊跑發不容你不向前走註疏明快直畫出連環馬聲勢來也那連環馬軍漫山遍野橫衝直撞將來前面五隊軍馬望見便亂攛了策立不定後面大隊人馬攔當不住各自逃生宋江慌忙飛馬便走十將擁護而行背後早有一隊連環馬軍追將來却得伏兵李逵楊林引人從蘆葦中殺出來救得宋江始知前文撥伏兵不虛逃至水邊却有李俊張橫張順三阮

六箇水軍頭領擺下戰船接應（始知前文撥水軍不虛）宋江急急上船便傳將令教分頭去救應衆頭領下船周迴那連環馬直趕到水邊亂箭射來（異樣聲勢異樣精彩）船上却有傍牌遮護不能損傷慌忙把船棹到鴨嘴灘頭盡行上岸就水寨裏整點人馬折其大半却喜衆頭領都全雖然折了些馬匹都救得性命少刻只見石勇時遷孫新顧大嫂都逃命上山却說步軍衝殺將來把店屋平拆了去我等若無號船

接應盡被擒捉。陡然插出奇文，令人出於意外，猶如怪峰飛來，然又却是眼前景色，才子之文，誠絕世無雙矣。○並不寫連環馬，宋江却寫得連環馬異樣聲勢，文亦異樣精彩。
一一親自撫慰，計點衆頭領時，中箭者六人：林冲、雷橫、李逵、石秀、孫新、黃信。小嘍囉中傷帶箭者不計其數。晁蓋聞知，同吳用、公孫勝下山來動問。宋江眉頭不展，面帶憂容。吳用勸道：「哥哥休憂，勝敗乃兵家常事，何必掛心？別生良策，可破連環軍馬。」晁蓋便傳號令，分付水軍牢固寨柵船隻，保守灘頭曉夜隄備請宋公明上山安歇宋江不肯上山只就鴨嘴灘寨內駐扎（開處忽然布此一筆不知乃爲後文砲手作地用筆之妙不望人賞）只教帶傷頭領上山養病却說呼延灼大獲全勝回到本寨開放連環馬（如此等句必不肯漏不爲此書長處只因必漏此句乃他書短處遂令此書獨步也）都次第前來請功殺死者不討其數生擒得五百餘人奪得戰馬三百餘匹隨即差人前去京師報捷一面犒賞三軍却說高太尉正在殿帥府坐衙門上報道呼延灼收捕梁

御賜袍酒

山泊得勝差人報捷心中大喜次日早朝越班奏聞天子天子甚喜勑賞黃封御酒十瓶錦袍一領差官一員齎錢十萬貫前去行營賞軍御賜袍酒是第九段高太尉領了聖旨同到殿帥府隨即差官齎捧前去却說呼延灼已知有天使到與韓滔出二十里外迎接接到寨中謝恩受賞已畢置酒管待天使一面令韓先鋒俵錢賞軍且將捉到五百餘人囚在寨中待拏得賊首一併解赴京師示衆施行天

中請砲手

使問彭團練如何不見（高太尉不曾奏聞天子此報捷之通訣也）呼延灼道為因貪捉宋江深入重地致被擒捉今次羣賊必不敢再來小可分兵攻打務要肅清山寨掃盡水洼擒獲衆賊拆毀巢穴但恨四面是水無路可進遙觀寨柵只除非得火砲飛打以碎賊巢久聞東京有箇砲手凌振名號轟天雷此人善造火砲能去十四五里遠近石砲落處天崩地陷山倒石裂若得此人可以攻打賊巢更兼他深通武藝

弓馬熟閑若得天使囘京於太尉前言知此事可以急急差遣到來克日可取賊巢天使應允次日起程於路無話囘到京師來見高太尉備說呼延灼求索砲手凌振要建大功高太尉聽罷傳下鈞旨教喚甲仗庫副使砲手凌振那人來原來凌振祖貫燕陵人是宋朝天下第一箇砲手所以人都號他是轟天雷更兼武藝精熟當下凌振來叅見了高太尉就受了行軍統領官文憑便教收拾鞍

馬軍器起身（申請砲手是第十段）且說凌振把應用的煙火藥料就將做下的諸色火砲幷一應的砲石砲架裝載上車帶了隨身衣甲盔刀行李等件幷三四十箇軍漢離了東京取路投梁山泊來到得行營先來叅見主將呼延灼次見先鋒韓滔備問水寨遠近路程（製砲要領）山寨嶮峻去處安排三等砲石攻打第一是風火砲（名色奇妙）第二是金輪砲（名色奇妙）第三是子母砲（名色奇妙便寫出三等名色異樣精彩）先令軍健整頓砲

架直去水邊竪起準備放砲（未見放砲，先竪砲架，寫得異樣精彩。）却說宋江正在鴨嘴灘上小寨內和軍師吳學究商議破陣之法，無計可施。有探細人來報道：「東京新差一箇砲手，喚做轟天雷凌振，即日在於水邊竪起架子，安排施放火砲，攻打寨柵。」吳學究道：「這箇不妨。我山寨四面都是水泊，港汊甚多，宛子城離水又遠，總有飛天火砲，如何能彀打得到城邊？」（數語先爲讀者作一安慰。）且棄了鴨嘴灘小寨，看他怎地設法施放却做商議當了宋江棄了小寨便都起身且上關來上文特寫不肯上關只謂宋江誓欲滅此朝食耳不意正為淩振作縮柴也妙筆晁蓋公孫勝接到聚義廳上問道似此如何破敵動問未絕早聽得山下砲響寫砲又是一樣聲勢文亦又是一樣精彩一連放了三箇火砲兩箇打在水裏又是一樣精彩此句特表水泊之闊不是閒筆一箇直打到鴨嘴灘邊小寨上此句正表砲勢之大又是一樣精彩寫得駭人○寫戰必須寫近寫砲必須寫遠此故誰當知之宋江見說心中展轉憂悶衆頭領盡皆失色吳學究道若

得一人誘引凌振到水邊先捉了此人方可商議破敵之法晁蓋道可着李俊張橫張順三阮六人撑船如此行事岸上朱仝雷橫如此接應且說六箇水軍頭領得了將令分作兩隊李俊和張橫先帶了四五十箇會水的用兩隻快船從蘆葦深處悄悄過去背後張順三阮掉四十餘隻小船接應○○○

再說李俊張橫上到對岸便去砲架子邊吶聲喊○○○○○把砲架推翻只如兒戲奇妙之極軍士慌忙報與凌振知道

凌振便帶了風火二砲弩鎗上馬引了一千餘人趕將來李俊張橫領人便走只如見戲凌振追至蘆葦灘邊看見一字兒擺開四十餘隻小船船上共有百十餘箇水軍李俊張橫早跳在船上故意不把船開看看人馬到來吶聲喊都跳下水裏去了只如見戲凌振人馬已到便來搶船朱仝雷橫却在對岸吶喊擂鼓只如見戲奇妙之極凌振奪得許多船隻叫軍健盡數上船便殺過去船纔行到波心之中只見岸

上宋全雷橫鳴起鑼來只如見戲奇妙之絕水底下早鑽起四五十水軍盡把船尾楔子拔了只如見戲水都滾入船裏來外邊就勢扳翻船軍健都撞在水裏凌振急待回船船尾艄櫓已自被拽下水底去了奇妙之極只如見戲兩邊却鑽上兩箇頭領來把船只一扳奇妙之極只如見戲仰合轉來凌振却被合下水裏去水底下却是阮小二一把抱住直拖到對岸來連環馬已大難事忽然又增出一轟天雷來誠所謂心搖膽落手足無措之事也一段只輕輕用五七箇人百十隻船彼以火

（攻。此只以水勝。用力不多。而大難立解。令人讀之。只如兒戲。真文章之盛觀也。）岸上早有頭領接着，便把索子綁了，先解上山來。水中生擒二百餘人，一半水中淹死，些些少逃得性命回去。呼延灼得知，急領馬軍趕將來時，船都已過鴨嘴灘去了。（絕倒。）箭又射不着。（絕倒。）人都不見了。（絕倒。）只忍得氣（絕倒。○此一段純用戲筆。）呼延灼恨了半晌，只得引了人馬回去。且說眾頭領捉得轟天雷凌振，解上山寨，先使人報知宋江。便同滿寨頭領下第二關迎接，見了凌振連忙親解其縛，便埋怨衆人道：我教你們禮請統領上山，如何恁地無禮。凌振拜謝不殺之恩。宋江便與他把盞已了，自執其手（宋江執凌振手），相請上山。到大寨見了彭玘已做了頭領，凌振閉口無言。彭玘勸道：晁宋二頭領替天行道，招納豪傑，專等招安，與國家出力。既然我等到此，只得從命。宋江却又陪話，凌振答道：小的在此趨侍不妨，爭奈老母妻子都在京師，倘或有人知覺，必遭誅戮，如之奈何宋江道但請放心限日取還統領凌振謝道若得頭領如此週全死亦瞑目晁蓋道且教做筵席慶賀次日廳上大聚會衆頭領飲酒之間宋江與衆又商議破連環馬之策正無良法只見金錢豹子湯隆起身道讀至此句始信聖歎前批不謬○爲造鎗故先借湯隆今反借湯隆生出徐寧筆法屈曲其妙無比小人不材願獻一計除是得這般軍器和我一箇哥哥可以破得連環甲馬吳學究便問道賢弟你且說用何等軍器你這箇令親

哥哥是說湯隆不慌不忙叉手向前說出這般軍器和那箇人來正是計就玉京擒獬豸謀成金闕捉狻猊畢竟湯隆對衆說出那般軍器甚麼人來

○○○○○○

且聽下回分解

第五才子書施耐菴水滸傳卷之五十九

# 第五才子書施耐菴水滸傳卷之六十

聖歎外書

## 第五十五回

吳用使時遷偷甲
湯隆賺徐寧上山

菴耐菴當時之才○吾直無以知其際也○其忽然寫一豪傑○即居然豪傑也○其忽然寫一奸雄○即又居然奸雄也○甚至忽然寫一淫婦○即○

居然淫婦今此篇寫一偷兒即又居然偷兒也人亦有言非聖人不知聖人然則非豪傑不知豪傑非奸雄不知奸雄也耐菴寫豪傑居然豪傑然則耐菴之爲豪傑可無疑也獨怪菴寫奸雄又居然奸雄則是耐菴之爲奸雄又無疑也雖然吾疑之矣夫豪傑必有奸雄之才奸雄必有豪傑之氣以豪傑兼奸雄以奸雄兼豪傑以擬耐菴容當有之若夫耐

菴之非淫婦偷兒斷斷然也今觀其寫淫婦居然淫婦寫偷兒居然偷兒則又何也噫嘻吾知之矣非淫婦定不知淫婦非偷兒定不知偷兒也謂耐菴非淫婦非偷兒者此自是未臨文之耐菴耳夫當其未也則豈惟耐菴非淫婦即彼淫婦亦實非淫婦豈惟耐菴非偷兒即彼偷兒亦實非偷兒經曰不見可欲其心不亂羣天下之族莫非王者之民也若

夫既動心而爲淫婦既動心而爲偷見則豈惟淫婦偷見而已惟耐菴於三寸之筆一幅之紙之間實親動心而爲淫婦親動心而爲偷見既已動心則均矣又安辯泚筆點墨之非入馬通姦泚筆點墨之非飛簷走壁耶經曰因緣和合無法不有自古淫婦無印板偷漢法偷兒無印板做賊法才子亦無印板做文字法也因緣生法一切具足是故龍樹著

書以破因緣品而弁其篇蓋深惡因緣而耐菴作水滸一傳直以因緣生法爲其文字總持是深達因緣也夫深達因緣之人則豈惟非淫婦也非偷兒也亦復非奸雄也非豪傑也何也寫豪傑奸雄之時其文亦隨因緣而起則是耐菴固無與也或問曰然則耐菴何如人也曰才子也何以謂之才子也曰彼固宿講於龍樹之學者也講於龍樹之學則菩

薩也菩薩也者眞能格物致知者也

讀此批也其於自治也必能畏因緣畏因緣者是學爲聖人之法也傳稱戒愼不睹恐懼不聞是也其於治人也必能不念惡不念惡者是聖人忠恕之道也傳稱王道平平王道蕩蕩是也天下而不乏聖人之徒其必有以教我也

此篇文字變動又是一樣筆法如欲破馬忽

賺鎗欲賺鎗忽偷甲錄馬生鎗鐮鎗生甲一也呼延既有馬又有砲徐寧亦便既有鎗又有甲呼延馬雖未破砲先為山泊所得徐寧亦便鎗雖未教甲先為山泊所得二也讚呼延踢雪騅時凡用兩那馬句讚徐寧賽唐猊時亦便用兩那副甲句三也徐家祖傳鎗法湯家却祖傳鎗樣二祖傳字對起便忽然從意外另生出一祖傳甲來四也於三回之前

遥遥先插鐵匠已稱奇絶却不知已又於數十回之前遥遥先插鐵匠五也

寫時遷入徐寧家已是更餘而徐寧夫妻偏不便睡寫徐寧夫妻睡後已入二更餘而時遷偏不便偷所以者何蓋製題以搆文也不搆文而儻求了題然則何如并不製題之爲愈也

前文寫朱全家眷忽然添出令郎二字者所

以反襯知府舐犢之情也此篇寫徐寧夫妻忽然又添出一六七歲孩子者所以表徐氏之有後而先世留下鎮家之甲定不肯漫然輕棄於人也作文向閒處設色惟毛詩及史遷有之耐菴真正才子故能竊用其法也

寫時遷一夜所聽說話是家當語是恩愛語是主人語是使女語是樓上語是寒夜語是當家語是貪睡語句句中間有眼兩頭有稜

不只死寫幾句而已

寫徐家樓上夫妻兩箇說話却接連寫兩夜妙絕奇絕

湯隆徐寧互說紅羊皮匣子徐寧忽向內裏增一句云裏面又用香綿裹住湯隆便忽向外面增一句云不是上面有白綠刺着綠雲頭如意中間有獅子滚繡毬的只紅羊皮匣子五字何意其中又有此兩番色澤知此法

者賦海欲得萬言固不難也

繇東京至山泊其爲道里不少便分出三段

賺法來妙不可言

正賺徐寧時只用空紅羊皮匣子及賺過徐

寧後却反兩用鴈翎砌就圈金賽唐猊甲實

者虛之虛者實之眞神掀鬼踢之文也

話說當時湯隆對衆頭領說道小可是祖代打造

軍器爲生先父因此藝上遭際老种經畧相公得

做延安知寨先朝曾用這連環甲馬取勝欲破陣時須用鉤鐮鎗可破湯隆祖傳已有畫樣在此若要打造便可下手【未有鎗法已有鎗樣未有教鎗人先有打鎗手又是一樣出題法。○鎗法祖傳。鎗樣亦祖傳。下因別生出一樣祖傳寶貝來。妙絕。】湯隆雖是會打却不會使【忽然一擒。忽然一縱。筆勢變動。】若要會使的人只除非是我那個姑舅哥哥【不必姑舅哥哥也。先寫是姑舅哥哥者。為便於得知藏甲之處也。】會使這鉤鐮鎗法只有他一個教頭他家祖傳習學不教外人【此三句。見非徐寧不可。】或是馬上或是步行都有法則此三句。見非教使不可。端的使動神出鬼沒一箇人讚。說言未了林冲問道莫不是見做金鎗班教師徐寧湯隆稱歎半日。却忽然換林冲口。出其名字。雖爲東京二字關鎖。然文勢亦極變動也。湯隆應道正是此人林冲道你不說起我也忘了這徐寧的金鎗法先襯一句作賓。鉤鐮鎗法次出主。○湯隆獨讚鉤鐮者。爲破呼延計也。林冲并讚金鎗者。爲識徐寧註也。端的是天下獨步在京師時多與我相會較量武藝彼此相敬相愛又一箇人讚。○不惟讚徐寧。兼復自讚矣。妙筆。只是如何能彀得他上山來湯隆道、徐寧祖傳一件寶貝徐既祖傳鎗法，湯又祖傳鎗樣，則破呼延，固必用鈎鐮；而教鈎鐮，固必賺徐寧矣。今便就兩箇祖傳上，再生出一箇祖傳來，成此一篇絕妙奇文，則真正憑空結撰之才也。世上無對、乃是鎮家之寶。湯隆此時曾隨先父知寨往東京視探姑姑時多曾見來。是一副鴈翎砌就圈金甲寫得活現。○上是眼見，下是耳聞，妙絕。這副甲一句這副甲。○讚踢雪烏騅時，用兩那馬句；讚鴈翎金甲時，用兩這甲句，各成異樣花色。披在身上、又輕又穩四字寫出一副妙甲來。○輕是甲之材，穩是甲之德。刀劍箭矢急不能透此句補讚入上四字內。人人都喚做賽唐猊名色奇妙。多有貴公子要求一見造次不肯與人看此句既顯徐寧極愛。又顯湯隆獨知。這副甲又一句這副甲。是他的性命五字寫愛甲入神。然正爲追賊作地也。用一箇皮匣子盛着直掛在臥房中梁上非姑舅兄弟。何從得知若是先對付得他這副甲來時不繇他不到這里𠸄用道若是如此何難之有放着有高手弟兄在此耐菴用人之法如此。今次却用着鼓上蚤時遷去走一遭時遷隨即應道只怕無此一物在彼若端的有時好歹定要取了來湯隆道你若盜得甲來我便包辦賺他上山宋江問道你如何去賺他上山湯隆去宋江耳邊低低說了數句宋江笑道此計大妙吳學究道再用得三箇人同上東京走一遭一箇到京收買煙火藥料并砲內用的藥材（百忙中忽然插出別事妙筆）兩箇去取凌統領家老小（妙筆）彭玘見了便起身稟道若得一人到潁州取得小弟家眷上山實拜成全之德（上文百忙中忽然插出二事雖與偷甲無涉然猶是東京順帶之事若此句則并不關東京矣亦就百忙中一齊插出不惟妙筆真奇筆）

也。宋江便道。團練放心。便請二位修書。小可自教人去便喚楊林可將金銀書信帶領伴當前往潁州取彭玘將軍老小。薛永扮作使鎗棒賣藥的往東京取凌統領老小。李雲扮作客商同往東京收買煙火藥料等物。樂和隨湯隆同行。又挈薛永往來作伴。一面先送時遷下山去了。看他寫衆人起身。又分作三次。不肯作一率筆。次後且叫湯隆打起一把鈎鐮鎗做樣入下偷甲文既畢。即徐寧已到山寨矣。打鎗安頓此處。妙絕。却叫雷橫提調監督新鐵匠下。又陪出一舊鐵匠。奇不可言。○倒插鐵匠於三回之前。已謂奇不可言。又豈知先已倒插一位於數十回之前耶。再說湯隆打起鈎鐮鎗樣子、教山寨裏打軍器的照着樣子打造。自有雷横提督、不在話下。大寨做箇送路筵席。當下楊林薛永李雲樂和湯隆辭別下山去了。起身。第二番 次日又送戴宗下山往來探聽事情。起身。第三番 這段話一時難盡。這里

○○○○

且說時遷忽然安放看官一句。只謂少間定將逐段說來。却不知其騙我也。離了梁山泊、身邊藏了、暗器諸般行頭、在路迤逦來到

東京投箇客店安下了次日楚進城來尋問金鎗班教師徐寧家有人指點道入得班門裏靠東第五家黑角子門便是如畫時遷轉入班門裏班門先看了前門前門次後楚來相了後門後門見是一帶高墻墻墻裏望見兩間小巧樓屋樓側首却是一根戧柱戧柱。每欲畫出一篇絕妙文字。必先向前文一一將應用字眼。逐件排出。如棋家先列後着也。時遷看了一回又去街坊問道徐教師在家裏麼人應道直到晚方歸來五更便去內裏隨班明日

第一節　時遷捵入班門

五更事。鄰舍隔曉先說。便見不是担湊之文。時遷叫了相擾。且回客店裏來。取了行頭。藏在身邊。分付店小二道。我今夜多敢是不歸。炤管房中則箇。小二道。但放心自去。這里禁城地面。並無小人。○劈面注射語。讀之絕倒。與瓦官寺和尚對會。智深說。那里似箇出家人。只像綠林中強盜一般。是一樣文法。時遷再入到城裏。買了些晚飯喫了。却踅到金鎗班徐寧家左右看時。沒一箇好安身去處。入手忽作一跌。令人吃驚。看看天色黑了。時遷捵入班門裏面。一層。是夜寒冬天色。却無月光不惟點出時景亦復安放時遷一夜。時遷看見土地廟後一株大栢樹便把兩隻腿夾定一節節爬將樹頭頂上去騎馬兒坐在枝柯上又一層。悄悄望時只見徐寧歸來望家裏去了只見如畫。只見班裏兩個人提出燈籠出來關門把一把鎖鎖了各自歸家去了只見如畫。第一只見是主。第二只見是賓。第三只見賓主雙亡。只此小小一段。便是妙絕之文。早聽得譙樓禁鼓却轉初更初更雲寒星斗無光露散霜花漸白只見班裏靜悄悄地只見如畫只見徐寧歸家只見兩人關門只見

第三節時遷下樹爬過墻伏廚外

第四節時遷從䧺柱上[illegible]

靜悄悄地。前兩只見。是有所見。後一只見。是無所見。添畫出做賊人眼中節次。却從樹上溜將下來踅到徐寧後門邊從墻上下來不費半點氣力爬將過去又一層。看裏面時却是箇小小院子時遷伏在廚房外張時見廚房下燈明兩箇嬭嬛兀自收拾未了是收拾將了之辭。便省却徐寧夫妻喫晚飯一段也。時遷却從䧺柱上盤到膊風板邊伏做一塊兒張那樓上時見那金鎗手徐寧和娘子對坐爐邊向火寫出寒冬景界懷裏抱着一箇六七歲孩兒偏寫出不是便睡光景。妙絕。徐寧有見妙。前未全有見。所以能推知府愛子之心。此徐寧有見。所以寶惜幾世留傳之甲也。

時遷看那卧房裏時。見梁上果然有箇大皮匣拴在上面。○指出正經題目。○張見皮匣是主。并張見弓箭腰刀衣服是賓。張見皮匣後。又必張見弓箭腰刀衣服者。多恐單寫皮匣。便令房中寒儉也。○賊眼中無所不見。寫來如畫。房門口掛着一副弓箭。一口腰刀。衣架上掛着各色衣服。上張見皮匣是主。此又張見弓箭腰刀衣服乃賓也。然亦活襯出內裏隨直裝束來。徐寧口裏叫道。梅香。你來與我摺了衣服。上寫弓箭腰刀衣服。只是陪伴皮匣。使不寂寞耳。此忽然便就三句內。抽出衣服一句來。另自細細描寫一通。以見本日真從內裏隨直出來。却又句句恰與匣中金甲。先作映襯。別成異樣色澤也。下面一箇婭嬛上來。就側首春臺上先摺了一領紫綉圓領一。又摺一領官緑襯裏襖子二。并下面五色花繡踢串三。一箇護項彩色錦帕四。一條紅緑結子并手帕一包五。另用一箇小黃帕兒包着一條雙獺尾荔枝金帶六。此六句與金甲映襯。共放在包袱內此一句與皮匣映襯。把來安在烘籠上此一句與梁上映襯。時遷都看在眼裏本爲梁上匣中金甲而來。却反看了烘籠上包袱內許多衣服。做賊真有如此苦事。約至二更以後二更交三更·徐寧收拾上牀娘子問道明日隨直也不徐寧道明日正是天子駕幸龍符宮須用早娓娓如畫起五更去伺候不惟說明日出去必早之故·亦并說明日歸來獨遲之故矣·娘子聽了便分付梅香道官人明日要起五更出去隨班你們四更起來燒湯安排點心只一五更隨直·街上隣舍先說·隔夜娘子又先說·妙絕·○向火·美見·指衣服後·偏問此一段話·便令匆匆早睡有故·時遷自忖道眼見得梁上那箇皮匣子便是盛甲在裏面我若趕半夜下手便好倘若鬧將起來明日出

第五節時遷溜至樓窗外

不得城却不悮了大事且捱到五更裏下手不遲偏寫作不便偷。○此篇是全副賊文章。故上寫賊眼賊腸。此寫賊心肝。後寫賊手脚也。聽得徐寧夫妻兩口兒上牀睡了一聽得字。兩箇㛹嬛在房門外打鋪若作一癡。令人喫驚。房裏桌上却點着碗燈那五箇人都睡着了兩箇梅香一日伏侍到晚精神困倦鹘鹘打呵活畫小兒女。時遷溜下來去身邊取箇蘆管兒就牕櫺眼裏只一吹把那碗燈早吹滅了又一層。看看伏到四更左側四更。徐寧起來便喚㛹嬛起來

第六節　時遷仍從戧柱溜下伏後門外

第七節　時遷潛入廚房伏廚卓

燒湯、那兩箇使女從睡夢裏起來、活畫小兒女。看房裏沒了燈、叫道、阿呀、今夜却沒了燈、徐寧道、你不去後面討燈等幾時、睡似下半句催促梅香、却不知上半句引逗時遷也。妙絕。那箇梅香開樓門下胡梯響、時遷聽得、二聽得字。却從柱上只一溜來到後門邊黑影裏伏了。又一層。聽得嬭嬛正開後門出來、便去開墻門、三聽得字。只見他去開墻門、不知他去討火。寫得妙絕。時遷却潛入廚房裏、貼身在廚卓下。又一層。梅香討了燈火入來、又去關門、閒細之筆。却來竈前燒火這箇女使也起來生炭火上樓去一上去。又寫出寒景。多時湯滾捧面湯上去二上去。上徐寧洗漱了叫盪些熱酒上來寫出寒景。婭嬛安排肉食炊餅上去三上去。上炭火上去。面湯上去。肉食上去。三上去字。都是廚卓下人分中語。徐寧喫罷叫把飯與外面當直的喫又有此閒細之筆。時遷聽得徐寧下來叫伴當喫了飯背着包袱拿了金鎗出門四聽得字。二十四字句。兩箇梅香點着燈送徐寧出去不惟時事如畫。亦爲遣開梅香。便於時遷入來耳。時遷卻從廚卓下出來便上樓去

第八節時遷上樓伏梁上

從槅子邊直蹅到梁上却把身軀伏了（又一層）兩箇婭嬛又關閉了門戶吹滅了燈火（此是提燈細極）上樓來脫了衣裳倒頭便睡（活畫小兒女）時遷聽得兩箇梅香睡着了（五聽得字）在梁上把那蘆管兒指燈一吹那燈又早滅了時遷却從梁上輕輕解了皮匣（又一層）正要下來徐寧的娘子覺來聽得響（忽作險筆令人喫驚）叫梅香道梁上甚麼響時遷做老鼠叫（妙）婭嬛道娘子不聽得是老鼠叫因厮打這般響（小兒女貪睡怕冷不肯起）

第九節時遷溜下梁來　第十節時遷去了

來。便隨口附會一句。真乃如畫。時遷就便學老鼠廝打溜將下來反借此語而下。奇妙之極。悄悄地開了樓門欵欵地背着皮匣下得胡梯從裏面直開到外門偷甲畢。來到班門口已自有那隨班的人出門四更便開了鎖如此一段奇文。却將兩頭隨班人下鎖開鎖作章法。奇絕。時遷得了皮匣從人隊裏趂鬧出去了一口氣迸出城外到客店門前此時天色未曉敲開店門去房裏取出行李拴束做一担兒挑了計算還了房錢出離店肆投東便走行到四十里外方纔去食店裏打火做些飯喫只見一箇人也撞將入來（寫得突兀）時遷看時不是別人却是神行太保戴宗見時遷已得了物兩箇暗暗說了幾句話戴宗道我先將甲投山寨去（妙妙）你與湯隆慢慢地來時遷打開皮匣取出那副鴈翎鎖子甲來做一包袱包了戴宗拴在身上出了店門作起神行法自投梁山泊去了時遷却把空皮匣子明明的拴在担子上（奇奇妙妙）喫了飯食還了打火錢挑

上担見出店門便走到二十里路上撞見湯隆兩箇便入酒店裏商量湯隆道你只依我從這條路去（妙妙）但過路上酒店飯店客店門上若見有白粉圈兒（奇奇妙妙）你便可就在那店裏買酒買肉喫客店之中就便安歇特地把這皮匣子放在他眼睛頭（奇奇妙妙）離此間一程外等我（奇奇妙妙）時遷依計去了湯隆慢慢地喫了一回酒却投東京城裏來且說徐寧家裏天明兩箇婢嬛起來只見樓門也開了下

面中門大門都不關。慌忙家裏看時，一應物件都

○有［寫得變動。］兩箇婭嬛上樓來對娘子說道：不知怎的

門戶都開了，却不曾失了物件。娘子便道：［便道者，不起身而道也。一寫不曾失物，一寫寒天懶起，的的如畫。］

五更裏聽得梁上響，你說是老鼠厮打，你且看那皮匣子沒甚事麽？［何遽便及皮匣，故從五更鼠打而入，妙妙。不更作俄延，竟瞥然而入，妙妙。］

兩箇婭嬛看了，只叫得苦：皮匣子不知那里去了。那娘子聽了，慌忙

起來。［聽得不曾失物，且卧而不起；聽得不見皮匣，便慌忙起來。只一娘子起身，亦必挑剔盡妙。］

（如此）道快央人去龍符宮裏報與官人知道、教他早來跟尋婭嬛、急急尋人去龍符宮報徐寧、連央了三四替人（寫忙處忙極）都回來說道金鎗班直隨駕內苑去了（寫緩處緩極）外面都是親軍護禦守把誰人能彀入去（緩處緩極）直須等他自歸（緩處緩極）徐寧娘子并兩個婭嬛、如熱鏊子上螞蟻走頭無路、不茶不飯慌做一團（寫忙處忙極）徐寧直到黃昏時候（寫緩處緩極）方纔卸了衣袍服色、着當直的背了（緩處緩極）將着金鎗慢慢家來（緩處緩極。）到得班門口，隣舍說道（偏寫隣舍說，表出家中嚷做一片。）娘子在家失盜，等候得觀察不見回來。徐寧喫了一驚（先知失賊，次知失甲，寫喫驚都有輕重。）慌忙走到家裏，兩箇婭嬛迎門道（先是隣舍，次是婭嬛，先是娘子，次是娘子，如畫。）官人五更出去，却被賊人閃將入來，單單只把梁上那箇皮匣子盜將去了。徐寧聽罷，只叫那連聲的苦，從丹田底下直滾出口角來（奇語。）娘子道，這賊正不知幾時閃在屋裏（寫娘子活是娘子。〇鄰舍說，婭嬛又說，娘子只應如此矣。）徐寧道（不荅娘子。）

妙絕。別的都不打緊、這副鴈翎甲乃是祖宗留傳四代之寶、不曾有失。花兒王太尉曾還我三萬貫錢、我不曾捨得賣與他、忽然揑出一段事。妙絕。恐怕久後軍前陣後要用、生怕有些差池、因此拴在梁上。多少人要看我的、只推沒了。今次聲張起來、枉惹他人恥笑。或問失此寶貝、何得不去緝捕、故作此語解之。不去緝捕、便單等湯隆矣。今却失去、如之柰何。徐寧一夜睡不着、思量道：不知是甚麽人盜了去。自問。也是曾知我這副甲的人。自答。活畫出失物人家•恍恍惚惚•心口問答來•娘子想道敢是夜來滅了燈時那賊已躲在家裏了亦自答還自問•前娘子問徐寧不答•此徐寧自問自答•娘子不接話頭•亦只是自答•活畫出失物人家•恍恍惚惚•東猜西測來•必然是有人愛你的將錢問你買不得因此使這箇高手賊來盜了去此一段•與花兒太尉一段對•你可央人慢慢緝訪出來別作商議且不要打草驚蛇此一段•與狂蕩恥笑一段對•徐寧聽了到天明起來坐在家中納悶早飯時分只聽得有人扣門當直的出去問了名姓入來報道是失

物觸問人家氣色 有箇延安府湯知寨兒子湯隆特來拜望徐寧聽罷教請進客位裏相見湯隆見了徐寧納頭拜下說道哥哥一向安樂徐寧答道聞知舅舅歸天去了一者官身羈絆二乃路途遙遠不能前來弔問並不知兄弟信息一向正在何處今次自何而來湯隆道言之不盡自從父親亡故之後時乖運蹇一向流落江湖今從山東逕來京師探望兄長徐寧道兄弟少坐便叫安排酒食相待湯

隆去包袱內取出兩錠蒜條金重二十兩送與徐

寧〇是鈎鐮教師聘禮爲之一笑〇有此便見不是爲甲報信而來說道先父臨終

之日留下這些東西教寄與哥哥做遺念爲因無

心腹之人不曾捎來今次兄弟特地到京師納還

哥哥徐寧道感承舅舅如此掛念我又不曾有半

分孝順處怎地報答湯隆道哥哥休恁地說先父

在日之時常是想念哥哥這一身武藝只恨山遥

水遠不能彀相見一面因此留這些物與哥哥做

遺念徐寧謝了湯隆交收過了且安排酒來管待湯隆和徐寧飲酒中間徐寧只是眉頭不展面帶憂容湯隆起身道哥哥如何尊顏有些不喜心中必有憂疑不决之事徐寧歎口氣道兄弟不知一言難盡夜來家間被盜湯隆道不知失去了多少物事（妙絕便劚出單單二字來）徐寧道單單只盜去了先祖留下那副鴈翎鎖子甲又喚做賽唐猊昨夜失了這件東西以此心下不樂湯隆道哥哥那副甲兄弟

也曾見來端的無比先父嘗嘗稱讚不盡（說我先人。便剔起彼先人。說我先人猶稱讚不盡。便剔起彼先人着實寶惜。葢分明勸之必追矣。）却是放在何處被盜了去（若在山泊中並不曾說梁上也者。）徐寧道我把一箇皮匣子盛着拴縛在卧房中梁上正不知賊人甚麼時候入來盜了去湯隆問道却是甚等樣皮匣子盛着（若在酒店中並不曾見紅羊皮也者。）徐寧道是箇紅羊皮匣子盛着裏面又用香綿裹住（忽然在紅羊皮裡。另又添出一樣鋪設。妙不可言。）湯隆失驚道紅羊皮匣子（接口說五箇一頓頓住。妙）

絕。問道俗本失問道二字。便令上文紅羊皮匣子五字。不得一頓神色。便藏多少。不是上面有白綫刺着綠雲頭如意中間有獅子滾繡毬的徐寧在紅羊皮匣裡添出色澤。湯隆在紅羊皮匣外添出色澤。妙文對剔而起。妙不可言。徐寧道兄弟你那里見來湯隆道小弟夜來離城四十里在一箇村店裏沽酒喫見箇鮮眼睛黑瘦漢子一百八人。有正出身便畫者。有未出身先畫出者。有已出身。却不畫。少間別借一人眼中畫出者。奇莫奇於時遷。在四十五回出身。直至此篇方與一畫也。担兒上挑着我見了心中也自暗忖道這箇皮匣子却是盛甚麼東

此第一段望空趕

西的只此三行文字亦分作三段讀第一段是紅羊皮匣臨出門時我摑道
你這皮匣子作何用那漢子應道原是盛甲的第二段是盛甲紅羊皮匣如今胡亂放些衣服第三段是空紅羊皮匣妙絕必
是這箇人了我見那廝却似閃朒了腿的一步步
挑着了走奇奇妙妙見必可追着何不我們追趕他去徐寧
道若是趕得着時却不是天賜其便湯隆道既是
如此不要擔閣便趕去罷不令再計行兵如脫兎此之謂也徐寧
聽了急急換上麻鞋帶了腰刀提條朴刀便和湯

隆兩箇出了東郭門、拽開脚步、迤邐趕來、前面見有白圈壁上酒店裏湯隆道我們且喫碗酒了趕就這里問一聲、（奇奇妙妙。）湯隆入得門坐下、便問道主人家借問一聲、曾有箇鮮眼黑瘦漢子挑箇紅羊皮匣子過去麽、店主人道、昨夜晚是有這般一箇人挑着箇紅羊皮匣子過去了、一似腿上喫跌了的一步一攧走、（此句不曾問、却荅出來。文字變動之極。）湯隆道哥哥你聽却何如（一路湯隆語。段段作跳躑之調。）徐寧聽了、做聲不得是氣昏人○○○○○○○○○○○○兩箇連忙還了酒錢出門便去前面又見一箇客店壁上有那白圈湯隆立住了脚奇奇妙妙說道哥哥兄弟走不動了和哥哥且就這客店裏歇了明日早去趕徐寧道我却是官身倘或點名不到官司必然見責如之奈何湯隆道這箇不用兄長憂心嫂嫂必自推箇事故當晚又在客裏問時店○

○○○○○○○○○○○○

小二答道昨夜有一箇鮮眼黑瘦漢子此句前准湯隆口中此在小二口中文字變動之極在我店裏歇了一夜直睡到今日

○○○○○○○○○○○○○

小日中方纔去了（前店顯說趺胁，此店虛寫趺胁，文字變動之極。）口裏只問山東路程（忽然插出路引，妙絕。）湯隆道：恁地可以趕了（段段作踢跳之調。）當夜兩箇歇了，次日起箇四更，離了客店，又迤邐趕來。湯隆但見壁上有白粉圈兒，便做買酒買食，喫了問路，處處皆說得一般（省文。）徐寧心中急切要那副甲，只顧跟隨着湯隆趕了去（是氣昏人。又好筆力。）看看天色又晚了，望見前面一所古廟，廟前樹下時遷放着担兒在那里坐地（奇奇妙妙。）湯隆看見

此第二段押賊遷

叫道好了（段段作踢跳之調）前面樹下那箇不是哥哥盛甲的紅羊皮匣子徐寧見了搶向前來一把揪住了時遷喝道你這廝好大膽如何盜了我這副甲來時遷道住住不要叫（如此接口匪夷所思）是我盜了你這副甲來（偏不賴匪夷所思）你如今却要怎地（反問怎地匪夷所思○奇奇妙妙）徐寧喝道畜生無禮倒問我要怎的時遷道你且看匣子裏有甲也無湯隆便把匣子打開看時裏面却是空的（奇奇妙妙○奇絶行文何等擻捷何等潔淨我一生學不到者）

徐寧道你這廝把我這副甲那里去了時遷道你聽我說小人姓張排行第一泰安州人氏本州有箇財主要結識老种經畧相公知道你家有這副鴈翎鎖子甲不肯貨賣特地使我同一箇李三兩人來你家偷盜許俺們一萬貫不想我在你家柱子上跌下來閃肭了腿因此走不動先教李三拿了甲去只留得空匣在此你若要奈何我時便到官司就拷死我也不招（一段作對）若還肯饒我時我和

你去討來還你（一段作正）徐寧躊躇了半晌决斷不下
（是氣昏人）湯隆便道哥哥不怕他飛了去只和他去討
甲（承他第二段）若無甲時須有本處官司告理（翻他第一段）
徐寧道兄弟也說得是三箇廝趕着又投客店裏
來歇了徐寧湯隆監住時遷一處宿歇（見鬼絕倒）原來
時遷故把些絹帛紮縛了腿只做悶腑了的徐寧
見他又走不動因此十分中只有五分防他三箇
又歇了一夜次日早起來再行時遷一路買酒買

肉陪告一路無事。惟恐寂寞。故特寫此一句。便有多少景色可想。若寫作徐寧湯隆買酒肉喫。便無多少景色可想也。又行了一日次日徐寧在路上心焦起來不知畢竟有甲也無正走之間只見路傍邊三四箇頭口拽出一輛空車子背後一箇人駕車傍邊一箇客人看着湯隆納頭便拜忽然變幻出來。奇奇妙妙。湯隆問道兄弟因何到此那人答道鄭州做了買賣要回泰安州去湯隆道最好更不說第二句。陡然便合。何等撇捷。何等潔淨。我一生學不到。我三箇要搭車子也要到泰安州去

此第三段上車趕

走一遭、那人道：莫說三箇上車、再多些也不計較。湯隆大喜、叫與徐寧相見。徐寧問道：此人是誰？湯隆答道：我去年在泰安州燒香、結識得這箇兄弟、姓李林連切洛、名榮云元切學。是箇有義氣的人。徐寧道：既然如此、這張一又走不動閃腿爲可趕地、今又爲搭車地、妙絕。都上車子坐地、只叫車客駕車子行。四箇人坐在車子上一箇賊、一箇失主、一箇報信人、一箇閒人、坐得好笑。徐寧問道趕甲極急、搭車又極閒、東究西審、便如活畫。張一、你且說與我那箇財主姓名時遷推托再三說道他是有名的郭大官人徐寧卻問李榮道問一箇文問一箇文畫出急文畫出閑你那泰安州曾有箇郭大官人麼李榮答道我那本州郭大官人是箇上戶財主是出得一萬貫人專好結識官宦來往是要拔老种經畧相公人門下養着多少閑人是張一李三主人只三句而句句恰怕奇奇妙妙徐寧聽罷心中想道既有主坐必不礙事文見李榮一路上說些鎗棒唱幾箇曲兒不惟引路亦已明明寫出此客人不覺又過了一日看看到梁山泊只有兩

程多路只見李榮叫車客把葫蘆去沽些酒來是
買些肉來就車子上喫三杯李榮把出一箇瓢來
先傾一瓢來勸徐寧徐寧一飲而盡李榮再叫傾
酒車客假做手脫把這一葫蘆酒都翻在地下李
榮喝叫車客再去沽些只見徐寧口角流涎撲地
倒在車子上了李榮是誰便是鐵叫子樂和力好筆
如脫面具三箇從車上跳將下來趕着車子直送到旱
地忽律朱貴酒店裏衆人就把徐寧扛扶下船都

到金沙灘上岸宋江已有人報知和衆頭領下山接着徐寧此時麻藥已醒衆人又用解藥解了徐寧開眼見了衆人喫了一驚便問湯隆道兄弟你如何賺我來到這里湯隆道哥哥聽我說小弟今次聞知宋公明招接四方豪傑因此上在武岡鎮拜黑旋風李逵做哥哥投托大寨入夥今被呼延灼用連環甲馬衝陣無計可破是小弟獻此鈎鐮鎗法只除是哥哥會使繇此定這條計使時遷先

來偷了你的甲，却教小弟賺哥哥上路，後使樂和假做李榮，過山時下了蒙汗藥，請哥哥上山來坐把交椅。徐寧道：「都是兄弟送了我也。」宋江執杯向前陪告道：「見今宋江暫居水泊，專待朝廷招安，盡忠竭力報國，非敢貪財好殺，行不仁不義之事，萬望觀察憐此真情，一同替天行道。」此數語是宋江所以賺人做強盜者。乃村學究遽許其忠義，何哉。只看他處處用，便可知。林沖也來把盞陪話繳還林沖章法。徐寧道道：「小弟亦在此間，兄長休要推却。」

湯隆兄弟你却賺我到此家中妻子必被官司擒捉如之奈何宋江道這箇不妨觀察放心只在小可身上早晚便取寶眷到此完聚晁蓋吳用公孫勝都來與徐寧陪話安排筵席作慶一面選揀精壯小嘍囉學使鈎鐮鎗法一面使戴宗和湯隆星夜往東京搬取徐寧老小旬日之間楊林自潁州取到彭玘老小薛永自東京取到凌振老小李雲收買到五車煙火藥料回寨先結餘文○中間一篇徐家金甲文字兩

頭却揷出別家別事許多餘文章法奇絕。更過數日，戴宗、湯隆取到徐寧老小上山。交結正文。徐寧見了妻子到來，喫了一驚，問是如何便得到這里。妻子答道：「自你轉背，官司點名不到，我使了些金銀首飾，只推道患病在床，因此不來叫喚。忽見湯叔叔齎着鴈翎甲來，仍用甲奇奇妙妙說道：『甲便奪得來了，哥哥只是於路染病，將次死在客店裏，叫嫂嫂和孩兒便來看視。』把我賺上車子，我又不知路逕，迤邐來到這里。」徐寧道：「兒弟好却好了只可惜將我這副甲陷在家裏了湯隆笑道好教哥哥歡喜（餘波更作一曲）打發嫂嫂上車之後我便復翻身去賺了這甲（甲賺人人賺甲一時幾轉變動之極）誘了這兩箇婭嬛收拾了家中應有細軟做一担兒挑在這里徐寧道恁地時我們不能彀回東京去了湯隆道我又教哥哥再知一件事來（再作一曲餘波之餘）在半路上撞見一夥客人我把哥哥鴈翎甲穿了（仍用甲奇奇妙妙）搽畫了臉說哥哥名姓刼了那夥客人

的財物、這早晚東京已自遍行文書、捉拿哥哥、徐寧、道兄弟你也害得我不淺、晁蓋宋江都來陪話、道若不是如此觀察、如何肯在這里住、隨即撥定房屋與徐寧安頓老小、衆頭領且商議破連環馬軍之法、此時雷橫監造鈎鐮鎗已都完備（與前呼應。得此一呼一應、使如從前偷甲賺人之時、皆打造鈎鐮之時也。）宋江吳用等啓請徐寧、教衆軍健學使鈎鐮鎗法、徐寧道小弟今當盡情剖露、訓練衆軍頭目、揀選身材長壯之士、衆

頭領都在聚義廳上看徐寧選軍說那箇鉤鐮鎗法有分教三千甲馬登時破一箇英雄指日降畢

○○○○○○○

竟金鎗徐寧怎的敷演鉤鐮鎗法且聽下回分解

第五才子書施耐菴水滸傳卷之六十一

聖歎外書

## 第五十六回

徐寧教使鈎鐮鎗
宋江大破連環馬

看他當日寫十隊誘軍不分方面只是一齊下去至明日寫三面誘軍亦不分隊號只是一齊擁起雖一時紙上文勢有如山雨欲來

野火亂發之妙然畢竟使讀者胸中茫不知其首尾乃在何處亦殊悶悶也乃悶悶未幾忽然西北閃出穆弘穆春正北閃出解珍解寶東北閃出王矮虎一丈青七隊雖戰苦雲滚三隊已龍沒爪現有七隊之不測正顯三隊之出奇有三隊之分明轉顯七隊之神變不寧惟是而已又於鳴金收軍各請功賞之後陡然又閃出劉唐杜遷一隊來鳴呼前乎

此者有戰矣後乎此者有戰矣其書法也或先整後變或先滅後明奇固莫奇於今日之通篇不得分明至煞尾忽然一閃一閃一閃三閃之後已作隔尾又忽然兩人一閃也當日寫某某是十隊某某是放砲某某是號帶調撥已定至明日忽然寫十隊忽然寫放砲忽然寫號帶於是讀者正讀十隊忽然是放砲正讀放砲忽然又是十隊正讀十隊忽

然是號帶正讀號帶忽然又是放砲遂令纖
上一時亦復岌岌搖動不能不令讀者目眩
耳聾而殊不知作者正自心閒手緩也異哉
技至此乎

吾讀呼延愛馬之文而不覺垂淚浩歎何也
夫呼延愛馬則非爲其出自殊恩也亦非爲
其神駿可惜也又非爲其藉此恢復也夫天
下之感莫深於同患難而人生之情莫重於

周旋久益同患難則曾有生死一處之許而周旋久則眞有性情如一之誼也是何論親之與疏是何論人之與畜是何論有情之與無情吾有一蒼頭自幼在鄉塾便相隨不捨雖天下之騃無有更甚於此蒼頭也者然天下之愛吾則無有更過於此蒼頭者也而不虞其死也吾友有一蒼頭自與吾友往還便與之風晨雨夜同行共住雖天下之騃又無

有更甚於此蒼頭也者然天下之知吾則又無有更過於此蒼頭者也而不虞其去也吾有一玉鉤其質青黑製作朴略天下之弄物無有更賤於此鉤者自周歲時吾先王母繫吾帶上無日不在帶上猶五官之第六十指之一枝也無端渡河墜於中流至今如缺一官如隳一指也然是三者猶有其物也吾數歲時在鄉塾中臨窓誦書每至薄暮書完日

落窓光蒼然如是者幾年如一日也吾至今暮窓欲暗猶疑身在舊塾也夫學道之人則又何感何情之與有然而天下之人之言感言情者則吾得而知之矣吾蓋深惡天下之人之言感言情無不有爲爲之故特於呼延愛馬表而出之也

話說晁蓋宋江吳用公孫勝與衆頭領就聚義廳上啓請徐寧教使鉤鐮鎗法衆人看徐寧時果是

一表好人物六尺五六長身體團團的一箇白臉三牙細黑髭髯十分腰圍膀闊（就衆人眼中看出。）選軍已罷便下聚義廳來拿起一把鈎鐮鎗自使一回衆人見了喝采徐寧便教衆軍道但凡馬上使這般軍器就腰胯裏做步上來上中七路三鈎四撥一搠一分共使九箇變法（此一段是鈎鐮變法是賓。）若是步行使這鈎鐮鎗亦最得用先使入步四撥蕩開門戶十二步一變十六步大轉身分鈎鐮搠繳二十四步那上攢下鈎東撥西三十六步渾身蓋護奪硬鬭強此是鈎鐮鎗正法（此一段是鈎鐮正法是主。）有詩訣爲證四撥三鈎通七路共分九變合神機二十四步那前後一十六翻大轉圍（以詩訣總結上二段。○竟似考工記文字。）徐寧將正法一路路敷演教衆頭領看衆軍漢見了徐寧使鈎鐮鎗都喜歡就當日爲始將選揀精銳壯健之人曉夜習學又教步軍藏林伏艸鈎蹄搜腿下面三路暗法（又補一句。）不到半月之間教成山寨五七百人宋江并衆頭領看了大喜準備破敵却說呼延灼自從折了彭玘凌振每日只把馬軍來水邊搦戰山寨中只教水軍頭領牢守各處灘頭水底釘了暗樁呼延灼雖是在山西山北兩路出哨决不能彀到山寨邊梁山泊却叫凌振製造了諸般火砲尅日定時下山對敵學使鈎鐮鎗軍士已都成熟宋江道本是徐寧訓練吳用調撥乃大書宋江者此篇抗拒王師罪在不赦特書盡出宋江之謀所以深著其惡也不才淺見未知合衆位心意否

吳用道願聞其略宋江道明日並不用一騎馬軍衆頭領都是步戰是孫吳兵法却利於山林沮澤今將步軍下山分作十隊誘敵是但見軍馬衝掩將來都望蘆葦荊棘林中亂走却先把鉤鐮鎗軍士埋伏在彼是每十個會使鉤鐮鎗的間着十個撓鉤手是但見馬到一攪鉤翻便把撓鉤搭將入去捉了平川窄路也如此埋伏此法如何吳學究

○本是吳用調撥此反書道作吳用答是春秋筆法正應如此藏兵捉將徐

寧道本是徐寧訓練。此反書作徐寧荅。是春秋筆法。鉤鐮鎗并撓鉤正是此法。宋江當日分撥十隊步軍人馬。劉唐杜遷引一隊。一穆弘穆春引一隊。二楊雄陶宗旺引一隊。三朱仝鄧飛引一隊。四解珍解寶引一隊。五鄒淵鄒閏引一隊。六一丈青王矮虎引一隊。七薛永馬麟引一隊。八燕順鄭天壽引一隊。九楊林李雲引一隊。十這十隊步軍先行下山誘引敵軍再差李俊張橫張順三阮童威童猛孟康九箇水軍頭領乘駕戰船接應十一再叫花榮秦明李應柴進孫立歐鵬六箇頭領乘馬引軍只在山邊搦戰十二凌振杜興專放號砲十三却叫徐寧湯隆總行招引使鈎鐮鎗軍士十四中軍宋江吳用公孫勝戴宗呂方郭盛總制軍馬指揮號令十五其餘頭領俱各守寨十六宋江分撥已定是夜三更先載使鈎鐮鎗軍士過渡四面去分頭埋伏已定（寫得明畫之極）四更却渡十隊步軍過去（明畫之極）凌振杜興載過風火砲架上高埠

去處豎起砲架閣上火砲明畫之極。徐寧湯隆各執號帶渡水明畫之極。○此處寫得明畫。已後便縱橫滅沒。不復知其首尾何處。又是一樣章法。平明時分宋江守中軍人馬隔水擂鼓吶喊搖旗論調撥。則中軍乃居最後。論挑戰。則中軍獨居最先。又是一樣章法。○極似先用中軍。却獨不用中軍。奇絕。呼延灼正在中軍帳內聽得探子報知傳令便差先鋒韓滔先來出哨隨即鎖上連環甲馬呼延灼全身披掛騎了踢雪烏騅馬仗着雙鞭大驅軍馬殺奔梁山泊來隔水望見宋江引着許多人馬（奇景如畫）呼延灼教擺開馬軍先鋒韓滔來與呼延灼商議道正南上一隊步軍不知多少的呼延灼道休問他多少只顧把連環馬衝將去韓滔引着五百馬軍飛哨出去又見東南上一隊軍兵起來却欲分兵去哨只見西南上又有起一隊旗號招颭吶喊韓滔再引軍回來對呼延灼道南邊三隊賊兵都是梁山泊旗號呼延灼道這廝許多時不出來廝殺必有計策（第一段南方三隊逐隊寫出）說猶未了只

聽得北邊一聲砲響敘十隊誘軍，就便闘入砲聲，離奇錯落，筆力奇絕。○十隊擁起之時，即施放號砲之時，既不可單敘十隊，又敘放砲，又不可敘畢十隊，方敘放砲，得此奔橫之筆，一齊夾襍寫出，令人耳目震動。呼延灼罵道這砲必是凌振從賊教他施放寫出懊惱，令人失笑。衆人平南一望只見北邊又擁起三隊旗號第二段，北方三隊，一句寫出。呼延灼對韓滔道此必是賊人奸計我和你把人馬分爲兩路我去殺北邊人馬你去殺南邊人馬正欲分兵之際只見西邊又是四隊人馬起來第三段，西方四隊，亦一句寫出。呼延灼心慌又聽得正北上連珠砲響一帶直接到土城上那一個母砲週廻接着四十九箇子砲名爲子母砲響處風威大作又極寫砲聲紙上皆岌岌震動○離奇錯落筆力奇絕○十隊既是誘軍便寫不出聲勢却借放砲寫出十隊聲勢來妙筆呼延灼軍兵不戰自亂急和韓滔各引馬步軍兵四下衝突這十隊步軍東趕東走西趕西走此十三字是敘徐寧湯隆號帶之功非敘十隊也○看他寫得誘敵者放砲者招引者人人用命色色精神妙絕呼延灼看了大怒引兵望北衝將來望北第一段宋江軍兵盡

拔蘆葦中亂走呼延灼大驅連環馬捲地而來那甲馬一齊跑發收勒不住盡望敗葦折蘆之中枯艸荒林之內跑了去又算註又算畫註得明畫得活只聽裏面胡哨響處鈎鐮鎗一齊舉手先鈎倒兩邊馬脚中間的甲馬便自咆哮起來又算註又算畫註得明畫得活那撓鈎手軍士一齊搭住蘆葦中只顧縛人呼延灼見中了鈎鐮鎗計便勒馬回南邊去趕韓滔望南第二段背後風火砲當頭打將下來又忽寫砲離奇錯落筆力奇絕這邊那邊

漫山遍野都是步軍追趕着韓滔呼延灼部領的連環甲馬亂滾滾都顛入荒艸蘆葦之中盡被捉了二人情知中了計策縱馬去四面跟尋馬軍奪路奔走時更兼那幾條路上麻林般攏着梁山泊旗號不敢投那幾條路走一直便望西北上來望西

第三段 行不到五六里路早擁出一隊强人當先兩箇好漢攔路一箇是沒遮攔穆弘一箇是小遮攔穆春前敘十隊不分方面只是一齊下去至此忽然在三面閃出六箇人來不必盡見不必盡

十隊伏軍忽然閃出三段絕妙章法

不見•政如怒龍行雨•見其一爪兩爪也•撚兩條朴刀、大喝道、敗將休走、呼延灼忿怒、舞起雙鞭、縱馬直取穆弘、穆春、略鬬四五合、穆春便走、誘出詐敗•呼延灼只怕中了計、不來追趕、不趕妙•望正北大路而走、仍望正北第四段•山坡下又轉出一隊強人、當先兩箇好漢攔路、一箇是兩頭蛇解珍、一箇是雙尾蝎解寶、又閃出兩箇•各挺鋼叉、直遶前來、呼延灼舞起雙鞭、來戰兩箇、鬬不到五七合、解珍解寶拔步便走、畫出誘敵•兩隊如此•餘隊可知•呼延灼趕不過半里多路（試趕又妙。○兩段。一段寫不趕。一段寫趕。法變。）兩邊鑽出二十四把鉤鐮鎗着地捲將來（畫出無處不是鉤鐮鎗。離奇錯落。筆力奇絕。）呼延灼無心戀戰撥轉馬頭望東北上大路便走（望東北第五段。）又撞着王矮虎一丈青夫妻二人（又閃出兩箇。）截住去路呼延灼見路徑不平四下兼有荊棘遮攔拍馬舞鞭殺開條路直衝過去（變一句。）（要變一句。便徑變一句。是耐菴筋節處。）王矮虎一丈青趕了一直趕不上（提字亦翻用轉來。奇筆妙筆。）呼延灼自投東北上去了（水窟

（雲盡處。忽雷此一線。妙筆。）殺得大敗虧輸雨零星亂宋江鳴金收軍回山各請功賞三千連環甲馬有停半被鈎鎌鎗撥倒傷損了馬蹄剝去皮甲把來做菜馬（字法奇絕。）二停多好馬牽上山去喂養作坐馬（開註連環甲馬下落。）（寫前篇結案。）帶甲軍士都被生擒上山（又開註甲軍下落。）五十步軍被三面圍得緊急有望中軍躲的都被鈎鎌鎗拖翻捉了望水邊逃命的盡被水軍頭領圍裹上船去拽過灘頭拘捉上山（又開註步軍下落。）先前被拿去的馬匹并捉去軍士盡行復奪回寨要足。把呼延灼寨柵盡數拆來水邊泊內搭蓋小寨再造兩處做眼酒店房屋等項仍前着孫新顧大嫂石勇時遷兩處開店娛神閒事。以文爲戲。劉唐杜遷拿得韓滔挽轉第一隊。○上文閃出六個人。此處又閃出六箇人。滅沒撐研。極筆墨之變事。把來綁縛解到山寨宋江見了親解其縛請上廳來以禮陪話相待筵宴令彭玘凌振說他入夥說之之辭。則又是只待招安。安民報國等句也。而總謂之說。蓋不聽其久假不歸也。韓滔也是七十二煞之數。自然意氣相投。就梁山泊做了頭領。宋江便教修書使人往陳州搬取韓滔老小來山寨中完聚。（瞥然與前卷凌振砲徐寧等句作一合相。如孤飛之鴈。遥逐前行。妙筆妙筆。）宋江喜得破了連環馬。又得了許多軍馬衣甲盔刀。每日做筵席慶喜。仍舊調撥各路守把隄防官兵。不在話下。却說呼延灼折了許多官軍人馬。不敢回京。獨自一箇騎着那匹踢雪烏騅馬。（自此以下。以踢雪烏騅生波作折。妙是一樣章法。）把衣甲拴在馬上。（活畫出逃敗將官來。）於路逃難。却無盤纏、解下束腰金帶賣來盤纏（活畫出逃敗將官來。）在路尋思道、不想今日閃得我如此、却是去投誰好、猛然想起青州慕容知府（我亦猛然想起。）舊與我有一面相識、何不去那里投逩他、却打慕容貴妃的關節（中間一筆，早為慕容正罪。非寫呼延將軍要關節，正表慕容知府有關節也。）那時再引軍來報讐未遲、在路行了二日、當晚又饑又渴、見路傍一箇村酒店、呼延灼下馬、把馬拴在門前樹上、（呼延將軍，有敗逃饑渴之時，御賜名馬，有拴在野樹之時。人生失意，真嘗事耳。）入來店內把鞭子放在桌上都從馬上寫出。細妙之極。坐下了、叫酒保取酒肉來喫、酒保道、小人這里只賣酒、要肉時村里却纔殺羊、若要、小人去回買、呼延灼把腰裏料袋解下來、取出些金帶倒換的碎銀兩、把與酒保道、你可回一腳羊肉與我煮了、就對付艸料、喂養我這匹馬一路都從馬上着筆。細妙之極。今夜只就你這里宿一宵、明日自投青州府裏去、酒保道、官人、此間宿不妨、只是沒好牀帳、呼延灼道、我是出軍的人、但有歇處便罷（出色寫村店，亦出色寫失意人。）酒保拿了銀子自去買羊肉，呼延灼把馬背上梢的衣甲取將下來，鬆了肚帶（我嘗言美人愛青鏡，名士愛古硯，大將愛良馬。此處又一寫出。）坐在門前等了半晌，只見酒保提一腳羊肉歸來。呼延灼便叫煑了，回三觔麵來打餅，打兩角酒來。酒保一面煑肉打餅，一面燒腳湯與呼延灼洗了腳（逃敗人，無可形容，忽然寫出洗腳二字，情事如畫。）便把馬牽放屋後小屋下（一路都從馬上着意。）酒保一面切艸煑料，呼延灼先討熱酒喫了一回少刻肉熟，呼延灼叫酒保也與他些酒肉喫了。今付道：我是朝廷軍官，爲因收捕梁山泊失利，待往青州投慕容知府。你好生與我喂養這匹馬，是今上御賜的，名爲踢雪烏騅馬。上文寫大軍覆没之後，更無一物可恃，只愛念得此一匹馬。此文寫大軍覆没之後，更無一長可說，只誇示得此一匹馬。人生失意時，真是活活如此。名士下第歸來，向所親吟其射策，亦猶是也。明日我重重賞你。酒保道：感承相公，却有一件事教相公得知，離此間不遠有座山，喚做桃花山，陡然迴合。山上有一夥強人爲頭的是打虎將李忠、第二箇是小霸王周通、聚集着五七百小嘍囉、打家刼舍、時嘗來攪惱村坊、官司累次着仰捕盜官軍來收捕他不得、相公夜間須用小心醒睡、呼延灼說道、我有萬夫不當之勇、○○○○○○便道那廝們全夥都來也、待怎生、只與我好生喂○○○養這匹馬、別事都不經心。勤勤只囑此馬。不惟章法應爾。亦寫將軍之與戰馬。眞有死生○○○○○○知己之感也。○喫了一回酒肉餅子、酒保就店裏打了一鋪、畫出村店。安排呼延灼睡了、一者呼延灼連日心悶二乃又多了幾杯酒，就和衣而臥。（便於下文。）一覺直睡到三更方醒，只聽得屋後酒保在那里叫屈起來。呼延灼聽得，連忙跳將起來，提了雙鞭。（只四字，寫出英雄無用武之地來。可發一笑。）走去屋後問道：「你如何叫屈？」酒保道：「小人起來上艸，只見籬笆推翻，被人將相公的馬偷將去了。（前篇寫偷甲，此篇寫偷馬，章法對而不對，不對而對，奇妙之極。）遠遠地望見三四里火把尚明，一定是那里去了。」呼延灼道：「那里正是何處？」酒保道：「眼見得那條路上正是桃花山小嘍囉偷得去了呼延灼喫了一驚便叫酒保引路就田塍上趕了二三里火把看看不見正不知投那里去了呼延灼說道若無了御賜的馬却怎的是好不惜連環三千却痛御賜一匹者衆材易集名士難求也荀粲佳人難再得之歎亦此意也酒保道相公明日須去州裏告了差官軍來勦捕方纔能彀這匹馬呼延灼悶悶不已坐到天明叫酒保挑了衣甲逕投青州第一節先賜一匹馬第二節布出無數馬第三節葬送無數馬第四節并失一匹馬章法妙絶奇絶○昨日畫出一幅逃

敗將官。畫得好笑。今日又畫出一幅逃敗將官。一發畫得好笑。來到城裏時天色已晚了。且在客店裏歇了一夜。次日天曉。逕到府堂堦下。叅拜了慕容知府。知府大驚。問道。聞知將軍收捕梁山泊艸寇。如何却到此間。呼延灼只得把上項訴說了一遍。慕容知府聽了。道。雖是將軍折了許多人馬。此非慢功之罪。中了賊人奸計。亦無奈何。下官所轄地面。多被艸寇侵害。將軍到此。可先掃清桃花山。奪取那匹御賜的馬。緊拖題目。妙筆。却連那二龍山白虎山（又陡然迴合出二處來）兩處強人一發勦捕了時下官自當一力保奏再教將軍引兵復讐如何呼延灼再拜道深謝恩相主監若蒙如此誓當效死報德慕容知府教請呼延灼去客房裏暫歇一面更衣宿食那挑甲酒保自叫他回去了（前篇有偸甲好漢此篇又有挑甲酒保妙妙）一住三日呼延灼急欲要這匹御賜馬（緊提題目妙筆）又來稟覆知府便教點軍慕容知府便點馬步軍二千借與呼延灼又與了一

匹青騌馬又引出一匹馬來。呼延灼謝了恩、相披掛上馬、帶領軍兵前來奪馬、逕往桃花山進發、且說桃花山上打虎將李忠與小霸王周通自得了這匹踢雪烏騅馬每日在山上慶喜飲酒可見名士所至、望風而靡。當日有伏路小嘍囉報道青州軍馬來也、小霸王周通起身道哥哥守寨兄弟去退官軍、便點起一百小嘍囉綽鎗上馬、下山來迎敵官軍、却說呼延灼引起二千兵馬來到山前擺開陣勢、呼延灼出馬、厲聲高叫强賊蚤來受縛小霸王周通將小嘍囉一字擺開便挺鎗出馬呼延灼見了便縱馬向前來戰周通也躍馬來迎二馬相交鬬不到六七合周通氣力不加撥轉馬頭往山上便走呼延灼趕了一直怕有計策急下山來札住寨柵等候再戰

却說周通回寨見了李忠訴說呼延灼武藝高强遮攔不住只得且退上山倘或他趕到寨前來如之奈何李忠道我聞二龍山寶珠寺花和尚魯智

深在彼，多有人伴，更兼有箇甚麼青面獸楊志，又新有箇行者武松，都有萬夫不當之勇。不如寫一封書，使小嘍囉去那里求救（如此撓合，如扳弶弩。）若解得危難，拚得投托他大寨，月終納他些進奉也好（特避便歸水泊一句也。）周通道：「小弟也多知他那里豪傑，只恐那和尚記當初之事（輕輕四字，提動無數。）不肯來救。」李忠笑道：「不然，他是箇直性的好人，使人到彼，必然親引軍來救我（能知魯達，此其所以為李忠也。俗本略增數字，便不復成語。）」周通道：「哥哥也說得是就寫了一封書差兩箇了事的小嘍囉從後山滚將下去妙絶妙絶。數十卷前絶倒之事。此處忽然以閒筆又畫出來。俗本作趕將下去。驟讀之。亦殊不覺其失。及見古本乃是滚字。方歎一言之訛。相去無算也。取路投二龍山來行了兩日蚤到山下那里小嘍囉問了備細來情且說寶珠寺裏大殿上坐着三箇頭領爲首是花和尚魯智深第二是靑面獸楊志第三是行者二郎武松前面山門下坐着四箇小頭領一箇是金眼彪施恩一齊出現。眞挽彊弩。原是孟州牢城施管營的兒子爲因武松殺了張都監一家人口官司着落他家追捉兇身以此連夜挈家逃走在江湖上後來父母俱亡打聽得武松在二龍山連夜投奔入夥（補血濺鴛鴦一篇尾）一箇是操刀鬼曹正（一齊出現）原是同魯智深楊志收奪寶珠寺殺了鄧龍後來入夥（補雙奪珠寺一篇尾）一箇是菜園子張青一箇是母夜叉孫二娘夫妻兩箇（一齊出現）原是孟州道十字坡賣人肉饅頭的因魯智深武松連連寄書招他

亦來投逩入夥（補人肉饅頭一篇尾。）曹正聽得說桃花山有書先來問了詳細直上殿去稟復三箇大頭領知道智深便道酒家當初離五臺山時到一箇桃花村投宿好生打了那撮鳥一頓那厮却爲認得酒家倒請上山去喫了一日酒（凡敘舊事正以約略爲妙耳俗本止增一二字便令太詳不復可讀○略於敘舊詳於敘偷寫出妙人。）結識酒家爲兄却便留俺做個寨主俺見這厮們慳吝被俺偷了若干金銀酒器撒開他（眞是青天白日心事如烈風雷雨弗迷者也。）如今却來求救且放那小嘍囉上關來看他說甚麼曹正去不多時把那小嘍囉引到殿下唱了喏說道青州慕容知府近日收得箇征進梁山泊失利的雙鞭呼延灼如今慕容知府先教掃蕩俺這里桃花山二龍山白虎山幾座山寨却借軍與他收捕梁山泊復讎俺的頭領今欲啓請大頭領將軍下山相救明朝無事了時情願來納進奉楊志道俺們各守山寨保護山頭本不去救應的是洒家一者

怕壞了江湖上豪傑二者恐那廝得了桃花山便小覷了洒家這里可留下張青孫二娘施恩曹正看守寨柵俺三箇親自走一遭隨即點起五百小嘍囉六十餘騎軍馬各帶了衣甲軍器徑往桃花山來卻說李忠知二龍山消息自引了三百小嘍囉下山策應呼延灼聞知急領所部軍馬攔路列陣舞鞭出馬來與李忠相持原來李忠祖貫濠州定遠人氏家中祖傳靠使鎗棒為生人見他身材

壯健因此呼他做打虎將前文所略至此始出當時下山來與呼延灼交戰却如何敵得呼延灼過鬬了十合之上見不是頭撥開軍器便走呼延灼見他本事低微縱馬趕上山來小霸王周通正在半山裏看見便飛下鵞卵石來呼延灼慌忙回馬下山來只見官軍迭頭吶喊呼延灼便問道為何吶喊後軍答道遠望見一彪軍馬飛遶而來呼延灼聽了便來後軍隊裏看時見塵頭起處當頭一箇胖大和

尚騎一匹白馬，正是花和尚魯智深，在馬上大喝

道：「那箇是梁山泊殺敗的撮鳥，敢來俺這里唬嚇

人！」收捕盜賊，名之為唬嚇人，絕倒。呼延灼道：「先殺你這箇禿驢，豁

我心中怒氣！」魯智深輪動鐵禪杖，呼延灼舞起雙

鞭，二馬相交，兩邊吶喊，鬭至四五十合，不分勝敗。

呼延灼暗暗喝采道：章法。「這箇和尚倒恁地了得！」又惡

知其初之非和尚耶。兩邊鳴金，各自收軍暫歇。呼延灼少停，

却耐不得，再縱馬出陣，又活畫出呼延，又急轉出楊志，妙筆。大叫：「賊

和尚再出來、與你定箇輸贏、見箇勝敗、魯智深却待正要出馬、楊志叫道、大哥少歇、看酒家去捉這廝、舞刀出馬、來與呼灼交鋒、兩箇鬬到四五十合、不分勝敗、呼延灼又暗暗喝采道、章法怎的那里走出這兩箇來、恁地了得、不是綠林中手段、又惡知其無可奈何·始入綠林耶·○借呼延口中一哭·楊志也見呼延灼武藝高强、賣箇破綻、撥回馬、跑回本陣、呼延灼也勒轉馬頭、不來追趕、城邊各自收軍、魯智深便和楊志商議道、俺們初到此處、不宜逼近下寨、且退二十里、明日却再來廝殺（輕輕一折，折出奇景。讀下，啞然一笑。）帶領小嘍囉自過附近山岡下寨去了、却說呼延灼在帳中納悶、心內想道、指望到此勢如破竹、便拿了這夥草寇、怎知却又逢着這般對手、我直如此命薄、正沒擺佈處、只見慕容知府使人來喚道、叫將軍且領兵回來保守城中、今有白虎山強人孔明孔亮（白虎山換一法引出。）引人馬來青州刼牢、怕府庫有失、特令來請將軍回城守備呼延灼聽了就這機會帶領軍馬連夜回青州去了作一不了局妙次日魯智深與楊志武松又引了小嘍囉搖旗吶喊直到山下來看時一箇軍馬也無了到喫了一驚閒處驀出奇景令文字不寂寞山上李忠周通引人下來拜請三位頭領上到山寨裏殺牛宰馬筵席相待一面使人下山探聽前路消息且說呼延灼引軍回到城下郤見了一彪軍馬正來到城邊爲頭的乃是白虎山下孔太公兒子

毛頭星孔明獨火星孔亮（如挽強弩）兩箇因和本鄉一箇財主爭競把他一門良賤盡都殺了聚集起五七百人占住白虎山打家刼舍（亦補解打孔亮一篇尾）因爲青州城裏有他的叔叔孔賓被慕容知府捉下監在牢裏孔明孔亮特地點起山寨小嘍囉來打青州要救叔叔出去（撮起一事令文字成貫）正迎着呼延灼軍馬兩邊擺看敵住廝殺呼延灼便出馬到陣前慕容知府在城樓上觀看見孔明當先挺鎗出馬直

取呼延灼、兩馬相交、鬭到二十餘合、呼延灼要在知府跟前顯本事、又值孔明武藝低微是宋江高弟也。閒中忽置一段。以表宋江之百無一長。只是一片權詐也。○如此寫宋江。眞是皮裏陽秋矣。只辦得架隔遮攔、鬭到閙深裏、被呼延灼就馬上把孔明活捉了去、孔亮只得引了小嘍囉便走、慕容知府在敵樓上指着、叫呼延灼引兵去趕、官兵一掩、活捉得百十餘人、孔亮大敗、四散逃走、至晚尋箇古廟安歇、却說呼延灼活捉得孔明、解入城中來、見慕容知府知府大喜叫把孔明大枷釘下牢裏和孔賓一處監收一面賞勞三軍一面管待呼延灼備問桃花山消息呼延灼道本待是甕中捉鼈手到拿來無端又被一夥强人前來救應數內一箇和尚一箇青臉大漢二次交鋒各無勝敗這兩箇武藝不比尋常不是綠林中手段因此未曾拿得慕容知府道這箇和尚便是延安府老种經略帳前軍官提轄魯達如此人物止令做提轄〻〻不可况并不容做提轄今

次落髮爲僧、喚做花和尚魯智深、這一箇青臉大漢、亦是東京殿帥府制使官喚做青面獸楊志、如此人物。止令做制使已不可。況并不令做制使。再有一箇行者、喚做武松、原是景陽岡打虎的武都頭、如此人物。止令做都頭已不可。況并不令做都頭。○三句不是重出之文。正與呼延喝采相對。所謂借太守口中一哭也。這三箇占住了二龍山、打家刼舍、累次拒敵官軍、殺了三五箇捕盜官、直至如今、未曾捉得、呼延灼道、我見這廝們武藝精熟、原來却是楊制使魯提轄眞名不虛傳○上呼延只讚魯楊。知府却并及武二。此知府自說三箇。呼延却只嘆二人。筆下分寸都出○既已這廝。則應削其官矣。仍稱之爲制使提轄者。所以深許楊志魯達之爲邊庭有用之才而不得已而至于綠林。而非其自爲綠林也。借呼延口中一哭。令千載讀之。人人彈淚。恩相放心。呼延灼今日在此。少不得一箇箇活捉了解官。知府大喜。設筵管待已了。且請客房內歇。不在話下。

却說孔亮引了敗殘人馬正行之間。猛可里樹林中撞出一彪人馬。當先一籌好漢。便是行者武松。如此牽合。力挽彊弩。○前用魯楊鬭呼延。此用武松遇孔亮。只三箇人。筆下調遣之妙如此。若在俗筆。何難昨日再寫一陣。今日總寫撞出耶。孔亮慌忙滾鞍下馬便拜道壯士無恙武松連忙答應扶起問道聞知足下弟兄們占住白虎山聚義幾次要來拜望一者不得下山二乃路途不順以此難得相見今日何事到此孔亮把救叔叔孔賓陷兄之事告訴了一遍武松道足下休慌我有六七箇弟兄見在二龍山聚義今爲桃花山李忠周通被青州官軍攻擊得緊來我山寨求救魯楊二頭領引了孩兒們先來與呼延灼交戰兩箇廝併了一日不知何故呼延灼忽然夜間去了桃花山留我弟兄三人筵宴把這踢雪馬送與我們連貫三山伏馬爲線妙筆今我部領頭隊人馬回山他二位隨後便到我叫他去打青州救你叔兄如何孔亮拜謝武松等了半晌只見魯智深楊志兩箇並馬都到只三箇人何故兩箇卻是並馬一箇偏作前軍明明露出調遣句停之跡與讀書之人欣賞也武松引孔亮拜見二位備說那時我與宋江在他莊上相會多有相擾今日俺們

可以義氣爲重聚集三山人馬攻打青州殺了慕容知府擒獲呼延灼各取府庫錢糧以供山寨之用如何魯智深道洒家也是這般思想便使人去桃花山報知叫李忠周通引孩兒們來俺三處一同去打青州楊志便道青州城池堅固人馬强壯又有呼延灼那廝英勇不是俺自滅威風若要攻打青州時只除非依我一言指日可得武松道哥哥願聞其略那楊志言無數句話不一席有分教

青州百姓、家家瓦裂煙飛、水滸英雄、箇箇磨拳擦掌、畢竟楊志對武松說出怎地打青州、且聽下回分解、

一段景住曰郁保四把馬劫奪解送曾頭市去夫曾頭市三字則豈非宋江所當刻肉刻骨書石書樹口夜號呼淚盡出血也者乃自停喪靈位以來杳然不聞提起夫宋江不聞提起則亦只用之所不復提起林冲之所不好提起廳上廳下衆人之所不敢提起與不知提起者也乃今無端忽有段景住歸陡然提起則是宋江之所不及掩其口也其二段

景住備說奪馬之事宋江聽了大怒夫蕞爾
曾頭顧不自量一則奪其馬再則奪其馬一
奪之不足而至於再奪人各有氣誰其甘乎
然而擬諸射死天王之仇則其痛深痛淺必
嘗有其分矣今也藥箭之怨累月不脩奪馬
之辱將刻不待此其爲心果何如也其三是
蓋遣令但有活捉史文恭者便爲梁山泊主
及宋江調撥諸將如徐寧呼延灼關勝索超

單廷珪魏定國宣贊郝思文等悉不得與斯役夫不共之仇不及朝食空羣而來死之可也宋江而志在報仇也者尚當懸第一座作重賞以募勇夫宋江而志在第一座者則雖終亦不為天王報仇亦誰得而責之乃今謂擬諸將而獨置數人豈此數人獨不能捉史文恭乎抑獨不可坐第一座也其四新來人中獨盧俊義起身願往宋江便問吳用可否

吳用調之開處夫調將之法第一先鋒第二左軍第三右軍第四中軍第五合後第六伏軍伏軍者計算已定知其必敗敗則必錄此去故先設伏以俟之也今也諸軍未行討算未定何用知其必敗何用知其敗之必錄此去若未能知其必敗未能知其敗之必錄此去而又獨調員外先行埋伏則是非所以等候史文恭殆所以安置盧俊義也其五史文

恭披掛上馬那匹馬便是炤夜玉獅子馬宋
江看見好馬心頭火起夫史文恭所坐則是
先前所奪段景住之馬馬之所馱則是先前
射死晁蓋之史文恭諺語有之好人相見分
外眼明讐人相見分外眼睜此言眼之所至
正是心之所至也宋江而爲馬來者則應先
見馬宋江而爲晁蓋來者則應先見史文恭
今史文恭出馬而大書那馬宋江心頭火起

而大書看見好馬然則宋江此來專爲馬也

其六千書問罪輕責其發晁蓋而重責其還

馬及還二次所奪又問焰夜獅子夫還二次

馬匹而宋江所失僅一焰夜獅子已乎若還

二次馬匹又還焰夜獅子而宋江遂得班師

還山一無所問已乎幸也保四內叛伏竊計

成法華鐘響五曾盡殲也不幸而青凌兩州

救兵齊至和解之約眞成變卦然則宋江殆

將日夜哭念此馬不能置也其七盧俊義既
已建功宋江乃又椎鼓集衆商議立主夫商
議之爲言夫人成論則不得不集思廣謀以
求其定如之何如之何不辭反覆連引其語
也今在昔則晁蓋遺令有箭可憑在今則員
外報仇有功可據然則盧俊義爲梁山泊主
蓋一辭而定也含此不講而又多自謙抑甚
至拈鬮借糧何其巧而多變一至於如是之

極也嗚呼作者書宋江之惡其彰明昭著也如此而愚之夫猶不正其弒晁蓋之罪而猶必沾沾以忠義之人目之豈不大可怪歎也哉

話說當時段景住跑來對林冲等說道我與楊林石勇前往北地買馬到彼選得壯竄有筋力好毛片駿馬買了二百餘匹回至青州地面被一夥強人爲頭一箇喚做險道神郁保四（橫添一人而不見其跡妙妙）

聚集二百餘人盡數把馬㧞奪解送曾頭市去了。○○○○○○○

曾頭市三字，却從段景住口中提起，皆深表宋江之不爲晁蓋報仇也。○仍從馬上提起，以下彼此開口都只爲馬，則其不爲晁蓋甚明也。妙筆妙筆。

石勇楊林不知去向。小弟連夜逃來報知此事。林冲見說，叫且回山寨，與哥哥相見了，却商議此事。衆人且過渡來，都到忠義堂上見了宋江。關勝引單廷珪魏定國與大小頭領俱各相見了。李逵把下山殺了韓伯龍，遇見焦挺鮑旭，同去打破凌州之事說了一遍。宋江聽

罷。又添四箇好漢，正在歡喜，段景住備說奪馬一

事。宋江聽了大怒道：「前者奪我馬匹，至今不曾報

仇。晁天王又反遭他射死，看他報仇二字，放在奪馬下；天王射死，放在報仇下。妙筆。今又如此無禮，若不去勦，道廝惹人恥笑不

小。」吳用道：「即日春暖，無事，正好廝殺取樂。天下豈有不共戴天之事，而需春暖；而需無事，而言取樂者哉。寫宋江吳用全無報仇之心，妙筆。前者天

王失其地利，如今必用智取。且教時遷他會飛簷

走壁，可去探聽消息一遭，回來却作商量。」時遷聽

命去了、無三二日只見楊林石勇逃得回寨備說曾頭市史文恭口出大言要與梁山泊勢不兩立宋江見說便要起兵吳用道再得時遷回報却去未遲宋江怒氣塡胸要報此讐片時忍耐不住妙妙○○○○○○○○○○○○○○○○天王之仇一向不提奪馬之仇片時不忍挑剔妙絕又使戴宗飛去打聽立等回報不過數日却是戴宗先回來寫戴宗時遷參差疏密可喜○夫王死後久矣都不聞有曾頭市也忽然再被奪馬便爾戴宗時遷奔走旁午筆筆皆極著宋江之惡也說這曾頭市要與淩州報仇欲起軍馬見

今曾頭市口扎下大寨略又在法華寺內做中軍帳數百里遍插旌旗不知何路可進略次日時遷回寨報說小弟直到曾頭市裏面探知備細與戴宗參差疏密互見見今扎下五箇寨柵曾頭市前面二千餘人守住村口總寨內是教師史文恭執掌詳北寨是曾塗與副教師蘇定詳南寨是次子曾密詳西寨是三子曾索詳東寨是四子曾魁詳中寨是第五子曾昇與父親曾弄守把詳這箇青州郁保四

第五才子書 夜打曾頭市 貫華堂

身長一丈腰闊數圍綽號險道神詳將這奪的許多馬匹都喂養在法華寺内詳○馬亦還他下落則後文易於收拾也吳用聽罷便教會集諸將一同商議既然他設五箇寨柵我這里分調五支軍將可作五路去打盧俊義便起身道宋江喚驚之事○員外若不自家起身則亦與徐寧關勝呼延灼索超單廷珪魏定國等同不見調矣盧某得蒙救命上山未能報効今願盡命向前未知尊意若何宋江便問吳用道員外如肯下山可屈爲前部否調撥則調撥耳前部則前部耳目顧

吳用而口咨嗟之其不欲員外之發弧先登蓋□如也吳用道員外初到山寨未經戰陣山嶺崎嶇乘馬不便不可為前部先鋒別引一支軍馬前去平川埋伏只聽中軍砲響便來接應獨調員外於無可用武之地可謂極盡心機又豈料□處埋伏之適遇史文恭哉奇情曲筆寫得妙絕宋江大喜叫盧員外帶同燕青引領五百步軍平川小路聽號宋江大喜四字書法於大軍未調之先先撥置盧員外者蓋舊日衆人久已肯服所慮獨盧員外一人故也僅領步軍五百筆中有眼再分調五路軍馬會頭市正南大寨看他調撥又變出一樣筆法奇

才筆大差馬軍頭領霹靂火秦明小李廣花榮副將
馬麟鄧飛引軍三千攻打三千曾頭市正東大寨差
步軍頭領花和尚魯智深行者武松副將孔明孔
亮引軍三千攻打三千曾頭市正北大寨差馬軍頭
領青面獸楊志九紋龍史進副將楊春陳達引軍
三千攻打三千曾頭市正西大寨差步軍頭領美髯
公朱仝插翅虎雷橫副將鄒淵鄒潤引軍三千攻
打三千曾頭市正中總寨都頭領宋公明軍師吳用

公孫勝（前書調開盧員外又調開衆將此又大書宋公明自打總寨者見其志在親捉史文恭以必得第一座也妙筆）隨行副將呂方郭盛解珍解寶戴宗時遷領軍五千攻打（五千看他領軍獨多而盧俊義則極少皆是筆中有眼）合後步軍頭領黑旋風李逵混世魔王樊瑞副將項充李袞引馬步軍兵五千（分明宋江獨領一萬）其餘頭領各守山寨（處處有此一句獨此句中屆殺許多大將妙筆可想）不說宋江部領五軍兵將大進且說曾頭市探事人探知備細報入寨中曾長官聽了便請教師史文恭蘇定商

議軍情重事。史文恭道：「梁山泊軍馬來時，只是多使陷坑，方纔捉得他強兵猛將。這夥草寇，須是這條計，以爲上策。」曾長官便差莊客人等將了鋤頭鐵鍬，去村口掘下陷坑數十處，上面虛浮土蓋，四下里埋伏了軍兵，只等敵軍到來。又去曾頭市北路也掘下十數處陷坑。比及宋江軍馬起行時，吳用預先暗使時遷又去打聽。此等段落，悉與第五十九回晁蓋輕入重地烙耀。○有吳用，又必得時遷。嘆前者之并無避吳用也，誰實爲之，而謂宋江非弒晁蓋者乎。

數日之間時遷回來報說曾頭市寨南寨北盡都掘下陷坑不計其數只等俺軍馬到來吳用見說大笑道不足爲奇引軍前進來到曾頭市相近此時日午時分前隊望見一騎馬來項帶銅鈴尾拴雉尾馬上一人青巾白袍手執短鎗寫曾頭市正復勃敵○意思便與小郎君祇慮一樣○○○○○○○○○○○○○○○○○○○○○○○○○前隊望見便要追趕吳用止住便教軍馬就此下寨所以然者此青巾白袍馳馬之處即是掘下陷坑之處故也○青巾白袍人竟不知其爲詐妙妙四面掘了濠塹下了鐵蒺藜傳下

令去教五軍各自分頭下寨一般掘下濠塹下了蒺藜一住三日曾頭市不出交戰彼固以爲以逸待勞也吳用再使時遷扮作伏路小軍去曾頭市寨中探聽他不知何意所有陷坑暗暗地記着一離寨多少路遠一總有幾處一好○時遷去了一日都知備細暗地使了記號回報軍師次日吳用傳令教前隊步軍各執鐵鋤分作兩隊奇文極又把糧車一百有餘裝載蘆葦乾柴藏在中軍奇絕當晚傳下與各寨諸

軍頭領來。日巳牌只聽東西兩路步軍先去打寨。再教攻打曾頭市北寨的楊志史進把馬軍一（奇極）字兒擺開。只在那邊擂鼓搖旗虛張聲勢切不可進。（奇極）吳用傳令已了。再說曾頭市史文恭只要引宋江軍馬打寨。便趕入陷坑。寨前路狹待走那里去。次日巳牌只聽得寨前砲響軍兵大隊都到南門。（寫寨前一砲却是東西兵起寨前又一砲却是背後兵起吳用之稱智多星洵非誇也）次後只見東寨邊來報道（妙妙）一箇和尚輪着鐵禪杖

一箇行者舞起雙戒刀攻打前後史文恭道這兩
箇必是梁山泊魯智深武松一隊口中猜出一隊旗上看出只二隊便
有如許變換如此匆忙敘事中又須交字變換眞乃心閒手敏也却恐有失便分
人去幇助曾魁分之使弱也只見西寨邊又來報道妙妙
一箇長髯大漢一箇虎面大漢旗號上寫着美髯
公朱仝插翅虎雷横前來攻打甚急一隊旗上看出史文
恭聽了又分撥人去幇助曾索寫分兵明畫之極又聽得
寨前砲響寨前砲響寨前又砲響絕妙兵法却成絕妙筆法史文恭按兵

不動，只要等他人來塌了陷坑，山下伏兵齊起，接應捉人。這里吳用却調馬軍從山背後兩路抄到寨前。○妙妙。今寨前陷坑無用也。○妙妙。正今寨前陷坑有用也。○前面步軍只顧看寨，又不敢去。可歎。○此吾所謂印板將令也。兩邊伏兵都擺在寨前，可歎。背後吳用軍馬趕來，盡數逼下坑去。彼掘陷坑而我用之。妙不可言。史文恭却待出來，吳用鞭梢一指，軍寨中鑼響，一齊推出百餘輛車子來，盡數把火點着，妙妙。上面蘆葦乾柴硫黃焰硝，一齊着起，煙火迷天。

已上一打曾頭市

比及史文恭軍馬出來盡被火車橫攔當住只得回避又令之不得衝突所謂計必萬全者也○如此一段便是絕妙陣法豈得以其稗官也而忽之○○○○○○○○○○○○○○○○急待退軍公孫勝早在陣中揮劍作法刮起大風捲那火焰燒入南門早把敵樓排柵盡行燒毀妙妙可謂一打曾頭市矣已自得勝鳴金收軍四下里入寨當晚權歇史文恭連夜修整寨門兩下當住寫曾頭市正復勍敵次日曾塗對史文恭計議道若不先斬賊首難以追滅囑付教師史文恭牢守寨柵曾塗率領軍

兵披掛上馬出陣搦戰宋江在中軍聞知曾塗搦
戰帶領呂方郭盛相隨出到前軍門旗影裏看見
曾塗心頭怒起用鞭指道誰與我先捉這厮報往
日之讐（誰與我。雖復順口之辭。然亦見宋江功歸一身之意）小溫侯呂方拍
坐下馬挺手中方天畫戟直取曾塗兩馬交鋒二
器並舉鬬到三十合以上郭盛在門旗下看見兩
箇中間將及輸了一箇原來呂方本事遜不得曾
塗三十合已前兀自抵敵不住三十合已後戟法

鬭了、只辦得遮架躲閃、郭盛只恐呂方有失、便驟坐下馬、撚手中方天畫戟、飛出陣來夾攻曾塗、三騎馬在陣前絞做一團、原來兩枝戟上都拴着金錢豹尾、呂方郭盛要捉曾塗、兩枝戟齊舉、（寫二戟）曾塗眼明便用鎗只一撥、（寫鎗）却被兩條豹尾攪住朱纓奪扯不開、三箇各要掣出軍器使用、（此即對影山故事也、乃對影山只是兩戟豹尾、此又添出鎗上朱纓、便有加倍好看也、）小李廣花榮在陣中看見、恐怕輸了兩箇、便縱馬出來、左手拈

起雕弓右手急取鈚箭搭上箭拽滿弓望着曾塗射來（二十九字一句。其事甚疾。○對影山射開豹尾，此竟射殺曾塗，妙妙。）這曾塗好掣出鎗來，那兩枝戟兀自攪做一團。說時遲，那時疾，曾塗掣鎗便望呂方項根搠來（三十七字一句。其事甚疾。令人喫嚇。）花榮箭早先到，正中曾塗左臂（其事甚疾），翻身落馬。呂方、郭盛雙戟並施（其事甚疾），曾塗死於非命（曾塗死）。十數騎馬軍飛奔回來報知史文恭，轉報中寨。曾長官聽得大哭，只見旁邊惱犯了一箇壯士曾昇

武藝絕高、使兩口飛刀、人莫敢近、當時聽了大怒、咬牙切齒、喝教備我馬來、要與哥哥報讐、曾長官攔當不住、全身披掛、綽刀上馬、直奔前寨、史文恭接着勸道、小將軍不可輕敵、宋江軍中、智勇猛將極多、若論史某愚意、只宜堅守五寨塘地、使人前往凌州、便教飛奏朝廷、調兵選將、多撥官軍、分作兩處征勦、一打梁山泊、一保曾頭市、令賊無心戀戰、必欲退兵急奔回[illegible]、那時史某不才、與汝兄弟

一同追殺必獲大功說言未了北寨副教師蘇定到來見說堅守一節也道梁山泊吳用那厮詭計多謀不可輕敵只宜退守待救兵到來從長商議曾昇叫道殺我哥哥此寃不報眞強盜也直等養成賊勢退敵則難史文恭蘇定阻當不住曾昇上馬帶領數十騎馬軍飛奔出寨搦戰宋江聞知傳令前軍迎敵當時秦明得令舞起狼牙棍正要出

○○○○○○○○○○○○○

陣鬬這曾昇只見黑旋風李逵手搦板斧直奔軍

……曾頭市……

前不[illegible][illegible]搶出[illegible][illegible]寫得妙。遂更急於霹靂火也。對陣有人

認得說道這箇是梁山泊黑旋風李逵曾昇見了

便叫放箭原來李逵但是上陣便要脫膊妙人只用八箇

字。活畫出來。全得項充李衮蠻牌遮護妙此時獨自搶

來被曾昇一箭腿上正着身如泰山倒在地下曾

昇背後馬軍齊搶過來宋江陣上秦明花榮飛馬

向前死救背後馬麟鄧飛呂方郭盛一齊接應歸

陣亦作一跌者不欲寫得曾家太易也。曾昇見了宋江陣上人多不

敢再戰、以此領兵還寨、宋江也自收軍駐扎。

次日、史文恭、蘇定只是主張不要對陣、怎禁（會頭市。）

得曾昇催併道要報兄讐、史文恭無奈、只得披掛

上馬、那匹馬便是先前奪的段景住的千里龍駒

○○○○○○○○○○○○○○○○

焰夜玉獅子馬。（此篇寫宋江獨爲馬來。非爲晁蓋來也。故處處將馬出色點染。見是一篇編領。○○○○○○○○○○）

宋江引諸將擺開陣勢、迎敵對陣、史文恭出

馬、宋江看見好馬、心頭火起、（寫宋江本意只爲馬。妙筆。）便令前

軍迎敵、秦明得令、飛奔坐下馬來迎、二騎相交、軍

器茲舉約鬬二十餘合秦明力怯望本陣便走史文恭奮勇趕來神鎗到處秦明後腿股上早着倒攧下馬來呂方郭盛馬麟鄧飛四將齊出死命來救雖然救得秦明軍兵折了一陣再作一跌者不欲寫得曾家太易也收回敗軍離寨十里駐扎宋江叫把車子載了秦明一面使人投回山寨將息密與吳用商量教取大刀關勝金鎗手徐寧幷要單廷珪魏定國四位下山同來協助密與吳用商量書法妙絶蓋來助則當成功歸則難與爭座者

如徐寧呼延灼關勝索超單廷珪魏定國諸人是也。乃今敵勢浩大，必須添人協助，而此五六人者又未深知其心。於是進退兩難，囘惑無措。爾人密商，而捨索超呼延，取關徐單魏，蓋寫宋江心事歷歷如鑑也。宋江又自巳焚香祈禱，暗卜一課。吳用看了卦象，便道：恭喜大事無損，今夜倒主有賊兵入寨。取四人後，又書宋江卜課，寫心上有事人早戚不定如鑑。○只用恭喜大事無損六字，答宋江卜課，下却順便接入下文，妙妙。宋江道：可以早作準備。吳用道：請兄長放心，只顧傳下號令，先去報與三寨頭領，今夜起東西二寨，便教解珍在左，解寶在右，其餘軍馬

……夜打曾頭市……

各歇四下埋伏已定是夜天清月白風靜雲開史文恭在寨中對曾昇道賊兵今日輸了兩將必然懼怯乘虛正好劫寨曾昇見說便教請北寨蘇定南寨曾密西寨曾索引兵前來一同劫寨三更左側潛地出哨馬摘鸞鈴人披軟戰直到宋江中軍寨內見四下無人劫着空寨急叫中計轉身便走左手下撞出兩頭蛇解珍右手下撞出雙尾蝎解寶後面便是小李廣花榮一發趕上只三句已足

已上三戰曾頭市

曾索在黑地裏被解珍一鋼叉搠於馬下曾索死放起火來後寨發喊東西兩邊進兵攻打寨柵混戰了半夜史文恭奪路得回可謂三戰曾頭市也曾長官又見折了曾索煩惱倍增次日要史文恭寫書投降史文恭也有八分懼怯隨即寫書速差一人齋擎直到宋江大寨小校報知曾頭市有人下書宋江傳令教喚入來小校將書呈上宋江拆開看時寫道曾頭市主曾弄頓首再拜宋公明統軍頭領麾下

前者小男無知倚仗小勇搶奪馬匹冒犯虎威寫曾

象亦只重在奪馬若射死天王只是輕輕言之妙筆向日天王下山理合就

當歸附無端部卒施放冷箭只四字不更深言妙筆罪累深

重百口何辭然竊自原非本意也今頑犬已亡遣

使請和如蒙罷戰休兵願將原奪馬匹盡數納還

首尾只重奪馬使人讀其書知其專以深著宋江之罪也更齎金帛犒勞三軍

免致兩傷謹此奉書伏乞炤察宋江看罷來書目

顧吳用滿面大怒扯書罵道寫宋江吳用同惡共濟真乃如畫○扯書

（而必願吳用大怒而只是滿面活講出一時如鬼之役來）殺吾兄長焉肯干休只待洗蕩村坊是吾本願下書人俯伏在地凜顫不已吳用慌忙勸道（一箇罵一箇勸一箇用顧一箇慌忙可笑可恨）兄長差矣我等相爭皆為氣耳（為氣則不為晁蓋也）既是曾家差人下書講和豈為一時之忿以失大義隨即便寫回書取銀十兩賞了來使回還本寨將書呈上曾長官與史文恭拆開看時上面寫道梁山泊主將宋江手書回示曾頭市主曾弄自古無信之國終

必亡無禮之人終必死無義之財終必奪無勇之將終必敗理之自然無足奇者（竟是絕妙好議論看他發出四句大議論却是句句爲奪馬不爲殺天王寫宋江之罪著矣）梁山泊與曾頭市自來無讐各守邊界總緣爾行一時之惡遂惹今日之寃（殺天王亦不深言只作輕輕二語妙筆）若要講和便須發還二次原奪馬匹并要奪馬兇徒郁保四（看他只爲馬曾家請罪只說奪馬猶曰避罪不得不爾也若宋江問罪亦只說奪馬然則宋江之不爲天王報仇又豈有辭哉）犒勞軍士金帛（討馬之後又及犒軍此見其忠無所不說而獨不說報讐也）

誠既篤禮數休輕如或更變別有定奪曾長官與
史文恭看了俱各驚憂次日曾長官又使人來說
若要郁保四亦請一人質當宋江吳用隨即便差
時遷李逵樊瑞項充李衮五人前去為信臨行時
吳用叫過時遷附耳低言倘或有變如此如此不
說五人去了却說關勝徐寧單廷珪魏定國到了
當時見了衆人就在中軍扎住且說時遷引四箇
好漢來見曾長官時遷向前說道奉哥哥將令差

時遷引李逵等四人前來講和史文恭道吳用差這五箇人來未必無謀李逵大怒揪住史文恭便打（奇人奇事）曾長官慌忙勸住時遷道李逵雖然麤鹵却是俺宋公明哥哥心腹之人特使他來休得疑惑曾長官中心只要講和不聽史文恭之言便教置酒相待請去法華寺寨中安歇撥五百軍人前後圍住却使曾昇帶同郁保四來宋江大寨講和二人到中軍相見了隨後將原奪二次馬匹幷金

帛一車送到大寨宋江看罷道這馬都是後次奪的正有先前段景住送來那匹千里白龍駒炤夜玉獅子馬如何不見將來寫宋江於馬極其加意以反映其視晁蓋之弊如棄也○馬便如此記得晁蓋便如此不記得妙筆曾昇道是師父史文恭乘坐着以此不曾將來宋江道你疾忙快寫書去教早早牽那匹馬來還我寫宋江諄諄懇懇只爲馬曾昇便寫書叫從人還寨討這匹馬來史文恭聽得回道別的馬將去不落這匹馬却不與他從人往復去了

幾遭宋江定死要這匹馬妙筆史文恭使人來說道若還定要我這匹馬時着他卽便退軍我便送來還他宋江聽得這話便與吳用商量尚然未決妙筆妙筆寫宋江便有卽便退軍之意殊見此來單爲奪馬更無餘志忽有人來報道青州凌州兩路有軍馬到來宋江道那廝們知得必然變卦變卦者不肯還馬也若果志在報讐豈不變卦哉妙筆暗傳下號令就差關勝單廷珪魏定國去迎青州軍馬好爲青州凌州兩路救兵只是借勢層數以表宋江意只在馬本寄前爲晁蓋報讐耳不必又顯戰功故只

如此略略點去花榮馬麟鄧飛去迎凌州軍馬好一暗地門

出郁保四來用好言撫恤他十分恩義相待說道

你若肯建這場功勞山寨裏也教你做箇頭領奪

馬之讐折箭爲誓一齊都罷之讐折箭爲誓一齊都罷都罷十箇字上明明

只是奪馬二字妙筆你若不從曾頭市破在旦夕任從你心

郁保四聽言情願投拜從命帳下哭用授記與郁

保四道你只做私逃還寨與史文恭說道我和曾

昇去宋江寨中講和打聽得眞實了如今宋江大

意只要賺這四千里馬實無心講和若還與了他必然翻變如今聽得青州凌州兩路救兵到了十分心慌正好乘勢用計不可有悞（即以巳之瑕處作誘敵妙妙）他若信從了我自有處置你保四領了言語直到史文恭寨裏把前事具說了一遍史文恭領了你保四來見曾長官備說宋江無心講和可以乘勢劫他寨柵曾長官道我那曾昇當在那里若還翻變必然被他殺害史文恭道打破他寨好反救了

今晚傳令與各寨盡數都起先劫宋江大寨如斷去蛇首衆賊無用回來却殺李逵等五人未遲曾長官道教師可以善用良計當下傳令與北寨蘇定東寨曾魁南寨曾密一同劫寨郁保四却閃來法華寺大寨內看了李逵等五人暗與時遷走透這箇消息再說宋江同吳用說道未知此計若何吳用道如是郁保四不回便是中俺之計他若今

○○○○○○○○○○○○○○○○

晚來劫我寨我等退伏兩邊却教魯智深武松引

步軍殺入他東寨朱仝雷橫引步軍殺入他西寨
却令楊志史進引馬軍截殺北寨此名番犬伏窩
之計百發百中一劫寨之奇此爲第一名色亦奇絕當晚却說史文
恭帶了蘇定曾密曾魁盡數起發是夜月色朦朧
星辰昏暗史文恭蘇定常先曾密曾魁押後馬摘
鸞鈴人披軟戰盡都來到宋江總寨只見寨門不
關寨內並無一人又不見些動靜情知中計即便
回身急望本寨去時只見曾頭市裏鑼鳴砲響却

是時還爬去法華寺鐘樓上撞起鐘來（偏不寫放起火來。篩起鑼來。偏就法華寺三字。見景生情。撞起鐘來。妙妙。）東西兩門火砲齊響喊聲大舉正不知多少軍馬殺將入來卻說法華寺中李逵樊瑞項充李袞一齊發作殺將出來史文恭等急回到寨時尋路不見曾長官見寨中大鬧又聽得梁山泊大軍兩路殺將入來就在寨里自縊而死（曾弄死。）曾密逕奔西寨被朱仝一朴刀搠死（曾密一死。）曾魁要奔東寨時亂軍中馬踏為泥（曾魁死。）蘇

定死命奔出北門却有無數陷坑寫得便似出於意外故妙背後魯智深武松趕殺將來前逢楊志史進一時亂箭射死蘇定死寫數人草草而死者意只重史文恭一人也後頭撞來的人馬都顛入陷坑中去重重疊疊陷死不知其數○寫吳用不惟不遭陷坑之失乃能反得陷坑之用真不愧智多星矣且說史文恭得這千里馬行得快寫出色馬妙殺出西門落荒而走此時黑霧遮天不分南北爲晁蓋陰魂作引約行了二十餘里不知何處之路特書四字以見此處非史文恭必走之路而前文之冷調員外爲可醜可

恨也。只聽得樹林背後一聲鑼響，撞出四五百軍來。當先一將，手提桿棒，望馬脚便打。宋江冷調員外，而史文恭又偏遇着。妙筆妙筆。寫史文恭遇盧俊義，先暗寫一番，次明寫一番，皆極其搖曳也。那匹馬是千里龍駒，見棒來時，從頭上跳過去了。出色寫馬，妙妙。冷調員外者，斷不欲其得遇史文恭也。冷調之而又偏遇之，可謂奇絕。乃冷調之而又偏遇之，而又偏失之，而又重獲之，一發奇絕也。史文恭正走之間，只見陰雲冉冉，冷氣颼颼，黑霧漫漫，狂風颯颯，虛空之中，四邊都是晁蓋陰魂纏住。見晁蓋之實式憑於盧俊義也。史文恭再回

舊路殺出西門作一縱頭上跳過再作一縱然後以一句擒之筆力奇矯之甚却撞着浪子燕青出盧俊義偏先出燕青皆極其搖曳又轉過玉麒麟盧俊義來妙筆妙筆○如此千曲百折無非欲表宋江之奸惡也喝一聲強賊待走那里去腿股上只一朴刀搠下馬來便把繩索綁了解投曾頭市來燕青牽了那匹千里龍駒逕到大寨不惟寫得讐是他家報弃寫得馬亦是他家得妙妙宋江看了心中一喜一惱一喜一惱只是四字更不分明妙不可言○不善讀史者疏之曰喜者喜盧員外建功怒者怒史文恭讐人也善讀史者疏之先曰喜者喜玉獅子歸來惱者惱玉麒麟有功也

把曾昇就本處斬首曾昇死。曾家一門老少盡數不留抄擄到金銀財寶米麥糧食盡行裝載上車回梁山泊給散各都頭領犒賞三軍且說關勝領軍殺退青州軍馬花榮領軍殺散淩州軍馬都回來了。省大小頭領不缺一箇已得了這匹千里龍駒焰夜玉獅子馬看他一篇之中。大書特書。只是爲馬。以定宋江之罪也。其餘物件盡不必說陷車內因了史文恭便收拾軍馬回梁山泊來所過州縣村坊並無侵擾回到山寨

……夜打曾頭市……

忠義堂上都來叅見晁蓋之靈林冲請宋江傳令教聖手書生蕭讓作了祭文令大小頭領人人掛孝箇箇舉哀將史文恭剖腹剜心享祭晁蓋已罷宋江就忠義堂上與衆弟兄商議立梁山泊之主吳用便道兄長為尊盧員外為次其餘衆弟兄各依舊位宋江道向者晁天王遺言

（古本有此林冲請三字。俗本無。兩本相去如此。）

（晁蓋一生。武師實始終之。寫得妙妙。）

（晁蓋遺誓。明如書石。今日之事。有何商議。商議者。明明不用晁蓋遺誓也。自此以下皆宋江商議之辭。豈復以晁蓋為念哉。）

（吳用便道四字書法。）

但有人捉得史文恭者、不揀是誰、便爲梁山泊之主、今日盧員外生擒此賊、赴山祭獻晁兄、報讐雪恨、正當爲尊、不必多說、盧俊義道、小弟德薄才疎、怎敢承當此位、若得居末、尚自過分、宋江道、非宋某多謙、有三件不如員外處、何不一口到底、只奉天王遺令、而又別引他辭。○○○○○○○○○○○○○○○○○○○○○○第一件、宋江身材黑矮、員外堂堂一表、凜凜一軀、衆人無能得及、贊員外語。却是挑衆人語。○○○○○○第二件、宋江出身小吏、犯罪在逃、感蒙衆弟兄不棄、暫居尊位、員外○○

……夜打曾頭市……
○○○○○○○○○○○○○○○○○○
生於富貴之家長有豪傑之譽又非衆人所能得
○及人語（挑衆）第三件宋江文不能安邦武不能附衆手
無縛雞之力身無寸箭之功員外力敵萬人通今
○○○○○○○○○○○○○○○○○○○○
博古一發衆人無能得及（挑衆人語○看他說出三件卻偏不及爲天王）
（報仇也宋江之奸惡無恥一至於是乎寫得妙妙）員外有如此才德正當
○○○○○○○○○○○○○○○
爲山寨之主他時歸順朝廷建功立業官爵陞遷
○○○○○○○○○○
能使弟兄們盡生光彩（句句挑衆人語）宋江主張已定休
得推托盧俊義拜於地下說道兄長枉自多談盧

某寧死實難從命吳用又道（吳用又道書法）兄長為尊盧員外為次皆人所伏兄長若如是再三推讓恐冷了衆人之心原來吳用已把眼視衆人故出此語（寫兩人同惡共濟如鏡）只見黑旋風李逵大叫道我在江州捨身拚命跟將你來衆人都饒讓你一步我自天也不怕（妙妙天生是李大哥語）你只管讓來讓去假甚鳥（妙妙）（快絕）我便殺將起來各自散火（妙妙是是）武松見吳用以目示人也上前叫道哥哥手下許多軍官都是受

過朝廷誥命的他只是讓哥哥如何肯從別人妙妙天生是武二語。劉唐便道我們起初七箇上山那是便有讓哥哥爲尊之意今日卻讓後來人妙妙。天生是劉唐語。魯智深大叫道若還兄長要這許多禮數洒家們各自撒開妙妙。天生是魯提轄語。宋江道你衆人不必多說我別有箇道理看天意是如何方纔可定天王之遺令置之不論。而別生出許多商議。許多道理。寫得可恥可恨之極。吳用道有何高見便請一言宋江道有兩件事正是教梁山泊內重添

兩箇英雄東平府中又惹一場災禍直教天罡盡
數投山寨地煞空聚水涯畢竟宋江說出那兩
件事來且聽下回分解

卷七十二

二十九

第五才子書施耐菴水滸傳卷之七十三

聖歎外書

第六十八回

東平府誤陷九紋龍

宋公明義釋雙鎗將

打東平東昌二篇爲一書最後之筆其文愈深其事愈隱讀者不可不察何以言之蓋梁山泊晁蓋之業也史文恭晁蓋之仇也活捉

史文恭便主梁山泊則晁蓋之令也遵晁蓋之令而報晁蓋之仇承晁蓋之業誓箭在彼明明未忘宋江不得與盧俊義爭斷斷如也然而宋江且必有以爭之如之何宋江且必有以爭之棄晁蓋遺令而別鬮東平東昌二府借糧則盧俊義更不得與宋江爭也亦斷斷如矣或曰二城之孰堅孰瑕宋江未有擇也是役之勝與不勝宋江未有必也御彫如

其必濟何用知盧之必不濟彼俱不濟無論若幸而俱濟則是梁山泊主又未定也今乎之言盧俊義必不得與宋江争也何故噫嘻聞絃者賞音讀書者論事豈其難哉豈其難哉觀其分調衆人之時而令吳用公孫勝二人悉居盧之部下也彼豈不曰惟二軍師實左右之則功必易成功必易成是位終及之庶幾有以不負天王之言誠爲甚盛心也乃

我獨有以知吳與公孫之在盧之部下猶其不在盧之部下也吳與公孫雖不在宋之部下而實在宋之部下也葢吳與公孫之在盧之部下其外也若其內固曾不爲盧設一計也若吳與公孫雖不在宋之部下然而尺書可來匹馬可去借箸畫計曾不遺力則猶在帳中無以異也且此岸上糧車水中米船而不出於吳用耶陰雲布滿黑霧遮天而不出

於公孫勝耶夫誠不出於吳與公孫則已耳
終亦出於吳與公孫而宋江未來括囊以待
宋江一至爭鞭而效此何意也跡其前後推
其存心亦幸而沒羽箭難勝耳不幸而使沒
羽箭者方且一鼓就擒則彼吳用公孫勝之
二人者詎不能從中掣肘敗乃公事於以徐
俟宋江之來至哉繇斯以言則是宋固必濟
盧固必不濟盧俊義之終不得與宋江爭也

斷斷如也我故曰打東平東昌二篇其文愈深其事愈隱讀者不可不察也

此書每欲作重疊相犯之題如二解越獄史進又要越獄是其類也忽然以月盡二字翻空造奇夫然後知極窘蹙題其中皆有無數異樣文字人自無才不能洗發出來也

刀鎗劒戟如麻似火之中偏能夾出董將軍求親一事讀之使人又有一樣眼色

話說宋江要不負晁蓋遺言把第一位讓與盧員外衆人不服宋江又道目今山寨錢糧缺少梁山泊東有兩箇州府却有錢糧一處是東平府一處是東昌府我們自來不曾攪擾他那里百姓今去問他借糧可寫下兩箇鬮兒我和盧員外各拈一處如先打破城子的便做梁山泊主如何天王之遺令日如有活提史文恭者便做梁山泊主至此宋江忽別換一令日如有先打破城子者便做梁山泊主吳用道也好盧俊義道休如此說只是哥哥爲梁

山泊主某聽從差遣此時不繇盧俊義當下便喚
鐵面孔目裴宣寫下兩箇鬮兒焚香對天祈禱已
罷各拈一箇宋江拈着東平府盧俊義拈着東昌
府衆皆無語當日設筵飲酒中間宋江傳令調撥
人馬宋江部下○○○○調撥又換出一條林冲花榮劉唐史進徐
寧燕順呂方郭盛韓滔彭玘孔明孔亮解珍解寶
王矮虎一丈青張青孫二娘孫新顧大嫂石勇郁
保四王定六段景住大小頭領二十五員馬步軍

兵一萬水軍頭領三員阮小二阮小五阮小七領水軍駕船接應盧俊義部下吳用公孫勝（將吳用公孫勝）○○○○○○○（二人。悉讓盧俊義。以愚衆人。奇妙之極。夫又安知其不用吳用之掣其肘乎。）關勝呼延灼朱仝雷橫索超楊志單廷珪魏定國宣贊郝思文燕青楊林歐鵬凌振馬麟鄧飛施恩樊瑞項充李衮時遷白勝大小頭領二十五員馬步軍兵一萬水軍頭領三員李俊童威童猛引水手駕船接應其餘頭領并中傷者看守寨柵分俵已定宋江

與衆頭領去打東平府盧俊義與衆頭領去打東
昌府衆多頭領各自下山此是三月初一日的話
日暖風和草青沙軟正好廝殺寫得好却說宋江領
兵前到東平府離城只有四十里路地名安山鎮
扎駐軍馬宋江道東平府太守程萬里和一箇兵
馬都監乃是河東上黨郡人氏此人姓董名平善
使雙鎗人皆稱為雙鎗將有萬夫不當之勇雖然
去打他城子也和他通些禮數差兩箇人齎一封

戰書去那里下若肯歸降免致動兵若不聽從那
時大行殺戮使人無怨誰敢與我先去下書只見
部下走過郁保四道小人認得董平情願齎書去
下郁保四新到立功例也又見部下轉過王定六道小弟新
來也並不曾與山寨中出力今日情願幫他去走
一遭王定六亦須立功例也宋江大喜隨即寫了戰書與郁
保四王定六兩箇去下書上只說借糧一事且說
東平府程太守聞知宋江起軍馬到了安山鎮駐

扎、便請本州兵馬都監雙鎗將董平、商議軍情重事、正坐間門人報道、宋江差人下戰書、程太守教喚至、郁保四王定六當堂廝見了、將書呈上、程萬里看罷來書、對董都監說道、要借本府錢糧、此事如何、董平聽了、大怒、叫推出去、即便斬首、程太守說道、不可、自古兩國相戰、不斬來使、於禮不當、只將二人各打二十訊棍、發回原寨、看他如何、董平怒氣未息、喝把郁保四王定六、一索綁翻、打得皮

開肉綻、推出城去、兩箇囘到大寨、哭告宋江說董
平那廝無禮、好生耿視大寨、宋江見打了兩箇、怒
氣塡胸、便要平吞州郡、先叫郁保四王定六上車
囘山將息、只見九紋龍史進起身說道、小弟舊在
東平府時、與院子裏一箇娼妓有交、喚做李睡蘭
往來情熟、我如今多將些金銀、潛地入城、借他家
裏安歇、約時定日、哥哥可打城池、只待董平出來
交戰、我便爬去更鼓樓上放起火來、裏應外合、可

成大事、宋江道最好、史進隨即收拾金銀安在包袱裏、身邊藏了暗器、拜辭起身、宋江道兄弟善覷方便、我且頓兵不動、且說史進轉入城中、逕到西瓦子李睡蘭家、大伯見是史進、喫了一驚、接入裏面、叫女兒出來、厮見李睡蘭、引去樓上坐了、便問史進道、一向如何不見你頭影、聽得你在梁山泊做了大王、官司出榜捉你、這兩日街上亂閧閧地、說宋江要來打城借糧、你如何却到這里、史進道

我實不瞞你說、我如今在梁山泊做了頭領、不曾
有功、如今哥哥要來打城借糧、我把你家備細說
了、我如今特地來做細作、有一包金銀相送與你、
切、不可走漏了消息、明日事完、一發帶你一家上
山快活、（史進醜語）李睡蘭葫蘆提應承、收了金銀、且安
排些酒肉相待、卻來和大娘商量道、他往常做客
時是箇好人、在我家出入不妨、如今他做了歹人、
倘或事發不是耍處、大伯說道、梁山泊宋江這夥

好漢不是好惹的、但打城池、無有不破、若還出了
言語、他們有日打破城子入來、和我們不干罷、虔
婆便罵道、老蠢物、你省得甚麼人事、自古道、蜂刺
入懷、解衣去趕、天下通例、自首者卽免本罪、你快
去東平府裏首告、拿了他去、省得日後負累不好、
大伯道、他把許多金銀與我家、不與他擔些干係、
買我們做甚麼、虔婆罵道、老畜生、你這般說、却似
放屁、我這行院人家、坑陷了千千萬萬的人、豈爭

他一箇（衙院中大本領語。謂之哥長。）你若不去首告我親自去
衙前叫屈和你也說在裏面大伯道你不要性發
且叫女兒欸任他休得打草驚蛇喫他走了待我
去報與做公的先來拿了却去首官且說史進見
這李睡蘭上樓來覺得面色紅白不定（如畫。）史進便
問道你家莫不有甚事這般失驚打怪李睡蘭道
却纔上胡梯跲了箇空争些兒跌了一交因此心
慌撩亂（如畫。）争不過一盞茶時只聽得胡梯邊脚步

梯有人逵上來窗外吶聲喊數十箇做公的搶到樓上先是大伯上來又是做公的上來寫得有光景有次序把史進似抱頭獅子畫出史進從極狠狠時畫出極雄健來奇甚綁將下樓來逕解到東平府裏廳上程太守看了大罵道你這廝膽包身體怎敢獨自箇來做細作若不是李睡蘭父親首告誤了我一府良民快招你的情繇宋江教你來怎地史進只不言語妙不惟寫史進亦圖省筆也董平便道這等賊骨頭不打如何肯招程太守喝道與我加

力打這厮兩邊走過獄卒牢子先將冷水來噴腿
上兩腿各打一百大棍史進雖他拷打只不言語
妙寫出史進董平道且把這厮長枷木杻送在死囚牢
裏等拿了宋江一並解京施行却說宋江自從史
進去了備細寫書與吳用知道如此節何異吳用在帳中吳用
看了宋公明來書說史進去娼妓李睡蘭家做細
作大驚急與盧俊義說知連夜來見宋江大書吳用之急
宋江如此以表其同惡共濟妙妙問道誰叫史進去來宋江道他

自願去、說這李行首是他舊日的表子、好生情重、因此前去、吳用道兄長欠些主張、若吳某在此、決不教去、從來娼妓之家、迎新送舊、陷了多少好人、更兼水性無定、縱有恩情、也難出虔婆之手、此人今去、必然喫虧、宋江便問吳用請計、吳用便叫顧大嫂、勞煩你去走一遭、可扮做貧婆、潛入城中、只做求乞的、若有些動靜、火急便回、若是史進陷在牢中、你可去告獄卒、只說有舊情恩念、我要與他

送一口飯摸入牢中，暗與史進說知，我們月盡夜○○○三字變出奇文。黃昏前後，必來打城，你可就水火之處安排脫身之計。月盡夜，你就城中放火為號，此間進兵方好成事。兄長可先打汶上縣，百姓必然都逩○○○○○○○東平府，却叫顧大嫂雜在數內，乘勢入城，便無人○○知覺。好甚。不然者，寇警戒嚴，如何得入去。吳用設計已能，上馬便回東昌府去了。○○○○○寫吳用不在宋江部下，而為宋江定計，反顯其在盧俊義部下而不為俊義定計也。深文妙筆，讀之可思。宋江點起解珍、解寶，引五百餘人

攻打汶上縣、果然百姓扶老攜幼、鼠竄狼奔、都逃
東平府來、却說顧大嫂頭髻鬔鬆、衣服藍縷、雜在
衆人裏面、挨入城來、遶街求乞、到州衙前、打聽得
史進果然陷在牢中、次日、提著飯罐、只在司獄司
前往來伺候、見一箇年老公人（老人好善處、幾放入來）從牢
裏出來、顧大嫂看着便拜、淚如雨下、那年老公人
問道、你這貧婆哭做甚麽、顧大嫂道、牢中監的史
大郎是我舊的主人、自從離了、又早十年、只說道

在江湖上做買賣、不知為甚事、陷在牢裏、眼見得
無人送飯、老身叫化得這一口兒飯、特要與他充
饑、哥哥怎生可憐見、引進則箇、強如造七層寶塔、
那公人道、他是梁山泊強人、犯着該死的罪、誰敢
帶你入去、顧大嫂道、便是一刀一剮、自教他瞑目
而受、只可憐見、引老身入去、送這口兒飯、也顯得
舊日之情、（會說）說罷又哭、那老公人尋思道、若是箇
男子漢、難帶他入去、一箇婦人家、有甚利害、（註出特遣）

大嫂之故。當時引顧大嫂直入牢中來看見史進項帶沉枷腰纏鐵索史進見了顧大嫂喫了一驚做聲不得顧大嫂一頭假啼哭一頭喂飯別的節級便來喝道這是該死的歹人獄不通風誰放你來送飯即忙出去饒你兩棍關出奇文來。顧大嫂更住不得只說得月盡夜叫你自掙扎關出奇文來。史進再要問時顧大嫂被小節級打出牢門史進只聽得月盡夜三箇字關出奇文來。原來那箇三月却是大盡關出奇文

來。到二十九史進在牢中見兩箇節級說話問道

今朝是幾時那箇小節級却錯記了回說道今日

是月盡夜晚些買帖孤魂紙來燒斸出奇文來。奇不可言。駭不可

言。史進得了這話巴不得晚令我嚇絕。將如之何。一箇小節

級喫得半醉帶史進到水火坑邊史進唤小節級

道背後的是誰賺得他回頭挣脫了柳只一柳梢

把那小節級面上正着一下打倒在地嚇絕。就拾磚

頭敲開了木枷嚇絕。睁着鶻眼搶到亭心裏嚇絕。幾箇

雙鎗將

公人都酒醉了被史進迎頭打着死的死了走的走了救開牢門只等外面救應嚇絕如之何如之何又把牢中應有罪人盡數放了總有五六十人就在牢內發起喊來嚇絕有人報知太守程萬里驚得面如土色連忙便請兵馬都監商量董平道城中必有細作且差多人鬬困了這賊我却乘此機會領軍出城去捉宋江相公便緊守城池差數十公人圍定牢門休教走了董平上馬點軍去了程太守便點

起一應節級虞候押番各執鎗棒去大牢前吶喊史進在牢裏不敢輕出外廂的人又不敢進去顧大嫂只叫得苦三句寫三面人都盡却說都監董平點起兵馬四更上馬殺奔宋江寨來伏路小軍報知宋江宋江道此必是顧大嫂在城中又喫虧了他旣殺來準備迎敵號令一下諸軍都起當時天色方明却好接着董平軍馬兩下擺開陣勢董平出馬原來董平心靈機巧三教九流無所不通品竹調絃

無有不會山東河北皆號他爲風流雙鎗將宋江在陣前看了董平這表人品一見便喜又見他箭壺中插一面小旗上寫一聯道英雄雙鎗將風流萬戶侯大處寫不盡却向細處描點出來所謂頰上三毫只是意思所在也宋江遣韓滔出馬迎敵韓滔手執鐵搠直取董平董平那對鐵鎗神出鬼沒人不可當宋江再叫金鎗手徐寧仗鉤鐮鎗前去替回韓滔徐寧飛馬便出接住董平厮殺兩箇在戰場上戰到五十餘合不分勝

敗、交戰良久、宋江恐怕徐寧有失、便敎鳴金收軍、徐寧勒馬回來、董平手舉雙鎗直追殺入陣來、宋江乘勢鞭梢一展、四下軍兵一齊圍住、宋江勒馬上高阜處看望、只見董平圍在陣內、他若投東、宋江便把號旗望東指、軍馬向東來圍他、他若投西、號旗便往西指、軍馬便向西來圍他、董平在陣中橫衝直撞、兩枝鎗直殺到申牌已後、衝開條路殺出去了、寫董平。宋江不趕、董平因見交戰不勝、當晚

收軍回城去了、宋江連夜起兵、直抵城下、團團調兵圍住、顧大嫂在城中未敢放火、史進又不敢出來兩下拒住（小盡却舉發。大盡却不動。前情拗筆。匪夷所及。）原來程太守有箇女兒十分顏色、董平無妻、累累使人去求爲親程萬里不允、因此日嘗閒有些言和意不和（忽從風流二字。轉出波瀾來。）董平當晚領軍入城、其日使箇就裏的人乘勢來問這頭親事（妙妙。真英雄。真風流。程溫太真不足齒也。）太守回說、我是文官、他是武官、相贅爲壻正當其

理只是如今賊寇臨城事在危急若還便許被人恥笑待得退了賊兵保護城池無事那時議親亦未爲晩那人把這話回復董平董平雖是口裏應道說得是只是心中躊躇不十分歡喜恐怕他日後不肯（軍馬倥偬羽書旁午之中偏有這里宋江筆力夾寫許多蜂蝶使妙妙○○○○大怒接上文何句妙不可言○只大怒二字便活寫出董平英雄風流四字都有）連夜攻打得緊太守催請出戰董平大怒披掛上馬帶領三軍出城交戰宋江親在陣前門旗下喝道量你

這箇寡將怎當我手下雄兵十萬猛將千員汝但蚤來就降可以免汝一死董平大怒回道文面小吏該死狂徒怎敢亂言說罷手舉雙鎗直逩宋江左有林冲右有花榮兩將齊出各使軍器來戰董平約鬪數合兩將便走吳用計可知宋江軍馬佯敗四散而逩董平要逞驍勇拍馬趕來宋江等却好退到壽春縣界宋江前面走董平後面追吳用計可知離城有十數里前至一箇村鎮兩邊都是草屋中間

一條驛道吳用計可知董平不知是計只顧縱馬趕來
宋江因見董平了得隔夜已使王矮虎一丈青張
青孫二娘四箇帶一百餘人先在草屋兩邊埋伏
却拴數條絆馬索在路上又用薄土遮蓋只等來
時鳴鑼爲號絆馬索齊起准備捉這董平吳用計可知
董平正趕之間來到那里只聽得背後孔明孔亮
大叫勿傷吾主却好到草屋前一聲鑼響兩邊門
扇齊開拽起繩索那馬却待回頭背後絆馬索齊

雙鎗將

起將馮紵倒董平落馬（吳用計可知）左邊撞出一丈青王矮虎右邊走出張青孫二娘一齊都上把董平捉了頭盔衣甲雙鎗隻馬盡數奪了兩箇女頭領將董平捉住（擒董平偏用兩女將爲風流二字縮染也）用麻繩背剪綁了兩箇女將各執鋼刀監押董平來見宋江却說宋江過了草屋勒住馬立在綠楊樹下迎見這兩箇女頭領解着董平宋江隨即喝退兩箇女將我教你去相請董將軍誰教你們綁縛他來（吳用計可知）

二女將諾諾而退。吳用計可知。宋江慌忙下馬自來解其繩索，便脫護甲錦袍與董平穿着，納頭便拜。已上皆吳用所定計可知。○寫宋江擒董平，悉出吳用定計者，反顯其不爲盧員外定一計也。董平慌忙答禮。宋江道：「倘蒙將軍不棄微賤，就爲山寨之主。」○○欺董平乎。欺盧俊義乎。董平答道：「小將被擒之人，萬死猶輕；若得容恕安身，已爲萬幸；若言山寨爲主，小將受驚不小。」特將山寨之主四字，作莊語相對，以形擊宋江也。宋江道：「敝寨缺少糧食，特來東平府借糧，別無他意。」董平道：

○○○○○○雙鎗將○○○○○○○○○○

程萬里那厮原是童貫門下門館先生得此美任

○○○○○○安得不害百姓此語爲是公論爲是私怨兩邊閃耀便成佳致若是兄長

肯容董平回去賺開城門殺入城中共取錢糧以

爲報効宋江大喜便令一行人將過衣甲鎗馬還

了董平綳披掛上馬董平在前宋江軍馬在後捲

起旗旛都在東平城下董平軍馬在前大叫城上

快開城門把門軍士將火把照時認得是董都監

隨即大開城門放下弔橋董平拍馬先入砍斷鐵

鎖背後宋江等長驅人馬殺入城來都到東平府
裏急傳將令不許殺害百姓放火燒人房屋董平
逕遶私衙殺了程太守一家人口奪了這女兒宋
江先叫開了大牢救出史進（寫兩人各急其急妙甚）便開府
庫盡數取了金銀財帛大開倉廒裝載糧米上車
先使人護送上梁山泊金沙灘交割與三阮頭領
接遞上山（完正題）史進自引人去西瓦子裏李睡蘭
家把虔婆老幼一門大小碎屍萬段（又與董平宋反覷成色）

江將太守家私俵散居民事快仍給沿街告示曉諭百姓害民州官已自殺戮汝等良民各安生理事快告示已罷收拾回軍大小將較再到安山鎮只見白日鼠白勝飛迸前來報說東昌府交戰之事宋江聽罷神眉剔竪怪眼圓睁大叫衆多兄弟不要回山且跟我來過脉有氣勢正是重驅水泊英雄將再奪東昌錦繡城畢竟宋江復引軍馬怎地救應且聽下回分解

# 第五才子書施耐菴水滸傳卷之七十四

聖歎外書

第六十九回

沒羽箭飛石打英雄
宋公明棄糧擒壯士

批詳前一回中。

古亦未聞有以石子臨敵者，自耐菴翻空出奇，忽然撰爲此篇，而遂令讀者之心頭眼底

眞覺石子之來星流電掣水泊之人烏駭獸竄也此豈耐菴亦以一部大書張皇一百餘人實惟太甚故於臨絕筆時恣意擊打以少殺其勢耶讀一部七十回篇必謀篇段必謀段之後忽然結以如捲如掃如馳如撤之文眞絕奇之章法也

敘一百八人而終之以皇甫相馬嘻乎妙哉

此水滸之所以作乎夫支離擁腫之材未必

無舟車之用而蹄齧嘶喊之疾未必非千里之力也泥其外者未必不金其裏竈下之廝養未必不能還王於異國也惟賢宰相有破格之識賞斯百年中有異嘗之報効然而世無伯樂賢愚同死其尤駿者乃遂走險至於勢潰事裂國家實受其禍夫而後歎吾眞失之於牝牡驪黃之外也嗟乎不已晚哉

話說宋江打了東平府收軍回到安山鎮正待要

回山寨只見白勝前來報說盧俊義去打東昌府

連輸了兩陣城中有箇猛將姓張名清原是彰德

府人虎騎出身善會飛石打人百發百中人呼為

沒羽箭（張清宮出）．手下兩員副將一箇喚做花項虎龔

旺渾身上刺着虎斑頸項上吞着虎頭馬上會使

飛槍（龔旺宮出）．一箇喚做中箭虎丁得孫面頰連項都

有疤痕馬上會使飛叉（得孫宮出）．丁盧員外提兵臨境

一連十日不出廝殺前日張清出城交鋒郝思文

出馬迎敵戰無數合張清便走郝思文趕去被他額角上打中一石子跌下馬來（先就口中虛寫却一石子作引）得燕青一弩箭射中張清戰馬因此救得郝思文性命（燕青弩箭亦先虛寫作引）輸了一陣次日混世魔王樊瑞引項充李衮舞牌去迎不期被丁得孫從肋窩裏飛出標叉正中項充因此又輸了一陣（悉從口中虛寫）二人見在船中養病軍師特令小弟來請哥哥早去救應（不聞爲設一計而竟請救應二人詭謀如鏡炤面）宋江見說便對衆

○第○五○才○子○書○没○羽○箭

○人○歎○道○盧○俊○義○直○如○此○無○緣○特○地○教○吳○學○究○公○孫○勝○都○去○幇○他○只○想○要○他○見○陣○成○功○坐○這○第○一○把○交○椅○誰○想○又○逢○敵○手 看他無數權詐。無數醜態。遂令人不願卒讀。 既然如此、我等衆兄弟引兵都去救應、當時傳令、便起三軍、諸將上馬、跟隨宋江、直到東昌境界、盧俊義等接着、具說前事、權且下寨、正商議間、小軍來報、没羽箭張清搦戰、宋江領衆便起、向平川曠野擺開陣勢、大小頭領、一齊上馬、隨到門旗下、三通鼓罷、

張清在馬上、蕩起征塵、往來馳走、門旗影裏左邊
閃出那箇花項虎龔旺、右邊閃出這箇中箭虎丁
得孫、三騎馬來到陣前、張清手指宋江罵道、水洼
草賊、願決一陣、宋江問道、誰可去戰此人、只是陣
裏一箇英雄、忿怒躍馬、手舞鈎鐮鎗、出到陣前、宋
江看時、乃是金鎗手徐寧、宋江暗喜、便道、此人正
是對手、武藝之好徐寧飛馬、直取張清、兩馬相交、雙鎗
並舉、鬭不到五合、張清便走、徐寧趕去、張清把左

手虛提長鎗右手便向錦囊中摸出石子紐回身覷得徐寧面門較近只一石子眉心早中翻身落馬（寫石子一法）龔旺丁得孫便來提人宋江陣上人多早有呂方郭盛兩騎馬兩枝戟救回本陣宋江等大驚盡皆失色再問那箇頭領接着廝殺宋江言未盡馬後一將飛出看時却是錦毛虎燕順宋江却待阻當那騎馬已自去了（或奪之妙）燕順接住張清鬬無數合遮攔不住撥回馬便走張清望後趕來

手取石子看燕順後心一擲打在鎧甲護鏡上錚
然有聲伏鞍而走寫石子又一法宋江陣上一人大叫匹
夫何足懼哉拍馬提𢫬飛出陣去宋江看時乃是
百勝將韓滔不打話便戰張清兩馬方交喊聲大
舉韓滔要在宋江面前顯能抖擻精神大戰張清
不到十合張清便走韓滔疑他飛石打來不去追
趕又好張清回頭不見趕來翻身勒馬便轉韓滔却
待挺𢫬來迎被張清暗藏石子手起望韓滔鼻凹

裏打中只見鮮血迸流。逃回本陣。又寫一石子彭玘見
了大怒。不等宋公明將令。手舞三尖兩刃刀。飛馬
直取張清。兩個未曾交馬。又妙被張清暗藏石子在
手。手起。正中彭玘面頰。丟了三尖兩刃刀。奔馬回
陣。又寫一石子宋江見輸了數將。心內驚惶。便要將軍
馬收轉。只見盧俊義背後一人大叫。妙今日將威
風折了。來日怎地厮殺。且看石子打得我麼。宋江
看時。乃是醜郡馬宣贊。拍馬舞刀。直奔張清。張清

便道、一箇來、一箇走、兩箇來、兩箇逃、你知我飛石、手段、麼宣贊道、你打得別人、怎近得我、說言未了、○○○○○○○○○○○○○張清手起一石子正中宣贊嘴邊翻身落馬寫石子又一法龔旺丁得孫、却待來捉、怎當宋江陣上人多衆、將救了、回陣宋江見了、怒氣沖天、掣劍在手、割袍爲誓、我若不拏得此人、誓不回軍、呼延灼見宋江、設誓、便道、兄長此言、要我們弟兄何用、就拍踢雪烏騅、直臨陣前、大罵張清、小兒得寵、一力一勇○○○○○○○妙語

如古謠諺認得大將呼延灼麽好張清便道辱國敗將也遭吾毒手言未絕一石子飛來呼延灼見石子飛來急把鞭來隔時却中在手腕上早着一下便使不動鋼鞭回歸本陣寫石子又一法宋江道馬軍頭領都被損傷步軍頭領誰敢捉得這廝喚一起筆只見部下劉唐手撚朴刀挺身出陣張清見了大笑罵道你那敗將馬軍尚且輸了何況步卒劉唐大怒逕奔張清張清不戰跑馬歸陣劉唐趕去人馬相迎

劉唐手疾，一朴刀砍去，却砍着張清戰馬，那馬後蹄直踢起來，劉唐面門上掃着馬尾，雙眼生花，早被張清只一石子打倒在地。寫石子又一法。○一路都寫石子，此忽插入馬尾，奇筆。急待掙扎，陣中走出軍來，橫拖倒拽，拏入陣中去了。宋江大叫：「那箇去救劉唐？」接上卸下，又換一起筆。只見青面獸楊志，便拍馬舞刀，直取張清。張清虛把鎗來迎，楊志一刀砍去，張清鐙裏藏身，楊志却砍了箇空。張清手拏石子，喝聲道着，石子從肋窩

沒羽箭

裏飛將過去張清又一石子錚的打在盔上諕得
楊志膽喪心寒伏鞍歸陣寫石子一法宋江看了轉轉
尋思若是今番輸了銳氣怎生回梁山泊誰與我
出得這口氣朱仝聽得月棍雷橫說道一箇不濟
事我兩箇同去夾攻亦換朱仝居左雷橫居右兩條
朴刀殺出陣前張清笑道一箇不濟又添一箇繇
你十箇更待如何全無懼色在馬上藏兩箇石子
在手雷橫先到張清手起勢如招寶七郎雷橫額

○○○○○○○○○○○○○○○○○○○
上早中一石子撲然倒地朱仝急來快救頸項上
○○○○○
又一石子打着（寫石子又一法○上兩石子打不着楊志此兩石子連打朱仝雷橫）
關勝在陣上看見中傷、大挺神威、輪起青龍刀、縱
開赤兔馬來救朱仝雷橫、剛搶得兩箇奔走還陣、
○○○○○○○○○○○○○○○○○○○
張清又一石子打來關勝急把刀一隔正中着刀
○○○○○○○○○○○○○○○
口迸出火光關勝無心戀戰勒馬便回（寫石子又一法○寫關勝短）
雙鎗將董平見了、心中暗忖、吾今新降宋江、
若不顯我此武藝、上山去必無光彩、手提雙鎗飛

馬出陣張清看見大罵董平我和你鄰近州府唇
齒之邦共同滅賊正當其理你今緣何反背朝廷
豈不自羞董平大怒直取張清兩馬相交軍器並
舉兩條鎗陣上交加四隻臂環中撩亂約鬬五七
合張清撥馬便走董平道別人中你石子怎近得
我張清帶住鎗桿去錦袋中摸出一箇石子右手
纔起石子早到董平眼明手快撥過了石子好張
清見打不着再取第二箇石子又打將去董平又

問遁了好兩箇石子打不着張清却早心慌那馬尾相銜好張清走到陣門左側好董平望後心刺一鎗來好張清一閃鐙裏藏身董平却搠了空好那條鎗却搠將過來好董平的馬和張清的馬兩厮並着（好好○馬尾相騎妙兩馬厮並妙兩人大戰精彩却從兩匹馬上活寫出來）張清便撇了鎗雙手把董平和鎗連臂膊只一拖好好却拖不動兩箇攪做一塊好好宋江陣上索超望見輪動大斧便來解救對陣龔旺丁得孫兩騎馬齊

沒羽箭

出截住索超厮殺好好添出三人。○忽張清董平又分拆不開索超龔旺丁得孫三匹馬攪做一團林冲花榮呂方郭盛四將一齊盡出兩條鎗兩枝戟來救董平索超好好添出四人。○又張清見不是勢頭棄了董平跑馬入陣好董平不捨直撞入去却忘了隄備石子張清見董平追來暗藏石子在手待他馬近喝聲道着董平急躲那石子抹耳根上擦過去了董平便回寫石子又一法寫董平長。索超撇了龔旺丁得孫也趕

入陣來（好・）張清停住鎗輕取石子望索超打來索超急躲不迭打在臉上鮮血迸流提斧回陣（寫石子又一法・○索超只就董平一段順手帶下・）却說林冲花榮把龔旺截住在一邊（一邊・）呂方郭盛把丁得孫也截住在一邊（一邊・○兩邊雙起・下分敘之・）龔旺心慌便把飛鎗摽將來却摽不着花榮林冲龔旺先沒了軍器被林冲花榮活捉歸陣（龔旺一邊畢・）這邊丁得孫舞動飛叉死命抵敵呂方郭盛不隄防浪子燕青在陣門裏看見暗忖道

我這里被他片時連打了一十五員大將若拏他一箇偏將不得有何面目放下桿棒身邊取出弩弓搭上弦放一箭去一聲響正中了丁得孫馬蹄那馬便倒却被呂方郭盛捉過陣來丁得孫一邊畢·張清要來救時寡不敵衆只得拏了劉唐且回東昌府去太守在城上看見張清前後打了梁山泊一十五員大將雖然折了龔旺丁得孫也拏得這箇劉唐回到州衙把盞相賀先把劉唐長枷送獄却再

商議。上說宋江收軍回來。把龔旺丁得孫先送上梁山泊。宋江再與盧俊義吳用道。我聞五代時。大梁王彥章日不移影。連打唐將三十六員。今日張清無一時。連打我一十五員大將。真是不在此人之下。定當是箇猛將。衆人無語。宋江又道。我看此人全仗龔旺丁得孫爲羽翼。如今羽翼被擒。可用良策。捉獲此人。吳用道兄長放心。小生見了此將出沒久已安排定了何不早行。我欲問之。○久已字法。雖然如此。

且把中傷頭領、送回山寨、却教魯智深、武松、孫立、黄信、李立盡數引領水軍、安排車仗船隻、水陸並進、船隻相迎、賺出張清、便成大事、吳用分撥已定、再說張清在城内與太守商議道、雖是贏了兩陣、賊勢根本未除、可使人去探聽虛實、却作道理、只見探事人來回報、寨後西北上、不知那里將許多糧米、有百十輛車子、河内又有糧草船、大小有五百餘隻、水陸並進、船馬同來、沿路有幾箇頭領監

管太守道、這厮們莫非有計、恐遭他毒手、再差人去打聽端的、果是糧草也不是、次日小軍回報說、車上都是糧草、尚且撒下米來、水中船隻雖是遮蓋着、盡有米布袋露將出來、說得如畫張清道、今晚出城先截岸上車子、後去取他水中船隻、太守助戰一鼓而得、太守道、此計甚妙、只可善觀方便、叫軍漢飽餐酒食、盡行披掛、捎馱錦袋、張清手執長鎗、引一千軍兵、悄悄地出城、是夜月色微明、星光滿

沒羽箭

天行不到十里望見一簇車子旗上明寫水滸寨忠義糧堂名忠義乃至糧亦名忠義世人可笑每每有此張清看了見魯智深撚着禪杖皂直裰拽扎起當頭先走張清道這禿驢腦袋上着我一下石子魯智深撚着禪杖此時自望見了只做不知大踏步只顧走却忘了○○○○○○○○○○○○○○○○○○○○○○○隄防他石子正走之間張清在馬上喝聲着一石○○○○○○○○○○○○○○○○○○○子正飛在魯智深頭上打得鮮血迸流望後便倒又一石子妙妙譬如大雨既歇猶有餘滴也張清軍馬一齊吶喊都搶

將衆、武松急挺兩口戒刀、死去救回魯智深、撇了
糧車便走、張清奪得糧車、見果是糧米、心中歡喜、
不來追趕魯智深、且押送糧草、推入城來、太守見
了大喜、自行收管、張清要再搶河中米船、太守道、
將軍善覷方便、張清上馬、轉過南門、此時望見河
港內糧船、不計其數、張清便叫開城門、一齊吶喊、
搶到河邊、都是陰雲布滿、黑霧遮天、馬步軍兵回
○○○○○○○○○○○○○○○
○○○○○○○○○○○○○○○○○○
頭看時你我對面不見此是公孫勝行持道法何不

早行。我欲淍之。張清看見心慌眼暗、却待要回進退無路、四下里喊聲亂起、正不知軍兵從那里來林冲引鐵騎軍兵將張清連人和馬都趕下水去了河內却是李俊、張橫、張順、三阮、兩童八箇水軍頭領一字兒擺在那里、張清掙扎不脫、被阮氏三雄捉住、繩纏索綁、送入寨中、水軍頭領、飛報宋江、吳用便催大小頭領連夜打城、太守獨自一箇、怎生支吾得住、聽得城外四面砲響、城門開了、嚇得太守無

路可逃宋江軍馬殺入城中先救了劉唐次後便
開倉庫就將錢糧一分發送梁山泊結完本題一分給
散居民太守平日清廉饒了不殺東平東昌兩大守兩樣結果好
宋江等都在州衙裏聚集眾人會面只見水軍頭
領早把張清解來眾多兄弟都被他打傷咬牙切
齒盡要來殺張清宋江見解將來親自直下堂階
迎接便陪話道誤犯虎威請勿掛意邀上廳來說
言未了只見階下魯智深使手帕包着頭拏着鐵

禪杖徑奔來要打張清宋江隔住連聲喝退張清見宋江如此義氣叩頭下拜受降宋江取酒奠地折箭爲誓衆弟兄若要如此報讐皇天不祐死於刀劒之下衆人聽了誰敢再言宋江設誓已罷衆人大笑盡皆歡喜收拾軍馬都要回山只見張清在宋公明面前舉薦東昌府一箇獸醫覆姓皇甫名端此人善能相馬知得頭口寒暑病症下藥用針無不痊可眞有伯樂之才原是幽州人氏爲他

○○○○○○○○○○○○○○○○○○○
碧眼黃鬚貌若番人以此人稱為紫髯伯梁山泊
○○○○○○○○○○○○○○○○一百
亦有用他處可喚此人帶引妻小一同上山八人
而以相馬終之。豈非欲令讀者。得之於牝牡驪黃之外耶。宋江聞言大喜若是
皇甫端肯去相聚大稱心懷張清見宋江相愛甚
厚隨即便去喚到獸醫皇甫端來拜見宋江并衆
頭領宋江看他一表非俗碧眼重瞳虬髯過腹誇
獎不已皇甫端見了宋江如此義氣心中甚喜願
從大義宋江大喜撫慰已了傳下號令諸多頭領

收拾車仗糧食金銀、一齊進發、把這兩府錢糧運回山寨、前後諸軍都起、於路無話、早回到梁山泊忠義堂上、宋江叫放出龔旺、丁得孫來、亦用好言撫慰、二人叩頭拜降、又添了皇甫端在山寨專工醫獸、董平張清亦爲山寨頭領、宋江歡喜、忙叫排宴慶賀、都在忠義堂上、各依次席而坐、宋江看了○○○○○○○○○○○○○衆多頭領却好一百單八員、大結束語如椽之筆宋江開言說道、我等兄弟、自從上山相聚、但到處並無疎失、

皆是上天護佑非人之能今來扶我爲尊皆托衆

弟兄英勇（至此竟一句攬歸自已更不再用推讓宋江權術過人如此）我今有

句言語煩你衆兄弟共聽吳用便道願請兄長約

東宋江對着衆頭領開口說這箇主意下來正是

有分教三十六天罡符定數七十二地煞合玄機

畢竟宋公明說出甚麽主意且聽下回分解

第五才子書施耐菴水滸傳卷之七十五

聖歎外書

第七十回

忠義堂石碣受天文

梁山泊英雄驚惡夢

一部書七十回可謂大鋪排此一回可謂大結束讀之正如千里群龍一齊入海更無絲毫未了之憾笑殺羅貫中横添狗尾徒見其

醜也○

或問石碣天文爲是眞有是事爲是宋江僞造此癡人說夢之智也作者亦只圖敘事既畢重將一百八人姓名一一排列出來爲一部七十回書點睛結穴耳蓋始之以石碣終之以石碣者是此書大開闔爲事則有七十回爲人則有一百単八者是此書六眼節若夫其事其人之爲有爲無此固從來著書之

家之所不計而奈之何今之讀書者之惟此是求也

聚一百八人於水泊而其書以終不可以訓矣忽然幻出盧俊義一夢意蓋引張叔夜收討之一案以爲卒篇也嗚呼古之君子未有不小心恭慎而後其書得傳者也吾觀水滸洋洋數十萬言而必以天下太平四字終之其意可以見矣後世乃復削去此節盛誇招

安務令罪歸朝廷而功歸强盜甚且至於哀然以忠義二字而冠其端抑何其好犯上作亂至於如是之甚也哉

天罡地煞等名悉與本人不合豈故為此不甚了了之文耶吾安得夏起耐菴而問之

話說宋公明一打東平兩打東昌回歸山寨計點大小頭領共有一百八員心中大喜遂對衆兄弟道宋江自從鬧了江州上山之後皆托賴衆弟兄

英雄扶助、立我爲頭、今者共聚得一百八員頭領、心中甚喜、自從晁蓋哥哥歸天之後、但引兵馬下山、公然保全、此是上天護佑、非人之能、縱有被擄之人、陷於縲絏、或是中傷回來、且都無事、今者一百八人、皆在面前聚會、端的古往今來、實爲罕有、從前兵刃到處、殺害生靈、無可禳謝、我心中欲建一羅天大醮、報答天地神明眷佑之恩、一則祈保衆弟兄身心安樂、二則惟願朝廷早降恩光、赦免

逆天大罪，衆當竭力捐軀，盡忠報國，死而後已。假話
三則上薦晁天王早生天界，世世生生再得相見。
假話就行超度橫亡惡死、火燒水溺，一應無辜被害
之人，俱得善道。我欲行此一事，未知衆弟兄意下
若何？衆頭領都稱道：此是善果好事，哥哥主見不
差。吳用便道：先請公孫勝一清主行醮事，亦須軍師調撥
然後令人下山四遠邀請得道高士，就帶醮器赴
寨。仍使人收买一應香燭紙馬、花果祭儀、素饌淨

食并合用一應物件商議選定四月十五日爲始七晝夜好事山寨廣施錢財督併幹辦日期已近向那忠義堂前挂起長旛四首堂上扎縛三層高臺堂內鋪設七寶三清聖像兩班設二十八宿十二宮辰一切主醮星官真宰堂外仍設監壇崔盧鄧竇神將詳寫擺列已定設放醮器齊備請到道衆連公孫勝共是四十九員是日晴明得好天和氣明月白風清宋江盧俊義爲首吳用與衆頭領爲

文书、括香公孫勝作高功主行齋事、關發一應文書符命、與那四十八員道衆、每日三朝、至第七日滿散。宋江要求上天報應、特教公孫勝專拜青詞奏聞天帝、宋江乃至欲欺上帝。眞乃罪通於天矣。每日三朝、却好至第七日三更時分、公孫勝在虛皇壇第一層、衆道士在第二層、宋江等衆頭領在第三層、衆小頭目并將校都在壇下、衆皆懇求上蒼、務要拜求報應、是夜三更時候、只聽得天上一聲響、如裂帛相似、正

○○○○○○○○○○○○○○○○○○○○○

是西北乾方天門上衆人看時直竪金盤兩頭尖中間闊又喚做天門開又喚做天眼開裏面毫光射人眼目霞彩繚繞從中間捲出一塊火來如拷栳之形直滾下虛皇壇來那團火遶壇滾了一遭竟鑽入正南地下去了（寫得出奇。遂與誅走妖魔作一部大書一起一結也）此時天眼已合衆道士下壇來宋江隨即叫人將鐵鍬鋤頭掘開泥土跟尋火塊那地下掘不到三尺深淺只見一箇石碣正面兩側各有天書文字

一部大書以石碣始以石碣終章法奇絕當下宋江且教化紙滿散平明齋衆道士各贈與金帛之物以充襯資方纔取過石碣看時上面乃是龍章鳳篆蝌蚪之書人皆不識衆道士內有一人姓何法諱玄通對宋江說道小道家間祖上留下一冊文書專能辯驗天書那上面都是自古蝌蚪文字以此貧道善能辯認譯將出來便知端的宋江聽了大喜連忙捧過石碣教何道士看了良久說道此石都是義士大名

鐫在上面側首一邊是替天行道四字一邊是忠
義雙全四字頂上皆有星辰南北二斗下面却是
尊號若不見責當以從頭一一敷宣宋江道幸得
高士指迷緣分不淺倘蒙見教實感大德唯恐上
天見責之言請勿藏匿萬望盡情剖露休遺片言
宋江喚過聖手書生蕭讓用黃紙謄寫不漏何道士
乃言前面有天書三十六行皆是天罡星背後也
有天書七十二行皆是地煞星下面註着衆義士

的姓名石碣前面書梁山泊天罡星三十六員

天魁星呼保義宋江

天罡星玉麒麟盧俊義三十六天罡·而天罡乃在第二·七十二地煞·而地煞亦在第二·奇筆·

天機星智多星吳用

天閒星入雲龍公孫勝

天勇星大刀關勝

天雄星豹子頭林冲

天猛星霹靂火秦明

天威星雙鞭呼延灼

天英星小李廣花榮

天貴星小旋風柴進

天富星撲天鵰李應

天滿星美髯公朱仝

天孤星花和尚魯智深

天傷星行者武松

天立星雙鎗將董平

天捷星没羽箭張清

天暗星青面獸楊志

天佑星金鎗手徐寧

天空星急先鋒索超

天速星神行太保戴宗

天異星赤髪鬼劉唐

天殺星黒旋風李逵

、天微星九紋龍史進、
、天究星沒遮攔穆弘、
、天退星揷翅虎雷横、
、天壽星混江龍李俊、
、天劍星立地太歲阮小二、
、天平星船虎兒張横、
、天罪星短命二郎阮小五、
、天損星浪裏白條張順、

第五才子書 石碣受天文 貫華堂

天敗星活閻羅阮小七

天牢星病關索楊雄

天慧星拚命三郎石秀

天暴星兩頭蛇解珍

天哭星雙尾蝎解寶

天巧星浪子燕青

○○○○○○○○○○

石碣背面書地煞星七十二員

地魁星神機軍師朱武

〇〇〇地煞星鎮三山黃信、
、、地勇星病尉遲孫立、
、、地傑星醜郡馬宣贊、
、、地雄星井木犴郝思文、
、、地威星百勝將韓滔、
、、地英星天目將彭玘、
、、地奇星聖水將單廷珪、
、、地猛星神火將魏定國、

地文星聖手書生蕭讓

地正星鐵面孔目裴宣

地闊星摩雲金翅歐鵬

地闔星火眼狻猊鄧飛

地強星錦毛虎燕順

地暗星錦豹子楊林

地軸星轟天雷凌振

地會星神筭子蔣敬

地佐星小溫侯呂方
地佑星賽仁貴郭盛
地靈星神醫安道全
地獸星紫髯伯皇甫端
地微星矮脚虎王英
地彗星一丈青扈三娘（俗本作慧）
地暴星喪門神鮑旭
地默星混世魔王樊瑞

地猖星毛頭星孔明

地狂星獨火星孔亮

地飛星八臂那吒項充

地走星飛天大聖李袞

地巧星玉臂匠金大堅

地明星鐵笛仙馬麟

地進星出洞蛟童威

地退星翻江蜃童猛

地滿星玉旛竿孟康
地遂星通臂猿侯健
地周星跳澗虎陳達
地隱星白花蛇楊春
地異星白面郎君鄭天壽
地理星九尾龜陶宗旺
地俊星鐵扇子宋清
地樂星鐵叫子樂和

地捷星花項虎龔旺
地速星中箭虎丁得孫
地鎮星小遮攔穆春
地羈星操刀鬼曹正
地魔星雲裏金剛宋萬
地妖星摸着天杜遷
地幽星病大蟲薛永
地伏星金眼彪施恩

地僻星打虎將李忠

地空星小霸王周通

地孤星金錢豹子湯隆

地全星鬼臉兒杜興

地短星出林龍鄒淵

地角星獨角龍鄒閏

地囚星旱地忽律朱貴

地藏星笑面虎朱富

地平星鐵臂膊蔡福

地損星一枝花蔡慶

地奴星催命判官李立

地察星青眼虎李雲

地惡星沒面目焦挺

地醜星石將軍石勇

地數星小尉遲孫新

地陰星母大蟲顧大嫂

地刑星萊園子張青、、、

地壯星母藥叉孫二娘、、、

地劣星活閃婆王定六、、、

地健星險道神郁保四、、、

地耗星白日鼠白勝、、、

地賊星鼓上蚤時遷、、、

地狗星金毛犬段景住、、、文字既畢，例有結束。此回一部七十篇之結束也。

一部七十篇，則非一番結束之所得了。故當時何特重重疊疊而結束之。今第一重結束。

道士辯驗天書，教蕭讓寫錄出來。讀罷，衆人看了，俱驚訝不已。宋江與衆頭領道：「鄙猥小吏，原來上應星魁，衆多弟兄也原來都是一會之人。上天顯應，合當聚義。今已數足，分定次序，衆頭領各守其位，各休爭執，不可逆了天言。」衆人皆道：「天地之意，理數所定，誰敢違拗。」宋江遂取黄金五十兩酬謝何道士。其餘道衆收得經資，收拾醮器，四散下山去了。且不說衆道士回家去了，只說宋江與軍師

吳學究朱武等計議堂上要立一面牌額大書忠義堂三字斷金亭也換箇大牌扁前面冊立三關忠義堂後建築鴈臺一座頂上正面大廳一所東西各設兩房正廳供養晁天王靈位東邊房內宋江吳用呂方郭盛西邊房內盧俊義公孫勝孔明孔亮第二坡左一帶房內朱武黃信孫立蕭讓裴宣右一帶房內戴宗燕青張清安道全皇甫端忠義堂左邊掌管錢糧倉廒收放柴進李應蔣敬凌

石碣受天文
振右邊花榮樊瑞項充李袞山前南路第一關解
珍解寶守把第二關魯智深武松守把第三關朱
仝雷橫守把東山一關史進劉唐守把西山一關
楊雄石秀守把北山一關穆弘李逵守把六關之
外置立八寨有四旱寨四水寨正南旱寨秦明索
超歐鵬鄧飛正東旱寨關勝徐寧宣贊郝思文正
西旱寨林冲董平單廷珪魏定國正北旱寨呼延
灼楊志韓滔彭玘東南水寨李俊阮小二西南水

寨張横張順東北水寨阮小五童威西北水寨阮
小七童猛其餘各有執事第二重結束從新置立旌旗
等項山頂上立一面杏黃旗上書替天行道四字
忠義堂前繡字紅旗二面一書山東呼保義一書
河北玉麒麟外設飛龍飛虎旗飛熊飛豹旗青龍
白虎旗朱雀玄武旗黃鉞白旄青旛皁蓋緋纓黑
纛中軍器械外又有四斗五方旗三才九曜旗二
十八宿旗六十四卦旗週天九宮八卦旗一百二

十四面鎮天旗盡是侯健製造金大堅鑄造兵符印信一切完備選定吉日良時殺牛宰馬祭獻天地神明掛上忠義堂斷金亭牌額立起替天行道杏黃旗宋江當日大設筵宴親捧兵符印信頒布號令諸多大小兄弟各各管領悉宜遵守毋得違誤有傷義氣如有故違不遵者定依軍法治之決不輕恕計開梁山泊總兵都頭領二員呼保義宋江玉麒麟盧俊義掌管機密軍師二員智多星吳

用入雲龍公孫勝一同參贊軍務頭領一員神機
軍師朱武掌管錢糧頭領二員小旋風柴進撲天
鵰李應馬軍五虎將五員大刀關勝豹子頭林冲
霹靂火秦明雙鞭呼延灼雙鎗將董平馬軍八驃
騎兼先鋒使八員小李廣花榮金鎗手徐寧青面
獸楊志急先鋒索超沒羽箭張清美髯公朱仝九
紋龍史進沒遮攔穆弘馬軍小彪將兼遠探出哨
頭領一十六員鎮三山黃信病尉遲孫立醜郡馬

宣贊井木犴郝思文百勝將韓滔天目將彭玘聖
水將單廷珪神火將魏定國摩雲金翅歐鵬火眼
狻猊鄧飛錦毛虎燕順鐵笛仙馬麟跳澗虎陳達
白花蛇楊春錦豹子楊林小霸王周通步軍頭領
一十員花和尚魯智深行者武松赤髮鬼劉唐插
翅虎雷橫黑旋風李逵浪子燕青病關索楊雄拚
命三郎石秀兩頭蛇解珍雙尾蝎解寶步軍將校
一十七員混世魔王樊瑞喪門神鮑旭八臂那吒

項充飛天大聖李袞病大蟲薛永金眼彪施恩小
遮攔穆春打虎將李忠白面郎君鄭天壽雲裏金
剛宋萬摸着天杜遷出雲龍鄒淵獨角龍鄒閏花
項虎龔旺中箭虎丁得孫沒面目焦挺石將軍石
勇四寨水軍頭領八員混江龍李俊船虎兒張橫
浪裏白條張順立地太歲阮小二短命二郎阮小
五活閻羅阮小七出洞蛟童威翻江蜃童猛四店
打聽聲息邀接來賓頭領八員東山酒店小尉遲

孫新母大蟲顧大嫂西山酒店菜園子張青母藥
又孫二娘南山酒店旱地忽律朱貴鬼臉兒杜興
北山酒店催命判官李立活閃婆王定六總探聲
息頭領一員神行太保戴宗軍中走報機密步軍
頭領四員鐵叫子樂和鼓上蚤時遷金毛犬段景
住白日鼠白勝守護中軍馬軍驍將二員小溫侯
呂方賽仁貴郭盛守護中軍步軍驍將二員毛頭
星孔明獨火星孔亮專管行刑劊子二員鐵臂膊

蔡福一枝花蔡慶專掌三軍內探事馬軍頭領二
員矮脚虎王英一丈青扈三娘掌管監造諸事頭
領一十六員行文走檄調兵遣將一員聖手書生
蕭讓定功賞罰軍政司一員鐵面孔目裴宣考筭
錢糧支出納入一員神筭子蔣敬監造大小戰船
一員玉旛竿孟康專造一應兵符印信一員玉臂
匠金大堅專造一應旌旗袍襖一員通臂猿侯健
專攻醫獸一應馬匹一員紫髯伯皇甫端專治諸

疾內外科醫士一員神醫安道全監督打造一應
軍器鐵用一員金錢豹子湯隆專造一應大小號
砲一員轟天雷凌振起造修緝房舍一員青眼虎
李雲屠宰牛馬猪羊牲口一員操刀鬼曹正排設
筵宴一員鐵扇子宋清監造供應一切酒醋一員
笑面虎朱富監築梁山泊一應城垣一員九尾龜
陶宗旺專一把捧帥字旗一員險道神郁保四宣
和二年四月二十二日梁山泊大聚會分調人員

告示○○第三重結束。當日梁山泊宋公明傳令已了、分調

衆頭領已定、各各領了兵符印信、筵宴已畢、人皆

大醉、衆頭領各歸所撥寨分、中間有未定執事者、

都於鴈臺前後駐劄、聽調號令、已定各各遵守、明

日宋江鳴鼓集衆、都到堂上、焚一爐香、又對衆人

道、今非昔比、我有片言、我等既是天星地曜相會、

必須對天盟誓、各無異心、生死相托、患難相扶、一

同扶助宋江、仰答上天之意、衆皆大喜、齊聲道是、

石碣受天文

各人拈香已罷一齊跪在堂上宋江爲首誓曰維
宣和二年四月二十三日梁山泊義士宋江盧俊
義吳用公孫勝關勝林冲秦明呼延灼花榮柴進
李應朱仝魯智深武松董平張淸楊志徐寧索超
戴宗劉唐李逵史進穆弘雷橫李俊阮小二張橫
阮小五張順阮小七楊雄石秀解珍解寶燕靑朱
武黃信孫立宣贊郝思文韓滔彭玘單廷珪魏定
國蕭讓裴宣歐鵬鄧飛燕順楊林凌振蔣敬呂方

郭盛安道全皇甫端王英扈三娘鮑旭樊瑞孔明孔亮項充李衮金大堅馬麟童威童猛孟康侯健陳達楊春鄭天壽陶宗旺宋清樂和龔旺丁得孫穆春曹正宋萬杜遷薛永施恩李忠周通湯隆杜興鄒淵鄒閏朱貴朱富蔡福蔡慶李立李雲焦挺石勇孫新顧大嫂張青孫二娘王定六郁保四白勝時遷段景住同秉至誠共立大誓竊念江等昔分異國今聚一堂準星辰爲弟兄指天地作父母

一百八人人無同面面面崢嶸一百八人人合一

心心心皎潔樂必同樂憂必同憂生不同生死必

同死既列名於天上無貽笑於人間一日之聲氣

既乎終身之肝膽無二倘有存心不仁劊絕大義

外是內非有始無終者天焰其上鬼闕其旁刀劍

斬其身雷霆滅其跡永遠沉於地獄萬世不得人

身報應分明神天共察誓畢衆人同聲發願但願

生生相會世世相逢永無間阻有如今日當日衆

人歃血飲酒大醉而散（第四重結束。）看官聽說這里方是梁山泊大聚義處（一百八人姓名，先寫四番，而後以一句總收之，筆力奇絕。）是夜盧俊義歸臥帳中便得一夢（晁蓋七人以夢始，宋江盧俊義以夢終，皆極大章法。一百八人以夢）夢見一人其身甚長手挽寶弓自稱我是嵇康（影張叔夜字妙。）要與大宋皇帝收捕賊人故單身到此汝等及早各各自縛免得費我手脚盧俊義夢中聽了此言不覺怒從心發便提朴刀大踏步趕上直戳過去却戳不着原來刀頭先已折

了（可謂吉祥文字）盧俊義心慌便棄手中折刀再去刀架上揀時只見許多刀鎗劍戟也有缺的也有折的齊齊都壞更無一件可以抵敵（真正吉祥文字）那人早已趕到背後盧俊義一時無措只得提起右手拳頭劈面打去却被那人只一弓稍盧俊義右臂早斷撲地跌倒那人便從腰裏解下繩索綑縛做一塊拖去一箇所在正中間排設公案那人南面正坐把盧俊義推在堂下草裏似欲勘問之狀只聽得

門外、却有無數人哭聲震地、那人叫道、有話便都
進來、只見無數人一齊哭着膝行進來、盧俊義看
時、却都綁縛着、便是宋江等一百七人、妙妙盧俊義
夢中大驚、便問段景住道、這是甚麼緣故、誰人擒
獲將來、段景住却跪在後面、與盧俊義正近、低低
告道、哥哥得知、員外被捉、急切無計來救、便與軍
師商議、只除非行此一條苦肉計策、情願歸附朝
廷、庶幾保全員外性命、詭言未了、只見那人拍案

罵道萬死狂賊你等造下彌天大罪朝廷屢次前來收捕你等公然拒殺無數官軍今日却來摇尾乞憐希圖逃脫刀斧我若今日赦免你們時後日再以何法去治天下（不朽之論可破續傳招安之謬）況且狠子野心正自信你不得（不朽之論）我那劊子手何在說時遲那時快只見一聲令下壁衣裏蜂擁出行刑劊子二百一十六人兩箇伏侍一箇將朱江盧俊義等一百單八箇好漢在於堂下草裏一齊處斬（真正吉祥）

文字。盧俊義夢中嚇得魂不附體微微閃開眼看堂
上時却有一箇牌額大書天下太平四箇青字正眞
吉祥文字。古本水滸如此。俗本妄肆改竄。眞所謂愚而好自用也。詩曰太平天子
當中坐清愼官員四海分但見肥羊寧父老不聞
嘶馬動將軍叨承禮樂爲家世欲以謳歌寄快文
不學東南無諱日却吟西北有浮雲好詩。大抵爲人
土一丘百年若箇得齊頭完租安隱尊於帝負曝
奇溫勝若褻子建高才空號虎莊生放達以爲牛

法大章

殺策薄辭揖奈論詩不驚人也假休則詩○以詩

是以詩諸極

第五才子書施耐庵水滸卷之七　五葉

第五才子書施耐菴水滸傳卷之七十二

聖歎外書

第六十七回

宋公明夜打曾頭市

盧俊義活捉史文恭

我前書宋江實弑晁蓋人或猶有疑之今讀

此回觀彼作者之意何其反覆曲折以著宋

江不爲晁蓋報仇之罪如是其深且明也其

# 第一一〇册目録

（明）施耐庵 撰 （清）金聖歎 批

# 貫華堂本水滸傳

第二〇册

國家圖書館出版社

(明)施耐庵 撰 (清)金聖歎 批

# 貫華堂本水滸傳

第一八册

國家圖書館出版社

# 第一八册目録

第五才子書施耐菴水滸傳卷之六十六

聖歎外書

第六十一回

放冷箭燕青救主

劫法場石秀跳樓

寫盧員外寧死不從數語語語英雄員外梁山泊有如此人庶幾差強人意耳俗本悉遺改竄對之使人氣盡

寫宋江以忠義二字網羅員外却被兜頭一喝既又以金銀一盤誘之却又被兜頭一喝遂令老奴一生權術此書全部關節至此一齊都盡也嗚呼其才能以權術網羅衆人者固衆人之魁也其才能不爲權術之所網羅如彼衆人者固亦衆人之魁也盧員外之坐第二把交椅誠宜也乃其才能不爲權術之所網羅而終亦不如能以權術網羅衆人者

之更爲奸雄嗚呼不雄不奸不奸不雄然則盧員外即欲得坐第一交椅又豈可得哉讀俗本至小乙求乞不勝筆墨疏略之疑竊謂以彼其人即何至無術自資乃萬不得已而且出於求乞既讀古本而始流淚歎息也嗟乎員外不知小乙小乙自知員外夫員外不知小乙員外不知小乙故不知小乙也若小乙而既已知員外矣既已知員外則更不

能不知員外更不能不知員外卽又以何辭
棄員外而之他乎或曰人之感恩爲相知也
相知之爲言我知彼彼亦知我也今者小乙
自知員外員外初不能知小乙然則小乙又
何感於員外而必戀戀不棄此而之他曰是
何言哉是何言哉夫我之知人是我之生平
一片之心也非將以爲好也其人而爲我所
知是必其人自有其人之異甞耳而非有所

賴於我也若我知人而望人亦知我我將以
知爲之釣乎必人知我而後我乃知人我將
以知爲之報與夫釣之與報是皆市井之道
以市井之道施於相知之間此鄉黨自好者
之所不爲也況於小乙知員外者身爲小乙
則其知員外也易員外不知小乙者身爲員
外則其知小乙也難然則小乙今日之不忍
去員外者無他亦以求爲可知而已矣夫而

後小乙知員外員外亦知小乙前乎此者爲主僕後乎此者爲兄弟誠有以也夫而後天下後世無不知員外者即無不知小乙員外立天罡之首小乙即居天罡之尾洵非誣也

不然而自恃其一身技巧不難舍此遠去嗟乎自員外而外茫茫天下小乙不復知之矣夫舍我心所最知之員外而別事一不復可知之人小乙而猶狗也者則出於此小乙而

非猪狗也如之何其不至於求乞也
自有水滸傳至於今日彼天下之人又孰不以燕小乙哥爲花拳繡腿逢場笑樂之人乎哉自我觀之僕本恨人蓋自有水滸傳至於今日殆曾未有人得知燕小乙哥者也李後主云此中日夕只以眼淚洗面是燕小乙哥之爲人也

蔡福出得牢來接連遇見三人文勢層見疊

出使人應接不暇固矣乃吾讀第一段燕青不覺爲之一哭失聲哀哉奴而受恩於主所謂主猶父也奴而深知其主則是奴猶友也天下豈有子之於父而忍不然友之於友而得不然也與哭竟不免滿引一大白又讀第二段李固不覺爲之怒髮上指有是哉昔者主之生之可謂至矣盡矣今之奴之殺之亦復至矣盡矣古稱惡人名曰窮奇言窮極變

態非心所料豈非此奴之謂與我欲唾之而恐汚我頰我欲殺之而恐汚我刀怒甚又不免滿引一大白再讀第三段柴進不覺爲之慷慨悲歌增長義氣悲哉壯哉盧員外死三十五人何必獨生盧員外生三十五人何妨盡死蓋不惟黃金千兩同於草莽實惟柴進一命等於鴻毛所謂不諾我則請殺我不能殺我則請諾我兩言決也感激之至又不免

滿引一大白或曰然則當子之讀是篇也亦既大醉矣乎笑曰不然是夜大寒童子先睡竟無處索酒余未嘗引一白也

最先上梁山者林武師也最後上梁山者盧員外也林武師是董超薛霸之所押解也盧員外又是董超薛霸之所押解也其押解之文乃至於不換一字者非耐菴有江郎才盡之日蓋特特爲此以鎖一書之兩頭也

董趂薛霸押解之文林盧兩傳可謂一字不換獨至於寫燕青之箭則與昔日寫魯達之之杖遂無纖毫絲粟相似而又一樣爭奇各自入妙也才子之爲才子信矣

薛霸手起棍落之時險絶矣却得燕青一箭相救乃相救不及一綫而滿村發喊鎗刀圍匝一二百人又復擒盧員外而去當是時又將如之何爲小乙者勢不得不報梁山乃無

端行刼反幾至於不免於一幅之中而一險初平驟起一險一險未定又加一險眞絕世之奇筆也

必燕青至梁山而後梁山之救至不惟慮燕青之遲亦殊怪梁山之疎也燕青一路自上梁山梁山一路自來打聽則行路之人又多多矣梁山之人如之何而知此人之爲燕青燕青如之何而知此人之爲梁山之人也工

良心苦而算至行刼工良心苦而算至行刼之前倒揷射鵰才子之爲才子信也

六日之內而殺宋江不已險乎六日之內殺宋江而終亦得刼法塲者全賴吳用之見之早也乃今獨於一日之內而殺盧俊義此其勢於宋江爲急而又初無一人預爲之地也

嗚呼生平好奇奇不望至此生平好險險不望至此奇險至於如此之極而終又得刼法

場才子之爲才子信也

話說這盧俊義雖是了得却不會水被浪裏白條張順扳翻小船倒撞下水去張順却在水底下攔腰抱住鑽過對岸來只見岸上早點起火把有五六十人在那里等〔一箇只見從水底下鑽上岸來接連寫出無數只見文勢如滿盤珠迸也〕接上岸來團團圍住解了腰刀盡脫下濕衣服便要將索綁縛只見神行太保戴宗傳令高叫將來不得傷犯了盧員外貴體〔兩箇只見〕只見一人

捧出一包袱錦衣繡襖與盧俊義穿了三箇只見。只見八箇小嘍囉擡過一乘轎來推盧員外上轎便行四箇只見。只見遠遠地早有二三十對紅紗燈籠炤着一簇人馬動着鼓樂前來迎接爲頭宋江吳用公孫勝後面都是衆頭領五箇只見。只見一齊下馬六箇只見○此六字只是半句。未畢。盧俊義慌忙下轎宋江先跪後面衆頭領排排地都跪下寫得使人心動淚落。雖有金鐵之人。至此不能自持矣。盧俊義亦跪在地下道既被擒捉只求早死宋江笑道、且請員外上轎、衆人一齊上馬、動着鼓樂、迎上三關、直到忠義堂前下馬、請盧俊義到廳上、明晃晃地點着燈燭、宋江向前陪話道、小可久聞員外大名、如雷貫耳、今日幸得拜識、大慰平生、却纔衆兄弟甚是冐瀆、萬乞恕罪、吳用向前道、昨奉兄長之命、特令吳某親詣門墻、以賣卦爲繇、賺員外上山、共聚大義、一同替天行道、宋江便請盧員外坐第一把交椅（晁蓋之誓何在、處處故出宋江之惡、不爲少諱也、）盧俊義大笑道盧某昔日在家實無死法此句熖破前日吳用盧某今日到此並無生望此句喝破今日宋江要殺便殺何得相戲數語畫出一位英雄員外讀之令人起敬起愛歎名下真無虛士也俗本草草一何可笑亦暗用嚴將軍語宋江陪笑道豈敢相戲實慕員外威德如饑如渴已非一日所以定下計策屈員外作山寨之主早晚共聽嚴命盧俊義道住口盧某要死極易要從實難真正英雄員外語讀之使人壯氣吳用道來日却又商議吳用於此不措一語但主延挨時日而已蓋其計已久定也當時置備酒

食管待盧俊義無計奈何只得默默飲數杯小嘍囉請去後堂歇了次日次日宋江殺牛宰馬大排筵宴請出盧員外來赴席再三再四偎留在中間坐了酒至數巡宋江起身把盞陪話道夜來甚是衝撞幸望寬恕雖然山寨窄小不堪歇馬員外可看忠義二字之面宋江忠義二字處處網羅豪傑獨不能網羅盧員外妙筆宋江情願讓位休得推卻盧俊義道咄只一字便令談忠說義人驚心奪魂頭領差矣宋江開口說忠義員外卻接口說差矣妙絕盧某一身無罪

薄有家私生爲大宋人死爲大宋鬼若不提起忠義兩字今日還胡亂飲此一杯（快絶之談。足令老奸心死。）若是說起忠義來時盧某頭頸熱血可以便濺此處（快絶之談。語語令老奸心死。）吳用道員外既然不肯難道逼勒只留得員外身留不得員外心只是衆弟兄難得員外到此既然不肯入夥且請小寨略住數日却送還宅（吳用只是一意。妙筆。）盧俊義道頭領既留盧某不住何不便放下山（英雄員外語語健旺。俗本盡訛。）實恐家中老小不知這般消息吳用道這事容易先教李固送了車仗回去員外遲去幾日却何妨寫吳用實是妙人吳用便問李都管你的車仗貨物都有麽李固應道一些兒不少宋江叫取兩箇大銀把與李固兩箇小銀打發當直的那十箇車脚共與他白銀十兩衆人拜謝盧俊義分付李固道我的苦你都知了你回家中說與娘子不要憂心我若不死可以回來至底是獃雖員外語李固道頭領如此錯愛主人多住兩月但不

妨事。李固又有李固心事。辭了便下忠義堂去。吳用隨即起身說道員外寬心少坐小生發送李都管下山便來吳用一騎馬却先到金沙灘等候少刻李固和兩箇當直的秆車仗頭口人伴都下山來吳用將引五百小嘍囉圍在兩邊坐在柳陰樹下寫吳用實是妙人。便喚李固近前說道你的主人已和我們商議定了今坐第二把交椅此句非早定員外之座正陰破宋江之心蓋知宋江之深者莫如吳用吳用口中並不以第一把予員外則知宋江心中久不以第一把予鼂蓋也此書處處故出宋江之惡，不爲少諱如此。此乃未曾上山時預先寫下四句反詩在家裏壁上四句卦歌，一用之以賺員外出門，再用之以排員外下水，三又用之使員外還家不得。奇絕。我教你們知道壁上二十八箇字每一句頭上出一箇字自註一遍。奇絕。蘆花灘上有扁舟頭上盧字奇絕。俊傑黃昏獨自遊頭上俊字奇絕。義士手提三尺劍頭上義字奇絕。反時須斬逆臣頭頭上反字奇絕。四句後二句忽變，正妙。不必印板寫出二遍也。這四句詩包藏盧俊義反四字奇絕。宋江反詩，黃文炳逐句開評；盧俊義反詩，吳用親口註釋·可謂極其妙·各今日上山、你們怎知、本待把你衆人殺了、顯得我梁山泊行短、今日姑放你們回去、便可布告京城主人決不回來不惟李固反噬·惟吳用亦實教之·李固等只顧下拜、吳用教把船送過渡口、一行人上路、奔回北京、話分兩頭、不說李固等歸家、且說吳用回到忠義堂上、再入筵席、各自默默飲酒、至夜而散、次日次句·山寨裏再排筵會、慶賀盧俊義、說道感承衆頭領不殺、但盧其殺了、倒好罷休、不殺便是度日如年今日告辭（英雄員外到底不作軟語）宋江道小可不才幸識員外來日宋江梯已備一小酌對面論心一會望勿推却又過了一日（又過一日）次日宋江請（次日）次日吳用請（次日）又次日公孫勝請（又次日）話休絮繁三十餘箇上廳頭領每日輪一箇做筵席（三十餘日可知）光陰荏苒日月如流早過一月有餘（過一月有餘）盧俊義性發又要告別宋江道非是不留員外爭奈急急要回來日忠義堂上安排薄酒送行（又日）次日

宋江又梯巳送路[又次日]只見衆頭領都道俺哥哥敬員外十分俺等衆人當敬員外十二分[好話]偏我哥哥餞行便喫磚兒何厚瓦兒何薄[妙妙]李逵在内大叫道我受了多少氣悶直往北京請得你來却不容我餞行了去我和你眉尾相結性命相撲[更妙]

[更妙]吳學究大笑道不曾見這般請客的我勸員外鑒你衆人薄意再住幾時[吳用只是一意妙筆]便不覺又過四五日[又過四五日]盧俊義堅意要行只見神機軍師

朱武將引一班頭領直到忠義堂上開話道我等雖是以次弟兄也曾與哥哥出氣力偏我們酒中藏着毒藥盧員外若是見怪不肯喫我們的我自不妨只怕小兄弟們做出事來老大不便（又妙又妙。聽上聽下。寫得參差蓬勃。聲音情狀都有。）吳用起身便道你們都不要煩惱我與你央及員外再住幾時有何不可嘗言道將酒勸人本無惡意（吳用只是一意。妙筆。）盧俊義抑衆人不過只得又住了幾日（又幾日。）前後却好三五十日總結一句。筆法老到。自離北京是五月的話、不覺在梁山泊早過了兩箇多月、但見金風淅淅、玉露泠泠、早是深秋時分、盧俊義一心要歸、對宋江訴說、宋江笑道、這箇容易、來日金沙灘送行、又來盧俊義大喜、○○次日還把舊時衣裳刀棒、送還員外、一行衆頭領都送下山、宋江把一盤金銀相送、又寫宋江銀子。處處綱羅豪傑獨不能綱羅盧員外。妙絕。盧俊義笑道、山寨之物、從何而來、盧某好受、罵得痛快。若無盤纏、如何回去、盧某好却又算得濶綽。但得度到北京其餘也是無用（數語。寫得進以禮。退以義。綽綽有餘。眞乃英雄員外。）宋江等衆頭領直送過金沙灘作別自回不在話下不說宋江回寨只說盧俊義拽開脚步星夜奔波行了旬日方到北京日已薄暮趕不入城就在店中歇了一夜次日早晨盧俊義離了村店飛奔入城尚有一里多路只見一人頭巾破碎衣裳襤褸看着盧俊義伏地便哭盧俊義擡眼看時却是浪子燕青（先出小乙。布筆甚好。亦恐員外歸家後。更挿不下也。）便

問小乙、你怎地這般模樣、燕青道、這里不是說話
處、盧俊義轉過土墻側首、細問緣故、燕青說道、自
從主人去後、不過半月、李固回來、對娘子說、主人
歸順了梁山泊宋江、坐了第二把交椅、當時便去
官司首告了、他已和娘子做了一路、嗔怪燕青違
拗、將一房家私盡行封了、趕出城外、更兼分付一
應親戚相識、但有人安着燕青在家歇的、他便捨
半箇家私和他打官司、因此小乙城中安不得身

只得來城外求乞度日。小乙非是飛不得別處去，得此一語，便令千伶百俐人，乃復求乞，更不遺騃。只爲深知主人必不落草，故此忍這殘喘在這里候見主人一面。只二十餘字，已抵一篇豫讓列傳矣。讀此語時，正值寒冬深更，燈昏酒盡，無可如何，因拍桌起立，浩歎一聲，開門視天，雲黑如磐也。若主人果自山泊裏來，可聽小乙言語，再回梁山泊去，別做箇商議。若入城中，必中圈套。盧俊義喝道：我的娘子不是這般人，你這厮休來放屁。燕青又道：主人腦後無眼，怎知就裏，主人平昔只顧打熬氣力不親女色（倒補員外）娘子舊日和李固原有私情（倒補娘子）今日推門相就做了夫妻主人回去必遭毒手盧俊義大怒喝罵燕青道我家五代在北京住誰不識得量李固有幾顆頭敢做恁般勾當莫不是你做出歹事來今日到來反說（前囑付云休去三瓦兩舍此嚼罵云莫不倒來反說皆寫員外失之燕青而欲得之李固皆文家反襯之法也）我到家中問出虛實必不和你干休燕青痛哭爬倒地下拖住員外衣服（不惟小乙哭我亦要哭非哭員外哭小乙也）盧

俊義一腳踢倒燕青大踏步便入城來奔到城內逕入家中只見大小主管都喫一驚李固慌忙前來迎接請到堂上納頭便拜盧俊義便問燕青安在李固答道主人且休問端的一言難盡辛苦風霜待歇息定了却說（李固語與娘子語不差一字寫兩人一路絕倒）賈氏從屏風後哭將出來盧俊義說道娘子見了且說燕小乙怎地來賈氏道丈夫且休問端的一言難盡辛苦風霜待歇息定了却說（娘子語與李固語不差一字絕倒）

盧俊義心中疑慮定死要問燕青來歷李固便道主人且請換了衣服拜了祠堂喫了早饍那時訴說不遲寫李固安排手脚乃恰與出門時事遂句相應妙絕之筆一邊安排飯食與盧員外喫方纔舉筯只聽得前門後門喊聲齊起二三百箇做公的搶將入來盧俊義驚得呆了就被做公的綁了一步一棍直打到留守司來其時梁中書正坐公廳左右兩行排列狼虎一般公人七八十箇把盧俊義拏到當面李固和賈氏

也。跪在側邊。俗本作賈氏和李固，古本作李固和賈氏。夫賈氏和李固者，猶似以尊及卑，是二人之罪不見也。李固和賈氏者，彼固儼然如夫婦焉。然則李固之叛，與賈氏之淫，不言而自見也。先賈氏，則李固之罪不見；先李固，則賈氏之罪見。此書法也。廳上梁中書大喝道：你這廝是北京本處良民，如何却去投降梁山泊落草，坐了第二把交椅？如今倒來裏勾外連，要打北京。別又增出八字，使正李固之罪明，更非吳用之教之也。○吳用之教李固也，其計可謂毒甚矣。乃李固只增八字，而其毒遂更甚於吳用百倍。天下負恩之奴，真有如此之奇亮者。今被擒來，有何理說？盧俊義道：小人一時愚蠢，被梁山泊吳用假做賣卜先生來家口出訛言煽惑良心撥賺到梁山泊軟監了兩箇多月今日幸得脫身歸家並無歹意望恩相明鏡梁中書喝道如何說得過你在梁山泊中若不通情如何住了許多時見放着你的妻子并李固告狀出首怎地是虛李固道（看他寫李固道賈氏道一遞一口儼然唱隨讀之醜不可堪）主人既到這里招伏了罷家中壁上見寫下藏頭反詩便是老大的證見不必多說賈氏道不是我們要害

你只怕你連累我嘗言道一人造反九族全誅盧俊義跪在廳下叫起屈來李固道主人不必叫屈是真難滅是假易除早早招了免致喫苦賈氏道丈夫虛事難入公門實事難以抵對你若做出事來送了我的性命不奈有情皮肉無情杖子你便招了也只喫得有數的官司李固上下都使了錢張孔目上廳禀道這個頑皮賴骨不打如何肯招梁中書道說得是喝叫一聲打左右公人把盧俊

義綑翻在地不繇分說打得皮開肉綻鮮血迸流
昏暈去了三四次盧俊義打熬不過伏地歎道果
然命中合當橫死忽然捎帶算命可謂隨筆成趣我今屈招了罷
張孔目當下取了招狀討一面一百斤死囚枷釘
了押去大牢裏監禁府前府後看的人都不忍見
特下此語以反襯受恩之奴結髮之妻不是浪筆當日推入牢門押到庭
心內跪在面前獄子炕上坐着那箇兩院押牢節
級兼充行刑劊子姓蔡名福北京土居人氏因為

他手段高強人呼他爲鐵臂膊傍邊立着這箇嫡親兄弟小押獄生來愛帶一枝花河北人順口都叫他做一枝花蔡慶那人拄着一條水火棍立在哥哥側邊寫二蔡便若一幅絕妙白描地獄變相。蔡福道你且把這箇死囚帶在那一間牢裏我家去走一遭便來蔡慶把盧俊義且帶去了蔡福起身出離牢門來只見司前墻下轉過一箇人來此下。寫只見一人。又只見一人。令人眼光閃動。應接不及手裏提着飯鑵滿面挂淚只四字。活畫出[illegible]原中生豫讓等一輩人。蔡福認得是浪子燕青，李固之急於殺員外也。應書先遇李固可也。李固急於殺員外。而書先遇燕青。夫然後知燕青之忠事員外。加於當情萬萬也。蔡福問道：「燕小乙哥，你做甚麼？」燕青跪在地下，眼淚如拋珠撒豆，告道：「節級哥哥可憐見小人的主人盧員外，喫屈官司，又無送飯的錢財，小人城外叫化得這半鑵子飯，權與主人充饑，節級哥哥怎地做箇方縮一便字。妙絕。不惟小乙說不完。雖讀者亦不忍讀完也。」說不了，氣早咽住，爬倒在地。眞是活畫。畫亦畫不出。讀之眞乃豬狗有心。皆當下淚。蔡福道：「我知此事你自去送飯把與他喫（寫二蔡）燕青拜謝了自進牢裏去送飯蔡福行過州橋來只見一箇茶博士（又只見一人）叫住唱喏道節級有箇客人在小人茶房內樓上專等節級說話蔡福來到樓上看時正是主管李固（俗本作却是古本作正是却是者出自意外之辭也正是者不出所料之辭也只一字便寫盡叛奴之毒公〻之謂古本之妙如此）各施禮罷蔡福道主管有何見教李固道奸不厮瞞俏不厮欺小人的事都在節級肚裏今夜晚間只要光前絕後（只將）

絕字換過耀字，而光字亦都換却矣，換古之妙，至此方是出神入化。笑村學先生，取古人語拗曲咬直自稱絕調也。○吾生平所見筆舌之妙，無踰臨川清遠先生者，其牡丹亭傳奇杜麗娘入輦詩曰，酒是先生饌，女爲君子儒，上句以是字換過食字，而恰恰字異音同，已爲奇絕，至下句并不換一字，而化板重爲風流，變聖經爲香口，眞乃千秋絕唱一座盡傾也。○然猶未若吾友鄧山先生之妙舌也，其他多不可舉，姑舉其一，一日會食蛤蜊，有較書在席，問客曰，不審何故雀入大水化爲蛤，先生應口答曰，卿且莫理會此，我正未解卿家何故雀入大蛤便化爲水耳，一座鬨然大笑，乃至有翻酒失筯者，其靈唇妙舌，日有千言，言言做此，蓋其無心清如水，故物來畢炤，非他人之所得及也。

甚孝順五十兩蒜條金在此送與節級廳上官吏、

小人自去打點。蔡福笑道、你不見正廳戒石上刻着下民易虐上蒼難欺。你那瞞心昧己勾當、怕我不知。你又占了他家私、謀了他老婆、如今把五十兩金子與我、結果了他性命、日後提刑官下馬、我喫不得這等官司。李固道、只是節級嫌少、小人再添五十兩。蔡福道、李主管、你割貓兒尾拌貓兒飯。北京有名恁地一箇盧員外、只値得這一百兩金子。你若要我倒地他、不是我詐你、只把五百兩金

子與我并不為二蔡地步行文欲險不得不爾李固便道金子有在
這里便都送與節級只要今夜完成此事蔡福收
了金子藏在身邊起身道明日早來扛屍李固拜
謝歡喜去了蔡福回到家裏却纔進門只見一人
揭起蘆簾跟將入來叫一聲蔡節級相見又只見一人
接筆而來疊疊而起妙不可言蔡福看時但見那一箇人生得十
分標緻且是打扮整齊身穿鴉翅青圓領腰繫羊
脂玉鬧粧頭帶鵕䴊冠足躡珍珠履那人進得門

看、着、蔡、福、便、拜、[前二人。讀之易知。此一人。思之難解。奇絕妙絕。]蔡福慌忙答禮、便問道、官人高姓、有何見教、那人道、可借裏面說話、蔡福便請入來、一箇商議閤裏、[閤名絕倒。不知商議何事。不出與官過賊。替人謀命耳。]分賓坐下、那人開話道、節級休要喫驚、[開話令人喫驚。]在下便是滄州橫海郡人氏、姓柴、名進、大周皇帝嫡派子孫、綽號小旋風的便是、[此來用柴進者何也。富莫富於盧員外。貴莫貴於柴王孫。富貴相假。一也。富者救出之後。至今未嘗立功。借此立功。二也。]只因好義疎財、結識天下好漢、不幸犯罪、流落梁山泊今奉宋公明哥哥將令差遣前來打聽盧員外消息誰知被贓官（梁中書）汚吏（張孔目）淫婦（賈氏）奸夫（李固四物以類相從寫得好笑）通情陷害監在死囚牢裏一命懸絲盡在足下之手（妙妙）不避生死特來到宅告知若是留得盧員外性命在世佛眼相看不忘大德但有半米兒差錯兵臨城下將至濠邊無賢無愚無老無幼打破城池盡皆斬首（妙妙）久聞足下是箇仗義全忠的好漢無物相送今將一千兩

黃金薄禮在此倘若要捉柴進就此便請繩索誓不皺眉妙妙蔡福聽罷嚇得一身冷汗半晌答應不得柴進起身道好漢做事休要躊躇便請一決又妙蔡福道且請壯士回步小人自有措置柴進便拜道既蒙語諾當報大恩又妙又妙出門喚過從人取出黃金遞與蔡福唱箇喏便走又妙又妙以上三段寫燕青是一樣寫李固是一樣寫柴進是一樣外面從人乃是神行太保戴宗又是一箇不會走的百忙中忽作趣語然非此傳正側也蔡福得了

這箇消息。擺撥不下。思量半晌。回到牢中。把上項的事。却對兄弟說了一遍。蔡慶道。哥哥生平最會斷決。量這些些小事。有何難哉。嘗言道。殺人須見血。救人須救徹。既然有一千兩金子在此。我和你替他上下使用。鳥二蔡。梁中書張孔目都是好利之徒。接了賄賂。必然周全盧俊義性命。葫蘆提配將出去。救得救不得。自有他梁山泊好漢。此等語。魯達不肯說。此七十二人之所以遜於三十六人也。與俺們幹的事便完了。蔡福道兄弟這一論正合我意你且把盧員外安頓好處早晚把些好酒食將息他傳箇消息與他蔡福蔡慶兩箇商議定了暗地裏把金子買上告下關節已定次日李固不見動靜前來蔡福家催併蔡慶回說我們正要下手結果他中書相公不肯已叫人分付要留他性命你自去上面使用囑付下來我這里何難妙妙如聞李固隨即又央人去上面使用中間過錢人去囑托梁中書道這是押牢節級的勾

當難道教我下手過一兩日教他自死妙妙如聞兩下裏廝推張孔目已得了金子只管把文案拖延了日期蔡福就裏又打關節教極早發落張孔目將了文案來稟梁中書道這事如何決斷張孔目道小吏看來盧俊義雖有原告却無實跡雖是在梁山泊住了許多時這箇是扶同詿誤難問眞犯只宜春杖四十刺配三千里不知相公心下如何梁中書道孔目見得極明正與下官相合笑殺隨喚蔡

福牢中取出盧俊義來就當廳除了長枷讀了招狀文案決了四十脊杖換一具二十斤鐵葉盤頭枷就廳前釘了便差董超薛霸管押前去直配沙門島原來這董超薛霸自從開封府做公人押解林冲去滄州路上害不得林冲回來被高太尉尋事刺配北京梁中書因見他兩箇能幹就留在留守司勾當（閒中忽補閒事筆墨奇逸之甚）今日又差他兩箇監押盧俊義（林冲者山泊之始盧俊義者山泊之終一始一終都用董超薛霸作關鎖筆墨奇逸）

之甚。當下董超薛霸領了公文、帶了盧員外、離了州衙、把盧俊義監在使臣房裏、以下皆特地與林冲文相犯。各自歸家收拾行李包裹、即便起程、李固得知、只叫得苦、便叫人來請兩箇防送公人說話、董超薛霸到得那里酒店內、李固接着、請至閣兒裏坐下、一面鋪排酒食管待、三杯酒罷、李固開言說道、實不相瞞、盧員外是我讐家、千載受恩深處、必至於此。讀之使人寒心。○○○○○○○今配去沙門島路途遙遠、他又沒一文絕倒之語、為守財虜寒心。教你兩箇空費了盤纏急待回來也得三四箇月我沒甚的相送兩錠大銀權爲壓手多只兩程少無數里就便的去處結果了他性命揭取臉上金印回來表證教我知道每人再送五十兩蒜條金與你你們只動得一張文書留守司房裏我自理會董超薛霸兩兩相覷董超道只怕行不得薛霸便道哥哥這李官人有名一箇好男子（絕倒世間月旦大率如此矣）我們也把這件事結識了他若有急難之處要他

烙管李固道我不是忘恩失義的人足見高誼絶倒殺人慢慢地報答你兩箇董超薛霸收了銀子相別歸家收拾包裹連夜起身盧俊義道小人今日受刑杖瘡作痛容在明日上路罷薛霸駡道你便閉了鳥嘴老爺自悔氣撞着你這窮神沙門島往回六千里有餘費多少盤纏你又沒一文教我們如何布擺盧俊義訴道念小人負屈含冤上下看覷則箇董超駡道你這財主們閒常一毛不拔今日天開

一路特地與林冲文一般耐菴每每偏要如此

眼、報應得快、你不要怨悵、我們相幇你走、盧俊義忍氣吞聲、只得走動、行出東門、董超薛霸把衣包雨傘都掛在盧員外枷頭上、兩箇一路上做好做惡、管押了行、看看天色傍晚、約行了十四五里、前面一箇村鎮、尋覔客店安歇、當時小二哥引到後面房裏、安放了包裹、薛霸說道、老爺們苦殺是箇公人、那里倒來伏侍罪人、你若要飯喫、快去燒火、盧俊義只得帶着枷來到廚下、問小二哥討了箇草柴縛做一塊來竈前燒火小二哥替他淘米做飯洗刷碗盞盧俊義是財主出身這般事却不會做草柴火把又濕又燒不着一齊滅了甫能盡力一吹被灰眯了眼睛（寫得好極）董超又喃喃吶吶地罵做得飯熟兩箇都盛去了盧俊義並不敢討喫兩箇自喫了一回剩下些殘湯冷飯與盧俊義喫了薛霸又不住聲罵了一回喫了晚飯又叫盧俊義去燒脚湯等得湯滚盧俊義方敢去房裏坐地兩

箇自洗了脚掇一盆百煎滚湯賺盧俊義洗脚與林
沖文倒轉方纔脫得草鞋被薛霸扯兩條腿納在滚湯
裏大痛難禁薛霸道老爺伏侍你顛倒做嘴臉兩
箇公人自去炕上睡了把一條鐵索將盧員外鎖
在房門背後聲喚到四更兩箇公人起來叫小二
哥做飯自喫飽了收拾包裹要行盧俊義看脚時
都是潦漿泡點地不得當日秋雨紛紛路上又滑○○○○○○○○
寫得好極○自是斷腸聽不得非干吹出斷腸聲爲此秋雨作一註脚盧俊義一步

一攧、薛霸拏起水火棍、攔腰便打、董超假意去勸、一路上埋寃叫苦、離了村店、約行了十餘里、到一座大林、盧俊義道、小人其實走不動了、可憐見權歇一歇、兩箇公人帶入林子來、正是東方漸明未有人行、薛霸道、我兩箇起得早了、好生困倦、欲要就林子裏睡一睡、只怕你走了、盧俊義道、小人插翅也飛不去、薛霸道、莫要着你道兒、且等老爺縛一縛、可謂與林冲傳一字不換矣。筆力之大如此。腰間解下麻索來兜住盧俊義肚皮去那松樹上只一勒反拽過腳來綁在樹上（補法於林冲文爲加詳）薛霸對董超道大哥你去林子外立着若有人來撞着咳嗽爲號董超道兄弟放手快些箇薛霸道你放心去看着外面說罷拏起水火棍看着盧員外道你休怪我兩箇你家主管李固教我們路上結果你便到沙門島也是死不如及早打發了你陰司地府不要怨我們明年今日是你週年盧俊義聽了淚如雨下低頭受

死。薛霸兩隻手拏起水火棍望着盧員外腦門上劈將下來（故作險筆。驚死讀者。）董超在外面只聽得一聲撲地響只道完事了慌忙走入來看時盧員外依舊縛在樹上（奇之甚。妙之甚。）薛霸倒仰臥在樹下水火棍撇在一邊（奇之甚。妙之甚。）董超道却又作怪莫不你使得力猛倒吃一交（又趣甚。）用手去扶時那里扶得動只見薛霸口裏出血心窩裏露出三四寸長一枝小小箭桿（奇之甚。妙之甚。）却待要叫只見東北角樹上坐着一箇人奇之甚。妙之甚。聽得叫聲着撒手響處董超額項上早中了一箭兩脚蹬空撲地也倒了奇之甚。妙之甚。那人托地從樹上跳將下來拔出解腕尖刀割斷繩索劈碎盤頭枷就樹邊抱住盧員外放聲大哭盧俊義閃眼看時認得是浪子燕青奇之甚。妙之甚。一路偏要寫得與林冲傳一樣。乃至不差一字。然後轉出燕青救主來。却與魯達救林冲。並無毫釐相犯。所謂不辭險道。務臻妙境也。叫道小乙莫不是魂魄和你相見麼燕青道小乙直從留守司前跟定這廝兩箇到此不想這廝果然來這林子裏下手如今被小乙兩弩箭結果了主人見麽盧俊義道雖是你強救了我性命却射死了這兩箇公人這罪越添得重了待走那里去的是燕青道當初都是宋公明苦了主人今日不上梁山泊時別無去處盧俊義道只是我杖瘡發作脚皮破損點地不得燕青道事不宜遲我背着主人去莫伶俐於小乙也而此時此際遂宛然李鐵牛身分者至性所發固當不謀而合也○只六字遂抵一篇陸秀夫張世傑列傳心慌手亂便踢開兩

箇死屍、帶着弩弓、插了腰刀、拏了水火棍、背着盧俊義、一直望東便走、不到十數里、早䭾不動、見一箇小小村店、入到裏面、尋房安下、叫做飯來、權且充饑、兩箇暫時安歇、這里却說過往人看見林子裏射死兩箇公人、在彼近處社長報與里正、得知、却來大名府裏首告、隨即差官下來簡驗、却是留守司公人董超薛霸、回復梁中書、着落大名府緝捕觀察、限了日期、要捉兇身、做公的人都來看了、論這弩箭眼見得是浪子燕青的事不宜遲一二百做公的分頭去一到處貼了告示說那兩箇模樣曉諭遠近村房道店市鎮人家挨捕捉拏却說盧俊義正在店房將息杖瘡正走不動只得在那里且住店小二聽得有殺人公事無有一箇不說又見畫他兩箇模樣小二心疑却走去告本處社長我店裏有兩箇人好生腳又不知是也不是社長轉報做公的去了却說燕青爲無下飯拏了弩

子去近邊處尋幾箇蟲蟻喫（脫得妙絕。又無痕影。）却待回來、只聽得滿村裏發喊燕青躲在樹林裏張時看見一二百做公的鎗刀圍匝把盧俊義縛在車子上推將過去燕青要搶出去救時又無軍器只叫得苦（方脫一險。又成一險。奇峯怪巒。層見疊出。真欲驚死天下人。）尋思道若不去梁山泊報與宋公明得知叫他來救、却不是我誤了主人性命、當時取路行了半夜肚裏又饑身邊又沒一文、走到一箇土岡子上、藂藂雜雜有些樹木就林子裏睡到天明心中憂悶只聽得樹枝上喜鵲咶咶噪噪（寫至此處可謂筆慌墨促急不得了矣偏有餘力作此奇波才子洵非恒情可量耳）尋思道若是射得下來村坊人家討些水煮瀑得熟也得充饑（只一喜鵲作波却又寫出燕青絶技又寫出燕青窮途妙筆妙筆）走出林子外擡頭看時那喜鵲朝着燕青噪（百忙中作閒筆却畫出許多身分上是聽得鵲噪此方是走出來看也）燕青輕輕取出弩弓暗暗問天買卦望空祈禱說道燕青只有這一枝箭了（特寫燕青神技）若是救得主人性命箭到

靈鵲墜空若是主人命運合休箭到〔句〕靈鵲飛去

〔祝辭都妙〕搭上箭叫聲如意子不要悞我〔聞此妙語如見妙人〕弩

子響處正中喜鵲後尾帶了那枝箭直飛下岡子

去〔中鵲而鵲飛去後知作者之意固不在於得鵲也〕燕青大踏步趕下岡

子去不見喜鵲却見兩箇人從前面走來〔如此交卸過來文字便無牽合之迹不然燕青恰下岡而兩人恰上岡天下容或有如是之巧事而文家固必無如是之牽筆也〕

前頭的帶頂猪嘴頭巾腦後兩箇金裹銀

環上穿香皂羅衫腰繫銷金搭膊穿半膝軟襪麻

鞋提一條齊眉棍棒奇哉此何人斯後面的白范陽遮塵笠子茶褐攢線袖衫腰繫緋紅纏袋腳穿踢土皮鞋背了衣包提條短棒跨口腰刀奇哉文何人斯這兩箇來的人正和燕青打箇肩厮拍燕青轉回身看一看尋思我正沒盤纏何不兩拳打倒他兩箇奪了包裹却好上梁山泊攛了弩弓抽身回來這兩箇低着頭只顧走如畫燕青趕上把後面帶氊笠兒的後心一拳撲地打倒却待拽拳再打那前面的却

被那漢手起棒落正中燕青左腿打翻在地後面那漢子爬將起來踏住燕青掣出腰刀劈面門便剁。又蹴出一險事令人一驚未了一驚又起妙絕燕青大叫道好漢我死不妨可憐無人報信那漢便不下刀收住了手提起燕青問道你這廝報甚麼信燕青道你問我待怎地前面那漢把燕青手一拖却露出手腕上花繡慌忙問道你不是盧員外家甚麼浪子燕青燕青自通姓名既不可那漢自號姓名又不可良工苦心忽算到花繡上來奇妙不可言一路寫燕青忠勇處處寫出妙人可謂雕青鏤之文矣燕青想道左右是死索性說了教他挺去和主人陰魂做一處便道我正是盧員外家浪子燕青讀之甚似極曲折者卻不知其極逕直也此處固不逕直不得若其逕直而又似曲折則非他筆之所能耳二人見說一齊看一看道早是不殺了你原來正是燕小乙哥你認得我兩箇麼我是梁山泊頭領病關索楊雄他便是拚命三郎石秀用楊雄石秀亦從奸夫淫婦上映帶而來楊雄道我兩箇今奉哥哥將令差往北京打聽盧員外消息軍師

與戴院長亦隨後下山專候通報（先伏一句）燕青聽得是楊雄石秀把上件事都對兩箇說了楊雄道既是如此說時我和小乙哥上山寨報知哥哥別做箇道理你可自去北京打聽消息便來回報（只輕輕颺下一筆其弱如絲文豈料其後文變作驚天動地耶）石秀道最好便取身邊燒餅乾肉與燕青喫（結射鵲一案）把包裹與燕青背了跟着楊雄連夜上梁山泊來見了宋江燕青把上項事備細說了一遍宋江大驚便會衆頭領商議

良策、且說石秀只帶自巳隨身衣服、來到北京城外、天色已晚、入不得城、就城外歇了一宿、次日早飯罷、入得城來、但見人人嗟嘆、箇箇傷情、奇文駭筆石秀心疑、來到市心裏、問市戶人家時、只見一箇老丈回言道、客人、你不知我這北京有箇盧員外、等地財主、因被梁山泊賊人擄掠前去、逃得回來、倒喫了一場屈官司、迭配去沙門島、又不知怎地路上壞了兩箇公人、昨夜拏來、今日午時三刻解來這里市曹上斬他客人可看一看石秀聽罷兜頭一杓冰水六日後斬宋江已成險絕之筆此更寫出當日斬盧俊義令我讀至此處不敢更望有轉筆處真是嚇死人才子之才如此急走到市曹却見一箇酒樓石秀便來酒樓上臨街占箇閣兒坐下酒保前來問道客官還是請人還是獨自酌杯急殺人時偏有此消停之語寫得如畫石秀睜着怪眼道大碗酒大塊肉只顧賣來問甚麼鳥酒保倒喫了一驚打兩角酒切一大盤牛肉將來石秀大碗大塊喫了一回坐不多

時、只聽得樓下街上熱鬧嚇殺嚇殺。如之何。如之何。、石秀便去樓聰外看時先將樓聰挑逗一筆。只見家家閉戶、鋪鋪關門、酒保上樓來道、客官醉也、樓下出人公事、快算了酒錢、別處去迴避、石秀道、我怕甚麽鳥、你快走下去、莫要討老爺打、酒保不敢做聲、下樓去了、不多時、只聽得街上鑼鼓喧天價來、嚇。嚇殺如之何。如之何。石秀在樓聰外看時再將樓聰挑逗一句。十字路口週迴圍住法場、十數對刀棒劊子前排後擁、把盧俊義綁押到

樓前跪下鐵臂膊蔡福拏着法刀一枝花蔡慶扶

着柳梢寫二蔡說道盧員外你自精細着不是我弟

兄兩箇救你不得事做拙了前面五聖堂裏我已

安排下你的坐位了你可一魂去那里領受說罷

○○○○○○○○○○○○○ ○

人叢裏一聲叫道午時三刻到了嚇嚇殺如之何如之何一

○○○ ○○○○○○○ ○○○○○○○

邊開柳嚇殺蔡慶早拏住了頭嚇殺蔡福早掣出法刀

○○ ○○○○○○○○○○○ ○○○○

在手嚇殺當案孔目高聲讀罷犯繇牌嚇殺衆人齊和

○○ ○○○○○○○○○○○○○

一聲嚇殺如之何如之何樓上石秀只就那一聲和裏掣着

腰刀在手應聲大叫梁山泊好漢全夥在此嚇殺人。樂殺人。奇殺人。妙殺人。蔡福蔡慶撇了盧員外扯了繩索先走寫二蔡。石秀從樓上跳將下來手舉鋼刀殺人似砍瓜切菜走不迭的殺翻十數箇嚇殺樂殺奇殺妙殺。一隻手拖住盧俊義投南便走原來這石秀不認得北京的路只謂救出一箇。却是陷人兩箇。筆力之奇。如龍攪海。的的才子。更兼盧員外驚得呆了越走不動梁中書聽得報來大驚便點帳前頭目引了人馬分頭去把城門關上差前後

做公的合將攏來隨你好漢英雄怎出高城峻壘正是分開陸地無牙爪飛上青天欠羽毛畢竟盧員外同石秀當下怎地脫身且聽下回分解

○○○○

第五才子書施耐菴水滸傳卷之六十六

# 第五才子書施耐菴水滸傳卷之六十七

聖歎外書

## 第六十二回

宋江兵打大名城

關勝議取梁山泊

奴才古作奴財始於郭令公之罵其兒言爲羣奴之所用也乃自今日觀之而羣天之下又何此類之多乎哉一閧之市抱布握粟劵

如也彼棼如者何爲也爲奴財而已也山川險阻舟車翻覆棼如也彼棼如者何爲也爲奴財而已也甚而至於窮夜咿唔比年入棘棼如也彼棼如者何爲也爲奴財而已也又甚至於握符綰綬呵殿出入棼如也彼棼如者何爲爲奴財而已也馳戈驟馬解脰陷腦棼如也幸而功成即無不爲奴財者也千里行脚頻年講肆棼如也旣而來歸亦無不爲奴

財者也嗚呼羣天下之人而無不爲奴財然則君何賴以治民何賴以安親何賴以養子何賴以教已德何賴以立後學何賴以做哉

石秀之罵梁中書曰你這與奴才做奴才的奴才誠乃耐菴托筆罵世爲快絕哭絕之文也

索超先是已從楊志文中出見至是隔五十餘卷而乃忽然欲令恐人謂其無因而至前

也於是先從此處斜見横出却又借韓滔一箭再作一頓然後轉出雪天之擒其不肯率然置筆如此

射索超用韓滔者何也意在再頓索超非意在必射索超也故有時射用花榮是成乎其爲射也有時射用韓滔是不成乎其爲射也不成乎其爲射而必用韓滔者何也韓滔爲秦明副將便卽借之也

以堂堂宰相之尊袞袞樞密院官三衙太尉之衆面面面厮覷則面面厮覷已耳亦有何策上紓國憂下弭賊勢乎哉忽然背後轉出一人忽然背後轉出之人又從背後引出一人忽然背後人所引之背後人又從背後引出一人嗚呼才難未必然乎是何背後之多人也然則之三人亦幸而得遇朝廷多事尚得有以自見不然者幾何其不為堂堂宰相

袞袞樞密院官三衙太尉之脚底下泥終亦不見天日之面也之三人亦不幸而得遇朝廷多事終亦不免自見不然者吾知其閉户高臥亦足自老殊不願從堂堂宰相袞袞樞密院官三衙太尉之鼻下喉間仰取氣息也讀竟爲之三嘆

話說當時石秀和盧俊義兩箇在城內走投沒路、四下里人馬合來衆做公的把撓鈎套索一齊上、可憐寡不敵衆，兩箇當下盡被捉了，解到梁中書面前。叫押過刼法塲的賊來。石秀押在廳下，睜圓怪眼，高聲大駡：「你這與奴才做奴才的奴才！奴才二字。始於郭令公之駡其兒也。曰是殆爲奴輩之所用耳。今亦暗用其意。換成奇句。凡十一字。而有三奴才字。妙絕恢絕。我聽着哥哥將令，早晚便引軍來打你城子，踏爲平地，把你砍做三截。先教老爺來和你們說知。」石秀在廳前千奴才萬奴才價駡，廳上衆人都諕呆了。俗本誤作千賊萬賊。無謂之甚。梁中書聽了，沉吟半晌，叫取大枷來且把二人枷了監放死囚牢裏分付蔡福在意看管休教有失蔡福要結識梁山泊好漢把他兩箇做一處牢裏關着忙將好酒好肉與他兩箇喫因此不曾喫苦安放此句於沒頭帖子之前者表二蔡也却說梁中書與本州新任王太守當廳發落就城中計點被傷人數殺死的有七八十箇跌傷頭面磕折腿脚者不計其數此非表梁中書愛民蓋補寫上文聲勢之猛惡也〇〇〇報名在官梁中書支給官錢醫治燒化了當次日城

裏城外報說將來收得梁山泊沒頭帖子數十張不敢隱瞞只得呈上不會讀書人。只謂從天而降。會讀書人。却謂前文已有線了。梁中書接着念道梁山泊義士宋江仰示大名府官吏員外盧俊義者天下豪傑之士好文章。擲地當作金石聲。吾今啓請上山一同替天行道如何妄狗好賄屈害善良吾今令石秀先來報知不期反被擒捉如是存得二人性命獻出淫婦奸夫吾無多求好文章。倘若故傷羽翼屈壞股肱便當拔寨興師同心雪恨，大兵到處，玉石俱焚。勦除奸詐，殄滅愚頑，天地咸扶，鬼神共祐。談笑而來，鼓舞而去。好文章。從來露布之所未有。有義夫節婦，孝子順孫，安分良民，清慎官吏，切勿驚惶，各安職業。諭衆知悉。真正絕妙好文章。一當時梁中書看畢，便與王太守到來商議此事，如何剖決。王太守是箇善懦之人，聽得說了這話，便稟梁中書道：梁山泊這一夥，朝廷幾次尚且收捕他不得，何況我這里一郡之力？倘若這亡命之徒，引兵到來，朝廷救兵不迭、那時悔之晚矣。若論小官愚意、且姑存此二人性命、沒頭帖子。正復何用。只求得此一句耳。一面寫表申奏朝廷、二則奉書呈上蔡太師恩相知道、三者可教本處軍馬出城下寨、隄備不虞。如此可保大名無事、軍民不傷。若將這兩箇一時殺壞、誠恐寇兵臨城、一者無兵解救、二者朝廷見怪、三乃百姓驚慌、城中擾亂、深爲未便。看他做出一正一反兩股文章。知其進士出身也。梁中書聽了道、知府言之極當。先喚押牢節級蔡福來便道這兩箇賊徒非同小可你若是拘束得緊誠恐喪命若教你寬鬆又怕走了你弟兄兩箇早早晚晚可緊可慢在意堅固管候發落休得時刻怠慢（設頭帖子之用如此）蔡福聽了心中暗喜如此發放正中下懷領了鈞旨自去牢中安慰兩箇不在話下只說梁中書便喚兵馬都監大刀聞達天王李成兩箇都到廳前商議梁中書備說梁山泊沒頭告示王太守所言之事兩箇都監聽罷李成便

道量這夥草寇如何敢擅離巢穴相公何必有勞
神思李某不才食祿多矣無功報德願施犬馬之
勞統領軍卒離城下寨草寇不來別作商議如若
那夥強寇年衰命盡擅離巢穴領衆前來不是小
將誇口定令此賊片甲不回梁中書聽了大喜隨
即取金花繡段賞勞二將兩箇辭謝別了梁中書
各回營寨安歇次日李成陞帳喚大小官軍上帳
商議傍邊走過一人威風凜凜相貌堂堂便是急

先鋒索超又出頭相見（可謂文別）李成傳令道宋江草寇早晚臨城要來打俺大名你可點本部軍兵離城三十五里下寨我隨後却領軍來索超得了將令次日點起本部軍兵至三十五里地名飛虎峪靠山下了寨柵（飛虎峪是一段）次日李成引領正偏將離城二十五里地名槐樹坡下了寨柵（槐樹坡是一段）週圍密布鎗刀四下深藏鹿角三面掘下陷坑衆軍摩拳擦掌諸將協力同心只等梁山泊軍馬到來便

要建功寫得有聲勢話分兩頭原來這沒頭帖子却是吳學究聞得燕青楊雄報信又叫戴宗打聽得盧員外石秀都被擒捉因此虛寫告示向沒人處撒下及橋梁道路上貼放只要保全盧俊義石秀二人性命註明戴宗回到梁山泊把上項事備細與衆頭領說知宋江聽罷大驚就忠義堂上打鼓集衆大小頭領各依次序而坐宋江開話對吳學究道當初軍師好計啓請盧員外上山今日不想却教

他受苦，又陷了石秀兄弟，再用何計可救？吳用道：兄長放心，小生不才，乘此機會要取大名錢糧，以供山寨之用。明日是箇吉辰，請兄長分一半頭領把守山寨，其餘盡隨出去攻打城池。當下便喚鐵面孔目裴宣派撥大小軍兵，來日起程。黑旋風李逵便道：我這兩把大斧多時不曾發市，聽得打州劫縣，他也在廳邊歡喜。真正妙人。有些虛心妙舌。○說得斧便似兩箇快友。奇妙非他人可及。哥哥撥與我五百小嘍囉，搶到大名把那鳥城池砍做肉地救出盧員外石三郎也使我啞道童吐口宿氣又教我做事做徹却不快○活說得情理都盡真正妙人○一語中有三故焉高興是一出氣是一義憤是一也宋江道兄弟雖然勇猛這所在非比別處州府那梁中書又是蔡太師女壻更兼手下有李成聞達都是萬夫不當之勇不可輕敵李逵大叫道哥哥前日曉得我一生口快便要我去粧做啞子今日曉得我歡喜殺人便不教我去做箇先鋒依你這樣用

人之時却不是輥殺了鐵牛心直口快罵得宋江更無可辨○語語帶定亞道章便令章法不斷讀者應知○俗本訛吳用道既然你要去便教做先鋒點與五百好漢相隨就充頭陣來日下山當晚宋江和吳用商議撥定了人數裴宣寫了告示送到各寨各依撥次施行不得時刻有悞此時秋末冬初天氣征夫容易披掛戰馬久已肥滿軍卒久不臨陣皆生戰鬭之心正是有事爲榮無不歡天喜地收拾鎗刀拴束鞍馬吹風唿哨時刻下

山（句句有鼓鼙之聲。絶妙軍中鐃吹曲。爾若杜工部前後出塞。徒亂軍心耳。）第一撥當先哨路黑旋風李逵部領小嘍囉五百（好。）第二撥兩頭蛇解珍雙尾蠍解寶毛頭星孔明獨火星孔亮部領小嘍囉一千（好。）第三撥女頭領一丈青扈三娘副將母夜叉孫二娘母大蟲顧大嫂部領小嘍囉一千（好）第四撥撲天鵰李應副將九紋龍史進小尉遲孫新部領小嘍囉一千（好。已上是一段。）中軍主將都頭領宋江軍師吳用（好。）簇帳頭領四員小

溫侯呂方賽仁貴郭盛病尉遲孫立鎮三山黃信
好。此一段虛。前軍頭領霹靂火秦明副將百勝將韓滔
天目將彭玘好。後軍頭領豹子頭林冲副將鐵笛
仙馬麟火眼狻猊鄧飛好。左軍頭領雙鞭呼延灼
副將摩雲金翅歐鵬錦毛虎燕順好。右軍頭領小
李廣花榮副將跳澗虎陳達白花蛇楊春好。并帶
砲手轟天雷凌振好。前後左右四軍并砲手是一段。實接應糧草
探聽軍情頭領一員神行太保戴宗好。只一調撥文字亦殊

易相犯耳。偏能逐番變換。逐番出色。豈非才子之筆。軍兵分撥已定。平明各

頭領依次而行。當日進發。只留下副軍師公孫勝

并劉唐朱仝穆弘四箇頭領統領馬步軍兵守把

山寨三關水寨中自有李俊等守把獨詳此段。爲下關勝用圍魏救趙計作案。不在話下。却說索超正在飛虎峪寨中坐

地只見流星報馬前來報說宋江軍馬大小人兵

不計其數。離寨約有二三十里。將近到來。索超聽

得飛報李成槐樹坡寨內。李成聽了。一面報馬入

城一面自備了戰馬直到前寨索超接着說了備細次日五更造飯平明拔寨都起前到庾家疃列成陣勢擺開一萬五千人馬李成索超全副披掛門旗下勒住戰馬平東一望遠遠地塵土起處約有五百餘人飛奔前來當前一員好漢乃是黑旋風李逵調撥時第一段之一○○○○手搭雙斧高聲大叫認得梁山泊好漢黑爺爺麼奇稱李成在馬上看了與索超大笑道每日只說梁山泊好漢原來只是這等腌臢

草寇何足爲道（眞堪一笑）先鋒你看麽何不先捉此賊

索超笑道不須小將有人建功（李成委索超委偏裨寫得風流）

（談笑之極）言未絕索超馬後一員首將姓王名定手撚

長鎗引領部下一百馬軍飛遶衝將過來李逵被

馬軍一衝當下四散奔走索超引軍直趕過庾家

疃時只見山坡背後鑼鼓喧天早撞出兩彪軍馬

左有解珍孔亮右有孔明解寶（第一段之二）各領五百

小嘍囉衝殺將來索超見他有接應軍馬方纔喫

驚、不來追趕、勒馬便回、李成問道、如何不拿賊來、索超道、趕過山去、正要拿他、原來這廝們倒有接應人馬、伏兵齊起、難以下手、李成道、這等草寇、何足懼哉、將引前部軍兵、盡數殺過庾家疃來、只見前面搖旗吶喊、擂鼓鳴鑼、另是一彪軍馬、當先一騎馬上、却是一員女將、引軍紅旗上金書大字、美人一丈青、奇稱。黑爺爺奇。美人一丈青又奇。俗本都失之。遂令文章削色不少。左手、顧大嫂、右手、孫二娘、第一段之三。引一千餘軍馬盡是七長八短漢四山五嶽人李成看了道這等軍人作何用處先鋒與我向前迎敵我却分兵勒捕四下草寇索超領了將令手拈金蘸斧拍坐下馬殺遶前來一丈青勒馬回頭望山凹裏便走李成分開人馬四下趕殺忽然當頭一彪人馬〇〇〇〇〇〇〇〇鳥得奇變喊聲動地却是撲天鵰李應左有史進右有孫新着地捲來第一段之四李成急忙退入庾家疃時左衝出〇〇〇〇〇〇〇〇〇〇〇〇〇〇〇〇〇〇〇〇解珍孔亮右衝出孔明解寶部領人馬重復殺轉

三員女將撥轉馬頭隨後殺來趕得李成等四分五落將及近寨黑旋風李逵當先攔住上只四分五落。至此忽然而合。兵勢奇變，筆勢亦奇變也。李成索超衝開人馬奪路而去比及至寨大折無數宋江軍馬也不追趕一面收兵暫歇扎下營寨卻說李成索超慌忙差人入城報知梁中書梁中書連夜再差聞達速領本部軍馬前來助戰李成接着就槐樹坡寨內商議退兵之策聞達笑道疥癩之疾何足掛意當夜商議定了明日四更造飯五更拔掛平明進兵戰鼓三通拔寨都起前到東家疃只見宋江軍馬潑風也似價來潑風奇文聞達便教將軍馬擺開強弓硬弩射住陣脚宋江陣中早已捧出一員大將紅旗銀字大書霹靂火秦明早已二字爲秦明摹神勒馬陣前厲聲大叫大名濫官汚吏聽着多時要打你這城子誠恐害了百姓良民好好將盧俊義石秀送將出來淫婦奸夫一同解出我便退兵罷戰誓不相侵若是執

迷不悟亦須有話早說聞達聽了大怒便問誰去力擒此賊說猶未了索超早已出馬早已二字爲索超摹神立在陣前高聲喝道你這厮是朝廷命官國家有何負你你好人不做卻落草爲賊我今拏住你時碎屍萬段秦明聽了這話一發爐中添炭火上澆油寫得如畫拍馬向前輪狼牙棍直奔將來索超縱馬直挺秦明二匹劣馬相交兩箇急人發憤秦明索超眞是一雙妙筆寫出只須一語衆軍吶喊鬪過二十餘合不分勝敗

前軍隊裏轉過韓滔就馬上拈弓搭箭覷得索超較親覷地只一箭正中索超左臂此非爲韓滔立功正是與索超作地撇了大斧回馬望本陣便走宋江鞭梢一指大小三軍一齊捲殺過去正是屍橫遍野流血成河大敗虧輸直追過庾家疃隨即奪了槐樹坡小寨完槐樹坡一寨當晚聞達直奔飛虎峪計點軍兵三停去一宋江就槐樹坡寨内屯劄吳用道軍兵敗走心中必怯若不乘勢追趕誠恐養成勇氣急忙難得

宋江道：軍師之言極當。隨即傳令，當晚就將精銳得勝軍將分作四路進發，殺奔將來。再說聞達奔到飛虎峪，方在寨中坐了喘息，如畫小校來報東邊山上一帶火起。寫得有聲有勢。聞達帶領軍兵上馬投東看時，只見遍山遍野通紅。西邊山上又是一帶火起。不出來將姓名。先凡寫兩帶火起，筆下聲勢之甚。聞達便引軍兵急投西時，聽得馬後喊聲震地，當先首將小李廣花榮，引副將楊春、陳達，從東邊火裏直衝出來。聲勢之甚聞達一時心慌，領兵便回飛虎峪。西邊火裏，東邊火裏。

西邊火裏聲勢之甚。當先首將雙鞭呼延灼，引副將歐鵬、燕順，直衝出來。聲勢之甚。兩路併力追來，後面喊聲越大，火光越明。聲勢之甚。又是首將霹靂火秦明，引副將韓滔、彭玘，人喊馬嘶，不計其數。聞達軍馬大亂，拔寨都起。只見前面喊聲又發，火光晃耀。聲勢之甚。聞達引著奪路，只聽得震天震地一聲砲響，又添出凌振，聲勢不可當。却是轟天雷凌振，將帶副手，從小路直轉飛虎峪那邊放起這砲砲響裏一片火把火光裏一彪軍馬攔路妙妙聲勢百倍乃是首將豹子頭林冲引副將馬麟鄧飛截住歸路四下里戰鼓齊鳴烈火競舉此是第二段所謂撥虛梁軍亂竄各自逃生聞達手舞大刀苦戰奪路恰好撞着李成合兵一處且戰且走直到天明方至城下梁中書聽得這箇消息驚得三魂失二七魄剩一奇語連忙點軍出城接應敗殘人馬緊閉城門堅守不出次日宋江軍馬追來直抵

東門下寨、準備攻城、且說梁中書在留守司聚衆商議、如何解救、李成道、賊兵臨城、事在告急、若是遲延、必至失陷、相公可修告急家書、差心腹之人星夜趕上京師、報與蔡太師知道、早奏朝廷、調遣精兵前來救應、此是上策、第二作緊行文關報隣近府縣、亦教早早調兵接應、第三北京城內着仰大名府、起差民夫上城、同心協助、守護城池、準備擂木砲石、踏弩硬弓、灰瓶金汁、曉夜隄備、如此可保無虞梁中書道家書隨便修下誰人去走一遭當日差下首將王定全副披掛又差數箇馬軍領了密書放開城門弔橋望東京飛報聲息及關報鄰近府分發兵救應先仰王太守起集民夫上城守護不在話下且說宋江分調衆將引軍圍城東西北三面下寨只空南門不圍每日引軍攻打一面向山寨中催取糧草為久屯之計務要打破大名救取盧員外石秀二人（為關勝圍魏救趙之計反襯一筆）李成

聞達連日提兵出城交戰不能取勝略點以遮其冷索超箭瘡將息未得痊可再頓以畱其地不說宋江軍兵打城

且說首將王定齋領密書三騎馬直到東京太師府前下馬門吏轉報入去太師教喚王定進來直到後堂拜罷呈上密書蔡太師拆開封皮看了大驚問其備細王定把盧俊義的事一一說了如今宋江領兵圍城聲勢浩大不可抵敵庾家疃槐樹坡飛虎峪三處厮殺盡皆說罷蔡京道鞍馬勞困

你且去館驛內安下待我會官商議王定又禀道太師恩相大名危如纍卵破在旦夕倘或失陷河北縣郡如之奈何望太師恩相早早遣兵勦除蔡京道不必多說你且退去王定去了太師隨即差當日府幹請樞密院官急來商議軍情重事不移時東廳樞密使童貫引三衙太尉都到節堂參見太師蔡京把大名危急之事備細說了一遍如今將何計策用何良將可退賊兵以保城郭說罷衆

官互相廝覷各有懼色只見那步軍太尉背後轉〇〇〇

〇〇〇出一人每每非常之人多在人背後轉出乃是衙門防禦保義使

姓宣名贊掌管兵馬此人生得面如鍋底鼻孔朝

天卷髮赤鬚彪形八尺使口鋼刀武藝出衆蓋出名士

夫名士必鮮衣白面哉先前在王府曾做郡馬人呼為醜郡

馬因對連珠箭贏了番將郡王愛他武藝招做女

婿誰想郡主嫌他醜陋懷恨而亡因此不得重用

只做得箇兵馬保義使敘述履歷令人悲感〇連珠箭不能償其醜陋郡王

（愛不能行於郡土，功名得失之際，使人意氣都盡。）當時却忍不住出班來稟太師道：小將當初在鄉中有箇相識，此人乃是漢末三分義勇武安王嫡派子孫，姓關名勝，生得規模與祖上雲長相似，使一口青龍偃月刀，人稱為大刀關勝，見做蒲東巡簡，屈在下僚。（又一人背後人。妙妙。○亦與敘述履歷一篇，令人愈增悲感。○醜陋者不得重用，奇偉者又在下僚，然則當時用人，眞惟賄賂一途矣。今日求之，不既晚乎。）此人幼讀兵書，深通武藝，有萬夫不當之勇，若以禮幣請他拜為上將，可以掃清水寨殄滅狂徒保國安民乞取鈞旨蔡京聽罷大喜就差宣贊爲使齎了文書鞍馬連夜星火前往蒲東禮請關勝赴京計議衆官皆退話休絮繁宣贊領了文書上馬進發帶將三五箇從人不則一日來到蒲東巡簡司前下馬當日關勝正和郝思文在衙內論説古今興廢之事（又一人背後人妙妙）聞説東京有使命至關勝忙與郝思文出來迎接各施禮罷請到廳上坐地關勝問道故人久不相見今日

何事遠勞親自到此宣贊回言為因梁山泊草寇攻打大名宣某在太師面前一力保舉兄長有安邦定國之策降兵斬將之才特奉朝廷勅旨太師鈞命綵幣鞍馬禮請起行兄長勿得推却便請收拾赴京關勝聽罷大喜何遽大喜只四字寫盡英雄可憐與宣贊說道這箇兄弟姓郝雙名思文是我拜義弟兄看他初被人薦便轉薦人寫豪傑胸襟真與妒臣天壤○看他一箇背後人引出一箇背後人一箇背後人又引出一箇背後人章法便與揚羡鵝籠無二當初他母親夢井木犴

投胎因而有孕後生此人因此人喚他做井木犴這兄弟十八般武藝無有不能可惜至今屈沉在此只今同去協力報國有何不可（亦與敍述履歷一篇令人悲感不已）宣贊喜諾就行催請登程當下關勝分付老小一同郝思文將引關西漢十數箇人收拾刀馬盔甲行李跟隨宣贊連夜起程來到東京逕投太師府前下馬門吏轉報蔡太師得知教喚進宣贊引關勝郝思文直到節堂拜見已罷立在階下蔡京

看了關勝端的好表人材堂堂八尺五六身軀細細三柳髭髯兩眉入鬢鳳眼朝天面如重棗唇若塗硃（又書出一名士）太師大喜便問將軍青春多少關勝答道小將三十有二（隨手補出年甲）蔡太師道梁山泊草寇圍困大名請問將軍施何妙策以解其圍關勝禀道久聞草寇占住水洼驚羣動衆今擅離巢穴自取其禍若救大名虛勞人力乞假精兵數萬先取梁山後拏賊寇教他首尾不能相顧太師見說

大喜與宣贊道此乃圍魏救趙之計讀至此計令人嘆驚且歎名下無虛也正合吾心隨即喚樞密院官調撥山東河北精銳軍兵一萬五千教郝思文爲先鋒宣贊爲合後關勝爲領兵指揮使步軍太尉段常接應糧草犒賞三軍限日下起行大刀闊斧殺奔梁山泊來直教龍離大海不能駕霧騰雲虎到平川怎辨張牙舞爪正是貪觀天上中秋月失却盤中炤殿珠畢竟宋江軍馬怎地結果且聽下回分解

# 第五才子書施耐菴水滸傳卷之六十八

聖歎外書

## 第六十三回

呼延灼月夜賺關勝
宋公明雪天擒索超

此回寫水軍刼寨何至草草如此葢意在襯出大刀則餘人總非所惜所謂琬琰之藉無過白茅者也

寫大刀處處摹出雲長變相可謂儒雅之甚豁達之甚忠誠之甚英靈之甚一百八人中別有絕羣超倫之格又不得以讀他傳之眼讀之

寫雪天擒索超略寫索超而勤寫雪天者寫得雪天精神便令索超精神此畫家所謂襯染之法不可不一用也

話說蒲東關勝當日辭了太師統領一萬五千人

馬分爲三隊、離了東京、望梁山泊來、話分兩頭、且說宋江與同衆將、每日攻打城池、李成聞達那里敢出對陣、索超箭瘡深重、又未平復、更無人出戰、宋江見攻打城子不破、心中納悶、離山已久、不見輸贏、是夜在中軍帳裏悶坐、點上燈燭、取出玄女天書、正看之間、忽小校報說、軍師來見、吳用到得中軍帳內、與宋江道、我等衆軍圍許多時、如何杳無救軍來到、城中又不出戰、向有三騎馬逃出城去必是梁中書使人去京師告急他丈人蔡太師必然上緊遣兵中間必有良將倘用圍魏救趙之計且不來解此處之危反去取我梁山大寨如之奈何兄長不可不慮（論事可謂英雄所見畧同論文可謂忽伸忽縮極奇極變矣）我等先着軍士收拾未可都退（又妙）正說之間只見神行太保戴宗到來報說東京蔡太師拜請關菩薩玄孫蒲東郡大刀關勝引一彪軍馬飛奔梁山泊來寨中頭領主張不定請兄長軍師早早收

兵回來且解梁山之難吳用道雖然如此不可急還今夜晚間先教步軍前行留下兩支軍馬就飛虎峪兩邊埋伏城中知道我等退軍必然追趕若不如此我兵先亂（眞好）宋江道軍師言之極當傳令便差小李廣花榮引五百軍兵去飛虎峪左邊埋伏（是）豹子頭林冲引五百軍兵去飛虎峪右邊埋伏（是）再叫雙鞭呼延灼引二十五騎馬軍帶着凌振將了風火等砲離城十數里遠近但見追兵過

來隨即施放號砲令其兩下伏兵齊去併殺追兵
是。一面傳令前隊退兵要如雨散雲行遇兵勿戰
慢慢退回是。步軍隊裏半夜起來次第而行直至
次日巳牌前後方纔盡退看他寫退兵亦必詳盡如此。城上望
見宋江軍馬手拖旗旛肩擔刀斧紛紛滾滾拔寨
都起有還山之狀城上看了仔細報與梁中書知
道梁山泊軍馬今日盡數收兵都回去了梁中書
聽得隨即與李成聞達商議聞達道想是京師救

軍去取他梁山泊這廝們恐失巢穴慌忙歸去可以乘勢追殺必擒宋江說猶未了城外報馬到來齊東京文字約會引兵去取賊巢他若退兵可以速追（緊簇）梁中書便叫李成聞達各帶一支軍馬從東西兩路追趕宋江軍馬且說宋江引兵正回見城中調兵追趕捨命便走一邊李成聞達直趕到飛虎峪那邊只聽得背後火砲齊響李成聞達喫了一驚勒住戰馬看時後面旗旛對刺戰鼓亂鳴

李成聞達措手不及、左手下撞出小李廣花榮、右手下撞出豹子頭林冲、各引五百軍馬、兩邊殺來、李成聞達知道中計、火速回軍、前面又撞出呼延灼、引着一支馬軍、死併一陣、殺得李成聞達頭盔不見、衣甲飄零、退入城中、閉門不出、宋江軍馬次第方回、漸近梁山泊邊、却好迎着醜郡馬宣贊攔路、宋江約住軍兵、權且下寨若出俗筆。便寫竟回山寨然則一萬五千人馬何在耶。故知此句必不可少。暗地使人從偏僻小路、赴水上山報知約會水陸軍兵兩下救應且說水寨内船火兒張横與兄弟浪裏白條張順商議道我和你弟兄兩箇自來寨中不曾建功現今蒲東大刀關勝三路調軍打我寨栅不若我和你兩箇先去刼了他寨捉得關勝立這件大功衆兄弟面上也好爭口氣張順道哥哥我和你只管得些水軍倘或不相救應枉惹人恥笑張横道你若這般把細何年月日能彀建功你不去便罷我今夜自去張順

苦諫不聽、當夜張橫點了小船五十餘隻、每船上只有三五人、渾身都是軟戰、手執苦竹鎗、各帶蓼葉刀、趁着月光微明、寒露寂靜、把小船直抵旱路、此時約有二更時分、却說關勝正在中軍帳裏點燈看書、有伏路小校悄悄來報、蘆花蕩裏約有小船四五十隻、人人各執長鎗、盡去蘆葦裏面兩邊埋伏、不知何意、特來報知、關勝聽了微微冷笑回顧貼旁首將低低說了一句已下皆極畫關勝正不及為水軍諸人皆也。○絕妙一幅雲長變相。且說張橫將引三二百人從蘆葦中間藏蹤躡跡直到寨邊扳開鹿角逕進中軍望見帳中燈燭熒煌關勝手撚髭髯坐着看書又一幅絕妙雲長變相。○張橫望見燈燭熒煌。關勝看書。三既望見燈燭熒煌。並無一人。兩燈燭熒煌句。相炤作章法。俗本訛。張橫暗喜手綽長鎗搶入帳房裏來傍邊一聲鑼響衆軍喊動如天崩地塌山倒江翻嚇得張橫倒拖長鎗轉身便走四下里伏兵亂起張順同二三百人不曾走得一箇盡數被縛推到帳前關勝看了、笑罵無端草賊、安敢張我、嘲關勝。○○○○○○草賊罵曰無端，刼寨名爲張我。喝把張橫陷車盛了、眞正英雄、眞正濶大、眞正儒雅、眞正風流。○皆極畫關勝。其餘的盡數監着、直等捉了宋江、一併解上京師、每賴此句，便得不殺。不說關勝捉了張橫、却說水寨內三阮頭領正在寨中商議、使人去宋江哥哥處聽令、只見張順到來報說、我哥哥因不聽小弟苦諫、去刼關勝營寨、不料被捉、囚車監了、阮小七聽了、叫將起來、說道、我兄弟們同死同生、吉凶相救、你是他嫡親兄弟却怎地教他獨自去被人捉了你不去救我弟兄三箇自去救他張順道爲不曾得哥哥將令却不敢輕動阮小七道若等將令來時你哥哥喫他剮做泥了阮小二阮小五都道說得是張順迭他三箇不過只得依他當夜四更點起大小水寨頭領各駕船一百餘隻一齊殺奔關勝寨來岸上小軍望見水面上戰船如螞蟻相似都傍岸邊慌忙報知主帥關勝笑道無見識奴○○○○罵得妙。儒雅人罵人亦罵得儒雅。真乃妙筆傳出。○俗本於此四字下。添入許多字。反减許多色澤。古本於此四字下。更無許多字。却有許多色澤。不可不知。回顧首將又低低說了一句極寫關勝。○此與前同作章法。却說三阮在前張順在後吶聲喊搶入寨來。只見寨內燈燭熒煌。並無一人此與前變作章法。三阮大驚。轉身便走。帳前一聲鑼響。左右兩邊馬軍步軍。分作八路。簸箕掌。栲栳圈。重重疊疊。圍裹將來。張順見不是頭。撲通的先跳下水去。三阮奪路到得水邊。後軍却早趕上。撓鈎齊下。套索飛來早把活閻羅阮小七橫拖倒拽捉去了阮小二阮小五張順却得混江龍李俊帶領童威童猛死救回去不說阮小七被捉因在陷車之中且說水軍報上梁山泊來（報上去）劉唐便使張順從水路裏直到宋江寨中報說這箇消息（報下來一絲不錯）宋江便與吳用商議怎生退得關勝吳用道來日決戰且看勝敗如何正定計間猛聽得戰鼓亂起（藏過所定之計下便若出意外此又一樣筆法非前文之所有）却是醜郡馬宣贊部領三軍

直到大寨宋江舉衆出迎看了宣贊在門旗下勒戰便問兄弟那箇出馬只見小李廣花榮妍醜一雙拍馬持鎗直取宣贊宣贊舞刀來迎一來一往一上一下鬭到十合花榮賣箇破綻回馬便走宣贊趕來花榮就了事環帶住鋼鎗拈弓取箭側坐雕鞍輕舒猿臂翻身一箭宣贊聽得弓弦響卻好箭來把刀只一隔錚地一聲響射在刀面上不是寫花榮乃是寫宣贊○寫宣贊者非止寫宣贊也寫宣贊所以寫關勝也古有之云欲知其人先看所使但極寫宣

贊。便已襯出關勝來也。花榮見一箭不中、再取第二枝箭看得較近、望宣贊胸膛上射來、宣贊鐙裏藏身又射箇空、極寫宣贊。宣贊見他弓箭高強、不敢追趕、霍地勒回馬跑回本陣、花榮見他不趕、連忙便勒轉馬頭、望宣贊趕來、又取第三枝箭、望得宣贊後心較近、再射一箭、只聽得鐺地一聲響、正射在背後護心鏡上。雖意在極寫宣贊。然終亦讓出花榮。蓋天罡之與地煞。固當有其辨耳。宣贊慌忙馳馬入陣、使人報與關勝、關勝得知、便喚小較快牽我那馬來霍地立起身綽青龍刀騎火炭馬門旗開處直臨陣前（又一幅絕妙雲長變相）宋江看見關勝天表亭亭（四字絕妙雲長變相）與吳用指指點點喝采（指指點點妙活畫出所定計來上文定計藏過其文却隱隱約約於一路逗出之妙妙）回頭又高聲對衆將道將軍英雄名不虛傳（回頭妙高聲妙）只這一句林冲大怒叫道我等弟兄自上梁山大小五七十陣未嘗挫了銳氣今日何故滅自己威風說罷挺鎗出馬直取關勝（怒叫妙）關勝見了大喝道水泊

草寇我不直得便凌逼你單喚宋江出來吾要問他何意背反朝廷英雄儒雅，儼似其祖。極寫關勝也。宋江在門旗下聽了，喝住林冲，縱馬親自出陣，欠身與關勝施禮，說道：「鄆城小吏宋江謹參，一惟將軍問罪。」定計如此。真是妙絕。關勝喝道：「汝為小吏，安敢背叛朝廷？」宋江答道：「蓋為朝廷不明，縱容奸臣當道，不許忠良進是一段說話，焊關勝、宣贊、郝思文說，妙妙。布滿濫官汙吏，陷害天下百姓是一段說話，焊梁山泊衆人說，妙妙。宋江等替天行道，並無異心。

賺關勝

關勝大喝道、分明草賊替何天行何道（罵得暢、罵得倒、極畫）關勝、天兵在此、還敢巧言令色（四字罵盡宋江一生、真乃絕妙關勝著）不下馬受縛、着你粉骨碎身、猛可里霹靂火秦明聽得大叫一聲、舞狼牙棍、縱馬直搶過來（是一箇虎將、）林冲也大叫一聲、挺鎗出馬、飛搶過來（又一箇虎將、）兩將雙取關勝、關勝一齊迎住、三騎馬向征塵影裏轉燈般廝殺、宋江忽然指指點點便教鳴金收軍（忽然指指點點、妙絕妙絕、忽然放出二將、忽然收轉二將、定計如此、真是妙絕、）林冲秦明回馬、一齊叫道正待擒捉這廝兄長何故收軍罷戰（一齊叫妙）宋江高聲道賢弟我等忠義自守以兩取一非所願也（語語雖入其耳定計妙絕）縱使一時捉他亦令其心不服（語語雖耳）吾看大刀義勇之將世本忠臣乃祖爲神家家家廟（語語雖耳安能不入玄中三家字成句句法奇絕）若得此人上山宋江情願讓位（雖是計賺之言然此位則豈宋江之所得讓乎又於閒處逗露宋江心事以惡之也）林冲秦明變色各退（變色妙已上皆所定之計也俗本盡訛遂不可讀）當日兩邊各自收兵且說關勝回到寨中下馬卸甲心中暗忖已入玄中寫來如畫道我力鬬二將不過看看輸與他了宋江倒收了軍馬不知是何意思已入玄中寫來如畫便叫小軍推出陷車中張橫阮小七過來問道宋江是箇鄆城縣小吏你這厮們如何伏他忽轉到陷車筆墨超忽之甚阮小七應道俺哥哥山東河北馳名叫做及時雨呼保義宋公明你這厮不知忠義之人只此六字罵關勝可謂叓罵不着乃恰與關勝合拍何也如何省得關勝低頭不語深入玄中寫來如畫且教推過陷車

當晚坐卧不安走出中軍看月寒色滿天霜華遍地關勝嗟歎不已又一幅絕妙雲長變相。精神意思都畫出來。有伏路小較前來報說有箇髯鬚將軍匹馬單鞭要見元帥突如其來。又不是突如其來。筆法可想。關勝道你不問他是誰小較道他又沒衣甲軍器並不肯說姓名只言要見元帥不便出名好。關勝道既是如此與我喚來沒多時來到帳中拜見關勝關勝回顧首將剔燈再看又一幅絕妙雲長變相。形貌也畧認得便問那人是誰那人道乞退左右關勝大笑道大將身居百萬軍中若還不是一德一心安能用兵如指吾帳上帳下無大無小盡是機密之人你有話但說不妨（極寫關勝絕倫超羣。真是妙絕之論○此語庶幾惟郭子儀岳武穆有之。讀之令人起敬起畏。）那人道小將呼延灼的便是前日曾與朝廷統領連環馬軍征進梁山泊誰想中賊奸計失陷了軍機不得還京見駕昨者聽得將軍到來真乃不勝之喜早間陣上林冲秦明待捉將軍宋江火急收軍誠恐傷犯足下、此人素有歸順之意、獨奈衆賊不從、方纔暗與呼延灼商議、正要驅使衆人歸順將軍、若是聽從、明日夜間輕弓短箭、騎着快馬、從小路直入賊寨、生擒林冲等寇、解赴京師、不惟將軍建立大功、亦令宋江與小將得贖重罪、關勝聽了大喜、請入帳中、置酒相待、呼延灼備說宋江專以忠義爲主、不幸陷落賊巢、關勝掀髯飲酒、拍膝嗟歎○○○○○○○○又一幅絶妙雲長像相、不題、却說次日宋江舉兵搦戰、關勝與呼延灼商議晚間賺有此計、今日不可不先贏此將、呼延灼借副衣甲穿了（妙。）上馬都到陣前、宋江獨自大罵呼延灼道山寨不曾虧負你半分、因何貪夜私去（宋江獨罵妙。）呼延灼回道無知小吏成何大事、（獨罵）（宋江妙。○如此虛虛實實。安得不入玄也。）宋江便令鎮三山黃信出馬、直迎呼延灼、兩馬相交、鬥不到十合、呼延灼手起一鞭把黃信打死馬下、（不說真假。竟叙打死。而非黃信可知也。係本說。）關勝大喜、令大小三軍一齊掩殺、呼延灼道、不可追

掩吳用那廝廣有神機若還趕殺恐賊有計從來苦肉
計不今創鉅讀之絕倒關勝聽了火急收軍都回本寨到中
軍帳裏置酒相待動問鎮三山黃信如何假罵關勝忠信
過人不愧乃祖日在天上亦在人內二語呼延灼道此人原是朝廷命
官青州都監與秦明花榮一時落草平日多與宋
江意思不合今日要他出馬正要打殺此賊又說得妙
安得不入玄中關勝大喜傳下將令教宣贊郝思文兩路
接應自引五百馬軍輕弓短箭叫呼延灼引路至

夜二更起身、三更前後直遶宋江寨中、砲響爲號、裏應外合、一齊進兵、是夜月光如晝、黃昏時候、披掛已了、馬摘鸞鈴、人披軟戰、軍卒銜枚疾走、一齊乘馬、呼延灼當先引路、衆人跟着、轉過山徑、約行了半箇更次、前面撞見三五十箇小軍、低聲問道來的不是呼將軍麼、如此定計、眞正妙絶。呼延灼喝道、休言語、隨在我馬後走、眞正妙絶。呼延灼縱馬先行、關勝乘馬在後、又轉過一層山嘴、只見呼延灼把鎗尖一指遠遠地一碗紅燈遠遠紅燈。只一紅燈。作三層寫來。便令一行人馬如畫關勝勒住馬問道有紅燈處是那里呼延灼道那里便是宋公明中軍急催動人馬將近紅燈將近紅燈忽聽得一聲砲響衆軍跟定關勝殺遶前來到紅燈之下紅燈之下。看時不見一箇妙。便喚呼延灼時亦不見了妙。關勝大驚知道中計慌忙回馬聽得四邊山上一齊鼓響鑼鳴正是慌不擇路衆軍各自逃生關勝連忙回馬時只剩得數騎馬軍跟着先下此句，便令撓鉤奇出，卒無人救。筆法之妙如此。轉出山嘴，又聽得腦後樹林邊一聲砲響，四下里撓鉤齊出，把關勝拖下雕鞍，奪了刀馬，卸去衣甲，前推後擁，拿投大寨裏來。

卻說林冲、花榮自引一支軍馬截住宣贊，月明之下，三馬相交，一幅好畫。鬬無三二十合，宣贊勢力不加，回馬便走。肋後撞出箇女將，一丈青扈三娘撒起紅綿套索，把宣贊拖下馬來。獨添女將，為醜郡馬三字裝染。步軍向前一齊捉住，解投大寨。一段。話分兩處，這邊秦明孫立自引一支軍馬去捉郝思文當路劈面撞住郝思文拍馬大罵草賊匹夫當吾者死避我者生秦明大怒躍馬揮狼牙棍直取郝思文二馬相交約鬬數合孫立側首過來郝思文慌張刀法不依古格被秦明一棍搠下馬來三軍齊喊一聲向前捉住。二段再有撲天鵰李應引領大小軍兵搶進關勝寨內來先救了張橫阮小七并被擒水軍人等奪去一應糧草馬匹却去招安四下敗殘人馬。三段宋江會衆上山此時東方漸明（妙。因此一句令人想見一夜月下。）忠義堂上分開坐次早把關勝宣贊郝思文分投解來宋江見了慌忙下堂喝退軍卒親解其縛把關勝扶在正中交椅上納頭便拜叩首伏罪說道亡命狂徒冐犯虎威望乞恕罪（好）呼延灼亦向前來伏罪道小可既蒙將令不敢不依萬望將軍免恕虛誑之罪（又好。）關勝看了一班頭領義氣深重回顧宣贊郝思文道我們被擒在此所事若何（極畫關勝。）

道至此語皆吳用所定計

精神意思都有二人答道並聽將令極畫關勝○寫得被擒之後其威令猶行於下如此又只是四箇字妙妙關勝道無面還京願賜早死宋江道何故發此言將軍倘蒙不棄微賤可以一同替天行道若是不肯不敢苦留只今便送回京語語投其性之所近定計如此真是妙絕吳用所定計直至此處方畢關勝道人稱忠義宋公明果然有之人生世上君知我報君友知我報友鑿鑿名論可爲厥祖義釋曹公註腳今日既已心動願住部下爲一小卒今日既已心動卓然純臣之言誠哉日在天上心在人內家法也○說心動便

知其心之難動。彼自言心不動者。正轉轉心動之人耳。宋江大喜。當日一面設筵慶賀。一邊使人招安逃竄敗軍。又得了五七千人馬。軍內有老幼者。隨即給散銀兩。便放回家。一邊差薛永齎書往蒲東搬取關勝老小。都不在話下。宋江正飲宴間。默然想起盧員外石秀陷在北京。潸然淚下。獨不想起晁蓋。何也。吳用道。兄長不必憂心。吳用自有措置。只過今晚。來日再起軍兵去打大名。必然成事。關勝便起身說道。關某無可報答愛

○○○我之恩人生除若親而外惟愛我之恩不可忘也只一句直提出乃祖雲長全副心事來○愛我二字便櫽括上文吳用一篇定計妙絕願爲前部宋江大喜次日早晨傳令就教宣贊郝思文爲副撥回舊有軍馬便爲前部先鋒其餘原打大名頭領不缺一箇添差李俊張順將帶水戰盔甲隨去爲安道全也非爲索超也若誘索超之用之則所以自掩其筆跡也以次再望大名進發這里卻說梁中書在城中正與索超起病飲酒是日日無晶光朔風亂吼三句寫得索超跌頓有法雪天穿插無痕只見探馬報道

關勝宣贊郝思文并將軍馬俱被宋江捉去已入夥了梁山泊軍馬見今又到梁中書聽得諕得目瞪口呆杯翻筯落只見索超稟道前者中賊冷箭今番定復此讐梁中書便斟熱酒立賞索超〔便提之甚〕教快引本部人馬出城迎敵李成聞達隨後調軍接應其時正是仲冬天氣連日大風天地變色馬蹄氷合鐵甲如水索超出席提斧直至飛虎峪下寨〔寫得竟是一首絕妙飲馬長城窟行真正絕妙好辭〕次日宋江引前部呂

方郭盛上高阜處看關勝厮殺三通戰鼓罷這里關勝出陣對面索超出馬當時索超見了關勝卻不認得是新起病人。妙。隨征軍卒說道這箇來的便是新背反的大刀關勝索超聽了並不打話直搶過來逕奔關勝關勝也拍馬舞刀來迎兩箇鬭無十合李成卻在中軍看見索超斧法戰關勝不下自舞雙刀出陣夾攻關勝寫關勝。這邊宣贊郝思文見了各持兵器前來助戰五騎馬攪做一塊寫宣贊郝思文。宋江在高阜看見鞭梢一指大軍捲殺過去李成軍馬大敗虧輸連夜退入城去來江催兵直抵城下扎住營寨次日彤雲壓城天慘地裂索超獨引一支軍馬出城衝突只雪天二字。一路漸次寫來。真若北風圖對之欲寒也。〇寫索超極其精神。呉用見了便教軍較迎敵戲戰他若追來乘勢便退因此索超得了一陣歡喜入城好。當晚雲勢越重風色越緊呉用出帳看時却早成團打滾降下一天大雪凡三寫欲雪之勢至此方寫出雪來。妙筆。〇俗本都訛吳用便差步軍去大名城外靠山邊河路狹處掘成陷坑上用土蓋那雪降了一夜平明看時約已沒過馬膝（寫索超極其精神。寫雪亦極其精神）却說索超策馬上城望見宋江軍馬各有懼色東西策立不定當下便點三百軍馬驀地衝出城來宋江軍馬四散奔波而走却教水軍頭領李俊張順身披軟戰勒馬橫鎗前來迎敵却纔與索超交馬棄鎗便走特引索超逩陷坑邊來索超是箇性急的那里炤顧那里一邊是路一邊是澗李俊棄馬跳入澗中向着前面口裏叫道宋公明哥哥快走（妙絕。真乃索超戲戰也。）索超聽了不顧身體飛馬撞過陣來山背後一聲砲響索超連人和馬攧將下去後面伏兵齊起這索超便有三頭六臂也須七損八傷正是爛銀深蓋藏圈套碎玉平鋪作陷坑畢竟急先鋒索超性命如何且聽下回分解

第五才子書施耐庵水滸傳卷之六十八

（明）施耐庵 撰 （清）金聖歎 批

# 貫華堂本水滸傳

第一〇册

國家圖書館出版社

# 第一〇册目録

第五才子書施耐菴水滸傳卷之三十七

聖歎外書

第三十二回

宋江夜看小鰲山

花榮大鬧清風寨

文章家有過枝接葉處每每不得與前後大篇一樣出色然其敘事潔淨用筆明雅亦殊未可忽也譬諸游山者游過一山又問一山

清風寒



當斯之時不無借徑於小橋曲岸淺水平沙
然而前山未遠魂魄方收後山又來耳目又
費則雖中間少有不稱然政不致遂敗人意
又況其一橋一岈一水一沙乃殊非七十回
後一望荒屯絕徼之比想復聽涼新浴荳花
棚下搖蕉扇說曲折興復不淺也
看他寫花榮文秀之極傳武松後定少不得
此人可謂矯矯虎臣翩翩儒將分之兩雋合

之雙璧矣

話說這清風山離青州不遠只隔得百里來路這清風寨却在青州三岔路口地名清風鎮因爲這三岔路上通三處惡山因此特設這清風寨在這清風鎮上落筆亦似一座惡山便伏下許多林莽那里也有三五千人家却離這清風山只有一站多路當日三位頭領自上山去了只說宋公明獨自一箇背着些包裹迤邐來到清風鎮上便借問花知寨住處那鎮

上人答道這清風寨衙門在鎮市中間南邊有箇小寨是文官劉知寨住宅（問花知寨。偏先答劉寨。行文有犬牙交錯之法）北邊那箇小寨正是武官花知寨住宅宋江聽罷謝了那人便投北寨來到得門首見有幾箇把門軍漢問了姓名入去通報只見寨裏走出那箇少年的軍官來拖住宋江喝叫軍漢接了包裹朴刀腰刀扶到正廳上便請宋江當中涼床上坐了納頭便拜四拜（寫花榮。文有花榮。○正廳上當中設放涼床。寫得妙絕。蓋花榮望宋江來久矣。特暗皆陳蕃故事。翻寫出異樣交情來。真正妙手。起身道、自從別了兄長之後、屈指又早五六年矣、嘗嘗念想、聽得兄長殺了一箇潑烟花、官司行文書各處追捕、小弟聞得、如坐針氊、連連寫了十數封書去貴莊問信、不知曾到也不、今日天賜、幸得哥哥到此、相見一面、大慰平生、說罷、又拜、宋江扶住道、賢弟休只顧講禮、請坐了、聽在下告訴、花榮斜坐着、○○○三字。與上涼床句對看。要知他全不用賓主二字相待。便連下文妻妹一段。都有神理。作者之手法如此。宋江把殺閻婆惜一事和投逩柴大官人并孔太公莊上遇見武松清風山上被捉遇燕順等事細細地都說了一遍花榮聽罷答道兄長如此多難今日幸得仁兄到此且住數年（人壽幾何是何言與）却又理會宋江道若非兄弟宋清寄書來孔太公莊上時在下也特地要來賢弟這里走一遭花榮便請宋江去後堂裏坐喚出渾家崔氏來拜伯伯拜罷花榮又叫妹○○○○○○○○○○○○○○○○子出來拜了哥哥（寫花榮文有花榮○花榮武官何其文也○看他文心蔚蔚後）

映何其妙哉見劉知寨恭人却認是花知寨恭人既曉得不是花知寨恭人却又仍得見花知寨恭人一奇也未算到秦家嫂嫂却先見花家妹子今日是花家妹子後日又却是秦家嫂嫂二奇也世之淺夫讀此文則止謂是花榮出妻見妹耳豈復知其結構之妙哉

便請宋江更換衣裳鞋襪香湯沐浴真好花榮在後堂安排筵席洗塵當日筵宴上宋江把救了劉知寨恭人的事備細對花榮說了一遍花榮聽罷皺了雙眉說道兄長沒來繇救那婦人做甚麼正好教滅這廝的口宋江道却又作怪我聽得說是清風寨知寨的恭

人因此把做賢弟同僚面上特地不顧王矮虎相怪一力要救他下山你却如何恁的說花榮道兄長不如不是小弟說口這清風寨是青州緊要去處是若還是小弟獨自在這里守把時是遠近強人怎敢把青州攪得粉碎是近日除將這箇窮酸餓醋來做箇正知寨是這厮又是文官又不識字只是自從到任只把鄉間些少上戶詐騙只是朝廷法度無所不壞是小弟是箇武官副知寨每每被這

斷毆氣（是）恨不得殺了這濫汚禽獸兄長却如何救了這廝的婦人打緊這婆娘極不賢只是調撥他丈夫行不仁的事殘害良民貪圖賄賂（貪圖賄賂未有不殘害良民者殘害良民以圖賄賂未有不奉其婆娘者婆娘既識賄賂滋味未有不調撥丈夫多行不仁者借花榮口中寫得如秦鏡相似）正好叫那賤人受些玷辱兄長錯救了這等不才的人宋江聽了便勸道賢弟差矣自古道寃讐可解不可結他和你是同僚官雖有些過失你可隱惡而揚善賢弟休如此淺見

花榮道兄長見得極明來日公廨內見劉知寨時
與他說過救了他老小之事宋江道賢弟若如此
也顯你的好處花榮夫妻幾口兒朝暮臻臻至至
獻酒供食伏侍宋江（極寫花榮）當晚安排牀帳在後堂
軒下請宋江安歇次日又備酒食筵宴管待話休
絮煩宋江自到花榮寨裏喫了四五日酒花榮手
下有幾箇梯已人一日換一箇撥些碎銀子在他
身邊每日教相陪宋江去清風鎮街上觀看市井

諠譁村落宮觀寺院閑走樂情寫花榮都好。○爲下文作引。好。白

那日爲始這梯巳人相陪着閑走邀宋江去市井

上閑翫那清風鎮上也有這座小枸欄并茶坊酒

肆自不必說得當日宋江與這梯巳人在小枸欄

裏閒看了一回又去近村寺院道家宮觀遊賞一

回請去市鎮上酒肆中飲酒臨起身時那梯巳人

取銀兩還酒錢宋江那里肯要他還錢却自取碎

銀還了宋江歸來又不對花榮說那箇同去的人

歡喜又落得銀子又得身閒此等只是閒筆閒掇自此每日撥一箇相陪和宋江去閒走每日又只是宋江使錢自從到寨裏無一箇不敬愛他的宋江在花榮寨裏住了將及一月有餘看看臘盡春回又早元宵節近且說這清風寨鎮上居民商量放燈一事準備慶賞元宵科斂錢物去土地大王廟前扎縛起一座小鰲山上面結綵懸花張掛五七百碗花燈土地大王廟內逞賽諸般社火家家門前扎起

燈棚賽懸燈火市鎮上諸行百藝都有雖然比不得京師只此也是人間天上當下宋江在寨裏和花榮飲酒正值元宵是日晴明得好花榮到巳牌前後上馬去公廨內點起數百箇軍士教晚間去市鎮上彈壓又點差許多軍漢分頭去四下裏守把柵門爲官應如此矣未牌時分回寨來邀宋江喫點心宋江對花榮說道聽聞此間市鎮上今晚點放花燈我欲去看看花榮答道小弟本欲陪侍兄長奈

緣我職役在身不能彀開步同往（先補一句）今夜兄長自與家間二三人去看燈早早的便回小弟在家專待家宴三杯以慶佳節宋江道最好却早天色向晚東邊推出那輪明月宋江和花榮家親隨梯巳人兩三箇跟隨着緩步徐行到這清風鎮上看燈時只見家家門前搭起燈棚懸掛花燈燈上畫着許多故事也有剪綵飛白牡丹花燈并芙蓉荷花異樣燈火四五箇人手廝挽着來到大王廟前

在鼇山前看了一回迤逦投南走不過五七百步只見前面燈燭熒煌一夥人圍住在一箇大牆院門首熱鬧鑼聲響處衆人喝釆宋江看時却是一夥舞鮑老的宋江矮矬人背後看不見那相陪的梯巳人却認的社火隊裏便教分開衆人讓宋江看那跳鮑老的身軀紐得村村勢勢的宋江看了呵呵大笑只見這牆院裏面却是劉知寨夫妻兩口兒和幾箇婆娘在裏面看武知寨便上馬去彈壓·文知寨便和婆娘

(看燈往往如是矣)聽得宋江笑聲那劉知寨的老婆於燈下却認的宋江便指與丈夫道兀那箇黑矮漢子便是前日清風山搶擄下我的賊頭劉知寨聽了喫一驚便喚親隨六七人叫捉那箇笑的黑漢子宋江聽得回身便走走不過十餘家衆軍漢趕上把宋江捉住拿到寨裏用四條麻索綁了押至廳前那三箇梯巳人見捉了宋江去自跑回來報與花榮知道且說劉知寨坐在廳上叫解過那廝來

衆人把宋江簇擁在廳前跪下、劉知寨喝道、你這
廝是清風山打刼强賊、如何敢擅自來看燈、今被
擒獲、有何理說、宋江告道、小人自是鄆城縣客人
張三、與花知寨是故友、來此間多日了、從不曾在
清風山打刼、劉知寨老婆却從屏風背後轉將出
來、喝道、你這廝兀自賴哩、你記得教我叫你做大
王時、宋江告道、恭人差矣、那時小人不對恭人說
來、小人自是鄆城縣客人、亦被擄掠在此間不能

殼下山去、劉知寨道、你既是客人、被擄劫在那里、今日如何能殼下山來、却到我這里看燈、那婦人便說道、你這廝在山上時、大剌剌的坐在中間交椅上、繇我叫大王、那里倸人、宋江道、恭人全不記我一力救你下山、如何今日到把我強扭做賊、那婦人聽了大怒、指着宋江罵道、這等賴皮賴骨、不打如何肯招、劉知寨道、說得是、喝叫取過批頭來打、那廝、一連打了兩料、打得宋江皮開肉綻、鮮血逆流、叫把鐵鎖鎖了、明日合箇囚車、把做鄆城虎張三解上州裏去、却說相陪宋江的梯巳人、慌忙逩迴來報知花榮、花榮聽罷大驚、連忙寫一封書、差兩箇能幹親隨人、去劉知寨處取親隨人賫了書、急忙到劉知寨門前、把門軍士入去報覆道、花知寨差人在門前下書、劉高叫喚至當廳、那親隨人將書呈上、劉高拆開封皮讀道、花榮拜上僚兄相公座前、所有薄親劉丈（花榮文甚）、近日從濟州來（放開）

鄆城二字因看燈火誤犯尊威萬乞情恕放免自當造
謝草字不恭煩乞炤察不宜劉高看了大怒把書
扯的粉碎大罵道花榮這廝無禮你是朝廷命官
如何却與強賊通同也來瞞我這賊已招是鄆城
縣張三你却如何寫濟州劉丈俺須不是你侮弄
的你寫他姓劉是和我同姓恁的我便放了他文官
徒知此耳喝令左右把下書人推將出去那親隨人被
趕出寨門急急歸來稟覆花榮知道花榮聽了只

叫得苦了哥哥快備我的馬來花榮披掛拴束了弓箭（花榮一生）綽鎗上馬帶了三五十名軍漢都拖鎗拽棒直逩到劉高寨裏來把門軍人見了那里敢攔當見花榮頭勢不好盡皆吃驚都四散走了（寫得好看）花榮搶到廳前下了馬手中拿着鎗那三五十人都擺在廳前（寫得好看）花榮口裏叫道請劉知寨說話劉高聽得驚得魂飛魄散懼怕花榮是箇武官那里敢出來相見花榮見劉高不出來立了一回

喝叫左右去兩邊耳房裏搜人、那三五十軍漢一齊去搜時、早從廊下耳房裏尋見宋江、被麻索高弔起在梁上、又使鐵索鎖着兩腿、打得肉綻幾箇軍漢便把繩索割斷、鐵鎖打開、救出宋江、花榮便叫軍士先送回家裏去、花榮上了馬、綽鎗在手、口裏發話道、劉知寨、你便是箇正知寨、待怎的奈何了花榮、誰家沒箇親眷、你卻甚麼意思、我的一箇表兄直拿在家裏、強扭做賊、好欺負人、明日和你

說話、花榮帶了衆人、自回到寨裏來看視宋江、却

說劉知寨見花榮救了人去、急忙點起一二百人、

也叫來花榮寨奪人、那二百人內新有兩箇敎頭、

爲首的敎頭、雖然了得些鎗刀、終不及花榮武藝、

不敢不從劉高、只得引了衆人、逩花榮寨裏來、把

門軍士入去報知花榮、此時天色未甚明亮、那二

百來人擁在門首、誰敢先入去寫得好看都懼怕花榮

了得、看看天大明了、却見兩扇大門不關寫得好看・只

見花知寨在正廳上坐着（寫得好看）左手拿着弓右手挽着箭、（寫得好看）衆人都擁在門前、花榮竪起弓大喝道、你這軍士們、不知寃各有頭、債各有主、劉高差你來、休要替他出色、你那兩箇新參教頭、還未見花知寨的武藝、今日先教你衆人看花知寨弓箭、然後你那厮們要替劉高出色、不怕的入來看我先射大門上左邊門神的骨朶頭（妙）搭上箭拽滿弓只一箭、喝聲着、正射中門神骨朶頭（妙）二百人

寫得好看

都喫一驚花榮又取第二枝箭大叫道你們衆人再看我這第二枝箭要射右邊門神的頭盔上朱纓（妙）颼的又一箭不偏不斜正中纓頭上（妙）那兩枝箭却射定在兩扇門上（總結一句有力）花榮再取第三枝箭喝道你衆人看我第三枝箭要射你那隊裏穿白的教頭心窩（妙妙）那人叫聲哎呀便轉身先走（寫得好看）衆人發聲喊一齊都走了（寫得好看）花榮且叫閉上寨門却來後堂看覷宋江花榮說道小弟慢了

哥哥受此之苦宋江答道我却不妨只恐劉高那廝不肯和你干休我們也要計較箇長便花榮道○○○○○○○○○小弟捨着棄了這道官誥（真好花榮）和那廝理會宋江道不想那婦人將恩作怨教丈夫打我這一頓我本待自說出真名姓來却又怕閙變惜事發因此只說鄆城客人張三叫屈劉高無禮要把我做鄆城虎張三解上州去合箇囚車盛我要做清風山賊首時頃刻便是一刀一剮不得賢弟自來力救

便有銅唇鐵舌也和他分辯不得花榮道小弟尋思只想他是讀書人須念同姓之親因此寫了劉丈○花知寨差矣越是讀書人越把同姓痛惡越是同姓越爲讀書人痛惡耳讀至此處我將聽普天下慨歎之聲不想他直恁沒些人情如今既已救了來家且却又理會宋江道賢弟差矣既然仗你豪勢救了人來凡事要三思自古道喫飯防噎行路防跌他被你公然奪了人來急使人來搶又被你一嚇盡都散了我想他如何肯干罷必然要和你動

文書今晚我先走上清風山去躲避你明日却好和他白賴終久只是文武不和相毆的官司我若再被他拿出去時你便和他分說不過是。花榮道小弟只是一勇之夫却無兄長的高明遠見只恐兄長傷重了走不動好花榮。宋江道不妨事急難以擔閣我自捱到山下便了當日敷貼了膏藥喫了些酒肉把包裹都寄在花榮處黃昏時分便使兩箇軍漢送出柵外去了宋江自連夜捱去不在話下再說劉知寨見軍士一箇箇都散回寨裏來說道花知寨十分英勇了得誰敢去近前當他弓箭兩箇教頭道着他一箭時射箇透明窟窿却是都去不得劉高終是箇文官有些算計當下尋思起來想他這一奪去必然連夜放他上清風山去了明日却來和我白賴便爭競到上司也只是文武不和鬭毆之事我却如何奈何得他（劉高又賊）我今夜差二三十軍漢去五里路頭等候倘若天幸捉着

時將來悄悄的關在家裏却暗地使人連夜去州裏報知軍官下來取就和花榮一發拿了都害了他性命那時我獨自霸着這清風寨（文武不和只為此句寫出）省得受那廝們的氣（千古炯鑑非直押官而已）當晚點了二十餘人各執鎗棒就夜去了約莫有二更時候去的軍漢背剪綁得宋江到來（看他省法便避却前文清風山下被捉一段矣）劉知寨見了大喜道不出吾之所料且與我囚在後院裏休教一箇人得知連夜便寫了實封申狀

差兩箇心腹之人星夜來青州府飛報次月花榮只道宋江上清風山去了坐視在家心裏只道我且看他怎的竟不來保着劉高也只做不知兩下都不說着（好。）

○○○且說這青州府知府正値陞廳公座那知府覆姓慕容（慕容兩字可稱賜姓。）雙名彥達是今上徽宗天子慕容貴妃之兄倚托妹子的勢要在青州橫行殘害良民欺罔僚友無所不爲（爲六十二回作案。）正欲回衙早飯只見左右公人接上劉知寨申狀飛報賊情公事知府接來看了劉高的文書喫了一驚便道花榮是箇功臣之子如何結連清風山強賊這罪犯非小未委虛的便敎喚那本州兵馬都監來到廳上分付他去原來那箇都監姓黃名信爲他本身武藝高強威鎭青州因此稱他爲鎭三山那青州地面所管下有三座惡山第一便是清風山第二便是二龍山第三便是桃花山（三山出名）這三處都是強人草冦出沒的去處黃信卻自誇要

捉盡三山人馬、因此喚做鎮三山、這兵馬都監黃信上廳來、領了知府的言語、出來點起五十箇壯健軍漢、披掛了衣甲、馬上擎着那口喪門劍、連夜便下清風寨來、逕到劉高寨前下馬、劉知寨出來接着、請到後堂、敘禮罷、一面安排酒食管待、一面犒賞軍士、後面取出宋江來、敎黃信看了、黃信道、這箇不必問了、連夜合箇囚車、把這廝盛在裏面、頭上抹了紅絹、插一箇紙旗、上寫着清風山賊首

此下一段專寫黃信

鄆城虎張三宋江那里敢分辯只得央他們安排黃信再問劉高道你拿得張三時花榮知也不知（黃信能）劉高道小官夜來二更拿了他悄悄的藏在家裏花榮只道去了安坐在家黃信道既是恁的却容易明早安排一副羊酒去大寨裏公廳上擺着却教四下裏埋伏下三五十人預備着我却自去花榮家請得他來只說道慕容知府聽得你文武不和因此特差我來置酒勸諭賺到公廳只看

我擲盞爲號、就下手拿住了、一同解上州裏去、此
計如何、劉高喝采道、還是相公高見、此計却似甕
中捉鼈、手到拿來、當夜定了計策、次日天曉、先去
大寨左右兩邊帳幙裏、預先埋伏了軍士、廳上虛
設着酒食筵宴、早飯前後、黃信上了馬、只帶三兩
箇從人、來到花榮寨前、軍人入去傳報、花榮問道、
來做甚麽、軍漢答道、只聽得叙報道黃都監特來
相探、花榮聽罷、便出來迎接、黃信下馬、花榮請至

廳上敘禮罷便問道都監相公有何公幹到此黃信道下官蒙知府呼喚發落道為是你清風寨内文武官僚不和未知為甚緣繇知府誠恐二位因私讐而悞公事（黃信會說）黃信特差黃某賫到羊酒前來與你二位講和已安排在大寨公廳上便請足下上馬同往花榮笑道花榮如何敢欺罔劉高他又是箇正知寨只是他累累要尋花榮的過失不想驚動知府有勞都監下臨草寨花榮將何以報黃信

附耳低言道知府只爲足下一人倘有些刀兵動
時他是文官做得何用你只依着我行黃信能花榮
道深謝都監過愛黃信便邀花榮同出門首上馬
花榮道且請都監少叙三杯了去黃信道待說開
了暢飲何妨黃信能花榮只得叫備馬當時兩箇並
馬而行直來到大寨下了馬黃信携着花榮的手
同上公廳來黃信能只見劉高巳自先在公廳上三
箇人都相見了黃信叫取酒來從人巳自先把花

榮的馬牽將出去閉了寨門黃信能花榮不知是計只想黃信是一般武官必無歹意黃信擎一盞酒來先勸劉高道知府爲因聽得你文武二官同僚不和好生憂心今日特委黃信到來與你二公陪話煩望只以報答朝廷爲重再後有事和同商議黃信會說劉高答道量劉高不才頗識些理法直教知府恩相如此掛心我二人也無甚言語爭執此是外人妄傳黃信大笑道妙哉黃信能劉高飲過酒黃

信又斟第二杯酒、來勸花榮道、雖然是劉知寨如此說了、想必是閒人妄傳、故是如此、且請飲一杯、花榮接過酒喫了、劉高拿副臺盞、斟一盞酒回勸黃信道、動勞都監相公、降臨敝地、滿飲此杯、黃信接過酒來、拿在手裏、把眼四下一看、（黃信能）有十數箇軍漢、簇上廳來、黃信把酒盞望地下一擲、只聽得後堂一聲喊起、兩邊帳幙裏走出三五十箇壯健軍漢、一發上把花榮拿倒在廳前、黃信喝道、綁了花榮一片聲叫道我得何罪黃信大笑喝道你兀自敢叫哩你結連清風山強賊一同背反朝廷當得何罪我念你往日面皮不去驚動拿你家老小（此却不是黃信交情・正是文章要着）花榮叫道也須有箇證見黃信道還你一箇證見教你看真贓真賊我不屈你左右與我推將來（黃信能）無移時一輛囚車一箇紙旗兒一條紅抹額從外面推將入來花榮看時却是宋江目睜口呆面面厮覷做聲不得黃信喝道

這須不干我事見有告人劉高在此花榮道不妨
不妨這是我的親眷他自是鄆城縣人你要強紐
他做賊到上司自有分辯處黃信道你既然如此
說時我只解你上州裏你自去分辯便叫劉知寨
點起一百寨兵防送花榮便對黃信說道都監賺
我來雖然捉了我便到朝廷和他還有分辯可看
我和都監一般武職官而卻去我衣服此亦不是花榮愛好
正是文章要著容我坐在囚車裏黃信道這一件容易便

依着你就叫劉知寨一同去州裏折辯明白休要枉害人性命（此却不是黄信公道正是文章要着入下回便知）當時黄信與劉高都上了馬監押着兩輛囚車并帶三五十軍士一百寨兵簇擁着車子取路投青州府來有分教火燄堆裏送數百間屋宇人家刀斧叢中殺一二千殘生性命正是生事事生君莫怨害人人害汝休嗔畢竟宋江怎地脱身且聽下回分解

第五才子書施耐庵水滸傳卷之三十七

第五才子書施耐菴水滸傳卷之三十八

聖歎外書

第三十三回

鎮三山大鬧青州道

霹靂火夜走瓦礫場

吾觀元人雜劇○每一篇爲四折○每折止用一人獨唱○而同場諸人○僅以科白○從旁挑動承接之○此無他○蓋昔者之人○其胸中自有一篇

一篇絕妙文字篇各成文文各有意有起有結有開有闔有呼有應有頓有跌特無所附麗則不能以空中抒寫故不得已旁托古人生死離合之事借題作文彼其意期於後世之人見吾之文而無止初不取古人之事得吾之文而見也自雜劇之法壞而一篇之事乃有四十餘折一折之辭乃用數人同唱於是辭煩節促比於蛙鼓句斷字欹有如病夫又

一似古人之事全賴後人傳之而文章在所不問也者而冬烘學究乳臭小兒咸搖筆灑墨來作傳奇矣稗官亦然稗官固效古史氏法也雖一部前後必有數篇一篇之中凡有數事然但有一人必爲一人立傳若有十人必爲十人立傳夫人必立傳者史氏一定之例也而事則通長者文人聯貫之才也故有其甲其乙共爲一事而實書在其甲傳中斯

與其乙無與也又有其甲其乙不必共爲一
事而於其甲傳中忽然及於其乙此固作者
心愛其乙不能暫忘苟有便可以及之輒遂
及之是又與其甲無與故曰文人操管之際
其權爲至重也夫其甲傳中忽及其乙者如
宋江傳中再述武松是其例也書在甲傳乙
則無與者如花榮傳中不重宋江是其例也
夫一人有一人之傳一傳有一篇之文

有一端之指一指有一定之歸世人不察乃又搖筆灑墨紛紛來作稗官何其游手好閒一至於斯也

古本水滸寫花榮便寫到宋江悉為花榮所用俗本只落一二字其醜遂不可當不知何人所改既不可致詰故特取其側一述之

話說那黃信上馬、手中橫着這口喪門劍、劉知寨也騎着馬、身上披掛些戎衣、手中拿一把叉可謂善戲諕兮。不爲虐兮者矣。○叉差同音。手中拿一把差。不止劉高。天下之人皆然矣。那一百四五十軍漢寨兵、各執着纓鎗棍棒、腰下都帶短刀利劍、兩下鼓一聲、鑼解宋江和花榮望青州來、衆人都離了清風寨、行不過三四十里路頭、前面見一座大林子、正來到那山嘴邊前頭、寨兵指道、林子裏有人窺望、都立住了脚、黃信在馬上問道、爲甚不行、軍漢答道、前面林子裏有人窺看、黃信喝道、休睬他、只顧走、看看漸近林子前、只聽得嗗嗗的二三十面大鑼一齊響起來那寨兵人等都慌了手脚只待要走黃信喝道且住都與我擺開叫道劉知寨你壓着囚車劉高在馬上死應不得只口裏念救苦救難天尊句哎呀呀句十萬卷經句三十壇醮句救一救句○寫得户中亂攛之極或無上半句或無下半句真是絕倒○驚的臉如成精的東瓜青一回黃一回亦是奇絕倒○語這黃信是箇武官終有些膽量便拍馬向前看時只見林子四邊齊齊的分過三五百箇小嘍囉

來、一箇箇身長力壯、都是面惡眼兇、頭裹紅巾、身穿納襖、腰懸利劍、手執長鎗、早把一行人圍住、林子中跳出三箇好漢來、一箇穿青、一箇穿綠、一箇穿紅、都戴着一頂銷金萬字頭巾、各跨一口腰刀、又使一把朴刀、當住去路、中間是錦毛虎燕順、上首是矮脚虎王英、下首是白面郎君鄭天壽、三箇好漢大喝道、來往的到此當住、脚留下三千兩買路黃金、任從過去、黃信在馬上大喝道、你那廝們

不得無禮鎮三山在此好三箇好漢睜着眼大喝
道你便是鎮萬山也要三千兩買路黃金好沒時
不放你過去黃信說道我是上司取公事的都監
有甚麼買路錢與你那三箇好漢笑道莫說你是
上司一箇都監便是趙官家駕過也要三千貫買
路錢若是沒有且把公事人當在這裏待你取錢
○○○○○○○○○○○○
來贖奇譚解人頤黃信大怒罵道強賊怎敢如此無禮
喝叫左右擂鼓鳴鑼黃信拍馬舞劍直遶燕順三

箇好漢一齊挺起朴刀來戰黃信、黃信見三箇好漢都來併他、奮力在馬上鬭了十合、怎地當得他三箇、任亦且劉高已自抖着、向前不得、見了這般頭勢、只待要走、黃信怕喫他三箇拿了、壞了名聲只得一騎馬撲喇喇跑回舊路、三箇頭領挺着朴刀趕將來、黃信那里顧得衆人、獨自飛馬奔回清風鎮去了、衆軍見黃信回馬時、已自發聲喊撇了囚車、都四散走了、只剩得劉高寫得好。○讀至此始知前文要劉高同來對理之妙。不然則重要到鎮捉劉高也。見頭勢不好慌忙勒轉馬頭連打三鞭那馬正待跑時被那小嘍囉拽起絆馬索早把劉高的馬掀翻倒撞下來衆小嘍囉一發向前拿了劉高搶了囚車打開車輛花榮已把自己的囚車掀開了好。便跳出來將這縛索都掙斷了却打碎那箇囚車救出宋江來好。自有那幾箇小嘍囉已自反剪了劉高好。又向前去搶得他騎的馬好。亦有三匹駕車的馬好。却剝了劉高的衣服與宋江穿了好。○讀至此，始知前文花榮乞留衣服之妙。不然，則一劉高之衣，禁寒中不可分衣兩人，花榮又不可赤條條上山也。把馬先送上山去好。這三箇好漢一同花榮并小嘍囉把劉高赤條條的綁了押回山寨來好。○一段敘得湊手。原來這三位好漢爲因不知宋江消息，差幾箇能幹的小嘍囉下山直來清風鎮上探聽，聞人說道都監黃信擲盞爲號，拿了花知寨并宋江，陷車囚了，解投青州來，因此報與三箇好漢得知，帶了人馬，大寬轉兒出大路來預先截住去路小路裏亦差人伺候(閒筆周匝)因此救了兩箇拿得劉高都回山寨裏來當晚上得山時巳是二更時分都到聚義廳上相會請宋江花榮當中坐定三箇好漢對席相陪一面且備酒食管待燕順分付叫孩兒們各自都去喫酒花榮在廳上稱謝三箇好漢說道花榮與哥哥皆得三位壯士救了性命報了寃讐此恩難報只是花榮還有妻小妹子在清風寨中必然被黃信擒捉却

是怎生救得燕順道知寨放心料應黃信不敢便拿恭人若拿時也須從這條路裏經過（好○讀至此始知前文黃信許花榮不拿家小之妙）我明日弟兄三箇下山去取恭人和令妹還知寨便差小嘍囉下山先去探聽花榮謝道深感壯士大恩宋江便道且與我拿過劉高那廝來燕順便道把他綁在將軍柱上割腹取心與哥哥慶喜花榮道我親自下手割這廝（花榮文甚）宋江罵道你這廝我與你往日無冤近日無讐你如

何聽信那不賢的婦人害我、今日擒來、有何理說、花榮道、哥哥問他則甚、把刀去劉高心窩裏只一剜、那顆心獻在宋江面前、花榮文甚。不是花榮說、便要寫劉高許多擂尾乞命之語、污筆壞紙極矣。小嘍囉自把屍首拖在一邊、宋江道、今日雖殺了這廝濫污匹夫、只有那箇淫婦不曾殺得、未出那口怨氣、王矮虎便道、哥哥放心、我明日自下山去、拿那婦人、今番還我受用、行文一時行到下淡處、無可出色、故借此作笑耳。不必真有之。衆皆大笑、當夜飲酒罷、各

自歇息、次日起來、商議打清風寨一事、燕順道、昨
日孩兒們走得辛苦了、今日歇他一日、明日早下
山去也未遲、宋江道、也見得是、正要將息人强馬
壯、不在促忙、不說山寨整點軍馬起程、且說都監
黃信、一騎馬奔回清風鎮上大寨內、便點寨兵人
馬、緊守四邊柵門、黃信寫了申狀、叫兩箇教軍頭
目、飛馬報與慕容知府、知府聽得飛報軍情緊急
公務、連夜陞廳、看了黃信申狀、反了花榮、結連清

風山强盜時刻清風寨不保事在告急早遣良將
保守地方（已上三十字是申狀。）知府看了大驚便差人去請
青州指揮司總管本州兵馬秦統制急來商議軍
情重事那人原是山後開州人氏姓秦諱箇明字
因他性格急躁聲若雷霆以此人都呼他做霹靂
火秦明祖是軍官出身使一條狼牙棒有萬夫不
當之勇那人聽得知府請喚逕到府裏來見知府
各施禮罷那慕容知府將出那黄信的飛報申狀

來敎秦統制看了秦明大怒道紅頭子敢如此無禮不須公祖憂心不才便起軍馬不拿這賊誓不再見公祖慕容知府道將軍若是遲慢恐這廝們去打清風寨秦明答道此事如何敢遲慢只今連夜便去點起人馬來日早行知府大喜忙叫安排酒肉乾糧先去城外等候賞軍秦明見說反了花榮怒忿忿地上馬（大書秦明忠孝天性）奔到指揮司裏便點起一百馬軍四百步軍先叫出城去取齊擺布了

起身卻說慕容知府先在城外寺院裏蒸下饅頭
擺了大碗燙下酒每一箇人三碗酒兩箇饅頭一
斤熟肉（須知此非閒筆蓋因知府賞軍便得先見秦統制一番軍容先見一番軍容便令後文宋江定計不寫已見）方纔備辦得了卻望見軍馬出城引
軍紅旗上大書兵馬總管秦統制慕容知府看見
秦明全副披掛了出城來果是英雄無比（特詳此筆絕妙）
（章法）秦明在馬上見慕容知府在城外賞軍慌忙叫
軍漢接了軍器下馬來和知府相見施禮罷知府

把了盞將此言語囑付總管道善覷方便早奏凱歌賞軍已罷放起信砲秦明辭了知府飛身上馬擺開隊伍催趲軍兵大刀濶斧逕奔清風寨來原來這清風鎮却在青州東南上從正南取清風山較近可早到山北小路（有此句便令在前不疑不妝花家老小在後不疑單騎來說黃信也）却說清風山寨裏這小嘍囉們探知備細報上山來山寨裏衆好漢正待要打清風寨去只聽的報道秦明引兵馬到來都面面廝覷俱各駭

然花榮便道（獨寫花榮）你衆位俱不要慌自古兵臨告急必須死敵救小嘍囉飽喫了酒飯只依着我行先須力敵後用智取如此如此好麽（真好花榮）宋江道好計正是如此行當日宋江花榮先定了計策便叫小嘍囉各自去準備花榮自選了一騎好馬（定是劉高馬也）一副衣甲弓箭鐵鎗都收拾了等候再說秦明領兵來到清風山下離山十里下了寨柵次日五更造飯軍士喫罷放起一箇信礮直遶清風山

來揀空濶去處擺開人馬發起擂鼓只聽得山上鑼聲震天響飛下一彪人馬出來秦明勒住馬横着狼牙棒睜着眼看時却見衆小嘍囉簇擁着小李廣花榮下山來到得山坡前一聲鑼響列成陣勢花榮在馬上擎着鐵鎗朝秦明聲箇喏［花榮文甚］秦明大喝道花榮你祖代是將門之子朝廷命官教你做箇知寨掌握一境地方食祿於國有何虧你處却去結連賊寇反背朝廷我今特來捉你會事

的下馬受縛、免得腥手污脚、花榮陪着笑道。○○○○有他一箇只是笑。一箇只是怒。一箇儒雅。一箇性急。各各如畫。總管聽稟、量花榮如何肯反背朝廷、實被劉高這廝無中生有、官報私讐、遍迫得花榮有家難奔、有國難投、權且躲避在此。○○○○○六字。是一部大書供狀。望總管詳察救解、秦明道、你兀自不下馬受縛、更待何時、劃地花言巧語、煽惑軍心、喝叫左右兩邊擂鼓、秦明輪動狼牙棒、直奔花榮、花○○榮大笑道、○○秦明、你這廝原來不識好人饒讓、我念

你是箇上司官妙譚未經人說你道俺眞箇怕你便縱馬
挺鎗來戰秦明兩箇交手鬬到四五十合不分勝
敗花榮連鬬了許多合賣箇破綻撥回馬望山下
小路便走秦明大怒大怒趕將來花榮把鎗去了事
環上帶住把馬勒箇定左手拈起弓右手拔箭拽
滿弓紐過身軀望秦明盔頂上只一箭正中盔上
射落斗來大那顆紅纓却似報箇信與他妙絕花榮秦
明喫了一驚不敢向前追趕霍地撥回馬恰要趕

殺衆人却早一鬨地都上山去了花榮自從別路

也轉上山寨去了秦明見他都走散了心中越怒

道（越怒）鬪耐這草寇無禮喝叫鳴鑼擂鼓取路上山

衆軍齊聲吶喊步軍先上山來轉過三兩箇山頭

只見上面檑木砲石灰瓶金汁從嶮峻處打將下

來向前的退步不迭早打倒三五十箇只得再退

下山來秦明怒極（怒極）帶領軍馬繞山下來尋路上

山尋到午牌時分只見西山邊鑼響樹林叢中閃

……飛礫場

出。一。對。紅。旗。軍。來（妙絕花榮）秦、明、引、了、人、馬、趕、將、去、時、（趕到西來）鑼。也。不。響。紅。旗。都。不。見。了。（妙絕花榮）秦明看那路時、又、沒、正、路、都、只、是、幾、條、砍、柴、的、小、路、却、把、亂、樹折、木、交、叉、當、了、路、口、又、不、能、上、去、得、正、待、差、軍、漢開、路、只。見。軍。漢。來。報。道。東。山。邊。鑼。響。一。陣。紅。旗。軍出。來。（妙絕花榮）秦。明。引。了。人。馬。飛。也。似。奔。過。東。山。邊。來（趕到東來）看。時。鑼。也。不。鳴。紅。旗。也。不。見。了。（妙絕花榮）秦、明、縱馬去四下裏尋路時、都、是、亂、樹、折、木、塞、斷、了、砍、柴、

看他用許多怒字寫秦明性急皆太史法

的路逕（句亦小變）只見探事的又來報道西邊山上鑼又響紅旗軍又出來了（妙絕花榮句法亦變）秦明拍馬再遶來西山邊（又趕到西來）看時又不見一箇人紅旗也沒了（妙絕花榮）秦明怒壞（怒壞）恨不得把牙齒都咬碎了正在西山邊氣忿忿的又聽得東山邊鑼聲震地價響（妙絕花榮句法又變）急帶了人馬又趕過來東山邊（又趕過東來）看時又不見有一箇賊漢紅旗都不見了（妙絕花榮）秦明怒挺胸脯（怒挺胸脯）又要趕軍漢上山尋路

第五才子書[illegible]礫場

只聽得西山邊又發起喊來（妙絕花榮。又變。）秦明怒氣衝天（怒氣衝天。）大驅兵馬投西山邊來（又提過西來。）山上山下看時並不見一箇人（妙絕花榮。）秦明喝叫軍漢兩邊尋路上山數內有一箇軍人禀說道這里都不是正路只除非東南上有一條大路可以上去若是只在這里尋路上去時惟恐有失秦明聽了便道既有那條大路時連夜趕將去便驅一行軍馬迤東南角上來（又提到東南上來。）看看天色晚了又走得人困馬乏，巴得到那山下時，正欲下寨造飯，只見山上火把亂起，鑼鼓亂鳴。（妙絕花榮。又變。）秦明轉怒，（轉怒。）引領四五十馬軍跑上山來，（又跑上山來。）只見山上樹林内亂箭射將下來，又射傷了些軍士。秦明只得回馬下山，（又跑下山來。）且教軍士只顧造飯，恰纔舉得火着，只見山上有八九十把火光，呼風唿哨下來。（妙絕花榮。又變。）秦明急待引軍趕時，（又趕。）火把一齊都滅了。

妙絕花榮。只是騙他趕來，騙他趕去耳。偏寫數遍，不嫌重複，故妙。處處急性人妙法。想見花榮胸中有八門五花之妙。當夜雖有月光、亦被陰雲籠罩、不甚明朗、找上一句好、便先爲假秦明留一地也。秦明怒不可當、怒不可當。便叫軍士點起火把、燒那樹木、只聽得山嘴上鼓笛之聲、妙絕花榮、出奇無窮。秦明縱馬上來看時、見山頂上點着十餘箇火把、照見花榮陪侍着宋江在上面飲酒、妙絕花榮、令人絕倒。秦明看了、心中沒出氣處、勒着馬在山下大罵、處急性人妙絕。花榮笑答道、只是笑、好花榮。秦統制你不必焦躁、且回去將息着、妙絕。我明日和你併箇你死我活的輸贏便罷。秦明怒喊道：（怒喊）「反賊，你便下來，我如今和你併箇三百合，卻再作理會。」花榮笑道：（只是笑）「秦總管，你今日勞困了，（妙絕）我便贏得你也不爲強。（妙絕）你且回去，明日卻來。」秦明越怒，（越怒）只管在山下罵。本待尋路上山，卻又怕花榮的弓箭，因此只在山坡下罵。（百忙中忽註一句）正叫罵之間，只聽得本部下軍馬發起喊來。（妙絕花榮出奇無窮）秦明急回到山下看時，只見這邊山上火砲火箭一齊燒將下來。

妙絕背後二三十箇小嘍囉做一羣把弓弩在黑影

裏射人妙絕寫得又絕倒衆軍馬發喊一齊都擁過那邊

山側深坑裏去躲十九字句深坑字絕倒此時已有三更時

分好筆衆軍馬亚躲得弓箭時只叫得苦上溜頭滾

下水來妙絕花榮出奇無窮一行人馬却都在溪裏各自掙

扎性命妙絕爬得上岸的盡被小嘍囉撓鈎搭住活

捉上山去了妙絕爬不上岸的盡渰死在溪裏妙絕且

說秦明此時怒得腦門都粉碎了怒得腦門粉碎看他寫大怒

越怒。怒極。怒壞。怒挺胸脯。怒氣衝天。轉怒。怒不可當。怒喊。越怒。怒得腦門都粉碎了。全用史公章法。卻見一條小路在側邊，妙絕花榮。秦明把馬一撥，搶上山來，走不到三五十步，和人連馬攧下陷坑裏去。妙絕花榮。一路寫花榮不勞一躂，不折一矢，功成名立，真是妙絕。兩邊埋伏下五十箇撓鉤手，把秦明搭將起來，剝了渾身衣甲句。頭盔句。軍器句。妙絕花榮。令我讀之而笑。拿條繩索綁了，把馬也救起來。妙絕花榮。都解上清風山來。原來這般圈套，都是花榮的計策。自註一遍。今上文再一清出。先使小嘍囉或在東或在西引誘得秦明人困馬乏策立不定須先又把這土布袋塡住兩溪的水等候夜深却把人馬逼趕溪裏去上面却放下水來那急流的水都結果了軍馬你道秦明帶出的五百人馬忽然提一句。筆法奇矯。一大半淹在水中都送了性命生擒活捉有一百五七十人奪了七八十匹好馬不曾逃得一箇回去次後陷馬坑裏活捉了秦明自註止此。當下一行小嘍囉捉秦明到山寨裏早是天明時候五

位好漢坐在聚義廳上、小嘍囉縛綁秦明妙絕花榮解
在廳前花榮見了、連忙跳離交椅接下廳來親自
解了繩索扶上廳來納頭拜在地下妙絕花榮、真正出奇無窮
秦明慌忙答禮、便道我是被擒之人、繇你們碎屍
而死、何故却來拜我、花榮跪下道妙、小嘍囉不識
尊卑、誤有冒瀆、切乞恕罪、隨取錦段衣服與秦明
穿了妙絕花榮。令我讀之而笑。秦明問花榮道這位爲頭的好
漢却是甚人偏動人問何也。花榮道、這位是花榮的哥哥

鄆城縣宋押司諱江的便是（又妙絕花榮）這三位是山寨之主燕順王英鄭天壽秦明道這三位我自聽得（句輕）這宋押司莫不是喚做山東及時雨宋公明麽（句重）宋江答道小人便是秦明連忙下拜道聞名久矣不想今日得會義士宋江慌忙答禮不迭秦明見宋江腿脚不便（寫得好）問道兄長如何貴足不便宋江却把自離鄆城縣起頭直至劉知寨拷打的事故從頭對秦明說了一遍秦明只把頭來搖

道若聽一面之詞悮了多少緣故容秦明回州去
對慕容知府說知此事燕順相問且住數日隨即
便叫殺羊宰馬安排筵席飲宴拿上山的軍漢都
藏在山後房裏（妙絕花榮）也與他酒食管待秦明喫了
數杯起身道衆位壯士既是你們的好情分不殺
秦明還了我盔甲馬匹軍器（妙筆令我讀之而笑）回州去燕
順道總管差矣你既是引了青州五百兵馬都沒
了如何回得州去慕容知府如何不見你罪責不

如權在荒山草寨住幾時本不堪歇馬權就此間落草論秤分金銀整套穿衣服不强似受那大頭巾的氣秦明聽罷便下廳道（便下廳寫秦明妙）秦明生是大宋人死爲大宋鬼朝廷教我做到兵馬總管兼受統制使官職又不曾虧了秦明我如何肯做强人背反朝廷你們衆位要殺時便殺了我花榮趕下廳來拖住道（趕下廳寫花榮妙）兄長息怒聽小弟一言我也是朝廷命官之子無可奈何被逼迫得如此

總管既是不肯落草如何相逼得你隨順只請少坐席終了時小弟討衣甲頭盔鞍馬軍器（妙筆今我讀之而笑）還兄長去秦明那里肯坐花榮又勸道總管夜來勞神費力了一日一夜人也尚自當不得那匹馬如何不喫得他飽了去（妙絕花榮）秦明聽了肚內尋思也說得是再上廳來（再上廳寫秦明花榮都妙）坐了飲酒那五位好漢輪番把盞陪話勸酒秦明一則軟困（是）二爲衆好漢勸不過（是）開懷喫得醉了扶入帳房

睡了、這里衆人自去行事。實事虛寫○一句八字中有一夜男啼女哭殺人放火在內。不在話下、且說秦明一覺直睡到次日辰牌方醒、跳將起來急性如畫洗漱罷、便要下山衆好漢都來相留道、總管且喫早飯動身、送下山去秦明性急的人、便要下山、衆人慌忙安排些酒食管待了、取出頭盔衣甲妙筆好笑與秦明披掛了、牽過那匹馬來并狼牙棒、妙筆好笑○爲是好笑便不忍先一句寫盡却分作兩三句出之、叫人在山下伺候、五位好漢都送秦明下山來相別了、交還馬匹軍器（妙筆好笑）秦明上了馬（好笑妙）拿着狼牙棒、（好笑妙）趁天色大明離了清風山取路飛奔青州來到得十里路頭恰好巳牌前後遠遠地望見烟塵亂起並無一箇人來往（奇文）秦明見了心中自有八分疑忌、到得城外看時、原來舊有數百人家、却都被火燒做白地（奇文）一片瓦礫場上橫七豎八殺死的男子婦人不記其數（奇文）秦明看了大驚打那匹馬在瓦礫場上跑到城邊大叫開門時只

見門邊吊橋高拽起了奇文都擺列着軍士旌旗擂
木砲石秦明勒着馬大叫城上放下吊橋度我入
城城上早有人看見是秦明便擂起鼓來吶着喊
奇文秦明叫道我是秦總管如何不放我入城只見
慕容知府立在城上女牆邊大喝道反賊奇文你如
何不識羞恥昨夜引人馬來打城子把許多好百
姓殺了又把許多房屋燒了今日兀自又來賺哄
城門朝廷須不曾虧負了你你這廝倒如何行此

不仁、巳自差人奏聞朝廷去了、早晚拿住你時把你這廝碎屍萬段、秦明大叫道公祖差矣、秦明因折了人馬又被這廝們捉了上山去、方纔得脫、昨夜何曾來打城子、知府喝道、我如何不認得你、這廝的馬匹(句)衣甲(句)軍器(句)頭盔(句)(奇文妙文)城上衆人明明地見你指撥紅頭子殺人放火、(奇文妙文)你如何賴得過、便做你輸了被擒、如何五百軍人沒一箇逃得回來報信、你如今指望賺開城門取老小、你的妻子今早已都殺了、你若不信、與你頭看、軍士把鎗將秦明妻子首級挑起在鎗上、教秦明看、秦明是箇性急的人、看了渾家首級、氣破胸脯、分說不得、只叫得苦、屈城上弩箭如雨點般射將下來、秦明只得回避、（上文已是如此撒開）只看見遍野處火焰尚兀自未滅、（再書一句）秦明回馬在瓦礫塲上、恨不得尋箇死處、（一句）肚裏尋思了半晌、（一句）縱馬再回舊路（一句）行不得十來里、只見林子裏（妙絕花榮）轉出一夥人馬來、當先五匹馬上五箇好漢、不是别人、宋江花榮、燕順王英鄭天壽隨從一二百小嘍羅、宋江在馬上欠身道、總管何不回青州、獨自一騎投何處去、秦明見問、怒氣道、不知是那箇天不蓋地不載該剮的賊、裝做我去打了城子、壞了百姓人家房屋、殺害良民、到結果了我一家老小、閃得我如今上天無路、入地無門、我若尋見那人時、直打碎這條狼牙棒便罷、宋江便道妙絕花榮。此處便不出頭也。○人但知宋江服秦明不知花榮用宋江也。總管息怒、小人有箇見識、這里難說、且請到山寨裏告禀總管、可以便往、秦明只得隨順、再回清風山來、於路無話、早到山亭前下馬、衆人一齊都進山寨內、小嘍囉已安排酒果肴饌在聚義廳上、五箇好漢邀請秦明上廳、都讓他中間坐定、妙絕花榮。○此句與後仍請句對看、便知花榮之妙也。五箇好漢齊齊跪下、秦明連忙答禮、也跪在地、宋江開話道、妙絕花榮。能用宋江。總管休怪、昨日因留總管在山、堅意不肯、卻是宋江定出這條計來妙絶花榮既能用宋江又能深信宋江之必能服秦明蓋不惟能將軍又能將將者矣叫小卒似總管模樣的却穿了總管的衣甲頭盔騎着那馬横着狼牙棒直奔青州城下點撥紅頭子殺人燕順王矮虎帶領五十餘人助戰只做總管去家中取老小因此殺人放火先絶了總管歸路的念頭今日衆人特地請罪秦明見說了怒氣攢心欲待要和宋江等厮併一句却又自肚裏尋思一句一則是上界星辰契合二乃

被他們軟困以禮待之三則又怕鬬他們不過句三

○上二句不足以按住秦明故作者在旁挐入三句筆力妙甚因此只得納了這

口氣便說道你們弟兄雖是好意要留秦明只是

害得我忒毒些箇斷送了我妻小一家人口宋江

答道此亦是花榮意却到底用宋江說○何用如其必出於花榮也蓋一人有一人正傳○今世文正屬花榮正傳也不恁地時兄長如何肯死心塌地若是

沒了嫂嫂夫人花知寨自說有一令妹甚是賢慧

他情願賠出立辦裝奩與總管爲室如何妙絕花榮不惟

善用兵。又善用將。乃至又善用用其妹也。○俗本訛。秦明見衆人如此相敬
相愛方纔放心歸順花榮仍請宋江在居中坐了
秦明道好妙絕花榮。不惟戡定禍亂。又能正名定位。眞是極寫之矣。○俗本皆訛。秦
明花榮及三位好漢依次都坐大吹大擂飲酒商
議打清風寨一事秦明道這事容易不須衆弟兄
費心黃信那人亦是治下二者是秦明教他的武
藝三乃和我過的最好明日我便先去叫開柵門
一席話說他入夥投降就取了花知寨寶眷倒此句在

拿劉高老婆之前。特與王英映帶作趣。○前文宋江先許爲王英作媒。後文卻忽與秦明作媒。皆是行文閃爍之法。拿了劉高的潑婦與仁兄報讐雪恨偏與上句連說。獨不爲王英地乎。作進見之禮如何、宋江大喜道、若得總管如此慨然相許、卻是多幸多幸、當日筵席散了、各自歇息、次日早起來、喫了早飯、都各各披掛了、秦明上馬先下山來、拿了狼牙棒、飛奔清風鎮來、卻說黃信自到清風鎮上、發放鎮上軍民、點起寨兵、曉夜隄防、牢守柵門、又不敢出戰回護前累文法。

累使人探聽、不見青州調兵策應、當日只聽得報
道、柵外有秦統制、獨自一騎馬到來、叫開柵門、黃
信聽了、便上馬飛迨門邊看時、果是一人一騎、又
無伴當、黃信便叫開柵門、放下吊橋、迎接秦總管
入來、直到大寨公廳前下馬、請上廳來敘禮罷、黃
信便問道、總管緣何單騎到此、秦明當下先說了
損折軍馬等情、後說山東及時雨宋公明、疏財仗
義、結識天下好漢、誰不欽敬、他如今見在清風山

上我今次也在山寨入了夥你又無老小花榮秦明都成

累筆故此處特省一句何不聽我言語也去山寨入夥免受

那文官的氣黃信答道既然恩官在彼黃信安敢

不從只是不曾聽得說有宋公明在山上今次却

說及時雨宋公明自何而來妙筆明畫秦明笑道便是

你前日解去的鄆城虎張三便是又妙筆明畫又復絕倒他怕

說出眞名姓惹起自巳的官司以此貝認說是張

三黃信聽了跌脚道若是小弟得知是宋公明時

路上也自放了他又表黃信一時見不到處只聽了劉
高一面之詞險不壞了他性命秦明黃信兩箇正
在公廨內商量起身只見寨兵報道有兩路軍馬
鳴鑼擂鼓殺遶鎮上來秦明黃信聽得都上了馬
前來迎敵軍馬到得柵門邊望時只見塵土蔽日
殺氣遮天兩路軍兵投鎮上四條好漢下山來畢
竟秦明黃信怎地迎敵且聽下回分解

第五才子書施耐菴水滸傳卷之三十九

聖歎外書

第三十四回

石將軍村店寄書

小李廣梁山射鴈

此回篇節至多○如清風寨起行是一節○對影山遇呂方郭盛是一節○酒店遇石勇是一節○宋江得家書是一節○宋江奔喪是一節○山泊

關防嚴密是一節○宋江歸家是一節○

讀清風寨起行一節○要看他將車數○馬數○人數○通計一遍○分調一遍○分明是一段史記○

讀對影山鬬戟一節○要看他忽然變作極耀艷之文○蓋寫少年將軍○定當如此○

讀酒店遇石勇一節○要看他寫得石將軍如猛虎當路○直是撩撥不得○只是認得兩位豪傑○其顧盼雄毅○便乃如此○何況身為豪傑者○

其於天下人當如何也○

讀宋江得家書一節要看他寫石勇不便將家書出來又不甚曉得家中事體偏用筆筆捺住法寫得宋江大喜便又敘話飲酒直待盡情盡致了然後開出書來却又不便說書中之事再寫一句封皮逆封又寫一句無平安字皆用極奇拗之筆○

讀宋江奔喪一節要看他活畫出奔喪人來

至如麻鞋句○短棒句○馬句○則又分外妙筆也○

讀水泊一節○要看他設置雄麗○要看他號令精嚴○要看他謹守定規○要看他深謀遠慮○要看他盤詰詳審○要看他開誠布忠○要看他不昵所親之言○要看他不敢慢於遠方之人○皆作者極意之筆○

讀歸家一節○要看他忽然生一張社長作波○却恐疑其單薄○又反生一王社長陪之○可見

此回篇節至多須一一分別觀之

行文要相形勢也○

當下秦明和黃信兩箇到柵門外看時，望見兩路來的軍馬，却好都到。一路是宋江、花榮，一路是燕順、王矮虎，各帶一百五十餘人。黃信便叫寨兵放下吊橋，大開寨門，迎接兩路人馬都到鎮上。宋江早傳下號令：休要害一箇百姓，休傷一箇寨兵。叫先打入南寨，把劉高一家老小盡都殺了。王矮虎自先奪了那箇婦人。可謂老婆心切○極似寫王矮虎，却不知借此一句收取

潑婦上山。報仇正法也。小嘍囉盡把應有家私金銀財物寶

貨之資都裝上車子再有馬匹牛羊盡數牽了花

榮自到家中將應有的財物等項裝載上車搬取

妻小妹子內有清風鎮上人數都發還了開心細筆文所

本無。事所必有。衆多好漢收拾巴了一行人馬離了清風

鎮都回到山寨裏來車輛人馬都到山寨鄭天壽

迎接向聚義廳上相會黃信與衆好漢講禮罷坐

於花榮肩下宋江叫把花榮老小安頓一所歇處

細將劉高財物分賞與衆小嘍囉細王矮虎拿得那婦人將去藏在自己房内燕順便問道劉高的妻今在何處王矮虎答道今番須與小弟做箇押寨夫人燕順道與却與你且喚他出來我有一句話說辭令能品宋江便道我正要問他王矮虎便喚到廳前那婆娘哭着告饒宋江喝道你這潑婦我好意救你下山念你是箇命官的恭人你如何反將冤報今日擒來有何理說燕順跳起身來便道這

等淫婦問他則甚拔出腰刀一刀揮爲兩段賊官淫婦前後一様殺法亦非偏之章段也○換燕順者祇恐仍出花榮便有礙矮虎不如用他自家人得省手耳王矮虎見砍了這婦人心中大怒奪過一把朴刀便要和燕順交併宋江等起身來勸住宋江便道燕順殺了這婦人也是兄弟你看我這等一力救了他下山教他夫妻團圓完聚尚兀自轉過臉來叫丈夫害我賢弟你留在身邊久後有損無益宋江日後別娶一箇好的教賢弟滿意燕順道兄

弟便是這等尋思不殺他久後必被他害了王矮
虎被衆人勸了默默無言燕順喝叫打掃過屍首
血跡且排筵席慶賀次日花榮請宋江黃信主婚
燕順王矮虎鄭天壽做媒執伐把妹子嫁與秦明
○○○○○○○○○○○○○○○○○○
一應禮物都是花榮出備 王英方失夫人秦明便得夫人兩事偏要接連
○○○○○○○○○○
寫在一處 以爲激射 喫了三五日筵席五七日後小嘍囉探
得事情上山來報道青州慕容知府申將文書去
中書省奏說反了花榮秦明黃信要起大軍來征

勸衆人聽罷商量道此間小寨不是久戀之地倘或大軍到來四面圍住如何迎敵宋江道小可有一計不如中得諸位心否衆好漢都道願聞良策宋江道自這南方有箇去處地名喚做梁山泊方圓八百餘里中間宛子城蓼兒洼晁天王聚集着三五千軍馬把住着水泊官兵捕盜不敢正眼覷他我等何不收拾起人馬去那里入夥（一段。大書宋江倡衆落草。以正其罪也。）秦明道既然有這箇去處却是十分好只是沒人引進他如何肯便納我們宋江大笑將把這打劫生辰綱金銀一事直說到劉唐寄書將金子謝我因此上殺了閻婆惜逃去在江湖上來明聽了大喜道恁地兄長正是他那里大恩人事不宜遲可以收拾起快去（今日衆人・挽留宋江倡率・前日晁蓋・又留宋江私放・以深表宋江爲賊之首・罪之魁也・）只就當日商量定了便打併起十數輛車子（通計車・）把老小并金銀財物衣服行李等件都裝載車子上共有三二百匹好馬（通計馬・）

小嘍囉們有不願去的齎發他些銀兩任從他下

山去投別主〔閒筆却少不得〕有願去的編入隊裏就和秦

明帶來的軍漢通有三五百人〔通計人〕宋江教分作

三起下山〔妙〕只做去收捕梁山泊的官軍〔妙此一句便〕

〔引出後文山泊一篇來〕山上都收拾得停當裝上車子放起

火來把山寨燒作光地分爲三隊下山宋江便與

花榮引着四五十人〔分人〕三五十騎馬〔分馬〕簇擁着五

七輛車子〔分車〕老小隊仗先行〔第一隊〕秦明黃信引領

○○○○○○○○○第二隊

八九十匹馬分馬和這應用車子分車作第二起

○○第三隊字倒在上

後面便是燕順王矮虎鄭天壽三箇引

○○○○○○分人○第一隊有人

着四五十匹馬分馬一二百人有馬有車第二隊有

馬有車無人第三隊有馬有人無車○通共只十輛車三二百匹馬三五百人看他寫得錯縱變化

離了清風山取路投梁山泊來於路中見了這許

多軍馬旗號上又明明寫着收捕草寇官軍因此

無人敢來阻當在路行五七日離得青州遠了且

說宋江花榮兩箇騎馬在前頭背後車輛載着老

小與後面人馬只隔着二十來里遠近前面到一箇去處地名喚對影山兩邊兩座高山一般形勢中間却是一條大闊驛路兩箇在馬上正行之間只聽得前山裏鑼鳴鼓響爲是強賊爲是官軍讀至下却都不是始信山名對影都有爲也花榮便道前面必有強人把鎗帶住取弓箭來整頓得端正再插放飛魚袋內一面叫騎馬的軍士儧趲後面兩起軍馬上來好且把車輛人馬扎住了宋江和花榮兩箇引了二十餘騎軍

此一節是呂方郭盛鬭戟特表花榮神

馬向前探路至前面半里多路早見一簇人馬約有一百餘人盡是紅衣紅甲擁着一箇穿紅少年壯士橫戟立馬（奇文奇格。）在山坡前大叫道今日我和你比試分箇勝敗見箇輸贏只見對過山岡子背後早擁出一隊人馬來也有百十餘人都是白衣白甲也擁着一箇穿白少年壯士手中也使一枝方天畫戟（奇文奇格。處處皆用散敘。此處忽然用兩扇一聯法。奇絕。）這邊都是素白旗號那壁都是絳紅旗號（又一聯。）只見兩邊紅白旗搖、震地花腔鼓擂、那兩箇壯士更不打話、各人挺手中戟、縱坐下馬、兩箇就中間大闊路上、鬬到三十餘合、不分勝敗、花榮和宋江兩箇在馬上看了喝采、看他前後兩番喝采、寓意深隱、爲之一歎。花榮一步步趲馬向前、看時、只見那兩箇壯士、鬬到深澗裏、這兩枝戟上、一枝是金錢豹子尾、一枝是金錢五色旛、又一○聯。却攪做一團、上面絨縧結住了、那里分拆得開。奇文。花榮在馬上看了、便把馬帶住、左手去飛魚

袋內取弓右手向走獸壺中拔箭亦是一聯○此一段文都作分

外耀艷語○○○○○○○○○○○○○○○○○○○○○

搭上箭拽滿弓覷着豹尾絨縧較親處颼的

一箭恰好正把絨縧射斷只見兩枝畫戟分開做

兩下奇文那二百餘人一齊喝聲采前言兩番喝采寓意深隱者何

也蓋兩戟相交不相上下則兩戟之妙可得而知

也兩戟之妙可得而知然而宋江知花榮知者二

百餘人不得知二百餘人不得知則止有宋江花

榮馬上喝采而二百餘人瞪目不出一聲矣蓋天

下曲高寡和才高無賞往往如是不足怪也逆夫

花榮一箭分開兩戟而二百餘人齊聲喝采夫二

百餘人郎又豈知花榮之內正外直左托右抱手

哉眼見兩戟得箭而開則喝采耳嗚呼天下以成

功論英雄．又往往如是．亦不足怪也．那兩箇壯士便不鬬寫兩戟互不相服．却寫一箭能服兩戟．可謂極表花榮矣．都縱馬跑來直到宋江花榮馬前就馬上欠身聲喏都道願求神箭將軍大名花榮在馬上答道我這箇義兄乃是鄆城縣押司山東及時雨宋公明說得響．我便是清風鎮知寨小李廣花榮說得響．〇願求神箭大名．却反先說鄆城押司．豈以神箭重押司哉．得押司而神箭越重耳．那兩箇壯士聽罷扎住了戟便下馬推金山倒玉柱又一聯．〇此六字．他書亦學用之矣．却不知在此處分外耀艷中．則映襯成色耳．他書前後不稱、亦復硬用入來、眞是文章苦海也、都拜道、聞名久矣、宋江花榮慌忙下馬、扶起那兩位壯士道、且請問二位壯士高姓大名、那箇穿紅的說道、小人姓呂名方、祖貫潭州人氏、平昔愛學呂布為人、因此習學這枝方天畫戟、人都喚小人做小溫侯呂方、一箇古人、因販生藥到山東、消折了本錢、不能彀還鄉、權且占住這對影山、打家劫舍、近日走這箇壯士來、要奪呂方的山寨、和他各分一山、他又不肯、因此每日下山廝殺、不想原來緣法注定、今日得遇尊顏、宋江○○○又問這穿白的壯士高姓、那人答道、小人姓郭名盛、祖貫西川嘉陵人氏、差販水銀貨賣、黃河裏遭風翻了船、回鄉不得、原在嘉陵學得本處兵馬張提轄的方天戟、向後使得精熟、人都稱小人做賽仁貴郭盛、（又一箇古人・兩員名又是一聯○三箇古人・一般絕技・文心妙絕・）○○江湖上聽得說對影山有箇使戟的、占住了山頭打家刼舍、因此一逕來比並戟法、連連戰了十數日、不分勝敗不期今日得遇二公天與之幸宋江把上件事都告訴了便道既幸相遇就與二位勸和如何兩箇壯士大喜都依允了後隊人馬已都到齊一箇箇都引着相見了呂方先請上山殺牛宰馬筵會次日却是郭盛置酒設席筵宴宋江就說他兩箇撞籌入夥輳隊上梁山泊去投迸晁蓋聚義（大書宋江倡衆）歡天喜地都依允了（此二少年上山讀之真有芝蘭玉樹生于庭堦之樂）便將兩山人馬點起收拾了財物待要起身

宋江便道：且住，非是如此去。（一路文勢，如龍赴海，至此忽用中途一變，遂令讀者不復知其鱗甲在何處。）假如我這里有三五百人馬投梁山泊去，他那里亦有探細的人在四下里探聽，倘或只道我們真是來收捕他，不是要處。等我和燕順先去報知了，（後文手書，尚足相據，豈有今日宋江親在行間，而虞山泊之見怪者，只是要憑空生出枝節，令下文風雨忽變，不欲宋江引着一行人直至山寨，如僧家所謂行道者然也。）你們隨後却來，還作三起而行。花榮、秦明道：兄長高見，正是如此計較，陸續進程。兄長先行半日我等催督人馬隨後起身來且不說對影山人馬陸續登程只說宋江和燕順各騎了馬帶領隨行十數人先投梁山泊來在路上行了兩日當日行到晌午時分正走之間只見官道傍邊一箇大酒店宋江看了道孩兒們走得困乏都叫買些酒喫了過去當時宋江和燕順下了馬入酒店裏來

○○○○○○○

叫孩兒們鬆了馬肚帶（看官記此一句）都入酒店裏來宋江和燕順先入店裏來看時只有三副大座頭小

此一節是酒店遇石勇

座頭不多幾副只見一副大座頭上先有一箇在那里占了宋江看那人時裹一頂猪嘴頭巾腦後兩箇太原府金不換紐絲銅鐶上穿一領皂紬衫腰繫一條白搭膊下面腿絣護膝八搭麻鞋（看官記此一句）桌子邊倚着短棒（看官記此一句）橫頭上放着箇衣包（看官記此一句）生得八尺來長淡黃骨查臉一雙鮮眼沒根髭鬚（怪醜如畫）宋江便叫酒保過來說道我的伴當多我兩箇借你裏面坐一坐你叫那箇客人移換

那副大座頭與我伴當們坐地喫些酒酒保應道小人理會得宋江與燕順裏面坐了先叫酒保打酒來大碗先與伴當一人三碗有肉便買來先與他衆人喫（借宋江愛念衆人。爲酒保央求換座地借酒保換座。爲那人廝鬧地。借那人廝鬧。爲得書地。看他叙事。何等曲折盡變。定不肯直寫一筆也。）却來我這里掛酒酒保又見伴當們都立滿在爐邊（如畫。○又貼一句。爲酒保必要換座地也。○○○）酒保却去看着那箇公人模樣的客人道有○○○○○○○○○勞上下（央求換座。何至便到尋鬧。却先寫箇酒保誤認他是上下。如此生情出筆。眞稱妙絕。）

那借這副大座頭與裏面兩箇官人的伴當坐一坐那漢嗔怪呼他做上下便焦躁道也有箇先來後到甚麽官人的伴當要換座頭老爺不換燕順聽了對宋江道你看他無禮麽（先放一句下便有節次）宋江道繇他便了你也和他一般見識却把燕順按住了只見那漢轉頭看了宋江燕順冷笑（寫大漢寫得異樣方是時彼固以宋江燕順爲即所云脚底下泥者也其安得以僕從如雲遂傲豪傑之士耶是冷笑二字之意）○○○○○○○○○○酒保又陪小心道上下（只管叫他上下）周全小人的

買賣換一換有何妨那漢大怒指着桌子道你這
烏男女好不識人欺負老爺獨自一箇（明明怪其僕從如雲）
要換座頭便是趙官家（此亦脚底下泥）老爺也弊烏不換
高聲大額子拳不認得你（你亦脚底下泥）酒保道小人
又不曾說甚麼那漢喝道量你這厮敢說甚麼（妙）
燕順聽了那里忍耐得住便說道[illegible]兀那漢子你也
烏強不換便罷沒可得烏嚇他那漢便跳起來掉
了短棒在手裏便應道我自罵他要你多管老爺

天下只讓得兩箇人其餘的都把來做脚底下的
泥（奇峰忽然當面轟起）燕順焦躁便提起板凳却待要打將
去宋江因見那人出語不俗（妙）橫身在裏面勸解
且都不要鬧我且請問你你天下只讓得那兩箇
人那漢道我說與你驚得你呆了（猶言脚底下泥曾何足以知之）
（妙絕）宋江道願聞那兩箇好漢大名那漢道一箇是
滄州橫海郡柴世宗的孫子喚做小旋風柴進柴
大官人（兩箇人中須有賓主今反先説賓在前者便於跌成妙勢也）宋江暗暗

○地○點○頭妙如畫○腳底下泥乃復解此語乎又問那一箇是誰、那漢

、道○這○一○箇○又○奢○遮偏又搖擺一句不忍便說出來使腳底下泥側耳○是○鄆

○城○縣○押○司○山○東○及○時○雨○呼○保○義○宋○公○明此等名字與腳底下

泥言之萬可惜耳○宋○江○看○了○燕○順○牆○笑妙如畫○燕○順○早○把○板

○發○放○下○了妙如畫○老○爺○只○除○了○這○兩○箇此句接上文連說宋江燕

順二句乃夾敘法耳便是大宋皇帝也不怕他皆所謂其餘也○宋○江

、道你且住、我問你、你既說起這兩箇人、我却都認

○得腳底下泥亦復難料你在那里與他兩箇廝會、那漢道、你

此一節是宋江得書

既認得我不說謊三年前在柴大官人莊上住了四個月有餘只不曾見得宋公明（文情虛實都妙）宋江道你便要認黑三郎麽那漢道我如今正要去尋他（緊湊）宋江問道誰教你尋他那漢道他的親兄弟鐵扇子宋清教我寄家書去尋他（緊湊）宋江聽了大喜（四字妙絕既已寄書偏不明白便頓出許多節次來○大喜字與一篇痛哭字擊射成文）向前拖住道有緣千里來相會無緣對面不相逢只我便是黑三郎宋江那漢相了一面便拜道天幸使

令小弟得遇哥哥爭些兒錯過空去孔太公那里
走一遭宋江便把那漢拖入裏面問道家中近日
沒甚事○○○看他問得對針對得偏不對針頓挫入妙那漢道哥哥聽稟小
人姓石名勇原是大名府人氏日常只靠放賭爲
生本鄉起小人一箇異名喚做石將軍爲因賭博
上一拳打死了箇人逃走在柴大官人莊上多聽
得往來江湖上人說哥哥大名因此特去鄆城縣
投迯哥哥却又聽得說道爲事出外因見四郎聽

得小人說起柴大官人來，卻說哥哥在白虎山孔太公莊上，因小弟要拜識哥哥，四郎特寫這封家書與小人，寄來孔太公莊上，如尋見哥哥時，可叫兄長作急回來。只如此。妙妙。宋江見說，心中疑惑，漸從大喜字變過來。便問道：你到我莊上住了幾日，曾見我父親麼？問得對針。妙妙。石勇道：小人在彼只住得一夜便來了，不曾得見太公。只是捺住，並不對針。妙妙。宋江把上梁山泊一節都對石勇說了。反寫宋江說開話。妙妙。石勇道：小人自離了柴大官人莊上江湖上只聞得哥哥大名疎財仗義濟困扶危如今哥哥既去那里入夥是必攜帶宋江道這不必你說何爭你一箇人反寫宋江只管說閒話妙且來和燕順厮見反寫宋江做閒事妙妙叫酒保且來這里斟酒三杯酒罷反寫宋江把酒相勸只管縱將閒去務令文情盡奇盡變然後寫出石勇書來妙妙石勇便去包裹內取出家書慌忙遞與宋江宋江接來看時封皮逆封着一句又沒平安二字二句又添二句使不突然宋江心內越是疑惑從大喜漸變過

來連忙扯開封皮從頭讀至一半（省一半念一半只一家書寫得）
（有許多方法）後面寫道父親於今年正月初頭因病身
故見今停喪在家專等哥哥來家遷葬千萬千萬
切不可悞弟清泣血奉書宋江讀罷叫聲苦不知
高低自把胸脯搥將起來自罵道不孝逆子做下
非為老父身亡不能盡人子之道畜生何異自把
頭去壁上磕撞大哭起來○○○○（[illegible]）燕順石勇抱住
宋江哭得昏迷半晌方纔甦醒燕順石勇兩箇勸

此一節是宋江奔喪

道哥哥且省煩惱宋江便分付燕順道不是我寡情薄意其實只有這箇先父記掛只有這箇四字。是純孝之言。然只有二字。文妙在只字。這箇二字。文妙在這字。中間便有昊天罔極。父一而已等意。勿以宋江而忽之也。○先父二字。遽然呼得妙。寫後文一笑。○武松呼先兄。便終作先兄。宋江呼先父。未必真作先父。文情各有其妙。今已沒了只是星夜趕歸去教兄弟們自上山則箇燕順勸道哥哥太公旣已沒了便到家時也不得見了天下無不死的父母只敗一字。遂成奇語。令人絶倒。且請寬心引我們弟兄去了是。○寫各人胸中各有其心。如書。那時小弟却陪侍哥哥歸去奔喪來爲晚了自古道蛇無頭而不行若無仁兄去時他那里如何肯收留我們（寫燕順兩宋江定少不得不然便上文都成浪筆矣）宋江道若等我送你們上山去時悞了我多少日期却是使不得我只寫一封備細書札都說在內就帶了石勇一發入夥等他們一處上山我如今不知便罷既是天教我知了正是度日如年燒眉之急我馬不要從人也不帶（二語插放此處作宋江自說最妙若係筆便定寫在出門時文其次者竟且忘之也。一箇、連夜自趕回家、燕順石勇那里留得住、宋江問酒保借筆硯、討了一幅紙、一頭哭着一面寫書、悉與前大喜娼樂。再三叮嚀在上面寫了封皮不粘、四字畫出匆匆、真是妙筆。交與燕順收了、脫石勇的八搭麻鞋穿上、妙絕。真正才子有此曲心曲筆。俗筆夢想不到。取了些銀兩藏放在身邊、跨了一口腰刀、就拿了石勇的短棒、妙絕。酒食都不肯霑脣、便出門要走、燕順道、哥哥也等秦總管花知寨都來相見一面了去也未遲定少不得宋江道、我不等了、我的書去並無阻滯、石家賢弟自說備細、可爲我上覆衆兄弟們、可憐見宋江奔喪之急、休怪則箇、宋江恨不得一步跨到家中、飛也似獨自一箇去了○○○○○○○○○一路寫宋江部署衆人投入山泊、讀者莫不拭目洗耳、觀忠義堂上、晁宋二人、如何相見也、忽然此處如龍化去、令人眼光忽遭一閃、奇文奇格、妙絕妙絕。且說燕順同石勇只就那店裏喫了些酒食點心、還了酒錢、却教石勇騎了宋江的馬、○○○○○○○○○○一雙八搭麻鞋一條短棒、却換了一匹馬、妙筆。○宋江奔喪回去、須要隨身短棒、及八搭麻鞋、便記得石勇身邊有宋江回去後。便記得宋江馬空了。只此記得。豈他人所及哉。帶了從人只離酒店三五里路尋箇大客店歇了等候次日辰牌時分全夥都到燕順石勇接着備細說宋江哥哥奔喪去了衆人都埋怨燕順是。定少不得。道你如何不留他一留石勇分說道他聞得父親沒了恨不得自也尋死如何肯停脚巴不得飛到家裏寫了一封備細書札在此教我們只顧去他那里看了書並無阻滯花榮與秦明看了書與衆人商議道事在

此一節是山泊關防嚴察



途中進退兩難（是）回又不得（是）散了又不成（是）只顧且去（是）還把書來封了（是方始封書）都到山上看那里不容却別作道理（是數語究少不得）九箇好漢併作一隊帶了三五百人馬漸近梁山泊來尋大路上山一行人馬正在蘆葦中過只見水面上鑼鼓振響衆人看時漫山遍野都是雜彩旗旛（寫得精嚴之極）水泊中棹出兩隻快船來當先一隻船上擺着三五十箇小嘍囉船頭上中間坐着一箇頭領乃是豹子

頭林冲（精嚴之極）背後那隻哨船上、也是三五十箇小嘍囉、船頭上也坐着一箇頭領、乃是赤髮鬼劉唐（精嚴之極）前面林冲在船上喝問道、汝等是甚麼人、那里的官軍、敢來收捕我們、教你人人皆死、箇箇不留、你也須知俺梁山泊的大名、花榮秦明等都下馬、立在岸邊答應道、我等衆人非是官軍、有山東及時雨宋公明哥哥書札在此、特來相投大寨入夥、林冲聽了道、既有宋公明兄長的書札、且請過前面到朱貴酒店裏（寫得水泊精嚴之極）先請書來看了、却來相請斷會（精嚴之極）船上把青旗只一招（何等精嚴）蘆葦裏棹出一隻小船（妙）內有三箇漁人、一箇看船、（妙）兩箇上岸來、（妙）說道、你們衆位將軍都跟我來、水面上那兩隻哨船、一隻船上把白旗招動（何等精嚴）銅鑼響處兩隻哨船一齊去了（何等精嚴）一行衆人看了、都驚呆了、說道、端的此處官軍誰敢侵傍、我等山寨如何及得、衆人跟着兩箇漁人、從大寬轉表出八百里。直到旱地忽律朱貴酒店裏、朱貴見說了、迎接衆人、都相見了、便叫放翻兩頭黃牛（富貴氣象）。散了分例酒食討書札看了（精嚴）。先向水亭上放一枝響箭、射過對岸蘆葦中、早搖過一隻快船來、朱貴便喚小嘍囉分付罷、叫把書先賚上山去報知（精嚴）。一面店裏殺宰猪羊（富貴）。管待九箇好漢、把軍馬屯住在四散歇了

看他極寫精嚴。深表泊中有人。○雖有宋江手書。然或恐官府嚴刑逼寫。假作投夥而圖我者有之。把軍馬屯在四散。真經濟之才也。

○第二日辰牌時分只

見軍師吳學究自來朱貴酒店裏迎接衆人（又用軍師）
（自來）一箇箇都相見了、叙禮罷、動問備細（何等精嚴）然後
二三十隻大白棹船來接（何等精嚴・何等富貴）吳用朱貴邀
請九位好漢下船、老小車輛人馬、行李亦各自都
搬在各船上、前望金沙灘來、上得岸、松樹逕裏衆
多好漢隨着晁頭領、全副鼓樂來接（富貴）晁蓋爲頭
與九箇好漢相見了、迎上關來、各自乘馬坐轎（富貴）
直到聚義廳上、一對對講禮罷、左邊一帶交椅上

森然。却是晁蓋吳用公孫勝林冲劉唐阮小二阮小五阮小七杜遷宋萬朱貴白勝○○恭喜白勝已早在此。那時白日鼠白勝數月之前已從濟州大牢裏越獄二只須二字逃走到山上入夥皆是吳學究使人去用度救他脫身右邊一帶交椅上○○○○○○森然。却是花榮秦明黃信燕順王英鄭天壽呂方郭盛石勇列兩行坐下中間焚起一爐香來各設了誓當日大吹大擂殺牛宰馬筵宴一面叫新到火伴廳下參拜了自和小頭

○○○○○目管待筵席何等精嚴何等富貴、收拾了後山房舍、教搬老小家眷都安頓了、秦明花榮在席上稱讚宋公明許多好處、清風山報冤相殺一事、衆頭領聽了大喜、後說呂方郭盛兩箇比試戟法、花榮一箭射斷絨縧、分開畫戟、晁蓋聽罷、意思不信、口裏含糊應道、直如此射得親切、改日卻看比箭、當日酒至半酣、食供數品、衆頭領都道、且去山前閒翫一回、再來赴席、當下衆頭領相謙相讓、下階閒步樂情觀

此一節是花榮試箭

看山景行至寨前第三關上只聽得空中數行賓
鴻嘹喨花榮尋思道晁蓋却纔意思不信我射斷
絨絛何不今日就此施逞些手段教他們衆人看
日後敬伏我把眼一觀隨行人伴數内却有帶弓
箭的妙筆花榮便問他討過一張弓來在手看時却
是一張泥金鵲畫細弓正中花榮意花榮妙箭安肯以尋常之
弓試哉文人所以必用妙筆美人所以必須妙鏡也急取過一枝好箭弓詳箭畧
便對晁蓋道恰纔兄長見說花榮射斷絨絛衆頭

領似有不信之意、遠遠的有一行鴈來、花榮未敢誇口這枝箭要射鴈行内第三隻鴈的頭上〔此處一句、〕後分作二句。只是隨手成文。射不中時、衆頭領休笑、花榮搭上箭、搠滿弓、覷得親切、望空中只一箭射去、果然正中鴈行内第三隻〔先寫前之半句。〕直墜落山坡下、急叫軍士取來、看時、那枝箭正穿在鴈頭上〔次找完前之半句。看他隨手小文。皆有次第。〕晁蓋和衆頭領看了、盡皆駭然、都稱花榮做神臂將軍、吳學究稱讚道、休言將軍比小李

廣便是養由基也不及神手眞乃是山寨有幸合

此梁山泊無一箇不欽敬花榮始結花榮傳衆頭領再

回廳上筵會到晚各自歇息次日山寨中再備筵

席議定坐次本是秦明纔及花榮因爲花榮是秦

明大舅衆人推讓花榮在林冲肩下坐了第五位

秦明坐第六位劉唐坐第七位黃信坐第八位三

阮之下便是燕順王矮虎呂方郭盛鄭天壽石勇

杜遷宋萬朱貴白勝一行共是二十一箇頭領坐

定結第二。慶賀筵宴已畢、山寨中添造大船屋宇車輛什物、打造鎗刀軍器、鎧甲頭盔、整頓旌旗袍襖、弓弩箭矢、準備抵敵官軍。於總結後、更添兩行、極寫水泊精嚴富貴。○已上一篇、單表水泊雄麗精嚴、是全部書作身分處。不在話下。却說宋江自離了村店、連夜趕歸、當日申牌時候、奔到本鄉村口張社長酒店裏暫歇一歇。本至家矣、却不便歸、再生出一張社長家作波瀾。真是觸手生情、落筆成景。那張社長却和宋江家來往得好、張社長見了宋江容顏不樂、眼淚暗流、張社長

此一節是宋江歸家

動問道押司有年半來不到家中今日且喜歸來如何尊顏有些煩惱心中為甚不樂且喜官事已遇赦了必是減罪了（不惟無憂反報一喜妙）宋江答道老叔自說得是家中官事且靠後只如一箇生身老父歿了如何不煩惱張社長大笑道押司真箇也是作耍令尊太公却纔在我這裏喫酒了回去只有半箇時辰來去（奇文）如何却說這話宋江道老叔休要取笑小姪便取出家書教張社長看了（此句是夾敘法）

（下語與上語連讀下）兄弟宋清明明寫道父親於今年正月初頭歿了專等我歸來奔喪張社長看罷說道既那得這般事只午時前後和東村王太公（隨手又添一人妙）在我這裏喫酒了去我如何肯說謊宋江聽了心中疑影（前文疑惑是從大喜漸變到哭此文疑影是從大哭漸變到喜）沒做道理處尋思了半晌只等天晚別了社長便奔歸家入得莊門看時沒些動靜（奇）莊客見了宋江都來參拜宋江便問道我父親和四郎有麼莊客道

太公每日望得押司眼穿今得歸來却是歡喜方
纔和東村裏王社長在村口張社長店裏喫酒了
回來睡在裏面房内（奇文）宋江聽了大驚撇了短棒
（細）逕入草堂上來只見宋清迎着哥哥便拜宋江
見他果然不戴孝（奇文）心中十分大怒便指着宋清
罵道你這忤逆畜生是何道理父親見今在堂如
何却寫書來戲弄我教我兩三遍自尋死處一哭
一箇昏迷你做這等不孝之子宋清却待分說只

見屏風背後轉出宋太公來。明明假計，乃我讀至此句，始覺如夢忽醒。蓋於前文一路所感者深矣。叫道：「我兒不要焦躁，這箇不干你兄弟之事，是我每日思量要見你一面，因此教四郎只寫道我殁了，你便歸來得快。我又聽得人說，白虎山地面多有強人，又怕你一時被人擄掇落草去了，做箇不忠不孝的人。爲此急急寄書去喚你歸家。」作者特特書太公家教，正所以深明宋江不孝，而自來讀者至此，俱謬許其爲忠義之子，斯真過矣。又得柴大官人那里來的石勇寄書去與

你這件事盡都是我主意不干四郎之事你休埋
怨他我恰纔在張社長店裏回來睡在房裏聽得
是你歸來了宋江聽罷納頭便拜太公句憂喜相
半○不便變出喜來且寫箇憂喜相半善體人情方有此筆宋江又問父親道
不知近日官司如何已經赦宥必然減罪適間張
社長也這般說了宋太公道你兄弟宋清未回之
時多得朱仝雷横的氣力向後只動了一箇海捕
文書再也不曾來勾擾我如今爲何喚你歸來近

聞朝廷冊立皇太子、已降下一道赦書、應有民間
犯了大罪、盡減一等科斷、俱已行開各處施行、便
是發露到官、也只該箇徒流之罪、不到得害了性
命、且繇他、却又別作道理、宋江又問道、朱雷二都
頭曾來莊上麽、宋清說道、我前日聽得說來、這兩
箇都差出去了、朱仝差往東京去、一實、雷橫不知差
到那里去了、一虛○遮開二人使使下文展筆乃其妙却在閒中閒及全無痕影如
今縣裏却是新添兩箇姓趙的勾攝公事、宋太公

道我見遠路風塵且去房裏將息幾時止合歡

喜不在話下天色看看將晚玉兎東生約有一更

時分莊上人都睡了只聽得前後門發喊起來看

時四下裏都是火把團團圍住宋家莊一片聲叫

○○○○○○道不要走了宋江太公聽了連聲叫苦不因此起

有分教大江岸上聚集好漢英雄鬧市叢中來顯

○○○忠肝義膽畢竟宋公明在莊上怎地脫身且聽下

回分解

第五才子書施耐菴水滸傳卷之四十

聖歎外書

第三十五回

梁山泊吳用舉戴宗

揭陽嶺宋江逢李俊

一部書中寫一百七人最易寫宋江最難故

讀此一部書者亦讀一百七人傳最易讀宋

江傳最難也蓋此書寫一百七人處皆直筆

也好卽眞好劣卽眞劣若寫宋江則不然驟
讀之而全好再讀之而好劣相半又再讀之
而好不勝劣又卒讀之而全劣無好矣夫讀
宋江一傳而至於再而至於又再而至於又
卒而誠有以知其全劣無好可不謂之善讀
書人哉然吾又謂繇全好之宋江而讀至於
全劣也猶易繇全劣之宋江而寫至於全好
也實難乃今讀其傳跡其言行抑何寸寸而

求之莫不宛然忠信篤敬君子也篇則無累於篇耳節則無累於節耳句則無累於句耳字則無累於字耳雖然誠如是者豈將以宋江眞遂爲仁人孝子之徒哉史不然乎記漢武初未嘗有一字累漢武也然而後之讀者莫不洞然明漢武之非是則是褒貶固在筆墨之外也嗚呼稗官亦與正史同法豈易作哉豈易作哉

話說當時宋太公掇箇梯子上牆來看時只見火把叢中約有一百餘人當頭兩箇便是鄆城縣新參的都頭卻是弟兄兩箇一箇叫做趙能一箇叫做趙得兩箇便叫道宋太公你若是曉事的便把兒子宋江獻將出來我們自將就他若是不教他出官時和你這老子一發捉了去宋太公道宋江幾時回來趙能道你便休胡說有人在村口見他從張社長家店裏喫了酒歸來亦有人跟到這里

添一句好你如何賴得過宋江在梯子邊說道父親你和他論甚戶孩兒便挺身出官也不妨縣裏府上都有相識況巳經赦宥的事了必當減罪求告這廝們做甚麼趙家那廝是箇刁徒如今暴得做箇都頭知道甚麼義理暴字妙罵世不盡他又和孩兒沒人情空自求他宋太公哭道是我苦了孩兒宋江道父親休煩惱官司見了到是有幸明日孩兒躲在江湖上撞了一班兒殺人放火的弟兄們打在綱

裏如何能發見父親面於清風山收羅花榮秦明黃信呂方郭盛及燕順等三人紛紛入水泊者復是何人方得死父賺轉便將生死熱瞞作者正深寫宋江權詐乃至忍于欺其至親而自來讀者皆歎宋江忠孝真不善讀書人也便斷配在他州外府、也須有程限、日後歸來、也得早晚伏侍父親終身、宋太公道、既是孩兒恁的說時、我自來上下使用、買箇好去處、宋江便上梯來叫道、你們且不要鬧、我的罪犯、今已赦宥、定是不死、且請二位都頭進敝莊少敘三杯、明日一同見官、趙能道、你休使見識賺我入來（醜）宋江道我如何連累父親兄弟你們只顧進家裏來宋江便下梯子來開了莊門請兩箇都頭到莊裏堂上坐下連夜殺雞宰鵝置酒相待那一百士兵人等都與酒食管待送些錢物之類取二十兩花銀把來送與兩位都頭做好看○○錢○只三箇字便勝過一篇錢神論○人之所以必要錢者以錢能使人好看也人以錢爲命而亦有時以錢與人者既要好看便不復顧錢也乃世又有守錢成窖而不要好看者斯又一類也矣

當夜兩箇都頭就在莊上歇了次早五更同到縣

前等待天明解到縣裏來時知縣纔出陞堂只見都頭趙能趙得押解宋江出官知縣時文彬見了大喜責令宋江供狀當下宋江一筆供招不合於前年秋間典贍到閻婆惜為妾為因不良一時恃酒爭論鬬毆致被悞殺身死一向避罪在逃今蒙緝捕到官取勘前情所供甘罪無詞知縣看罷且叫收禁牢裏監候滿縣人見說拿得宋江誰不愛惜他都替他去知縣處告說討饒備說宋江平日

的好處知縣自心裏也有八分開豁他數語皆爲迭配作地

不重在寫宋江生平當時依准了供狀、免上長枷手杻、只散禁在牢裏、宋太公自來買上告下、使用錢帛、那時閻婆已自身故了半年、沒了苦主、這張三又沒了粉頭、不來做甚冤家無筆不到。若非此二語、便將必入宋江死罪、庾死鄆城獄耶。算來不如放他迭配出去、再生出事來。縣裏使讀者歡喜、故當省即省、乃文家妙訣也。疊成文案、待六十日限滿、結解上濟州聽斷、本州府尹看了申解情繇、敇前恩宥之事、已成減罪、把宋江脊杖二十刺配江州牢城本州官吏亦有認得宋江的（句一）更兼他又有錢帛使用（句二）名喚做斷杖刺配又無苦主執證（句三）衆人維持下來都不甚深重當廳帶上行枷押了一道牒文差兩箇防送公人無非是張千李萬（三字妙可見一部書皆從才子文心揑造而出愚夫則必謂真有其事）當下兩箇公人領了公文監押宋江到州衙前宋江的父親宋太公同兄弟宋清都在那里等候置酒管待兩箇公人齎發了些銀兩教宋

江換了衣服、打拴了包裹、穿上麻鞋、宋太公喚宋江到僻靜處叮囑道、我知江州是箇好地面、魚米之鄉、特地使錢買將那里去、你可寬心守耐、我自使四郎來望你、固少不得盤纏、有便人常常寄來、你如今此去、正從梁山泊過、倘或他們下山來劫奪你入夥、切不可依隨他、教人罵做不忠不孝、此一節牢記於心（屢申此言、深表宋江不孝之子、不肯終受厥考之教也。○觀其前聚清風山、後吟潯陽樓、當信此言不謬。）孩兒路上慢慢地去、天可憐見、早得回來父子團圓兄弟完聚宋江灑淚拜辭了父親灑淚兄弟宋清送一程路宋江臨別時囑付兄弟道我此去不要你們憂心只有父親年紀高大我又累被官司纏擾背井離鄉而去兄弟你早晚只在家侍奉休要為我到江州來棄撇父親無人看顧○○○○○○○○○○○○○○○○○○○○○○○○○○太公許四郎來此是人情文情兩所必至然於後文來則費筆不來又疑漏筆不如便於此處隨手放倒省却無數心機也我自江湖上相識多見的那一箇不相助盤纏自有對付處天若見憐有一日歸來也

宋清灑淚拜辭了父前子灑淚兄前弟灑淚寫得秋秋然自回家中去侍奉父親宋太公不在話下只說宋江和兩箇公人上路那張千李萬已得了宋江銀兩又因他是箇好漢因此於路上只是伏侍宋江三箇人上路行了一日到晚投客店安歇了打火做些飯喫又買些酒肉請兩箇公人宋江對他說道實不瞞你兩箇說我們今日此去正從梁山泊邊過山寨上有幾箇好漢聞我的名字怕他下山來奪我枉

驚了你們我和你兩箇明日早起些只揀小路裏過去寧可多走幾里不妨兩箇公人道押司你不說俺們如何得知我等自認得小路過去定不得撞着他們當夜計議定了次日起箇五更來打火兩箇公人和宋江離了客店只從小路裏走約莫也走了三十里路只見前面山坡背後轉出一夥人來宋江看了只叫得苦四字兩寫擊應爲奇來的不是別人爲頭的好漢正是赤髮鬼劉唐全泊頭領分路等候而撞着宋

江。獨是劉唐者。言劉唐。則衆人見。言他人。則劉唐不見。此固史氏之法也。將領着三五十人便來殺那兩箇公人這張千李萬誆做一堆兒跪在地下宋江叫道兄弟你要殺誰劉唐道哥哥不殺了這兩箇男女等甚麽宋江道不要你汗了手把刀來我殺便了筆墨狡獪令人莫測其故。兩箇人只叫得苦與上擊應。劉唐把刀遞與宋江妙。宋江接過妙。此等處。寫出宋江權術。問劉唐道你殺公人何意劉唐答道奉山上哥哥將令特使人打聽得哥哥喫官司直要來鄆城縣劫牢，卻知道哥哥不曾在牢裏，不曾受苦。今番打聽得斷配江州，只怕路上錯了路頭，教大小頭領分付去四路等候，迎接哥哥。補文中之所無。便請上山，這兩箇公人不殺了如何？宋江道：這箇不是你們弟兄擡舉宋江，倒要陷我於不忠不孝之地。其言甚正，然作者特書之於清風起行之後，吟反詩之前，所以深明宋江之權詐耳。若是如此來挾我，只是逼宋江性命，我自不如死了。把刀望喉下自刎。看他假，此其所以為宋江也。○立意原本忠孝，是宋江好處。

處以權詐行其忠孝。是宋江不好處。劉唐慌忙拳住肐膊道哥哥且
慢慢地商量就手裏奪了刀○○○○○自刎之假。不如奪刀之真。然真者終為小
卒。假者終為大王。世事如此。何可勝歎。宋江道你弟兄們若是可憐
見宋江時容我去江州牢城聽候限滿回來那時
却待與你們相會劉唐道哥哥這話小弟不敢主
張是。前面大路上有軍師吳學究同花知寨在那
里專等迎迓哥哥二人迎。容小弟着小較請來商議
宋江道我只是這句話繇你們怎地商量小嘍囉

去報不多時、只見吳用花榮兩騎馬在前、後面數十騎馬跟着、飛到面前、下馬叙禮罷、花榮便道、如何不與兄長開了枷花榮真宋江道、賢弟是甚麼話、此是國家法度、如何敢擅動宋江假於知已兄弟面前偏說此話於李家店穆家莊偏又不然寫盡宋江醜態吳學究笑道、我知兄長的意了、這箇容易、只不留兄長在山寨便了寫宋江假殺出不得吳用圈纘看他只一笑字便已算定不是今日之事晁頭領多時不曾得與仁兄相會、今次也正要和兄長說幾句心腹的話、署請到山寨少敘片時便送登程看他便籠罩宋江。宋江聽了道只有先生便知道宋江的意看他也籠罩吳用。○寫兩人互用權術相加。真是出色妙筆。扶起兩箇公人來宋江道要他兩箇放心寧可我死不可害他看他寫宋江一片假。○既許不害。則定不害二人矣。偏是宋江便要再說一句。寫得權詐人如鏡。兩箇公人道全靠押司救命一行人都離了大路來到蘆葦岸邊巳有船隻在彼當時載過山前大路却把山轎教人擡了直到斷金亭上歇了叫小嘍囉四下里去請衆頭領都來聚會妙筆迎接上山到聚義廳上相見晁蓋謝道自從鄆城救了性命兄弟們到此無日不想大恩前者又蒙引薦諸位豪傑上山光輝草寨恩報無門宋江答道小可自從別後殺死淫婦逃在江湖上去了年半本欲上山相探兄長一面偶然村店裏遇得石勇稍寄家書只說父親棄世不想却是父親恐怕宋江隨衆好漢入夥去了因此寫書來喚我回家雖然明喫官司多得上下之

人看覷不曾重傷今配江州亦是好處適蒙呼喚○○
不敢不至今來旣見了尊顔奈我限期相逼不敢
○○○○○○○○○
久住只此告辭前聚淸風後吟反詩抑又何也晁蓋道直如此忙
罵得假人妙且請少坐兩箇中間坐了宋江便叫兩箇○○○○
○○○○○○○○○○○○○
公人只在交椅後坐與他寸步不離看他寫宋江假便不要
害公人亦何至于如此偏是假人偏在人面前做張致寫得眞是如鏡晁蓋叫許多
頭領都來參拜了宋江分兩行坐下小頭目一面
斟酒先是晁蓋把盞了向後軍師吳學究公孫勝

起至白勝、把盞下來、酒至數巡、宋江起身相謝道、○○足見弟兄們相愛之情、宋江是箇得罪因人、不敢○○○○○久停、只此告辭。只要問前聚清風、後吟反詩、何也。晁蓋道、仁兄直○○○○如此、此見怪人。罵得妙。假雖然仁兄不肯要壞兩箇公人、多與他些金銀、發付他回去、只說我梁山泊搶擄了去、不到得治罪於他。宋江道、兄這話休題、這等不是擡舉宋江、明明的是苦我、家中上有老父在堂、宋江不曾孝敬得一日、如何敢違了他的教訓、

負累了他、前者一時乘興與衆位來相投、寫他自解。○試問天下後世。此語還爲前回一篇解得過否。天幸使令石勇在村店裏

撞見在下、指引回家、父親說出這箇緣故、情願教

小可明喫了官司、急斷配出來、又頻頻囑付、臨行

之時、又千叮萬囑、教我休爲快樂、苦害家中、免累

老父愴惶驚恐、因此父親明明訓教宋江、小可不

爭隨順了、便是上逆天理、下違父教、做了不忠不

孝的人、在世雖生何益、如不肯放宋江下山、情願

只就衆位手裏乞死說罷淚如雨下便拜倒在地極寫宋江權術何也忠孝之性生于心發於色誠不可奪雖用三軍奪一匹夫而不可得也如之何其至于哭乎哭者人生暢遂之情非此時之所得來也晁蓋吳用公孫勝一齊扶起衆人道既是哥哥堅意要往江州今日且請寬心任一日明日早送下山三回五次留得宋江就山寨裏喫了一日酒教去了枷也不肯除再寫一句與後對看只和兩箇公人同起同坐當晚住了一夜次日早起來堅心要行吳學究道兄長聽稟看吳用更

（不喢。可謂惟賊知賊。○寫吳宋兩人權詐相當處。幾有曹楊之忌。）吳用有箇至愛相識，見在江州充做兩院押牢節級，姓戴，名宗，本處人稱爲戴院長。爲他有道術，一日能行八百里，人都喚他做神行太保。此人十分仗義疎財。夜來小生修下一封書在此，與兄長去。到彼時可和本人做箇相識，但有甚事，可教衆兄弟知道。」衆頭領挽留不住，安排筵宴送行，取出一盤金銀送與宋江，（爲揭陽嶺作引。）又將二十兩銀子送與兩箇公人，就與宋江挑了包裹，都送下山來。一箇箇都作別了。吳學究和花榮直送過渡，到大路二十里外。○二人送迎宋江，用吳用、花榮者，花榮與宋江最昵，蓋是以情招之，冀其必來也。然又算到宋江假人，未必爲情所動，則必須又用吳用以智勝之。此二人迎宋江之意也。送時又用二人者，迎既有之，送亦必然。此作者所以自成其章法也。乃俗子無賴，忽因此文，便向後日揑撮成吳用、花榮與宋江同死之文，爲之欲嘔而死也。衆頭領回上山去。只說宋江自和兩箇防送公人，取路投江州來。那箇公人見了山寨裏許多人馬，一句衆頭領一箇箇都拜宋江，一句又得他那

里若干銀兩句一路上只是小心伏侍宋江三箇

人在路約行了半月之上早來到一箇去處望見

前面一座高嶺兩箇公人說道好了過得這條揭

陽嶺便是潯陽江到江州却是水路相去不遠宋

江道天色暄暖趂早走過嶺去尋箇宿頭公人道

押司說得是三箇人厮趕着趂過嶺來行了半日

巴過嶺頭早看見嶺脚邊一箇酒店背靠顛崖門

臨怪樹前後都是草房去那樹陰之下挑出一箇

酒旆兒來（畫出陰慘）宋江見了心中歡喜便與公人道我們肚裏正饑渴哩原來這嶺上有箇酒店我們且買碗酒喫再走三箇人入酒店來兩箇公人把行李歇了將水火棍靠在壁上宋江讓他兩箇公人上首坐定宋江下首坐了半箇時辰不見一箇人出來（置之死地而又生是必天然有以生之故妙也宋江入酒店坐下半箇時辰不見人出來早已先明火家不在矣使無此句而但於後云等男女不見歸豈不同西遊捏撮耶）宋江叫道怎地不見有主人家只聽得裏面應道來也

來也側首屋下走出一箇大漢來赤色虬鬚紅絲
虎眼頭上一頂破頭巾身穿一領布背心露着兩
臂下面圍一條布手巾看着宋江三箇人唱箇喏
（畫出陰慘）道客人打多少酒宋江道我們走得肚饑你
這里有甚麽肉賣那人道只有熟牛肉和渾白酒
宋江道最好你先切二斤熟牛肉來打一角酒來
那人道客人休怪說我這里嶺上賣酒只是先交
了錢（好）方纔喫酒宋江道倒是先還了錢喫酒我

也喜歡、等我先取銀子與你、宋江便去打開包裹、取出些碎銀子、那人立在側邊、偷眼睃着好見他包裹沉重、有些油水、心內自有八分歡喜、接了宋江的銀子、便去裏面舀一桶酒、切一盤牛肉出來、放下三隻大碗、三雙筯、一面篩酒、三箇人一頭喫、一面口裏說道、如今江湖上歹人多、有萬千好漢、着了道兒的、酒肉裏下了蒙汗藥、麻翻了、劫了財物、人肉把來做饅頭餡子、我只是不信、那里有這話（好）那賣酒的人笑道你三箇說了不要喫我這酒和肉裏面都有了麻藥（好）宋江笑道這箇大哥瞧見我們說着麻藥便來取笑（好）兩箇公人道大哥熱喫一碗也好那人道你們要熱喫我便將去燙來那人燙熱了將來篩做三碗正是饑渴之中酒肉到口如何不喫三人各喫了一碗下去只見兩箇公人瞪了雙眼口角邊流下涎水來你揪我扯望後便倒宋江跳起來道你兩箇怎地喫得一

碗便恁醉了向前來扶他三箇人偏留一箇人再作一縱不覺自家也頭暈眼花撲地倒了光着眼都面面廝覷麻木了動撣不得酒店裏那人道慚愧好幾日沒買賣今日天送這三頭行貨來與我先把宋江倒拖了入去山巖邊人肉作房裏放在剝人凳上宋江奈何又來把這兩箇公人也拖了入去奈何那人再來却把包裹行李都提在後屋內解開看時都是金銀那人自道我開了許多年酒店不曾遇着這等一

箇○因○徒○不知其人。覩其物。亦可以動心矣。偏不轉筆。偏能再生出事來。量這等一箇罪人、怎地有許多財物、却不是從天降下、賜與我的、那人看罷包裹、却再包了、且去門前望幾箇火家歸來開剝、立在門前看了一回、不見一箇男女歸來○讀者無不知賴有此句。宋江當得不死。而殊不知宋江之不死。非不死於此句。早已不死於並無一人出來句也。只見嶺下這邊三箇人奔上嶺來、陡接奇文。有怪峰飛來之勢。那人却認得、慌忙迎接道、大哥那里去來、那、三、箇、內、一、箇、大、漢、應、道、便分主使。我們特地上嶺來接一箇人（奇絕）料道是來的程途一日期二了我每日出來只在嶺下等候不見到正不知在那里擔閣了（遠不千里近只目前讀之絕倒）那人道大哥却是等誰那大漢道等箇奢遮的好男子（即所謂只等一箇囚徒也）那人問道甚麼奢遮的好男子那大漢答道你敢也聞他的大名（指帶妙絕豈惟聞名實乃見面）便是濟州鄆城縣宋押司宋江那人道莫不是江湖上說的山東及時雨宋公明（寫得遐陬僻壤無不貫耳）那大漢道正是此人那

人又問道、他却因甚打這里過、那大漢道、我本不知(妙•)近日有箇相識、從濟州來、說道鄆城縣宋押司宋江不知爲甚麼事(妙•我本不知•知之相識乃相識亦復不知•活寫出傳聞異辭來•)發在濟州府、斷配江州牢城、我料想他必從這里過來、別處又無路、他在鄆城縣時、我尚且要去和他廝會、今次正從這里經過、如何不結識他、(寫得筆墨淋漓•病夫聞之•皆欲奮發•)因此在嶺下連日等候、接了他四五日、(恰表出山泊一番來•)並不見有一箇囚徒過來、我今日同這兩箇兄弟信步踱上山嶺來你這裏買碗酒喫就望你一望近日你店裏買賣如何忽然將說話閒閒說開去妙絕不然便像特特飛遶上嶺來救宋江矣○雖是閒閒說開然末句仍帶定話脚鬆急都有其妙那人道不瞞大哥說這幾箇月裏好生沒買賣今日謝天地捉得三箇行貨又有些東西那大漢慌忙問道三箇甚樣人慌忙妙○看他寫一箇慌忙張致一箇漫條斯里筆筆入妙那人道兩箇公人和一箇罪人非是那漢慢條斯里亦爲不如此不足以襯起大漢之慌故也那漢失驚道這囚徒莫非

是黑矮肥胖的人失驚妙。傳說宋江并傳說其黑矮名士真有如此那人應道真箇不十分長大面貌紫棠色絕倒那大漢連忙問道不曾動手麼連忙妙。看他用慌忙字失驚字連忙字聲情俱有那人答道方纔拖進作房去等火家未回不曾開剝至此還說出開剝二字。絕倒。那大漢道等我認他一認寫至此句。有驗馬下坡之勢矣。入下忽又用認不得句。陡然一收。筆法奇拗不可言。當下四箇人進山巖邊人肉作房裏只見剝人凳上挺着宋江和兩箇公人顛倒頭放在地下那大漢看見宋江却又不認得（拘文妙筆）相他臉上金印又不分曉（拘文妙筆）沒可尋思處猛想起道且取公人的包裹來我看他公文便知（絕處逢生靈變之極）那人道說得是便去房裏取過公人的包裹打開見了一錠大銀又有若干散碎銀兩（無端寫來便成絕倒○為是宋江不得不救耳不然滿眼如此物胡可以忍耶）解開文書袋來看了差批衆人只叫得慚愧那大漢便道天使令我今日上嶺來早是不曾動手爭些兒悞了我哥哥性命那大漢便叫那人快討解藥

來先救起我哥哥那人也慌了〔半日寫那人如醉夢相似者所以襯起大漢也此處寫那人也慌者所以開釋那人也〕連忙調了解藥便和那大漢去作房裏先開了枷〔前花榮要開宋江不肯此李立私開宋江不問肯作者筆法嚴冷處或解云此處宋江未醒安得責其不問不如我不責其作房開時我正責其出門帶時也〕扶將起來把這解藥灌將下去四箇人將宋江扛出前面客位裏〔四箇人自扛宋江火家歸來扛公人有輕重貴賤之分〕那大漢扶住着漸漸醒來光着眼看了衆人立在西前又不認得〔畫出初醒時〕只見那大漢教兩箇兒

弟扶住了宋江納頭便拜宋江問道是誰我不是夢中麽（寫宋江既不荅又不扶妙絕畫出初醒時也）只見賣酒的那人也拜（妙）宋江道這里正是那里不敢動問二位高姓（寫宋江只是動不得妙絕）那大漢道小弟姓李名俊祖貫廬州人氏專在楊子江中撑船艄公爲生能識水性人都呼小弟做混江龍李俊便是這箇賣酒的是此間揭陽嶺人只靠做私商道路人盡呼他做催命判官李立這兩箇兄弟是此間潯陽江邊人專

販私鹽來這里貨賣却是投奔李俊家安身大江中伏得水駕得船是弟兄兩箇一箇喚做出洞蛟童威一箇叫做翻江蜃童猛兩箇也拜了宋江四拜只是荅不得扶不得妙絕○凡三叚寫拜乃宋其妙處恰在無文字處蓋文字之難却如此江問道却纔麻翻了宋江如何却如我姓名真要問李俊道小弟有箇相識近日做買賣從濟州囘來說起哥哥大名爲事發在江州牢城李俊往常思念只要去貴縣拜識哥哥只爲緣分淺薄不能彀

去今聞仁兄來江州必從這里經過小弟連連在嶺下等接仁兄五七日了不見來今日無心天幸使令李俊同兩箇弟兄上嶺來就買杯酒喫遇見李立說將起來因此小弟大驚慌忙去作房裏看了卻又不認得哥哥猛可思量起來取討公文看了纔知道是哥哥不敢拜問仁兄聞知在鄆城縣做押司不知爲何事配來江州（應前不知爲甚事句）宋江把這殺了閻婆惜直至石勇村店寄書回家事發今

次配來江州備細說了一遍四人稱歎不已李立道哥哥何不只在此間住了休上江州牢城去受苦宋江答道梁山泊苦死相留我尚兀自不肯住恐怕連累家中老父看他處處自說孝義眞是醜極○純孝不在口說以口說求得孝子之名甚矣宋江衣鉢之滿天下也此間如何住得李俊道哥哥義士必不肯胡行特書此一句與前哭用擊映蓋李俊不留乃眞信宋江哭用不留只是猜破宋江也你快救起那兩箇公人來李立連忙叫了火家已都歸來了便把公人扛出前面客位

裏、來、把解藥灌將下去、救得兩箇公人起來、面面
廝覷、道我們想是行路辛苦、恁地容易得醉、衆人
聽了都笑、當晚李立置酒管待衆人、在家裏過了
一夜、次日又安排酒食管待、送出包裹還了宋江
并兩箇公人、當時相別了、宋江自和李俊童威童
猛兩箇公人下嶺來、逕到李俊家歇下、置備酒食
慇懃相待、結拜宋江爲兄、留住家裏過了數日、宋
江要行、李俊留不住、取些銀兩齎發兩箇公人、宋

江再帶上行枷朝廷法度擅動宋江不問何也收拾了包裹行李

辭別李俊童威童猛離了揭陽嶺下取路望江州

來三箇人行了半日早是未牌時分行到一箇去

處只見人烟輳集市井諠譁正來到市鎮上只見

那里一夥人圍住着看宋江分開人叢挨入去看

時却原來是一箇使鎗棒賣膏藥的宋江和兩箇

公人立住了脚看他使了一回鎗棒那敎頭放下

了手中鎗棒又使了一回拳宋江喝采道好鎗棒

拳腳那人卻拿起一箇盤子來口裏開科道耑小
人遠方來的人投貴地特來就事雖無驚人的本
事全靠恩官作成遠處誇稱近方賣弄如要筋骨
膏藥當下取贖如不用膏藥可煩賜些銀兩銅錢
齎發休教空過了那教頭把盤子掠了一遭沒一
箇出錢與他耑那漢又道看官高擡貴手又掠了
一遭衆人都白着眼看又沒一箇出錢賞他耑宋
江見他惶恐掠了兩遭沒人出錢便叫公人取出

五兩銀子來、一路寫宋江都從銀錢上出色。深表宋江無他好處。益作泥中有刺之筆也。宋江叫道、教頭、我是箇犯罪的人、沒甚與你、這五兩白銀、權表薄意、休嫌輕微、那漢子得了這五兩白銀、托在手裏、便收科道、恁地一箇有名的揭陽鎮上、沒一箇曉事的好漢擡舉咱家實是惡。難得這位恩官、本身見自爲事在官、又是過往此間惡顛倒齎發五兩白銀、正是當年却笑鄭元和只向青樓買笑歌惡。慣使不論家豪富風流不在着衣多惡。這五兩銀子強似別的五十兩惡。自家拜揖願求恩官高姓大名使小人天下傳揚惡。宋江答道教師量這些東西直得幾多不須致謝正說之間只見人叢裏一條大漢分開人衆搶近前來大喝道奇文突兀。兀那廝是甚麽鳥漢那里來的囚徒敢來滅俺揭陽鎮上威風掿着雙拳來打宋江不因此起相爭有分教潯陽江上聚數籌攪海蒼龍梁山泊中添一夥爬山猛虎畢竟那漢爲甚麽要打

宋江且聽下回分解

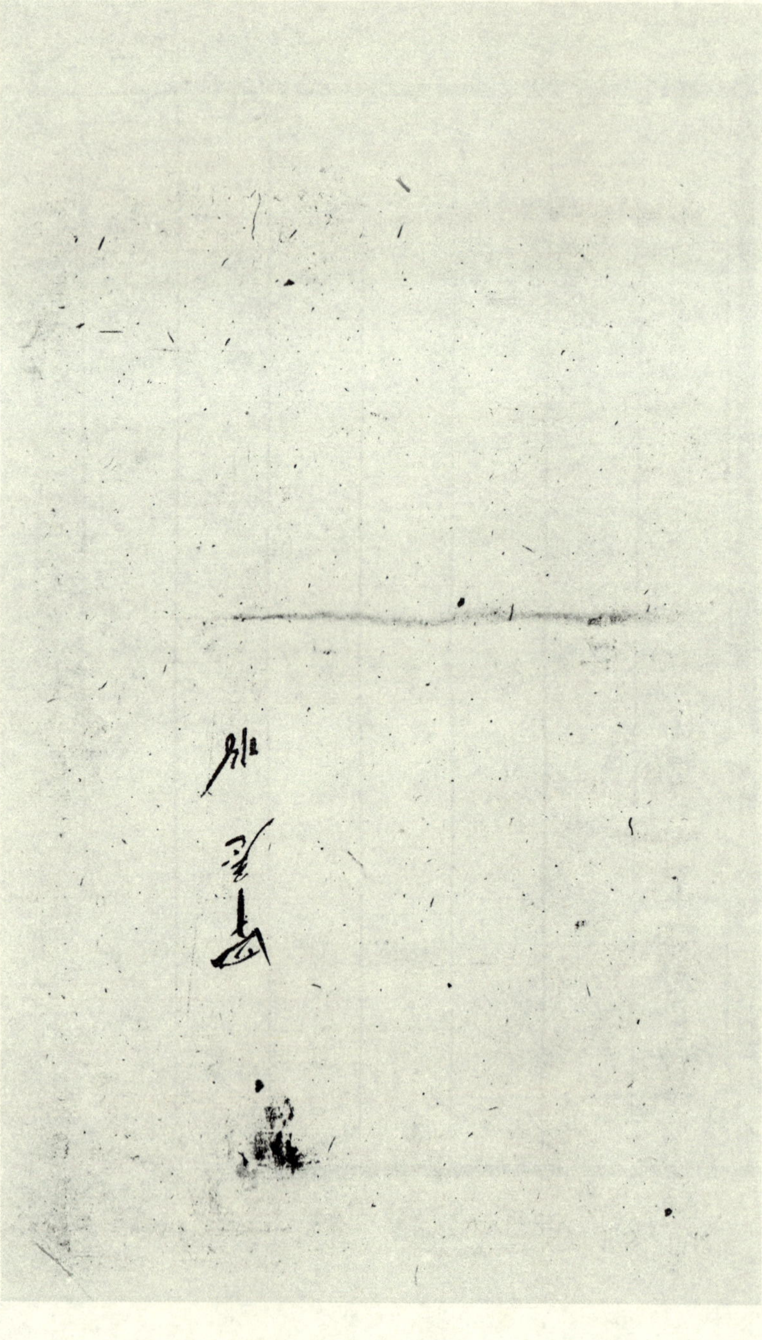

（明）施耐庵 撰 （清）金聖歎 批

# 貫華堂本水滸傳

第一九册

國家圖書館出版社

# 第一九册目録

第五才子書施耐菴水滸傳卷之六十九

聖歎外書

第六十四回

托塔天王夢中顯聖

浪裏白條水上報寃

葢至是而宋江成於反矣大書背瘡以著其罪葢亦用韓信相君之背字法也獨怪耐菴之惡宋江如是而後世之人猶務欲以忠義

予之則豈非耐菴作書爲君子春秋之志而後人之顛倒肆言爲小人無忌憚之心哉有世道人心之責者於其是非可不察乎

宋江之反始於私放晁蓋也晁蓋走而宋江之毒生晁蓋死而宋江之毒成至是而大書宋江直發於背者旂言宋江反狀至是乃見而實宋江必反之志不始於今日也觀晁蓋夢告之言與宋江私放之言乃至不差一字

是作者不費一辭而筆法已極嚴矣打大名一來一去又一來又一去極文家伸縮變化之妙

前文一打祝家莊二打祝家莊正到苦戰之後忽然一變變出解珍解寶一段文字可謂奇幻之極此又一打大名府二打大名府正到苦戰之後忽然一變變出張旺孫五一段文字又復奇幻之極也世之讀者殊不覺其

爲一副鑪錘而不知此實一樣章法也

寫張順請安道全忽然橫斜生出截江鬼張旺一段情事奇矣却又於其中間再生出瘦後生孫五一段情事文心如江流漩洑真是通身不定

梁山泊之金擬聘安太醫却送截江鬼一可駭也半夜刼金半夜宿娼而送金之人與應受金之人同在一室二可駭也欲聘太醫而

已無金太醫既來而金如故截江小船却作
寄金之處三可駭也江心結究江心報復雖
一遇於巧奴房裏再遇於定六門前而必不
得及四可駭也板刀尚在血跡未乾而寃頭
債脚疾如反掌前日一條纜索今日一條纜
索遂至絲毫不爽五可駭也孫五發科孫五
解纜孫五放船及至事成孫五喫刀孫五下
水不知爲誰忙此半日六可駭也孫五先起

惡心孫五便先喪命張旺雖若稍遲畢竟不能獨免不如江底相逢兩人是笑是哭七可駭也不過一葉之舟而忽然張旺孫五二人忽然張順張旺孫五三人忽然張旺一人忽然張順安道全王定六張旺四人忽然張順安道全王定六三人忽然王定六一人忽然無人韋應物詩云野渡無人舟自橫偏於此舟禍福倏忽如此八可駭也

却說宋江因這一塲大雪定出計策擒了索超其餘軍馬都逃入城去報說索超被擒梁中書聽得這箇消息不繇他不慌傳令教衆將只是堅守不許出戰意欲便殺盧俊義石秀又恐激惱了宋江朝廷急無兵馬救應其禍愈速只得教監守着二人再行申報京師聽憑太師處分（先安頓一筆便令下文覓然有餘手法老到之極）且說宋江到寨中軍帳上坐下早有伏兵解索超到麾下宋江見了大喜喝退軍健親解

其縛請入帳中置酒相待用好言撫慰道你看我衆兄弟們一大半都是朝廷軍官（此語不可說關勝而可說索超）（蓋關勝忠義之子索超位不出李成聞達上也）若是將軍不棄願求協助宋江一同替天行道楊志向前另自叙禮訴說別後相念兩人執手灑淚事已到此不得不服（爲索超服）（亦與關勝不同○生出楊志來作一收綰妙甚）宋江大喜再教置酒帳中作賀次日商議打城一連數日急不得破宋江悶悶不樂是夜獨坐帳中忽然一陣冷風刮得燈光

○○○○○○○○○○○○○○○○○○○

如豆風過處燈影下閃閃走出一人宋江擡頭看時却是天王晁蓋寫得怕人欲進不進叫聲兄弟你在這里做甚麽妙絕妙絕。只一句。便將宋江不爲報仇之罪。直提出來。宋江喫了一驚急起身問道哥哥從何而來冤讐不曾報得中心日夜不安宋江不爲晁蓋報仇偏不用他人聲罪。偏是宋江自責。可謂業又因連日有事一向不曾致祭不報仇已不可鏡臺前。神識自首矣。

說。乃至不致祭。彼宋江之求晁蓋。殆何如也。寫得深文曲筆。妙不可言。○不報仇無明文。自晁蓋死至此凡四卷。皆其文也。恐人讀而不能明正其罪。故特於此寫其自責。而又加添不致祭三字以重

之。筆法真今日顯靈必有見責晁蓋道兄弟不知
○正妙絶。○○○○○○○○○○○○○○○
我與你心腹弟兄我今特來救你如今背上之事
○○○○○○○○○○○○○○○○○○
發了只除江南地靈 免無事兄弟曾說三十
○○○○○○○○○○○○○○○○○○
六計走為上計今不快走時更待甚麽倘有疏失
○○○○○○○○○○○○○○○○○○
如之奈何休慼我不來救你句句用宋江私放晁蓋語。乃至不換一句
者。所以深明宋江背反之志。實自私放晁蓋之日始也。宋江意欲再問明白、
趕向前去說道哥哥陰魂到此望說真實晁蓋道、
○○○○○○○○○○○○○○○○○○
兄弟你休要多說只顧安排回去不要纏障我便

去也。（句句用私放晁蓋。謂不少一句。）宋江撒然覺來，却是南柯一夢。便請吳用來到中軍帳中，宋江備述前夢。吳用道：「既是天王顯聖，不可不信其有。目今天寒地凍，軍馬亦難久住，正宜權且回山，守待冬盡春初，雪消氷解，那時再來打城，亦未爲晚。」（亦不全信天王，妙甚。一見宋江、吳用平日初未嘗以天王爲意；一則大軍進退，庶不同於兒戲也。）宋江道：「軍師之言雖是，只是盧員外和石秀兄弟陷在縲絏，度日如年，只望我等弟兄來救。不爭我們回去，誠恐這

廝們害他性命此事進退兩難如之奈何當夜計

議不定次日只見宋江神思疲倦身體發熱頭如

斧劈一臥不起衆頭領都到帳中看視宋江道我

只覺背上好生熱疼衆人看時只見鏊子一般紅

腫起來（大書背瘡以明宋江反狀已見蓋深惡之之筆也）吳用道此疾非

癰即疽吾看方書菉豆粉可以護心毒氣不能侵

犯快覓此物安排與哥哥喫（得此一何安放便令建康往還有餘只）

是大軍所壓之地急切無有醫人（用一欵法只跌出張順只見）

浪裏白條張順說道小弟舊在潯陽江時因母得患背疾百藥不能得治後請得建康府安道全手到病除自此小弟感他恩德但得些銀兩便着人送去謝他（書此一以表張順生平一以見道全必來且令殺人不愁出首也）今見兄長如此病症只除非是此人醫得只是此去東途路遠急速不能便到爲哥哥的事只得星夜前去吳用道兄長夢晁天王所言百日之災則除江南地靈星可治莫非正應此人宋江道兄弟你若

有這箇人快與我去休辭生受只以義氣爲重星○○○○○○○○○○○○○○夜去請此人救我一命極醜之語。可謂平生奸僞病見真性矣。○晁蓋之仇獨不以義氣爲重何也。作者下此等句。皆是反襯法。襯出宋江之惡來。吳用教取蒜條金一百兩與醫人便生出截江鬼一段文字來。再將三二十兩碎銀作盤纏分付張順只今便行好歹定要和他同來便生出李巧奴一段文字來。切勿有悞我今拔寨回山和他山寨裏相會分付細列。兄弟是必作急快來張順別了衆人背上包裹望前便去且說軍師吳用傳令諸將火速收軍罷戰回山車子上載了宋江只今連夜起發大名府內曾經我伏兵之計只猜我又誘他定是不敢來追（兩番退兵前以遲此以速皆極兵家之用寫吳用真才。正妙）一邊吳用退兵不題却說梁中書見報宋江兵又去了正是不知何意李成聞達道吳用那廝詭計極多只可堅守不宜追趕（不出所料）話分兩頭且說張順要救宋江連夜趲行時值冬盡無雨即雪路上好生艱難（寫景妙自此一路都是風雪中事。）張順冒着風雪

第五才子書　夢中顯聖　貫華堂

捨命而行獨自一箇逩至揚子江邊看那渡船時並無一隻張順只叫得苦（先作一頓）没奈何逩着江邊又走只見敗葦折蘆裏面有些烟起（是寫大江是寫風雪是寫渡船是寫薄暮是寫趕路人妙妙）張順叫道艄公快把渡船來載我只見蘆葦裏簌簌的響走出一箇人來（先響大人忽然生出一箇人文情奇變之極）頭戴箬笠身披簑衣問道客人要那里去張順道我要渡江去建康府幹事至緊多與你些船錢渡我則箇那艄公道載你不妨只是

今日晚了、便過江去也没歇處、你只在我船裏歇了、到四更風靜雪止、我却渡你過去、只要多出些船錢與我、張順道也說得是、便與艄公鑽入蘆葦裏來、見灘邊纜着一隻小船、篷底下一箇瘦後生在那里向火、忽然又生出一箇人文情奇變之極艄公扶張順下船走入艙裏、把身上濕衣裳脫下來、叫那小後生就火上烘焙、看他兩箇便似世間好兄弟好朋友相似何等情義真切○嘆今世間之好兄弟好朋友其情義真切亦只是此兩箇張順自打開衣包、取出綿被和身一捲倒在艙裏叫艄公道這里有酒賣麼買些來喫也好下船便開包開包便取被取被便卧倒卧倒方問酒活畫風雪活畫薄暮活畫辛苦活畫船裏歇了艄公道酒却没買處要飯便喫一碗張順再坐起來喫了一碗飯放倒頭便睡未喫晚飯先已睡倒再坐起來喫了晚飯便又睡倒寫張順連日辛苦如畫便令下文便於細衲一來連日辛苦二來十分托大初更左側不覺睡着那瘦後生一頭雙手向着火盆畫也畫不出一頭把嘴努着張順一頭口裏輕輕叫那艄公畫也畫不出妙絕道大哥

你見麽（偏先是瘦後生。發科。令我悲歎。）艄公盤將來去頭邊只一

捏覺道是金帛之物把手搖道你去把船放開去

江心裏下手不遲（反叫他把船放開。不知下手那箇。令我悲歎。）那後生

推開蓬（一句一畫。）跳上岸（一句一畫。）解了纜（一句一畫。）跳上船（一句

一畫。）把竹篙點開（一句一畫。）搭上櫓（一句一畫。妙絕。）咿咿啞啞地

搖出江心裏來（不知為誰出力。不知把誰下手。可歎可歎。）艄公在船艙

裏取纜船索（纜船索妙。極寫眼前果報也。）此回皆輕輕地把張順

綑縛做一塊便去船梢艎板底下取出板刀來（讀至

此句。令我忽然想着夜鬧潯陽。不覺失笑○讀至夜鬧潯陽。則替宋江擔憂。讀至此回。又替張順擔憂。人生百年。安得不老哉。張順却好覺來雙手被縛掙挫不得艄公手拿板刀按在他身上張順告道只四字直反襯出夜鬧潯陽一篇文字來。至人有言。己所不欲。勿施於人。此四字。遂可爲其註脚也。好漢你饒我性命都把金子與你艄公道金子也要你的性命也要筆勢奇險。使人喫驚。張順連聲叫道你只教我囫圇死冤魂便不來纏你上艄公語險極。此張順語提極。艄公道這箇却使得又惡知其使不得哉。放下板刀把張順撲通的丟下水去。那艄公便去打開包來看時，見了許多金銀，倒喫一嚇，（妙絕妙絕）把眉頭只一皺，（妙絕妙絕）便叫那瘦後生道：「五哥，進來和你說話。」（妙絕妙絕妙絕。陡然又蹴起一番波瀾。大奇大奇。）（寫人險惡，真有如此可畏可恨。）那人鑽入艙裏來，被艄公一手揪住，一刀落時，砍得伶仃，推下水去。（大奇大奇。是他發科，是他放船，是他喫刀下水。然則人又何樂而爲惡哉。）艄公打併了船中血跡，自搖船去了。却說張順是箇水底下伏得三五夜的人，一時被推下去，就江底咬斷索子，赴水過南

岸時見樹林中隱隱有些燈光張順爬上岸水淥
淥地轉入林子裏看時却是一箇村酒店半夜裏
起來醡酒破壁縫透出火來如畫張順叫開門時見
箇老丈納頭便拜老丈道你莫不是江中被人刼
了跳水逃命的麽張順道實不相瞞老丈小人從
山東下來要去建康府幹事晚了隔江覔船不想
撞着兩箇歹人把小子應有衣服金銀盡都刼了
攛入江中小人却會赴水逃得性命公公救度則

箇老丈見說，領張順入後屋中，把箇衲頭與他替下濕衣服來烘，是一番脫換。燙些熱酒與他喫。是一番相待。老丈道：「漢子，你姓甚麼？山東人來寫王家子丈有丈第有輕重。這里幹何事？」味只只問山東有路數人。張順道：「小人姓張，建康府安太醫是我弟兄，特來探望他。」老丈道：「你從山東來，曾經梁山泊過？」繇山東間至梁山泊。張順道：「正從那里經過。」老丈道：「他山上宋頭領不劫來往客人，又不殺害人性命，只是替天行道。」繇梁山泊歸至宋頭領。張順道宋頭領專以忠義爲主不害良民只惟濫官汚吏老丈道老漢聽得說宋江這夥端的仁義只是救貧濟老那里似我這里草賊若待他來這里百姓都快活不喫這夥濫汚官吏薅惱一段真乃妙筆妙舌便有過望草賊之意○非怪草賊之不能救貧濟老怪草賊之不能治彼濫官汚吏也張順聽罷道公公不要喫驚小人便是浪裏白條張順因爲俺哥哥宋公明害發背瘡教我將一百兩黃金來請安道全誰想托大在船中睡着被這兩箇賊男

女縛了雙手撩下江裏被我咬斷繩索到得這里老丈道你既是那里好漢我教兒子出來和你相見（艄公後忽然添出一人老丈後亦忽然添出一人都是出奇之筆）不多時後面走出一箇瘦後生來（又一瘦後生奇極妙極）看着張順便拜道小人久聞哥哥大名只是無緣不曾拜識小人姓王排行第六因爲走跳得快人都喚小人做活閃婆王定六平生只好赴水使棒多曾投師不得傳受（一柏便合不費多墨）權在江邊賣酒度日却纔哥哥被

兩箇劫了的小人都認得一箇是截江鬼張旺那一箇瘦後生却是華亭縣人喚做油裏鰍孫五赤還他名色這兩箇男女時常在這江裏劫人哥哥放心在此住幾日等這廝來喫酒我與哥哥報讐張順道感承哥哥好意我爲兄長宋公明恨不得一日透回寨裏只等天明便入城去請了安太醫回來却相會當下王定六將出自己一包新衣裳都與張順換了又一番脫換殺雞置酒相待又一番相待不在話

○○○○○○○○○○○○○○○○○○○○○○○○○○○○○○○○○○○

下次日天晴雪消王定六再把十數兩銀子與張順且教入建康府來張順進得城中逕到槐橋下看見安道全正在門前貨藥張順進得門看着安道全納頭便拜安道全看見張順便問道兄弟多年不見甚風吹得到此張順隨至裏面把這鬧江州跟宋江上山的事一一告訴了後說宋江見患背瘡特地來請神醫揚子江中險些兒送了性命因此空手而來都實訴了安道全道若論宋公明

天下義士去醫好他最是要緊（只一句。未出安道全。）只是揣婦亡過（四字妙。便已伏巧奴之親熱。出門之便捷也。）家中別無親人離遠不得以此難出張順苦苦求告若是兄長推卻不去張順也不回山安道全道再作商議張順百般哀告安道全方纔應允原來安道全新和建康府一箇煙花娼妓喚做李巧奴時常往來正是打得火熱（無端又生出一段事來。可謂文隨手變。）當晚就帶張順同去他家安排酒喫李巧奴拜張順為叔叔（此句不寫巧奴之覥張順如襯。正寫道全之襯巧奴如室也。三杯五盞酒至半酣安道全對巧奴說道我今晚就你這里宿歇明日早和這兄弟去山東地面走一遭多只是一箇月少是二十餘日便回來看你（醜語）那李巧奴道我却不要你去（醜語）你若不依我口再也休上我門（醜語。下有人敲門悉與後一段對讀）安道全道我藥囊都已收拾了只要動身明日便去你且寬心我便去也不到得擔閣李巧奴撒嬌撒癡倒在安道全懷裏說道你若還不念我。去了。我只咒得你肉片片見飛（寫得無張醜不備。）

順聽了這話恨不得一口水吞了這婆娘（先伏一句。）看

看天色晚了安道全大醉倒了攙去巧奴房裏睡

在牀上巧奴却來發付張順道你自歸去我家又

沒睡處（先來發遣以爲門首小房之地。小房裏歇。以爲張見張旺之地。不然太醫高親豈可撇之門首。不在門首如何却得報仇哉。布筆都是一副心血算出。）張順道我待哥

哥酒醒同去巧奴發遣他不動只得安他在門首

小房裏歇（筆墨曲折。情事鬬奏。）張順心中憂煎那里睡得着

睡得着便生出事來睡不着又生出事來妙絕初更時分有人敲門奇你着不依我叩再也休上我門此人却來敲門定是依得他叩者也可歎可笑張順在壁縫裏張時只見一箇人閃將入來便與虔婆說話如畫絕倒那婆子問道你許多時不來却在那里今晚太醫醉倒在房裏却怎生奈何那人道我有十兩金子郎以太醫金子來與太醫爭光絕倒送與姐姐打些釵鐶老娘怎地做箇方便教他和我廝會則箇虔婆道你只在我房裏我叫女兒來張順在燈影下張時却正是

截江鬼張旺寫得究家路窄。蓋眞有之。近來這廝但是江中尋得些財便來他家使張順見了按不住火起再細聽時只見虔婆安排酒食在房裏叫巧奴相伴張旺眞乃無醜不備。寫汚穢之汚穢。言之汚煩。張順本待要搶入去却又怕弄壞了事走了這賊約莫三更時候厨下兩箇使喚的也醉了如畫。○偏是此等人無夜不醉。是以君子義不欲醉也。虔婆東倒西歪却在燈前打醉眼子如畫。張順悄悄開了房門踅到厨下見一把厨刀油晃晃放在竈上油晃晃只三字。便活寫出娼妓人家廚下。俗本誤作明晃看晃。便少却多少色澤。且與下文卌捲不合也。

這婆婆倒在側首板凳上張順走將入來拿起廚○○○○○○○○○○○○○刀先殺了虔婆要殺使喚的時原來廚刀不甚快○○○○○○○○○砍了一箇人刀口早捲了是廚刀。○亦作一頓。那兩箇正待○○○○○○○○○○○○便提。○一頓便要叫却好一把劈柴斧正在手邊起。筆力跳動。○○○綽起來一斧一箇砍殺了房中婆娘聽得慌忙開○○○○○○○張順進去。不如婆娘出來。其法可想。手起斧落劈胸門正迎着張順○○○○○○○○○○○○○○○膛砍翻在地張旺燈影下見砍翻婆娘推開後窻跳墻走了又作一縱。大奇大奇。○瘦後生偏隨手了事。截江鬼偏到此又脫。一快一遲都妙。張順懊惱無及忽然想着武松自述之事隨即割下衣襟蘸血去粉墻上寫道殺人者我安道全也忽然想着武松舊事。忽然偷用武松文法。而其實與武松一字不同。何則。武松是自認。張順是推人。只是題目不倒。便令一篇都變也。一連寫了數十餘處亦與武松變。自認只一而已足。推人多多爲益善也。推到五更將明只聽得安道全在房中酒醒便叫我那人醒。只如此稱喚。豈復肯去山東者哉。張順道哥哥不要做聲我教你看你那人我那人你那人。

接卩成趣安道全起來看見四箇死屍嚇得渾身麻木顫做一團張順道哥哥你再看你爲的麽〇〇〇你爲的三字妙幻之極安道全道你苦了我也張順道只有兩條路從你行若是聲張起來我自走了哥哥却用去償命若還你要沒事家中取了藥囊插妻早已亡過連夜逕上梁山泊救我哥哥這兩件隨你行安道全道兄弟你忒這般短命見識趁天未明張順捲了盤纏〇〇〇同安道全回家開鎖推門是無家之人取了藥囊出城

來逕到王定六酒店裏王定六接着說道昨日張旺從這里走過可惜不遇見哥哥〇〇〇〇〇〇〇〇〇〇〇〇〇〇文字忽然穿到有人敲門之前〇〇〇〇〇〇〇〇〇〇〇〇〇〇奇妙不可言張順道我也曾遇見那厮可惜措手不及〇〇〇〇〇〇〇〇〇〇〇〇〇〇正是要幹大事那里且報小讐寫張順不必殺張旺所以深表張順〇〇〇〇〇〇〇〇〇〇〇〇〇〇〇也說言未了王定六報道張旺那厮來也惜其去報其來〇〇〇〇〇〇〇〇〇〇〇〇〇〇〇闘文緊簇亦寫寃家路窄張順道且不要驚他看他投那里去妙妙偏不在巧見房中偏不在定六門前只見張旺去灘頭看船王定六叫道張大哥你留船來載我兩箇親眷過去張

旺道要趂船快來王定六報與張順張順道安兄你可借衣服與小弟穿小弟衣裳却換與兄長穿了纔去趂船寫張順分外細慎。不似張橫。安道全道此是何意張順道自有主張兄長莫問安道全脫下衣服與張順換穿了張順戴上頭巾遮塵煖笠影身妙。王定六背了藥囊走到船邊張旺攏船傍岸三箇人上船張順爬入後梢揭起艎板板刀尚在悄然拿了再入船艙裏只板刀尚在四字。寫得果報森然。令人不寒而栗。○不必用板刀也。

而亦必拿過見其細慎之至也張旺把船搖開咿啞之聲又到江

心裏面妙果報可畏如此張順脫去上蓋不欲汚道全之服也寫得色色

細慎過人呼二聲艄公快來你看船艙裏有些血跡妙妙

即用前血跡字然在張順口中只是無意而合張旺道客人休要取笑一

頭說一頭鑽入船裏來被張順肐膊地揪住喝一

聲強賊認得前日雪天趁船的客人麼讀之快活之甚鬆顏

之甚千古惡人看樣張旺看了做聲不得張順喝道你這廝

謀了我一百兩黃金又要害我性命你那箇瘦後

生那里去了（要問）張旺道好漢小人金子多了怕他要分我便少了（妙語絕倒此即臧文仲竊位註腳自古至今無不爾爾莫單笑截戶）因此殺死攛入江裏去了（本領既大心計轉竇不至於是不止也鬼也）張順道你這強賊老爺生在潯陽江邊長在小孤山下做賣魚牙子天下傳名只因鬧了江州占住梁山泊裏隨從宋公明縱橫天下誰不懼我（雄文駭俗讀之起舞）你這廝漏我下船縛住雙手攛下江心不是我會識水時卻不送了性命今日冤讐相見饒你

不得就勢只一拖提在船艙中取纜船索把手脚四馬攢蹄綑縛做一塊（亦是纜船索。寫得果報可畏。）看着那揚子大江直攛下去（寫得果報可畏。）喝一聲道也免了你一刀（寫得果報可畏。）王定六看了十分歎息（四字妙絕。善惡之報，如影隨形。不多一分，不少一十。十分歎息，良有以也。）張順就船內搜出前日金子并零碎銀兩（銀則猶是也，金少十兩矣。）都收拾包裹裹三人棹船到岸對王定六道賢弟恩義生死難忘你若不棄便可同父親收拾起酒店趕上梁山泊來一同歸順大義未知你心下如何王定六道哥哥所言正合小弟之心說罷分別張順和安道全換轉衣服就北圻上路（色色細備一筆不漏）王定六作辭二人復上小船自摇回家（本是山泊金子欲送安太醫却送截江鬼乃未幾而仍歸山泊者安太醫不得有截江鬼又不得有也本是截江鬼小船乃截江鬼與瘦後生摇却半世截江鬼又獨摇數日至是却屬王定六摇歸者瘦後生不復在截江鬼亦不復在也嗟乎觀於此而人猶不義命自安紛紛妄求不亦大哀也哉）收拾行李趕來且說張順與同安道全上得北岸背了藥囊移身便走那安道全是

箇文墨的人不會走路行不得三十餘里早走不動（行文至此已屬餘尾却忽作一頓）張順請入村店買酒相待正喫之間只見外面一箇客人走到面前叫聲兄弟如何這般遲悞張順看時却是神行太保戴宗（妙絕）（妙絕文妙於道全之迷去文妙於定六之進來）扮做客人趕來張順慌忙教與安道全相見了便問宋公明哥哥消息戴宗道目今宋哥哥神思昏迷水米不進看看待死張順聞言淚如雨下（寫張順）安道全問道皮肉血色如

何似假人聲口醫。戴宗答道：肌膚憔悴，終夜叫喚，疼痛不止，性命早晚難保。安道全道：若是皮肉身體得知疼痛，便可醫治；只怕悞了日期。一句讚入。戴宗道：這箇容易。取兩箇甲馬拴在安道全腿上，戴宗自背了○○○○○○○○○○○○○○○○○○○○○○○○○○藥囊，妙。○前若便用此法，何以有楊子江心一案；今若不用此法，何以使背瘡不悞日期。故知一筆一畫皆有其故也。分付張順：你自慢來，我同太醫前去。○○○兩箇離了村店，作起神行法先去了。只用一字忽結太醫，却飄下張順作餘波。且說道張順在本處村店裏一連安歇了

兩三日只見王定六背了包裹同父親果然過來

不更生頭順筆帶下妙甚張順接見心中大喜說道我專在此

等你王定六大驚道哥哥何繇得還在這里那安

太醫何在寫王定六張順道神行太保戴宗接來迎着

巳和他先行去了王定六却和張順并父親一同

起身投梁山泊來且說戴宗引着安道全作起神

行法連夜趕到梁山泊寨中大小頭領接着擁到

宋江臥榻內只一擁字直畫出衆人情義來就牀上看時口内一

絲兩氣、安道全先診了脉息、說道、衆頭領休慌、脉體無事、身軀雖是沉重、大體不妨、不是安某說口只十日之間、便要復舊、衆人見說、一齊便拜安道全、先把艾焙引出毒氣、然後用藥外使敷貼之餌內用長托之劑、并治法皆詳寫。五日之間、漸漸皮膚紅白、肉體滋潤、不過十日、雖然瘡口未完、却得飲食如舊、只見張順引着王定六父子二人拜見宋江、并衆頭領、訴說江中被劫、水上報冤之事、衆皆稱歎

險不惧了兄長之患宋江纔得病好便又對衆灑淚商量要打大名救取盧員外石秀（看他灑淚二字可謂醜極）

（仍不爲晁天王報仇灑淚故惡之也）安道全諫道將軍瘡口未完不可輕動動則急難痊可吳用道不勞兄長掛心只顧自已將息調理體中元氣吳用雖然不才只就目今春初時候定要打破大名城池救取盧員外石秀二人性命擒拿淫婦奸夫以滿兄長報仇之意宋江道若得軍師真報此仇宋江雖死瞑目（大書）

宋江甘心爲盧員外報仇。吳用便就忠義堂上傳
以正其弑晁蓋之罪也。

令有分教大名城內變成火窟鎗林。留守司前翻
作屍山血海。正是談笑鬼神皆喪膽。指揮豪傑盡
傾心。畢竟軍師吳用怎地去打大名。且聽下回分
解。

# 第五才子書施耐菴水滸傳卷之七十

聖歎外書

## 第六十五回

時遷火燒翠雲樓　吳用智取大名府

吾友斲山先生嘗向吾誇京中口技，言是日

賓客大會於廳事之東北角，施八尺屏障，其

中一桌一椅一扇一撫尺而已

衆賓既團揖坐定少頃但聞屏障中撫尺二下滿堂寂然無敢譁者遥遥聞深巷犬吠聲甚久忽耳畔鳴金一聲便有婦人驚覺欠申搖其夫語猥褻事夫囈語初不甚應婦搖之不止則二人語漸間雜床又從中戛戛響既而兒醒大啼夫令婦與兒乳兒含乳啼婦拍而嗚之夫起溺婦亦抱兒起溺床上又一大兒醒狺狺不止當是時婦手拍兒聲口中嗚

聲見含乳啼聲大兒初醒聲床聲夫叱大兒
聲溺瓶中聲溺桶中聲一齊湊發衆妙畢備
滿座賓客無不伸頸側目微笑默歎以爲妙
絕也既而夫上床寢婦又呼大兒溺畢都上
床寢小兒亦漸欲睡夫齁聲起婦拍兒亦漸
拍漸止微聞有鼠作作索索盆器傾側婦夢
中咳嗽之聲賓客意少舒稍稍正坐忽一人
大呼火起夫起大呼婦亦起大呼兩兒齊哭

俄而百千人大呼百千兒哭百千狗吠中間
力拉崩倒之聲火爆聲呼呼風聲百千齊作
又夾百千求救聲曳屋許許聲搶奪聲潑水
聲凡所應有無所不有雖人有百手手有百
指不能指其一端人有百口口有百舌不能
名其一處也於是賓客無不變色離席奮袖
出臂兩股戰戰幾欲先走而忽然撫尺一下
羣響畢絕撤屏視之一人一桌一椅一扇一

撫尺如故蓋久之久之猶滿堂寂然賓客無敢先譁者也吾當時聞其言意頗不信笑謂先生此自是卿粲花之論耳世豈眞有是技維時先生亦笑謂吾豈惟卿不得信實惟吾猶至今不信耳今日讀火燒翠雲樓一篇而深歎先生未嘗吾欺世固眞有是絕異非常之技也

調撥時一人一令及乎動手却各各變換不

必盡不同不必盡同無他世固無印板廝殺不但無印板文字也

調撥作兩半寫點逗亦作兩半寫城裏衆人發作亦作兩半寫城中大軍策應亦作兩半寫又是一樣絶奇之格

寫梁山泊調撥刼城一大篇後却寫梁中書調撥放燈一小篇寫梁中書兩頭奔走一大篇後却寫李固賈氏兩頭奔走一小篇使人

讀之眞欲絕倒

話說吳用對宋江道今日幸喜得兄長無事又得安太醫在寨中看視貴恙此是梁山泊萬千之幸比及兄長卧病之時小生累累使人去大名探聽消息（補文中之所無。妙筆。）梁中書晝夜憂驚只恐俺軍馬臨城又使人直往大名城裏城外市井去處遍貼無頭告示曉諭居民勿得疑慮冤各有頭債各有主大軍到郡自有對頭因此梁中書越懷鬼胎（又補一事。）

○併告示都補出來。又聞蔡太師見說降了關勝天子之前更不敢提只是主張招安大家無事因累累寄書與梁中書教且留盧俊義石秀二人性命好做手脚再補一筆與文愈足。宋江見說便要催趲軍馬下山去打大名吳用道即今冬盡春初早晚元宵節近大名年例大張燈火我欲乘此機會先令城中埋伏外面驅兵大進裏應外合可以破之宋江道此計大妙便請軍師發落吳用道爲頭最要緊的是城中放火爲號、你衆弟兄中、誰敢與我先去城中放火、只見階下走過一人、道小弟願往、衆人看時、却是鼓上蚤時遷、時遷道、小弟幼年間曾到大名城内、有座樓、喚做翠雲樓、樓上樓下大小有百十箇閣子、眼見得元宵之夜、必然喧閧、小弟潛地入城、到得元宵節夜、只盤去翠雲樓上放起火來爲號、軍師可自調遣人馬入來、吳用道、我心正待如此、你明日天曉先下山去、只在元宵夜一更時候樓上○○○○○

調撥之前半截

放起火來（若依將令，放火當在一更，及後敘事，乃入二更，有餘，皆極情事之妙）便是你的功勞。時遷應允，得令去了。（第一撥一人。只日）吳用次日（次日第一）却調解珍、解寶（次日第一調）扮做獵戶，去大名城內官員府裏獻納野味，正月十五日夜間，只看火起為號，便去留守司前截住報事官兵。（若依將令，應截報事官兵，及後敘事，乃截中書回馬，都妙。）兩箇得令去了。（兩箇三箇去了）再調杜遷、宋萬（第二調）扮做糶米客人，推輛車子，去城中宿歇，元宵夜只看號火起時，却來先奪東門。（只一東門，凡用）

兩隊人內外雙奪妙絕妙絕眞可謂萬全之策矣此一隊內奪東門兩箇得令去
了四箇五箇去了再調孔明孔亮第三調扮做僕者去大名
城內鬧市裏房簷下宿歇只看樓前火起便要往
來接應定不可少妙妙依將令本是僕者後敘事却扮乞丐都妙兩箇得令
去了六箇七箇去了再調李應史進第四調扮做客人去大
名東門外安歇只看城中號火起時先斬把門軍
士奪下東門好做出路此一隊外奪東門兩箇得令去了
八箇九箇去了再調魯智深武松第五調扮做行腳僧前去

大名城外菴院掛搭只看城中號火起時便去南門外截住大軍句衝擊去路便料定他去路妙妙兩箇得令去了第十箇十一箇去了再調鄒淵鄒閏第六調扮做賣燈客人直往大名城中尋客店安歇只看樓中火起便去司獄司前策應第一緊着。妙妙。○司獄司是一篇大書正經題目。却怪其只撥二人。及讀至敘事文中。始知孔明孔亮柴進樂和悉入獄來。方歎行文變化之妙也。○若前幅如此調遣。後幅如此遵依。此所謂畫樣葫蘆。何以謂之兵猶鬼神哉。兩箇得令去了第十二箇十三箇去了。再調劉唐楊雄第七調扮作公人直去大名州衙前宿歇只看號火起時便去截住一應報事人員令他首尾不能救應二解截司前兵。此截州前報兵。妙。兩箇得令去了十四箇十五箇去了。再請公孫勝先生第八調。扮做雲遊道人却教凌振扮做道童跟着將帶風火轟天等砲數百箇直去大名城內淨處守待只看號火起時施放定不可少。有此一撥。又添無數聲勢。兩箇得令去了十六箇十七箇去了。再調張順跟隨燕青第九調。從水門裏入城逕奔盧員外家單捉淫婦姦夫上調切城大軍已畢。此二隊。獨

火燒翠雲樓

爲盧家謂出

隊在盧家後門

此再調王矮虎孫新張青扈三娘

顧大嫂孫二娘調第十扮作三對村裏夫妻入城看

燈壽至盧俊義家中放火此隊來盧家門前再調柴進帶

同樂和第十調扮做軍官直去蔡節級家中要保救

二人性命此一隊又獨爲蔡家調出拉雜之中極其詳盡妙絕妙絕衆頭領俱

各得令去了十八箇十九箇二十箇二十一箇二十二箇二十三箇二十四箇二十五

箇二十六箇二十七箇去了一路逐隊結此三隊總結章法不板○第二日撥二十六人此是

正月初頭不說梁山泊好漢依次各各下山進發

且說大名梁中書喚過李成聞達王太守等一干官員商議放燈一事商議則非欲歟者矣寇至而憂寇退而樂食肉之人從來如此可歎可笑梁中書道年例城中大張燈火慶賞元宵與民同樂全似東京體例須知非學聖人也學丈人也如今被梁山泊賊人兩次侵境只恐放燈因而惹禍下官意欲住歇放燈你眾官心下如何計議聞達便道想此賊人潛地退去沒頭告示亂貼此計是窮必無主意相公何必多慮若還今年不放燈時這廝

們細作探知必然被他恥笑惜小恥成大辱從可來有此等計算
以傳下鈞旨曉示居民比上年多設花燈添扮社
火市心中添搭兩座鰲山焰依東京體例通宵不
禁十三至十七放燈五夜敎府尹點視居民勿令
缺少府尹第一節○○○○○相公親自行春務要與民同樂相公第二節
節○○○○○○○聞某親領一彪軍馬出城去飛虎峪駐劄以防
賊人奸計大刀第三節再着李都監親引鐵騎馬軍遶
城巡邏勿令居民驚憂天王第四節○議劫城者一隊一隊調遣出來議放

燈者，亦一隊一隊分撥開去，寫得眞是絶倒。梁中書見說大喜，衆官商議已定，隨即出榜曉諭居民。這北京大名府是河北頭一箇大郡，衝要去處，卻有諸路買賣，雲屯霧集，只聽放燈，都來趕趁。只此一句，便知二十七人已一齊入得城來，妙筆高筆。在城坊隅巷陌，該管廂官每日點視，只得裝扮社火，豪富之家，催促懸掛花燈。第一段，催放燈火。只得字，催促字，寫盡放燈弊政可笑。遠者三二百里買，近者也過百十里之外，便有客商，年年將燈到城貨賣。第二段，收家家買花燈。

第五才子書《火燒翠雲樓

門、前、扎、起、燈、棚、都、要、賽、掛、好、燈、巧、樣、煙、火、戶、內、縛
起、山、棚、擺、放、五、色、屏、風、炮、燈、四、邊、都、掛、名、人、書、畫
并、奇、異、骨、董、玩、器、之、物、在、城、大、街、小、巷、家、家、都、要
點、燈、第三段。扎縛燈棚。大、名、府、留、守、司、州、橋、邊、搭、起、一、座
鰲、山、上、面、盤、紅、黃、大、龍、兩、條、每、片、鱗、甲、上、點、燈、一
盞、口、噴、淨、水、去、州、橋、河、內、週、圍、上、下、點、燈、不、計、其
數、銅、佛、寺、前、扎、起、一、座、鰲、山、上、面、盤、青、龍、一、條、週
廻、也、有、千、百、盞、花、燈、翠、雲、樓、前、也、扎、起、一、座、鰲、山

上面盤着一條白龍四面點火不計其數第四段總敘三處鰲山原來這座酒樓名貫河北號爲第一上有三簷滴水雕梁繡柱極是造得好樓上樓下有百十處閤子終朝鼓樂喧天每日笙歌聒耳第五段獨詳翠雲樓一處城中各處宮觀寺院佛殿法堂中各設燈火慶賞豐年三瓦兩舍更不必說第六段補敘城中無處無燈那梁山泊探細人得了這箇消息報上山來吳用得知大喜去對宋江說知備細宋江便要親自領兵去

打大名安道全諫道將軍瘡口未完切不可輕動稍若怒氣相侵實難痊可吳用道小生替哥哥走一遭隨即與鐵面孔目裴宣點撥八路軍馬第一隊（上文一番分撥只謂大軍已行不意隔二紙有餘重復有此調遣令人出自意外也○分作二段却二段各成大篇奇絕之格）大刀關勝引領宣贊郝思文爲前部鎮三山黃信在後策應（前云黃信打死此云黃信策應更不言是假扮眞正高手妙筆）都是馬軍（又是一樣調撥之法眞出奇無第二十八箇二十九箇三十箇三十一箇）第二隊豹子頭林冲引領馬麟鄧飛爲前

、、、、、、、、、、○○○○
部小李廣花榮在後策應都是馬軍三十二箇·三十三箇·三十
、、、、、、、、、、、、、、
四箇·三十五箇·第三隊雙鞭呼延灼引領韓滔彭玘爲前
、、、、、、、、○○○
部病尉遲孫立在後策應都是馬軍三十六箇·三十七箇·三十
○○、、、、、、、、、、、
八箇·三十九箇·第四隊霹靂火秦明引領歐鵬燕順爲前
、、、、、、、、○○○
部跳澗虎陳達在後策應都是馬軍四十箇·四十一箇·四十二
○○○○○○○○○○、、、、
箇·四十三箇·○巳上四隊馬軍·第五隊調步軍頭領沒遮攔穆弘○
、、、、、、
將引杜興鄭天壽又變一樣調撥之法·○四十四箇·四十五箇·四十六箇·第
○○○○○、、、、、、、、、
六隊步軍頭領黑旋風李逵將引李立曹正四十七箇·

四十八箇、四十九箇。第七隊步軍頭領挿翅虎雷橫將引施恩穆春五十箇、五十一箇、五十二箇。第八隊步軍頭領混世魔王樊瑞將引項充李袞五十三箇、五十四箇、五十五箇。○已上四隊步軍。這八路馬步軍兵各自取路，卽令便要起行，毋得時刻有悞。正月十五日二更爲期，都要到大名城下。馬軍步軍一齊進發。那八路人馬依令下山。第一日撥一人，第二日撥二十六人，第三日撥二十八人，前後共撥五十五人，而爲章法忽散、忽整、忽聯、忽斷，殊不見其累墜也。其餘頭領盡跟宋江保守山寨。如此一皆大戰。而楊志索超二人。獨不見調者。爲梁中書受恩深處。不欲以負心教天下也。亦賄用雲長義放曹公事。

且說時遷越墻入城，城中客店內却不着單身客人，斜插出地方緊急。他自白日在街上閒走，到晚來東嶽廟神座底下安身。正月十三日，十三日。看他偏能逐日寫

○○○○

却在城中往來觀看那搭縛燈棚，懸掛燈火。正看之間，只見解珍解寶挑着野味，在城中往來觀看。看他如此五十餘人。前既調遣一番。後又正敘一番。中間又能點逕一番。○點逕出解珍。解寶。又撞見杜遷宋萬兩箇從厓子裏走將出來。點逕出杜遷。宋萬逕之前半截

萬○點逗四人作一節　時遷當日先去翠雲樓上打一箇踅只見孔明披着頭髮身穿羊皮破衣右手拄一條杖子左手拏箇碗腌腌臢臢在那里求乞點逗出孔明　見了時遷打抹他去背後說話時遷道哥哥你這般一箇漢子紅紅白白面皮不像叫化的城中做公的多倘或被他看破須悞了大事哥哥可以躲閃迴避說不了又見箇丐者從墻邊來看時却是孔亮點逗出孔亮　時遷道哥哥你又露出雪也似白面

來亦不像忍饑受餓的人這般模樣必然決撒却
纔道罷背後兩箇人劈角兒揪住喝道你們做得
好事回頭看時却是楊雄劉唐點出楊雄劉唐時遷道
你驚殺我也楊雄道都跟我來帶去僻靜處埋怨
道你三箇好沒分曉却怎地在那里說話倒是我
兩箇看見倘若被他眼明手快的公人看破却不
悞了大事我兩箇都巳見了弟兄們不必再上街
去又從口中虛點餘人孔明道鄒淵鄒閏昨日街上賣燈

第五才子書 火燒翠雲樓

智深、武松、已在城外菴裏、再不必多説 又虚點出鄒淵、鄒閏、魯智深、武松。 只顧臨期各自行事 點逗四人。又作一節。 五箇説了、都出到一箇寺前、正撞見一箇先生、從寺裏出來、衆人擡頭看時、却是入雲龍公孫勝、背後凌振扮做道童、跟着七箇人、都點頭會意、各自去了 點逗出公孫勝、凌振。○點逗二人。又作一節。 看看相近上元、梁中書先令大刀關達、將引軍馬、出城去飛虎峪駐劄、以防賊寇、

○○○十四日 十四日 却令李天王李成、親引鐵騎馬軍五

百全副披掛遶城巡視次日正是正月十五日是日好生晴明梁中書滿心歡喜（自十三、十四寫至十五，又自是日是晚初更，寫至二更，妙極妙極。）未到黃昏一輪明月却湧上來焰得六街三市鎔作金銀一片（燈光月光，只用大字寫盡。）士女挨肩疊背烟火花砲比前越添得盛了（是放燈筆，是三日語。）是晚（晚。）節級蔡福分付教兄弟蔡慶看守着大牢我自回家看看便來方纔進得家門只見兩箇人閃將入來前面那箇軍官打扮後面僕者模樣燈光之下○○妙看時蔡福認得是小旋風柴進後面的却不曉得是鐵叫子樂和若干人有從十三日點逗者有從十五日點逗者有十三十五兩日都點逗者筆法參差墨氣騰躍總非恒手之所得有也○將令在十五日則十三十四日猶閒甚也將令在十五日之二更則十五日之黄昏猶閒甚也因其閒甚而取若干人點逗一番又因其閒甚而取若干人再點逗一番則其筆力橫絶誠有大過人者故也○點逗出柴進樂和○○不曉得是樂和便已點出樂和矣奇絶妙絶蔡節級便請入裏面去見○○○成杯盤妙隨即管待柴進道不必賜酒在下到此有件緊事相央盧員外石秀全得足下相覷稱謝

熬逗之後半截

難盡今晚小子欲就大牢裏趕此元宵熱鬧看望一遭望你相煩引進休得推却蔡福是箇公人早猜了八分好欲待不依誠恐打破城池都不見了好處又陷了老小一家性命只得擔着血海的干係便取些舊衣裳教他兩箇換了也扮做公人換了巾幘細。却少不得帶柴進樂和逕奔牢中去了初更○○左右初更王矮虎一丈青孫新顧大嫂張青孫二娘三對兒村裏夫妻喬喬畫畫裝扮做鄉村人挨在

人叢裏便入東門去了。點逗出王矮虎・一丈青・孫新・顧大嫂・張青・孫二娘

公孫勝帶同凌振挑着荊簍去城隍廟裏廊下坐地。公孫勝・凌振再見

這城隍廟只在州衙側邊。鄒淵・鄒閏挑着燈在城中閒走。鄒淵鄒閏再見

杜遷・宋萬各推一輛車子逕到梁中書衙前閃在人鬧處。杜遷・宋萬再見

原來梁中書衙只在東門裏大街住。劉唐・楊雄各提着水火棍身邊都自有暗器來州橋上兩邊坐定。劉唐・楊雄再見

燕青領了張順自從水門裏入城靜處埋伏。

點逗出燕青•張順• 都不在話下、不移時、樓上鼓打二更〇〇〇一更•

〇看他已寫至二更矣•偏能徐徐而引•不作急腔促板•眞乃筆力過人• 却說時遷挾着一箇籃兒、裏面都是硫黃焰硝放火的藥頭、籃兒上挿幾朶鬧蛾兒、踅入翠雲樓後、走上樓去、時遷再見•〇又寫得如畫• 只見閣子內吹笙簫、動鼓板、掀雲鬧社子弟們鬧鬧嚷嚷、都在樓上打鬧賞燈、時遷上到樓上、只做賣鬧蛾兒的、各處閣子裏去看、撞見解珍解寶拖着鋼叉、叉上掛着兎兒、在閣子前踅已寫至二更後尚能以閒筆令解珍解寶再見真正筆力過人時遷使道更次到了怎生不見外面動撣偏作一頓解珍道我兩箇方纔在樓前見探馬過去多管兵馬到了並不實寫只從口中漸漸傳出妙不可言你只顧去行事言猶未了只見樓前都發起喊來說到梁山泊軍馬到西門外了此已算實寫然亦只是衆人口中傳出妙不可言解珍分付時遷你自快去我自去畱守司前接應奔到畱守司前忽接此句便卸却時遷轉去衆人也不然者將令老鼠入牛角更無轉動處矣行文不可不知此法只見敗殘軍馬一齊

奔入城來說道聞大刀㘞劫了寨也（省却一段大文字。）梁山泊賊寇引軍都到城下也（此一發是實寫。然亦只就口中傳來。妙不可言也。○看他純用虛筆。真是絕世奇文。）李成正在城上巡邏聽見說了飛馬來到畱守司前教點軍兵分付閉上城門守護本州却說王太守親引隨從百餘人長枷鐵鎖在街鎮壓（畫出行春太守。筆法閒婉。）聽得報說這話慌忙回畱守司前却說梁中書正在衙前醉了閒坐（如畫。醉了閒坐。是二更已後。梁中書寇警在郊而醉了閒坐。是蔡太師女婿梁中書也。）初聽報說

城中發作之前半截

卷七十 頁十七

城中發作之前半截

捗連朝才哄得[illegible]

說言未了，只見翠雲樓上烈焰沖天，火光奪月，十

分浩大。此是時遷功勞。時遷虛寫。梁中書見了，急上得馬，却

待要去看時，第一段。要去看火。只見兩條大漢，推兩輛車

子，放在當路，便去取碗掛的燈來，妙。望車子點着

隨即火起。此是杜遷宋萬功勞。梁中書要出東門時，第二段。要出東

門。兩條大漢口稱：李應、史進在此！手撚朴刀，大踏

○○○○○○○○○○○○○○○○

奔入城來說道閒大刀喚切了寨也省却一段大文字梁

○○○○○○○○○○○山泊賊寇引軍都到城下也此一段是實寫然亦只就口中傳來妙不可言也○看他純用虛筆真是絕世奇文李成正在城上巡邏聽見說

了飛馬來到留守司前教點軍兵分付閉上城門

守護本州却說王太守親引隨從百餘人長枷鐵

鎖在街鎮壓畫出行春太守筆法閒婕聽得報說這話慌忙回

留守司前却說梁中書正在衙前醉了閒坐○○○○如畫○醉

了閒坐是二更已後梁中書寇警在郊○○○○

而醉了閒坐是蔡太師女婿梁中書也初聽報說

城中發作之前斜截

火燒翠雲樓

尚自不住慌〔活畫文官行徑〕次後沒半箇更次流星探馬接連報來嚇得一言不吐單叫備馬備馬〔活畫文官行徑〕說言未了只見翠雲樓上烈焰冲天火光奪月十分浩大〔此是時遷功勞〕梁中書見了急上得馬却待要去看時〔第一段去看火〕只見兩條大漢推兩輛車子放在當路便去取碗掛的燈來〔妙〕望車子點着隨即火起〔此是杜遷宋萬功勞〕梁中書要出東門時〔第二段要出東門〕兩條大漢口稱李應史進在此手撚朴刀大踏

步殺來把門官軍嚇得走了手邊的傷了十數箇

李應史進自外而入杜遷宋萬却好接着出來杜遷宋萬自內而出四箇合做一處把住東門調時分此時合文字變動妙絕妙絕梁中書見不是頭勢帶領隨行伴當飛奔南門第三段要出南門南門傳說道妙妙從東門走南門而必至南門處知有寇其於情事豈有當乎只須傳說便復回馬不必定至南門妙絕妙絕○下文梁中書實奪南門而去此却先寫傳說有賊中路回馬不惟使倉卒奔波如畫兼令行文跌頓有法也一箇胖大和尚輪動鐵禪杖一箇虎面行者掣出雙戒刀發喊殺入城來

（魯智深武松虛寫。）梁中書回馬再到留守司前（第四段。再回司前。）只見解珍解寶手撚鋼叉在那里東衝西撞（本令截住報事人員，卻反截住中書回府。文字變化得妙。）急待回州衙不敢近前（第五段。要至州衙。）王太守卻好過來劉唐楊雄兩條水火棍齊下打得腦漿迸流眼珠突出死於街前虞候押番各逃殘生去了（本令截住報兵，卻反打死太守。文字變化得妙。○若不變化，豈有印被廝殺哉。）梁中書急急回馬奔西門（第六段。急奔西門。）只聽得城隍廟裏火砲齊響轟天震地（此是公孫勝淩振功勞。○公孫勝凌振亦寫。鄒淵鄒閏手拏竹竿只顧就房簷下放起火來（鄒淵鄒閏本令獄中策應。卻先各處放火。文字陡變化。妙妙。）南瓦子前王矮虎一丈青殺將來孫新顧大嫂身邊掣出暗器就那里協助銅佛寺前張青孫二娘入去爬上鰲山放起火來（已上寫得拉雜之極。清出之極。迅疾之極。閒旋之極。絕世奇文。并眼所見。）此時大名城內百姓黎民一箇箇鼠攛狼奔一家家神號鬼哭四下里十數處火光亘天四方不辨

○○○○○○○○○○○○

卻說梁中書奔到西門接着李成軍馬急到南門

城外策應之前評截

○○城上第七段。再到南門。○看他三寫南門，第一聞城上人傳說，半路退轉；第二奔到樓上，不敢出去；直至後第三，方奔路逃命而走。極文章跌頓之妙也。勒住馬在鼓樓上看時，只見城下兵馬擺滿，旗號寫大刀關勝，火焰光中，抖擻精神，施逞驍勇，左有宣贊，右有郝思文，黃信在後，催動人馬，雁翅般橫殺將來，已到門下。已下數隊寫得如火如潮如霆如龍。○○○馬軍。梁中書出不得城去，和李成躲○○第八段。躲至北門。至北門城下，望見火光明亮，軍馬不知其數，却是豹子頭林冲，躍馬橫鎗，左有馬麟，右有

鄧飛花榮在後催動人馬飛奔將來馬軍再轉東門

第九段・再轉東門・一連火把叢中只見沒遮攔穆弘左有杜興右有鄭天壽三籌好漢當先手撚朴刀引領一千餘人殺入城來步軍・梁中書逕奔南門捨命奪路而走

第十段・逕奪南門而去・弔橋邊火把齊明只見黑旋風李逵左有李立右有曹正李逵渾身脫剝手掿雙斧從城濠裏飛殺過來李立曹正一齊俱到步軍李成當先殺開條血路奔出城來護着梁中書便

第五十一書 火燒翠雲樓

走只見左手下殺聲震響火把叢中軍馬無數却
是雙鞭呼延灼拍動坐下馬舞動手中鞭逕搶梁
中書馬軍李成手舉雙刀前來迎敵那將李成無心
戀戰撥馬便走左有韓滔右有彭玘兩肋裏撞來
孫立在後催動人馬併力殺來正鬭間背後趕上
小李廣花榮拈弓搭箭射中李成副將翻身落馬
李成見了飛馬奔走未及半箭之地只見右手下
鑼鼓亂鳴火光奪目却是霹靂火秦明躍馬舞棍

城中發作之後再截

引着燕順歐鵬背後陳達又殺將來李成渾身是血且走且戰護着梁中書衝路而去（不曾寫了，忽然一住，章法奇絕。）話分兩頭却説城中之事（忽然順筆帶出城杜，忽然逆筆挽入城杜。）還宋萬去殺梁中書一門良賤（是一件事。）劉唐楊雄去殺王太守一家老小（是一件事。）孔明孔亮已從司獄司後墻爬將入去（二人在牢後，寫得明畫之極。）鄒淵鄒閏却在司獄司前接住往來之人（二人在牢前，寫得明畫之極。）大牢裏柴進樂和看見號火起了便對蔡福蔡慶道你弟兄那箇見也不見更待幾時（二人在牢中。寫得明畫之極。）蔡慶在門邊守時鄒淵鄒閏早撞開牢門大叫道梁山泊好漢全夥在此好好送出盧員外石秀哥哥來（寫牢前二人入來。迅疾之極。）蔡慶慌忙報蔡福時孔明孔亮早從牢屋上跳將下來（寫牢後二人入來。迅疾之極。）不繇他弟兄兩箇肯與不肯柴進身邊取出器械便去開枷放了盧俊義石秀（寫牢中二人發作。迅疾之極。牢前人入來時。牢後人已跳下。牢後人跳下時。牢中人已動手。寫得七手八脚。迅疾駭人。而又能清泚如畫也。）柴進說與蔡福你快跟我去家中保護老小一齊都出牢門來鄒淵鄒閏接着合做一處二鄒入來,牢裏早已出來。只用接着二字,寫盡一時驍疾。○已上是一件事。蔡福蔡慶跟隨柴進來家中保全老小是一件事。盧俊義將引石秀孔明孔亮鄒淵鄒閏五箇弟兄逕奔家中來捉李固賈氏却說李固聽得梁山泊好漢引軍馬入城又見四下里火起正在家中有些眼跳絶倒。便和賈氏商量收拾了一包金珠細軟背了便出門奔走先出前門,次出後門,文字處處翻跌。只聽得排門一帶都倒正不知多少人搶將入來此是王矮虎一丈青孫新顧大嫂張青孫二娘功勞李固和賈氏慌忙回身便望裏面開了後門踅過墻邊逕投河下來尋躲避處只見岸上張順寫梁中書兩頭奔走後忽寫李固賈氏兩頭奔走讀之歎其妙絶也大叫那婆娘走那里去李固心慌便跳下船中去躲却待攢入艙裏又見一箇人伸出手來劈髯兒揪住喝道李固你認得我麽百忙中寫來畢竟是燕小乙哥妙人趣事李固聽得是燕青聲音慌忙叫道小乙哥我不曾

和你有甚冤讐你休得揪我上岸你須與一箇人有些冤讐耳。○人燕青更不答話可見駭疾之極。岸上張順早把那婆娘挾在肋下拖到船邊張順功勞。燕青拏了李固燕青功勞。都望東門來了已上是一件事。再說盧俊義奔到家中不見了李固和那婆娘明作一跌。妙妙。且叫衆人把應有家私金銀財寶都搬來裝在車子上往梁山泊給散亦是一件事、卻說

柴進和蔡福到家中收拾家資老小同上山寨蔡福道大官人可救一城百姓休教殘害表蔡二。柴進

見說便去尋軍師吳用比及尋着吳用急傳下號令去特城中將及損傷一半人（此等處却令人想宋江）當時天色大明吳用柴進在城内鳴金收軍衆頭領却接着盧員外併石秀都到留守司相見備說牢中多虧了蔡福蔡慶弟兄兩箇看覷已逃得殘生燕青張順早把這李固賈氏解來盧俊義見了且教燕青監下自行看管聽候發落（好）不在話下再說李成保護梁中書出城逃難正撞着聞達領着敗殘

城外策應之後半截

軍馬回來合兵一處閒逵頭尾一見。妙筆高筆。非人所能也。投南便

走正走之間前軍發起喊來却是混世魔王樊瑞

左有項充右有李袞三籌步軍好漢舞動飛刀飛

鎗直殺將來背後又是插翅虎雷橫將引施恩穆

春各引一千步軍前來截住退路前文不曾寫了。忽然一住。至此

重接頭緒。再作混戰。章法奇絶。正是獄囚遇赦重回禁病客逢醫

又上床畢竟梁中書一行人馬怎地結煞且聽下

回分解

火燒翠雲樓

第五才子書施耐菴水滸傳卷之七十一

聖歎外書

第六十六回

宋江賞馬步三軍

關勝降水火二將

夫忠義堂第一座固非宋江之所得據亦非宋江之所得遜也非所據而據之名曰無恥非所遜而遜之亦名曰無恥無恥之人不惟

不自借亦不爲人借不自借者如前日宋江之欲據斯座爲李逵所不許是也不借人者如今日宋江之欲遂斯座爲盧員外所不許是也何也蓋無恥之人其機械變詐大要歸歸於必得斯座而後已不惟其前日之據之爲必欲得之惟今日之遂之亦正其巧於必欲得之夫其意而既已必欲得之則是堂堂盧員外乃反爲其所影借以作自身飛騰之

尺木也此時爲盧員外者豈能甘之乎哉或
曰宋江之據之也意在於得斯座誠有之矣
獨何意卻其遜之之亦欲得斯座乎曰忠義
堂第一座固非宋江之所得據亦非宋江之
所得遜也使宋江而誠無意於得之則夫天
王有靈誓箭在彼亦聽其人報仇立功自取
之而巳耳自宋江有此一遜而此座遂若巳
爲宋江所有此座巳爲宋江所有然則後郎

有人報仇立功其不敢與之爭之斷斷然也此所謂機械變詐無所用恥之尤甚者故李逵沓沓大罵之也

人即多疑何至於疑關勝吳用疑及關勝則其無所不疑可知也人即多疑何至於疑李逵宋江疑及李逵則其無所不疑可知也連書二人各有其疑以著宋江吳用之同惡共濟也

寫李逵遇焦挺令人讀之油油然有好善之
○心有謙抑之心有不欺人之心有不自滿之
○心真好鐵牛有此風流真好耐菴有此筆墨
○矣
○打大名後復不見有爲天王報仇之心便捿
○水火二將一篇然則宋江之弒晁蓋不其信
○乎
○水火二將文中亦殊不肯草草寫來都能變

換不至令人意惡

寫關勝全是雲長意思不嫌於刻畫優孟者

泱泱大書期於無美不備固不得以羣芳競吐而獨廢牡丹水陸畢陳而反缺江瑤也

話說當下梁中書李成聞達慌速合得敗殘軍馬投南便走正行之間又撞着兩隊伏兵前後掩殺李成聞達護着梁中書併力死戰撞透重圍逃得性命投西一直去了樊瑞引項充李袞追趕不上

自與雷橫施恩穆春等同回大名府裏聽令再說
軍師吳用在城中傳下將令一面出榜安民一面
救滅了火梁中書李成聞達王太守各家老小殺
的殺了走的走了也不來追究只須如此便把大名府
庫藏打開應有金銀寶物都裝載上車子又開倉
廒將糧米俵濟滿城百姓了餘者亦裝載上車將
回梁山泊倉用號令衆頭領人馬都皆完備把李
固賈氏釘在陷車內將軍馬標撥作三隊回梁山

泊來却叫戴宗先去報宋公明宋江會集諸將下山迎接都到忠義堂上宋江見了盧俊義納頭便拜盧俊義慌忙答禮宋江道宋江不揣欲請員外上山同聚大義不想却陷此難幾致傾送寸心如割皇天垂祐今日再得相見盧俊義拜謝道上托兄長虎威下感衆頭領義氣齊心併力救拔賤體肝腦塗地難以報答便請蔡福蔡慶拜見宋江言說在下若非此二人安得殘生到此（再備寫二蔡。）當下宋江要盧員外坐第一把交椅（第一把交椅，既以之自據，又以之媚人。彼晁天王誓箭，竟安在哉。）盧俊義大驚道：盧某是何等人，敢爲山寨之主，但得與兄長執鞭墜鐙，做一小卒，報答救命之恩，實爲萬幸。宋江再三拜請，盧俊義那里肯坐。只見李逵叫道：哥哥偏不直性（快人快語，如鏡如刀。）前日肯坐坐了，今日又讓別人（快人快語。）這把鳥交椅便真箇是金子做的，只管讓來讓去（快人快語。）不要討我殺將起來。（一發快人快語。）宋江大喝道：你這廝（只三字，妙絕。）對

水火二將

此快人如鏡。快語如刀。不得不心驚語塞也。盧俊義慌忙拜道若是兄○○
長苦苦相讓着盧某安身不牢李逵又叫道若是
○○○○○○○○○○○○○○○○○
哥哥做箇皇帝盧員外做箇丞相我們今日都住
○○○○○○○○○ 咄咄快絕。○又換出一副議論來。真乃令
在金殿裏也直得這般鳥亂 人間所未聞。皇帝丞相等語。前已曾有兩言之。○無過
○至○於○今○日。○愈○出○愈○奇。○鐵○牛○真○人○中○之○寶○也。句句令
只是水泊子裏做箇強盜不如仍舊了罷 宋江驚
○○○○○○○○○
死羞死。妙絕妙絕。宋江氣得説話不出 宋江焉盡。只用勸道且
○○○○○
教盧員外東邊耳房安歇賓客相待等日後有功

却再讓位宋江方纔住了只將誓語輕輕一提妙妙○此非吳用欲令宋
江心死正是吳用惟恐衆人心動耳先辯之就叫燕青一處安歇好另
撥房屋叫蔡福蔡慶安頓老小好關勝家眷薛永
已取到山寨好宋江便叫大設筵宴犒賞馬步水
三軍令大小頭目并衆嘍囉軍健各自成團作隊
去喫酒忠義堂上設宴慶賀大小頭領相謙相讓
飲酒作樂盧俊義起身道淫婦姦夫擒提在此聽
候發落宋江笑道我正忘了叫他兩箇過來衆軍

把陷車打開拖出堂前李固綁在左邊將軍柱上賈氏綁在右邊將軍柱上宋江道休問這廝罪惡請員外自行發落盧俊義手拿短刀自下堂來大罵潑婦賊奴就將二人割腹剜心凌遲處死拋棄屍首上堂來拜謝衆人衆頭領盡皆作賀稱讚不○○○已（妙）且不說梁山泊大設筵宴犒賞馬步水三軍却說大名梁中書探聽得梁山泊軍馬退去再和李成聞達引領敗殘軍馬入城來看覷老小時十

損入九眾皆號哭不已補梁中書下落比及隣近起軍追趕梁山泊人馬時已自去得遠了且教各自收軍補救兵下落梁中書的夫人躲得在後花園中逃得性命補蔡夫人下落便教文夫寫表申奏朝廷寫書教太師知道早早調兵遣將勦除賊寇報仇抄寫民間被殺死者五千餘人中傷者不計其數各部軍馬總折却三萬有餘一夜死傷又從中奏文中補出首將齎了奏文密書上路不則一日來到東京太師府前下馬門吏

轉報太師、教喚入來、首將直至節堂下拜見了、呈上密書申奏、訴說打破大名、賊寇浩大、不能抵敵、蔡京初意、亦欲苟且招安、功歸梁中書身上、自已亦有榮寵、今見事體敗壞難妒、遮掩、便欲主戰、因大怒道、且教首將退去、次日五更、景陽鐘響、待漏院中、集文武羣臣、蔡太師爲首、直臨玉階、面奏道君皇帝天子、覽奏大驚、有諫議大夫趙鼎出班奏道、前者往往調兵征發、皆折兵將、蓋因失其地利、以致如此、以臣愚意、不若降勅赦罪、招安詔取赴闕、命作良臣、以防邊境之害、蔡京聽了大怒喝叱道、汝爲諫議大夫、反滅朝廷綱紀、猖獗小人罪合賜死、天子道、如此目下便令出朝、當下革了趙鼎官爵、罷爲庶人、當朝誰敢再奏、天子又問蔡京道、似此賊勢猖獗、可遣誰人勦捕、蔡太師奏道、臣量這等草賊、安用大軍、臣舉凌州有二將、一人姓單名廷珪、一人姓魏、名定國、見任本州團練使、伏乞陛下聖旨星夜差人調此一枝軍馬克日掃清山泊天子大喜隨即降寫勑符着樞密院調遣天子駕起百官退朝衆官暗笑次日蔡京會省院差官齎捧聖旨勑符投凌州來再說宋江水滸寨內將大名所得的府庫金寶錢物給賞與馬步水三軍連日殺牛宰馬大排筵宴慶賞盧員外雖無炮鳳烹龍端的肉山酒海衆頭領酒至半酣吳用對宋江等說道今爲盧員外打破大名殺損人民劫掠

用庫提得梁中書等離城逃迹他豈不寫表申奏朝廷況他丈人是當朝太師怎肯干罷必然起軍發馬前來征討宋江道軍師所慮最爲得理何不使人連夜去大名探聽虛實我這里好做準備吳用笑道小弟已差人去了將次回也此非補法只是便筆耳須辯正在筵會之間商議未了只見原差探事人到來說大名府梁中書果然申奏朝廷要調兵征勦有諫議大夫趙鼎奏請招安致被蔡京喝罵削了

趙鼎官職如今奏過天子差人往凌州調遣單廷珪魏定國兩箇團練使起本州軍馬前來征討宋江便道似此如何迎敵吳用道等他來時一發捉了關勝起身道關某自從上山從不曾出得半分氣力單廷珪魏定國蒲城多曾相會久知單廷珪那廝善用決水浸兵之法人皆稱爲聖水將軍魏定國這廝精熟火攻之法上陣專用火器取人因此呼爲神火將軍水火一雙奇文。○偶一借之便復生色。若西川蒲純是此等[illegible]

此處又不聞將為晁天王報仇妙絶

府庫。趕得梁中書等離城逃遁。他豈不寫表申奏
朝廷。況他丈人是當朝太師。怎肯干罷。必然起軍
發馬。前來征討宋江。道軍師所慮最爲尋思。可不

卷七十一 頁九

有諫議大夫趙鼎奏請招安致被蔡京喝罵削了

趙鼎官職，如今奏過天子，差人往凌州調遣單廷珪、魏定國兩箇團練，使起本州軍馬，前來征討宋江。便道似此如何迎敵？吳用道：等他來時，一發捉了。關勝起身道：關某自從上山，不曾出得半分氣力。單廷珪、魏定國，蒲城多曾相會，久知單廷珪那厮善用決水浸兵之法，人皆稱爲聖水將軍；魏定國這厮精熟火攻之法，上陣專用火器取人，因此呼爲神火將軍。水火一雙，文○偶一筆之□也。復生色。若西山溺魏是此等頭顱。

斯下耳　小弟不才願借五千軍兵不等他二將起行先在凌州路上接住他若肯降時帶上山來若不肯降必當擒來奉獻兄長亦不須用衆頭領張弓挾矢費力勞神不知尊意若何宋江大喜便叫宣贊郝思文二將就跟着一同前去關勝帶了五千軍馬來日下山大早宋江與衆頭領在金沙灘寨前餞行關勝三人引兵去了衆頭領回到忠義堂

○○○○○○○○○○○○

上吳用便對宋江說道關勝此去未保其心可以

再差良將隨後監督就行接應（大書吳用純以欺詐待人全無忠義之心與宋江正是一流人也）宋江道吾觀關勝義氣凜然始終如一軍師不必多疑吳用道只恐他心不似兄長之心可再叫林冲楊志領兵孫立黃信為副將帶領五千人馬隨即下山（爲關勝獨行以表義勇寫四將接應以求齊事卻又順便表暴吳用之奸筆下曲折老到之至）李逵便道我也去走一遭（四將接應後又有李逵之去亦見從変州倒算出來然實寫得鐵牛可愛）宋江道此一去用你不着自有良將建功李逵道兄弟若閒便要

生病（偏能作絕世妙語）若不叫我去時獨自也要去走一
遭（妙妙）宋江喝道你若不聽我的軍令割了你頭李
逵見說悶悶不已下堂去了不說林冲楊志領兵
下山接應關勝次日只見小軍來報黑旋風李逵
昨夜二更拿了兩把板斧不知那里去了（妙人妙妙）宋
江見報只叫得苦是我夜來衝撞了他這幾句言
語多管是投別處去了（大書宋江純以欺詐待人全無忠義之心甚乃至於
不信李鐵牛之生平與吳用正是一流人也疑
關勝猶可言也疑李逵不可說也作者書之以深

著宋江之惡爲更甚於吳用也。吳用道、兄長非也、他雖麄鹵、義氣倒重、不到得投別處去、多管是過兩日便來、兄長放心、宋江心慌、先使戴宗去趕、後着時遷、李雲、樂和、王定六、四箇首將、分四路去尋、吳用疑關勝、遣四將。宋江疑李逵、亦遣四將。作章法。○○○○且說李逵是夜提着兩把板斧、下山抄小路、逕投凌州去、可謂目無難事。一路上自尋思道、這兩箇鳥將軍、何消得許多軍馬去征他、我且搶入城中、一斧一箇、都砍殺了也、教哥哥喫一驚、也和他們爭得一口氣走了半日（走得未遠，故知韓伯龍店真是朱貴所開也。）

走得肚饑，把腰裏摸一摸，原來貪慌下山，不曾帶

得盤纏。（任意游行，隨緣度日，遍來行脚者政未必有此。）尋思道：「多時不曾

做這買賣，只得尋箇鳥出氣的。」（妙，政復無妨。）正走之間，

看見路傍一箇村酒店，李逵便入去裏面坐下，連

打了三角酒、二斤肉，喫了起身便走。（妙。）酒保攔住

討錢。李逵道：「待我前頭去尋得些買賣，卻把來還

你。」說罷便動身。（妙。）只見外面走入箇彪形大漢來，

喝道你這黑厮好大膽誰開的酒店（其語便有倚托）你來白喫不肯還錢李逵睜着眼道老爺不揀那里只是白喫（世眞有此人調侃不少不揀那里門字亦便挑撥下梁山泊字）那漢道我對你說時驚得你屎流屁滾老爺是梁山泊好漢韓伯龍的便是本錢都是宋江哥哥的（未列門牆先使勢要其死於斧不亦宜乎世眞有此人調侃不少）李逵聽了暗笑我山寨裏那里認得這箇鳥人原來韓伯龍曾在江湖上打家刼舍要來上梁山泊入夥却投奔了旱地忽

律朱貴要他引見宋江因是宋公明生發背瘡在寨中又調兵遣將多忙少閒不曾見得朱貴權且教他在村中賣酒（補一事。○此所謂不得與於一百八人之數者也。）當時李逵在腰間拔出一把板斧看着韓伯龍道把斧頭為當（妙。）韓伯龍不知是計舒手來接被李逵手起望面門上只一斧肐膊地砍着可憐韓伯龍不曾上得梁山死在李逵之手（欲附大人成名而反遭擠逆者有如此龍矣。讀之一歎。）兩三箇火家只恨爺娘少生了兩隻脚望深村裏走了、李逵就地下擄掠了盤纏、放火燒了草屋、望凌州便走、行不得一日、正走之間、官道傍邊只見走過一條大漢、直上直下相李逵（寫得有意思。有氣色。便知不是韓伯龍之類。）李逵見那人看他、便道你那廝看老爺怎地、那漢便答道、你是誰的老爺、（妙語解人頤。看他開口都有意思。有氣色。）李逵便搶將入來、那漢子手起一拳打箇搭墩、（奇人奇事。）李逵尋思、這漢子倒使得好拳、坐在地下仰着臉問道、你這漢子姓甚名誰、（被他打便知他好拳。服他拳。便問他名姓。鐵牛眞有宰相胸襟。○服之至。愛之至。便急欲知其名姓。纔爬起來。亦有所不及矣。好賢如鐵牛。令人想殺鐵牛也。那漢道老爺沒姓要厮打便和你厮打你敢起來奇人奇事。○便活寫出沒面目人。李逵大怒、正待跳將起來被那漢子肋羅裏只一腳又踢了一交奇人奇事。李逵叫道贏你不得爬將起來便走妙人妙至此。眞乃妙不可言。○看他如此服善。世豈眞有此人。○贏不得。便告之言贏不得。眞是之夷狄不棄忠信人。那漢叫住問道這黑漢子你姓甚名誰那里人氏李逵道今日輸與你不好說出來妙人妙至此。眞乃妙不可言。又可惜你是條好漢不忍瞞你妙人妙至此。真乃妙不可言。梁山泊黑旋風李逵的便是我妙人妙至此。真乃妙不可言。○看他又惜自巳。又惜此人。滿心傾倒。一腔忠直。世豈真有此人哉。那漢道你驚的是不是不要說謊李逵道你不信只看我這兩把板斧人聞李逵。乃至聞其板斧。李逵自信。乃至自信板斧。寫得妙絕。○那漢道你既是梁山泊好漢獨自一箇投那里去是未信讓。未是請鬭語。李逵道我和哥哥彆口氣要投凌州去殺那姓單姓魏的兩箇那漢道我聽得你梁山泊已有軍馬去了、你且說是誰是未信語。不是打聽語。○看他問畢。方始下拜。方知也。李逵道、先是大刀關勝領兵、隨後便是豹子頭林冲、青面獸楊志領軍策應、那漢聽了納頭便拜、李逵道、你便與我說罷端的姓甚名誰不惟不恨其打。亦復不喜其拜。一心只是服其好拳。問其名姓。鐵牛妙人。可愛如許。○看他便有求懇之意。那漢道、小人原是中山府人氏、祖傳三代相撲爲生、却纔手脚父子相傳不教徒弟只八字。表盡好拳脚。平生最無面目到處投人不着山東河北都叫我做没面目焦

○挺（奇人奇名，世亦復無此人矣。）近日打聽得寇州地面有座山名爲枯樹山，山上有箇強人，平生只好殺人，世人把他比做喪門神，姓鮑名旭（這運出來。）他在那山裏打家刼舍。我如今待要去那裏入夥。李逵道：你有這等本事，如何不來投奔俺哥哥宋公明？焦挺道：我多時要投奔大寨入夥，却沒條門路。今日得遇兄長，願隨哥哥。李逵道：我和宋公明哥哥爭口氣了（○○○要與宋公明鬥口氣。）下山來，（獨有大哥一人耳。）不殺得一箇人，空着

雙手怎地回去你和我去枯樹山說了鮑旭同去
凌州殺得單魏二將便好回山（行文取徑奇絕）焦挺道凌
州一府城池許多軍馬在彼我和你只兩箇便有
十分本事也不濟事枉送了性命不如單去枯樹
山說了鮑旭且去大寨入夥此為上計（各自說其意中之事）
（如畫如說）兩箇正說之間背後時遷趕將來叫道哥哥
憂得你苦便請回山如今分四路去趕你也（便入關手）
（法極好）李逵引着焦挺且教與時遷厮見了時遷勸

李逵回山、宋公明哥哥等你、李逵道、你且住、我和焦挺商量了先去枯樹山、說了鮑旭、方纔回來、時遷道、使不得、哥哥等你、卽便回寨、李逵道、你若不跟我去、你自先回山寨、報與哥哥知道、我便回也、時遷懼怕李逵、自回山寨去了、焦挺却和李逵自投寇州來、望枯樹山去了、話分兩頭、却說關勝與同宣贊郝思文、引領五千軍馬、接來相近凌州、且說凌州太守接得東京調兵的勑旨、幷蔡太師劄

付、便請兵馬團練單廷珪魏定國商議、二將受了
劄付、隨即選點軍兵、關領器械、拴束鞍馬、整頓糧
草、指日起行、忽聞報說蒲東大刀關勝、引軍到來、
侵犯本州、單廷珪魏定國聽得大怒、便收拾軍馬、
出城迎敵、兩軍相近、旗鼓相望、門旗下關勝出馬、
那邊陣內鼓聲響處、轉出一員將來、戴一頂渾鐵
打就四方鐵帽頂上撒一顆斗來大小黑纓披一
付熊皮砌就嵌縫沿邊烏油鎧甲穿一領皂羅繡

就點翠團花禿袖征袍着一雙斜皮踢鐙嵌綠雲
跟靴繫一條碧鞓釘就疊勝獅蠻帶一張弓一壺
箭騎一匹深烏馬使一條黑桿鎗前面打一把引
軍按北方皂纛旗上書七箇銀字聖水將軍單廷
珪又見這邊鸞鈴響處又轉出一員將來戴一頂
朱紅綴嵌點金束髮盔頂上撒一把掃箒長短赤
纓披一副擺連環吞獸面猊貌鎧穿一領繡雲霞
飛怪獸絳紅袍着一雙刺麒麟間翡翠雲縫錦跟

靴帶一張描金雀畫寶雕弓懸一壺鳳翎鑿山狼
牙箭騎坐一匹胭脂馬手使一口熟鋼刀前面打
一把引軍按南方紅繡旗上書七箇銀字神火將
軍魏定國兩員虎將一齊出到陣前關勝見了在
馬上說道二位將軍別來久矣單廷珪魏定國大
笑指着關勝罵道無才小輩背反狂夫上負朝廷
之恩下辱祖宗名目不知廉耻引軍到來有何理
說關勝答道你二將差矣目今主上昏昧奸臣弄

權非親不用非讐不彈兄長宋公明仁義忠信替天行道特令關某招請二位將軍倘蒙不棄便請過來同歸山寨單魏二將聽得大怒驟馬齊出一箇是遥天一朶烏雲一箇如近處一團烈火畫飛出陣前關勝却待去迎敵左手下飛出宣贊右手下逩出郝思文初寫水火二將文，倒不得不作一縱，然關勝則非其所堪也，卸去大刀，替出宣郝，極爲得法。兩對兒在陣前厮殺刀對刀迸萬道寒光鎗搠鎗起一天殺氣關勝提刀立在陣前看了良久嘖嘖歎賞不絕正鬭之間只見水火二將一齊撥轉馬頭望本陣便走（寫得好）郝思文宣贊隨即追趕衝入陣中只見魏定國轉入左邊單廷珪轉過右邊（寫得好）一時宣贊趕着魏定國郝思文追住單廷珪說時遲那時快却說宣贊正趕之間只見四五百步軍都是紅旗紅甲一字兒圍裹將來撓鉤套索一齊舉發和人連馬活捉去了（寫得好）再說郝思文追到右邊却見五百來步軍盡是黑旗

黑甲一字兒裏轉來腦後一發齊上把郝思文生擒活捉去了（寫得好）一面把人解入凌州一面仍率五百精兵捲殺過來關勝倒喫一驚舉手無措望後便退（便算關勝一跌也）隨即單廷珪魏定國拍馬在背後追來關勝正走之間只見前面衝出二將關勝看時左有林冲右有楊志從兩肋窩裏撞將出來（筆法提動之極）殺散凌州軍馬關勝收住本部殘兵與林冲楊志相見合兵一處隨後孫立黃信一同見了

權且下寨却說水火二將捉得宣贊郝思文得勝回到城中張太守接着置酒作賀一面教人做造陷車裝了二人差一員偏將帶領三百步軍連夜解上東京申達朝廷作此怪峰鬭成奇節且說偏將帶領三百人馬監押宣贊郝思文上東京來迤邐前行來到一箇去處只見滿山枯樹遍地蘆芽一聲鑼響撞出一夥強人當先一箇手搦雙斧聲喝如雷正是梁山泊黑旋風李逵後面帶着這箇好漢正是

沒面目焦挺（結構大奇）兩箇好漢引着小嘍囉攔住去路也不打話便搶陷車偏將急待要走背後又撞出一箇人來臉如鍋鐵雙睛暴露這箇好漢正是喪門神鮑旭（大奇）向前把偏將手起劒落砍下馬來其餘人等撇下陷車盡皆逃命去了李逵看時却是宣贊郝思文便問了備細來繇宣贊亦問李逵你却怎生在此李逵說道爲是哥哥不肯教我來廝殺獨自箇私走下山來先殺了韓伯龍後撞見

焦挺、引我到此、多承鮑家兄弟一見如故、便如我
山上一般接待、却纔商議正欲去打凌州、却有小
嘍囉山頭上望見這夥人馬、監押陷車到來、只道
是官兵捕盜、不想却是你二位、鮑旭邀請到寨內、
殺牛置酒相待、郝思文道、兄弟既然有心上梁山
泊入夥、不若將引本部人馬、就同去凌州併力攻
打此、爲上策、鮑旭道、小可與李兄正如此商議、足
下之言、說得最是、我山寨之中、也有三二百匹好

馬帶領五七百小嘍囉五籌好漢一齊來打凌州

却說逃難軍士逃回來報與張太守說道半路裏

有強人奪了陷車殺了偏將單廷珪魏定國聽得

大怒便道這番拿着便在這裏施刑（趁前餘勢再翻起一怪峯）

只聽得城外關勝引兵搦戰單廷珪爭先出馬開

城門放下弔橋引五百黑甲軍飛遶出城迎敵門

旗開處大罵關勝辱國敗將何不就死關勝聽了

舞刀拍馬兩箇鬬不到五十餘合關勝勒轉馬頭

慌忙便走另是一樣意思單廷珪隨即趕將來約趕十餘

里關勝回頭喝道你這廝不下馬受降更待何

另是樣氣色單廷珪挺鎗直取關勝後心關勝使出神

威拖起刀背只一拍喝一聲下去另是一樣意思單廷珪

下馬關勝下馬向前扶起叫道將軍恕罪馬上喝之。馬下

扶之。純是儒將意思。寫得真如二下馬字接連事捷文捷、單廷珪惶恐伏地

乞命受降關勝道某在宋公明哥哥面前多會舉

你特來相招二位將軍同聚大義單廷珪答道不

[illegible]願施犬馬之力同共替天行道兩箇說罷並馬而行與上二下馬字映襯有情緒縮得法林冲接見二人並馬行來便問其故關勝不說輸贏答道山僻之內訴舊論新招請歸降另是一樣意思真乃售家子弟非餘人之所到也林冲等衆皆大喜單廷珪回至陣前大叫一聲五百黑甲軍兵一鬨過來寫得好其餘人馬逩入城中去了連忙報知太守魏定國聽了大怒次日領起軍馬出城交戰單廷珪與同關勝林冲直臨陣前只見門旗

開處神火將軍出馬見單廷珪順了關勝大罵忘
恩背主不才小人關勝微笑拍馬向前迎敵○○○○○○另是一樣
意思二馬相交軍器並舉兩將鬬不到十合魏定國
望本陣便走關勝却欲要追單廷珪大叫道將軍
不可去趕關勝連忙勒住戰馬說猶未了凌州陣
內早飛出五五百火兵身穿絳衣手執火器前後擁
出有五十輛火車車上都滿裝蘆葦引火之物軍
人背上各拴鐵葫蘆一箇內藏硫黃焰硝五色煙

藥一齊點着飛搶出來人近人倒馬過馬傷關勝軍兵四散逃走退四十餘里扎住（至此又作一跌。方駭爲之奈何。）（及讀至下一行，真不圖其迅疾至是也。）魏定國收轉軍馬回城看見本州烘烘火起烈烈煙生（看官讀至此二句，試掩下文思之，當作如何解。）原來卻是黑旋風李逵與同焦挺鮑旭帶領枯樹山人馬都去凌州背後打破北門殺入城中劫擄倉庫錢糧放起火來（大奇大奇，真乃異樣結構。以火接火，使讀者出於意外。）魏定國知了不敢入城慌速回軍被關勝隨後趕上追殺首尾不能相顧、凌州已失、魏定國只得退走、逩中陵縣屯駐、關勝引軍把縣四下圍住、便令諸將調兵攻打、魏定國閉門不出、單廷珪便對關勝、林冲等衆位說道、此人是一勇之夫、攻擊得緊、他寧死必不辱、特表魏定國、事寬卽完、急難成效、小弟願往縣中、不避刀斧、用好言招撫此人、束手來降、免動干戈、關勝見說大喜、隨卽叫單廷珪單人匹馬到縣、小校報知、魏定國出來相見了、單廷珪用奸言說道如今朝廷不明天下大亂天子昏昧奸臣弄權我等歸順宋公明且居水泊久後奸臣退位那時去邪歸正未爲晚也魏定國聽罷沉吟半晌說道若是要我歸順須是關勝親自來請我便投降他若是不來我寧死不辱此寫關勝之見重如此所以深表關勝然魏定國之生平亦畧可見矣單廷珪即便上馬回來報與關勝關勝見說便道關某何足爲重卻承將軍謬愛匹馬單刀別了衆人及單廷珪便去全是雲長意思林冲諫

道兄長人心難料三思而行關勝道舊時朋友何妨○極寫關勝忠信以反襯宋江吳用之欺詐也直到縣衙纔定國接着大喜願拜投降同敘舊情設筵管待當日帶領五百火兵都來大寨好與林冲楊志并衆頭領俱各相見已了即便收軍回梁山泊來宋江早使戴宗接着對李逵說道只爲你偷走下山教衆兄弟趕了許多路如今時遷樂和李雲王定六四箇先回山去了輕輕完之我如今先去報知哥哥免至懸望不

説戴宗先去了且説關勝等軍馬回到金沙灘邊水軍頭領棹船接濟軍馬陸續過渡只見一箇人氣急敗壞跑將來不是宋江想起偏是景住跑來。深文曲筆衆人看時却是金毛犬段景住林冲便問道你和楊林石勇去北地里買馬如何這等慌速跑來段景住言無數句話不一席有分教宋江調撥軍兵來打這箇去處重報舊讐再雪前恨正是情知語是鈎和線從頭釣出是非來畢竟段景住説出甚言語來且

聽下回分解

水火二將

（明）施耐庵 撰 （清）金聖歎 批

# 貫華堂本水滸傳

第八册

國家圖書館出版社

# 第八册目録

# 第五才子書施耐菴水滸傳卷之二十九

聖歎外書

## 第二十四回

王婆計啜西門慶
淫婦藥鴆武大郎

此回是結煞上文西門潘氏奸淫一篇。生發下文武二殺人報讐一篇。亦是過接文字。只看他處處寫得精細不肯草草處。

第一段寫鄆哥定計○第二段寫武大捉奸○第三段寫淫婦下毒○第四段寫虔婆幫助○第五段寫何九瞧科段段精神事事出色勿以小篇而忽之也○

寫淫婦心毒幾欲掩卷不讀宜疾取第二十五卷快誦一過以爲羯鼓洗穢也○

話說當下鄆哥被王婆打了這幾下心中沒出氣處提了雪梨籃兒一逕逩來街上直來尋武大郎

轉了兩條街、只見武大挑着炊餅擔兒、正從那條街上來。鄆哥見了、立住了脚、看着武大道、這幾時不見你、怎麼喫得肥了。奇文武大歇下擔兒道、我只是這般模樣、有甚麼喫得肥處。鄆哥道、我前日要糴些麥稃、一地里没糴處、人都道你屋裏有。奇文武大道、我屋裏又不養鵝鴨、那里有這麥稃。鄆哥道、你説没麥稃、怎地棧得肥腌腌地、便顛倒提起你來也不妨、煑你在鍋裏也没氣。奇文武大道、含鳥猢猻倒罵得我好我的老婆又不偷漢子我如何是鴨（鴨字奇文）鄆哥道你老婆不偷漢子只偷子漢武大扯住鄆哥道還我主來鄆哥道我笑你只會扯我却不咬下他左邊的來武大道好兄弟你對我說是兀誰我把十箇炊餅送你鄆哥道炊餅不濟事你只做箇小主人請我喫三杯我便說與你武大道你會喫酒跟我來武大挑了擔兒引着鄆哥到一箇小酒店裏歇了擔兒拿了幾箇炊餅（寫來好笑）買

了些肉討了一鏇酒請鄆哥喫那小厮又道酒便不要添了肉再切幾塊來武大道好兄弟你且說與我則箇鄆哥道且不要慌等我一發喫了却說與你你却不要氣苦我自幫你打捉武大看那猴子喫了酒肉道你如今却說與我鄆哥道你要得知把手來摸我頭上肐䏶趣絶○與王婆把武大耳朶來一樣筆法道却怎地來有這肐䏶鄆哥道我對你說我今日將這一藍雪梨去尋西門大郎掛一小鈎子一地

里没尋處街上有人説道他在王婆茶房裏和武大娘子勾搭上了每日只在那里行走我指望去撰三五十錢使𢋒耐那王婆老猪狗不放我去房裏尋他大栗暴打我出來我特地來尋你我方纔把兩句話來激你我不激你時你須不來問我小賊武大道眞箇有這等事鄆哥道又來了三字活畫武大神理都具我道你是這般的鳥人那厮兩箇落得快活只等你出來便在王婆房裏做一處你兀自問道眞

箇也是假小賊武大聽罷道兄弟我實不瞞你說那婆娘每日去王婆家裏做衣裳歸來時便臉紅我自也有些疑忌這話正是了此一語先有來歷在前我如今寄了擔兒便去捉姦如何鄆哥道你老大一箇人原來沒些見識那王婆老狗恁麼利害怕人你如何出得他手他須三人也有箇暗號此等事鄆哥倒不得知第耐菴又何繇知之誠乃博物君子見你入來拿他把你老婆藏過了那西門慶須了得打你這般二十來箇若捉他

你便我便猶如大珠小珠落盤亂走相[illegible]

不着乾喫他一頓拳頭他又有錢有勢反告了一紙狀子你便用喫他一場官司又沒人做主乾結果了你武大道兄弟你都說得是却怎地出得這口氣鄆哥道我喫那老猪狗打了也沒出氣處我教你一着（寫來入情）你今日晚些歸去都不要發作也不可露一些嘴臉只做每日一般明朝你便少做些炊餅出來賣（寫來入情○你便我便二字下皆畧用一頓活是孩子遲聲慢）我便在巷口等你若是見西門慶入去時

叫你你便挑着擔兒只在左近等我我便先去惹

那老狗必然來打我我便將籃兒丟出街來你便

搶來我便一頭頂住那婆子你便只顧遶入房裏

去叫起屈來此計如何武大道既是如此却是虧

了兄弟我有數貫錢與你你把去糴米明日早早來

紫石街巷口等我鄆哥得了數貫錢幾箇炊餅又帶

炊餅自去了武大還了酒錢挑了擔兒去賣了一遭

歸去原來這婦人往當時只是罵武大百般的欺

負他近日來也自知無禮只得窩伴他些箇世人知之當晚武大挑了擔兒歸家也只和每日一般並不說起那婦人道大哥買盞酒喫武大道却纔和一般經紀人買三碗喫了那婦人安排晚飯與武大喫了當夜無話次日飯後武大只做三兩扇炊餅安在擔兒上這婦人一心只想着西門慶那里來理會武大做多做少好筆當日武大挑了擔兒自出去做買賣這婦人巴不能彀他出去了便踅過王

婆房裏來等西門慶且説武大挑着擔兒出到紫石街巷口迎見鄆哥提着籃兒在那里張望武大道如何鄆哥道早些箇你且去賣一遭了來他七八分來了你只在左近處伺候武大飛雲也似去賣了一遭回來鄆哥道你只看我籃兒撇出來你便踅入去武大自把擔兒寄下不在話下却説鄆哥提着籃兒走入茶坊裏來罵道老猪狗你昨日做甚麽便打我那婆子舊性不改便跳起身來喝

提好一段眞花如錦

道、你這小猢猻老娘與你無干、你做甚麼又來罵我、鄆哥道、便罵你這馬泊六、做牽頭的老狗直甚麼屁（四字奇文。才子罵世。只是胸中有此四字耳。）那婆子大怒、揪住鄆哥便打、鄆哥叫一聲你打我、把籃兒丟出當街上、來、那婆子却待揪他、被這小猴子叫聲你打時就把王婆腰裏帶箇住看着婆子小肚上只一頭撞將去爭些兒跌倒却得壁子礙住不倒那猴子死頂住在壁上（凡五十四字成句。反就句中自成無數曲折。眞是以手忙脚亂之事。寫得妙手空空奇才妙筆只見武大裸起衣裳大踏步直搶入茶坊裏來那婆子見了是武大來急待要攔當時却被這小猴子死命頂住那里肯放婆子只叫得武大來也畫虔婆那婆娘正在房裏做手脚不迭先奔來頂住了門畫淫婦這西門慶便鑽入牀底下躲去畫奸夫武大搶到房門邊用手推那房門時那里推得開口裏只叫得做得好事畫烏龜○此事本急今寫來亦殊急讀之見紙上麻雜雜地那婦人頂住着門慌做一團口裏便說

道閒常時只如鳥嘴賣弄殺好拳棒急上場時便沒些用見個紙虎也嚇一交那婦人這幾句話分明教西門慶來打武大奪路了走（好）西門慶在牀底下聽了婦人這幾句言語提醒他這個念頭（好）便鑽出來拔開門（好）叫聲不要打（好）武大卻待要揪他被西門慶早飛起右脚武大矮短正踢中心窩裏撲地望後便倒了（乘便就寫一句踢中心窩便作武大了結之辭妙絕）西門慶見踢倒了武大打鬧裏一直走了（妙）鄆哥

見不是話頭撇了王婆撒開（好）街坊鄰舍都知道

西門慶了得誰敢來多管（好）（又伏）王婆當時就地下

扶起武大來（好）見他口裏吐血面皮蠟查也似黃

了便叫那婦人出來舀碗水來（看他寫婦人出來法）救得甦

醒兩箇上下肩攙着（絕倒）便從後門（武大今日亦從後門歸去絕倒）

○（後門五）扶歸樓上去安排他牀上睡了當夜無話次

日西門慶打聽得沒事依前自來和這婦人做一

處只指望武大自死（反頓一句）武大一病五日不能彀

起、更兼要湯不見、要水不見、每日叫那婦人不應、又見他濃粧豔抹了出去、歸來時便面顏紅色、武大幾遍氣得發昏、又沒人來倸着、武大叫老婆來分付道、你做的勾當、我親手來捉着你姦、你倒挑撥姦夫踢我心頭、至今求生不生、求死不死、你們却自去快活、我死自不妨、和你們爭不得了、妙我的兄弟武二你須得知他性格、妙倘或早晚歸來、他肯干休、妙你若肯可憐我、早早伏侍我好了、他歸來時我都不提妙你若不看覷我時待他歸來却和你們說話妙數語妙絕然武大死於此數語矣這婦人聽了這話也不回言四字如畫却踅過來一五一十都對王婆和西門慶說了那西門慶聽了這話却似提在氷窨子裏說道苦也我須知景陽岡上打虎的武都頭他是清河縣第一箇好漢我如今却和你眷戀日久情孚意合却不恁地理會如今這等說時正是怎地好却是苦也王婆冷笑道我倒不曾見

你是箇把舵的我是趁船的我倒不慌你倒慌了手脚西門慶道我枉自做了男子漢到這般去處却擺布不開你有甚麼主見遮藏我們則箇王婆道你們却要長做夫妻短做夫妻西門慶道乾娘你且說如何是長做夫妻短做夫妻王婆道若是短做夫妻你們只就今日便分散等武大將息好了起來與他陪了話武二歸來都沒言語待他再差使出去却再來相約這是短做夫妻你們若要

長做夫妻每日同一處不擔驚受怕我却有一條
妙計只是難教你非寫虔婆亦復軟只是行文忌直且圖一頓耳西門慶
道乾娘周全了我們則箇只要長做夫妻王婆道
這條計用着件東西別人家裏都沒天生天化大
官人家裏却有奇語再一頓○西門慶道便是要我的眼
睛也剜來與你却是甚麼東西王婆道如今這搗
子病得重趁他狠狽裏便好下手大官人家裏取
些砒霜來却教大娘子自去贖一帖心疼的藥來

把這砒霜下在裏面把這矮子結果了奇稱。只是視人如戲。一把火燒得乾乾淨淨的沒了蹤跡反踢下何九。妙。便是武二回來待敢怎地自古道嫂叔不通問初嫁從親再嫁繇身阿叔如何管得反踢下武二。妙。暗地裏來往半年一載等待夫孝滿日大官人娶了家去這箇不是長遠夫妻諧老同歡此計如何西門慶道乾娘只怕罪過罷罷罷一不做二不休王婆道可知好哩這是斬草除根萌芽不發若是斬草不除根春來萌芽再發（反覆言之。皆反踢下文。只斬得草。未除得根也。）官人便去取些砒霜來、我自教娘子下手、事了時、却要重重謝我（王婆本題。）西門慶道、這箇自然、不消你說、便去眞箇包了一包砒霜來、把與王婆收了、這婆子却看着那婦人道、大娘子、我教你下藥的法度、如今武大不對你說道、教你看活他、（不對。猶言豈不對也。）你便把些小意兒貼戀他、（貼戀二字。思之可畏。大雄氏謂之詐現親附。哀哉痛哉。）他若問你討藥喫時、便把這砒霜調在心疼藥裏、待他一覺身動你便把藥灌將下去却便走了起身奇。他若毒藥轉時必然腸胃迸斷大叫一聲奇。你却把被只一蓋都不要人聽得奇。預先燒下一鍋湯煮着一條抹布奇。他若毒藥發時必然七竅内流血奇。口唇上有牙齒咬的痕跡奇。他若放了命便揭起被來却將煮的抹布一揩都沒了血跡奇。便入在棺材裏扛出去燒了有甚麼鳥事王婆何處得來。其實耐菴何處得來。可見才子之心。燭物如鏡。那婦人道好却是好只是

奴手軟了、臨時安排不得屍首、王婆道、這箇容易
你只敲壁子、我自過來相挈、你西門慶道、你們用
心整理、明日五更來討回報、西門慶說罷、自去了、
王婆把這砒霜用手撚爲細末、活寫虔婆○今世人家多有容六婆嘗川入內者我不知其有何相煩也不能家蹐戶曉聯識於此句之下幸一念之把與那
婦人將去藏了、那婦人却踅將歸來、到樓上看武
大時、一絲沒兩氣、看看待死、那婦人坐在牀邊假
哭、甚多武大道你做甚麼來哭妙語令我絕倒那婦人拭着

眼淚說道我的一時間不是了喫那廝局騙了誰想却踢了你這脚我問得一處好藥我要去贖來醫你又怕你疑忌了不敢去取（好）武大道你救得我活無事了一筆都勾並不記懷武二家來亦不提起快去贖藥來救我則箇那婦人拿了些銅錢逕來王婆家裏坐地（好）却叫王婆去贖了藥來把到樓上教武大看了（好）說道這帖心疼藥太醫叫你半夜裏喫（人靜時）喫了倒頭把一兩牀被發些汗

叫喊不得。明日便起得來（不在床上了也。）武大道却是好也生

受大嫂今夜醒睡些箇（可憐語。）半夜裏調來我喫那

婦人道你自放心睡我自伏侍你看看天色黑了

那婦人在房裏點上碗燈（妙筆。）○（讀之覺紙上有陰風射人。）下面

先燒了一大鍋湯拿了一片抹布煮在湯裏聽那

更鼓時却好正打三更（妙筆。）那婦人先把毒藥傾在

盞子裏却舀一碗白湯把到樓上叫聲大哥藥在

那里（好。）武大道在我蓆子底下枕頭邊（可憐語。）你快

調來與我喫、那婦人揭起蓆子、將那藥抖在盞子裏、把那藥貼安了。好○精細。極將白湯衝在盞內、把頭上銀牌兒只一攪、調得勻了、左手扶起武大、右手把藥便灌、武大呷了一口、說道、大嫂這藥好難喫、那婦人道、只要他醫治得病、管甚麼難喫、武大再呷第二口時、被這婆娘就勢只一灌、特寫與天下有奢遮標致妻子人看。一盞藥都灌下喉嚨去了、那婦人便放倒武大、慌忙跳下牀來、武大哎了一聲、說道大嫂喫下這藥去肚裏倒疼起來苦呀苦呀倒當不得了這婦人便去脚後扯過兩牀被來沒頭沒臉只顧盖特寫與天下有奇遮標致妻子的看武大叫道我也氣悶那婦人道太醫分付教我與你發些汗便好得快武大再要說時這婦人怕他掙扎便跳上牀來騎在武大身上把手緊緊地按住被角那里肯放些鬆寬特寫與天下有奇遮標致妻子的看那武大哎了兩聲喘息了一回腸胃迸斷嗚呼哀哉身體動不得了那婦人揭起被來

見了武大咬牙切齒七竅流血怕將起來讀之只怕人。只得跳下牀來敲那壁子王婆聽得走過後門頭咳嗽後門六。○咳嗽二字。寫得入神。又是聲響。又無聲響。那婦人便下樓來開了後門後門七。王婆問道了也未那婦人道了便了了只是我手脚軟了安排不得王婆道有甚麼難處眞好虔婆。無怪後世人家內邊。專好與之往來。我幫你便了那婆子便把衣袖捲起虔婆駭人。○一句。○已下。看他兩箇婦女逐件安排。都是半夜燈下之事。讀之。覺紙上陰風鬼火。無怪不有。舀了一桶湯二句。把抹布撇在裏面揪上樓來句三捲過了被句四先把武大嘴邊唇上都抹了句五卻把七竅淤血痕跡拭淨句六便把衣裳蓋在屍上句七兩箇從樓上一步一掇扛將下來句八就樓下尋扇舊門停了句九與他梳了頭句十戴上巾幘句十一穿了衣裳句十二取雙鞋襪與他穿了句十三將片白絹蓋了臉句十四揀床乾淨被蓋在死屍身上句十五卻上樓來收拾得乾淨了句十六妙王婆自轉將歸去了好那婆娘便號號地假哭起養家人

來（絕倒。十七句。）看官聽說原來但凡世上婦人哭有三樣（絕倒之語。爾雅所無。）有淚有聲謂之哭有淚無聲謂之泣無淚有聲謂之號當下那婦人乾號了一歇却早五更天色未曉（好筆。）西門慶逩來討信王婆說了備細西門慶取銀子把與王婆教買棺材津送就叫那婦人商議這婆娘過來和西門慶說道我的武大今日已死我只靠着你做主西門慶道這箇何須得你說王婆道只有一件事最要緊地方上團頭何九叔他是箇精細的人只怕他看出破綻不肯殮非寫虔婆識人只是先着何九一筆西門慶道這箇不妨我自分付他便了他不肯違我的言語王婆道大官人便用去分付他不可遲悞西門慶去了到天大明王婆買了棺材又買些香燭紙錢之類歸來與那婦人做羹飯點起一盞隨身燈此句接前文正是第十八回卓另寫在此有似失落者妙絕鄰舍坊廂都來弔問伏鄰舍街方那婦人虛掩着粉臉假哭衆街坊問道大郎因甚病患便

死了（伏）。那婆娘荅道、因害心疼病症、一日日越重了、看看不能彀好、不幸昨夜三更死了、又哽哽咽咽假哭起來、衆鄰舍明知道此人死得不明（伏）。不敢死問他、只自人情勸道、死自死了、活的自要過、娘子省煩惱、那婦人只得假意兒謝了、衆人各自散了、王婆取了棺材、去請團頭何九叔、但是入殮用的、都買了、并家裏一應物件、也都買了、就叫了兩箇和尚晚些伴靈、多樣時何九叔先撥幾箇火家來整頓、且說何九叔到巳牌時分、慢慢地走出來、到紫石街巷口、迎見西門慶、叫道、九叔何往、何九叔荅道、小人只去前面殮這賣炊餅的武大郎屍首、西門慶道、借一步說話、則箇、何九叔跟着西門慶來、到轉角頭一箇小酒店裏坐下、在閣兒內西門慶道、何九叔請上坐、何九叔道、小人是何等之人、對官人一處坐地、西門慶道、九叔何故見外、且請坐、二人坐定、叫取瓶好酒來、小二一面鋪下菜蔬菓品按酒之類即便篩酒何九叔心中疑忌想道這人從來不曾和我喫酒（閒中寫出西門官人）今日這杯酒必有蹺蹊兩箇喫了半箇時辰只見西門慶去袖子裏摸出一錠十兩銀子放在卓上說道九叔休嫌輕微明日別有酬謝何九叔叉手道小人無半點効力之處如何敢受大官人見賜銀兩大官人便有使令小人處也不敢受西門慶道九叔休要見外請收過了却說何九叔道大官人但說

不妨、小人依聽、西門慶道、別無甚事、少刻他家也
有些辛苦錢、只是如今殮武大的屍首、凡百事週
全、一牀錦被遮蓋則箇、別不多言、何九叔道、是這
些小事、有甚利害、如何敢受銀兩、西門慶道、九叔
不收時、便是推却、那何九叔自來懼怕西門慶是
箇刁徒、把持官府的人、只得受了、兩箇又喫了幾
杯、西門慶叫酒保來、記了帳、明日來鋪裏支錢、兩
箇下樓、一同出了店門、西門慶道、九叔記心、不可

泄漏、改日別有報效、分付罷、一直去了、何九叔心中疑忌、肚裏尋思道、這件事却又作怪、我自去殮武大郎屍首、他却怎地與我許多銀子、這件事必定有蹺蹊、來到武大門前、只見那幾箇火家在門首伺候、何九叔問道、這武大是甚病死了、火家荅道、他家說害心疼病死了、何九叔揭起簾子入來、簾子十五、王婆接着道、久等阿叔多時了、何九叔應道、便是有些小事絆住了脚、來遲了一步、只見武大老婆穿着些素淡衣裳，從裏面假哭出來。何九叔道：「娘子省煩惱，可傷大郎歸天去了。」那婦人虛掩着淚眼道：「說不可盡。不想拙夫心疼症候，幾日兒便休了，撇得奴好苦。」何九叔上上下下看了那婆娘的模樣（好筆），口裏自暗暗地道：「我從來只聽的說武大娘子（妙），不曾認得他（妙）。原來武大却討着這箇老婆（妙）。西門慶這十兩銀子有些來歷。」（妙。只三四語，一語一轉。）何九叔看着武大屍首，揭起千秋旛，扯開白絹用五輪八寶犯着兩點神水眼定睛看時何九叫一聲望後便倒口裏噴出血來怪事但見指甲青唇口紫面皮黃眼無光正是身如五鼓銜山命似三更油盡燈畢竟何九叔性命如何且聽下回分解

第五才子書水滸傳卷之二十九

# 第五才子書施耐菴水滸傳卷之三十

聖歎外書

## 第二十五回

偷骨殖何九送喪

供人頭武二設祭

吾嘗言不登泰山不知天下之高登泰山不登日觀不知泰山之高也不觀黃河不知天下之深觀黃河不觀龍門不知黃河之深也

不見聖人不知天下之至見聖人不見仲尼不知聖人之至也乃今於此書也亦然不讀水滸不知天下之奇讀水滸不讀設祭不知水滸之奇也嗚呼耐菴之才其又豈可以斗石計之乎哉

前書寫魯達已極丈夫之致矣不意其又寫出林冲又極丈夫之致也寫魯達又寫出林冲斯巳大奇矣不意其又寫出楊志又極丈

夫之致也是三丈夫也者各自有其胸襟各
自有其心地各自有其形狀各自有其裝束
譬諸閻吳二子鬭畫殿壁星宮水府萬神咸
在慈卽眞慈怒卽眞怒麗卽眞麗醜卽眞醜
技至此技已止觀至此觀已止然而二子之
胸中固各别藏分外之絶筆又有所謂雲質
龍章日姿月彩杳非世工心之所搆目之所
遇手之所掄筆之所觸也者今耐菴水滸正

猶是矣寫魯林楊三丈夫以來技至此技已止觀至此觀已止乃忽然磬控忽然縱送便又騰筆湧墨憑空撰出武都頭一箇人來我得而讀其文想見其爲人其胸襟則又非如魯如林如楊者之胸襟也其心事則又非如魯如林如楊者之心事也其形狀結束則又非如魯如林如楊者之形狀與如魯如林如楊者之結束也我既得以想見其人因更廻

讀其文爲之徐讀之疾讀之翱翔讀之歌續讀之爲楚聲讀之爲豺聲讀之嗚呼是其一篇一節一句一字實沓非儒生心之所搆目之所遇手之所掄筆之所觸矣是眞所謂雲質龍章日姿月彩分外之絕筆矣如是而尚欲量才子之才爲斗爲石嗚呼多見其爲不知量者也

或問於聖歎曰曾達何如人也曰濶人也宋

江何如人也曰狹人也曰林冲何如人也曰毒人也宋江何如人也曰甘人也曰楊志何如人也曰正人也宋江何如人也曰駁人也曰柴進何如人也曰良人也宋江何如人也曰歹人也曰阮七何如人也曰快人也宋江何如人也曰厭人也曰李逵何如人也曰眞人也宋江何如人也曰假人也曰吳用何如人也曰捷人也宋江何如人也曰呆人也曰

花榮何如人也曰雅人也宋江何如人也曰俗人也曰盧俊義何如人也曰大人也宋江何如人也曰小人也曰石秀何如人也曰警人也宋江何如人也曰鈍人也然則水滸之一百六人殆莫不勝於宋江然而此一百六人也者固獨人人未若武松之絕倫超羣然則武松何如人也曰武松天人也武松天人者固具有魯達之闊林冲之毒楊志之正柴

進之良阮七之快李逵之真吳用之捷花榮之雅盧俊義之大石秀之警者也斷曰第一人不亦宜乎

殺虎後忽然殺一婦人嗟乎莫咆哮於虎莫柔曼於婦人之二物者至不倫也殺虎後忽欲殺一婦人曾不舉手之勞焉耳今寫武松殺虎至盈一卷寫武松殺婦人亦至盈一卷咄咄乎異哉憶大雄氏有言獅子搏象用全

力搏兔亦用全力今豈武松殺虎用全力殺婦人亦用全力耶我讀其文至於氣咽目瞪面無人色殆尤駭於讀打虎一回之時嗚呼作者固真以獅子喻武松觀其於街橋名字悉安獅子二字可知也

徒手而思殺虎則是無賴之至也然必終仗哨棒而後成於殺虎是猶夫人之能事也故必於四閃而後奮威盡力輪棒直劈而震天

一響樹倒棒折已成徒手而虎且方怒以徒手當怒虎而終亦得以成殺之功夫然後武松之神威以見此前文所已詳今亦毋庸又述乃我獨怪其寫武松殺西門慶亦用此法也其心豈不曰殺虎猶不用棒殺一鼠子何足用刀於是握刀而往握刀而來而正值鼠子之際刀反踢落街心以表武松之神威然奈何竟進鼠子而與虎爲倫矣曰非然也虎

固虎也鼠子固鼠子也殺虎不用棒殺鼠子不用刀者所謂象亦全力兔亦全力觀獅子橋下四字可知也

西門慶如何入姦王婆如何主謀潘氏如何下毒其曲折情事羅列前幅燦如星斗讀者旣知之矣然讀者之知之也亦爲讀之而後得知之也乃方夫讀者讀之而得知之之時正武二於東京交割箱籠街上閒行之時卽

又奈何以己之所得知例人之所不知而欲武松聞何九之言即燎然知姦夫之爲西門聞鄆哥之言即燎然知半夜如何置毒耶篇中處處寫武松是東京回來茫無頭路雖極英靈了無入處眞有神化之能

一路勸敘鄰舍至後幅忽然拼出四家鋪面來姚文卿開銀鋪趙仲銘開紙馬鋪胡正卿開冷酒鋪張公開餶飿鋪合之便成財色酒

氣四字眞是奇絶詳見細評中
每聞人言莫駭疾於霹靂而又莫奇幻於靂
靂思之驟不敢信如所云有人掛兩握亂絲
雷電過輒已絲絲相接交羅如網者一道士
藏繭紙千張擬書全笈一夜遽爲雷火所焚
天明視之紙故無恙而層層遍畫龍蛇之形
其細如髮者以今觀於武二設祭一篇夫而
後知眞有是事也

話說當時何九叔跌倒在地下，衆火家扶住，王婆便道：「這是中了惡，快將水來！」噴了兩口，何九叔漸漸地動轉，有些甦醒。王婆道：「且扶九叔回家去却理會。」兩箇火家又尋扇舊門（一扇已停武大，閒中一映。）一逕擡何九叔到家裏，大小接着，就在床上睡了。老婆哭道（一家老婆哭不了，偏要又尋一家老婆哭起來，以作閒中一映，才子之心，眞繡虎也。）：「笑欣欣出去，却怎地這般歸來，閒常曾不知中惡。」坐在床邊啼哭。（武大老婆坐在床邊假哭，何九老婆坐在床邊眞哭，閒中一映，靈心利筆。）何九叔覷得火家都不在面前踢那老婆道你不要煩惱我自沒事何也却纔去武大大家入殮到得他巷口迎見縣前開藥舖的西門慶請我去喫了一席酒把十兩銀子與我說道所殮的屍首凡事遮蓋則箇我到武大家見他的老婆是箇不良的人我心裏有八九分疑忌到那里揭起千秋旛看時見武大面皮紫黑七竅內津津出血唇口上微露齒痕定是中毒身死我本待聲張起來却怕他没人

做主惡了西門慶卻不是去撩蜂剔蝎四字新艷。未經人道。待要胡盧提入了棺殮了武大有箇兄弟便是前日景陽岡上打虎的武都頭他是箇殺人不眨眼的男子倘或早晚歸來此事必然要發不惟何九料得。讀者亦料得。然只謂要發耳。何意後文如此。○此事必然要發六字。不是張皇語。正是輕率語。須知之。

老婆便道我也聽得前日有人說道後巷住的喬老兒子鄆哥去紫石街幫武大捉奸鬧了茶坊正是這件事了你卻慢慢的訪問他出得委婉有波致。○偷奸奇事。

金蓮却會。通姦難事。王婆却會。捉姦醜事。何九老婆却又打聽得。看他一輩婦人。無不慣家。可發一笑。

如今這事有甚難處、只使火家自去殮了、就問他幾時出喪、若是停喪在家、待武二歸來出殯、這箇便沒甚麼皁絲麻線、若他便出去埋葬了也不妨、若是他便要出去燒化時、必有蹺蹊、你到臨時只做去送喪、張人眼錯、拿了兩塊骨頭、和這十兩銀子收着、便是箇老大證見、

寫得曲折明畫。讀之字字有響。〇何九豈見不及此。而必出自其妻。蓋作者之意。正欲與王婆金蓮相映擊。一邊以婦人殺婦人。一邊蚤又以

婦人攻婦人。不用男子。一言半句。惟恐不武也。他若回來不問時便罷。却不留了西門慶面皮做一碗飯却不好反說至此句住。最妙。若定要替武家出力。便犯朱雷戴蔡脚色也。何九叔道家有賢妻四字通俗掉文語。却只說半句。有如歇後者。便活畫小人口中極要文。反弄出不文來也。○又何九口中掉文四字。恰好映到金蓮歇後半句。恰好映到武大。妙絕。見得極明隨即叫火家分付我中了惡去不得你們便自去殮了就問他幾時出喪要緊句。快來回報得的錢帛你們分了都要停當細與我錢帛不可要表出西門從前。表出武二已後。火家聽了、自來武大家入殮停喪、安靈已罷、回報何九叔道、他家大娘子說道只三日便出殯、去城外燒化（二句。問一荅二。妙筆。）火家各自分錢散了（完火家。）

何九叔對老婆道、你說這話正是了、我至期只去偷骨殖便了、且說王婆一力攛掇那婆娘當夜伴靈、第二日請四僧念些經文、第三日早衆火家自來扛擡棺材、也有幾家鄰舍街坊相送（處處不脫鄰舍街坊。妙筆。）那婦人帶上孝、一路上假哭養家人（前一回。無數笑字。此一回無數假哭字，焰耀可笑。來到城外化人塲上，便教舉火燒化。只見何九叔手裏提着一陌紙錢來到塲裏，王婆和那婦人接見道：九叔且喜得貴體沒事了。化人塲上見鬼。何九叔道：小人前日買了大郎一扇籠子母炊餅，不曾還得錢。自從讀至提簽一日，意謂長與炊餅二字別矣。不圖此處又提出來。物是人非，令人不得不哭。武大大也。○真正才子之筆。特地把這陌紙來燒與大郎。說得此來無痕。王婆道：九叔如此志誠。何九叔把紙錢燒了，就攛掇燒化棺材。王婆和那婦人謝道：難得何九叔擄掇回家一發相謝禮。人之臨其所親之葬也。惟恐其速下也。曰從此一別。其終已矣。故必求其又遲又遲焉。夫其天性則有然也。何九擄掇而曰難得。難得擄掇而許謝之。此其其事。何九得而知之矣。嗚呼。天聞若雷。豈必真在蒼蒼。神目如電。豈必真在冥冥。可不畏哉。可不畏哉。何九叔道、小人到處只是出熱。娘子和乾娘自穩便齋堂裏去相待衆隣舍街坊使轉婦人亦即用隣舍街坊妙筆。小人自替你炤顧使轉了這婦人和那婆子把火夾去揀兩塊骨頭拿去潵骨池內只一浸看那骨頭酥黑寫得好。何九叔收藏了也來齋堂裏和鬨了一回（好筆不寂寞）棺木過了殺火收拾骨殖潵在池子裏眾鄰舍各自分散（勤寫鄰舍妙甚）那何九叔將骨頭歸到家中把幅紙都寫了年月日期（妙）送喪的人名字（妙）和這銀子（妙）一處包了做一箇布袋兒盛着放在房裏（妙。自此為始。骨殖銀兩在何九處）再說那婦人歸到家中去槅子前面設箇靈牌上寫亡夫武大郎之位靈床子前點一盞琉璃燈裏面貼些經旛錢垜金銀錠采繒之屬每日却自和西門慶在樓上任意取樂，却不比先前在王婆房裏，只是偷雞盜狗之歡，如今家中又沒人礙眼，任意停眠整宿，這條街上遠近人家無有一人不知此事，都懼怕西門慶那廝是箇刁徒潑皮，誰肯來多管（好。）

嘗言道：樂極生悲，否極泰來，（只用兩句閒話。便疾注而下。如箭過相似。）光陰迅速，前後又早四十餘日，（前云。少則四十餘日。）却說武松自從領了知縣言語，監送車仗到東京親戚處投下了來書，交割了箱籠，街上閒行了幾日（絕妙閒筆。）

補足那邊。便襯起這邊有許多事也。討了回書，領一行人取路回陽穀縣來，前後往回恰好過了兩箇月。前云多亦不過兩箇月。去時殘冬天氣，回來三月初頭。好筆。明淨之極。於路上只覺神思不安，身心恍惚，趕回要見哥哥。寫武二路上。便寫得陰風襲人。○並不用友于恭敬等字，却寫得兄弟恩情筋纏血滲。視今之採集經書塗澤成篇者，真有金屎之別。且先去縣裏交納了回書。知縣見了大喜，看罷回書，已知金銀寶物交得明白，賞了武松一錠大銀，酒食管待，不必用說。完知縣公事。○偏不疾來。偏去先完縣事。

心手都閒。武松回到下處房裏、換了衣服鞋襪、戴上箇新頭巾、鎖上了房門、先寫此句、與後孝服相映。○完縣事後、偏又不疾來、偏又去下處脫換衣服、逶逶迤迤、如無事者、妙絕。○縣中下處二段、使讀者眼前心上、遂有微雲淡漢之意。不復謂下文、有此奔雷駭電也。○此回讀之、只謂其用筆極忙、殊不知處處都着閒筆。一逕投紫石街來、兩邊衆隣舍看見武松回了、一筆未落、先緊接隣舍、妙筆。○一筆未落、只寫一句隣舍看見、却蚤已陰風四射、颯颯怕人。都喫一驚、大家捏兩把汗、暗暗地說道、這番蕭牆禍起了、這箇太歲歸來、怎肯干休、必然弄出事來、亦只謂弄出事來耳。

須知此兩行中有四遍亡夫武大郎之位字

何意後文如此。且說武松到門前揭起簾子簾子十六。○同是簾子字。此處便寫得慘淡無光。探身入來疾見了靈床子句法咽住。見靈床已見亡夫武大郎之位七字矣。却因驟然。故又有下句又寫亡夫武大郎之位咽住。七箇字又咽住。○此三字不與上句連。蓋上句亡夫武大郎之位只是突然見了。一直念下。不及數是幾箇字。是第一遍矣。却定睛再念第二遍。便是逐箇字念。如云亡一箇字。夫二箇字。武三箇字。大四箇字。郎五箇字。之六箇字。位阿呀是七箇字。不差了。下便緊接呆了。眞化工之筆。雖才子二字。何足以盡之。呆了又咽住。睜開雙眼又咽住。此四字中又念一遍。道莫不是我眼花了又咽住。念過三遍。方說一句話。叫聲嫂

○嫂（便咽住。○此二字須一住。索解人不得。）武二歸了（便咽住。○此四字。連上讀者。俗子也。）那西門慶正和這婆娘在樓上取樂聽得武松叫一聲驚得屁滾尿流一直逩後門（後門八。）從王婆家走了那婦人應道叔叔少坐奴便來也原來這婆娘自從藥死了武大那里肯帶孝每日只是濃粧艷抹和西門慶做一處取樂聽得武松叫聲武二歸來了慌忙去面盆裏洗落了脂粉（忙。）拔去了首飾釵環（忙。）蓬鬆挽了箇髻兒（忙。）脫去了紅裙繡

問過一遍○此一遍婦人所對悉含糊未明活是只圖遮掩得過時情畫出

襖（忙）旋穿上孝裙孝衫（忙○好一歇矣。下方接哭下來。絕倒。）方從樓上哽哽咽咽假哭下來武松道嫂嫂且住休哭（夫死而哭。乃曰休哭。此豈英雄寡情耶。夫哭亦有雄有雌。情發乎中。不能自裁。放聲一號。聲無不盡。此雄哭也。若夫展袂掩面。聲如蛟螂。借淚罵人。咦咽不已。此名雌哭。徒聒人耳。哭奚爲也。）我哥哥幾時死了（句）得甚麼症候（句）喫誰的藥（句）（一句。三句一氣問。）（妙絕。）那婦人一頭哭一頭說道（活畫婦人。）你哥哥自從你轉背一二十日猛可的害急心疼起來病了八九日求神問卜甚麼藥不喫過（句法調侃砒霜。）醫治不得死了撇得我好苦隔壁王婆聽得生怕決撒卽便走過來幇他支吾（是）武松又道我的哥哥從來不曾有這般病如何心疼便死了王婆道都頭却怎地這般說天有不測風雲人有暫時禍福誰保得長沒事那婦人道虧殺了這箇乾娘（唯）我又是箇沒脚蟹不是這箇乾娘鄰舍家誰肯來幇我（反襯鄰舍趣甚）武松道如今埋在那里（補問一句○上三句一氣沈射而出此一句却在最後獨出妙絕）婦人道我又獨自一箇那里去尋墳地沒

重問一句

奈何捱了三日把出去燒化了武松道哥哥死得幾日了上一氣問三句。是死日。病症。喫藥。補問一句。是葬處。已都曉得了。忽然臨去。又於四句中。將死日再問一遍。寫得驚疑恍惚。悶悶爍爍。妙絕。婦人道再兩日便是斷七武松沉吟了半晌便出門去半晌是遲。便去是疾。今兩句合寫。是遲是疾。却只是一霎時上事。妙筆。逕投縣裏來開了鎖細。去房裏換了一身素白衣服與前換衣間處相映。便叫土兵打了一條麻繩繫在腰裏讀者自從柴家莊上。得見武二。便讀過他許多要尋哥哥句。不意今日見此一語。爲之淚落。身邊藏了一把尖長柄短背厚刃薄的解腕刀寫刀亦特地出色增出八箇字非同等閒取了些銀兩帶在身邊細叫一箇士兵鎖上了房門細去縣前買了些米麪椒料等物香燭冥紙就晚到家敲門那婦人開了門武松叫士兵去安排羹飯武松就靈床子前點起燈燭鋪設酒餚到兩箇更次安排得端正武松撲翻身便拜道哥哥陰魂不遠你在世時軟弱今日死後不見分明你若是負屈銜寃被人害了托夢與我兄弟替你做主報讐把酒澆

一番設祭。未葬設祭。

奠了燒化冥用紙錢便放聲大哭嫂嫂便叫休哭。自家却又大哭。快哉英雄。毒哉英雄。哭得那兩邊鄰舍無不悽惶本是描寫武二大哭。却又緊緊不放兩邊鄰舍字。妙甚。那婦人也在裏面假哭嫂嫂休哭。鄰舍眞悽惶。嫂嫂只假哭。爲之一歎。武松哭罷將羹飯酒餚和土兵喫了不管嫂嫂。好漢好錢。買來好酒好飯。豈肯喂猪狗耶。討兩條席子叫土兵中門傍邊睡妙絕。不惟爲下文睡着睡不着點染。要看他中門傍邊四字。深防謹避。直與雲長秉燭達旦一意。武松把條席子就靈床子前睡那婦人自上樓去下了樓門自睡下了樓門四字。與上中門傍邊四字一意。三尺童子讀之。皆知非寫婦人。正寫武二也。約莫將近三更時候，武松翻來覆去睡不着，活畫。看那士兵時齁齁的却似死人一般挺着。要寫武二睡不着。須寫不出。掉轉筆忽寫一句士兵睡着。便已活寫出武二睡不着也。只是心上有事。心上無事耳。一反襯。便成活畫。其妙不可不知。武松爬將起來，看那靈床子前琉璃燈半明半滅，側耳聽那更鼓時，正打三更三點。先寫此兩句。使讀者黑黑魆魆。先自怕人。武松歎了一口氣，坐在席子上，自言自語，口裏說道：「我哥哥生時懦弱，死了却有甚分明！」此句一頓。下便疾出。

有張有勢說猶未了只見靈床子下捲起一陣冷氣來盤旋昏暗燈都遮黑了壁上紙錢亂飛那陣冷氣逼得武松毛髮皆豎定睛看時只見箇人從靈床底下鑽將出來叫聲兄弟一靈儼住兄弟二字寫得真好武大我死得好苦武松聽不仔細只如此妙若出俗筆便從頭告訴一遍非惟無理兼令文章掃地矣却待向前來再看時並沒有冷氣亦不見人自家便一交顛翻在席子上坐地好尋思是夢非夢回頭看那土兵時正睡着廻提一句文勢環滾○嫂嫂此時正

重問起

在夢與鬼交也武松想道哥哥這一死必然不明却纔正要報我知道又被我的神氣衝散了他的魂魄借武二口自計一句放在心裏不題等天明却又理會天色漸白了士兵起來燒湯武松洗漱了那婦人也下樓來看着武松道叔叔夜來煩惱好武松道嫂嫂我哥哥端的甚麼病死了重問起妙絕前是三句一氣注射問去此却一句一遍問來寫盡前日喫驚今日精細那婦人道叔叔却怎地忘了夜來已對叔叔說了害心疼病死了武松道却贖誰

的藥喫妙三句三誰字纍纍如貫珠寫武二意思定要問出一箇人來也此一問却問不出人來那婦人道見有藥帖在這里妙應前文可見精細武松道却是誰買棺材妙此一問雖問出一箇人却不濟事與無人同那婦人道央及隔壁王乾娘去買武松道誰來扛擡出去妙此一問却問出一箇人來了那婦人道是本處團頭何九叔盡是他維持出去武松道原來恁地且去縣裏畫卯却來寫武二機密便起身帶了土兵細走到紫石街巷口問土兵道你認得團頭何九叔麼土兵道

都頭恁地忘了前項他也會來與都頭作慶（借影作色。）他家只在獅子街巷內住（好街名。映襯出武二下文霍躍輥擲來。）武松道你引我去土兵引武松到何九叔門前武松道你自先去土兵去了（好。）武松却推開門來叫聲何九叔在家麼這何九叔却纔起來（是天初明時節。）聽得是武松歸了嚇得手忙脚亂頭巾也戴不迭（畫。）急急取了銀子和骨殖藏在身邊（好。）便出來迎接道都頭幾時回來武松道昨日方回到這里有句話開說則箇請那尊步同往何九叔道小人便去都頭且請拜茶武松道不必〔句。免賜句。○下二字即上二字疊寫兩句。活畫出心忙口褋。〕兩箇一同出到巷口酒店裏坐下叫量酒人打兩角酒來何九叔起身道小人不曾與都頭接風何故反擾武松道且坐〔寫武二說不出話來處。入神入妙。〕何九叔心裏已猜八九分量酒人一面篩酒武松更不開口且只顧喫酒〔驚才怪筆。〕何九叔見他不做聲倒捏兩把汗都把些話來撩他武松也不開言並

武二真正神威

不把話來提起（驚才怪筆。）酒已數杯，只見武松揭起衣裳，颼地掣出把尖刀來，插在桌子上。（驚才怪筆。讀之眼眥都裂。）量酒的驚得呆了，那里肯近前。看何九叔面色青黄，不敢𣪠氣。（先寫量酒，次寫何九，筆法錯落顛倒，東坡所稱以手捫之，謂有窪窿者也。）武松捋起雙袖，（又加上四字，出色驚人。）握着尖刀，指何九叔道：「小子麤疏，還曉得寃各有頭，債各有主。你休驚怕，只要實說，（開剖明畫。）對我一一說知哥哥死的緣故，便不干涉你。（提住何九，不知頭路，便把一一緣故，都要他說出來。活寫出初見何九。初開口問事時也。下文如飛換轉話頭。都是生龍活虎之筆。我若傷了你不是好漢百忙中出妙語倘若有半句兒差我這口刀四字怕人。立定教你身上添三四百箇透明的窟窿百忙中出妙語。閒言不道妙。四字寫出武二機變靈疾。你只直說我哥哥死的屍首是怎地模樣妙。上文一總籠統要問兒死緣故。說到此處。忽記起婦人說何九。只是。扛擡燒化。便疾換出此二句來。寫匆忙。便眞匆忙殺人。寫機變。便眞機變殺人。武松道罷一雙手按住肐膝兩隻眼睜得圓彪彪地看着何九叔又加出廿一字。出色驚人。何九叔便去袖子裏取出一

上文入殮送喪一篇却於何九口中重述一遍一箇字亦不省

箇袋兒好○骨殖銀兩在酒樓上放在卓子上道都頭息怒這箇袋兒便是一箇大證見武松用手打開看那袋兒裏時兩塊酥黑骨頭一錠十兩銀子便問道怎地見得是老大證見何九叔道小人並然不知前後因地好說所謂閒言不道忽於正月二十二日此等事定應撰出一箇月日在家只見開茶坊的王婆好說來呼喚小人殮武大郎屍首至日行到紫石街巷口迎見縣前開生藥鋪的西門慶大郎好說攔住邀小人同去酒店

裏喫了一瓶酒西門慶取出這十兩銀子付與小人分付道所殮的屍首凡百事遮蓋小人從來得知道那人是箇刁徒不容小人不接（好說）喫了酒食收了這銀子小人去到大郎家裏揭起千秋旛只見七竅內有瘀血唇口上有齒痕係是生前中毒的屍首小人本待聲張起來只是又沒苦主他的娘子巳自道是害心疼病死了（好說）因此小人不敢聲言自咬破舌尖只做中了惡扶歸家來了只是

火家自去殮了屍首不曾接受一文好說第三日聽得扛出去燒化小人買了一陌紙去山頭假做人情使轉了王婆并令嫂擡拾了這兩塊骨頭包在家裏這骨殖酥黑係是毒藥身死的證見這張紙上寫着年月日時并送喪人的姓名好說便是小人口詞了都頭詳察武松道姦夫還是何人○○○○○此六字俗筆所無真正是東京初回不知頭路人語何九叔道却不知是誰小人閒聽得說來好有箇賣梨兒的鄆哥那小廝曾和大

郎去茶坊裏捉姦這條街上誰人不知（好）都頭要
知備細可問鄆哥（好）武松道是既然有這箇人時
一同去走一遭武松收了刀藏了骨頭銀子筭還
酒錢（骨殖銀兩在武二身邊）便同何九叔望鄆哥家裏來却
好走到他門前只見那小猴子挽着箇栁籠栲栳
在手裏糴米歸來（如畫）何九叔叫道鄆哥你認得這
位都頭麽鄆哥道解大蟲來時我便認得了（亦借影作
色）你兩箇尋我做甚麽鄆哥那小厮也瞧了八分

便說道只是一件我的老爹六十歲沒人養贍我却難相伴你們喫官司要武松道好兄弟（三字接下文此只半句耳因一頭說一頭摸出銀子來故如此寫）便去身邊取五兩來銀子你把去與老爹做盤纏跟我來說話鄆哥自心裏想道這五兩銀子如何不盤纏得三五箇月便陪侍他喫官司也不妨將銀子和米把與老兒便跟了二人出巷口一箇飯店樓上來武松叫過賣造三分飯來對鄆哥道兄弟你雖年紀幼小倒有

養家孝順之心却纔與你這些銀子且做盤纏我有用着你處事務了畢時我再與你十四五兩銀子做本錢（鬧中偶許）你可備細說與我你恁地和我哥哥去茶坊裏捉姦鄆哥道我說與你你却不要氣苦我從今年正月十三日（與正月二十二日對）提得一籃兒雪梨要去尋西門慶大郎掛一鈎子一地裏沒尋他處問人時說道他在紫石街王婆茶坊裏和賣炊餅的武大老婆做一處如今刮上了他每日只

上文捉姦被踢一篇亦於鄆哥口中重述一遍一箇字亦不省

在那里、我聽得了這話、一逕逩去尋他、叵耐王婆老猪狗、攔住不放我入房裏去、喫我把話來侵他底子、那猪狗便打我一頓栗暴、直叉我出來、將我梨兒都傾在街上、我氣苦了、去尋你大郎說與他備細、他便要去捉姦、我道你不濟事、西門慶那廝、手脚了得、你若捉他不着、反喫他告了倒不好、我明日和你約在巷口取齊、你便少做些炊餅出來、我若張見西門慶入茶坊裏去時、我先入去、你便寄了擔兒等着只看我丟出籃兒來你便搶入來捉姦我這日又提了一籃梨兒逕去茶坊裏被我罵那老猪狗那婆子便來打我喫我先把籃兒撇出街上一頭頂住那老狗在壁上武大郎却搶入去時婆子要去攔截却被我頂住了只叫得武大來也原來倒喫他兩箇頂住了門實是一箇頂住然說得太分明便似同在房中矣。兩箇二字。宛然房門外人語。無論他人。我謂雖王婆亦至今誤謂兩人頂住也。大郎只在房門外聲張却不隄防西門慶那厮開了房門奔出來把大郎一脚踢倒了我見那婦人隨後便出來扶大郎不動不曾見扶進去。妙絕。我慌忙也自走了過得五七日說大郎死了我却不知怎地死了妙絕。武松聽道你這話是實了你却不要說謊鄆哥道便到官府怪猴子。我也只是這般說武松道說得是兄弟倒兄弟二字在下。如聞其聲。便討飯來喫了還了飯錢三箇人下樓來何九叔道小人告退四字。反襯出武二面色不好。○鄆哥說便到官府。何九叔說小人告退。活寫出不知利害。極知利害二色人來。武松道、且隨我來、正要你們與我證一證、把兩箇一直帶到縣廳上、知縣見了、問道都頭告甚麼、武松告說、小人親兄武大被西門慶與嫂通姦、下毒藥謀殺性命、這兩箇便是證見、要相公做主則箇、知縣先問了何九叔并鄆哥口詞、當日與縣吏商議、原來縣吏都是與西門慶有首尾的、官人自不必說、（此二語亦倒轉寫錯落之極令人絕倒）因此官吏通同計較道、這件事難以理問、知縣道、武松你也是箇本縣都頭、不省得法度自古道捉姦見雙捉賊見贓殺人見傷你那哥哥的屍首又沒了你又不曾捉得他姦如今只憑這兩箇言語便問他殺人公事莫非忒偏向麼你不可造次須要自已尋思當行即行（此一番却勿怪知縣實說得是）武松懷裏去取出兩塊酥黑骨頭十兩銀子一張紙（前只指二人此方取出三件○骨殖銀兩在縣堂上）告道覆告相公這箇須不是小人捏合出來的知縣看了道你且起來待我從長商議可行時便與你拿問（骨殖

銀兩在知縣處。何九叔鄆哥都被武松留在房裏好。○看官須記此二人在房裏者。當日西門慶得知却使心腹人來縣裏許官吏銀兩次日早晨武松在廳上告稟催逼知縣拿人誰想這官人貪圖賄賂回出骨殖并銀子來骨殖銀兩又在縣堂上。說道武松你休聽外人挑撥你和西門慶做對頭這件事不明白難以對理聖人云二字騙得進士。騙不得武二。○下四句俚鄙可笑。上却裝此大帽子三字。可發一笑。經目之事猶恐未真背後之言豈能全信不可一時造次

獄吏便道都頭但凡人命之事須要屍傷病物蹤

忽與潘驢鄧小閒作對。眞乃以文爲戲。五件事全方可推問得武松

道既然相公不准所告且卻又理會迅疾豪快。讀之滿引一斗。

收了銀子和骨殖再付與何九叔收了骨殖銀兩仍在何九

叔處。○行文精細之極。若不付何九叔收了。帶在身邊。殊不便作事也。下廳來到自已

房內叫土兵安排飯食與何九叔同鄆哥喫留在

房裏相等一等我去便來也二人仍在房裏。又自帶了三

兩箇土兵離了縣衙將了硯瓦筆墨就買了三五

卷三十

張紙藏在身邊就叫兩箇土兵買了箇猪首一隻鵝一隻雞一担酒和些果品之類安排在家裏約莫也是巳牌時候帶了箇土兵來到家中那婦人巳知告狀不准放下心不怕他大着膽看他怎的（活畫）武松叫道嫂嫂下來有句話說那婆娘慢慢地行下樓來（也不假哭了）問道有甚麼話說（活畫○如聞其聲）武松道明日是亡兄斷七你前日惱了衆鄰舍街坊我今日特地來把杯酒替嫂嫂相謝衆鄰那婦人

又二番設祭亦未算設祭

大剌剌地說道謝他們怎地（活畫）武松道禮不可缺喚土兵先去靈床子前明晃晃的點起兩枝蠟燭焚起一爐香列下一陌紙錢把祭物去靈前擺了堆盤滿宴（四字一哭。哭何人。哭天下之人也。天下之人。無不一生咬薑呷醋。食不敢飽。直至死後澆奠之日。方始堆盤滿宴一番。如武大者。蓋比比也。）鋪下酒食果品之類叫一箇土兵後面燙酒兩箇土兵門前安排桌凳又有兩箇前後把門（猶帶後門）武松自分付定了便叫嫂嫂來待客（正客）我去請來先請隔壁王婆（陪客又）

是陪客文是正客那婆子道不消生受教都頭作謝武松道多多相擾了乾娘自有箇道理先備一杯菜酒休得推故那婆子取了招兒細畫收拾了門戶從後門走過來後門武松道嫂嫂坐主位乾娘對席婆子已知道西門慶回話了放心着喫酒兩箇都心裏道看他怎地活畫武松又請這邊下鄰開銀鋪的財姚二郎姚文卿二郎道小人忙些不勞都頭生受武松拖住便道一杯淡酒又不長久便請到家那

姚二郎只得隨順到來便教去王婆肩下坐了○○○○○○○○上回

已皂寫淫婦好色虔婆愛鈔矣此忽乘便借鄰舍鋪面上憑空點染出來姚文卿坐王婆下者表虔婆以財爲命也趙仲銘坐潘氏下者表花娘搽脂點粉也胡正卿坐趙仲銘下郎在潘氏一行者言因花娘搽脂點粉致有今日酒席也又云吏員出身者不惟便於下文塡寫口詞亦表一場官司皆從婦人描眉畫眼而起也饞餂者物之有氣者也夢書夜夢饞餂明日鬬氣矣先問王婆你隔壁是誰所以深明財與氣鄰蓋戒世人之心至深切也張老仍坐王婆肩下則知虔婆但知錢鈔而不知禍患乃今其驗之然而悔已晚矣看他先只因虔婆愛鈔便寫一銀鋪因花娘好色便寫一馬鋪後忽又思世人所爭只是酒色財氣四事乃今財色二者已極言之止少酒氣二字便隨手揆出冷酒

請四家四樣請法語言都變換妙活



饋餽兩鋪來眞才子之文也又去對門請兩家一家是開紙馬鋪的色趙四郎趙仲銘四郎道小人買賣撇不得不及陪奉武松道如何使得衆高鄰都在那里了不睬他不來被武松扯到家裏道老人家爺父一般便請在嫂嫂肩下坐了又請對門那賣冷酒店的酒胡正卿那人原是吏員出身便瞧道有些尷尬那里肯來被武松不管他拖了過來却請去趙四郎肩下坐了武松道王婆你隔壁是誰王婆道

他家是賣餶飿兒的氣。張公却好正在屋裏見武松入來喫了一驚道都頭沒甚話說武松道家間多擾了街坊相請喫杯淡酒那老兒道哎呀老子不曾有些禮數到都頭家却如何請老子喫酒武松道不成微敬便請到家老兒喫武松拖了過來請去姚二郎肩下坐地說話的爲何先坐的不走了（百忙中忽然自問。愈顯筆勢陡突。）原來都有土兵前後把着門都似監禁的一般（忽然自荅。百忙中乃得讓此一筆。）武松請到四家鄰舍并王婆和嫂嫂共是六人武松掇條凳子却坐在橫頭便叫土兵把前後門關了（好。後門此日關了。）那後面土兵自來篩酒（遂成收煞。）武松唱箇大喏說道衆高鄰休怪小人麄鹵胡亂請些箇衆鄰舍道小人們都不曾與都頭洗泥接風如今倒來反擾武松笑道不成意思衆高鄰休得笑話則箇土兵只顧篩酒衆人懷着鬼胎正不知怎地看看酒至三杯那胡正卿便要起身（好。活畫乖覺人。）說道小人忙些箇武松叫道去不得（三字可畏）既來到此便忙也坐一坐那胡正卿心頭十五箇弔桶打水七上八下暗暗地尋思道既是好意請我們喫酒如何却這般相待不許人動身只得坐下（活畫乖覺人）武松道再把酒來篩土兵斟到第四杯酒前後共喫了七杯酒過衆人却似喫了呂太后一千箇筵宴只見武松喝叫土兵且收拾過了杯盤（疾）少間再喫（四字襯出七杯之疾）武松抹卓子（疾）衆鄰舍却待起身（疾）武松把兩隻

手只一攔（疾）道正要說話（寫得可畏）一干高鄰在這里
中間那位高鄰會寫字姚二郎便道此位胡正卿
極寫得好（指帶吏人不是銀子不動筆）武松便唱箇喏道相煩
則箇便捲起雙袖（先觀四字在前）去衣裳底下颼地只一
掣掣出那口尖刀來（可駭又甚疾）右手四指籠着刀靶
大拇指按住掩心（又襯十五字在後）兩隻圓彪彪怪眼睜
起（可駭）道諸位高鄰在此小人寃各有頭債各有主
只要衆位做箇證見（開剖明畫）只見武松左手拿住嫂

嫂右手指定王婆（看他旋寫武二旋寫衆人筆勢駭疾不定）四家鄰舍驚得目睜口呆罔知所措都面面厮覷不敢做聲武松道高鄰休怪不必喫驚武松雖是麤鹵漢子便死也不怕（五字只作麤鹵二字註脚）還省得有冤報冤有讎報讐並不傷犯衆位只煩高鄰做箇證見若有一位先走的武松翻過臉來休怪教他先喫我五七刀了去武二便償他命也不妨（句句神威）衆鄰舍都目瞪口呆再不敢動武松看着王婆喝道（本是喝罵婦人事却

不可竟置虔婆在後，故先跨入一段，便筆有餘勢。兀的老豬狗聽着、我的哥哥這箇性命、都在你的身上、慢慢地却問你。安放畢，下便動手擺布正犯。回過臉來看着婦人罵道：駭疾。你那淫婦聽着、你把我的哥哥性命、怎地謀害了、從實招了、我便饒你、那婦人道、叔叔、你好沒道理、絕倒。你哥哥自害心疼病死了、干我甚事、絕倒。說猶未了、武松把刀胳察子揷在卓子上、駭疾。用左手揪住那婦人頭髻、右手劈胸提住、駭疾。把卓子一脚踢倒了、駭疾。隔卓子把這婦人輕輕地提將過來一交放翻在靈床面前駭疾。兩脚踏住駭疾。右手拔起刀來駭疾。指定王婆駭疾。道老猪狗你從實說那婆子要脫身脫不得只得道不消都頭發怒老身自說便了見勢頭凶了。便許說。次後心上一轉。却又不說。活畫虔婆。武松叫土兵取過紙墨筆硯排好了卓子妙。把刀指着胡正卿道妙。相煩你與我聽一句寫一句胡正卿肐膝膝抖着道小小人便寫寫妙。討了些硯水妙。百忙中偏有此閒筆。磨起墨來妙。尚無可寫。便且磨墨。眞是活畫。胡正卿拿着筆拂那紙道王婆你實說妙妙。活是等寫之語。○四家鄰舍中只胡正卿插口說一句。妙。那婆子道又不干我事教說甚麼妙妙。先忽許說。次忽又不說。都是活畫。武松道老猪狗我都知了你賴那箇去正破不干我事四字你不說時我先剮了這箇淫婦後殺你這老狗提起刀來望那婦人臉上便擱兩擱駭妙。○與西門熱臉。冷煖自知。那婦人慌忙叫道叔叔二字絕筆。且饒我你放我起來我說便了武二自要虔婆說。却忽自婦人說出來。筆勢提搦不定。武松一提提起那婆娘跪在靈床子前〔駭疾〕喝一聲淫婦快說〔駭妙〕那婦人驚得魂魄都沒了只得從實招說將那日放簾子因打着西門慶起〔句〕并做衣裳入馬通姦〔句〕一一地說〔補上鄆哥九叔所不知〕次後來怎生踢了武大〔踢武大是鄆哥所知。怎生踢是補鄆哥所不知〕因何說討下藥王婆怎地教唆撥置〔由毒撥置是九叔所知。因何怎地是何九叔所不知〕從頭至尾說了一遍〔前二詳此一省法變〕武松叫他說一句〔駭疾〕却叫胡正卿寫一句〔駭疾。要知此兩句中武二怪眼有數十番閃爍迴擊〕王婆道咬蟲你先

二灑淚字俗本無

供人頭招了我如何賴得過只苦了老身（活畫虔婆）王婆也只得招認了把這婆子口詞也叫胡正卿寫了從頭至尾都說在上面（每喜其與上法變其實只是一創耳）叫他兩箇都點指畫了字（英靈）就叫四家鄰舍書了名也畫了字（英靈）叫土兵解搭膊來（絕倒）背接綁了這老狗（妙絕快絕）捲了口詞藏在懷裏（英靈）叫土兵取碗酒來供養在靈床子前（是妙絕）拖過這婦人來跪在靈前（是妙絕）喝那老狗也跪在靈前（是妙絕快絕）灑淚道哥哥（句）靈魂不

第三番設祭方是設祭然亦木耳

遠句。今日句。兄弟與你報讐雪恨句。○只十六字自成絕妙一篇前祭武大郎文。叫土兵把紙錢點着駭疾。○着此一何便知下殺淫婦一段文字只在火化紙錢一霎時中做完。駭疾不可言。那婦人見頭勢不好却待要叫被武松腦揪倒來駭疾。兩隻脚踏住他兩隻肐膊駭疾。扯開胸脯衣裳駭疾絕倒。○雪天曾願自解為之嫂嫂胸前衣裳却是叔叔扯開。千載奇文奇奇事。說時遲那時快把尖刀去胸前只一剜駭疾。口裏銜着刀五字分外出色。寫出來駭疾不可言。雙手去挖開胸脯駭疾。摳出心肝五臟供養在靈前駭疾。肐察一刀

供人頭

便割下那婦人頭來（駭疾。）血流滿地，四家鄰舍眼都定了，只掩了臉看他，又不敢勸，只得隨順他。（血流滿地四字連下節，是隣舍分中語也。）武松叫土兵去樓上取下一床被來（寫出自在。）把婦人頭包了（自在。）揩了刀（自在。）插在鞘裏（自在。）洗了手（自在。）唱箇喏（自在。○寫駭疾處駭疾死人，寫自在處自在死人。總表武二神威。）道：「有勞高鄰，甚是休怪，且請眾位樓上少坐，待武二便來。」（又轉一奇峯。○不知何九、鄆哥此時在武二房中說甚。）四家隣舍都面面相看，不敢不依他，只得都上樓去坐了武松分付土兵也教押那婆子上樓去（妙）關了樓門（妙）着兩箇土兵在樓下看守（妙）武松包了婦人那顆頭一直奔西門慶生藥鋪前來（駭疾）看着主管唱箇喏（是日武二唱了多喏）問道大官人在麼主管道却纔出去武松道借一步閒說一句話那主管也有些認得武松不敢不出來武松一引引到側首僻淨巷內驀然翻過臉來道你要死却是要活（駭疾）主管慌道都頭在上小人又不曾傷犯了都（不待辭畢活畫）

駭疾。○俗本都字下有頭字。武松道、你要死休說西門慶去向、要死休說。看口頭語耳。却自是絕奇妙語。反若戒之也者。你若要活實對我說、西門慶在那里、主管道、却纔和一箇相識、去獅子橋下大酒樓上喫、又不待辭畢。活畫駭疾。○俗本喫字下有酒字。武松聽了、轉身便走、活是一箇獅子。那主管驚得半晌移脚不動自去了、移脚不動下。加自去了三字。是寫跛鼈鬭神龍法。思之可知。且說武松逕逩到獅子橋下酒樓前、便問酒保道、西門慶大郎和甚人喫酒、酒保道、和一箇一般的財主、在樓上邊街閣兒裏喫酒武松一直撞到樓上去閣子前張時窗眼裏見西門慶坐着主位對面一箇坐着客席兩箇唱的粉頭坐在兩邊閒中一襯。多恐是李嬌嬌張惜惜耳。武松把那被包打開一抖駭疾。那顆人頭血淥淥的滚出來駭疾。武松左手提了人頭右手拔出尖刀挑開簾子駭疾。挑開者。尖刀挑開也。鑽將入來急挑不開。故用鑽字。活畫駭疾。把那婦人頭望西門慶臉上摜將來駭疾

○不必摜。所以摜者。爲此際須用雙手。乃急切又無放頭之處。且放便不駭疾矣。故忽然想出一摜

字來（妙絕）西門慶認得是武松喫了一驚叫聲哎呀（亦疾）便跳起在凳子上去（疾）一隻脚跨上窗檻要尋走路（疾）兒下面是街跳不下去（疾）心裏正慌（疾）說時遲那時快武松却用手略按一按（駭疾）托地已跳在卓子上（駭疾）把些盞兒碟兒都踢下來（百忙中又夾一閒筆）兩箇唱的行院驚得走不動（百忙中又夾一句）那箇財主官人慌了脚手也倒了（百忙中又夾一句）西門慶見來得兇便把手虛指一指早飛起右脚來（兒終弟及為之絕倒）武松

只顧搶入去（駭妙）見他腳起略閃一閃（妙）恰好那一腳正踢中武松右手（駭妙）那口刀踢將起來直落下街心裏去了（駭妙。此句與上打虎折棒一樣筆法，皆所以深明武二之神威也。○踢落刀也，卻偏寫云踢將起來直落下去，一起一落，雖一落刀，亦必寫成異樣色勢，真才子不虛也。）西門慶見踢去了刀，心裏便不怕他，右手虛照一照，左手一拳照着武松心窩裏打來（亦疾）卻被武松略躲箇過（駭疾）就勢裏從脅下鑽入來（駭疾）左手帶住頭連肩胛只一提（駭疾）右手早捽住西門慶左腳叫聲下去駭疾。那西門慶一者冤魂纏定，二乃天理難容，三來怎當武松神力，又向百忙中忽擠下三句來。只見頭在下腳在上倒撞落在當街心裏去了，跌得箇發昏章第十一奇語。捎帶俗儒分章可笑。○獨恨大雄氏之言，亦被盲僧分章裂段，眞發昏章第十一也。街上兩邊人都喫了一驚。是閒筆。是閒筆。不武松伸手下凳子邊提了淫婦的頭駭疾。也鑽出窗子外湧身望下只一跳駭疾。○第一刀下去，第二擗姦夫下去，第三自跳下去，一箇酒樓窗裏。凡寫三番，妙絕。跳在當街上，先搶了那口刀在手裏

第四番設祭設祭已畢

駭疾看這西門慶已跌得半死直挺挺在地下只把眼來動武松按住只一刀割下西門慶的頭來寫得快絕把兩顆頭相結做一處眞虧王婆撮合提在手裏妙把着那口刀妙一直奔回紫石街來叫土兵開了門將兩顆人頭供養在靈前把那碗冷酒澆奠了又灑淚道哥哥靈魂不遠早生天界兄弟與你報讐殺了姦夫和淫婦今日就行燒化生哥哥不得孝順要甚靈床子快人快事絕妙一篇後祭武大郎文便叫土兵樓上請高鄰下來

妙把那婆子押在前面妙。○看官須記得。老武松猪狗是背接綁着者。拿着刀提了兩顆人頭妙。○澆奠既畢。仍提在手。再對四家鄰舍道。我又有一句話不顧駭死人。對你們高鄰說。須去不得。駭死人。那四家鄰舍叉手拱立。盡道。都頭但說。我眾人一聽尊命。武松說出這幾句話來。有分教

景陽岡好漢。屈做囚徒。陽穀縣都頭。變作行者。畢竟武松說出甚話來。且聽下回分解。

第五才子書施耐菴水滸傳卷之三十

第五才子書施耐菴水滸傳卷之三十一

聖歎外書

第二十六回

母藥叉孟州道賣人肉

武都頭十字坡遇張青

前篇寫武松殺嫂可謂天崩地塌鳥駭獸竄之事矣入此回眞是强弩之末勢不可穿魯縞之時斯固百江郎莫不閣筆坐愁摩腹吟

歎者也乃作者忽復自思文章之法不止一端右之左之無不咸有我獨柰何菁華旣竭搴裳便去自同鼯鼠爲藂林笑哉於是便隨手將十字坡遇張青一案翻騰踢倒先請出孫二娘來寫孫二娘便加出無數笑字寫武松便幻出無數風話於是讀者但覺峰迴谷轉又來到一處勝地而殊不知作者正故意要將頂天立地戴髮噙齒之武二忽變作迎

奸賣俏不識人倫之豬狗上文何等雷轟電
激此處何等展眼招眉上文武二活是景陽
岡上大蟲此處武二活是暮雪房中嫂嫂到
得後幅便一發盡興寫出當胸摟住壓在身
上八箇字來正是前後穿射斜飛反撲不圖
無心又得此一番奇筆也
相見後武松叫無數嫂嫂二娘叫無數伯伯
前後二篇殺一嫂嫂遇一嫂嫂先做叔叔後

做伯伯亦悉是他用斜飛反撲穿射入妙之筆

張青述曾達被毒下忽然又撰出一箇頭陀來此文章家虛實相間之法也然却不可便謂曾達一段是實頭陀一段是虛何則蓋爲曾達雖實有其人然傳中却不見其事頭陀雖實無其人然戒刀文實有其物也須知文到入妙處純是虛中有實實中有虛聯縮激

射正復不定斷非一語所得盡讚耳

此書每到人才極盛處便忽然失落一人以明綱羅之外另有異樣奇人未可以耳目所及遂盡天下之士也即如開書將說一百八人爲頭已先失落一王進張青光明寺出身便加意爲魯達武松作合而中間已失落一頭陀宋江三打祝家之際聚會無數新來豪傑而末後已失落一欒廷玉嗟乎名垂簡册

亦復有幸有不幸乎彼成大名顯當世者胡可遂謂蚌外無珠也

話說當下武松對四家鄰舍道小人因與哥哥報讐雪恨犯罪正當其理雖死而不怨天在上地在下日月在明鬼神在幽一齊灑淚聽公此言却纔甚是驚嚇了高鄰又謝衆人一句小人此一去存亡未保死活不知我哥哥靈牀子就今燒化了讀之心痛兄弟二人一死於讐一將死於報讐想其父母在地下不知相顧作何語家中但有些一應物件望煩四位高鄰與小

人變賣些錢來作隨衙用度之資聽候使用細心閒筆
令去縣裏首告休要管小人罪犯輕重只替小人
從實證一證是隨即取靈牌和紙錢燒化了樓上
有兩箇箱籠取下來打開看了付與四鄰收貯變
賣却押那婆子提了兩顆人頭逕投縣裏來真好看
此時鬨動了一箇陽穀縣街上看的人不計其數
第一番看迎虎第二番看人頭陽穀縣人何其樂也知縣聽得人來報了先
自駭然隨即陞廳武松押那王婆在廳前跪下行

兇刀子、和兩顆人頭放在堦下、武松跪在左邊、婆子跪在中間、四家隣舍跪在右邊、武松懷中取出胡正卿寫的口詞、從頭至尾告說一遍、知縣叫那令史先問了王婆口詞、一般供說、四家隣舍指證明白、又喚過何九叔、鄆哥、都取了明白供狀、喚當該仵作行人、委吏一員、把這一干人、押到紫石街、簡驗了婦人身屍、獅子橋下酒樓前、簡驗了西門慶身屍、明白填寫屍單格目、回到縣裏呈堂立案、知縣叫取長枷且把武松同這婆子枷了寫得絕倒今古同歎收在監內一干平人寄監在門房裏且說縣官念武松是箇義氣烈漢又想他上京去了這一遭一心要周全他又尋思他的好處用筆甚輕只須如此便喚該吏商議道念武松那廝是箇有義的漢子把這人們招狀從新做過改作武松因祭獻亡兄武大有嫂不容祭祀因而相爭婦人將靈牀推倒救護亡兄神主與嫂鬭毆一時殺死次後西門慶因與

本婦通姦前來强護因而鬬毆互相不伏扭打至獅子橋邊以致鬬殺身死（讀之絕倒○招中讀款又無王婆何也）狀與武松聽了寫一道申解公文將這一干人犯解本管東平府申請發落這陽穀縣雖是箇小縣分倒有仗義的人有那上戶之家都資助武松銀兩也有送酒食錢米與武松的（此處數段俱是冷題熱寫然却將打虎睛牽映出來）武松到下處將行李寄頓土兵收了將了十二三兩銀子與了鄆哥的老爹（前文閒中一許只謂口頭活話）

不意至此應出行文精細如此武松管下的土兵大半相送酒肉不迭又妙寫出義烈感人當下縣吏領了公文抱着文卷并何九叔的銀子骨殖招詞刀仗武大骨殖在縣吏處帶了一干人犯上路望東平府來衆人到得府前看的人鬨動了衙門口且說府尹陳文昭聽得報來隨即陞廳那陳府尹是箇聰察的官已知這件事了便叫押過這一干人犯就當廳先把陽穀縣申文看了又把各人供狀招款看過將這一干人一一審

錄一遍，把贓物并行兇刀仗封了，發與庫子收領上庫。（武大骨殖上庫。）將武松的長枷換了一面輕罪枷枷了，下在牢裏；把這婆子換一面重囚枷釘了，禁在提事司監死囚牢裏收了。（縣何憒憒。府何察察。只是筆墨抑揚以成文勢耳。）喚過縣吏領了回文，發落何九叔、鄆哥、四家隣舍：這六人且帶回縣去，寧家聽候；（好。）本主西門慶妻子留在本府羈管聽候。等朝廷明降，方始細斷。那何九叔、鄆哥、四家隣舍，縣吏領了，自回本縣去了武松下在牢裏自有幾箇土兵送飯閒筆○讀此句忽憶論語人皆有兄弟我獨無之語不覺淚落且說陳府尹哀憐武松是箇仗義的烈漢時常差人看覷他因此節級牢子都不要他一文錢倒把酒食與他喫讀至此處忽又憶四海之內皆兄弟一語歎其誠然也陳府尹把這招稾卷宗都改得輕了申去省院詳審議罪卻使箇心腹人齎了一封緊要密書星夜投京師來替他幹辦此篇寫武松既寫得異嘗則寫四邊人定不得不都寫得異嘗譬如畫虎者四邊草木都須作勁勢不然便襯不起也不如文者竟

漫謂難得陳文昭。真癡人說夢矣。那刑部官有和陳文昭好的、把這件事直稟過了省院官、議下罪犯、據王婆縣招漏去。生情造意哄誘通姦唆使本婦下藥毒死此獨首提。妙絕。親夫又令本婦趕逐武松不容祭祀親兄仍入此。何以明以致殺傷人命唆令男女故失人倫擬本當不採縣招也。合婆遲處死妙。據武松雖係報兄之讐鬬殺西門慶姦夫人命亦則自首難以釋免脊杖四十刺配二千里外妙。姦夫淫婦雖該重罪已死勿論妙。其餘一干人犯釋放寧家妙文書到日即便施行尨妙○似依决不待時律然實爲讀者至此已不及候秋後矣東平府尹陳文昭看了來文隨即行移拘到何九叔鄆哥并四家鄰舍和西門慶妻小一干人等都到廳前聽斷牢中取出武松讀了朝廷明降開了長枷脊杖四十上下公人都看覷他止有五七下着肉妙○獨與前後諸人受杖不同取一面七斤半鐵葉團頭護身枷釘了臉上免不得刺了兩行金印迭配孟州牢城其餘一干衆人

省諭發落、各放寧家、大牢裏取出王婆、當廳聽命、讀了朝廷明降這副便有一分了寫了犯繇牌這副便有二分了畫了伏狀這副便有三分了便把這婆子推上木驢這副便有四分了四道長釘、三條綁索這副便有五分了東平府尹判了一箇字、剮一字句這副便有六分了上坐下擡二字句這副便有七分了破鼓響、碎鑼鳴三字句這副便有八分了犯繇前引、混棍後催四字句這副便有九分了兩把尖刀舉、一朶紙花搖五字句這副便有十分了帶去東平府市心裏喫了一剮十分光都完了。話裏只說武松帶上行枷看剮了王婆此何不是寫出暢快正顯上文數行都自武松眼中看出非作者自置一筆也有那原舊的上鄰姚二郎將變賣家私什物的銀兩交付與武松收受極細○獨借姚二郎者為他開銀舖也作別自回去了當廳押了文帖着兩箇防送公人領了解赴孟州交割府尹發落巳了只說武松與兩箇防送公人上路有那原跟的土兵付與了行李極細亦回本縣去了武松自和兩箇公人離了東平府迤邐取路投孟州來那兩箇公人知道武松是箇好漢一路只是小心伏侍他不敢輕慢他些箇亦獨與諸人防送不同武松見他兩箇小心也不和他計較包裹內有的是金銀但過村坊舖店便買酒買肉和他兩箇公人喫話休絮繁武松自從三月初頭殺了人好筆坐了兩箇月監房好筆如今來到孟州路上正是六月前後好筆〇去年此際楊志在二龍山下炎炎火日當天爍矣流光迅速又是一番公案石流金之際只得趕早涼而行約莫也行了二十

餘日來到一條大路三箇人已到嶺上却是巳牌時分武松道你們且休坐了趕下嶺去尋買些酒肉喫兩箇公人道也說得是三箇人趲過嶺來只一望時見遠遠地土坡下約有數間草屋傍着谿邊柳樹上挑出箇酒帘兒（如畫）武松見了指道那里不有箇酒店三箇人趲下嶺來山岡邊見箇樵夫挑一擔柴過去（並無姓名只作眼前一問奇筆）武松叫道漢子借問這里叫做甚麽去處樵夫道這嶺是孟州道嶺

前面大樹林邊便是有名的十字坡（坡名絕妙。自表其文心交又四出。如十字也。前寶珠篇中已詳論之）武松問了自和兩箇公人一直奔到十字坡邊看時爲頭一株大樹四五箇人抱不交上面都是枯藤纏着（如畫）看看抹過大樹邊早望見一箇酒店門前窻檻邊坐着一箇婦人（曹正店中一箇婦人。此店中又一箇婦人。不如誰賓誰主）露出綠紗衫兒來頭上黃烘烘的插着一頭釵鐶鬢邊插着些野花（如畫。先遠望寫一番）見武松同兩箇公人來到門前那婦人便走起身來迎接下面繫一條鮮紅生絹裙搽一臉胭脂鉛粉敞開胸脯露出桃紅紗主腰上面一色金鈕如畫○又近看寫一番○嘗言美人之美乃在或遠或近之間今寫此婦人旣遠近皆詳矣乃覺眼前心上如逢鬼母何也說道客官歇腳了去本家有好酒句好肉句要點心時好大饅頭句○本色行貨兩箇公人和武松入到裏面一副柏木桌凳座頭上兩箇公人倚了棍棒解下那纏袋上下肩坐了武松先把脊背上包裹解下來放在卓子上解了腰間搭

膊脫下布衫兩箇公人道這里又沒人看見我們擔些利害且與你除了這枷快活喫兩碗酒便與武松揭了封皮除下枷來放在卓子底下都脫了上半截衣裳搭在一邊牕檻上（夏景）只見那婦人笑容可掬（前寫潘氏用許多笑字此寫二娘復用許多笑字閃耀爲奇）道客官打多少酒武松道不要問多少只顧燙來肉便切三五斤來一發筭錢還你那婦人道也有好大饅頭（又說一句深表大樹坡本色道地行貨也）武松道也把三二十箇來做

點心那婦人嘻嘻地笑着入裏面托出一大桶酒來放下三隻大碗三雙筯切出兩盤肉來一連篩了四五巡酒去竈上取一籠饅頭來放在桌子上兩箇公人拏起來便喫武松取一箇拍開看了叫道酒家這饅頭是人肉的是狗肉的那婦人嘻嘻笑道客官休要取笑清平世界蕩蕩乾坤那里有人肉的饅頭狗肉的滋味我家饅頭積祖是黃牛的武松道我從來走江湖上多聽得人說道大樹

十字坡客人誰敢那里過肥的切做饅頭餡瘦的却把去塡河（只圖押韻遂與今日詩社無異不意武二天人亦復不免）那婦人道客官那得這話這是你自揑出來的武松道我見這饅頭餡內有幾根毛一像人小便處的毛一般（雖是說饅頭乃其語瀏褻之極已入風話矣讀之絕倒）以此疑忌武松又問道娘子你家丈夫却怎地不見（絕妙風話）那婦人道我的丈夫出外做客未回武松道恁地時你獨自一箇須冷落（絕妙風話宛然令嫂聲口）那婦人笑着尋思道這

賊配軍却不是作死倒來戲弄老娘正是燈蛾撲火惹焰燒身不是我來尋你我且先對付那廝這婦人便道客官休要取笑再喫幾碗了去後面樹下乘凉要歇便在我家安歇不妨也說一句風話絕妙武松聽了這話自家肚裏尋思道這婦人不懷好意了你看我且先耍他武松又道大娘子你家這酒好生淡薄別有甚好酒請我們喫幾碗那婦人道有些十分香美的好酒只是渾些武松道最好越渾

越好（只是風話）、那婦人心裏暗笑、便去裏面托出一鏇渾色酒來、武松看了道、這箇正是好生酒、只宜熱喫、最好、那婦人道、還是這位客官省得、我盪來你嘗看、婦人自笑道、這箇賊配軍正是該死、倒要熱喫、這藥卻是發作得快、那廝當是我手裏行貨、盪得熱了、把將過來篩做三碗、笑道、客官試嘗這酒、兩箇公人那里忍得饑渴、只顧拿起來喫了、武松便道、娘子、我從來喫不得寡酒、你再切些肉來與我過口張得那婦人轉身入去却把這酒潑在僻暗處只虛把舌頭來咂道好酒還是這箇酒衝得人動（寫得武二眞是妙人立地生出機變）那婦人那曾去切肉只虛轉一遭便出來拍手叫道倒也倒也那兩箇公人只見天旋地轉禁了口望後撲地便倒武松也雙眼緊閉撲地仰倒在凳邊（妙人）只聽得笑道（只聽得妙絕）着了餘你奸似鬼喫了老娘的洗脚水便叫小二小三快出來只聽得飛奔出兩箇蠢漢來（聽得妙絕）聽

俗本無八箇聽字故知古本之妙



他把兩箇公人先扛了進去、這婦人便來桌上提、那包裹、并公人的纏袋、想是捏一捏、約莫裏面已是金銀。（想是妙絕。約莫妙絕。已是妙絕。）只聽得他大笑道（只聽得。妙絕。）今日得這三頭行貨、倒有好兩日饅頭賣、又得這若干東西、聽得把包裹纏袋提入去了、（聽得。妙絕。）隨聽他出來看這兩箇漢子扛擡武松、（聽他。妙絕。先取餘事收拾盡。）（却放出筆來單寫武松。）那里扛得動、直挺挺在地下、却似有千百斤重的、（妙人）只聽得婦人喝道、（只聽得妙絕。）你這鳥男女只會喫飯喫酒全沒些用直要老娘親自動手一段話這箇鳥大漢却也會戲弄老娘又一段話這等肥胖好做黃牛肉賣積祖之言不謬那兩箇瘦蠻子只好做水牛肉賣又一段話扛進去先開剝這廝用又一段話偏說出許多使武松忍笑不住聽他一頭說一頭想是脫那綠紗衫兒解了紅絹裙子聽他妙絕想是妙絕赤膊着必須赤膊方使下文盡興便來把武松輕輕提將起來武松就勢抱住那婦人妙人生平未經之事把兩隻手一拘拘將攏來當胸前

摟住十五字句思之絕倒武二真正妙人無可不可〇前者嫂嫂日夜望之卻把兩隻腿望那婦人下半截只一挾壓在婦人身上寫出妙人無可不可思之絕倒〇胸前摟住壓在身上皆故作醜語以成奇文也只見他殺豬也似叫將起來上文許多事情偏在耳中聽出此處殺豬也似一聲卻於眼中看見奇文繡錯入妙那兩箇漢子急待向前被武松大喝一聲驚得呆了那婦人被按壓在地上只叫道好漢饒我那里敢掙扎只見門前一人挑一擔柴歇在門首上文無端一悶令讀者幾成眼挫至此忽又悶來望見武松按倒那

婦人在地上那人大踏步跑將進來叫道好漢息
怒且饒恕了小人自有話說武松跳將起來把左
脚踏住婦人提着雙拳看那人特寫得如畫頭帶青紗
凹面巾身穿白布衫下面腿絣護膝八搭麻鞋腰
繫着纏袋生得三拳骨叉臉兒微有幾根髭髯年
近三十五六看着武松叉手不離方寸說道願聞
好漢大名武松道我行不更名坐不改姓都頭武
松的便是那人道莫不是景陽岡打虎的武都頭

武松回道然也○○須知此二字是得意語。那人納頭便拜道聞名久矣今日幸得拜識武松道你莫非是這婦人的丈夫那人道是小人的渾家天下亦有所對非所問而恰成妙對乃至一字不復可換者如此語是也。有眼不識泰山不知怎地觸犯了都頭可看小人薄面望乞恕罪武松慌忙放起婦人來便問我看你夫妻兩箇也不是等閑的人○○○○○○○○○○當知此句不是寫武松眼力正是表夫妻二人。願求姓名那人便叫婦人穿了衣裳四字絕妙。快近前來拜了都頭武松道却纔衝撞嫂嫂休怪○○○○忽然叫出嫂嫂二字令我一驚○方殺一嫂嫂又認一嫂嫂眞是行文如戲○○○那婦人便道有眼不識好人一時不是望伯○○伯恕罪且請伯伯裏面坐地○○○○○○○○前文潘氏叫得叔叔一片響此文二娘叫得伯伯一片響叔叔伯伯激應奇絕武松又問道你夫妻二位高姓大名如何知我姓名○○○○○○知巳之感千古所同獨不謂武二天人亦有之耳那人道小人姓張名青原是此間光明寺種菜園子○○○○○○○大相國寺菜園後又見此處爲因一時間爭些小事性起把這光明寺僧行殺了放把火燒做白地○○○○○○遂與曾達同後來

也没對頭、官司也不來問、小人只在此大樹坡下剪徑、忽一日有箇老兒挑擔子過來、小人欺負他老、搶出去和他厮併、鬬了二十餘合、被那老兒一匾擔打翻、原來那老兒、年紀小時、專一剪徑、因見小人手脚活便、帶小人歸去到城裏、教了許多本事、又把這箇女兒、招贅小人做了女壻、城裏怎地住得、只得依舊來此間蓋些草屋、賣酒爲生、實是只等客商過往、有那入眼的、便把些蒙汗藥與他喫了便死將大塊好肉切做黃牛肉賣零碎小肉做餡子包饅頭小人每日也挑些去村裏賣如此度日小人因好結識江湖上好漢人都叫小人做菜園子張青俺這渾家姓孫全學得他父親本事特表二娘人都喚他做母藥叉孫二娘小人却纔回來聽得渾家叫喚誰想得遇都頭小人多曾分付渾家道三等人不可壞他第一是雲遊僧道○○○○○○○奇文○張青爲頭是最惜和尚便前牽魯達後挽武松矣布格展筆如畫家所稱大落墨也他不曾受

第一段爲魯達武松提轄

用過分了、又是出家的人、則恁地也爭些兒壞了一箇驚天動地的人原是延安府老种經畧相公帳前提轄姓魯名達此事傳中未嘗正寫、只是魯達口中述一遍、此處張青口中述一遍耳、另是一樣奇格、爲因三拳打死了一箇鎮關西、逃走上五臺山落髮爲僧因他脊梁上有花繡江湖上都呼他做花和尚魯智深獨詳其做和尚之故、爲後文武松作案、使一條渾鐵禪杖重六十來斤、獨詳禪杖、爲後文戒刀作案、也從這里經過、渾家見他生得肥胖也是黄牛、酒裏下了些蒙汗藥、扛入在作坊裏、正要動手開剝、小人恰好歸來、見他那條禪杖非俗、却慌忙把解藥救起來、從禪杖上識出英雄。出色奇語。結拜爲兄此四字是一篇眼目。與後結拜爲弟四字對看。是張青生平一片之心也。打聽他近日占了二龍山寶珠寺、和一箇甚麼青面獸楊志張青一篇只重曾達。不重楊志。故特另加甚麼二字以別之。霸在那方落草、小人幾番收得他相招的書信、只是不能彀去閒中閒放一線。武松道、這兩箇張青一篇自重曾達。武松分中却無輕重。故平提之也。我也在江湖上多聞他名、張青道只可惜了一箇頭陀長七八尺一條大漢（迷魯達事畢。忽然又撰出一箇頭陀來。黃昏風雨。天黑如磐。每憶此文。心絕欲死。）也把來麻壞了小人歸得遲了些箇已把他卸下四足如今只留得一箇箍頭的鐵界尺一領皂直裰一張度牒在此（無端撰出一箇頭陀。便生出數般器具。眞不知文生於情。情生於文。蓋其筆墨亦爲蛟血所塗。故有子母環帖之能也。先出三件。入下又出二件。文筆旋舞而下。）別的都不打緊有兩件物最難得一件是一百單八顆人頂骨做成的數珠（人但知上文先出三件。陪下二件。殊不知下文二件。亦是以一

第二段只作閒話，然亦反映武松殺潘氏，作捎帶。

件陪一件。一件是兩把雪花鑌鐵打成的戒刀，前魯達自述云：見俺戒刀喫驚。此又將留下戒刀，三翻四覆描寫，不意戒刀上又有此奇文也。想這頭陀也自殺人不少，直到如今，那刀要便半夜裏嘯響。看他人骨數珠不更註一語，獨將戒刀出色描寫，便知意在戒刀，餘物只作相伴也。小人只恨道不曾救得這箇人，心裏嘗嘗憶念他。張青真好。第二是江湖上行院妓女之人，此段於文情前後無甚關生，只有意無意與武松殺潘氏反映耳。○行院妓女，則可饒恕；敗壞風俗如潘氏，胡可得恕也。他們是衝州撞府，逢場作戲，陪了多少小心得來的錢物，若

第五才子書《卷三十一　十一　貫華堂

第三段正合本文

還結果了他那廝們你我相傳、去戲臺上說得我等江湖上好漢不英雄、又分付渾家第三是各處犯罪流配的人中間多有好漢在裏頭切不可壞他（然後正入本文・妙絕・）不想渾家不依小人的言語今日又衝撞了都頭、幸喜小人歸得早些、却是如何了起這片心（上文一篇長語・却對武松說・至尾後忽掣轉對渾家說一句・寫出活張青來・）母藥叉孫二娘道、本是不肯下手、一者見伯伯包裹沉重二乃怪伯伯說起風語（又叫兩聲伯伯）因此一時起意武松道我是斬頭瀝血的人何肯戲弄良人將前同兩大篇文字直提出來我見嫂嫂瞧得我包裹緊先疑忌了因此特地說些風話漏你下手那碗酒我已潑了假做中毒你果然來提我一時拏住甚是衝撞了嫂嫂休怪又叫兩聲嫂嫂。凡此等皆作者特蹴奇波處張青大笑起來便請武松直到後面客席裏坐定武松道兄長你且放出那兩箇公人則箇寫武松天人處張青便引武松到人肉作坊裏看時見壁上繃着幾張人皮妙梁上吊着五七條人腿（妙。）見那兩箇公人、一顛一倒、挺着在剝人凳上（妙。特詳之。以爲昔之魯達、今之武松、已開剝之頭陀、未開剝之公人、一齊出色也。）武松道、大哥、你且救起他兩箇來。張青道、請問都頭、今得何罪、配到何處去。武松把殺西門慶并嫂的緣繇、一一說了一遍。張青夫妻兩箇歡喜不盡（聞以叔殺嫂、却歡喜不盡。寫得麤豪可笑。）便對武松說道、小人有句話說、未知都頭如何。武松道、大哥但說不妨。張青不慌不忙、對武松說出那幾句話來、有分

敎武松大閙了孟州城、鬨動了安平寨、直敎打翻拽象拖牛漢、攧倒擒龍捉虎人、畢竟張青對武松說出甚言語來、且聽下回分解

第五才子書施耐菴水滸傳卷之三十二

聖歎外書

## 第二十七回

## 武松威震安平寨　施恩義奪快活林

上文寫武松殺人如菅真是血濺墨缸腥風透筆矣入此回忽然就兩箇公人上三翻四落寫出一片菩薩心胸一若天下之大仁大

慈又未有仁慈過於武松也者於是上文屍腥血跡洗刷淨盡矣葢作者正當寫武二時胸中眞是出格擬就一位天人憑空落筆喜則風霏露灑怒則鞭雷叱霆無可無無不可不期然而然固久非宋江之逢人便哭阮七李逵之搭刀便搣者所得同日而語也

讀此回至武松忽然感激張青夫妻兩箇之語嗟呼豈不痛哉夫天下之夫妻兩箇則盡

夫妻兩箇也如之何而至於松之兄嫂其夫
妻兩箇獨遽至於如此之極也天乎人乎念
松父松母之可以生松而不能免於生松之
兄是誠天也非人也然而兄之可以不娶潘
氏與松之可以不捨兄而遠行是皆人之所
得爲也非天也乃松之兄可以不娶潘氏而
財主又必白白與之松之志可以不捨兄而
遠行而如縣又必重重托之然則天也非人

誠斷斷然矣嗟呼今而後松已不信天下之
大四海之內尚有夫良妻絜雙雙兩箇之奇
事而今初出門庭初接人物便已有張青一
對如此可愛松即金鐵爲中其又能不向壁
彈淚乎耶作者忽於敘事縷縷中奮筆大書
云武松忽然感激張青夫妻兩箇嗟呼眞妙
筆矣忽然字俗本改作因此字又於兩箇下
增厚意字全是學究注意盤飧之語可爲唾

抹令並依古本訂定

連敘管營逐日管待如云一箇軍人托着一箇盒子看時是一大鏇酒一盤肉一盤子麪又是一大碗汁晚來頭先那箇人又頂一箇盒子來是幾般菜蔬一大鏇酒一大盤煎肉一碗魚羹一大碗飯不多時那箇人又和一箇人來一箇提隻浴桶一箇提一桶湯送過浴裙手巾便把籐簟鋪了紗帳掛起放箇凉

枕吽聲安置明日那箇人又提桶面湯取漱口水又帶箇待詔篦頭綰髻子裹巾幘又一箇人將箇盒子取出菜蔬下飯一大碗肉湯一大碗飯喫罷又是一盞茶搬房後那箇人又將一箇提盒看時却是四般菓子一隻熟鷄又有許多蒸捲兒一注子酒晚間洗浴乘涼如此等事無不細細開列色色描畫嘗言太史公酒帳肉簿爲絕世奇文斷惟此篇足

以當之若韓昌黎畫記一篇直是印板文字不足道也

將寫武松威震安平却於須先一日先去天王堂前閒走便先安放得箇青石墩在化紙爐邊奇矣又奇者到明日正寫武松演試神力之時却偏不一直寫偏先寫得一半如云輕輕抱一抱起隨手一撇打入地下一尺來深如是便止却白留下後半再作一番寫來

如云一提一擲一接輕輕仍放舊處直至如此方是武松全副神力盡情托出之時却又還有一半在後如云面上不紅心頭不跳口裏不喘是也讀第一段並不謂其又有第二段讀第二段更不謂其還有第三段文勢離奇屈曲非目之所嘗覩也

話說當下張青對武松說道不是小人心歹比及都頭去牢城營裏受苦不若就這里把兩箇公人

一路都寫武二神威不是人間蹊徑

做翻且只在小人家裏過幾時（此一句賓）若是都頭肯去落草時小人親自送至二龍山寶珠寺與魯智深相聚入夥如何（張青生平一片之心此一句主看他上文還帶說楊志此處已只提魯達爲一篇大文之綱領）武松道最是兄長好心顧盼小弟只是一件武松平生只要打天下硬漢（早伏蔣門神）這兩箇公人於我分上只是小心一路上伏侍我來我若害了他天理也不容我（妙語直襯出殺嫂嫂合天理來）你若敬愛我時（敬愛二字妙絕武松天人便說得出此二字來）便與我救起

他兩箇來、不可害他。特表武松仁慈之至。張青道、都頭既然如此仗義、小人便救醒了、當下張青叫火家便從剝人凳上攙起兩箇公人來、孫二娘便去調一碗解藥來、張青扯住耳朶灌將下去、沒半箇時辰、兩箇公人如夢中睡覺的一般、爬將起來、看了武松說道、我們却如何醉在這裏、這家恁麼好酒、我們又喫不多、便恁地醉了、記着他家、回來再問他買喫。隨筆撥成趣語。武松笑將起來、張青孫二娘也笑、兩箇公人正不知怎地、那兩箇火家自去宰殺鷄鵞、煑得熟了、整頓杯盤端、坐張青教擺在後面葡萄架下、（夏景）放了桌凳坐頭、張青便邀武松并兩箇公人到後園內、武松便讓兩箇公人上面坐了、張青武松在下面朝上坐了、（張青待武松也、武松却不上坐者、蓋預以弟道自居、令人又提着武大當年悲從中來也）孫二娘坐在橫頭、（二娘固不必避生客也、然因此一坐、男女雜亂、便忽提出武大夫妻初見武二之日、不勝風景不殊之痛也。作者挑逗之工、於斯極矣）兩箇漢子輪番斟酒、來往搬擺盤饌、張青勸武松飲酒至晚取出那兩口戒刀來叫武松看了果是鑌鐵打的非一日之功（看他將戒刀讚誦一番摩娑一番加意極矣）兩箇又說些江湖上好漢的勾當却是殺人放火的事武松又說山東及時雨宋公明仗義疏財如此豪傑如今也為事逃在柴大官人莊上（此却是武松生平一片之心不得不說又不使宋江一邊閒）兩箇公人聽[illegible]驚得呆了只是下拜武松道難得你兩箇送[illegible]到這里了終不成有害你之心（武松本意再表一遍）我等[illegible]湖上好漢們

說話你休要喫驚我們並不肯害爲善的人你只顧喫酒明日到孟州時自有相謝頻頻表出武松仁慈者所以盡情洗刷上文殺奸夫淫婦之汚穢以見武松真正天人雷霆風雨各極其用不比梁山李逵阮七之徒草菅人命以爲作戲也描寫至此真神筆哉當晚就張青家裏歇了次日武松要行張青那里肯放一連留住管待了三日武松忽然感激張青夫妻兩箇失一哥哥得一哥哥一箇兄弟方做完一箇兄弟重做起文心淋漓飛舞讀之有海霞赤城之觀○忽然感激四字寫武二真天人也論年齒張青却長武松九年是年武松二十六歲也○俗本九年

（作五年。）因此張青便把武松結拜爲弟。（與前結拜爲兄四字對看）（是張青一篇提綱。）武松再辭了要行，張青又置酒送路，取出行李包裹纏袋來交還了，（不見他進去，卻見他出來，妙絕。）又送十來兩銀子與武松，把二三兩零碎銀子齎發兩箇公人，武松就把這十兩銀子一發與了兩箇公人。（打虎一千貫，便分獵戶；張青送十兩，又與公人。遠遠寫來，出武松身無長物，便爲後面差撥一篇奇文作地。不知文者，使歎其揮金如土也。）再帶上行枷，依舊貼了封皮。（細。）張青和孫二娘送出門前，武松忽然感激（上東京時嫂嫂不送出門前，還有哥哥送出門前也。到得配孟州時，已并無哥哥送出門前。天下爲兄弟者不止一人，亦有如是之怨毒者乎。今忽然於路旁萍水之張青夫婦，反生受其雙雙送出門前。親兄武大靈魂不遠，今竟何在哉。忽然感激灑出淚來，武二天人，故感激灑淚也。○反映前文至於如此，真正才子，萬世不能易也。只得灑淚別了、取路投孟州來、未及晌午、早來到城裏、直至州衙、當廳投下了東平府文牒、州尹看了、收了武松、自押了回文、與兩箇公人回去、不在話下、隨即卻把武松帖發本處牢城營來、當日武松來到牢城營前、看見一座牌額上書三箇大字寫着道安平寨公人帶武松到單身房裏公人自去下文書討了收管不必得說武松自到單身房裏早有十數箇一般的囚徒來看武松說道此書凡係一段小文便要故意相犯如此文亦與林冲初到牢城營不換一筆好漢你新到這裏包裹裏若有人情的書信并使用的銀兩取在手頭並無故妙少刻差撥到來便可送與他若喫殺威棒時也打得輕若沒人情送與他時端的狼狽我和你是一般犯罪的人特地報你知

林冲差撥管營處都有書信銀兩武松兩處都無宋江牢手有節級無寫出他一箇自愛一箇神威一箇機械各各不同

道、豈不聞兎死狐悲、物傷其類、我們只怕你初來不省得、通你得知、武松道、感謝你們衆位指敎我、小人身邊畧有些東西、若是他好問我討時、便送些與他、若是硬問我要時、一文也沒、不是寫武松不知世塗、只是自矗奇峰、爲下文生精作怪地耳。衆囚徒道、好漢、休說這話、古人道、不怕官、只怕管、在人矮簷下、怎敢不低頭、只是小心便好、說猶未了、只見一箇道、差撥官人來了、○○○○○○○○○衆人都自散了、武松解了包裹、坐在單身房裏、反坐下奇絕只見那箇人走將入來問道那箇是新到囚徒武松道小人便是差撥道你也是安眉帶眼的人新語直須要我開口說你是景陽岡打虎的好漢陽穀縣做都頭只道你曉事如何這等不達時務你敢來我這里猫兒也不喫你打了隨景成趣武松道你到來發話指望老爺送人情與你半文也沒妙語然世人都恒道之而不能知其妙何者蓋沒錢至於沒一文止矣若夫半文者乞人亦不要也偏說半文也沒蓋云沒之至也我精拳頭有一雙相送猫兒不喫打狗兒或者領

却拳頭去碎銀有些畱了自買酒喫自在之極看你怎地奈何我沒地裏到把我發回陽穀縣去不成絕倒語非武松說不出那差撥大怒去了又有衆囚徒走攏來妙波此却與林冲文不同說道好漢你和他強了少間苦也他如今去和管營相公說了必然害你性命武松道不怕隨他怎麽奈何我文來文對武來武對此八字寫武松不是蠻皮蓋其胸中計畫已定○然千載看書人到此無不猜到下文定是武來武對也正在那里說未了只見三四箇人來單身房裏叫喚新

到囚人武松文情險絕武松應道老爺在這里又不走了大呼小喝做甚麼那來的人把武松一帶帶到點視廳前那管營相公正在廳上坐五六箇軍漢押武松在當面管營喝叫除了行枷說道你那囚徒省得太祖武德皇帝舊制但凡初到配軍須打一百殺威棒那兜拕的背將起來武松道都不要你眾人鬧動要打便打也不要兜拕我若是躲閃一棒的不是打虎好漢寫出打虎是得意之事從先打過的

都不算從新再打起（絕倒一段）我若叫一聲便不是陽穀縣爲事的好男子（寫出殺嫂又是得意事其文本與下連）兩邊看的人都笑道這癡漢弄死且看他如何熬（上下文皆是武松一連說話中間忽夾寫兩邊人笑妙筆）要打便打毒些不要人情棒兒打我不快活（其文與上陽穀爲事句一氣連下二段）兩下衆人都笑起來那軍漢拏起棍來吆呼一聲（文筆險仄）只見管營相公身邊立着一箇人六尺以上身材二十四五年紀白淨面皮三柳髭鬚額頭上縛着白手

帕（奇）身上穿着一領青紗上蓋把一條白絹搭膊絡着手（奇）那人便去管營相公耳朶邊畧說了幾句話只見管營道新到囚徒武松你路上途中曾害甚病來（妙。一路看他寫管營手柔，武松巧燥，一遍一句，眞欲失笑）武松道我於路不曾害（妙妙）酒也喫得肉也喫得飯也喫得路也走得（妙妙。反說出一串來）管營道這廝是途中得病到這里我看他面皮纔好且寄下他這頓殺威棒（妙）兩邊行杖的軍漢低低對武松道你快說病這是相公將就你你快只推曾害便了加贈一層更妙武松道不曾害不曾害妙妙反說出兩句打了倒乾淨我不要留這一頓寄庫棒新語寄下倒是鈎腸債新語幾時得了妙妙兩邊看的人都笑若無此句便是一管營一武松一行枝牢子四邊寂然更無人矣管營也笑道想是這漢子多管害熱病了不曾得汗故出狂言不要聽他且把去禁在單身房裏妙○然而何也我又欲疾讀下去得知其故又欲且止試一思之願天下後世之讀是書者至此等處皆且止試思也三四箇軍人引武松依前送在單身

房裏衆囚徒都來問道你莫不有甚好相識書信與管營麼妙波屢皺武松道並不曾有衆囚徒道若沒時寄下這頓棒不是好意晚間必然來結果你武松道還是怎地來結果我衆囚徒道他到晚把兩碗乾黃倉米飯來與你喫了趁飽帶你去土牢裏把索子綑翻着稾薦捲了你塞了你七竅顛倒豎在壁邊不消半箇更次便結果了你性命這箇喚做盆弔上文脫過威棒讀者雖未審何故然已心魂安帖矣作者却偏不肯便令安帖偏又

翻出兩畨刑法來。使讀者重復憂起。絕世奇格。武松道、再有怎地安排我、衆人道、再有一樣也是把你來綑了、却把一箇布袋盛一袋黃沙將來壓在你身上也不消一箇更次便是死的這箇喚土布袋偏有兩樣。寫得其禍不測。武松又問道、還有甚麼法度害我只管問。絕倒。衆人道、只是這兩件、怕人些、其餘的也不打緊、衆人說猶未了、只見一箇軍人托着一箇盒子入來、問道、那箇是新配來的武都頭、不叫作囚人。武松矣。何也。武松答道、我便是有、

看他一路歷落零亂寫下無數只見一箇人只見那箇人妙絕

甚麼話說妙那人答道管營叫送點心在這裏武松看時一大鏇酒一盤肉一盤子麵又是一大碗汁寫得出奇竟不知其何也逐色開列以表不是草草供具妙絕武松尋思道敢是把這些點心與我喫了却來對付我妙我且落得喫了却又理會武松把那鏇酒來一飲而盡把肉和麵都喫盡了那人收拾家火回去了去了益不了見有事武松坐在房裏尋思自己冷笑道看他怎地來對付我妙看看天色晚來只見頭先那箇人竟成

者隨寫得妙極又頂一箇盒子入來出奇武松問道你又來怎地妙那人道叫送晚飯在這里擺下幾般菜蔬又是一大鏇酒一大盤煎肉一碗魚羹一大碗飯又逐色開列武松見了暗暗自忖道喫了這頓飯食必然來結果我妙且躲他便死也做箇飽鬼落得喫了却再計較那人等武松喫了收拾碗碟回去了又去了並無事不多時那箇人又和一箇漢子兩箇來越寫得出奇一箇提着浴桶亦逐件寫一箇提一大桶湯逐件寫

來看着武松道請都頭洗浴（真奇絕）武松想道不要等我洗浴了來下手（妙）我也不怕他且落得洗一洗那兩箇漢子安排傾下湯（不要武松動手）武松跳在浴桶裏面洗了一回隨即送過浴裙手巾（細細寫出小心服事來）教武松拭了穿了衣裳一箇自把殘湯傾了（細細服事）提了浴桶去（去了）一箇便把藤簟（句）紗帳（句逐件細細開列）將來掛起（細細服事）鋪了藤簟（細細服事）放箇涼枕（細細服事）叫了安置（何等細細小心服事）也回去了（也去了並無事）武松把門

關上拴了（着此句妙，寫出高枕無事來。）自在裏面思想道：「這箇是甚麼意思？隨他便了，且看如何。」（妙。）放倒頭便自睡了。一夜無事。（此四字各處有此，却入妙。）天明起來，纔開得房門，只見夜來那箇人（出奇無窮。）提着桶洗面湯進來，教武松洗了面，（一）又取漱口水漱了口，（二）又帶箇篦頭待詔來（早飯前寫到面湯奇矣，又寫出漱口，又寫出篦頭，奇不可言。）替武松篦了頭，（三）綰箇髻子，裹了巾幘。（加一倍寫。挽髻子裹巾幘，都不要武松動手。）又是一箇人將箇盒子入來，取出菜蔬下飯，一大碗肉湯一大碗飯（又逐色開列。日日逐色開列。）武松想道、縣你走道兒（妙。）我且落得喫了、武松喫罷飯便是一盞茶（加此一句。與上縮髻裏巾同一出色之法。）却纔茶罷只見送飯的那箇人來請道這里不好安歇請都頭去那壁房裏安歇搬茶搬飯却便當（此一嚇却不可當。文情怪險至此。）武松道、這番來了（妙。我亦驚謂這番來了。）我且跟他去看如何、一箇便來收拾行李被臥一箇引着武松（看他連用無數一箇那箇字。有亂山葱蘢之勢。）離了單身房裏來到前面一箇去處推開房門來裏面乾乾淨淨的牀帳兩邊都是新安排的桌凳什物何也武松來到房裏看了存想道我只道送我入土牢裏去却如何來到這般去處便是何也比單身房好生齊整武松坐到日中那箇人又將一箇提盒子入來手裏提着一注子酒還未歸結還要寫出許多恭敬來文情奇肆至此將到房中打開看時排下四般菓子一隻熟雞又有許多蒸捲兒逐色開列又逐次變換那人便把熟雞來斯了詩云斧以斯之是此斯字出處也俗本作撕字

將注子裏好酒篩下請都頭喫〔細細開列服事之法〕武松心裏忖道畢竟是何如〔妙〕到晚又是許多下飯〔忽省〕又請武松洗浴了〔省〕乘涼〔忽增二字〕歇息〔並無事〕武松自思道眾囚徒也是這般說我也是這般想卻怎地這般請我〔妙〕到第三日依前又是如此送飯送酒〔省〕武松那日早飯罷行出寨裏來閒走〔管營看顧後讀者便急欲得知其故久矣忽然接入連日看待之厚一篇瑣文瑣景雖一往如在山陰道中耳目應接不暇然心頭已極悶悶正圖耐過此番便當有箇歸結卻突然又幻出天王堂前閒走一段來文情恣肆非

世所有只見一般的囚徒都在那里擔水的劈柴的
做雜工的却在晴日頭裏曬着正是六月炎天那
里去躲這熱閒中一襯武松却背叉着手本借囚徒做工襯出武松
却又反借武松叉手襯出囚徒用筆真如司馬入龐家不復辯其誰賓誰主問道你們
却如何在這日頭裏做工此語與何不肉糜何異豈有武二爲此言只是
作者極意挑剔耳衆囚徒都笑起來回說道好漢你自不
知我們撥在這里做生活時便是人間天上了如
何敢指望嫌熱坐地還別有那沒人情的將去鎖

在大牢裏求生不得生、求死不得死、大鐵鏈鎖着、也要過哩、武松聽罷、去天王堂前後轉了一遭、見紙爐邊一箇青石墩、（倒插而入、作讀之真不知其故。）有箇關眼是縛竿脚的、（連後文手提處、都先倒插在此、奇絕才子。）好塊大石、（又嘐一句、預爲下文出色。傳云、白受采、乃世又有未見白地而先繪染者、此四字是也。）武松就石上坐了一會、便回房裏來、（只閒閒放下。）坐地了、自存想、（妙。）只見那箇人又搬酒和肉來、（脚上又找一句、妙。）話休絮煩、（半日亦細煩之極矣、偏說休絮煩。）武松自到那房裏住了數日、每日好酒好食搬來請武松喫並不見害他的意武松心裏正委決不下當日晌午那人又搬將酒食來又來武松忍耐不住按定盒子問那人道不惟武松忍不住了連讀者亦忍不住了不惟讀者忍不住了雖作者亦不好又忍住了你是誰家伴當怎地只顧將酒食來請我那人答道小人前日巳稟都頭說了寫得半明半滅妙極小人是管營相公家裏梯巳人武松道我且問你每日送的酒食正是誰敎你將來請我句喫了怎地句那人道是管營相

公家裏的小管營。奇文。蓋武松本與魯達一雙。故魯達有老种經略相公。小种經略相公。武松有老施管營相公。小施管營相公也。教送與都頭喫、武松道、我是箇囚徒犯罪的人、又不曾有半點好處到管營相公處、他如何送東西與我喫、那人道小人、如何省得小管營分付道教小人且送半年三箇月、却說話、忽又一頓頓作使人無出氣處。武松道、却又作怪、終不成將息得我肥胖了、却來結果我、妙。這箇悶葫蘆教我如何猜得破、這酒食不明、我如何喫得安穩、你只說與我你那小管營是甚麼樣人在那里曾和我相會我便喫他的酒食三十字句那箇人道便是前日都頭初來時廳上立的那箇白手帕包頭絡着右手那人便是小管營三十一字句○並不說出却已說出妙在只說包頭絡手也武松道莫不是穿青紗上蓋立在管營相公身邊的那箇人二十字句○將裝束各說半句對答如畫那人道正是武松道我待喫殺威棒時敢是他說救了我是麼只一句便將前文兩節奇事併作一事那人道正是武松道却又跳

蹊、我自是清河縣人氏他自是孟州人自來素不相識如何這般看覷我必有箇緣故（聲如洪鐘）我且問你、那小管營姓甚名誰、那人道、姓施、名恩使得好拳棒、人都叫他做金眼彪施恩、武松聽了道、想他必是箇好男子（武二天人語）你且去請他出來和我相見了、這酒食便可喫你的、你若不請他出來和我廝見、時我半點兒也不喫、那人道、小管營分付小人道、休要說知備細、教小人待半年三箇月方纔說知相見武松道休要胡說你只去請小管營出來和我相會了便罷那人害怕那里肯去至此又作一頓武松焦躁起來那人只得去裏面說知多時偏能又作一頓只見施恩從裏面跑將出來看着武松便拜跑出妙便拜妙實是奇極武松慌忙答禮說道小人是箇治下的囚徒自來未曾拜識尊顏前日又蒙救了一頓大棒今又蒙每日好酒好食相待甚是不當又沒半點兒差遣正是無功受祿寢食不安施恩答道小

弟久聞兄長大名如雷灌耳只恨雲程阻隔不能彀相見今日幸得兄長到此正要拜識威顏只恨無物款待因此懷羞不敢相見武松問道却纔聽得伴當所說且教武松過半年三箇月却有話說正是小管營要與小人說甚話○○○武二施恩道村僕不省得事脫口便對兄長說知道却如何造次說得武松道管營恁地時却是秀才要倒教武松癡破肚皮悶了怎地過得你且說正是要我怎地○○○○○武二施

恩道既是村僕說出了小弟只得告訴因爲兄長是箇大丈夫眞男子有件事欲要相央除是兄長便行得特特說出如許一箇大冒頭却只說得一句起句下又頓住了讀之喫力殺人只是兄長遠路到此氣力有虧未經完足且請將息半年三五箇月待兄長氣力完足那時却對兄長說知備細武松聽了呵呵大笑道管營聽稟我去年害了三箇月瘧疾一句言是三月瘧疾後景陽岡上酒醉裏打翻了一隻大蟲一句言又是酒醉裏也只三拳兩脚便

自打死了（一句言尚不用全力）何況今日（此句言今日既非病後又非醉後又有全力）施恩道而今且未可說且等兄長再將養幾時待貴體完完備備那時方敢告訴（索性再一頓）武松道只是道我沒氣力了既是如此說時我昨日看見天王堂前那箇石墩約有多少斤重（忽然躥躍而入）施恩道敢怕有三五百斤重武松道我且和你去看看武松不知拔得動也不施恩道請喫罷酒了同去（再加一頓）武松道且去了回來喫未遲兩箇來到天

王堂前衆囚徒見武松和小管營同來都躬身唱喏（此句不是閒筆寫景蓋倒插衆人在此以爲少間羅拜地也）武松把石墩畧搖一搖大笑道小人眞箇嬌惰了那里拔得動（奇妙無此文勢亦先略搖一搖矣）施恩道三五百斤石頭如何輕視得他武松笑道（妙人）小管營也信眞箇拏不起你衆人且躲開看武松拏一拏武松便把上半截衣裳脫下來拴在腰裏把那箇石墩只一抱輕輕地抱將起來雙手把石墩只一撇撲地打下地裏一尺

看他提字與提字頂針擲字與擲字頂針接字與接字頂針又看他兩段一段用輕輕地三字起一段用輕輕地三字止

來深如此可謂奇絕矣却只是一半看他再寫出一半衆囚徒見了盡皆駭然挿入衆人一句也只是一半武松再把右手去地裏一提提將起來望空只一擲擲起去離地一丈來高武松雙手只一接接來輕輕地放在原舊安處此方是後一半然尚有一半在後奇絕之筆回過身來看着施恩并衆囚徒面上不紅心頭不跳口裏不喘此又是一半合一提一擲一接不紅不跳不喘始表全副武松也施恩近前抱住武松便拜便拜不奇奇於抱住也敬之至愛之至不覺抱住矣寫得奇妙無比道兄長非凡人也真天

神（二語寫得宛然是連驚帶嚇說出來聲口）眾囚徒一齊都拜道真神人也（此句即齊和管營下句也）施恩便請武松到私宅堂上請坐了武松道小管營今番須用說知有甚事使令我去施恩道且請少坐待家尊出來相見了時卻得相煩告訴武松道你要教人幹事不要這等兒女相（妙）恁地不是幹事的人了（妙）便是一刀一割的勾當武松也替你去幹若是有些諂佞的非為人也（妙不是此數語何以出一篇之氣故知下筆皆有分數）那施恩叉手不

離方寸纔說出這件事來。有分教：武松顯出那殺人的手段，重施這打虎的威風。正是：雙拳起處雲雷吼，飛脚來時風雨驚。畢竟施恩對武松說出甚事來，且聽下回分解。

施耐菴水滸傳卷之三十二

(明)施耐庵 撰 (清)金聖歎 批

# 貫華堂本水滸傳

第九册

國家圖書館出版社

# 第九册目録

第五才子書施耐菴水滸傳卷之三十三

聖歎外書

## 第二十八回

施恩重霸孟州道
武松醉打蔣門神

嘗怪宋子京官給椽燭修新唐書嘐乎豈不兗哉夫修史者國家之事也下筆者文人之事也國家之事止於敘事而止文非其所務

也若文人之事固當不止敘事而已必且心以爲經手以爲緯躊躇變化務撰而成絕世奇文焉如司馬遷之書其選也馬遷之傳伯夷也其事伯夷也其志不必伯夷也其傳游俠貨殖其事游俠貨殖其志不必游俠貨殖也進而至於漢武本紀事誠漢武之事志不必漢武之志也惡乎志文是已馬遷之書是馬遷之文也馬遷書中所敘之事則馬遷之

文之料也以一代之大事如朝會之嚴禮樂之重戰陳之危祭祀之慎會計之繁刑獄之恤供其爲絕世奇文之料而君相不得問者凡以當其有事則君相之權也非儒生之所得議也若當其操筆而將書之是文人之權矣君相雖至尊其又惡敢置一末喙乎哉此無他君相能爲其事而不能使其所爲之事必壽於世能使君相所爲之事必壽於世乃

至百世千世以及萬世而猶歌詠不衰起敬起愛者是則絕世奇文之力而君相之事反若附驥尾而顯矣是故馬遷之爲文也吾見其有事之鉅者而檃括焉又見其有事之細者而張皇焉或見其有事之闕者而附會焉又見其有事之全者而軼去焉無非爲文計不爲事計也但使吾之文得成絕世奇文斯吾之文傳而事傳矣如必欲但傳其事又令

纖悉不失是吾之文先已拳曲不通已不得爲絕世奇文將吾之文旣已不傳而事又烏乎傳耶蓋孔子亦曰其事則齊桓晉文其文則史其事則齊桓晉文若是乎事無文也其文則史若是乎文無事也其文則史而其事亦終不出於齊桓晉文若是乎文料之說雖孔子亦蚤言之也嗚呼古之君子受命載筆爲一代紀事而猶能出其珠玉錦繡之心自

成一篇絕世奇文豈有稗官之家無事可紀不過欲成絕世奇文以自娛樂而必張定是張李定是李毫無縱橫曲直經營慘淡之志者哉則讀稗官其又何不讀宋子京新唐書也

如此篇武松爲施恩打蔣門神其事也武松飲酒其文也打蔣門神其料也飲酒其珠玉錦繡之心也故酒有酒人景陽岡上打虎好

漢其千載第一酒人也酒有酒𡑞山孟州東
門到快活林十四五里田地其千載第一酒
𡑞也酒有酒時炎暑乍消金風颯起解開衣
襟微風相吹其千載第一酒時也酒有酒令
無三不過望其千載第一酒令也酒有酒監
連飲三碗便起身走其千載第一酒監也酒
有酒籌十二三家賣酒望竿其千載第一酒
籌也酒有行酒人未到望邊先已篩滿三碗

旣畢急急奔去其千載第一行酒人也酒有下酒物忽然想到亡兄而放聲一哭忽然恨到奸夫淫婦而拍案一叫其千載第一下酒物也酒有酒懷記得宋公明在柴王孫莊上其千載第一酒懷也酒有酒風少間蔣門神無復在孟州道上其千載第一酒風也酒有酒贊河陽風月四字醉裏乾坤大壺中日月長十字其千載第一酒贊也酒有酒題快活

林其千載第一酒題也凡若此者是皆此篇之文也竝非此篇之事也如以事而巳矣則施恩領却武松去打蔣門神一路喫了三十五六碗酒只依宋子京例大書一行足矣何爲乎又煩耐菴撰此一篇也哉甚矣世無讀書之人吾末如之何也

話說當時施恩向前說道兄長請坐待小弟備細告訴衷曲之事武松道小管營不要文文謅謅只

揀緊要的話直說來快人快語每歎古今奏疏悉是文文謅謅不揀要緊說話直說出來殊不足當武松一抹也施恩道小弟自幼從江湖上師
父學得些小鎗棒在身孟州一境起小弟一箇諢
名叫做金眼彪小弟此間東門外有一座市井地
名喚做快活林但是山東河北客商們都來那里
做買賣有百十處大客店三二十處賭坊兌坊往
嘗時小弟一者倚仗隨身本事二者捉着營裏有
八九十箇揀命囚徒去那里開着一箇酒肉店都

分與衆店家和賭錢兌坊裏但有過路妓女之人
到那里來時先要來參見小弟然後許他去趁食
那許多去處每朝每日都有閒錢月終也有三二
百兩銀子尋覔如此賺錢（一段寫得此林眞是快活）近來被這
本營內張團練新從東路州來帶一箇人到此那
廝姓蔣名忠有九尺來長身材因此江湖上起他
一箇諢名叫做蔣門神那廝不特長大原來有一
身好本事使得好鎗棒拽拳飛腳相撲爲最自誇

大言道三年上泰嶽爭交不曾有對自是奇語普天之下沒我一般的了因此來奪小弟的道路小弟不肯讓他喫那厮一頓拳脚打了兩箇月起不得床前日兄長來時兀自包着頭兜着手一應直到如今瘡痕未消本待要起人去和他厮打他却有張團練那一班兒正軍先伏一筆若是鬧將起來和營中先自折理有這一點無窮之恨不能報得久聞兄長是箇大丈夫得免大棒與連日酒肉何足道哉正復此語難得耳怎地得兄

長與小弟出得這口無窮之怨氣死而瞑目只恐兄長遠路辛苦氣未完力未足因此且教將息半年三月等貴體氣完力足方請商議不期村僕脫口失言說了小弟當以實告武松聽罷呵呵大笑便問道那蔣門神還是幾顆頭幾條臂膊（爲上文許多鄭重一笑）施恩道也只是一顆頭兩條臂膊如何有多武松笑道我只道他三頭六臂有那吒的本事我便怕他原來只是一顆頭兩條臂膊既然沒那吒

的模樣、却如何怕他、施恩道只是小弟力薄藝踈、便敵他不過、武松道、我却不是說嘴、憑着我胸中本事平生只是打天下硬漢不明道德的人快人快語、然則公又是幾條臂膊、若只是兩條、又如何打得盡許多人也、旣是恁地說了、如今却在這里做甚麽快人快語、有酒時、拿了去路上喫快人快語、千古第一酒場、我如今便和你去看我把這廝和大蟲一般結果他打虎畢竟是武松平生得意之事、看他處處穿插出來、拳頭重時、打死了、我自償命只作出口成讖、却巳先伏一筆、施恩道兒長少坐待家尊出來相見了當行即行未敢造次等明日先使人去那里探聽一遭若是本人在家時後日便去若是那廝不在家時却再理會空自去打草驚蛇倒喫他做了手脚却是不好武松焦躁道小管營你可知着他打了[妙。反若與於蔣門神之甚]也。原來不是男子漢做事[男子漢做事者。閑門如守女。開門如脫兎是也。]去便去等甚麼今日明日[快人快語。]要去便走怕他準備[再說一遍。盡出要走。]正在那里勸不住只見屏風背後轉出老管營來、叫道義士、老漢聽你多時也、今日幸得相見義士一面、愚男如撥雲見日一般、且請到後堂少叙片時、武松跟了到裏面、老管營道、義士且請坐、武松道、小人是箇囚徒、如何敢對相公坐地、老管營道、義士休如此說、愚男萬幸得遇足下、何故謙讓、武松聽罷、唱箇無禮喏、相對便坐了、施恩却立在面前、武松道、小管營如何却立地、施恩道、家尊在上相陪兄長、請自尊便、武松道、恁地時小人却不自在老管營道既是義士如此這里又無外人便教施恩也坐了極閒處無端生出一片景致便陡然將天倫之樂直提出來所謂人皆有父子我獨亡兄弟也○看他於爲兄報讐後已隔去無數文字尚自隱隱弔動僕從搬出酒餚果品盤饌之類老管營親自與武松把盞說道義士如此英雄誰不欽敬愚男原在快活林中做些買賣非爲貪財好利實是壯觀孟州增添豪俠氣象先把題目較正明白然後令武松做出文字來不期今被蔣門神倚勢豪強公然奪了這箇去處非義

士英雄、不能報讐雪恨義士不棄愚男滿飲此杯受愚男四拜拜為長兄以表恭敬之心為兄報讐以後忽然一人結拜為弟。忽然一人結拜為兄。都是飛空架出之事。前張青文中。有結拜武松為弟句。此本與結拜魯達為兄句作照耀耳。此處忽然借來又作武松文中。一番照耀。筆勢何其翩舞不定。武松答道、小人有何才學才學二字妙。正與後眞才實學句對。如何敢受小管營之禮、枉自折了武松的草料、當下飲過酒施恩納頭便拜了四拜、武松連忙答禮結為弟兄當日武松歡喜飲酒喫得大醉了此句明明寫是歡喜。卻明明寫出悲慼我讀之而知其然。天下人讀之。當悉知其然也。便叫人扶去房中安歇不在話下次日施恩父子商議道都頭昨夜痛醉必然中酒今日如何敢叫他去且推道使人探聽來其人不在家裏延挨一日卻再理會寫豪傑是豪傑。寫愛敬豪傑是愛敬豪傑。○只因此一翻踢。卻翻踢出下文絕妙一箇酒情來。奇想奇格。當日施恩來見武松說道今日且未可去小弟已使人探知這廝不在家裏明日飯後卻請兄長去武松道明日去時不打緊今日又氣我一日以不快語寫出快語來。其妙可想。○此語。却又似魯達聲口。早飯罷。喫了茶。施恩與武松去營前閒走了一遭。回來到客房裏。客房裏。說些鎗。法。較量些拳棒。寫得不寂寞。看看晌午。邀武松到家裏。家裏。只具着數杯酒相待。妙。○趁勢再一翻踢。務令下文極其突兀。下飯按酒。不記其數。妙。武松正要喫酒。見他只把按酒添來相勸。翻踢盡致。心中不在意。又妙在急用五字兜住。又再頓下一日。明日便一發突兀矣。喫了晌午飯。起身別了。回到客房裏坐地。只見那兩箇僕人又來伏侍武松洗浴。武松問道、你家小管營、今日如何只將肉食出來請我、却不多將些酒出來與我喫、此篇極寫酒情、故於此等句皆應標出。是甚意故、僕人答道、不敢瞞都頭說、今早老管營和小管營議論、今日本是要央都頭去、怕都頭夜來酒多、恐今日中酒、怕悞了正事、因此不敢將酒出來、明日正要央都頭去幹正事、武松道、恁地時、道我醉了、悞了你大事、僕人道、正是這般計較、當夜武松巴不得天明、是寫武松起來喫酒、非寫武松起來幹事也、若說是幹事此人不知文并不知酒矣早起來洗漱罷頭上裹了一頂萬字頭巾身上穿了一領土色布衫腰裏繫條紅絹搭膊下面腿絣護膝八搭麻鞋討了一箇小膏藥貼了臉上金印施恩早來請去家裏喫早飯武松喫了茶飯罷施恩便道後槽有馬備來騎去武松道我又不脚小騎那馬怎地此文只寫酒字故於閒筆都一踢踢開去只要依我一件事一篇題目施恩道哥哥但說不妨小弟如何敢道不依武松道我和你出得城去只要還

我無三不過望此等好句法。恰好從三碗不過岡朧化出來。前後掩映絕倒。○與三碗不過岡。只換二字。巳換成自巳絕妙一句奇語。更與舊文無涉。漢武秋風辭起句。亦只將高帝大風歌起句。只換二字。亦換成自巳絕妙一句奇語。更與舊文無涉。笑今人心措髯斷。追琢出來。自誇一字不盜舊人。却不中與舊人作屁也。施恩道、兄長如何無三不過望、小弟不省其意、武松笑道我說與你你要打蔣門神時出得城去但遇着一箇酒店便請我喫三碗酒若無三碗時便不過望子去這箇喚做無三不過望奇奧之文。須此快解。施恩聽了想道這快活林離東門去有十四五里田地（先算路。）算來賣酒的人家也有十二三家（次算望子。）若要每店喫三碗時恰好有三十五六碗酒（次算酒。）纔到得那里恐哥哥醉了如何使得（次算酒量。）武松大笑道你怕我醉了沒本事我却是沒酒沒本事帶一分酒便有一分本事五分酒五分本事我若喫了十分酒這氣力不知從何而來（此段文字全學淳于髡一斗亦醉一石亦醉筆法。却更覺精神過之。）若不是酒醉後了膽大景陽岡上如何打得這隻大蟲（忽然又舉此事。）

是絕妙下酒物。那時節三字聲情俱有。我須爛醉了好下手、又有力、又有勢。此又全學坡公酒氣沸沸。從十指出句法。却更覺精神過之。施恩道、却不知哥哥是恁地、家下有的是好酒、只恐哥哥醉了失事、因此夜來不敢將酒出來請哥哥深飲、既是哥哥酒後愈有本事時、恁地先教兩箇僕人自將了家裏好酒妙果品殽饌亦少不得。去前路等候、却和哥哥慢慢地飲將去妙。第一酒塲千載未見。武松道、恁麽却纔中我意深許之。去打蔣門神、教我也有些膽量沒酒時如何使得手段出來還你今朝打倒那廝教衆人大笑一塲施恩當時打點了叫兩箇僕人先挑食籮酒擔拿了些銅錢去了老管營又暗暗地選揀了一二十條壯健大漢慢慢的隨後來接應雖是天人然打蔣門神却實是一件事另老管營作下整備極不孟浪都分付下了且說施恩和武松兩箇離了安平寨出得孟州東門外來行過得三五百步只見官道傍邊早望見一座酒肆望子挑出在簷前筆筆欲舞字字能飛那

兩箇挑食擔的僕人已先在那里等候。妙妙。施恩邀武松到裏面坐下，僕人已先安下殽饌，將酒來篩。武松道：「不要小盞兒喫，大碗篩來，只斟三碗。」立之監，佐之史，不許紊亂酒規，千載未見如此。僕人排下大碗，將酒便斟。武松也不謙讓，連喫了三碗，便起身。飛舞而下。僕人慌忙收拾了器皿，奔前去了。更寫行酒人，寫得盡情盡致。武松笑道：「卻纔去肚裏發一發。妙語。所謂開宗明義章第一。我們去休。」兩箇便離了這座酒肆，出得店來。此時正是七月間天

也算一望句俗本作哥哥喫麼

氣好筆炎暑未消、金風乍起、兩箇解開衣襟、又好酒候寫來又入妙行不得一里多路、來到一處不村不郭、却早又望見一箇酒旗兒高挑出在樹林裏、另寫出一箇望子筆尖疲於應接矣來到林木叢中看時、却是一座賣村醪小酒店、施恩立住了脚、問道、此間是箇村醪酒店也算一望麼、妙語絕倒意帶諷諫妙絕武松道、是酒望須飲三碗、若是無三不過去便了、酒噇中忽作此大平等語兩箇入來坐下、僕人排了酒椀果品、武松連喫了三碗、便起身走僕人急急收了家火什物趕前去了飛舞而下。筆尖不得少定。敘事入妙。固矣。試問其飛舞之故在何處。兩箇出得店門來、又行不到一二里路上又見箇酒店武松入來又喫了三碗便走小省法。話休絮繁、武松施恩兩箇一處走着、但遇酒店便入去喫三碗約莫也喫過十來處酒肆大省法。施恩看武松時不十分醉此句非武松面上無酒。只是寫施恩心頭有事。武松問施恩道、此去快活林還有多少路、施恩道、沒多了、只在前面遠遠地望見那箇林子便是、武松道、既是到了、你且在別處等我、我自去尋他、施恩道、這話最好、四字寫出怕來。小弟自有安身去處、望兄長在意、切不可輕敵、喫打後人語。武松道、這箇却不妨、你只要叫僕人送我、前面再有酒店時、我還要喫、真是筆墨淋漓、有恨不起劉伶讀之之歎。施恩叫僕人仍舊送武松、施恩自去了、武松又行不到三四里路再喫過十來碗酒、筆暢墨遂、真無纖毫之憾。此時已有午牌時分、天色正熱、却有些微風、此五字、惟酒後耳熱時知之。寫酒至此五字、真高山流水之曲矣。武松酒却湧上來把布衫攤開雖然帶着五七分酒却裝做十分醉的前顛後偃東倒西歪快人妙人。奇絕之人。奇絕之事。奇絕之文。來到林子前僕人用手指道只前頭丁字路口便是蔣門神酒店武松道既是到了你自去躲得遠着等我打倒了你們却來武松搶過林子背後見一箇金剛來大漢披着一領白布衫撒開一把交椅拿着蠅拂子坐在緑槐樹下乘凉却先一現。筆勢奇絕。遂有餓虎當路。奇鬼來瞰之意。武松假醉佯顛、斜着眼看了一看、心中自忖道、這個大漢一定是蔣門神了、直搶過去（此來正打蔣門神也。却反放他過去。筆勢奇兀不可言。）又行不到三五十步、早見丁字路口一個大酒店、簷前立着望竿、上面掛着一個酒望子、寫着四個大字道、河陽風月。（寫過無數望子。最後又寫出一個異樣望子來。○看他加出四個字。）轉過來看時、門前一帶綠油欄杆、插着兩把銷金旗、每把上五個金字、寫道、醉裏乾坤大壺中日月長。（又寫出兩把旗。陪上望子。又寫出十個字。陪上四個字。總是將酒場異樣排設。）

一壁廂肉案砧頭操刀的家生一壁廂蒸作饅頭燒柴的廚竈去裏面一字兒擺着三隻大酒缸半截埋在地裏缸裏面各有大半缸酒（真正快活林名不虛立。）正中間裝列着櫃身子裏面坐着一箇年紀小的婦人（孫二娘後。偏又生此一婦人。與上文潘氏激映。）正是蔣門神初來孟州新娶的妾原是西瓦子裏唱說諸般宮調的頂老武松看了瞧着醉眼逕奔入酒店裏來便去櫃身相對一付坐頭上坐了把雙手按着桌子上不

○○○○○○殺嫂後偏要寫出武二無數妙人轉眼看那婦人妙事一見之於十字坡再見之於快活林矣那婦人瞧見回轉頭看了別處寫婦人酒保筆筆是尋鬧不成妙妙武松看那店裏時也有五七箇當撐的酒保武松却敲着桌子叫道賣酒的主人家在那里一箇當頭酒保過來看着武松道客人要打多少酒武松道打兩角酒先把些來嘗看奇文那酒保去櫃上叫那婦人舀兩角酒下來傾放桶裏燙一碗過來道客人嘗酒好酒保好婦人○○○○○○○○武松拿起來聞一聞搖着

此段文情妙處不在寫武松用許多撩撥在寫酒保婦人許多撩撥只是不動也譬如張弓正以急張不得爲樂矣

頭道不好不好換將來（奇文。○聞一聞絕倒）酒保見他醉了將來櫃上道娘子胡亂換些與他（好酒保。）那婦人接來傾了那酒又舀些上等酒下來（好婦人。）酒保將去又燙一碗過來（又好酒保。）武松提起來咂一咂叫道這酒也不好快換來便饒你（奇文。○咂一咂絕倒。）酒保忍氣吞聲拿了酒去櫃邊道娘子胡亂再換些好的與他休和他一般見識這客人醉了只要尋鬧相似便換些上好的與他罷（真好酒保。）那婦人又舀了一等上色的好酒來與酒保真好婦人酒保把桶兒放在面前又燙一碗過來真好酒保武松喫了道這酒畧有些意思○二番尋鬧不出只得放下另起問道過賣你那主人家姓甚麼○另起一頭奇文酒保答道姓蔣武松道却如何不姓李奇文○我正怪今人紛紛有姓却如何不姓李也那婦人聽了道這厮那里喫醉了來這里討野火麼酒保道眼見得是箇外鄉蠻子不省得了在那里放屁看他已逗出許多不堪了下文却又收住妙絕武松問道你說甚麼急問一句要尋出頭來酒保道

我們自說話客人你休管自喫酒眞好酒保妙妙眞好文情妙妙

武松道過賣叫你櫃上那婦人下來相伴我喫酒

又換一頭於殺嫂後偏極寫得武二風風失失

酒保喝道休胡說不得不喝

這是主人家娘子武松道便是主人家娘子待怎地相伴我喫酒也不打緊到此處不惟酒保婦人不堪雖讀者亦不堪矣

那婦人大怒便罵道殺才該死的賊不得不罵推開櫃身子却待奔出來武松早把土色布衫脫下上半截揣在懷裏便把那桶酒只一潑潑在地上妙有時

一點一滴。惜之如性命。有時如泥如紙。棄之如糞土。寫豪士好酒。另是一樣性情。搶入櫃身子裏、卻好接着那婦人、武松手硬、那里掙扎得、被武松一手接住腰胯、一手把冠兒捏做粉碎、揪住雲髻、隔櫃身子提將出來望渾酒缸裏只一丟聽得撲通的一聲響可憐這婦人正被直丟在大酒缸裏奇絕妙絕之文。無一筆不在酒上出色。武松托地從櫃身前、踏將出來、有幾箇當撐的酒保、手腳活些箇的、都搶來奔武松、武松手到、輕輕地只一提提一箇過來兩手揪住也望大酒缸裏只一丟椿在裏面奇絕妙絕句法變換又一箇酒保趂來提着頭只一掠也丟在酒缸裏奇絕妙絕句法又變換再有兩箇來的酒保一拳句一脚句都被武松打倒了先頭三箇人在三隻酒缸裏那里掙扎得起真正快活林後面兩箇人在酒地上爬不動真正快活林讀此句始知前文潑酒之妙真真是無處不是酒魯達打鄭屠下了一陣肉雨便無處不是肉武松打蔣門神潑了一箇酒地便無處不是酒一樣奇絕妙絕之文這幾箇火家搗子打得屁滾尿流乖的走了一

箇武松道那廝必然去報蔣門神來我就接將去大路上打倒他好看教衆人笑一笑武松大踏步趕將出來那箇搗子逕逩去報了蔣門神蔣門神見說喫了一驚踢翻了交椅丟去蠅拂子便鑽將來武松却好迎着正在大闊路上撞見蔣門神雖然長大近因酒色所迷淘虛了身子一先自喫了那一驚二奔將來那步不曾停住三怎地及得武松虎一般似健的人又有心來算他蔣門神見了

武松心裏先欺他醉（四。）只顧趕將入來，説時遲，那時快，武松先把兩箇拳頭去蔣門神臉上虛影一影，忽地轉身便走。（筆翻墨舞。其提如風。）蔣門神大怒，搶將來，被武松一飛脚踢起，踢中蔣門神小腹上，（其提如風。）雙手按了便蹲下去。武松一踅，踅將過來，那隻右脚早踢起，直飛在蔣門神額角上，踢着正中，（其提如風。）望後便倒。武松追入一步，踏住胸脯，（其提如風。看他打虎有打虎法。殺嫂有殺嫂法。殺西門慶有殺西門慶法。打蔣門神有打蔣門神法。胸中有此許多解數。）提起這醋鉢兒大小拳頭望蔣門神頭上便打原來說過的打蔣門神撲手先把拳頭虛影一影便轉身却先飛起左脚踢中了便轉過身來再飛起右脚這一撲有名喚做玉環步鴛鴦脚此撲本是其捷如風爲上文又夾敘蔣門神恐遂見遲延故又重宣一遍也這是武松平生的真才實學非同小可前文自謙有何才學此處便寫出眞才實學來武二眞是出色打得蔣門神在地下叫饒武松喝道若要我饒你性命只要依我三件事蔣門神在地下叫道好漢饒

我休說三件便是三百件我也依得武松指定蔣門神說出那三件事來有分教改頭換面來尋主剪髮齊眉去殺人畢竟武松說出那三件事來且聽下回分解

第五才子書施耐菴水滸傳卷之三十四

聖歎外書

第二十九回

施恩三入死囚牢

武松大鬧飛雲浦

看他寫快活林朝蔣暮施朝施暮蔣遂令人不敢復作快意之事稗官有益於世乃復如此不小

張都監令武松在家出入所以死武松也而不知適所以自死禍福倚伏不測如此令讀者不寒而栗

看他寫武松殺嫂後偏寫出他無數風流輕薄如十字坡快活林皆是也令忽然又寫出張都監家鴛鴦樓下中秋一宴嬌嬈旖旎玉繞香閨乃至寫到許以玉蘭妻之遂令武大武二金蓮玉蘭宛然成對文心繡錯眞稱絕

世也

看他寫武松殺四人後忽用提刀躊躕四字眞是善用莊子幾令後人讀之不知水滸用莊子莊子用水滸矣

後文血濺鴛鴦樓是天翻地覆之事却只先寫一句云忽然一箇念頭起神妙之筆非世所知

話說當時武松踏住蔣門神在地下道若要我饒

你性命只依我三件事便罷蔣門神便道好漢但說蔣忠都依武松道第一件要你便離了快活林將一應家火什物隨即交還原主金眼彪施恩誰教你強奪他的蔣門神慌忙應道依得依得武松道第二件我如今饒了你起來你便去央請快活林爲頭爲腦的英雄豪傑都來與施恩陪話此事快絕寫盡武二胸襟蔣門神道小人也依得武松道第三件你從今日交割還了便要你離了這快活林連夜回

鄉去、不許你在孟州住、在這里不回去時、我見一遍、打你一遍、我見十遍、打十遍、輕則打你半死、重則結果了你命、你依得麼、蔣門神聽了、要掙扎性命、連聲應道、依得、依得、蔣忠都依、武松就地下提起蔣門神來看時、早已臉青嘴腫、頷子歪在半邊、額角頭流出鮮血來、（可笑）武松指着蔣門神說道、休言你這廝鳥蠢漢、景陽岡上那隻大蟲也只三拳兩脚我兀自打死了（打虎得意之筆。處處提唱出來。）便量你這箇直得甚的快交割還他但遲了些箇再是一頓便一發結果了你這廝蔣門神此時方纔知是武松武松自說出來只得喏喏連聲告饒正說之間只見施恩早到帶領着三二十箇悍勇軍健都來相幫却見武松贏了蔣門神不勝之喜團團擁定武松寫得榮華武松指着蔣門神道本主已自在這里了你一面便搬一面快去請人來陪話蔣門神答道好漢且請去店裏坐地武松帶一行人都到店裏看時滿

地都是酒漿入脚不得那兩箇鳥男女正在缸裏扶墻摸壁扎掙（絕倒。）那婦人纔方從缸裏爬得出來頭臉都喫磕破了下半截淋淋漓漓都拖着酒漿（絕倒。）那幾箇火家酒保走得不見影了（絕倒。）武松與衆人入到店裏坐下喝道你等快收拾起身一面安排車子收拾行李先送那婦人去了（了。）一面尋不着傷的酒保（尋字妙。不着傷的又妙。）去鎮上請十數箇爲頭的豪傑都來店裏替蔣門神與施恩陪話儘把好酒開了、有的是按酒都擺列了桌面請眾人坐地、武松叫施恩在蔣門神上首坐定爭此一口無窮之氣各人面前放隻大碗、叫把酒只顧篩來、酒至數碗、武松開話道、眾位高鄰都在這里、我武松看他一篇說話句句用我字起。說得響。說道快活林這座酒店原是小施管營造的屋宇自從陽穀縣殺了人、配在這里、便聽得人說道快活林這座酒店原是小施管營造的屋宇等項買賣、被這蔣門神倚勢豪強、公然奪了白白地占了他的衣飯、你眾人休猜道是我的主人妙妙我和他並無干涉妙。我從來只要打天下這等不明道德的人、我字響。我若路見不平、真乃拔刀相助、我字響。我便死也不怕。我字響。今日我本待把蔣家這厮一頓拳脚打死、就除了一害。我字響。我看你衆高鄰面上、權寄下這厮一條性命、我字響。我今晚便要他投外府去、我字響。若不離了此間、我再撞見時、我字響。景陽岡上大蟲便是模樣打虎得意之事。處處提唱出來。衆人纔知道他是景陽岡上打虎的武都頭亦是武松自說出來。

都起身替蔣門神陪話道好漢息怒教他便搬了去奉還本主那蔣門神喫他一嚇那里敢再做聲施恩便點了家火什物交割了店肆蔣門神羞慚滿面（已出一口無窮之氣矣）相謝了衆人自喚了一輛車兒就裝了行李起身去了不在話下且說武松邀衆高鄰直喫得盡醉方休至晚衆人散了武松一覺直睡到次日辰牌方醒（收結前篇一番快事）却說施老管營聽得兒子施恩重霸得快活林酒店自騎了馬直

來店裏相謝武松連日在店內飲酒作賀快活林一境之人都知武松了得那一箇不來拜見武松（寫得榮華）自此重整店面開張酒肆老管營自回平安寨理事施恩使人打聽蔣門神帶了老小不知去向這里只顧自做買賣且不去理他就留武松在店裏居住自此施恩的買賣比往常加增三五分利息各店裏并各賭坊兑坊加利倍送閒錢來與施恩（再寫快活林一句真快活林不虛也）施恩得武松爭了這口氣

把武松似爺娘一般敬重施恩自此重霸得孟州道快活林不在話下荏苒光陰早過了一月之上炎威漸退玉露生凉金風去暑已及新秋有話即長無話即短當日施恩正和武松在店裏閒坐說話論些拳棒鎗法點綴只見店門前兩三箇軍漢牽着一匹馬來店裏尋問主人道那箇是打虎的武都頭施恩却認得是孟州守禦兵馬都監張蒙方衙內親隨人施恩便向前問道你們尋武都頭則

甚、那軍漢說道奉都監相公鈞旨、聞知武都頭是箇好男子武松平生一片心事。只是要人叫聲好男子。乃小人之圖害之者。早已一片聲叫他做好男子矣。千古多有此事。君子可不慎哉。特地差我們將馬來取他、相公有鈞帖在此、施恩看了、尋思道、這張都監是我父親的上司官屬、他調遣、今者武松又是配來的囚徒、亦屬他管下、只得教他去、施恩便對武松道、兄長、這幾位郎中是張都監相公處差來取你、他旣着人牽馬來、哥哥心下如何、武松是箇剛直的人不知委曲便道他既是取我只得走一遭看他有甚話說隨即換了衣裳巾幘帶了箇小伴當上了馬一同衆人投孟州城裏來到得張都監宅前下了馬跟着那軍漢直到廳前參見張都監那張蒙方在廳上見了武松來大喜道（大喜字與後大怒字前後相對寫小人面不縣裏真是活畫）教進前來相見武松到廳下拜了張都監叉手立在側邊張都監便對武松道我聞知你是箇大丈夫（一樣好名字）男子漢（又一樣好名字）英

雄無敵一樣好說話。敢與人同死同生又一樣好說話。甚矣。小人之巧也。凡君子意之所在。彼色色能知之。又色色能言之。而其心殊不然也。獨世之君子。既已心知其人。而又不免心感其語。於是忽然中其所圖。遂至猝不可救。則獨何耶。我帳前見缺憑地一箇人、不知你肯與我做親隨梯巳人麼、武松跪下稱謝道、小人是箇牢城營內囚徒、若蒙恩相擡舉、小人當以執鞭隨鐙、伏侍恩相。張都監大喜、便叫取果盒酒出來、張都監親自賜了酒、叫武松喫得大醉、投之以所好。小人之巧。真有如此。寫得活畫。就前廳廊下、收拾一間耳房與武松安歇、次日又差人去施恩處取了行李來、只在張都監家宿歇、早晚都監相公不住地喚武松進後堂與酒與食、放他穿房入戶、把做親人一般看待、一段、便寫得與施恩一般、又叫裁縫與武松徹裏徹外做秋衣、一段、便寫得與宋江一般、君子所以不敢輕受人之解衣推食者、其心誠疑之也、武松見了、也自歡喜、心裏尋思道、難得這個都監相公一力要擡舉我、自從到這里、住了寸步不離、又沒工夫去快活林與施恩說話、雖是他頻頻使人來相看我多管是不能彀入宅裏來（卻在口中補出兩日事來妙筆）武松自從在張都監宅裏相公見愛但是人有些公事來央浼他的武松對都監相公說了無有不依外人俱送些金銀財帛段疋等件（惡）武松買箇柳籐箱子把這送的東西都鎖在裏面（此一段亦竟與連日閒文一樣平平敘去遂令讀者不覺）不在話下

時光迅速却早又是八月中秋張都監向後堂深處鴛鴦樓下（樓名妙絕獅子街定是武松殺人處了鴛鴦樓不是武松飲酒處也○特寫

此段者、一則爲武松殺嫂以後、又連連寫出許多婦人與他相纏、便成絕世奇文、一則爲此處先寫預席一次、便見內邊門路都熟、以便後日血濺一回入來也。

安排筵宴、慶賞中秋、叫喚武松到裏面飲酒、武松見夫人宅眷都在席上、喫了一杯、便待轉身出來、寫殺嫂人、偏寫出許多婦人與他纏攪、妙心妙筆。張都監喚住武松問道、你那里去、武松答道、恩相在上、夫人宅眷在此飲宴、小人理合迴避、是武二。張都監大笑道、大笑與後大罵相照。差了、我敬你是箇義士、好說。特地請將你來一處飲酒、如自家一般、竟是武松語。何故却要迴避、便教坐了、武松道、小人是箇因徒、如何敢與恩相坐地、張都監道、義士好說。你如何見外、此間又無外人內人奈何。便坐不妨、武松三迴五次謙讓告辭、張都監那里肯放、定要武松一處坐地、武松只得唱箇無禮喏、遠遠地斜着身坐下、畫。張都監着丫嬛養娘相勸寫殺婢人。寫出如許多般婦女來。真正妙想妙筆。一杯兩盞、看看飲過五七杯酒、張都監叫擡上果桌飲酒、又進了一兩套食次、說些閒話、問了些鎗法張都監道大丈夫飲酒何用小杯竟是武松語。叫取大銀賞鍾斟酒與義士喫連珠箭勸了武松幾鍾看看月明光彩照入東牕好景。武松喫得半醉却都忘了禮數只顧痛飲張都監叫喚一箇心愛的養娘叫做玉蘭玉蘭名字妙。與前金蓮二字。遥遥相望。爲武松十來卷一篇大文。兩頭鎖鑰也。○武松一篇。始於殺金蓮。終於殺玉蘭。金玉蓮蘭。千古的對矣。出來唱曲張都監指着玉蘭道這里別無外人只有我心腹之人武都頭在此你可唱箇中秋對月時景的曲兒教我們聽則箇玉蘭執着象板向前各道箇萬福頓開喉嚨唱一隻東坡學士中秋水調歌唱道是明月幾時有把酒問青天不知天上宮闕今夕是何年我欲乘風歸去尊前月下。忽聞此言。令人陡然念陽穀縣紫石街。不知在何處。只恐瓊樓玉宇高處不勝寒起舞弄清影何似在人間高捲珠簾低綺戶照無眠不應有恨何事常向別時圓人有悲歡離合月有陰晴圓缺此事古難全絕妙好辭。令人想到亡兄。想到宋江。想到張青夫妻。想到管營父子。灑淚不止。

但願人長久、萬里共嬋娟、這玉蘭唱罷、放下象板、又各道了一箇萬福、立在一邊、張都監又道玉蘭你可把一巡酒偏要寫得婦人在殺嫂人眼前嬝娜不已、妙心妙筆、這玉蘭應了、便拿了一副勸盤、丫環斟酒、先遞了相公、次勸了夫人、第三便勸武松飲酒、張都監叫斟滿着妙心妙筆、不惟在眼前嬝娜、直寫得殺嫂人身邊、有許多婦人能延不去矣、武松那里敢擡頭、起身遠遠地接過酒來、唱了相公夫人兩箇大喏、拿起酒來、一飲而盡、便還了盞子宛然寫出對嫂嫂飲酒時也。張都監指着玉蘭對武松道此女頗有些聰明不惟善知音律亦且極能鍼指忽然合出金蓮本事來。妙心妙筆。如你不嫌低微忽然合出金蓮本事來。妙心妙筆。數日之間擇了良時將來與你做箇妻室寫殺嫂人至此。妙心妙筆。疑非人間所有武松起身再拜道量小人何者之人怎敢望恩相宅眷爲妻枉自折武松的草料張都監笑道我既出了此言必要與你你休推故阻我必不負約當時一連又飲了十數杯酒約莫酒湧上來恐怕失了禮節、便起身拜謝了相公夫人、出到前廳廊下房門前、開了門、覺道酒食在腹、未能便睡、去房裏脫了衣裳、除了巾幘、拿條哨棒來庭心裏月明下使幾回棒、打了幾箇輪頭、寫未睡有情有景。仰面看天、時約有三更時分、好筆。武松進到房裏、却待脫衣去睡、只聽得後堂裏一片聲叫起有賊來、奇。武松聽得道、都監相公如此愛我、他後堂內裏有賊、我如何不去救護、武松獻勤、提了一條哨棒、逕搶入後堂裏來只見那箇唱的玉蘭慌慌張張走出來指道（看他偏寫出玉蘭來顯出金鎖玉鑰也）一箇賊遶入後花園裏去了武松聽得這話提着哨棒大踏步直趕入花園裏去尋時一週遭不見復翻身却遶出來不隄防黑影裏撇出一條板凳把武松一交絆翻走出七八箇軍漢叫一聲捉賊就地下把武松一條麻索綁了武松急叫道是我那衆軍漢那里容他分說只見堂裏燈燭熒煌張都監坐在廳上一片聲叫

道拿將來衆軍漢把武松一步一棍打到廳前武松叫道我不是賊是武松張都監看了大怒（小人面皮風雲轉換其疾如此）變了面皮喝罵道你這箇賊配軍本是賊骨賊眼賊心賊肝的人（前文一連叫出許多義士此處一連說出許多賊來小人口何足爲據也）我倒擡舉你一力成人不曾虧負了你半點兒却纔教你一處喫酒同席坐地我指望要擡舉與你箇官你如何却做這等的勾當武松大叫道相公非干我事我來捉賊如何倒把我捉

了做賊武松是箇頂天立地的好漢不做這般的事張都監喝道你這廝休賴且把你押去他房裏搜看有無贓物衆軍漢把武松押着逕到他房裏打開他那柳藤箱子（絕倒）看時上面都是些衣服下面却是些銀酒器皿約有一二百兩贓物武松見了也自目睜口呆只叫得屈衆軍漢把箱子擡出廳前張都監看了大駡道賊配軍如此無禮贓物正在你箱子裏搜出來如何賴得過常言道衆生

好度人難度然則足下定好度耶原來你這廝外貌像人倒有這等禽心獸肝既然贓証明白沒話說了連夜便把贓物封了且叫送去機密房裏監收天明却和這廝說話武松大叫冤屈那里肯容他分說衆軍漢扛了贓物將武松送到機密房裏收管了張都監連夜使人去對知府說了押司孔目上下都使用了錢次日天明知府方纔坐廳左右緝捕觀察把武松押至當廳贓物都扛在廳上張都監家

心腹人齎着張都監被盜的文書呈上知府看了、
那知府喝令左右把武松一索捆翻、牢子節級將
一束問事獄具放在面前、武松却待開口分說、知
府喝道、這廝原是遠流配軍、如何不做賊、一定是
一時見財起意、既是贓證明白、休聽這廝胡說、只
顧與我加力打、那牢子獄卒拿起批頭竹片、雨點
的打下來、武松情知不是話頭、只得屈招做本月
十五日一時見本官衙內許多銀酒器皿、因而起

意至夜乘勢竊取入己與了招狀知府道這廝正是見財起意不必說了且取枷來釘了監下牢子將過長枷把武松枷了押下死囚牢裏監禁了（何至死囚牢裏糊塗可笑今古一轍）武松下到大牢裏尋思道叵耐張都監那廝安排這般圈套坑陷我我若能彀挣得性命出去時却又理會（怨毒）牢子獄卒把武松押在大牢裏將他一雙脚晝夜匣着又把木杻釘住雙手那里容他些鬆寬話裏却說施恩已有人報知

此以下寫施恩與武松文無涉分別讀之

此事、慌忙入城來和父親商議、老管營道、眼見得是張團練替蔣門神報仇、買囑張都監、卻設出這條計策、陷害武松、必然是他着人去、上下都使了錢、受了人情賄賂、衆人以此不縣他分說、必然要害他性命、我如今尋思起來、他須不該死罪、只是買求兩院押牢節級便好、可以存他性命、在外、卻又別作商議、施恩道、見今當牢節級姓康的、和孩兒最過得好、只得去求浼他如何、老管營道、他是爲你喫官司你不去救他更待何時好施恩將了一二百兩銀子（寫施恩爲武松使用都是大銀子不得不點出）逕投康節級却在牢未回施恩教他家着人去牢裏說知不多時康節級歸來與施恩相見施恩把上件事一一告訴了一遍康節級答道不瞞兄長說此一件事皆是張都監和張團練兩箇同姓結義做兄弟（也結義做兄弟寫來一笑與前施恩四拜相映襯）見今蔣門神躲在張團練家裏却央張團練買囑這張都監商量設出這

係討來、一應上下之人、都是蔣門神用賄賂、我們都接了他錢、廳上知府一力與他作主、定要結果武松性命、只有當案一箇葉孔目不肯、因此不敢害他、這人忠直仗義、不肯要害平人、以此武松還不喫虧、（寫得好。○凡他處必要寫作牢中喫苦者、定爲文情前後有不得不喫苦之故耳。今寫武松、既可不必喫苦、則又何必定寫喫苦也。）今聽施兄所說了、牢中之事、盡是我自維持、如今便去寬他、今後不教他喫半點兒苦、（寫得好。）你却快央人去、只囑葉孔目要求他早斷出去便可救得他性命施恩取一百兩銀子與康節級康節級那里肯受再三推辭方纔收了（活寫世人受銀子法）施恩相別出門來逕回營裏又尋一箇和葉孔目知契的人送一百兩銀子與他只求早早緊急決斷那葉孔目已知武松是箇好漢亦自有心周全他已把那文案做得活着只被這知府受了張都監賄賂囑他不肯從輕勘來武松竊取人財又不得死罪因此互相延挨只要牢裏謀

他性命、今來又得了這一百兩銀子、亦知是屈陷武松、却把這文案都改得輕了、盡出豁了武松、只得限滿決斷、次日施恩安排了許多酒饌甚是齊備來央康節級引領直進大牢裏看視武松見面送飯一人死囚牢、此時武松已自得康節級看覷、將這刑禁都放寬了、施恩又取三二十兩銀子分俵與衆小牢子、取酒食叫武松喫了、施恩附耳低言道這場官司明明是都監替蔣門神報仇陷害哥哥

〔施恩得之於老康、武松得之於施恩、深虧此處有此一筆、便使飛雲浦回來、猶如秋鷹擊雀也、〕你且寬心、不要憂念、我已央人和葉孔目說通了、甚有周全你的好意、且待限滿斷決你出去、却再理會、此時武松得鬆寬了、已有越獄之心、〔突然分外添此一筆、便將施恩三入、反襯出異樣恩義、一句出獄、却令三句入獄出色、〕聽得施恩說罷、却放了那片心、施恩在牢裏安慰了武松、歸到營中、過了兩日、施恩再備些酒食錢財、又央康節級引領入牢裏、與武松說話、相見了、將酒食管待、又分俵了些零碎銀子與衆人做酒錢、回歸家來、又央浼人上下去使用、催趲打點文書、二入死。四牢。過得數日、施恩再備了酒肉、做了幾件衣裳、增一句。再央康節級維持、相引將來牢裏、請衆人喫酒、買求看覷武松、叫他更換了些衣服、喫了酒食、三入死。四牢。出入情熟、一連數日、施恩來了大牢裏三次、總結一句。好筆段。却不隄防被張團練家心腹人見了、回去報知那張團練、便去對張都監說了其事、張都監却再

使人送金帛來與知府就說與此事那知府是箇贓官接受了賄賂便差人嘗嘗下牢裏來閘看但見閑人便要拿問施恩得知了那里敢再去看覷

施恩三入，不為少矣，便忽然生箇事情，一筆截住。甚有剪裁之妙。不然，日日入死囚牢，寫得何日始了也。

武松卻自得康節級和衆牢子自照管他施恩自此早晚只去得康節級家裏討信得知長短

又補得好

都不在話下看看前後將及兩月有這當案葉孔目一力主張知府處早晚說開就裏那知府方

纔知道張都監接受了蔣門神若干銀子通同張
團練設計排陷武松自心裏想道你倒賺了銀兩
教我與你害人（於今爲烈）因此心都懶了不來管看捱
到六十日限滿牢中取出武松當廳開了枷當案
葉孔目讀了招狀定擬下罪名脊杖二十刺配恩
州牢城原盜贓物給還本主張都監只得着家人
當官領了贓物當廳把武松斷了二十脊杖刺了
金印取一面七斤半鐵葉盤頭枷釘了押一紙公

文、差兩箇壯健公人防送武松、限了時日要起身、那兩箇公人領了牒文、押解了武松出孟州衙門便行、原來武松喫斷棒之時、卻得老管營使錢通了、葉孔目又看覷他、知府亦知他被陷害、不十分來打重、因此斷得棒輕、寫得好武松忍着那口氣、又是一點無窮之氣帶上行枷、出得城來、兩箇公人監在後面、約行得一里多路、只見官道傍邊酒店裏鑽出施恩來、看着武松道、小弟在此專等、武松看施恩時、又包着頭絡着手（不是蔣門神偏打二處只圖文情絕倒耳）武松問道我好幾時不見你如何又做恁地模樣施恩答道實不相瞞哥哥說小弟自從牢裏三番相見之後知府得知了不時差人下來牢裏點閘那張都監又差人在牢門口左近兩邊巡看着（又在口中補出未知事來）因此小弟不能彀再進大牢裏看望兄長只到得康節級家裏討信半月之前小弟正在快活林中店裏只見蔣門神那廝又領着一夥軍漢到來廝

第五才子書　大鬧飛雲浦

打小弟被他又痛打一頓也要小弟央浼人陪話
絕倒○却被他仍復奪了店面依舊交還了許多家火
什物○絕倒小弟在家將息未起今日聽得哥哥斷配
恩州特有兩件綿衣寫施恩寫得好送與哥哥路上穿着
煮得兩隻熟鵞在此寫施恩寫得好請哥哥喫了兩塊去
施恩便邀兩箇公人請他入酒肆那兩箇公人那
里肯進酒店裏去便發言發語道武松這廝他是
箇賊漢不爭我們喫你的酒食明日官府上須惹

口舌你若怕打快走開去（深明下文無窮）施恩見不是話頭便取十來兩銀子送與他兩箇公人那廝兩箇那里肯接惱忿忿地只要催促武松上路（深明下文無窮）施恩討兩碗酒叫武松喫了把一箇包裹拴在武松腰裏（好）把這兩隻熟鵞掛在武松行枷上（好）施恩附耳低言（好）道包裹裏有兩件綿衣（好）一帕子散碎銀子路上好做盤纏（好）也有兩雙八搭麻鞋在裏面（好）只是要路上仔細隄防這兩箇賊男女

不懷好意（好○寫來竟是父子夫婦兄弟不是朋友故寫得好○重讀之覺實實寫得好○）（我却寫不出○○○○○○○）武松點頭道不須分付我已省得了再着○○兩箇來也不懼他（每每後文事偏在前文閒中先逗一句至於此句尤逗得無痕）（有影妙絕妙絕不知文者謂是武松自誇了得也）你自回去將息（竟是父子夫婦○○）（兄弟○）且請放心我自有措置施恩拜辭了武松哭着去了（完施恩完得妙）不在話下武松和兩箇公人上路行○○○○不到數里之上（數里○存他一路敘出許多里數史公斂手）兩箇公人○○○○○○○○○○○○○悄悄地商議道不見那兩箇來（果然不出都頭所料○文筆入妙）

武松聽了、自暗暗地尋思、冷笑道、沒你娘鳥興、那廝到來撲復老爺、武松右手却喫釘住在行枷上、左手却散着、武松就枷上取下那熟鵞來只顧自喫、也不係那兩箇公人、（妙心妙筆寫出妙人妙景）又行了四五里路、（四五里）再把這隻熟鵞除來右手扯着、把左手斯來只顧自喫、（妙心妙筆寫出妙人妙景）行不過五里路、（五里）把這兩隻熟鵞都喫盡了、約算離城也有八九里多路、（一總八九里）只見前面路邊先有兩箇人（文筆妙絕）提着

○○朴刀朴刀此處出現各跨口腰刀○○腰刀此處出現先在那里等候○○○○○○
妙絕見了公人監押武松到來便幇着做一路走○○○○○○文筆
妙絕武松又見這兩箇公人與那兩箇提朴刀的擠○○○○○○
眉弄眼打些暗號文筆妙絕武松早睃見自瞧了八分○○○○○○○○○○○
尶尬只安在肚裏却且只做不見妙人又走不數里
多路數里只見前面來到一處濟濟蕩蕩魚浦○○○○○作文須作
如此語方是絕妙好辭四面都是野港闊河五箇人行至浦
邊一條闊板橋一座牌樓上有牌額寫着道飛雲

浦三字、武松見了、假意問道、這里地名喚做甚麼去處、兩箇公人應道、你又不眼瞎、須見橋邊牌額上寫道飛雲浦、武松站住道我要淨手則箇 妙 那兩箇提朴刀的走近一步 妙 却被武松叫聲下去一飛脚早踢中翻筋斗踢下水去了 妙 這一箇急待轉身 妙 武松右脚早起撲通地也踢下水裏去 妙 那兩箇公人慌了望橋下便走 妙 武松喝一聲那里去把枷只一扭折做兩半箇趕將下橋來 妙那兩箇先自驚倒了一箇妙武松遊上前去望那一箇走的後心上只一拳打翻妙就水邊撈起朴刀來讀此句爲之一歎本擬武松死於此刀誰料自家之刀仍殺自家之身耶人生世上此等事往往有之願後世以此爲鑒也趕上去搠上幾朴刀死在地下妙却轉身回來把那箇驚倒的也搠幾刀妙這兩箇踢下水去的纔掙得起正待要走妙武松追着又砍倒一箇妙趕入一步劈頭揪住一箇喝道你這廝實說我便饒你性命妙那人道小人兩箇是

蔣門神徒弟、今被師父和張團練定計、使小人兩箇來相幫防送公人、一處來害好漢、武松道、你師父蔣門神今在何處。妙。得筋節。問那人道、小人臨來時、和張團練都在張都監家裏後堂鴛鴦樓上喫酒、專等小人回報。妙。都在句。寫出不費手腳。鴛鴦樓句。寫出熟溜。專等句。寫出毒。武松道、原來恁地、卻饒你不得、手起刀落、也把這人殺了。妙。解下他腰刀來揀好的帶了一把。看他撈朴刀。解腰刀。便有兩刀矣。將兩箇屍首都攛在浦裏、又怕那兩箇不死，提起朴刀，每人身上又搠了幾刀。（妙。）立在橋上看了一回。（活畫出來。寫武松眞是武松，與他人不同。）思量道：雖然殺了這四箇賊男女，不殺得張都監、張團練、蔣門神，如何出得這口恨氣！提着朴刀躊躇了半晌，（妙絕。提刀躊躇四字，自莊子寫庖丁後，忽於此處再見。）一箇念頭竟逩回孟州城裏來。（妙絕。轉筆如風。）不因這番，有分教：武松殺幾箇貪夫，出一口怨氣；定教畫堂深處屍橫地，紅燭光中血滿樓。畢竟武松再回孟州城來怎地結束，

且聽下回分解

第五才子書施耐菴水滸傳卷之三十五

聖歎外書

第三十回

張都監血濺鴛鴦樓

武行者夜走蜈蚣嶺

我讀至血濺鴛鴦樓一篇而歎天下之人磨刀殺人豈不怪哉孟子曰殺人父人亦殺其父殺人兄人亦殺其兄我磨刀之時與人磨刀

之時其間不能以寸然則非自殺之不過一間所謂易刀而殺之也嗚呼豈惟是乎夫易刀而殺之也是尚以我之刀殺人以人之刀殺我雖同歸於一殺然我猶見殺於人之刀而不至遂殺於我之刀也乃天下禍機之發曾無一格風霆駭變不須旋踵如張都監張團練蔣門神三人之遇害可不爲之痛悔哉方其授意公人而復遣兩徒弟往挈之也豈

不嘗殷勤致問爾有刀否兩人應言有刀即又殷勤致問爾刀好否兩人應言好刀則又殷勤致問是新磨刀否兩人應言是新磨刀復又殷勤致問爾刀殺得武松一箇否兩人應言再加十四五箇亦殺得豈止武松一箇供得此刀當斯時莫不自謂此刀跨而往挈而出飛而起劈而落武松之頭斷武松之血灑武松之命絕武松之冤拔於是拭之視之

揷之懸之歸更傳觀之歎美之摩挲之瀝酒祭之蓋天下之大萬家之衆其快心快事當更未有過於鴛鴦樓上張都監張團練蔣門神之三人者也而殊不知雲浦淨手馬院吹燈刀之去自前門而去者刀之歸已自後門而歸刀出前門之際刀尚姓張刀人後門之時刀已姓武於是向之霍霍自磨惟恐不銛快者此夜一十九人遂親以頭頸試之嗚呼

豈忍言哉夫自買刀自佩之佩之多年而未嘗殺一人則是不如勿買不如勿佩之爲愈也自買刀自佩之佩之多年而今夜始殺一人顧一人未殺而刀已反爲所借而立殺我一十九人然則買爲自殺而買佩爲自殺而佩更無疑也嗚呼禍害之伏秘不得知及其猝發疾不得掩蓋自古至今往往皆有乃世之人猶甘蹈之不悟則何不讀水滸二刀之

文哉

此文妙處不在寫武松心麄手辣逢人便斫須要細細看他筆致閒處筆尖細處筆法嚴處筆力大處筆路別處如馬槽聽得聲音方纔知是武松句了鬟罵客人一段酒器皆不曾收句夫人兀自問誰句此其筆致之閒也殺後槽便把後槽屍首踢過句吹滅馬院燈火句開角門便掇過門扇句掩角門便把櫈

都提過句丫鬟屍首拖放竈前句滅了廚下
燈火句走出中門拴前門句撇了刀鞘句此
其筆尖之細也前書一更四點後書四更三
點前揷出施恩所送棉衣及碎銀後揷出麻
鞋此其筆法之嚴也搶入後門殺了後槽却
又閃出後門拿了朴刀門扇上爬入角門却
又開出角門撥過門扇搶入樓中殺了三人
却又退出樓梯讓過兩人重復隨入樓中殺

了二人然後搶下樓來殺了夫人再到厨房換了朴刀反出中堂拴了前門一連共有十數箇轉身此其筆力之大也一路凡有十一箇燈字四箇月字此其筆路之别也

鴛鴦樓之立名我知之矣殆言得意之事與失意之事相倚相伏未曾暫離喻如鴛鴦二鳥雙游也佛言功德天嘗與黑闇女姊妹相逐是其義也

武松蜈蚣嶺一段文字意思暗與魯達瓦官寺一段相對亦是初得戒刀另與喝采一番耳並不復關武松之事

話說張都監聽信這張團練說誘囑托替蔣門神報讐要害武松性命誰想四箇人倒都被武松搠殺在飛雲浦了當時武松立於橋上尋思了半晌躊躇起來怨恨冲天不殺得張都監如何出得這口恨氣便去死屍身邊解下腰刀選好的取把來

一路看他寫刀寫角門寫燈寫月



跨了腰刀。一寫揀條好朴刀提着一寫朴刀。○妙在即以彼家之刀。殺彼家之人。再逕回孟州城裏來、進得城中早是黃昏時候、武松逕踅去張都監後花園牆外、却是一箇馬院、武松就在馬院邊伏着、聽得那後槽却在衙裏、未曾出來、正看之間、只見呀地角門開、一寫角門開。後槽提着箇燈籠出來、一寫燈。裏面便關了角門、二寫角門關。武松却躲在黑影裏、聽那更鼓時早打一更四點、那後槽上了草料、掛起燈籠、二寫燈。鋪開被此句起。妙筆。

卧脫了衣裳上牀便睡武松却來門邊挨那門響後槽喝道老爺方纔睡你要偷我衣裳也早些哩（妙語）武松把朴刀倚在門邊（二寫朴刀）却掣出腰刀在手裏（二寫腰刀）又呀呀地推門那後槽那里忍得住便從牀上赤條條地跳將出來拿了攪草棍拔了欖却待開門被武松就勢推開去搶入來（入一重門來看他入來出去又入來又出去寫得跳脫不可言）把這後槽擗頭揪住却待要叫燈影下（三字妙筆三寫燈）見明晃晃地一把刀在手裏

三寫腰刀。○不見人。單見刀。一者燈下。二者嚇極。先自驚得八分軟了口裏只叫得一聲饒命武松道你認得我麼後槽聽得聲音方纔知是武松妙。○有此閒筆。便叫道哥哥不干我事你饒了我罷武松道你只實說張都監如今在那里後槽道今日和張團練蔣門神他三箇喫了一日酒如今兀自在鴛鴦樓上喫哩武松道這話是實麼後槽道小人說謊就害疔瘡絕倒。武松道恁地却饒你不得手起一刀四寫腰刀。把這後槽殺了殺第一箇。一脚踢開屍首（閒細。）把刀插入鞘裏（五寫腰刀。）就燈影下（妙。四寫燈。）去腰裏解下施恩送來的綿衣（前文施恩送綿衣碎銀麻鞋三件。今忽將兩件插在前邊。一件插在後邊。爲百忙中極閒之筆。眞乃非常之才。）將出來脫了身上舊衣裳把那兩件新衣穿了拴縛得緊輳把腰刀和鞘跨在腰裏（六寫腰刀。）却把後槽一牀單被包了散碎銀兩（百忙中。插出施恩銀兩。非常之才。）入在纏袋裏却把來掛在門邊（記着。）却將一扇門立在牆邊先去吹滅了燈火（閒細。五寫燈。）却閃將出來（又出去。）拿了朴刀（妙三寫朴刀此句下又入來）從門上一步步爬上牆來此時却有些月光明亮（一寫月妙筆）武松從墻頭上一跳却跳在牆裏（又入一重門來）便先來開了角門（三寫角門）開掇過了門扇（開細此句又出去）復翻身入來（又入來）虛掩上角門（四寫角門閂）欞都提過了（開細）武松却望燈明處來（五寫燈又入一處來）看時正是厨房裏只見兩箇丫鬟正在那湯罐邊埋寃說道伏侍了一日兀自不肯去睡只是要茶喫那兩箇客人也不識羞恥（絕倒）噇

得這等醉了也兀自不肯下樓去歇息只說箇不了（表出等回話）那兩箇女使正口裏喃喃吶吶地怨悵

武松却倚了朴刀（四寫朴刀朴刀在此）掣出腰裏那口帶血刀來（七寫腰刀帶血妙）把門一推呀地推開門搶入來（又入一重門來）先把一箇女使髽角兒揪住一刀（八寫腰刀）殺了（殺第二箇）那一箇却待要走兩隻腳一似釘住了的再要叫時口裏又似啞了的端的是驚得呆了休

道是兩箇丫嬛便是說話的見了也驚得口裏半

舌不展（忽然跳出話外，真是以文爲戲）武松手起一刀（九寫腰刀）也殺了（殺第三箇）却把這兩箇屍首拖放竈前（閒細）滅了廚下燈火（六寫燈閒細）趁着那牕外月光（三寫月妙筆）一步步挨入堂裏來（又入一重來）武松原在衙裏出入的人，已都認得路數，逕踅到鴛鴦樓胡梯邊來，揑脚揑手摸上樓來（又入一重來）此時親隨的人都伏事得厭煩，遠遠地躲去了（好）只聽得那張都監、張團練、蔣門神三箇說話，武松在胡梯口聽，只聽得蔣門神口裏

稱讚不了只說虧了相公與小人報了寃讐再當重重的報答恩相

二字妙。將有字襯出無字處。

這張都監道不是看我兄弟張團練面上誰肯幹這等的事你雖費用了些錢財却也安排得那廝好這早晚多是在那里下手那廝敢是死了

却不道這早晚已在這里下手。爲之絕倒。

只教在飛雲浦結果他待那四人明早回來便見分曉張團練道這四箇對付他一箇有甚麼不了再有幾箇性命

六字奇句。

也沒了

絕倒。○遂成口讖。

蔣門神道

小人也分付徒弟來只教就那里下手結果了快來回報武松聽了心頭那把無明業火高三千丈沖破了青天右手持刀（十寫腰刀）左手搶開五指（陪一句襯成刀勢）搶入樓中（再入一步來）只見三五枝燈燭熒煌（七寫燈）一兩處月光射入（三寫月絕妙好辭）樓上甚是明朗面前酒器皆不曾收（開細）蔣門神坐在交椅上見是武松喫了一驚把這心肝五臟都提在九霄雲外說時遲那時快蔣門神急要掙扎時武松早落一刀

（十一寫刀）劈臉剁着和那交椅都砍翻了武松便轉身回過刀來（不惟轉身回刀甚疾其轉筆回墨亦甚疾○十二寫腰刀）那張都監方纔伸得脚動被武松當時一刀（十三寫腰刀）齊耳根連頷子砍着撲地倒在樓板上兩箇都在掙命（一頓句）這張團練終是箇武官出身（閒細）雖然酒醉還有些氣力見剁翻了兩箇料道走不迭便提起一把交椅輪將來武松早接箇住就勢只一推（疾）休說張團練酒後便濤醒白醒時也近不得武松神力

（真正妙筆）撲地望後便倒了武松趕入去（句）一刀（句）十四（寫濺刀）先割下頭來（殺第四箇又割頭與殺別箇不同）蔣門神有力掙得起來武松左脚早起翻筋斗踢一脚按住也割了頭（殺第五箇亦割頭）轉身來把張都監也割了頭（殺第六箇也割頭）見桌子上有酒有肉武松拿起酒鍾子一飲而盡連喫了三四鍾（妙）便去死屍身上割下一片衣襟來（奇筆）蘸着血（奇墨）去白粉壁上（奇紙）大寫下八字道殺人者打虎武松也（奇文○奇筆奇墨奇紙定然做出奇文來○卿

試擲地當作金石聲○看他者字也字何等用得好只八箇字亦有打虎之力○文只八字却有兩番異樣奇彩在內真是天地間有數大文也○依謝疊山例是一篇放膽文字把桌子上器皿踏匾了揣幾件在懷裏却待下樓只聽得樓下夫人聲音叫道樓上官人們都醉了快着兩箇上去攙扶行到水窮又看雲起妙筆○寫武松殺張都監定必寫到殺得滅門絕戶方快人意然使夫人深坐房中武松亦不必搜捉出來也只借分付家人湊在手邊來一齊授首工良心苦人誰知之○下養娘引着兩箇小的亦只閒閒湊來說猶未了早有兩箇人上樓來武松却閃在胡梯邊又出來一步看時却是

兩箇自家親隨人便是前日拿捉武松的（妙筆妙不可言）武松在黑處讓他過去却攔住去路兩箇入進樓中見三箇屍首横在血泊裏驚得面面厮覷做聲不得正如分開八片頂陽骨傾下半桶氷雪水急待回身武松隨在背後手起刀落（十五寫腰刀）早剁翻了一箇（殺第七箇）那一箇便跪下討饒武松道却饒你不得揪住也是一刀（十六寫腰刀殺第八箇）殺得血濺畫樓屍横燈影（絕妙好辭八寫燈）武松道一不做二不休殺了

一百箇、也只一死。提了刀（十七寫腰刀。）下樓來。（又出來一步。）
夫人問道、樓上恁地大驚小怪、武松搶到房前。（又入
一重來。）夫人見條大漢入來、兀自問道、是誰。（闇細。又表是
暗中，與後燈明相照。）武松的刀早飛起、（十八寫腰刀。）劈面門剁着、
倒在房前聲喚。（殺第九箇。）武松按住、將去割頭時、刀切
不入。（十九寫腰刀。半日可謂忙殺腰刀、閒殺朴刀矣。得此一變、令人叫絕。真正才子。）武
松心疑、就月光下（四寫月。）看那刀時、已自都砍缺了。
（二十寫腰刀。）武松道、可知割不下頭來。便抽身去厨房

下（忽然直出來。真正才子。）拿取朴刀（五寫朴刀。）丟了缺刀（二十一寫腰刀。）翻身再入樓下來（忽然又直入來。寫得怕人。）只見燈明下（九寫燈。）前番那箇唱曲兒的養娘玉蘭引着兩箇小的（入户湊聚有法。又有清。）把燈（十寫燈。）照見夫人被殺死地下方纔叫得一聲苦也武松握着朴刀（六寫朴刀。）向玉蘭心窩裏搠着（殺第十箇。前殺金蓮是心窩裏。今殺玉蘭亦是心窩裏。藏此二字為牆記也。）兩箇小的亦被武松搠死一朴刀一箇（七寫朴刀。）結果了（殺十一箇。殺第十二箇。）走出中堂把櫰拴了前門（忽然又出前門去。）

（拴得妙。）又入來（忽然又入去。）尋着兩三箇婦女、也都搠死

了在地下、（殺十三箇。殺十四箇。殺十五箇。）武松道我方纔心滿意

足（六字絕妙好辭。）走了罷休、撇了刀鞘（閒細之極。○二十二寫腰刀。）提

了朴刀（八寫朴刀。）出到角門外（又直出來。○五寫角門開。）來馬院裏

（再出來。）除下纏袋來（忘之固是敗筆。然不忘真是奇筆。）把懷裏踏匾

的銀酒器都裝在裏面拴在腰裏、拽開脚步（再出來。）

倒提朴刀便走（九寫朴刀。○倒提妙絕。是心滿意足後氣色。只兩字便描寫出來。）

到城邊尋思道、若等開門、須喫拿了、不如連夜越

城走、便從城邊踏上城來、這孟州城是箇小去處、那土城苫不甚高、就女牆邊望下、句。先把朴刀虛按一按、句。寫跳城。便真寫出跳城來。真是才子。十寫朴刀。刀尖在上棒梢向下托地只一跳、妙寫。十一寫朴刀。把棒一拄、立在濠塹邊、妙筆。十二寫朴刀。月明之下看水時、四寫月。樓上月。此月也。濠邊月。亦此月地。然而樓上之月。何其慘毒。濠邊之月。何其幽凉。武松在樓上時。月亦在樓上。初不知濠邊月色何如。武松來濠邊時。月亦在濠邊。竟不記樓上月明何似。都監一家看月之時。濠邊月裏並無一箇武松。濠邊立月之際。張家月下更無一人。嗟乎。一月普照萬方。萬方不齊苦樂。月影只爭轉眼。轉眼生死無常。前路茫茫。世間颼颼。讀書至此。不知後人又何以爲情也。只有一二尺深此時正是十月半天氣各處水泉皆涸武松就濠塹邊脫了鞋襪解下腿絣護膝抓扎起衣服從這城濠裏走過對岸却想起施恩送來的包裹裏有雙八搭麻鞋如此穿插妙豈容說。以前篇中間一句。分插在後篇前後。眞正奇筆。取出來穿在脚上聽城裏更點時巳打四更三點此句收。妙筆。與前一更四點句。作一開一闔。武松道這口鳥氣今日方纔出得鬆臊梁園雖好不是久戀之家只可撒開提了朴刀。十三寫朴刀。投東小路便走。走了一五更。一更四點。四更三點。前提後繳。合成奇格。此更以五更帶作餘波。天色朦朦朧朧。尚未明亮。武松一夜辛苦。身體困倦。棒瘡發了又疼。那里熬得過。望見一座樹林裏一箇小小古廟。武松遶入裏面。把朴刀倚了。十四寫朴刀。解下包裹來做了枕頭。閒細。撲翻身便睡。却待合眼。只見廟外邊探入兩把撓鉤。把武松搭住。兩箇人便搶入來將武松按定。一條繩索綁了。奇事。那四箇男女道這鳥漢子却肥好送與大哥去武松那里掙扎得脫被這四箇人奪了包裹朴刀（十五寫朴刀）却似牽羊的一般脚不點地（好笑）拖到村裏來這四箇男女於路上自言自說道看這漢子一身血跡（不正寫却用他人看出）却是那里來莫不做賊着了手來（捎帶兩月以前）武松只不做聲繇他們自說行不到三五里路早到一所草屋內把武松推將進去側首一箇小門裏面還點着碗燈（十一寫燈）四箇男女將武松剝了衣裳綁在

亭柱上武松看時見竈邊梁上掛着兩條人腿武松自肚裏尋思道却撞在橫死神手裏死得沒了分曉早知如此時不若去孟州府裏首告了便喫一刀一剮却也留得一箇清名於世那四箇男女提着那包裹口裏叫道大哥大嫂快起來我們張得一頭好行貨在這里了只聽得前面應道我來也你們不要動手我自來開剝好沒一盞茶時只見兩箇人入屋後來武松看時前面一箇婦人背

後一箇大漢兩箇定睛看了武松那婦人便道這箇不是叔叔（妙絕一篇十來卷文字迴環踢跳無句不鈎無字不鎖）那大漢道果然是我兄弟（妙絕真疑鬼疑神之文）武松看時那大漢不是別人却正是菜園子張青這婦人便是母藥叉孫二娘這四箇男女喫了一驚便把索子解了將衣服與武松穿了頭巾已自扯碎且拏箇氈笠子與他戴上（兩句寫得好笑遂似爲做頭陀之讖然實是算到做頭陀時無處安放頭巾故先於此處銷繳之也）原來這張青十字坡店面作坊却有

看他一路細細敘述不省一字顯出大筆力

幾處。所以武松不認得。（公自計。）張青即便請出前面客席裏敘禮罷。張青大驚。連忙問道。賢弟如何恁地模樣。武松答道。一言難盡。（我讀半日不得了。一言如何得盡。）自從與你相別之後。到得牢城營裏。得蒙施管營兒子。喚做金眼彪施恩。一見如故。每日好酒好肉管顧我。為是他有一座酒肉店。在城東快活林內。甚是趁錢。却被一箇張團練帶來的蔣門神那廝。倚勢豪強。公然白白地奪了。施恩如此告訴。我却路見不平、醉打了蔣門神、復奪了快活林、施恩以此敬重我、後被張團練買囑張都監定了計謀、取我做親隨、設智陷害、替蔣門神報讐、八月十五日夜只推有賊、賺我到裏面、却把銀酒器皿預先放在我箱籠內、拏我解送孟州府裏強扭做賊、打招了、監在牢裏、却得施恩上下使錢、透了不曾受害、又得當案葉孔目仗義疎財、不肯陷害平人、又得當牢一箇康節級、與施恩最好、兩箇一力維持、待限滿脊杖、轉配恩州、昨夜出得城來、叵耐張都監設計、教蔣門神使兩箇徒弟和防送公人相幫、就路上要結果我、到得飛雲浦僻靜去處、正欲要動手、先被我兩脚把兩箇徒弟踢下水裏去、趕上這兩箇鳥公人、也是一朴刀一箇搠死了、都撇在水裏、思量這口氣怎地出得、因此再回孟州城裏去、一更四點進去馬院裏、先殺了一箇養馬的後槽、爬入牆內去、就廚房裏殺了兩箇丫嬛、直上鴛鴦樓上把張都監張團練蔣門神三箇都殺了又砍了兩箇親隨下樓來又把他老婆兒女養娘都戳死了四更三點跳城出來走了一五更路（前正傳是第一遍此敘述是第二遍）一時困倦棒瘡發了又疼因行不得投一小廟裏權歇一歇却被這四箇綁縛將來那四箇搗子便拜在地下道我們四箇都是張大哥的火家因為連日博錢輸了去林子裏尋些買賣却見哥哥從小路來身上淋淋漓漓都是血跡却在土

地廟裏歇、我四箇不知是甚人、早是張大哥這幾時分付道、只要捉活的、因此我們只拿撓鈎套索出去、不分付時、也壞了大哥性命、正是有眼不識泰山、一時誤犯着哥哥、恕罪則箇。張青夫妻兩箇笑道、我們因有掛心、這幾時只要他們拿活的行貨、他這四箇如何省的我心裏事。好張青夫妻。若是我這兄弟不困乏時、不說你這四箇男女、更有四十箇也近他不得、那四箇搗子只顧磕頭、武松喚起他來道既然他們沒錢去賭我賞你些便把包裹打開取十兩碎銀把與四人將去分好人送好物應如此好好用。那四箇撝子拜謝武松張青看了也取三二兩銀子賞與他們四箇自去分了張青道賢弟不知我心四箇撝子不知我心。連武松亦復不知我心。寫張青夫妻其實好。從你去後我只怕你有些失支脫節或早或晚回來知巳。因此上分付這幾箇男女但凡拿得行貨只要活的那廝們慢使些的趁活捉了敵他不過的必致殺害以此不教他們將刀仗出去只與他撓鉤套索方纔聽得說我便心疑連忙分付等我自來看（好張青）誰想果是賢弟孫二娘道只聽得叔叔打了蔣門神又是醉了贏他那一箇來往人不喫驚（只一句便將前一篇重復出色加染）有在快活林做買賣的客商嘗說到這里却不知向後的事叔叔困倦且請去客房裏將息却再理會張青引武松去客房裏睡了兩口兒自去廚下安排些佳肴美饌酒食管待武松不移

時整治齊備專等武松起來相敘八箇字寫出好主人正不以酒食為感也却說孟州城裏張都監衙內也有躲得過的直到五更纔敢出來上半夜怕人下半夜怕鬼寫得絕倒衆人嚇起裏面親隨外面當直的軍牢都來看視聲張起來街坊鄰舍誰敢出來捱到天明時分妙絕妙絕遂令讀者疑字縫裏或有武松劈面直跳出來却來孟州府裏告狀知府聽說罷大驚火速差人下來簡點了殺死人數行兇人出沒去處塡畫了圖像格目回府裏稟覆知府道先

從馬院裏入來就殺了養馬的後槽一人有脫下舊衣二件前文所無。前文止半句。次到廚房裏竈下殺死兩箇丫嬛廚門邊遺下行兇鉄刀一把前文所有。此句本在後。倒插在前。樓上殺死張都監一員并親隨二人此句本在後。倒插在前。外有請到客官張團練與蔣門神二人白粉壁上衣襟蘸血大寫八字道殺人者打虎武松也樓下搠死夫人一口在外搠死玉蘭一口妳娘二口此句本在後。倒插在前。兒女三口此句前是二口。此多一口。前在前。此在後。共計殺死男女一十五名擄掠去金銀酒器六件、正傳是第一遍敘述是第二遍報官是第三遍看他第一遍之縱橫第二遍之次第第三遍之顛倒無不處處入妙○看他敘來有與前文合處有與前文不必合處政以跡密互見錯落不定爲奇耳必拘拘一字不失何不印板印作一樣三張也知府看罷便差人把住孟州四門點起軍兵并緝捕人員城中坊廂里正逐一排門搜捉兇人武松次日飛雲浦地里保正人等告稱殺死四人在浦內見有殺人血痕在飛雲浦橋下屍首俱在水中共計十五人後急接四人躊躕滿志之筆知府接了狀子、當差本縣縣尉下來、一面着人打撈起四箇屍首、都簡驗了、兩箇是本府公人、兩箇自有苦主、各備棺木盛殮了屍首、盡來告狀、催促捉拿兇首償命、城裏閉門三日、（絕倒）家至戶到、逐一挨察、五家一連、十家一保、那里不去搜尋、知府押了文書、委官下該管地面、各鄉、各保、各都、各村、盡要排家搜捉、緝捕兇首、寫了武松鄉貫年甲、貌相模樣、畫影圖形、出三千貫信賞錢、如有人知得武松下落、赴州告報、隨文給賞、如有人藏匿犯人在家宿食者、事發到官、與犯人同罪、遍行鄰近州府、一同緝捕、且說武松在張青家裏、將息了三五日、打聽得事務蔑刺一般緊急、紛紛攘攘、有做公人出城來、各鄉村緝捕、張青知得、只得對武松說道、二哥不是我怕事、不留你久住、如今官司搜捕得緊急、排門挨戶、只恐明日有些疎失、必須怨恨我夫妻兩箇、我却尋箇好安身去處、與你在先也曾對你說來。張青夫妻一片之心。只不知你中心肯去也不、武松道、我這幾日也曾尋思想這事必然要發如何在此安得身牢止有一箇哥哥又被嫂嫂不仁害了甫能來到這裏又被人如此陷害祖家親戚都沒了無家之痛此川最深。不仁二字雅馴之極却巳斷盡淫婦奸夫矣妙絕、今日若得哥哥有這好去處叫武松去我如何不肯去只不知是那里地面、張青道、是青州管下一座二龍山寶珠寺、我哥哥魯智深和甚麼青面獸好漢楊志在那里打家劫舍、霸着一方落草、青州官軍捕盜、不敢正眼覷他、賢弟只除那里去安身、方纔免得、若投別處去、終久要喫拏了、他那里甞甞有書來取我入夥、我只爲戀土難移、不曾去得、我寫一封書、備細說二哥的本事、於我面上、如何不着你入夥、武松道、大哥也說的是、我也有心、恨時辰未到、緣法不能輳巧、今日既是殺了人、事發了、沒潛身處、此爲最妙、大哥、你便寫書與我去、只今日便行、張青隨即取幅紙來備細寫了一封書把與武松安排酒食送路只見母藥叉孫二娘指着張青說道你如何便只這等叫叔叔去前面定喫人捉了獨表孫二娘能武松道嫂嫂你且說我怎地去不得如何便喫人捉了孫二娘道阿叔如今官司遍處都有了文書出三千貫信賞錢畫影圖形明寫鄉貫年甲到處張掛阿叔臉上見今明明地兩行金印走到前路須賴不過張青道臉上貼了兩箇膏藥便了孫

二娘笑道、天下只有你乖、你說這痴話、這箇如何瞞得過做公的、我却有箇道理、只怕叔叔依不得、武松道、我既要逃災避難、如何依不得、孫二娘大笑道、我說出來、叔叔却不要嗔怪、武松道、嫂嫂說的定依○○○妙筆。令人忽然想到暮雪房中。不覺失笑。孫二娘道、二年前有箇頭陀打從這里過、喫我放翻了、把來做了幾日饅頭餡、却留得他一箇鐵界箍、一身衣服、一領皂布直裰、一條雜色短繫縧、一本度牒、一串一百單八顆人頂骨數珠一個沙魚皮鞘子揷着兩把雪花鑌鐵打成的戒刀這刀時常半夜裏鳴嘯得響叔叔前番也曾看見妙筆今既要逃難只除非把頭髮剪了做個行者須遮得額上金印又且得這本度牒做護身符年甲貌相又和叔叔相等却不是前世前緣叔叔便應了他的名字前路去誰敢來盤問這件事好麽張青拍手道二娘說得是我到忘了這一着二哥你心裏如何武松道這個也使

得只恐我不像出家人模樣張青道我且與你扮一扮看以文爲戲孫二娘去房中取出包裹來打開將出許多衣裳教武松裏外穿了武松自看道却一似我身上做的好着了皁直裰繫了絛把氊笠兒除下來好解開頭髮摺疊起來將界箍兒箍起掛着數珠張青孫二娘看了兩箇喝采道却不是前生注定武松討面鏡子炤了自哈哈大笑起來張青道二哥爲何大笑武松道我炤了自也好笑不

知何故做了行者（寫武二無可不可，真是天人處，都在此等句見得，不得於世人所讚亦讚也。）大哥便與我剪了頭髮。張青拿起剪刀，（真是豪傑相聚，便有此等妙事。）替武松把前後頭髮都剪了。武松見事務看看緊急，便收拾包裹要行。張青又道：「二哥，你聽我說，好像我要便宜。（趣語。）你把那張都監家裏的酒器留下在這里，我換些零碎銀兩與你路上去做盤纏，萬無一失。」（細。）武松道：「大哥見得分明。」盡把出來與了張青，換了一包散碎金銀，都拴在纏

袋內繫在腰裏武松飽喫了一頓酒飯拜辭了張
青夫妻二人腰裏跨了這兩口戒刀當晚都收拾
了孫二娘取出這本度牒就與他縫箇錦袋盛了
教武松掛在貼肉胸前武松臨行張青又分付道
二哥於路小心在意凡事不可托大酒要少喫四字
妙休要與人爭鬧也做些出家人行逕諸事不可
躁性省得被人看破了如到了二龍山便可寫封
回信寄來我夫妻兩箇在這里也不是長久之計

只作商量。却便稟括後事於此。妙筆。敢怕隨後收拾家私也來山上入夥、二哥保重保重、千萬拜上魯楊二頭領、武松辭了出門、插起雙袖、搖擺着便行、張青夫妻看了、喝采道、果然好箇行者、論曰伏虎尊者。當晚武行者離了大樹十字坡便落路走、此時是十月間天氣、好筆。日正短轉眼便晚了、約行不到五十里、早望見一座高嶺、武行者趁着月明、一步步上嶺來、料道只是初更天色、武行者立在嶺頭上看時、見月從東邊上來、怊得嶺上草木光輝、正看之間、只聽得前面林子裏、有人笑聲、武行者道、又來作怪、這般一條淨蕩蕩高嶺、有甚麼人笑語、走過林子那邊去打一看、只見松樹林中、傍山一座墳庵、約有十數間草屋、推開着兩扇小牕、一箇先生摟着一箇婦人、在那牕前看月戲笑〔又是一箇婦人、文情奇肆至此、〕武行者看了、怒從心上起、惡向膽邊生、這是山間林下出家人

〔出家人上、忽添山間林下四字、便將三千威儀、八百細行、一齊提出、武松做行者、便真是行者、歎今〕

日法門之非也却做這等勾當便去腰裏掣出那兩口爛銀也似戒刀來在月光下看了爛銀也似刀却在爛銀也似月光下熠看便寫得紙上爛銀也似射人目睛正不辯其是刀是月是紙是墨也道刀却是好到我手裏不曾發市且把這箇鳥先生試刀先生字上加鳥字下加試刀字千載奇語手腕上懸了一把再將這把插放鞘內把兩隻直裰袖結起在背上書出竟來到庵前敲門那先生聽得便把後總關上武行者拏起塊石頭便去打門只見呀地側首門開走出一箇道

童來喝道你是甚人如何敢半夜三更大驚小怪敲門打戶做甚麼武行者睜圓怪眼大喝一聲先把這鳥道童祭刀說猶未了手起處錚地一聲響道童的頭落在一邊倒在地下只見庵裏那箇先生大叫道誰敢殺我道童托地跳將出來那先生手輪着兩口寶劍竟奔武行者武松大笑道我的本事不要箱兒裏去取（一生本事都放箱兒裏蓄鳥先生則然矣）正是挑着我的痒處便去鞘裏再拔出那口戒刀輪起

雙戒刀來迎那先生、兩箇就月明之下一來一往一去一回四道寒光旋成一圈冷氣竟是劍術傳中選句。俗本改去，何也。○寫兩口劍，兩口刀，却偏增出月明之下四字，便有異常氣色。兩箇鬭到十數合只聽得山嶺傍邊一聲響亮兩箇裏倒了一箇妙。○此節前文未有。但見寒光影裏人頭落殺氣叢中血雨噴畢竟兩箇裏斷殺倒了一箇的是誰且聽下回分解

第五才子書施耐菴水滸傳卷之三十五

# 第五才子書施耐菴水滸傳卷之三十六

聖歎外書

## 第三十一回

武行者醉打孔亮
錦毛虎義釋宋江

此回完武松入宋江只是交代文字故無異樣出奇之處然我觀其寫武松酒醉一段又何其寓意深遠也蓋上文武松一傳共有十

來卷文字始於打虎終於打蔣門神其打虎也因三碗不過岡五字遂至大醉大醉而後打虎甚矣醉之爲用大也其打蔣門神也又因無三不過望五字至於大醉大醉而後打蔣門神又甚矣醉之爲用大也雖然古之君子才不可以終恃力不可以終恃權勢不可終恃恩寵不可終恃蓋天下之大曾無一事可以終恃斷斷如也乃今武松一傳偏獨始

於大醉終於大醉將毋教天下以大醉獨可終恃乎哉是故怪力可以徒搏大蟲而有時亦失手於黃狗神威可以單奪雄鎮而有時亦受縛於寒溪蓋借事以深戒後世之人言天人如武松猶尚無十分滿足之事柰何紘紘者曾不一處之也

下文將入宋江傳矣夫江等之終皆不免於竄聚水泊者有迫之必入水泊者也若江等

生平一片之心則固皎然如冰在玉壺千世萬世莫不共見故作者特於武松落草處順手表暴一通凡以深明彼江等一百八人皆有大不得已之心而不必其後文之必應之也乃後之手閒靣厚之徒無端便因此等文字遽續一部唐突才子人之無良於斯極矣

當時兩箇鬬了十數合那先生被武行者賣箇破綻讓那先生兩口劒砍將入來被武行者轉過身

來看得親切只一戒刀那先生的頭滚落在一邊屍首倒在石上武行者大叫菴裏婆娘出來我不殺你只問你箇緣故只見菴裏走出那箇婦人來倒地便拜武行者道你休拜我你且說這里叫甚麼去處那先生却是你的甚麼人那婦人哭着道奴是這嶺下張太公家女兒這菴是奴家祖上墳菴這先生不知是那里人來我家裏投宿言說善習陰陽能識風水我家爹娘不合留他在莊上因

請他來這里墳上觀看地理、被他說誘、又留他住了幾日、那廝一日見了奴家、便不肯去了、住了三兩箇月、把奴家爹娘哥嫂、都害了性命、却把奴家强騙在此墳菴裏住、這箇道童也是別處擄掠來的、這嶺喚做蜈蚣嶺、這先生見這條嶺好風水、以此他便自號飛天蜈蚣王道人、好風水、今日驗矣、絕倒。○若眞有風水、則又何以偏有此等事也、若風水本有、人自一時看不出、則何日當遇看得出人也、世之愚人、必欲津津言之、何哉。武行者道、你還有親眷麽、那婦人道、親戚自有幾家都是莊農之人誰敢和他爭論武行者道這厮有些財帛麼婦人道他也積蓄得一二百兩金銀武行者道有時你快去收拾我便要放火燒菴了那婦人問道師父你要酒肉喫麼（好）武行者道有時將來請我（好）那婦人道請師父進菴裏去喫武行者道怕別有人暗算我麼那婦人道奴有幾顆頭敢賺得師父武行者隨那婦人入到菴裏見小牕邊卓子上擺着酒肉（補前未寫）武行者討

大碗喫了一回、那婦人收拾得金銀財帛已了、武行者便就裏面放起火來、那婦人捧着一包金銀、獻與武行者、武行者道、我不要你的、你自將去養身、快走快走、那婦人拜謝了、自下嶺去、武行者把那兩個屍首、都擴在火裏燒了、揷了戒刀、○○○○四字妙、此一段、豈以必殺飛天蜈蚣爲武乎、豈以必救婦人爲仁乎、於是二者皆無取焉、然則爲寫戒刀、此言爲獨斷也、連夜自過嶺來、迤邐取路、望着青州地面來、又行了十數日、但遇村坊道店、市鎮鄉城、果然鄉有榜文張掛在彼處捕獲武松、到處雖有榜文、武松已自做了行者、於路却没人盤詰他、時遇十一月間天色好生嚴寒、（好筆。）當日武行者一路上買酒肉喫、只是敵不過寒威、上得一條土岡、早望見前面有一座高山生得十分嶮峻、（先敘白虎山。古云行人如在畫圖中。今日筆墨都入畫圖中也。）武行者下土岡子來、走得三五里路、早見一箇酒店、門前一道清溪、（門前一道清溪。）屋後都是顛石亂山、（屋後都是亂山。此二句人只謂是寫景、却不知都是章法。）看那酒店時、却是箇村落小酒肆。武行者過得那土岡子來、逕奔入那村酒店裏坐下、便叫道、店主人家、先打兩角酒來、肉便買些來喫。店主人應道、實不瞞師父說、酒却有些茅柴白酒、肉却多賣沒了。看他說沒了。武行者道、且把酒來擋寒。店主人便去打兩角酒、大碗價篩來、教武行者喫、將一碟熟菜與他過口。看他沒了片時間喫盡了兩角酒、又叫再打兩角酒來。店主人又打了兩角酒、大碗篩來。武行者只顧喫原來過岡子時先有三五分酒了好筆○四角酒不足以醉武松也。然要寫多。又恐與三碗不過岡無三不過望相近。因倒追到前文去插此一句。特與餘筆不同。一發喫過這四角酒又被朔風一吹酒却湧上武松却大呼小叫道主人家你真箇没東西賣你便自家喫的肉食也回些與我喫了想到自喫的肉。一發挑動下文。一發還你銀子店主人笑道也不曾見這箇出家人酒和肉只顧要喫只是順口捎帶一句。亦是情所必有。却偏與榜文捕獲相挑鬬。故妙。却那里去取師父你也只好罷休看他只是說没了。武行者道、我又不白喫你的、如何不賣與我、店主人道、我和你說過只有這些白酒、那得別的東西賣。看他到底說沒了。正在店裏論口、只見外面走入一條大漢、引着三四箇人入進店裏、主人笑容可掬迎接道、二郎請坐、那漢道、我分付你的安排也未、店主人答道、雞與肉都已煑熟了、不但肉、又有雞。不但有、又已熟。只等二郎來、忽然寫得馨香滿鼻。絕妙文情。那漢道、我那青花甕酒在那里、酒字上又加青花甕三字。寫得分外入耳。店主人道、在這里三字活跳。與前許多郎當語相激射。那漢引了衆人、便向武行者對席上頭坐了。又偏坐得相激射。那同來的三四人、却坐在肩下。店主人却捧出一樽青花甕酒來。寫得翻闘眼之極。了泥頭、傾在一箇大白盆裏。青花甕外。又加寫出一箇大白盆。不惟其物。惟其器。使已令人眼涎喉癢之極。況又實實清香滑辣耶。武行者偷眼看時。寫得絕倒。四字中。有又惱又羞在內。饞自不必說。却是一甕窨下的好酒。風吹過一陣陣香味來。武行者不住聞得香味。寫得絕倒。中間又惱又羞。饞自不必說。喉嚨癢將起來。癢字絕倒。又恨爬撓不得。

不得鑽過來搶喫只見店主人又去廚下把盤子托出一對熟雞一大盤精肉來射眼之極放在那漢面前便擺了菜蔬用杓子舀酒去燙故意寫得射眼絕妙文情武行者看自巳面前只是一碟兒熟菜不繇的不氣寫得饞自不必說其實又惱又羞正是眼飽肚中饑酒又發作恨不得一拳打碎了那卓子大叫道主人家你來你這廝好欺負客人店主人連忙來問道師父爲頭是此一聲當不起休要焦燥要酒便好說妙活寫出半日不來顧管武

行者睜着雙眼喝道、你這厮好不曉道理、這青花甕酒和雞肉之類、如何不賣與我、我也一般還你銀子、店主人道、青花甕酒和雞肉、都是那二郎家裏自將來的、只借我店裏坐地喫酒、武行者心中要喫、那里聽他分說、一片聲喝道放屁放屁、店主人道、也不曾見你這箇出家人恁地蠻法（只管將出家人三字・挑鬪榜文捕獲・有銅山東崩・洛鐘西應之巧・）武行者喝道、怎地是老爺蠻法、我白喫你的、那店主人道、我倒不曾見出

一箇立起



家人自稱老爺。○○○○○絕倒語。○看他只管說曾不看見。妙絕。武行者聽了、跳起身來、叉開五指、望店主人臉上只一掌、把那店主人打箇踉蹌、直撞過那邊去、那對席的大漢見了、大怒、看那店主人時、打得半邊臉都腫了、半日掙扎不起。寫那漢大怒。却不便來發作。却又去看店主人。然後跳起身來。如畫之筆。那大漢跳起身來、指定武松道、你這箇鳥頭陀好不依本分、却怎地便動手動脚、却不道是出家人勿起嗔心。○○○○只管將出家人三字。挑鬬榜文捕獲。使讀者心中疑忌。武行者道、

又一箇竝起

一箇走出

又一箇走出

一箇出門

我自打他干你甚事一箇硬。○寫兩硬相磕。互不肯讓。句句出色。那大漢怒道我好意勸你你這鳥頭陀敢把言語傷我一箇又硬。武行者聽得大怒便把卓子推開走出來喝道你那厮說誰一箇又硬。○有聲有色。那大漢笑道你這鳥頭陀要和我厮打正是來太歲頭上動土便點手叫道你這賊行者出來和你說話一箇又硬。○有聲有色。武行者喝道你道我怕你不敢打你一搶搶到門邊一箇又硬。○須知是一頭喝。一頭搶出來。那大漢便閃出門外去武行

又一箇出門一路看他寫兩箇硬漢各不相下

者赶到門外那大漢見武松長壯那里敢輕敵便做箇門戶等着他（如畫）武行者搶入去接住那漢手（如畫）那大漢却待用力跌武松（如畫）怎禁得他千百斤神力就手一扯扯入懷中只一撥撥將去恰似放翻小孩子的一般那里做得半分手脚（如畫○自打虎至此曾無一次不變）那三四箇村漢看了手顫脚麻那里敢上前來武行者踏住那大漢提起拳頭來只打實落處（如畫）打了二三十拳就地下提起來望門外溪裏

只、一丢、如畫。○寫得只如將大漢作戲。又表神力。又表醉後。○溪裏二字。妙絕文情。那三四箇村漢、叫聲苦、不知高低、都下水去、把那大漢救上溪來、救上溪來。捉上溪來。不意寒溪有此妙事。自攙扶着投南、去了。如畫這店主人喫了這一掌、打得麻了、動撣不得、自入屋後躲避去了、去了。武行者道、好呀、○○○○○你們都去了、○○○○○○○老爺喫酒了。二語寫出快活。有旁若無人之意。把箇碗去白○○○○○盆內○○○○○○○○○舀那酒來、只顧喫、可憐。好酒却是冷喫。○雖然冷喫。亦足强似項間偷看時也。卓子上那對雞、一盤子肉、都未曾喫動、寫得快活。

武行者且不用箸雙手扯來任意喫（快活亦有醉亦有）沒半箇時辰把這酒（句）肉（句）和雞（句）都喫箇八分武行者醉飽了把直裰袖結在背上便出店門沿溪而走（絕妙文情）却被那北風捲將起來武行者捉腳不住一路上搶將來（畫出頭陀畫出醉畫出嚴寒畫出溪邊）離那酒店走不得四五里路傍邊土墻裏走出一隻黃狗看着武松叫（無端忽想出一隻黃狗文心千奇百怪真乃意想不到）武行者看時一隻大黃狗趕着吠（疊寫一句者上句從作者筆端寫出此句從武松眼

中寫出。從筆端寫出者，寫狗也。從眼中寫出者，寫醉也。武行者大醉、正要尋事四字罵世。言世間無事可尋。一尋便尋了狗的事也。恨那隻狗趕着他只管吠，便將左手鞘裏掣一口戒刀來，大踏步趕狗上加一恨字。趕狗上着一戒刀字。皆喻古今君子，有時忽與小人相持，爲可深痛惜也。夫狗豈足恨之人，戒刀豈趕狗之具哉。那隻黃狗遶着溪岸叫寫出寒溪。寫出村犬。寫出醉頭陀。真是筆頭有畫。武行者一刀砍將去，却砍箇空，使得力猛，頭重脚輕，翻筋斗倒撞下溪裏去，却起不來。其刀可以打倒大蟲，而不能不失手於黃狗。爲用世者讀之寒心。黃狗便立定了

○活畫黃狗。活畫小人。○黃叫狗得意。○俗本落此句。冬月天道、雖只有一二尺深淺的水、卻寒冷得當不得、爬起來淋淋的一身水。學道必須聞一知十。看書卻須聞一知二。如此句寒冷得當不得。須知是兩箇人寒冷得當不得。淋淋漓漓一身水。須知是淋淋漓漓兩身水也。作傳得妙處。全妙於寫一邊。不寫一邊。卻將不寫一邊。宛然在寫一邊時見出。其妙不可以一端盡也。卻見那口戒刀浸在溪裏亮得耀人。爬起時不記戒刀。起來後忽然耀眼。寫醉人真是醉人。寫戒刀真好戒刀。俗本落此句。便再蹲下去撈那刀時、撲地又落下去、再起不來、只在那溪水裏滾。此段不止活畫醉人而已。踰言君子用世每每一蹶之後不能再振所以深望其慎之也岸上側首墻邊轉出一夥人來當先一箇大漢頭戴氊笠子身穿鵞黃紵絲衲襖手裏拿着一條哨棒却不接喫打大漢妙背後十數箇人跟着都拿木鈀白棍衆人看見狗吠畫一狗吠而衆人隨之類如此矣指道這溪裏的賊行者便是打了小哥哥的如今小哥哥尋不見大哥哥却又引了二三十箇莊客自逩酒店裏捉他去了他却來到這里又作補又作引說猶未了只見遠遠地那箇喫打的漢子

換了一身衣服（細筆不漏）手裏提着一條朴刀背後引着三二十箇莊客都拖鎗拽棒跟着那箇大漢吹風胡哨來尋武松趕到墻邊見了指着武松對那穿鵝黃襖子的大漢道這箇賊頭陀正是打兄弟的那箇大漢道且捉這廝去莊裏細細拷打那漢喝聲下手三四十人一發上可憐武松醉了掙扎不得急要爬起來被衆人一齊下手橫拖倒拽捉上溪來（不成捉矣止可謂之撈上溪來耳○前文閑寫一句云門前一道清溪不意遂兩用）

之轉過側首墻邊一所大莊院兩下都是高墻粉壁垂柳喬松圍繞着墻院衆人把武松推搶入去剝了衣裳奪了戒刀包裹揪過來綁在大柳樹上叫取一束籐條來細細的打那厮却纔打得三五下只見莊裏走出一箇人來問道你兄弟兩箇又打甚麼人（又打妙）只見這兩箇大漢叉手道師父聽禀兄弟今日和鄰莊三四箇相識去前面小路店裏喫三杯酒叵耐這箇賊行者到來尋鬧把兄弟

痛打了一頓又將來攛在水裏頭臉都磕破了險些凍死却得相識救了回來歸家換了衣服帶了人再去尋他那厮把我酒肉都喫了却大醉倒在門前溪裏因此捉拿在這里細細的拷打看起這賊頭陀來也不是出家人臉上見刺着兩箇金印這賊却把頭髮披下來遮了必是箇避罪在逃的囚徒問出那厮根原解送官司理論忽然一遍這箇喫打傷的大漢道問他做甚麼忽然一鬆○一遍一鬆總是搖漾讀者

這禿賊打得我一身傷損不着一兩箇月將息不起不如把這禿賊一頓打死了一把火燒了他纔與我消得這口恨氣説罷拿起藤條恰待又打只見出來的那人説道賢弟且休打待我看他一看這人也像是一箇好漢也像是三字妙絕可見連日説好漢也可見連日説武松也此時武行者心中畧有些醒了理會得此三字中又提動景陽打虎一事在心頭矣只把眼來閉了繇他打只不做聲那箇人先去背上看了杖瘡寫看一看亦不一直寫出且先寫箇

（看背上杖瘡。以作一曲。便無饞筆渴墨之誚。）便道作怪這模樣想是決斷不多時的疤痕轉過面前便將手把武松頭髮揪起來（方纔看正面。便有酣筆飽墨之致也。）定睛看了叫道這箇不是我兄弟武二郎（疑鬼疑神之筆。）武行者方纔閃開雙眼看了那人道你不是我哥哥（疑鬼疑神之筆。）那人喝道快與我解下來這是我的兄弟（自武二郎兄死之後如十字坡孟州營白虎莊。處處寫出許多哥哥弟弟字來。讀之真有昨夜雨滂烹。打倒葡萄棚之妙也。然前兩處猶明明知是某人。却寫到結拜兄弟。便有通身擊應之能耳。此却更不知是何人。竟寫一箇認是哥哥。一箇

看他寫四箇人都無名字

認是兄弟。叫得一片親然。使讀者茫不知其為誰。豈其夢中見武大耶。葢特特為是疑鬼疑神之筆以自娛樂。亦以娛樂後世之人也。

那穿鵞黃襖子的妙。併喫打的妙。○一時寫出四箇人。却一箇人認得三箇人。一箇人認得一箇人。兩箇人各認得兩箇人。一箇人只認得一箇人。一箇人認得三箇人者。出來的人認得三箇人也。一箇人認得一箇人者。武松只認得出來的人也。兩箇人各認得兩箇人者。鵞黃襖子的認得出來的喫打的。喫打的認得出來的鵞黃襖子的也。一箇人只認得一箇人者。讀者此時只認得武松。並不認得出來的鵞黃襖子的喫打的也。○妙批。

盡皆喫驚。連忙問道。這箇行者如何却是師父的兄弟。那人便道。他便是我時常和你們說的那景陽岡上打虎的武松（景陽岡打虎，不惟自己時嘗說，別人也時嘗說，可知是一件非嘗事。）我也不知他如今怎地做了行者（如畫如話。）那弟兄兩箇聽了，慌忙解下武松來，便討幾件乾衣服與他穿了（細筆不漏。）便扶入草堂裏來，武松便要下拜，那箇人驚喜相半，扶住武松道：兄弟酒還未醒，且坐一坐說話。（水滸寫拜，已成套事，此又寫得恁樣出色，真好哥哥。）武松見了那人，歡喜上來，酒早醒了五分，（真有是事。）討些湯水洗漱了，喫些醒酒之物，便來拜了那人。一只拜作兩撅寫。相敘舊話。那人不是別人又略一頓。正是鄆城縣人氏句姓宋句名江句表字公明句武行者道只想哥哥在柴大官人莊上卻如何來在這里兄弟莫不是和哥哥夢中相會麼宋江道我自從和你在柴大官人莊上分別之後我卻在那里住得半年是打虎殺嫂初遇張青時也不知家中如何恐父親煩惱先發付兄弟宋清歸去便帶出三十四回來後卻收拾得家中書信說道官司一事全得朱雷二都頭氣力已自家中無事（口中補寫朱雷）只要緝捕正身因此已動了箇海捕文書各處追獲這事已自慢了卻有這里孔太公屢次使人去莊上問信後見宋清回家說道宋江在柴大官人莊上因此特地使人直來柴大官人莊上取我在這里（口中補寫來孔宋前半節事）此間便是白虎山這莊便是孔太公莊上恰纔和兄弟相打的便是孔太公小兒子因他性急好與人廝鬧到處叫他做獨火星孔亮這箇穿鵝黃襖子的便

是孔太公大兒子人都叫他做毛頭星孔明因他兩箇好習鎗棒却是我點撥他些箇以此叫我做師父（此句醜）我在此間住半年了（是打蔣門神殺張都監再遇張青時）也我如今正欲要上清風寨走一遭這兩日方欲起身（便入此句爲下作引）我在柴大官人莊上時只聽得人傳說兄弟在景陽岡上打了大蟲又聽知你在陽穀縣做了都頭又聞鬬殺了西門慶（此是半年）向後不知你配到何處去兄弟如何做了行者（此是半年上文云）

柴家半年。孔家半年。此又敘出半年中事都知。半年中事都不知。不惟行文有虛實之妙。又表出柴孔兩莊大小之不同也。武松答道、小弟自從柴大官人莊上、別了哥哥去、到得景陽岡上、打了大蟲、送去陽穀縣、知縣就擡舉我做了都頭、後因嫂嫂不仁、與西門慶通奸、○○○○○○○○○○○○○通奸上坐以不仁二字。妙絕。遂令風情二字。更立不起。藥死了我先兄武大、諸字哭殺。何也。昔佛入滅後。阿難結集四經。陞座初唱如是我聞四字。一時大衆。無不大哭也。曰。昨猶見佛。今日已稱我聞。今武松別宋江時。猶口口哥哥。見宋江時。已口稱先兄。嗟乎。腸斷脉絕。胡可以言也。被武松把兩箇都殺了自首告到本縣轉申東平府後得陳府尹一力救濟斷配孟州至十字坡怎生遇見張青孫二娘到孟州怎地會施恩怎地打了蔣門神如何殺了張都監一十五口又逃在張青家母藥叉孫二娘教我做了頭陀行者的緣故過蜈蚣嶺試刀殺了王道人至村店喫酒醉打了孔兄把自家的事從頭備細告訴了宋江一遍孔明孔亮兩箇聽了大驚撲翻身便拜武松慌忙答禮道却纔甚是衝撞休怪休怪孔

明孔亮道、我弟兄兩箇有眼不識泰山、萬望恕罪、武行者道、既然二位相覷武松時、却是與我烘焙度牒書信、并行李衣服、不可失落了那兩口戒刀這串數珠、孔明道、這箇不須足下掛心、小弟已自着人收拾去了、整頓端正、拜還武行者、拜謝了宋江、請出孔太公、〔竟是哥哥身分。妙。○寫得宋江亦有誇耀武松之意。妙妙。〕都相見了、孔太公置酒設席管待、不在話下、當晚宋江邀武松同榻、敘說一年有餘的事、〔我於世間無所愛。正獨愛此一句耳。我二三同學人。亦同此癖也。武松之入玄中。宜哉。宋江心內喜悅武松、次日天明起來、都洗漱罷、出到中堂相會、喫早飯、孔明自在那里相陪、孔亮捱着疼痛、也來管待、妙。寫得孔亮愛敬豪傑出。寫得武松豪傑爲人愛敬出。孔太公便叫殺羊宰猪、安排筵宴、是日村中有幾家街坊親戚都來謁拜、又有幾箇門下人亦來拜見宋江、見了大喜、寫武松到處有人拜門生。可謂榮華之極。一百七人中。無一箇得及也。○官司榜文。有如無物。寫得妙絕。當日筵宴散了、宋江問武松道、二哥今欲往何處安身武松道昨夜已對哥哥說了一夜話中抽出一句妙筆菜園子張青寫書與我着兄弟投二龍山寶珠寺花和尚魯智深不說起楊志那里入夥他也隨後便上山來宋江道也好也好者僅好而有所未盡之辭只二字截住下卻疾轉出清風寨同去一段來深表自家愛惜武松之至不願其遂去落草而自家之一片冰心遂可借此得以自白此皆宋江生平權詐過人處而後人反因此等續出後數十回真可笑也我不瞞你說我家近日有書來說道清風寨知寨小李廣花榮他知道我殺了閻婆惜每每寄書來與我千萬教我

去寨裏住幾時、此間又離清風寨不遠、我這兩日正待要起身去、因見天氣陰晴不定、未曾起程、早晚要去那里走一遭、不若和你同往如何、寫出恩愛如見○誠如此、可謂愛人以德矣、武松道、哥哥怕不是好情分帶攜兄弟投那里去住幾時、只是武松做下的罪犯至重、遇赦不宥、因此發心只是投二龍山落草避難、亦且我又做了頭陀、難以和哥哥同往、路上被人設疑、倘或有些決撒了、須連累了哥哥、便是哥哥與兄弟同死同生也須累及了花知寨不好說得妙。曾不見花知寨。因宋公明而愛及花知寨。一妙也。雖因宋公明而愛及花知寨。然畢竟信公明。深於信知寨。二妙也。只是踈兄弟投二龍山去了罷只是踈三字。去了罷三字。便活襯出宋江恩愛來。天可憐見異日不死受了招安那時却來尋訪哥哥未遲武松不必有此心。只因上文宋江數語。感激至深。便慨然將宋江口中不便說明之事。一直都說出來。讀其言。真令我欲痛哭也。○殊不知宋江却不然。宋江道兄弟既有此心歸順朝廷皇天必祐看他便着實讚歎。全是一片權詐。若如此行不敢苦勸此八字。重上四字。你只相陪我住幾日了去此句又落到兄弟恩情上來。妙絕。○只因宋江要表不反，便有此一段文。只因有此一段文，便爲七十回後續貂者作地也。自此兩箇在孔太公莊上一住過了十日之上，宋江與武松要行，孔太公父子那里肯放，又留了三五日。宋江堅執要行，孔太公只得安排筵席送行，管待一日了。次日將出新做的一套行者衣服、皂布直裰陪并帶來的度牒、書信、界箍、數珠、戒刀、金銀之類，交還武松；又各送銀五十兩，權爲路費。宋江推卻不受，武松偏不然孔太公父子只顧將來拴縛在包裹裏、宋江整頓了衣服器械、武松依前穿了行者的衣裳、帶上鐵界箍、掛了人頂骨數珠、跨了兩口戒刀、收拾了包裹、拴在腰裏、宋江提了朴刀、懸口腰刀、帶上氈笠子、辭別了孔太公、孔明孔亮叫莊客背了行李、弟兄二人直送了二十餘里路、拜辭了宋江武行者、兩箇宋江自把包裹背了、說道、不須莊客遠送、我自和武兄弟去、孔明孔亮相別、自和莊客歸家、不在話下、只說宋江和武松兩箇、在路上行着、於路說些閒話、走到晚、歇了一宵、次日早起打夥又行、兩箇喫罷飯、又走了四五十里、却來到一市鎮上、地名喚做瑞龍鎮、却是箇三岔路口、宋江借問那里人道、小人們欲投二龍山、清風鎮上、不知從那條路去、那鎮上人答道、這兩處不是一條路去了、這里要投二龍山去、只是投西落路、若要投清風鎮去、須用投東落路、過了清風山、便是宋江聽了備細，便道：「兄弟，我和你今日分手，就這里喫三杯相別。」武行者道：「我送哥哥一程了，却回來。」眞正哥哥既死，且把認義哥哥遠送。所謂雖無老成人，尚有典型也。宋江道：「不須如此。自古道：送君千里，終有一別。兄弟，你只顧自已前程萬里，早早的到了彼處。入夥之後，少戒酒性。與張青如出一口。如得朝廷招安，你便可攛掇魯智深投降了。日後但是去邊上，一鎗一刀，博得箇封妻廕子，久後青史上留得一箇好名，也不枉了為人一世。

前宋江口中不好說明。却向武松口中說明之。然武松口中却說不暢。便再向宋江口中暢說之。妙絕。然而其實都是宋江權術。七十回後紛紛續貂。殊無謂也。我自百無一能。雖有忠心。不能得進步。兄弟你如此英雄。決定做得大事業。可以記心。聽愚兄之言。圖箇日後相見。此非宋江自謙。實是武松珠王在前矣。武行者聽了。此五字。眞寫得好。有如魚似水之樂。酒店上飲了數杯、還了酒錢、二人出得店來、行到市鎮梢頭、三岔路口、武行者下了四拜、宋江洒淚、不忍分別、又分付武松道、兄弟休忘了我的言語筆墨淋漓之至。少戒酒性再中四字者。所以消繳武松十來卷文字。直挽至最初柴進莊上使酒打人一句也。保重保重武行者自投西去了看官牢記話頭武行者自來二龍山投魯智深楊志入夥了不在話下且說宋江自別了武松轉身投東望清風山路上來於路只憶武行者七字妙絕。遙遙直與一年前柴進莊上武松別宋江上路時相應。又自行了幾日却早遠遠的望見前面一座高山生得古怪樹木稠密心中歡喜觀之不足貪走了幾程不曾問得宿頭如此入。看看天色晚了、宋江心内驚慌、肚裏尋思道、若是夏月天道、胡亂在林子裡歇一夜、却恨又是仲冬天氣、風霜正冽、夜間寒冷、難以打熬、倘或走出一箇毒蟲虎豹來時、如何抵當、却不害了性命、只顧望東小路裏撞將去、約莫走了也是一更時分、心裏越慌、看不見地下、躧了一條絆脚索、樹林裏銅鈴響、走出十四五箇伏路小嘍囉來、發聲喊、把宋江捉翻、一條麻索縛了、奪了朴刀包裹、吹起火把、將宋江解上山來。卽晚間心中歡喜。觀之不足之山也。宋江只得叫苦。却早押到山寨裏。宋江在火光下看時。四下裏都是木柵。當中一座草廳。廳上放着三把虎皮交椅。後面有百十間草房。小嘍囉把宋江綑做粽子相似。將來綁在將軍柱上。有幾箇在廳上的小嘍囉說道。大王方纔睡。且不要去報。等大王酒醒時。却請起來。剖這牛子心肝做醒酒湯。我們大家喫塊新鮮肉。宋江被綁在將軍柱上。心裏尋思道。我的造似只如此此偃蹇只為殺了一箇烟花婦人變出得如此之苦誰想這把骨頭却斷送在這里只見小嘍囉點起燈燭熒煌宋江已自凍得身體麻木了動撣不得只把眼來四下裏張望低了頭嘆氣約有二三更天氣只見廳背後走出三五箇小嘍囉來叫道大王起來了便去把廳上燈燭剔得明亮宋江偷眼看時只見那箇出來的大王頭上綰着鵞梨角兒一條紅絹帕裹着身上披着一領棗紅

紵絲衲襖、便來坐在當中虎皮交椅上、那箇好漢、祖貫山東萊州人氏、姓燕名順、綽號錦毛虎、原是販羊馬客人出身、因爲消折了本錢、流落在綠林叢內打刼、那燕順酒醒起來、坐在中間交椅上、問道、孩兒們那里拿得這箇牛子、小嘍囉答道、孩兒們正在後山伏路、只聽得樹林裏銅鈴響、原來這箇牛子獨自箇背些包裹、撞了繩索、一交絆翻、因此拿得來獻與大王做醒酒湯、燕順道、正好、快去與我請得二位大王來同喫小嘍囉去不多時只見廳側兩邊走上兩箇好漢來左邊一箇五短身材一雙光眼祖貫兩淮人氏姓王名英江湖上叫他做矮脚虎原是車家出身爲因半路裏見財起意就勢刼了客人事發到官越獄走了上清風山和燕順占住此山打家刼舍右邊這箇生的白淨面皮三牙掩口髭鬚瘦長膀濶清秀模樣也裹着頂絳紅頭巾他祖貫浙西蘇州人氏姓鄭雙名天

壽為他生得白淨俊俏人都號他做白面郎君原是打銀為生因他自小好習鎗棒流落在江湖上因來清風山過撞着王矮虎和他鬬了五六十合不分勝敗因此燕順見他好手段留在山上坐了第三把交椅當下三箇頭領坐下王矮虎便道孩兒們快動手取下這牛子心肝來造三分醒酒酸辣湯來只見一箇小嘍囉掇一大銅盆水來放在宋江面前（怕）又一箇小嘍囉捲起袖子手中明晃

晃拿着一把劍心尖刀怕。那箇撥水的小嘍囉便把雙手潑起水來澆那宋江心窩裏怕。○一部大書以宋江爲主。則如此等處。定當不妨。然作者却偏故意寫得怕人。讀之。亦復喫驚不少。原來但凡人心都是熱血裹着把這冷水潑散了熱血取出心肝來時便脆了好喫再註一句者。爲欲少遲下文也。然於何知之。那小嘍囉把水直潑到宋江臉上宋江嘆口氣道可惜宋江死在這里燕順親耳聽得宋江兩字三十七字。只作一句讀。其事甚疾。○此三十七字中。凡敘三箇人。三件事。然其實潑時即是嘆時。嘆時即是聽時。聽時即是潑時。雖是三箇人。三件事。然只在一霎中一齊都有。故應作一句讀也。便喝住小嘍囉道、且不要潑水。燕順問道、他那廝妙說甚麼。宋江妙。看他兩半句不合處。小嘍囉答道、這廝口裏妙說道、可惜宋江死在這里妙。燕順便起身來妙。問道、兀那漢子、你認得宋江妙妙。宋江道、只我便是宋江妙妙。燕順走近跟前妙妙。又問道、你是那里的宋江天下豈有兩宋江耶。妙妙。宋江答道、我是濟州鄆城縣做押司的宋江妙妙。燕順嚷道妙妙。你莫不是山東及時雨宋公明殺了閻婆惜逃出在江湖上的宋江妙妙。詳其地不足信。又必詳其事焉。筆墨淋漓。乃至於此。宋江道、你怎得知我正是宋三郎宋江妙妙。無所不詳矣。只餘三郎二字。亦詳出來。文心當面變化而出。非先有定式可據也。看他連用無數宋江字押脚。有漁陽摻撾之聲。能令滿座動色。俗本訛。燕順喫了一驚便奪過小嘍囉手內尖刀把麻索都割斷了便奪尖刀。妙絕妙絕。便把自身上披的棗紅紵絲衲襖脫下來裹在宋江身上便脫棗紅衲襖。妙絕妙絕。便抱在中間虎皮交椅上便抱上虎皮交椅。妙絕妙絕。便叫王矮虎鄭天壽快下來三人納頭便拜便叫來拜。妙絕妙絕。○寫得燕順屁滾尿流如活。○上七宋江字押脚。此四便字提頭。文筆盤飛踢跳。俗本訛。宋江滾下來答禮問道三位壯士何故不殺小人反行重禮此意如何亦拜在地那三箇好漢一齊跪下燕順道小弟只要把尖刀剜了自巳的眼睛未審亦作湯否。原來不識好人一時間見不到處少間箇縁繇爭些兒壞了義士若非天幸使令仁兄自說出大名來我等如何得知仔細小弟在江湖上綠林叢中走了十數年聞得賢兄仗義疎財、濟困扶危的大名、只恨緣分淺薄、不能拜識尊顏、今日天使相會、眞乃稱心滿意、宋江答道量宋江有何德能、教足下如此掛心錯愛、燕順道仁兄禮賢下士、結納豪傑、名聞寰海誰不欽敬、梁山泊近來如此興旺、四海皆聞、曾有人說道盡出仁兄之賜（全書大眼目）不知仁兄獨自何來、今卻到此、宋江把這救晁蓋一節、殺閻婆惜一節、卻投柴進幷孔太公許多時、及今次要往清風寨尋小李廣花榮這幾件事、一一備細說了、三箇頭領大喜、隨即取套衣服與宋江穿了、一面叫殺羊宰馬、連夜筵席、當夜直喫到五更、叫小嘍囉伏侍宋江歇了、次日辰牌起來、訴說路上許多事務、又說武松如此英雄了得、妙○又妙於夜來不說留作今朝竟日之歡也三箇頭領跌脚懊恨道、我們無緣、若得他來這里、十分是好、却恨他投那里去了、妙話休絮繁、宋江自到清風寨住了五七日、每日好酒好食管待、不在話下時當臘月初旬山東人年例臘日上墳筆法只見小嘍囉山下報上來說道大路上有一乘轎子七八箇人跟着挑着兩箇盒子去墳頭化紙王矮虎是箇好色之徒見報了想此轎子必是箇婦人點起三五十小嘍囉便要下山宋江燕順那里攔當得住綽了鎗刀敲一棒銅鑼下山去了宋江燕順鄭天壽三人自在寨中飲酒那王矮虎去了約有三兩箇時辰遠探小嘍囉報將來說道王頭

領直趕到半路裏、七八箇軍漢都走了、拿得轎子裏擡着的一箇婦人、只有一箇銀香盒、別無物件、財物、燕順問道、那婦人如今擡到那里、小嘍囉道、王頭領已自擡在山後房中去了、燕順大笑、宋江道、原來王英兄弟、要貪女色、不是好漢的勾當、燕順道、這箇兄弟、諸般都肯向前、只是有這些毛病、宋江道、二位和我同去勸他、燕順鄭天壽便引了宋江、直來到後山王矮虎房中、推開房門、只見王王矮虎正摟住那婦人求歡、見了三位入來、慌忙推開那婦人、請三位坐。宋江看見那婦人、便問道、娘子、你是誰家宅眷、這般時節出來閒走、有甚麽要緊。那婦人含羞向前、深深地道了三箇萬福、便答道、侍兒是清風寨知寨的渾家。憑空設幻、疑其筆尖有五鬼搬運之符也。為因母親棄世、今得小祥、特來墳前化紙、那里敢無事出來閒走。告大王垂救性命。宋江聽罷、喫了一驚、肚裏尋思道、我正來投奔花知寨、莫不是花榮之妻我如何不救（文情奇妙讀之欲迷）宋江問道你丈夫花知寨（好）如何不同你出來上墳那婦人道告大王侍兒不是花知寨的渾家（好）宋江道你恰纔說是清風寨知寨的恭人（好）那婦人道大王不知這清風寨如今有兩箇知寨（好）一文（好）一武（好）武官便是知寨花榮（好）文官便是侍兒的丈夫知寨劉高（好）宋江尋思道他丈夫既是和花榮同僚我不救時明日到那里須不好看（○看他下文好看此等皆是無

中生有文字。宋江便對王矮虎說道、小人有句話說不知你肯依麼、王英道、哥哥有話但說不妨、宋江道但凡好漢犯了溜骨髓三箇字的好生惹人耻笑、我看這娘子說來、是箇朝廷命官的恭人、怎生（二字、）宋江聲口、看在下薄面、幷江湖上大義兩字、放他下山回去、教他夫妻完聚、如何、王英道、哥哥聽禀、王英自來沒箇押寨夫人做伴、況兼如今世上都是那大頭巾弄得歹了、哥哥管他則甚、（罵世語、竟似李贄惡習矣、然偶）

卷三十六

然一見郎不妨。但不得過身學李贄。便殊累盛德也。胡亂容小弟這些箇宋江便跪一跪宋江身分道賢弟若要押寨夫人時日後宋江揀一箇停當好的在下納財進禮娶一箇伏侍賢弟只是這箇娘子是小人友人同僚正官之妻怎地做箇人情放了他則箇燕順鄭天壽一齊扶住宋江道哥哥且請起來這箇容易宋江又謝道恁的時重承不阻燕順見宋江堅意要救這婦人因此不顧王矮虎肯與不肯喝令轎夫擡了去此是寫燕順、那婦人聽了這話、插燭也似拜謝宋江、一口一聲叫道謝大王宋江道、恭人你休謝我我不是山寨裏大王我自是鄆城縣客人辨得遲矣亦可云辨得早

哩。那婦人拜謝了下山、兩箇轎夫也得了性命、擡着那婦人下山來、飛也似走、只恨爺娘少生了兩隻脚、這王矮虎又羞又悶、只不做聲、被宋江拖出前廳勸道、兄弟你不要焦躁、宋江日後好歹要與兄弟完娶一箇、教你歡喜便了、小人竝不失信、燕

順鄭天壽都笑起來、王矮虎一時被宋江以禮義縛了○○禮義可以縛人。乃至可以縛王矮虎。而何世之不用之也。雖不滿意、敢怒而不敢言、只得陪笑、自同宋江在山寨中喫筵席、不在話下、且說清風寨軍人、一時開被擄了恭人、去只得回來到寨裏報知劉知寨、說道恭人被清風山强人擄去了、劉高聽了大怒、喝罵去的軍人不了事、如何撇了恭人、大棍打那去的軍漢、衆人分說道、我們只有五七箇他那里三四十人、如何與他敵得劉高喝道胡說你們若不去奪得恭人回來時我都把你們下在牢裏問罪那幾箇軍人喫逼不過沒柰何只得央浼本寨內軍健七八十人各執鎗棒用意來奪不想來到半路正撞見兩箇轎夫擡得恭人飛也似來了衆軍漢接見恭人問道怎地能彀下山那婦人道那廝捉我到山寨裏見我說道是劉知寨的夫人唬得他慌忙拜我便叫轎夫送我下山來（話是文官妻子亦會說大話騙人）衆軍漢

道恭人可憐見我們只對相公說我們打奪得恭人回來權救我衆人這頓打那婦人道我自有道理說便了衆軍漢拜謝了簇擁着轎子便行衆人見轎夫走得快 妙 便說道你兩個閒常在鎮上擡轎時只是鵞行鴨步 妙 如今却怎地這等走的快 妙 那兩箇轎夫應道本是走不動却被背後老大栗暴打將來 妙 衆人笑道你莫不見鬼背後那得人轎夫方纔敢回頭看了道哎也是我走得慌了

脚後跟直打着腦杓子（妙。此文只是花榮撥子，作者無可見長，故借此作閙中一笑也。）衆人都笑簇着轎子回到寨中劉知寨見了大喜便問恭人道你得誰人救了你回來那婦人道便是那廝們擄我去不從奸騙正要殺我（活是文官妻子。會說自家好處。）見我說是知寨的恭人不敢下手慌忙拜我却得這許多人來搶奪得我回來劉高聽了這話便叫取十瓶酒一口猪賞了七八十人（十瓶酒。一口猪。賞七八十人。文官破格事也。）不在話下且說宋江自救了那婦人下山又在山寨中住了五七日思量要來投奔花知寨當時作別要下山三箇頭領苦留不住做了送路筵席餞行各送些金寶與宋江打縛在包裹裏當日宋江早起來洗漱罷喫了早飯拴束了行李作別了三位頭領下山那三箇好漢將了酒菓肴饌直送到山下二十餘里官道傍邊把酒分別三人不捨叮囑道哥哥去清風寨回來是必再到山寨相會幾時（帶一句）宋江背上包裹提了

朴刀說道再得相見唱箇大喏分手去了若是說話的同時生並肩長攔腰抱住把臂拖回便不使宋江要去投逩花知寨險些兒死無葬身之地又變出一樣住法

正是遭逢坎坷皆天數際會風雲豈偶然

畢竟宋江來尋花知寨撞着甚人且聽下回分解

(明)施耐庵 撰 (清)金聖歎 批

# 貫華堂本水滸傳

第六册

國家圖書館出版社

# 第六册目録

第五才子書施耐菴水滸傳卷之二十二

聖歎外書

第十七回

美髯公智穩插翅虎

宋公明私放晁天王

此回始入宋江傳也宋江盜魁也盜魁則其罪浮于羣盜一等然而從來人之讀水滸者每每過許宋江忠義如欲旦暮遇之此豈其

人性喜與賊爲徒殆亦讀其文而不能通其義有之耳自吾觀之宋江之罪之浮於羣盜也吟反詩爲小而放晁蓋爲大何則放晁蓋而倡聚羣醜禍連朝廷自此始矣宋江而誠忠義是必不放晁蓋者也宋江而放晁蓋是必不能忠義者也此入本傳之始而初無一事可書爲首便書私放晁蓋然則宋江通天之罪作者真不能爲之諱也

豈惟不諱而已又特致其辨焉如曰府尹吽進後堂則機密之至也吽了店主做眼則機密之至也三更逢到白家則機密之至也五更趕回城裏則機密之至也包了白勝頭臉則機密之至也老婆監收女牢則機密之至也何濤親領公文則機密之至也就帶虞候做眼則機密之至也衆人都藏店裏則機密之至也何濤不肯輕說則機密之至也凡費

若干文字寫出無數機密而皆所以深著宋江私放晁蓋之罪蓋此書之寧恕羣盜而不恕宋江其立法之嚴有如此者世人讀水滸而不能通而遽便以忠義目之真不知馬之幾足者也

寫朱仝雷横二人各自要放晁蓋而爲朱仝巧雷横拙朱仝快雷横遲便見雷横處處讓過朱仝一着然殊不知朱仝未入黒影之先

又先有宋江蚤巳做過人情則是朱仝又讓過宋江一着也強手之中更有強手眞是寫得妙絕

當時何觀察與兄弟何清道這錠銀子是官司信賞的非是我把來賺你後頭再有重賞兄弟你且說這夥人如何在你便袋裏只見何清去身邊招文袋內摸出一箇經摺兒來指道這夥賊人都在上面（奇絕之文匪夷所思）何濤道你且說怎的寫在上面何

淸道不瞞哥哥說兄弟前日爲賭博輸了没一文盤纏有箇一般賭博的引兄弟去北門外十五里地名安樂村有箇王家客店內湊些碎賭（何濤罵兄弟好）（賭不謂賊人消息却都在賭博上撈摸出來看他逐段不脫賭字妙絕）爲是官司行下文書來着落本村但凡開客店的須要置立文簿一面上用勘合印信每夜有客商來歇宿須要問他那里來何處去姓甚名誰做甚買賣都要抄寫在簿子上官司察照時每月一次去里正處報

名閒閒說出一件事。○寫何清口中一時說出數字事事如畫。○可見保甲法之當行也。爲是小二哥不識字央我替他抄了半箇月又閒閒說出一件事。當日是六月初三日有七箇販棗子的客人推着七輛江州車兒來歇我却認得一箇爲頭的客人是鄆城縣東溪村晁保正又閒閒說出一件事。因何認得他我比先曾跟一箇賭漢去投遯他因此我認得一件事中間又說出一件事。○亦從賭上認得。我寫着文簿問他道客人高姓只見一箇三髭鬚白淨面皮的明明是吳用。搶將過來答應道我等姓李從濠州來販棗子去東京賣（以吳用之智而又適以智敗。世界之窄，不已甚乎。）我雖寫了有些疑心第二日他自去了店主帶我去村裏相賭（又閒閒說出一件事，又從賭上來。）來到一處三叉路口只見一箇漢子挑兩箇桶來我不認得他（一箇我卻認得，一箇我不認得。妙妙。）店主人自與他廝叫道白大郎那里去那人應道有擔醋將去村裏財主家賣店主人和我說道這人叫做白日鼠白勝他是箇賭客（亦從賭上出名。）我也只安在心裏後來聽得沸沸揚揚地說道黃泥崗上一夥販棗子的客人把蒙汗藥麻翻了人劫了生辰綱去我猜不是晁保正却是兀誰如今只拿了白勝只拿了白勝只拿了晁保正只拿了姓阮的三箇文字逐節傳替而下一問便知端的這箇經摺兒是我抄的副本一段話說出無數零星拉雜之事却仍收到經摺何濤聽了大喜隨即引了兄弟何清逕到州衙裏見了太守府尹問道那公事有些下落麼何濤稟道略有些消息了府尹叫進後堂來說叫進後堂

自此以下都極爲機密之至無處兲漏消息以見晁蓋之兲實係宋江放之所以大著其罪也

則機密之至也。機密之至而晁蓋仍兲，則非宋江私放而爲誰也。○一路極寫機密，皆表並無別處兲漏消息，所以正宋江私放之罪。仔細問了來歷，何清一一稟說了。當下便差八箇做公的，一同何濤何清連夜來到安樂村，叫了店主人做眼，有店主做眼，便一逕奔去，不致聲張，機密之至也。逕奔到白勝家裏，却是三更時分。三更時分，則人都睡着，更無兲漏消息，機密之至也。叫店主人賺開門來打火，只聽得白勝在牀上做聲，問他老婆時，却說道害熱病不曾得汗。寫心虛如畫。從床上拖將起來，見白勝面色紅白（面色紅白）就把索子綁了唱道黃泥岡上做得好事白勝那里肯認把那婦人綑了也不肯招衆做公的繞屋尋贓尋到床底下見地面不平衆人掘開不到三尺深衆多公人發聲喊白勝面如土色（面色如土）就地下取出一包金銀隨即把白勝頭臉包了（又包其頭臉恐或有人見之機密之至）帶他老婆扛擡贓物都連夜趕回濟州城裏來却好五更天明時分（到白家是三更到州城是五更三更則人都睡着五更則人都未起皆機密之至更無走漏消息也）把白勝押

到廳前便將索子綑了問他主情造意白勝抵賴死不肯招晁保正等七人（白勝之所以得與於一百八人也）連打三四頓打得皮開肉綻鮮血迸流府尹喝道賊首捕人已知是鄆城縣東溪村晁保正了你這厮如何賴得過你快說那六人是誰便不打你了白勝又捱了一歇（寫白勝）打熬不過只得招道為首的是晁保正他自同六人來糾合白勝與他挑酒其實不認得那六人知府道這箇不難只拿住晁保正

那六人便有下落先取一面二十斤死囚枷枷了白勝他的老婆也鎖了押去女牢裏監收老婆亦監收在牢更無走漏消息處也隨即押一紙公文就差何濤親自帶領二十箇眼明手快的公人逕去鄆城縣投下公文不另差人機密之至更不得消息走漏也着落本縣立等要捉晁保正并不知姓名六箇正賊就帶原解生辰綱的兩個虞候作眼拿人有作眼人便可一見就擒不致打草驚蛇走漏消息也一同何觀察領了一行人去時不要大驚小怪只恐怕

走透了消息又特書機密之至星夜來到鄆城縣先把一行公人并兩箇虞候都藏在客店裏寫得是衆人都藏過則更無走漏消息處見機密之至也只帶一兩箇跟着來下公文逕奔鄆城縣衙門前來當下巳牌時分却值知縣退了早衙縣前靜悄悄地何濤走去縣對門一箇茶坊裏坐下喫茶相等喫了一箇泡茶問茶博士道今日如何縣前恁地靜茶博士說道知縣相公早衙方散一應公人和告狀的都去喫飯了未來何濤

又問道今日縣裏不知是那箇押司直日茶博士指着道今日直日的押司來也（出得遲疾紙墨都省）何濤看時只見縣裏走出一箇押司來那人姓宋名江表字公明排行第三祖居鄆城縣宋家村人氏爲他面黑身矮人都喚他做黑宋江又且馳名大孝爲人仗義疎財人皆稱他做孝義黑三郎上有父親在堂母親蚤喪下有一箇兄弟喚做鐵扇子宋清自和他父親宋太公在村中務農守些田園過活

這宋江自在鄆城縣做押司他刀筆精通吏道純
熟更兼愛習鎗棒學得武藝多般平生只好結識
江湖上好漢但有人來投奔他的若高若低無有
不納便留在莊上館穀終日追陪並無厭倦若要
起身盡力資助端的是揮金似土人問他求錢物
亦不推托且好做方便每每排難解紛只是周全
人性命時常散施棺材藥餌濟人貧苦賙人之急
扶人之困以此山東河北聞名都稱他做及時雨

却把他比做天上下的及時雨一般能救萬物一百八人中獨於宋江用此大書者蓋一百七人皆依列傳例於宋江特依世家例亦所以成一書之綱紀也當時宋江帶着一箇伴當走將出縣前來只見這何觀察當街迎住叫道押司此間請坐拜茶宋江見他似箇公人打扮慌忙答禮道尊兄何處何濤道且請押司到茶坊裏面喫茶說話不便說話機密之至宋公明道謹領兩箇入到茶坊裏坐定伴當都叫去門前等候伴當都迴避過機密之至並不曾走漏消息也宋江道不敢

拜問尊兄高姓何濤答道小人是濟川府緝捕使臣何濤的便是不敢動問押司高姓大名宋江道賤眼不識觀察少罪小吏姓宋名江的便是何濤倒地便拜說道久聞大名無緣不曾拜識宋江道惶恐觀察請上坐何濤道小人安敢占上宋江道觀察是上司衙門的人又是遠來之客兩箇謙讓了一回宋江坐了主位何濤坐了客席宋江便道茶博士將兩杯茶來沒多時茶到兩箇喫了茶宋

江道觀察到敝縣不知上司有何公務何濤道實不相瞞來貴縣有幾個要緊的人宋江道莫非賊情公事否何濤道有實封公文在此公文實封見機密之至也敢煩押司作成宋江道觀察是上司差來該管的人小吏怎敢怠慢不知爲甚麼賊情緊事何濤道押司是當案的人便說也不妨當案之人猶不容易便說見何濤機密之至無處走漏消息○以上寫出無數機密皆表晁蓋之走實惟宋江放之更無處可以委罪也

敝府管下黃泥岡上一夥賊人共是八箇把蒙汗

藥麻翻了北京大名府梁中書差遣送蔡太師的生辰綱軍健一十五人三十一字為句。刼去了十一擔金珠寶貝計該十萬貫正贜令捕得從賊一名白勝指說七箇正賊都在貴縣這是太師府特差一箇幹辦在本府立等要這件公事望押司早早維持宋江道休說太師處着落便是觀察自齎公文來要敢不捕送看他只是口頭發繪語。便令天下人奔走效死。宋江眞權詐之雄哉。只不知道白勝供指那七人名字何濤道不瞞押司說是貴縣東溪村晁保正爲首更有六名從賊不識姓名煩乞用心宋江聽罷喫了一驚肚裏尋思道晁蓋是我心腹弟兄他如今犯了迷天大罪我不救他時捕獲將去性命便休了心內自慌却答應道晁蓋這厮姦頑役戶本縣內上下人沒一箇不怪他今番做出來了好教他受自此以下入宋江傳皆極寫其權術所以爲羣賊之魁也○宋江權術如此讀之眞乃可愛何濤道相煩押司便行此事宋江道不妨這事容易甕中捉鱉手到

私放晁蓋

拏來只是一件這實封公文須是觀察自已當廳

拔下[宋江權術可愛]本官看了便好施行發落差人去捉

小吏如何敢私下擅開這件公事非是小可不當

輕泄於人[宋江權術可愛]何濤道押司高見極明相煩引

進宋江道本官發放一早晨事務倦怠了少歇觀

察略待一時少刻坐廳時小吏來請何濤道望押

司千萬作成宋江道理之當然休這等說話小吏

略到寒舍分撥了些家務便到[一則曰家務再則曰家務後遂真成]

家務也。觀察少坐一坐。何濤道押司尊便。小弟只在此專等。宋江起身出得閣兒。分付茶博士道。那官人要再用茶。一發我還茶錢。看他精到。離了茶坊。飛也似跳到下處。先分付伴當去叫直司在茶坊門前伺候。若知縣坐堂時。便可去茶坊裏安撫那公人道。押司穩便。叫他略待一待。看他精到。却自槽上鞁了馬。牽出後門外去。後門妙。袖了鞭子。慌忙的跳上馬。慢慢地離了縣治。慌忙上馬慢慢行馬妙。出得東門。打上兩鞭那馬撥喇喇的望東溪村攛將去沒半箇時辰早到晁蓋莊上（只一上馬寫得宋江有老大權術其爲羣賊之魁不亦宜乎）莊客見了入去莊裏報知且說晁蓋正和吳用公孫勝劉唐在後園葡萄樹下喫酒（夏景）此時三阮已得了錢財自回石碣村去了晁蓋見莊客報說宋押司在門前晁蓋問道有多少人隨後着（寫心虛人如畫）莊客道只獨自一箇飛馬而來說快要見保正晁蓋道必然有事慌忙出來迎接宋江道了一箇喏攜

了晁蓋手（宋江携晁蓋手第一。宋江一生以携手為第一要務，思之可歎。）便投側邊小房裏來（權術眞正可愛）晁蓋問道押司如何來得慌速宋江道哥哥不知兄弟是心腹弟兄我捨着條性命來救你如今黃泥岡事發了白勝已自拿在濟州大牢裏了供出你等七人濟州府差一箇何緝捕帶領若干人奉着太師府鈞帖并本州文書來着捉你等七人道你為首天幸撞在我手裏我只推說知縣睡着且教何觀察在縣對門茶坊裏等我以此飛馬而來報你哥哥、三十六計走為上計【大書此語、以表晁蓋之入山泊、正是宋江教之也、】若不快走時、更待甚麼、我回去引他當廳下了公文、知縣不移時便差人連夜下來、你們不可擔閣、倘有些疎失、如之奈何、休怨小弟不來救你、晁蓋聽罷、喫了一驚、道賢弟大恩難報、宋江道哥哥、你休要多話、只顧安排走路、不要纏障、我便回去也、晁蓋道七箇人、三箇是阮小二阮小五阮小七、已得了財、自回石碣村去了後面有三箇在這里賢弟且見他一面、七箇人。三箇虛。三個實。作兩叚寫出。妙絕文字。宋江來到後園、晁蓋指着道、這三位一箇吳學究一箇公孫勝薊州來的一箇劉唐東潞州人又有此一叚文字者。不重晁蓋赤心自意。正表宋江私放。不止晁蓋一人也。宋江略講一禮、回身便走、眞乃人中俊傑。寫得矯健可愛。囑付道、哥哥保重、作急快走、兄弟去也、宋江出到莊前上了馬、打上兩鞭、飛也似望縣裏來了其人如此。卽欲不出邑。胡可得乎。且說晁蓋與吳用公孫勝劉唐三人道你們認得那來相見的這箇人麼吳用道却恁地慌慌忙忙便去了正是誰人此句若出俗筆便問正是誰人矣此偏先怪其忙次問爲誰只一問辭便活畫出宋江來也晁蓋道你三位還不知哩我們不是他來時性命只在咫尺休了三人大驚道莫不走了消息這件事發了晁蓋道虧殺這箇兄弟擔着血海也似干係來報與我們原來白勝已自捉在濟州大牢裏了供出我等七人本州差箇緝捕何觀察將帶若干人奉着太師鈞帖來着

落鄆城縣立等要拿我們七箇虧了他穩住那公人在茶坊裏挨候他飛馬先來報知我們如今回去下了公文少刻便差人連夜到來捕獲我們却是怎地好吳用道若非此人來報都打在網裏這大恩人姓甚名誰晁蓋道他便是本縣押司呼保義宋江的便是吳用道只聞宋押司大名小生却不曾得會雖是住居咫尺無緣難得見面（一箇聞名）公孫勝劉唐都道莫不是江湖上傳說的及時雨宋

公明又是兩箇聞名。○無不聞名如此。宋江之爲宋江何如耶。晁蓋點頭道正是此人他和我心腹相交結義弟兄吳先生不曾得會三人皆不相識。而獨指出吳用者。彼固遠來。不足多怪。吳用生在同縣。而亦不一晤。則殊可惜也。四海之內名不虛傳結義得這箇兄弟也不枉了晁蓋問吳用道我們事在危急卻是怎地解救吳學究道兄長不須商議三十六計走爲上計晁蓋道卻纔宋押司也教我們走爲上計大書吳用與宋江同心。爲一書之眼目。卻是走那里去好逐節抽出。不作一筆直遂。吳用道我巳尋思在肚裏了如今我們收拾五七擔挑了一齊都奔石碣村三阮家裏去不便說梁山泊。且先說石碣村。今急遣一人先與他弟兄說知寫吳用有文情事情都漸漸而入。調有理。且見其才。晁蓋道三阮是箇打魚人家如何安得我等許多人逐節抽出。吳用道兄長你好不精細石碣村那里一步步近去便是梁山泊如今山寨裏好生興旺官軍捕盜不敢正眼兒看他若是赶得緊我們一發入了夥宋江曰。走爲上着。吳用亦曰。走爲上着。如出一口也。然則吳用尋思梁山入夥。宋江獨不尋思梁山入夥。如出一心乎。便極表宋江吳用爲一路。爲全書之眼目也。

晁蓋道這一論極是上策只恐怕他們不肯收留我們吳用道我等有的是金銀送獻些與他便入夥了調侃世人語。絕倒。○做官須賄賂。做強盜亦須賄賂哉。晁蓋道既然恁地商量定了事不宜遲吳先生你便和劉唐帶了幾箇莊客挑擔先去阮家安頓了却來旱路上接我們我和公孫先生兩個打併了便來吳用劉唐把這生辰綱打劫得金珠寶貝做五六擔裝了叫五六箇莊客一發喫了酒食。吳用袖了銅鍊。劉唐提了朴刀。監押着五七擔。一行十數人。投石碣村來。（上文將七箇人。分作兩段。此處又將四箇人。分作兩段。妙絕文字也。）晁蓋和公孫勝在莊上收拾。有些不肯去的莊客。齎發他些錢物。從他去投別主。（不惟情理兼盡。又留作勸出阮家之地。）有願去的。都在莊上併疊財物。打拴行李。不在話下。再說宋江飛馬去到下處。連忙到茶坊裏來。只見何觀察正在門前望。（畫來急狀。）宋江道。觀察久等。却被村裏有

箇親戚在下處說些家務口口以為家務因此擔閣了些
何濤道有煩押司引進宋江道請觀察到縣裏兩
箇入得衙門來正值知縣時文彬在廳上發落事
務宋江將着實封公文引着何觀察直至書案邊權術妙
叫左右掛上迴避牌權術妙低聲禀道權術妙奏
濟州府公文為賊情緊急公務特差緝捕使臣何
觀察到此下文書知縣接來拆開就當廳看了大
驚對宋江道這是太師府差幹辦來立等要回話

的勾當這一干賊便可差人去捉宋江道日間去只怕走了消息只可差人就夜去捉拏得晁保正來那六人便有下落（極似爲知縣爲何濤而不知其正是緩兵宋江權術其妙如此）時知縣道這東溪村晁保正聞名是箇好漢他如何肯做這等勾當（爲知縣讚晁蓋以顯上文宋江罵晁蓋之詐）隨即叫喚尉司并兩箇都頭一箇姓朱名仝一箇姓雷名橫他兩箇非是等閒人也（又出二人傳）當下朱仝雷橫兩箇來到後堂領了知縣言語和縣尉上了馬

逕到尉司點起馬步弓手并士兵一百餘人就同何觀察并兩箇虞候作眼拿人當晚都帶了繩索軍器縣尉騎着馬兩箇都頭亦各乘馬各帶了腰刀弓箭手拏朴刀前後馬步弓手簇擁着出得東門飛奔東溪村晁家來到得東溪村裏已是一更天氣都到一箇觀音庵取齊朱仝道前面便是晁家莊晁蓋家前後有兩條路既云晁蓋莊上有前後兩條路矣後又云有三條路活描出美髯一時隨口生變來若是一齊去打他前門他望

後門走了一齊閧去打他後門他逩前門走了便見

不得不與雷橫分。絕妙。我須知晁蓋好生了得一也。○已又生出一段話

頭。以見不得不分也。又不知那六箇是甚麼人必須也不是

善良君子二也。那廝們都是死命倘或一齊殺出來

三也又有莊客協助四也却如何抵敵他只好聲東擊

西等那廝們亂攛便好下手說得確然應分、妙絕。不若我和

雷都頭分做兩路我與你分一半人都是步行去

先望他後門埋伏了等候唿哨響為號你等向前

門只顧打入來見一箇捉一箇見兩箇捉一雙寫美髯眞有過人之才雷橫道也說得是朱都頭你和縣尉相公從前門打入來我去截住後門朱全有朱全心事。雷橫有雷橫心事。寫兩人爭後門。妙絕。朱全道賢弟你不省得晁蓋莊上有三條活路忽然增出一條路。絕妙。我閑常時都看在眼裏了我去那里須認得他的路數不用火把便見此三句說己之必應後門。不用火把四字。輕輕捕入。便知下文朱全在黑影裏也。你還不知他出沒的去處倘若走漏了事情不是要處此三句說雷之必不應後門。○寫美髯真有過人之才。縣尉道，朱都頭說得是，你帶一半人去。朱仝道，只消得三十來箇彀了。莫如不分更便耳。然而事理有所不可。則姑以三十來箇遮飾之也。朱仝領了十箇弓手，二十箇士兵，先去了。下文大驚小怪三句在此內。縣尉再上了馬，雷横把馬步弓手都擺在前後，幫護着縣尉，士兵等都在馬前，明晃晃熖着三二十箇火把，拏着欓叉，朴刀，留客住，鈎鐮刀，一齊都逩晁家莊來。到得莊前兀自有半里多路，只見晁蓋莊裏一縷火起從中堂燒將起來湧得黑烟遍地紅焰飛空（於朱雷未到之前特寫晁蓋預作走計以表宋江之罪也）又走不到十數步只見前後門四面八方約有三四十把火發焰騰騰地一齊都着（看他寫晁蓋預作走計又分二段。此處正寫朱雷二人爭放晁蓋也。又必先書此二段者。所以正私放晁蓋之罪。獨歸宋江。不得分之朱雷兩人也。）前面雷橫挺着朴刀背後衆土兵發着喊一齊把莊門打開都撲入裏面（此一段寫雷橫。）看將火光焰得如同白日一般明亮並不曾見有一箇人只聽得後面發着喊叫將起來叫前面捉人此是寫朱仝○看他三箇人各各自放晁蓋原來朱仝有心要放晁蓋故意賺雷橫去打前門這雷橫亦有心要救晁蓋以此爭先要來打後門却被朱仝說開了只得去打他前門故意這等大驚小怪聲東擊西要催逼晁蓋走了註朱仝意中事朱仝那時到莊後時兀自晁蓋收拾未了莊客看見來報與晁蓋說道官軍到了事不宜遲晁蓋叫莊客四下里只顧放火註朱仝先來事他和公孫勝引了十數箇去的

莊客納着喊挺起朴刀從後門殺將出來大喝道當吾者死避吾者生自晁蓋出來以下皆詳寫朱仝略寫雷橫○○○朱仝在黑影裏捉賊不是在黑影里事寫來絕倒○朱仝在黑影裏雷橫在大光裏皆成絕倒○○○○○○○○○○○○叫道保正快走朱仝在這里等你多時一腔心事不說又不得要說又不得看他匆匆只此一句晁蓋那里聽得說與同公孫勝捨命只顧殺出來此一段寫晁蓋捨命殺出不顧朱仝說話朱仝虛閃一閃放開條路讓晁蓋走晁蓋却叫公孫勝引了莊客先走他獨自押着後此一段寫晁蓋擺布押後不見朱仝讓路○朱

仝使步弓手從後門撲入去叫道前面赶捉賊人（讓走了却撲入所以穩任雷橫便好趕上說明心事也）雷橫聽得轉身便出莊門外叫馬步弓手分頭去趕（朱仝穩任雷橫便好自去做人情雷橫却又發脫土兵要來自巳做人情以一筆寫兩人而兩人皆活靈活現真奇事也）雷橫自在火光之下東觀西望做尋人（捉賊不是火光之下事寫來絕倒）（寄語都頭鄒去久矣雷橫每讓朱仝一籌如此）朱仝撇了土兵挺着刀去趕晁蓋晁蓋一面走口裏說道朱都頭你只管追我做甚麼我須沒歹處（說又不聽得讓又不看見自應有此一番問荅）

也。朱仝見後面沒人，方纔敢說道：「保正，你兀自不見我好處。我怕雷橫執迷，不會做人情，被我賺他打你前門，我在後面等你出來放你。你見我閃開條路，讓你過去。你不可投別處去，只除梁山泊可以安身。」亦便算到梁山泊，朱仝之與宋江相厚，有以也。○朱仝一番好心，几作三段寫來，方得明之。晁蓋寫盡一時人多火雜，手忙腳亂也。○朱仝得見人情，雷橫不得見人情，甚矣朱仝之強于雷橫也。然殊不知先有宋江早已做過人情，真乃夜眠清早起，又有早行人也。晁蓋道：「深感救命之恩，異日必報。」小衙內死于此十字矣。朱仝正趕間只聽得背後雷横大叫道休教走了人雷横之譎朱仝一籌如此。朱仝分付晁蓋道保正你休慌只顧一面走我自使轉他去朱仝回頭叫道有三箇賊望東小路去了雷都頭你可急赶只謂忽寫雷横却是仍寫朱仝妙絕。雷横領了人便投東小路上并土兵衆人趕去雷横之譎朱仝一籌如此。朱仝一面和晁蓋說着話一面赶他却如防送的相似寫得活現。漸漸黑影裏不見了晁蓋朱仝只做失脚撲地倒在地下寫美髯。真有過人之才。衆土兵隨後趕來、向前扶起朱仝道黑影裏不見路徑失脚走下野田裏滑倒了閃挫了左腿妙妙。不惟自解趕不着亦復自委不復趕也。縣尉道走了正賊怎生奈何朱仝道非是小人不趕其實月黑了沒做道理處這些土兵全無幾箇有用的人不敢向前縣尉再叫土兵去趕是縣尉。○上文兩箇都頭已不知費了無數曲折縣尉睡裏夢裏不知也。衆土兵心裏道兩箇都頭尚兀自不濟事近他不得我們有何用都去虛趕了一回轉來道黑地里正不知那條路去了。雷橫也趕了一直回來心內尋思道朱仝和晁蓋最好多敢是放了他去我却不見了人情朱仝事畢後雷橫偏見事其讓一地如此也。回來說道那里趕得上這夥賊端的了得了。縣尉和兩箇都頭回到莊前時已是四更時分何觀察見衆人四分五落趕了一夜不曾拏得一箇賊人只教苦道如何回得濟州去見府尹縣尉只得捉了幾家鄰舍去解將鄆城縣裏來縣尉好笑從來如此。○不便拿莊客。且先拿鄰舍。文勢逶迤曲折之極。這時知縣一夜不曾得睡。立等回報。聽得道賊都走了。只拏得幾家鄰舍。知縣把一干拿到的鄰舍當廳勘問。衆鄰舍告道。小人等雖在晁保正鄰近居住。遠者三二里田地。近者也隔着些村坊。他莊上時常有搠槍使棒的人來。如何知他做這般的事。知縣逐一問了時。務要問他們一箇下落。數內一箇貼鄰告道。若要知他端的。除非問他莊客。（行文透迤曲折如此。）知縣道說他家莊客也都跟着走了。鄰舍告道。

也有不願去的還在這里好。真寫得好。知縣聽了火速差人就帶了這箇貼鄰做眼店主人做眼一。兩箇虞候做眼二。兩箇虞候同何觀察做眼三。貼鄰做眼四。來東溪村捉人無兩箇時辰早拿到兩箇莊客當廳勘問時那莊客初時抵賴喫打不過只得招道先是六箇人商議小人只認得一箇是本鄉中教學的先生叫做吳學究一箇叫做公孫勝是全真先生又有一箇黑大漢姓劉更有那三箇小人不認得却是吳學究合將來的聽得說道他姓阮在石碣村任他是打魚的弟兄三箇只此是實（招七人錯落參差之甚）知縣取了一紙招狀把兩箇莊客交割與何觀察回了一道備細公文申呈本府宋江自周全那一干鄰舍保放回家聽候（非表宋江仁義正見宋江權術然其實則爲一路宋江已冷恐人遂至忘之故借事提出一句也）

且說這衆人與何濤押解了兩箇莊客連夜回到濟州正值府尹陞廳何濤引了衆人到廳前稟說晁蓋燒莊在逃一事再把莊客口詞說一遍府尹

道既是恁地說時再拿出白勝來問道那三箇姓阮的端的住在那里白勝抵賴不過只得供說三箇姓阮的一箇叫做立地太歲阮小二一箇叫做短命二郎阮小五一箇是活閻羅阮小七都在石碣湖村裏住（又作逐一半說）知府道還有那三箇姓甚麽白勝告道一箇是智多星吳用一箇是入雲龍公孫勝一箇叫做赤髮鬼劉唐（又作一半說）知府聽了便道既有下落且把白勝依原監了收在牢裏隨郎

又喚何觀察差去石碣村只拿了姓阮三箇便有頭腦不是此一去有分敎天罡地煞來尋聚會風雲水滸山城去聚縱橫人馬畢竟何觀察怎生差去石碣村緝捕且聽下回分解

第五才子書施耐菴水滸傳卷之二十二

第五才子書施耐庵水滸傳卷之二十三

聖歎外書

## 第十八回

林冲水寨大併火

晁蓋梁山小奪泊

此回前半幅借阮氏口痛罵官吏後半幅借林冲口痛罵秀才其言憤激殊傷雅道然怨毒著書史遷不免於稗官又奚責焉

前回朱雷來捉時獨書晁蓋斷後此回何濤來捉時忽分作兩半前半獨書阮氏水戰後半獨書公孫火攻後入山泊見林冲時則獨書吳用舌辯蓋七箇人凡大書六箇人各建奇功也中間止有劉唐未嘗自効則又於後回補書月夜入險以表此七人者悉皆出奇爭先互不冒濫嗟乎強盜猶不可以白做奈何今之在其位食其食者乃曾無所事事而

又殊不自怪耶
是稗史也稗史之作其何所昉當亦昉於風
刺之旨也今讀何濤捕賊一篇抑何其無罪
而多戒至於若是之妙耶夫未捉賊先捉船
夫孰不知捉船以捉賊也而殊不知百姓之
遇捉船乃更慘於遇賊則是捉船以捉賊者
之即賊百姓之胸中久已疑之也及於船既
捉矣賊又不捉而又即以所捉之船排却乘

凉百姓夫而後又知向之捉船者固非欲捉賊正是賊要乘凉耳嗟乎捉船以捉賊而令百姓疑其以賊捉賊已大不可奈何又捉船以乘凉而令百姓竟指爲賊要乘凉尚忍言哉尚忍言哉世之君子讀是篇者其亦惻然中感而慎戢官軍則不可謂非稗史之一助也

何濤領五百官兵五百公人而寫來恰似滚

秋敗葉聚散無力晁蓋等不過五人再引十數箇打魚人而寫來便如千軍萬馬奔騰馳驟有開有合有誘有劫有伏有應有衝有突凡若此者豈謂當時眞有是事蓋是耐菴墨兵筆陣縱橫入變耳

聖歎慼然嘆曰嗟乎怨毒之於人甚矣哉當林冲弭首廡下坐第四志豈能須臾忘王倫耶徒以勢孤援絕懼事不成爲世僇笑故隱

怒而止一旦見晁蓋者兄弟七人無因以前彼詎不心動乎此雖王倫降心優禮歡然相接彼猶將私結之以得肆其欲爲況又加之以猜疑耶夫自雪天三限以至今日林冲渴刀已久與王倫頭血相吸雖無吳用之舌又豈遂得不殺哉或林冲之前無高俅相惡之事則其殺王倫猶未至於如是之毒乎顧虎頭針刺畫影而鄰女心痛然則殺王倫之日

俅其氣絕神滅矣乎人生世上睚眦之事可自恣也哉

說話當下何觀察領了知府台旨下廳來隨即到機密房裏與衆人商議衆多做公的道若說這箇石碣村湖蕩緊靠着梁山泊都是茫茫蕩蕩蘆葦水港若不得大隊官軍舟船人馬深感此一論不然安得下文一回好書看耶誰敢去那里捕捉賊人何濤聽罷說道這一論也是再到廳上禀覆府尹道原來這石碣村

湖泊正傍着梁山水泊週圍盡是深港水汊蘆葦
艸蕩閒嘗時也兀自劫了人莫說如今又添了那
一夥强人在裏面若不起得大隊人馬如何敢去
那里捕獲得人府尹道既是如此說時再差一員
了得事的捕盜廵簡點與五百官兵人馬五百官兵人馬
和你一處去緝捕何觀察領了台旨再回機密房
來喚集這衆多做公的整選了五百餘人五百餘做公的
人各各自去準備什物器械次日那捕盜廵簡領

了濟州府帖文與同何觀察兩箇點起五百軍兵同衆多做公的一齊奔石碣村來且說晁蓋公孫勝自從把火燒了莊院帶同十數箇莊客來到石碣村半路上（三字疏密正妙已藏下吳用調度三阮義勇在內）撞見三阮弟兄各執器械却來接應到家七箇人都在阮小五莊上那時阮小二已把老小搬入湖泊裏（好）七人商議要去投梁山泊一事吳用道見今李家道口有那旱地忽律朱貴在那里開酒店招接四方

好漢、但要入夥的、須是先投奔他、我們如今安排了船隻、把一應的物件裝在船裏、將些人情送與他、引進。此語非獨揄朱貴、盖王倫之惡名、流布久矣。○又於此處着此一語、則知來日火併全出林冲、殊非晁盖七人預圖之也。大家正在那里商議投奔梁山泊、只見幾箇打魚的便來報道、官軍人馬飛奔村裏來也、晁盖便起身叫道、這厮們趕來、我等休走○○寫晁盖。阮小二道、不妨、寫阮家。我自對付他、叫那厮大半下水裏去、死小半都搠殺他、公孫勝道、休慌寫公孫勝、且看貧道的本事、晁蓋道、劉唐兄弟、不必盡用。妙。殺鼠豈須全力哉。你和學究先生不必出自加亮。妙。割鷄烏用牛刀哉。且把財賦老小裝載船裏、逕撑去李家道口左側相等、我們看些頭勢四字妙筆。深明虎鼠不敵。不過看他如何耳。隨後便到、阮小二選兩隻棹船、把娘王進娘自到延安府去、此娘却入水泊裏來。天下無不是的娘、只是其所繇來有漸耳。做娘可不慎哉。○把娘二字。成文可笑。王進扶娘。是孝子身分。阮二把娘。是逆子身分。至後來李逵背娘。則竟是惡獸身分矣。和老小家中財賦都裝下船裏、吳用劉唐各押着一隻、叫七八箇伴當搖了船先到李家道口去等又分付阮小五阮小七撐駕小船如此迎敵兩箇各棹船去了○○○○○不惟阮二有才又表兩射快便且說何濤幷捕盜巡簡帶領官兵漸近石碣村但見河埠有船盡數奪了此句調侃官兵公餘讀此惻然念之便使會水的官兵下船裏進發岸上的騎馬船騎相迎水陸並進到阮小二家一齊吶喊人兵並起撲將入去早是一所空房絕倒○想見吶喊之聲齊起齊止裏面只有些麤重家火何濤道且去拏幾家附近漁戶

問時、說道、他的兩個兄弟阮小五、阮小七、都在湖泊裏住、非船不能去、何濤與巡簡商議道、這湖泊裏港汊又多、路逕甚雜、抑且水蕩坡塘、不知深淺、若是四分五落去捉時、又怕中了這賊人奸計、我們把馬匹都教人看守在這村裏、一發都下船裏去、當時捕盜巡簡幷何觀察、一同做公的人等、都下了船、那時捉的船、非止百十隻、也有撑的、亦有搖的、寫得紛紛可笑。○撑搖二字寫成一笑。使船如馬。固如是耶。一齊都望阮

此文凡有兩番今第一番

小五打魚莊上來、行不到五六里水面、只聽得蘆葦中間有人嘲歌、衆人且住了船聽時。只聽得三字，紙上如有一人直閃出來。住了船聽時五字，紙上如有一人復閃入去。寫得變蹝之極。那歌道、打魚一世蓼兒洼、不種青苗不種麻、酷吏贓官都殺盡、忠心報答趙官家。以殺盡贓酷爲報答國家，真能報答國家者也。何觀察并衆人聽了、盡喫一驚、只見遠遠地一箇人獨棹一隻小船兒唱將來、有認得的指道、這箇便是阮小五。阮五先聽後見。何濤把手一招、衆人併力向前各執器械挺着（好笑見鬼。）迎將去只見阮小五大笑（妙人）罵道你這等虐害百姓的賊（官是賊賊是老爺然則官也賊也賊也老爺也一而二二而一者也。快絕之文。）直如此大膽敢來引老爺做甚麼卻不是來捋虎鬚何濤背後有會射弓箭的搭上箭搜滿弓一齊放箭阮小五見放箭來拏着搳楸翻筋斗鑽下水裏去（來時來得出奇去時去得出奇。）衆人趕到跟前拏箇空又撑不到兩條港汊只聽得蘆花蕩裏打唿哨衆人把船擺開（好笑又見鬼。）見前面兩箇人棹着一隻船來、船頭上立着一箇人、頭戴青箬笠、身披綠簑衣、手裏撚着條筆管鎗、（阮七先見後聽。）口裏也唱着道、老爺生長石碣村、稟性生來要殺人、先斬何濤巡簡首、京師獻與趙王君。（斬贓酷首級以獻其君。真能獻其君矣。○又兩歌辭義相承。如斷若續。前云殺盡。後云先斬。前歌大。後歌緊。妙絕。）何觀察并衆人聽了、又喫一驚、有認得的、說道這箇正是阮小七、何濤喝道、衆人併力向前、先拿住這箇賊、休教走了、阮小七聽得笑道（袍笑。妙人。）潑賊（前云虐害百姓的賊。乃[illegible]）

正賊之罪也。此却幷虐害百姓四字都省去。只以二字直呼之云潑賊下亦更不別接一語。更爲快絕也

便把鎗只一點那船便使轉來望小港裏串着走妙。衆人捨命喊可笑。又見鬼。趕將去這阮小七和那搖船的飛也似搖着櫓口裏打着唿哨串着小港汊中只顧走妙。衆官兵趕來趕去看見那水港窄狹了何濤道且住把船且泊了都傍岸邊上岸看時只見茫茫蕩蕩都是蘆葦正不見一些旱路何濤心內疑惑却商議不定便問那當村住的人說

道、小人們雖是在此居住、也不知道這里有許多去處、何濤便教划着兩隻小船、船上各帶三兩箇做公的去前面探路、去了兩箇時辰有餘不見回報。妙。何濤道、這廝們好不了事、再差五箇做公的又划兩隻船去探路、這幾箇做公的划了兩隻船、又去了一箇多時辰、並不見些回報。妙。何濤道、這幾箇都是久慣做公的、四清六活的人、却怎地也不曉事、如何不着一隻船轉來回報、不想這些帶來的官兵人人亦不知顛倒、天色又看看晚了夾此一句妙。何濤思想在此不着邊際、怎生奈何、我須用自去走一遭妙。揀一隻疾快小船、選了幾箇老郎做公的、各拿了器械、槳起五六把櫂楫、何濤坐在船頭上、望這箇蘆葦港裏蕩將去、那時巳是日沒沉西夾此一句妙。划得船開、約行了五六里水面、看見側邊岸上一箇人提着把鋤頭走將來千奇百怪橫現側出。何濤問道、兀那漢子、你是甚人、這里是甚麼去處、那人應道、我是這村裏莊家、這里喚做斷頭溝「好地名。沒路了、何濤道、你曾見兩隻船過來麼、那人道、不是來捉阮小五的、何濤道、你怎地知得是來捉阮小五的。那人道、他們只在前面烏林裏廝打「不是廝打之事。說得好笑。何濤道、離這里還有多少路、那人道、只在前面望得見便是、何濤聽得、便叫攏船、前去接應、便差兩箇做公的、拿了撓叉上岸來、只見那漢提起鋤頭來手到把這兩箇做公的一鋤頭一箇快事快文。○鄉間百姓鋤頭千推不足供公人一飯也。豈意今日一鋤頭已足。翻筋斗都打下水裏去、何濤見了喫一驚、急跳起身來時、却待滾上岸、只見那隻船忽地搪將開去水底下鑽起一箇人來只是一兩箇人。寫得便如怒龍行雨。其鱗爪有東現西沒之勢。把何濤兩腿只一扯、撲通地倒撞下水裏去、那幾箇船裏的、却待要走、被這提鋤頭的趕將上船來一鋤頭一箇索性快事。排頭打下去、腦漿也打出來、這何濤被水底下這人倒拖上岸來、就解下他的胳膊來綑了（週絕。朱文公見此。必當註之云。即以其人膀膊。還縛其人之身矣。）看水底下這人卻是阮小七岸上提鋤頭的那漢便是阮小二（帶敘帶說。）弟兄兩箇看着何濤罵道老爺弟兄三箇從來只愛殺人放火（嵇康好鍛。何至於此。）量你這廝直得甚麼你如何大膽特地引着官兵來捉我們何濤道好漢小人奉上命差遣蓋不繇已小人怎敢大膽要來捉好漢望好漢可憐見家中有箇八十歲的老娘無人養贍（隨手嘈出一何有娘。以映襯三阮之有娘也。後李鬼文中。亦有此一

（句。正與今文遥遥相對。）望乞饒恕性命則箇、阮家弟兄道、且把他來綑做箇粽子撇在船艙裏（不完。）把那幾箇屍首都攛去水裏去了、箇箇胡哨一聲、蘆葦叢中鑽出四五箇打魚的人來都上了船（不漏。）阮小二阮小七各駕了一隻船出來（只消小二小七駕船出來。讀者亦出來矣。若自俗筆）

（不免老大段落。）且說這捕盜巡簡、領着官兵、都在那船裏說道、何觀察他道做公的不了事、自去探路、也去了許多時、不見回來、那時正是初更左右、星光滿天（○夾此一句妙。○又加星光滿天四字。如畫。）衆人都在船上歇凉（○不是歇凉之事。寫得好笑。○日裏奪船。夜裏歇凉。千載官兵。於今爲烈。）忽然只見起一陣怪風從背後吹將來（又是一番。）吹得衆人掩面大驚只叫得苦把那纜船索都刮斷了正沒擺布處只聽得後面胡哨響（先聽得。）迎着風看時（迎着風三字妙。是看背後。精細之至。）只見蘆花側畔射出一派火光來（次見。）衆人道今番却休了那大船小船約有百十來隻正被這大風刮得你撞我磕捉摸不住那火光却早來到面前深讚好風也原來都是一叢小船兩隻價幫住村中若無大船若用小船又不發火勢設身處地算出此五字來○此書處處設身處地而後成文真怪事也上面滿滿堆着蘆葦柴草、刮刮雜雜燒着、乘着順風直衝將來、那百十來隻官船屯塞做一塊寫得如畫便畫亦難畫港汊又狹又沒迴避處、那頭等大船也有十數隻、却被他火船推來鑽在大船隊裏一燒妙水底下原來又有人扶助着船燒將來妙燒得大船上官兵都跳上岸來逃命、逩走不想四邊盡是蘆葦野港，又沒旱路，只見岸上蘆葦又刮刮雜雜也燒將起來。寫得如畫，便畫亦難畫。那捕盜官兵兩頭沒處走，風又緊，火又猛，衆官兵只得都奔爛泥裏立地。爛泥裏三字，絕倒。○此爛泥句，算做官軍倉卒應變。火光叢中只見此六字，冒下三段。一隻小快船，船尾上一箇搖着船，船頭上坐着一箇先生，手裏明晃晃地拿着一口寶劍，只是船頭一箇先生。船尾一箇搖着。寫得便如中軍一陣相似。口裏喝道：「休教走了一箇！」衆兵都在爛泥裏慌做一堆。此爛泥句，算做官軍運籌帷幄。說猶未了、只見蘆葦東岸兩箇人引着四五箇打魚的都手裏明晃晃拿着刀鎗走來只是兩箇人引着四五箇漁人，寫得便如左邊一陣相似。這邊蘆葦西岸又是兩箇人也引着四五箇打魚的手裏也明晃晃拿着飛魚鈎走來亦只是兩箇人引着四五箇漁人，寫得便如右邊一陣相似。東西兩岸四箇好漢并這夥人兩岸合來，連中間一人，只是公孫勝、晁蓋、阮小五、阮小二、阮小七耳。寫得便如兩軍合入中軍相似。○不惟當時官軍在暗裏疑他有千軍萬馬，便是今日讀者在亮裏也疑他有千軍萬馬。作者才調如此。○每見近代露布大文寫得印板相似，便令千軍萬馬反像街漢厮打，因

（歎人之才與不才，何啻河漢。）一齊動手，排頭兒搠將來。無移時，把許多官兵都搠死在爛泥裏。（此爛泥句，算做官軍疆場效命。）東岸兩箇是晁蓋、阮小五，西岸兩箇是阮小二、阮小七，船上那箇先生便是祭風的公孫勝。（帶敘帶記，敘處有奔風激電之能，記處有水落石出之致。）五位好漢引着十數箇打魚的莊家，（忽然結算一句。五箇好漢，十箇漁人，收拾上文一片八門五花文字，才調異常。）把這夥官兵都搠死在蘆葦蕩裏。（第二番完。下忽又轉瀾第一番。）單單只剩得一箇何觀察，綑做粽子也似丟在船艙裏○忽然接轉觀察、筆如鷙鷹餓虎阮小二提將上岸來、指着罵道、你這廝、是濟州一箇詐害百姓的蠢蟲○二字奇文、虎稱大蟲、鼠稱老蟲、馬稱聾蟲、官稱蠢蟲、皆奇文、我本待把你碎屍萬段、却要你回去對那濟州府管事的賊說、俺這石碣村阮氏三雄、東溪村天王晁蓋、都不是好撩撥的、我也不來你城裏借糧、他也休要來我這村中討死、竟作酬酢語、妙絕、○賊與賊、老爺與老爺、正應酬酢也、倘或正眼兒覷着、休道、你是一箇小小州尹、也莫說蔡太師差幹人來要拿我們、便是蔡京親自來時、我也搠他三二十箇透明的窟窿。只算土壽。俺們放你回去、休得再來、傳與你的那箇鳥官人、教他休要做夢、這里沒大路。五箇字裏結果一員巡簡千餘人兵。讀之失笑。我着兄弟送你出路口去、當時阮小七、把一隻小快船載了何濤、直送他到大路口、喝道、這里一直去、便有尋路處、別的衆人都殺了、難道只恁地好好放了你去、也喫你那州尹賊驢笑、一篇如奔風激浪、至此已得收港、卻不肯便住、故又另自蹴起一波、其才如許。且、請下你兩箇耳朵來做表證（七哥趣人，不枉姓阮。）阮小七身邊拔起尖刀，把何觀察兩箇耳朵割下來，鮮血淋漓。插了刀，解了膞膊，（幽細之極。百忙之後，人必忘之矣。）放上岸去。何濤得了性命，自尋路（尋路妙。送出路口，尚要尋路，笑上文深入虎口之易也。自尋又妙。千餘人來，一箇回去，回思奪船時，眞成一夢也。）回濟州去了。且說晁蓋、公孫勝和阮家三弟兄并十數箇打魚的，一發都駕了五七隻小船，離了石碣湖村泊，逕投李家道口來。到得那里，相尋着吳用、劉唐船隻，合做一處、吳用問起拒敵官兵一事、晁蓋備細說了、吳用衆人大喜、整頓船隻齊了、一同來到旱地忽律朱貴酒店裏、朱貴見許多人來、說投托入夥、慌忙迎接、吳用將來歷實說與朱貴聽了（待朱貴不薄）大喜、逐一都相見了、請入廳上坐定、忙叫酒保安排分例酒來、管待衆人、隨即取出一張皮靶弓來、搭上一枝響箭、望着那對港蘆葦中躲去、響箭到處、早見有小嘍囉、搖出一隻船來、朱貴急寫了一封書、呈備細寫衆豪傑入夥姓名人數（四字寫出朱貴歡喜）先付與小嘍囉齎了教去寨裏報知一面又殺羊管待（深表朱貴）衆好漢過了一夜次日早起朱貴喚一隻大船請衆多好漢下船就同帶了晁蓋等來的船隻（細）一齊望山寨裏來行了多時早來到一處水口只聽的岸上鼓響鑼鳴晁蓋看時只見七八箇小嘍囉划出四隻哨船來見了朱貴都聲了喏自依舊先去了（此一段俗筆不及）再說一行人來到金沙灘上

岸便留老小船隻并打魚的人在此等候老小并打魚人留在灘上船裏又見數十箇小嘍囉下山來接引到關上寫事有層次王倫領着一班頭領出關迎接晁蓋等慌忙施禮王倫答禮道小可王倫久聞晁天王大名如雷灌耳今日且喜光臨草寨晁蓋道晁某是箇不讀書史的人甚是麤鹵今日事在藏拙甘心與頭領帳下做一小卒不棄幸甚王倫道休如此說且請到小寨再有計議一行從人都跟着上山來

從人跟上山來到得大寨聚義廳上王倫再三謙讓晁蓋一行人上堦晁蓋等七人在右邊一字兒立下王倫與衆頭領在左邊一字兒立下一箇箇都講禮罷分賓主對席坐下王倫喚堦下衆小頭目聲喏已畢一壁廂動起山寨中鼓樂先叫小頭目去山下管待來的從人關下另有客館安歇從人仍發放關下去

單說山寨裏宰了兩頭黃牛十箇羊五箇猪大吹大擂筵席衆頭領飲酒中間晁蓋把胸中之事從

頭至尾都告訴王倫等衆位王倫聽罷駭然了半晌（外邊寫一句）心內躊躇（裏邊寫一句）做聲不得（又於外邊寫一句）自已沉吟（又於裏邊寫一句）虛作應答（又於外邊寫一句○五句活寫出秀才）筵宴至晚席散衆頭領送晁蓋等衆人關下客館內安歇（此一句寫王倫異心）自有來的人伏侍（此一句寫王倫跡漏）（○一句寫王倫者一句寫王倫跡活寫出秀才）晁蓋心中歡喜對吳用等六人說道我們造下這等迷天大罪那里去安身不是這王頭領如此錯愛我等皆已失所此恩不

可忘報吳用只是冷笑妙。七箇人。須要逐箇出色一寫。故前朱仝來捉時。
晁蓋已着吳用劉唐先行了。却又着公孫勝先行。他便獨自一箇挺刀押後。此是出色寫箇晁蓋。何
濤來捉時。阮小二道不妨。我自對付他。便調度小五小七兩隻船兩箇山歌來。此是出色寫箇三阮。
後來一陣怪風。一片火光。一隻小船。一口寶劍。便把一千官軍。燒得罄盡。此是出色寫箇公孫勝。今
自冷笑二字已去。完大併一篇。乃是出色寫箇吳用也。七箇人中。獨劉唐不曾出色。自劾便爲補寫
月夜一走。以見行文如行兵之道。筆如遺將。非可草草無紀也。晁蓋道先生何故
只是冷笑有事可以通知吳用道兄長性直此四字。是
一部大書中如椽之筆。晁蓋只是直。宋江只是曲。此晁宋之別也。你道王倫肯收

留我們兄長不看他的心只觀他的顏色動靜規模晁蓋道觀他顏色怎地吳用道兄長不見他早間席上與兄長說話倒有交情次後因兄長說出殺了許多官兵捕盜巡簡放了何濤阮氏三雄如此豪傑他便有些顏色變了雖是口中應答心裏好生不然若是他有心收留我們只就早上便議定了坐位明日排宴已分付山南水亭安杜遷宋萬這兩箇自是麤鹵的人輕○只點一句便放過待客之事如何省得只有

林冲那人（陡然提出林冲，有如蓁莽之中，怪石砑露。）原是京師禁軍教頭，大郡的人，諸事曉得，今不得已，（抑已語，只四字，灑下人淚來。）坐了第四位，早間見林冲看王倫答應兒長模樣，（十四字一句，又如話，又如畫。王倫應是蓋，林冲看王倫應是蓋，吳用見林冲看王倫應是蓋，一句看他多曲。）他自便有些不平之氣，頻頻把眼瞅這王倫，心内自己躊躇，（活畫林冲。亦用外一句，裏一句。）我看這人倒有顧盼之心，只是不得已，（數語中，凡用兩不得已句，寫林冲乎哉，寫天下丈夫也。）小生畧放片言，（此語醜。）教他本寨自相火併，晁蓋道全仗先生妙策當夜七人安歇了次早天明只見人報道林教頭相訪疾。〇前寫晁蓋梃刀押後文中。却將朱仝雷橫。夾雜而寫。此寫吳用文中。亦將林冲夾雜而寫。讀者須分作兩分眼色。一半去看吳用。一半去看林冲。乃雙得之也。吳用便對晁蓋道這人來相探中俺計了七箇人慌忙起來迎接邀請林冲入到客館裏面吳用向前稱謝道夜來重蒙恩賜拜擾不當林冲道小可有失恭敬雖有奉承之心奈緣不在其位林冲心事。望乞恕罪吳學究道我等雖是不才非爲草木豈不見頭領錯愛之心顧盼之意就勢便用感恩一迎妙絕不淺晁蓋再三謙讓林冲上坐林冲那里肯推晁蓋上首坐了林冲便在下首坐定吳用等六人一帶坐下只客館中片時小坐亦不草草深寫林冲在王倫下第四椅真是不在其位也晁蓋道久聞教頭大名不想今日得會晁蓋性直只說閒話並不與林冲對針然却少不得林冲道小人舊在東京時與朋友交禮節不曾有悞林冲語○武師自說海話聖歎却驀然想着漢公私謂除此寒山片石恐武師之在東京亦未必更有可語雖然今日能勾得見尊顏不

得遂平生之願特地逕來陪話、林冲語。晁蓋稱謝道、
深感厚意、晁蓋說閒話。吳用便動問道小生舊日久聞
頭領在東京時十分豪傑、不知緣何與高俅不睦、
致被陷害、後聞在滄州亦被火燒了大軍草料場、
又是他的計策、閒話七句。向後不知誰薦頭領上山正話
一句。林冲道若說高俅這賊陷害一節、但提起毛髮
植立、句法亦有毛髮植立之勢。又不能報得此讐、答一句。來此容身、
皆是柴大官人舉薦到此、答一句。吳用道柴大官人莫

非是江湖上人稱爲小旋風柴進的麽〔撇過高俅。單擒柴大官人。手法敏辣。有縱蛟鎖龍之妙。〕林冲道正是此人鼂蓋道小可多聞人說柴大官人仗義踈財接納四方豪傑說是大周皇帝嫡派子孫如何能彀會他一面也好〔百忙中。鼂蓋又說閒話。眞是閒戶閒嗑。全與林冲不對。然上特註云却少不得者。正爲林吳相對。鎌鎌相拄。掂掂相擊。反覺斧鑿之痕。太是顯然。濮賴鼂蓋夾在中間。順他直性自說自話。以泯其跡也。〕吳用又對林冲道據這柴大官人名聞寰海聲播天下的人〔妙。擒住柴大官人更不放。〕教頭若非武藝超羣〔妙。〕

（若非二字反踢。妙。）他如何肯薦上山（妙。如何肯三字反踢。妙。）非是吳用過稱（妙。非是二字。亦用反踢。）理合王倫讓這第一位與頭領坐此天下公論（承若非句。）也不負了柴大官人的書信（承如何肯句。）林冲道、承先生高談、只因小可犯下大罪投逩柴大官人、非他不留林冲（此六字。令我讀之駭然。蓋寫林冲。便活寫出林冲來。寫林冲精細。便活寫出林冲精細來。何以言之。夫上文吳用文中。乃說柴進肯薦林冲上山也。林冲却忽然想道。他說柴進薦我上山。或者疑到柴進不肯留我在家耶。說時遲。那時疾。便急道一句非他不留林冲六箇字。千伶百俐。一似草枯鷹疾相似。妙哉妙哉。蓋自非此句。則寫來已幾乎不是林冲也。誠恐負累他不便、自願上山、不想今日去住無門去住二字。寫林冲動搖已久也。非在位次低微、只為王倫心術不定、語言不準、難以相聚說得矯健。心術不定。語言不準。犯此八字者。賊也。做不成。痛言哉。吳用道、王頭領待人接物一團和氣、如何心地倒恁窄狹換一頭。林冲道、今日山寨天幸得眾多豪傑到此、相扶相助、似錦上添花、如旱苗得雨、此人只懷妬賢嫉能之心、但恐眾豪傑勢力相壓千古同之。仲尼之所以致歎於臧孫也。夜來因見兄長所說衆位殺死官兵一節、他便有些不然、就懷不肯相留的模樣、以此請衆豪傑來關下安歇、吳用便道既然王頭領有這般之心、我等休要待他發付○惡極。只八箇字。把雪天三限。直提出來。自投別處去、便了、林冲道衆豪傑休生見外之心、林冲自有分曉○林冲已決。要知此六箇字。全是上文休要受他發付八箇字逼出。小可只恐衆豪傑生退去之意、特來早早說知、○是林冲。今日看他如何相待、若這廝語言有理、不似昨日、萬事罷論、倘若這廝今朝有半句話參差時盡在林冲身上（決）晁蓋道頭領如此錯愛俺弟兄皆感厚恩（又插入晁蓋直性人說直話全不摸林冲頭腦全不對林冲箭栝讀之如話）吳用便道頭領爲新弟兄面上倒與舊弟兄分顏（新弟兄舊弟兄六箇字有鈎鎗拐馬之妙新弟兄以親之舊弟兄以羞羞之不謂弟兄二字又可作膠漆用又可作刀劍用也）若是可容即容不可容時小生等登時告退（四字是吳用一篇結煞語蓋欲討一的當相許也惡哉）林冲道先生差矣（差字來得疾緊辨新弟兄舊弟兄字也）古人有言惺惺惜惺惺好漢惜好漢量這一箇潑男

女腌臢畜生說甚弟兄（豪傑之惜弟兄二字也如此矣）衆豪傑且請寬心（七字是林冲一篇結煞語叢答登時告退四字）林冲起身別了衆人說道少間相會（也說一句閒話林冲此來只此一句是閒話）衆人相送出來林冲自上山去了沒多時只見小嘍囉到來相請說道今日山寨裏頭領相請衆好漢去山南水寨亭上筵會（特特避開聚義堂上）晁蓋道上覆頭領少間便到小嘍囉去了晁蓋問吳用道先生此一會如何吳學究笑道兄長放心此一會倒有分做山

寨之主今日林教頭必然有火併王倫之意他若有些心懶小生憑着三寸不爛之舌不由他不火併兄長身邊各藏了暗器要只看小生把手來撚鬚爲號要兄長便可協力晁蓋等衆人暗喜辰牌已後三四次人來邀請晁蓋和衆頭領身邊各各帶了器械暗藏在身上結束得端正却來赴席只見宋萬親自騎馬又來相請前已表出朱貴此又表出宋萬筆墨周詳獨不及杜遷者王倫爲杜遷所引且姑畱以伴之亦文家疏密相間之法也小嘍囉檯

過七乘山轎七箇人都上轎子一逕投南山水寨裏來直到水亭子前下了轎王倫杜遷林冲朱貴都出來相接邀請到那水亭子上分賓主坐定王倫與四箇頭領杜遷宋萬林冲朱貴坐在左邊主位上晁蓋與六箇好漢吳用公孫勝劉唐三阮坐在右邊客席階下小嘍囉輪番把盞酒至數巡食供兩次晁蓋和王倫盤話但提起聚義一事王倫便把閒話支吾開去吳用把眼來看林冲時（只一句急）

遁入去。妙絕筆力。○只見林冲側坐交椅上把眼瞅王倫身上。寫得如畫。便畫也畫不出。○寫林冲。寫得崒嵂之極。鬱勃之極。看看飲酒至午後，王倫回頭叫小嘍囉取來，三四箇人去不多時，只見一人捧箇大盤子裏，放着五錠大銀。醜。王倫便起身把盞對晁蓋說道：「感蒙衆豪傑到此聚義，只恨敝山小寨，是一洼之水，如何安得許多眞龍？聊備些小薄禮，萬望笑留，煩投大寨歇馬，小可使人親到麾下納降。」晁蓋道：「小子久聞大山招賢納

士一逕地特來投托入夥若是不能相容我等衆
人自行告退重蒙所賜白金決不敢領非敢自誇
豐富小可聊有些盤纏使用速請納回厚禮只此
告別王倫道何故推却非是敝山不納衆位豪傑
奈緣只爲糧少房稀恐日後悞了足下衆位面皮
不好因此不敢相留說言未了只見林冲（八字疾）雙
眉剔起兩眼圓睜坐在交椅上大喝道（此處若便立起却起
得沒聲勢若便踢倒桌子立起又踢得沒節次故
特地寫個坐在交椅上罵直等罵到分際性發然

後一脚踢開桌子搶起身來刀亦就勢掣出有節次有聲勢作者實有設身處地之勞也你前番我上山來時也推道糧少房稀胸中主句眼前賓句今日晁兄與衆豪傑到此山寨你又發出這等言語來眼前主句胸中賓句是何道理、叧用便說道、頭領息怒、自是我等來的不是倒壞了你山寨情分惡極不惟自說不是看他下壞情分三字已直說林冲不是矣今日王頭領以禮發付我們下山送與盤纏又不曾熱趕將去惡極只七箇字陡然把雪晴三限又提出來請頭領息怒我等自去罷休明明催之林冲道這是笑裏藏刀、言清行濁的人、我其實今日放他不○過、快絕妙絕、讀之神旺。非一朝一夕之心矣。○王倫喝道、你看這畜生看他罵人法、活是箇秀才。又不醉了、倒把言語來傷觸我、却不是、反失上下。林冲大罵道、量你是箇落第窮儒、即不落第、又奈何。胸中又沒文學、即有文學、又奈何。怎做得山寨之○主。可見秀才、雖強盜亦不服也。吳用便道、晁兄更不向林冲說。妙絕。只因我等上山相投、反壞了頭領面皮。只今辦了船隻便當告退。又催之。晁蓋等七人便起身句。要下亭子句。○俗人不知此句之妙。便作一句讀。不知上半句是真。下半句是假也。王倫留道且請席終了去秀才可憐。睡裏夢裏。林冲把桌子只一腳踢在一邊搶起身來衣襟底下掣出一把明晃晃刀來○有山崩海立。風起雲湧之勢。掿的火雜雜五字。不知是寫人。不知是寫刀。但覺人刀俱活。吳用便把手將髭鬚一摸晁蓋劉唐便上亭子來虛攔住王倫叫道不要火併吳用便假意扯林冲道頭領不可造次公孫勝便兩邊道休為我等壞了大義阮小二便去幫住杜遷阮小五幫住宋萬、阮小七幫住朱貴（自忙中寫來何等明畫），嚇得小嘍囉們目瞪口呆。林冲拿住王倫罵道：「你是一箇村野窮儒，虧了杜遷得到這里，柴大官人這等資助你，賙給盤纏與你相交，舉薦我來，尚且許多推卻。今日衆豪傑特來相聚，又要發付他下山去。這梁山泊便是你的（天下人聽者）？你這嫉賢妒能的賊（天下人聽者），不殺了要你何用（却作商量語絕倒）！你也無大量大才，也做不得山寨之主（有大才又必有大量，強盜頭猶必若是耶）。」杜遷、宋萬、朱貢本待要向前來勸被這幾箇緊緊幫着那里敢動王倫那時也要尋路走却被晁蓋劉唐兩箇攔住王倫見頭勢不好口裏叫道我的心腹都在那里。（活秀才。）雖有幾箇身邊知心腹的人本待要來救見了林冲這般兇猛頭勢誰敢向前林冲即時拿住王倫又罵了一頓（再添一句，為雪天三限吐氣。）去心窩裏只一刀肐察地攧倒在亭上晁蓋見攧王倫各掣刀在手（方掣出，踣器。）林冲疾把王倫首級割下來提在手裏（林冲能。○卻是耐菴能。）嚇得那杜遷宋萬朱貴都跪下說道：願隨哥哥執鞭墜鐙。晁蓋等慌忙扶起三人來。吳用就血泊裏拽過頭把交椅來，（何必聚義堂上，只山南水亭有何不可，笑秀才之多計也。）便納林冲坐地，叫道：如有不伏者，將王倫為例。今日扶林教頭為山寨之主。（好吳用。）林冲大叫道：先生差矣。（好林冲。）我今日只為衆豪傑義氣為重上頭，火併了這不仁之賊，實無心要謀此位。今日吳兄卻讓此第一位與林冲坐，豈不惹天下英雄恥笑若欲相逼寧死而已弟有片言願聞不知衆位肯依我麼衆人道頭領所言誰敢不依願聞其言林冲言無數句話不一席有分教斷金亭上招多少斷金之人聚義廳前開幾番聚義之會正是替天行道人將至仗義疎財漢便來畢竟林冲對吳用說出甚言語來且聽下回分解

第五才子書

小奪泊

第五才子書施耐菴水滸傳卷之二十四

聖歎外書

第十九回

梁山泊義士尊晁蓋

鄆城縣月夜走劉唐

此書筆力大過人處每每在兩篇相接連時偏要寫一樣事而又斷斷不使其間一筆相犯如上文方寫過何濤一番入此回又接寫

黃安一番是也看他前一番翻江攪海後一番攪海翻江眞是一樣才情一樣筆勢然而讀者細細尋之乃至曾無一句一字偶爾相似者此無他葢因其經營圖度先有成竹藏之胸中夫而後隨筆迅掃極妍盡致祇覺幹同是幹節同是節葉同是葉枝同是枝而其間偃仰斜正各自入妙風痕露跡變化無窮也此書寫何濤一番時分作兩番寫寫黃安

一番時也分作兩番寫固矣然何濤却分爲前後兩番黄安却分爲左右兩番又何濤前後兩番一番水戰一番火攻黄安左右兩番一番虚描一番實畫此皆作者胷中預定之成竹也夫其胷中預定成竹既已有如是之各各差别則雖湖蕩即此湖蕩蘆葦即此蘆葦好漢即此好漢官兵一様官兵然而間架既已各别意思不覺都換此雖懸千金以求

一筆之犯且不可得而況其有偶同者耶

宋江婆惜一段此作者之紆筆也爲欲宋江有事則不得不生出宋江殺人爲欲宋江殺人則不得不生出宋江置買婆惜爲欲宋江置買婆惜則不得不生出王婆化棺殮凡自王婆求施棺木以後遙遙數紙而直至於王公許施棺木之日不過皆爲下文宋江失事出逃之楔子讀者但觀其始於施棺終於施

此一段特特寫林冲

棺婚於王婆終於王公夫亦可以悟其灑墨成戲也

話說林冲殺了王倫、手拿尖刀指着衆人八字讀之不寒而栗說道據林冲雖係禁軍遭配到此開口第一句的是林冲語絕人不肯說○漢文帝與南粵王書第一句云朕高皇帝側室之子與林冲第一句身係禁軍遭配到此二語正是一樣文法然漢文推心置腹林冲提心在口一是忠恕而行一是機變立應其厚其薄乃如天淵今日爲衆豪傑至此相聚爭奈王倫心胸狹隘嫉賢妬能推故不納因此火併了這廝非林冲要圖此位、據着我胸襟膽氣、焉敢拒敵官軍、他日剪除君側元凶首惡（水滸一書大題目。林冲一生大胸襟。）今有晁兄仗義疎財、智勇足備、方今天下人、聞其名、無有不伏、我今日以義氣爲重、立他爲山寨之主、（不是勢利。不是威脅。不是私恩小惠。寫得豪傑有泰山巖巖之象。）好麼、衆人道、頭領言之極、當晁蓋道、不可、自古強賓不壓主、晁蓋強殺、只是箇遠來新到的人、安敢便來占上、林冲拍手向前將晁蓋推在交椅上（定大計。立大業。林冲之功。顧不偉哉。）叫道、今日事已到頭、不必推卻、若有不從、即以王倫爲例(妙絕快絕。罵殺秀才。○蓋謙恭多者。即係秀才。以秀才易秀才。而不知其非。豈不辜負尖刃耶。)再三再四扶晁蓋坐了、林冲喝叫衆人就於亭前參拜了(寫得與韓琦捲簾相似)一面使小嘍囉去大寨裏擺下筵席(林冲才。)一面叫人擡過了王倫屍首(林冲才。)一面又着人去山前山後喚衆多小頭目都來大寨裏聚義(林冲才。)林冲等一行人請晁蓋上了轎馬都投大寨裏來、到得聚義廳前下了馬、都上廳來、衆人扶晁天王去正中第一位交椅上坐定（連日讀水滸已得十九回矣直至此時方是開部第一句看官都要重添眼色）中間焚起一爐香來、（是）林冲向前道（項在亭上已定第一座矣今第二第三座亦須武師手定故復凜然而前）小可林冲只是箇麄匹夫不過只會些鎗棒而已無學無才無智無術（林冲何嘗不謙只是謙得光明歷落可以作自敘可以作列傳乃至遂可以作墓表論議不須更易一字而林冲自說如此人說林冲亦如此故知永異於秀才之謙也）今日山寨天幸得衆豪傑相聚大義既明非比往日苟且（十字洗出梁山泊來○埤雅云狗苟也以其苟於得食故謂之）

狗今釋苟字亦應倒借云苟狗也以其與狗無擇故謂之苟嗚呼審如斯言然則不苟且者誰乎

學究先生在此便請做軍師執掌兵權調用將校須坐第二位（尊師重傳真定得是）吳用答道吳某村中學究胸次未見經綸濟世之才雖曾讀些孫吳兵法未曾有半粒微功豈可占上林冲道事已到頭不必謙讓吳用只得坐了第二位林冲道公孫先生請坐第三位（神道設教真定得是）晁蓋道（定一箇推一箇便印板可笑矣撫晁蓋代之）却使不得若是這等推讓之時晁蓋必須退位

林冲道、晁兄差矣、公孫先生名聞江湖、善能用兵、有鬼神不測之機、呼風喚雨之法、那箇及得公孫勝、道雖有些小之法、亦無濟世之才、如何敢占上、還是頭領坐了、林冲道、只今番克敵制勝、便見得先生妙法、（此句便）正是鼎分三足、缺一不可、先生不必推却、公孫勝只得坐了第三位、林冲再要讓時、（過文法）晁蓋、吳用、公孫勝都不肯、三人俱道、適蒙頭領所說、鼎分三足、以此不敢違命、我三人占上頭領再要讓人時、晁蓋等只得告退、三人扶住林冲只得坐了第四位（論功行賞眞定得是）。晁蓋道今番須請宋杜二頭領來坐、（此句乃是作者惟恐文字直遂故聊借作一曲若眞有此事便當抹之、）杜遷宋萬都那里肯、苦苦地請劉唐坐了第五位阮小二坐了第六位阮小五坐了第七位阮小七坐了第八位（劉阮序齒眞定得是）。杜遷坐了第九位宋萬坐了第十位朱貴坐了第十一位（三箇與上四箇序賢坐得是）、梁山泊自此是十一位好漢坐定（總結一句有山筆力有經緯）

前山後共有七八百人都來叅拜了分立在兩下
○○○
晁蓋道聽令你等衆人在此今日林教頭扶我做山
寨之主嗄吳學究做軍師嗄公孫先生同掌兵權
嗄林教頭等共管山寨嗄汝等衆人各依舊職管
領山前山後事務守備寨柵灘頭休教有失嗄各
人務要竭力同心共聚大義嗄○並不增添一語只依上文林冲所定宣諭一遍真是又好晁蓋又好林冲昭烈之言曰孤有孔明如魚有水其樂如是也再教收
拾兩邊房屋安頓了阮家老小細○收完阮家老小便教取

出打刼得的生辰綱金珠寶貝（收完生辰綱。）并自家莊上過活的金銀財帛（收完保正家私。）就當廳賞賜衆小頭目并衆多小嘍囉（大賚。）當下椎牛宰馬祭祀天地神明慶賀重新聚義衆頭領飲酒至半夜方散次日又辦筵宴慶會一連喫了數日筵席晁蓋與吴用等衆頭領計議整點倉廒一。修理寨柵二。打造軍器鎗刀弓箭衣甲頭盔準備迎敵官軍三。安排大小船隻教演人兵水手上船厮殺好做隄備四。（○此只）

是計議一遍尚未曾得周備故下文吳用又重申之不在話下一日林冲見晁蓋作事寬洪疏財仗義安頓各家老小在山驀然思念妻子在京師存亾未保遂將心腹備細訴與晁蓋文情如千丈遊絲忽然飄落道小人自從上山之後欲要搬取妻子上山來因見王倫心術不定難以過活一向蹉跎過了流落東京不知死活晁蓋道賢弟既有寶眷在京如何不去取來完聚你快寫書便教人下山去星夜取上山來多少是好林冲當

寫下了一封書叫兩箇自身邊心腹小嘍囉下山去了不過兩箇月小嘍囉還寨說道直至東京城內殿師府前尋到張教頭家聞說娘子被高太尉威逼親事自縊身死（應前）已故半載（完林冲娘子○頗有人讀至此處潛然淚落者錯也此只是作書者隨手架出隨手抹倒之法當時且實無林冲又焉得有娘子乎哉不寧惟是而已今夫人之生死亦都是隨業架出隨業抹倒之事也豈真有人昔日曾作此書亦豈真有我今日方讀此書乎哉然則淚落亦不曾淚落聖歎說錯乃真錯也）張教頭亦為憂疑半月之前染患身故（完張教頭）止剩得女使錦

兒巳招贅丈夫在家過活。完錦兒。訪問隣里亦是如此說。加一句。打聽得眞實。又加一句。○加此二句所以深明不是高府追去待林冲不得不如此。活寫出心腹嘍囉。回來報與頭領、林冲見說了、潸然淚下、自此杜絕了心中挂念。哭得眞。放得快。眞眞豪傑。眞林冲。晁蓋等見說、悵然嗟歎、山寨中自此無話、每日只是操練人兵、準備抵敵官軍、忽一日衆頭領正在聚義廳上商議事務、只見小嘍囉報上山來、說道、濟州府差撥軍官、帶領約有二千人馬、乘駕大小船四五百隻、見在石碣村湖蕩裏屯住、特來報知、晁蓋大驚、便請軍師吳用商議道、官軍將至、如何迎敵、吳用笑道、不須兄長挂心、吳某自有措置、自古道水來土掩、兵到將迎、隨即喚阮氏三雄、附耳低言道、如此如此、又喚林冲劉唐受計道、你兩箇便這般這般、再叫杜遷宋萬、也分付了、且說濟州府尹、點差團練使黃安、并本府捕盜官一員、帶領一千餘人、拘集本處船隻、就石碣村湖蕩調撥、分開船隻作兩路來取泊子 一句遂令文字分作兩扇 且說團練使黃安帶領人馬上船搖旗吶喊殺奔金沙灘來看看漸近灘頭只聽得水面上嗚嗚咽咽吹將起來黃安道這不是畫角之聲 前何濤文出色寫此黃安文便約略寫疏密濃淡正妙 且把船灣住看時只見水面上遠遠地三隻船來 只是三隻船 看那船時每隻船上只有五箇人 只有五箇人 四箇人搖着雙櫓船頭上立着一箇人 五箇人又只是一箇人然則十五箇人只是三箇人 頭帶絳紅巾都是一樣紅羅

○○繡襖（綦子布背心不知抛向何處貧富之際令人深感）手裏各拿着留客住三隻船上人都一般打扮於内有人認得的便對黃安說道這三隻船上三箇人一箇是阮小二一箇是阮小五一箇是阮小七黃安道你衆人與我一齊併力向前拿這三箇人兩邊有四五十隻船一齊發着喊殺奔前去那三隻船嗯哨了一聲○○○○一齊便回（四字如戲不知覻黄安如小兒如蝨蟻）黃團練把手内鎗撚搭動向前來叫道只顧殺這賊我自有重賞那

三隻船前面走來。既不背後官軍船上把箭射將去。那三阮去船艙裏各拿起一片青狐皮來遮那箭矢。又不去後面船隻只顧趕趕不過二三里水港黃安背後一隻小船飛也似划來報道。於報子口中完却一路文。情變詭。令我不測。且不要趕我們那一條殺入去的船隻都被他殺下水裏去。把船都奪去了。黃安問道。怎的着了那廝的手。小船上人答道。盡向口中說出。我們正行船時只見遠遠地兩隻船來。每船上各有五箇人、只是五箇人。我們併力殺去趕他、趕不過三四里水面、四下裏小港鑽出七八隻小船來、只是七八隻船。船上弩箭似飛蝗一般射來、我們急把船回時、來到窄狹港口、只見岸上約有二三十人、只是二三十人。兩頭牽一條大篾索、橫截在水面上、只是一條篾索。却待向前看索時、又被他岸上灰瓶石子如雨點一般打將來、只是灰瓶石子。衆官軍只得棄了船隻、下水逃命、我衆人逃得出來、到旱路邊看時、那岸上人馬皆不見了、馬也被他牽去了看馬的軍人都殺死在水裏一路一完。我們蘆花蕩邊尋得這隻小船兒逕來報與團練○此船定是吳用留與報信。以亂其軍心者也。不得疑作省提湊。黃安聽得說了叫苦不迭便把白旗招動教衆船不要去趕且一發回來那衆船纔撥得轉頭未曾行動只見背後那三隻船又引着十數隻船十數隻船。都只是這三五箇人三五箇人。把紅旗搖着口裏吹着胡哨飛也似趕來黃安却待把船攏開迎敵時只聽得蘆葦叢中砲響黃安看時四下裏都是紅旗擺滿又似極多者慌了手脚後面趕來的船上叫道黃安留下了首級回去趣語絕倒留下首級如何回去且留下首級回去如何喫飯耶黃安把船儘力搖過蘆葦岸邊卻被兩邊小港裏鑽出四五十隻小船來四五十隻船上弩箭如雨點射將來黃安就箭林裏字法之奇者如肉雨箭林血粥等皆可入諸史奪路時只剩得三四隻小船了黃安便跳過快船內回頭看時只見後面的人一箇箇都撲通的跳下水裏去了有和

船被拖去的大半都被殺死。完一路黃安駕着小快船正走之間只見蘆花蕩邊一隻船上立着劉唐一撓鈎搭住黃安的船托地跳將過來只一把攔腰提住喝道不要掙扎一時軍人能識水的水裏被箭射死不敢下水的就船裏都活捉了事曰掃蕩文曰收拾黃安被劉唐扯到岸邊上了岸遠遠地晁蓋公孫勝山邊騎着馬挺着刀引五六十人三二十匹馬齊來接應寫晁蓋吳用公孫勝宛然是箇中軍真有不勞而定之體然又特特濺過

吳用者。蓋深於九淵。發於九天。樞密之地。非可以示人也。讀水滸有極大學問。後世共念之也哉

一行人生擒活捉得一二百人。奪的船隻盡數都收在山南水寨裏安頓了。大小頭領一齊都到山寨。晁蓋下了馬。來到聚義廳上坐定。衆頭領各去了戎裝軍器。團團坐下。捉那黃安綁在將軍柱上。取過金銀段疋。賞了小嘍囉。點簡共奪得六百餘匹好馬。山寨從此有許多馬匹。這是林冲的功勞。明畫。東港是杜遷宋萬的功勞。明畫。西港是阮氏三雄的功勞

明畫捉得黃安是劉唐的功勞明畫○山寨中共是十一位英雄今单叙出七箇有功而不言晁蓋者凡衆人之功皆晁蓋之功晁蓋固不得與衆人争功也吳用公孫勝者運籌於內決勝於外有發縱之能焉亦不必與衆人争功也止有朱貴例應立功然身在外司勢不得與因爲另生下文一段以明無一人尸位素餐也衆頭領大喜殺牛宰馬山寨裏筵會自醞的好酒水泊裏出的新鮮蓮藕并鮮魚山南樹上自有時新的桃杏梅李枇杷山棗柿栗之類自養的雞猪鵝鴨等品物不必細說寫得山泊無物不備衆頭領只顧慶賞新到山寨得獲全勝

一半是合傳不得分作兩篇。

非同小可、正飲酒間、只見小嘍囉報道、山下朱頭領使人到寨。上文人各立功、此特補出朱貴。不重在晁蓋諸人、切掠客商也。晁蓋喚來問有甚事、小嘍囉道、朱頭領探聽得一起客商、有數十人結聯一處、今晚必從旱路經過、特來報知、晁蓋道、正沒金帛使用、特着一句、爲朱貴地。誰領人去走一遭、三阮道、我弟兄們去、三阮去了。晁蓋道、好兄弟、小心在意、速去早來、三阮便下廳去、換了衣裳、跨了腰刀、拿了朴刀、梲叉、留客住點起一百餘人上聽來別了頭領便下山就金沙灘把船載過朱貴酒店裏去了晁蓋恐三阮擔負不下又使劉唐（又劉唐去了。）點起一百餘人教領了下山去接應又分付道只可善取金帛財物切不可傷害客商性命（又帶表晁蓋。）劉唐去了晁蓋到三更不見回報又使杜遷宋萬（又杜遷宋萬去了。於朱貴文中又特着許多人去者。非令衆人與朱貴分功。蓋又深表朱貴。乃係耳目探聽之司。不重一鎗一刀。故是役雖全賴阮劉杜宋六人。而功必歸之朱貴也。）引五十餘人下山接應晁蓋與吳用公孫勝林冲飲酒至天明上文特遣阮劉杜宋都去者。非必用四人也。正衝留林冲也。蓋爲前文抵敵黄安時。單留晁蓋吳用公孫勝。而令林冲與彼六人。一例在軍前聽用。雖意在顯出武師材勇過人。然已幾於絳灌伍之矣。此特調盡群公。大書四人飲酒。嗚呼妙哉。只見小嘍囉報道。虧得朱頭領得了二十餘輛車子金銀財物并四五十匹驢騾頭口叙朱貴功已定。晁蓋又問道。不曾殺人麼帶表。小嘍囉答道。那許多客人見我們來得頭勢猛了。都撇下車子頭口行李。逃命去了。並不曾傷害他一箇。晁蓋見說大喜。我等自今已後不可傷害於人是取一錠白銀賞了小嘍囉便叫將了酒果下山來直接到金沙灘上見衆頭領盡把車輛扛上岸來再叫撑船去載頭口馬匹細衆頭領大喜把盞已畢教人去請朱貴上山來筵宴半日只爲此一句耳作文頓不難哉晁蓋等衆頭領都上到山寨聚義廳上簸箕掌栲栳圈坐定叫小嘍囉扛擡過許多財物在廳上一包包打開將綵帛衣服堆在一邊好行貨等物堆在一邊好金銀寶貝堆在正面好便叫

掌庫的小頭目每樣取一半收貯在庫聽候支用好。這一半分做兩分聽上十一位頭領均分一分好。山上山下衆人均分一分好。把這新拿到的軍健臉上刺了字號好。選壯浪的分撥去各寨喂馬砍柴好。軟弱的各處看車切草好。黄安鎖在後寨監房內好。○結到黄安，斷知前文不是二事也。晁蓋道聽晁蓋說。我等今日初到山寨當初只指望逃災避難投托王倫帳下爲一小頭目多感林教頭賢弟推讓我爲尊不想連得了兩場喜事、第一贏得官軍、收得許多人馬船隻、捉了黃安、二乃又得了若干財物金銀、此不是皆托衆弟兄的才能、衆頭領道、皆托得大哥哥的福廕、以此得采、晁蓋再與吳用道、俺們弟兄七人的性命、皆出於宋押司朱都頭兩箇古人道知恩不報非爲人也若論大事則下文吳用之言爲得大體今自爲後文波節則此語眞是宋江鈎餌乃今作者反若留此語於第二而以下文申作第一遂使後人讀之而迷也蓋筆墨眞能顛倒人哉今日富貴安樂、從何而來、早晚將些金銀可使人親到鄆城縣走一遭此是第一件要緊的事務再有白勝陷在濟州大牢裏竟以兩事雙舉作者之欲迷人如此讀書可不慎歟我們必須要去救他出來吳用道兄長不必憂心小生自有擺劃宋押司是箇仁義之人緊地不望我們酬謝然雖如此禮不可缺早晚待山寨粗安必用一箇兄弟自去主句白勝的事可教驀生人去那里使錢買上囑下鬆寬他便好脫身只帯着輕輕說我等且商量屯糧造船製辦軍器安

排寨柵城垣添造房屋整頓衣袍鎧甲打造鎗刀
弓箭防備迎敵官軍（此段極似最重却是故設迷人）晁蓋道既然
如此全仗軍師妙策指教吳用當下調撥衆頭領
分派去辦不在話下且不說梁山泊自從晁蓋上
山好生興旺却說濟州府太守見黃安手下逃回
的軍人備說梁山泊殺死官軍生擒黃安一事又
說梁山泊好漢十分英雄了得無人近傍得他難
以收捕抑且水路難認港汊多雜以此不能取勝

府尹聽了、只叫得苦、向太師府幹辦説道、何濤先折了許多人馬、獨自一箇逃得性命回來、已被割了兩箇耳朶、自回家將息、至今不痊、去的五百人無一箇回來、因此又差團練使黃安幷本府捕盜官、帶領軍兵前去追捉、亦皆失陷、黃安已被活捉上山、殺死官軍、不知其數、又不能取勝、怎生是好、太守肚裏正懷着鬼胎、沒箇道理處、只見承局來報說東門接官亭上、有新官到來、飛報到此、太守慌忙上馬、來到東門外接官亭上、望見塵土起處、新官已到亭子前下馬、府尹接上亭子、相見已了、那新官取出中書省更替文書來、度與府尹太守看罷、隨即和新官到州衙裏交割牌印、一應府庫錢糧等項、當下安排筵席、管待新官、舊太守備說梁山泊賊盜浩大、殺死官軍一節、說罷、新官面如土色、心中思忖道、蔡太師將這件勾當擡舉我、却是此等地面、這般府分、又沒强兵猛將、如何收捕得這夥強人倘或這廝們來城裏借糧將却怎生奈何舊官太守次日收拾了衣裝行李自回東京聽罷（完濟州太守）不在話下且說新府尹到任之後請將一員新調來鎮守濟州的軍官來當下商議招軍買馬集草屯糧招募得勇民夫智謀賢士准備收捕梁山泊好漢一面申呈中書省轉行牌仰附近州郡併力勦捕一面自行下文書所屬州縣知會收勦及仰屬縣着令守禦本境這箇都不在話

下。且說本州孔目差人齎一紙公文。行下所屬鄆城縣。教守禦本境防備梁山泊賊人。鄆城縣知縣看了公文。教宋江疊成文案。行下各鄉村一體守備。宋江見了公文。心內尋思道。晁蓋等衆人不想做下這般大事。劫了生辰綱。殺了做公的。傷了何觀察。又損害了許多官軍人馬。又把黃安活捉上山。如此之罪。是滅九族的勾當。雖是被人逼迫。事非得已。於法度上却饒不得。倘有疎失。如之奈何自家一箇心中納悶，分付貼書後司張文遠（無意有意安放此人在此處。）將此文書立成文案，行下各鄉各保，自理會文卷。宋江却信步走出縣來，走不過三二十步，只聽得背後有人叫聲押司，（春雲漸展。）宋江轉回頭來看時，却是做媒的王婆，（此下一篇自討婆惜直至殺婆惜，皆是借作宋江在逃楔子。所以始於王婆，終於王公；始於施棺，終於施棺。凡以自表其非正文，只是隨手點染而已。）引着一箇婆子，却與他說道：你有緣做好事的押司來也。宋江轉身來問道：有甚麽話說？王婆攔任指着閻婆對宋江說道押司不知這一家兒從東京來不是這里人家嫡親三口兒夫主閻公有箇女兒婆惜他那閻公平昔是箇好唱的人自小敎得他那女兒婆惜也會唱諸般耍令年方一十八歲頗有些顏色三口兒因來山東投奔一箇官人不着流落在此鄆城縣不想這里的人不喜風流宴樂因此不能過活在這縣後一箇僻淨巷內權任昨日他的家公因害時疫死了這閻婆無錢

凖送、没做道理處、央及老身做媒、我道這般時節、那里有這等恰好、又没借换處、正在這里走頭没路的、只見押司打從這里過、以此老身與這閻婆趕來、望押司可憐見他則箇作成一具棺材○○○○一具棺材、

○從棺材上起、宋江道、原來恁地、你兩箇跟我來、去巷口酒店裏借筆硯寫箇帖子、與你去縣東陳三郎家取具棺材、宋江又問道、你有結果使用麼、閻婆答道、實不瞞押司說、棺材尚無、那討使用、宋江道我

再與你銀子十兩做使用錢閻婆道便是重生的父母再長的爹娘做驢做馬（却不道做鴇做鴨。）報答押司宋江道休要如此說隨即取出一錠銀子遞與閻婆自回下處去了且說這婆子將了帖子逕來縣東街陳三郎家取了一具棺材回家發送了當兀自餘剩下五六兩銀子娘兒兩個把來盤纏不在話下忽一朝那閻婆因來謝宋江見他下處沒有一個婦人家面回來問閻壁王婆道（春雲再展。）宋押司下處不見一箇婦人面他曾有娘子也無王婆道只聞宋押司家裏住在宋家村卻不曾見說他有娘子在這縣裏做押司只是客居嘗嘗見他散施棺材藥餌極肯濟人貧苦敢怕是未有娘子閻婆道我這女兒長得好模樣又會唱曲兒省得諸般耍笑從小兒在東京時只去衏院人家串那一箇衏院不愛他顯得是箇歪貨有幾箇上行首要問我過房了幾次我不肯只因我兩口兒無人養老因此不

過房與他不想今來倒苦了他我前日去謝宋押司見他下處沒娘子因此央你與我對宋押司說他若要討人時我情願把婆惜與他我前日得你作成虧了宋押司救濟無可報答他與他做箇親眷來往王婆聽了這話次日來見宋江備細說了這件事宋江初時不肯怎當這婆子撮合山的嘴攛掇一路只是要宋江失事。便特特生出殺婆惜來。殺之無名。便特特倒裝出張三勾搭來。又恐張三有玷宋江閨門。便特特倒裝出討做外宅。以明非係正妻妾來。討做外宅。即宋江不免近於趙員外西門官人之徒便特特倒裝出揭兒見他沒有娘子情願把女與他來。揭兒爲何情願把女與他。便特特倒裝出施棺木來。曲曲折折。層層次次。當知悉是閒文。不得亦比正文例。一槩認真讀也。宋江依允了就在縣西巷內討了一所樓房置辦些家火什物安頓了閻婆惜娘兒兩箇在那里居住沒半月之間打扮得閻婆惜滿頭珠翠遍體綾羅又過幾日連那婆子也有若干頭面衣服寫婆惜衣飾寫不盡。那寫一句婆子。妙絕。端的養的婆惜豐衣足食點染。初時宋江夜夜與婆惜一處歇臥向後漸漸來得慢了、却是爲何原來宋江是箇好漢、只愛學使鎗棒、於女色上不十分要緊、這閻婆惜水也似後生如何譬。却譬得妙絕。只是講解不得。况兼十八九歲、正在妙齡之際、因此宋江不中那婆娘意、一日宋江不合帶後司貼書張文遠來閻婆惜家喫酒春雲三展。這張文遠却是宋江的同房押司、那廝喚做小張三、生得眉清目秀、齒白脣紅、平昔只愛去三瓦兩舍、飄蓬浮蕩、學得一身風流俊俏、更兼品竹調絲、無有不會、這婆惜是箇酒色娼妓、一見張三、心裏便喜、倒有意看上他、那張三亦是箇酒色之徒、這事如何不曉得、見這婆娘眉來眼去、十分有情、便記在心裏、向後但是宋江不在、這張三便去那里、假意兒只說來尋宋江、那婆娘留住喫茶、言來語去、成了此事、誰想那婆娘、自從和那張三兩箇搭識上了、打得火塊一般熱、並無半點兒情分在這宋江身上、宋江但若來時、只把言語傷他、全不兠攬他些箇、這宋江是箇好漢不以這女色爲念因此半月十日去走得一遭那張三和這婆惜如膠似漆夜去明來街坊上人也都知了郤有些風聲吹在宋江耳朶裏（春雲四展）宋江半信不信自肚裏尋思道又不是我父母匹配的妻室他若無心戀我我沒來繇惹氣做甚麼我只不上門便了自此有幾箇月不去閻婆累使人來請宋江只推事故不上門去（忽然住妙絕）

話分兩頭忽一日將晚宋江從縣裏出來去對過

茶房裏坐定喫茶只見一箇大漢奇文湧拔頭帶白范陽氊笠兒身穿一領黑綠羅襖白笠黑襖寫月下出色然在蒼然暮色中更怕人下面腿絣護膝八搭麻鞋腰裏跨着一口腰刀背着一箇大包走得汗雨通流氣急喘促把臉別轉着看那縣裏寫得作怪妙宋江見了這箇大漢走得蹺蹊慌忙起身趕出茶房來跟着那漢走亦寫得作怪約走了三二十步那漢回過頭來看了宋江卻不認得寫得作怪宋江見了這人略有些面熟莫不

是那里曾厮會來心中一時思量不起亦寫得作怪。那漢見宋江、看了一回、也有些認得、立住了腳定睛看那宋江又不敢問眞寫得作怪。宋江尋思道、這箇人好作怪、却怎地只顧看我宋江亦不敢問他眞寫得作怪。只見那漢去路邊一箇篦頭鋪裏問道大哥前面那箇押司是誰此一段寫得有鬼怪氣深燈讀之要悄起來。篦頭待詔應道、這位是宋押司、那漢提着朴刀走到面前唱箇大喏作怪。說道、押司、認得小弟麼作怪。宋江

道足下有些面善作怪煞那漢道可借一步說話宋
江便和那漢入一條僻淨小巷細那漢道這箇酒
店裏好說話兩箇上到酒樓揀箇僻淨閣兒裏坐
下那漢倚了朴刀解下包裹撇在卓子底下細那
漢撲翻身便拜宋江慌忙答禮道不敢拜問足下
高姓那人道大恩人如何忘了小弟宋江道兄長
是誰真箇有些面熟小人失忘了那漢道小弟便
是晁保正莊上曾拜識尊顔蒙恩救了性命的赤

髮兒劉唐便是、廿八字句。宋江聽了大驚○○說道、賢弟、你好大膽、早是沒做公的看見、險些兒惹出事來、劉唐道、感承大恩不懼一死特地來酬謝○○○○○○○○○○○特表劉宋唐也。江道、晁保正弟兄們、近日如何、兄弟、誰教你來○○○○怪之之辭。嘆驚如畫。劉唐道、晁頭領哥哥、再三拜上大恩人、得蒙救了性命、見今做了梁山泊主都頭領、吳學究做了軍師、公孫勝同掌兵權、林冲一力維持、火併了王倫、山寨裏原有杜遷、宋萬、朱貴、和俺弟兄七箇共是十一箇頭領見今山寨裏聚集得七八百人糧食不計其數只想兄長大恩無可報答特使劉唐齎一封書并黃金一百兩相謝押司再去謝那朱都頭只帶一句已足劉唐便打開包裹取出書來遞與宋江此乃半句也夫打開包裹則應取出書與金子矣今郤因宋江開書太疾便使劉唐取出金子不及於是宋江一邊自看書劉唐一邊自去開包取出金子到得劉唐打開金子了宋江郤已看完了書摸出招文袋來蓋其時眞甚疾也宋江看罷便揣起褶子前襟摸出招文袋此亦半句也宋江摸出招文袋時劉唐方乃取出金子下文宋

江便緊接一齊插入。蓋甚疾也。打開包兒時、劉唐取出金子、放在卓上、宋江把那封書就取了一條金子和這書包了、插在招文袋內、放下衣襟。飛梁駕筍、造五鳳樓手也。便道、賢弟、將此金子依舊包了、隨即便喚量酒的、並不說明、便喚量酒的。寫宋江喫驚如畫。打酒來、叫大塊切一盤肉來、鋪下些菜蔬菓子之類、叫量酒人篩酒與劉唐喫。宋江不陪喫者。深寫喫驚之後、惟恐有失也。看看天色晚了、劉唐喫了酒、量酒人自下去、劉唐把卓上金子包打開、要取出來、一寫

詩匆匆相覷如畫。宋江慌忙攔住道、賢弟、你聽我說、你們
七箇弟兄、初到山寨、正要金銀使用、宋江家中頗
有些過活、且放在你山寨裏、等宋江缺少盤纏時、
却來取、今日非是朱江見外、於內已受了一條、朱
仝那人也有些家私、不用送去、我自與他說知人
情便了只答一句已足。賢弟、我不敢留你去家中住活是喫驚
語、倘或有人認得時、不是耍處、今夜月色必然明
朗、你便可回山寨去、莫在此停閣、宋江再三申意

衆頭領不能前來慶賀切乞恕罪劉唐道哥哥大恩無可報答特令小弟送些人情來與押司微表孝順之心保正哥哥今做頭領學究軍師號令非比舊日小弟怎敢將回去到山寨中必然受責是宋江道既是號令嚴明我便寫一封回書與你將去便了劉唐苦苦相央宋江收受宋江那里肯接隨即取一幅紙來借酒家筆硯備細寫了一封回書與劉唐收在包內劉唐是箇直性的人深表劉唐見

宋江如此推卻想是不肯受了便將金子依前包了看看天色夜來劉唐道既然兄長有了回書小弟連夜便去宋江道賢弟不及相留以心相炤劉唐又下了四拜宋江教量酒人來道有此位官人留下白銀一兩在此我明日卻自來算（連帳亦不算不惟押司托熟亦爲喫驚不小）劉唐背上包裹拿了朴刀跟着宋江下樓來離了酒樓出到巷口天色昏黃是八月半天氣月輪上來（寫還題中月夜二字）宋江攜住劉唐的手（宋江

携劉唐手第二分付道、賢弟保重、再不可來、此間做公的多、不是耍處、我更不遠送、只此相別、劉唐見月色明朗、拽開脚步望西路便走、連夜回梁山泊來、却說宋江與劉唐別了、自慢慢走回下處來、一頭走、一面肚裏尋思道、早是沒做公的看見、爭些惹出一場大事來、一頭想那晁蓋倒去落了草、直如此大弄、轉不過兩箇灣、只聽得背後有人叫一聲押司那里去來、好兩月不見面、宋江回頭看時、倒

喫一惱、不因這番有分教宋江小膽翻爲大膽、善心變做惡心、畢竟叫宋江的却是何人且聽下回分解、

# 第五才子書施耐菴水滸傳卷之二十五

聖歎外書

## 第二十回

虔婆醉打唐牛兒

宋江怒殺閻婆惜

此篇借題描寫婦人黑心無幽不燭無醜不備暮年蕩子讀之咋舌少年蕩子讀之收心真是一篇絕妙針劄蕩子文字

寫淫婦○便寫盡淫婦○寫虔婆○便寫盡虔婆○妙絕○

如何是寫淫婦便寫盡淫婦○看他一晚拏班做勢○本要壓伏丈夫○及至壓伏不來○便在脚後冷笑○此明明是開關接馬○送俏迎奸也○無奈正接不着○則不得已○乘他出門恨罵時○不難撒嬌撒癡○再復將他兜住○乃到此又兜不住○正覺自家沒趣○而陡然見有贓物○便早把

一接一兜面孔一齊收起竟放出猙獰食人之狀來刁時便刁殺人淫時便淫殺人狠時便狠殺人大雄世尊號爲花箭真不誣也

如何是寫虔婆便寫盡虔婆看他先前說得女兒恁地思量及至女兒放出許多張致來便改說女兒氣苦了又嬌慣了一黃昏嘈出無數說話句句都是埋怨宋江憐惜女兒自非金石爲心亦孰不入其玄中也明早驟見

女兒被殺又偏不聲張偏用好言反來安放直到縣門前了然後扭結發喊蓋虔婆真有此等辣手也

話說宋江別了劉唐乘着月色滿街六字不惟找足前題兼乃遞入後事蓋良夜如此美人奈何便不須遇着閻婆宋江亦轉入西巷矣月畢竟是何物乃能令人情思滿巷如此真奇事也人每言英雄無兒女子情除是英雄到夜便聽着耳若使坐至月上時節任是楚重瞳亦須倚欄長歎見夜月便若相思見曉月便若離別然其實生平寡緣無人可思生平在家無人可别也見此茫茫無端忽集世又無聖人我將問誰矣已上皆吳趨王斵山先

生語偶附於此先生妙言奇趣口作風雲自有信斷山語錄行世想亦天下之所樂得而讀也

步自回下處來却好的遇着閻婆春雲五展○前忽然借此忽然接有雲穿片漏之妙趕上前來叫道押司多日使人相請好貴人難見面便是小賤人有些言語高低傷觸了押司只說言語傷觸處婆成精語也看得老身薄面自教訓他與押司陪話今晚老身有緣得見押司同走一遭去宋江道我今日縣裏事務忙擺撥不開改日却來閻婆道這箇使不得我女兒在家裏專望押

司胡亂溫顧他便了直恁地下得（反責宋江下得。虔婆成精語）宋江道端的忙些箇明日準來二閻婆道我今晚要和你去便把宋江衣袖扯住了發話道是誰挑撥你（反責宋江受人挑撥。虔婆成精語）我娘兒兩箇下半世過活都靠着押司外人說的閒是閒非都不要聽他押司自做箇張主我女兒但有差錯都在老身身上（又包辦一句。虔婆成精語）押司胡亂去走一遭宋江道你不要纏我的事務分撥不開在這里三閻婆道押司便

慢了些公事知縣相公不到得便責罰你又奉承一句虔
婆成精語這回錯過後次難逢押司只得和老身去走
一遭到家裏自有告訴又糊塗一句虔婆成精語宋江是箇快
性的人喫那婆子纏不過便道你放了手我去便
了春雲六展閻婆道押司不要跑了去老人家趕不上
又打諢一句虔婆成精語宋江道直恁地這等直性宋江如畫兩箇厮
跟着來到門前宋江立住了脚前三段寫不肯去此又云立住脚見
宋江之不必殺婆惜也閻婆把手一攔說道押司來到這里

終不成不入去了（虔婆成精如畫）宋江進到裏面櫈子上坐了（前三段不肯去一段立住脚此又云櫈子上坐見宋江之不必殺婆惜也）那婆子是乖的生怕宋江走去便挲在身邊坐了（寫虔婆成精如畫）叫道我兒你心愛的三郎在這里（看他句句包荒女兒兜攬宋江費心費力風雲轉換入後乃漸漸搓揑不攏讀之失笑）那閻婆惜倒在牀上對着盞孤燈正在沒可尋思處只等這小張三來聽得娘叫道你的心愛的三郎在這里那婆娘只道是張三郎（錯認陶潛寫來入畫）慌忙起來把手掠一掠

雲髻醜口裏喃喃的罵道這短命等得我苦也醜老娘先打兩箇耳刮子着醜飛也似跑下樓來就槅子眼裏張時醜堂前琉璃燈却明亮焰見是宋江那婆娘復翻身轉又上樓去依前倒在牀上醜閻婆聽得女兒脚步下樓來又聽得再上樓去了（兩句不是聽出花娘邪正是寫出虔婆着急）婆子又叫道我見你的三郎在這里怎地倒走了去那婆惜在牀上應道這屋裏多遠他不曾來句他又不睄如何自不上來

直等我來迎接他、句。沒了當絮絮聒聒地、閻婆道、這賊人真箇望不見押司來氣苦了恁地說也好教、押司受他兩句兒一場官司。反打在宋江屋裏。婆舌可畏如此。婆子笑道、押司我同你上樓去、春雲七展。宋江聽了那婆娘說這幾句、心裏自有五分不自在、為這婆子來扯、勉強只得上樓去、本是一間六椽樓屋、前半間安一副春臺實。杌子、虛。後半間鋪着臥房、貼裏安一張三面稜花的牀兩邊都是欄干實。上掛着一頂紅羅幔帳（虛）側首放箇衣架（實）搭着手巾（虛）這邊放着箇洗手盆（實）一箇刷子（虛）一張金漆卓子上（實）放一箇錫燈臺（虛）邊廂兩箇杌子（實）正面壁上掛一幅仕女（虛）對牀排着四把一字交椅（實上得樓來無端先把幾件鋪陳數說一遍到後文中或用着或不用着恰好虛實間雜成文真是閒心妙筆）宋江來到樓上閻婆便拖入房裏去宋江便向杌子上朝着牀邊坐了（如畫杌子）閻婆就牀上拖起女兒來（拖起了然仍在牀上如畫牀）說道押司在這里我兒你只

是性氣不好把言語來傷觸他惱得押司不上門閒時卻在家裏思量我如今不容易請得他來你卻不起來陪句話兒顛倒使性三十一字句○俗本不知此兩行半是二句便讀得七零八碎減多少色○一句是憑空生出語言傷觸四字便將宋江一向不來緣故輕輕放得好了一句是當面生出顛倒使性四字便將婆惜日常相思氣苦明明顯得真了靈心妙舌其斯以爲婆惜哉婆惜把手拓開說那婆子你做甚麼這般鳥亂我又不曾做了歹事浪婦偏嘴硬○嘴硬所以掩其浪也乃人又反因嘴硬而斷其爲浪今古皆然浪婦戒哉他自不上門教我

怎地陪話、宋江聽了、也不做聲、婆子便掇過一把交椅在宋江肩下便推他女兒過來此句放下牀來。○交椅。說道你且和三郎坐一坐不陪話便罷不肯陪話。便算到同坐。亦是不得已而思其次也。不要焦躁、那婆娘那里肯過來便去宋江對面坐了、宋江低了頭不做聲婆子看女兒時也別轉了臉一寫。○此語凡寫數番。作一篇烟波。閻婆道、沒酒沒槳做甚麼道場天生妙語與婆用。老身有一瓶兒好酒在這里春雲八展。買些菓品來與押司陪話、我兒你相陪押司坐地不要怕羞前要女兒陪話。既不陪話。便換作女兒同坐。及至又不同坐。便隨口插出陪坐二字來。却又倒拴一句不要怕羞。擡得女兒金枝玉葉相似。妙哉婆也。我便來也宋江自尋思道我喫這婆子釘住了脫身不得等他下樓去我隨後也走了先不肯來。既又立住。既又坐[illegible]。既又要逃走。是宋江之不必殺婆惜也。那婆子瞧見宋江要走的意思出得房門去門上却有屈戌便把房門拽上將屈戌搭了細婉之文。宋江暗忖道那虔婆倒先算了我且躭閣婆下樓來先去竈前點起箇燈竈裏見成燒着一鍋脚湯再轉上些柴頭細婉之文拿了些碎銀子出巷口去買得些時新菓品鮮魚嫩雞肥鮓之類歸到家中都把盤子盛了取酒傾在盆裏舀半鏇子在鍋裏盪熱了傾在酒壺裏細婉之文收拾了數盆菜蔬三隻酒盞三雙筯一桶盤托上樓來放在春臺上春臺開了房門細搬將入來擺滿金漆桌子桌子看宋江時只低着頭看女兒時也朝着別處二寫閻婆道我兒起來把盞酒婆惜道你們自喫我

不耐煩婆子道我兒爺娘手裏從小兒慣了你性兒說得女兒嬌稚可憐之極別人面上須使不得婆惜道不把盞便怎地終不成飛劒來取了我頭閒中先襯一句那婆子倒笑起來一箇笑字嚇人語不得不笑說道又是我的不是了其語太唐突矣使如飛一笑引歸自己押司是箇風流人物不和你一般見識一邊又去如飛溫住宋江你不把酒便罷且回過臉來喫盞酒兒一邊又去如飛拔下女兒看他三四轉如盤珠不定婆惜只不回過頭來那婆子自把酒來勸宋江宋江勉

意喫了一盞、婆子笑道兩箇笑字不好開口只得先笑押司莫要見責閒話都打疊起明日慢慢告訴旣云打疊起明日告訴矣下又接出話來看他繁花之舌要看他將張三事在半含半吐間說不得不說不得正如飛燕掠水只是一點一點兩點眞是絕世文情外人見押司在這里多少乾熱的不怯氣又還他一箇緣故又撻得女兒珍珠寶貝相似若有必爭他者胡言亂語放屁辣臊八字棚塗得妙押司都不要聽且只顧喫酒又是他自巳說又是他勸喫酒致不要聽寫出許多親熱活是虔婆出現飾了三盞在桌子上說道我兒不要使小孩兒的性胡亂喫一盞酒〈先代作一解。次復勸之飲。〉婆惜道沒得只顧纏我我飽了喫不得閻婆道我兒你也陪侍你的三郎喫盞使得〈上只復勸之飲。此復插入三郎。苦心之婆。匠心之文也。〉婆惜一頭聽了一面肚裏尋思我只心在張三身上兀誰耐煩相伴這厮若不把他灌得醉了他必來纏我婆惜只得勉意拿起酒來喫了半盞〈春雲九展。〉婆子笑道〈三箇笑字。此笑真是樂。〉我兒只是焦躁且開懷喫兩盞兒睡〈纔見肯喫酒。使輕輕遞過一睡字。妙絕。〉押司也滿飲幾杯〈遞過背來。〉宋江被他勸不過連飲了三五杯婆子也連連喫了幾杯爲明早失救地再下樓去盪酒春雲十展那婆子見女兒不喫酒心中不悅纔見女兒回心喫酒歡喜道若是今夜兜得他住那人惱恨都忘了且又和他纏幾時卻再商量婆子一頭尋思一面自在竈前喫了三大鍾酒覺道有些痒麻上來卻又篩了一碗喫爲明早失救地穿插無痕眞是妙手鏇了大半鏇傾在注子裏爬上樓來見那宋江低着頭不做聲女兒也別轉着臉弄裙

子（三寫。增弄裙字。寫淫婦心動。）這婆子哈哈地笑道（四箇笑字。此笑字上增出哈哈二字。寫婆子帶酒如畫。）你兩箇又不是泥塑的做甚麽都不做聲（趙松雪戲贈管夫人詞云。我儂兩箇忒煞情多。好一似一塊泥。捏一箇你。塑一箇我。却將來一齊都打破。再團再練。再捏一箇你。再塑一箇我。那時節我泥裏有你也。你泥裏也有了我。據此則目下泥塑亦不妨。只須少頃再團再練也。附作一笑。）押司你不合是箇男子漢只得裝些溫柔說些風話兒要（扳女兒不下了。忽然想到扳下宋江來。舌端變換之極。）宋江正沒做道理處口裏只不做聲肚裏好生進退不得（此處本直接下唐二哥。却不便接去。又將

他母女兩箇再作一頓文筆寬轉閻婆惜自想道你不來倸我指
望老娘一似閒常時來陪你話相伴你耍笑我如
○○○○○○○○○○○○○○○
今却不要那婆子喫了許多酒口裏只管夾七帶
○○○○○○○○○○○○○○○○○○
八嘈正在那里張家長李家短說白道綠却有鄆
○○○○○○○○○○○○○○○○○○
城縣一箇賣糟醃的唐二哥叫做唐牛兒春雲十一展
如嘗在街上只是幫閒嘗嘗得宋江齎助他但有
些公事去告宋江也落得幾貫錢使宋江要用他
時死命向前只爲明日奪放宋江恐有突如其來之嫌故先揮過隔夜這一日

晚正賭錢輸了沒做道理處郤去縣前尋宋江遶到下處尋不見街坊都道唐二哥你尋誰這般忙唐牛兒道我喉急了要尋孤老一地裏不見他衆人道你的孤老是誰唐牛兒道便是縣裏宋押司衆人道我方纔見他和閻婆兩箇過去一路走着唐牛兒道是了這閻婆惜賊賤蟲他自和張三兩箇打得火塊也似熱只瞞着宋押司一箇他敢也知些風聲好幾時不去了今晚必然喫那老咬蟲

假意兒纏了去。我正沒錢使。帳急了。胡亂去那里尋幾貫錢使。就挐兩碗酒喫。一遭迸到閻婆門前。見裏面燈明。門却不關。入到胡梯邊。細娩之文。聽得閻婆在樓上哈哈地笑。第五箇笑字。只是第四箇笑字的影子。唐牛兒捏脚捏手上到樓上。板壁縫裏張時。見宋江和婆惜兩箇都低着頭。四寫。那婆子坐在横頭卓子邊口裏七十三八十四只顧嘈。此行與前夾七帶八行。只是一行書。分作兩行寫。又一過倿之法也。唐牛兒閃將入來。看着閻婆和宋江婆惜唱了三箇嗒立在邊頭宋江尋思道這廝來得最好把嘴望下一努又要走見宋江之不欲殺婆惜也唐牛兒是箇乖的人便瞧科春雲十二展看着宋江便說道小人何處不尋遍原來却在這里喫酒耍好喫得安穩宋江道莫不是縣裏有甚麽要緊事唐牛兒道押司你怎地忘了便是蚤間那件公事知縣相公在廳上發作着四五替公人來下處尋押司一地裏又沒尋處相公焦燥做一片押司便可動身宋江

道恁地要緊只得去便起身要下樓喫那婆子攔住道押司不要使這科分這唐牛兒撚泛過來你這精賊也瞞老娘正是魯般手裏調大斧這早晚知縣自回衙去和夫人喫酒取樂妙語隨口而成。映襯多少有甚麼事務得發作你這般道兒只好瞞魍魎老娘手裏說不過去唐牛兒便道真箇是知縣相公緊等的勾當我卻不會說謊閻婆道放你娘狗屁老娘一雙眼却是琉璃葫蘆兒一般卻纔見押司努嘴過來叫你發科你倒不攛掇押司來我屋裏顛倒打抹他去嘗言道殺人可恕情理難容這婆子跳起身來便把那唐牛兒劈頸子只一叉踉踉蹌蹌直從房裏叉下樓來（春雲十三展）唐牛兒道你做甚麽便叉我婆子喝道你不曉得破人買賣衣飯如殺父母妻子你高做聲便打你這賊乞丐唐牛兒鑽將過來道你打這婆子乘着酒興叉開五指去那唐牛兒臉上只一掌直攧出簾子外去（總爲明早作地）

婆子便扯簾子撇放門背後卻把兩扇門關上拏拴拴了口裏只顧罵（細婉之文。）那唐牛兒喫了這一掌立在門前大叫道賊老咬蟲不要慌我不看宋押司面皮教你這屋裏粉碎教你雙日不着單日着我不結果了你不姓唐拍着胸大罵了去（爲明早作地。）婆子再到樓上看着宋江道押司沒事採那乞丐做甚麽那廝一地裏去搪酒喫只是搬是搬非這等倒街臥巷的横死賊也來上門上戶欺負人宋江是箇眞實的人喫這婆子一篇道着了眞病倒抽身不得春雲十四展婆子道押司不要心裏見責老身只恁地知重得了我見和押司只喫這杯此句已不可是勸酒矣我猜着你兩口多時不見一定要早睡收拾了罷休無數風雲一齊收拾婆子又勸宋江喫兩杯收拾杯盤下樓來自去竈下去細嫩之文去竈下却不收拾婆心可憐宋江在樓上自肚裏尋思說這婆子女兒和張三兩箇有事我心裏半信不信眼裏不曾見眞實況且夜

深了、我只得權睡一睡、且看這婆娘怎地、今夜與我情分如何、（醜。○春雲十五展。）只見那婆子又上樓來說道、夜深了、我叫押司兩口兒早睡、（又作餘波蕩漾。誠恐寂然便住、須不稱上文無數風雲也。）那婆娘應道、不干你事、你自去睡、婆子笑下樓來、（六箇笑字。）口裏道、押司安置、今夜多歡、明日慢慢地起、（再作一餘波。却便順手帶出明日宋江早起來。妙筆趣筆。）婆子下樓來、收拾了竈上、洗了脚手、吹滅燈、自去睡了、（細婉之文。）宋江坐在杌子上、睃那婆娘時、復地歎口氣、約莫已是二更天氣（二更）那婆娘不脫衣裳（又活寫花娘氣惱又為來朝拾鸞帶地）便上牀去自倚了繡枕紐過身朝裏壁自睡了（紐過身去如畫春雲十六展）宋江看了尋思道可奈這賤人全不倸我些箇他自睡了我今日喫這婆子言來語去央了幾杯酒打熬不得夜深只得睡了罷把頭上巾幘除下放在卓子上（卓子）脫下上蓋衣裳搭在衣架上（衣架以此二行陪下一行）腰裏解下鸞帶上有一把解衣刀和招文袋却挂在牀邊欄干子上

欄干。脫去了絲鞋淨襪、便上牀去、那婆娘脚後睡了、春雲十七展。半箇更次、人一更半。聽得婆惜在脚後冷笑、春雲十八展。○寫花娘。直寫出花娘心上萬轉千廻以後事來。眞是神化之筆。○一晚要宋江撐岸就船至此忽然撐船就岸。古今無氣男子。被此笑縱擒多少。宋江心裏氣悶如何睡得着、自古道歡娛嫌夜短、寂寞恨更長、看看三更、三更。交四更、酒却醒了、四更。捱到五更、五更。○逐更叙得好。宋江起來、面盆裏冷水洗了臉、面盆。便穿了上盖衣裳帶了巾幘讀者而亦必至王公湯藥擔邊始卸失却鸞帶。則斯人者。其亦不必與於讀書之數也已。夫夜來明明作三番攏卸，朝來明明只兩番結束，豈有兩三行間所叙之事，而眼光漏落者哉。口裏罵道，你這賊賤人，好生無禮。婆惜也不曾睡着，聽得宋江罵時，紐過身回道，你不羞這臉，紐過身來，如畫。○春雲十九展。○上冷笑猶不開口。卻爲兒宋江不住，故又作撒嬌勢罵一句。宋江忿那口氣，便下樓來，閻婆聽得脚步響，便在牀上說道，如畫。○寫此一句，正爲少間失救地也。卻甚似爲夜來酒深者，妙絕。押司且睡歇，等天明去，沒來繇起五更做甚麼。宋江也不應，只顧來開門，婆子又道，押司出去時，與我拽上門如畫妙絕宋江出得門來就拽上了忿那口氣沒出處一直要逩回下處來却從縣前過見一碗燈明看時却是賣湯藥的王公來到縣前趕早市卷雲二十展那老兒見是宋江來慌忙道押司如何今日出來得蚤宋江道便是夜來酒醉錯聽更鼓王公道押司必然傷酒且請一盞醒酒二陳湯宋江道最好就凳上坐了那老子濃濃的奉一盞二陳湯宋江喫宋江喫了驀然想起道時常喫

不曾要我還錢、我舊時曾許他一具棺材。○○○○又是一具棺材、不曾與得他、想起昨日有那晁蓋送來的金子、受了他一條在招文袋裏、何不就與那老兒做棺材錢、教他歡喜。春雲二十一展。宋江便道、王公、我日前曾許你一具棺木錢、一向不曾把得與你、今日我有些金子在這里、把與你、你便可將去陳三郎家買了一具棺材、放在家裏、你百年歸壽時、我却再與你些送終之資、王公道、恩主時常覷老漢、又蒙與終身壽具老子今世不能報答後世做驢做馬報答押司（前者閻婆亦有此言）宋江道休如此說便揭起背子前襟去取那招文袋時喫了一驚道苦也（春雲二十二展）昨夜正忘在那賤人的牀頭欄干子上我一時氣起來只顧走了不曾繫得在腰裏這幾兩金子直得甚麼須有晁蓋寄來的那一封書包着這金我本欲在酒樓上劉唐前燒毁了他回去說時只道我不把他來爲念（解）正要將到下處來燒却被這閻

婆纏將我去。解二。昨晚要就燈下燒時、恐怕露在賊人眼裏。解三。因此不曾燒得、今早走得慌、不期忘了、我嘗時見這婆娘看些曲本、頗識幾字。先補一句。若是被他拏了、倒是利害、便起身道、阿公休怪、不是我說謊、只道金子在招文袋裏、不想出來得忙、忘了在家、我去取來與你、王公道、休要去取、明日慢慢的與老漢不遲、宋江道、阿公你不知道、我還有一件物事做一處放着、以此要去取、宋江慌慌急急、遊回閻婆家裏來且說這婆惜聽得宋江出門去了爬將起來口裏自言自語道那廝攪了老娘一夜睡不着那廝舍臉只指望老娘陪氣下情我不信你老娘自和張三過得好誰耐煩倸你你不上門來倒好口裏說着一頭鋪被脫下上截襖見解了下面裙子袒開胸前脫下截襯衣（細嫩之文。與前不脫衣裳焰耀。）牀面前燈却明亮焰見牀頭欄干子上拖下條紫羅鸞帶（春雲二十二展。）婆惜見了笑道黑三那廝喫㗰不盡忘了鸞帶在這里老娘且捉了把來與張三繫（點染）便用手去一提提起招文袋和刀子來只覺袋裏有些重（春去二十四展）便把手抽開望卓子上只一抖（卓子）正抖出那包金子和書來這婆娘拏起來看時燈下照見是黃黃的一條金子婆惜笑道天教我和張三買物事喫這幾日我見張三瘦了我也正要買些東西和他將息（醜語只是隨手點染）將金子放下卻把那紙書展開來燈下看時上面寫着晁蓋

并許多事務（春雲二十五展）婆惜道好呀我只道吊桶落在井裏原來也有井落在吊桶裏我正要和張三兩箇做夫妻單單只多你這厮今日也撞在我手裏原來你和梁山泊強賊通同往來送一百兩金子與你且不要慌老娘慢慢地消遣你就把這封書依原包了金子還插在招文袋裏（自言自語中間忽插一句敘事）不怕你敎五聖來攝了去（婦人語）正在樓上自言自語只聽得（三字妙絕不更從宋江邊走來却竟從婆娘邊聽去神妙之筆）樓下

呀地門響牀上問道是誰門前道是我牀上道我說早哩押司却不信要去原來早了又回來且再和姐姐睡一睡到天明去這邊也不回話一逕已上樓來（一片都是聽出來的。有影燈漏月之妙。）那婆娘聽得是宋江了慌忙把鸞帶刀子招文袋一發捲做一塊藏在被裏紐過身（又紐過身去。）靠了牀裏壁只做齁齁假睡着（春雲二十六展。）宋江撞到房裏逕去牀頭欄干上取時却不見了宋江心內自慌只得恐了昨夜的氣把手去搖那婦人道你看我日前的面還我招文袋那婆惜假睡着只不應宋江又搖道你不要急躁我自明日與你陪話婆惜道老娘正睡哩是誰攪我宋江道你情知是我假做甚麼婆惜紐過身○○○又紐過身來道黑三你說甚麼宋江道你還了我招文袋來婆惜道你在那里交付與我手裏卻來問我討宋江道忘了在你腳後小欄干上這里又沒人來只是你收得婆惜道呸你不見鬼來宋江道夜來是

我不是了、明日與你陪話、你只還了我罷、休要作耍、婆惜道、誰和你作耍、我不曾收得、宋江道、你先時不曾脫衣裳睡、如今蓋着被子睡、（情事明畫）一定是起來鋪被時、拿了、只見那婆惜柳眉踢豎、星眼圓睜、說道、老娘拿是拿了、只是不還你、你使官府的人、便拿我去做賊斷、（駭人）宋江道、我須不曾冤你做賊、婆惜道、可知老娘不是賊哩、（駭人）宋江見這話、心裏越慌、便說道、我須不曾歹看承你娘兒兩箇、還了我罷我要去幹事婆惜道閒嘗也只嗔老娘和張三有事至此便竟承當寫得花娘可畏他有些不如你處也不該一刀的罪犯人駭不強似你和打劫賊通同宋江道好姐姐不要叫鄰舍聽得不是要處婆惜道你怕外人聽得你莫做不得語語駭人這封書老娘牢牢地收着若要饒你時只依我三件事便罷春雲二十七展宋江道休說三件事便是三十件事也依你婆惜道只怕依不得宋江道當行即行敢問那三件事

閻婆惜道、第一件、你可從今日、便將原典我的文書來還我、再寫一紙任從我改嫁張三、並不敢再來爭執的文書、宋江道、這箇依得、婆惜道、第二件、我頭上帶的、我身上穿的、家裏使用的、雖都是你辦的、也委一紙文書、不許你日後來討、宋江道、這箇也依得、閻婆惜又道、只怕你第三件依不得、春雲三十八展、宋江道、我已兩件都依你、緣何這件依不得、婆惜道、有那梁山泊晁蓋送與你的一百兩金子、快把來與我我便饒你這一場天字第一號官司還你這招文袋裏的款狀宋江道那兩件倒都依得這一百兩金子果然送來與我我不肯受他的依前教他把了回去若端的有時雙手便送與你婆惜道可知哩當言道公人見錢如蠅子見血他使人送金子與你你豈有推了轉去的這話却似放屁做公人的那箇猫兒不喫腥閻羅王面前須沒放回的鬼一篇中如飛劍句五聖句閻王句你確是識字看曲本婦人口中語

待瞞誰便把這一百兩金子與我直得甚麽你怕是賊贓時快鎔過了與我。駭人宋江道你也須知我是老實的人不會說謊你若不信限我三日我將家私變賣一百兩金子與你你還了我招文袋婆惜冷笑此冷笑正與更餘胸後冷笑映襯出花娘蜜中有刺來也道你這黑三倒乖把我一似小孩兒般捉弄我便先還了你招文袋這封書歇三日却問你討金子正是棺材出了討挽歌郎錢我這里一手交錢一手交貨你快把來兩相交割、宋江道、果然不曾有這金子、婆惜、道、明明朝到公廳上、你也說不曾有這金子、（駭人）宋江、聽了公廳兩字（春雲二十九展）怒氣直起、那里按捺得住、睜着眼道、你還也不還、那婦人道、你恁地狠、我便還你不迭（活是伶俐婦人語、又可惱、又可愛）宋江道、你真箇不還、婆惜道、不還、再饒你一百箇不還（伶俐婦人語）若要還時、在鄆城縣還你（駭人）宋江便來扯那婆惜蓋的被、婦人身邊卻有這件物、倒不顧被（四字妙手）兩手只緊緊地抱住胸前宋江扯開被來却見這鑾帶頭正在那婦人胸前拖下來（如畫）宋江道原來却在這里一不做二不休兩手便來奪那婆娘那里肯放宋江在牀邊捨命的奪婆惜死也不放（重沓寫一句見奪之久）宋江恨命只一拽倒拽出那把壓衣刀子在席上（春雲三十展）宋江便搶在手裏那婆娘見宋江搶刀在手叫黑三郎殺人也只這一聲提起宋江這箇念頭來（敘事眞有龍跳虎臥之能宋江之殺從婆惜叫中來婆惜之叫從鑾刀中來作者眞已

深達十二因緣法也那一肚皮氣正沒出處婆惜却叫第一聲時宋江左手早按住那婆娘右手却早刀落去那婆惜顙子上只一勒鮮血飛出那婦人兀自吼哩宋江怕他不死再復一刀那顆頭伶伶仃仃落在枕頭上連忙取過招文袋招文袋取了抽出那封書來便就殘燈下燒了書燒了○癡人讀至此語歎云何不早燒聖歎聞之不覺一笑繫上鸞帶帶繫了○只不見鸞刀下落走下樓來那婆子在下面睡聽他兩口兒論口倒也不着在意裏夢中醉裏

寫來如畫只聽得女兒叫一聲黑三郎殺人也正不知怎地夢中醉裏寫來如畫慌忙跳起來穿了衣裳遶上樓來却好和宋江打箇胸厮撞閻婆問道你兩口兒做甚麼閙宋江道你女兒忒無禮被我殺了婆子笑道七箇笑字○以此一笑字結夜來六笑字絕倒却是甚話便是押司生的眼兒妙又酒性不好妙專要殺人押司休取笑老身宋江道你不信時去房裏看我眞箇殺了婆子道我不信推開房門看時只見血泊裏挺着屍

首婆子道苦也却是怎地好宋江道我是烈漢一世也不走隨你要怎地婆子道這賤人果是不好押司不錯殺了（成精虔婆）只是老身無人養贍宋江道這箇不妨既是你如此說時你却不用憂心我頗有家計只教你豐衣足食便了快活過半世鬧婆道恁地時却是好也深謝押司我女兒死在牀上怎地斷送（成精虔婆）宋江道這箇容易我去陳三郎家買一具棺材與你（又一具棺材）件作行人入殮時我自

分付他來我再取十兩銀子與你結果婆子謝道押司只好趁天未明時討具棺材盛了隣舍街坊都不要見影宋江道也好你取紙筆來我寫箇票子與你去取閻婆道票子也不濟事須是押司自去取便肯早早發來（成精虔婆）宋江道也說得是兩箇下樓來婆子去房裏拿了鎖鑰出到門前把門鎖了帶了鑰匙（細婉之文）宋江與閻婆兩箇投縣前來此時天色尚早未明縣門却纔開那婆子約莫到縣

前左側把宋江一把結住發喊叫道有殺人賊在這里嚇得宋江慌做一團連忙掩住口道不要叫那里掩得住縣前有幾箇做公的走將攏來看時認得是宋江便勸道婆子閉嘴押司不是這般的人有事只消得好說閻婆道他正是兇首與我捉住同到縣裏原來宋江爲人最好上下愛敬滿縣人沒一箇不讓他因此做公的都不肯下手拿他又不信這婆子說正在那里沒箇解救恰好唐牛

兒托一盤子洗淨的糟薑來縣前趕趁（夜來寫牛兒不知費幾許筆墨只爲此時用得着耳○不因夜來先寫一番則牛兒此時便是驀生人今却令讀者皆與牛兒斷熟也）正見這婆子結扭住宋江在那里叫冤屈唐牛兒見是閻婆一把扭結住宋江想起昨夜的一肚子鳥氣來（本是爲了今早奪人倒生出夜來嘔氣却偏寫做爲了夜來嘔氣順生出今早奪人如此用筆眞令人尋覔不出）便把盤子放在賣藥的老王凳子上（王公兩用前用來提着招文袋後用來安放盤子妙）鑽將過來喝道老賊蟲你做甚麼結紐住押司婆子道唐二

你不要來打奪人去要你償命也唐牛兒大怒那里聽他說把婆子手一拆拆開了不問事繇四字妙手又開五指去閻婆臉上只一掌打箇滿天星夜來亦有一掌那婆子昏撒了只得放手宋江得脫往鬧裏一直走了婆子便一把却結紐住唐牛兒叫道宋押司殺了我的女兒你却打奪去了唐牛兒慌道我那里得知閻婆叫道上下替我捉一捉殺人賊則箇不時須要帶累你們衆做公的只礙宋江面皮

不肯動手拿唐牛兒時、須不擔閣、衆人向前、一箇帶住婆子、三四箇拿住唐牛兒、把他橫拖倒拽、直推進鄆城縣裏來、正是禍福無門、惟人自召、披麻救火、惹焰燒身、○○○畢竟唐牛兒被閻婆結住、怎地脫身、且聽下回分解

(明)施耐庵 撰 (清)金聖歎 批

# 貫華堂本水滸傳

第七册

國家圖書館出版社

# 第七册目録

# 第五才子書施耐菴水滸傳卷之二十

聖歎外書

## 第二十一回

閻婆大鬧鄆城縣
朱仝義釋宋公明

昔者伯牙有流水高山之曲。子期既死。終不復彈。後之人述其事悲其心孰不爲之嗟歎彌日。自云我獨不得與之同時設復相遇當能知之嗚呼言何容易乎我謂聲音之道通乎至微是事甚難請舉易者而易莫易於文筆乃文筆中有古人之辭章其言雅馴未便通曉是事猶難請更舉其易之易者而易之易莫若近代之稗官今試開爾明月之目運爾珠玉之心展爾粲花之舌爲耐菴先生一解水滸亦復何所見其聞絃賞音便知雅曲者乎即如宋江殺婆惜一案夫耐菴之繁筆

累紙千曲百折而必使宋江成於殺婆惜者彼其文心夫固獨欲宋江離鄆城而至滄州也而張三必固欲捉之而知縣必固欲寬之夫誠使當時更無張三主唆虔婆而一憑知縣遷罪唐牛豈其真將前回無數筆墨悉復付之唐棄乎耶夫張三之力唆虔婆主於必捉宋江者是此回之正文也若知縣乃至滿縣之人其極力周全宋江若惟恐其或至於

捉者是皆旁文躍跳所謂波瀾者也張三不唆虔婆不稟虔婆不稟知縣不捉知縣不捉宋江不走宋江不走武松不現蓋張三一唆之力其筋節所係至於如此而世之讀其文者已莫不嘖嘖知縣而呶呶張三而尚謂人我知伯牙嗟乎爾知何等伯牙哉

寫朱雷兩人各有心事各有做法又各不相犯各要熱瞞句句都帶跳脫之勢與放走晁

天王時正是一樣奇筆又却是兩樣奇筆才

子之才吾無以限之也

話說當時衆做公的拿住唐牛兒、解進縣裏來、知縣聽得有殺人的事、慌忙出來陞廳、衆做公的把這唐牛兒簇擁在廳前、知縣看時、只見一箇婆子跪在左邊、一箇猴子跪在右邊、知縣問道、甚麽殺人公事、婆子告道、老身姓閻、有箇女兒喚做婆惜、典與宋押司做外宅、昨夜晚間、我女兒和宋江一處喫酒這箇唐牛兒一逕來尋鬧叫罵出門鄰里盡知今早宋江出去走了一遭回來把我女兒殺了老身結扭到縣前這唐二又把宋江打奪了去告相公做主知縣道你這廝怎敢打奪了兇身唐牛兒告道小人不知前後因依只因昨夜去尋宋江搪碗酒喫被這閻婆叉小人出來今早小人自出來賣糟薑遇見閻婆結扭宋押司在縣前小人見了不合去勸他他便走了卻不知他殺死他女

兒的緣縣知縣喝道胡說宋江是箇君子誠實的人如何肯造次殺人這人命之事必然在你身上（不是寫知縣亦不是寫宋江都是故作翻跌）左右在那里便與當廳公吏當下轉上押司張文遠來（借得便若非此人則滿縣都和宋江好誰人肯與虔婆出力直逼宋江去柴進莊上引出武松來耶）見說閻婆告宋江殺了他女兒正是他的表子隨即取了各人口詞就替閻婆寫了狀子疊了一宗案便與當地方仵作行人并坊廂里正鄰佑一干人等來到閻婆家

開了門取屍首登場簡驗了身邊放着行兇刀子一把（鸞刀却在此。）當日再三看驗得係是生前項上被刀勒死衆人登場了當屍首把棺木盛了寄放寺院裏將一干人帶到縣裏知縣却和宋江最好有心要出脫他只把唐牛兒來再三推問（不是寫知縣。亦非寫宋江。都是故作翻跌。）唐牛兒供道小人並不知前後知縣道你這廝如何隔夜去他家尋鬧一定你有干涉唐牛兒告道小人一時撞去搪碗酒喫知縣道胡說

知縣張三一番結案

打這厮、左右兩邊狼虎一般公人、把這唐牛兒一索綑翻了、打到三五十、前後語言一般、知縣明知他不知情、一心要救宋江、只把他來勘問、且叫取一面枷來釘了、禁在牢裏。知縣張三一番結卷那張文遠上廳來稟道、雖然如此、見有刀子是宋江的壓衣刀必須去拿宋江來對問、便有下落。不是與婆惜有情。正是替武松出力。○讀書須心知輕重。方名善讀書人。不然者。不免有懵懂葫蘆之誚也。如此書。既已了却晁蓋。便須接入武松。正是另起一番樓臺殿閣。乃今知縣只管要寬。此時若更不得張三立主文案。幾番

知縣張三二番結案

勾捉。則又安得逼走宋公明。搶出武都頭乎。後人不知。遂反謂張三於公明甚薄。殊不知於公明甚薄者。於讀書之人殊厚也。知縣喫他三回五次來稟、遮掩不住、只得差人去宋江下處、捉拿、宋江已自在逃去了、只拿得幾家鄰人來回話、兒身宋江在逃、不知去向、知縣張三二番結案。張文遠又稟道武松全仗。犯人宋江逃去、他父親宋太公、并兄弟宋清、見在宋家村居住、可以勾追到官、責限比捕、跟尋宋江到官理問、知、縣、本不肯行移只要朦朧做在唐牛兒身上日後自慢慢地出他都是故作翻跌怎當這張文遠立主文案唆使閻婆上廳只管來告知縣情知阻當不住只得押紙公文差三兩箇做公的去宋家莊勾追宋太公并兄弟宋清公人領了公文來到宋家村宋太公莊上太公出來迎接至草廳上坐定公人將出文書遞與太公看了宋太公道上下請坐容老漢告禀老漢祖代務農守此田園過活不孝之子宋江自小忤逆不肯本分生理要去做吏百般說他

不從因此老漢數年前本縣官長處告了他忤逆出了他籍不在老漢戶內人數他自在縣裏住居老漢自和孩兒宋清在此荒村守些田畝過活他與老漢水米無交並無干涉老漢也怕他做出事來連累不便因此在前官手裏告了執憑文帖在此存炤老漢取來教上下看衆公人都是和宋江好的明知道這箇是預先開的門路苦死不肯做冤家不是寫衆人亦不是寫宋江都是故作翻跌衆人回說道太公既

知縣張三三番結案

有執憑、把將來我們看、抄去縣裏回話、太公隨即宰殺些雞鵞、置酒管待了衆人、賫發了十數兩銀子、取出執憑公文、教他衆人抄了衆公人相辭了宋太公、自回縣去回知縣的話、說道、宋太公三年前出了宋江的籍、告了執憑文帖、見有抄白在此、難以勾捉、知縣又是要出脫宋江的、便道、既有執憑公文、他又別無親族、只可出一千貫賞錢、行移諸處海捕、捉拿便了、知縣張三三番結卷。那張三又挑唆閻婆去廳上、披頭散髮、來告道（武松全仗）宋江實是宋清、隱藏在家、不令出官、相公如何不與老身做主、去拿宋江、知縣喝道、他父親已自三年前告了他忤逆在官、出了他籍、見有執憑公文存炤、如何拿得他父親兄弟來比捕、閻婆告道、相公誰不知道他叫做孝義黑三郎、這執憑是箇假的、（分明說箇分上可發一笑）只是相公做主則箇、知縣道、胡說、前官手裏押的印信公文、如何是假的、閻婆在廳下叫屈叫苦、哽哽咽咽地價哭、告道相公、人命大如天、若不肯與老身做主時、只得去州裏告狀、只是我女兒死得甚苦那張三又上廳來替他禀道武松全仗、相公不與他行移拿人時、這閻婆上司去告狀、倒是利害、倘或來提問時、小吏難去回話、知縣情知有理、只得押了一紙公文、便差朱全雷横二都頭、當廳發落、你等可帶多人、去宋家村宋大戶莊上、搜捉犯人宋江來、朱雷二都頭領了公文、便來點起土兵四十餘人、逕奔宋家莊上來、宋太公得知、慌忙出來迎接、朱仝雷橫二人說道、太公休怪我們、上司差遣、蓋不繇已、你的兒子押司見在何處、宋太公道兩位都頭在上、我這逆子宋江、他和老漢並無干涉、前官手裏已告開了、他見告的執憑在此、已與宋江三年多各戶另籍、不同老漢一家過活、亦不曾回莊上來、朱仝道、然雖如此、我們憑書請客、奉帖勾人、難憑你說不在莊上、你等我們搜一搜看、好去回話、便叫土兵三四十人圍了莊院、我自把定前門雷都頭你先入去搜寫朱仝出色過人。○若使眞正要搜。則應撥令衆人圍定前後門。朱雷一同進去搜也。只因朱仝自已滿中有事。必要獨自進去。却恐雷橫見疑。因倒自來把定門外。却使雷橫進去獨搜一遍。畢。然後換轉雷橫把定門外。不繇不放他也進去獨搜一遍。此皆欲取故予之法也。雷橫便入進裏面莊前莊後搜了一遍、出來對朱仝說道、端的不在莊裏、朱仝道我只是放心不下、雷都頭你和衆弟兄把了門我親自細細地搜一遍、說雷如戲。朱太公道老漢是識法

度的人如何敢藏在莊裏朱仝道這箇是人命的
公事你却嗔怪我們不得太公道都頭尊便自細
細地去搜朱仝道雷都頭你監着太公在這里休
教他走動連太公亦遣開。朱仝出色過人。爲朱仝自進莊裏把朴
刀倚在壁邊細。把門來拴了細。走入佛堂內去細。
把供牀拖在一邊細。揭起那片地板來細板底下
有條索頭細。將索子頭只一撏細。銅鈴一聲響宋
江從地窨子裏鑽將出來分外出奇。非心所料。見了朱仝喫

那一驚、朱仝道、公明哥哥休怪、小弟捉你、只爲你閒嘗和我最好、有的事都不相瞞、一日酒中兄長會說道、我家佛堂底下有箇地窨子、上面供的三世佛、佛座下有片地板蓋着、上便壓着供牀、你有些緊急之事、可來這裏躲避、小弟那時聽說、記在心裏、（以叙述爲疏解、手筆甚妙。）今日本縣知縣差我和雷橫兩箇來時、沒奈何、要瞞生人眼目、相公也有覷兄長之心、只是被張三和這婆子在廳上發言發語道本縣不做主時、定要在州裏告狀、因此上又差我兩箇來捜你莊上、我只怕雷橫執着不會周全人○○○○○○○○○○○○○要知此語不是排下雷橫。自見殷勤。實乃眞正各不相炤。倘或見了兄長沒箇做圓活處、因此小弟賺他在莊前、一逕自來和兄長說話、此地雖好、也不是安身之處、倘或有人知得來、這里捜着、如之奈何、宋江道、我也自這般尋思、若不是賢兄如此周全、宋江定遭縲絏之厄、朱仝道、休如此說、兄長却投何處去好、宋江道小可尋思有三箇安身之處。一是滄州橫海郡小旋風柴進莊上，二乃是青州清風寨小李廣花榮處，三者是白虎山孔太公莊上。先於此處伏得三支，入後翻騰顛倒，變出無數文字。譬諸龍也，當其在淵，亦與徑寸之蟲何異，殆其飛去，霖雨萬國，天地失色，然後乃歎向之可掬而觀者，今乃不測其鱗爪之所在也。文章有此，眞奇矣哉。他有兩箇孩兒，長男叫做毛頭星孔明，次子叫做獨火星孔亮，多曾來縣裏相會。那三處在這里躊躇未定，不知投何處去好。朱仝道：「兄長可以作急尋思，當行即行，今晚便可動身切勿遲延自悞宋江道上下官司之事全望兄長維持金帛使用只顧來取朱仝道這事放心都在我身上兄長只顧安排去路宋江謝了朱仝再入地窨子去細朱仝依舊把地板蓋上細還將供牀壓了細開門細拿朴刀細出來說道眞箇沒在莊裏叫道雷都頭我們只拿了宋太公去如何不會看書人只謂此句爲朱仝自解會看書人便知此句爲雷横出色○雷横之心與朱仝之心一也却因雷横粗朱仝細便讓朱仝事事高出一頭去乃今旣已表過朱仝便當以次表出

雷橫行文亦不別起一頭只就上文脫卸而下真稱好手雷橫見說要拿宋太公去尋思朱仝那人和宋江最好他怎地顛倒要拿宋太公這話一定是反說他若再提起我落得做人情特表雷橫用筆却又曲折之極朱仝雷橫叫攏土兵都入草堂上來宋太公慌忙置酒管待眾人朱仝道休要安排酒食且請太公和四郎同到本縣裏走一遭雷橫道四郎如何不見先卸去四郎好手宋太公道老漢使他去近村打些農器不在莊裏乾淨宋江那廝

自三年已前把這逆子告出了戶見有一紙執憑公文在此存炤朱仝道如何說得過我兩箇奉着知縣台旨叫拿你父子二人自去縣裏回話雷橫道朱都頭你聽我說（寫朱雷二人句句防賊聲聲搗鬼令我失笑）宋押司他犯罪過其中必有緣故也未便該死罪（反與朱仝說故妙）既然太公已有執憑公文係是印信官文書又不是假的（反與朱仝說故妙）我們須看押司目前交往之面權且擔負他些箇（反勸朱仝故妙讀之句句欲失笑也）只抄了

執憑去回話便了。朱仝尋思道。我自反說要他不疑。朱仝道。既然兄弟這般說了。我沒來繇做甚麼惡人。宋太公謝了。道深感二位都頭相覷。隨即排下酒食犒賞衆人。將出二十兩銀子。送與兩位都頭。朱仝雷橫堅執不受。把來散與衆人。（雙表朱雷。）四十箇土兵分了。抄了一張執憑公文。相別了宋太公。離了宋家村。朱雷二位都頭自引了一行人回縣去了。縣裏知縣正値陞廳。見朱仝雷橫回來了。便

知縣張三四番結案只、過走宋乃一篇爲得至再至三筆墨淋漓如此

問緣繇兩箇稟道莊前莊後四圍村坊搜遍了二十次其實沒這箇人宋太公臥病在牀不能動止早晚臨危宋清已自前月出外未回因此只把執憑抄白在此知縣道既然如此一面申呈本府一面動了一紙海捕文書知縣張三四番結案不在話下縣裏有那一等和宋江好的相交之人都替宋江去張三處說開那張三也耐不過衆人面皮句況且婆娘已死了句張三又平常亦受宋江好處句因此也

只得罷了〔上來豈眞爲張三情重哉。意只在逼走宋江耳。今宋江既已走了，張三便可善刀而藏。此眞得風即轉，得采即罷之文。不比近日灰堆學究所撰，無輕無重者也。○完張三。〕今自賺些錢物把與閻婆，教不要去州裏告狀。〔既已逼走宋江。亦便收拾婆子。卻又因便寫在朱仝名下。〕這婆子也得了些錢物，沒奈何只得依允了。〔完閻婆。〕朱仝又將若干銀兩教人上州裏去使用，文書不要駁將下來。〔完申文。〕又得知縣一力主張，出一千貫賞錢，行移開了一箇海捕文書，只把唐牛兒問做成箇故縱兇身在逃，春杖二十刺配五百里外完知縣唐牛兒干連的人盡數保放寧家完衆人且說宋江他是箇莊農之家如何有這地窨子原來故宋時為官容易做吏最難為甚的為官容易皆因那時朝廷奸臣當道讒佞專權非親不用非財不取為甚做吏最難那時做押司的但犯罪責輕則刺配遠惡軍州重則抄扎家產結果了殘生性命以此預先安排下這般去處躲身又恐連累父母教爹娘告了忤逆出了籍冊各

戶另居、官給執憑公文存炤、不相來往、却做家私在屋裏、宋時多有這般算的、且說宋江從地窨子出來、和父親兄弟商議、今番不是朱仝相覷、須喫官司、此恩不可忘報、如今我和兄弟兩箇且去逃難、天可憐見、若遇寬恩大赦、那時回來父子相見、父親可使人暗暗地送些些金銀去與朱仝、央他上下使用、及資助閻婆些少、免得他上司去告擾、太公道、這事不用你憂心、你自和兄弟宋淸在路小心若到了彼處那里使箇得托的人寄封信來當晚弟兄兩箇拴束包裹到四更時分起來洗漱罷喫了早飯兩箇打扮動身宋江戴着白范陽氈笠兒上穿白段子衫繫一條梅紅縱線絛下面纏脚絣襯着多耳麻鞋宋淸做伴當打扮背了包裹都出草廳前拜辭了父親只見宋太公灑淚不住又分付道你兩箇前程萬里休得煩惱無人處却寫太公灑淚有人處便寫宋江大哭冷眼看破冷筆寫成普天下讀書人愼勿怱水滸無皮裏陽秋也○自家灑淚

却分付別人休惱老牛愛犢寫來如畫。宋江宋清却分付大小莊客早晚慇懃伏侍太公休教飲食有缺。人亦有言養兒防老寫宋江分付莊客伏侍太公亦皮裏陽秋之筆也。弟兄兩箇各跨了一口腰刀都拿了一條朴刀打扮做兩段寫逕出離了宋家村兩箇取路登程正遇着秋末冬初是收租米害瘧疾時弟兄兩箇行了數程在路上思量道我們却投奔兀誰的是出門後方算去處寫盡匆匆。宋清答道我只聞江湖上人傳說滄州橫海郡柴大官人名字說他是大周皇帝嫡派子孫只不曾拜識此一語表出宋清不是公弟亦復胸中自有一片何不只去投奔他人都說他仗義疎財專一結識天下好漢救助遭配的人是箇見世的孟嘗君我兩箇只投奔他去宋江道我也心裏是這般思想他雖和我嘗嘗書信來往無緣分上不曾得會兩箇商量了逕望滄州路上來途中免不得登山涉水過府衝州但凡客商在路早晚安歇有兩件事不好喫癩碗睡死人牀七字說不盡苦且把閒話提過只

說正話宋江弟兄兩箇不則一日來到滄州界分問人道柴大官人莊在何處問了地名一逕投莊前來便問莊客柴大官人在莊上也不莊客答道大官人在東莊上收租米不在莊上忽作一折，折出下文柴進身分來。宋江便問此間到東莊有多少路莊客道有四十餘里宋江道從何處落路去莊客道不敢動問二位官人高姓宋江道我是鄆城縣宋江的便是莊客道莫不是及時雨宋押司麽信及童僕，眞爲得妙，可見宋江文可見柴進。宋江道、便是莊客道、大官人時常說大名、只怨悵不能相會、既是宋押司時、小人引去。莊客慌忙便領了宋江宋清、柴進慌忙、何足爲奇、妙在莊客慌忙也。逕投東莊來、沒三箇時辰、早來到東莊。莊客道、二位官人、且在此亭上坐一坐、待小人去通報大官人出來相接。宋江道、好。自和宋清在山亭上倚了朴刀、解下腰刀、歇了包裹、坐在亭子上。那莊客入去不多時、只見那座中間莊門大開、只一句、寫出莊裏嚷做一片。

柴大官人引着三五箇伴當慌忙跑將出來（極畫柴進）亭子上與宋江相見柴大官人見了宋江拜在地下（極畫柴進）口稱道端的想殺柴進（六箇字有喜極淚零之致眞是絕妙）（好辭不知耐菴如何算出來）天幸今日甚風吹得到此大慰平生渴仰之念多幸多幸宋江也拜在地下答道宋江踈頑小吏今日特來相投柴進扶起宋江來口裏說道昨夜燈花今早鵲噪不想却是貴兄降臨（絕妙好辭）滿臉堆下笑來（出色畫柴進）宋江見柴進接得意

童心裏甚喜便喚兄弟宋清也相見了柴進喝叫伴當收拾了宋押司行李在後堂西軒下歇處細柴進攜住宋江的手（出色畫柴進）入到裏面正廳上分賓主坐定柴進道不敢動問聞知兄長在鄆城縣勾當如何得暇來到荒村敝處宋江答道久聞大官人大名如雷貫耳雖然節次收得華翰只恨賤役無閒不能彀相會今日宋江不才做出一件沒出豁的事來弟兄二人尋思無處安身想起大官

人仗義疎財特來投奔柴進聽罷笑道兄長放心遮莫做下十惡大罪既到敝莊但不用憂心不是柴進誇口任他捕盜官軍不敢正眼兒覷着小莊宋江便把殺了閻婆惜的事一一告訴了一遍柴進笑將起來說道兄長放心便殺了朝廷的命官劫了府庫的財物柴進也敢藏在莊裏（此三語卻不可若果如是柴進乃眞不赦矣旋風之名不虛）說罷便請宋江弟兄兩箇洗浴隨即將出兩套衣服巾幘絲鞋淨襪教宋江弟

兄兩箇換了出浴的舊衣裳寫柴進殷勤，縈幅不盡，故特從閒處着筆。作者眞正才子。兩箇洗了浴、都穿了新衣服、莊客自把宋江弟兄的舊衣裳送在歇宿處、細。柴進邀宋江去後堂深處出色畫柴進。已安排下酒食了、便請宋江正面坐地出色畫柴進。柴進對席、宋淸有宋江在上、側首坐了、三人坐定、有十數箇近上的莊客并幾箇主管、輪替着把盞伏侍勸飲出色畫柴進。柴進再三勸宋江弟兄寬懷飲幾杯、宋江稱謝不已、酒至半酣、三人各訴胷中朝夕相愛之念看看天色晚了點起燈燭宋江辭道酒止柴進那里肯放直喫到初更左側宋江起身去淨手柴進喚一箇莊客提碗燈籠引領宋江東廊盡頭處去淨手便道我且躲杯酒大寛轉穿出前面廊下來俄延是着（看他蜿蜒而來）却轉到東廊前面宋江已有八分酒脚步趄了只顧踏去（蜿蜒而來）那廊下有一箇大漢因害瘧疾當不住那寒冷把一鍁火在那里向宋江仰着臉只顧踏

將去正跐在火鍁柄上把那火鍁裏炭火都掀在那漢臉上（蜿蜒而來）那漢喫了一驚驚出一身汗來（武二何必害瘧聊借作一紐頭耳宋武既得相遇此紐便當不用故順手便寫一句驚出汗來夫以武二之神威何至炭火驚得汗出一驚而遂出汗者隱然害瘧已好也才子之文隨手起倒其妙如此）那漢氣將起來把宋江劈胷揪住（有勢）大喝道你是甚麼鳥人敢來消遣我宋江也喫一驚正分說不得那箇提燈籠的莊客慌忙叫道不得無禮這位是大官人最相待的客官那漢道客官客官我初

來時也是客官也曾最相待過如今却聽莊客撇口便疎慢了我正是人無千日好却待要打宋江有勢那莊客撇了燈籠便向前來勸正勸不開只見兩三碗燈籠飛也似來柴大官人親趕到說我接不着押司有勢○去報便不及矣來接故恰好也○又帶表出柴進如何却在這里鬧那莊客便把跐了火鍁的事說一遍柴進笑道大漢你不認得這位奢遮的押司那漢道奢

○○○○○○○○○○○○○○

遮殺問他敢比得我鄆城宋押司他可能三字正接下有

頭有尾有始有終八字。却因柴進大笑。便說不完妙妙。○柴進大笑。在鄆城宋押司五字中起。不等到他可能三字方笑也。柴進大笑道大漢你認得宋押司不那漢道我雖不曾認得江湖上久聞他是箇及時雨宋公明是箇天下聞名的好漢柴進問道如何見得他是天下聞名的好漢那漢道却纔說不了正接上他可能三字。他便是真大丈夫有頭有尾有始有終八箇字。不必櫽括宋江。正是損打柴進。妙絕。我如今只等病好時便去投奔他柴進道你要見他麼那漢道不要見他說甚的〔快語自是武二口中出〕柴進道大漢遠便十萬八千里近便只在面前柴進指着宋江便道此位便是及時雨宋公明那漢道眞箇也不是〔五字是驚出淚來語乃至不及歡喜與前端的想殺柴進一樣〕宋江道小可便是宋江那漢定睛看了看〔好武二〕納頭便拜〔眞好武二〕說道我不信今日早與兄長相見〔古有相見何晚之語說得口順已成爛套耐菴忽翻作不信相見恁早眞是驚出淚來之語俗本改作我不是夢裏麽眞乃捵金得矢也〕宋江道何故如此錯愛那漢道却纔甚是無禮萬望恕罪有眼不識

泰山跪在地下那里肯起來（好武二）宋江慌忙扶住道足下高姓大名（要問）柴進指看那漢說出他姓名何處人氏有分教山中猛虎見時魄散魂離林下強人撞着心驚膽裂正是說開星月無光彩道破江山水倒流畢竟柴大官人說出那漢還是何人（埋藏有罪了半月已挑出是武二）且聽下回分解

第五才子書施耐庵水滸傳卷之二十六

# 第五才子書施耐菴水滸傳卷之二十七

聖歎外書

## 第二十二回

橫海郡柴進留賓
景陽岡武松打虎

天下莫易於說鬼而莫難於說虎無他鬼無倫次虎有性情也說鬼到說不來處可以意爲補接若說虎到說不來時真是大段着力

不得所以水滸一書斷不肯以一字犯着鬼怪而寫虎則不惟一篇而已至於再至於三葢亦易能之事薄之不爲而難能之事便樂此不疲也

寫虎能寫活虎寫活虎能寫其搏人寫虎搏人又能寫其三搏不中此皆是異樣過人筆力

吾嘗論世人才不才之相去真非十里二十

里之可計即如寫虎要寫活虎寫活虎要寫正搏人時此即聚千人運千心伸千手執千筆而無一字是虎則亦終無一字是虎也獨今耐菴乃以一人一心一手一筆而盈尺之幅費墨無多不惟寫一虎兼又寫一人不惟雙寫一虎一人且又夾寫許多風沙樹石而人是神人虎是怒虎風沙樹石不是眞正虎林此雖令我讀之尚猶目炫心亂安望令我作

之耶

讀打虎一篇而歎人是神人虎是怒虎固已妙不容說矣乃其尤妙者則又如讀廟門榜文後欲待轉身回來一段風過虎來時叫聲阿呀翻下青石來一段大蟲第一撲從半空裏攛將下來時被那一驚酒都做冷汗出了一段尋思要拖死虎下去原來使盡氣力手脚都蘇軟了正提不動一段青石上又坐

歇一段天色看看黑了惟恐再跳一隻出來且掙扎下岡子去一段下岡子走不到半路枯草叢中鑽出兩隻大蟲叫聲阿呀今番罷了一段皆是寫極駭人之事却盡用極近人之筆遂與後來沂嶺殺虎一篇更無一筆相犯也

話說宋江因躲一杯酒去淨手了轉出廊下來跐了火鍁柄引得那漢焦躁跳將起來就欲要打宋

江柴進趕將出來偶叫起宋押司不必與前文甚合。正是好手。因此露出姓名來那大漢聽得是宋江跪在地下那里肯起說道小人有眼不識泰山一時冒瀆兄長望乞恕罪宋江扶起那漢問道足下是誰高姓大名柴進指着道這人是清河縣人氏姓武名松排行第二已在此間一年了宋江道江湖上多聞說武二郎名字不期今日却在這里相會多幸多幸柴進道偶然豪傑相聚實是難得就請同做一席說話宋江大喜攜住武松的手（宋江攜武松手第三。）一同到後堂席上便喚宋淸與武松相見（細。）柴進便邀武松坐地宋江連忙讓他一同在上面坐武松那里肯坐謙了半晌武松坐了第三位柴進教再整杯盤來勸三人痛飲宋江在燈下看了武松這表人物心中歡喜（燈下看美人。千秋絕調語。此却換作燈下看好漢。又是千秋絕調語也。○燈下看美人。加一倍嬝嬝。燈下看好漢。加一倍凜凜。所以寫劍俠者都在燈下。）便問武松道二郎因何在此武松答道小弟在清河縣因酒後醉了、與本處機密相爭、一時間怒起、只一拳、打得那厮昏沉、小弟只道他死了、因此一逕地逃來投奔大官人處來躲災避難、今已一年有餘、後來打聽得那厮却不曾死、救得活了、今欲正要回鄉去尋哥哥、不想染患瘧疾、不能彀動身回去、却纔正發寒冷、在那廊下向火、被兄長跐了鍬柄、喫了那一驚、驚出一身冷汗、敢怕病倒好了。好手。宋江聽了大喜、當夜飲至三更、酒罷、宋江就留武松在西軒下做一處安歇。真好宋江，令人心死。次日起來，柴進安排席面，殺羊宰猪，管待宋江，不在話下。過了數日，宋江將出些銀兩來，與武松做衣裳。宋江歡喜武松，亦累幅寫不得盡，只說替他做衣裳，便寫得一似歡喜美人相似，妙筆。○與前出浴新衣相映耀。柴進知道，那裏肯要他壞錢，自取出一箱段疋紬絹，門下自有針工，便教做三人的稱體衣裳。是。○宋江兄弟已換過新衣，此又三人一樣都做者，王孫之所以異於酸子也。說話的，柴進因何不喜武松？半日頗不滿於柴進，得此一釋。原來武松初來投奔柴進時也一般接納管待次後在莊上但喫醉了酒性氣剛莊客有些管顧不到處他便要下拳打他們因此滿莊裏莊客沒一箇道他好衆人只是嫌他都去柴進面前告訴他許多不是處柴進雖然不趕他只是相待得他慢了（迴護法）却得宋江每日帶挈他一處飲酒相陪武松的前病都不發了（何物小吏使人變化氣質○○○○）相伴宋江住了十數日武松思鄉要回淸河縣看望哥哥（四字和平之極不想變出驚天動地事來）柴進宋江兩

箇都留他再住幾時武松道小弟因哥哥多時不通信息只得要去望他宋江道實是二郎要去不敢苦留如若得閒時再來相會幾時武松相謝了宋江柴進取出些金銀送與武松武松謝道實是多多相擾了大官人武松縛了包裹拴了哨棒要行（哨棒此處起）柴進又治酒食送路武松穿了一領新納紅紬襖戴着箇白范陽氊笠兒（看官着眼須知此處寫箇紅襖白笠正是為下文打虎絢染也）背上包裹提了桿棒（哨棒二）相辭了

打虎○○○○○○○○○○○○○○○○○○○○○○○○便行、宋江道賢弟少等一等回到自巳房內取了○○○○○○○○○○○○○○○○○○○○些銀兩趕出到莊門前來說道我送兄弟一程○此一段．非寫宋江情重．只圖別去柴進．便止存二宋．令武二眼中心上．一跳一跳也．○○○○○○宋江和兄弟宋清兩箇七箇字．直刺入武二眼裏心裏．耐菴真是才子．等武松辭了柴大官人、宋江也道大官人暫別了便來三箇離了柴進東莊行了五七里路武松作別道尊兄遠了請回柴大官人必然專望宋江道何妨再送幾步一別．路上說些閒話不覺又過了三二里武松挽住宋江手道、尊兄不必遠送、嘗言道送君千里、終須一別、宋江指着道、容我再行幾步、二別。兀那官道上有箇小酒店、我們喫三鍾了作別、三箇來到酒店裏、宋江上首坐了、武松倚了哨棒、哨棒三。下席坐了、宋清橫頭坐定六字直刺入武二眼裏心裏。便叫酒保打酒來、且買些盤饌菓品菜蔬之類、都搬來擺在桌子上、三人飲了幾杯、看看紅日半西、武松便道、天色將晚四字如何接入下文。寫盡武二光明歷落。不似今人唧唧不止。哥哥不棄武二時就此受武二四拜拜爲義兄（何人不應與宋江結拜，而獨寫向武二文中者，反襯武二手足情深，以與前文兄嫂一段相激射也。）宋江大喜，武松納頭拜了四拜。宋江叫宋清（五字直刺入武二眼裏心裏。）身邊取出一錠十兩銀子，送與武松。武松那里肯受，說道：「哥哥客中自用盤費。」宋江道：「賢弟不必多慮，你若推却，我便不認你做兄弟。」（可見武二之求爲兄弟如此，都是與後文激射法，非眞宋江措語唐突也。）武松只得拜受了，收放纏袋裏。宋江取些碎銀子，還了酒錢，武松拿了哨棒（哨棒四），三箇二宋眼前多却一箇武二心頭尚少一箇只兩箇字便將兄弟離合之際寫得出神入妙出酒店前來作別武松墮淚拜辭了自去墮淚自感宋江固也然多半亦爲宋清在旁刺心刺眼蓋武二一心只在哥哥却見他人兄弟雙雙如此自難金鐵爲心正復如何相遣看上三箇字下自去字明明可見讀書固必以神理爲主若曹聽曹說無謂也宋江和宋清立在酒店門前望武松不見了方纔轉身回來寫宋江又寫得好行不到五里路頭只見柴大官人騎着馬背後牽着兩匹空馬來接寫柴進又寫得好宋江望見了大喜一同上馬回莊上來下了馬請入

後堂飲酒、宋江弟兄兩箇自此只在柴大官人莊上、話分兩頭只說武松自與宋江分別之後當晚投客店歇了、次日早起來打火喫了飯還了房錢、拴束包裹、提了哨棒、哨棒五便走上路尋思道江湖上只聞說及時雨宋公明果然不虛結識得這般弟兄也不枉了鏡中花。水中月。俗筆臨描不出。真是憑虛獨撰之文。武松在路上行了幾日、來到陽穀縣地面、此去離縣治還遠、當日晌午時分、走得肚中饑渴、望見前面有一

自此以後幾卷都寫武松神威此卷飲酒作一段讀打虎作一段讀

個酒店、挑着一面招旗在門前、上頭寫着五個字道三碗不過岡（奇文）武松入到裏面坐下、把哨棒倚了、（哨棒六）叫道主人家、快把酒來喫（好酒是武二生平只此開場第一句便如聞其聲如見其人）只見店主人把三隻碗（奇文）一雙箸一碟熱菜放在武松面前、滿滿篩一碗酒來（第一碗）（第一番逐碗寫第二三四番逐番寫第五六番兩番一頓寫）武松拿起碗一飲而盡、叫道這酒好生有氣力（其酒可知）主人家、有飽肚的買些喫酒、（先喫酒次及肉其重其輕可知吾聞食肉者鄙若好酒未有非名士者）

也。酒家道只有熟牛肉。武松道好的切二三斤來喫。酒店家去裏面切出二斤熟牛肉，做一大盤子將來，放在武松面前，隨即再篩一碗酒。（第二碗。）武松喫了道好酒。（又讚一句，其酒可知。）又篩下一碗。（第三碗。）恰好喫了三碗酒，再也不來篩。（奇文。）武松敲着桌子叫道主人家，怎的不來篩酒？酒家道客官要肉便添來。（所對非所問，絕倒。）武松道我也要酒，也再切些肉來。酒家道肉便切來添與客官喫，酒卻不添了。武松道卻不作怪便問主人家道你如何不肯賣酒與我喫酒家道客官你須見我門前招旗上面明明寫道三碗不過岡武松道怎地喚做三碗不過岡酒家道俺家的酒雖是村酒却比老酒的滋味但凡客人來我店中喫了三碗的便醉了過不得前面的山岡去因此喚做三碗不過岡若是過往客人到此只喫三碗更不再問（碌碌者何足掛齒）武松笑道原來恁地我却喫了三碗如何不醉酒家道我這酒叫做

透瓶香（好名色）又喚做出門倒（好名色）初入口時醇醲好喫少刻時便倒武松道休要胡說沒地不還你錢再篩三碗來我喫酒家見武松全然不動又篩三碗（第四碗第五碗第六碗）武松喫道端的好酒（又讚不佳其酒可知）主人家我喫一碗還你一碗錢只顧篩來酒家道客官休只管要飲這酒端的要醉倒人沒藥醫武松道休得胡鳥說便是你使蒙汗藥在裏面我也有鼻子店家被他發話不過一連又篩了三碗（第七

碗。第八碗。第九碗。武松道肉便再把二斤來喫寫酒量兼寫食量。總表武松神威。酒家又切了二斤熟牛肉再篩了三碗酒第十碗。第十一碗。第十二碗。武松喫得口滑只顧要喫去身邊取出些碎銀子叫道主人家你且來看我銀子還你酒肉錢穀麼又換一法讀之絕倒酒家看了道有餘還有些貼錢與你妙心妙筆。見酒是不更賣矣。武松道不要你貼錢只將酒來篩酒家道客官你要喫酒時還有五六碗酒哩只怕你喫不得了武松道就有五六碗多

爲哨棒有無數身分



時你盡數篩將來酒家道你這條長漢倘或醉倒了時怎扶得你住（無端忽從酒家眼中口中寫出武松氣象來俗筆如何臨描得出）武松答道要你扶的不算好漢酒家那里肯將酒來篩武松焦躁道我又不白喫你的休要引老爺性發通教你屋裏粉碎把你這鳥店子倒飜轉來酒家道這廝醉了休惹他再篩了六碗酒與武松喫了（第十三碗第十四碗第十五碗第十六碗第十七碗第十八碗）前後共喫了十八碗（結一句）綽了哨棒立起身來（哨棒七一路又將哨棒

特特處處出色描寫彼固欲令後之讀者於陡然遇虎處渾身倚仗此物以爲無恐也卻偏有出自料外之事使人驚殺○道我卻又不曾醉走出門綽了哨棒第一箇身分前來笑道卻不說三碗不過岡趣○○○○○○手提哨棒便走哨棒八○手提哨棒第二箇身分酒家趕出來叫道客官那里去奇文武松立住了問道叫我做甚麼我又不少你酒錢喚我怎地又作擺擺酒家叫道我是好意你且回來我家看抄白官司榜文奇文武松道甚麼榜文酒家道如今前面景陽岡上有隻弔睛白額大蟲晚了

出來傷人壞了三二十條大漢性命官司如今杖限獵戶擒捉發落岡子路口都有榜文可教往來客人結夥成隊於巳午未三箇時辰過岡其餘寅卯申酉戌亥六箇時辰不許過岡更兼單身客人務要等伴結夥而過這早晚正是未末申初時分我見你走都不問人枉送了自家性命不如就我此間歇了等明日慢慢湊得三二十人一齊好過岡子武松聽了笑道我是清河縣人氏這條景陽

岡上少也走過了一二十遭幾時見說有大蟲你休說這般鳥話來嚇我便有大蟲我也不怕酒家道我是好意救你你不信時進來看官司榜文武松道你鳥做聲便真箇有虎老爺也不怕你留我在家裏歇莫不半夜三更要謀我財害我性命却把鳥大蟲諕嚇我酒家道你看麼我是一片好心反做惡意倒落得你恁地你不信我時請尊便自行一面說一面搖着頭自進店裏去了寫酒家色變如畫

這武松提了哨棒○○○○哨棒九○提了哨棒第三箇身分大着步自過景陽岡來約行了四五里路來到岡子下見一大樹刮去了皮一片白上寫兩行字武松也頗識幾字擡頭看時上面寫道近因景陽岡大蟲傷人但有過往客商可於巳午未三箇時辰結夥成隊過岡請勿自悞奇文武松看了笑道這是酒家詭詐驚嚇那等客人便去那厮家裏宿歇我却怕甚麼鳥橫拖着哨棒○○○○○哨棒十○橫拖哨棒第四箇身分便上岡子來那時

巳有申牌時分這輪紅日厭厭地相傍下山駭人之景

武松乘着酒興只管走上岡子來走不到半里多路見一箇敗落的山神廟奇文。○不因此廟幾令榜文無可貼處。行到廟前見這廟門上貼着一張印信榜文武松住了脚讀時上面寫道陽穀縣示爲景陽岡上新有一隻大蟲傷害人命見今杖限各鄉里正并獵戶人等行捕未獲如有過往客商人等可於巳午未三箇時辰結伴過岡其餘時分及單身客人不許過岡恐被傷害性命各宜知悉政和年月日奇文武松讀了印信榜文方知端的有虎欲待轉身再回酒店裏來有此一折反越顯出武松神威不然便是卒然不及迴避僥倖得免虎口者矣尋思道我回去時須喫他恥笑不是好漢難以轉去以性命與名譽對算不亦異乎存想了一回說道怕甚麼鳥且只顧上去看怎地活寫出武松神威武松正走看看酒湧上來看他寫酒醉有節有次便把氊笠兒掀在脊梁上冬天也偏要寫得熱極後到大蟲撲時忽然驚出冷來絕世妙手將哨棒綰在肋下哨棒

七二

上一。○哨棒綰在肋下。第五箇身分。一步步上那岡子來、回頭看這日色時漸漸地墜下去了駭人之景。○我當此時。便沒虎來。也要大哭。此時正是十月間天氣日短夜長容易得晚自註一句武松自言自說道那得甚麽大蟲人自怕了不敢上山又作一縱。武松走了一直酒力發作醉焦熱起來熱。一隻手提着哨棒哨棒十二。○又提着哨棒。第六箇身分。一隻手把胸膛前袒開畫絕。踉踉蹌蹌直奔過亂樹林來駭人之景。可知虎林。見一塊光撻撻大青石奔過亂林。便應跳出虎來矣。卻偏又生出一塊青石，幾乎要睡，使讀者急殺了，然後放出虎來。才子可恨如此。把那哨棒倚在一邊，哨棒倚在一邊，第七箇身分。○哨棒十三。放翻身體，却待要睡，只見發起一陣狂風。驚死讀者。那一陣風過了，只聽得亂樹背後撲地一聲響，跳出一隻弔睛白額大蟲來。出得有聲勢。武松見了，叫聲阿呀，從青石上翻將下來，有此一折，反越顯出武松神威。不然，便是三家村中說子路，不近人情極矣。便拿那條哨棒在手裏，哨棒十四。○拿着哨棒，第八箇身分。閃在青石邊。一閃。

○已下人是神人，虎是活虎，讀者須逐段定睛細

○我嘗思畫虎有處看，真虎無處看；真虎死有

上看眞虎活無處看活虎正走或猶偶得一看活虎正搏人是斷斷必無處得看者也乃今耐菴忽然以筆墨游戲畫出全副活虎搏人圖來今而後要看虎者其盡到水滸傳中景陽岡上定睛飽看又不喫驚眞乃此恩不小也○傳聞趙松雪好畫馬晚更入妙每欲搆思便於密室解衣踞地先學爲馬然後命筆一日管夫人來見趙宛然馬也今耐菴爲此文想亦復解衣踞地作一撲一掀一翦勢耶東坡畫鴈詩云野鴈見人時未起意先改君從何處看得此無人態我眞不知耐菴何處有此一副虎食人方法在胸中也聖歎於三千年中獨以才子許此一人豈虛譽哉

那大蟲又饑又渴、把兩隻爪在地下畧按一按和身望上一撲從半空裏攛將下來虎武松被那一驚酒都做冷汗出了（神妙之筆燈下讀之火光如豆變成綠色）說時遲那時快武松見大蟲撲來只一閃閃在大蟲背後（人二閃）那大蟲背後看人最難（百忙中自註一句）便把前爪搭在地下把腰胯一掀掀將起來（虎）武松只一閃閃在一邊（人三閃）大蟲見掀他不着吼一聲卻似半天裏起箇霹靂振得那山岡也動把這鐵棒也似虎尾倒竪起來只一翦（虎）武松卻又閃在一邊（人四閃）原來那大蟲拿人只是一撲一掀一翦三般提不着時氣

性先自沒了一半。百忙中註一句。才子博物，定非妄言，只是無處印證。此段作一束。已上只用四閃法。已下放出氣力來。那大蟲又剪不着，再吼了一聲，一兜兜將回來。虎。武松見那大蟲復翻身回來，雙手輪起哨棒，輪起哨棒。第九箇身分。哨棒十五。盡平生氣力只一棒，從半空劈將下來。人。此一劈，誰不以爲了卻大蟲矣，卻又變出怪事來。只聽得一聲響，簌簌地將那樹連枝帶葉劈臉打將下來。定睛看時，一棒劈不着大蟲，盡平生氣力矣。卻偏劈不着大蟲。嚇殺人句。原來打急了，正打在枯樹上。百忙中又註句。一把那條哨棒折做兩截只拿得一半在手裏哨棒十六。○半日勤寫哨棒。只道佚他打虎。到此忽然開除。令人瞠目噤口。不復敢讀下去。○哨棒折了。方顯出徒手打虎異樣神威來。只是讀者心膽墮矣那大蟲咆哮性發起來翻身又只一撲撲將來虎。武松又只一跳卻退了十步遠人。那大蟲恰好把兩隻前爪搭在武松面前虎。武松將半截棒丟在一邊了卻哨棒。○哨棒十七。兩隻手就勢把大蟲頂花皮肐𦢊地揪住一按按將下來人。那隻大蟲急要掙扎虎。被武松儘氣力捺定那里肯放半點兒鬆寬人。武松把隻脚望大蟲面門上眼睛裏只顧亂踢脚踢妙絕。雙手放鬆不得也。踢眼睛妙絕。別處須踢不入也。那大蟲咆哮起來把身底下爬起兩堆黃泥做了一箇土坑虎。耐菴何繇得知踢虎者必踢其眼。又何繇得知虎被人踢。便爬起一箇泥坑皆未必然之文。又必定然之事。奇絕妙絕。武松把那大蟲嘴直按下黃泥坑裏去人。那大蟲喫武松奈何得沒了些氣力虎。武松把左手緊緊地揪住頂花皮偷出右手來提起鐵鎚般大小拳頭儘平生之力只顱打人，打到五七十拳，那大蟲眼裏口裏鼻子裏耳朶裏都迸出鮮血來，更動撣不得，只剩口裏兀自氣喘。虎。武松放了手，來松樹邊尋那打折的哨棒，拿在手裏，只怕大蟲不死，把棒橛又打了一回。哨棒十八。哨棒餘波。眼見氣都沒了，方纔丢了棒。哨棒此處畢。尋思道：我就地拖得這死大蟲下岡子去。第一念要提去。妙。就血泊裏雙手來提時，那里提得動，原來使盡了氣力，手脚都蘇軟了。有此一折，便越顯出方纔神威。武松再來青石上坐了半歇（寫出倦極，便越顯出方纔神威，又收到青石，妙絕。）尋思道：天色看看黑了，倘或又跳出一隻大蟲來時，却怎地鬬得他過？且掙扎下岡子去，明早却來理會。（特下此句，使下文來得突兀。）就石頭邊尋了氊笠兒，（叫聲阿呀，翻下青石來，一時手脚都慌了，不及知氊笠落在何處矣，寫得入神。）轉過亂樹林邊，（收到亂樹。）一步步捱下岡子來。走不到半里多路，只見枯草中又鑽出兩隻大蟲來。（嚇殺奇文。）武松道：阿呀！我今番罷了！（嚇殺奇文。）只見那兩隻大蟲在黑影裏直立起來，嚇殺奇文。武松定睛看時，却是兩箇人把虎皮縫做衣裳，緊緊綳在身上，手裏各拿着一條五股叉。奇文。見了武松，喫一驚道：「你你你喫了忽律心、豹子肝、獅子腿，膽倒包着身軀，如何敢獨自一箇昏黑將夜又沒器械走過岡子來！你你你是人是鬼？」打虎既畢。却於獵戶口中詐之。武松道：「你兩箇是甚麼人？」那箇人道：「我們是本處獵戶。」武松道：「你們上嶺來做甚麼？」絕倒語。我上嶺來是打虎。你上嶺來却做甚麼。妙絕。兩箇獵戶失驚道：「你兀自不知哩、如今景陽岡上、有一隻極大的大蟲、夜夜出來傷人、只我們獵戶也折了七八箇、過往客人不記其數、都被這畜生喫了、本縣知縣着落當鄉里正和我們獵戶人等捕捉、那業畜勢大難近、〔可知一撲一撳一翦。乃是非嘗之事。〕誰敢向前、我們爲他正不知喫了多少限棒、只捉他不得、今夜又該我們兩箇捕獵、和十數箇鄉夫在此、上上下下〔四字。無心中從寫出神威。〕放了窩弓藥箭等他、正在這里埋伏、却見你大剌剌地岡子上走將下來、我兩箇喫了一驚、你却正是甚人、曾見大蟲麽、武松道、我是清河縣人氏、姓武、排行第二（百忙中點定望哥一案。故處處下此四字。）却纔岡子上亂樹林邊正撞見那大蟲、被我一頓拳脚打死了（第一遍自敘。）兩箇獵戶、聽得痴呆了、說道、怕沒這話、武松道、你不信時只看我身上兀自有血跡（可惜紅襖。）兩箇道、怎地打來、武松把那打大蟲的本事、再說了一遍（第二遍自敘。○實是畢生得意之事。不得不說了又說。○我亦要說。可憐無甚說得出的事也。）兩箇獵戶聽了又喜又驚叫攏那十箇鄉夫來只見這十箇鄉夫都拏着鋼叉踏弩刀鎗隨即攏來武松問道他們衆人如何不隨你兩箇上山獵戶道便是那畜生利害他們如何敢上來一夥十數箇人都在面前兩箇獵戶叫武松把打大蟲的事說向衆人（第三遍自敘○叫武二說又妙旁人且得意何況自家）衆人都不肯信武松道你衆人不信時我和你去看便了衆人身邊都有火刀火石隨即發出火來點起五七箇火

把好〇如畫衆人都跟着武松四字如畫一同再上岡子來
看見那大蟲做一堆兒死在那里衆人見了大喜
先叫一箇去報知本縣里正并該管上戸這里五
七箇鄉夫自把大蟲縛了擡下岡子來到得嶺下
早有七八十人都鬨將來先把死大蟲擡在前面
將一乘兜轎擡了武松上文一箇神人一箇活虎儘力放對到此虎也擡人也擡讀之不覺失笑也投本處一箇上戸家來那上戸里正
都在莊前迎接把這大蟲扛到草廳上却有本鄉

上戶是一色人本鄉獵戶又用一色人三二十人都來相探武松衆人問道壯士高姓大名貴鄉何處武松道小人是此間鄰郡清河縣人氏姓武名松排行第二帶定因從滄州回鄉來昨晚在岡子那邊酒店喫得大醉了上在軍云夜來眞大醉耶上岡子來正撞見這畜生先說一句下方省去把那打虎的身分拳脚細說了一遍第四遍自叙衆上戶道眞乃英雄好漢衆獵戶先把野味將來與武松把杯一箇人一色管待武松因打大蟲困乏

○○○了要睡（有此一折，便越顯出武松真正神威。）大戶便叫莊客打併客房，且教武松歇息。到天明，上戶先使人去縣裏報知，一面合具虎床，安排端正，迎送縣裏去。天明，武松起來洗漱罷，衆多上戶牽一腔羊，挑一擔酒，（一色人，一色管待。）都在廳前伺候。武松穿了衣裳，整頓巾幘，出到前面與衆人相見。衆上戶把盞說道：「被這箇畜生正不知害了多少人性命，連累獵戶吃了幾頓限棒。今日幸得壯士來到，除了這箇大害。第一鄉中人民有福第二客侶通行實出壯士之賜武松謝道非小子之能托賴衆長上福蔭衆人都來作賀喫了一早晨酒食擡出大蟲放在虎床上衆鄉村上戶都把段疋花紅來掛與武松武松有些行李包裹寄在莊上（細）一齊都出莊門前來早有陽穀縣知縣相公使人來接武松都相見了叫四箇莊客將乘涼轎來擡了武松（擡人）把那大蟲扛在前面（擡虎）也掛着花紅段疋（爲之失笑）迎到陽穀縣裏來

那陽穀縣人民聽得說一箇壯士打死了景陽岡上大蟲迎喝了來盡皆出來看鬨動了那箇縣治武松在轎上看時閒筆都好只見亞肩疊背鬧鬧穰穰屯街塞巷都來看迎大蟲到縣前衙門口知縣已在廳上專等武松下了轎扛着大蟲都到廳前放在甬道上知縣看了武松這般模樣人又見了這箇老大錦毛大蟲虎心中自忖道不是這箇漢人怎地打得這箇虎虎便喚武松上廳來武松去廳

前聲了喏知縣問道你那打虎的壯士你却說怎生打了這箇大蟲武松就廳前將打虎的本事說了一遍第五遍自敘廳上廳下衆多人等都驚得呆了知縣就廳上賜了幾杯酒將出上戶湊的賞賜錢一千貫給與武松武松稟道小人托賴相公的福蔭偶然僥倖打死了這箇大蟲非小人之能如何敢受賞賜小人聞知這衆獵戶因這箇大蟲受了相公責罰何不就把這一千貫給散與衆人去用

極表武松神威。○又遠遠先表武松無銀子。知縣道、既是如此任從壯士。○四字待以殊禮。武松就把這賞錢在廳上散與衆人獵戶、知縣見他忠厚仁德一篇打虎天崩地震文字。却以忠厚仁德四字結之。此恐并非史遷所知也。有心要擡舉他、便道、雖你原是清河縣人氏、與我這陽穀縣只在咫尺、我今日就參你在本縣做箇都頭、如何、武松跪謝道、若蒙恩相擡舉、小人終身受賜、知縣隨即喚押司立了文案、當日便參武松做了步兵都頭、衆上戶都來與武松

所寄行李包裹不見送來

作賀慶喜連連喫了三五日酒武松自心中思道我本要回清河縣去看望哥哥誰想倒來做了陽穀縣都頭自此上官見愛鄉里聞名又過了三二日那一日武松走出縣前來閒翫只聽得背後一箇人叫聲武都頭你今日發跡了如何不看覷我則箇誰耶武松回過頭來看了叫聲阿呀阿呀者驚心動魄之聲篇中武松凡叫三箇阿呀一是青石上陡然見虎一是下岡時誤認獵戶是虎一是縣前撞見此人也入後回說出其姓名方顯武松真有大過人者今且留之你如何卻在這里

不是武松見了這箇人有分教陽穀縣中屍橫血染直教鋼刀響處人頭滾寶劍揮時熱血流畢竟叫喚武都頭的正是甚人且聽下回分解

# 第五才子書施耐菴水滸傳卷之二十八

聖歎外書

## 第二十三回

王婆貪賄說風情
鄆哥不忿鬧茶肆

寫武二視兄如父此自是豪傑至性實有大過人者乃吾正不難於武二之視兄如父而獨難於武大之視二如子也曰嗟乎兄弟之

際至於今日尚忍言哉一壞於乾餱相爭閱墻莫勸再壞於高談天顯矜飾虛文蓋一壞於小人而再壞於君子也夫壞於小人其失也鄙猶可救也壞於君子其失也詐不可救也壞於小人其失也鄙其內即甚鄙而其外未至於詐是猶可以聖王之教教之者也壞於君子其失也詐其外既甚詐而其內又不免於甚鄙是終不可以聖王之教教之者也

故夫武二之視兄如父是學問之人之事也若武大之視二如子是天性之人之事也繇學問而得如武二之事兄者以事兄是猶夫人之能事也繇天性而欲如武大之愛弟者以愛弟是非夫人之能事也作者寫武二以救小人之鄙寫武大以救君子之詐夫亦曰兄之與弟雖二人也揆厥初生則一本也一本之事天性之事也學問其不必也不得已

而不廢學問此自爲小人言之若君子其亦勉勉於天性可也

上篇寫武二遇虎眞乃山搖地撼使人毛髮倒卓忽然接入此篇寫武二遇嫂眞又柳絲花朶使人心魂蕩漾也吾嘗見舞槊之後便欲搦管臨文則殊苦手顫鐃吹之後便欲洞簫清囀則殊苦耳鳴馳騎之後便欲入班拜舞則殊苦喘急罵座之後便欲舉唱梵唄則

殊苦喉燥何耐菴偏能接筆而出嚇時便嚇
殺人愍時便愍殺人並無上四者之苦也
寫西門慶接連數番踅轉妙於叠妙於換妙
於熱妙於冷妙於寬妙於緊妙於瑣碎妙於
影借妙於忽迎妙於忽閃妙於有波擽妙於
無意思眞是一篇花團錦湊文字
寫王婆定計只是數語可了看他偏能一波
一擽一吐一呑隨心恣意排出十分光來於

十分光前偏又能隨心恣意先排出五件事來眞所謂其才如海筆墨之氣潮起潮落者也

通篇寫西門愛奸却又處處挿入虔婆愛鈔描畫小人共爲一事而各爲其私眞乃可醜可笑吾嘗晨起開戶竊怪行路之人紛若馳馬意彼萬萬人中乃至必無一人心頭無事者今讀此篇而失笑也

話說當日武都頭回轉身來看見那人撲翻身便拜（奇）那人原來不是別人正是武松的嫡親哥哥武大郎武松拜罷說道一年有餘不見哥哥如何却在這里（此句在後想你文中不答而答）武大道二哥你去了許多時如何不寄封書來與我我又怨你（句）又想你（句○六箇字槩括全部北西廂記武大口中有此妙句○想伊巳自不能閒又那得工夫怨你可爲武大作一轉句）武松道哥哥如何是怨我想我武大道我怨你時當初你在清河縣裏要便喫酒醉了和人

相打時嘗喫官司教我要便隨衙聽候不曾有一箇月淨辦嘗教我受苦這箇便是怨你處（此一段實）想你時我近來取得一箇老小淸河縣人不怯氣都來相欺負沒人做主你在家時誰敢來放箇屁我如今在那里安不得身只得搬來這里賃房居住因此便是想你處（此一段注。○憑空結撰出一箇搬來的緣故。不意後來變出無數奇觀。咄咄怪事也。）看官聽說原來武大與武松是一母所生兩箇武松身長八尺一貌堂堂渾身上下有千百斤氣力不恁地如何打得那箇猛虎〔筆頭有舌〕這武大郎身不滿五尺面目醜陋頭腦可笑〔只須四字已活畫出〕清河縣人見他生得短矮起他一箇諢名叫做三寸丁穀樹皮那清河縣裏有一箇大戶人家有箇使女〔可見來歷不正〕娘家姓潘〔姓潘妙後又有姓潘人作對〕小名喚做金蓮〔金蓮二字藏下在此為武松一篇大文十來卷書鎖鑰〕年方二十餘歲頗有些顏色因為那箇大戶要纏他這女使只是去告主人婆意下不肯依從那箇大戶以此記恨

於心不寫作主母撚酸者，便於白與武大也。良工心苦，誰能知之。卻倒賠些房奩，不要武大一文錢，白白地嫁與他。不因此句，武大又那討錢來。自從武大娶得那婦人之後，清河縣裏有幾箇奸詐的浮浪子弟們，卻來他家裏薅惱。原來這婦人見武大身材短矮，人物猥獕，不會風流，他倒無般不好，爲頭的愛偷漢子。那武大是箇懦弱本分人，被這一班人不時閙在門前叫道：「好一塊羊肉，倒落在狗口裏。」因此武大在清河縣住不牢，搬來這陽穀縣紫石街賃房居住每日仍舊挑賣炊餅（仍舊妙。一似已說過者。）此日正在縣前做買賣當下見了武松武大道兄弟我前日在街上聽得人沸沸地說道景陽岡上一箇打虎的壯士姓武縣裏知縣叅他做箇都頭我也八分猜道是你原來今日纔得撞見我且不做買賣一同和你家去武松道哥哥家在那里武大用手指道只在前面紫石街便是武松替武大挑了擔兒（極表武二。）武大引着武松轉灣抹角。一逕望紫石街來。轉過兩箇灣。來到一箇茶坊間壁。（倒插而下。即嶽廟間壁茶園。一樣文法。）武大叫一聲。大嫂開門。只見簾子開處。（簾子一。一路便勤敘簾子。）一箇婦人出到簾子下。（簾子二。）應道。大哥。怎地半早便歸。武大道。你的叔叔（四字不雅馴。然小家恒有之。却正用在此處。妙絕。）在這里。且來廝見。武大郎接了擔兒入去。（細。）便出來道。二哥入屋裏來。和你嫂嫂相見。武松揭起簾子。入進裏面。與那婦人相見。武大說道。大嫂。原來景陽岡上打死大蟲新充做都頭的正是我這兄弟（見夫婦兩箇念誦已非一日。）那婦人叉手向前道叔叔萬福（叔叔一。凡叫過三十九遍叔叔。忽然改作你字。真欲絕倒人也。）武松道嫂嫂請坐武松當下堆金山倒玉柱納頭便拜（極表武二。）那婦人向前扶住武松道叔叔（叔叔二。）折殺奴家武松道嫂嫂受禮那婦人道奴家聽得間壁王乾娘說（亦倒插入）有箇打虎的好漢迎到縣前來要奴家同去看一看不想去得遲了趕不上不曾看見（可見不是不出閨門婦人）原來却是叔叔叔叔三、且請叔叔到樓上去坐。叔叔四、三箇人同到樓上坐了。那婦人看着武大道：我陪侍着叔叔坐地，你去安排些酒食來管待叔叔。兩句二十字，却字字絕倒。○叔叔五、叔叔六、武大應道：最好。二哥你且坐一坐，我便來也。武大下樓去了。那婦人在樓上看了武松這表人物，自心裏尋思道：武松與他是嫡親一母兄弟，他又生的這般長大。我嫁得這等一箇，也不枉了爲人一世。你看我那三寸丁穀樹皮，三分像人，七分似鬼我直恁地晦氣據着武松大蟲也喫他打倒了他必然好氣力（便想到他好氣力絕倒）說他又未曾婚娶何不叫他搬來我家裏住（二語連說絕倒）不想這段姻緣却在這里那婦人臉上堆下笑來問武松道叔叔（叔叔七）來這里幾日了（閒閒而起）武松答道到此間十數日了婦人道叔叔（叔叔八）在那里安歇（漸來）武松道胡亂權在縣衙裏安歇那婦人道叔叔（叔叔九）恁地時却不便當（漸來）武松道獨自一身容易料理早晚

自有土兵伏侍。婦人道。那等人伏侍叔叔。怎地顧管得到。何不搬來一家裏住。早晚要些湯水喫時。奴家親自安排與叔叔喫。叔叔十一。不強似這夥腌臢人。叔叔便喫口清湯也放心得下。辭令妙品。叔叔十二。武松道。深謝嫂嫂。已上作一節。那婦人道。莫不別處有嬸嬸。可取來廝會也好。此下三節。自作一節。承上叔叔搬來。急插入一句云。若有嬸嬸。亦可取來。不重嬸嬸有無。只圖以嬸嬸二字。挑逗武二心動也。武松道。武二並不曾婚娶。婦人又問道。叔叔。叔叔十三。青春多

○少急承上不曾婚娶。即接過云。青春多少。意謂豈可許大猶未近婦人耶。兩句。極似不相連屬。遂件自問者。而獨能令武二之心油然自動。真妙筆也。武松道武二二十五歲。那婦人道長奴三歲。○○○○第一答並未婚娶。第二答已二十五歲矣。料定武二兩語出口處。必已心動。便應聲折到自已身上來。將叔嫂二人。併作四字。更無絲毫分得開去。靈心妙筆。○○一至於此。說至此四字。已是深談矣。便只此一頓頓住。下別漾開去再說開話。妙絕。叔叔今番從那里來。又閒閒而起。○叔叔十四。武松道在滄州住了一年有餘。只想哥哥在清河縣住。不想却搬在這里。那婦人道一言難盡。自從嫁得你哥哥。喫他忒善了被人欺負淸河縣裏住不得搬來這里若得叔叔這般雄壯誰敢道箇不字忽然斜穿去表出心中相愛來○叔叔十五○用新婦得配參軍故事武松道家兄從來本分不似武二撒潑那婦人笑道怎地這般顛倒說常言道人無剛骨安身不牢奴家平生快性看不得這般三答不回頭四答和身轉的人忽然又表出自己與武二一合相處來○又作一節武松道家兄却不到得惹事要嫂嫂憂心正在樓上說話未了武大買了些酒肉菓品歸來放在

一路叔叔之聲多於嫂嫂讀之眞欲絕倒

廚下走上樓來叫道大嫂你下來安排那婦人應道你看那不曉事的叔叔在這里坐地却教我撇了下來絕倒你看那不曉事嫂嫂叔叔在這里坐地却不肯撇了下來叔叔十六武松道嫂嫂請自便那婦人道何不去叫間壁王乾娘安排便了又倒揮出王乾娘來只是這般不見便武大自去央了間壁王婆安排端正了都搬上樓來擺在桌子上無非是些魚肉菓菜之類隨即盪酒上來武大叫婦人坐了主位武松對席武大打橫坐得絕倒

○只一坐法，寫武大渾沌，武二直性，婦人心邪，色色都有。三箇人坐下，武大篩酒在各人面前。那婦人拿起酒來道：「叔叔（叔叔十七）休怪，沒甚管待，請酒一盃。」武松道：「感謝嫂嫂，休這般說。」武大只顧上下篩酒盪酒，那里來管別事。那婦人笑容可掬，滿口兒道：「叔叔（叔叔十八），怎地魚和肉也不喫一塊兒？」揀好的遞將過來。武松是箇直性的漢子，只把做親嫂嫂相待。（斷一句）誰知那婦人是箇使女出身，慣會小意兒。（斷一句）武大又是箇善弱的人那里會管待人也斷一句。那婦人喫了幾杯酒一雙眼只看着武松的身上武松喫他看不過只低了頭不恁麼理會眞好武松。○不恁麼理會五字。傳出聖賢心性來。便覺禪心巳作沾泥絮。不逐東風上下狂。二語之未能具足受持不淫戒也。當日喫了十數杯酒武松便起身武大道二哥再喫幾杯了去武松道只好恁地却又來望哥哥都送下樓來那婦人道叔叔叔叔十九。是必搬來家裏住一句。○看他臨出門時。數語急拍。若是叔叔不搬來時教我兩口兒也喫別人笑話二句

○叔叔二十。○○親兄弟難比別人三句。大哥你便打點一間房請叔叔來家裏過活四句。○叔叔二十一。休教鄰舍街坊道箇不是五句。○看他一刻上說兩遍絕倒。○鄰舍街坊伏後。武大道大嫂說得是二哥你便搬來也教我爭口氣武松道既是哥哥嫂嫂恁地說時今晚有些行李便取了來那婦人道叔叔○○叔叔二十二。是必記心奴這里專望○○○○○絕倒何勞嫂嫂。武松別了哥嫂離了紫石街逕投縣裏來正值知縣在廳上坐衙武松上廳來稟道武松有箇親兄搬在紫石街居住武松欲就家裏宿歇早晚衙門中聽候使喚不敢擅去請恩相鈞旨知縣道這是孝悌的勾當[說出此二字不愧進士出身]我如何阻你你可每日來縣裏伺候武松謝了收拾行李鋪蓋有那新製的衣服[點逗來路柴進]并前者賞賜的物件[點逗打虎]叫箇土兵挑了武松引到哥哥家裏那婦人見了却比半夜裏拾金寶的一般歡喜堆下笑來武大叫箇木匠就樓下整了一間房鋪下一張床裏面

放一條桌子伏。安兩箇杌子伏。一箇火爐伏。此非止是應用物件也。若止是應用物件。則便總寫一句云一應物件齊整。何不必說矣。今偏要逐項細開。便要讀者認得武二房裏如此鋪設。後來便好看他行立坐起。色色親見也。武松先把行李安頓了。分付土兵自回去。當晚就哥嫂家裏歇卧。次日早起。那婦人慌忙起來燒洗面湯。舀漱口水。於纖瑣處寫出。叫武松洗漱了口面。裹了巾幘。出門去縣裏畫卯。那婦人道。叔叔叔叔二十三。畫了卯早些箇歸來喫飯。休去別處喫。武松道。便來也。逕去縣裏畫了卯伺候了一早晨回到家裏那婦人洗手剔甲（四字纖瑣入妙）齊齊整整安排下飯食三口兒共桌兒喫武松喫了飯那婦人雙手捧一盞茶遞與武松喫武松道教嫂嫂生受武松寢食不安縣裏撥一箇土兵來使喚那婦人連聲叫道（老大不便故用連聲）叔叔（叔叔二十四）却怎地這般見外自家的骨肉又不伏侍了別人便撥一箇土兵來使用這廝上鍋上竈也不乾淨奴眼裏也看不得這等人（絕之）武松道恁地

時。却生受嫂嫂。話休絮煩。自從武松搬將家裏來。○○○○○○○○○○○○○○○○○○○取些銀子與武大教買餅饊茶菓請鄰舍喫茶衆○○○○○○○○○○○○○○○○○○○鄰舍鬬分子來與武松人情武大又安排了回席○○○○○○○○○○○○○○○○○○○又先倒補下鄰舍。○他日靈山一會儼然未散。只少却武大耳。都不在話下。過了○○○○○○○○○○○○○○○數日武松取出一匹彩色段子與嫂嫂做衣裳兩耀得妙。真是妙筆。○○○○○○那婦人笑嘻嘻道。叔叔叔叔二十五。如何使得○○○○○○○○○○○○○○何故使不得。既然叔叔把與奴家不敢推辭只得接了叔叔二十六。○零星拉雜。叙事真與史公無二。武松自此只在哥哥家裏宿。歇武大依前上街挑賣炊餅。武松每日自去縣裏畫卯承應差使。不論歸遲歸早。那婦人頓羹頓飯。歡天喜地伏侍武松。武松倒過意不去。省文有筆力。那婦人甞把些言語來撩撥他。武松是箇硬心真漢。却不見怪。不見好。是丈夫。不見怪。是聖賢矣。極寫武二過人。有話卽長。無話卽短。不覺過了一月有餘。看看是十二月天氣。連日朔風緊起。四下里彤雲密布。又早紛紛揚揚。飛下一天大雪來。當日那雪直下到一更天氣

婦人勾搭武二作一篇文字讀

不止次日武松清早出去縣裏畫卯直到日中未歸武大被這婦人趕出去做買賣（絕倒。先已清宮除道矣）央及間壁王婆（又插出王婆）買下些酒肉之類去武松房裏簇了一盆炭火（火盆此處出現）心裏自想道我今日着實撩鬭他一撩鬭不信他不動情那婦人獨自一箇冷冷清清立在簾兒下等着（簾子三）只見武松踏着那亂瓊碎玉歸來那婦人揭起簾子（簾子四）陪着笑臉迎接道叔叔寒冷（叔叔二十七）武松道感謝嫂嫂憂念入得門來便把氈笠兒除將下來那婦人雙手去接絕倒武松道不勞嫂嫂生受自把雪來拂了掛在壁上如畫解了腰裏纏袋脫了身上鸚哥綠紵絲衲襖入房裏搭了如畫○又不一齊脫卻必留油靴在後文者非中間有停歇也武二自一邊忙忙脫換婦人自一邊趕着說話於是遂生出已下三行文來實則搭了綿襖便脫油靴並未嘗有停手處也那婦人便道奴等一早起叔叔○○叔叔叔叔二十八怎地不歸來喫早飯武松道便是縣裏一箇相識請喫早飯却纔又有一箇作杯我不奈煩一

直走到家來那婦人道慿地叔叔向火叔叔二十九武松道好句便脫了油靴換了一雙襪子穿了煖鞋掇箇杌子一箇杌子出現自近火邊坐地那婦人把前門上了拴絕倒後門也關了絕倒〇俗筆便竟搬酒來矣此偏於搬酒先着此兩句寫出淫婦一腔心事〇又倒插出後門來妙絕却搬些按酒菓品菜蔬入武松房裏來擺在桌子上桌子出現武松問道哥哥那里去未歸婦人道你哥哥每日自出去做買賣和叔叔自飲三杯叔嫂中間用一和字真欲絕倒〇叔叔三十武

松道、一發等哥哥家來喫、婦人道、那里等得他來、

一句。等他不得、二句。只是一句。顛倒寫作二句。寫盡心忙口亂。說猶未了、

早煖了一注子酒來、武松道、嫂嫂坐地、等武二去

盪酒正當、婦人道、叔叔叔叔三十一。你自便、那婦人也

掇箇杌子、近火邊坐了、第二箇杌子出現。如畫。火頭邊桌兒

上擺着杯盤、那婦人拿盞酒、擎在手裏、看着武松

道、叔叔叔叔三十二。滿飲此杯、閒閒而起。武松接過手來、一

飲而盡、真好武二。寫武二飲酒處特有神威。那婦人又篩一杯酒

來說道天色寒冷叔叔（叔叔三十三。）飲箇成雙杯兒（真好）

（淫婦辭令妙品。）武松道嫂嫂自便接來又一飲而盡（真好武二。）

武松却篩一杯酒遞與那婦人喫（又兩耀。）婦人接過

酒來喫了却拿注子再斟酒來放在武松面前那

婦人將酥胸微露雲鬟半嚲臉上堆着笑容說道

我聽得一箇閑人說道叔叔在縣前東街上養着

一箇唱的敢端的有這話麽（閑人者何人也叔叔養唱嫂嫂却知又是

閑人說來絕倒人也。叔叔三十四。）武松道嫂嫂休聽外人胡說武

二從來不是這等人（寫武二答語處。都有神威。）婦人道我不信（三字絕倒。○爾固嫂嫂也。信即奈何。不信又奈何哉。）只怕叔叔口頭不似心頭（何勞嫂嫂害怕。絕倒。○叔叔三十五。）武松道嫂嫂不信時只問哥哥（今日之叙。獨不可使哥哥聞耳。一直提出四字。寫盡神威。）那婦人道他曉得甚麼曉得這等事時不賣炊餅了（眞好淫婦。字字飛鸞走鳳。○這等事。何事也。叔嫂私商。絕倒人也。）叔叔且請一杯（又頓一頓。○叔叔三十六。）連篩了三四杯酒飲了那婦人也有三杯酒落肚鬨動春心那里按納得住只管把閒話來說武松也知了四五分自家只把頭來低了知了四五分只把頭低了○可知已上巳有二三分不自在矣那婦人起身去燙酒武松自在房裏拿起火筯簇火寫出不快那婦人煖了一注子酒來到房裏一隻手拿着注子一隻手便去武松肩胛上只一揑寫淫婦便是活淫婦說道叔叔叔叔三十七只穿這些衣裳不冷不審如何便熱武松已自有六七分不快意也不應他六七分不快只不應他那婦人見他不應劈手便來奪火筯口裏道叔叔不會簇火我與叔叔撥火只

要似火盆常熱便好叔叔三十八叔叔三十九武松有八九分焦躁只不做聲八九分焦躁只不做聲可知已下是十分震怒也那婦人慾心似火不看武松焦躁便放了火筯卻篩一盞酒來自呷了一口剩了大半盞看着武松道你若有心喫我這半盞兒殘酒寫淫婦便是活淫婦已上凡叫過三十九箇叔叔至此忽然换作一你字妙心妙筆武松劈手奪來潑在地下神威說道嫂嫂潘失嫂嫂之道矣又稱嫂嫂者何尊之也何尊乎嫂嫂尊之所以愧之也尊之所以愧之奈何彼固恥之我固尊之彼或怵然於我之尊之當怵然於己之恥之也君子修春秋莫

先於正名分.亦爲此也.休要恁地不識羞恥只一句.罵殺千古.武二眞正神威.把手只一推爭些兒把那婦人推一交武松睜起眼來道武二是箇頂天立地噙齒戴髮男子漢字字響.不是那等敗壞風俗沒人倫的豬狗字字響.嫂嫂再叫一聲.休要這般不識廉恥再申一句.倘有些風吹草動直算到底.寫盡武二神威.武二眼裏認得是嫂嫂拳頭卻不認得是嫂嫂奇絕之文.自有嫂嫂二字以來.未經用作如此句法.眞乃嫂嫂掃地矣.再來休要恁地數語.極表武二神威.那婦人通紅了臉便掇

武大歸來兩邊按留不住另作一篇小文讀

開了杌子絕倒口裏說道我自作樂耍子不直得便當真起來好不識人敬重搬了盞碟自向廚下去了武松自在房裏氣忿忿地天色却早未牌時分武大挑了擔兒歸來推門那婦人慌忙開門武大進來歇了擔兒隨到廚下見老婆雙眼哭得紅紅的武大道你和誰鬧來那婦人道都是你不爭氣教外人來欺負我既是外人如何又叫他二十九遍叔叔武大道誰人敢來欺負你婦人道情知是有誰爭奈武二那

廝、我見他大雪裏歸來、連忙安排酒請他喫、他見前後沒人、便把言語來調戲、我武大道、我的兄弟、不是這等人、從來老實、方纔說只問哥哥今果然也休要高做聲、喫鄰舍家笑話、武大撇了老婆、來到武松房裏叫道、二哥、你不曾喫點心、我和你喫些箇、武松只不做聲一歎。尋思了半晌又一歎。二句不得連氣讀下。再脫了絲鞋依舊穿上油膀靴着了上蓋帶上氈笠兒前脫時從上而下。今着時從下而上。一頭繫纏袋一面出門活畫。畫亦畫不出。武大叫道二哥那里去也不應一直地只顧去了（瞥然）去了武大回到厨下來問老婆道我叫他又不應只顧望縣前這條路走了去（十一字活畫出呆子來）正是不知怎地了那婦人罵道糊突桶有甚麼難見處那厮羞了没臉兒見你走了出去我也再不許你留這○厮在家裏宿歇（那厮這厮即叔叔也）武大道他搬出去須喫別人笑話那婦人道混沌魍魎他來調戲我倒不喫別人笑你要便自和他道話我却做不得這樣

的人你還了我一紙休書來你自留他便了武大那里敢再開口（活武大。與後句熠耀看。）正在家中兩口兒絮聒只見武松引了一箇土兵拿着條匾擔逕來房裏（驚然又來。）收拾了行李便出門去（驚然又去。）武大趕出來叫道二哥做甚麼便搬了去武松道哥哥不要問說起來裝你的幌子你只顧我自去便了武大那里敢再開口（活武大。兩句熠耀故妙。）顧武松搬了去那婦人在裏面喃喃吶吶的罵道却也好（三字。趣得聲態俱有。活畫出淫婦情性來。正不知耐菴如何算出。人只道一箇親兄弟做都頭怎地養活了哥嫂卻不知反來嚼咬人正是花木瓜空好看你搬了去倒謝天地且得冤家離眼前如聞其聲。武大見老婆這等罵正不知怎地心中只是咄咄不樂放他不下活武大。又好武大。讀之不覺悲從中來。嗟乎。世人讀詩而不慶棠棣之篇。彼罔無所感於中也。豈不痛哉。自從武松搬了去縣衙裏宿歇武大自依然每日上街挑賣炊餅本待要去縣裏尋兄弟說話卻被這婆娘千叮萬囑分付教不要去兜攬他因此武大不敢去尋武松按下妙手撚指間歲月如流不覺雪晴過了十數日却說本縣知縣自到任已來却得二年半多了賺得好些金銀此句不算調侃正算作通病矣欲待要使人送上東京去與親眷處收貯使用謀箇陞轉却怕路上被人刼了去須得一箇有本事的心腹人去便好猛可想起武松來須是此人可去有這等英雄了得當日便喚武松到衙內商議道我有一箇親戚在東京城裏

仕欲要送一擔禮物去就捎封書問安則箇只恐途中不好行須是得你這等英雄好漢方去得你可休辭辛苦與我去走一遭回來我自重重賞你武松應道小人得蒙恩相擡舉安敢推故既蒙差遣只得便去小人也自來不曾到東京就那里觀看光景一遭竟似對友生語不似對上官語相公明日打點端正了便行知縣大喜賞了三杯不在話下且說武松領下知縣言語出縣門來到得下處取了些銀兩

叫了個土兵、却上街來買了一瓶酒、并魚肉果品之類、一逕投紫石街來、直到武大家裏。（瞥然又來。）武大恰好賣炊餅了回來、見武松在門前坐地、叫土兵去廚下安排。（武大眼中如畫。）那婦人餘情不斷、見武松把將酒食來、（隨手蹴出餘波、真是文情如縠。）心中自想道：莫不這厮思量我了、却又回來？那厮一定強不過我、且慢慢地相問他。那婦人便上樓去、重勻粉面、再整雲鬟、換些豔色衣服穿了、來到門前迎接武松。那婦人

武二置酒又作一篇文字讀

拜道○○叔叔（又饒數聲叔叔）不知怎地錯見了好幾月並不上門教奴心裏没理會處每日叫你哥哥來縣裏尋叔叔陪話歸來只說道没尋處今日且喜得叔叔家來没事壞錢做甚麼（嫂嫂亦可謂糊突桶·混沌魍魎矣·○辭令妙品·）武松答道武二有何話特來要和哥哥嫂嫂說知則箇那婦人道既是如此樓上去坐地三箇人來到樓上客位裏武松讓哥嫂上首坐了武松掇箇杌子橫頭坐了土兵搬將酒肉上樓來擺在卓子

上武松勸哥哥嫂嫂喫酒那婦人只顧把眼來睃武松糊突桶混沌魍魎武松只顧喫酒酒至五巡武松討付勸杯叫士兵篩了一杯酒拿在手裏看着武大道大哥在上今日武二蒙知縣相公差往東京幹事明日便要起程多是兩箇月少是四五十日便回有句話特來和你說知你從來爲人懦弱我不在家恐怕被外人來欺負兄弟二人武大愛武二如子武二又愛武大如子武大自視如父武二又自視如父二人一片天性便生出此句話來妙絕假如你每

日賣十扇籠炊餅你從明日為始只做五扇籠出去賣每日遲出早歸（只防早晨夜晚又烏料袚衣之在清晝耶）不要和人喫酒（武大何處喫酒乃武二已明知武大之必將有酒喫也妙絕）歸到家裏便下了簾子（簾子五亦帶簾子妙絕）早閑上門省了多少是非口舌（君子不出惡聲只如此妙絕）如若有人欺負你不要和他爭執待我回來自和他理論（如子如父語○數語婦後讀之凜然）大哥依我時滿飲此杯（武二神威）武大接了酒道我兄弟見得是我都依你說喫過了一杯酒武松再篩

第二杯酒對那婦人說道嫂嫂是箇精細的人不必用武松多說（妙人妙語。可知武二不是不知人事者。）我哥哥爲人質朴全靠嫂嫂做主看覷他（竟是托孤語。讀之悽愴淚下。讀武二此語。忽歎昭烈如其不才君可自取之言。眞猪狗之言也。）嘗言道表壯不如裏壯嫂嫂把得家定我哥哥煩惱做甚麼豈不聞古人言籬牢犬不入（語語寫出武二神威）那婦人被武松說了這一篇一點紅從耳朶邊起紫漲了面皮指着武大便罵道你這箇腌臢混沌有甚麼言語在外人處說來欺負老娘我是一箇不戴頭巾男子漢叮叮噹噹響的婆娘拳頭上立得人胳膊上走得馬人面上行得人不是那等搠不出的鱉老婆自從嫁了武大真箇螻蟻也不敢入屋裏來有甚麼籬笆不牢犬兒鑽得入來你胡言亂語一句句都要下落丟下磚頭瓦兒一箇箇要着地辭令妙品。○淫婦有相。只看會說話者。即其人也。武松笑道若得嫂嫂這般做主最好只要心口相應却不要心頭不似口頭恰與前言相炤得妙。

既然如此武二都記得嫂嫂說的話了請飲過此杯（武二神威讀者皆欲起立）那婦人推開酒盞一直跑下樓來走到半胡梯上發話道（活畫）你既是聰明伶俐却不道長嫂為母（絕倒）我當初嫁武大時曾不聽得說有甚麼阿叔（絕倒）那里走得來是親不是親便要做喬家公（絕倒）自是老娘晦氣了鳥撞着許多事（語語絕倒）哭下樓去了那婦人自粧許多奸偽張致那武大武二弟兄自再喫了幾杯（武二自不必說真乃難得武大天下之人讀至此句）

莫不淚下。武松拜辭哥哥。武大道兄弟去了莫不文於武大也。令讀其兄弟去了四字。何其爛熳淋漓。夫文爛至也。我讀之而聲咽氣盡。不復能讚之矣。早早回來和你相見。口裏說不覺眼中墮淚真好武大。武松見武大眼中垂淚。便說道哥哥便不做得買賣也罷。只在家裏坐地又將前語一翻。務要極文之致。盤纏兄弟自送將來。武大送武松下樓來。臨出門。武松又道。大哥我的言語休要忘了極文之致。武松帶了土兵自回縣前來收拾。次日早起來。拴束了包裹。來見知縣。那知縣已自先差下一輛車兒把箱籠都裝載車子上點兩箇精壯土兵縣衙裏撥兩箇心腹伴當都分付了那四箇跟了武松就廳前拜辭了知縣拽扎起提了朴刀監押車子一行五人離了陽穀縣取路望東京去了話分兩頭只說武大郎自從武松說了去整整的喫那婆娘罵了三四日武大忍氣吞聲繇他自罵心裏只依着兄弟的言語真箇每日只做一半炊餅出去賣未晚便歸一脚歇了

擔兒、便去除了簾子、簾子六。關上大門、却來家裏坐地、那婦人看了這般、心內焦躁、指着武大臉上駡道、混沌濁物、我倒不曾見日頭在半天裏、便把着喪門關了、也須吃別人道、我家怎地禁鬼、聽你那兄弟鳥嘴、也不怕別人笑恥、武大道、繇他們笑說我家禁鬼、我的兄弟說的是好話、真好武大、我欲哭之。省了多少是非、那婦人道、呸、濁物、你是個男子漢、自不做主、却聽別人調遣、武大搖手道、繇他、我的兄弟

是金子言語武大叫兄弟處定帶我的二字妙絕。○金子言語。奇文未有。自武

松去了十數日武大每日只是要出早歸歸到家

裏便關了門那婦人也和他鬧了幾塲向後鬧慣

了不以爲事省。自此這婦人約莫到武大歸時先

自去收了簾兒關上大門行文曲折逶進衙下。○簾子七。武大見

了自心裏也喜尋思道恁地時却好開心開筆。又過了

三二日冬已將殘天色回陽微煖固是春情應在春日。當日

武大將次歸來那婦人慣了自先向門前來又那

又簾另作一篇文字讀

○○簾子（簾子八。○慣了妙。寫得並無痕影。）也是合當有事，却好一箇人從簾子邊走過。○（便走得蹺蹊。簾子九。）自古道沒巧不成話，這婦人正手裏拿叉竿不牢，失手滑將倒去，不端不正，却好打在那人頭巾上。（此一滑我極疑之，不然豈前日雪天向火之日，亦失手伸將過去，不端不正，却好揑在叔叔有脚上耶。）那人立住了脚，意思要發作，回過臉來看時，却是一箇妖嬈的婦人，（因緣生法。福倚禍伏。真有如此。）先自酥了半邊，那怒氣直鑽過爪洼國去了，變作笑吟吟的臉兒。（一箇如逆。）這婦人見看他兩廝一箇如迎一箇似送一箇輕憐一箇痛惜一箇低頭一箇萬福倒教我看書的看得[illegible][illegible]倒遝

不相怪便又手深深地道箇萬福一箇似送說道奴家一時失手官人疼了一箇輕憐那人一頭把手整頭巾一面把腰曲着地還禮道不妨事娘子閃了手一箇痛惜却被這間壁的王婆正在茶局子裏水簾底下看見了至此方入王乾娘正傳笑道王婆笑起第一笑兀誰教大官人打這屋簷邊過打得正好積世虔婆語使讀者肉飛眉舞那人笑道第二笑這是小人不是一箇低頭衝撞娘子休怪那婦人也笑道第三笑官人恕奴些箇一箇萬福那人又笑

着、第四笑。大大地唱箇肥喏道小人不敢那一雙眼都只在這婦人身上也回了七八遍頭畫。自搖搖擺擺踏着八字脚去了不作去了。這婦人自收了簾子叉竿入去簾子十。掩上大門等武大歸來你道那人姓甚名誰那里居住原來只是陽穀縣一箇破落戶財主就縣前開着箇生藥鋪伏跳霜。從小也是一箇奸詐的人使得些好拳棒伏踢武大。踢武二。近來暴發跡專在縣裏管些公事與人放刁把濫說事過錢

西門慶轉踅又作一篇文字讀

排陷官吏（伏官吏通線・）因此滿縣人都饒讓他些箇（伏何九忌怕・）那人覆姓西門單諱一箇慶字排行第一人都喚他做西門大郎近來發跡有錢人都稱他做西門大官人○○○○○○○○○○○不多時只見那西門慶一轉（蚕來了・絕倒・）踅入王婆茶坊裏來去裏邊水簾下坐了王婆笑道（第五笑・）大官人却纔唱得好箇大肥喏西門慶也笑道（第六笑・）乾娘你且來我問你間壁這箇雌兒是誰的老小王婆道他是閻羅大王的妹子五道將

軍的女兒問他怎的西門慶道我和你說正話休要取笑王婆道大官人怎麼不認得他老公便是每日在縣前賣熟食的（半句歇住聲口入妙）西門慶道莫非是賣棗糕徐三的老婆（隨手撮成如詞家之有紅襯襯也○三）王婆搖手道不是若是他的正是一對兒大官人再猜西門慶道可是銀擔子李二哥的老婆（二）王婆搖頭道不是若是他的時也倒是一雙西門慶道倒敢是花胳膊陸小乙的妻子（一）王婆大笑道（第七笑）

不是若他的時也又是好一對兒大官人再猜一猜西門慶道乾娘我其實猜不着王婆哈哈笑道第八笑好教大官人得知了笑一聲他的盍老便是街上賣炊餅的武大郎西門慶跌腳笑道第九笑莫不是人叫他三寸丁穀樹皮的武大郎王婆道正是他西門慶聽了叫起苦來說道好塊羊肉怎地落在狗口裏王婆道便是這般苦事自古道駿馬却馱癡漢走巧妻常伴拙夫眠月下老偏生要是

這般配合西門慶道、王乾娘我少你多少茶錢無可扳話。無可那延。只得隨口扯淡。活畫出涎臉來。使讀者絕倒。王婆道不多繇他

歇些時却算、西門慶又道你兒子跟誰出去一發扯淡。

活畫涎臉。王婆道說不得跟一箇客人淮上去至今不

歸、又不知死活、西門慶道却不叫他跟我一發涎臉死人

王婆笑道第十笑。笑得賊。明明笑其涎臉扯淡也。若得大官人擡舉

他十分之好、西門慶道等他歸來却再計較淡死人。涎臉死人。

再說了幾句閒話相謝起身去了又去了。約莫

未及半箇時辰又趕將來王婆店門口簾邊坐地朝着武大門前（蹬又來了。絕倒。）半歇王婆出來道大官人喫箇梅湯（一路隱語點逗。都好。）西門慶道最好多加些酸（隱語。）王婆做了一箇梅湯雙手遞與西門慶西門慶慢慢地喫了（只慢慢地三字。活畫涎臉。）盞托放在桌子上（活畫出淡來。）西門慶道王乾娘你這梅湯做得好有多少在屋裏王婆笑道（第十一笑。）老身做了一世媒那討一箇在屋裏（以風話入。）西門慶道我問你梅湯你却說做媒差了多少王婆道老身只聽的大官人問這媒做得好老身只道說做媒西門慶道乾娘你旣是撮合山也與我做頭媒說頭好親事我自重重謝你王婆道大官人你宅上大娘子得知時婆子這臉怎喫得耳刮子西門慶道我家大娘子最好極是容得人見今也討幾箇身邊人在家裏只是沒一箇中得我意的你有這般好的與我主張一箇便來說不妨就是回頭人也好只要中得我意賊人語已有所

指○此語漸近矣。故下王婆忽然以風話漾開去。才子爲文。必欲盡情極致。每每如此。王婆道前日有一箇倒好只怕大官人不要無端蹴出奇文。却只要消繳此節。西門慶道若好時你與我說成了我自謝你王婆道生得十二分人物只是年紀大些奇文。西門慶道便差一兩歲也不打緊真箇幾歲王婆道那娘子戊寅生屬虎的新年恰好九十三歲絕倒西門慶笑道第十二笑。你看這風婆子只要扯着風臉取笑○○○西門慶笑了第十三笑。起身去又去了。看看天色黑了王婆却纔點上燈來正要關門只見西門慶又踅將來逕去簾底下那座頭上坐了朝着武大門前只顧望（如何却又來了絕倒）王婆道大官人喫箇和合湯如何（隱語換）西門慶道最好乾娘放甜些（隱語）王婆點一盞和合湯遞與西門慶喫坐箇一歇（活畫出淡來）起身道乾娘記了帳目（活畫出淡來）明日一發還錢王婆道不妨伏惟安置來日早請過訪（東方麥鐵未有此舌）西門慶又笑了去（又去了第十四笑）當晚無事次日清早王婆却

纔開門把眾看門外時只見這西門慶又在門前兩頭來往踅（蚤又來了。絕倒。句法小變。放活多少。）王婆見了道這個刷子踅得緊你看我着些甜糖抹在這厮鼻子上只叫他舐不着那厮會討縣裏人便宜且教他來老娘手裏納些敗鈌王婆開了門正在茶局子裏生炭整理茶鍋西門慶一逕奔入茶房裏來水簾底下望着武大門前簾子裏坐了看（簾子。）王婆只做不看見只顧在茶局裏㷫風爐子不出來問茶（與上梅湯和合湯變化。文心詭譎。）西門慶叫道、乾娘、點兩盞茶來。王婆笑道（第十五笑。）大官人來了、連日少見（東方麥鐵之舌。）真正妙絕。且請坐、便濃濃的點兩盞薑茶（此非隱語。乃是百忙中點出時節來。大薑茶所以破曉寒也。）將來放在桌子上、西門慶道、乾娘相陪我喫箇茶（涎臉死人語。）王婆哈哈笑道（第十六笑。）我又不是影射的（賊妙。）西門慶也笑了一回（第十七笑。）問道、乾娘間壁賣甚麼（活畫涎臉。愈畫愈妙。）王婆道、他家賣拖蒸河漏子熱燙溫和大辣酥（只是風話。）西門慶笑道（第十八笑）

你看這婆子只是風。王婆笑道。第十九笑。我不風他家自有親老公。西門慶道。乾娘和你說正經話。說他家如法做得好炊餅。我要問他做三五十箇。不知出去在家。王婆道。若要買炊餅。少間等他街上回來買。何消得上門上戶。賊妙。西門慶道。乾娘說的是。喫了茶。淡死人。涎臉死人。活畫出。坐了一回。起身道。乾娘記了帳目。淡死人。涎臉死人。王婆道。不妨事。老娘牢牢寫在帳上。西門慶笑了去。又去了。第二十笑。王婆只在茶局子裏張時冷眼瞧見西門慶又在門前踅過東去又看一看（變化。又省。）走過西來又瞧一瞧（變化。又省。）走了七八遍（變化。又省。）逕踅入茶房裏來（又來。絕倒。）王婆道、大官人稀行、好幾時不見面（妙絕。）西門慶笑將起來、、、（第二十一笑。）去身邊摸出一兩來銀子（一兩銀子。○連日用心。固不如一兩之有驗也。看下文虔婆便出門路。可發一笑。）遞與王婆說道、乾娘權收了做茶錢、婆子笑道、、（第二十二笑。）何消得許多、西門慶道、只顧放着、婆子暗暗地歡喜道、來了、這刷子當敗、且把銀子來藏了、便道、老身看、大官人○○○○○○一兩入手，便生出六箇字來，然則貧士而望人垂青，豈不謬乎。有些渴、喫箇寬煎葉兒茶如何、仍作隱語。西門慶道、乾娘如何便猜得着、婆子道、有甚麼難猜、自古道入門休問榮枯事、觀着容顏便得知、老身異樣蹺蹊作怪的事、都猜得着、西門慶道、我有一件心上的事、乾娘猜得着時、與你五兩銀子○○○○○五兩銀子。王婆笑道、第二十三笑。老娘也不消三智五猜、只一智便猜箇十分、大官人、你把耳朶來、絕倒，活畫。你這兩日脚步緊趕趂得頻一定是記掛着隔壁那箇人我這猜如何西門慶笑起來第二十四笑道乾娘你端的智賽隋何機強陸賈不瞞乾娘說我不知怎地喫他那日叉簾子時見了這一面却似收了我三魂七魄的一般只是沒做箇道理入脚處不知你會弄手段麼王婆哈哈的笑起來道第二十五笑老身不瞞大官人說我家賣茶叫做鬼打更三年前六月初三下雪的那一日賣了一箇泡茶直到如今

說光獨作一篇文字讀。○於說光前先有一番五事問答，又可另作一篇讀。

不發市，專一靠些雜趂養口。（奇文矢口而來。）西門慶問道：「怎地叫做雜趂？」王婆笑道：（第二十六笑。）「老身爲頭是做媒，又會做牙婆，也會抱腰，也會收小的，也會說風情，也會做馬泊六。」（奇文矢口而來。）西門慶道：「乾娘端的與我說得成時，（十兩銀子。）便送十兩銀子與你做棺材本。」王婆道：「大官人，你聽我說：（一兩銀子，便看你；五兩銀子，便猜你；十兩銀子，便與你說出五件事十分光來。一篇寫刷子撒奸、花娘好色、虔婆愛鈔，色色入畫。）但凡挨光的兩箇字最難，要五件事俱全，方纔行得。第一件下文將欲排出十分光來，卻先於上文排出五件事，使讀者如游深山，不覺迤邐而入。潘安的貌；第二件，驢兒大的行貨；第三件，要似鄧通有錢；第四件，小就要綿裏針忍耐；第五件，要閒工夫。此五件，喚作潘驢鄧小閒。千古奇文。五件俱全，此事便獲着。西門慶道：實不瞞你說，這五件事我都有些。第一，下文將排出十分光，上文卻先排出五件事，所謂欲變大陣，先設小陣也。然小陣一變，即成大陣，猶未足為奇觀。此只以小陣一變，仍作小陣，讀者方謂極情盡致，無可復加，而下文不覺蚤已排山倒海，衝至面前，真文字之極觀也。我的面兒雖比不得潘安，也克得過。第二我小時也曾養得好大龜。第三我家裏也頗有貫伯錢財。雖不及鄧通。也頗得過。第四我最耐得。他便打我四百頓。休想我回他一下。第五我最有閒工夫。不然。如何來的恁頻。乾娘你只作成我完備了時。我自重重的謝你。王婆道。大官人雖然你說五件事都全。我知道還有一件事打攪（五件事。又變作一件事。然後慢慢變出十件事來。忽大忽小。忽小忽大。眞有猶龍之譽。）也多是刬地不得。西門慶說。你且道甚麼一件事打攪、王婆道、大官人、休怪老身、直言、但凡挨光最難、十分光時使錢到九分九釐也有難成就處我知你從來慳吝不肯胡亂便使錢只這一件打攪（活畫出積世虔婆。）西門慶道、這箇極容易醫治、我只聽你的言情便了、王婆道、若是大官人肯使錢時、老身有一條計、便教大官人和這雌兒會一面、只不知官人肯依我麼、西門慶道、不揀怎地、我都依你、乾娘有甚妙計王婆笑道（第二十七笑。）今日晚了且回去過半年三箇月却來商量行文至此。豈惟西門。雖讀者亦無不洗耳願聞矣。偏有此一閃。妙西門慶便跪下道乾娘休要撒科你作成我則箇王婆笑道第二十八笑。大官人却又慌了老身那條計是箇上着雖然入不得武成王廟端的強似孫武子教女兵十捉九着大官人我今日對你說不容易請教。這箇人原是清河縣大戶人家討來的養女却做得一手好針線大官人你便買一疋白綾一疋藍紬一疋白絹再用十兩好綿都把來與老身積世虔婆趂火打劫之計令我絕倒我却走將過去問他討茶喫却與這雌兒說道有箇施主官人與我一套送終衣料特來借曆頭央及娘子與老身揀箇好日去請箇裁縫來做他若見我這般說不係我時此事便休了先用一反他若說我替你做不要我叫裁縫時這便有一分光了第一段○每一段用兩半若一反一正絕代奇文我便請他家來做他若說將來我家裏做不肯過來此事便休了反他若歡天喜地說我來做就替

第五大主意說風情

你裁這光便有二分了（第二段）若是肯來我這里做時却要安排些酒食點心請他第一日你也不要來（妙）第二日他若說不便當時定要將家去做此事便休了（反）他若依前肯過我家做時這光便有三分了（第三段）這一日你也不要來（妙）到第三日晌午前後你整整齊齊打扮了來咳嗽為號你便在門前說道怎地連日不見王乾娘我便出來請你入房裏來若是他見你入來便起身跑了歸去難

道我拖住他〔妙〕此事便休了〔反〕他若見你入來不動身時這光便有四分了〔第四段〕坐下時便對雌兒說道這箇便是與我衣料的施主官人虧殺他我誇大官人許多好處你便賣弄他的針線若是他不來兜攬應答此事便休了〔反〕他若口裏應答說話時這光便有五分了〔第五段〕我却說道難得這箇娘子與我作成出手做虧殺你兩箇施主〔合稱妙〕一箇出錢的一箇出力的〔分疏又妙〕不是老身路岐相央

難得這箇娘子在這里官人好做箇主人替老身與娘子澆手你便取出銀子來央我買若是他抽身便走時不成扯住他此事便休了 反 他若是不動身時這光便有六分了 第六段 我却拿了銀子臨出門對他道有勞娘子相待大官人坐一坐他若也起身走了家去時我也難道阻當他此事便休了 反 若是他不起身走動時此事又好了這光便有七分了 第七段 等我買得東西來擺在桌子上我

便道娘子且收拾生活喫一杯兒酒難得這位官人壞鈔他若不肯和你同桌喫時走了回去此事便休了反若是他只口裏說要去賊人語絕倒却不動身時此事又好了這光便有八分了第八段待他喫的酒濃時正說得入港我便推道沒了酒再叫你買你便又央我去買我只做去買酒把門拽上關你和他兩箇在裏面絕倒他若焦躁跑了歸去此事便休了反他若繇我拽上門不焦躁時這光便有

九分了第九段只欠一分光了便完就忽然一頓這一分倒難忽然一颺。一頓一颺。使讀者茫然。上來一反一正。共有十八段。已近急口令矣。得此一頓一颺。政使文情人變。譬如畫龍鱗爪都具。而不點睛。直是令人癢殺。大官人你在房裏着幾句甜淨的話兒說將入去你却不可躁暴便去動手動脚打攪了事那時我不管你此處已是最後一光矣。又戒不可動手動脚打攪了事。然則如之何耶。奇絕之筆。先假做把袖子在桌上拂落一雙筯去你只做去地下拾筯將手去他脚上揑一揑他若鬧將起來我自來搭救

（絕倒。）此事也便休了再也難得成（反。又加一句。）若是他不
做聲時此是十分光了這時節這時節（二句六字。聲情都絕。）
（婆子至此。亦絕倒矣。何況西門。何況讀者。）十分事都成了這條計策如
何（第十段。）西門慶聽罷大笑道（第二十九笑。）雖然上不得
凌烟閣端的好計王婆道不要忘了許我的十兩
銀子（此是虔婆傳中正話。）西門慶道但得一片橘皮喫莫便
忘了洞庭湖這條計幾時可行王婆道只在今晚
便有回報我如今趁武大未歸走過去細細地說

請做衣另作一篇小文讀

誘他、你却便使人將綾紬絹疋并綿子來、西門慶道、得乾娘完成得這件事、如何敢失信、作別了王婆、便去市上紬絹鋪裏買了綾紬絹段并十兩清水好綿、家裏叫箇伴當取包袱包了、帶了五兩碎銀〔五兩〕、逕送入茶坊裏、王婆接了這物、分付伴當回去、自踅來開了後門〔後門出現第一〕、走過武大家裏來、那婦人接着、請去樓上坐地、那王婆道、娘子怎地不過貧家喫茶、那婦人道、便是這幾日身體不快、懶走去的王婆道娘子家裏有曆日麼借與老身看一看要選箇裁衣日那婦人道乾娘裁甚麼衣裳王婆道便是老身十病九痛怕有些山高水低預先要製辦些送終衣服宛然有聲難得近處一箇財主見老身這般說布施與我一套衣料綾紬絹段又與若干好綿放在家裏一年有餘不能彀做今年覺道身體好生不濟又撞着如今閏月趁這兩日要做看他寫出許多說話來○已上猶是借曆日已下竟是請裁縫矣又被那裁

捱光重作一篇文字讀



○○○○○○○○○○○○○○○○○縫勒揹只推生活忙不肯來做老身說不得這等○苦（辭令妙品）那婦人聽了笑道（第三十笑）只怕奴家做得不中乾娘意若不嫌時奴出手與乾娘做如何那婆子聽了這話堆下笑來（第三十一笑）說道若得娘子貴手做時老身便死來也得好處去（妙話活畫婆子）久聞娘子好手針線只是不敢相央那婦人道這箇何妨許了乾娘務要與乾娘做了將曆頭叫人揀箇黃道好日便與你動手王婆道若得娘子肯與老身

做時娘子是一點福星何用選日忽然借曆日。忽然不必曆日來。七夾八。妙絕。老身也前日央人看來說道明日是箇黃道好日忽然借曆日。忽然又說已央人看箇。黃道好日。一發夾七夾八。妙絕妙絕。老身只道裁衣不用黃道日了不記他上文活活寫婆子隨口嘈出。此句又活寫婆子機變自救。妙絕。那婦人道歸壽衣正要黃道日好何用別選日第一分光已有。王婆道既是娘子肯作成老身時大膽只是明日起動娘子到寒家則箇那婦人道乾娘不必將過來做不得好。定少不得。王婆道便是老身也要看娘子做生活則箇又怕家裏沒人看門前（並不強拉只是軟商辭令妙品）那婦人道既是乾娘恁地說時我明日飯後便來那婆子千恩萬謝下樓去了（第二分光又有）當晚回復了西門慶的話約定後日准來當夜無話次日清早王婆收拾房裏乾淨了買了些線索安排了些茶水在家裏等候且說武大喫了早飯打當了擔兒自出去賣炊餅（畧照武大不疏漏）那婦人把簾兒掛了（簾子十二）從後門走過王婆家裏

來。（後門二。）那婆子歡喜無限，接入房裏坐下，便濃濃地點道茶，撒上些出白松子、胡桃肉，（細瑣處寫。）遞與這婦人喫了。抹得桌子乾淨，（細瑣偏入妙。）便將出那綾紬絹段來。婦人將尺量了長短，（量。）裁得完備，（裁。）便縫起來。（縫。）婆子看了，口裏不住聲價喝采道：「好手段！老身也活了六七十歲，眼裏真箇不曾見這般好針線！」（數語於本文無謂，只是使一日不寂寞。）那婦人縫到日中，王婆便安排些酒食請他，下了一筯麵與那婦人喫了。

再縫了一歇將次晚來便收拾起生活自歸去恰好武大歸來挑着空擔兒進門（不忘武大）那婦人拽開門下了簾子（簾子十三）武大入屋裏來看見老婆面色微紅便問道你那里喫酒來那婦人應道便是間壁王乾娘央我做送終的衣裳日中安排些點心請我武大道阿呀不要喫他的我們也有央及他處他便央你做得件把衣裳你便自歸來喫些點心不直得攪惱他你明日倘或再去做時帶了些

錢在身邊也買些酒食與他回禮常言道遠親不如近隣休要失了人情他若是不肯要你還禮時你便只是拿了家來做去還他那婦人聽了（數語於本文無謂只是使武大不寂寞作文要炤前炤後如此）當晚無話且說王婆子設計已定賺潘金蓮來家次日飯後武大自出去了王婆便踅過來相請去到他房裏取出生活一面縫將起來王婆自一邊點茶來喫了不在話下看看日中那婦人取出一貫錢付與王婆說道乾

娘、奴和你買杯酒喫、王婆道、阿呀、那里有這箇道理、老身央及娘子在這里做生活、如何顛倒教娘子壞錢、那婦人道、却是拙[illegible][illegible]奴來若還乾娘見外時只是將了家去做還乾娘、那婆子聽了連聲道、大郎直恁地曉事、既然娘子這般說時、老身權且收下、這婆子生怕打脫了這事、自又添錢去買些好酒好食希奇菓子來、慇懃相待、看官聽說、○○○○○○○○○○○○○○○○○○

但凡世上婦人繇你十八分精細被人小意兒過

縱十箇九箇着了道兒〔所以六婆不許入門後世切戒之〕再說王婆安排了點心請那婦人喫了酒食再縫了一歇看看晚來千恩萬謝歸去了〔第三分光巳有〕話休絮繁第三日早飯後王婆只張武大出去了便走過後門來叫道〔後門三〕娘子老身大膽〔只說得四字妙不容說〕那婦人從樓上下來道奴却待來也兩箇厮見了來到王婆房裏坐下取過生活來縫那婆子隨即點盞茶來兩箇喫了那婦人看看縫到晌午前後却說西

門慶巳不到這一日（陡然而出）裏了頂新頭巾、穿了一套整整齊齊的衣服、帶了三五兩碎銀子（又帶三五兩碎銀子）逕投這紫石街來、到得茶房門首、便咳嗽道、王乾娘、連日如何不見、那婆子瞧科、便應道、兀誰叫老娘、西門慶道、是我、那婆子趕出來看了、笑道（第三十二笑）我只道是誰、却原來是施主大官人、你來得正好、且請你入去看一看、把西門慶袖子一拖拖進房裏對着那婦人道（此句掩着西門對着婦人、下句掩着婦人對着西門）

活畫出婆子無數身分。這箇便是那施主與老身那衣料的官人西門慶見了那婦人便唱箇喏那婦人慌忙放下生活還了萬福第四分光又在。王婆却指着這婦人對西門慶道婆子身分。難得官人與老身段疋放了一年不曾做得如今又虧殺這位娘子出手與老身做成全了真箇是布機也似好針線又密又好其實難得大官人你且看一看活畫。西門慶把起來看了喝采口裏說道這位娘子怎地傳得這手好生活神仙一般的手段那婦人笑道（第三十三笑）官人休笑話西門慶問王婆道乾娘不敢問這位是誰家宅上娘子王婆道大官人你猜西門慶道小人如何猜得着王婆吟吟的笑道（第三十四笑）便是間壁的武大郎的娘子前日叉竿打得不疼大官人便忘了（忽插入筆頭有舌）那婦人臉便紅紅的道那日奴家偶然失手官人休要記懷西門慶道說那里話王婆便接口道這位大官人一生和氣從來不會記恨

極是好人、西門慶道、前日小人不認得、原來却是武大郎的娘子、小人只認的大郎一箇養家經紀人、且是在街上做買賣、大大小小、不曾惡了一箇人、又會賺錢、又且好性格、眞箇難得這等人、賊人惡口明明讚之、明明擠之、明明揚之、明明羞之、王婆道、可知哩、娘子自從嫁得這箇大郎、但是有事、百依百隨、那婦人應道、他是無用之人他字妙、無用字妙、如出香口、○好婦嫁得呆郎、第一怕人提起、氣不得不氣不得、眞有此六字之苦、官人休要笑話、西門慶道、娘子差矣

此一段向女誇男

古人道柔軟是立身之本剛強是惹禍之胎似娘子的大郎所爲良善時萬丈水無涓滴漏王婆打着獵鼓兒道說的是西門慶奬了一回便坐在婦人對面○○○第五分光已有○寫得絕倒王婆又道娘子你認的這箇官人麼那婦人道奴不認的婆子道這箇大官人是這本縣一箇財主知縣相公也和他來往○○○○○○○○絕倒語真羞死人叫做西門大官人萬萬貫錢財○○○說出無箇數目絕倒婆語開着箇生藥鋪在縣前家裏錢過北斗米爛陳

倉赤的是金白的是銀圓的是珠光的是寶也有犀牛頭上角亦有大象口中牙那婆子只顧誇奬西門慶口裏假嘈（畫）那婦人就低了頭縫針線（畫）西門慶得見潘金蓮十分情思恨不就做一處（畫）王婆便去點兩盞茶來遞一盞與西門慶一盞遞與這婦人說道娘子相待大官人則箇（漸來）喫罷茶便覺有些眉目送情王婆看着西門慶把一隻手在臉上摸（活畫）西門慶心裏瞧科巴知有五分了王

婆便道大官人不來時老身也不敢來宅上相請巧言如簧一者緣法二者來得恰好緣法只是來得恰好來得恰好只是緣法二句只是一句耳卻自胃胃失失說出一者二者活寫出隨口假嘈來思之失笑嘗言道一客不煩二主大官人便是出錢的這位娘子便是出力的說來是好一對兒也不是老身路岐相煩難得這位娘子在這里官人好做個主人替老身與娘子澆手西門慶道小人也見不到這里有銀子在此便取出來和帕子遞與王婆那婦人便道不消

連寫許多不動身要着眼

生受得口裏說又不動身活畫。王婆將了銀子要去

那婦人又不起身活畫。○第六分光又有。○光雖十分。其實只有此處最難必耳

疊寫兩句又不動身。在作者亦提刀而立躊躇四顧之時也。婆子便出門又道

有勞娘子相陪大官人坐一坐那婦人道乾娘免

了二字活畫淫婦却亦是不動身活畫。○第七分光又有。也是因緣

却都有意了西門慶這廝一雙眼只看着那婦人

這婆娘一雙眼也偷瞟西門慶寫出四隻眼來。妙絕。見了這

表人物心中倒有五七分意了又低着頭自做生

活。畫。不多時。王婆買了些見成的肥鵞熟肉細巧菓子歸來。盡把盤子盛了。菓子菜蔬盡都裝了。搬來房裏桌子上。看着那婦人道。乾娘自便相待大官人。奴却不當。依舊原不動身。活畫。那婆子道。正是專與娘子澆手。如何却說這話。王婆將盤饌都擺在桌子上。三人坐定。把酒來斟。這西門慶拿起酒盃來說道。娘子滿飲此杯。那婦人笑道。第三十五笑。多謝官人厚意。王婆道。老身知得娘子洪飲。且請開懷喫兩盞兒西門慶拿起筯來道乾娘替我勸娘子請些箇那婆子揀好的遞將過來與那婦人喫一連斟了三巡酒那婆子便去盪酒來寫王婆忽離忽合忽隱忽躍真如驚龍跳虎下際接西門慶道又妙絕西門慶道不敢動問娘子青春多少恰是嫂嫂問叔叔語那婦人應道奴家虛度二十三歲恰是叔叔答嫂嫂語西門慶道小人癡長五歲恰是嫂嫂勾叔叔語○此三句無心中遙遙自引那婦人道官人將天比地王婆走進來道提科好箇精細的娘子不惟做得好針

此節一通一句另作一篇絕妙奇文讀

線諸子百家皆通西門慶道却是那里去討妙。武大郎好生有福妙。王婆便道不是老身說是非大官人宅裏枉有許多那里討一箇趕得上這娘子的妙。西門慶道便是這等一言難盡妙。只是小人命薄不曾招得一箇好的王婆道大官人先頭娘子須好妙憑空蹴起妙想奇文。西門慶道休說若是我先妻在時却不恁地家無主屋倒豎如今枉自有三五七口人喫飯妙。都不管事妙。那婦人問道官人恁地時殺了大娘子得幾年了（關心事 膽絕倒）西門慶道說不得小人先妻是微末出身（妙）却倒百伶百俐是件都替得小人如今不幸他殺了已得三年家裏的事都七顛八倒爲何小人只是走了出來在家裏時便要慪氣（妙）那婆子道大官人休怪老身直言你先頭娘子也沒有武大娘子這手針線（妙妙）西門慶道便是小人先妻也沒此娘子這表人物（妙妙）那婆子笑道（第三十六笑）官人你養的外宅在東街上（悲空）

（又蹴起妙想奇文咄咄怪事）如何不請老身去喫茶西門慶道便是唱慢曲兒的張惜惜我見他是路岐人（妙妙）不喜歡（妙）婆子又道官人你和李嬌嬌卻長久（妙）西門慶道這箇人見今取在家裏若是他似娘子時自册正了他多時（妙妙）王婆道若有娘子般中得官人意的來宅上說沒妨事麽（妙妙）西門慶道我的爹娘俱已沒了我自主張（妙）誰敢道箇不字（妙）王婆道我自說要急切那里有中得官人意的（忽然漾開妙妙）

西門慶道做甚麼了便没妙妙只恨我夫妻緣分上薄自不撞着妙妙西門慶和這婆子一遞一句說了一回第八分光已有王婆便道正好喫酒却又沒了官人休怪老身差撥再買一瓶兒酒來喫如何西門慶道我手帕裏有五兩來碎銀子一發撒在你處要喫時只顧取來多的乾娘便就收了哀哉世人男女之會亦必以錢物耀之那婆子謝了官人起身睃這粉頭時畫一鍾酒落肚閧動春心又自兩箇言來語去都有意

了只低了頭却不起身活畫那婆子滿臉堆下笑來說道第三十七笑老身去取瓶兒酒來與娘子再喫一杯兒有勞娘子相待大官人坐一坐注子裏句有酒句沒句便再篩兩盞兒和大官人喫老身直去縣前那家有好酒買一瓶來有好歎兒擔閣直去縣前那家妙好歎兒擔閣妙字字絕倒讀之齒寒那婦人口裏說道不用了坐着却不動身活畫第九分光已有婆子出到房門前便把索兒縛了房門却來當路坐了絕倒且說西門慶

自在房裏、便斟酒來勸那婦人、却把袖子在桌上一拂、把那雙筯拂落地下、也是緣法湊巧、那雙筯正落在婦人脚邊、西門慶連忙蹲身下去拾、只見那婦人尖尖的一雙小脚兒、正趫在筯邊、西門慶且不拾筯、便去那婦人繡花鞋兒上揑一把、那婦人、便、笑、將、起來第三十八笑○已上通計三十八笑字・至此笑字結穴老子云・不笑不足以爲道也・說道、官人休要囉唣、你真箇要勾搭我、西門慶便跪下道、只是娘子作成小人、那婦人便把王婆衝好，又作一篇小文讀。

西門慶摟將起來（反書婦人摟起西門慶來。春秋筆法。○第十分光完滿具足。）當時兩箇就王婆房裏脫衣解帶，無所不至（此時不知武二已到東京否。武大炊餅已賣完否。讀之一歎。）雲雨纔罷，正欲各整衣襟，只見王婆推開房門入來，怒道：你兩箇做得好事（虔婆此怒。卻出料外。文情真是波瀾奇譎。）西門慶和那婦人都喫了一驚。那婆子便道：好呀好呀，我請你來做衣裳，不曾叫你來偷漢子（絕倒。）武大得知，須連累我，不若我先去出首。回身便走（真正奇文。）那婦人扯住裙兒道：乾娘饒恕則箇、西門慶道、乾娘低聲、王婆笑道、笑字餘波。若要我饒恕你們、都要依我一件、那婦人道、休說一件、便是十件、奴也依、豈知十件都已依過。王婆道、你從今日爲始、瞞着武大、每日不要失約、負了大官人、我便罷休、若是一日不來、我便對你武大說、絕倒。正合下官之意。那婦人道、只依着乾娘便了、王婆又道、西門大官人、你自不用老身多說、前婦人勾搭武二一篇大文。後便有武二起身分付哥嫂一篇小文。此西門勾搭婦人一篇大文。後亦有王婆入來分付姧夫淫婦一篇小文。

耐菴胸中。其間架經營如此。胡能量其才之斗石也。○前武二分付武大云。你從明日爲始。每日云云。今王婆分付婦人。亦云你從今日爲始。每日云云。前武二分付婦人云。你自不用武二多說。今王婆分付西門。亦云你自不用老身多說。皆特特遙遙相引。不必盡紹。不必盡不紹。彼固不望後世有人能賞之也。這十分好事已都完了、所許之物不可失信、你若負心、我也要對武大說、一發絕倒。西門慶道、乾娘放心、並不失信、三人又喫幾杯酒、已是下午的時分、那婦人便起身道、武大那廝將歸了、四字是何稱呼。奴自回去、便踅過後門歸家、後門四。先去下了簾子

簾子十四。武大恰好進門不漏武大。且說王婆看着西門慶
道好手段麽西門慶道端的虧了乾娘我到家便○
取一錠銀送來與你所許之物豈敢昧心王婆道
眼望旌節至專等好消息不要叫老身棺材出了
討挽歌郎錢西門慶笑了去笑字尙未歇。不在話下那
婦人自當日爲始每日踅過王婆家裏來和西門
慶做一處恩情似漆心意如膠自古道好事不出
門惡事傳千里不到半月之間街坊鄰舍都知

了只瞞着武大一箇不知斷章句話分兩頭且說本縣有箇小的年方十五六歲本身姓喬因爲做軍在鄆州生養的就取名叫做鄆哥家中止有一箇老爹那小厮生得乖覺此書每於絕大文字偏有本事一字不相犯如武松遇虎李逵又遇虎金蓮偷漢巧雲又偷漢是也乃偏於極小文字偏沒本事使他不相犯如林沖送配時極似盧俊義送配時鄆哥尋西門極似唐牛尋宋江是也此非文叔真有小敵怯大敵勇之異蓋僧繇畫龍若更安鱗施爪便將破壁飛去天下十成之物造化皆思忌之彼固特特不欲十成非世人之所知也自來只靠縣前這許多酒店裏賣些時

新菓品時常得西門慶齎發他些盤纏其日正尋得一籃兒雪梨提着來遶街尋閙西門慶又有一等的多口人說道鄆哥你若要尋他我教你一處去尋鄆哥道聒噪阿叔叫我去尋得他見賺得三五十錢養活老爹也好那多口的道西門慶他如今刮上了賣炊餅的武大老婆每日只在紫石街上王婆茶坊裏坐地這早晚多定正在那里你小孩子家只顧撞入去不妨那鄆哥得了這話謝了

阿叔指教這小猴子提了籃兒一直望紫石街走來逕迤入茶坊裏去却好正見王婆坐在小凳兒上績緒鄆哥把籃兒放下看着王婆道乾娘拜揖那婆子問道鄆哥你來這里做甚麼鄆哥道要尋大官人賺三五十錢養活老爹婆子道甚麼大官人鄆哥道乾娘情知是那箇便只是他那箇（妙舌）婆子道便是大官人也有箇姓名鄆哥道便是兩箇字的（妙舌）婆子道甚麼兩箇字的鄆哥道乾娘只是

要作耍、我要和西門大官人說句話、望裏面便走、那婆子一把揪住道、小猴子那里去、人家屋裏各有內外、鄆哥道、我去房裏便尋出來、王婆道、含鳥猢猻、我屋裏那得甚麼西門大官人、鄆哥道、不要獨喫自呵也、把些汁水與我呷一呷、我有甚麼不理會得、婆子便罵道、你那小猢猻理會得甚麼、鄆哥道、你正是馬蹄刀木杓裏切菜、水泄不漏、半點兒也沒得落地、直要我說出來、只怕賣炊餅的哥哥發作那婆子與他這兩句道着他眞病心中大怒喝道含鳥猢猻也來老娘屋裏放屁辣臊鄆哥道我是小猢猻你是馬泊六（妙舌。○只如作五字對。）那婆子揪住鄆哥鑿上兩箇栗暴鄆哥叫道做甚麼便打我婆子罵道賊猢猻高做聲大耳刮子打你出去鄆哥道老咬蟲沒事得便打我這婆子一頭又一頭大栗暴鑿直打出街上去雪梨籃兒也丟出去那籃雪梨四分五落滾了開去（不因此句。如何生出事來。）這小

猴子打那虔婆不過一頭罵一頭哭一頭走一頭

街上拾梨兒前半篇就兩箇人寫出活畫來後半篇就三箇人寫出活畫來此至末後忽然又就一箇人寫出活畫來筆勢彷彿變化我不能量其端倪所至指着那王婆

茶坊裏罵道老咬蟲我教你不要慌我不去說與他不做出來不信提了籃兒逕逩去尋這箇人正是從前作過事沒興一齊來直教撅翻狐兎窩中草驚起鴛鴦沙上睡畢竟這鄆哥尋甚麽人且聽下回分解

（明）施耐庵　撰　（清）金聖歎　批

# 貫華堂本水滸傳

第四册

國家圖書館出版社

# 第四册目録

第五才子書施耐菴水滸傳卷之十四

聖歎外書

第九回

林教頭風雪山神廟

陸虞候火燒草料場

夫文章之法豈一端而已乎有先事而起波者有事過而作波者讀者於此則惡可混然以爲一事也夫文自在此而眼光在後則當

知此文之起自爲後文非爲此文也文自在後而眼光在前則當知此文未盡自爲前文非爲此文也必如此而後讀者之胸中有針有線始信作者之腕下有經有緯不然者幾何其不見一事即以爲一事又見一事即又以爲一事於是遂取事前先起之波與事後未盡之波纍纍然與正敘之事並列而成三事耶

如酒生兒李小二夫妻非真謂林冲於牢城
營有此一箇相識與之往來火熱也意自在
閤子背後聽說話一段絶妙奇文則不得不
先作此一箇地步所謂先事而起波也
如莊家不肯回與酒喫亦可别樣生發却偏
用花鎗挑塊火柴又把花鎗爐裏一攪何至
拜揖之後向火多時而花鎗猶在手中耶凡
此皆爲前文幾句花鎗挑着葫蘆逼出廟中

挺鎗殺出門來一句其勁勢猶尚未盡故又於此處再一點兩點以殺其餘怒故凡篇中如搠兩人後殺陸謙時特地寫一句把鎗插在雪地下醉倒後莊家尋着踪跡趕來時又特地寫一句花鎗亦丟在半邊皆所謂事過而作波者也

陸謙富安管營差撥四箇人坐閣子中議事不知所議何事詳之則不可得詳置之則不

可得置今但於小二夫妻眼中耳中寫得高太尉三字句都在我身上句一帕子物事約莫是金銀句換湯進去看見管營手裏拿着一封書句忽斷忽續忽明忽滅如古錦之文不甚可指斷碑之字不甚可讀而深心好古之家自能於意外求而得之眞所謂鬼於文聖於文者也

殺出廟門時看他一鎗先搠倒差撥接手便

寫陸謙一句寫陸謙不曾寫完接手却再掣富安兩箇倒矣方翻身回來刀剜陸謙剜陸謙未畢回頭却見差撥爬起便又且置陸謙先割差撥頭挑在鎗上然後回過身來作一頓割陸謙富安頭結做一處以一箇人殺三箇人凡三四箇回身有節次有間架有方法有波折不慌不忙不疎不密不缺不漏不一片不煩瑣真鬼於文聖於文也

舊人傳言昔有畫北風圖者盛暑張之滿座都思挾纊既又有畫雲漢圖者祁寒對之揮汗不止於是千載嘖嘖詫爲奇事殊未知此特寒熱各作一幅未爲神奇之至也耐菴此篇獨能於一幅之中寒熱間作寫雪便其寒徹骨寫火便其熱熨面昔百丈大師患瘧僧衆請問伏惟和上尊候若何丈云寒時便寒殺闍黎熱時便熱殺闍黎今讀此篇亦復寒

時寒殺讀者熱時熱殺讀者眞是一卷瘧疾文字爲藝林之絕奇也

閣子背後聽四箇人說話聽得不仔細正妙於聽得不仔細山神廟裏聽三箇人說話聽得極仔細又正妙於聽得極仔細雖然以閣子中間山神廟前兩番說話偏都兩番聽得亦可以見冤家路窄矣乃今愚人猶刺刺說人不休則獨何哉

此文通篇以火字發奇乃又於大火之前先寫許多火字於大火之後再寫許多火字我讀之因悟同是火也而前乎陸謙則有老軍借盆恩情朴至後乎陸謙則有莊客借烘又復恩情朴至而中間一火獨成大寃深禍爲可駭嘆也夫火何能作恩火何能作怨一加之以人事而恩怨相去遂至於是然則人行世上觸手礙眼皆屬禍機亦復何樂乎哉

文中寫情寫景處都要細細講察如兩次炤顧火盆則明明林冲非失火也直掩一條綿被則明明林冲明日原要歸來今止作一夜計也如此等處甚多我亦不能徧擧孔子曰擧一隅不以三隅反則不復矣

話說當日林冲正閒走間忽然背後人叫回頭看時却認得是酒生兒李小二當初在東京時多得林冲看顧後來不合偷了店主人家錢財被捉住

爲閣子背後聽說話只得生出李小二爲要李小二閣子背後聽說話只得造出先日搭救一段事情作文真是苦事〇凡此

了、要送官司問罪、又得林冲主張陪話、救了他免送官司、又與他陪了些錢財、方得脫免、京中安不得身、又虧林冲齎發他盤纏、於路投奔人、不想今日却在這里撞見、林冲道、小二哥、你如何地在這里、李小二便拜道、自從得恩人救濟、齎發小人一地里投奔人不着、迤邐不想來到滄州、投托一箇酒店裏、姓王、留小人在店中做過賣、因見小人勤謹、安排的好菜蔬、調和的好汁水、來喫的人都喝

等處告是無可奈何第一要寫得徑淨便好然不曾作史者安能信我語

采以此買賣順當主人家有箇女兒就招了小人做女壻如今丈人丈母都死了隨手省去只剩得小人夫妻兩箇權在營前開了箇茶酒店因討錢過來遇見恩人恩人不知爲何事在這里林冲指着臉上道好筆我因惡了高太尉生事陷害受了一場官司刺配到這里如今叫我管天王堂未知久後如何不想今日在此見你李小二就請林冲到家裏坐定叫妻子出來拜了恩人兩口兒歡喜道我夫

妻二人正沒箇親眷（如此等語總爲後文地非寫李小二夫妻情分也）今日得恩人到來便是從天降下林冲道我是罪囚恐怕玷辱你夫妻兩箇李小二道誰不知恩人大名（知巳語不是扳高語）休恁地說但有衣服便拿來家裏漿洗縫補（叙得親熱爲後文地）當時管待林冲酒食至夜送回天王堂次日又來相請因此林冲得店小二家來往不時間送湯送水來營裏與林冲喫林冲因見他兩口兒恭敬孝順常把些銀兩與他做本錢（叙得

（親熱。爲後文地。）且把閒話休題，只說正話。（都是爲後文緊緊作地步。却說是閒話。蓋惟恐讀者誤認爲正文也。）光陰迅速，却早冬來。林冲的綿衣裙襖都是李小二渾家整治縫補。（此句又補寫李二渾家。以爲閤子聽話地。○綿衣二字。漸漸引出風雪。）忽一日李小二正在門前安排菜蔬下飯，只見一箇人閃將進來，（閃入來妙。）酒店裏坐下，隨後又一人閃入來。（閃入來妙。○偏不寫兩箇人。偏寫作一箇人。又一箇人。妙。）看時，（二字爲句。是把上文重寫一番。謂之牒文也。）前面那箇人是軍官打扮，後面這箇走卒模樣，跟着（句。）也來坐

（○下看時二字妙。是李小二眼中事。○一箇小二看來是軍官。一箇小二看來是走卒。先看他跟着，卻又看他一齊坐下。寫得狐疑之極。妙妙妙。）李小二入來問道：「可要喫酒？」只見那箇人（妙。李小二眼中事。）將出一兩銀子與小二道：「且收放櫃上，取三四瓶好酒來。客到時，果品酒饌只顧將來，不必要問。」（分付得作怪。）李小二道：「官人請甚客？」那人道：「煩你與我去營裏請管營、差撥兩箇來說話。問時，你只說有箇官人請說話，商議些事務，（是何事務。）專等專等。」（又何急也。）李小二應承了，來到牢城裏先請了差撥同到管營家裏請了管營（敘得足）都到酒店裏只見那箇官人（李小二眼中事）和管營差撥兩箇講了禮管營道素不相識動問官人高姓大名那人道有書在此（不答姓名孤疑之極）少刻便知且取酒來李小二連忙開了酒一面鋪下菜蔬果品酒饌那人叫討副勸盤來把了盞相讓坐了小二獨自一箇攛掇也似伏侍不暇（寫得小二礙眼可厭妙筆此一句從說機密人眼中寫出不在李小二用心打聽中寫出妙筆）那跟來的人討了湯桶自行

盪酒〔不便着小二出去，却先叙此一句，妙筆。〕約計喫過十數杯再討了按酒鋪放卓上。只見那人說道：「我自有伴當盪酒，不叫你休來。我等自要說話。」〔有何說話？同坐了，又言是伴當，狐疑之極。〕李小二應了，自來門首叫老婆道：「大姐，〔二字稱呼得妙，是做過賣時叫慣語。〕這兩箇人來得不尷尬。」〔寫小二經心弔膽，而不嫌突然者，全虧前文許多親熱也。〕老婆道：「怎麽的不尷尬？」小二道：「這兩箇人語言聲音是東京人，〔聲音是東京。〕初時又不認得管營，〔又不認得管營。〕向後我將按酒入去，只聽得差撥口裏吶出一句高太尉三箇字來這人莫不與林教頭身上有些干礙只點高太尉三字。詳畧正好。我自在門前理會你且去閣子背後聽說甚麼妙。離離奇奇造出奇文。老婆。道你去營中尋林教頭來認他一認妙。說得是。李小二。道你不省得。林教頭是箇性急的人摸不着便要殺人放火倘或叫得他來看了正是前日說的甚麼陸虞候他肯便罷做出事來須連累了我和你又妙。又說得是。二語只須如此。你只去聽一聽再理會妙。老

讀至出來說道四字孰不洗耳願聞却接出不聽得說甚麼一句爲之絕倒

婆道說得是便入去聽了一箇時辰出來說道妙妙

下文說不聽得說甚麼此處却偏要寫作一箇時辰出來說道八字讀之奇妙不可言他那

三四箇交頭接耳說話正不聽得說甚麼狐疑之極去

了一箇時辰却不聽得可云不快然不快者事快者文也只見那一箇軍官模

樣的人去伴當懷裏取出一帕子物事遞與管營

和差撥聽了一箇時辰却是看見耳顛口倒盡心妙筆帕子裏面的莫不

是金銀只聽差撥口裏說道都在我身上好歹要

結果他性命只聽得一句正說之時閣子裏叫將湯來

上文大姐口中所述，亦已完矣，雖不叫湯，行文者亦要收科，但此處不叫湯，便收得緩散無波瀾，故特特不在上文順拖下去，特特反從下文逆搶上來，此行文之一訣也。○叫湯文妙，只在自燙酒上生出來，不是另起一事。○○○○○○李小二急去裏面換湯時，看見管營手裏拿着一封書，只書帕二件，寫得斷續超忽，妙哉怪哉。小二換了湯，添些下飯，又喫了半箇時辰，算還了酒錢，管營差撥先去了。去得有節次。○○○○○○次後那兩箇低着頭也去了。偏又加低着頭三字，筆中真有鬼耶，何其詭譎靈幻一至於此。○○○○○○○轉背沒多時，只見林冲走將入店裏來，接得閃閃爍爍，令人驚絕。說道：小二哥連日好買賣李小二慌忙道恩人請坐小二却待正要尋恩人有些要緊說話林冲問道甚麽要緊的事李小二請林冲到裏面坐下說道却纔有箇東京來的尷尬人在我這里請管營差撥喫了半日酒差撥口裏吶出高太尉三箇字來小人心下疑惑又着渾家聽了一箇時辰他却交頭接耳說話都不聽得臨了只見差撥口裏應道都在我兩箇身上好歹要結果了他那兩箇把一包金銀遞與

管營差撥又喫一回酒各自散了不知甚麼樣人小人心疑只怕在恩人身上有些妨礙林冲道那人生得甚麼模樣問得切李小二道五短身材白淨面皮沒甚髭鬚約有三十餘歲那跟的也不長大紫棠色面皮學出兩箇林冲聽了大驚道這三十歲的正是陸虞候只認箇又跼下一箇不猜出此書用筆奇譎每每如此潑賤賊敢來這里害我休要撞着我只教他骨肉爲泥李小二道只要隄防他便了豈不聞古人言喫飯

防噎走路防跌林冲大怒離了李小二家先去街上買把解腕尖刀帶在身上刀在此處帶起看官記着遙遙然直於此處暗藏一刀到後草料塲買酒來往文中只勤敘花鎗葫蘆更不以一字及刀也直至殺陸謙時忽然掣出刀來真鬼神於文也前街後巷一地裏去尋尋了半日李小二夫妻兩箇揑着兩把汗炤顧小二當晚無事神變鬼譎之筆次日天明起來洗漱罷帶了刀又去滄州城裏城外小街夾巷團團尋了一日尋了一日牢城營裏都沒動靜寫得神變詭譎林冲又來對李小二道今日又無事

寫得神變詭譎小二道恩人只願如此只是自放仔細便了看他用筆何等詭譎林冲自回天王堂過了一夜街上尋了三五日尋了三五日不見消耗詭譎之極林冲也自心下慢了到第六日到第六日只見管營叫喚林冲到點視廳上說道你來這里許多時柴大官人面皮不曾擡舉得你撥往草料場陸謙來歷也却用柴大官人四字起便將前文一齊放慢後却陡然變現出來妙絕妙絕此間東門外十五里有座大軍草料場每月但是納草納料的有些常例錢取覓原是

一箇老軍看管如今我擡舉你去替那老軍來守天王堂你在那里閣幾貫盤纏你可和差撥便去那里交割林冲應道小人便去當時離了營中徑到李小二家對他夫妻兩箇說道今日管營撥我去大軍草料塲管事却如何問得妙是不知高低人語却又筆筆詭譎李小二道這箇差使又好似天王堂極力放慢詭譎之極那里收草料時有些常例錢鈔往常不使錢時不能彀這差使林冲道却不害我倒與我好差使正不

卻何意（極力放慢詭譎之極）李小二道恩人休要疑心只要沒事便好了（寫得小二反有羞悔前日失言之意極力放慢詭譎之極）只是小人家離得遠了（襯入一句閒語不知者以爲可刪殊不知前文特地插入李小二夫妻止爲閣子背後一段奇文耳今已交過排場前去草料場更用不着小二矣則不如善刀而藏之故以此一語爲李小二作收束奈何謂其閒語也）過幾時那工夫來望恩人就在家裏安排幾杯酒請林冲喫了話不絮煩兩箇相別了林冲自來天王堂取了包裹帶了尖刀（尖刀）拿了條花鎗（花鎗）與差撥一同辭了管營（細）兩

此回大火拉雜，却以星星之火引起

個取路投草料場來正是嚴冬天氣形雲密布朔風漸起却早紛紛揚揚捲下一天大雪來一路寫雪妙絕林冲和差撥兩箇在路上又沒買酒喫處又令有此句便使老軍投東一語不謬又令花鎗葫蘆斷不遇着三人也早來到草料場外看時一週遭有些黃土墻兩扇大門推開看裏面時七八間草屋做着倉廒四下里都是馬草堆中間兩座草廳到那廳裏只見那老軍在裏面向火星星之火差撥說道管營差這箇林冲來替你回天王

堂看守你可即便交割老軍拿了鑰匙引着林冲分付道（寫得活現）倉厫內自有官司封記這幾堆草一堆堆都有數目老軍都點見了堆數又引林冲到草廳上老軍收拾行李臨了說道火盆鍋子碗碟都借與你（寫得好○意在點逗火盆二字却用鍋子碗碟陪出之）林冲道天王堂內我也有在那里你要便拿了去（寫得好）老軍指壁上掛一箇大葫蘆說道你若買酒喫時只出草場投東大路去三二里便有市井（閒閒敘出火葫蘆及投東

大略一句。非但寫老軍絮叨故態。蓋絕妙奇文。伏線於此。老軍自和差撥回營裏來。只說林冲就牀上放了包裹被臥，細細寫。就坐下，生些焰火起來。火字漸寫得大了。○題是火燒草料場。讀者讀至老軍向火。猶不以爲意也。及讀至此處生些焰火。未有不動心以爲必是因此失火者。而孰知作者却是故意於前邊布此疑影。却又隨手即用將火盆蓋了。屋後一句結之。令後火全不關此。妙絕之文也。屋後有一堆柴炭，拿幾塊來生在地爐裏。仰面看那草屋時，四下里崩壞了，又被朔風吹撼，搖振得動。如畫。便畫也畫不來。○第一段。先寫寒意。第二段。寫身上寒。第三段。方寫到酒。林冲道：「這屋如何過得一冬。待雪晴了，去城中喚箇泥水匠來修理。向了一回火，（火字奕奕。）覺得身上寒冷，（第二段寫身上寒。）尋思却纔老軍所說（語意妙正不知文生情情生文也。）二里路外有那市井，何不去沽些酒來喫。（第三段方寫到酒。只此一段何等段落。）便去包裹裏取些碎銀子，把花鎗挑了酒葫蘆，（花鎗挑葫蘆。人看至此句，雖極英靈者，只謂手冷故用鎗挑耳，豈知頃間之用之。）將火炭蓋子，（寫出精細，見非失火。前許多火字，都是假火。此句一齊抹倒，後重放出真正火字來。）取氈笠子戴上，拿了鑰匙出來，把草廳門拽上，出到大門首把兩扇草場門反拽上鎖了帶了鑰匙信步投東雪地裏踏着碎瓊亂玉迤邐背着北風而行（背着風去）那雪正下得緊（寫雪妙絕）行不上半里多路看見一所古廟林冲頂禮道神明庇祐改日來燒紙錢（妙絕奇絕安此一筆）又行了一回望見一簇人家林冲住脚看時見籬笆中挑着一箇草帚兒在露天裏林冲逕到店裏主人道客人那里來林冲道你認得這箇葫蘆麽（一來省二來趣）主人看了道這葫蘆是草料

場老軍的林冲道原來如此店主道既是草料場看守大哥且請少坐天氣寒冷且酌三杯權當接風店家切一盤熟牛肉盪一壺熱酒請林冲喫（那延到雪重屋塌也）又自買了些牛肉又喫了數杯就又買了一葫蘆酒包了那兩塊牛肉留下些碎銀子把花鎗挑着酒葫蘆（花鎗挑葫蘆）懷內揣了牛肉叫聲相擾便出籬笆門仍舊迎着朔風回來（迎着風回）看那雪到晚越下得緊了（寫雪妙絕）再說林冲踏着那瑞雪迎着

北風飛也似奔到草場門口，開了鎖，入內看時，只叫得苦。意外驚才怪筆。原來天理昭然，佑護善人義士，因這場大雪，救了林冲的性命。作書者忽然於事外閒敘四句，筆如勁鐵。那兩間草廳已被雪壓倒了。奇文。林冲尋思，怎地好？放下花鎗、葫蘆在雪裏。花鎗葫蘆寫得好，又帶寫雪，妙。恐怕火盆內有火炭延燒起來，搬開破壁子，探半身入去摸時，火盆內火種都被雪水浸滅了。極力寫出精細，見斷斷不是失火。○一行中凡有四箇火字，却無一星火在內，奇絕之筆。林冲把手牀上摸時，

○○○○○○○只拽得一條絮被寫得好。○爲一夜計惟此爲急。○林冲鑽將出來、見天色黑了○○○○○寫得好。○陸謙差撥打點來了。尋思又没打火處又算出一火字。寫得紙上奕奕有光。○○○○○○○○怎生安排、想起離了這半里路上○○○○○○○○有箇古廟可以安身、行文如此。爲之歎絶。我且去那里宿一○○○○○○夜、等到天明、却作理會、把被捲了、花鎗挑着酒葫○蘆花鎗挑葫蘆。依舊把門拽上鎖了、望那廟裏來、入得、廟門、但入得門未及看。再把門掩上、傍邊止有一塊大石○○○○○○○○○○○○○頭掇將過來靠了門○○○○○○○○非爲防失脱。亦非爲遮風水。全爲少頃陸謙差撥富安一段。

進入得裏面看時方有殿上塑着一尊金甲山神，兩邊一箇判官，一箇小鬼，側邊堆着一堆紙，團團看來，又沒鄰舍，又無廟主。雪耀裏圖當見之。林冲把鎗和酒葫蘆放在紙堆上，一。寫花鎗葫蘆好。將那條絮被放開，二。先取下氈笠子，三。把身上雪都抖了，四。把上蓋白布衫脫將下來，早有五分濕了，五。和氈笠放在供桌上，六。把被扯來，蓋了半截下身，七。却把葫蘆冷酒提來，慢慢地喫，八。就將懷中牛肉下酒。九。寫得妙絕。

正所謂與人無患，與物無爭，而不知大禍已在數尺之內矣。人生世上，真可畏哉。正喫時、只聽得外面必必剝剝地爆響，奇文。林冲跳起身來、就壁縫裏看時，特特大石靠門，自有原故。不捨得便開，故就壁縫裏看也。只見草料場裏火起，方是真正本題火字。刮刮雜雜的燒着。當時林冲便拿了花鎗，花鎗。却待開門來救火，不得不開，且寫此半句。只聽得外面有人說將話來，奇文。林冲就伏門邊、聽時是三箇人脚步響、直奔廟裏來、用手推門，寫得險怪，真是奇筆。却被石頭靠住了、再也推不開、三人在廟簷下立地看火數內一箇道一連九箇一箇道。如王積薪夜聽姑婦奕棋。着着分明。聲聲不漏。這條計好麼此一句開。一箇應道端的虧管營差撥兩位用心回到京師稟過太尉都保你二位做大官這番張教頭沒得推故了此一段叙高太尉。而此句刺耳特甚。一箇道林沖今番直喫我們對付了高衙內這病必然好了此一段叙高衙內。又一箇道張教頭那廝三回五次托人情去說你的女壻沒了張教頭越不肯應承因此衙內病患看看重了太尉特使俺兩箇央浼二位幹這件事不想而今完備了（此一段補出家裡貞節來）又一箇道小人直爬入牆裏去四下草堆上點了十來箇火把待走那里去（此一段補出適纔事來）那一箇道這早晚燒箇八分過了（此一句正說火勢）又聽得一箇道便逃得性命時燒了大軍草料場也得箇死罪（此一句正說林冲）又一箇道我們回城裏去罷（此一句收科）一箇道再看一看拾得他一兩塊骨頭回京府裏見太尉和衙內時也道我們也能會幹事（此一

句攙出林冲來。林冲聽那三箇人時，一箇是差撥，一箇是陸虞候，一箇是富安。妙筆。勾畫明白。前止猜一陸謙，此方補出富安。行文疎密有法。自思道：天可憐見林冲，若不是倒了草廳，我准定被這厮們燒死了。輕輕把石頭掇開，挺着花鎗，是以曲曲叙花鎗也。左手拽開廟門，右手拿鎗可知。大喝一聲：潑賊那里去！奇情快筆。三箇人都急要走時，驚得呆了，正走不動。寫得好。林冲舉手肐察的一鎗，先搠倒差撥一箇。陸虞候叫聲饒命，嚇的慌了手腳，走不動。差撥富安。

皆一氣敘去。獨陸謙作兩半敘法。此先頓下半句也。筆力夭矯絕人。那富安走不到十來步、被林冲趕上、後心只一鎗、又搠倒了。兩箇翻身回來。一箇轉身。陸虞候却纔行得三四步、林冲喝聲道、奸賊、你待那里去。劈胸只一提、丟翻在雪地上。異樣筆法。把鎗搠在地裏。異樣筆法。用脚踏住胸脯、身邊取出那口刀來。自閣子喫酒這日買刀、直至此日始用。相去已成萬里、而遙遙相照。世人眼睛、便謂此刀從何而來。便去陸謙臉上閣着。寫得好。唱道、潑賊、我自來又和你無甚麼冤讐、你如何這等害我。正先殺人可恕情理難容陸虞候告道不干小人事太尉差遣不敢不來林冲罵道奸賊我與你自幼相交今日倒來害我怎不干你事（非罵陸謙罵天下也）且喫我一刀把陸謙上身衣服扯開把尖刀向心窩裏只一剜七竅迸出血來將心肝提在手裏（前甚似先殺二人後殺陸謙讀至此始知先殺陸謙後殺二人筆力遂能顛倒人目）回頭看時（又一箇轉）身差撥正爬將起來要走林冲按住喝道你這廝原來也恁的歹且喫我一刀又早把頭割下來挑

在鎗上好回來又一箇轉身。把富安陸謙頭都割下來
前把差撥富安一樣叙。陸謙另叙。今又把差撥另叙。陸謙富安一樣叙。筆力變幻奇嬌。非世人所知。
把尖刀插了將三箇人頭髮結做一處提入廟裏
來都擺在山神面前供桌上三箇人頭安放得好。又算示衆。又算祭賽。
又算結煞。再穿了白布衫一。繫了搭膊二。把氊笠子帶
上三。將葫蘆裏冷酒都喫盡了四。被與葫蘆都丟
了不要五。提了鎗六。上逐件叙一遍。此又逐件叙一遍。一連叙出兩遍。顯出林
沖精細也。便出廟門投東去草料場在牢城東門外。陵投東去為是。不然。反走人

城中來矣走不到三五里早見近村人家都拿着水桶鈎子來救火故作奇景以驚讀者林冲道你們快去救應我去報官了來心慌口急便成錯語蓋報官當投西去也提着鎗只顧走那雪越下得猛寫雪妙絕半日通紅陡接一句忽然瑩白林冲投東去了兩箇更次身上單寒當不過那冷在雪地裏看時離得草料場遠了只見前面疎林深處樹木交雜遠遠地數間草屋被雪壓着處處脫雪不破壁縫裏透火光出來火字餘影林冲徑投那草屋來推開門

只見那中間坐着一箇老莊客周圍坐着四五箇小莊家向火火字餘影。○一回書。放火殺人。驚天動地。却閒閒敘出四五箇莊客收之。何處覓避秦人。只省事省氣者便是。嗟乎嗟乎。耐菴至文也。○向火二字。爲之一歎。○四五人。又烏知以火殺人。因火自殺。亦在此一夜雪中哉。地爐裡面焰焰地燒着柴火○火字餘影。妙在特用燄燄地三字。亦算張皇之。林冲走到面前叫道衆位拜揖小人是牢城營差使人被雪打濕了衣裳借此火烘一烘有將被火燒。火則成寃。有時借火烘。火又成恩。火之爲用。不亦奇乎。望乞方便莊客道你自烘便了何妨得林冲烘着

身上濕衣服、畧有些乾、只見火炭邊煨着一箇瓮
兒、裏面透出酒香、林冲便道、小人身邊有些碎銀
子、望煩回些酒喫、老莊客道、我每夜輪流看米囤、
如今四更天氣正冷、我們這幾箇喫、尚且不穀、那
得回與你、休要指望、林冲又道、胡亂只回三兩碗
與小人擋寒、老莊家道、你那人休纏、休纏、林冲聞
得酒香、越要喫、說道、沒柰何、回些罷、衆莊客道、好
意着你烘衣裳、向火便來要酒喫、去便去、不去時、

將來弔在這裏、林冲怒道、這廝們好無道理、把手中鎗（花鎗餘影）、看着塊焰焰着的火柴頭望老莊家臉上只一挑、又把鎗去火爐裏只一攪、那老莊家的髭鬚焰焰的燒着、（前面大火不曾燒得林冲、此處小火林冲反燒了人、絕世奇文）（絕妙奇情）、衆莊客都跳將起來、林冲把鎗桿亂打、（花鎗餘影）老莊家先走了、莊家們都動撣不得、被林冲趕打一頓、都走了、林冲道、都去了、老爺快活喫酒、土坑上却有兩箇椰瓢、取一箇下來、傾那甕酒來喫了一會剩了一半提了鎗出門便走一步高一步低踉踉蹌蹌捉脚不住走不過一里路被朔風一掉隨着那山澗邊倒了那里掙得起來（曲曲折折大生出情來）凡醉人一倒便起不得當時林冲醉倒在雪地上

却說衆莊客引了二十餘人拖鎗拽棒都奔草屋下看時不見了林冲却尋着踪跡趕將來（尋着踪跡四字真是繪雪高手龍眠白描庶幾有此）只見倒在雪地裏花鎗丟在一邊（異樣筆法）衆莊客一齊上就地拿起林冲來將一條

索縛了，趁五更時分，把林冲解投一箇去處來。那去處不是別處，（嚇殺。不是別處，然則滄州牢城矣。武師奈何。）有分教：蓼兒洼內，前後擺數千隻戰艦艨艟；水滸寨中，左右列百十箇英雄好漢。正是：說時殺氣侵人冷，講處悲風透骨寒。畢竟看林冲被莊客解投甚處來，且聽下回分解。

# 第五才子書施耐菴水滸傳卷之十五

聖歎外書

## 第十回

朱貴水亭施號箭

林冲雪夜上梁山

旋風者惡風也其勢盤旋自地而起初則揚灰聚土漸至奔沙走石天地爲昏人獸駭竄故謂之旋旋音去聲言其能旋惡物聚於一

處故也水泊之有衆人也則自林冲始也而旋林冲入水泊則柴進之力也名柴進曰旋風者惡之之辭也然而又係之以小何也夫柴進之於水泊其猶青萍之末矣積而至於李逵亦入水泊而上下尚有定位日月尚有光明乎耶故甚惡之而加之以黑焉夫視黑則柴進爲小矣此小旋風之所以名也

此回前半只平平無奇特喜其敘事簡淨耳

至後半寫林武師店中飲酒筆筆如奇鬼森然欲來搏人雖坐閨閣中讀之不能不拍案叫哭也

接手便寫王倫疑忌此亦若輩故態無足爲道獨是渡河三日一日一換有筆如此雖謂比肩腐史豈多讓哉

最奇者如第一日竝沒一箇人過第二日却有一夥三百餘人過乃不敢動手第三日有

一箇人却被走了必再等一等方等出一箇大漢來都是特特爲此奇拗之文不得忽過也

處處點綴出雪來分外耀艷

我讀第三日文中至打拴了包裹撇在房中句不如趁早天色未晚句眞正心折耐菴之爲才子也後有讀者願留覽焉

話說豹子頭林冲、當夜醉倒在雪裏地上、掙扎不

起被衆莊客向前綁縛了解送來一箇莊院只見
一箇莊客從院裏出來說道大官人未起衆人且
把這廝高弔起在門樓下看看天色曉來林沖酒
醒打一看時果然好箇大莊院何處林沖大叫道甚
麽人敢弔我在這里那莊客聽得叫手拿柴棍從
門房裏走出來喝道你這廝還自好口那箇被燒
了髭鬚的老莊客說道休要問他只顧打等大官
人起來好生推問衆莊客一齊上林沖被打掙扎

不得只叫道不妨事我有分辯處只見一箇莊客來叫道大官人來了林冲朦朧地見箇官人背叉着手行將出來（是誰）至廊下問道你等眾人打甚麼人眾莊客荅道昨夜捉得箇偷米賊人（輕輕加一賊名天下大抵如此）那官人向前來看時認得是林冲慌忙喝退莊客親自解下問道教頭緣何被吊在這里眾莊客看見一齊走了林冲看時不是別人（是誰）却是小旋風柴進連忙叫道大官人救我柴進道教頭爲

何到此被村夫耻辱林冲道一言難盡兩箇且到裏面坐下把這火燒草料塲一事備細告訴柴進聽罷道兄長如此命蹇今日天假其便但請放心這里是小弟的東莊即初訪時莊客所云之東莊也且住幾時却再商量叫莊客取一籠衣裳出來叫林冲徹裏至外都換了通身被雪打濕不言可知請去煖閣裏坐地安排酒食杯盤管待自此林冲只在柴進東莊上住了五七日不在話下且說滄州牢城營裏管營首告林

冲殺兩差撥陸虞候富安等三人、放火沿燒大軍草料塲、州尹大驚、隨即押了公文帖、仰緝捕人員、將帶做公的、沿鄉歷邑、道店村坊、畫影圖形、出三千貫信賞錢、捉拿正犯林冲、看看挨捕甚緊、各處村坊講動了、且說林冲在柴大官人東莊上、聽得這話、如坐鍼氊、俟候柴進回莊、林冲便說道、非是大官人不留小弟、爭奈官司追捕甚緊、排家搜捉、倘或尋到大官人莊上時、須負累大官人不好、既蒙大官人仗義踈財、求借林冲些小盤纏、投奔他處棲身、異日不死、當效犬馬之報。柴進道、既是兄長要行、小人有箇去處一部去處在此處出現。作書一封與兄長去、如何。林冲道、若得大官人如此周濟、教小人安身立命、只不知投何處去。柴進道、是山東濟州管下一箇水鄉、地名梁山泊、方圓八百餘里、中間是宛子城蓼兒洼看官記着。山東濟州梁山泊宛子城蓼兒洼。是柴進口中提出。故號之爲小旋風也。如今有三箇好漢在那里札寨、爲頭的喚做白衣秀士王倫、第二箇喚做摸着天杜遷、第三箇喚做雲裏金剛宋萬、那三箇好漢聚集着七八百小嘍囉、打家刼舍、多有做下迷天大罪的人、都投奔那里躲災避難、他都收留在彼、三位好漢、亦與我交厚、嘗寄書緘來、我今修一封書與兄長去投那里入夥、如何、林冲道、若得如此顧盼、最好、柴進道、只是滄州道口、見今官司張掛榜文、又差兩箇軍官在那里提簡、把住道口、兄長必用從

來時如此來去時如此去

那里經過柴進低頭一想道再有箇計策送兄長過去林冲道若蒙周全死而不忘柴進當日先叫莊客背了包裹出關去等（好）柴進却備了三二十匹馬帶了弓箭旗鎗駕了鷹鵰牽着獵狗一行人馬都打扮了却把林冲雜在裏面（好）一齊上馬都投關外却說把關軍官坐在關上看見是柴大官人却都認得原來這軍官未襲職時曾到柴進莊上因此識熟軍官起身道大官人又去快活柴進

下馬問道二位官人緣何在此軍官道滄州大尹行移文書畫影圖形捉拿犯人林冲特差某等在此守把但有過往客商一一盤問纔放出關柴進笑道我這一夥人內中間夾帶着林冲你緣何不認得（好○庾冰故事用得恰妙）軍官也笑道大官人是識法度的不到得肯夾帶了出去請尊便上馬柴進又笑道只恁地相托得過拿得野味回來相送（好作別）了一齊上馬出關去了行得十四五里郤見先去

的莊客在那里等候（好）柴進叫林冲下了馬（好）脫去打獵的衣服却穿上莊客帶來的自巳衣裳繫了腰刀戴上紅纓氈笠背上包裹提了袞刀（敘得好）相辭柴進拜別了便行只說那柴進一行人上馬自去打獵到晚方回依舊過關送些野味與軍官（好）回莊上去了不在話下且說林冲與柴大官人別後上路行了十數日時遇暮冬天氣彤雲密布朔風緊起又見（又字焰耀）紛紛揚揚下着滿天大雪林

冲踏着雪只顧走看看天色冷得緊切漸漸晚了遠遠望見枕溪靠湖可知一箇酒店被雪漫漫地壓着好寫林冲奔入那酒店裏來揭開蘆簾拂身入去倒側身看時都是座頭揀一處座下倚了衮刀解放包裹擡了氊笠把腰刀也掛了細只見一箇酒保來問道客官打多少酒林冲道先取兩角酒來酒保將箇桶兒打兩角酒將來放在桌上林冲又問道有甚麼下酒酒保道有生熟牛肉肥鵞嫩鷄

林冲道先切二斤熟牛肉來酒保去不多時將來鋪下一大盤牛肉數般菜蔬放箇大碗一面篩酒林冲喫了三四碗酒（喫了三四碗酒）只見店裏一箇人背叉着手走出來門前看雪（寫此人又帶寫雪妙筆）那人問酒保道甚麼人喫酒林冲看那人時頭戴深簷暖帽身穿貂鼠皮襖脚着一雙獐皮窄靿靴身材長大相貌魁宏雙拳骨臉三丫黃髯只把頭來摸着看雪林冲叫酒保只顧篩酒（只顧篩酒）林冲說道酒保你

也來喫碗酒酒保喫了一碗林冲問道（梁山泊不好便問故先請他喫一碗酒。寫出林冲精細）此間去梁山泊還有多少路酒保荅道此間要去梁山泊雖只數里却是水路全無旱路（一句）若要去時須用船去方纔渡得到那里林冲道你可與我覔隻船兒酒保道這般大雪天色又晚了（二句）那里去尋船隻林冲道我多與你些錢央你覔隻船來渡我過去酒保道却是沒討處（三句。○凡三段。皆極力寫英雄失路。）林冲尋思道這般却怎的好又喫了幾碗酒。又喫幾碗酒。○凡三句。俱寫納頭闊悶飲如畫。與別處寫豪飲不同。上心來、驀然想起此四字。猶如驚蛇怒筍。跳脫而出。令人大哭。令人大叫。我先在京師做教頭每日六街三市遊玩喫酒誰想今日被高俅這賊坑陷了我這一場文了面直斷送到這里閃得我有家難奔有國難投受此寂寞一字一哭。一哭一血。至今如聞其聲。因感傷懷抱問酒保借筆硯來十二字寫千載豪傑失意如畫。乘着一時酒興向那白粉壁上寫下八句何必是歌。何必是詩。悲從中來。寫下一片。既畢數之。則八句也。豈如村學究擬作咏懷耶。詩道：仗義是林冲，為人最朴忠。江湖馳譽望，京國顯英雄。身世悲浮梗，功名類轉蓬。他年若得志，威鎮泰山東。撇下筆，再取酒來。寫豪傑歷歷落落處，只用七字，遂使讀者目皆盡裂。正飲之間，只見那箇穿皮襖的漢子走向前來，把林冲劈腰揪住，說道：「你好大膽！你在滄州做下迷天大罪，却在這里！見今官司出三千貫信賞錢捉你，却是要怎地？」奇。林冲道：「你道我是誰？」好。只得如此。那漢道：「你不是豹子頭林冲？」林冲道：「我自姓張好。只得如此。那漢笑道你莫胡說見今堂上寫下名字你臉上文着金印如何要賴得過林冲道你真箇要拿我罷了。只得硬去。那漢笑道我却拿你做甚麼奇。便邀到後面一箇水亭上叫酒保點起燈來和林冲施禮奇。對面坐下那漢問道却纔見兄長只顧問梁山泊路頭要尋船去那里是強人山寨你待要去做甚麼林冲道實不相瞞如今官司追捕小人緊急無安身處特投這山寨裏好漢入夥因此

一路表柴貴

要去、那漢道、雖然如此、必有箇人薦兄長來入夥、林冲道、滄州橫海郡故友舉薦將來、那漢道、莫非小旋風柴進麼、林冲道、足下何以知之、那漢道、柴大官人、與山寨中大王頭領交厚、嘗有書信往來、原來王倫當初不得第之時、與杜遷投奔柴進、多得柴進留在莊子上住了幾時、臨起身又齎發盤纏銀兩、因此有恩、林冲聽了便拜、道有眼不識泰山、願求大名、那漢慌忙答禮、說道、小人是王頭領手下耳目、姓朱名貴、原是沂州沂水縣人氏、江湖上但叫小弟做旱地忽律、山寨裏教小弟在此間開酒店爲名、專一探聽往來客商經過、但有財帛者、便去山寨裏報知、但是孤單客人到此、無財帛的、放他過去、有財帛的來到這里、輕則蒙汗藥麻翻、重則登時結果、將精肉片爲羓子、肥肉煎油點燈、卻纔見兄長只顧問梁山泊路頭、因此不敢下手、次後見寫出大名來、曾有東京來的人傳說兄長的豪傑、不期今日得會旣有柴大官人書緘相薦亦是兄長名震寰海、王頭領必當重用、隨卽安排魚肉盤饌酒肴到來相待、兩箇在水亭上喫了半夜酒、林冲道如何能彀船來渡過去、朱貴道這裏自有船隻、兄長放心、且暫宿一宵、五更却請起來同往、當時兩箇各自去歇息、睡到五更時、分宗貴自來叫林冲起來、洗漱罷、再取三五杯酒相待、喫了些肉食之類、此時天尚未明、朱貴把水亭上牕子開了取出一張鵲畫弓搭上那一枝響箭覷着對港敗蘆折葦裏面射將去（奇文奇情）林冲道此是何意朱貴道此是山寨裏的號箭少頃便有船來没多時只見對過蘆葦泊裏三五箇小嘍囉搖着一隻快船過來徑到水亭下（奇文奇情）朱貴當時引了林冲取了刀仗行李下船小嘍囉把船搖開望泊子裏去奔金沙灘來到得岸邊朱貴同林冲上了岸小嘍囉背了包裹拿了刀仗（細）兩箇好漢上山

寨來那幾箇小嘍囉自把船搖到小港裏去了細

林冲看岸上時林冲眼中看出梁山泊來。此是梁山泊最初寫圖。一句亦不可少。

兩邊都是合抱的大樹一句半山裏一座斷金亭子二句再轉將過來見座大關三句關前擺着鎗刀劍戟弓弩戈矛四句四邊都是擂木砲石五句小嘍囉先去報知二人進得關來兩邊夾道徧擺着隊伍旗號六句又過了兩座關隘七句方纔到寨門口八句林冲看見四面高山三關雄壯團團圍定中間裏鏡面也

似一片平地可方三五百丈句九靠着山口纔是正門句十兩邊都是耳房句十一朱貴引着林冲來到聚義廳上中間交椅上坐着一箇好漢正是白衣秀士王倫左邊交椅上坐着摸着天杜遷右邊交椅坐着雲裏金剛宋萬朱貴林冲向前聲喏了林冲聲喏不見王倫荅禮林冲立在朱貴側邊朱貴便道這位是東京八十萬禁軍教頭姓林名冲綽號豹子頭因被高太尉陷害刺配滄州那里又被火燒了大軍草

料場爭奈殺死三人逃走在柴大官人家好生相敬因此特寫書來舉薦入夥林冲懷中取書遞上王倫接來拆開看了便請林冲來坐第四位交椅（便請林冲坐不見王倫立起施禮）朱貴坐了第五位一面叫小嘍囉取酒來把了三巡（初次相待却只如此冷淡之極）動問柴大官人近日無恙（不問東京事只問柴大官人冷淡之極）林冲荅道每日只在郊外獵較樂情王倫動問了一回驀然尋思道我却是箇不及第的秀才因鳥氣合着杜遷來

這里落草，續後宋萬來，聚集這許多人馬伴當。我又没十分本事，杜遷、宋萬武藝也只平常。如今不爭添了這箇人，他是京師禁軍教頭，必然好武藝。倘若被他識破我們手段，他須占強，我們如何迎敵？不若只是一怪，推却事故，發付他下山去便了，免致後患。只是柴進面上却不好看，忘了日前之恩，如今也顧他不得。重叫小嘍囉一面安排酒食整理筵宴，請林冲赴席。驀然一想中來。非敬林冲也。衆好漢一同喫酒、將次席終、王倫叫小嘍囉把一箇盤子托出五十兩白銀、兩匹紵絲來、王倫起身說道、柴大官人舉薦將教頭來敝寨入夥、爭奈小寨糧食缺少、屋宇不整、人力寡薄、恐日後誤了足下、亦不好看、略有些薄禮、望乞笑留、尋箇大寨安身歇馬、切勿見怪、林冲道、三位頭領容覆、小人千里投名、萬里投主、憑托柴大官人面皮、徑投大寨入夥、林冲雖然不才、望賜收錄、當以一死向前、並無諂佞、○○○林冲

此處若不表出三人則後日火

語〇須知此四字。與前爲人最朴忠句。雖非世間齷齪人語。然定非魯達李逵聲口。故寫林冲另是一樣筆墨。實爲平生之幸、不爲銀兩齎發而來、乞頭領炤察、王倫道、我這里是箇小去處、如何安着得你、你字難當。休怪休怪、表出朱貴。哥哥在上、莫怪小弟多言、山寨中糧食雖少、近村遠鎮可以去借、山場水泊木植廣有、便要蓋千間房屋却也無妨、這位是柴大官人力舉薦來的人、山上人重之如此。可見是箇旋風。如何教他別處去、抑且柴大官人自來與

併如何留得耶

山上有恩日後得知不納此人須不好看這位又是有本事的人他必然來出氣力杜遷道表出杜遷山寨中那爭他一箇哥哥若不收留柴大官人知道時見怪亦以柴大官人爲辨可見是箇旋風顯的我們忘恩背義日前多曾虧了他今日薦箇人來便恁推却發付他去宋萬也勸道表出宋萬柴大官人面上三箇人一樣說柴大官人面上可見是箇旋風可容他在這里做箇頭領也好不然見得我們無義氣使江湖上好漢見笑王倫道兄弟

們不知他在滄州雖是犯了迷天大罪今日上山却不知心腹倘或來看虛實如之奈何白衣秀士經濟每每如此林冲道小人一身犯了死罪因此來投入夥何故相疑王倫道既然如此你若真心入夥把一箇投名狀來懸心林冲便道小人頗識幾字乞紙筆來便寫朱貴笑道教頭你錯了但凡好漢們入夥須要納投名狀是教你下山去殺得一箇人將頭獻納他便無疑心這箇便謂之投名狀林冲道這事

也不難、林冲便下山去等、只怕沒人過、王倫道、與你三日限、〔惡心〕若三日內有投名狀來、便容你入夥、若三日內沒時、只得休、怪林冲應承了、當夜席散、朱貴相別下山、自去守店、林冲到晚、取了刀仗行李、〔細〕小嘍囉引去客房內歇了一夜、次日早起來、喫些茶飯、〔四字寫得冷淡可憐〕帶了腰刀、提了袞刀、叫一箇小嘍囉領路下山、〔領路好〕把船渡過去、〔渡過河去〕僻靜小路上等候客人過往、從朝至暮、等了一日、並無一箇孤单客人經過林冲悶悶不已第一旧不說甚麼和小嘍囉再過渡來渡過河來回到山寨中王倫問道投名狀何在林冲荅道今日並無一箇過往以此不曾取得王倫道你明日若無投名狀時自限三日此處又思縮去也難在這里了林冲再不敢荅應一日秀才心數往往如此可憐心內自巳不樂來到房中討些飯喫了冷淡可憐一討字哭殺英雄又歇了一夜次日清早起來和小嘍囉喫了早飯早飯便和小嘍囉喫哭殺英雄拿了衮刀又下山來小嘍囉

道俺們今日投南山路去等兩箇過渡渡過河去來到林子裏等候並不見一箇客人過往伏到午牌時候一夥客人約有三百餘人結踪而過林冲又不敢動手看他過去讀至一夥客人句只謂着手矣却緊接三百餘人句文筆神變非嘗眞正才子也又等了一歇看看天色晚來又不見一箇客人過凡用兩句不見其疊但見其妙林冲對小嘍囉道我恁地晦氣等了兩日不見一箇孤單客人過往如何是好第一日不說甚麼悶悶而回第二日便臨回時說此一語第三日便初下山即說一語其

[illegible]名

小嘍羅道、哥哥且寬心、明日還有一日限、和哥哥去東山路上等候、（南山是當朝說·東山是隔晚說·）當晚依舊渡回（渡過河來·）王倫說道、今日投名狀如何、林冲不敢荅應只歎了一口氣（此非日增一句歎口氣·如聞其聲·如見其人·）王倫笑道、想是今日又沒了、我說與你三日限、今已兩日了、若明日再無、不必相見了、便請那步下山、投別處去、林冲回到房中端的是心內好悶仰天長歎道不想我今日被高俅那賊陷害流落到此天地也不容我直如此命蹇時乖酒店一歎此處又一歎如夜潮之一湧一落讀之乃欲叫哭過了一夜次日天明起來討些飯食喫了一討猶可至於再討胡可一朝居耶打拴了那包裹撇在房中先作行勢筆舉妙絕一字千淚矣跨了腰刀提了袞刀又和小嘍囉下山過渡渡過河去投東山路上來林冲道我今日若還取不得投名狀時只得去別處安身立命下山先說一句與前參換兩箇來到山下東路林子裏潛伏等候看看日頭中了又沒一箇人來有此一句文筆夭矯之極時

敘過三日便接出一箇人來此學究記事也敘過三日偏又放

這殘雪初晴日色明朗（忽點入雪後景色耀人目晴）林冲提着衮刀對小嘍囉道眼見得又不濟事了不如趁早天色未晚取了行李只得往別處去尋箇所在（奇文）（妙筆偏到欲合處偏故意着實一縱使讀者心路俱斷）小較用手指道好了兀的不是一箇人來（忽然一接）林冲看時叫聲慚愧只見那箇人遠遠在山坡下望見行來待他來得較近林冲把衮刀桿翦了一下驀地跳將出來那漢子見了林冲叫聲阿也撇了擔子轉身便走（真正才子）

走一箇才子奇文，世寧有兩乎哉。

眞正奇文，前批詳之矣。林冲趕將去，那里趕得上，那漢子閃過山坡去了。眞正才子，眞正奇文。林冲道：你看我命苦麽，等了三日，甫能等得一箇人來，又喫他走了。眞正才子，眞正奇文。誰能於三日後又結撰出此一段文字耶。小較道：雖然不殺得人，這一擔財帛可以抵當。林冲道：你先挑了上山去，我再等一等。走馬番韁之法。小嘍囉先把擔兒挑出林去，只見山坡下轉出一箇大漢來。上來許多曲折，然後轉出大漢來。林冲見了，說道：天賜其便。只見那人挺着朴刀，大叫如雷喝道潑賊殺不盡的強徒將俺行李那里去洒家正要捉你這厮們倒來拔虎鬚飛也似踴躍將來林冲見他來得勢猛也使步迎他不是這箇人來鬬林冲有分教梁山泊內添幾箇弄風白額大蟲水滸寨中輳幾隻跳澗金睛猛獸畢竟來與林冲鬬的正是甚人且聽下回分解

# 第五才子書施耐菴水滸傳卷之十六

聖歎外書

## 第十一回

梁山泊林冲落草
汴京城楊志賣刀

吾觀今之文章之家每云我有避之一訣固也然而吾知其必非才子之文也夫才子之文則豈惟不避而已又必於本不相犯之處

特特故自犯之而後從而避之此無他亦以文章家之有避之一訣非以教人避也正以教人犯也犯之而後避之故避有所避也若不能犯之而但欲避之然則避何所避乎哉是故行文非能避之難實能犯之難也譬諸奕棋者非救劫之難實留劫之難也將欲避之必先犯之夫犯之而至於必不可避而後天下之讀吾文者於是乎而觀吾之才之筆

矣犯之而至於必不可避而吾之才之筆爲之躊躇爲之四顧砉然中窾如土委地則雖號於天下之人曰吾才子也吾文才子之文也彼天下之人亦誰復敢爭之乎哉故此書於林冲買刀後緊接楊志賣刀是正所謂才子之文必先犯之者而吾於是始樂得而徐覩其避也

又曰我讀水滸至此不禁浩然而歎也曰嗟

乎○作水滸者雖欲不謂之才子胡可得乎夫人胷中有非常之才者必有非常之筆有非常之筆者必有非常之力夫非非常之才無以搆其思也非非常之筆無以摛其才也又非非常之力亦無以副其筆也今觀水滸之寫林武師也忽以寶刀結成奇彩及寫楊制使也又復以寶刀結成奇彩夫寫豪傑不可盡而忽然置豪傑而寫寶刀此借非非常之

才其亦安知寶刀爲即豪傑之替身但寫得
寶刀盡致盡典即巳令豪傑盡致盡典者耶
且以寶刀寫出豪傑固巳然以寶刀寫武師
者不必其又以寶刀寫制使也今前回初以
一口寶刀熖耀武師者接手便又以一口寶
刀熖耀制使兩位豪傑兩口寶刀接連而來
對插而起用筆至此奇險極矣即欲不謂之
非嘗而英英之邑千人萬人莫不共見其又

疇得而不謂之非嘗乎○又一箇買刀一箇賣刀分鑣各騁互不相犯固也然使於讚歎處痛悼處稍稍有一句二句乃至一字二字偶然相同即亦豈見作者之手法乎今兩刀接連一字不犯乃至譬如東泰西華各自爭奇嗚呼特特挺而走險以自表其六轡如組兩驂如舞之能才子之稱豈虛譽哉

天漢橋下寫英雄失路使人如坐冬夜緊接

演武廳前寫英雄得意使人忽上春臺咽處加一倍咽艷處加一倍艷皆作者瞻顧非常

趨走有龍虎之狀處

話說林冲打一看時只見那漢子頭戴一頂范陽氈笠上撒着一把紅纓穿一領白段子征衫繫一條縱線縧下面青白間道行纏抓着褲子口獐皮襪帶毛牛膀靴跨口腰刀提條朴刀生得七尺五六身材面皮上老大一搭青記腮邊微露些少赤

鬚把氈笠子掀在脊梁上坦開胸脯帶着抓角兒軟頭巾挺手中朴刀高聲喝道你那潑賊將俺行李財帛那里去了不說林冲喝那漢偏說那漢喝一聲顯得是箇勍敵林冲正沒好氣那里答應八字寫第三日林冲如見睜圓怪眼倒豎虎鬚挺着朴刀搶將來鬭那箇大漢此時淺雪初晴薄雲方散溪邊踏一片寒冰岸畔湧兩條殺氣一往一來鬭到三十來合不分勝敗寫得晶瑩射人兩箇又鬭了十數合正鬭到分際只見山高處叫道兩

位好漢不要鬭了林冲聽得驀地跳出圈子外來獨寫林冲跳出見其志不在鬭若楊志旣失車仗則自不應先住也用筆精細如此兩箇收住手中朴刀看那山頂上時却是白衣秀士王倫和杜遷宋萬并許多小嘍囉走下山來何也將船渡過了河細說道兩位好漢端的好兩口朴刀神出鬼沒這箇是俺的兄弟豹子頭林冲青面漢你奇稱却是誰願通姓名那漢道洒家是三代將門之後定在寶刀五侯楊令公之孫定應爭氣姓楊名志流落在此

關西。年紀小時。曾應過武舉。做到殿司制使官。道君因蓋萬歲山。差一般十箇制使去太湖邊搬運花石綱赴京交納。不想洒家時乖運蹇。押着那花石綱來到黃河裏。遭風打翻了船。失陷了花石綱。未失生辰綱。先失花石綱。有意無意間中一襯。不能回京赴任。逃去他處避難。如今赦了俺們罪犯。洒家今來收的一擔兒錢物。待回東京去樞密院使用。再理會本身的勾當。文臣陞遷要錢使。猶可也。至於武臣出身。打從亦要錢使。古今一歎。豈止為楊志痛哉。

這里經過碩倩莊家挑那擔兒不想被你們奪了可把來還酒家如何楊志又有楊志聲口王倫道你莫是綽號喚做青面獸的楊志道酒家便是王倫道既然是楊制使就請到山寨喫三盃水酒又何也納還行李如何楊志道好漢既然認得酒家便還了俺行李更強似請喫酒楊志又有楊志聲口王倫道制使小可數年前到東京應舉時好貨齣他說便聞制使大名今日幸得相見如何教你空去且請到山寨少敘片時

並無他意、楊志聽說了、只得跟了王倫一行人等過了河○○○須知此番過河、中間特特爲着一人渡來、渡去者得意也、然却故意獨藏過、使人自看。上山寨來、就叫朱貴同上山寨相會、都來到寨中聚義廳上、左邊一帶四把交椅、卻是王倫、杜遷、宋萬、朱貴、右邊一帶兩把交椅、上首楊志、下首林冲、都坐定了。王倫叫殺羊置酒、安排筵宴管待楊志。○與林冲討飯何掩映不在話下。話休絮煩、酒至數盃、王倫心裏想道、若留林冲、實形容得我們不濟、不如我做箇人情并留了楊志與他作敵寫秀才濟可笑經因指着林冲對楊志道這箇兄弟他是東京八十萬禁軍教頭喚做豹子頭林冲因這高太尉那廝安不得好人叩頭語豈真謂林武師哉把他尋事刺配滄州那里又犯了事如今也新到這里却纔制使要上東京勾當不是王倫糾合制使小可兀自棄文就武好貨虧他說秀才自大語每每有之來此落草制使又是有罪的人雖經赦宥難復前職亦且高俅那廝見掌軍權他如

何肯容你不如只就小寨歇馬大秤分金銀大碗喫酒肉同做好漢不知制使心下主意若何楊志答道重蒙衆頭領如此帶携只是洒家有箇親眷見在東京居住前者官事連累了他不曾酧謝得他今日欲要投那里走一遭望衆頭領還了洒家行李如不肯還楊志空手也去了（寫楊志又另是一楊志不是史進不是魯達不是林冲細細認之）王倫笑道既是制使不肯在此如何敢勒逼入夥且請寬心住一宵明日早行楊

志大喜此却與前二人同。林冲則不爾。細細認之。當日飲酒到二更方歇，各自去歇息了。次日早起來，又置酒與楊志送行，與林冲討飯句掩映。喫了早飯，衆頭領叫一箇小嘍囉把昨夜擔兒挑了，細。一齊都送下山來，到路口與楊志作別，教小嘍囉渡河，細。送出大路，衆人相別了，自回山寨。王倫自此方纔肯教林冲坐第四位，自此方纔肯教六字，皆難之辭也。朱貴坐第五位。從此五箇好漢在梁山泊打家刼舍。此四字，所謂昔之梁山泊也。若後之梁山泊，亦有四字，所謂替天行道也。不在話下只說楊志出了大路尋箇莊家挑了擔子發付小嘍囉自回山寨（細）楊志取路不數日來到東京入得城來尋箇客店（客店）安歇下莊客交還擔兒與了些銀兩自回去了（細）楊志到店中放下行李解了腰刀朴刀叫店小二將些碎銀子買些酒肉喫了過數日央人來樞密院打點理會本等的勾當將出那擔兒內金銀財物買上告下再要補殿司府制使職役把許多東西都使盡了方纔得申文書（以盡爲度。每每如此）。引去見殿帥高太尉，到廳前。那高俅把從前歷事文書都看了，大怒道：「既是你等十箇制使去運花石綱，九箇回到京師交納了，偏你這廝把花石綱失陷了，又不來首告，倒又在逃，許多時捉拿不着。今日再要勾當，雖經赦宥所犯罪名，難以委用。」把文書一筆都批倒了，將楊志趕出殿師府來（非寫高俅不受請托也。正寫高俅妬賢嫉能也。非寫高俅惡楊志也。寫當時朝廷無人，不如高俅無人不被惡如楊志也）。楊志悶悶不已回到客店中、思量王倫勸俺、也見得是、只爲酒家清白姓字、（楊家語）不肯將父母遺體來點汚了、指望把一身來爭、邊庭上一鎗一刀、（痛哭語。又寫得壯健。又寫得洒落。）博箇、封妻蔭子、也與祖宗爭口氣、（楊家語）不想又喫這一悶、高太尉（叫一聲妙至今如聞其響）你忒毒害、恁地刻薄、心中煩惱了一回、在客店裏又住幾日、盤纏都使盡了、楊志尋思道、却是怎地好、只有祖上留下這口寶刀、從來跟着酒家、如今事急無措、只得拿去街上貨賣得千百貫錢鈔好做盤纏投往他處安身（林冲一口寶刀楊志一口寶刀接連敘出看他却結撰成兩樣奇景詳具總批中）當日將了寶刀插了草標兒（寶刀上加草標二字辱沒殺人才德之士而必借容羞雁亦此四字矣）上市去賣走到馬行街內（好街名與前閱武坊各有其妙刀馬二字觀成奇艷）立了兩箇時辰並無一箇人問將立到晌午時分（特特寫兩句時分為英雄一哭）轉來到天漢州橋熱鬧處去賣楊志立未久（上寫兩句立久都向刀上一哭此忽然寫入一句立未久讀者只謂亦向刀上出色也却突轉出下文一段奇情令人絕倒）只見兩邊

的人都跑入河下巷内去躲（奇文）楊志看時只見都亂攛口裏說道快躲了大蟲來也（奇文）楊志道好作怪這等一片錦城池却那得大蟲來當下立住脚看時只見遠遠地黑凛凛一條大漢喫得半醉一步一攧撞將來（奇文）楊志看那人時原來是京師有名的破落戶潑皮叫做沒毛大蟲牛二專在街上撒潑行兇撞鬧連爲幾頭官司開封府也治他不下以此滿城人見那廝來都躲了却說牛二搶到

一路寫楊志軟順並無半點剛怒止爲英雄失路一哭

楊志面前就手裏把那口寶刀扯將出來（是箇潑皮。就手扯出，非所以待寶刀也。然豪傑失路，往往遭此矣。寶刀不能哭，其柰之何哉。）問道漢子，你這刀要賣幾錢。（二字不堪。）楊志道祖上留下寶刀，要賣三千貫。牛二喝道（二字不堪。）甚麼鳥刀（二字不堪。）要賣許多錢，我三十文買一把（極寫不堪。）也切得肉，切得豆腐。（調侃時賢。）你的鳥刀有甚好處，叫做寶刀。（不堪。）楊志道，酒家的須不是店上賣的白鐵刀，這是寶刀。牛二道，怎地喚做寶刀。（活潑皮。）楊志道，第一件，砍銅剁鐵刀口不捲、第二件吹毛得過、（二字奇文。）第三件殺人刀上沒血、（四字奇文。）牛二道你敢剁銅錢麼、（雖是逐件要試、卻又極力寫潑皮形狀。如第一件砍銅剁鐵、他便偏想出銅錢二字。調侃世人不小。）楊志道你便將來剁與你看。牛二便去州橋下香椒舖裏討了二十文當三錢、（討字妙。活潑皮。平日藉惘街坊無數事。只此一箇字寫盡。）一垜兒將來放在州橋欄干上、叫楊志道、漢子、你若剁得開時、我還你三千貫。（活潑皮。）那時看的人、（極忙時。忽然插入一句看的人。筆力如蒼鷹矯犬。其眼光左睒右掣。）雖然不敢近前、（寫潑皮一句。）向

遠遠地圍住了望寫寶刀一句楊志道這箇直得甚麽

把衣袖捲起好出色一句拿刀在手看得較準只一刀

把銅錢剁做兩半衆人都喝采牛二道喝甚麽鳥

采妙罵不得楊志了只得罵衆人如見潑皮你且說第二件是甚麽活潑皮又記得有第二件又不記得是甚麽活潑皮活醉人楊志道吹毛得過若

把幾根頭髮望刀口上只一吹齊齊都斷牛二道

我不信自把頭上拔下一把頭髮是箇潑皮一把二字絕倒

遞與楊志你且吹我看潑皮楊志左手接過頭髮右手

（提刀也。）炤着刀口上盡氣力一吹、那頭髮都做兩段、紛紛飄下地來、衆人喝采、看的人越多了。（又閃出看的人）（又增一句）牛二又問第三件是甚麼（潑皮到底）楊志道、殺人刀上沒血、牛二道、怎地殺人刀上沒血（其辭愈纏）楊志道、把人一刀砍了、並無血痕、只是箇快（自註四字者、為此一件不比上二件、寔不可試、故特下一註也。）牛二道、我不信、你把刀來剁一箇人我看（真是箇潑皮、其辭愈纏）楊志道、禁城之中、如何敢殺人、你不信時、取一隻狗來殺與你看、牛二道、你說殺人不曾說殺狗（絕倒。○潑皮差矣。人之與狗何以異哉。）楊志道、你不買便罷只管纏人做甚麼（英雄可憐。至此方說他一句。）牛二道、你將來我看（纏得愈無理。絕倒。）楊志道、你只顧沒了當灑家又不是你撩撥的（英雄可憐。至此方自表一句。）牛二道、你敢殺我（纏得愈無理。絕倒。）楊志道、和你往日無冤昔日無讐、一物不成兩物見在、沒來繇殺你做甚麼（英雄可憐。又捺住氣了。）牛二緊揪住楊志說道我偏要買你這口刀（前俱長鎗大戟。至此以下俱用短兵緊接。）楊志道、你要買將錢來牛二道我沒錢楊志道你沒錢揪住洒家怎地牛二道我要你這口刀楊志道我不與你牛二道你好男子剁我一刀〔此句逗出楊志怒來〕楊志大怒把牛二推了一交〔第一段只推一交不便殺〕牛二爬將起來鑽入楊志懷裏〔爬字鑽字寫潑皮〕楊志叫道街坊鄰舍都是證見楊志無盤纏自賣這口刀這箇潑皮強奪洒家的刀又把俺打〔第二段只叫街坊告訴不便殺〕街坊人都怕這牛二誰敢向前來勸〔補一句無人勸楊志所以成於殺也〕牛二喝道你說我

打你便打殺直甚麼口裏說一面揮起右手一拳打來（是箇潑皮）楊志霍地躲過拿着刀搶入來一時性起（四字徑捷）望牛二顙根上搠箇着撲地倒了楊志趕入去把牛二胷脯上又連搠了兩刀（不惟牛二積憤連高太尉積憤亦發出來）血流滿地死在地上楊志叫道洒家殺死這箇潑皮怎肯連累你們潑皮既已死了你們都來同洒家去官府裏出首（寫楊志另是楊志不是史進不是魯達不是林冲）坊隅衆人慌忙攏來隨同楊志徑投開封府出

首正值府尹坐衙楊志拿着刀和地方隣舍衆人都上廳來一齊跪下把刀放在面前楊志告道小人原是殿司制使爲因失陷花石綱削去本身職役無有盤纏將這口刀在街貨賣不期被箇潑皮破落戶牛二强奪小人的刀又用拳打小人因此一時性起將那人殺死衆鄰舍都是證見衆人亦替楊志告說分訴了一回府尹道既是自行前來出首免了這厮入門的欵打且叫取一面長

枷枷了差兩員祖官帶了仵作行人監押楊志并衆鄰舍一干人犯都來天漢州橋邊登場簡驗了疊成文案衆鄰舍都出了供狀保放隨衙聽候當廳發落將楊志於死囚牢裏監守牢裏衆多押牢禁子節級見說楊志殺死没毛大蟲牛二都可憐他是箇好男子不來問他取錢又好生看覷他一段大漢州橋下衆人爲是楊志除了街上害人之物都歛些盤纏凑些銀兩來與他送飯上下又替他

使用、推司也覷他是箇首名的好漢、又與東京街上除了一害、牛二家又沒苦主、把款狀都改得輕了、三推六問、却招做一時鬬毆殺傷、誤傷人命、待了六十日限滿、當廳推司禀過府尹、將楊志帶出廳前、除了長枷、斷了二十脊杖、喚箇文墨匠人刺了兩行金印、迭配北京大名府留守司充軍、那口寶刀沒官入庫、當廳押了文牒、差兩箇防送公人、免不得是張龍趙虎、把七斤半鐵葉盤頭護身枷釘了分付兩箇公人便教監押上路大漢州橋那幾箇大戶科歛些銀兩錢物等候楊志到來請他兩箇公人一同到酒店裏喫了些酒食把出銀兩齎發兩位防送公人說道念楊志是箇好漢與民除害今去北京路途中望乞二位上下熘覷好生看他一看一段張龍趙虎道我兩箇也知他是好漢亦不必你衆位分付但請放心一段楊志謝了衆人其餘多的銀兩盡送與楊志做盤纏細衆

人各自散了。（細〇此一節特特與林冲起身不同〇〇〇〇〇〇〇）話裏只說楊志同兩箇公人來到原下的客店裏。（寫英雄無家只入箇字洒下人淚來）（〇前一路不曾脫客店二字）算還了房錢飯錢，取了原寄的衣服行李，（細）安排些酒食，請了兩箇公人，尋醫士贖了幾箇棒瘡的膏藥，貼了棒瘡。（特特與林冲不同）便同兩箇公人上路。三箇望北京進發，五里單牌，十里雙牌。（絕妙紀程如古謠諺）逢州過縣，買些酒肉，不時間請張龍趙虎喫。（只一句便遞過許多路程）三箇在路，夜宿旅館，曉行驛道不數日來到北京省入得城中尋箇客店安下原來北京大名府留守司上馬管軍下馬管民最有權勢那留守喚做梁中書諱世傑他是東京當朝太師蔡京的女壻大書特書當日是二月初九日為生辰二字遠遠提頭留守陞廳兩箇公人解楊志到留守司廳前呈上開封府公文梁中書看了原在東京時也曾認得楊志當下一見了備問情繇楊志便把高太尉不容復職使盡錢財將寶刀貨賣因而殺

死牛二的實情通前一一告稟了梁中書聽得大喜當廳就開了枷留在廳前聽用押了批迴與兩箇公人自回東京了不在話下只說楊志自在梁中書府中早晚慇懃聽候使喚梁中書見他勤謹伏下一筆有心要擡舉他欲要遷他做箇軍中副牌月支一分請受只恐衆人不伏因此傳下號令教軍政司告示大小諸將人員來日都要出東郭門教場中去演武試藝當晚梁中書喚楊志到廳前梁

中書道：我有心要擡舉你做箇軍中副牌，月支一分請受。只不知你武藝如何？楊志禀道：小人應過武舉出身，曾做殿司府制使職役。這十八般武藝，自小習學。今日蒙恩相擡舉，如撥雲見日一般。楊志若得寸進，當效啣環背鞍之報。梁中書大喜，賜與一副衣甲。當夜無事。次日天曉，時當二月中旬，正值風和日暖。梁中書早飯已有意無意，所謂草蛇灰線之法也。罷，第一段早飯。帶領楊志上馬，第二段帶楊志上馬。前遮後擁，往

此一段看他會家不忙敘得水平樹匝似

第五十一回　楊志賣刀

東郭門來到得教場中（第三段來到教場。）大小軍卒并許多官員接見（第四段官軍迎接。）就演武廳前下馬到廳上正面撒着一把渾銀交椅坐上（第五段陞廳。）左右兩邊齊臻臻地排着兩行官員指揮使團練使正制使統領使牙將較尉正牌軍副牌軍前後周圍惡狠狠地列着百員將較正將臺上立着兩箇都監一箇喚做李天王李成一箇喚做聞大刀聞達二人皆有萬夫不當之勇統領着許多軍馬一齊都來朝着梁中書呼三聲喏第六段衆將官聲喏却早將臺上豎起一面黄旗來第七段豎帥字旗將臺兩邊左右列着三五十對金鼓手一齊發起擂來品了三通畫角發了三通擂鼓第八段發擂教塲裏面誰敢高聲第九段發擂罷又見將臺上豎起一面淨平旗來前後五軍一齊整肅第十段淨平旗將臺上把一面引軍紅旗麾動第十一段引軍旗只見鼓聲響處第十二段起鼓五百軍列成兩陣軍士各執器械在手第十三段列陣將臺上又把白旗招動

兩陣馬軍齊齊地都立在面前各把馬勒住第十四段眾將聽令梁中書傳下令來叫喚副牌軍周謹向前聽令第十五段下將令來傳右陣裏周謹聽得呼喚躍馬到廳前跳下馬插了鎗暴雷也似聲箇大喏第十六段副軍聽令梁中書道着副牌軍施逞本身武藝周謹得了將令綽鎗上馬在演武廳前左盤右旋右盤左旋將手中鎗使了幾路眾人喝采第十七段副軍演藝梁中書道叫東京對撥來的軍徒楊志第十八段傳下將令又楊志轉

過廳前唱箇大喏第十九段楊志聽令梁中書道楊志我知你原是東京殿司府制使軍官犯罪配來此間即目盜賊猖狂國家用人之際你敢與周謹比試武藝高低如若贏得便遷你充其職役楊志道若蒙恩相差遣安敢有違鈞旨梁中書叫取一匹戰馬來教甲仗庫隨行官吏應付軍器教楊志披掛上馬與周謹比試楊志去廳後把夜來衣甲穿了拴束罷帶了頭盔弓箭腰刀手拿長鎗上馬從廳後

跑將出來梁中書看了道着楊志與周謹先比鎗周謹怒道這箇賊配軍敢來與我交鎗第二十段楊志出馬誰知惱犯了這箇好漢來與周謹鬭武不因這番比試有分教楊志在萬馬叢中聞姓字千軍隊裏奪頭功畢竟楊志與周謹比試引出甚麽人來且聽下回分解

第五才子書施耐菴水滸傳卷之十六

# 第五才子書施耐菴水滸傳卷之十七

聖歎外書

## 第十二回

急先鋒東郭爭功
青面獸北京鬭武

古語有之畫咸陽宮殿易畫楚人一炬難畫舳艫千里易畫八月潮勢難今讀水滸至東郭爭功其安得不謂之畫火畫潮第一絕筆

也夫梁中書之愛楊志止爲生辰綱伏線也乃愛之而將以重大托之定不得不先加意獨提掇之於是傳令次日大小軍官都至教塲比試蓋其意止在周謹一分請受耳今觀其略寫使鎗詳寫弓馬亦可謂於教塲中盡態極妍矣而殊不知作者滔滔浩浩莽莽蒼蒼之才殊未肯已也忽然增下左邊轉出一箇索超一時遂若連彼梁中書亦似出於意

外也者而於是於兩漢未曾交手之前先寫梁中書着楊志好生披掛又借自已好馬與他騎了於是李成亦便叫索超去加倍分付亦將自已披掛戰馬全副借與當是時兩人殊未嘗動一步出一色而讀者心頭眼底已自異樣驚魂動魄閃心搖膽却又放下兩人復寫梁中書走出月臺特特增出一把銀葫蘆頂茶褐羅三簷凉傘重放砲重發擂重是

金鼓起重是紅旗黃旗白旗青旗招動然後托出兩員好漢來讀者至此其心頭眼底胡得不又爲之驚魂動魄閃心搖膽然而兩人固酣未嘗交手也至於正文只用一句戰到五十餘合不分勝負就此一句半路按住却重復寫梁中書看呆衆軍官喝采滿教場軍士們沒一箇不說李成聞達不住聲叫好鬪使讀者口中自說滿教場人而眼光自落在

兩箇好漢兩匹戰馬兩般兵器上不惟書裏梁中書呆了連書外看書的人也呆了於是鳴金收軍而後重復正寫一句兩箇各要爭功那肯回馬如此行文眞是畫火畫潮天生絕筆自有筆墨未有此文自有此文未有此許鳴呼天下之樂第一莫若讀書讀書之樂第一莫若讀水滸卽又何恐不公諸天下後世之酒邊燈下之快人恨人也

如此一回大書愚夫讀之則以為東郭爭功定是楊志分中一件驚天動地之事殊不知止為後文生辰綱要重託楊志故從空結出兩層樓臺以為梁中書愛楊志地耳故篇中凡寫梁中書加意楊志處文雖少是正筆寫與周謹索超比試處文雖絢爛縱橫是閒筆夫讀書而能識賓主旁正者我將與之遍讀天下之書也

看他齊臻臻地一教場人後來發放了大軍留下梁中書衆軍官索超楊志又發放了衆軍官留下梁中書索超楊志又發放了索超留下梁中書楊志嗟乎意在乎此矣寫大風者曰始於青蘋之末盛於土囊之口吾嘗謂其後當必重收到青蘋之末也今梁中書楊志所謂青蘋之末而教場比試所謂土囊之口讀者其何可以不察也

話說當時周謹楊志兩箇勒馬在於旗下正欲出戰交鋒只見兵馬都監聞達喝道且住自上廳來稟復梁中書道聞達稟復恩相論這兩箇比試武藝雖然未見本事高低鎗刀本是無情之物只宜殺賊勦寇今日軍中自家比試恐有傷損輕則殘疾重則致命此乃於軍不利可將兩根鎗去了鎗頭各用氈片包裹地下蘸了石灰再各上馬都與皁衫穿着但是鎗桿厮攔如白點多者當輸梁中書

道言之極當隨即傳令下去兩箇領了言語向這演武廳後去了鎗尖都用氊片包了縛成骨朶身上各換了皁衫各用鎗去石灰桶裏蘸了石灰再各上馬出到陣前那周謹躍馬挺鎗直取楊志這楊志也拍戰馬撚手中鎗來戰周謹兩箇在陣前來來往往番番復復攪做一團紐做一塊鞍上人鬬人坐下馬鬬馬兩箇鬬了四五十合看周謹時恰似打翻了荳腐的斑斑點點約有三五十處看

楊志時只有左肩胛上一點白（寫周謹點多不足喜。喜其寫楊志肩胛上亦有一點也。）梁中書大喜（主句。）叫喚周謹上廳看了跡道前官參你做箇軍中副牌量你這般武藝如何南征北討怎生做得正請受的副牌教楊志替此人職役管軍兵馬都監李成上廳稟復梁中書道（李成稟。）周謹鎗法生疎弓馬熟閑（豈眞有是事只圖又有一番悅目也。）不爭把他來逐了職事恐怕慢了軍心再教周謹與楊志比箭如何梁中書道言之極當再傳下將令來叫楊志與周謹比箭兩箇得了將令都挿了鎗各關了弓箭楊志就弓袋內取出那張弓來扣得端正擎了弓跳上馬跑到廳前立在馬上欠身禀復道恩相弓箭發處事不容情恐有傷損乞請鈞旨梁中書道武夫比試何慮傷殘但有本事射死勿論（與前灰鎗變化若更作抽矢去金便同兒戲矣）楊志得令回到陣前李成傳下言語叫兩箇比箭好漢各關與一面遮箭牌防護身體兩箇各領了遮箭防牌綰在臂

上楊志道你先射我三箭（異哉此人險哉此文）後却還你三箭周謹聽了恨不得把楊志一箭射箇透明楊志終是箇軍官出身識破了他手段全不把他爲事當時將臺上早把青旗麾動楊志拍馬望南邊去（寫得好眞好看細）周謹縱馬赶來將韁繩搭在馬鞍鞒上左手拿着弓右手搭上箭拽得滿滿地望楊志後心颼地一箭（寫得好後心二字故意嚇人眞正才子）楊志聽得背後弓弦響霍地一閃去鐙裏藏身那枝箭早射箇

空（寫得好第一番。）○周謹見一箭射不着，却早慌了。（寫得好。）○再去壺中急取第二枝箭來，搭上弓弦，覷的楊志較親，（寫得好。○覷得較親，故意換一句嚇人。）望後心再射一箭。楊志聽得第二枝箭來，却不去鐙裏藏身，（寫得好。）那枝箭風也似來。（寫得好。○此句有掣電之能。）楊志那時也取弓在手，（出奇語。○看官少住，試猜他殆欲如何。）用弓梢只一撥，那枝箭滴溜溜撥下草地裏去了。（寫得好第二番。）○周謹見第二枝箭又射不着，心裏越慌。（寫得好。）楊志的馬（承上心裏越慌，則自應緊。）

（接第三枝箭矣却不接周謹箭却接出楊志怪哉文乎）早跑到教場盡頭霍地把馬一兜那馬便轉身望正廳上走回來（寫得好真正心經手緯之文）周謹也把馬只一勒那馬也跑回就勢裏赶將來去那綠茸茸芳草地上八箇馬蹄翻盞撒鈸相似勃喇喇地風團兒也似般走（本是比試弓馬二事乃前兩番止敘得弓箭故於此處特地寫出馬來筆力神變之極非小家所能也）周謹再取第三枝箭搭在弓弦上扣得滿滿地儘平生氣力眼睜睜地看着楊志後心窩上只一箭射將來

若須如周謹三箭皆是妙手盖鐙裏藏身則箭過鞍上矣弓稍掠得着手綽得住則相去不能以寸矣

寫得好。○務要故意嚇人。便向後心上。特特地加一句。扣得滿滿地。又加一句。儘平生氣力。又加一句。眼睜睜地。又加寫上二字。妙絕。楊志聽得弓弦響，紐回身，就鞍上把那枝箭只一綽，綽在手裏，寫得出色。好。○第三番。便縱馬入演武廳前，撇下周謹的箭。眞寫得好。梁中書見了大喜，主句。傳下號令，却叫楊志也射周謹三箭。將臺上又把青旗麾動。周謹撇了弓箭，拿了防牌在手，拍馬望南而走。楊志在馬上把腰只一縱，略將脚一拍那馬潑喇喇的便趕。此處却不敘弓。先敘馬。法變。楊志先把弓虛扯一扯【寫得好】周謹在馬上聽得腦後弓弦響扭轉身來便把防牌來迎却早接箇空【寫得好】周謹尋思道那厮只會使鎗不會射箭等他第二枝箭再虛詐時我便喝住了他便算我贏了周謹的馬早到教塲南盡頭【前兩枝箭發後方到盡頭此一枝箭未發已到盡頭蓋前放三箭此只須一箭故也】那馬便轉望演武廳來楊志的馬見周謹馬跑轉來那馬也便回身【前文楊志把馬一兜周謹亦把馬一勒今俱不用而馬便自轉回寫戰馬性情出神入化○蓋前文雖帶敘馬而意在箭今文帶敘箭而意在

馬此作者爐鍾之妙也。楊志早去壺中掣出一枝箭來搭在弓弦上心裏想道寫得好。見楊志神箭綽然有餘。射中他後心窩綽然有餘。必至傷了他性命他和我又沒冤讐洒家只射他不致命處便了綽然有餘。左手如托太山右手如抱嬰孩弓開如滿月箭去似流星說時遲那時快六句寫得好。一箭正中周謹左肩周謹措手不及翻身落馬那匹空馬直跑過演武廳背後去了寫馬完匹。衆軍卒自去救那周謹去了梁中書見了大喜主句。

叫軍政司便呈文案來敎楊志截替了周謹職役
楊志神色不動下了馬寫馬完匝便向廳前來拜謝恩
相充其職役不想階下左邊轉上一箇人來叫道
休要謝職我和你兩箇比試楊志看那人時楊志看一
看身材七尺以上長短面圓耳大唇濶口方腮邊
一部落腮鬍鬚威風凛凛相貌堂堂楊志看出相貌來直
到梁中書面前聲了喏稟道周謹患病未痊精神
不到因此誤輸與楊志小將不才願與楊志比試

武藝如若小將折半點便宜與楊志休教截替周謹便教楊志替了小將職役雖死而不怨梁中書看時梁中書看一看不是別人却是大名府留守司正牌軍索超爲是他性急撮鹽入火爲國家面上只要爭氣當先厮殺以此人都叫他做急先鋒梁中書看出姓名來李成聽得便下將臺來直到廳前稟復道相公這楊志既是殿司制使必然好武藝須和周謹不是對手正好與索正牌比試武藝便見優劣梁中

書聽了、心中想道、我指望一力要擡舉楊志、衆將不伏、一發等他羸了索超、他們也死而無怨、却無話說、梁中書隨即喚楊志上廳、問道、你與索超比試武藝、如何、楊志稟道、恩相將令、安敢有違、梁中書道、既然如此、你去廳後換了裝束、好生披掛（此寫梁中書着意處、當知不為當日演武出色、總為後文生辰綱伏線耳、）教甲仗庫隨行官吏、取應用軍器給與、就叫牽我的戰馬借與楊志、騎小心在意、休覷得等閒（異樣色澤）楊志謝了自去結束。却說李成分付索超道非爲李成愛索超也。只爲如此一襯。便令梁中書之愛楊志。加倍出色。故特特加意寫來。總爲生辰綱縋染耳。你却難比別人、周謹是你徒弟、先自輸了、你若有些疎失、喫他把大名府軍官都看得輕了、我有一匹慣曾上陣的戰馬、并一副披掛、都借與你、小心在意、休教折了銳氣陪出一匹馬。愈顯前文興様色澤。索超謝了、也自去結束、梁中書起身走出堦前來、從人移轉銀交椅、直到月臺欄干邊放下如此一段落索文字。偏要寫他兩番。又不重複。又不棘手。眞是奇才大筆梁中書坐定段第一左右祇候兩行段第二喚打傘的撑開那把銀葫蘆頂茶褐羅三簷涼傘來蓋定在梁中書背後段第三景色前文所無○異樣將臺上傳下將令段第四早把紅旗招動兩邊金鼓齊鳴段第五發一通擂段第六去那教塲中兩陣內各放了箇砲段第七砲嚮處索超跑馬入陣內藏在門旗下楊志也從陣裏跑馬入軍中直到門旗背後段第八將臺上又把黃旗招動段第九又發了一通擂段第十兩軍齊吶一

聲喊（第十一段）教場中誰敢做聲靜蕩蕩的（第十二段）再一聲鑼響扯起淨平白旗兩下衆官沒一箇敢走動胡言說話靜靜地立着（第十三段）將臺上又把青旗招動（第十四段）只見第三通戰鼓響處去那左邊陣內門旗下看看分開鸞鈴響處閃出正牌軍索超直到陣前（出索超）兜住馬（出馬）拿軍器在手（出兵器）果是英雄但見（衆人看出）頭戴一頂熟鋼獅子盔（黑盔）腦後斗大來一顆紅纓（紅纓）身披一副鐵葉攢成鎧甲（鐵甲）腰繫一

二將披掛五彩間錯處俱要記得分明凡此書有兩人相對處不寫打扮即已若寫打扮皆作

條鍍金獸面束帶（金帶）前後兩面青銅護心鏡（前後鏡）上籠着一領緋紅團花袍（紅袍）上面垂兩條綠絨縷領帶（綠帶）下穿一雙斜皮氣跨靴（斜皮靴）左帶一張弓右懸一壺箭手裏橫着一柄金蘸斧（金蘸斧）坐下李都監那匹慣戰能征雪白馬（白馬好索超）右邊陣內門旗下看看分開鸞鈴響處楊志提手中鎗出馬直至陣前（楊志鎗馬一句出）勒住馬（馬）橫着鎗在手（鎗）果是勇猛但見頭戴一頂鋪霜耀日鑌鐵盔（白盔）上撒着

特地將五彩間錯配對而出不可忽過也○今快友相聚賭記水滸孰不成誦然終以略涉之故有負良史苦心實惟不少

一把青纓（青纓）身穿一副鈎嵌梅花榆葉甲（銅甲）繫一條紅絨打就勒甲條（紅條）前後獸面掩心（前後獸面）上籠着一領白羅生色花袍（白袍）垂着條紫絨飛帶（紫帶）脚登一雙黃皮襯底靴（黃皮靴）一張皮靶弓數根鑿子箭手中挺着渾鐵點鋼鎗（渾鐵鎗）騎的是梁中書那匹火塊赤千里嘶風馬（紅馬好楊志）兩邊軍將暗暗地喝采雖不知武藝如何先見威風出衆（第十五段）正南上旗牌官拿着銷金令字旗驟馬而來喝道奉相

今願與天下快人約，如遇荳棚若桄提及水滸之次，便當以楊索如何結束爲題，以差漏一色爲罰一籌，則庶乎可以與謝耐

公鈞旨教你兩箇俱各用心，如有虧悞處，定行責罰；若是贏時，多有重賞。（第十六段。）二人得令，縱馬出陣，都到教塲中心，兩馬相交，（兩匹馬。）二般兵器並舉。（兩般兵器。）索超忿怒，輪手中大斧，拍馬來戰楊志。楊志逞威，撚手中神鎗來迎。索超兩箇在教塲中間將臺前面，二將相交，各賭平生本事。一來一往，一去一回，四條臂膊縱橫，八隻馬蹄撩亂。（第十七段。）兩箇鬬到五十餘合，不分勝敗。（第十八段。○此處已是五十餘合矣。今欲出力寫二人不

畨也

一段寫滿教場眼睛都在兩人身上却不知作者眼睛乃在滿教塲人身上也作者眼睛在滿教塲人身上遂

相下處則即云一千餘合亦只是四箇字讀去全然無有精采也此特特以五十餘合句作一畨又偏寫滿教塲人好看作一畨又以收軍鑼響不肯住句作一畨於是讀者方覺爲時最久眞有戰苦陣雲深之歎也

月臺上梁中書看得呆了不寫索楊却去寫梁中書當知非寫梁中書也正深於寫索超楊志也兩邊衆軍官看了喝采不迭不寫索楊却去寫兩邊軍官陣面上軍士們遞相廝覷道我們做了許多年軍也曾出了幾遭征何曾見這等一對好漢廝殺不寫索楊却去寫陣上軍士李成聞達在將臺上不住聲叫道好鬭不寫索楊却去寫李成聞達要看他凡四段每段還他一箇

使讀者眼睛不覺在兩人身上。眞是自有筆墨未有此文也。○此段須知在史公項羽紀諸侯皆從壁上觀一句化出來。

位置。如梁中書、則在月臺上。衆軍官、則在月臺上梁中書兩邊。軍士們、則在陣面上。李成聞達、則在將臺上。又要看他每一等人。有一等人身分。如梁中書只是呆了。是箇文官身分。衆軍官便喝采。是箇衆官身分。軍士們便說出許多話。是衆人身分。李成聞達叫好鬬。是兩箇大將身分。眞是如花似火之文。○第十九段。聞達心里只恐兩箇內傷了一箇。慌忙招呼旗牌官拿着令字旗與他分了。將臺上忽的一聲鑼響。第二十段楊志和索超鬬到是處各自要爭功。那里肯回馬。第二十一段。○寫二人又帶寫二馬。旗牌官飛來叫道。兩箇好漢歇了。相公有令。第二十二段楊志索超兩箇人方纔收了手中軍器（兩般兵器）勒坐下馬（兩匹馬）各跑回本陣來（第二十三段）立馬在旗下（收到兩陣門旗下妙絕）看那梁中書（收到梁中書）只等將令（收完許多紅旗黃旗白旗青旗）李成聞達下將臺來直到月臺下（精細岸序）稟覆梁中書道相公據這兩箇武藝一般皆可重用梁中書大喜（主句）傳下將令喚楊志索超旗牌官傳令喚兩箇到廳前（梁中書不自喚精細岸序第二十四段）都下了馬（兩匹馬）小較接了二人的軍器（兩般兵器）兩箇都上廳來（兩箇上廳來）躬身聽

令（第二十五段。）梁中書叫取兩錠白銀兩副表裏來賞賜二人就叫軍政司將兩箇都陞做管軍提轄使便叫貼了文案從今日便叅了他兩箇索超楊志都拜謝了梁中書（謝中書。）將着賞賜下廳來（下廳來。）解了鎗刀弓箭卸了頭盔衣甲換了衣裳索超也自去了披掛換了錦襖（精細庠序。）都上廳來（上廳來。）再拜謝了衆軍官（謝衆軍官。）梁中書叫索超楊志兩箇也見了禮（兩峰劈插至此突然併合妙絕。）入班做了提轄衆軍卒便打着得勝鼓把着那金鼓旗先散（發放滿教場人留下梁中書衆軍官索超楊志）梁中書和大小軍官都在演武廳上筵宴看看紅日沉西筵席已罷梁中書上了馬衆官員都送歸府馬頭前擺着這兩箇新參的提轄上下肩都騎着馬頭上都帶着紅花迎入東郭門來（餘勢猶勁）兩邊街道扶老攜幼都看了歡喜梁中書在馬上問道你那百姓歡喜爲何衆老人都跪了稟道老漢等生在北京長在大名從不曾見今日這等兩箇

好漢將軍比試今日教場中看了這般敵手如何不歡喜半日教場喝采讀者止謂若干軍卒然已極多矣忽然於大軍散去之後梁中書回府之時有意無意補出一大名城百姓來遂令讀者陡然同想適纔交馬時人山人海不是前番讀時氣象也可謂咄咄怪事矣梁中書在馬上聽了大喜回到府中衆官各自散了發放衆官留下梁中書索超楊志索超自有一班弟兄請去作慶飲酒發放索超留下梁中書楊志楊志新來未有相識自去梁府宿歇早晚慇懃聽候使喚滿教場中人山人海却一次一齊先發放衆軍又發放衆官又發放索超单单剩下楊志一箇與梁

已上如許一篇大文，却只算做閒話，須知

中書一箇，一朶兒仕着，慇懃親熱，異哉。如此一回大書，乃正爲此一句，爲生辰綱作伏線耳，彼細儒惡足以知之。都不在話下。且把這閒話丟過，只說正話。

自東郭演武之後，梁中書十分愛惜楊志，早晚與他並不相離。伏線有勁弓怒馬之勢。月中又有一分請受。自漸漸地有人來結識他。開筆。那索超見了楊志手段，高強心中也自欽伏。開筆。不覺光陰迅速，又早春盡夏來，時逢端午。生辰近矣。蕤賓節至，梁中書與蔡夫人在後堂家宴，慶賀端陽。陡然寫出三箇字來，如離似合，如急似緩，妙筆。酒至數杯食供兩套八字寫盡驕妻弱壻之苦只見蔡夫人道蔡夫人道寫盡驕妻只見寫盡弱壻蔡夫人道者言梁中書不敢則聲也只見者言梁中書不敢旁覷也相公自從出身今日為一統帥掌握國家重任這功名富貴從何而來梁中書道世傑妻前夫名勢在則禮然也自幼讀書頗知經史人非草木豈不知泰山之恩提攜之力感激不盡蔡夫人道相公既知我父親恩德如何忘了他生辰梁中書道下官如何不記得泰山是六月十五日生辰六月十五日下文都從此五字着筆

上文紀時，亦遠遠便爲此五字也。已使人將十萬貫收買金珠寶貝送上京師慶壽，一月之前幹人都關領去了。見今九分齊備，數日之間也待打點停當差人起程。只是一件在此躊躇，上年收買了許多玩器并金珠寶貝使人送去，不到半路盡被賊人劫了，枉費了這一遭財物，至今嚴捕賊人不獲。先用一襯，妙絕。○欲筆不知此一襯，則下文爲突；若必要寫出一件事在前，則又是痴人做夢矣。今年叫誰人去好？蔡夫人道：帳前見有許多軍校，你還擇知心腹的人去便了梁中書道尚有四五十日早晚催併禮物完足那時選擇去人未遲夫人不必掛心世傑自有理會當日家宴午牌至二更方散自此不在話下○○○○○○却說山東濟州鄆城縣新到任一箇知縣姓時名文彬當日陞廳公座左右兩邊排着公吏人等知縣隨即叫喚尉司捕盜官員并兩箇巡捕都頭本縣尉司管下有兩箇都頭一箇喚做步兵都頭一箇喚做馬兵都頭這馬兵都頭管着二

十四坐馬弓手二十箇土兵那步兵都頭管着二十箇使鎗的頭目二十箇土兵雖是知縣衙門亦必要敘然亦特地寫此一番小小景象與前教場中大鋪排作映耀也這馬兵都頭姓朱名仝身長八尺四五有一部虎鬚髯長一尺五寸面如重棗目若朗星似關雲長模樣滿縣人都稱他做美髯公原是本處富戶只因他仗義疎財結識江湖上好漢學得一身好武藝那步兵都頭姓雷名橫身長七尺五寸紫棠色面皮有一部扇圈鬍鬚

爲他膂力過人能跳三二丈濶澗滿縣人都稱他做插翅虎原是本縣打鐵匠人出身後來開張碓房殺牛放賭雖然仗義只有些心地褊窄也學得一身好武藝那朱仝雷横兩箇專管擒拿賊盜當日知縣呼喚兩箇上廳來聲了喏取台旨知縣道我自到任以來聞知本府濟州管下所屬水鄉梁山泊賊盜聚衆打刼拒敵官軍提綱亦恐各鄉村盜賊猖狂小人甚多今喚你等兩箇休辭辛苦與我

將帶本管土兵人等、一箇出西門、一箇出東門、分投巡捕、若有賊人、隨即勦獲、申解、不可擾動鄉民、體知東溪村山上有株大紅葉樹、別處皆無、你們衆人採幾片來縣裡呈納、方表你們會巡到那里、若無紅葉、便是汝等虛妄、定行責罰不恕、（輕輕兩而起）兩箇都頭領了台旨、各自回歸、點了本管土兵、分投自去巡察、不說朱仝引人出西門自去巡捕、只說雷橫當晚引了二十箇土兵出東門、遶村巡察、遍地里走了一遭回來到東溪村山上衆人採了那紅葉就下村來行不到三二里早到靈官廟前見殿門不關雷横道這殿裏又沒有廟祝殿門不關莫不有歹人在裏面麽我們直入去看一看衆人拿着火一齊焰將入來只見供卓上赤條條地睡着一箇大漢一句寫出好漢顧盻非常來不然供卓上赤條條從不曾連作一句也天道又熱那漢子把些破衣裳團做一塊作枕頭枕在項下好看○枕頭也乃云項下寫盡粗人沉睡光景齁齁的沉睡着

了在供卓上雷横看了道好怪好怪知縣相公忒神明原來這東溪村真箇有賊大喝一聲那漢却待要掙挫被二十箇土兵一齊向前把那漢子一條索子綁了押出廟門投一箇保正莊上來不是投那箇去處有分教東溪村裏聚三四籌好漢英雄鄆城縣中尋十萬貫金珠寶貝正是天上罡星來聚會人間地煞得相逢畢竟雷横拿住那漢投解甚處來且聽下回分解

# 第五才子書施耐菴水滸傳卷之十八

聖歎外書

## 第十三回

赤髮鬼醉卧靈官殿

晁天王認義東溪村

一部書共計七十回前後凡敘一百八人而晁蓋則其提綱挈領之人也晁蓋提綱挈領之人則應下筆第一回便與先敘先敘晁蓋

已得停當然後從而因事造景次第敘出一百八箇人來此必然之事也乃今上文已放去一十三回到得晁蓋出名書已在第十三回我因是而想有有全書在胸而始下筆著書者有無全書在胸而姑涉筆成書者如以晁蓋爲一部提綱挈領之人而欲第一回便先敘起此所謂無全書在胸而姑涉筆成書者也若旣已以晁蓋爲一部提綱挈領之人

而又不得不先放去一十二回直至第十三回方與出名此所謂有全書在胸而後下筆著書者也夫欲有全書在胸而後下筆著書此其以一部七十回一百有八人輪迴摺叠於眉間心上夫豈一朝一夕而已哉觀鴛鴦而知金針讀古今之書而能識其經營予日欲得見斯人矣

加亮初出草廬第一句曰人多做不得人少

亦做不得至哉言乎雖以治天下豈復有遺論哉然而人少做不得一語人固無賢無愚無不能知之也若夫人多亦做不得一語則無賢無愚未有能知之者也嗚呼君不密則失臣臣不密則失身豈惟民可使繇不可使知周禮建官三百六十實惟使繇不使知之屬也樞機之地惟是二三公孤得與聞之人多做不得豈非王道治天下之要論耶惡可

以其秤官之言也而忽之哉

一部書一百八人聲施爛然而爲頭是晁蓋先說做下一夢嗟呼可以悟矣夫羅列此一部書一百八人之事跡豈不有哭有笑有讚有罵有讓有奪有成有敗有俛首受辱有提刀報仇然而爲頭先說是夢則知無一而非夢也大地夢國古今夢影榮辱夢事衆生夢魂豈惟一部書一百八人而已盡大千世界

○○○○○○○○○○○○○○○○○○○○○無不同在一局求其先覺者自大雄氏以外

○○○○○○○○○○○○○○○○○○○○○無聞矣眞蕉假鹿紛然成訟長夜漫漫胡可

○○勝歎

話說當時雷横來到靈官殿上見了這條大漢睡在供卓上衆士兵上前把條索子綁了捉離靈官殿來天色却早是五更時分雷横道我們且押這厮去晁保正莊上討些點心喫了（無端曲折而來）却解去縣裏取問一行衆人却都逩這保正莊上來原來

那東溪村保正姓晁名蓋祖是本縣本鄉富戶平生仗義疎財專愛結識天下好漢但有人來投奔他的不論好歹斷定晁蓋。○活畫出晁蓋有麁無細來。便留在莊上住若要去時又將銀兩齎助他起身最愛刺鎗使棒亦自身強力壯不娶妻室終日只是打熬筋骨鄆城縣管下東門外有兩箇村坊一箇東溪村一箇西溪村只隔着一條大溪當初這西溪村嘗嘗有鬼白日迷人下水聚在溪裏無可奈何忽一日有箇僧人經過村中人備細說知此事僧人指箇去處教用青石鑿箇寶塔放於所在鎮住溪邊其時西溪村的鬼都趕過東溪村來（亦暗射石碣鎮魔事）那時晁蓋得知了大怒從溪裏走將過去把青石寶塔獨自奪了過來東溪邊放下（亦暗射開碣走魔事）因此人皆稱他做托塔天王晁蓋獨霸在那村坊江湖都聞他名字那早雷橫并土兵押着那漢來到莊前敲門莊裏莊客聞知報與保正此時晁蓋未起聽得

報是雷都頭到來慌忙叫開門莊客開得莊門衆土兵先把那漢子吊在門房裏雷横自引了十數箇爲頭的人到草堂上坐下晁葢起來接待動問道都頭有甚公幹到這里雷横荅道奉知縣相公鈞旨着我與朱仝兩箇引了部下土兵分投下鄉村各處巡捕賊盜因走得力乏欲得少歇逕投貴莊暫息有驚保正安寢晁葢道這箇何妨一面叫莊客安排酒食管待先把湯來喫晁葢動問道敝

村曾拿得箇把小賊麼雷橫道却纔前面靈官殿上有箇大漢睡着在那里我看那厮不是良善君子一定是醉了就便睡着我們把索子縛綁了本待便解去縣裏見官一者忒早些二者也要教保正知道恐日後父母官問時保正也好答應見今吊在貴莊門房裏晁蓋聽了記在心宰相如如此便是賢宰相也稱謝道多虧都頭見報少刻莊客捧出盤饌酒食晁蓋喝道此間不好說話不如去後廳軒下少坐

（引開雷橫）便叫莊客裏面點起燈燭，請都頭到裏面酌盃。晁蓋坐了主位，雷橫坐了客席，兩箇坐定。莊客鋪下菓品按酒、菜蔬盤饌，莊客一面篩酒，晁蓋又叫置酒與士兵衆人喫。（引開衆人）莊客請衆人都引去廊下客位裏管待，大盤酒肉只管叫衆人喫。晁蓋一頭相待雷橫喫酒，一面自肚裏尋思：（宰相如此，便是賢宰相也。）「村中有甚小賊？喫他拿了。我且自去看是誰。」（宰相如此，便是賢宰相也。）相陪喫了五七杯酒，便叫家裏一箇主管出來陪奉都頭坐一坐我去净了手便來那主管陪侍着雷橫喫酒晁蓋却去裏面拿了箇燈籠逕來門樓下看時士兵都去喫酒沒一箇在外面明畫之甚晁蓋便問看門的莊客都頭拿的賊吊在那里莊客道在房門裏關着晁蓋去推開門打一看時只見高高吊起那漢子在裏面露出一身黑肉下面抓扎起兩條黑魆魆毛腿赤着一雙脚先作麄看一番晁蓋把燈炤那人臉時紫黑濶臉鬓邊一搭硃

砂記上面生一片黑黃毛又作細看一番○只一看必分作兩番寫來何等筆法晁蓋便問道漢子你是那里人我村中不曾見有你那漢道小人是遠鄉客人來這里投逩一箇人偏不直說出來却把我來拿做賊我須有分辯處晁蓋道你來我這村中投逩誰那漢道我來這村中投逩一箇好漢偏還不直說出來晁蓋道這好漢叫做甚麼那漢道他喚做晁保正凡作兩番歇拍至第三番忽然劈面迎來何等筆法晁蓋道你却尋他有甚勾當那漢道他是天下

聞名的義士好漢、如今我有一套富貴奇語要與他說知、奇文忽起，有山從人面，雲向馬頭之勢因此而來、晁蓋道、你且住上文一套富貴，真乃出色奇語，讀者於此，幾有目不及眨之樂，乃陡然只用三箇字，橫風吹斷，看他一起一跌，皆極文章之致也。只我便是晁保正、却要我救你、你只認我做娘舅之親、少刻我送雷都頭那人出來時、你便叫我做阿舅、我便認你做外甥、只說四五歲離了這里、今番來尋阿舅、因此不認得那漢道、若得如此救護、深感厚恩、義士提携則箇、當時晁蓋提了燈籠自出房來仍舊把門拽上（細急人）後廳來見雷橫說道甚是慢客雷橫道多多相擾理甚不當兩箇又喫了數杯酒只見窗子外射入天光來雷橫道東方動了小人告退好去縣中畫卯晁蓋道都頭官身不敢久留若再到敝村公幹千萬來走一遭雷橫道却得再來拜望請保正免送（救作一曲）晁盖道却罷也送到莊門口（文情曲曲折折並無一筆直寫）兩箇同走出來那夥土兵衆人都得了酒食喫

得飽了各自拿了鎗棒便去門房裏觧了那漢背剪縛着帶出門外晁葢見了說道好條大漢如未嘗見者寫得妙絕雷橫道這廝便是靈官廟裏捉的賊說猶未了只見那漢叫一聲阿舅救我則箇晁葢假意看他一看宛然出自意外光景喝問道兀的這廝不是王小三麼那漢道我便是阿舅救我衆人喫了一驚雷橫便問晁葢道這人是誰如何却認得保正晁葢道原來是我外甥王小三這廝如何在廟裏歇偏作

〔疑惑語。妙絕。〕乃是家姐的孩兒，從小在這里過活，四五歲時隨家姐夫和家姐上南京去住，一去了十數年。這厮十四五歲又來走了一遭，〔所以認得阿舅。〕跟箇本京客人來這里販賣，向後再不曾見面。〔所以不認得莊上去。〕〔卧靈官廟裏。〕多聽得人說這厮不成器，如何卻在這里？〔偏作疑惑語。妙絕。〕小可本也認他不得，為他鬢邊有這一搭硃砂記，因此影影認得。〔偏作疑惑不敢十分相認語。妙絕。〕晁蓋喝道：「小三，你如何不逕來見我，卻去村中做賊？」〔偏自〕

〔陷他是賊妙絕〕那漢叫道阿舅我不曾做賊鼂蓋喝道你既不做賊如何拿你在這里〔罵小三都正是奪過駁雷橫妙絕〕士兵手裏棍棒劈頭劈臉便打〔偏不勸偏要打妙絕〕雷橫并眾人勸道〔鼂蓋不勸雷橫雷橫反勸鼂蓋妙絕〕且不要打聽他說那漢道阿舅息怒且聽我說自從十四五歲時來走了這遭如今不是十年了昨夜路上多喫了一杯酒不敢來見阿舅權去廟裏睡得醒了却來尋阿舅不想被他們不問事繇將我拿了却不曾做賊

晁蓋拿起棍來又要打口裏罵道畜生你却不遷來見我且在路上貪噇這口黃湯我家中沒得與你喫辱沒殺人是阿舅語。○已放去做賊二字矣。雷橫勸道雷橫勸。妙絕。保正息怒你令甥本不曾做賊晁蓋偏要陷是賊。雷橫極辨不是賊。妙絕。我們見他偌大一條大漢在廟裏睡得蹺蹊亦且面生又不認得因此設疑捉了他來這里若早知是保正的令甥定不拿他喚土兵快解了綁縛的索子放還保正衆土兵登時解了那漢雷橫道保正休怪早知是令甥不致如此甚是得罪小人們回去晁蓋道都頭且住請入小莊再有話說雷橫放了那漢一齊再入草堂裏來晁蓋取出十兩花銀送與雷橫說道都頭休嫌輕微望賜笑留（寫晁蓋○不欲其說廟中之人也）雷橫道不當如此晁蓋道若是不肯收受時便是怪小人雷橫道既是保正厚意權且收受改日却得報答晁蓋叫那漢拜謝了雷橫晁蓋又取些銀兩賞了衆士兵（不欲其說廟中之人也）再

送出莊門外雷橫相別了引着土兵自去晁蓋却同那漢到後軒下取幾件衣裳與他換了取頂頭巾與他帶了（可笑）便問那漢姓甚名誰何處人氏那漢道小人姓劉名唐祖貫東潞州人氏因這鬢邊有這搭硃砂記人都喚小人做赤髮鬼（托塔天王家裏却有赤髮鬼來可發一笑）特地送一套富貴來與保正哥哥昨夜晚了因醉倒廟裏不想被這厮們捉住綁縛了來今日幸得在此哥哥坐定受劉唐四拜拜罷晁蓋

道你且說送一套富貴與我見在何處劉唐道小人自幼飄蕩江湖多走途路專好結識好漢往往多聞哥哥大名不期有緣得遇曾見山東河北做私商的多曾來投奔哥哥因此劉唐敢說這話不惟道破鼎葢亦圖便於着筆這里別無外人方可傾心吐膽對哥哥說晁葢道這里都是我心腹人但說不妨劉唐道小弟打聽得北京大名府梁中書收買十萬貫金珠寶貝玩器等物送上東京與他丈人蔡太師

慶生辰去年也曾送十萬貫金珠寶貝來到半路裏不知被誰人打劫了至今也無捉處今年又收買十萬貫金珠寶貝早晚安排起程要趕這六月十五日生辰小弟想此一套是不義之財取之何礙可見是義旗便可商議箇道理去半路上取了天理知之也不爲罪可見是義旗聞知哥哥大名是箇眞男子武藝過人小弟不才頗也學得本事休道三五箇漢子便是一二千軍馬隊中拿條鎗也不懼他

特表劉唐。却用劉唐口自出之。便甚。倘蒙哥哥不棄、時情願相助一臂、不知哥哥心內如何。晁蓋道壯哉。且再計較。〇〇〇〇〇正說得入港。讀者又當眼不及眨矣。却陡然又用六箇字橫風吹斷。一起一跌。再起再跌。眞文章之極致也。你既來這里、想你喫了些艱辛、且去客房裏將息少歇、待我從長商議、來日說話、晁蓋叫莊客引劉唐廊下客房裏歇息、莊客引到房中、也自去幹事了、且說劉唐在房裏尋思道、放過晁蓋。再從劉唐身上生出文情。有千丈遊絲縈花粘草之妙。我着甚來、繇苦惱這遭、多虧晁蓋完成解脱了這件事只叵耐雷横那廝平白地要陷我做賊把我吊這一夜想那廝去未遠我不如拿了條棒趕上去齊打翻了那廝們却奪回那銀子送還晁蓋也出一口惡氣此計大妙此非寫劉唐小忿蓋圖曲曲轉出吳學究來所謂文生情情生文皆極不易之事也○俗本作平白騙了晁蓋十兩銀子我奪來還了他他必然敬我此成何等語劉唐便出房門去鎗架上拿了一條朴刀便出莊門大踏步投南趕來此時天色已明却早望見雷横引着土兵慢慢地行將去

劉唐趕上來大喝一聲兀那都頭不要走雷橫喫了一驚回過頭來見是劉唐撚着朴刀趕來雷橫慌忙去士兵手裏寫出不意奪條朴刀拿着鎗架上拿條朴刀是不曾帶朴刀來者士兵手裏奪條朴刀亦是不曾帶朴刀來者雖極不經意處都寫得精細妙手喝道你那厮趕將來做甚麼劉唐道你曉事的留下那十兩銀子還了我我便饒了你雷橫道是你阿舅送我的干你甚事我若不看你阿舅面上直結果了你這厮性命剗地問我取銀子劉唐道我

須不是賊你却把我吊了一夜又騙我阿舅十兩銀子是會的將來還我佛眼相看你若不還我叫你目前流血雷横大怒指着劉唐大罵道辱門敗戶的謊賊怎敢無禮劉唐道你那許害百姓的腌臢潑才怎敢罵我雷横又罵道賊頭賊臉賊骨頭必然要連累晁蓋你這等賊心賊肝我行須使不得（○劉唐之來止爲寃之爲賊耳却偏用無數賊字痛罵之雖承前文作波實爲後文作引也）劉唐大怒道我來和你見箇輸贏撚着朴刀直奔雷

横雷横見劉唐趕上來呵呵大笑挺手中朴刀來迎兩箇就大路上厮併了五十餘合不分勝敗衆士兵見雷横贏劉唐不得却待都要一齊上併他只見側首籬門開處一箇人掣兩條銅鍊阧道（看他如此寫出來）你們兩箇好漢且不要鬭我看了多時權且歇一歇我有話說便把銅鍊就中一隔兩箇都收住了朴刀跳出圈子外來立住了脚看那人時（兩箇看出一箇）似秀才打扮戴一頂桶子樣抹眉梁頭巾

穿一領皂沿邊麻布寬衫腰繫一條茶褐鑾帶下面絲鞋淨襪生得眉清目秀面白鬚長這人乃是智多星吳用表字學究道號加亮先生祖貫本鄉人氏加亮二字後文要一片精神發付之手提銅鍊指着劉唐叫道那漢且住你因甚和都頭爭執劉唐光着眼看吳用道不干你秀才事寫得妙使秀才羞殺○雖是借題調侃秀才語然實反襯後文無事不干此人以爲文章波折也雷橫便道教授不知這廝夜來赤條條地睡在靈官廟裏被我們拏了這廝帶

到晁保正莊上原來却是保正的外甥看他母舅
面上放了他晁保正請我們喫了酒送些禮物與
我這廝瞞了他阿舅直趕到這里問我取你道這
廝大膽麽吳用尋思道晁蓋我都是自幼結交但
有些事便和我相議計較他的親眷相識我都知
道不曾見有這箇外甥亦且年甲也不相登必有
些蹺蹊我且勸開了這場鬧却再問他吳用便道
一勸　大漢休執迷你的母舅與我至交又和這都頭

亦過得好他便送些人情與這都頭你却來討了也須壞了你母舅面皮且看小生面我自與你母舅說劉唐道秀才你不省得
○寫得妙使秀才羞殺○雖是調侃秀才亦反覩後文此人無件不省得也
這箇不是我阿舅甘心與他詐取了我阿舅的銀兩若是不還我誓不回去雷橫道只除是保正自來取便還他却不還你劉唐道你屈寃人做賊詐了銀子怎的不還雷橫道不是你的銀子不還不還劉唐道你不還只除問得我

手裏朴刀背便罷奇語○勸不住故妙只因勸不住便生出後文晁吳相見機會來若使一勸即住便姝非此一段書之故也吳用又勸你兩箇鬭了半日又沒輸贏只管鬭到幾時是了又勸劉唐道他不還我銀子直和他拚箇你死我活便罷雷橫大怒道我若怕你添箇士兵來併你也不筭好漢我自好歹搠翻你便罷劉唐大怒拍着胸前叫道不怕不怕便趕上來如畫這邊雷橫便指手劃腳也趕攏來如畫兩箇又要廝併這吳用橫身在裏面勸那里

勸得住三勸如畫○劉唐撚着朴刀只待鑽將過來雷横口裏千賊萬賊價罵挺朴刀正待要鬬如畫只見衆士兵指道保正來了劉唐回身看時只見晁蓋披着衣裳前襟攤開從大路上趕來如畫○寫得一時拉雜如火大喝道畜生不得無禮那吳用大笑道須是保正自來方纔勸得這塲鬬晁蓋趕得氣喘問道怎的趕來這里鬬朴刀不知高低語○○○雷横道你的令甥拏着朴刀趕來問我取銀子小人道不還你我自送

還保正非干你事他和小人鬭了五十合教授解勸在此晁蓋道這畜生小人並不知道都頭看小人之面請回自當改日登門陪話雷横道小人也知那厮胡爲不與他一般見識又勞保正遠出作别自去不在話下且說吳用對晁蓋說道不是保正自來幾乎做出一場大事這箇令甥端的非凡

凡一箇好漢出現必有一番出色語今是劉唐出現處故特地寫出八箇字爲他出色雷横此時只算陪客不妨權讓一步也

是好武藝小生在籬笆裏看了這箇

有名慣使朴刀的雷都頭也敵不過（又能帶表雷橫。）只辨得架隔遮攔若再鬬幾合雷橫必然有失性命因此小生慌忙出來間隔了這箇令甥從何而來（令甥如何云從何而來。豈不聞甥不出舅耶。）往常時莊上不曾見有晁蓋道却待正要來請先生到敝莊商議句話正欲使人來只見不見了他鎗架上朴刀又沒了（閒心妙筆。）只見牧童報說一箇大漢（莊主令甥。牧童却呼大漢。加亮面前露此馬脚。寫得妙絶。）拏條朴刀望南一直趕去我慌忙隨後追得來早是得教授諫勸住了請尊步同到敝莊有句話計較計較那吳用還至書齋掛了銅鍊在書房裏細分付主人家道學生來時說道先生今日有幹權放一日假授上書齋門將鎖鎖了同晁蓋劉唐到晁家莊上晁蓋徑邀了後堂深處分賓而坐吳用問道保正此人是誰（直問是誰妙蓋大漢之稱已猜到九分矣）晁蓋道此人江湖上好漢姓劉名唐是東潞州人氏因此有一套富貴特來投奔我夜來他醉臥在靈官

廟裏却被雷橫捉了拏到我莊上我因認他做外甥方得脫身他說有北京大明府梁中書收買十萬貫金珠寶貝送上東京與他丈人蔡太師慶生辰早晚從這里經過此等不義之財取之何礙他來的意正應我一夢又忽然撰出一夢奇情妙筆此處爲一部大書提綱挈領之處晁蓋爲一部大書提綱挈領之人而爲頭先是一夢可見一百八人七十卷書都無實事我昨夜夢見北斗七星直墜在我屋脊上斗柄上另有一顆小星化道白光去了一部太書羅列一百八座星辰此處

乃忽然撰出一夢，先提出北斗七星。夫北斗七星者，衆星之所環拱也，晁蓋爲此泊之杓，於斯驗矣。

我想星炤本家，安得不利？今早正要來請教授商議此一件事若何。吳用笑道：小生見劉兄趕得來蹺蹊，也猜箇七八分了。此一事却好，只有一件：人多做不得，人少又做不得。十字千古名言，可謂宅初出茅蘆第一語矣。宅上空有許多莊客，一箇也用不得。如今只有保正、劉兄、小生三人，這件事如何團弄？此二句向保正說，下二語向劉唐說。看他寫來，宛然三箇人議事，迴頭轉耳，左顧右盼也。便是保正與兄十分了得也擔負不下此二語向劉唐說。這段事須得七八箇好漢方可圖也無用寫得料事如神。加亮之號不虛也。晁蓋道莫非要應夢中星數吳用便道兄長這一夢也非同小可莫非北地上再有扶助的人來尋思了半晌眉頭一縱計上心來說道有了有了看他反先插公孫次思三阮。筆勢夭矯之極。晁蓋道先生既有心腹好漢可以便去請來成就這件事吳用不慌不忙疊兩箇指頭說出幾句話來有分教東溪莊上聚義漢翻作強人

石碣村中、打魚船權爲戰艦、正是指揮說地談天口、來做翻江攪海人、畢竟智多星吳用說出甚麼人來、且聽下回分解、

(明)施耐庵 撰 (清)金聖歎 批

# 貫華堂本水滸傳

第五册

國家圖書館出版社

# 第五册目録

# 第五才子書施耐菴水滸傳卷之十九

聖歎外書

## 第十四回

### 吳學究說三阮撞籌
### 公孫勝應七星聚義

水滸之始也始於石碣水滸之終也終於石碣石碣之爲言一定之數固也然前乎此者之石碣蓋托始之例也若水滸之一百八人

則自有其始也一百八人自有其始則又宜何所始其必始於石碣矣故讀阮氏三雄而至石碣村字則知一百八人之入水滸斷自此始也

阮氏之言曰人生一世草生一秋嗟乎意盡乎言矣夫人生世間以七十年爲大凡亦可謂至暫也乃此七十年也者又夜居其半日僅居其半焉抑又不寧惟是而已在十五歲

以前蒙無所識知則猶擲之也至於五十歲以後耳目漸廢腰髖不隨則亦不如擲之也中間僅僅三十五年而風雨占之疾病占之憂慮占之饑寒又占之然則如阮氏所謂論秤分金銀成套穿衣服大碗喫酒大塊喫肉者亦有幾日乎耶而又況乎有終其身曾不得一日也者故作者特於三阮名姓深致歎焉曰立地太歲曰活閻羅中間則曰短命二

郎嗟平生死迅疾人命無嘗富貴難求從吾所好則不著書其又何以爲活也

加亮說阮其曲折迎送人所能也其漸近即縱之既縱即又另起一頭復漸漸逼近之真有如諸葛之於孟獲者此定非人之所能也故讀說阮一篇當玩其筆頭落處不當隨其筆尾去處葢讀稗史亦有法矣

話說當時吳學究道我尋思起來有三箇人義膽

包身武藝出衆、敢赴湯蹈火、同死同生、只除非得這三箇人、方纔完得這件事、晁蓋道、這三箇却是甚麽樣人、姓甚名誰、何處居住、吳用道、這三箇人是弟兄三箇、在濟州梁山泊邊石碣村住、此書始於石碣、終於石碣、然所以始之終之者、必以中間石碣爲提綱、此撞籌之旨也、日嘗只打魚爲生、亦曾在泊子裏做私商勾當、本身姓阮、弟兄三人、一箇喚做立地太歲阮小二、妙。○合弟兄三人渾名可發一歎、蓋太歲生方也、閻羅死王也、生死相續、中間一又是短命、則安得又不著書自娛以消永日也、箇喚做短命二郎阮小五妙一箇喚做活閻羅阮小七妙○小七是七小二二小五合成七小五喚做二郎又獨自成七三人離合凡得三箇七焉籌亦三七二十一為少陽之數也○一百八人必自居於陽者明非陰氣所鍾也而必退處於少者所以尊朝廷也這三箇是親弟兄小生舊日在那里住了數年與他相交時他雖是箇不通文墨的人非罵文人也正自表此書在無文墨處結撰停當然後發而為文墨讀者定不當以文墨求之也○應知世間蓋天蓋地奇書皆從不通文墨處來為見他與人結交真有義氣是箇好男子因此和他來往今已好兩年不曾相見

若得此三人大事必成晁蓋道我也曾聞這阮家三弟兄的名字只不曾相會石碣村離這里只有百十里以下路程何不使人請他們來商議吳用道着人去請他們如何肯來又道是不通之人却又如許自愛其鼎嗟乎今世之通文墨者又何其營營於人之門户驅之而猶不欲去也小生必須自去那里憑三寸不爛之舌說他們入夥晁蓋大喜道先生高見二字讚得妙蓋深以禮賢下士爲急務也幾時可行吳用荅道事不宜遲只今夜三更便去明日晌午可到那

里晁蓋道最好當時叫莊客且安排酒食來喫吳用道北京到東京也曾行過只不知生辰綱從那條路來再煩劉兄休辭生受連夜去北京路上探聽起程的日期端的從那條路上來劉唐道小弟只今夜也便去吳用道且住他生辰是六月十五日如今却是五月初頭尚有四五十日等小生先去說了三阮弟兄回來那時卻教劉兄去此一段非閒文乃特為公孫勝來作地也○後公孫勝來了劉唐便不復去文中竟不說明有疏密互見之妙晁

蓋道也是劉兄弟只在我莊上等候話休絮煩當日喫了半晌酒食至三更時分吳用起來洗漱罷喫了些蚤飯討了些銀兩藏在身邊穿上草鞋晁蓋劉唐送出莊門吳用連夜投石碣村來行到晌午時分蚤來到那村中吳學究自來認得不用問人來到石碣村中逕投阮小二家來到得門前看時只見枯樁上纜着數隻小漁船疎籬外曬着一張破魚網倚山傍水約有十數間草房寫來入畫吳用

叫一聲道二哥在家麽只見阮小二走將出來看他兄弟三人逐箇敘出有山斷雲連水斜橋接之妙頭戴一頂破頭巾身穿一領舊衣服赤着雙脚出來見了是吳用慌忙聲喏道教授何來甚風吹得到此吳用荅道有些小事特來相浼二郎阮小二道有何事但說不妨吳用道小生自離了此間又蚤二年如今在一箇大財主家做門館他要辦筵席用着十數尾重十四五斤的金色鯉魚因此特地來相投足下阮小二

笑了一聲說道小人且和教授喫三杯卻說（寫小二機）

（抑不遠處妙絕）吳用道小生的來意也正欲要和二哥喫三杯（吳用說三阮只用一箇順他性格順他口語之法一篇皆然蓋深得控御豪傑之術者也）

阮小二道隔湖有幾處酒店我們就在船裏蕩將過去吳用道最好也要就與五郎說句話不知在家也不在（看他如此此去並不着意要見五郎下文叫七哥二字亦然只如無心中說開話遇閒人也者此史公叙事之法也）

阮小二道我們一同去尋他便了兩箇來到泊岸邊枯椿上纜的小船解了一隻

如畫便扶着吳用如畫下船去了樹根頭如畫拿了一把樺楸只顧蕩蚤蕩將開去望湖泊裏來正蕩之間只見阮小二把手一招

○生於斯者習於斯則或從密樹中或從沙嘴上或從破屋角頭或從大木中央每每眼明手快見而招之矣若大初來生客目光不定則人在樹中與樹一色人在沙上與沙一色人在屋角與屋一色人在木中與水一色其鳥乎知此中有人來無人來者乎只見阮小二把手一招者只見阮小二把手一招耳文筆細妙入神視史眞書云○只見阮小七搖出一隻船來者眞有金篦之別也○○○亦無他法只是逐半句寫耳

叫道七哥曾見五郎麽

看他如此來○上文自說尋五郎此處却先遇七哥離奇錯落縱橫霍躍眞行文妙

此回有他四箇人問答不接處如問小二却是吳用答都要算其神理

訣也吳用看時只見蘆葦叢中搖出一隻船來那阮小七頭戴一頂遮日黑箬笠身上穿箇棋子布背心腰繫着一條生布裙把那隻船盪着問道二哥你尋五哥做甚麼吳用叫一聲七郎不用小二答小生特來相央你們說話阮小七道教授恕罪好幾時不曾相見吳用道一同和二哥去喫杯酒阮小七道小人也欲和教授喫杯酒二句與前倒轉法變○○只是一向不曾見面只是二字不通之極非不通文墨也胸中有無數相思相愛而口中不能宣通

之也。便寫出阮小七鬱勃可愛。兩隻船厮跟着在湖泊裏、不多時、划到箇去處、團團都是水、高埠上有七八間草房、阮小二叫道、老娘○○突然叫聲老娘、令人卻憶王進母子也。○試觀王進母子、而後知求忠臣必於孝子之門。斯言爲不誣也。三阮之母獨非母乎。如之何而至於有三阮也。積漸既成、而至於爲黑旋風之母。益又甚矣。其死於虎、不亦宜乎。凡此等皆作者特特安排處。讀者宜細求之。五哥在麽、那婆婆道、說不得魚又不得打、○此○五○字○乃○通○篇之綱。卻在其母口中提出○○○○○連日去賭錢輸得沒了分文、卻纔討了我頭上釵兒○特寫三阮之爲三阮、非一朝一夕之故。其母之縱之者久矣。出鎮上賭去了阮小二笑了一聲便把船划開阮小七便在背後船上說道哥哥正不知怎地賭錢只是輸卻不晦氣莫說哥哥不贏我也輸得赤條條地（人知此句隨手生發不知此句隨手省去）吳用暗想道中了我的計了兩隻船厮並着投石碣村鎮上來划了半箇時辰只見獨木橋邊一箇漢子把着兩串銅錢（不必贏所以贏者爲請吳用地也）下來解船（如畫）阮小二道五郎來了吳用看時但見阮小五斜戴着一頂破頭巾鬢邊插

朵石榴花恐人忘了蔡太師生辰日故閒中記出三箇字來披着一領舊布衫露出胸前刺着的青鬱鬱一箇豹子來史進魯達燕青徧身花繡各有意義今小五只有胸前一搭花繡蓋寓言胸中有一段壘塊故發而爲水滸一書也雖然爲子不見親過爲臣不見君過人而至於胸中有一段壘塊吾甚畏夫難乎爲其君父也諺不云乎虎生三子必有一豹豹爲虎所生而反食虎五倫於是乎墜地矣作者深惡其人故特書之爲豹猶楚史之稱檮杌也嗚呼誰謂稗史無勸懲哉○前文林冲稱豹子頭蓋言惡獸之首也林冲先上山泊而稱爲豹子頭則知一百八人者皆惡獸也作者志在春秋於是乎見矣裏面匾扎起袴子上面鬭着一條間道棊子布手巾兒

用叫一聲道五郎得采麼問自問阮小五道原來却是教授答自答。各不對錯錯落落離離奇奇好兩年不曾見面我在橋上望你們半日了倒五一句妙便於無字處隱現出一段情景阮小二道我和教授直到你家尋你老娘說道出鎮上賭錢去了因此同來這裏尋你且來和教授去水閣上喫三杯阮小五慌忙去橋邊解了小船跳在艙裏捉了樺楫只一划三隻船廝並着划了一歇三隻船撐到水亭下荷花蕩中非寫石碣村景正記太師生辰皆草蛇灰線之法也。三隻船都纜了、扶吳學究上了岸、入酒店裏來、都到水閣內揀一副紅油桌櫈、阮小二便道、先生休怪我三箇弟兄粗俗、請教授上坐、既推教授上坐。又言休怪粗俗。只二句。寫出野人不通文墨情性。吳用道、卻使不得、阮小七道、哥哥只顧坐主位、請教授坐客席、我兄弟兩箇便先坐了、快人快語。固也。然又須看他細針婉線。是對小二說者。便把弟兄三人。分作兩段也。吳用道、七郎只是性快、只是順他性格法、七郎真是快士。四箇人坐定了、叫酒保打一桶酒來、店小二把四隻

讀此文時切記小二小五小七等字樣便如鳩摩羅什與人奕棋其間道處都成龍鳳之形

大盞子擺開鋪下四雙筯放了四盤菜蔬打一桶酒放在桌子上阮小七道有甚麼下口小二哥道新宰得一頭黃牛花糕也似好肥肉阮小二道大塊切十斤來阮小五道教授休笑話沒甚孝順吳用道倒來相擾多激惱你們阮小二道休恁地說催促小二哥只顧篩酒早把牛肉切做兩盤將來放在桌上阮家三兄弟讓吳用喫了幾塊便喫不得了那三箇狼飡虎食喫了一回寫。阮小五動問

要十四五斤大魚是第一段



道教授到此貴幹阮小二道（問教授小二答寫得錯落）教授如今在一箇大財主家做門館教學今來要對付十數尾金色鯉魚要重十四五斤的特來尋我們阮小七道若是每常要三五十尾也有莫說十數箇再要多些（既說三五十尾又說再要多些寫不通文墨人口中雜沓無倫摹神之筆○又見他老大懊憤處）我弟兄們也包辦得如今便要重十斤的也難得阮小五道教授遠來我們也對付十來箇重五六斤的相送吳用道小生多有銀兩在此

隨算價錢只是不用小的須得十四五斤重的便好阮小七道教授卻沒討處便是五哥許五六斤的也不能彀〔漸緊〕須見等得幾日纔得我的船裏有一桶小活魚就把來喫些〔文勢突兀有若神變本是漁家卻單喫牛肉失本色矣故突然插入此句雖然此但論花色也若以行文之法論之則只用故意要十四五斤者小五只許五六斤者只用又固要十四五斤者小七便連五六斤者亦道難得文勢至此漸緊矣故忽然尋此一法議開去且圖布局寬轉矣〕阮小七便去船內取將一桶小魚上來約有五七斤自去竈上安排盛做三盤

把來放在桌上阮小七道教授胡亂喫些箇四箇又喫了一回看看天色漸晚吳用尋思道這酒店裏須難說話今夜必是他家權宿到那里却又理會阮小二道今夜天色晚了請教授權在我家宿一宵明日却再計較吳用道小生來這里走一遭千難萬難一好句。○幸得你們弟兄今日做一處二好句。○眼見得這席酒不肯要小生還錢三好句。○今晚借二郎家歇一夜小生有些須銀子在此相煩就此店中沽一瓮酒買些肉村中尋一對雞夜間同一醉如何阮小二道那里要教授壞錢我們弟兄自去整理不煩惱沒對付處吳用道逕來要請你們三位若還不依小生時只此告退阮小七道既是教授這般說時且順情喫了却再理會吳用道還是七郎性直爽快（順他性格固也然寫七郎亦實實寫得可愛）吳用取出一兩銀子付與阮小七就問主人家沽了一瓮酒借箇大瓮盛了買了二十斤生熟牛肉一對大雞

阮小二道我的酒錢一發還你店主人道最好最好細。○小二之爲小二與村店之爲村店俱比不得魯達之於潘樓動便記賬也。四人離了酒店再下了船細。把酒肉都放在船艙裏細。解了纜索細。還划將開去一直投阮小二家來到得門前上了岸把船仍舊纜在樁上細。取了酒肉細。四人一齊都到後面坐地便叫點起燈來原來阮家弟兄三箇只有阮小二有老小阮小五阮小七都不曾婚娶四箇人都在阮小二家後面水亭

道問爲何打不得魚是第二段

上坐定、阮小七宰了雞、小二家自有阿嫂、却偏要小七動手宰雞、何也、要寫小七天性粗快、殺人手溜、却在瑣屑處寫出、此見神妙之筆也、叫阿嫂同討的小猴子在厨下安排、約有一更相次、酒肉都搬來擺在卓上、吳用勸他弟兄們喫了幾杯、又提起買魚事來說道、九字句、你這里偌大一箇去處、却怎地沒了這等大魚、看此句緊入、便信前文一桶小魚句之妙、阮小二道、實不瞞教授說、這般大魚只除梁山泊裏便有、忽入梁山泊、有驚蛇脫兎之能、我這石碣湖中狹小、存不得這等大魚、吳用道：這裏和梁山泊一望不遠，相通一派之水，如何不去打些？（看他逼入去。惡極。）阮小二歎了一口氣道：休說。（只二字。）吳用又問道：二哥如何歎氣？（惡極。又逼入。）阮小五接了說道（二箇接了說道。非寫後人性急。乃深寫前人氣憤也。）：教授不知，在先這梁山泊是我弟兄們的衣飯碗，如今絕不敢去。（不說完。）吳用道：偌大去處，終不成官司禁打魚鮮。（又用一逼入之法。）阮小五道：甚麼官司敢來禁打魚鮮，便是活閻王也禁治不得。（又不說完。）吳用道：既沒官司

禁治如何絕不敢去只管逼入去阮小五道、原來教授

不知來歷、且和教授說知又不說吳用道、小生却不

理會得、阮小七接着便道小五要和教授說知、却提起即惱、故又不說、却用小七接着說也、這箇梁山泊去處難說難言四字不通文墨之極葢難說即難言也、難言即難說也、而必重之、不通極矣、然吾每見今之以文名世者、亦止用疊牀架屋一法、則何也、如今泊子裏、新有一夥強人占了、不容打

魚、吳用道、小生却不知、原來如今有強人、我那里

並不曾聞得說、阮小二道、那夥強人是一等題目、爲頭

的是箇落第舉子、喚做白衣秀士王倫、第二箇叫做摸着天杜遷、第三箇叫做雲裏金剛宋萬、以下有箇旱地忽律朱貴、見在李家道口開酒店、專一探聽事情、也不打緊、如今新來一箇好漢、另是一等題目是東京禁軍教頭、甚麼豹子頭林冲、十分好武藝、這幾箇賊男女聚集了五七百人、打家劫舍、搶擄來往客人、我們有一年多不去那裏打魚、如今泊子裏把住了、絕了我們的衣飯、因此一言難盡、吳用道小生實是不知有這般事如何官司不來捉他們阮小五道如今那官司一處處動撣便害百姓但一聲下鄉村來倒先把好百姓家養的猪羊雞鵞盡都喫了又要盤纏打發他（千古同悼之言。水滸之所以作也。）如今也好教這夥人奈何那捕盗官司的人那里敢下鄉村來（作者胸中悲憤之極。一路痛恨強人。乃說到官司。便深感之。筆力飄忽天矯之極。）若是那上司官員差他們緝捕人來都嚇得屎尿齊流怎敢正眼兒看他阮小二道我雖然

那廝們倒快活是第三段

○○○○○○○○○○○○○不打得大魚也省了若干科差十五字。抵一篇捕蛇者說。吳用道、○○○○○○○○恁地時那廝們倒快活、快活二字。忽然倒插而入。筆力矯健飈悍之極。阮小五道、他們不怕天、不怕地、不怕官司、論秤分金銀、異樣穿紬錦、成甕喫酒、大塊喫肉、如何不快活、○○○○○○我們弟兄三箇劈插成六箇字。並不從吳用口中來。空有一身本事、○○○○○怎地學得他們自來了。○怎地一字。有問計之辭。吳用聽了暗暗地歡喜道、正好用計了、阮小七說道、○○○○人生一世、艸生一秋八字。是弟兄三人並號之意。我們只管打魚營生、學得他們過一日也好〔一日之奇者。如做得一日神仙。雖死無憾。爲絕倒也。〕吳用道這等人學他做甚麼〔他三箇不來。便只管逼上去。他三箇來了。便倒漾開去。行文神變之極。〕他做的勾當不是笞杖五七十的罪犯空自把一身虎威都撇下倘或被官司拿住了〔又排出官司二字。以決其心。〕也是自做的罪阮小二道如今該管官司沒甚分曉一片糊塗千萬犯了迷天大罪的倒都沒事〔千古同歎。只爲確耳。〕我弟兄們不能快活〔正入前文快活二字玄中。〕若是但有肯帶挈我們的也去了罷〔四字說得

看識你的是第四段

迅疾阮小五道，我也嘗嘗這般思量。接一句，藏下生平無數心事。不描已見。我弟兄三箇的本事，又不是不如別人，誰是識我們的。另自增出識我二字，又加一倍精采。前只說得官司糊塗，及快活不快活等語，見豪傑悲憤。此增出識我二字，見豪傑肝腸，必不可少也。吳用道，假如便有識你們的，你們便如何肯去。阮小七道，若是有識我們的，中心藏之之語。水裏水裏去，火裏火裏去。若能彀見用得一日，便死了開眉展眼。吳用暗暗喜道，這三箇都有意了，我且慢慢地誘他。又勸他兩箇喫

也。入梁山是第五段

了兩巡酒。不惟焰顧喫酒。有艸蛇灰線之法。且又得一寬也。吳用又說道、你們三箇、敢上梁山泊捉這夥賊麼。換一頭用反跌法起。阮小七道、便捉得他們那里去請賞也喫江湖上好漢們笑話。定是小七語。小二小五說不出。爽快奇妙不可言。吳用道、小生短見。也入梁山撞籌。是主句。敢上梁山捉賊。是賓句。初亦爲主句不好便說。故先用一賓句也。然既用賓句跌過。則宜直入主句矣。然其言畢竟是口重語。不好便說。故又特用短見二字自責過。然後出下語。作者眞有摳心嘔血之苦也。假如你們怨恨打魚不得也去那里撞籌却不是好。阮小二道、老先生叫得妙。

（說心話時每有此稱）你不知我弟兄們幾遍商量要去入夥（藏下無數生平心事不描已見）聽得那白衣秀士王倫的手下人（明明焰出杜遷宋萬朱貴三人在外）都說道他心地窄狹安不得人前番那箇東京林冲上山嘔盡他的氣（此句前焰恨林冲後焰從王倫有左顧右盼之妙）王倫那廝不肯胡亂着人因此我弟兄們看了這般樣一齊都心懶了（一齊都三字妙活寫出商量時）阮小七道他們若似老兄這等慷慨愛我弟兄們便好（小七語天然不從小二小五口中出老兄老先生皆極親昵之後也）阮小

出晁蓋是第六段

五道、那王倫若得似教授這般情分時、我們也去了多時、不到今日、我弟兄三箇便替他死也甘心（此句正寫心肯之極）吳用道、量小生何足道哉（小生二字一接何足道哉一頓、奇筆妙筆）如今山東河北多少英雄豪傑的好漢（說山東帶河北已伏盧員外矣）阮小二道、好漢們儘有、我弟兄自不曾遇着（千古同悼之言）吳用道、只此間（三字說者口快聽者眼明）鄆城縣東溪村晁保正、你們曾認得他麽（疾入）阮小五道、莫不是叫做托塔天王的晁蓋麽（疾入）吳用道、正是

反劫晁蓋是第七段

此人、阮小七道、雖然與我們只隔得百十里路程、緣分淺薄、聞名不曾相會、吳用道、這等一箇仗義疎財的好男子、如何不與他相見、（此句不是反跌，只是文圖一寬耳。）阮小二道、我弟兄們無事、也不曾到那里、因此不能彀與他相見、吳用道、小生這幾年也只在晁保正莊上左近教些村學、（此句村學二字，與前大財主家做門館字不相顧應，待三阮之法也。）如今打聽得他有一套富貴待取、特地來和你們商議、我等就那半路里攔住取了、如何奇絕之筆，不圖至此，又出一奇也。阮小五道：「這箇却使不得。他既是仗義疏財的好男子，我們却去壞他的道路，須喫江湖上好漢們知時笑話。」水滸一百八人人品心術，盡此一言。然則梁中書之被劫，豈足惜哉。吳用道：「我只道你們弟兄心志不堅，原來真箇惜客好義。」我只道三字，原來真箇四字，都是順他性格，順他口氣語。「我對你們實說，」有次序，歷歷落落。「果有協助之心，我教你們知此一事。」有次序，歷歷落落。「我如今見在晁保正莊上住，保正聞知你三箇大名，特地教我來請你們說話其辭未畢。阮小二道我弟兄三箇真真實實地並沒半點兒假晁保正敢有件奢遮的私商買賣有心要帶挈我們句。有妙。敢一定是煩老兄來句。定妙。一若還端的有這事句。還妙。若我三箇若捨不得性命相幫他時殘酒為誓教我們都遭橫事惡病臨身死於非命數語淋淋瀝瀝。日在天之上。心在人之內。阮小五和阮小七把手拍着頸項道這腔熱血只要賣與識貨的拉雜如火使讀者增長義氣。吳用道你們三位

乃出正意是第八段

弟兄在這里不是我壞心術來誘你們又自責一句真正哉

身處地而後作也這件事非同小可的勾當目今朝內蔡太師是六月十五日生辰他的女壻是北京大名府梁中書卽目起解十萬貫金珠寶貝與他丈人慶生辰今有一箇好漢姓劉名唐特來報知如今欲要請你們去商議聚幾箇好漢向山凹僻靜去處取此一套不義之財大家圖箇一世快活因此特教小生只做買魚來請你們三箇計較成此一

事、不知你們心意如何、阮小五聽了道、罷罷叫道、七哥我和你說甚麼來罷罷只二字、忽插入叫道二字作敘事、然後又說出九箇字來、却無一字是實、而能令讀者心前眼前若有無數事情、無數說話、靈心妙筆、一至於此、阮小七跳起來道、一世的指望、今日還了願心妙語、正是搔着我癢處妙語、我們幾時去五字天生是小七語、小二小五不語、吳用道、請三位即便去來、明日起箇五更、一齊都到晁天王莊上去、阮家三弟兄大喜、當夜過了一宿、次蚤起來、喫了蚤飯、阮家三弟兄分付了家中跟着吳學究四箇人離了石碣村拽開脚步取路投東溪村來行了一日早望見晁家莊只見遠遠地綠槐樹下晁蓋和劉唐在那里等（夏景）望見吳用引着阮家三兄弟直到槐樹前兩下都廝見了晁蓋大喜道阮氏三雄名不虛傳且請到莊裏說話六人却從莊外入來到得後堂分賓主坐定吳用把前話說了晁蓋大喜便叫莊客宰殺猪羊安排燒紙阮家三弟兄見晁蓋人物軒昂語言洒

落三箇說道我們最愛結識好漢原來只在此間今日不得吳教授相引如何得會三箇弟兄好生歡喜當晚且喫了些飯說了半夜話要知半夜所說只是閒話若云商量此一件事則豈有豪傑來尋只管商量者哉次日天曉去後堂前面列了金錢紙馬香花燈燭擺了夜來煮的豬羊夜來煮的細妙賴此四字遂不犯次日天曉字也燒紙衆人見晁蓋如此志誠盡皆歡喜箇箇說誓道梁中書在北京害民詐得錢物卻把去東京與蔡太師慶生辰此一等

正是不義之財我等六人中但有私意者天地誅滅神明鑒察六人都說誓了燒化紙錢六籌好漢提出六籌二字。然後接出公孫勝。正在堂後散福飲酒只見一箇莊客報說門前有箇先生要見保正化齋糧晁蓋道你好不曉事見我管待客人在此喫酒你便與他三五升米便了何須直來問我閒閒寫去。莊客道小人把米與他他又不要只要面見保正晁蓋道一定是嫌少你便再與他三二斗米去你說與他保正今日在莊上請人喫酒沒工夫相見閒閒寫去。莊客去了多時只見又來說道那先生與了他三斗米又不肯去自稱是一清道人不爲錢米而來只要求見保正一面晁蓋道你這廝不會答應便說今日委實沒工夫教他改日却來相見拜茶只是閒閒寫去。再不肯合縫。莊客道小人也是這般說那箇先生說道我不爲錢米齋糧聞知保正是箇義士特求一見晁蓋道你也這般纏全不替我分憂他若再嫌少時可與他三四斗去何必又來說我若不和客人們飲時便去廝見一面打甚麼緊你去發付他罷再休要來說（偏不合縫奇筆恣墨）莊客去了沒半箇時只聽得莊門外熱鬧又見一箇莊客飛也似來報道那先生發怒把十來箇莊客都打倒了晁蓋聽得喫了一驚慌忙起身道衆位弟兄少坐晁蓋自去看一看便從後堂出來到莊門前看時只見那箇先生身長八尺道貌堂堂生得古怪正在莊門外綠

槐樹下一頭打一頭口裏說道不識好人晁葢見了叫道先生息怒你來尋晁保正無非是投齋化緣他已與了你米且不出自己何故嗔怪如此那先生哈哈大笑道貧道不為酒食錢米而來我覷得十萬貫如同等閒逗一句特地來尋保正有句話說叵耐村夫無理毀罵貧道因此性發晁葢道你可曾認得晁保正麽那先生道只聞其名不曾會面晁葢道小子便是出得徑快先生有甚話說那先生看了

道保正休怪、貧道稽首、晁蓋道、先生少請到莊裏拜茶如何、那先生道、多感、兩人入莊裏來、吳用見那先生入來、自和劉唐三阮一處躲過、且說晁蓋請那先生到後堂喫茶已罷、那先生道、這裏不是說話處、別有甚麼去處可坐、晁蓋見說、便邀那先生又到一處小小閣兒內、分賓坐定、晁蓋道、不敢拜問、先生高姓、貴鄉何處、那先生荅道、貧道覆姓公孫、單諱一箇勝字、道號一清先生、小道是薊州人氏北地也自幼鄉中好習鎗棒學成武藝多般人但呼為公孫勝大郎為因學得一家道術善能呼風喚雨駕霧騰雲江湖上都稱貧道做入雲龍貧道久聞鄆城縣東溪村晁保正大名無緣不曾拜識今有十萬貫金珠寶貝專送與保正作進見之禮未知義士肯納受否晁蓋大笑道先生所言莫非北地生辰綱麼那先生大驚道保正何以知之晁蓋道小子胡猜未知合先生意否公孫勝道此

一套富貴不可錯過古人有云當取不取過後莫悔保正心下如何正說之間只見一箇人從閤子外搶將入來劈胸揪住公孫勝說道好呀明有王法暗有神靈你如何商量這等的勾當我聽得多時也嚇得這公孫勝面如土色（非真有此等兒戲之事只爲每回住處皆是絕奇險處此處無奇險可住故特幻出一段以作一回收場耳讀者諒之）正是

機謀未就爭奈牕外人聽計策纔施又早蕭墻禍起

畢竟搶來揪住公孫勝的却是何人且聽下回分

# 第五才子書施耐菴水滸傳卷之二十

聖歎外書

## 第十五回

楊志押送金銀擔
吳用智取生辰綱

蓋我讀此書而不勝三致歎焉曰嗟乎古之君子受命於內涖事於外竭忠盡智以圖報稱而終亦至於身敗名喪爲世僇笑者此其

故豈得不爲之深痛哉夫一夫專制可以將千軍兩人牽羊未有不僵於路者也獨心所運不難於造五鳳樓曾無黍米之失聚族而謀未見其能築室有成者也梁中書以道路多故人才復難於是致詳致愼獨簡楊志而畀之以十萬之任謂之知人洵無忝矣即又如之何而必副之以一都管與兩虞候乎觀其所云另有夫人禮物送與府中寶眷亦要

楊志認領多恐不知頭路夫十萬巳領何難
一擔若言不知頭路則豈有此人從貴女愛
壻邊來現護生辰重寶至於如此之盛而猶
慮及府中之人猜疑顧忌不視之爲機密者
也是皆中書視十萬過重視楊志過輕視十
萬過重則意必太師也者雖富貴雙極然見
此十萬必嚇然心動太師嚇然心動而中書
之寵固於磐石夫是故以此爲獻凡以冀其

心之得一動也○視楊志過輕○則意或楊志也者○本單寒之士○今見此十萬○必嚇然心動○楊志嚇然心動○而生辰十擔○險於蕉鹿○夫是故以一都管兩虞候爲監○凡以防其心之忽一動也○然其胸中○則又熟有疑人勿用○用人勿疑之成訓者○於是即又僞裝夫人一擔○以自蓋其相疑之跡○嗚呼○爲楊志者○不其難哉○雖當時亦曾有早晚行住○悉聽約束○戒彼三人

不得彎拘之敎勅然而官之所以得治萬民與將之所以得制三軍者以其惟此一人故也今也一揚志一都管又二虞候且四人矣以四人而欲抑此十一禁軍豈有得乎易大傳曰陽一君二民君子之道也陰二君一民小人之道也今中書徒以重視十萬輕視揚志之故而曲折計畫旣已出於小人之道而尚望黃泥岡上萬無一失殆必無之理矣故

我謂生辰綱之失非晁蓋八人之罪亦非十一禁軍之罪亦并非一都管兩虞候之罪而實皆梁中書之罪也又奚議焉又奚議焉曰然則楊志即何爲而不爭之也聖歎答曰楊志不可得而爭也夫十萬金珠重物也不惟大名百姓之髓腦竭并中書相公之心血竭矣楊志自惟起於單寒驟蒙顯擢夫烏知彼之遇我厚者之非獨爲今日之用我乎故以

十萬之故而授統制易以統制之故而托十萬難此楊志之所深知也楊志於何知之楊志知年年根括十萬以媚於丈人者是其人必不能以國士遇我者也不能以國士遇我而昔者東郭鬬武一日而踰數階者是其心中徒望我今日之出死力以相效耳譬諸飼鷹喂犬非不極其恩愛然彼固斷不信鷹之德爲鳳皇犬之品爲騶虞也故於中書未撥

都管虞候之先志反先告相公只須一箇人和小人去夫一箇人和小人去者非請武陽爲副殆請朝恩爲監矣若夫楊志叅知人之疑之而終亦主於必去則固丈夫感恩知報凡以酬東郭驟遷之遇耳豈得已哉嗚呼楊志其寓言也古之國家以疑立監者比比皆有我何能遍言之

看他寫楊志忽然肯去忽然不肯去忽然又

肯去忽然又不肯去筆勢夭矯不可捉搦
看他寫天氣酷熱不費筆墨只一句兩句便
巳焦熱殺人古稱盛冬掛雲漢圖滿座煩悶
今讀此書乃知眞有是事
看他寫一路老都管掣人肘處眞乃描摹入
畫嗟乎小人習承平之時忽禍患之事箕踞
當路搖舌駡人豈不鑿鑿可聽而卒之變起
倉猝不可枝梧爲鼠爲虎與之俱敗豈不痛

哉

看他寫棗子客人自一處挑酒人自一處酒自一處飄自一處雖讀者亦幾忘其爲東溪村中飲酒聚義之人何況當日身在廬山者耶耐菴妙筆眞是獨有千古

看他寫賣酒人鬬口處眞是絕世奇筆蓋他人敘此事至此便欲駸駸相就讀之滿紙皆似惟恐不得賣者矣今偏筆筆撤開如涼弓

怒馬急不可就務欲極扳開去乃至不可收拾一似惟恐爲其買者眞怪事也

看他寫七箇棗子客人饒酒如數鷹爭雀盤旋跳霍讀之欲迷

話說當時公孫勝正在閣兒裏對晁蓋說這北京生辰綱是不義之財取之何礙只見一箇人從外面搶將入來揪住公孫勝道你好大膽却纔商議的事我都知了也那人却是智多星吳學究晁蓋

笑道、教授休取笑、且請相見、兩箇叙禮罷、吳用道、江湖上久聞人說入雲龍公孫勝一清大名、不期今日此處得會、晁蓋道、這位秀士先生便是智多星吳學究、公孫勝道、吾聞江湖上人多曾說加亮先生大名、豈知緣法却在保正莊上得會、只是保正疎財仗義、以此天下豪傑都投門下、晁蓋道、再有幾箇相識在裏面、一發請進後堂深處相見、三箇人入到裏面、就與劉唐三阮都相見了、衆人道、今日此一會、應非偶然、須請保正哥哥、正面而坐、晁蓋道、量小子是箇窮主人、怎敢占上、吳用道、保正哥哥年長、依着小生、且請坐了、晁蓋只得坐了、第一位吳用坐了第二位公孫勝坐了第三位劉唐坐了第四位阮小二坐了第五位阮小五坐第六位阮小七坐第七位可稱晁天王夜夢動天文、東溪村英雄小排座却纔聚義飲酒、重整杯盤、再備酒肴、衆人飲酌、吳用道、保正夢見北斗七星、墜在屋脊上、今日我等七人聚義舉事豈不應天垂象此一套富貴唾手而取前日所說央劉兄去探聽路程從那里來今日天晚來早便請登程公孫勝道這一事不須去了貧道已打聽知他來的路數了只是黃泥岡大路上來（妙。一者公孫此來不虛。二者省卻許多閑手。）晁蓋道黃泥岡東十里路地名安樂村有一箇閑漢叫做白日鼠白勝也曾來投奔我我曾齎助他盤纏吳用道北斗上白光莫不是應在這人（作。自有用他處此五字不與上文連）

說乃心計之辭劉唐道此處黃泥岡較遠何處可以容身吳用道只這箇白勝家便是我們安身處亦還要用了白勝此何方明說出來晁蓋道吳先生我等還是軟取奇文却是硬取奇文吳用笑道我已安排定了圈套只看他來的光景行軍妙訣加亮之號不虛也力則力取智則智取我有一條計策不知中你們意否如此如此晁蓋聽了大喜攧着脚道好妙計不枉了稱你做智多星果然賽過諸葛亮好計策吳用道休得再

、提嘗言道隔牆須有耳、牕外豈無人、只可你知我
、知晁蓋便道、阮家三兄且請回歸、至期來小莊聚
、會吳先生依舊自去教學、公孫先生并劉、唐只在
敝莊權住、當日飲酒至晚、各自去客房裏歇息、次
日五更起來、安排早飯喫了、晁蓋取出三十兩花
、銀送與阮家三兄弟道、權表薄意、切勿推却、三阮
那里肯受、吳用道、朋友之意、不可相阻、三阮方纔
受了銀兩、一齊送出莊外來、吳用附耳低言道、這

般這般至期不可有誤三阮相別了自回石碣村去晁蓋留住公孫勝劉唐在莊上吳學究常來議事話休絮繁却說北京大名府梁中書收買了十萬貫慶賀生辰禮物完備選日差人起程當下一日在後堂坐下只見蔡夫人問道相公生辰綱幾時起程梁中書道禮物都已完備明後日便用起身只是一件事在此躊躇未決蔡夫人道有甚事躊躇未決梁中書道上年費了十萬貫收買金珠

寶貝送上東京去只因用人不着半路被賊人刼將去了至今無獲今年帳前眼見得又沒箇了事的人送去在此躊躇未決之。多時相望。臨用忽復疑。總視十萬重。視楊志輕也蔡夫人指着堦下道你嘗說這箇人十分了得何不着他委紙領狀送去走一遭不致失悞梁中書看堦下那人時却是青面獸楊志梁中書躊躇妙。便喚楊志上廳說道我正忘了你你若與我送得生辰綱去我自有擡舉你處楊志叉手向前禀道恩相差遣不敢不依只不知怎地打點幾時起身（第一段不敢不去）梁中書道着落大名府差十輛太平車子帳前撥十箇廂禁軍監押着車每輛上各插一把黃旗上寫着獻賀太師生辰綱每輛車子再使箇軍健跟着三日內便要起身去楊志道非是小人推托其實去不得乞鈞旨別差英雄精細的人去（第二段忽然去不得文勢飄忽）梁中書道我有心要擡舉你這獻生辰綱的札子內另修一封書在中間太師

跟前重重保你受道勅命回來、如何倒生支調、推辭不去、楊志道、恩相在上、小人也曾聽得上年已被賊人刼去了、至今未獲、今歲途中盜賊又多、此去東京又無水路、都是旱路、經過的是紫金山（虛）、二龍山（實）、桃花山（實）、傘蓋山（虛）、黃泥岡（實）、白沙塢（虛）、野雲渡（虛）、赤松林（實）、（○數出八處險害、却是四虛四實、然猶就一部書論之也、若只就一回書論之、則是七虛一實耳、）這幾處都是強人出沒的去處、更兼單身客人亦不敢獨自經過、他知道是金

忽然去得忽然去不得凡四段翻騰跳躍看他却是無中生有

銀寶物如何不來搶刼枉結果了性命以此去不得梁中書道恁地時多着軍校防護送去便了楊志道恩相便差一萬人去也不濟事這厮們一聲聽得強人來時都是先走了的借事說出千古官兵可憐可笑言者無罪聞者足戒梁中書道你這般地說時生辰綱不要送去了寫來天生是梁中書口中語又寫得飃忽楊志又稟道若依小人一件事便敢送去第三段依了一件事又便去得飃忽之極梁中書道我既委在你身上如何不依你說楊志道若依小

人說時、並不要車子、把禮物都裝做十餘條擔子、只做客人的打扮行貨、也點十箇壯健的廂禁軍、却裝做脚夫挑着、只消一箇人和小人去、此語可哀。前評詳矣之、却打扮做客人、悄悄連夜送上東京交付恁地時方好、是梁中書道、你甚說得是、我寫書呈重重保你受道誥命回來、楊志道、深謝恩相擡舉、當○日當日便叫楊志一面打拴擔脚、一面選揀軍人、次○日次日叫楊志來廳前伺候、梁中書出廳來問道、楊志你幾時起身楊志禀道告覆恩相只在明早准行就委領狀梁中書道夫人也有一擔禮物另送與府中寶眷也要你領怕你不知頭路特地再教奶公謝都管并兩箇虞候和你一同去非真有夫人一擔禮物定少不得也只為刷上失事定少不得老都管則不得已倒裝出一擔禮物來此皆作者苦心也楊志告道恩相楊志去不得了第四段忽然又去不得了飈忽如此異哉梁中書道禮物都已拴縛完備如何又去不得真是奇事楊志禀道此十擔禮物都在小人身上是

和他衆人都繇楊志是。要早行便早行要晚行便晚行要住便住要歇便歇亦依楊志提調是。如今又叫老都管并虞候和小人去他是夫人行的人閒中捎帶一句。千古同笑。又是太師府門下妳公又捎帶一句。倘或路上與小人彆拗起來楊志如何敢和他爭執得是。不惟楊志爭執不得。依上二句。想相公亦爭執不得。若悞了大事時楊志那其間如何分說是。一路都是特特爲出楊志英雄精細。便把後文許多彆拗爭執。因而失事。隱隱都算出來。深表楊志不墮七箇人計中也。梁中書道這箇也容易、我叫他三箇都聽你提調便了、楊志答道、若是如此稟過小人、情願便委領狀、倘有疎失、甘當重罪、梁中書大喜道、我也不枉了擡舉你、眞箇有見識、隨即喚老謝都管并兩箇虞候出來、當廳分付道、楊志提轄情願委了一紙領狀、監押生辰綱十一擔金珠寶貝赴京太師府交割、這干係都在他身上、你三人和他做伴去、一路上早起、句晚行、句住、句歇、句都要聽他言語、不可和他彆拗、○○夫人處分付的勾當你三人自理會調侃一句然却是分外閒筆以泯自家倒裝之跡耳小心在意早去早回休教有失老都管一一都應了當日楊志領了次日早起五更在府裏把擔仗都擺在廳前老都管和兩箇虞候又將一小擔財帛共十一擔揀了十一箇壯健的廂禁軍都做脚夫打扮楊志戴上涼笠兒穿着青紗衫子繫了纏帶行屨麻鞋跨口腰刀提條朴刀老都管也打扮做箇客人模樣兩箇虞候假裝做跟的伴

嘗各人都拿了條朴刀又帶幾根藤條○以備後用○不是此處放此一句後來一時如何生得出梁中書付與了札付書呈一行人都喫得飽了在廳上拜辭了梁中書看那軍人擔仗起程楊志和謝都管兩箇虞候監押着一行共是十五人離了梁府出得北京城門取大路投東京進發此時正是五月半天氣雖是晴明得好只是酷熱難行楊志一心要取六月十五日生辰只得在路上趲行自離了這北京五七日端的只

智取生辰綱

是起五更趂早涼便行日中熱時便歇先反襯出一句早行午歇眞是鬧心妙筆五七日後人家漸少行路又稀一站站都是山路楊志却要辰牌起身申時便歇寫得前後明畫那十一箇廂禁軍第一段先寫廂禁軍擔子又重無有一箇稍輕天氣熱了行不得見着林子便要去歇息楊志趕着催促要行如若停住輕則痛駡重則藤條便打逼趕要行第一段兩箇虞候第二段寫兩箇虞候雖只背些包裹行李也氣喘了行不上楊志也嗔道你兩

箇好不曉事、這干係須是俺的、你們不替酒家打
這夫子、却在背後也慢慢地挨、這路上不是要處
那虞候道、不是我兩箇要慢走、其實熱了行不動
因此落後、前日只是趁早涼走、如今恁地正熱裏
要行、正是好歹不均勻、楊志道、你這般說話、却似
放屁、前日行的、須是好地面、如今正是嵯峨去處、
若不日裏趕過去、誰敢五更半夜走、兩箇虞候口
裏不道、肚中尋思、這廝不直得便罵人、第二段楊志

提了朴刀拿着藤條自去趕那擔子兩箇虞候坐在柳陰樹下等得老都管來第三段寫老都管○看他三段三樣來法兩箇虞候告訴道虞候訴都管楊家那廝強殺只是我相公門下一箇提轄直這般會做大老都管道須是相公當面分付道休要和他彆拗因此我不做聲這兩日也看他不得權且耐他兩箇虞候道相公也只是人情話兒都管自做箇主便了老都管又道且耐他一耐第三段當日行到申牌時分尋得

一箇客店裏歇了那十箇廂禁軍兩汗通流都歎氣吹噓對老都管說道（禁軍訴都管）我們不幸做了軍健情知道被差出來這般火似熱的天氣又挑着重擔這兩日又不揀早涼行動不動老大藤條打來都是一般父母皮肉我們直恁地苦老都管道你們不要怨悵巴到東京時我自賞你衆軍漢道若是似都管看待我們時並不敢怨悵又過了一夜次日天色未明衆人起來都要乘涼起身去（寫得）

妙意中之事意外之文楊志跳起來喝道那里去且睡了寫得
妙遂成趣語却理會衆軍漢道趂早不走日裏熱時走
不得却打我們楊志大罵道你們省得甚麼拏了
藤條要打衆軍忍氣吞聲只得睡了當日直到辰
牌時分慢慢地寫得妙打火喫了飯走一路上趕打
着不許投涼處歇那十一箇禁廂軍口裏喃喃吶
吶地怨悵一句禁軍兩箇虞候在老都管面前絮絮聒
聒地搬口一句虞候老都管聽了也不着意心內自惱

他（一句都管）話休絮繁似此行了十四五日那十四箇人沒一箇不怨悵楊志（如椽之筆）當日客店裏辰牌時分慢慢地（妙）打火喫了早飯行正是六月初四日時節天氣未及晌午（先將未午寫來次入正午便令分寸都出）一輪紅日當天沒半點雲彩其實十分大熱當日行的路都是山僻崎嶇小徑南山北嶺卻監着那十一箇軍漢約行了二十餘里路程那軍人們思量要去柳陰樹下歇涼（此一段單寫軍漢都管虞候都落在後）被楊志拿着

藤條打將來，喝道：快走，教你早歇。衆軍人看那天時，○寫熱卻寫不盡，寫怨悵亦寫不盡，陡然寫出看那天時四字，遂巳抵過雲漢一篇，真是才子有才子之筆也。四下里無半點雲彩，其實那熱不可當。楊志催促一行人在山中僻路裏行。看看日色當午，先將未午一段盡情寫出炎熱之苦，至此處交入正午，只用一句便接入衆人睡倒，行文詳畧之際分寸不失。那石頭上熱了腳疼，只得一句七箇字，而熱極之苦描畫巳盡，歎今人千言之無當也。走不得。衆軍漢道：這般天氣熱，兀的不曬殺人。楊志喝着軍漢道：快走，趕過前面岡子去，却再理會正行之間前面迎着那土岡子一行廾五人奔上岡子來歇下擔仗那十四人都去松林樹下睡倒了（奈何。筆勢從上三番趕下來。有天崩地塌之勢。）楊志說道苦也這里是甚麼去處你們却在這里歇涼起來快走衆軍漢道你便剁做我七八段其實去不得了（真有此語。）楊志拿起藤條劈頭劈腦打去打得這箇起來那箇睡倒（真有此事。）楊志無可奈何只見兩箇虞候和老都管氣喘急急也巴到岡子上（此一段。都管虞候方來。松樹下坐了喘氣巴得他來。却也坐了。眞奈何。○寫來眞有此事。看這楊志打那軍健八箇字。活寫出心中刺。眼中釘來。老都管見了說道。提轄端的熱了走不得。休見他罪過。楊志道都管你不知這裏正是強人出沒的去處地名叫做黃泥岡閒常太平時節白日裏兀自出來刼人休道是這般光景誰敢在這裏停脚兩箇虞候聽楊志說了便道我見你說好幾遍了只管把這話來驚嚇人眞有此語。○如國家太平旣久。邊防漸撤。軍實漸廢。皆此語誤之也。老都管道權且教他們衆人歇一歇略過日中行如何楊志道你也没分曉了如何使得這里下岡子去兀自有七八里没人家甚麽去處敢在此歇凉老都管道我自坐一坐了走你自去趕他衆人先走其言既不爲楊志出力亦不替衆人分辨而意吉已隱隱一句縱容一句激變老奸巨猾何代無賢楊志拿着藤條喝道一箇不走的喫俺二十棍衆軍漢一齊叫將起來一齊妙數内一箇分説道一箇妙提轄我們挑着百十斤擔子須不比你空手走的真有

（世語）你端的不把人當人便是留守相公自來監押
時也容我們說一句（真有此語）你好不知疼癢只顧逞
辯楊志罵道這畜生不毆死俺只是打便了拿起
藤條劈臉又打去老都管喝道（從空忽然揷入老都管一喝借題寫出千載說大話人句句出神入妙）楊提轄（增出一楊字其辭甚厲）且住你聽
我說（二句六字其辭甚厲你聽我說四字寫老奴托大聲色俱有）我在東京太
師府裏做妳公時（嚇殺醜殺可笑可惱一句十二字作兩半句讀我在東京太師府裏何等軒昂做妳公時何等出醜然狐輩每每自謂得志樂道不絕）門下軍官見

丁無千無萬四字可笑。說大語人每用之。都向着我喏喏連聲。太師威嚴。衆官謟佞。奴才放肆。一語遂寫盡之。不是我尸棧老奴眞有此語量你是箇遭死的軍人第一句說破楊志不是提轄。惡極。相公可憐擡舉你做箇提轄第二句說提轄實是我家所與。惡極。比得芥菜子大小的官職第三句說楊志卽使是箇提轄。亦只比之芥子。惡極。直得恁地逞能已上罵楊志。已下說自家。妙絕。休說我是相公家都管一句自誇貴。便是村莊一箇老的一句自誇老。○看他說來便活。是老奴聲口。尤妙在反借村莊二字。直顯出太師府來。如云休說相公家都管。便是村莊一老。亦該相讓。何況我今不止是相公家都管也也合依我勸一勸只顧把他們打是何看待楊志道都管你須是城市裏人生長在相府裏那里知道途路上千難萬難老都管道四川兩廣也曾去來不曾見你這般賣弄楊志道如今須不比太平時節都管道你說這話該剜口割舌今日天下怎地不太平老奴口舌可駭眞正從太師府來楊志却待要回言不得不回言然以疾接下文故其言一時回不及也只見對面松林裏影着一箇人在那里舒頭探腦價望過節甚疾楊志道

俺說甚麼○此四字，是折辨上文不太平語，却因忙接出松林有人，便將此語反穿過下文來，寫此時楊志心忙眼疾如畫。兀的不是歹人來了，撇下藤條，拿了朴刀，趕入松林裏來，喝一聲道：你這廝好大膽，怎敢看俺的行貨。趕來看時，只見松林裏一字兒擺着七輛江州車兒，六箇人脫得赤條條的在那里乘涼。好。一箇鬢邊老大一搭朱砂記，拿着一條朴刀。好。見楊志趕入來，七箇人齊叫一聲阿也，二字妙絕。只須此二字，楊志胸中已釋然矣。都跳起來，楊志喝道，你等是甚麼人那七人道你是甚麼人（妙。只如學舌。）楊志又問道你等莫不是歹人那七人道你顛倒問我等是小本經紀那里有錢與你（又妙。前句讓楊志一先。此句便自占一先。筆端變換之極。）楊志道你等小本經紀人偏俺有大本錢（釋然語。只作諧謔。）那七人問道你端的是甚麼人（又用一反撲句。妙極。）楊志道你等且說那里來的人（妙。楊志學舌。）那七人道我等弟兄七人是濠州人販棗子上東京去路途打從這里經過聽得多人說這里黃泥岡上時常有賊打劫客商、我等一面走、一頭自說道、我七箇只有些棗子、別無甚財貨、只顧過岡子來、上得岡子、當不過這熱、權且在這林子裏歇一歇、待晚涼了行、只聽得有人上岡子來、我們只怕是歹人、因此使這箇兄弟出來看一看、楊志道、原來如此、也是一般的客人。過幾日便一般矣。今日殊未。卻纔見你們窺望、惟恐是歹人、因此趕來看一看、那七箇人道、客官請幾箇棗子了去、無有一見卽請喫棗之理只爲下文過酒用着棗子。

故於此處先出一句。以見另有撒棗也。楊志道、不必提了朴刀再回擔邊來、老都管坐着道、既是有賊、我們去休、坐着道。則明明聽得非賊矣。却偏要還話。惡極。楊志說道、俺只道是歹人、原來是幾箇販棗子的客人、老都管別了臉對衆軍道、似你方纔說時、他們都是沒命的、老奴惡極。楊志道、不必相鬧、俺只要沒事便好、你們且歇了等涼些走、衆軍漢都笑了、分明老奴所使。寫得活畫。○凡老奸巨猾之人。欲排陷一人、自却不笑。而偏能激人使笑。皆如此老奴矣。於國於家。何處無之。楊志也把朴刀插在地上自去一邊樹下坐了歇涼。上文楊志如此趕打，至此亦便坐了歇涼，中間有老大用筆不得處，須看其逐遞卸來。沒半碗飯時，只見遠遠地一箇漢子挑着一付擔桶，唱上岡子來，唱道：

赤日炎炎似火燒，野田禾稻半枯焦。農夫心內如湯煑，公子王孫把扇搖。挑酒人唱歌，此為第三首矣。然第一首有第一首妙處，為其恰好唱入魯智深心坎也；第二首有第二首妙處，為其恰好唱出崔道成事跡也；今第三首又有第三首妙處，為其恰好唱入衆軍漢耳朵也。作書者雖一歌不欲輕下如此，如之何讀書者之多忽之也。○上二句盛寫大熱之苦，下二句盛寫人之不相體悉，猶言農夫當午在田，背焦汗滴，彼公子

（王孫深居水殿，猶令侍人展扇搖風，蓋深喻衆軍身負重擔，反受楊志空身走者打駡也。）那漢子口裏唱着、走上岡子來、松林裏頭歇下擔桶、坐地乘涼、衆軍看見了、便問那漢子道、你桶裏是甚麽東西、那漢子應道、是白酒、衆軍道、挑往那里去、那漢子道、挑出村裏賣、衆軍道、多少錢一桶、那漢子道、五貫足錢、衆軍商量道、我們又熱又渴、何不買些喫、也解暑氣、正在那里湊錢（如畫）楊志見了喝道、你們又做甚麽、衆軍道、買碗酒喫、楊志調過朴

凡此以下皆花攢錦湊龍飛鳳走之文須要逐遞逐句

刀桿便打罵道你們不得酒家言語胡亂便要買酒喫好大膽衆軍道没事又來鳥亂我們自湊錢買酒喫干你甚事也來打人楊志道你這村鳥理會得甚麼到來只顧喫嘴全不曉得路途上的勾當艱難多少好漢被蒙汗藥麻翻了那挑酒的漢子看着楊志冷笑道寫得好你這客官好不曉事句早是我不賣與你喫句却說出這般没氣力的話來句三句三折不煩不簡妙絕正在松樹邊鬧動爭說疾只見

細細看去

對面松林裏那夥販棗子的客人都提着朴刀走出來問道你們做甚麼鬧却做提防光景妙那挑酒的漢子道我自挑這酒過岡子村裏賣熱了在此歇涼我自妙非我自挑酒乃我自歇涼也要知此是十七字爲句不得讀斷他衆人要問我買些喫他衆人要問我妙我又不曾賣與他我又不曾妙這箇客官這箇客官妙深怪之之辭道我酒裏有甚麼蒙汗藥甚麼妙你道好笑麼你道妙說出這般話來這般妙凡七句句句人妙讀之眞欲人其玄中那七箇客人說道呸我只道有歹人

出來原來是如此（一接一落飄忽之極）說一聲也不打緊（只解一句如不相關者下便疾入買酒真與是聲情俱有）我們正想酒來解渴既是他們疑心且賣一桶與我們喫（他們我們妙）那挑酒的道不賣不賣（故作奇波）這七箇客人道你這鳥漢子也不曉事我們須不曾說你（也不曉事妙上文挑酒者罵楊志不曉事故此反罵之云也不曉事接口成文轉筆如戲）你左右將到村裏去賣一般還你錢便賣些與我們打甚麼不緊看你不道得捨施了茶湯便又救了我們熱渴（此二語之妙不惟說過賣

酒者。亦已罩定楊志矣。那挑酒的漢子便道、賣一桶與你不爭只是被他們說的不好此語雖有餘恨未平。然只是帶說看他疾入下句。又沒碗瓢舀喫疾入此一句妙。又確是村裏去賣的酒那七人道、你這漢子忒認真便說了一聲打甚麼不緊再爲楊志解一句。不便疾入椰瓢。真乃刀利如風。我們自有椰瓢在這里疾。只見兩箇客人去車子前取出兩箇椰瓢來明明瓢之與酒從兩處來。一箇捧出一大捧棗子來七箇人立在桶邊欲其見之。妙絕。開了桶蓋輪替換着舀那酒吃把棗子過

此一段讀者眼中有七手八脚之勞作者腕下有細針

口無一時一桶酒都喫盡了七箇客人道正不曾問得你多少價錢（何必不問價只爲要得此句作饒酒地也）那漢道我一了不說價（一了二字妙絕確是向村裏主顧分說忘其爲過路客人入神之筆也）五貫足錢一桶十貫一擔七箇客人道五貫便依你五貫只饒我們一瓢喫（只用一饒字便忽接入第二桶奇計亦復奇文）那漢道饒不得做定的價錢（做定妙）一箇客人把錢還他（一箇還錢）一箇客人便去揭開桶蓋兜了一瓢拿上便喫（一箇便喫以示無他）那漢去奪時這客人手拿半瓢

婉綫之妙真是不慌不忙有庠有序之步

酒望松林裏便走那漢趕將去、只見這邊一箇客人從松林裏走將出來手裏拿、一箇瓢便來桶裏舀了一瓢酒一箇然後下藥那漢看見搶來劈手奪住妙、望桶裏一傾妙便蓋了桶蓋妙將瓢望地下一丢妙口裏說道妙你這客人好不君子相戴頭識臉的也這般囉唣住。一段有山雨欲來風滿樓之勢。那對過衆軍漢見了疾接過妙筆。心內痒起來、都待要喫、數中一箇看着老都管道如畫老爺爺、與我們說一聲那賣棗子的客人買他一桶喫了、我們胡亂也買他這桶喫潤一潤喉也好、其實熱渴了、沒奈何這里岡子上又沒討水喫處、老爺方便、（單說棗子客人買過一桶、不說又饒一瓢、寫衆軍是衆軍。）老都管見衆軍所說、自心裏也要喫得些、竟來對楊志說、那販棗子客人已買了他一桶喫、只有這一桶、胡亂教他們買喫了、避暑氣、岡子上端的沒處討水喫、（亦單說棗子客人買過一桶、不說又饒一瓢、寫老兒是老兒。）楊志尋思道、俺在遠遠處望這廝們（閒處寫出楊志半日英雄精細）

都買他的酒喫了那桶裏當面也見喫了半瓢想是好的獨說那桶內酒亦喫過一瓢表出楊志英雄精細超過衆人萬倍打了他們半日胡亂容他買碗喫罷楊志道既然老都管說了教這廝們買喫了便起身三字襯後起不來掙不動說不得九字以爲一笑衆軍健聽了這話湊了五貫足錢來買酒喫那賣酒的漢子道不賣了不賣了這酒裏有蒙汗藥在裏頭故作奇波前七箇人買時作此一波寔是無藥好酒故成奇趣今十五箇人買時作此一波酒中卻已有藥故又成奇趣蓋雖一樣波折而有兩樣翻湧也衆軍陪

着笑說道大哥直得便還言語那漢道不賣了休纏（波頭只是翻湧不肯便落妙）這販棗子的客人勸道（用七箇人勸妙）你這箇鳥漢子他也說得差了（一句是楊志）你也忒認真（一句是賣酒人）連累我們也喫你說了幾聲（一句是七人）須不關他衆人之事（一句是衆軍）胡亂賣與他衆人喫些那漢道沒事討別人疑心做甚麼（波頭只是不落妙）這販棗子客人把那賣酒的漢子推開一邊只顧將這桶酒提與衆軍去喫（龍跳虎臥之才有此一筆不然則衆軍奪喫旣不好

白勝背責又不好也那軍漢開了桶蓋無甚舀喫八箇字寫出妙景

一桶酒一箇桶蓋十四箇人十四雙眼二十八隻手絕倒陪箇小心問客人借

這椰瓢用一用絕倒衆客人道就送這幾箇棗子與

你們過酒借瓢送棗疏密有致衆軍謝道甚麼道理客人道

休要相謝都是一般客人何爭在這百十箇棗子

上只爭十一擔金珠耳衆軍謝了先兜兩瓢匆匆中寫來有體叫老

都管喫一瓢楊提轄喫一瓢楊志那里肯喫寫楊志英

雄精細固也然楊志卽使肯喫亦不得於此處寫他肯喫何也從來敘事之法有賓有主有虎有鼠

夫楊志虎也主也彼老都管與兩虞候特賓也鼠也設叙事者於此不分賓主不辨虎鼠襍然寫作老都管一瓢楊志一瓢兩箇虞候一瓢衆軍漢各一瓢將何以表其爲楊志哉故於此處特特勘出一句不喫夫然後下文另自寫來此固史家叙事之體也

老都管自先喫了一瓢兩箇虞候各喫一瓢衆軍漢一發上那桶酒登時喫盡了楊志見衆人喫了無事自本不喫一者天氣甚熱二乃口渴難熬拿起來只喫了一半另自寫又寫得曲折夭矯棗子分幾箇喫了那賣酒的漢子說道這桶酒被那客人饒一瓢喫了少了你些酒我今

饒了你衆人半貫錢罷（不惟尚有閒力寫此閒文，亦借半貫錢映襯出十萬貫金珠，以爲一笑也。）衆軍漢湊出錢來還他，那漢子收了錢，挑了空桶，依然唱着山歌，自下岡子去了。（寫出那郎灑）

七箇販棗子的客人立在松樹傍邊，指着這一十五人說道：倒也，倒也。只見這十五箇人頭重脚輕，一箇箇面面厮覷，都軟倒了。那七箇客人從松樹林裏推出這七輛江州車兒，把車子上棗子都丟在地上，（何爭在這幾箇棗子，適巳言之矣。）將這十一擔金珠寶貝都裝在車子內遮蓋好了叫聲聒噪四字絕倒○一十五人應應之云厚擾一直望黃泥岡下推了去了楊志口裏只是叫苦軟了身體扎掙不起十五人眼睜睜地看着那七箇人寫來妙絕三十隻眼看十四隻脚去了都把這金寶裝了去只是起不來掙不動說不得九字妙文我且問你這七人端的是誰奇筆○如杜詩題下亦有公自注也不是別人原來正是晁蓋吳用公孫勝劉唐三阮這七箇明畫却纔那箇挑酒的漢子便是白日鼠白勝明畫却怎地用

藥原來挑上岡子時兩桶都是好酒七箇人先喫了一桶（明畫）劉唐揭起桶蓋又兜了半瓢喫故意要他們看着只是叫人死心搭地（明畫）次後吳用去松林裏取出藥來抖在瓢裏只做走來饒他酒喫把瓢去兜時藥已攪在酒裏（明畫）假意兜半瓢喫那白勝劈手奪來傾在桶裏（明畫）這箇便是計策那計較都是吳用主張這箇喚做智取生辰綱（直解至題）原來楊志喫的酒少便醒得快爬將起來（前文楊志也喫酒只喫得

（一半。我謂既已喫矣，何爭一半。及讀至此，始知前入喫少之妙。便於十五人中先提出楊志，不與彼十四人者聚頭作計。須貼不已也。）兀自提脚不住，看那十四箇人時，（先看一看。）口角流涎，都動不得。楊志憤悶道：不爭你把了生辰綱去，教俺如何回去見得梁中書？這紙領狀須繳不得，就扯破了。（領狀。）如今閃得俺有家難奔，有國難投，待走那里去？不如就這岡子上尋箇死處。撩衣破步，望着黃泥岡下便跳。（豈有楊志如此。只是作者要住得此人耳。）正是斷送落花三月雨，摧殘楊柳九秋霜。

畢竟楊志在黃泥岡上尋死性命如何且聽下回分解

# 第五才子書施耐菴水滸傳卷之二十一

聖歎外書

## 第十六回

花和尚單打二龍山
青面獸雙奪寶珠寺

一部書將網羅一百八人而貯之山泊也將網羅一百八人而貯之山泊而必一人一至朱貴水亭一人一段分例酒食一人一枝號

箭一人一次渡船是亦何以異於今之販夫之唱籌量米之法也者而以誇於世曰才子之文豈其信哉故自其天降石碣大排座次之日視之則彼一百八人誠巳齊齊臻臻悉在山泊矣然當其一百八人猶未得而齊齊臻臻悉在山泊之初此時譬如大珠小珠不得玉盤迸走散落無可羅拾當是時殆幾非一手二手之所得而施設也作者於此爲之

躊躕爲之經營因忽然別構一奇而控扭魯楊二人藏之二龍伏後樞機所發乘勢可動夫然後衝雷破壁疾飛而去嗚呼自古有云良匠心苦洵不誣也

魯達一孽龍也楊志又一孽龍也二孽龍同居一水獨不慮其鬬乎作者亦深知其然故特於前文兩人出身下都預寫作關西人亦以望其有鄉里之情也雖然以魯達楊志二

人而望其以鄉里爲投分之故此倍難矣以曾達楊志二人而誠肯以鄉里之故而得成投分然則何不生於關西長於關西老死於關西而又必破閑嚙櫪而至於斯也破閑嚙櫪以至於斯而尚思以關西二字羈之使合是猶以藕絲之輕縶二孽龍必不得之數耳作者又深知其然故特提操刀曹正大書爲林冲之徒曹正貫索在手而曾楊孽龍弭首

帖尾不敢復動無他天下怪物自須天下怪寶鎮之則讀此篇者其胡可不知林冲爲禹王之金鎖也

頃我言此篇之中雖無林冲然而欲制毒龍必須禹王金鎖所以林冲獨爲一篇綱領之人亦既論之詳矣乃今我又欲試問天下之讀水滸者亦嘗知此篇之中爲止二龍爲更有龍爲止一鎖爲更有鎖爲止一貫索奴爲

更有貫索奴耶孔子曰舉此隅不以彼隅反則不復說然而我終亦請試言之夫魯達楊志雙居珠寺他日固又有武松來也夫魯達一孽龍也武松又一孽龍也魯楊之合也則鎖之以林冲也曹正其貫索者也若魯武之合也其又以何爲鎖以誰爲貫索之人乎哉曰而不見夫魯達自述孟州遇毒之事乎是事也未嘗見之於實事也第一敘之於魯達

之戶一敘之於張青之戶如是焉耳夫魯與武郎曾不相遇而前後各各自到張青店中則其貫索久已各各入於張青之手矣故夫異日之有張青猶如今日之有曹正也曰張青猶如曹正則是貫索之人誠有之也鎖其奈何曰誠有之未細讀耳觀魯達之述張青也曰看了戒刀喫驚至後日張青之贈武松也曰我有兩口戒刀其此物此志也魯達之

戒刀也伴之以禪杖武松之戒刀也伴之以人骨念珠此又作者故染間色以眩人目也

不信則第觀武松初過十字坡之時張青夫婦與之飲酒至晚無端忽出戒刀互各驚賞此與前文後文悉不連屬其爲何耶嗟乎讀書隨書讀定非讀書人即又奚怪聖歎之以鍾期自許耶

楊志初入曹正店時不必先有曹正之妻也

自楊志初入店時一寫有曹正之妻而下文遂有折本入贅等語糾纏筆端苦不得了然而不得巳也何也作者之胸中夫固斷以魯楊爲一雙鎖之以林冲貫之以曹正又以魯武爲一雙鎖之以戒刀貫之以張青如上所云矣然而其事相去越十餘卷彼天下之人方且眼小如豆卽又烏能淩跨二三百紙而得知其文心熖耀有如是之奇絶横極者乎

故作者蕩無如何而先於曹正店中憑空添一婦人使之特與張青店中彷彿相似而後下文飛空架險結撰奇觀蓋才子之才實有化工之能也

魯楊一雙以關西通氣魯武一雙以出家逗機皆惟恐文章不成篇段耳

讀至末幅已成拖尾忽然斷出何清報信一篇有哭有笑文字遂使天下無兄弟人讀之

心傷有兄弟人讀之又心傷誰謂稗史無勸懲乎

話說楊志當時在黃泥岡上被取了生辰綱去如何回轉去見得梁中書欲要就岡子上自尋死路却待望黃泥岡下躍身一跳猛可醒悟拽住了脚（敗子回頭忠臣惜死皆有此八箇字）尋思道爹娘生下洒家堂堂一表凜凜一軀自小學成十八般武藝在身終不成只這般休了（楊志語）比及今日尋箇死處不如日後

等他拿得着時、却再理會、○○回身○再看○那○十○四○箇○人○時○再看一看。只是眼睜睜地看着○楊○志○○妙言奇趣。令人絕倒。○本是楊志看十四箇人也。却反看出十四箇人看楊志來。兩看字。寫得睜睜可笑。沒箇掙扎得起、楊志指着罵道、都是你這厮們不聽我言語、因此做將出來、連累了灑家、樹根頭拿了朴刀、掛了腰刀、週圍看時、別無物件、止有滿地棗子。寫來絕倒。○此句先為賺酒作地。楊志歎了口氣、一直下岡子去了、上文一路寫來。都在楊志分中。此忽然寫出去了二字。却似在十四人分中者。當知此句。真有移雲接月之巧。蓋楊志一路自去。固也。然岡上十四人。一夜畢竟作何情狀。不爭只要寫楊志。却至後日重又追敘今夜耶。輕輕於楊志文尾。用去了二字。便令楊志自去。而讀者眼光自住岡上。重復發放此十四人。此皆作者着筆處。愉力處。須要一一知其筆蹤墨跡。每爲昔人所瞞。如是始得謂之善讀書人也。○看他午閒二十三箇人在岡上。何等熱鬧。却一箇人去了。又七箇人去了。又一箇人也去了。又十四箇人也都去了。寫得可發一笑。又想他連日十五箇人。於路百般鬬口。却一箇人先去了。十四箇人也都去了。寫得又好笑。又好哭也。那十四箇人直到二更方纔得醒。一箇箇爬將起來。不圖一坐直坐到恁地凉快。口裏只叫得連珠箭的苦。老都管道。你們衆人不聽楊提轄的好言語。

今日送了我也、衆人道、老爺今日事已做出來了、且通箇商量、老都管道、你們有甚見識、衆人道、是我們不是了、古人有言、火燒到身、各自去掃、蜂蠆入懷、隨即解衣、若還楊提轄在這里、我們都說不過、如今他自去得不知去向、我們回去見梁中書相公、何不都推在他身上、只說道他一路上凌辱打罵衆人、逼迫得我們都動不得、他和强人做一路、把蒙汗藥將俺們麻翻了、縛了手脚、將金寶都擄去了、老都管道、這話也說得是、我們等天明、先去本處官司首告、留下兩箇虞候隨衙聽候、提拿賊人、我等衆人、連夜趕回北京、報與本官知道、敎動文書、申覆太師得知、着落濟州府、追獲這夥強人便了、次日天曉、老都管自和一行人、來濟州府該管官吏首告、不在話下、此時剛〻止剩一堆棗子矣。且說楊志提着朴刀、悶悶不已、離黃泥岡、望南行了半夜、去林子裏歇了、尋思道、盤纏又沒了、舉眼無箇相識却是怎地好漸漸天色明亮只得趁早涼了行又走了二十餘里楊志走得辛苦到一酒店門前楊志道若不得些酒喫怎地打熬得過便入那酒店去向這桑木卓凳座頭上坐了（寫英雄無賴却寫出他沒意思來妙筆）身邊倚了朴刀（處處寫倚朴刀偏於今日加身邊二字以便喫畢便走寫英雄無賴好笑）只見竈邊一箇婦人問道（此婦人二字遙遙直與後武松文中十字坡張青渾家母夜叉作對豈不怪哉）客官莫不要打火楊志道先取兩角酒來喫借些米來做飯有肉安排些箇

一句酒一句飯一句肉一直都說出來更不次第寫得無賴又寫得可憐少停一發筭錢還你只見那婦人先叫一箇後生來面前篩酒一面做飯一邊炒肉亦用三句一疊法疊成奇勢使下文走得迅疾可笑都把來楊志喫了楊志起身綽了朴刀便出店門寫出無賴可笑那婦人道你的酒肉飯錢都不曾有楊志道待俺回來還你權賒咱一賒說了便走又無賴又沒意思眞是寫出可憐那篩酒的後生趕將出來揪住楊志被楊志一拳打翻了那婦人叫起屈來楊志只顧走又無

[賴。又可憐。]只聽得背後一箇人趕來叫道你那廝走那裏去楊志回頭看時那人大脫着膊[六月。]拖着桿棒搶逩將來楊志道這廝却不是晦氣倒來尋酒家立脚住了不走看後面時那篩酒後生也拿條棍又隨後趕來[襯。]又引着三兩箇莊客各拿桿棒飛也似都逩將來[襯。]楊志道結果了這廝一箇那廝們都不敢追來便挺了手中朴刀來鬭這漢這漢也輪轉手中桿棒搶來相迎兩箇鬭了三二十合

這漢怎地敵得楊志只辦得架隔遮攔上下躲閃那後來的後生并莊客却待一發上只見這漢托地跳出圈子外來叫道且都不要動手兀那使朴刀的大漢你可通箇姓名那楊志拍着胸是楊志他人不然道酒家行不更名坐不改姓青面獸楊志的便是這漢道莫不是東京殿司楊制使麼楊志道你怎地知道酒家是楊制使這漢撇了鎗棒便拜道小人有眼不識泰山楊志便扶這人起來問道足

下是誰、這漢道小人原是開封府人氏、乃是八十萬禁軍都敎頭林冲的徒弟安見曹正之必爲林冲之徒特是楊志曾與林冲水泊交手。則此處不問其爲誰人。定不得不是林冲之徒。此文章家結撰之法也。姓曹、名正、祖代屠戶出身、小人殺的好牲口、挑觔剮骨、開剝推剝、只此被人喚做操刀鬼、爲因本處一箇財主、將五千貫錢、敎小人來此山東做客、不想折了本、回鄉不得、在此入贅在這箇莊農人家、卻纔竈邊婦人、便是小人的渾家、這箇拿撓叉的便是小人的妻舅却纔小人和制使交手見制使手段和小人師父林教師一般輕輕將水泊雪中一番交手提出來真有飛針走線之法因此抵敵不住楊志道原來你却是林教師的徒弟你的師父被高太尉陷害落草去了如今見在梁山泊反寄一信遂覺親熱曹正道小人也聽得人這般說將來未知眞實且請制使到家少歇楊志便同曹正再回到酒店裏來曹正請楊志裏面坐下叫老婆和妻舅都來拜了楊志好笑一面再置酒食

相待、飲酒中間、曹正動問道、制使緣何到此、楊志把做制使失陷花石綱、并如今又失陷了梁中書的生辰綱一事、從頭備細告訴了、曹正道、既然如此、制使且在小人家裏住幾時、再有商議、楊志道、如此却是深感你的厚意、只恐官司追捕將來、不敢久住、曹正道、制使這般說時、要投那里去、楊志道、洒家欲投梁山泊去尋你師父林敎頭投梁山泊去却是尋林敎頭。英雄眼裏心裏。眞有筋力。○武師方在廡下。而海內之士。已隱然歸之彼堂上者。彪居餘氣、何足道哉。俺先前在那里經過時、正撞着他下山來、與洒家交手、王倫見了俺兩箇本事一般、因此都畱在山寨裏相會、以此認得你師父林冲、王倫當初苦苦相畱、俺卻不肯落草、如今臉上又添了金印、卻去投逩他時、好沒志氣、因此躊躇未決、進退兩難、曹正道、制使見得是、小人也聽的人傳說王倫那廝心地匾窄、安不得人、說我師父林教頭上山時、受盡他的氣、不若小人此間離不遠、卻是青州地面有座山喚做二龍山山上有座寺喚做寶珠寺那座山生來却好裹着這座寺只有一條路上得去如今寺裏住持還了俗養了頭髮餘者和尚都隨順了特寫和尚還俗做强盜便襯出英雄削髮做和尚來故知此語非表鄧龍脚色乃作魯達緇染也不然者幾成剩語矣說道他聚集的四五百人打家劫舍那人喚做金眼虎鄧龍制使若有心落草時到去那里入夥足可安身楊志道既有這箇去處何不去奪來安身立命當下就曹正家裏住

了一宿借了些盤纏拿了朴刀相別曹正拽開腳步投二龍山來行了一日看看漸晚却早望見一座高山楊志道俺去林子裏且歇一夜明日却上山去轉入林子裏來喫了一驚只見一箇胖大和尚○楊志實喫一驚讀者却滿面堆下笑來道師兄久別一向何處脫得赤條條的背上刺着花繡坐在松樹根頭乘涼六月那和尚見了楊志就樹根頭綽了禪杖跳將起來大喝道兀那撮鳥你是那里來的楊志聽了道原來也是關

西和尚俺和他是鄉中問他一聲兩漢相遇。已如兩峯對插。兩獸齊搏矣。偏要先通此一線。把楊志略一放倒。便讓出魯達頭來。及至鬪到四五十合。却又先是魯達叫住。則又放倒魯達。仍收回楊志本文。此史家相讓之法也。楊志叫道、你是那里來的僧人、那和尚也不回說輪起手中禪杖只顧打來、久別師兄。便失記威儀矣。一句寫來。不覺全身都現。楊志道、怎奈這禿廝無禮、且把他來出口氣、挺起手中朴刀來迎那和尚、兩箇就林子裏、一來一往、一上一下、兩箇放對直鬪到四五十合不分勝敗、那和尚賣箇破

綻托地跳出圈子外來喝一聲且歇師兄威儀誠乃可愛可惜

久別幾至忘之。寫魯達仍舊是魯達妙筆。兩箇都住了手楊志暗暗

地喝采道那里來的這箇和尚眞箇好本事手段

高俺却剛剛地只敵得他住魯達本事前林冲歎之矣今楊志又歎之

至云自巳剛剛敵得他住則是楊志本事林冲歎之魯達歎之楊志亦自歎之也那和尚

叫道兀那靑面漢子你是甚麼人楊志道洒家是

東京制使楊志的便是那和尚道你不是在東京

賣刀殺了破落戶牛二的楊志道你不見俺臉上

金印、那和尚笑道、却原來在這裏相見、楊志道、不敢問師兄却是誰、緣何知道洒家賣刀、那和尚道、洒家不是別人、俺是延安府老种經略相公帳前軍官魯提轄的便是、爲因三拳打死了鎮關西、却去五臺山淨髮爲僧、人見洒家背上有花繡、都叫俺做花和尚魯智深、楊志笑道、原來是自家鄉里、俺在江湖上、多聞師兄大名、聽得說、道師兄在大相國寺裏掛搭、如今何故來在這里、魯智深道、二

言難盡、酒家在大相國寺管菜園遇着那豹子頭

○○林冲○陡然又提出林冲來。○林冲實不在此書中。而忽然生出曹正自稱林冲徒弟。於是楊志自述遇見林冲。魯達又述遇見林冲。一時遂令林冲身雖不在。而神采奕奕。兼使楊魯二人。遂得加倍親熱。不獨以同鄉爲投分也。此辟如二龍性各不馴。必得禹王金鎖。方得制之。一處。今楊志魯達。如二孽龍。必不相能。作者憑空以林冲爲之金鎖。而又巧借曹正以爲貫索之鑾奴。嗚呼。二龍之居一山。其鎖乃遙在水泊。試思作者之胸中。其才調爲何如也。

被高太尉要陷害他性命、俺却路見不平、直送他到滄州、救了他一命不想那兩箇防送公人回來對高俅那厮說道

正要在野豬林裏結果林冲却被大相國寺魯智深救了那和尚直送到滄州因此害他不得這直娘賊恨殺洒家分付寺裏長老不許俺掛搭又差人來提洒家却得一夥潑皮通報不曾着了那廝的手喫俺一把火燒了那菜園裏廨宇（前文林冲到滄州。公人回來。未有下落。魯達松林中別了林冲。重到不重到菜園。未有下落。却於此處補完。妙絕。）逃走在江湖上東又不着西又不着來到孟州十字坡過險些兒被箇酒店裏婦人害了性命把酒家

着蒙汗藥麻翻了得他的丈夫歸來得早見了酒家這般模樣又看了俺的禪杖戒刀喫驚此一句。作者直

抵上文林冲二字用。其精神氣色。有跌躍擲霍之勢。不望讀者能自知之。但望讀者能牢記之足矣。

○牢記此句。俟後武松文中對看也。連忙把解藥救俺醒來因問起酒家名字留住俺過了幾日結義酒家做了弟兄那人夫妻兩箇亦是江湖上好漢有名的都叫他做菜園子張青出一菜園。遇一菜園。點筆成趣。其妻母藥叉孫二娘甚是好義氣一住四五日如此一段奇文。却不正寫。只用兩番口中

敘述而出。此非爲魯達巳於此地得遇楊志。苟欲追記。則筆墨遼越。苟不追記。則情事疎漏。於是不得巳。而勉出於口中敘述。以圖草草塞責也。蓋楊志魯達。各自千里怒龍。遥遥奔赴。却被曹正輕輕閃出林冲。鎖住一處。固巳。乃今作者胸中巳預欲爲武松作地。夫武松之於魯達。亦復千里二龍。遥遥奔赴。今欲鎖之。則仗何人鎖之。復用何法鎖之乎。預藏下張青夫婦以爲貫索之蠻奴。而反以禪杖戒刀爲金鎖。嗚呼。作者胸中之才調。爲何如也。

打聽得這里二龍山寶珠寺、可以安身、酒家特地來逩那鄧龍入夥、叵耐那厮不肯安着酒家在這山上、和俺厮併、又敵酒家不過、只把這山下三座關牢牢地拴住、又沒別

路上去那撮鳥繇你叫罵只是不下來厮殺氣得

酒家正苦在這里沒箇委結（旣用林冲作鎖便務要寫得與林冲一般）

不想却是大哥來楊志大喜兩箇就林子裏剪拂

了就地坐了一夜楊志訴說賣刀殺死了牛二的

事并解生辰綱失陷一節都備細說了又說曹正

指點來此一事便道旣是閉了關隘俺們住在這

里如何得他下來不若且去曹正家商議兩箇厮

趕着行離了那林子來到曹正酒店裏楊志引魯

智深與他相見了曹正慌忙置酒相待商量要打二龍山一事曹正道若是端的閉了關時休說道你二位便有一萬軍馬也上去不得（非贊鄧龍之二龍山贊楊魯之二龍山也）似此只可智取不可力求魯智深道𡆠耐那撮鳥初投他時只在關外相見因不留俺廝併起來那廝小肚上被俺一脚點翻了却待要結果了他性命被他那里人多救了上山去閉了這鳥關隘你自在下面罵只是不肯下來厮殺楊志道

一路皆聽曹正處盡明曹正爲三漢之關筍合縫入也

既然好去處、俺和你如何不用心去打、魯智深道、便是沒做箇道理上去、奈何不得他、曹正道、小人有條計策、不知中二位意也不中、楊志道、願聞良策、則箇、曹正道、制使也休這般打扮、只照依小人這里近村莊家穿着、小人把這位師父禪杖戒刀都拿了、却叫小人的妻弟帶幾箇火家、直送到那山下、把一條索子綁了師父、小人自會做活結頭、却去山下叫道、我們近村開酒店莊家、這和尚來我店中喫酒喫得大醉了不肯還錢（四字捎帶楊志。趣絕。口）裏說道去報人來打你山寨因此我們聽得乘他醉了把他綁縛在這里獻與大王那廝必然放我們上山去到得他山寨裏面見鄧龍時把索子拽脫了活結頭小人便遞過禪杖與師父你兩箇好漢一發上那廝走往那里去若結果了他時以下的人不敢不伏此計若何魯智深楊志齊道妙哉妙哉當晚眾人喫了酒食又安排了些路上乾糧細。次日五更起來，眾人都喫得飽了，魯智深的行李包裹都寄放在曹正家。細中之細。只因一句魯達寄包裹，便將楊志關上失事店中賒酒等事忽然襯出，令讀者已忘了又提着也。當日楊志、魯智深、曹正帶了小舅，并五七箇莊家，取路投二龍山來。晌午後直到林子裏，脫了衣裳，把魯智深用活結頭使索子綁了。林子二字細。不然，讀者竟謂從曹正家直綁至二龍山矣，成何說話耶。教兩箇莊家牢牢地牽着索頭。楊志戴了遮日頭涼笠兒，身穿破布衫，手裏倒提着朴刀。倒提妙。只如備而不用者。曹正拿着他的禪杖、衆人都提着棍棒、在前後簇擁着、到得山下、看那關時、都攏着强弩硬弓、灰瓶砲石、小嘍囉在關上看見綁得這箇和尚來、飛也似報上山去。多樣時三字。寫鄧龍也。卻活寫出王倫。然亦活寫出天下人矣。只見兩箇小頭目上關來問道、你等何處人、來我這里做甚麽、那里捉得這箇和尚來、曹正荅道、小人等是這山下近村莊家、開着一箇小酒店、這箇胖和尚不時來我店中喫酒、喫得大醉、不肯還錢、口裏說道、要去梁山泊叫千百箇人來打此二龍山、和你這近村坊都洗蕩了、因此小人只得又將好酒請他、灌得醉了、一條索子綁縛這廝來獻與大王、表我等村鄰孝順之心、免得村中後患兩箇小頭目聽了這話、歡天喜地、說道好了、衆人在此少待一時、兩箇小頭目就上山來報知鄧龍說拿得那胖和尚來、鄧龍聽了大喜、叫解上山來且取這廝的心肝來做下酒、消我這點冤仇之恨小嘍囉得令來把關隘門開了、便叫送上來、楊志曹正緊押魯智深解上山來、看那三座關時、看得是。一者初到。不得不看。二乃即刻便是兩位豪傑安身立命之處。脫使屯札不得。將天下萬世讀至此者。無不憂得好苦。故特順着筆勢。一路看進去。所以深慰後人。不勞相念。實實魯達楊志。已占下一座好窟穴也。端的嶮峻、兩下高山環繞將來、包住這座寺、山峰生得雄壯、中間只一條路上關來、三重關上、擺着擂木砲石、硬弩強弓、苦竹鎗密密地攢着、過得三處關閘、來到寶珠寺前看時、三座殿門、一段鏡面也似平地週遭都是木柵爲城寺前山門下立着七八箇小嘍囉看見縛得魯智深來都指手罵道你這禿驢傷了大王今日也喫拿了慢慢的碎割了這廝魯智深只不做聲押到佛殿看時殿上都把佛來擡去了中間放着一把虎皮交椅衆多小嘍囉拿着鎗棒立在兩邊少刻只見兩箇小嘍囉扶出鄧龍來扶出二字顯是踢傷坐在交椅上曹正楊志緊緊地幇着魯智深到階下鄧龍道你那廝禿

驢前日點翻了我、傷了小腹、至今青腫未消、今日也有見我的時節、魯智深睜圓怪眼大喝一聲撮鳥休走兩箇莊家把索頭只一拽拽脫了活結頭散開索子魯智深就曹正手裏接過禪杖雲飛輪動楊志撇了凉笠兒倒轉手中朴刀曹正又輪起桿棒衆莊家一齊發作併力向前極忙文寫得極明畫鄧龍急待掙扎時、早被魯智深一禪杖當頭打着、把腦蓋劈作兩半箇、和交椅都打碎了、手下的小嘍囉、早被楊志搠翻了四五箇曹正叫道都來投降若不從者便行掃除處死如此兩箇大漢却是曹正一人正名定位固知捉刀者真英雄也寺前寺後五六百小嘍囉并幾箇小頭目驚嚇得呆了只得都來歸降投伏隨即叫把鄧龍等屍首扛擡去後山燒化了了一面簡點倉廒整頓房舍再去看那寺後有多少物件非表魯楊二人經緯乃深表二龍山實是雄鎮足可安身立命耳且把酒肉安排些來喫魯智深并楊志做了山寨之主置酒設宴慶賞小嘍囉

們盡皆投伏了、仍設小頭目管領、曹正別了二位好漢、領了莊家自回家去了、不在話下、魯達行李包裹寄曹正家。却漏送來。却說那押生辰綱老都管并這幾箇廂禁軍、曉行午住、這回得自在。○驀地又變出四字。却令前文苦熱。兜的一現。赶回北京、到得梁中書府、直至廳前、齊齊都拜翻在地下告罪、梁中書道、你們路上辛苦、多虧了你衆人、又問楊提轄何在、衆人告道、不可說、這人是箇大○膽二字收闘上失事。○○忘恩二字收東郭爭功。的賊、自離了此間五

七日後行得到黃泥岡天氣大熱都在林子裏歇
涼不想楊志和七箇賊人通同假裝做販棗子客
商楊志約會與他做一路先推七輛江州車兒在
這黃泥岡上松林裏等候却叫一箇漢子挑一擔
酒來岡子上歇下小的衆人不合買他酒喫被那
厮把蒙汗藥都麻翻了又將索子綑縛衆人楊志
和那七箇賊人却把生辰綱財寶并行李盡裝載
車上將了去見今去本管濟州府呈告了留兩箇

此段凡用四箇大驚字



虞候在那里隨衙聽候捉拿賊人。寫得有處分。小人等衆人星夜赶回來告知恩相。梁中書聽了大驚，聽了大驚。罵道：這賊配軍，你是犯罪的囚徒，我一力擡舉你成人，怎敢做這等不仁忘恩的事！我若拿住他時，碎屍萬段。隨即便喚書吏寫了文書，當時差人星夜來濟州投下。濟州下書是下文緊筍。東京下書是上文餘波。不得做一例讀去。○又東京下書報與太師。太師星夜差幹辦來濟州捉賊。則緊筍反緩。緩筍反緊。又不可不知也。又寫一封家書，着人也連夜上東京報與太師知道且不說差人去濟州下公文只說着人上東京來到太師府報知見了太師呈上書札蔡太師看了大驚（看了大驚）道這班賊人甚是膽大去年將我女壻送來的禮物打劫去了至今未獲今年又來無禮如何干罷隨即押了一紙公文着一箇府幹親自齎了星夜望濟州來着落府尹立等捉拿這夥賊人便要回報（北京東京雙逼濟州如何不弄出來）且說濟州府尹自從受了北京大名府留守司梁中書札付每日

理論不下、正憂悶間只見門吏報道、東京太師府裏差府幹見到廳前、有緊急公文要見相公、府尹聽得大驚、聽得大驚。○梁中書聽得強盜情繇。大驚。府尹聽得太師府幹。大驚。蔡太師看見申報強盜。大驚。府尹看了太師鈞帖。太驚。四大驚字。連珠寫出。痛罵不小。道多管是生辰綱的事、慌忙陞廳來與府幹相見了、說道這件事下官已受了梁府虞候的狀子、已經差緝捕的人、跟捉賊人、未見蹤跡、前日留守司又差人行劄付到來、又經着仰尉司、并緝捕觀察、杖限跟捉、

未曾得獲、若有些動靜消息、下官親到相府回話、
府幹道、小人是太師府裏心腹人、今奉太師鈞旨、
特差來這里要這一干人、臨行時太師親自分付、
教小人到本府、只就州衙裏宿歇、（奇語）立等相公要
拿這七箇販棗子的、并賣酒一人、在逃軍官楊志、
各賊正身、限在十日捉拿完備、差人解赴東京、若
十日不獲得這件公事、時怕不先來請相公去沙
門島走一遭、小人也難回太師府裏去、性命亦不

知如何相公不信請看太師府裏行來的鈞帖府尹看罷大驚（看罷大驚）隨即便喚緝捕人等只見階下一人聲喏立在簾前太守道你是甚人那人稟道小人是三都緝捕使臣何濤太守道前日黃泥岡上打刼了去的生辰綱是你該管麼何濤答道稟覆相公何濤自從領了這件公事晝夜無眠差下本管眼明手快的公人去黃泥岡上往來緝捕雖是累經杖責到今未見蹤跡非是何濤怠慢官府

太師責府尹府尹責觀察觀察責公人看他一路鷺翎鄆下

實出於無奈府尹喝道胡說上不緊則下慢我自進士出身歷任到這一郡諸侯非同容易（好貨）今日東京太師府差一幹辦來到這里領太師台旨限十日內須要捕獲各賊正身完備解京若還違了限次我非止罷官必陷我投沙門島走一遭你是箇緝捕使臣倒不用心以致禍及於我先把你這厮迭配遠惡軍州雁飛不到去處便喚過文筆匠來去何濤臉上刺下迭配州字樣空着甚處州名

奇語。發落道、何濤你若獲不得賊人、重罪决不饒恕、何濤領了台旨、下廳前來到使臣房裏、會集許多做公的、都到機密房中商議公事、衆做公的都面面相覷、如箭穿雁嘴、鈎搭魚腮、寫來如畫。盡無言語、何濤道、你們閒常時都在這房裏撰錢使用、如今有此一事難捉、都不做聲、你衆人也可憐我臉上刺的字樣、衆人道、上覆觀察、小人們人非草木、豈不省得、只是這一夥做客商的、必是他州外府深山曠野强人遇着一時刼了他的財寶自去山寨裏快活如何拿得着便是知道也只看得他一看何濤聽了當初只有五分煩惱見說了這話又添了五分煩惱自離了使臣房裏上馬回到家中把馬牽去後槽上拴了獨自一箇○○○○酒肉兄弟既去同胞合母未來讀況也永歎烝也無戎二語真有淚如泉涌之痛悶悶不已只見老婆問道丈夫你如何今日這般嘴臉何濤道你不知前日太守委我一紙批文爲因黃泥岡上一夥賊人打刼

了梁中書與丈人蔡太師慶生辰的金珠寶貝計十一擔正不知是甚麼樣人打劫了去我自從領了這道鈞批到今未曾得獲今日正去轉限不想太師府又差幹辦來立等要拿這一夥賊人解京太守問我賊人消息我回覆道未見次第不曾獲得府尹將我臉上刺下迭配空一字州字樣只不曾填甚去處在後知我性命如何老婆道似此怎地好句。却是如何得了句。○說出兩句。却只是一正句。寫婦人着急情意如畫。

說之間、只見兄弟何清來望哥哥、何濤道、你○一你字可歎。何不叫他一聲兄弟耶。來做甚麼、不去賭錢、却來怎地、忽然接入何清。恐太急迫矣。故反借悶中惱人意思。特特推開去。却又隨手帶出賭錢二字來。妙絕。何濤、的妻子乖覺、連忙招手、何清若無線索。書中何用他來。來而便說線索。又多見江郎才盡也。此特反用何濤敫惱何清開去。而再用妻子收轉之。乖覺二字。蓋作者暗入之辭。不必眞謂此婦乖覺如何也。說道、阿叔、你且來廚下和你說話、何清當時跟了嫂嫂、進到廚下坐了、嫂嫂安排些酒肉菜蔬、盪幾杯酒、請何清喫、何清問嫂嫂道、哥哥

卷二十一

何清與何嫂交口另作一篇小文讀蓋棠棣之詩遜其婉切矣



忒殺欺負人、我不中也是你一箇親兄弟、（眞說得痛）你便奢遮殺到底是我親哥哥（眞說得痛）便叫我一處喫盞酒有甚麼辱沒了你（眞說得痛）阿嫂道、阿叔你不知道、你哥哥心裏自過活不得哩、何清道、哥每日起了大錢大物、那里去了、做兄弟的又不來有甚麼過活不得處（眞說得痛）阿嫂道、你不知、爲這黃泥岡上、前日一夥販棗子的客人、打劫了北京梁中書慶賀蔡太師的生辰綱去、如今濟州府尹奉着太師鈞吉限十日內定要捉拿各賊解京若還捉不着正身時便要刺配遠惡軍州去你不見你哥哥先喫府尹刺了臉上迭配州字樣只不曾塡甚麼去處早晚捉不着得實是受苦他如何有心和你喫酒我却巳安排些酒食與你喫他悶了幾時了你却怪他不得何淸道我也誹誹地聽得人說道有賊打劫了生辰綱去正在那里地面上好。知而故問者。深表哥哥之不交一言也。阿嫂道只聽得說道黃泥岡上何淸

道却是甚麼樣人刼了好阿嫂道叔叔你又不醉
我纔方說了是七箇販棗子的客人打刼了去何
清呵呵的大笑道原來恁地既道是販棗子的客
人了却悶怎地何不差精細的人去捉說得離合跳躍可喜
阿嫂道你倒說得好便是沒捉處何清笑道嫂嫂
倒要你憂哥哥放着常來的一班兒好酒肉弟兄
痛閑常不偢的是親兄弟痛今日纔有事便叫沒
捉處若是教兄弟閑常捱得幾杯酒喫痛今日這

夥小賊倒有箇商量處可謂應以哥哥得度者即現兄弟而爲說法矣。阿嫂道：阿叔，你倒敢知得些風路。何清笑道：直等親哥臨危之際，兄弟或者有箇道理救他。寫得離合跳躍可喜。說了便起身要去，筆如鷙鷹脫兔，其勢駭人。阿嫂留住再喫兩杯。那婦人聽了這話，說得蹺蹊，慌忙來對丈夫備細說了。何濤連忙叫請兄弟到面前，亦有今日。何濤陪着笑臉說道：兄弟，久不聞此二字，寫得痛人。你既知此賊去向，如何不救我？何清道：我不知甚麼來歷，我自和嫂子說耍兄弟何曾救得哥哥罵得好。說得透。兄弟哥哥四字是一篇文字骨子。兄弟何曾救得哥哥。乃通說天下哥哥不要兄弟之故。非何清自謙救不得何濤也。何濤道好兄弟三字可歎。自兄弟二字上。增出一好字。而天下哥哥之不以兄弟爲兄弟也久矣。夫兄弟即安有不好者哉。休得耍看冷煖只想我日常的好處休記我閒時的歹處二語。亦是陪笑急辭耳。夫哥哥兄弟。有何好處。有何歹處。只須嘗情足矣。固知二語。定非何清之所願聞也。救我這條性命何清道哥哥你別有許多眼明手快的公人管下三二百箇何不與哥哥出些氣力說得透。罵得好。量一箇兄弟怎救得哥哥（說得透。罵得好。）何濤道兄弟（可歎。只管休叫兄弟了。）說他們你的話眼裏有些門路休要把與別人做好漢（何清不願聞。）你且說與我些去向我自有補報你處（何清不願聞。）正教我怎地心寬何濤道有甚麼去向兄弟不省的（此篇特爲兄弟吐氣。故上文何濤說話不合。何清便更不肯。文非他文愈急愈縱之比也。）何濤道你不要慪我只看同胞共母之面（此句却說人何清本懷。故下文便肯相許。作者眞有人倫之責。天下萬世。其奈何不讀水滸也。）何清道不要慌且待到至急處兄弟自來出些氣力拿這廝小賊阿嫂便道阿叔胡亂救你哥哥也是弟兄情分此四字是何清一片心事是作者如一團隱痛是一篇文字結穴處今被太師府鈞帖立等要這一干人天來大事你卻說小賊何清道嫂嫂你須知我只爲賭錢上喫哥哥多少打罵我是怕哥哥不敢和哥哥爭涉閒嘗有酒有食只和別人快活今日兄弟也有用處說得透罵得好言之至再至三者亦所以慂發棠棣一章也何濤見他話眼有些來歷慌忙取一箇十兩銀子放在卓上說道兄弟

權將這錠銀收了、日後捕得賊人時、金銀段疋賞賜我、一力包辦、何清笑道、哥哥正是急來抱佛脚、閒時不燒香（痛語）、我若要哥哥銀子時、便是兄弟勒措哥了（痛語）、快把去收了、不要將來賺我（痛語）、哥若如此、我便不說（痛語）、既是哥兩口兒我行陪話（痛語）、我說與哥不要把銀子出來驚我（痛語）、何濤道、銀兩都是官司信賞出的、如何沒三五百貫錢、兄弟你休推却、我且問你、這夥賊却在那里有些來歷、何清指着大腿道這廝賊我都捉在便袋裏了。奇文。何濤大驚道兄弟你如何說這廝賊在你便袋裏何清道哥哥只莫管我自都有在這里便了哥只把銀子收了去不要將來賺我只要嘗情便了痛語○作者痛殺讀者亦痛殺○不要痛殺只要嘗情便好。何清不慌不忙却說出來有分教鄆城縣裏引出仗義英雄梁山泊中聚起擎天好漢畢竟何清說出甚人來且聽下回分解

第五才子書施耐菴水滸傳卷之二十一

(明)施耐庵　撰　(清)金聖歎　批

# 貫華堂本水滸傳

第二册

國家圖書館出版社

# 第二册目録

第五才子書施耐菴水滸傳卷之七

聖歎外書

第二回

史大郎夜走華陰縣

魯提轄拳打鎮關西

此回方寫過史進英雄○○○○○○○○○接手便寫魯達英雄○○○○○○○○○方寫過史進麄糙○○○○○○○○○接手便寫魯達麄糙○○○○○○○○○方寫過史進爽利○○○○○○○○接手便寫魯達爽利○○○○○○○方寫過史

進剗直接手便寫魯達剗直作者蓋特地走此險路以顯自家筆力讀者亦當處處看他所以定是兩箇人定不是一箇人處毋負良史苦心也

一百八人爲頭先是史進一箇出名領衆作者却於少華山上特地爲之表白一遍云我要討箇出身求半世快活如何肯把父母遺體便點污了嗟乎此豈獨史進一人之初心

實惟一百八人之初心也蓋自一副才調無處擺劃一塊氣力無處出脫而鷙鷔之性既不肯以伏死田塍而又有其狡猾之尤者起而乘勢呼聚之而於是討箇出身既不可望點污清白遂所不惜而一百八人乃盡入於水泊矣嗟乎才調皆朝廷之才調也氣力皆疆場之氣力也必不得已而盡入於水泊是誰之過也

史進本題只是要到老种經畧相公處尋師父王進耳忽然一轉却就老种經畧相公外另變出一箇小种經畧相公來就師父王進外另變出一箇師父李忠來讀之眞如絳雲在霄伸卷萬象非復一目之所得定也

寫魯達爲人處一片熱血直噴出來令人讀之深愧虛生世上不曾爲人出力孔子云詩可以興吾於稗官亦云矣

打鄭屠忙極矣卻處處夾叙小二報信然第一段只是小二一箇第二段小二外又陪出買肉主顧第三段又添出過路的人不直文倩如綺并事倩亦如鏡我欲刳視其心矣

話說當時史進道卻怎生是好朱武等三箇頭領跪下道哥哥你是乾淨的人休爲我等連累了大郎可把索來綁縛我三箇出去請賞免得負累了你不好看如此疑忌何以謂之神機軍師只因此文獨表史進便不免相借一襯并真朱

武出醜也。史進道、如何使得。恁地時是我賺你們來捉你請賞、枉惹天下人笑。若是死時、我與你們同死、活時同活。口齒明快。表盡大郎生平。你等起來、放心、別作圓便、且等我問箇來歷情繇。史進上梯子問道、你兩箇何故半夜三更來劫我莊上。反責之。妙絕。○寫史進嘔氣慣。如畫。兩箇都頭道、大郎、你兀自賴哩。見有原告人李吉在這里。史進喝道、李吉、你如何誣告平人。反責之。妙絕。李吉應道、我本不知、林子裏拾得王四的回書、一時閒把在縣前看（怕史進語）因此事發史進叫王四問道你說無回書如何却又有書王四道便是小人一時醉了忘記了回書史進大喝道畜生却怎生好外面都頭人等懼怕史進了得不敢進入莊裏來捉人三箇頭領把手指道且答應外面（如畫）史進會意在梯子上叫道你兩箇都頭都不必鬧動權退一步我自綁縛出來解官請賞那兩箇都頭都怕史進只得應道我們都是沒事的等你綁出來同

去請賞史進下梯子來到廳前先叫王四帶進後園把來一刀殺了（了王四）喝教許多莊客把莊裏有的沒的細軟等物即便收拾盡教打疊起了一壁點起三四十箇火把莊裏史進和三箇頭領全身披掛鎗架上（顯得三人不曾帶來）各人跨了腰刀拿了朴刀拽扎起把莊後草屋點着莊客各自打拴了包裹外面見裏面火起都奔來後面看史進却就中堂又放起火來大開莊門吶聲喊殺將出來史進當

頭（四字獨表史進）朱武楊春在中、陳達在後、和小嘍囉并莊客一衝一撞、指東殺西、史進却是箇大蟲、那里攔當得住（寫得有聲勢）後面火光亂起、殺開條路、衝將出來、正迎着兩箇都頭并李吉（筆勢迅疾）史進見了大怒、讐人相見、分外眼明、兩箇都頭見頭勢不好、轉身便走、李吉也却待回身、史進早到、手起一刀、把李吉斬做兩段（了李吉）兩箇都頭正待走時、陳達楊春趕上、一家一朴刀、結果了兩箇性命（此處殺李吉、不殺兩都頭可也。只是不殺。便要來趕。便費周旋。不若殺却。令文字乾淨。○首史進者。史進殺之。提陳達楊春者。陳達楊春殺之。獨不及朱武者。所謂藏機於不用。早爲軍師留身分也。縣尉驚得

跑馬走回去了。衆士兵那裏敢向前。各自逃命散

了。不知去向。縣尉士兵放過。又乾淨。史進引着一行人且殺

且走。直到少華山上寨內坐下。喘息方定。朱武等

忙叫小嘍囉一面殺牛宰馬。賀喜飲宴。不在話下。

○○○○一連過了幾日。史進尋思。四字。轉出一部書來。一時間要救

三人放火燒了莊院。雖是有些細軟家財。粗重什

物盡皆沒了、心內躊躇在此不了、開言對朱武等○○○○○○○○說道我的師父王教頭開言便是師父王教頭。表盡史進不忘其本。真可作一部大書領袖也。○我的師父王教頭。開言便是此七箇字。更無他句可以先之。史進胸中。有老大學問。一筆遂已寫盡。在關西經略府勾當、我先要去尋他只因父親死了、不曾去得、今來家私莊院廢盡、我如今要去尋他、朱武三人道、哥哥休去、只在我寨中且過幾時、又作商議、若哥哥不願落草時、待平靜了、小弟們與哥哥重整莊院、再作良民、史進道雖是你們的好情分只是我今去意難留我若尋得師父也要那里討箇出身求半世快樂可見英雄初念亦止要討箇出身求半世快樂耳必欲毆之盡入水泊是誰之過歟○此句是一百八人初心朱武道哥哥便在此間做箇寨主却不快活只恐寨小不堪歇馬史進道我是箇清白好漢如何肯把父母遺體來點汚了王進教法○乃所願則學王進也○此句爲一百八人提出來心○賊之玉壺亦不單表史進你勸我落草再也休題史進住了幾日定要去朱武等苦留不住史進帶去的莊客

都留在山寨了史只自收拾了些散碎銀兩打拴
一箇包裹餘者多的盡數寄留在山寨史進頭帶
白范陽氊大帽上撒一撮紅纓帽兒下裹一頂渾
青抓角軟頭巾項上明黃縷帶身穿一領白紵絲
兩上領戰袍腰繫一條搽五指梅紅攢線搭膊青
白間道行纏絞腳襯着踏山透土多耳麻鞋跨一
口銅鈸磬口鴈翎刀背上包裹提了朴刀辭別朱
武等三人衆多小嘍囉都送下山來朱武等灑淚

○○而別（眞淚。與前攀着兩眼淚。當有不同。）自回山寨去了。只說史進提了朴刀。離了少華山。取路投關西五路。望延安府路上來。免不得饑食渴飲。夜住曉行。獨自行了半月之上。來到渭州。這里也有一箇經畧府。莫非師父王教頭在這里。（出筆有牛鬼蛇神之法。令人猜測不出。○這里二字上。省却史進道三字。）史進便入城來看時。依然有六街三市。只見一箇小小茶坊。正在路口。史進便入茶坊裏來。揀一副坐位坐了。茶博士問道。客官喫甚茶。史進

凡接寫兩人全身打扮處皆就衣服製度顏色

道喫箇泡茶茶博士點箇泡茶放在史進面前史進問道這里經畧府在何處茶博士道只在前面便是史進道借問經畧府內有箇東京來的教頭王進麼茶博士道這府裏教頭極多有三四箇姓王的不知那箇是王進（答得胡塗便留住史進脚）道猶未了只見一箇大漢大踏步竟入進茶坊裏來史進看他時是箇軍官模樣頭裹芝麻羅萬字頂頭巾腦後兩箇太原府紐絲金環上穿一領鸚哥綠紵絲戰

上互相炤耀以成奇景

袍、腰繫一條文武雙股鴉青絛、足穿一雙鷹爪皮四縫乾黄靴、生得面圓耳大、鼻直口方、腮邊一部貉𧳜鬍鬚、身長八尺、腰闊十圍、那人入到茶坊裏面坐下、茶博士道、客官要尋王教頭只問這位提轄便都認得、史進忙起身施禮道、官人請坐拜茶、○那人見史進長大魁偉像條好漢便來與他施禮○

像條好漢、方與施禮、甚矣、英雄之惜施禮也、若小人處處施禮、亦獨何哉、

兩箇坐下史進道、小人大膽、敢問官人高姓大名、那人道酒家

是經略府提轄、姓魯、諱箇達字、敢問阿哥○○看得上眼、便叫阿哥、妙絕。你姓甚麼、史進道、小人是華州華陰縣人氏、姓史名進、請問官人、小人有箇師父是東京八十萬禁軍教頭姓王名進不知在此經略府中有也無。魯達緊緊只問史進、史進緊緊只問王進、寫魯得一箇心頭、一箇眼裏、各自有事、極其精神。提轄道、阿哥、你莫不是史家村甚麼九紋龍史大郎。全不答王進、只是問史進、妙絕。○甚麼妙、寫出聞名時不肯便伏心事。史進拜道得一人知我名、便不惜拜之、寫盡史進少年自喜。小人便是魯提轄連忙

還禮〈亦寫出格相待〉說道聞名不如見面見面勝似聞名

〈絕妙好辭〉你要尋王教頭莫不是在東京惡了高太尉的王進〈直到此處方纔放下史進答還王進筆法奇崛之極○惡得高太尉實是一件事〉

史進道正是那人魯達道俺也聞他名字那箇阿哥〈還望叫阿哥妙絕〉不在這里酒家聽得說他在延安府老种經畧相公處勾當〈老种小种真是奇文〉俺這渭州却是小种經畧相公鎮守〈奇文○讀老种相公却到小种相公治下尋師父王進却與師父李忠相遇皆憑空變幻之文〉那人不在這里你既是史大郎

時（既是史大郎五字子奪在手○甫答王進仍接史進寫得魯達愛才之極）多聞你的好名字你且和我上街去喫杯酒（豪傑之酒榮於華袞）魯提轄挽了史進的手（看他何等親熱）便出茶坊來魯達回頭道茶錢酒家自還你（欠一處茶錢）茶博士應道提轄但喫不妨只顧去兩箇挽了胳膊出得茶坊來上街行得三五十步只見一簇衆人圍住白地上史進道兄長我們看一看（寫史進少年好事）分開人衆看時中間裹一箇人仗着十來條桿棒地上攤着十數箇

膏藥一盤子盛着插把紙標兒在上面却原來是江湖上使鎗棒賣藥的史進看了却認得他原來是教史進開手的師父（尋不着一箇師父却尋着一箇師父此師父前並不見彼師父後並不見真正奇絶妙絶之文此文與前小种經畧相公一段對看作章法）叫做打虎將李忠史進就人叢中叫道師父多時不見李忠道賢弟如何到這裏魯提轄道既是史大郎的師父（既是史大郎的師父予奪在手）也和俺去喫三杯（榮哉）李忠道待小子賣了膏藥討了回錢一同和提轄去（小

間寫魯達便又有魯達一段性情氣槩令人耳

魯達道誰奈煩等你去便同去（妙）李忠道小人的衣飯無計奈何提轄先行小人便尋將來賢弟你和提轄先行一步（又照顧史進）魯達焦躁把那看的人一推一交罵道這廝們夾着屁眼撒開不去的酒家便打衆人見是魯提轄一鬨都走了（如畫）李忠見魯達兇猛敢怒而不敢言只得陪笑道好急性的人（如畫又小）當下收拾了行頭藥囊寄頓了鎗棒三箇人轉灣抹角來到州橋之下一箇潘家有名的

日一換也看他一箇人便有一樣出色處眞與史公並驅矣更不極意寫史進者此處專寫魯達史進便是陪客也

酒店門前挑出望竿掛着酒旆漾在空中飄蕩三人來到潘家酒樓上揀箇濟楚閣兒裏坐下提轄坐了主位李忠對席史進下首坐了酒保唱了喏認得是魯提轄便道提轄官人打多少酒魯達道先打四角酒來一面鋪下菜蔬果品按酒又問道官人喫甚下飯魯達道問甚麽句但有句只顧賣來一發算錢還你句這廝句只顧來聒噪妙哉此公令人神往酒保下去隨即盪酒上來但是下口肉食只顧

將來擺一桌子三箇酒至數杯正說些閒話較量些鎗法說得入港只聽得隔壁閣子裏有人哽哽咽咽啼哭奇文魯達焦躁便把碟兒盞兒都丢在樓板上寫魯達酒保聽得慌忙上來看時見魯提轄氣憤憤地如畫酒保抄手道官人要甚東西分付賣來魯達道酒家要甚麼接口如畫你也須認得酒家看他托大語寫來如畫卻恁地教甚麼人在間壁吱吱的哭攪俺弟兄們喫酒酒家須不曾少了你酒錢酒保道官

人息怒、小人怎敢教人啼哭、打攪官人喫酒、這箇哭的、是綽酒座兒唱的父子兩人、不知官人們在此喫酒、一時間自苦了啼哭、魯提轄道、可是作怪、你與我喚得他來、酒保去叫、不多時、只見兩箇到來、前面一箇十八九歲的婦人、背後一箇五六十歲的老兒、手裏拿串拍板、都來到面前、看那婦人、雖無十分的容貌、也有些動人的顏色、拭着淚眼、向前來深深的道了三箇萬福、那老兒也都

寫魯達。

相見了。曾達問道。你兩箇是那里人家。爲甚啼哭。那婦人便道（先是婦人說）。官人不知。容奴告稟。奴家是東京人氏。因同父母來這渭州。投奔親眷。不想搬移南京去了。母親在客店裏染病身故。子父二人流落在此生受。此間有箇財主。叫做鎮關西鄭大官人。因見奴家。便使強媒硬保。要奴作妾。誰想寫了三千貫文書。虛錢實契。要了奴家身體。未及三箇月。他家大娘子好生利害。將奴趕打出來。不容完聚着落店主人家追要原典身錢三千貫父親懦弱和他爭執不得他又有錢有勢當初不曾得他一文如今那討錢來還他沒計奈何父親自小教得奴家些小曲兒來這里酒樓上趕座子每日但得些錢來將大半還他留些少子父們盤纏這兩日酒客稀少違了他錢限怕他來討時受他羞恥子父們想起這苦楚來無處告訴因此啼哭不想誤觸犯了官人望乞恕罪高擡貴手魯提轄又

看他有意無意將潘金蓮三字分作三何安放入後武松傳中忽然合攏將來此等文心都從契經中學得

問道、你姓甚麽、一句。在那箇客店裏歇、一句。那箇鎮關西鄭大官人、一句。在那里住、一句。一連問四句。寫出魯達如活。老兒答道、次是老兒答。老漢姓金、排行第二、孩兒小字翠蓮、鄭大官人、便是此間狀元橋下賣肉的鄭屠、綽號鎮關西、老漢父子兩箇只在前面東門裏魯家客店安下、魯達聽了道、呸、只一字可以抹倒天下人。俺只道那箇鄭大官人、却原來是殺猪的鄭屠、一朝發跡、便起別號、尋根討源、總成一笑也。這箇腌臢潑才、投托着俺小种經畧相公門下做箇肉鋪戶（十七字成句。上十二字，何等驚天動地。讀至下五字，忽然失笑。）却原來這等欺負人回頭看着李忠史進道你兩箇且在這里等酒家去打死了那廝便來（快人快語。覺秋後處決爲煩。）史進李忠抱住勸道哥哥息怒明日却理會兩箇三回五次勸得他住魯達又道老兒你來酒家與你些盤纏明日便回東京去如何（眼中無難事。）父子兩箇告道若是能彀回鄉去時便是重生父母再長爺娘只是店主人家如何肯放鄭大官人須着落他要錢。魯提轄道。這箇不妨事。俺自有道理。便去身邊摸出五兩來銀子。五兩。○五兩來者。約畧之辭也。一錠十兩者。一定之辭也。二兩來者。亦約畧之辭也。放在桌上。看着史進道。酒家今日不曾多帶得些出來。你有銀子借些與俺。借些妙。不知何時還。○君子之不以小人待人也。類如此矣。酒家明日便送還你。前云茶錢酒家自還你。此云酒家明日便送還你。後云酒錢酒家明日送來還你。凡三處許還。而一去代州。並不提起。作者亦更不為周旋者。蓋魯達非硜硜自好。必信必果之徒。所以不必還。而天下之人共諒之。然不必還而又非不還。故作者不得為之周旋也。史進道。直甚麼要哥哥還是史進。去包裹裏取出一錠十兩銀子○○○○○○十兩○史進銀。多似魯達一倍。非寫史進也。寫魯達所以愛史進也。放在桌上魯達看着李忠道你也借些出來與洒家○○○○○○○○○○○○○○○一視同仁。李忠去身邊摸出二兩來銀子○○○○○○○○二兩。○雖與魯達同是一摸字。兩一箇摸得快。一箇摸得慢。須知之。魯提轄看了見少便道也是箇不爽利的人真是眼中不曾見慣。魯達只把這十五兩銀子與了金老○○○○○○○○○○十五兩。○二兩之不負此數。可不爲之大哀乎。分付道你父子兩箇將去做盤纏一面收拾行李俺明日清早來發付你兩箇

起身、看那箇店主人敢留你、金老并女兒拜謝去

了、魯達把這二兩銀子丟還了李忠。勝罵・勝打・勝殺・勝剮・真好

魯達・三人再喫了兩角酒、下樓來叫道、主人家、酒錢

酒家明日送來還你。又欠一處酒錢・主人家連聲應道、提

轄只顧自去、但喫不妨、只怕提轄不來賒、三箇人

出了潘家酒肆、到街上分手、史進李忠各自投客

店去了、只說魯提轄回到經畧府前下處、到房裏

晚飯也不喫、氣憤憤地睡了。寫魯達寫出性情來・妙筆・主人家

拳打鎮關西

又不敢問他再說金老得了這一十五兩銀子回
到店中安頓了女兒先去城外遠處覓下一輛車
兒 車兒 覓了 回來收拾了行李 行李收 拾了 還了房宿錢算
清了柴米錢 都停 當了 只等來日天明 來日便去得快 了○此一畧與
明日當達坐做纔列 臁子正是一合事 當夜無事次早五更起來○子
父○兩○箇○先○打○火○做○飯○喫罷收拾了天色微明只見○
魯提轄大腳步走入店裏來 何他為人為做 何處復有此人 高聲
叫道店小二那里只是金老歇處小二道金公魯提

轄在此尋你金老開了房門道提轄官人裏面請坐魯達道坐甚麼你去便去等甚麼直截爽快何處更有此人金老引了女兒挑了擔兒作謝提轄便待出門店小二攔住道金公那里去魯達問道他少你房錢小二道小人房錢昨夜都算還了須欠鄭大官人典身錢着落在小人身上看管他哩魯提轄道鄭屠的錢酒家自還他你放這老兒還鄉去三箇字掉下人淚來那店小二那里肯放魯達大怒揸開五指去那

一路魯達文中皆用只一掌只一拳只一脚寫魯達闊綽打人亦打得闊綽

小二臉上只一掌打得那店小二口中吐血再復一拳（一掌一拳只算先做箇樣兒也。）打落兩箇當門牙齒小二扒將起來一道烟跑向店裏去躲了店主人那里敢出來攔他金老父子兩箇忙忙離了店中出城自去尋昨日覓下的車兒去了（寫得好。）且說魯達尋思（麄人偏細。妙絕。）恐怕店小二趕去攔截他且向店裏掇條凳子坐了兩箇時辰約莫金公去得遠了方纔起身（寫魯達異嘗。）逕到狀元橋來（陡然接此一句，如奇鬼肆搏，如怒龍肆攫，令我耳目震駭。且說鄭屠開着兩間門面兩副肉案懸掛着三五片猪肉鄭屠正在門前櫃身內坐定看那十來箇刀手賣肉大官人身分。魯達走到門前叫聲鄭屠叫得快。○人人稱大官人。彼亦居然大官人矣。偏要叫他一聲鄭屠鄭屠看時見是魯提轄慌忙出櫃身來唱喏畫出鄭屠道提轄恕罪便叫副手掇條櫈子來提轄請坐寫鄭屠屁滚尿流光景。總見魯達平日英雄。○看副手賣肉。叫副手掇櫈。又總寫鄭屠平日做大官人也。○○○○○○○魯達坐下道奉着經畧相公鈞旨鄭屠是相公舖戶。魯達處處以相公鈞旨壓之。妙絕。要十斤精肉切做臊子不要見半點肥的在上面（奇情）鄭屠道使頭你們快選好的切十斤去魯提轄道不要那等腌臢廝們動手你自與我切（奇情）鄭屠道說得是（妙極語）小人自切便了自去肉案上揀了十斤精肉細切做臊子那店小二把手帕包了頭正來鄭屠家報說金老之事却見魯提轄坐在肉案門邊不敢攏來只得遠遠的立住在房簷下望（此一段如何插入筆力奇矯非世所能）這鄭屠整整的自切了半箇時

辰金老去遠了。用荷葉包了道提轄教人送去極其本承語。

魯達道送甚麽鄭屠直是開口不得。寫得妙絶。且住忽然一頓。看他寫出不

好生事。曲曲生出事來。妙筆。再要十斤都是肥的不要見些精

的在上面也要切做臊子奇情。句法倒轉。鄭屠道却纔

精的怕府裏要裹餛飩肥的臊子何用實不可解。魯達

睜着眼道相公鈞旨分付洒家誰敢問他以人治人。只是

相公分付四字妙絶。鄭屠道是合用的東西嚇極生出妙語。小人切

便了又選了十斤實膘的肥肉也細細的切做臊

子。把荷葉來包了。整弄了一早辰。却得飯罷時候。金老一發遠了。○前段此句在荷葉前。此處在荷葉後。法變。那店小二那里敢過來。連那正要買肉的主顧也不敢攏來。又夾敘一句店小二。又增出一句買肉的。奇不可言。鄭屠道。着人與提轄拿了送將府裏去。魯達道。再要十斤寸金軟骨。也要細細地剁做臊子。不要見些肉在上面。一發奇情。鄭屠笑道。却不是特地來消遣我。又嚇又惱。翻出笑來。魯達聽得。跳起身來。拏着那兩包臊子在手裏。睜眼看着鄭屠說道酒家特地要消遣你把兩包臊子劈面打將去却似下了一陣的肉雨（只須鄭屠一句便疾接入真覺筆墨都跳躍而出○肉雨二字千古奇文）鄭屠大怒兩條忿氣從脚底下直衝到頂門心頭那一把無明業火焰騰騰的按捺不住從肉案上搶了一把剔骨尖刀托地跳將下來魯提轄早拔步在當街上（好筆段）衆鄰舍并十來箇火家那箇敢向前來勸（百忙中偏又要夾入店小二却反先增出鄰舍火家陪之筆力之奇矯不可言）兩邊過路的人都立住了脚（又增出一句過路人）和

那店小二也驚得呆了百忙中。處處夾店小二。眞是極忙者事。極閒者筆也。鄭屠右手拿刀左手便來要揪魯達要揪妙。所謂螳臂當車。被這魯提轄就勢按住左手提將入去望小腹上只一脚騰地踢倒在當街上魯達再入一步踏住胸脯提着那醋鉢兒大小拳頭看着這鄭屠道洒家始投老种經畧相公做到關西五路廉訪使也不枉了叫做鎭關西先叙自己一句。使之有珠玉在前之愧。你是箇賣肉的操刀屠戶恐其居之不疑。便連自家亦已忘却。故明白正告之。狗一般的人。還他等級。也叫做鎮關西。便似爭此三字者妙絕。不爭此。亦只爭此。你如何強騙了金翠蓮。撲的只一拳正打在鼻子上。第一拳在鼻子上。打得鮮血迸流。鼻子歪在半邊。卻便似開了箇油醬舖。鹹的酸的辣的一發都滾出來。鼻根味塵。真正奇文。鄭屠掙不起來。那把尖刀也丟在一邊。忽敘尖刀。口裏只叫打得好。還硬。魯達罵道。直娘賊。還敢應口。硬再打。提起拳頭來。就眼眶際眉稍只一拳。第二拳在眼眶上。打得眼稜縫裂。烏珠迸出。也似開了箇彩

帛鋪的紅的黑的紫的都綻將出來（眼根色塵真正奇文）兩
邊看的人懼怕魯提轄誰敢向前來勸（百忙中偏要再夾一
句）鄭屠當不過討饒（巳歎）魯達喝道咄你是箇破落
戶若是和俺硬到底洒家倒饒了你你如今對俺
討饒洒家偏不饒你（歎又打）又只一拳太陽上正着
（第三拳在太陽上）却似做了一箇全堂水陸的道場磬兒
鈸兒鐃兒一齊響（耳根聲塵真正奇文三段一段奇似一段）魯達看
時只見鄭屠挺在地下口裏只有出的氣沒了入

的氣動撣不得魯提轄假意道（魯達亦有假意之日•寫來偏妙•）你這廝詐死洒家再打只見面皮漸漸的變了魯達尋思道（寫麄人偏細妙絕•）俺只指望痛打這廝一頓不想三拳眞箇打死了他洒家須喫官司又沒人送飯（大丈夫快活事•他日出家•亦虧此句也•）不如及早撒開拔步便走回頭指着鄭屠屍道你詐死洒家和你慢慢理會一頭罵一頭大踏步去了（魯達亦有權詐之日•寫來偏妙•）街坊鄰舍并鄭屠的火家誰敢向前來攔他魯提轄回到下

處急急捲了些衣服盤纏細軟銀兩但是舊衣麄重都棄了提了一條齊眉短棒奔出南門一道烟走了且說鄭屠家中衆人和那報信的店小二魯達○○○○○○巳去何不報信黃之絕倒○小二惡知不自幸云賴是走得快幾以身先試之救了半日不活嗚呼死了老小鄰人逕來州衙告狀候得府尹陞廳金老之去全劇仮覺久勝了細兩番那延魯達之去亦劇候陞廳禀經畧兩番推勘接了狀子看罷道魯達係是經畧府提轄正是一樣筆法不敢擅自逕來捕捉兇身府尹隨即上轎來到經

署府前下了轎子把門軍士入去報知經署聽得
教請到廳上與府尹施禮罷經署問道何來府尹
稟道好教相公得知府中提轄魯達無故用拳打
死市上鄭屠不曾稟過相公不敢擅自捉拏兇身
魯達去得遠了經署聽說喫了一驚尋思道這魯達雖好
武藝只是性格麁鹵今番做出人命事俺如何護
得短須教他推問使得經署回府尹道魯達這人
原是我父親老經署處的軍官爲因俺這里無人

幇護撥他來做箇提轄。既然犯了人命罪過，你可拏他依法度取問。如若供招明白，擬罪已定，也須教我父親知道，方可斷決。怕日後父親處邊上要道箇人時，（此語本無奇特，不知何故讀之淚下。又知普天下人讀之皆淚下也。）却不好看。府尹禀道：下官問了情繇，合行申禀老經略相公知道，方敢斷遣。府尹辭了經略相公，出到府前，上了轎，回到州衙裏，陞廳坐下。（魯遠一發去得遠了。）便喚當日緝捕使臣，押下文書，捉拏犯人魯達。當時王觀察領了公文將帶二十來箇做公的人逕到魯提轄下處只見房主人道却纔挖了些包裹提了短棒出去了小人只道奉着差使又不敢問他王觀察聽了教打開他房門看時只有些舊衣舊裳和些被卧在裏面王觀察就帶了房主人東西四下里去跟尋州南走到州北捉拏不見魯達一發去得遠了王觀察又捉了兩家鄰舍并房主人同到州衙廳上回話道魯提轄懼罪在逃不知去向只拏得房

主人并鄰舍在此府尹見說且教監下一面教拘集鄭屠家鄰佑人等點了仵作行人仰着本地方官人并坊廂里正再三簡驗已了鄭屠家自備棺木盛殮寄在寺院一面疊成文案一壁差人杖限緝捕兇身原告人保領回家鄰佑杖斷有失救應房主人并下處鄰舍止得箇不應魯達在逃行開箇廣捕急遞的文書（急遞。故魯達初到鴈門，榜文已先張掛也。半日無數那延，尚自謂之急遞，可發一笑。）各處追捉出賞錢一千貫寫了魯達

的年甲貫址形貌、到處張掛、一千人等跡放聽候
鄭屠家親人自去做孝、不在話下。且說魯達自離
了渭州、東逃西奔、急急忙忙、行過了幾處州府、正
是饑不擇食、寒不擇衣、慌不擇路、貧不擇妻。忽入四句
如謡似諺、正是絕妙好辭、第四句寫成諧笑、千古獨絕。魯達心慌搶路、正不
知投那里去的是、一迷地行了半月之上、却走到
代州鴈門縣、入得城來、見這市井鬧熱、人烟輳集、
車馬軿馳、一百二十行經商買賣行貨都有、端的

整齊雖然是箇縣治勝如州府魯提轄正行之間

却見一簇人圍住了十字街口看榜魯達看見挨

滿也鑽在人叢裏聽時魯達却不識字只聽得衆

人讀道榜文在耳中聽出來代州鴈門縣依奉太原府指揮

使司該准渭州文字捕捉打死鄭屠犯人魯達即

係經畧府提轄如有人停藏在家宿食與犯人同

罪若有人捕獲前來或首告到官支給賞錢一千

貫文文未畢妙絕魯提轄正聽到那里只聽得背後一

箇人大叫道張大哥奇文。○王進自家僞姓張，曾遶他人僞呼張，甚矣張字之熟也。你如何在這里攔腰抱住，扯離了十字路口，不是這箇人看見了，橫拖倒拽將去，有分教，魯提轄剃除頭髮，削去髭鬚，倒換過殺人姓名，薅惱殺諸佛羅漢，直教禪杖打開危險路，戒刀殺盡不平人。○○○畢竟扯住魯提轄的是甚人，且聽下回分解。

打鐘關西

第五才子書施耐菴水滸傳卷之八

聖歎外書

第三回

趙員外重修文殊院

魯智深大鬧五臺山

看書要有眼力非可隨文發放也如魯達遇着金老卻要轉入五臺山寺夫金老則何力致魯達於五臺山乎故不得已卻就翠蓮身

上生出一箇趙員外來所以有箇趙員外者全是作魯達入五臺山之線索非爲代州鴈門縣有此一箇好員外故必向魯達文中出現也所以文中凡寫員外愛鎗棒有義氣處俱不得失口便讚員外也是一箇人要知都向前段金老所云女兒嘗嘗對他孤老說句中生出來便見員外只是愛妾面上着實用情故後文魯達下五臺處便有好生不然一

語了結員外一向情分讀者苟不會此便目不辨牛馬牡牝矣

寫金老家寫得小樣寫五臺山寫得大樣真是史遷復生

魯達兩番使酒要兩樣身分又要句句不相像雖難矣然猶人力所及耳最難最難者於兩番使酒接連處如何做箇間架若不做一間架則魯達日日將惟使酒是務耶且令讀

者一番方了一番又起其目光心力亦接濟不及矣然要別做間架其將下何等語豈真如長老所云念經誦咒辦道參禪者乎今忽然拓出題外將前文使酒字面掃刷淨盡然後迤邐悠颺走下山去並不思酒何況使酒真斷鰲煉石之才也

話說當下智提轄紐過身來看時拖扯的不是別人卻是渭州酒樓上救了的金老奇文那老兒直拖

魯達到僻靜處說道恩人你好大膽見今明明地張掛榜文出一千貫賞錢捉你你緣何却去看榜若不是老漢遇見時却不被做公的拿了榜上見寫着你年甲貌相貫址魯達道洒家不瞞你說因○○○○○○○○○○○爲你上就那日回到狀元橋下（是魯達爽直聲口在別人口中便有許多謙遜此却直直云因爲你上）正迎着鄭屠那廝被洒家三拳打死了因此上在逃一到處撞了四五十日不想來到這里你緣何不回東京去也來到這里（問得緊簇）

金老道恩人在上自從得恩人救了老漢尋得一輛車子本欲要回東京去又怕這廝趕來極曲之情極便之筆亦無恩人在彼搭救老兒口中贊一句天下無雙因此不上東京去隨路望北來撞見一箇京師古鄰來這里做買賣就帶老漢父子兩口兒到這里虧殺了他就與老漢女兒做媒結交此間一箇大財主趙員外養做外宅衣食豐足皆出於恩人我女兒嘗嘗對他孤老說提轄大恩員外後邊許多好意都在此句生出那箇員

外也愛刺鎗使棒不重員外鎗棒只借此使文章入港耳嘗說道怎地得恩人相會一面也好想念如何能彀得見且請恩人到家過幾日卻再商議曾提轄便和金老行不得半里到門首敘得徑淨只見老兒揭起簾子叫道我兒大恩人在此畫那女孩兒濃粧艷飾從裏面出來請魯達居中坐了插燭也似拜了六拜說道若非恩人垂救怎能彀有今日拜罷便請魯提轄道恩人上樓去請坐女子開口請上樓去視魯達猶父也然樓上已算曲

室。只因此句便生出員外捉奸一番風波來。文心真有前掩後映之妙。魯達道、不須生、受洒家便要去。不知何處去。金老便道、恩人既到這里、如何肯放教你便去、老兒接了桿棒包裹、孝順如兒。○行文文細。請到樓上坐定、老兒分付道、我兒陪侍恩人、坐、坐我去安排飯來。此句有三妙在內。不可不悉。一是靦魯猶父。一是女兒嬌養慣。老兒燒火慣。一是語中明明露出嫌疑。爲員外來捉之線。魯達道、不消多事、隨、分便好。魯達語。老兒道、提轄恩念殺身難報量些粗食薄味、何足掛齒、女子畱住魯達在樓上坐

地金老下來寫得嫌疑叫了家中新討的小廝新討妙是箇外
宅分付那箇婭嬛一面燒着火那箇妙明明是一箇也一面燒火
放在未買東西之前紙爲要顯出那箇婭嬛耳不然喚婭嬛無別事若買了回來則老兒與小厮可
以自燒婭嬛爲添足矣只外宅二字難寫如此胡可易言作文也老兒和這小厮
上街來買了些鮮魚嫩雞釀鵞肥鮓時新果子之
類歸來一面開酒自有酒收拾菜蔬都早擺了搬上
樓來春臺上放下三箇盞子三雙筯嫌疑之極鋪下菜
蔬果子嗄飯等物婭嬛將銀酒壺燙上酒來又有銀酒

壺○不甕不 匙宛然外宅 女父二人、輪番把盞、金老倒地便拜、

方拜 妙 魯提轄道、老人家如何恁地、下禮折殺俺也、

金老說、道恩人聽稟、前日老漢初到這里、寫箇紅

紙牌兒、旦夕一炷香、父女兩箇兀自拜哩、今日恩

人親身到此、如何不拜、魯達道、却、也、難、得、你、這片、

心、魯達托大 聲口如畫 三人慢慢地飲酒 嫌疑之極與調 情者何以異哉 將

及天晚、只聽得樓下打將起來 奇文 魯提轄開窻看

時、只見樓下三二十人各執白木棍棒、口裏都叫

拿將下來人叢裏一箇官人騎在馬上口裏大喝道休叫走了這賊（含糊雙關語妙絕）魯達見不是頭拿起凳子（桿棒破金老接過）從樓上打將下來金老連忙搖手叫道都不要動手那老兒搶下樓去直至那騎馬的官人身邊說了幾句言語那官人笑起來便喝散了那二三十人各自去了（寫得淋漓突兀真正奇文）那官人下馬入到裏面老兒請下魯提轄來（樓上下來）那官人撲翻身便拜（非寫趙員外義氣也寫金老女父數日中贊誦不少爲前文出色加染）

道聞名不如見面、見面勝似聞名、義士提轄受禮、曾達便問那金老道、這官人是誰、素不相識、緣何便拜酒家、（雖是問辭、亦寫魯達托大意思）老兒道、這箇便是我兒的官人趙員外、却纔只道老漢引甚麽郎君子弟、在樓上喫酒、因此引莊客來廝打、老漢說知、方纔喝散了、魯提轄上樓坐定、（重上樓去）金老重整杯盤、再備酒食相待、趙員外讓魯達上首坐地、魯達道、酒家怎敢、員外道、聊表相敬之禮、小子多聞提轄如此豪傑今日天賜相見實爲萬幸魯達道洒家是箇粗鹵漢子（我與我周旋久方有此四字）（魯達自知粗鹵李逵不然）又犯了該死的罪過若蒙員外不棄貧賤結爲相識但有用洒家處便與你去（活魯達）（淚下之言）趙員外大喜動問打死鄭屠一事（無賢無愚）（必要問及）說些閒話較量些鎗法（疊此三句令半）（夜酒席不寂寞）喫了半夜酒各自歇了次日天明趙員外道此處恐不穩便欲請提轄到敝莊住幾時魯達問道貴莊在何處員外道離此間十里多

路地名七寶村〇〇〇文殊菩薩風俗〇此書每欲起一篇大文字必於前文先露一箇消息使文情漸漸隱隆而起猶如山川出雲乃始膚寸也如此處將起五臺山却先有七寶村名字林沖將入草料塲却先有小二渾家漿洗綿襖六月將刼生辰綱却先有阮氏鬢邊石榴花等是也便是魯達道最好員外先使人去莊上再牽一疋馬來俗本作叫牽兩疋馬來未及晌午馬已到來員外便請魯提轄上馬叫莊客擔了行李魯達相辭了金老父女二人和趙員外上了馬兩箇並馬行程於路說些閒話省投七寶村來不多時早到莊前下馬

趙員外携住魯達的手、直至草堂上分賓而坐、一面叫殺羊置酒相待、晚間收拾客房安歇、次日又備酒食管待、魯達道、員外錯愛洒家、如何報答、趙員外便道、四海之内、皆兄弟也、泛然讀之、可笑可醜、而今人猶津津言之、如何言報答之事、話休絮煩、魯達自此之後、在這趙員外莊上住了五七日、忽一日、兩箇正在書院裏閒坐說話、書院裏說閒話、何也、避王進在史家莊身分也、蓋員外愛鎗棒、只是借作入巷之法耳、非此史進是條好漢、定要出色、若此處不住書院說閒話、則務要較鎗棒矣、在員外何苦。在魯達亦何以異於王進哉。○魯達坐在書院裏。亦是奇語。只見金老急急奔來莊上、逕到書院裏、見了趙員外并魯提轄、見○沒人○○三字。寫出東顧西盼。便對魯達道、恩人、不是老漢心多、爲是恩人前日老漢請在樓上喫酒、員外誤聽人報、引領莊客來鬧了街坊、後却散了、人都有些疑心、便借前文入。文情便捷。說開去、昨日有三四箇做公的來鄰舍街坊打聽得緊、只怕要來村裏緝捕恩人、恩路曲折。筆能副之。倘或有些疏失、如之奈何、魯達道、恁地時、洒家自去便了○○○○○○不如何處去。趙員外道、若是留提轄在此、誠恐有些山高水低、教提轄怨悵、若不留提轄來、許多面皮都不好看、趙某却有箇道理、教提轄萬無一失、足可安身避難、只怕提轄不肯、魯達道、洒家是箇該死的人、但得一處安身便了、做甚麼不肯、趙員外道、若如此、最好、離此間三十餘里有座山、喚做五臺山、山上有一箇文殊院、原是文殊菩薩道場、寺裏有五七百僧人、爲頭智真長老是我弟兄我祖上曾捨錢在寺裏醜話。○一路每每於無意中。寫出趙員外不足取。是本寺的施主檀越我曾許下剃度一僧在寺裏已買下一道五花度牒在此只不曾有箇心腹之人了這條願心如是提轄肯時一應費用都是趙某備辦委實肯落髮做和尚麼魯達尋思二字。寫盡英雄在困。如今便要去時那里投奔人不如就了這條路罷便道既蒙員外做主洒家情愿做和尚專靠員外做主○○○○當時說定了說定者。難之辭也。當時說定者易之辭也。

極力寫魯達爽直。連夜收拾衣服盤纏段疋禮物、此處漏了一句

金老囘去。○魯達自巳捍棒包裹亦不見。次日早起來、叫莊客挑了兩

箇取路望五臺山來、辰牌巳後早到那山下、趙員

外與魯提轄兩乘轎子、兩乘轎子上去。擡上山來、一面使

莊客前去通報、到得寺前、早有寺中都寺監寺出

來迎接、兩箇下了轎子、下轎。去山門外亭子上○○○好箇亭子。

先坐一坐。異日無嘗到來。方悟今日如夢。坐定、寺內智真長老得知、引

着首座侍者出山門外來迎接、趙員外和魯達向

前施禮。真長老打了問訊。說道。施主遠出不易。（施主脚懶。僧家心熱。盡此二字。）趙員外荅道。有些小事。特來上剎相浼。真長老便道。且請員外方丈喫茶。趙員外前行。魯達跟在背後。當時同到方丈。長老邀員外向客席而坐。魯達便去下首坐禪椅上。（寫魯達。）員外叫魯達附耳低言。你來這裏出家。如何便對長老坐地。魯達道。洒家不省得。○○○○（爽心直口。我慕其人。）起身立在員外肩下。面前首座維那侍者監寺都寺知客書記依次

排立東西兩班、莊客、把轎子、安頓了、精細一齊搬將
盒子入方丈來、擺在面前、長老道何故又將禮物
來、寺中多有相瀆檀越處、趙員外道些小薄禮何
足稱謝、道人行童收拾去了、趙員外起身道一事
啓堂頭大和尚、趙某舊有一條願心、許剃一僧在
上剎、度牒詞簿都已有了、到今不曾剃得、今有這
箇表弟姓魯、三寶位前。不敢更名改姓。寫盡婆氣員外。是關內軍漢出
身、因見塵世艱辛、信心人口頭滑語。鄭屠一案。却在藏露之間。情願棄

俗出家、萬望長老收錄、大慈大悲、看趙某薄面、披剃為僧、一應所用、弟子自當準備、萬望長老玉成、幸甚、長老見說、答道、這箇因緣、是光輝老僧山門、容易容易、且請拜茶、只見行童托出茶來、茶罷收了盞托、真長老便喚首座維那、商議剃度這人、分付監寺都寺、安排齋食、只見首座與衆僧自去商議道、這箇人不似出家的模樣、一雙眼却恁兇險、以眼取人、失之僧達、衆僧道、知客你去邀請客人坐地、我們

與長老計較、知客出來請趙員外、曾達到客館裏

坐地、首座衆僧稟長老說道、却纔這箇要出家的

人、形容醜惡、相貌兇頑、不可剃度他、恐久後累及

山門、長老道、他是趙員外檀越的兄弟、如何撇得

他的面皮、你等衆人且休疑心、待我看一看、焚起

一炷信香、長老上禪椅盤膝而坐、口誦呪語、入定

去了、一炷香過、却好回來、對衆僧說道、只顧剃度

他、此人上應天星、心地剛直、維摩詰經云、菩薩直心是道場、無諂曲衆

生來生共國。長老深解此言。雖然時下兇頑、命中駁雜、久後卻得清淨、證果非凡、汝等皆不及他、一箇文殊叢林。其衆何止千人。卻不及一箇箇軍漢。可記吾言、勿得推阻、首座道長老只是護短、我等只得從他、不諫不是、諫他不從便了、長老叫備齋食、請趙員外等方丈會齋、齋罷、監寺打了單帳、趙員外取出銀兩、教人買辦物料、一面在寺裏做僧鞋僧衣僧帽袈裟拜具、特詳此語。寫得魯達出家。可滯可笑。○要知以極高興語。寫極敗興事。神妙之筆。縫匠攢造新進士大紅袍。新嫁娘嫁衣裳。極忙。攢造新死人大斂衣衾、新出家袈裟拜具、亦極忙。一然一忙中有極熱、一忙中有極冷、不可不察。

兩日都已完備、長老選了吉日良時、教鳴鐘擊鼓、就法堂內會集大衆、整整齊齊五六百僧人、盡披袈裟、都到法座下合掌作禮、分作兩班、趙員外取出銀錠表裏信香、向法座前禮拜了、表白宣疏已罷、行童引魯達到法座下、維那教魯達除下巾幘○○○○○○打得好鄭屠、救得好金老、寫得如畫。把頭髮分做九路綰了、捆揲起○○○○○來、淨髮人先把一週遭都剃了、却待剃髭鬚奇文。魯達道。○○這些兒還洒家也好。○從來名士多愛鬚髯，是一習氣。魯達亦然。見他名士風流也。

衆僧忍笑不住。眞長老在法座上道。大衆聽偈。念道。寸草不留，六根清淨。與汝剃除，免得爭競。通達佛法。○謝靈運施與維摩，却不知爲鬭草者備得一品。然則長老之偈，眞爲通達佛法矣。○寸草妙。長老念罷偈言，喝一聲咄，盡皆剃去。淨髮人只一刀，盡皆剃了。首座呈將度牒上法座前，請長老賜法名。長老拿着空頭度牒而說偈曰。靈光一點，價値千金。佛法廣大，賜名智深。○○竟與長老作弟兄行。

長老賜名已罷、把度牒轉將下來、書記僧塡寫了
度牒、付與魯智深收受、長老又賜法衣袈裟、教智
深穿了、監寺引上法座前、長老與他摩頂受記道、
一要皈依佛性、二要歸奉正法、三要歸敬師友、三皈
皆不甚如法秤
史只應如此。此是三歸五戒者、○一不要殺生不能
○○○○○○○○○○○○○○○○
二不要偷盜能能。三不要邪淫能能。四不要貪酒不能不能。
○○○○○○○○○○○○○○○○
五不要妄語能。智深不曉得戒壇荅應能否二字
○○○○○○○○
却便道洒家記得錯錯落落鹵鹵莽莽。萬善戒壇中。從未聞此四字如雷之吼。

真正奇才。衆僧都笑，受記已罷，趙員外請衆僧到雲堂裏坐下，焚香設齋供獻，大小職事僧人各有上賀禮物，都事引魯智深參拜了衆師兄師弟，又引去僧堂背後選佛場坐地。當夜無事。○○○只是閒着一筆，却便使讀者眉飛肉舞，知道明夜必有可觀。手法之妙至此。次日趙員外要回，告辭長老，留連不住，早齋已罷，并衆僧都送出山門。趙員外合掌道：「長老在上，衆師父在此。疊此二語，藏下後段無數文字。凡事慈悲，小弟智深乃是愚鹵直人，早晚禮數不到、言語冒瀆、誤犯清覶、是必連日書院裏領畧不少、故能相知至此。萬望覷趙恭薄面、恕免恕免、長老道、員外放心、老僧自慢慢地敎他念經誦呪、辦道參禪、累句員外道、日後自得報答人、叢裏嗔智深、到松樹下、低低分付、道、人叢裏一句、到松下一句、低低說一句、三句描出一位作家員外來。賢弟、你從今○○○日○○○○難比往嘗、含無數不好說的話於此入字、寫盡匆匆難盡。凡事自宜省戒、○○○○○切不可托大、二字是魯達生平。倘有不然、難以相見、保重保重、○○○○○早晚衣服、何得止是衣服、況衣服甚緩、四字風雲入妙。我自使人、送、來智深道不索哥哥說酒家都依了二語。有深厭趙員外東嘲西嚷之意。○爽直自是天性。定無食言。且今日依。是真正依。後日喫酒打人。是另自喫酒打人。亦並非食言也。當時趙員外相辭了長老再別了衆人、上轎引了莊客扡了一乘空轎取了盒子細。○兩乘轎子下來。下山囘家去了、當下長老自引了衆僧囘寺話說魯智深囘到叢林選佛場中禪床上撲倒頭便○睡閒殺英雄。作者胸中血淚十斗。○頗有人言。倒頭便睡。是大修行人。大自在法。嗟乎。菩薩行六度萬行而自莊嚴。豈若豘犬。食飽即卧。形如匏瓠者乎。菩薩。英雄也。遊行十方。顧盼雄毅。若有一剎那頃。合眼欲睡。卽是菩薩行放逸法。奈何讚歎睡眠。云是善法。而今行人入於惡道耶。上下肴兩箇禪和子、推他起來、說道使不得、既要出家、如何不學坐禪、智深道、洒家自睡干你甚事、○○○○○○○。八字說得有情有理。雖百辨才。不容更辨。禪和子道善哉、智深喝道團魚洒家也喫、甚麽鱔哉、禪和子道、却是苦也、智深便道、團魚大腹、又肥甜了、好喫、那得苦也、此等世人以為佳。予獨不取。上下肴禪和子都不采他、繇他自睡了、○○○○元人曲云。破題兒第一夜。次日要去對長老說知智深如此無禮首座勸道、長老說道他後來證果非凡、我等皆不及他、只是護短、你們且沒奈何、休與他一般見識、禪和子自去了、智深見沒人說他、每到晚便放翻身體橫羅十字、倒在禪床上睡、夜間鼻如雷響一句。大師子吼。要起來淨手、大驚小怪一句。六種震動。只在佛殿後撒尿撒屎、遍地都是一句。如何是佛。乾屎橛。侍者稟長老說、智深好生無禮、全沒些箇出家人體面、叢林中如何安着得此等之人、長老喝道胡說長老通達。且看檀越之面後來必改自此無人敢說魯智深在五臺山寺中不覺攪了四五箇月（省文也。却用一攪字。逗出四五箇月中情事。）時遇初冬天氣智深久靜思動（四字。斷得突兀迅疾。）當日晴明得好智深穿了皂布直裰繫了鴉青縧換了僧鞋大踏步走出山門來信步行到半山亭子上（亭子又現。一現。）坐在鵞項懶凳上尋思道干鳥麽（如夢忽醒。驚才捷筆。）俺往常好酒好肉每日不離口如今教酒家做了和尚餓得乾癟了（寫得可笑可惱。）趙員外這幾日又不使人送些東西來與酒家喫口中淡出鳥來可見日前曾送來喫不止衣服而已○隋煬帝從天台智者受菩薩戒日食止米二掬而別以衣襆裹肉恣喫趙員外亦定曾用此法而雅俗之殊何啻河漢○這早晚怎地得些酒來喫○也好寫盡英雄失路在此一句○正想酒哩四字略頓一頓使有東海霞起遙接赤城之妙只見遠遠地一箇漢子挑着一付擔桶唱上山來上面蓋着桶蓋特地按下蓋着桶蓋四字擺擺出下文好酒二字來○那漢○○○○○○○○○子手裏拿着一箇鏇子二語之妙正是索解人不得蓋桶上無蓋則顯然是酒有何趣味桶上有蓋則竟不見酒亦未爲奇筆也惟是桶則蓋着手裏却拿箇酒鏇若隱若躍之

間宛然無限驚喜不定在魯達眼頭心坎真是筆歌墨舞唱着上來、唱道九里山前作戰場牧童拾得舊刀鎗順風吹動烏江水好似虞姬別霸王不唱酒詩妙絕卻又偏唱戰場二字拖逗魯達妙不可當○第一句風雲變色第二句冰消瓦解開此二言真使酒懷如湧○第三句如何此出第四句來不通之極然正妙於如此蓋如此方恰好也不然竟是名士歌詩如旂亭畫壁一絕句故事矣○天下真正英雄如魯達李逵之徒只是不好淫慾耳至於兒女離別之感何得無之故魯達有酒淚之文李逵有大哭之日也第四句隱隱直弔動史進對此茫茫那得不飲魯智深觀見那漢子挑擔桶上來、坐在亭子上看這漢子也來亭子、上、歇下擔桶、智深道、兀那漢子、你那桶裏甚麽東西。不得不問者。桶蓋之故也。必問者。鏇子之故也。那漢子道、好酒。只二字作一句。却有兩段驚天動地文字在內。一是酒。一是好。漢子差矣。說是酒。已當不起。況加之以好耶。智深道、多少錢一桶。流涎極矣。不好便喫。只得問價。其實身邊無錢也。極力描寫英雄失時意思。陶詩云。飢來驅我去。叩門拙言辭。是此一句矣。那漢子道、和尚、亦只二字作一句。寫得又好氣。又好笑。你真箇也是作耍、智深道、酒家和你耍甚麽。使酒之根。那漢子道、我這酒三字賣弄。其文愈奇。挑上去只賣與寺內火工道人直廳轎夫老郎們做生活的喫本寺長老已有法旨、但賣與和尚們喫了、我們都被長老責罰、追了本錢、趕出屋去、我們見關着本寺的本錢、見住着本寺的屋宇、如何敢賣與你喫、智深道、眞箇不賣、硬一句、現出魯達原身。那漢子道、殺了我也不賣、智深道、洒家也不殺你、只要問你買酒喫、仍放軟一句、現出員外叮囑。那漢子見不是頭、挑了擔桶便走、智深趕下亭子來、雙手拿住匾擔、只一腳、打鄭屠時、連用三句只一拳、此處又用一句只一腳、總寫魯達爽直過人。交襠踢着那漢子雙手掩着做一堆蹲在地下半日起不得智深把那兩桶酒都提在亭子上兩桶都提在亭上。氣吸西江。地下拾起鏇子被打故在地下。妙妙。開了桶蓋先是蓋好者。妙妙。只顧舀冷酒喫無移時兩桶酒喫了一桶四字不是贊，曾達酒量大。正是回映兩桶都提來句。以作一笑。智深道漢子明日來寺裏討錢偏說寺裏。回映已有法旨句。偏說討錢。回映多少一桶句。文心如繡。那漢子方纔疼止又怕寺裏長老得知壞了衣飯忍氣吞聲那里敢討錢把酒分做兩半桶挑了兩頭輕重。如何好挑。分作兩半。

是也。然文心何以至是。拿了鏇子鏇子。飛也似下山去了。只說
魯智深在亭子上坐了半日酒，卻上來寫酒醉下有節次。
得亭子松樹根邊又坐了半歇酒，越湧上來有節次。
智深把皂直裰褪膊下來，把兩隻袖子纏在腰裏，
露出脊背上花繡來，絢爛奇妙，不止偏袒右肩而已。搧着兩箇膀
子上山來。師子頻申，象王回顧，想復爾爾。看看來到山門下，兩箇
門子遠遠地望見，拿着竹篦來到山門下，攔住魯
智深，便喝道：你是佛家弟子，如何噇得爛醉了上

山來、你須不睹也見庫局裏貼着曉示、但凡和尚破戒喫酒、決打四十竹篦、趕出寺去、如門子縱容醉的僧人入寺、也喫十下、口中念出曉示來。你快下山去、饒你幾下竹篦、魯智深一者初做和尚、二來舊性未改、無此一架。便覺下語無爲突。想見安放之苦。睜起雙眼罵道、直娘賊句句可罵。却偏擇此三字。不惟惡口、兼犯五逆罪中第二大罪。故妙故快你兩箇要打酒家俺便和你廝打得意語。門子見勢頭不好、一箇飛也似入來報監寺、一箇虛掩竹篦攔他智深用手隔過、搶開五指、去那門子臉上只一掌。（快人快其聲清）打得踉踉蹌蹌、（越從紙上聞）卻待掙扎、智深再復一拳、（第四拳。）打倒在山門下、只是叫苦。智深道：洒家饒你這廝、踉踉蹌蹌攧入寺裏來、監寺聽得門子報說、叫起老郎火工直廳轎夫三二十人、各執白木棍棒、從西廊下搶出來、卻好迎着智深。智深望見大吼了一聲、卻似嘴邊起箇霹靂。（奇語。）大踏步搶入來。衆人初時不知他是軍官出身、（好筆。安閒寬轉。具覘史才。）次後見他行得兒了慌忙都退入藏殿裏去便把亮槅關上寫衆人活是衆人智深搶入堦來一拳痛矣一脚性發不在上二字正在下二字蓋此四字是打藏殿亮槅也陡然一拳拳痛矣接連便是一脚寫醉人失手眞乃如畫打開亮槅二三十人都趕得沒路奪條棒從藏殿裏打將出來監寺慌忙報知長老長老聽得急引了三五箇侍者直來廊下喝道智深不得無禮智深雖然酒醉却認得是長老大蟲偏服慈心人所以爲大蟲魯達偏懼怕長老所以爲魯達撇了棒向前來打箇問訊指着

廊下打箇問訊。指着廊下。活是醉人。對長老道、智深喫了兩碗酒、不妄語戒不穿不缺又不曾撩撥他們、他衆人又引人來打洒家此又字醉語糊塗活畫長老道、你看我面快去睡了明日却說善知諸根利鈍之相智深道、俺不看長老面寫盡醉中夾七夾八語。如畫。洒家直打死你那幾箇禿驢公有髮耶長老有髮耶。罵得妙。長老叫侍者扶智深到禪牀上、撲地便倒了、齁齁地睡了好衆多職事僧人圍定長老告訴道、向日徒弟們曾諫長老來、今日如何語不多。而文勢曲折如畫。

波濼之極。本寺那容得這等野猫奇語亂了清規、長老道、雖是如今眼下有些囉唣、後來却成得正果、没奈何、且看趙員外檀越之面、容恕他這一番、我自明日叫去埋怨他便了、衆僧冷笑道、好箇没分曉的○○○○○○○長老没分曉是大德定評、各自散去歇息、次日早齋罷、長老使侍者到僧堂裏坐禪處、喚智深時、尚兀自未起○○○○○○○○乾薑湯艮。待他起來、穿了直裰、赤着脚、一道烟走出僧○○○○○○堂來侍者喫了一驚奇文出人意外。轉過下句。又入人意中。神化之筆。起出外來尋時、却走在佛殿後撒屎○○○○○○○○佛殿撒屎四字。自來不曾一處合成奇景奇語。侍者忍笑不住、等他淨了手、也要淨手。魯達壞了。說道、長老請你說話。智深跟着侍者到方丈、長老道、智深雖是箇武夫出身、今來趙員外檀越剃度了你、我與你摩頂受記、教你一不可殺生、二不可偷盜、三不可邪淫、四不可貪酒、五不可妄語。此五戒乃僧家常理、出家人第一不可貪酒○○○○○飲酒本第五戒。前移在第四。此處又說是第一。顛倒錯亂得好。只合如此也。你如何夜來喫得大醉、打了門子、傷壞了藏殿上朱紅槅子、又把火工道人都打走了、口出喊聲於三句外另加四字、便令昨日震天震地、如何這般所爲、智深跪下道、今番不敢了眞正慚顏硬動、不是凡夫僧口頭懺悔語、長老道、旣然出家、如何先破了酒戒、又亂了清規、我不看你施主趙員外面、定趕你出寺、再後休犯、智深起來、合掌道不敢不敢、長老留在方丈裏、安排早飯與他喫降龍伏虎、盡此數言、然後知自丈清規、爲下輩設也、一句又用好言語勸他一句、取一領細布直裰一雙僧鞋與了智深一句不受上罰反加上賞異之乎愛之耳我做長老亦必爾矣教回僧堂去了、但凡飲酒不可盡歡承上文無數英雄忽然接腐語嘗言酒能成事酒能敗事便是小膽的喫了也胡亂做了大膽何況性高的人不文之人見此一段便謂作書者借此勸戒酒徒以魯達爲殷鑒吾若聞此言便當以夏楚痛朴之何也夫千巖萬壑崔嵬突兀之後必有平莽連延數十里以舒其磅礴之氣水出三峽倒衝鼉灝可謂怒矣必有數十里逶迤東去以殺其奔騰之勢今魯達一番使酒直是提黃鶴踢鸚鵡豈惟作者腕脫兼令讀者頭暈矣此處不少息幾筆以舒其氣而殺其勢則下文第二番使酒必將直接上來不惟文體有兩頭大中間細之病。蓋寫魯達作何等人也。嗚呼。作水滸者。才子也。才子胸中。豈村裏小兒所知也。再說這魯智深自從喫酒醉鬧了這一場、一連三四箇月不敢出寺門去此句不寫魯達畏過。亦只爲要放緩後文使酒。不令兩番接連。忽一日天氣暴煖是二月間時令上文放緩。是特特放緩此處閒入。便陡然閒入。眞正妙筆也。離了僧房信步踱出山門外立地看、着五臺山喝采一回寫英雄人。必須如此寫。便見他蓋天蓋地胸襟。夫魯達豈有山水之鑿哉。猛聽得山下叮叮噹噹的響聲順風吹上山來、引入市井及鐵匠。妙筆。○順風吹上山來。是二月風也。智深再回僧堂裹取了些銀兩揣在懷裏其心不良。一步步走下山來。出得那五臺福地的牌樓來忽然增出一座牌樓補前文之所無。蓋其筆力真乃以文爲戲耳。看時原來却是一箇市井約有五七百人家智深看那市鎮上時也有賣肉的爲魯達快寫一句。也有賣菜的又回顧山上一句。也有酒店爲魯達快寫一句。麵店又回顧山上一句。智深尋思道干呆麼蛙州有云。大事已明。如喪考妣。正是此時光景。俺早知有這箇去處不奪他那桶酒喫只知其一未知其二。莫便如此說好。也自下來買些喫這幾日熬得清

水流鳥出猶可。水流難當。是可忍。孰不可忍。且過去看有甚東西買

些喫。聽得那響處却是打鐵的在那里打鐵此來正文

專爲喫酒。却顛倒放過喫酒。撲出鐵店。衒成絕奇一篇文字。已爲奇絕矣。乃又於鐵店文前。再顛倒

放過鐵店。反捕出客店來。其筆勢之奇矯。雖虬龍怒走。何以喻之間壁一家門上

寫着父子客店老遠先放此一句。可謂隔年下種。來歲收根。豈小筆所能。智深

走到鐵匠舖門前看時。見三箇人打鐵。智深便問

道。兀那待詔。有好鋼鐵麼。那打鐵的看見從打鐵人眼中。

現出魯智深做和尚後形狀。奇絕之筆魯智深腮邊新剃暴長短鬚

餓餓地好傪瀨人（一冬不剃真有此狀）先有五分怕他那待詔住了手道師父請坐要打甚麼生活智深道洒家要打條禪杖一口戒刀不知有上等好鐵麼待詔道小人這里正有些好鐵不知師父要打多少重的禪杖戒刀但憑分付智深道洒家只要打一條一百斤重的待詔笑道重了師父小人打儹不打了只恐師父如何使得動（二語曲折之甚正如方吐於口）便是關王刀也只有八十一斤（齊東野人相傳之言荒唐俚鄙偏如親見此在

小人固不足怪。獨是文人亦嘗不免。何也。智深焦躁道、俺便不及關王。他也只是箇人。說關王。便是關王。說八十一斤。便是八十一斤。寫魯達又剴直。又好笑。那待詔道、小人據常說只可打條四五十斤的。也十分重了。智深道、便依你說比關王刀也打八十一斤的。古亦真有關王耶。古關王亦真有刀耶。古關王刀真有八十一斤耶。誰見之。誰傳之。而一入於耳。便定要依以爲式。所謂真正魯達非他人之所能假也。待詔道、師父肥了字法奇絶。爭得好笑。不好看。又不中使。依着小人、好生打一條六十二斤的水磨禪杖與師父。使不動時、休怪小人戒刀已說了不用分付兩件家生也乃半日只講得一件故特找此此語完足之妙絕小人自用十分好鐵打造在此智深道兩件家生要幾兩銀子待詔道不討價此語經紀人耆目何足標出然爲其偏與魯達性格相合故作者特用之也實要五兩銀子智深道俺便依你五兩銀子爽利你若打得好時再有賞你爽利那待詔接了銀兩道小人便打在此智深道俺有些碎銀子在這裏和你買碗酒喫又爽利

此特寫魯達有胸襟有意興分明不是噇酒糟漢一鐵匠要拉之同飲而四五百禪人不聞偶過

開馬喇罵時師不小。待詔道師父穩便小人趕趁些生活不及相陪智深離了鐵匠人家撇開鐵匠妙。上只是寫智深耳。若鐵匠眞去。如何是了。行不到三二十步見一箇酒望子耀眼。挑出在房簷上此家挂酒望在簷邊。是行到始見。與下望見別。智深掀起簾子入到裏面坐下敲着桌子極力寫。叫道將酒來只三字描盡滑吻。賣酒的主人家說道師父少罪小人住的房屋也是寺裏的本錢也是寺裏的長老已有法旨但是小人們賣酒與寺裏僧人喫了便要追了小人們本錢又趕出屋因此只得休怪智深道胡亂賣些與酒家喫俺須不說是你家便了（不犯妄語戒否）那店主人道胡亂不得師父別處去喫休怪休怪智深只得起身（羼提波羅可憐可笑）便道酒家別處喫得卻來和你說話（雖極要忍畢竟不是關目而去寫得魯達可憐可笑）出得店門行了幾步又望見一家酒旗兒直挑出在門前（又一樣）

（直挑出三字從魯達心坎裏躍出來○前云房簷上是到門首方見此云望見直挑出在門前則此之第一家情更急景更妙矣）智深一直走進去（急情如畫）坐下叫道

主人家快把酒來賣與俺喫○○○○○○寫得發極。定是第二家。不是第一家也。○尤好笑是賣與俺喫四字。俺之爲俺苦矣。喫之爲喫急矣。店主人道師父你好不曉事長老已有法旨你須也知却來壞我們衣飯智深不肯動身○○○○可憐可笑。三回五次那里肯賣智深情知不肯起身又走連走了三五家都不肯賣急。智深尋思一計一生不用巧。此處萬分無奈。忽然用巧。不生箇道理如何能勾酒喫遠遠地杏花深處市稍盡頭一家○○○○○○又一樣。○比前二家。酒定粗惡矣。不然。何故是箇草帚。總之要挑出箇草帚兒來極寫魯達久渴思漿光景。胡亂茅柴。勝於長行粥飯也。智深走到那里看時、却是箇傍村小酒店、智深走入店裏來、靠窗坐下、便叫道主人家過往僧人四字錦心繡口。買碗酒喫、莊家看了一看道一是魯達生得怕人、一是舊奉山上法旨。和尚你那里來猶言不是五臺山來麼。智深道、俺是行脚僧人遊方到此經過、重宜此義。要買碗酒喫、重說。此句必要重說。不重說。不見燥吻之急。莊家道、和尚若是五臺山寺裏的師父既喚作和尚。又稱云師父。一句而兩頭不惱。活畫莊家之輕他方而重五臺也。我却不敢賣與你喫、智深道酒家不是四字情急吻燥之至你快將酒賣來三說妙妙莊家看見魯智深這般模樣聲音各別便道你要打多少酒智深道休問多少大碗只顧篩來約莫也喫了十來碗喫了十來碗方問到肉者寫酒樣浩浩落落妙不可言智深問道有甚肉把一盤來喫莊家道早來有些牛肉都賣沒了偏不是牛肉偏要曲折到狗肉極力寫盡魯達絕倒智深猛聞得一陣肉香走出空地上看時只見牆邊沙鍋裏煑着一隻狗在那里賣酒莊家尚不將狗肉來竈上煑五臺山禪林僧人却將狗腿大衆中喫

誰是誰不是。智深道：你家見有狗肉，如何不賣與俺喫？莊家道：我怕你是出家人不喫狗肉，相傳有此言，而實非也。因此不來問你。智深道：酒家的銀子有在這里，便摸銀子遞與莊家道：酒肉銀子何足道哉。不稱不看，蓋難得者。你且賣半隻與俺。那莊家連忙取半隻熟狗肉，搗些蒜泥，索性盡興，妙文雲涌。少停吐出，臭不可聞。將來放在智深面前。智深大喜，自從請了史進，直至今日。用手扯那狗肉蘸着蒜泥喫，一連又喫了十來碗酒，喫得口滑，只顧討，那里肯住。

樂莊家到都呆了、叫道和尚只恁地罷、四字妙歎從莊家眼中口中寫出酒興智深睜起眼道、洒家又不白喫你的、管俺怎地妙荅莊家道再要多少、智深道、再打一桶來盡興快活莊家只得又舀一桶來、智深無移時又喫了這桶酒、剩下一腳狗腿、把來揣在懷裏、不肯便盡留作奇波臨出門又道、多的銀子、明日又來喫、補完不稱銀子嚇得莊家目瞪口呆、罔知所措、看他卻向那五臺山上去了過往僧人智深走到半山亭子上亭子時辰到了坐了一回酒却湧上來跳起身口裏道俺好些時不曾拽拳使脚覺道身體都困倦了（即髀肉復生之歎。）酒家且使幾路看下得亭子把兩隻袖子搭在手裏上下左右使了一回使得力發只一膀子搧在亭子柱上只聽得刮剌剌一聲響亮把亭子柱打折了坍了亭子半邊（初來時曾坐於此，而今已矣。）門子聽得半山裏響高處看時只見魯智深一步一攧搶上山來兩箇門子叫道苦也這畜生今番又醉得不小可便把山門關上、把拴拴了、只在門縫裏張時妙筆。不張時將使魯達自述耶。見智深搶到山門下、見關了門、把拳頭擂鼓也似敲門、兩箇門子那里敢開、智深敲了一回、扭過身來、看了左邊的金剛眼前奇景。喝一聲道、你這箇鳥大漢、不替俺敲門、却拿着拳頭嚇洒家、俺須不怕你、跳上臺基、把柵刺子只一扳、却似撅葱般扳開了、拿起一根折木頭、去那金剛腿上便打、簌簌的泥和顏色都脫下來、門子張見道、苦也、只得報知長老智深等了一會調轉身來看着右邊金剛座兩金剛兩樣打法○敲了一回等了一回都是前日大創後不敢使酒之辭然巳亭子金剛天崩地塌矣喝一聲道你這廝張開大口也來笑酒家便跳過右邊臺基上把那金剛脚上打了兩下只聽得一聲震天價響那尊金剛從臺基上倒撞下來智深提着折木頭大笑大笑妙提了折木頭大笑文妙兩箇門子去報長老長老道休要惹他你們自去只見這首座監寺都事并一應職事僧人都到方丈稟說這野

糆今日醉得不好把半山亭子山門下金剛都打壞了如何是好長老道自古天子尚且避醉漢何況老僧乎好長老不枉是五七百人善知識若是打壞了金剛請他的施主趙員外自來塑新的倒了亭子也要他修蓋這箇且繇他衆僧道金剛乃是山門之主如何把來換過長老道休說壞了金剛便是打壞了殿上三世佛也沒奈何只得迴避他真正善知識胸中便有丹霞燒佛眼界你們見前日的行兇麼衆僧出得方丈都

一路拽字鑽字塞字鑿字皆以一字爲景

道好箇囫圇竹的長老門子你且休開只在裏面○聽接口將叙事帶說過去何等筆法智深在外面大叫道直娘的禿驢們不放洒家入寺時山門外討把火來燒了這箇鳥寺一句勝百句語不因此語如何得開衆僧聽得只得叫門子拽了大拴拽字妙鎍那畜生入來若不開時眞箇做出來門子只得捻脚捻手拽了拴飛也似閃入房裏躲了衆僧也各自迴避只說那魯智深雙手把山門盡力一推撲地攧將入來喫了一交從上拽字

生出妙景。扒將起來、把頭摸一摸、妙景。○悔罵禿驢矣。直奔僧堂來、到得選佛場中、禪和子正打坐間、看見智深揭起簾子、鑽將入來、鑽字妙。我法中所謂全無威德也。都喫一驚、盡低了頭、智深到得禪床邊、喉嚨裏咯咯地響、看着地下便吐、看地下三字妙。活是醉人。○於吐前先寫一句喉嚨咯咯、妙。活是醉人。衆僧都聞不得那臭、那者何也。酒也。狗也。蒜也。箇箇道善哉、齊掩了口鼻、智深吐了一回、扒上禪床、解下縧、把直裰帶子都咇咇剝剝扯斷了、本是魯達。況乃酒後。脫下那脚狗腿來（取出來便是俗筆。今云脫下。寫醉人節節忘廢。入妙。）智深道、好好（出於意外之辭）正肚饑哩、扯來便喫、衆僧看見、便把袖子遮了臉、上下肩兩箇禪和子、遠遠地躲開、智深見他躲開、便扯一塊狗肉、看着上首的道、你也到口、上首的那和尚、把兩隻袖子死掩了臉、智深道、你不喫（放過一箇）把肉望下首的禪和子嘴邊塞將去、（塞字妙。）那和尚躲不迭、卻待下禪床、智深把他劈耳朵揪住、將肉便塞、（揪住一箇。）對床四五箇禪和子跳過來勸時必必剝剝四字二見，其聲不必相同，而說來成趣。

上文只鬧得一邊，故又補出對床相勸來，則滿堂鬧遍矣。智深撇了狗肉，提起拳頭去那光腦袋上必必剝剝只顧鑿。鑿字妙。滿堂僧眾大喊起來，都去櫃中取了衣鉢要走。此亂喚做卷堂大散。如火如錦。首座那里禁約得住？智深一味地打將出來。智深已打出來。大半禪客都躲出廊下來。躲出廊下來。監寺、都寺不與長老說知，叫起一班職事僧人，點起老郎、火工、道人、直廳轎夫，約有一二百人，都執杖、叉、棍、棒，盡使手巾盤頭，好看。一齊打入僧堂來衆人又打入去。○方成大鬧○不與長老說知故鬧得快智深見了大吼一聲別無器械四字奇絕精絕搶入僧堂裏搶入二字奇妙如火蓋上文云智深一脉地打將出來衆人都趕在廊下然則智深已在僧堂外矣乃監寺都寺點起二三百人倒打入僧堂來寫一時無紀之師頭昏眼黑可發一笑然是猶未爲奇絕之文也最奇者二三百人打入僧堂却撲了一箇空方思退出更尋智深也乃今智深反從外邊搶入二三百人陣中來尋軍器大鬧之爲題真不虛矣佛面前推翻供卓撧兩條卓脚從堂裏打將出來再打出來衆多僧行見他來得兇了都搶了棒退到廊下又退到廊下智深兩條卓脚着地捲將來、衆僧早兩下合攏來、智深大怒、指東打西指南打北、八字如錦如火。只饒了兩頭的。是廊下。妙妙。○如此敘事匆忙中。偏有此精細手眼。眞是奇才。當時智深直打到法堂下、只見長老喝道、方丈大鬧。○打出長老來。方是大鬧。若請出長老來。何足云鬧哉。智深不得無禮、衆僧也休動手、兩邊衆人被打傷了數十箇、見長老來、各自退去、智深見衆人退散、撇了卓脚叫道、長老與酒家做主、此時酒已七八分醒了、妙。○不下此語。定要醉到何時。○又使酒人。偏是七八分醒時。最爲慷慨。寫來妙絕。長老道智深

讀至此真有恩風既息日圓如故之樂○每每看書要圖奇肆之篇以爲快意今讀至此處不過收拾上文寥

你連累殺老僧、前番醉了一次、攪擾了一場、我教你兄趙員外得知、他寫書來與衆僧陪話、此事前文不見却於此處補出、行文有大牙相錯之法。今番你又如此大醉無禮、亂了清規、打壞了亭子、又打壞了金剛、這箇且繇他、你攪得衆僧捲堂而走、這箇罪業非小、我這裏五臺山文殊菩薩道場、千百年清淨香火去處、如何容得你這等穢汚、你且隨我來方丈裏過幾日、我安排你一箇去處、智深隨長老到方丈、去長老一

> 要淺語耳然亦殊以爲快者半日看他兩番大鬧亦大費我心寬矣巴到此處且圖箇心寬小息嗚呼作書乃今讀者如此雖

面叫職事僧人留住衆禪客再回僧堂自去坐禪完。打傷了的和尚自去將息完。長老領智深到方丈歇了一夜次日眞長老與首座商議收拾了些銀兩賫發他教他別處去可先說與趙員外知道是。長老隨即修書一封使兩箇直廳道人逕到趙員外莊上說知就裏立等回報趙員外看了來書好生不然員外出醜矣。回書來拜覆長老說道壞了的金剛亭子趙某隨即備價來修智深任從長老發欲不謂之才子不可得也。

遣（非員外薄情也，若非此句，則員外真像一箇人。後日便不容易安置他，日智深下山，亦不可不特往別之矣。不如只如此丟地，何等省手乾淨。）長老得了回書，便叫侍者取領皁布直裰、一雙僧鞋、（往往寫長老愛之。）十兩白銀，房中喚過智深。長老道：「智深，你前番一次大醉，鬧了僧堂，便是誤犯；今次又大醉，打壞了金剛，攤了亭子，捲堂鬧了選佛場，你這罪業非輕；又把衆禪客打傷了。我這裏出家，是箇清淨去處，你這等做作，甚是不好看。你趙檀越面皮，與你這封書，投一箇去處安身、我這里決然安你不得了、我夜來看了、贈汝四句偈言、終身受用、智深道、師父教弟子那里去安身立命、此四字是王進所說、世間淡泊、收拾不住、此語遂爲佛門所有、願聽俺師四句偈言、真長老指着魯智深說出這幾句言語、去這箇去處、有分教、這人笑揮禪杖、戰天下英雄、好漢怒掣戒刀、砍世上逆子讒臣、畢竟真長老與智深說出甚言語來、且聽下回分解

第五才子書施耐菴水滸傳卷之八

第五才子書施耐菴水滸傳卷之九

聖歎外書

第四回

小霸王醉入銷金帳

花和尚大鬧桃花村

智深取卻真長老書若云於路不則一日早

來到東京大相國寺則是二回書接連都在

和尚寺裏何處見其龍跳虎臥之才乎此偏

於路投宿忽投到新婦房裏夫特特避却和尚寺而不必到新婦房則是作者龍跳虎臥之才猶爲不快也嗟乎耐菴真正才子也真正才子之胸中夫豈可以尋常之情測之也哉

此回遇李忠後回遇史進都用一樣句法以作兩篇章法而讀之却又全然是兩樣事情兩樣局面其筆力之大不可言

爲一女子弄出○來○直○弄○到○五○臺○山○去○做○了○和

○尚及做了和尚弄下五臺山○來○又○爲○一○女○子

○又○幾○乎○弄○出○來夫女子不女○子○嘗○達○不○知○也

弄出不弄○出○嘗○達○不○知○也和尚不和○尚○嘗○達

○不○知○也上山與下○山○嘗○達○悉○不○知○也○亦○曰○遇

○酒○便○喫○遇○事○便○做○遇○弱○便○扶○遇○硬○便○打○如○是

○而○已○矣○又○烏○知○我○是○和○尚○他○是○女○兒○昔○日○弄

○出○故○上○山○今○日○下○山○又○弄○出○哉

魯達武松兩傳作者意中卻欲遙遙相對故
其敘事亦多仿佛相準如魯達救許多婦女
武松殺許多婦女魯達酒醉打金剛武松酒
醉打大蟲魯達打死鎮關西武松殺死西門
慶魯達瓦官寺前試禪杖武松蜈蚣嶺上試
戒刀魯達打周通越醉越有本事武松打蔣
門神亦越醉越有本事魯達桃花山上踏匾
酒器揣了滾下山去武松鴛鴦樓上踏匾酒

器揣了跳下城去皆是相準而立讀者不可不知

要盤纏便偷酒器要私走便滾下山去人曰堂堂丈夫奈何偷了酒器滾下山去公曰堂堂丈夫做甚麽便偷不得酒器滾不得下山耶益見曾達浩浩落落

看此回書須要處處記得曾達是箇和尚如銷金帳中坐亂草坡上滾都是光着頭一箇

人故奇妙不可言
寫魯達踏匾酒器偷了去後接連便寫李周二人分贓數語其大其小雖婦人小兒皆洞然見之作者眞皷之舞之以盡神矣哉
大人之爲大人也自聽天下萬世之人諒之
小人之爲小人也必要自巳口中戞戞言之或與其標榜之同輩一遞一唱以張揚之如魯達之偷酒器李周之分車仗可不爲之痛

悼乎耶。

話說當日智眞長老道、智深、你此間决不可住了、我有一箇師弟、見在東京大相國寺住持、喚做智清禪師、我與你這封書去、投他那里討箇職事僧做、我夜來看了、贈汝四句偈子、你可終身受用、記取今日之言、智深跪下道、洒家願聽偈子、長老道、

遇林而起、遇山而富、遇州而遷、遇江而止、

魯智深聽了四句偈子、拜了長老九拜、是宜三拜也。然而洒家不省得也。拜

箇不住。則是九拜矣。或曰。若此則何不十拜。曰。十拜者。數之辭也。九拜者。不數之辭也。拜箇不數。則是九拜也。背了包裹腰包肚包藏了書信辭了長老并衆僧人離了五臺山逕到鐵匠間壁客店裏歇了○○○○○○○○○○○○前所見間壁一家。寫着父子客店也。等候打了禪杖戒刀完備就行寺內衆僧得魯智深去了無一箇不歡喜完衆僧。長老教火工道人自來收拾打壞了的金剛亭子完壞金剛亭子。過不得數日趙員外自將若干錢物來五臺山再塑起金剛重修起半山亭子完新金剛。新亭子。不

在話下再說這魯智深就客店裏住了幾日〔連日[illegible][illegible]〕

〔不言可知〕等得兩件家生都已完備做了刀鞘〔又向戒刀上添〕

〔出色澤來〕把戒刀插放鞘內禪杖卻把漆來裹了〔又向禪杖〕

〔上添出色澤來〕將些碎銀子賞了鐵匠〔前許不肯食言亦表兩件生活打得〕

〔得意蓋文人筆美人鏡亦猶是矣〕背了包裹跨了戒刀提了禪杖

〔細〕作別了客店主人并鐵匠行程上路過往人

看了果然是箇莽和尚〔亦在過往人眼中看出莽和尚三字來〕智深

自離了五臺山文殊院取路投東京來行了半月

之上。於路不投寺院去歇。已受大創也。○隔江望見剃竿。便喫一嚇。安肯復入這門來。只是客店內打火安身。此句夜飲。白日間酒肆裏買喫。此句晝飲。一日正行之間。貪看山明水秀。寫得魯達文秀。不覺天色已晚。趕不上宿頭。路中又沒人作伴。那里投宿是好。又趕了三二十里田地。過了一條板橋。遠遠地望見一簇紅霞樹木叢中閃着一所莊院。莊後重重疊疊都是亂山。伏一筆。魯智深道。只得投莊上去借宿。逕奔到莊前看時。見數十箇莊家忙忙急急搬東搬西魯智深到莊前倚了禪杖與莊客唱箇喏（俗本作打箇問訊）莊客道和尚日晚來我莊上做甚的智深道洒家趕不上宿頭欲借貴莊投宿一宵明早便行莊客道我莊上今夜有事歇不得智深道胡亂借洒家歇一夜明日便行莊客道和尚快走休在這里討死智深道也是怪哉歇一夜打甚麼不緊怎地便是討死莊家道去便去不去時便捉來縛在這里（莊主苦不可言莊客已使新女壻勢頭矣世間

如此之事極多。寫來爲之一笑。魯智深大怒道、你這厮村人好沒道理、俺又不曾說甚的、便要綁縛酒家、莊家們也有罵的也有勸的、魯智深提起禪杖、却待要發作只見莊裏走出一箇老人來、魯智深看那老人時、年近六旬之上、拄一條過頭柱杖、走將出來喝問莊客、你們閙甚麽、莊客道、可奈這箇和尚要打我們、智深便道、酒家是五臺山來的僧人、便不說過往僧人。魯達亦有此智耶。要上東京去幹事、今晚趕不上宿頭借貴

莊投宿一宵、莊家那廝無禮、要綁縛洒家、那老人
道既是五臺山來的師父○隨我進來、智深跟那老
人、直到正堂上、分賓主坐下、那老人道師父休要
怪、莊家們不省得師父是活佛去處來的、他作尋
嘗一例相看、老漢從來敬信佛、天、三寶、佛者何也天者何也三寶者又何也夫三寶者佛法僧三是也然則言三寶不得又言佛也佛者三界大師所謂天中天也然則言佛不得接言天也今混帳云我敬佛天三寶不知彼之所敬爲何等事耶嗟乎滔滔者天下皆是也作者深哀其不達法相故特於劉老口中調侃出之凡以愧之也雖是我莊

上今夜有事權且留師父歇一宵了去智深將禪杖倚了起身唱箇喏［俗本亦作打箇問訊］謝道感承施主酒家不敢動問貴莊高姓老人道老漢姓劉此間喚做桃花村［好村名可謂桃之夭夭灼灼其花矣］鄉人都叫老漢做桃花莊劉太公［阿父桃花著名令愛那不桃花坐命皆作者憑空設色處］敢問師父法名喚做甚麼諱字智深道俺的師父是智眞長老［不惟源流明白兼乃不背師長］與俺取了箇諱字因洒家姓魯喚做魯智深太公道師父請喫些晚飯不知肯

喫葷腥也不着。(然只問葷腥。却偏不問酒。妙筆。)魯智深道洒家不忌葷酒(太公只問葷腥。智深忽然自增出一酒字。妙筆。)遮莫甚麽渾清白酒都不揀選(又先說酒。)牛肉狗肉但有便喫(肉又補。)太公道既然師父不忌葷酒先叫莊客取酒肉來沒多時莊客掇張卓子放下一盤牛肉三四樣菜蔬一雙筯(筯先有了。却不見盞。妙筆。)放在魯智深面前智深解下腰包肚包(細。)坐定那莊客旋了一壺酒(一壺妙。下一隻盞子又妙。)拿一隻盞子(盞子方纔來。只一雙筯。一隻盞。亦必擺出魯達好酒急情來。真正妙)

筆。篩下酒與智深喫這魯智深也不謙讓也不推辭無一時一壺酒一盤肉都喫了（三四樣菜蔬。原物不動。寫五臺山師父絕倒。）太公對席看見呆了半晌莊客搬飯來又喫了擡過卓子（只如此。）太公分付道胡亂教師父在外面耳房中歇一宵夜間如若外面熱鬧不可出來窺望智深道敢問貴莊今夜有甚事太公道非是你出家人閒管的事（先作一跌。妙絕。蓋閒管尚非出家人本色。後文乃至赤條條坐新婦銷金帳中。眞絕倒之筆也。）智深道太公緣何模樣不甚喜歡莫不怪酒家來攪擾你麼明日酒家算還你房錢便了太公道師父聽說我家時常齋僧布施那爭師父一箇只是我家今夜小女招夫以此煩惱（八字奇文）魯智深呵呵大笑道男大須婚女大必嫁這是人倫大事五常之禮何故煩惱太公道師父不知這頭親事不是情願與的智深大笑道太公你也是箇癡漢既然不兩相情願如何招贅做箇女婿太公道老漢止有這箇小女今年方得一十

一路並不說出大王名姓只用大王二字便生出許多妙語來如引着大王句大王摸進句大王叫救句勸得



○九歲（六字奇文。寫盡莊漢懵懂。）被此間有座山，喚做桃花山。近來山上有兩箇大王，（近來二字妙。定李忠下筆。）扎了寨柵，聚集着五七百人，打家刼舍。此間青州官軍捕盜，禁他不得。因來老漢莊上討進奉，見了老漢女兒，撇下二十兩金子，一疋紅錦爲定禮，選着今夜好日，晚間來入贅老漢莊上。又和他爭執不得，只得與他。因此煩惱，非是爭師父一箇人。（又答還一句。）智深聽了道：原來如此。洒家有箇道理，教他回心轉意不

大王句騎翻大王句撇下大王句大王扒出句馬欺大王句馱去大王句凡若于大王猶如大珠小珠滿盤迸落蓋自有大王

要娶你女兒如何○○○○○○○魯達凡三事。都是婦女身上起。第一爲了金老女兒。做了和尚。第二旣做和尚。又爲劉老女兒。第三爲了林冲娘子。和尚都做不得。然又三處都是酒後。特特寫豪傑。親酒遠色。感慨世人不少。太公道。他是箇殺人不眨眼魔君。你如何能彀得他回心轉意。智深道。洒家在五臺山眞長老處學得說因緣。○○○○○便是鐵石人也勸得他轉。前說有箇道理回心轉意。原欲以鄭屠之法治之。只因老兒如何能彀一句。便隨口嘈出說因緣來。冒冒失失。爲下文一笑。今晚可教你女兒別處藏了。俺就你女兒房內說因緣。勸他便回心轉意。太公道。好

二字以來未有狼狽如斯之甚者也



却甚好、只是不要捋虎鬚、智深道、洒家的不是性命。（是魯達語。他人說不出。快絕妙絕。一句抵千百句。）○你只依着俺行、太公道、却是好也、我家有福得遇這箇活佛下降、莊客聽得都喫一驚、（照前廝打。妙絕文情。）○太公問智深、再要飯喫○○○○○○麼、智深道、飯便不要喫、有酒再將些來喫、（前一壺酒。何足道哉。既要智深幹事。定應再與痛飲。然在智深既不可自討。在太公又不可直問。何則。若智深自討則太公驚喜奉承之意不見。若太公直問。則又不似敬重三寶之太公。所以待活佛去處之師父也。故作者於此反覆推敲。算出問飯來。而智深接口云。飯便不喫。酒再將來。一時賓主酬酢。如火似錦矣。太公道有有○○二有字。寫出太公分外驚喜奉承。隨即叫莊客取一隻熟鵝大碗斟將酒來叫智深盡意喫了三二十碗那隻熟鵝也喫了叫莊客將了包裹先安放房裏細。提了禪杖帶了戒刀細。問道太公你的女兒躲過了不曾太公道老漢已把女兒寄送在鄰舍莊裏去了智深道引小僧新婦房裏去○○○○○○○處處自稱洒家。此獨云小僧者。爲新婦房裏四字。合成妙語。以發一笑也。太公引至房邊指道這裏面便是智深道你們自去躲了太公與衆莊客、自出外面安排筵席、智深把房中卓椅等物都掇過了、將戒刀放在床頭、禪杖把來倚在牀邊、（老劉女也。孫郎妹耶。何其房中甚似孫也。）把銷金帳子下了、脫得赤條條地（○銷金帳中亦條條一箇和尚。奇文。）跳上床去坐了、太公見天色看看黑了、叫莊客前後點起燈燭熒煌、就打麥場上放下一條卓子、上面擺着香花燈燭、一面叫莊客大盤盛着肉、大壺溫着酒、約莫初更時分、只聽得、（只聽得。）山邊鑼鳴鼓響、這劉太公懷着鬼胎、（雖寫怕極

之語。然亦故作奇文。女兒做親，文人先懷鬼胎耶。莊家們都捏着兩把汗，

盡出莊門外看時，只見只見遠遠地四五十火把，熠耀如同白日，一簇人馬飛奔莊上來。劉太公看見，

便叫莊客大開莊門，前來迎接。只見前遮後擁，明晃晃的都是器械旗鎗，盡把紅綠絹帛縛着。高典。小嘍囉頭上亂插着野花。高典。○此處特地寫，非為新郎裝幌，總為後文反映也。

前面擺着四五對紅紗燈籠，熠着馬上那箇大王。紅紗燈熠出大王來，奇筆。頭戴撮尖乾紅凹面巾，鬢傍邊插

一枝羅帛像生花上穿一領圍虎體挽絨金繡綠
羅袍腰繫一條稱狠身銷金包肚紅搭膊着一雙
對掩雲跟牛皮靴騎一匹高頭捲毛大白馬高興那
大王來到莊前下了馬只見衆小嘍囉齊聲賀道
帽兒光光今夜做箇新郎衣衫窄窄今夜做箇嬌
客高興劉太公慌忙親捧臺盞斟下一杯好酒跪在
地下衆莊客都跪着那大王把手來扶道你是我
的丈人如何倒跪我太公道休說這話老漢只是

大王治下管的人戶、那大王已有七八分醉了○○○○○○○巳有

七八分醉了。呵呵大笑道、我與你家做箇女壻也不虧

負了你、你的女兒匹配我也好。劉太公把了下馬○○○○

杯。又是下馬杯。來到打麥場上、見了香花燈燭、便道泰

山何須如此迎接。那里又飲了三杯。○○○○又飲了三杯。來到

廳上喚小嘍囉教把馬去繫在綠楊樹上。○○○○○○○○○○○○大王親口分付。

教把馬繫在綠楊樹上。如何後遂忘之。○既來入贅。則非少頃便歸者矣。據理定應把這馬寄養在

太公家槽裏。今祗爲後文一笑。故有此一筆。小嘍囉把鼓樂就廳前擂

將起來（高興）大王上廳坐下叫道丈人我的夫人在那里太公道便是怕羞不敢出來大王笑道且將酒來我與丈人回敬那大王把了一杯便道我且和夫人廝見了却來喫酒未遲那劉太公一心只要那和尚勸他便道（趣語）老漢自引大王去拏了燭臺引着大王轉入屏風背後直到新人房前太公指與道此間便是請大王自入去太公拏了燭臺一直去了未知凶吉如何先辦一條走路（妙）那大

王推開房門見裏面黑洞洞地（絕倒。）大王道你看我那丈人是箇做家的人房裏也不點碗燈繇我那夫人黑地裏坐地（做家的人。乃至爲賊所笑。哀哉。）明日叫小嘍囉山寨裏扛一桶好油來與他點（明日回想此語。幾成布施燈油。）魯智深坐在帳子裏都聽得忍住笑不做一聲（七字無數情景。）那大王摸進房中（六字奇文。大王字。與摸字不連。大王摸字。與房中字不連。思之發笑。）叫道娘子你如何不出來接我你休要怕羞我明日要你做壓寨夫人一頭叫娘子一面摸來

○摸去一摸摸着銷金帳子便揭起來探一隻手入○去摸時摸着魯智深的肚皮○接連六箇摸字。忽然接一箇肚皮字。雖欲不笑。不可得也。○意在肚皮之下。不料乃遇吾師。被魯智深就勢劈頭巾帶角兒揪住一按按將下牀來那大王却待掙扎六字奇文。大王字與掙扎字不連。魯智深把右手揑起拳頭駡一聲直娘賊連耳根帶頰子只一拳舊時本色。那大王叫一聲道甚麼便打老公此句情理所無。只是扯作趣語。以發一笑耳。魯智深喝道教你認得老婆拖倒在牀邊拳頭脚尖一齊上（絕倒。老公老婆。接口明快。）打得大王叫救人（七字奇文。大王字與叫字不連。打字與大王字不連。大王叫救人字不連。打得大王叫救人字不連。）劉太公驚得呆了只道這早晚正說因緣勸那大王（揹帶一句。）妙趣。却聽得裏面叫救人（只謂是和尚。）太公慌忙把着燈燭引了小嘍囉一齊搶將入來眾人燈下打一看時（眾人眼中看出。）只見一箇胖大和尚赤條條不着一絲騎翻大王在牀面前打（如火如錦。○騎翻大王。四字奇文。錦衣花帽大王。背上馱着一箇赤條條和尚。豈不怪哉。）為頭的小嘍囉叫道你眾人都來救大王（救字與大王字不連）衆小嘍囉一齊拖鎗拽棒打將入來救時魯智深見了撇下大王（撇下字與大王字不連）牀邊綽了禪杖着地打將出來禪杖小小發箇利市小嘍囉見來得兇猛發聲喊都走了劉太公只管叫苦打鬧裏（三字絕倒）那大王爬出房門（六字奇文大王字爬字房門字從來不曾連也）奔到門前摸着空馬（是空馬）樹上折枝柳條（不必折枝柳條也恐讀者忘却前文馬繫綠楊樹句故借此提之以爲一笑也）托地跳在馬背上把柳條便打那馬却跑不去（奇文）大王道苦也這

○○○○○○馬也來欺負我也來二字妙。隱隱藏一句罵在內。猶言禿驢欺負我可也。何至空馬也來欺負耶。○○○○○○○○○○再看時原來心慌不曾解得韁繩奇文。連忙扯斷了騎着㩳馬飛走出得莊門大罵劉太公老驢休慌不怕你飛了去把馬打上兩柳條撥喇喇地馱了大王上山去馱字妙絕。言非大王尚能騎馬。馬馱大王還山耳。劉太公扯住魯智深道是。師父你苦了老漢一家兒了魯智深說道休怪無禮言赤條條也。○只四字。亦非魯達說不出。且取衣服和直裰來洒家穿了說話如此筆力。真是心閒手敏。莊家去房裏取來智深穿了太公道我當初只指望你說因緣勸他回心轉意誰想你便下拳打他這一頓定是去報山寨裏大隊強人來殺我家智深道太公休慌俺說與你洒家不是別人俺是延安府老种經略相公帳前提轄官為因打死了人出家做和尚休道這兩箇鳥人便是一二千軍馬來洒家也不怕他你們衆人不信時提俺禪杖看為禪杖出色寫一句莊客們那里提得動為禪杖出色寫智深接過來

手裏一似撚燈草一般使起來為禪杖出色寫。非是魯達兒氣耕。禪杖實實得意耳。太公道師父休要走了去却要救護我們一家兒使得智深道恁麼閒話俺死也不走魯達語。太公道且將些酒來師父喫休得要抵死醉了太公語。無計留君。只得是酒。然醉了動撣不得。又要公何為哉。二句無數曲折。妙絶。魯智深道酒家一分酒只有一分本事十分酒便有十分的氣力魯達與武松作一聯。此等語。俱要牢記。與後武松對看。太公道恁地時最好我這里有的是酒肉只顧教師父喫且說這桃花山大頭領坐在寨裏正欲差人下山來打聽做女壻的二頭領如何（指帶）只見數箇小嘍囉氣急敗壞（四字奇文。一字不可更易。頭上野花都不見了。謂之敗壞也。）走到山寨裏叫道苦也苦也大頭領連忙問道有甚麼事慌做一團小嘍囉道二哥哥喫打壞了大頭領大驚正問備細只見報道（八字過得快。便令文字省了多少。）二哥哥來了大頭領看時只見二頭領紅巾也沒了身上綠袍扯得粉碎下得馬倒在廳前口裏說道哥哥救我一救只得一句畫出絕倒。○只得一句四字畫出氣急敗壞人。俗本恰失此四字。大頭領問道怎麽來二頭領道兄弟下得山到他莊上入進房裏去叵耐那老驢把女兒藏過了卻教一箇胖和尚躲在他女兒牀上和尚女兒遞來一笑。我却不隄防揭起帳子摸一摸喫那廝揪住一頓拳頭脚尖打得一身傷損那廝見衆人入來救應放了手提起禪杖打將出去因此我得脫了身拾得性命哥哥與我做主報讐大頭領道原來恁地你去房中將息我與你去拿那賊禿來喝叫左右快備我的馬來衆小嘍囉都去大頭領上了馬綽鎗在手盡數引了小嘍囉（幷寫大哥氣憤一齊吶正寫和尚了得）喊下山來再說魯智深正喫酒哩（神筆此老豈淺斟細酌者哉一箇大王去一箇大王來而猶在喫酒則酒量爲何如也你筆便要說是時魯某又喫了二三十碗酒矣）莊客報道山上大頭領盡數都來了智深道你等休慌洒家但打翻的你們只顧縛了解去官司請賞取俺的戒刀出來（禪杖先前直打出來戒刀還在房中細妙無雙魯

智深把直裰脫了拽扎起下面衣服跨了戒刀大踏步提了禪杖出到打麥塲上只見大頭領在火把叢中如畫○讀者至此文忘是夜聞矣忽提四字醒之一騎馬搶到莊前馬上挺着長鎗高聲喝道那禿驢在那里早早出來決箇勝負智深大怒罵道腌臢打春潑才叫你認得酒家此語熠耀下文有七玲八瓏之妙○與後史進文一樣作章法輪起禪杖着地捲起來那大頭領逼住鎗能大叫道和尚且休要動手你的聲音好廝熟與後史進文一樣作章法你

有得說姓名藏頭露尾此處偏敘得快爽者正爲李忠認得作勢也



且通箇姓名（奇文。）魯智深道洒家不是別人（七玲八瓏語。）老种經略相公帳前提轄魯達的便是（便是二字妙。七玲八瓏語。）如今出了家做和尚喚做魯智深（如今二字妙。七玲八瓏語。）那大頭領呵呵大笑滚下馬撇了鎗撲翻身便拜道哥哥別來無恙可知二哥着了你手（奇文。）魯智深只道賺他托地跳退數步（好。）把禪杖收住（好。）定睛看時（好。）火把下（妙絕。）認得不是別人（李忠認得魯達，魯達却不記得。）却是江湖上使鎗棒賣藥的教（李忠者，所謂卿自難記，非魯達過也。）

頭打虎將李忠原來強人下拜不說此二字爲軍中不利只喚做剪拂此乃吉利的字樣（何以知之）李忠當下剪拂了起來扶住魯智深道哥哥緣何做了和尚（要問）智深道且和你到裏面說話劉太公見了又只叫苦這和尚原來也是一路（百忙中下此一筆妙絕遂令行文曲折之甚）魯智深到裏面再把直裰穿了（精細之筆）和李忠都到廳上敘舊魯智深坐在正面（好看）喚劉太公出來那老兒不敢向前智深道太公休怕他他是

俺的兄弟、那老兒見說是兄弟、心裏越慌、又不敢不出來。妙妙。曲折之甚。李忠坐了第二位、太公坐了第三位。好看。魯智深道、你二位在此。不倫不類。說出四字。以地主言之。則智深與太公是二位。李忠則強盜也。以江湖言之。則智深與李忠是二位。太公則閒人也。今偏從智深口中。說李忠太公做一路。寫得魯達天空海濶。豪傑聖賢。觸之則菩薩亦須喫刀。順之則狠虎抱之同卧。真爲神化之筆也。俺自從渭州三拳打死了鎮關西、逃走到代州鴈門縣、因見了洒家賫發他的金老、那老兒不曾回東京去、却隨箇相識也在鴈門縣住、他那箇女兒、就與了本處一箇財主趙員外、和俺廝見了、好生相敬、亦復不忘。不想官司追捉得酒家要緊、那員外陪錢、感恩語。送俺去五臺山智真長老處、落髮爲僧。酒家因兩番酒後、四字儒雅。鬧了僧堂、本師長老與俺一封書、教酒家去東京大相國寺投托智清禪師、討箇職事僧做。因爲天晚、到這莊上投宿、不想與兄弟相見。輕輕二字、說來可笑、可謂不以玉帛、而以兵戎矣。却纔俺打的那漢是誰。因親及親、有此一問、恩深義重。你如何又在這里要問李忠道小弟自從那日與哥哥在渭州酒樓上同史進三人分散次日聽得說哥哥打死了鄭屠我去尋史進商議他又不知投那里去了於無意中補出史進却又不甚明白真有熠耀之妙小弟聽得差人緝捕慌忙也走了却從這山下經過却纔被哥哥打的那漢先在這里桃花山扎寨喚做小霸王周通那時引人下山來和小弟廝殺被我贏了他留小弟在山上為寨主讓第一把交椅教小弟坐了以此在這

星落草智深道既然兄弟在此劉太公這頭親事再也休題魯達語何等爽直他止有這箇女兒要養終身不爭被你把了去教他老人家失所真正佛說因緣經是非強盜之所知也太公見說了大喜方纔大喜安排酒食出來黃昏整備未用故來得快管待二位小嘍囉們每人兩箇饅頭兩塊肉一大碗酒皆黃昏所備筵席都教喫飽了太公將出原定的金子段疋精細魯智深道李家兄弟叫得親切你與他收了去爽直這件事都在你身上爽直○真是看得天下無

難事。李忠道這箇不妨事且請哥哥去小寨住幾時

劉太公也走一遭奇語。○爲要當面決絕親事。故特放此一句。不然。則亦作別太公矣。然讀者以爲大奇。太公叫莊客安排轎子擡了魯智深

帶了禪杖戒刀行李細。李忠也上了馬太公也坐

了一乘小轎奇景。却不道文人來也。却早天色大明○○○○○可見忙了一夜

衆人上山來智深太公到得寨前下了轎子李忠

也下了馬邀請智深入到寨中向這聚義廳上三

人坐定周通未出。太公不妨權坐。及後請出周通來。太公只立了不坐。都妙。李忠叫

請周通出來。周通見了和尚，心中怒道：「哥哥却不與我報讐，倒請他來寨裏，讓他上面坐。」李忠道：「兄弟，你認得這和尚麼？」周通道：「我若認得他時，須不喫他打了。」李忠笑道：「這和尚便是我日常和你說的三拳打死鎮關西的便是他。」不必更出名字，已自震雷貫耳。周通把頭摸一摸，叫聲「阿呀」，撲翻身便剪拂。寫出平日貫耳。魯智深答禮道：「休怪衝撞。」三箇坐定，劉太公立在面前。叙得妙。有文有理。其此句之謂矣。蓋太公此來，止為要了當親事耳。若亦坐下，則將令周

[通李忠。推牛宰馬。管待太公耶。]魯智深便道、周家兒弟[叫得親切]你來聽俺說、劉太公這頭親事、你却不知[真正因緣強盜何知]他只有這箇女兒、養老送終、承祀香火、都在他身上、你若娶了、教他老人家失所、他心裏怕不情願[此句][又帶一曲。可謂善說因緣矣。]你依着酒家把來棄了[放過太公攪歸自己][既壓之以不得不從之勢。又善化其不能相忘別之心。麁鹵如魯達。有此曲折語。益見其妙也。]選一箇好的、原定的金子段疋將在這里、你心下如何[要知此句不是軟語。正是硬語。周通見不是頭。所以折箭也。]周通道竝聽

大哥言語兄弟再不敢登門智深道大丈夫作事

却要休翻悔（再勸一句。妙絕。爽快是魯達天性。此偏多用勾勸，乃愈見其爽快。妙絕。）

周通折箭爲誓（魯達非此不信，非周通性直也。）劉太公拜謝了納

還金子段疋自下山回莊去了（完劉太公。）李忠周通椎

牛宰馬安排筵席管待了數日引魯智深山前山

後觀看景致果是好座桃花山（强盜豈會游山耶，只爲亂草一句耳。）

生得兇怪四圍嶮峻單單只一條路上去四下里

漫漫都是亂草（伏一句。）智深看了道果然好險隘去

處、任了幾日、魯智深見李忠周通不是箇慷慨之人、作事慳吝、只要下山、兩箇苦留、那里肯住、只推道、俺如今既出了家、如何肯落草、李忠周通道、哥哥既然不肯落草、要去時、我等明日下山、但得多少、盡送與哥哥作路費、次日山寨裏一面殺羊宰豬、且做送路筵席、安排整頓許多金銀酒器設放在卓上（好笑）、正待入席飲酒、只見小嘍囉報來說山下有兩輛車十數箇人來也、李忠周通見報了、點起衆多小嘍囉只留一兩箇伏侍魯智深飲酒兩箇好漢道哥哥只顧請自在喫幾杯我兩箇下山去取得財來就與哥哥送行分付已罷引領衆人下山去了且說這魯智深尋思道這兩箇人好生慳吝見放着有許多金銀却不送與俺直等要去打劫得別人的送與洒家這箇不是把官路當人情只苦別人（罵盡千載）洒家且教這廝喫俺一驚便喚這幾箇小嘍囉近前來篩酒喫方纔喫得兩盞跳

起身來兩拳打翻兩箇小嘍囉便解搭膊做一塊兒細了口裏都塞了些麻核桃（何處得來）便取出包裹打開沒要緊的都撇了只拿了卓上金銀酒器都踏匾了拴在包裹胸前度膊袋內藏了真長老的書信跨了戒刀提了禪杖項了衣包（數筆看他便摺疊無數）便出寨來到後山打一望時都是嶮峻之處卻尋思道酒家從前山去時一定喫那廝們撞見不如就此間亂草處滾將下去先把戒刀和包裹拴了望

下丢落去，又把禪杖也攛落去，却把身望下只一滚，骨碌碌直滚到山脚邊（爽快自是天性。）並無傷損。（傷損容亦有之。然說他則甚。則不如並無傷損之乾淨也。）跳將起來，尋了包裹，跨了戒刀，拿了禪杖，拽開脚步，取路便走。再說李忠、周通下到山邊，正迎着那數十箇人，各有器械。（妙筆。不因此句，則兩條好漢取十數箇客人，何須一刻工夫。魯達如何做得許多手脚。今特地放此一語，便不免提刀相鬬，騰那出工夫來，為魯達偷酒器之地。蓋非世人所知也。）李忠、周通挺着鎗，小嘍囉吶着喊，搶向前來，喝道：兀那客人，會事的留下買路錢那客人內有一箇便撚着朴刀來鬬李忠一來一往一去一回鬬了十餘合不分勝負是好一回工夫矣周通大怒趕向前來喝一聲眾小嘍囉一齊都上那夥客人抵當不住轉身便走有那走得遲的早被搠死七八箇劫了車子財物和着凱歌慢慢地上山來慢慢妙又好一回工夫也到得寨裏打一看時只見兩箇小嘍囉綑做一塊在亭柱邊卓子上金銀酒器都不見了周通解了小嘍囉問其

備細脊智深那里去了小嘍囉説道把我兩箇打翻細縛了捲了若干器皿都拿了去周通道這賊禿不是好人倒着了那厮手脚却從那里去了團團尋踪跡到後山見一帶荒草平平地都滚倒了周通看了道這禿驢倒是箇老賊這般嶮峻山岡從這里滚了下去李忠道我們趕上去問他討也羞那厮一塲周通道罷罷賊去了關門那里去趕便趕得着時也問他取不成是倘有些不然起來

我和你又敵他不過後來到難廝見了不如罷手後來倒好相見丼眞寫周通圖着後日也。蓋爲如此便足矣。定要去討。如何了結故也。我們且自把車子上包裹打開將金銀段疋分作三分我和你各捉一分於偷酒器者。優劣如何。一分賞了衆小嘍囉李忠道是我不合引他上山折了你許多東西我的這一分都與了你於偷酒罷如何。周通道哥哥我和你同死同生休恁地計較於偷酒罷如何。看官牢記話頭這李忠周通自在桃花山打劫酒家記得。再說魯智深離了桃花山放開脚步從早晨直走到午後約莫走下五六十里多路肚裏又饑○○○四字爲後一同眼目牢牢記之路上又沒箇打火處尋思早起只顧貪走不曾喫得些東西却投那里去好東觀西望猛然聽得遠遠地鈴鐸之聲魯智深聽得道好了不是寺院便是宮觀風吹得簷前鈴鐸之聲洒家且尋去那里投奔不是魯智深投那箇去處有分教半日裏送了十餘條性命生靈一把火燒了有名的靈

醉入銷金帳

山古跡直教黃金殿上生紅燄碧玉堂前起黑煙

○○○○

畢竟魯智深投甚麼寺觀來且聽下回分解

書施耐菴水滸傳卷之九

(明)施耐庵 撰 (清)金聖歎 批

# 貫華堂本水滸傳

第三册

國家圖書館出版社

# 第三册目録

# 第五才子書施耐菴水滸傳卷之十

聖歎外書

## 第五回

九紋龍剪徑赤松林
魯智深火燒瓦官寺

吾前言兩回書不欲接連都在叢林因特幻出新婦房中銷金帳裏以間隔之固也然惟恐兩回書接連都在叢林而必別生一回不

在叢林之事以間隔之此雖才子之才而非才子之大才也夫才子之大才則何所不可之有前一回在叢林後一回何妨又在叢林不寧惟是而已前後二回都在叢林何妨中間再生一回復在叢林夫兩回書不欲接連都在叢林者才子教天下後世以避之之法也若兩回書接連都在叢林而中間反又加倍寫一叢林者才子教天下後世以犯之之

法也雖然避可能也犯不可能也夫是以才
子之名畢竟獨歸耐菴也
吾讀瓦官一篇不勝浩然而歎嗚呼世界之
事亦猶是矣耐菴忽然而寫瓦官千載之人
讀之莫不盡見有瓦官也耐菴忽然而寫瓦
官被燒千載之人讀之又莫不盡見瓦官被
燒也然而一卷之書不盈十紙瓦官何因而
起瓦官何因而倒起倒只在須臾三世不成

戲事耶又攤書於几上人憑几而讀其間面與書之相去蓋未能以一尺也此未能一尺之間又蕩然其虛空何據而忽然謂有庬官何據而忽然又謂燒盡顛倒畢竟虛空山河不又如夢耶嗚呼以大雄氏之書而與凡夫讀之則謂香風萎花之句可入詩料以北西廂之語而與聖人讀之則謂臨去秋波之曲可悟重玄夫人之賢與不肖其用意之相去

既有如此之別然則如耐菴之書亦顧其讀
之之人何如矣夫耐菴則又安辯其是稗官
安辯其是菩薩現稗官耶
一部水滸傳悉依此批讀
通篇只是魯達紀程圖也乃忽然飛來史進
忽然飛去史進者非此魯達於瓦官寺中眞
了不得而必借助於大郎也亦爲前者渭州
酒樓三人分手直至於今都無下落昨在桃

花山上雖曾收到李忠然而李忠之與大郎其重其輕相去則不但丈尺而已也乃今李忠反已討得着實而大郎猶自落在天涯然則茫茫大宋斯人安在者乎況於過此以往一到東京便有豹子頭林冲之一事作者此時卽通身筆舌猶恨未及其何暇更以閒心閒筆來炤到大郎也不得已因向瓦官寺前穿插過去嗚呼誰謂作史爲易事耶

眞長老云便打壞三世佛老僧亦只得罷休善哉大德眞可謂通達罪福相徧照於十方也若清長老則云侵損菜園得他壓伏嗟乎以菜園爲莊產以衆生爲怨家如此人亦復匡徒領衆儼然稱師殊可怪也夫三世佛之與菜園則有間矣三世佛猶罷休則無所不罷休可知也菜園猶不罷休然則如清長老者又可損其毫毛乎哉作者於此三致意焉

以眞入五臺以清占東京意蓋謂一是清涼法師一是鬧熱光棍也

此篇處處定要寫到急殺處然後生出路來又一奇觀

此回突然攧出不完句法乃從古未有之奇事如智深跟丘小乙進去和尚喫了一驚急道師兄請坐聽小僧說此是一句也却因智深睜着眼在一邊夾道你說你說於是遂將

聽小僧三字隔在上文說字隔在下文一也智深再回香積厨來見幾箇老和尚正在那里怎麼此是一句也却因智深來得聲勢於是遂於正在那里四字下忽然收住二也林子中史進聽得聲音要問姓甚名誰此是一句也却因智深鬬到性發不保其問於是姓甚已問名誰未說三也凡三句不完却又是三樣文情而總之只爲描寫智深性急此雖

史遷未有此妙矣

話說魯智深走過數箇山坡見一座大松林一條山路隨着那山路行去走不得半里擡頭看時一箇看時。卻見一所敗落寺院離了一箇叢林。要到一箇叢林。未到那箇叢林。先到這箇叢林。又兩頭兩箇叢林。極其興旺。中間一箇叢林。極其敗落。寫得筆墨淋漓興亡滿目。○前篇吾言出一叢林。入一叢林。便令兩回書接連都在叢林中。故特特幻出一箇新婦房中銷金帳子。以間隔之也。乃作者忽又自念叢林接連。正復何妨。亦顧我之才調何如耳。我誠出其珠玉錦繡之心。迴旋結撰。則雖三叢林接連。正自橫峯側嶺。豈有兩叢林接連。便成棘手耶。是以遂有此篇也。○又爲新打禪林。未曾出色一寫。故有此篇。讀者又應留眼。被風吹得鈴鐸響十字補出檯頭之故。謂之倒句。看那山門時兩箇看時。上有一面舊朱紅牌額內有四箇金字都昏了只用三箇字。寫廢寺入神。抵無數墻難壁倒語。又是他人極力寫不出。想不來者。寫着瓦官之寺魯達本不識字。今忽敘出四字。乃眼有四字之形。非口出四字之文也。又行不得四五十步過座石橋入得寺來便投知客寮去是五臺僧人。看他節節次次。只見知客寮門前大門也沒了四圍壁落全無智深尋思道這箇大寺如何敗落得恁地直入方丈前看時（三箇看時。節節文文。）只見滿地都是燕子糞（下五臺是二月天氣。恐讀者忘却。特用燕子糞隱隱約約點出之。）門上一把鎖鎖着鎖上盡是蜘蛛網智深把禪杖就地下搠着（禪杖一）叫道過往僧人來投齋叫了半日沒一箇答應回到香積廚下看時（四箇看時。節節文文。）鍋也沒了竈頭都塌了智深把包裹解下放在監齋使者面前（魯達主意是尋飯喫。故特將全副行李。坐住在監齋使者身上。妙絕。）提了禪杖到處尋去（禪杖二）尋到廚房後面一間小屋見幾箇老和尚坐地一箇箇面黃肌瘦。智深喝一聲道。你們這和尚好沒道理。蘇洒家叫喚。沒一箇應。那和尚擺手道。不要高聲。奇文。智深道。俺是過往僧人。討頓飯喫。有甚利害。老和尚道。我們三日不曾有飯落肚。那里討飯與你喫。智深道。俺是五臺山來的僧人。粥也胡亂請洒家喫半碗。遂至於此。○此一物。料定魯達生平未嘗寫。英雄失路可歎。○粥字漸引而出。不欲作突然之筆也。老和尚道。你是活佛去處來的。我們合當齋你。爭奈我寺中僧衆走散。並無一粒齋糧老僧等端的餓了三日智深道胡說這等一箇大去處不信沒齋糧老和尚道我這里是箇非細去處於文殊相國又何如。前耿後帶。典古在目。誦之心傷。只因是十方常住被一箇雲遊和尚引着一箇道人來此住持把常住有的沒的都毀壞了他兩箇無所不為把衆僧趕出去了我幾箇老的走不動只得在這里過因此沒飯喫智深道胡說量他一箇和尚一箇道人做得甚事却不去官府告他老和尚道師父你不知這里衙門又遠便是官軍也禁不得的他這和尚道人好生了得都是殺人放火的人如今向方丈後面一箇去處安身智深道這兩箇喚做甚麼老和尚道那和尚姓崔法號道成綽號生鐵佛道人姓丘排行小乙綽號飛天藥叉這兩箇那里似箇出家人只是綠林中強賊一般把這出家影占身體於老和尚口中述二賊也却偏似直罵魯達者奇絕妙絕智深正問間猛聞得一陣香來瞥然截住轉出奇文智深提了禪杖禪杖三踅

過後面打一看時（五箇看時）見一箇土竈蓋着一箇草蓋氣騰騰透將起來智深揭起看時（六箇看時）煑着一鍋粟米粥（土竈上字草蓋草字粟米粥粟米字皆寫荒凉）智深罵道你這幾箇老和尚沒道理只說三日沒飯喫如今見煑一鍋粥出家人何故說謊（是受戒過人語○出家人何故飲酒出家人何故喫狗喫蒜出家人何故毀像壞寺出家人何故打人出家人何故入婦女房中坐婦女床上出家人何故破人婚姻出家人何故偷人酒器出家人何故後山逃走）那幾箇老和尚被智深尋出粥來只叫得苦把碗楪鈴頭杓子水

此一回文中看他尋出粥又搶去碗背後脚步響又不敢回頭拖杖便走又趕翻幾合避却兩箇又撞着一箇問姓名不肯答

桶都搶過了（妙絕○餓極矣。尋出粥來。已是絕處逢生。却又搶過碗標杓子。遂令生處又絕。行文險仄。令我心驚。○碗標杓子。是喫粥家伙。搶過可也。至於木桶。亦都搶過。作者險仄之情。何其奇妙乎。至於木桶都搶過。而人急計生。生出春檯來。則豈一時所能料哉。）智深肚饑（句）沒奈何（句）見了粥（句）要喫（句）沒做道理處（句○行文至此。絕矣。更無路矣。）只見竈邊破漆春檯只有些灰塵在上面（奇絕。何關喫粥哉。）智深見了人急智生便把禪杖倚了（禪杖四。）就竈邊拾把草把春檯揩抹了灰塵（奇絕。）雙手把鍋擎起來（奇絕。）把粥望春檯只一傾（奇絕。文情如火如錦。）那

又鬭十四五合皆務要寫到極險絕乃處作顯筆力讀者不可不知

幾箇老和尚都來搶粥喫手。看被智深一推一交倒的倒了走的走了智深却把手來捧那粥喫如火如錦。纔喫幾口那老和尚道我等端的三日沒飯喫却纔去那里抄化得這些粟米胡亂熬些粥喫你又喫我們的智深喫五七口聽得了這話便撇了不喫實是智深不喜喫粥。非哀老和尚數言也。只聽得外面有人嘲歌迸然接過。真正奇文。智深洗了手細。提了禪杖禪杖五。奔上不及破壁子裏望見一箇道人從廚房後。聞歌聲。方奔出來。故奔不及也。奔不及而又要望見則趂勢在廢寺上借一句破壁子張着此行文巧妙之訣頭帶皁巾身穿布衫腰繫雜色緣脚穿麻鞋挑着一擔兒一頭是箇竹籃兒裏面露些魚尾是望見語并荷葉托着些肉一頭擔着一瓶酒也是荷葉蓋着口裏嘲歌着唱道你在東時我在西你無男子我無妻我無妻時猶閒可你無夫時好孤恓並不說擄掠婦女却反說出爲他一片至情如近日有諸語云有人行路見幼婦者抱持而嗚咽之婦怒人則謝曰我復何必誠恐卿欲此耳是一樣說話○猶閒可三字說得好笑那幾箇老和尚趕出來搖着

手悄悄地指與智深道（如畫。）這箇道人便是飛天藥叉丘小乙智深見指說了便提着禪杖（禪杖六。）隨後跟去那道人不知智深在後面跟去只顧走入方丈後墻裏去智深隨即跟到裏面（入去）看時（七箇看時）見綠槐樹下放着一條桌子鋪着些盤饌三箇盞子三雙筯子（八字。異樣色澤。）當中坐着一箇胖和尚生得眉如漆刷臉似墨裝肐膪的一身横肉胸脯下露出黑肚皮來邊廂坐着一箇年幼婦人那道人把竹籃放下來也坐地智深走到面前那和尚喫了一驚（寫笑如其來只用二筆兩邊聲勢都有）跳起身來便道請師兄坐同喫一盞智深提着禪杖道（禪杖七）你這兩箇如何把寺來廢了那和尚便道師兄請坐聽小僧（其語未畢）智深睜着眼道你說你說（四字氣忿如見）說在先敝寺（說字與上聽小僧本是接着成句智深自氣忿忿在一邊夾着你說你說耳章法奇絕從古未有）十分好箇去處田庄又廣僧衆極多只被廊下那幾箇老和尚喫酒撒潑將錢養女（三箇盞子一箇婦人偏偏說出此八

字來。而魯達亦復信之。所以爲魯達也。長老禁約他們不得又把長老排告了出去因此把寺來都廢了僧衆盡皆走散田土已都賣了小僧却和這箇道人新來住持此間新來住持四字妙。前云在先敝寺。後云在先檀越。此却云新來住持。明是情慌。無本之辭也。正欲要整理山門修葢殿宇智深道這婦人是誰却在這里喫酒只問兩句。使前八字齊剷。那和尚道師兄容稟這箇娘子他是前村王有金的女兒王有金。奇名。在先他的父親是本寺檀越如今消乏了家私近日好生狠狠家間人口都沒了丈夫又患病因來敝寺借米小僧看施主檀越之面取酒相待別無他意師兄休聽那幾箇老畜生說智深聽了他這篇話又見他如此小心（此句要）便道叵耐幾箇老僧戲弄洒家提了禪杖（禪杖八）再回香積廚來（出來）這幾箇老僧方纔喫些粥正在那裏（正在那裏下還有如何若何許多光景却被魯達忿忿出來都嚇住了用筆至此豈但文中有畫竟謂此四字虛歇處突然有魯達跳出可也）看見智深忿忿的出來指着老和尚道原來是你

這幾箇壞了常住猶自在俺面前說謊老和尚們一齊都道師兄休聽他說見今養着一箇婦女在那里（只須一句破的）他恰纔見你有戒刀禪杖他無器械不敢與你相爭你若不信時再去走遭看他和你怎地師兄你自尋思他們喫酒喫肉我們粥也沒的喫（已足）恰纔還只怕師兄喫了（又補此一句妙）智深道也說得是倒提了禪杖（禪杖九）再往方丈後來（又進去）見那角門却早關了智深大怒只一脚踢開了搶入

裏面看時（八箇看時）只見那生鐵佛崔道成仗着一條朴刀從裏面趕到槐樹下來搶智深智深見了大吼一聲輪起手中禪杖（禪杖十）來鬭崔道成兩箇鬭了十四五合那崔道成鬭智深不過只有架隔遮攔掣仗躲閃抵當不住却待要走這丘道人見他當不住却從背後拿了條朴刀大踏步搠將來智深正鬭間忽聽得背後脚步響（急殺奇文）却又不敢回頭看他（急殺奇文）不時見一箇人影來知道有暗

算的人寫得毛寒骨抖。真是急殺。真正奇文。叫一聲着那崔道成心慌只道着他禪杖托地跳出圈子外去寫魯達應變之才。如火如錦。智深恰纔回身正好三箇摘脚兒廝見急殺。奇文。崔道成和丘道人兩箇又併了十合之上智深一來肚裏無食此回主意。二來走了許多程途三者當不得他兩箇生力此句便伏史進。此三句與後得了史進，喫得飽了一段遙對作章法。只得賣箇破綻拖了禪杖便走禪杖十一。寫禪杖不必寫到定是麤，却早已十分出色。是耐菴方有此筆。兩箇撚着朴刀直殺

出山門外來又出來智深又鬪了幾合掣了禪杖禪杖

十二便走凡寫兩句便走筆力掘拗之極亦有此日此後怎了兩箇提到石

橋下坐在欄杆上再不來提索性提過橋來圖箇死併便完事矣却不過來偏坐在橋上便住行文奇絕讀者遭悶不小智深走得遠了喘息方

定尋思道洒家的包裹放在監齋使者面前只顧

走來不曾拿得路上又没一分盤纏又是饑餓如

何是好如此說定應轉去待要回去又敵他不過他兩箇

併我一箇枉送了性命如此說定不應轉去也信步望前面

去行一步懶一步走了幾里見前面一箇大林都是赤松樹此一段另是一樣筆法一路只管丟開去竟似無後半截文者令人心驚氣絕魯智深看了道好座猛惡林子觀看之間只見樹影裏一箇人探頭探腦望了一望吐了一口唾閃入去了前文正未得完反於此處別生出一箇賊頭來令人心驚氣絕智深道俺猜這箇撮鳥是箇剪徑的強人正在此間等買賣見洒家是箇和尚他道不利市吐一口唾走入去了那廝却不是鳥晦氣撞了洒家洒家又一肚皮

鳥氣正没處發落且剥這厮衣裳當酒喫（筆力左攀右掣）（眞是絶世奇事）提了禪杖（禪杖十三）徑搶到松林邊喝一聲兀那林子裏的撮鳥快出來那漢子在林子聽得大笑道我晦氣他倒來惹我（絶世奇文）就從林子裏拿着朴刀背翻身跳出來（背翻身三字妙言非劈面相迎也）喝一聲秃驢你自當死不是我來尋你智深道教你認得酒家（認得二字七玲八瓏前與李忠戰時亦用此法作熠燿也）輪起禪杖（禪杖十四）搶那漢那漢撚着朴刀來鬭和尚恰待向前（每用此一筆作

勢。肚裏尋思道這和尚聲音好熟見是史進心醉之人。○此一段與前李忠文同。是極大章法。便道兀那和尚你的聲音好熟你姓甚少名誰二字者。那漢正問到此。却被智深性發。搶出下句來。遂不得畢其辭。故止問得姓甚二字也。看他又鬭十四五合後。畢竟又完全問一句姓甚名誰。以表前文之奇妙。真正如花似錦。智深道俺且和你鬭三百合却說姓名是着惱後語。那漢大怒仗手中朴刀來迎禪杖兩箇鬭到十數合後那漢暗暗喝采道好箇莽和尚十四五合也。却分十合在前。四合在後。中間用一頓。筆法妙絕。又鬭了四五合那漢叫道少歇我有話說寫史進眼中出羣兩箇都跳出圈子外來那漢便問道你端的姓甚名誰聲音好熟與前姓甚二字睒耀出妙筆來前聲音在姓名前此聲名在姓名後此書雖極不經意處必換轉文法不肯苟且如此讀者細細求之自今不更說也智深說姓名畢那漢撇了朴刀翻身便翦拂與前李忠一樣作章法說道認得史進麽讀此一句分外眼明○山門外石橋邊事令讀者憂得好苦忽讀此句將軍從天而降也智深笑道原來是史大郎兩箇再翦拂了前是一箇獨拜今是兩箇同拜何等手法同到林子裏坐定智深問道史大郎自渭州別後你

王進到底不見



一向在何處先問。○好漢口中。出此苦語。然千古苦語。定出好漢口中也。史進答道自那日酒樓前與哥哥分手次日聽得哥哥打死了鄭屠逃走去了有緝捕的訪知史進和哥哥齎發那唱的金老亦補前文所無。○正與李忠符同。因此小弟亦便離了渭州尋師父王進直到延州又尋不着八字藏過幾回好書。○此八字。結煞王進。承遠已畢。○回向天下萬世。自此八字已後。王進二字。更不見於此書也。回到北京住了幾時盤纏使盡以此來在這里尋些盤纏名曰尋盤纏。不想得遇哥哥緣何做了和尚【次問。○李忠先問次叙。此先叙次問。俱用換轉法。】智深把前面過的話從頭說了一遍。史進道哥哥既是肚饑小弟有乾肉燒餅在此便取出來教智深喫【並不以五臺爲意。所以爲史進也。】史進又道哥哥既有包裹在寺內我和你討去若還不肯時何不結果了那廝智深道是當下和史進喫得飽了【一回主意。○肚中饑時。雖以魯達之勇。亦不能鬬。此豈作者寓言邊事耶。】各拿了器械再回瓦官寺來【筆之既去。如龍入海。筆之復來。如虎下山。如龍入海。非網羅之可牽。如虎下山。非藩籬之可隔。讀之眞是駭絕常情。拓開文膽。】到寺前看見那崔道成丘小乙兩箇兀自在橋上坐地。若不還在橋上，則回到寺去，必然先殺那幾箇老和尚矣。一者不武，二者於正傳無謂，故只用一句兀自坐地，便省却一段閒文字，非是虛虛寫二人喫力光景也。智深大喝一聲道：「你這廝們來來！今番和你鬬箇你死我活！」那和尚笑道：「你是我手裏敗將，如何再敢厮併？」智深大怒，輪起鐵禪杖，禪杖十五。○○○○○○○○○奔過橋來。鐵佛生嗔，使着朴刀殺下橋去。智深一者得了史進，肚裏膽壯；二乃○○○○○○○○○○○○○○喫得飽了，那精神氣力越使得出來。與前一者肚中無食，二者兩箇鬭到八九合。崔道成走路方乏。三者兩箇小力句遥對。看他章法。漸漸力怯。只辦得走路。那飛天藥叉丘道人見和尚輸了。便仗着朴刀來協助。這邊史進見了。便從樹林子裏跳將出來。大喝一聲。都不要走。掀起笠兒此句不是寫史進一時性發。蓋爲前文林子中鬭至十四五合。其在史進。固爲魯達出家。不好廝認。若在魯達。則郎使氣忿性急。亦何至不認史大郎耶。讀者頗有此難。殊不知作者胸中。自隱然有箇氈笠蓋着大郎。而於前文中。偏故意不說出。直到此處。方輕輕放得一句掀起笠子。彼眞不顧世眼也。挺着朴刀來戰丘小乙。四箇人兩對廝殺。智深與崔道成正鬪到間深裏智深得便處喝一聲〇〇〇〇着只一禪杖禪杖十六〇至此方寫得禪杖飽滿快活把生鐵佛打下橋去那道人見倒了和尚無心戀戰賣箇破綻便走史進喝道那里去趕上望後心一朴刀撲地一聲響道人倒在一邊史進踏入去掉轉朴刀望下面只顧肐肢肐察的搠智深趕下橋去把崔道成〇〇〇〇〇背後一禪杖禪杖十七〇更飽滿更快活更可憐兩箇強徒化作南柯一夢智深史進把這丘小乙崔道成兩箇屍

首都縛了擄在淵裏兩箇再趕入寺裏來再入來。香積廚下拿了包裹俗本此句誤在後。那幾箇老和尚因見智深輸了去怕崔道成丘小乙來殺他已自都弔死了此處若非此句，則將聽其仍舊苟延殘喘。抑將爲之鼎新嘗住。故知此句之省手也。智深史進直走入方丈後角門內看時九箇看時。那箇擄來的婦人投井而死此處若非此句，則將聽其宛轉廢寺。抑將爲之遂去前村。故知此句之省手也。直尋到裏面八九間小屋打將入去並無一人只見牀上三四包衣服史進打開都是衣裳包了些金銀揀好的包了一包袱尋到厨房見魚及酒肉兩箇打水燒火煑熟來都喫飽了始得一飽飽之爲道不亦難乎兩箇各背包裹史進增一包裹竈前縛了兩箇火把撥開火爐火上點着焰騰騰的先燒着後面小屋燒到門前再縛幾箇火把直來佛殿下後簷點着燒起來湊巧風緊刮刮雜雜地火起竟天價火起來可謂淨佛國土○前後兩箇叢林中間又夾一箇叢林此行文特地搆造出來以爲一時奇觀也至此則一把火燒蕩盡淨依舊只得前後兩箇叢林中間並不夾着甚麽叢林隨手而

起者仍隨手而倒豈非翻江攪海之才乎○耐菴說一座厖官寺讀者亦便是一座厖官寺耐菴說燒了厖官寺讀者亦便是無了厖官寺大雄先生之言曰心如工畫師造種種五陰一切世間中無法而不造聖歎爲之續曰心如大火聚壞種種五陰一切過去者無法而不壞今耐菴此篇之意則又雙用其意若曰文如工畫師亦如大火聚隨手而成造亦復隨手壞如文心亦爾見文當觀心見文不見心莫讀我此傳○於修整金剛亭智深與子山門亮槅之趙員外其罪福又何如

史進看着等了一回四下火都着了二人道梁園雖好不是久戀之家俺二人只好撒開二人廝趕着行了一夜七箇字寫出眞好弟兄○今人念此一夜獨不得預也天色微

明兩箇遠遠地望見一簇人家看來是箇村鎮兩箇投那村鎮上來獨木橋邊桃花莊一條板橋。瓦官寺一座青石橋。此處又一條獨木橋。亦是閒中點綴聯絡。以爲章法也。一箇小小酒店智深史進來到村中酒店內一面喫酒一面叫酒保買些肉來借些米來打火做飯兩箇喫酒訴說路上許多事務喫了酒飯智深便問史進道你今投那里去史進道我如今只得再回少華山去投奔朱武等三人入了夥且過幾時卻再理會作者安放史進。智深見說了道兄弟也是便打開包裹取些酒器與了史進（桃花山上何必不偷，无宫寺前何必不分，有錢如此用，真使人要錢也。○前日若留與李周非也，今日若不與史進非也。○以桃花山上賊與少華山上賊，絕倒。）二人拴了包裹拿了器械還了酒錢二人出得店門離了村鎮又行不過五七里到一箇三岔路口智深道兄弟須要分手（魯達語亦是法師語）酒家投東京去你休相送（魯達語亦是法師語）你到華州須從這條路去他日却得相會若有箇便人可通箇信息來往（千古情種，歷歷落落）史進拜辭了智深、各自分了路、史進去了。○○○○通篇皆叙魯達也。史進忽然來、史進忽然去。其文猶如生龍活虎、令人捉察不定。只說智深自往東京、在路又行了八九日、早望見東京。入得城來、但見街坊熱鬧、人物諠譁。來到城中、陪個小心、問人道、大相國寺在何處。街坊人答道、前面州橋、第四橋。便是。智深提了禪杖便走、早進得寺來、東西廊下看時、逕投知客寮內去。魯達着實會。道人撞見、報與知客。○○○○○○○八字中藏下一嚇。無移時、知客僧出來、見了智深生得兇猛、提着鐵禪杖跨着戒刀背着箇大包裹先有五分懼他知客問道師兄何方來智深放下包裹禪杖唱箇喏知客回了問訊智深說道洒家五臺山來本師眞長老有書在此着俺來投上刹淸大師長老處討箇職事僧做知客道旣是眞大師長老有書劄合當同到方丈裏去知客引了智深直到方丈解開包裹取出書來拏在手裏只如此知客道師兄你如何不知體面卽刻長老出來你可解了戒

刀取出那七條坐具信香來禮拜長老使得智深道你如何不早說（反責之妙絕）隨即解了戒刀包裹內取出片香一炷坐具七條半晌没做道理處知客又與他披了袈裟（與他披絕倒）教他先鋪坐具（先鋪絕倒）少刻只見智清禪師出來知客向前稟道這僧人從五臺山來有眞禪師書在此清長老道師兄多時不曾有法帖來知客叫智深道師兄快來禮拜長老只見智深却把那炷香没放處（没放處絕倒）知客忍

○不住笑與他插在爐內與他插絕倒拜到三拜知客叫住○不然九拜矣○俗本盡落將書呈上清長老接書拆開看時中間備細說着魯智深出家緣繇并今下山投托上剎之故二句皆極不堪便有前三回書在內清公當亦一嚇萬望慈悲收錄做箇職事人員切不可推故此僧久後必當證果清長老讀罷來書便道遠來僧人且去僧堂中暫歇喫些齋飯好物事智深謝了扯了坐具七條扯了絕倒提了包裹拏禪杖戒刀跟着行童去了清長老

嗔集兩班許多職事僧人盡到方丈乃云○○每讀禪宗語錄見一往一來後忽接乃云二字不覺欲嘔耐菴想亦醜之惡之悲之笑之故特用此二字於此汝等衆僧在此你看我師兄智真禪師好沒分曉這箇來的僧人原來是經畧府軍官爲因打死了人落髮爲僧二次在彼鬧了僧堂因此難着他你那里安他不得却推來與我待要不收留他師兄如此千萬囑付不可推故待要着他在這里倘或亂了清規如何使得無如此許多算計便住持五臺山有如此許多算計便占坐東

京作者借此特特寫出牝牡驪黃使後世善男信女要皈依善知識者自去揀擇也知客道便是弟子們看那僧人全不似出家人模樣本寺如何安着得他都寺便道弟子尋思起來只有酸棗門外退居廨宇後那片菜園時常被營內軍健們并門外那二十來箇破落戶侵害縱放羊馬好生囉唣一箇老和尚在那里住持那里敢管他何不教此人去那里住持倒敢管得下淸長老道都寺說得是教侍者去僧堂內客房裏等他喫罷飯

便喚將他來侍者去不多時引着智深到方丈裏淸長老道你旣是我師兄眞大師薦將來我這寺中掛搭做箇職事人員我這敝寺（敝寺謙得好笑。我這敝寺占得可笑。寫東京法師便眞是東京法師。○四字崔道成口中皆有之。今人於佛法中爭我宗他宗亦此類也。）有箇大菜園在酸棗門外嶽廟間壁（○○○此四字如何插放入來。眞是絕世妙筆。）你可去那裏住持管領每日教種地人納十擔菜蔬餘者都屬你用度智深便道本師眞長老着洒家投大剎討箇職事僧做却不教俺

此段歷落參差另作一篇小文讀

做箇都寺監寺如何教酒家去管菜園首座便道師兄你不省得你新來掛搭又不曾有功勞如何便做得都寺這管菜園也是箇大職事人員了首座尚然說謊況其下乎寫清公門庭如狗智深道酒家不管菜園殺也要做都寺監寺何至於殺一殺博都寺監寺魯達為東京人現身說法耳知客又道你聽我說與你僧門中職事人員各有頭項且如小僧章法錯落做箇知客只理會管待往來客官僧眾至如維那侍者書記首座這都是清職不

容易得做都寺、監寺、提點、院主、這箇都是掌管常住財物、你纔到得方丈、怎便得上等職事、還有那管藏的、喚做藏主、管殿的、喚做殿主、管閣的、喚做閣主、管化緣的、喚做化主、管浴堂的、喚做浴主、這箇都是主事人員、中等職事、還有那管塔的塔頭、管飯的飯頭、管茶的茶頭、管東廁的淨頭、與這管菜園的菜頭、首座云。菜頭是大職事。知客却直數至末等之末。寫出清公會下。嘈雜可笑。這箇都是頭事人員末等職事、假如師兄且如小僧。

假如師兄章法錯落你管了一年菜園句好句便陞你做箇塔頭又管了一年句好句陞你做箇浴主又一年句好句纔做監寺智深道既然如此也有出身時調侃不小酒家明日便去清長老見智深肯去就留在方丈裏歇了二老一樣方丈裏一樣留智深而一箇平等慈悲一箇機心周密其賢其不肖相去真不可算嗟乎佛法豈可以門庭冷熱爲低昂哉當日議定了職事隨即寫了榜文先使人去菜園裏退居廨宇內掛起庫司榜文明日交割當夜各自散了次早清長

老陞法座押了法帖委智深管菜園智深到座前領了法帖辭了長老背上包裹跨了戒刀提了禪杖和兩箇送入院的和尚直來酸棗門外廨宇裏來住持且說菜園左近有二三十箇賭博不成才破落戶潑皮泛常在園內偷盜菜蔬靠着養身因來偷菜看見廨宇門上新掛一道庫司榜文上說（告示亦在潑皮眼中看出）大相國寺仰委管菜園僧人魯智深前來住持自明日為始掌管並不許閒雜人等入

園攪擾那幾箇潑皮看了便去與衆破落戶商議道大相國寺裏差一箇和尚甚麽魯智深（可笑奇文爲後來一笑）來管菜園我們趁他新來尋一塲鬧一頓打下頭來教那厮伏我們數中一箇道我有一箇道理他又不曾認得我我們如何便去尋得鬧等他來時誘他去糞窖邊只做參賀他雙手搶住腳翻筋斗攧那厮下糞窖去只是小耍他（潑皮有潑皮聲口）潑皮道好好商量已定且看他來却說魯智深來

到廨宇退居內房中安頓了包裹行李倚了禪杖掛了戒刀那數箇種地道人都來參拜了但有一應鎖鑰盡行交割那兩箇和尚同舊住持老和尚相別了盡回寺去了細○且說智深出到菜園地上東觀西望看那園圃只見這二三十箇潑皮拏着些果盒酒禮都嘻嘻的笑道聞知師父新來住持我們鄰舍街坊都來作慶智深不知是計直走到糞窖邊來那夥潑皮一齊向前一箇來搶左脚一

箇便搶右脚措望來攧智深只教智深脚尖起處山前猛虎心驚拳頭落時海內蛟龍喪膽正是方圓一片閒園圃日下排成小戰塲那夥潑皮怎的來攧智深且聽下回分解

第五才子書施耐菴水滸傳卷之十一

聖歎外書

第六回

花和尚倒拔垂楊柳

豹子頭誤入白虎堂

此文用筆之難獨與前後迥異蓋前後都只一手順寫一事便以閒筆波及他事亦都相時乘便出之今此文林冲薪認得一箇魯達

出格親熱却接連便有衙內合口一事出格鬪氣今要寫魯達則衙內一事須閣不起要寫衙內則魯達一邊須冷不下誠所謂筆墨之事亦有進退兩難之日也況於衙內文中又要分作兩番敘出一番自在林家一番自在高府今敘高府則要炤林家敘林家則要炤高府如此百忙之中却又有菜園一人躍躍欲來且使此躍躍欲來之人乃是別位猶

之可也今却端端的的便是爲了金翠蓮三拳打死人之魯達嗚呼即使作者乃其七手八脚胡可得了乎今讀其文不偏不漏不板不犯讀者於此而不服膺知其後世猶未能文也

此回多用奇恣筆法如林冲娘子受辱本應林冲氣忿他人勸回今偏倒將魯達寫得聲勢反用林冲來勸一也閱武坊賣刀大漢自

說寶刀林冲魯達自說閒話大漢又說可惜寶刀林冲魯達只顧說閒話此時譬如兩峰對插抗不相下後忽突然合筍雖驚蛇脫兎無以爲喻二也還過刀錢便可去矣却爲要寫林冲愛刀之至却去問他祖上是誰此時將答是誰爲是耶故便就林冲問處借作收科云若說時辱沒殺人此句雖極會看書人亦只知其餘墨淋漓豈能知其惜墨如金耶

三也白虎節堂是不可進去之處今寫林冲誤入則應出其不意一氣賺入矣偏用廳前立住了脚屏風後堂又立住了脚然後曲曲折折來至節堂四也如此奇文吾謂雖起史遷示之亦復安能出手哉

打陸虞候家時四邊鄰舍都閉了門只入箇字寫林冲面色衙內勢燄都盡蓋爲藏却衙內則立刻虀粉不藏衙內則即日虀粉既怕

林冲又怕衙内四邊鄰舍都閉門眞絕筆矣

話說那酸棗門外三二十箇潑皮破落戶中間有兩箇爲頭的一箇叫做過街老鼠張三一箇叫做青草蛇李四這兩箇爲頭接將來智深也却好去糞窖邊看見這夥人都不走動只立在窖邊齊道俺特來與和尚作慶智深道你們既是鄰舍街坊都來廨宇裏坐地張三李四便拜在地上不肯起來只指望和尚來扶他便要動手智深見了心裏

早疑忌道這夥人不三不四張三李四不三不四又不肯近前來莫不要攧洒家那厮却是倒來捋虎鬚俺且走向前去教那厮看洒家手脚智深大踏步近衆人面前來那張三李四便道小人兄弟們特來參拜師父口裏說便向前去一箇來搶左脚一箇來搶右脚智深不等他上身右脚早起騰的把李四先踢下糞窖裏去張三恰待走智深左脚早起兩箇潑皮都踢在糞窖裏掙扎後頭那二三十箇破

落戶驚的目瞪口呆都待要走智深喝道一箇走的一箇下去兩箇走的兩箇下去衆潑皮都不敢動撣只見那張三李四在糞窖裏探起頭來原來那座糞窖沒底似深兩箇一身臭屎頭髮上蛆蟲盤滿立在糞窖裏叫道師父饒恕我們智深喝道你那衆潑皮快扶那鳥上來我便饒你衆人衆人打一救攙到葫蘆架邊是菜園風景臭穢不可近前智深呵呵大笑道兀那蠢物你且去菜園池子裏洗

了來和你衆人說話兩箇潑皮洗了一回衆人脫件衣服與他兩箇穿了若漏此句便是兩箇赤膊人如何體面○凡作史最易漏者如此等句是也此書定不肯漏者如此等句是也智深叫道都來廨宇裏坐地說話智深先居中坐了指着衆人道你那夥鳥人休要瞞洒家你等都是甚麼鳥人到這里戲弄洒家那張三李四并衆火伴一齊跪下說道小人祖居在這里都只靠賭博討錢爲生這片菜園是俺們衣飯碗大相國寺裏幾番使錢要奈何

我們不得師父、却是那里來的長老恁的了得、相國寺裏、不曾見有師父。（雖是實話、然亦罵相國寺不小。）今日我等願情伏侍。智深道、酒家是關西延安府老种經略相公帳前提轄官、只爲殺得人多、因此情願出家（二事不相蒙、合成快語。）五臺山來到這里。洒家俗姓魯、法名智深。休說你這三二十箇人、直甚麼、便是千軍萬馬隊中、俺敢直殺得入去出來、衆潑皮喏喏連聲、拜謝了去。智深自來廨宇裏房內收拾整頓歇臥此句極易漏。此偏不漏。次日衆潑皮商量湊些錢物，買了十瓶酒，牽了一箇豬，來請智深，都在廨宇安排了，請魯智深居中坐了，兩邊一帶坐定那三二十潑皮飲酒。智深道：「甚麽道理叫你衆人們壞鈔？」衆人道：「我們有福，今日得師父在這里與我等衆人做主。」智深大喜。喫到半酣裏，也有唱的，也有說的，也有拍手的，也有笑的。是箇潑皮酒席。正在那里喧閧，只聽得門外老鴉哇哇的叫。奇文怪想，突如其來，毫無鬬筍接縫之跡。衆人有扣齒的齊道赤口上天白舌入地叩齒爲禳不知始於何時乃此時巳有之然定是潑皮敎法非士大夫所宜有乃今此法遍行上下爲之一笑○赤口白舌入字成文其中無有而其外燁然凡道家經集皆爾不足覽也智深道你們做甚麼鳥亂眾人道老鴉叫怕有口舌智深道那里取這話那種地道人笑道牆角邊綠楊樹上新添了一箇老鴉巢每日直聒到晚眾人道把梯子去上面拆了那巢便了有幾箇道我們便去智深也乘著酒興都到外面看時果然綠楊樹上一箇老鴉巢

衆人道把梯子上去拆了也得耳根清淨李四便道我與你盤上去不要梯子（第一層是老鴉叫第二層是叩齒咒之第三層是道人說第四層是尋梯上去第五層是看第六層是要盤上去只一倒拔垂楊凡用六層層折方入相一相句行文如畫）智深相了一相（四字不是細作正是氣雄萬夫處）走到樹前把直裰脫了用右手向下把身倒繳着却把左手拔住上截把腰只一趂（寫得有方法）將那株綠楊樹帶根拔起衆潑皮見了一齊拜倒在地只叫師父非是凡人正是真羅漢身體無千萬斤氣

力如何拔得起智深道打甚鳥緊明日都看洒家演武使器械忽然遮入明日衆潑皮當晚各自散了從明日為始忽然把明日變做十數日這二三十箇破落戶見智深匾匾的伏每日將酒肉來請智深看他演武使拳許他使器械只看使得拳妙有層節過了數月省智深尋思道每日喫他們酒食多矣洒家今日也安排些還席叫道人去城中買了幾般果子沽了兩三擔酒殺翻一口猪一腔羊那時正是三月盡來此一月有餘矣記之天氣

正熱智深道天色熱叫道人綠槐樹下鋪了蘆蓆請那許多潑皮團團坐定大碗斟酒大塊切肉叫衆人喫得飽了再取果子喫酒又喫得正濃衆潑皮道這幾日見師父演力不曾見師父使器械怎得師父教我們看一看也好（前許看使器械今只看得使拳而已好潑皮記得）智深道說的是自去房内取出渾鐵禪杖頭尾長五尺重六十二斤衆人看了盡皆喫驚都道兩臂膊沒水牛大小氣力怎使得動（特地將禪杖在此處喝采）

奢使覺前後皆精神百倍智深接過來颼颼的使動渾身上下沒半點兒參差衆人看了一齊喝采智深正使得活泛二字是作文妙訣使棒亦然耶只見牆外一箇官人看見喝采道端的使得好智深聽得收住了手看時只見牆缺邊立着一箇官人頭戴一頂青紗抓角兒頭巾腦後兩箇白玉圈連珠鬢環身穿一領單綠羅團花戰袍腰繫一條雙獺尾龜背銀帶穿一對磕爪頭朝樣皂靴手中執一把摺疊紙西川扇子

生的豹頭環眼燕頷虎鬚八尺長短身材三十四五年紀口裏道這箇師父端的非凡使得好器械衆潑皮道這位教師喝采必然是好智深問道那軍官是誰衆人道這官人是八十萬禁軍鎗棒教頭林武師名喚林冲智深道何不就請來厮見那林教頭便跳入牆來兩箇就槐樹下相見了一同坐地林教頭便問道師兄何處人氏法諱喚做甚麽（定問）智深道洒家是關西魯達的便是（答得不同）只爲

殺得人多情願爲僧年幼時也曾到東京認得令尊林提轄（閒處着神）林冲大喜就當結義智深爲兄（何驟也然稍遲則胡可得也）智深道教頭今日緣何道此林冲答道恰纔與拙荆一同來間壁嶽廟裏還香願（應）林冲聽得使棒看得入眼着女使錦兒自和荆婦去廟裏燒香林冲就只此間相等不想得遇師兄智深道洒家初到這里正沒相識得這幾箇大哥每日相伴如今又得教頭不棄結爲弟兄十分好了

便叫道人再添酒來相待恰纔飲得三盃只見女使錦兒慌慌急急紅了臉在牆缺邊叫道官人休要坐地娘子在廟中和人合口林冲連忙問道在那里錦兒道正在五嶽樓下來撞見個詐見不及的把娘子攔住了不肯放林冲慌忙道却再來望師兄休怪休怪林冲別了智深急跳過牆缺和錦兒逕奔嶽廟裏來搶到五嶽樓看時見了數箇人拏着彈弓吹筒粘竿都立在欄干邊補一句景。胡梯上一箇年少的後生、獨自背立着、把林冲的娘子攔着道、你且上樓去、和你說話、林冲娘子紅了臉道、清平世界、是何道理、把良人調戲、林冲赶到跟前、把那後生肩胛只一扳過來、喝道、調戲良人妻子、當得何罪、恰待下拳打時、認的是本管高太尉螟蛉之子高衙內（奇峯當面起。）原來高俅新發跡不曾有親兒無人幫助因此過房這阿叔高三郎兒子在房內爲子（忽然又補入高俅家中一段。筆勢夭矯。）本是叔伯弟兄却與他做乾兒子（特地寫小人無倫理無閨門以表惡之至也）因此高太尉愛惜他那廝在東京倚勢豪強專一愛淫垢人家妻女京師人懼怕他權勢誰敢與他爭口叫他做花花太歲當時林冲扳將過來却認得是本管高衙內先自手軟了高衙內說道林冲干你甚事你來多管原來高衙內不曉得他是林冲的娘子若還曉得時也沒這塲事見林冲不動手他發這話衆多閒漢見鬧一齊攏來勸道教頭休怪衙內

不認得，多有衝撞。林冲怒氣未消，一雙眼睜着瞅那高衙內，（寫英雄在人廊廡下欲說不得說，光景可憐。）衆閒漢勸了林冲，和哄高衙內出廟上馬去了。林冲將引妻小幷使女錦兒也轉出廊下來，只見智深提着鐵禪杖，引着那二三十箇破落戶，大踏步搶入廟來。（筆勢拉雜如火。）林冲見了，叫道：「師兄那里去？」（着此一句，便寫得魯達搶入得猛，宛然萬人辟易，林冲亦在半邊也。）智深道：「我來幫你厮打。」（妙，不管靑白曲直，竟來厮打矣。）林冲道：「原來是本管高太尉的衙內，不認得荆婦時間無禮。林冲本待要痛打那厮一頓，太尉面上須不好看。自古道：不怕官，只怕管。林冲不合喫着他的請受，權且讓他這一次。（是可讓，何不可讓。住人廊廡，雖）

（林武師無可如何矣，哀哉。）智深道：你却怕他本官太尉，洒家怕他甚鳥？（本官太尉與甚鳥，爲聯奇語。）俺若撞見那撮鳥時，且教他喫洒家三百禪杖了去。林冲見智深醉了，便道：師兄說得是。林冲一時被衆人勸了，權且饒他。（本是林冲事，却將醉後魯達極力一寫，便反做了林冲勸魯達，真令人破涕爲笑。奇文奇文。）智深道，但有事時便來喚酒家與你去。魯達語令讀者悲感起立。衆潑皮見智深醉了，扶着道：「師父，俺們且去，明日和他理會。」醉人發怒定用此語治之。與前林冲云師兄說得是筆法同，妙絕。智深提着禪杖道：「阿嫂，便叫阿嫂不嫌唐突。休怪，莫要笑話。魯達每自嫌粗鹵，正是得意語。阿哥，明日再得相會。」便不捨得一日不會。凡四句，却一句阿嫂，一句阿哥，中間二句，文無次第，義不連屬，寫醉人，然亦真魯達也。智深相別，自和潑皮去了。林冲領了娘子并錦兒取路回家，心中只是鬱鬱不樂。按下一句。且說這高衙內引了一班兒閒漢、自見了林冲娘子、又被他衝散了、心中好生着迷、怏怏不樂、回到府中納悶、過了三兩日、衆多閒漢都來伺候、見衙內心焦、沒撩沒亂、衆人散了、數内有一箇幫閒的、喚作乾鳥頭富安、理會得高衙內意思、獨自一箇到府中伺候、見衙內在書房、中閒坐、（每每此等衙內、其坐處亦定要學樣喚作書房）那富安走近前去道、衙內近日面色清減、心中少樂、必然有件不悅之事、高衙內道、你如何省得、富安道、小子一猜便若衙內道你猜我心中甚事不樂富安道衙內是思想那雙木的這猜如何衙內笑道你猜得是只没箇道理得他富安道有何難哉衙內怕林冲是箇好漢不敢欺他這箇無傷他見在帳下聽使喚大請大受怎敢惡了太尉輕則便刺配了他重則害了他性命小閒尋思有一計使衙內能彀得他高衙內聽得便道自見了多少好女娘不知怎的只愛他（乘便補入一句為太尉兒子周旋不得此何便似曾不見女娘三家村小兒也）心

中着迷、鬱鬱不樂、你有甚見識、能得他時、我自重重的賞你、富安道、門下知心腹的陸虞候陸謙、他和林冲最好、明日衙內躲在陸虞候樓上深閣、擺下些酒食、却叫陸謙去請林冲出來喫酒、教他直去樊樓上深閣裏喫酒、小閒便去他家對林冲娘子說道、你丈夫教頭和陸謙喫酒、一時重氣悶倒在樓上、叫娘子快去看哩、賺得他來到樓上、婦人家水性、見了衙內這般風流人物、再着些甜話兒調和他不繇他不肯小閒這一計如何高衙內喝采道好條計就今晚着人去與陸虞候來分付了原來陸虞候家只在高太尉家隔壁巷內此句高手次日商量了計策陸虞候一時聽允也沒奈何只要衙內歡喜却顧不得朋友交情調侃世人且說林冲連日悶悶不已懶上街去四字腕中有鬼何也蓋一路叙衙內設計作者手筆忙極矣不能更折到魯達一邊去夫林冲出門而不尋魯達然則林冲爲何如人哉計無復之而竟公然下一筆云懶上街去便將魯達許多棘手推過一邊乾乾淨淨自非老筆何以有此巳牌

時、聽得門首有人叫道、教頭在家麼、林冲出來看時、却是陸虞候、慌忙道、陸兄何來、陸謙道、特來探望兄○數兄字可發一笑何故連日街前不見、林冲道、心裏悶、不曾出去、陸謙道、我同兄去喫三盃解悶、林冲道、少坐拜茶、兩箇喫了茶起身、陸虞候道、阿嫂、眼我同林兄到家去喫三盃、特說家去林冲娘子赶到布簾下叫道、大哥少飲早歸、又分付一句挽上連日氣悶回合有情引下快來看覷波殺無數林冲與陸謙出得門來、街上閒走了一回陸虞候道兄我們休家去只就樊樓內喫兩盃當時兩箇上到樊樓內占箇閣兒喚酒保分付叫取兩瓶上色好酒希奇果子按酒兩箇敘說閑話林冲歎了一口氣陸虞候道兄何故歎氣林冲道陸兄不知男子漢空有一身本事不遇明主屈沉在小人之下受這般腌臢的氣陸虞候道如今禁軍中雖有幾箇教頭誰人及得兄的本事太尉又看承得好却受誰的氣

（以上正文；雙行夾批依次如下）

當時之前夾批：却不家去

「腌臢的氣」下夾批：發憤作書之故其號耐菴不虛也

「却受誰的氣」下夾批：如不

知者林冲把前日高衙内的事告訴陸虞候一遍陸虞候道衙内必不認得嫂子兄且休氣只顧飲酒林冲喫了八九盃酒因要小遺起身道我去淨手了來此等皆作者筆力所使非真有天使之也林冲下得樓來出酒店門投東小巷内去淨了手回身轉出巷口筆捷如風每寫急事其筆愈寬子弟讀之可救拘縮之病只見女使錦兒叫道官人尋得我苦却在這里林冲慌忙問道做甚麼錦兒道官人和陸虞候出來沒半箇時辰只見一箇漢

子、慌慌急急奔來家裏、對娘子說道、我是陸虞候家鄰舍、你家教頭和陸謙喫酒、只見教頭一口氣不來、便蹱倒了、叫娘子且快來看覷、娘子聽得連忙央間壁王婆看了家、和我跟那漢子去、直到太尉府前巷內一家人家、小兒女、何知這家誰家、只是一家人家便了、若說直到陸家、便失却當時情景不少也、並不說陸家、却令十箇字宛然陸家、上至樓上只見卓子上擺着些酒食、不見官人、人報官人氣塞死了、便滿肚一箇官人氣塞死在樓上矣、却不見官人、聲口如畫、恰待下樓、只見前日在嶽廟裏囉唣娘子的那後生（嶽廟那後生妙。只是前日目見爲眞，後來耳中雖聞是高衙內，在此時呼不及矣。）出來道娘子少坐你丈夫來也。錦兒慌忙下得樓時，只聽得娘子在樓上叫殺人（只聽得在下樓後妙）。因此我一地里尋官人不見，正撞着賣藥的張先生道，我在樊樓前過，見教頭和一箇人入去喫酒，因此特奔到這里。官人快去。林冲見說，喫了一驚，也不顧女使錦兒（畫絕），三步做一步跑到陸虞候家，搶到胡梯上，却關着樓門（有此一句，便有下文）

兩箇聽字。只聽得娘子叫道只聽得妙妙。急殺。此時賴是聽得。若不聽得。便一發急殺矣。清平世界如何把我良人妻子關在這里又聽得高衙內道又聽得妙妙。急殺。娘子可憐見救俺便是鐵石人也告得回轉錦兒來。林冲去。已非一刻。故衙內口中下此言。見相求已非一語也。妙絕妙絕。林冲立在胡梯上叫道大嫂開門那婦人聽得是丈夫聲音只顧來開門只顧來三字。神化之筆。中間便夾帶衙內無數囉唣。高衙內喫了一驚斡開了樓窗跳牆走了林冲上得樓上尋不見高衙內問娘子道不曾被這廝點汚了、此一句若在神閒氣定之時便必不問今極忙中便必問矣問此一句正寫林冲氣急心亂也不然則將夫妻相見竟不開口于情理爲大失若問別句則亦更無第二句也娘子道、不曾、林冲把陸虞候家打得粉碎、將娘子下樓、出得門外看時、鄰舍兩邊都閉了門、用鄰舍閉門補寫上文驚天動地女使錦兒接着、此句妙寫出中間迅疾三箇人一處歸家去了。歸去迅疾林冲拏了一把解腕尖刀逕奔到樊樓前去尋陸虞候、又出來到樊樓迅疾也不見了、却回來他門前等了一晚、又來到陸家迅疾不見回家、林冲自歸又回去了娘子勸道只一勸字寫娘子貞良如見若是淫浪婦人必然要哭要死要丈夫爲報仇也我又不曾被他騙了你休得胡做林冲道叵耐這陸謙畜生廝趕着稱兄稱弟爲上文幾箇兄字一哭你也來騙我只怕不撞見高衙內也炤管着他頭面娘子苦勸那里肯放他出門好林冲又好娘子真是壯夫良婦陸虞候只躲在太尉府內亦不敢回家林冲一連等了三日省文也却寫得駭人並不見面四箇字放出後文一回大書來不然殺却陸謙便了無生色矣府前人見林冲面色不好誰敢問

他（寫得精神白日讀之如聞鬼哭）第四日飯時候魯智深逕尋到林冲家相探（突然接入奇文快筆）問道教頭如何連日不見面（非魯達醉夢也若知得時豈容更遲一刻不敢出來如是便不好收拾也故下文林冲亦不告訴皆作者特地留筆也）林冲答道小弟少冗不曾探得師兄既蒙到我寒舍本當草酌三盃爭奈一時不能周備且和師兄一同上街閒翫一遭沽兩盞如何智深道最好兩箇同上街來喫了一日酒又約明日相會（帶過明日用筆簡便）自此每日與智深上街喫酒把

這件事都放慢了、用此一句撥下林冲便有閒筆去太尉府中叙事此作書之法不然頭頭不了矣且說高衙內從那日在陸虞候家樓上、喫了那驚跳牆脫走不敢對太尉說知又寫此一句見人家子弟原好都被小人教壞因此在府中臥病陸虞候和富安兩、箇來府裏望衙內見他容顏不好精神憔悴陸謙、道衙內何故如此精神少樂衙內道實不瞞你們、說我爲林家那人兩次不能彀得他又喫他那一、驚這病越添得重了眼見得半年三箇月性命難保二人道衙内且寬心只在小人兩箇身上好歹要共那人完聚只除他自縊死了便罷突然下此一語爲後日之讖不嫌突然者蓋惟恐後文嫌突然也正說間府裏老都管也來看衙内病證又添出一箇老都管何也寫陸謙富安在太尉前說不得話也作者細心何等那陸虞候和富安見老都管來問病兩箇商量道只除恁的等候老都管看病巳了出來兩箇邀老都管僻淨處說道若要衙内病好只除教太尉得知害了林冲性命方能彀得他老婆和衙内在

一處、這病便得好、若不如此、一定送了衙內性命、老都管道、這箇容易、老漢今晚便稟太尉得知、兩箇道、我們已有計了、只等你回話、老都管至晚來見太尉、說道、衙內不害別的證、却害林冲的老婆、高俅道、林冲的老婆、幾時見他的、都管稟道、便是前月二十八日、在嶽廟裏見來、今經一月有餘、又把陸虞候設的計、備細說了、高俅道、如此、句。因爲他渾家、怎地害他、句。我尋思起來、若爲惜林冲一箇人時須送了我孩兒性命句却怎生是好句惡人初念未必便惡却被轉念壞了此處特地寫箇樣子都管道陸虞候和富安有計較高俅道既是如此教喚二人來商議老都管隨即喚陸謙富安入到堂裏唱了喏高俅問道我這小衙內的事你兩箇有甚計較救得我孩兒好了時我自擡舉你二人陸虞候向前稟道恩相在上只除如此如此使得高俅道既如此你明日便與我行不在話下再說林冲每日和智深喫酒

把這件事不記心了（重擱一筆）那一日（突然三字，直接前文，才子不虛）也。兩箇同行到閱武坊巷口（坊名與寶刀映耀光采）見一條大漢頭戴一頂抓角兒頭巾，穿一領舊戰袍，手裏拿着一口寶刀，插着箇草標兒，立在街上（陸謙畜生，以情理論之，一刀豈足惜哉。若以才情論之，真堪引而與之痛飲。只如安排計策，却是賣刀，何等奇絕。偏又是抓角頭巾舊戰袍，又插箇草標兒，色色刺入林冲心裏眼裏，豈不異哉）口裏自言自語說道：「不遇識者，屈沉了我這口寶刀。」（驚心刺耳之言）林冲也不理會，只顧和智深說着話走（夾此一句，筆墨淋漓）

智深見刀偏不

之極。那漢又跟在背後道好口寶刀可惜不遇識者句法倒轉。林冲只顧和智深走着說得入港又夾此一句。筆墨淋漓之極。句法亦倒轉。那漢又在背後說道偌大一箇東京沒一箇識得軍器的其辭漸緊。章法入妙。林冲聽得說回過頭來寫得淋漓突兀。那漢颼的把那口刀掣將出來明晃晃的奪人眼目淋漓突兀。林冲合當有事猛可地道將來看疾。那漢遞將過來疾。林冲接在手內疾。同智深看了喫了一驚四字寫出英雄神氣失口道好刀疾。你要

開口者非不識寶刀，爲讓林冲是本文主人也

賣幾錢、那漢道、索價三千貫、實價二千貫、林冲道、值是值二千貫（寫林冲）只沒箇識主、你若一千貫肯時、我買你的、那漢道、我急要些錢使、你若端的要時、饒你五百貫、實要一千五百貫（敘極忙事。偏用極婉筆。）林冲道、只是一千貫、我便買了、那漢歎口氣道（疾。）金子做生鐵賣了、罷罷、一文也不要少了我的（極忙中。又用一婉筆。）林冲道、跟我來家中取錢還你、回身却與智深道、師兄且在茶房裏少待、小弟便來、智深道、洒

家且回去明日再相見只別無達一筆亦不肯直書務用一曲林冲
別了智深自引了賣刀的那漢去家中將銀子折
算價貫準還與他就問那漢道你這口刀那里得
來到家取了錢便可去矣却不住筆重又問起寶刀來歷一來爲壯士失時發洩血淚一來表林
冲愛刀之至爲下文比試作地步那漢道小人祖上留下因爲家
道消乏沒奈何將出來賣了林冲道你祖上是誰
血淚迸出四字來那漢道若說時辱沒殺人只七字妙絕林冲
再也不問只六字妙絕一句七字一句六字收拾得淋漓無限那漢得了

此文凡兩段一段五句在林冲口中寫出愛刀一段三句在林冲身上寫出愛刀

銀兩、自去了讀者竟不知半日何爲林冲把這口刀、翻來覆去看了一回喝采道端的好把刀一句高太尉府中有一口寶刀胡亂不肯教人看三句却不道任憑翻來覆去的看我幾番借看也不肯將出來三句今日我也買了這口好刀四句慢慢和他比試五句自言自語自疼自惜自驚自詫曲曲折折妙不可言林冲當晚不落手看了一晚一句一夜間掛在壁上二句未等天明又去看那刀三句寫得[illegible]龍跳虎卧[illegible]巳牌時分可見看了一早晨只聽得門首有、兩、箇、承、局、叫道林教頭太尉鈞旨道你買一口好刀就叫你將去比看太尉在府裏專等疾林冲聽得說道又是甚麼多口的報知了朱子曰其辭若有憾焉其實乃深喜之兩箇承局催得林冲穿了衣服忽然點出四月初旬不因四字我幾忘矣○起來看了一早晨刀衣裳都不服穿寫林冲摩挲愛惜劇于十五女矣拏了那口刀隨這兩箇承局來一路上林冲道我在府中不認得你只從閒處輕逗一句兩箇人說道小人新近叅隨却早來到府前進得到廳前林冲立住了脚又寫林冲立住脚筆法奇險

兩箇又道太尉在裏面後堂內坐地轉入屏風至後堂又不見太尉林冲又住了脚又寫一句立住脚奇險兩箇又道太尉直在裏面等你叫引教頭進來又過了兩三重門到一箇去處一遭遭都是綠欄杆寫一句景只見欄杆者言未到堂中只在簷下也有此句便生出下文四箇青字身分兩箇又引林冲到堂前說道教頭你只在此少待等我入去稟太尉林冲拏着刀立在簷前拏着刀三字作者眼光爍爍要寫得其狀如造逆者故也兩箇人自入去了一盞茶時不見

出來林冲心疑探頭入簾看時只見簷前額上有四箇青字寫道白虎節堂（奇文可駭）林冲猛省道（疾）這節堂是商議軍機大事處如何敢無故輒入不是禮急待回身只聽得靴履響脚步鳴一箇人從外面入來（奇文突兀）林冲看時不是別人却是本管高太尉（筆筆突兀）林冲見了執刀向前聲喏（執刀二字作者眼光爍爍）太尉喝道林冲你又無呼喚安敢輒入白虎節堂你如法度否你手裏拿着刀莫非來刺殺下官（此句從刀

上入罪。有人對我說你兩三日前拏刀在府前伺候，必有歹心。此句文援前文面色不好入罪。林冲躬身禀道：恩相恰纔蒙兩箇承局呼喚林冲將刀來比看。太尉喝道：承局在那里？林冲道：恩相他兩箇巳投堂裏去了。太尉道：胡說，甚麽承局敢進我府堂裏去？左右與我拏下這廝。却早兩箇八十萬禁軍教頭被害了也。說猶未了，傍邊耳房裏走出二十餘人，把林冲橫推倒拽下去。高太尉大怒道：你既是禁軍教頭，法度也還不知道？

因何手執利刃故入節堂欲殺本官叫左右把林冲推下不如性命如何不因此等有分教大鬧中原縱橫海内直敎農夫背上添心號漁父舟中插認旗畢竟看林冲性命如何且聽下回分解

第五才子書施耐菴水滸傳卷之十二

聖歎外書

第七回

林教頭刺配滄州道

魯智深大鬧野豬林

此回凡兩段文字一段是林武師寫休書一段是野豬林喫悶棍一段寫兒女情深一段寫英雄氣短只看他行文歷歷落落處

話說當時太尉、喝叫左右排列軍校、拿下林冲要斬、林冲大叫寃屈、太尉道、你來節堂有何事務、見今手裏拿着利刃、如何不是來殺下官、林冲告道、太尉不喚、怎敢入來、見有兩箇承局望堂裏去了、故賺林冲到此、太尉喝道、胡說、我府中那有承局、這厮不服斷遣、喝叫左右解去開封府、分付滕府尹好生推問、勘理明白、處决、就把這刃封了、去左右領了鈞旨、監押林冲投開封府來、恰好府尹坐衙未退（二字好似陞堂）高太尉幹人把林冲押到府前跪在堦下府幹將太尉言語對滕府尹說了將上太尉封的那把刀放在林冲面前府尹道林冲你是箇禁軍教頭如何不知法度手執利刃故入節堂這是該死的罪犯林冲告道恩相明鏡念林冲負屈銜冤小人雖是麤鹵的軍漢頗識些法度如何敢擅入節堂爲是前月二十八日林冲與妻到嶽廟還香願正迎見高太尉的小衙內把妻子調戲

被小人喝散了次後又使陸虞候賺小人喫酒却使富安來騙林冲妻子到陸虞候家樓上調戲亦被小人趕去是把陸虞候家打了一場兩次雖不成姦皆有人證次日林冲自買這口刀今日太尉差兩箇承局來家呼喚林冲叫將刀來府裏比看因此林冲同二人到節堂下兩箇承局進堂裏去了不想太尉從外面進來設計陷害林冲望恩相做主府尹聽了林冲口詞（府尹不開口。）且叫與了回文一面取刑具枷杻來上了推入牢裏監下林冲家裏自來送飯一面使錢林冲的丈人張教頭亦來買上告下使用財帛正值有箇當案孔目姓孫名定爲人最鯁直十分好善只要週全人因此人都喚做孫佛兒他明知道這件事轉轉宛宛在府上說知就裏稟道此事果是屈了林冲只可週全他府尹道他做下這般罪高太尉批仰定罪定要問他手執利刃故入節堂殺害本官怎週全得他孫

定道這南衙開封府不是朝廷的是高太尉家的府尹道胡說孫定道誰不知雖無孔目唐突府尹之理然自是快語高太尉當權倚勢豪強更兼他府裏無般不做此一句上不承下不接妙絕快絕言高府中則多犯彌天之罪耳應殺應剮耳但有人小小觸犯便發來開封府要殺便殺要剮便剮却不是他家官府小小字妙觸犯字妙殺剮字妙府尹道據你說時林冲事怎的方便他施行斷遣孫定道看林冲口詞是箇無罪的人快人快語只是沒拿那兩箇承局處此語開不

得林冲死罪然一有此語便入不得林冲死罪矣妙筆如今着他招認做不合腰懸利刃誤入節堂脊杖二十刺配遠惡軍州滕府尹也知這件事了自去高太尉面前再三稟說林冲口詞高俅情知理短一句文礙府尹一句只得准了就此日府尹回來陞廳叫林冲除了長枷斷了二十脊杖喚箇文筆匠刺了面頰量地方遠近該配滄州牢城當廳打一面七斤半團頭鐵葉護身枷釘了貼上封皮押了一道牒文差兩箇防送

公人監押前去、兩箇人是董超、薛霸、特特註明二人。二人領了公文押送林冲出開封府來、只見衆鄰舍、此句非鄰舍情重。亦非林冲有恩。只爲便於後文寫休書耳。并林冲的丈人張教頭、都在府前接着、同林冲兩箇公人、到州橋下酒店裏坐定、林冲道、多得孫孔目維持、這棒不毒、因此走動得、張教頭叫酒保安排按酒菓子、管待兩箇公人、酒至數杯、只見張教頭將出銀兩、齎發他兩箇防送公人已了、林冲執手對丈人說道、泰山

一路翁壻往復淒淒惻惻祭十二郎文與琵琶行兼有之

在上年災月厄撞了高衙內喫了一場屈官司今日有句話說上禀泰山自蒙泰山錯愛將令愛嫁事小人已經三載不曾有半些兒差池雖不曾生半箇兒女（為後文省手也卻於林冲口中敘出曲曲人情）未曾面紅面赤半點相爭今小人遭這場橫事配去滄州生死存亡未保娘子在家小人心去不穩誠恐高衙內威逼這頭親事況兼青春年少休為林冲誤了前程卻是林冲自行主張非他人逼迫小人今日就高

○○○鄰在此始知前文先叙鄰舍筆法之妙明白立紙休書任從改嫁並無爭執如此林冲去得心穩免得高衙內陷害張教頭道賢壻甚麽言語你是天年不齊遭了橫事又不是你作將出來的今日權且去滄州躲災避難早晚天可憐見放你回來時依舊夫妻完聚老漢家中也頗有些過活便取了我女家去并錦兒○細不揀怎的三年五載養贍得他又不叫他出入高衙內便要見也不能彀休要憂心都在老漢

身上你在滄州牢城我自頻頻寄書并衣服與你休得要胡思亂想只顧放心去林冲道感謝泰山厚意只是林冲放心不下枉自兩相耽悞泰山可憐見林冲依允小人便死也瞑目張教頭那裏肯應承衆鄰舍亦說行不得又夾一筆妙林冲道若不依允小人之時林冲便掙扎得回來誓不與娘子相聚截鐵語張教頭道既然恁地時權且繇你寫下我只不把女兒嫁人便了截鐵語○一路翁壻往復淒淒惻惻曲曲折折至此

（各用一句截鐵語收之）當時叫酒保尋箇寫文書的人來買了一張紙來那人寫林冲說（如畫）道是東京八十萬禁軍教頭林冲爲因身犯重罪（重罪妙此書分明寫與高衙內者故竟云重罪不云其他情節也）斷配滄州去後存亡不保有妻張氏年少情願立此休書任從改嫁永無爭執委是自行情願卽非相逼（句句出脫衙內此數句本老生常談耳用來恰字字如錦）恐後無憑立此文約爲炤年月日林冲當下看人寫了借過筆來去年月下押箇花字打箇手模

寫林冲斬頭瀝血見機生智令人淚落。正在閣裏寫了、欲付與泰山收時只見林冲的娘子號天哭地叫將來女使錦兒抱着一包衣服一路尋到酒店裏省却又回上去也。林冲見了起身接着道娘子小人有句話說已禀過泰山了如聞其聲如見其人。爲是林冲年災月厄遭這塲屈事今去滄州生死不保誠恐誤了娘子青春今已寫下幾字在此萬望娘子休等小人有好頭腦高衙内也却不直說高衙內。葢恐傷其心也自行招嫁莫爲林冲悞了賢妻那娘子聽罷、哭將起來、說道、丈夫、我不曾有半些兒點污、如何把我休了。（林冲娘子只說得此一句。下更無語。都是張教頭說。）（情景入妙。）林冲道、娘子、我是好意、恐怕日後兩下相誤、賺了你、張教頭便道、我兒放心、雖是女壻恁的主張、我終不成下得將你來再嫁人、這事且繇他放心去、他便不來時、我也安排你一世的終身盤費、只教你守志便了。（都是娘子心中話、卻不好在娘子口中說、故都借張教頭出之。）那娘子聽得說、（有筆力。）心中哽咽、又見了這封書（有筆

漏錦兒

力。一時哭倒聲絕在地、林冲與泰山張教頭救得
起來、半晌方纔甦醒、兀自哭不住、林冲把休書與
教頭收了、衆鄰舍亦有婦人來勸林冲娘子攙扶、
回去。眞是如何回去。忽乘便從鄰舍二字上生出婦人來。見景生情、文章妙訣。張教頭
囑付林冲道、只顧前程去、掙扎回來廝見、你的老
小、我明日便取回去養在家裏、待你回來完聚。重將
此句特特說。你但放心去、不要挂念、如有便人、千萬頻
頻寄些書信來、林冲起身謝了、拜辭泰山、并衆鄰

舍背了包裹隨着公人去了張教頭同鄰舍取路回家了不在話下且說兩箇防送公人把林冲帶來使臣房裏寄了監董超薛霸各自回家收拾行李只說董超正在家裏拴束包裹只見巷口酒店裏酒保來說道董端公一位官人在小人店中請說話董超道是誰酒保道小人不認得只叫請端公便來原來宋時的公人都稱呼端公當時董超便和酒保逕到店中閣兒內看時見坐着一箇人

頭戴頂萬字頭巾、身穿領皂紗背子、下面皂靴淨襪、見了董超、慌忙作揖道、端公請坐、董超道、小人自來不曾拜識尊顏、不知呼喚有何使令、那人道、請坐、少間便知、董超坐在對席、酒保一面鋪下酒盞菜蔬菓品按酒、都搬來擺了一卓、那人問道、薛端公在何處住、董超道、只在前邊巷內、那人喚酒保問了底腳、與我去請將來、酒保去了一盞茶時、只見請得薛霸到閣兒裏、董超道、這位官人請俺說話、薛霸道、不敢動問大人高姓、那人又道、少刻便知、且請飲酒、三人坐定、一面酒保篩酒、酒至數杯、那人去袖子裏取出十兩金子放在卓上、說道二位端公各收五兩、有些小事煩及、二人道、小人素不認得尊官、何故與我金子、那人道、二位莫不投滄州去、董超道、小人兩箇奉本府差遣、監押林冲直到那里、那人道、既是如此、相煩二位、我是高太尉府心腹人陸虞侯便是、董超薛霸喏喏連聲說道小人何等樣人敢共對席陸謙道你二位也知林冲和太尉是對頭今奉着太尉鈞旨教將這十兩金子送與二位望你兩箇領諾不必遠去只就前面僻靜去處把林冲結果了就彼處討紙回狀回來便了若開封府但有話說太尉自行分付並不妨事董超道一箇不肯○凡公人必用兩箇爲一夥使一箇好一箇不好葢起發人錢財都用此法切勿謂董優於薛也却怕使不得開封府公文只叫解活的去却不曾教結果了他亦且本人年

紀又不高大如何作得這緣故倘有些兒搭恐不方便薛霸道（背一箇）老董你聽我說高太尉便叫你我死也只得依他（妙語。不如圖箇甚麼死亦依他也。今人以死傳名類如此矣）莫說使這官人又送金子與俺你不要多說和你分了罷落得做人情日後也有照顧俺處（薛霸賊既得朧又望蜀寫小人如畫）前頭有的是大松林猛惡去處不揀怎的與他結果了罷當下薛霸收了金子說道官人放心多是五站路少便兩程便有分曉陸謙大喜道還是薛端公眞是爽利明日到地了時是必揭取林冲臉上金印回來做表證陸謙再包辦二位十兩金子相謝（小人語○作者務要寫出不顧小人看見耶）專等好音（好音二字用得可笑可惱）切不可相悞原來宋時但是犯人徒流遷徙的都臉上剌字怕人恨怪只喚做打金印三箇人又喫了一會酒陸虞候筭了酒錢三人出酒肆來各自分手只說董超薛霸將金子分受入已送回家中取了行李包裹拿了水火棍便來使

臣房裏取了林冲監押上路、當日出得城來、離城三十里多路歇了、宋時途路上客店人家、但是公人監押囚人來歇、不要房錢、當下董薛二人○○○二人合帶林冲到客店裏、歇了一夜、第二日天明起來、打火喫了飲食、投滄州路上來、時遇六月天氣、炎暑正熱、林冲初喫棒時、倒也無事、次後三兩日間、天道盛熱、棒瘡却發、○○○○○○○○又是箇新喫棒的人、補出林冲生平如金似玉路上一步挨一步、走不動、○○○薛霸道一箇不好好不曉事此去滄州二千里有餘的路你這般樣走幾時得到林冲道小人在太尉府裏折了些便宜前日方纔喫棒棒瘡舉發這般炎熱上下只得擔待一步董超道（一箇倣好）你自慢慢的走休聽咭咶薛霸一路上喃喃吶吶的口裏埋寃叫苦說道却是老爺們晦氣撞着你這箇魔頭看看天色又晚三箇人投村中客店裏來到得房內兩箇公人放了棍棒解下包裹林冲也把包來解了不等公人開口（可憐）

一路董薛二人忽然是一箇忽然是兩箇寫得如大珠小珠相似

去包裹取些碎銀兩央店小二買些酒肉、糴些米來安排盤饌請兩個防送公人坐了喫董超薛霸二人又添酒來把林冲灌的醉了和枷倒在一邊薛霸一箇去燒一鍋百沸滾湯提將來傾在脚盆內叫道林教頭你也洗了脚好睡林冲掙的起來被枷礙了曲身不得薛霸便道我替你洗林冲忙道使不得薛霸道出路人那裏計較的許多林冲不知是計只顧伸下脚來被薛霸只一按按在滾湯

裏爲明日地也林冲叫一聲哎也急縮得起時泡得脚
面紅腫了林冲道不消生受薛霸道只見罪人伏
侍公人那曾有公人伏侍罪人好意叫他洗脚顛
倒嫌冷嫌熱却不是好心不得好報口裏喃喃的
罵了半夜林冲那裏敢回話自去倒在一邊他兩
箇二人合潑了這水自換些水去外邊洗了脚收拾
睡到四更同店人都未起早又暗藏一人薛霸起來一箇
燒了面湯安排打火做飯喫林冲起來暈了喫不

得又走不動、薛霸拿了水火棍催促動身、董超〔一箇〕去腰裏解下一雙新草鞋耳朵并索兒却是麻編的〔惡〕叫林冲穿、林冲看時、脚上滿面都是燎漿泡、只得尋覔舊草鞋穿那裏去討沒奈何只得把新草鞋穿上〔惡〕叫店小二筭過酒錢兩箇公人〔二人又合〕帶了林冲出店、却是五更天氣〔早〕林冲走不到三二里、脚上泡被新草鞋打破了〔惡〕鮮血淋漓、正走不動、聲喚不止、薛霸罵道〔一箇〕走便快走、不走便大棍搠將起來林冲道上下方便小人豈敢怠慢俄延程途其實是脚疼走不動董超道一箇我扶着你走便了攙着林冲只得又挨了四五里路看看正走不動了早望見前面烟籠霧鎖一座猛惡林子有名喚做野豬林此是東京去滄州路上第一箇嶮峻去處宋時這座林子內但有些冤讐的使用些錢與公人帶到這裏不知結果了多少好漢今日這兩箇公人帶林冲奔入這林子裏來董超道

反是董超發科可見同惡共濟走了一五更走不得十里路程似此滄州怎的得到薛霸道薛霸在後我也走不得了且就林子裏歇一歇三箇人奔到裏面解下行李包裹都搬在樹根頭林冲叫聲呵也靠着一株大樹便倒了畫只見董超薛霸道二人合行一步等一步倒走得我困倦起來且睡一睡却行曲曲而來如畫如話放下水火棍便倒在樹邊略略閉得眼奇文二人心中有事如何閉得眼却偏用閉眼寫出許多做作從地下叫將起來奇文林冲

道上下做甚麼董超薛霸道（二人合）俺兩箇正要睡一睡這裏又無關鎖只怕你走了我們放心不下以此睡不穩（已說到縛矣却還不說出又收住）林冲荅道小人是箇好漢官司既已喫了一世也不走薛霸道（一箇）那裏信得你說要我們心穩須得縛一縛（方說縛只一縛其用筆之曲如此）林冲道上下要縛便縛小人敢道怎的薛霸腰裏解下索子來把林冲連手帶脚和枷緊緊的綁在樹上（一箇）同董超兩箇（兩箇）跳將起來轉過身

來拿起水火棍看着林冲說道不是俺要結果你自是前日來時有那陸虞候密人也。此處却說出郎所謂陸兄也。傳着高太尉鈞旨教我兩箇到這裏結果你立等金印回去回話密語也。此處却說出便多走的幾日也是死數只今日就這裏倒作成我兩箇回去快些此却是善知識語。細思之。當有橄欖回甘之益。休得要怨我弟兄兩箇只是上司差遣不繇自己你須精細着惡人殺人。又怕其鬼。每每如此寫來一笑。明年今日是你周年趣話。我等已限定日期亦要早回話林冲見說淚如雨下四字寫盡英雄盡頭日便道上下我與你二位往日無讐近日無寃你二位如何救得小人往日無讐二語非惡其殺之之辭也正望其救之之辭也三句連讀始得之生死不忘董超道說甚麼閒話一箇臨死求救謂之閒話爲之絕倒臨死求救是閒話前日所云太尉要你我死也只得依他此是緊語也千古一轍爲之浩歎救你不得薛霸便提起水火棍來望着林冲腦袋上劈將來一箇林冲奈何可憐豪傑束手就死正是萬里黃泉無旅店三魂今夜落誰家畢竟林冲性命

如何且聽下回分解

第五才子書施耐菴水滸傳卷之十三

聖歎外書

第八回

柴進門招天下客

林冲棒打洪教頭

今夫文章之爲物也豈不異哉如在天而爲雲霞何其起於膚寸漸舒漸卷倐忽萬變爛然爲章也在地而爲山川何其迤邐而入千

轉百合爭流競秀窅冥無際也在草木而爲花蕚何其依枝安葉依葉安蒂依蒂安英依英安瓣依瓣安鬚真有如神鏤鬼簇香團玉削也在鳥獸而爲翬尾何其青漸入碧碧漸入紫紫漸入金金漸入綠綠漸入黑黑又入青內視之而成彩外望之而成燿不可一端指也凡如此者豈其必有不得不然者乎夫使雲霞不必舒卷而慘若烽煙亦何怪於天

山川不必窅冥而止有坑阜亦何怪於地花蕚不必分英布瓣而醜如榾柮葦尾不必金碧間雜而塊然木鳶亦何怪於草木鳥獸然而終亦必然者蓋必有不得不然者也至於文章而何獨不然也乎自世之鄙儒不惜筆墨於是到處塗抹自命作者乃吾覩其所爲實則曾無異於所謂烽煙坑阜榾柮木鳶也者嗚呼其亦未嘗得見我施耐菴之水滸傳

也

吾之爲此言者何也即如松林棍起智深來救大師此來從天而降固也乃今觀其叙述之法又何其詭譎變幻一至於是乎第一段先飛出禪杖第二段方跳出胖大和尚第三段再詳其皂布直裰與禪杖戒刀第四段始知其爲智深若以今觀大戴禮釋之則曰先言禪杖而後言和尚者並未見有和尚突然

水火棍被物隔去則一條禪杖早飛到面前也先言胖大而後言皂布直裰者驚心駭目之中但見其爲胖大未及詳其腳色也先寫裝束而後出姓名者公人驚駭稍定見其如此打扮却不認爲何人而又不敢問也葢如是手筆實推史遷有之而水滸傳乃獨與之並驅也

又如前回敘林冲時筆墨忙極不得不將智

深一邊暫將閣起此行文之家要圖手法乾淨萬不得已而出於此也今入此回却忽然就智深口中一一追補叙還而又不肯一直叙去又必重將林冲一邊逐段穿插相對而出不惟使智深一邊不曾漏落又反使林冲一邊再加鎖染離離奇奇錯錯落落真似山雨欲來風滿樓也

又如公人心怒智深不得不問纔問却被智

深兒頭一喝讀者亦謂終亦不復知是其[illegible]矣乃遥遥直至智深掩却禪杖去後林冲無端誇拔楊柳遂答還董超薛霸最先一問疑其必說則忽然不說疑不復說則忽然却說譬如空中之龍東雲見鱗西雲露爪眞極奇極恣之筆也

又如洪教頭要使棒反是柴大官人說且喫酒此一頓已是令人心癢之極乃武師又於

四五合時跳出圈子忽然叫住曰除枷也乃柴進又於重提棒時又忽然叫住凡作三番跌頓直使讀者眼光一閃一閃眞極奇極恣之筆也

又如洪教頭入來時一筆要寫洪教頭一筆又要寫林武師一筆又要寫柴大官人可謂極忙極雜矣乃今偏於極忙極雜中間又要時時擠出兩箇公人心閒手敏遂與史遷無

二也

又如寫差撥陡然變臉數語後接手便寫陡然翻出笑來數語參差歷落自成諧笑此所謂文章波瀾亦有以近爲貴者也若夫文章又有以遠爲貴也者則如來時飛杖而來去時拖杖而去其波瀾乃在一篇之首與尾林冲來時柴進打獵歸來林冲去時柴進打獵出去則其波瀾乃在一傳之首與尾矣此又

不可不知也

凡如此者皆所謂在天爲雲霞在地爲山川在草木爲花蕚在鳥獸爲翬尾而水滸傳必不可以不看者也

此一回中又於正文之外旁作餘文則於銀子三致意焉如陸虞候送公人十兩金子又許幹事回來再包送十兩一可嘆也夫陸虞候何人便包得十兩金子且十兩金子何足

論而必用一人包之也智深之救而護而送到底也公人叫苦不迭曰却不是壞我勾當二可嘆也夫現十兩賒十兩便算一塲勾當而林冲性命曾不足顧也又二人之暗自商量也曰捨着還了他十兩金子三可嘆也四人在店而兩人暗商其心頭口頭十兩外無別事也訪柴進而不在也其莊客亦更無別語相借但云你没福若是在家有酒食錢財

與你四可嘆也酒食錢財小人何至便以爲
福也洪教頭之忌武師也曰誘此酒食錢米
五可嘆也夫小人之汚衊君子亦更不於此
物外也武師要開枷柴進送銀十兩公人忙
開不迭六可嘆也銀之所在朝廷法網亦惟
所命也洪教頭之敗也大官人實以二十五
兩亂之七可嘆也銀之所在名譽身分都不
復惜也柴林之握別也又捧出二十五兩一

錠大銀八可嘆也雖聖賢豪傑心事如青天
白日亦必以此將其愛敬設若無之便若冷
淡之甚也兩箇公人亦賚發五兩則出門時
林武師謝兩公人亦謝九可嘆也有是物即
陌路皆親豺狠亦顧分外熱鬧也差撥之見
也所爭五兩耳而當其未送則滿面皆是餓
紋及其旣送則滿面應做大官十可嘆也千
古人倫甄別之際或月而易或旦而易大約

以此也武師以十兩送管營差撥又落了五兩止送五兩十一可嘆也本官之與長隨可謂親矣而必染指焉諺云搯蝨偷脚比比然也林冲要一發周旋開除鐵枷又取三二兩銀子十二可嘆也但有是物即無事不可周旋無人不願效力也滿營囚徒亦得林冲救濟十三可嘆也只是金多分人而讀者至此遂感林冲恩義口口傳爲美談信乎名以銀

此段突然寫魯智深來，却變作四段：第一段飛出一條禪杖，隔去水火棍；第二

成無別法也。嗟乎！士而貧，尚不閑門學道，而尚欲游於世間，多見其爲不知時務耳，豈不大哀也哉！

話說當時薛霸雙手舉起棍來，望林冲腦袋上便劈下來。說時遲，那時快，薛霸的棍恰舉起來，只見松樹背後雷鳴也似一聲，那條鐵禪杖飛將來，第一段。單飛出禪杖。却未見有人。把這水火棍一隔，丢去九霄雲外，跳出一箇胖大和尚來。說時遲那時快六字，神變之筆。○行文有雷轟電掣

段水火棍丢了方看見一箇胖大和尚却未及看其打扮第三段方看見其皁布直裰跨戒刀輪禪杖却未知其姓名第四段



之勢。令讀者眼光霍霍。○看他先飛出禪杖。次跳出和尚。忽意弄奇。妙絕怪絕。○第二段。單跳出和尚。却未曾看得仔細。喝道、洒家在林子裏聽你多時、兩箇公人看那和尚時。穿一領皁布直裰。跨一口戒刀。提着禪杖。輪起來打兩箇公人。第三段。方看得仔細。却未知和尚是誰。林冲方纔閃開眼看時。認得是魯智深。第四段。方出魯智深名字。弄奇作怪。於斯極矣。林冲連忙叫道、師兄不可下手、我有話說。極急時下語不及。只此四字妙妙。○頃刻不至即休矣。又有甚話說耶。智深聽得、收住禪杖、兩箇公人呆了半晌、動撣不得、林冲

直待林冲眼開方出智深名字奇文奇筆遂至於此

看他夾敘補前之缺

道、非干他兩箇事、盡是高太尉使陸虞候、分付他兩箇公人、要害我性命、他兩箇怎不依他、你若打殺他兩箇、也是冤屈、（爲高俅殺林冲映襯、故特下此句、）魯智深扯出戒刀、把索子都割斷了、便扶起林冲、叫兄弟、俺自從和你買刀那日相別之後、（重敘林冲第一段、）酒家憂得你苦、（補敘自家第一段、）自從你受官司、（重敘林冲第二段、）俺又無處去救你、（補敘自家第二段、）打聽得你斷配滄洲、（重敘林冲第三段、）酒家在開封府前又尋不見、（補敘自家第三段、）却聽得人說監在使臣房內又見酒保來請兩箇公人說道店裏一位官人尋說話（重叙林冲第四段）以此洒家疑心放你不下恐這厮們路上害你俺特地跟將來（補叙自家第四段）見這兩箇撮鳥帶你入店裏去（重叙林冲第五段）洒家也在那店裏歇（補叙自家第五段）夜間聽得那厮兩箇做神做鬼把滾湯賺了你脚（重叙林冲第六段）那時俺便要殺這兩箇撮鳥却被客店裏人多恐防救了（補叙自家第六段）洒家見這厮們不懷好心（重叙林冲第七

段。越放你不下補敘自家第七段。你五更裏出門時重敘林冲第八段。洒家先投這林子裏來等殺這厮兩箇撮鳥補敘自家第八段。他到來這里害你方敘到林冲正文。正好殺這厮兩箇方敘到自巳正文。○文勢如兩龍夭矯陡然合筍。奇筆恣墨讀之叫絕。林冲勸道既然師兄救了我你休害他兩箇性命魯智深喝道你這兩箇撮鳥洒家不看兄弟面時把你這兩箇都剁做肉醬且看兄弟面皮饒你兩箇性命就那里挿了戒刀前割索子扯出。此仍挿入。精細之極。喝道你這兩箇撮鳥快攙兄弟都跟酒家來奇語絕倒提了禪杖先走好景○此回寫智深都在禪杖上出色如前文禪杖飛來此文提禪杖先走後文拖禪杖去了皆妙景也兩箇公人那里敢回話只叫林教頭救俺兩箇依前背上包裹好拾了水火棍好扶着林沖好又替他拕了包裹好一同跟出林子來好景行得三四里路程見一座小小酒店在村口深沖起霸四人入來坐下喚酒保買五七斤肉打兩角酒來喫回些麪來打餅酒保一面整治把酒來篩兩

箇公人道不敢拜問師父在那箇寺裏住持賊。智深笑道你兩箇撮鳥問俺住處做甚麼莫不去敎高俅做甚麼奈何酒家別人怕他俺不怕他又賊。一卷氣悶書後。忽然作此快語。酒家若撞着那厮敎他喫三百禪杖兩箇公人那里敢再開口陡然起。陡然倒。直至後文。方乃陡然而合。筆力奇拗之極。喫了些酒肉收拾了行李還了酒錢出離了村口林冲問道師兄今投那里去急語可憐。王如渴乳之兒。見母遠行。篤得令人墮淚。魯智深道殺人須見血救人須救徹

此段看他錯錯落落寫成一片

酒家放你不下直送兄弟到滄州天雨血鬼夜哭盡此二十一字兩箇公人聽了暗暗地道苦也却是壞了我們的彀當轉去時怎回話且只得隨順他一處行路自此途中被魯智深要行便行要歇便歇一路忽作快語那里敢扭他好便罵不好便打都作快語兩箇公人不敢高聲只怕和尚發作盡是快語行了兩程討了一輛車子林冲上車將息三箇跟着車子行着極意寫寫得快絶兩箇公人懷着鬼胎各自要保性命只得小心隨

順着行魯智深一路買酒買肉將息林冲那兩箇公人也喫極意寫寫得快絕遇着客店早歇晚行都是那兩箇公人打火做飯極意寫寫得快絕誰敢不依他二人暗商量此段要補出我們被這和尚監押定了明日回去高太尉必然奈何俺薛霸道我聽得大相國寺菜園廨宇裏新來了箇僧人喚做魯智深想來必是他猜此一語弔在此處並不得明白直至後文智深回去後林冲誇他倒拔垂楊方成一答文情奇絕回去實說俺要在野豬林結果他被這和尚

救了一路護送到滄州因此下手不得捨着還了他十兩金子公人苦語着陸謙自去尋這和尚便了我和你只要躲得身上乾淨董超道也說的是兩箇暗商量了不題話休絮繁被智深監押不離行了十七八日省近滄州只有七十來里路程一路去都有人家再無僻靜處了魯智深打聽得實了寫得何等恩義周匝就松林裏少歇松林二字故在此處入後徑說頭便似松樹所謂身在畫圖中也智深對林冲道兄弟此去滄州不遠了前

路都有人家別無僻淨去處酒家已打聽實了俺如今和你分手異日再得相見林冲道師兄囘去泰山處可說知此句反在感恩之前妙絕有無限兒女恩情在內讀者細味之當爲之嗚咽防護之恩不死當以厚報魯智深又取出一二十兩銀子與林冲把三二兩與兩箇公人道你兩箇撮鳥本是路上砍了你兩箇頭兄弟面上饒你兩箇鳥命如今沒多路了休生歹心兩箇道再怎敢皆是太尉差遣接了銀子却待分手魯智深

看着兩箇公人道你兩箇撮鳥的頭硬似這松樹麽。奇語。○此句上更不添措着松樹四字。妙。二人答道小人頭是父母皮肉包着些骨頭不待詞畢寫得妙。智深輪起禪杖把松樹只一下打得樹有二寸深痕齊齊折了喝一聲你兩箇撮鳥但有歹心教你頭也與這樹一般擺着手拖了禪杖叫聲兄弟保重自回去了來得突兀。去得瀟灑。如一座怪峯劈空而起。及其盡也。迤邐而漸弛矣。董超薛霸都吐出舌頭來半晌縮不入去活畫。林冲道上下俺們自去罷兩箇公人道：「好箇莽和尚！一下打折了一株樹。」林冲道：「這箇直得甚麽！相國寺一株柳樹，連根也拔將出來。」（直至此處，方纔遥荅前文，真是奇情恣筆。不知者反責林冲濫言，可爲失笑。）二人只把頭來摇，方纔得知是實。（奇情恣筆。）三人當下離了松林，行到晌午，早望見官道上一座酒店。三箇人入到裏面來，林冲讓兩箇公人上首坐了。董薛二人半日方纔得自在。（又找一句，見十七八日着實過不得。○松林分手，其文已畢，却於入酒店後再描一句，所謂勁勢猶動也。）只見那店裏有幾處座頭三五箇篩酒的酒保都手忙脚亂搬東搬西林冲與兩箇公人坐了半箇時辰酒保並不來問生出文情來林冲等得不耐煩把桌子敲着說道你這店主人好欺客見我是箇犯人便不來睬着我須不白喫你的是甚道理主人說道你這人原來不知我的好意奇生出文情來林冲道不賣酒肉與我有甚好意店主人道你不知俺這村中有箇大財主姓柴名進此間稱爲柴大官人江湖上都喚做小旋風

他是大周柴世宗子孫自陳橋讓位太祖武德皇帝敕賜與他誓書鐵券在家無人敢欺負他專一招集天下往來的好漢三五十箇養在家中嘗嘗囑付我們酒店裏如有流配來的犯人可叫他投我莊上來我自資助他如此一位豪傑却在店主口中無端敘出有春山出雲之樂○看他各樣出法我如今賣酒肉與你喫得面皮紅了他道你自有盤纏便不助你我是好意林冲聽了○○○○○對兩箇公人道我在東京教軍時嘗嘗聽得軍中

人傳說柴大官人名字襯一句。遂令上文愈顯。却原來在這里我們何不同去投奔他董超薛霸尋思道既然如此有甚虧了我們處公人語。就便收拾包裹和林沖問道酒店主人柴大官人莊在何處是。我等正要尋他店主人道只在前面約過三二里路大石橋邊轉灣抹角那箇大莊院便是林沖等謝了店主人出門走了三二里果然見座大石橋過得橋來一條平坦大路早望見綠柳陰中顯出那座莊院四下一週遭一條濶河，兩岸邊都是垂楊大樹，樹陰中一遭粉墻。轉灣來到莊前，那條濶板橋上坐着四五箇莊客，都在那里乘凉。（時序隨所叙事漸漸而下。）三箇人來到橋邊，與莊客施禮罷，林冲說道：「相煩大哥報與大官人知道，京師有箇犯人送配牢城，姓林的求見。」（自負不小。）莊客齊道：「你沒福，若是大官人在家時，有酒食錢財與你，今早出獵去了。」（已自問了住處，走到莊前矣，卻偏要不在家，搖曳出柴大官人身分來。又遙遙伏下出獵二字。）林冲道：「不知幾時回來莊客道說不定敢怕投東莊去歇也不見得許你不得（極力搖曳又伏東莊）林中道如此是我沒福不得相遇我們去罷別了衆莊客和兩箇公人再回舊路肚裏好生愁悶（此處若用我們且等則上文搖曳爲不極矣直要寫到只索去罷險絕幾斷然後生出下文來）行了半里多路只見遠遠的從林子深處一簇人馬飛奔莊上來中間捧着一位官人騎一匹雪白捲毛馬馬上那人生得龍眉鳳目皓齒朱唇三牙掩口髭鬚三十四五年紀

頭戴一頂皁紗轉角簇花巾身穿一領紫繡團胸綉花袍腰繫一條玲瓏嵌寶玉環絛足穿一雙金線抹綠皁朝靴帶一張弓插一壺箭（好柴大官人。林冲來時如此來，林冲去時如此去，作章法。）引領從人都到莊上來林冲看了尋思道敢是柴大官人麼又不敢問他只自肚裏躊躇（本是一色人物，只因身在囚服，便於貴游之前，不復更敢伸眉吐氣，寫得英雄失路，極其可憐。）只見那馬上年少的官人縱馬前來問道這位帶枷的是甚人（極力寫柴大官人。）林冲慌忙躬身答道小人是東京禁軍教頭姓林名冲爲因惡了高太尉尋事發下開封府問罪斷遣刺配此滄州聞得前面酒店裏說道這里有箇招賢納士好漢柴大官人（令聞廣譽誦之成響）因此特來相投不期緣淺不得相遇那官人滾鞍下馬飛近前來說道柴進有失迎迓就草地上便拜（極力寫柴大官人）林冲連忙答禮那官人携住林冲的手同行到莊上來（極力寫柴大官人）那莊客們看見大開了莊門柴進直請到廳前兩箇敘禮

罷柴進說道小可久聞教頭大名不期今日來踏賤地足稱平生渴仰之願林冲答道微賤林冲聞大人貴名傳播海宇誰人不敬不想今日因得罪犯流配來此得識尊顏十二字筆舌曲折絕妙只牘○此處却深感高傑宿生萬幸柴進再三謙讓林冲坐了客席董超薛霸也一帶坐了跟柴進的伴當各自牽了馬去院後歇息細不在話下柴進便喚莊客叫將酒來不移時只見數箇莊客托出一盤肉一盤餅溫一壺

酒又一箇盤子托出一斗白米米上放着十貫錢都一發將出來（寫柴進待林冲無可着筆故又特地布此一景極力搖曳出來）柴進見了道村夫不知高下教頭到此如何恁地輕意哇快將進去先把菓盒酒來隨即殺羊相待快去整治（極力寫柴大官人）林冲起身謝道大官人不必多賜只此十分彀了柴進道休如此說難得教頭到此豈可輕慢莊客便如飛先捧出菓盒酒來柴進起身一面手執三杯林冲謝了柴進飲酒罷兩箇

公人一同飲了、柴進道、教頭請裏面少坐、自家隨即解了弓袋箭壺寫得好、又特留此句、獨作一番筆墨者、深表柴進敢獵、是當以爲後文林冲出去之地也、就請兩箇公人一同飲酒好、柴進當下坐了主席、林冲坐了客席、兩箇公人在林冲肩下好、叙說些閒話、江湖上的勾當、不覺紅日西沉、安排得酒食菓品海味、擺在桌上、擡在各人面前、柴進親自舉杯、把了三巡、坐下、叫道、且將湯來喫、喫得一道湯五七杯酒、只見莊客來報道、教師來

一段看他叙三箇人如雲中鬬龍相似忽伸一爪忽縮一爪



也（天外奇峰，讀之肉飛眉舞。）柴進道：「就請來一處坐地相會亦好。」（只此二字，情見乎辭。）快擡一張桌來。林冲起身看時，（寫林冲。）（已下一段寫林冲，一段寫教師，一段寫柴進，夾夾襍襍，錯錯落落，真是八門五花之文。）只見那箇教師入來，歪戴着一頂頭巾，挺着脯子，來到後堂。（寫教師。）林冲尋思道：「莊客稱他做教師，必是大官人的師父。」急急躬身唱喏道：「林冲謹參。」（寫林冲。）那人全不倸着，也不還禮。（寫教師。）林冲不敢擡頭。（寫林冲。）柴進指着林冲對洪教頭道：「這位便是東京八十萬禁軍鎗棒教頭林武師林冲的便是就請相見寫柴進。林冲聽了看着洪教頭便拜寫林冲。那洪教頭說道休拜起來却不躬身答禮寫教師。柴進看了心中好不快意寫柴進。林冲拜了兩拜起身讓洪教頭坐寫林冲。洪教頭亦不相讓走去上首便坐寫教師。柴進看了又不喜歡寫柴進。林冲只得肩下坐了寫林冲。兩箇公人亦就坐了百忙中又夾得好。洪教頭便問道大官人今日何故厚禮管待配軍寫教師。配軍二字是何言與。柴進道這位非比其他的乃是八十萬禁軍教頭師父如何輕慢寫柴進。八十萬禁軍教頭正對配軍二字一往一答如畫。洪教頭道大官人只因好習鎗棒往往流配軍人都來倚草附木皆道我是鎗棒教師來投莊上誘些酒食錢米大官人如何忒認眞寫教師。林冲聽了並不做聲寫林冲。柴進說道凡人不可易相休小覷他此語寫得柴進惱極。洪教頭怪這柴進說休小覷他便跳起身來道我不信他他敢和我使一棒看我便道他是

真教頭（教師休矣定要弄出耶）柴進大笑道也好也好林武

師你心下如何（大笑妙絕惱極之後翻成大笑）林冲道小人却是

不敢（作一摇曳）洪教頭心中忖量道那人必是不會心

中先怯了因此越要來惹林冲使棒柴進一來要

看林冲本事二者要林冲贏他滅那厮嘴（筆力勁絕）柴

進道且把酒來喫着待月上來也罷（說使棒反喫酒極力摇曳使讀者心癢無撓處）當下又喫過了五七杯酒却早月上來

了照見廳堂裏面如同白日柴進起身道（寫得好待月）

是柴進一頓。月上仍是柴進一揆。一頓一揆。便令筆勢踢跳之極。二位教頭較量一棒林冲自肚裏尋思道寫林冲。這洪教頭必是柴大官人師父若我一棒打翻了他柴大官人面上須不好看柴進見林冲躊躇便道寫柴進。此位洪教頭也到此不多時此間又無對手林武師休得要推辭小可也正要看二位教頭的本事柴進說這話原來只怕林冲礙柴進的面皮不肯使出本事來寫柴進。林冲見柴進說開就裏方纔放心寫林冲。只見洪教頭先起身道、(驕極)來來來、(三字一笑)和你使一棒看、一齊都鬨出堂後空地上、莊客拿一束桿棒來放在地下、洪教頭先脫了衣裳、拽扎起裙子、掣條棒使箇旗鼓、喝道來、來、來、(又此三字可笑可惱)柴進道林武師請較量一棒、林冲道大官人休要笑話、就地也拿了一條棒起來道、師父請教、(儒雅之極)洪教頭看了、恨不得一口水吞了他、林冲拿着棒使出山東大擂(四字奇文)、打將入來、洪教頭把棒就地下鞭了一棒、來搶林冲兩箇教頭在月明地上交手使了四五合棒只見林冲托地跳出圈子外來叫一聲少歇奇文令讀者出於意外○此一回書每每用忽然一閃法閃落讀者眼光真是奇絕柴進道教頭如何不使本事林冲道小人輸了奇文令讀者出於意外柴進道未見二位較量怎便是輸了林冲道小人只多這具枷因此權當輸了絕妙之文柴進道是小可一時失了計較大笑着道這箇容易便叫莊客取十兩銀來當時將出柴進對押解兩箇公人道

小可大膽相煩二位下顧權把林教頭枷開了明日半城營內但有事務都在小可身上白銀十兩相送董超薛霸見了柴進人物軒昂不敢違他落得做人情又得了十兩銀子亦不怕他走了薛霸隨即把林冲護身枷開了柴進大喜道今番兩位教師再試一棒洪教頭見他卻纔棒法怯了肚裏平欺他做提起棒卻待要使柴進叫道且住○奇文前林冲叫歎奇絕矣卻只爲開枷之故今開得枷了方纔舉手柴進又叫住奇哉真所謂極忙極熱之

文。偏要一斷一續而寫。令我讀之歎絕。○看他又用一閃。叫莊客取出一錠銀來、重二十五兩、無一時至面前、柴進乃言、二位教頭比試、非比其他、這錠銀子權爲利物、若還贏的、便將此銀子去、柴進心中只要林冲把出本事來、故意將銀子丟在地下、洪教頭深怪林冲來一句。又要爭這箇大銀子二句。又怕輸了銳氣三句。○心事正與公人一一般。作者特特如此寫。把棒來盡心使箇旗鼓吐箇門戶喚做把火燒天勢棒勢亦驕憤之極。林冲想道、柴大官人心裏、只要我贏他也橫着棒使箇門戶吐箇勢喚做撥草尋蛇勢（棒勢亦敏慎之至）洪教頭喝一聲來來來（只管來來）來。便使棒蓋將入來林冲望後一退洪教頭趕入一步提起棒又復一棒下來林冲看他脚步已亂了便把棒從地下一跳洪教頭措手不及就那一跳裏和身一轉那棒直掃着洪教頭臁兒骨上（寫得棒是活棒武師是活武師妙絕之筆）撇了棒撲地倒了柴進大喜叫快將酒來把盞衆人一齊大笑洪教頭那里掙扎起來來來來來。衆莊客一頭笑着扶了洪教頭來來來來。羞慚滿面自投莊外去了與挺着脯子入來焰燿。柴進携住林冲的手再入後堂飲酒叫將利物來送還教師三句寫柴進樂極。林冲那里肯受推托不過只得收了柴進留林冲在莊上一連住了幾日每日好酒好食相待又住了五七日兩箇公人催促要行柴進又置席面相待送行又寫兩封書要。此物每與銀子一樣行得通者正爲此物即銀子也。分付林冲道滄州大尹也與柴進好牢城管營差撥亦與柴進交厚可將這兩封書去下必然看覷教頭即捧出二十五兩一錠大銀送與林冲又將銀五兩齎發兩箇公人喫了一夜酒帶寫柴進林冲淋漓快活次日天明喫了早飯叫莊客挑了三箇的行李林冲依舊帶上枷細辭了柴進便行柴進送出莊門作別分付道待幾日小可自使人送冬衣來與教頭便爲風雪作引林冲謝道如何報謝大官人兩箇公人相謝了亦謝三人取路投滄州來將及午

此段看他在營裏使銀子真有逆拂之妙

牌時候已到滄州城裏打發那挑行李的回去細
逕到州衙裏下了公文當廳引林冲叅見了州官
大尹當下收了林冲押了回文一面帖下判送牢
城營內來兩箇公人自領了回文相辭了回東京
去不在話下只說林冲送到牢城營內來牢城營
內收管林冲發在單身房裏聽候點視却有那一
般的罪人都來看覷他又出奇文○此段又如對春山出雲膚寸而起
林冲說道此間管營差撥十分害人只是要詐人

錢物若有人情錢物一句送與他時便覷的你好若是無錢一句將你撇在土牢裏求生不生求死不死若得了人情一句入門便不打你一百殺威棒只說有病把來寄下若不得人情時一句。緊緊明明。委委折折，人生世上。銀子蓋可忽哉。這一百棒打得七死八活林冲道衆兄長如此指教且如要使錢把多少與他林冲語。衆人道若要使得好時管營把五兩銀子與他差撥也得五兩銀子送他十分好了正說之間省捷。只見差撥過來問道那箇是新來配軍林冲見問向前答應道小人便是那差撥不見他把錢出來變了面皮指着林冲罵道（止寬得過。絕世奇文絕世妙文。）你這箇賊配軍見我如何不下拜却來唱喏你這廝可知在東京做出事來（是做出事來。誰敢辨。）見我還是大剌剌的（見公自然不應大剌剌。）我看這賊配軍滿臉都是餓文一世也不發跡（是滿臉有餓文。誰敢辨。）打不死拷不殺的頑囚（是頑囚。是應拷打。）你這把賊骨頭好歹落在我手裏（是賊骨頭。是落在手裏。）

教你粉骨碎身少間叫你便見功効（都是嚇死人語讀之痛心）把林冲罵得一佛出世那里敢擡頭應答衆人見罵各自散了（好）林冲等他發作過了去取五兩銀子陪着笑臉告道（雖是摇出奇文然亦實是林冲身分）差撥哥哥些小薄禮休言輕微差撥看了道你教我送與管營和俺的都在裏面（妙問）林冲道只是送與差撥哥哥的另有十兩銀子就煩差撥哥哥送與管營（妙語）差撥見了看着林冲笑道（便笑）林教頭（是教頭）我也聞你

的好名字（是好名字。）端的是箇好男子（是好男子。）想是高太尉陷害你了（是陷害。並非做出事來。）雖然目下暫時受苦久後必然發跡（是必發跡。臉上並無餓紋。）據你的大名（不敢。）這表人物（不敢。）必不是等閒之人久後必做大官（不敢不敢。索性盡與語讀之破涕成笑。）林冲笑道、總賴照顧、差撥道、你只管放心、又取出柴大官人的書禮說道（方取出書來。）相煩老哥將這兩封書下一下、差撥道、既有柴大官人的書煩惱做甚、這一封書直一錠金子、我一面與你下書少問管營來點你要打一百殺威棒時你便只說你一路有病未曾痊可我自來與你支吾要瞞生人的眼目（不知瞞謊）林冲道多謝指教差撥拿了銀子并書離了單身房自去了林冲歎口氣道有錢可以通神此語不差端的有這般的苦處（千古同憤）原來差撥落了五兩銀子只將五兩銀子（寄在武師口中）并書來見管營備說林冲是箇好漢（寫得好）一柴大官人有書相薦在此呈上（一句）本是高太尉陷害配

他到此一句。又無十分大事一句。管營道兒是兒是妙。上還有一句。不須明言。意會之也。柴大官人有書必須要看顧他便教喚林冲來見且說林冲正在單身房裏悶坐只見牌頭叫道管營在廳上叫喚新到罪人林冲來點名林冲聽得叫喚來到廳前管營道你是新到犯人太祖武德皇帝留下舊制新入配軍須喫一百殺威棒左右與我馱起來官說一句如戲。○此段偏要詳寫以表銀子之功。爲千古一歎。林冲告道小人於路感冒風寒未曾痊可告寄打（犯人說一句如戲）牌頭道這人見今有病乞賜憐恕（牌頭說一句如戲）管營道果是這人症候在身權且寄下待病痊可却打（管又說一句如戲）差撥道見今天王堂看守的多時滿了可教林冲去替換他就廳上押了帖文差撥領了林冲單身房裏取了行李來天王堂交替差撥道林教頭我十分周全你（銀子下落）教看天王堂時這是營中第一樣省氣力的勾當早晚只燒香掃地便了你看別的囚徒從早起直做

到晚尚不饒他還有一等無人情的撥他在土牢裏求生不生求死不死林冲道謝得炤顧又取三二兩銀子與差撥道煩望哥哥一發周全開了項上枷更好差撥接了銀子便道都在我身上連忙去稟了管營（連忙妙銀子之力如此）就將枷也開了林冲自此在天王堂內安排宿食處每日只是燒香掃地不覺光陰早過了四五十日那管營差撥得了賄賂日久情熟繇他自在亦不來拘管他柴大官人

又使人來送冬衣并人事與他那滿營內囚徒亦得林冲救濟（閒中寫林冲一句以爲銀子餘波）話不絮煩時遇隆冬將近忽一日林冲巳牌時分偶出營前閒走正行之間只聽得背後有人叫道林教頭如何却在這里（誰耶）林冲回頭過來看時見了那人有分教林冲火烟堆裏爭些斷送餘生風雪途中幾被傷殘性命畢竟林冲見了的是甚人且聽下回分解